btb

Buch

Der ursprünglich aus Deutschland stammende Sergeant Bing kämpft im Zweiten Weltkrieg auf Seiten der amerikanischen Armee für Freiheit und Gerechtigkeit. Doch je weiter die Befreiung der von den Deutschen besetzten Länder und schließlich Deutschlands selbst vom Nazi-Regime fortschreitet, desto anfechtbarer verhalten sich Sieger und Besiegte. Die amerikanischen Führungsoffiziere sind nur allzu schnell bereit, mit den wieder erwachenden restaurativen Kräften gemeinsame Sache zu machen und damit alle Ideale zu verraten, für die Bing gekämpft hat.
Mit diesem Roman, der 1948 unter dem Titel *The Crusaders* erschien, begründete Stefan Heym seinen Weltruhm.

Autor

Stefan Heym (1913–2001) floh vor der Nazidiktatur nach Amerika, verließ das Land in der McCarthy-Ära und lebte seit 1952 in der DDR. Seine trotzig-kompromißlose Kritik an Selbstherrlichkeit, Unterdrückung und Zensur machte ihn zur herausragenden Figur der deutschen Nachkriegsliteratur, die geliebt und geachtet wurde. Zeitlebens blieb Heym ein streitbarer Schriftsteller, der »seine Kunst an keine Ideologie verriet« (Die Zeit). 1994 eröffnete Heym als Alterspräsident mit einem engagierten Plädoyer für Toleranz den deutschen Bundestag.

Aus Freude am Lesen

Stefan Heym

Kreuzfahrer – Der bittere Lorbeer

Roman

btb

Titel der Originalausgabe: »The Crusaders«
Aus dem Amerikanischen von Werner von Grünau

Nach dem amerikanischen Original vom
Autor neu bearbeitete Fassung

Umwelthinweis:
Alle bedruckten Materialien dieses Taschenbuches
sind chlorfrei und umweltschonend.

1. Auflage
Genehmigte Taschenbuchausgabe Oktober 2005
by btb Verlag, München,
in der Verlagsgruppe Random House GmbH

Umschlaggestaltung: Design Team München
Umschlagfoto: Corbis
Druck und Einband: Clausen & Bosse, Leck
MM · Herstellung: AW
Made in Germany
ISBN-10: 3-442-73359-6
ISBN-13: 978-3-442-73359-0

www.btb-verlag.de

Für Gertrude

Erstes Buch

Achtundvierzig Salven aus achtundvierzig Geschützen

Erstes Kapitel

Das Gras, dieses saftige, weiche, üppige Gras! Es tut gut, darin zu liegen und sich lang auszustrecken, so daß es über einem zusammenschlägt. Vom Kanal her fährt der Wind über das Gras, von den Brückenköpfen am Strand, die noch immer die Trümmer der Invasion bedecken – Ausrüstungsgegenstände, die die Männer im Kampf von sich warfen, Bruchstücke deutscher Geschütze, zerschmetterte und verbogene Fahrzeuge. Zuweilen war es Bing, als sei im Wind noch jener schwere, süßliche Leichengeruch zu spüren. Aber das war ja unmöglich – die Toten waren in den Dünen jenseits der Landungsstellen ›Utah‹ und ›Omaha‹ begraben. Er selber hatte die Abteilungen deutscher Gefangener beim Ausheben der Gräber gesehen. Leichen und Sand füllten nun die Gräber, und der Wind, der über das Gras strich, wehte von den Kreuzen auf den Dünen herüber.

Bing blickte zur Seite. Durch die Gräser hindurch sah er das Schloß – Château Vallères – mit seinem runden Turm, den verfallenen Dächern und den kleinen, stumpf schimmernden Fenstern. In einiger Entfernung von dem Schuppen am Bach, der in den stillen, das Schloß als dunkelgrünes Band umgebenden Burggraben floß, war ohne Unterbrechung ein regelmäßiges Klatschen zu vernehmen. Die beiden Töchter des Pächters bearbeiteten die Wäsche – die Hemden und Hosen, die Unterhosen und Socken und Unterhemden der Einheit. Es waren dicke, kräftige Mädchen mit groben, rötlichen Gesichtern, einander so ähnlich, daß er eigentlich nie sagen konnte, welche von ihnen Pauline und welche Manon war.

Es ist ein prachtvolles Wetter zum Waschen, dachte Bing. Bald würden Manon und Pauline aus dem Schuppen auftauchen und die Wäsche aufhängen. Er sah sie schon sich strecken und nach der Leine greifen, die zwischen den Bäumen des Wäldchens gleich am Bach gespannt war. Die Röcke rutschten ihnen dabei hoch, und zwischen Rock und schwarzem Wollstrumpf war dann ein Streifen ihrer fleischigen, rötlichen Schenkel zu sehen.

Bing faltete die Hände hinter seinem Kopf und blickte in den Himmel. Der Himmel war blau. Er hatte nicht die Tiefe des Himmels über England, den er, bevor er bei der Invasion eingesetzt wurde, gesehen hatte; er war anders. Es war ein Festlandshimmel – der Himmel seiner Kinderjahre. Nicht eine Wolke in diesem von Licht erfüllten Himmel. Wie ein Insekt kroch ein Beobachtungsflugzeug über den Himmel. Sein schwaches Dröhnen verlor sich in der Höhe. Nur dieses Flugzeug – sonst war Friede.

Die Mädchen traten aus dem Schuppen, die nasse Wäsche in ihren dicken Armen. Bing stand auf und schlenderte zu ihnen hinüber.

»*Bonjour, mes petites*«, sagte er.

»*Bonjour, M'sieur le sergeant*«, sagte Manon. Die Schwestern kicherten.

»Wann ist meine Wäsche fertig? Und diesmal möchte ich mein Hemd gebügelt haben – werden Sie es auch nicht vergessen?«

»Haben Sie *du chocolat* für uns?« fragte Pauline und schloß die Augen, als zerginge ihr die Schokolade bereits auf der Zunge.

»Na, das sehen wir dann schon. Eigentlich sind Sie schon rundlich genug.«

»Morgen abend sind wir vielleicht fertig«, sagte Manon. »Die Sonne ist gut, und alles trocknet schnell. Aber es eilt ja nicht. Ihr werdet noch nicht verlegt.«

»Sind Sie aber gescheit!« sagte Bing. »Woher wissen Sie das denn?«

Sie kicherten von neuem. »*Le Capitaine* Loomis hat zwei Soldaten das große Bett der Gräfin in sein Zimmer tragen lassen. Es ist ein Himmelbett, wissen Sie, so ein hellgrüner Baldachin, völlig verstaubt natürlich, und die Soldaten niesten und fluchten. Das hätten Sie erleben sollen! Und *Monsieur le Commandant* Willoughby läßt für morgen abend zwei Gänse schlachten; außerdem hat er den Sergeanten Dondolo nach Isigny geschickt, um dort Käse einzukaufen.«

»Dieser Dondolo!« fuhr Pauline dazwischen. »Das ist der Richtige! Er handelt eure Zigaretten gegen Calvados ein, und dann verkauft er den Calvados an die anderen Soldaten. Er ist ein ganz ausgekochter Bursche. Der wird bestimmt einmal reich.«

Bing lachte. »Und Sie glauben, daß ich nicht reich werden kann?«
Pauline und Manon betrachteten ihn einen Augenblick prüfend. Dann sagte Manon: »Sie? Sie sind zu ernst. Sie denken zuviel.«
Daraufhin schwieg er. Die Mädchen begannen die Wäsche aufzuhängen.

Seit Generationen war die Zugbrücke über den Burggraben nicht mehr hochgewunden worden. Die Scharniere und Ketten waren vom Rost zerfressen; jedesmal, wenn einer der schweren amerikanischen Lastwagen in den Hof von Château Vallères rollte, ächzten die alten Holzplanken.
Lieutenant David Yates stand auf der Brücke, mit dem Rücken am Geländer. Er war nervös, seine Füße zertraten und zerkrümelten die feinen Holzsplitter, die die oberste Plankenschicht bildeten. Die Sonne brannte auf ihn herab, und sein Kopf kam ihm vor wie ein Teig im Backofen, der zu gehen anfängt. Wie ein Reflektor warf der Burggraben ihm eine zweite Hitzewelle entgegen, geschwängert mit dem fauligen Geruch modernder Wasserpflanzen.
Yates wischte einen Schweißtropfen weg, der hinter seinem Ohr hinabrann und ihn im Nacken kitzelte. Er kam sich klebrig und dreckig vor und fühlte sich in seiner Haut nicht wohl. Zu allem übrigen Elend kam aber noch seine besondere Unfähigkeit, sich in diesem Augenblick für etwas zu entscheiden. Es verlockten ihn die dunklen, schattigen Gewölbe des Schlosses und der Gedanke, Gesicht und Hände unter das Wasser der Pumpe zu halten; er wagte aber nicht, die Brücke zu verlassen, aus Furcht, Bing zu verfehlen und damit die Durchführung seines Auftrages zu verzögern. So hatte man auch früher an einer Straßenecke gestanden, damals – zu Hause, um ein Taxi anzurufen. Kein Glück. Die wenigen, die vorbeikamen, waren besetzt. Verließ man aber seinen Posten am Rinnstein, um zu gehen oder die nächste Straßenbahn zu erwischen, kam das langersehnte Taxi – und ein anderer stieg ein.
Wo blieb Bing nur so lange?
»Abramovici!« rief Yates durchdringend.
Der kleine Korporal, der das Hauptgebäude des Schlosses entlang im Schatten ging, blieb stehen. Unter seinem Helm blickte er zu

Yates hinüber und sah in diesem Augenblick wie eine Schildkröte aus, die auf ihrem einmal eingeschlagenen Weg plötzlich einem unübersteigbaren Hindernis gegenübersteht.

Dann aber erblickte Abramovici Yates, brachte seine kurzen Beine in schnellere Bewegung, überquerte den Hof und trat auf die Brücke.

»Ziehen Sie Ihre Hosen hoch!« sagte Yates. Dabei langweilte es ihn. »Versuchen Sie doch, wie ein Soldat auszusehen.«

Die Worte trafen. Seit seinem Eintritt in die Armee hatte Abramovici versucht, wie ein Soldat auszusehen, und geglaubt, es einigermaßen geschafft zu haben. Der Vorwurf wog um so schwerer, als Yates ihn geäußert hatte, Yates, den Abramovici mochte und dem es für gewöhnlich gleichgültig war, ob jemand wie ein Soldat aussah oder nicht.

»Es ist nicht meine Schuld«, entgegnete er, »wenn die Regierung mich Hosen fassen läßt, die nicht sitzen.«

Yates unterdrückte ein Lächeln. »Nicht die Regierung, Ihr Bauch ist schuld.«

Abramovici ließ seinen Blick an sich hinabgleiten. Dabei bedeckten seine sommersprossigen Lider seine blaßblauen Augen. Seine Hosen waren über die Rundung seines Bauches hinabgerutscht, und sein Hemd stand offen. Dann sah er auf. Er verglich seine eigene untersetzte Figur mit der von Yates, der, wohlproportioniert, selbst in dem verschwitzten Hemd, das an seiner Brust klebte, noch gut aussah.

»Verstehen Sie, was ich meine?« sagte Yates. »Wenn Captain Loomis Sie erwischte, würde er Ihnen die Hammelbeine schon lang ziehen. Aber gehen Sie jetzt und holen Sie Bing. Er soll sich beeilen. Nein«, fügte er hinzu und beantwortete damit die Frage in Abramovicis Miene, »nein, ich habe keine Ahnung, wo er jetzt ist. Mann, zeigen Sie doch etwas Initiative! Machen Sie ihn ausfindig!«

»Jawohl!«

Yates blickte ihm nach. Abramovici trollte ab und verschwand jenseits der Zugbrücke; der Kolben seines Gewehrs schlug gegen seine Waden. Abramovici war ein nützlicher Mensch. Unersetzlich, denn er beherrschte die deutsche und die englische Stenographie. Aber zuweilen war er doch recht lästig.

Worüber ärgerte er sich eigentlich nicht? fragte Yates sich nun selber. Es schienen ihm immer mehr Kleinigkeiten zusammenzukommen, die an ihm nagten. Sie nagten an seinem seelischen Wohlbefinden und störten sein inneres Gleichgewicht. Und gerade diese Abhängigkeit von seinem inneren Gleichgewicht ärgerte Yates am meisten.

Es war ihm schwer genug gefallen, sich mit dem Gedanken anzufreunden, daß David Yates, Dr. phil., außerordentlicher Professor für germanische Sprachen am Coulter College, aus Gründen und zu Zwecken, die er ganz klar erkannte, in einen Soldaten verwandelt worden war. Dennoch vermochte diese Erkenntnis seine Überzeugung nicht zu erschüttern, daß der Krieg böse war, ein Rückfall, ein erniedrigender Versuch, Probleme zu lösen, die sich niemals so weit hätten entwickeln dürfen. Und doch ließ er sich einspannen, nachdem er erst einmal hineingezogen war, und tat, was man von ihm verlangte, ohne Erbitterung, in der Hoffnung, daß die kleinen Schwierigkeiten einmal aufhören würden, sein Leben durcheinanderzubringen.

Yates ertappte sich dabei, daß er während der letzten Minute mit seiner feuchten Handfläche eine Warze auf seinem linken Zeigefinger gerieben hatte. Er hatte mehrere Warzen, und es verursachte ihm Unbehagen, wenn er daran dachte. Die erste hatte sich kurze Zeit, nachdem er eingezogen worden war, auf seiner Hand gezeigt. Je näher er aber dem Krieg rückte, dort, wo es ernst wurde, desto mehr Warzen bekam er. Sie traten bei allen Fingern an den gleichen Stellen auf. Die Militärärzte hatten sie mit Medikamenten behandelt; sie hatten sie elektrisch ausgebrannt und es mit Röntgenstrahlen versucht. Die Warzen kamen wieder. Sie störten ihn und waren ihm ekelhaft. Dann hatte ihm ein Arzt gesagt: »Kümmern Sie sich nicht darum. Eines Tages verschwinden sie! Sie sind psychosomatisch.«

»Psychosomatisch«, hatte Yates geantwortet, »ich verstehe.«

»Nein, das verstehen Sie eben nicht«, hatte der Arzt geantwortet. »Aber lassen Sie sich dadurch nicht beirren. Die Dinger gehen bestimmt weg.«

Es war also durchaus nicht sein Körper, der diese Warzen hervorbrachte, dachte Yates, sondern seine Seele. Die Sache war ihm nicht ganz geheuer. Eine Zeitlang beunruhigte ihn die Frage, warum das überhaupt sein konnte. Aber er wagte nie, sich diese Frage wirklich zu beantworten. Er versuchte es noch immer mit den Medikamenten und gab dem Dreck, dem Essen, der Kälte und der Hitze die Schuld. Die Menschen, mit denen er zusammengeführt wurde, der Krieg, in den er hineingestoßen war, hatten Spuren auf seinen Händen zurückgelassen.

Schließlich kehrte Abramovici zurück und hinter ihm Bing. Yates' Ärger war verraucht. Gelassen fragte er: »Wo bleiben Sie denn, verflucht noch eins! Sie wußten doch, daß Sie sich bei mir zu melden hatten!«

Bings gute Laune war in dem Augenblick verflogen, als er den untersetzten Korporal, hinter dem das niedergetretene Gras eine breite Spur bildete, über die Wiese auf sich zukommen sah. Was Yates auch wollte, er war entschlossen, es ihm auszureden.

»Niemand hat mir etwas ausgerichtet«, sagte Bing trocken.

Das hat Loomis wieder verpatzt, dachte Yates. Loomis verpatzte so ziemlich alles. Der Captain sorgte sich am meisten um sich selber, um seine eigene Bequemlichkeit und seine eigene Sicherheit. Er ließ die Leute draußen liegen, während die Offiziere in den Betten des Schlosses schliefen. Yates wußte, daß Bing und Preston Thorpe und einige andere im Dachraum des Schloßturms einen trockenen Platz gefunden hatten. Loomis gegenüber verschwieg er das aber.

»Wir hatten einen Anruf von Matador«, sagte Yates. »Sie verlangen ein besonderes Flugblatt von uns. Machen Sie sich fertig. Wir gehen.«

Unter anderen Umständen hätte Bing die Fahrt zu General Farrishs Panzerdivision, die die Tarnbezeichnung Matador führte, begrüßt. Eine solche Fahrt brachte Abwechslung in das Einerlei und ein wenig Luftveränderung. Heute aber fühlte sich Bing zu müde.

Er sagte: »Ich komme gerade von den Kriegsgefangenen. Zwei Tage bin ich dort gewesen. Habe mit Dutzenden von ihnen gesprochen und habe den Kopf voll. Augenblicklich bin ich nicht zu gebrauchen.«

Yates bemerkte die Schatten der Müdigkeit unter den Augen des Sergeanten. Der Junge war wirklich erschöpft. Er zögerte.

Bing fuhr fort: »Wenn Sie vom Ic bei Matador alle Unterlagen beibringen, schreibe ich Ihnen das Flugblatt. Ich lasse Sie schon nicht im Stich. Aber ich muß erst etwas schlafen.«

»Das ist es ja gerade!« sagte Yates ärgerlich. »Wir wollen das Flugblatt eben nicht machen!«

»Sie wollen nicht?« Bing blickte forschend seinem Lieutenant ins Gesicht und versuchte einen Sinn in diesem offensichtlichen Widerspruch zu entdecken. Yates hatte in seinem Gesicht zwei Falten, die sich von der scharf geformten Nase zu den Winkeln des vollen, sinnlichen Mundes hin zogen. Bing sah den Staub in diesen Falten. Er verstand, daß auch Yates entsetzlich müde sein mußte; Major Willoughby, der Chef der Einheit, schickte Yates überall hin, weil er einer der wenigen Offiziere der Einheit mit klarem Urteil war. Und Yates ging immer, wie ein braver dummer Junge, und immer schaffte er es. »Nun«, sagte Bing, »wenn kein Flugblatt für Matador gemacht wird, warum in Gottes Namen gehen wir dann überhaupt?«

Yates wurde ungeduldig. »Ich möchte wirklich wissen, ob es in dieser Armee noch eine Einheit gibt, in der ebensoviel Leute so viele dumme Fragen stellen. Machen Sie sich fertig, und dann ab – die Entscheidung liegt doch nicht bei mir, sondern bei Crerar und Major Willoughby.«

Bing zuckte mit den Schultern. Er ging und verschwand durch das kleine, gewölbte Tor des runden, alten Schloßturmes. Yates betrachtete die Risse im Turm. Sie schienen ihm tiefer und größer geworden – die nächtlichen Bombenabwürfe ließen die Mauern bis in ihre Grundfesten erbeben. Er liebte dieses Schloß; er war für Tradition und Romantik empfänglich. Es war zwar nicht sehr viel davon übriggeblieben, nachdem die Deutschen hier regiert hatten. Eines Tages jedoch hatte Mademoiselle Vaucamps, die kleine Kastellanin mit Halskrause, Spitzenjabots und pergamentner Haut, sein Interesse bemerkt und ihm gegen einige Zigaretten alles gezeigt, was von den Kostbarkeiten noch da war.

Mademoiselle Vaucamps war vor der Sèvres-Uhr, einer sehr feinen Arbeit, stehengeblieben und erzählte ihm von einem langen bayrischen Offizier, der die Deutschen in Vallères befehligt hatte.

Er hatte ihr befohlen, auf die Uhr ja gut achtzugeben. Die Deutschen würden bald wieder zurück sein, sagte er, und er wolle die Uhr heim zu sich nach Bayreuth schicken.

»Machen Sie sich keine Sorgen«, hatte Yates zu der kleinen alten Frau gesagt und sie beruhigt. »Er kommt nicht wieder.« Aber in seinem Innern war er durchaus nicht so sicher, ob dieser Offizier aus Bayern nicht doch noch eine Gelegenheit erhalten würde, an die Uhr heranzukommen.

Die dichten hohen Hecken am Straßenrand waren von Staub bedeckt. Staub wogte über die Straße. Er wurde von den Fahrzeugen aufgewirbelt, deren schwere Räder die Straße zerwühlten und Löcher in sie rissen, aus denen ständig neuer Staub aufstieg. Der Staub war so fein, daß er, wenn überhaupt, nur langsam wieder niedersank. Er bedeckte die Gesichter der Fahrer und ihrer Mitfahrer, durchdrang die Uniformen, legte sich ausdörrend in die Kehlen und entzündete Augen und Nasenschleimhäute.

Ein Gewirr von Drähten zog sich an den Hecken entlang, ebenso weiß verstaubt. Hinter diesen Hecken, wußte Yates, kamen andere. Die ganze Normandie schien ihm in kleine Rechtecke aufgeteilt; die diese Hecken gepflanzt und angeschont hatten, mußten seiner Meinung nach einen ausgeprägten Sinn für Eigentumsrechte haben. Die festen grünen Einzäunungen verhinderten das Vieh umherzustreunen. Sie hinderten aber auch den Nachbarn daran, einen Blick auf das andere Feld zu werfen.

Auf den meisten Feldern lagen nun Truppen. Jede kleinste Dekkung wurde ausgenutzt, und so drängten sich die Männer dicht an die Hecken und gruben sich Löcher in den von Wurzeln durchzogenen Boden. Hatten sie aber das Glück, auf einen Obstgarten zu stoßen, so ließen sie sich dort unter den Bäumen nieder.

»Wenn die Deutschen mehr Sachen in der Luft hätten, könnten sie die ganze Armee zusammenschlagen.« Yates deutete nach vorn.

Bing sah auf. In beiden Richtungen krochen lange Kolonnen von Lastwagen, Raupenfahrzeugen und Personenwagen die enge Straße entlang. An einer Kreuzung schien sich eine Verkehrsstockung zu entwickeln.

»Sie brauchen nichts weiter zu tun«, fuhr Yates fort, »als die Hekken unter Beschuß zu nehmen und Bomben auf die Felder abzuwerfen. Wir liegen ja wie die Heringe.« Er nahm seinen Helm ab und ließ den Wind über sein feuchtes Haar streichen.

Bing lehnte sich zurück. Sein Blick blieb auf dem Grau an Yates' Schläfen haften, dem einzigen Grau in dem sonst völlig braunen, welligen Haar. Er sah die Falte auf Yates' gut ausgebildeter Stirn.

»Diese Krautgefangenen«, sagte Bing langsam, »erzählen mir immer, daß ihre Luftwaffe jeden Augenblick in ihrer alten Stärke wiederkommen würde. Ich entsinne mich der ersten Tage hier, als wir aus dem Wagen springen und uns in die Gräben werfen mußten. Und dann stießen sie herunter – und da fühlt man sich so verflucht nackt, wenn einem der Dreck um die Ohren fliegt. Nackt und verängstigt, und der Kopf ist einem schwer, und man redet sich selber ein, daß man ganz klein ist, und die ganze Zeit über weiß man doch, daß man in Lebensgröße daliegt...«

Yates war zwei Tage nach Beginn der Invasion dazugestoßen. Er hatte genug davon mitbekommen, vom Springen in die Gräben und von den Messerschmitts, die so plötzlich auf einen zu abkippten. Er sah noch das Gebüsch vor sich, in das er sich erbrochen hatte, jedes einzelne Blatt.

Er zwang sich zu einem Lachen.

»Zigarette?« sagte Bing.

»Danke.« Yates hatte Mühe, seine Zigarette gegen den Wind anzuzünden. Er benutzte die Unterbrechung, um auf ein sicheres Gebiet abzuschweifen. »Arme Teufel, diese deutschen Gefangenen. Ihre Gesichter muß man gesehen haben. Sie haben genau dasselbe durchgemacht. Nur schlimmer.«

Bing sah seinen Lieutenant von der Seite an. Sollte das etwa ein Witz sein? »Ich hasse sie«, sagte er schließlich. Er selber ließ die Krautfresser schwitzen. Er holte alles aus ihnen heraus, was er wissen wollte, und noch einiges dazu. Sie öffneten sich vor ihm wie Knospen unter der Sonne.

»Hassen...?« sagte Yates zweifelnd und fügte in seiner etwas belehrenden Art hinzu: »Dies ist ein Krieg, in dem die Wissenschaft eine führende Rolle spielt. Sie wollen doch die Deutschen verstehen lernen, nicht wahr? Wenn Sie ihre Art zu denken untersuchen wollen, müssen Sie sich an ihre Stelle versetzen. Können Sie das, wenn Sie sie hassen?«

»Ich kann es«, sagte Bing sarkastisch.

»Vielleicht würde ich auch so denken wie Sie, wenn ich aus Deutschland vertrieben worden wäre, aus meinem eigenen Land. Sie müssen aber fähig sein, von unserer Arbeit Abstand zu gewinnen.«

»Ich will aber nicht«, sagte Bing.

»Sie sind noch sehr jung«, erwiderte Yates. »Sehen Sie die Dinge, wie sie sind. Betrachten Sie die verschiedenen Seiten jeder Frage. Der Mann dort drüben auf der anderen Seite tat genau dasselbe, was Sie zu tun gezwungen wurden: er hat Befehle befolgt. Er hat mit genau den gleichen Schwierigkeiten zu kämpfen: wie kommt er möglichst ungeschoren durch? Er ist das Opfer seiner Politiker, genauso wie wir das Opfer unserer Politiker sind. Dies alles bestimmt seine Art zu denken, und diese wollen wir ja gerade kennenlernen. Oder nicht?«

»Sie reden genau wie die deutschen Gefangenen«, sagte Bing.

Yates' Hand schoß hoch, aber er besann sich und fuhr mit seinen Fingern seinen schweißdurchtränkten Hemdkragen entlang.

»Ich kann auch den Mund halten«, schlug Bing vor.

»Sie haben ein Recht auf eigene Meinung«, sagte Yates mürrisch.

Bing wollte einlenken. Schließlich war Yates ein anständiger Kerl.

»Wie gehen denn Sie vor«, fragte er, »wenn Sie mit ihnen sprechen?«

»Gestern«, sagte Yates, »hatte ich einen Fallschirmjäger. Er sagte mir, er sei kein Nazi. Er fragte mich, was wir eigentlich hier drüben wollten. Die Deutschen und die Amerikaner hätten die gleiche Kultur. Weder die Deutschen noch Hitler hätten die Absicht gehabt, die Vereinigten Staaten anzugreifen. Das sagte er, und dabei war er ein nicht ungebildeter Mann.«

»Und was gaben Sie ihm zur Antwort?«

»Ich fragte ihn, ob er Konzentrationslager als kulturelle Einrichtungen betrachte. Er sagte über die Schulter hinweg, die Konzentrationslager hätten die Engländer als erste erfunden.«

»Ganz klar! Er war ein Nazi!«

»Ganz klar!« Yates war gereizt. Herausfordernd sagte er: »Vielleicht versuchen Sie es einmal, ihnen zu antworten.«

»Diese Fragen haben eben ihre verschiedenen Seiten«, sagte Bing.

Yates erfaßte sofort den Spott der Anspielung. Aber er konnte Bing auch keine Antwort geben.

Bing wurde plötzlich ernst. »Die glauben, sie wissen, wofür sie kämpfen. Aber wir, meinen sie, wüßten es nicht.«

»Die wissen es auch nicht. Niemand weiß es. Man geht in einen Krieg hinein, ausgerüstet mit den Schlagworten der Zeitungen. Einen Dreck sind die wert.«

»In einem Teil des Gefangenenlagers von ›Omaha Beach‹ haben sie Amerikaner eingesperrt«, sagte Bing, »– Deserteure. Ich sprach mit einem von ihnen. Er gehörte zu Farrishs Division. Seit der Landung hatten sie immer ganz vorne gelegen. Von ihrem Zug waren drei Mann übriggeblieben. Drei Mann. Er sagte, er wollte am Leben bleiben, nur leben wollte er. Er kümmerte sich den Teufel darum, wie und unter wem.«

Yates verstand diesen Deserteur.

Unsicher sagte er: »Wenn das so ist, was wollen Sie dann eigentlich den Leuten erzählen?« Und unter Leuten meinte er sich selber mit. »Und was wollen Sie dann noch einem Deutschen erzählen, um ihn dazu zu bringen, seinesgleichen im Stich zu lassen, seine Organisation, und sich auf Gnade oder Ungnade zu ergeben? Gibt es eine Idee, die so stark ist?«

Bing konnte es nicht sagen. Er empfand es, konnte es aber nicht in Worte fassen.

Yates spuckte auf die Straße. »Gerade darüber sollen wir für Farrish ein Flugblatt herausbringen, mit all dem Gewäsch von Gerechtigkeit, Demokratie und Freiheit.«

»Farrish?« fragte Bing. »Ausgerechnet...!«

»Ja, Farrish.« Yates lächelte. »Er bekommt es aber nicht. Und wir müssen es ihm beibringen.«

»Hübscher Auftrag für uns«, sagte Bing.

»Für mich«, verbesserte ihn Yates. »Sie werden wahrscheinlich gar nichts zu sagen haben. Sie sind nur mit dabei, um unseren guten Willen zu beweisen.«

»Aber warum?« Bing wehrte sich gegen diese anmaßende Weigerung, gegen diesen inneren Widerspruch. »Warum soll er so ein Flugblatt denn nicht bekommen?«

Yates starrte seine Hand und diese verdammten Warzen an. »Leute wie Sie und ich neigen dazu, die Bedeutung des Wortes zu überschätzen. Am Ende kommt es immer nur auf mehr und mehr Kanonen, auf mehr und mehr Flugzeuge an. Und – so ist es eben bei den Soldaten. Warum sollten Major Willoughby und Herr Crerar mehr riskieren, als sie unbedingt müssen? Es ist lediglich die Aufgabe unserer Einheit, den Deutschen beizubringen, daß sie sich in einer hoffnungslosen Lage befinden und daß sie, wenn sie nur ihre Hände hochheben, anständig behandelt werden und Cornedbeefhaschee und Nescafé bekommen.«

»Vielleicht ist das der Grund dafür, daß wir noch immer auf einem kleinen Landstreifen, Normandie genannt, festsitzen.«

Immerhin, das ist zum mindesten ein neuer Gesichtspunkt, sagte sich Yates. Der Junge ist nicht auf den Kopf gefallen. Aber er ist eben doch nur ein Junge. Als ich so alt war wie er, verlor mein Vater sein letztes Hemd in der großen Krise, und von da an lebte ich nur von der Hand in den Mund, bis ich die Stelle am Coulter College erhielt... In nichts gab es eine Gewißheit. Viel zu viele Fragen und Antworten, von denen keine einzige eine Klärung brachte. Und deswegen konnte man den Deutschen nur mit Cornedbeefhaschee, Nescafé und den Vorzügen der Genfer Konvention kommen. Alles andere war Unsinn.

Farrish wollte seinen Gefechtsstand immer gleich hinter der Front haben. Dieses Mal lag er in einem verwilderten Park, der zum Schloß eines französischen Kaufmanns gehörte – ein ganz anderes Schloß als das verfallene Vallères.

Yates bewunderte nicht ohne Neid die Rokokostatuetten, die großen Fenster und das hochgewölbte Tor des Wohnhauses. Zwei Kinder traten aus dem Tor. Sie sahen blutarm aus, und es waren magere, dünne Beine, die da unter ihren feingeschnittenen kurzen Mänteln zum Vorschein kamen. Den Kindern folgte ein alter Mann in einem schwarzen Gehrock mit silbernen Knöpfen. Er nahm sie an den Händen und führte sie auf ihren Nachmittagsspaziergang in den Park.

Yates und Bing blickten den Kindern und dem alten Mann nach. Was sie sahen, hatte keine Beziehung mehr zu dem, was um sie her geschah. Da waren die drei, die soeben einem Roman von Maupassant hätten entstiegen sein können, in einer Welt, die unter dem Feuer der nahen motorisierten schweren Artillerie bebte.

Ein Soldat näherte sich Yates. »Lieutenant, Captain Carruthers erwartet Sie«, sagte er.

»Sorgen Sie für den Sergeanten hier«, sagte Yates. »Er hat kein Essen gefaßt...« Dann, zu Bing gewandt: »Kein Grund, daß wir alle beide verhungern. Melden Sie sich dann bei mir beim Ic.«

Bing folgte dem Soldaten, der das ernsthafte Gesicht eines zu früh in die Welt gestoßenen Kindes hatte. »Kannst du dir das vorstellen«, sagte der Soldat, »ich schlafe in einem Erdloch und habe allen Grund dazu. Aber die Kinder dort und der alte Mann bleiben ganz allein im Haus. Wir haben ihnen geraten, sie sollen in den Keller ziehen. Aber der alte Mann sagt, er fürchtet, die Kinder könnten sich erkälten. In der Nacht fangen die Deutschen an zu schießen, und man hört ihre schweren Brocken kommen, immer über uns rüber – huiiit, huiiit. Die Kinder aber bleiben im oberen Stockwerk, im Dunkeln natürlich. Ganz verrückt...«

Er deutete auf eine Allee. »Siehst du die Straße dort? Dreihundert Meter und dann links auf die Baumgruppe zu. Dort ist das Küchenzelt. Wir haben vor etwa einer Stunde gegessen; mußt dich also mit dem Sergeanten auseinandersetzen.«

Bing fand die Küche. Eine Auseinandersetzung gab es nicht. Er erhielt, was übriggeblieben war – aufgewärmte C-Ration, die schon wieder kalt war, Keks und lauwarmen Kaffee. Er setzte sich auf den Boden, mit dem Rücken gegen einen Baum, und aß ohne Appetit. Drei schwarze Sauen, deren Zitzen mit Dreck verkrustet waren, trotteten auf ihn zu. Sie stießen ihre Rüssel gegen seine Füße und dann gegen seine Beine und grunzten wütend, als er seine Knie anzog, um sein Essen zu schützen.

Hinter ihm sagte eine Stimme: »Das ist noch gar nichts, die hättest du sehen sollen, wie es geregnet hat! Sie liefen wie wild herum und bespritzten jeden von oben bis unten.«

»Warum schießt ihr sie nicht?«

»Wir mögen sie eigentlich ganz gern«, sagte die Stimme, »sie sind so zutraulich. Sie gehören dem Bauern, noch ein Stück die Straße entlang. Er hat zwei Töchter. Die Mädchen sagen: ›Wenn ihr die Schweine tötet, dann kein *coucher avec vous.*‹ Da hast du's.«

Bing versetzte der Sau, die sich seinem Essen gefährlich näherte, einen Fußtritt. Das Tier zog sich einige Schritte zurück, legte sich nieder und schüttelte den Kopf.

»Wir müssen nur die Offiziere von den Schweinen fernhalten«, sagte die Stimme, »das ist alles, und umgekehrt. Neulich übrigens mußte eins dran glauben. Trat auf eine Mine oder so was. Wir hatten jedenfalls Schweinekotelett.«

»Meinst du nicht – die große dort zum Beispiel könnte heute nachmittag auf 'ne Mine treten? Ich könnte es mir schon so einrichten, zum Abendessen hier zu sein, weißt du...!«

Der Soldat, der zu der Stimme gehörte, trat rasch um den Baum herum und stellte sich schützend vor die Schweine. Er war ein großer Bursche mit zwinkernden Augen und mit Händen, die aussahen, als könnten sie jedes Schwein mit einem Schlag erledigen. »Du bist ein Totschläger, was?« sagte er zu Bing.

Bing stand auf und warf den Schweinen den Rest seines Haschees zu.

»Ich esse gern Schweinekotelett«, sagte er, »ich kann mir nicht helfen.«

»Und ich mag das Mädchen dort unten an der Straße«, sagte der Mann, »kapiert?«

Bing klappte sein Kochgeschirr laut zu. »Ich habe nicht die Absicht zu stören.« Er lächelte. »Servus!«

»Servus!«

Bing betrat den Unterstand des Ic gerade in dem Augenblick, als Yates einem anderen Offizier auseinandersetzte, warum es unmöglich sei, für Matador ein besonderes Flugblatt herauszugeben. Bing konnte Yates wohl hören, aber er sah nur den breiten Rücken des anderen Mannes gegen das trübe Licht einer von der Decke herabhängenden Birne.

Yates sagte: »Und darum dreht es sich, Captain – ein Schriftstück dieser Art bedeutet eine öffentliche Festlegung unserer Kriegsziele. Wir müßten politische Entscheidungen fällen, zu denen weder Sie noch wir berechtigt sind.« Bings Augen gewöhnten sich an das Licht im Unterstand. Es war ein gut ausgebauter Unterstand. Nur ein Volltreffer konnte ihn erledigen. Er war tief in die Erde hineingegraben. Die Wände waren mit leeren Mehlsäcken ausgeschlagen und mit Karten bedeckt. Das Dach bestand aus einer Balkenschicht, die man mit der ausgeworfenen Erde bedeckt hatte.

Yates bemerkte ihn und rief ihn heran. »Captain Carruthers – hier ist Sergeant Bing. Einer unserer Spezialisten. Er müßte die Sache ausarbeiten, wenn wir die Genehmigung des Obersten Hauptquartiers erhielten.«

Im Vergleich zu seinen breiten Schultern hatte Captain Carruthers einen sehr kleinen Kopf, der durch einen herabhängenden Schnauzbart noch kleiner wirkte. Er schien sich nicht ganz wohl zu fühlen, als ihm Yates seine Ansichten auseinandersetzte, und zwirbelte an seinem Bart herum. Plötzlich hielt er inne und sagte triumphierend: »Großartig, Yates! Sie haben Ihren Mann gleich mitgebracht! Da brauchen wir ja nur noch über den Inhalt zu sprechen. Nun, wie ich schon sagte – wir haben am Morgen Sperrfeuer zu geben. So etwas ist noch nicht dagewesen. Wir machen es sonst nur vor einem Großangriff. Das wird den Deutschen Gottesfurcht beibringen. Und dann –«

»Aber ich sage Ihnen doch, Captain – wir kriegen die Genehmigung des Obersten Hauptquartiers nicht. Und selbst wenn wir die Zustimmung hätten, wäre es für Ihr Vorhaben viel zu spät. Warum nehmen Sie nicht eins von den Blättern, die wir vorrätig haben?«

Yates fühlte sich in der Rolle, die Crerar und Willoughby ihm zugedacht hatten, nicht ganz glücklich. Carruthers hatte ihn zwar in keiner Weise davon überzeugt, daß ein solches Flugblatt eine Wirkung haben würde. Aber schaden könnte es sicher auch nicht.

»Ich habe einige hier. Zum Beispiel dieses – es gibt die Lage nach dem Fall von Cherbourg wieder. Eine Karte ist gleich dabei. Jeder sieht sich so eine Karte gerne an, selbst wenn er den Text nicht liest...«

Carruthers stand auf. Bing erwartete, daß er den Kopf in die Balkendecke rennen würde; es blieb aber doch noch ein beträchtlicher Zwischenraum zwischen Schädel und Decke.

»Von denen da haben wir Millionen«, fuhr Yates fort, aber seine Stimme hatte sehr an Überzeugungskraft verloren. »Wir können sie übermorgen ladefertig an Ihrem Munitionslager abliefern.«

Ich bin nur froh, daß Farrish nicht hier ist, dachte er. Carruthers mußte sich seine Entschuldigungen anhören und sich mit ihnen auseinandersetzen; der General hätte sich den Teufel darum geschert.

»Wir wollen aber diese Ladenhüter nicht«, brachte Carruthers wieder vor. »Wir haben absolut nichts damit erreicht. Wir könnten ebensogut Klosettpapier hinausfeuern oder auf jeden Fall uns die Munition sparen.«

Warum sollen sie eigentlich dieses Flugblatt nicht bekommen, begann Yates sich zu fragen. War er selber eigentlich dafür, oder war er dagegen? Die einzelnen Zuständigkeiten innerhalb der Armee waren ihm völlig gleichgültig und wer nun da die Richtung bestimmte – alle diese Abteilungen konkurrierten miteinander und hoben ihre eigene Bedeutung hervor, nur um ihre Unentbehrlichkeit zu beweisen.

»Dann schießen Sie doch einfach Geleitscheine hinüber, Captain«, sagte er zerstreut. »Für die haben die Deutschen immer etwas übrig. Wir haben sie bei vielen Gefangenen gefunden. Sie selber haben darüber berichtet. Außerdem sind sie von Eisenhower unterzeichnet; das macht immer guten Eindruck.«

Nein, er war und blieb dagegen. Dieses neue Flugblatt stellte ihn vor Fragen, auf die er keine Antwort bereit hatte. Allerdings, Bing mußte es abfassen und nicht er... Aber was machte das schon aus? Er hatte die Verantwortung zu tragen. Und selbst wenn er kein einziges Wort, nicht einen einzigen Gedanken beizusteuern hatte, so mußte er es doch vor sich selber billigen oder ablehnen! Er allein.

»Lieutenant Yates!« Carruthers' Stimme klang so abweisend und dröhnte so laut, daß ein Soldat, der hinten im Unterstand am Klappschrank eingeschlafen war, aufwachte und jäh aufsprang. »Es handelt sich um einen Einfall, den der Generals selber gehabt hat! Ich sagte es Ihnen doch! Und außerdem ist es eine verdammt gute Sache, und ich bin ganz dafür. Am vierten Juli...«

Yates unterbrach ihn und sagte gelangweilt: »Kennen wir alles. Der vierte Juli ist der Geburtstag der Nation, und diese Nation steht im Krieg... Aber warum können Sie meinen Standpunkt nicht verstehen? Sie haben Angst vor Ihrem General.«

»Ich muß das zurückweisen!«

»Schon gut! Schon gut!« lenkte Yates ein. »Sie wollen den Befehlen Ihres Generals nachkommen. Und wir haben unsere zu befolgen.«

»Verdammt noch mal! Schließlich ist es noch die gleiche Armee!«

»Genau was ich sage! Auch General Farrish gehört dieser Armee an. Sie haben Pech, daß gerade Sie es ihm beibringen müssen.«

»Beibringen? –« fragte eine tiefe, rauhe Stimme vom Eingang her. Alle wandten sich um.

»Achtung!« brüllte der Mann am Klappschrank und dankte im stillen seinem Schutzheiligen, der ihn gerade rechtzeitig für dieses große Ereignis geweckt hatte.

Farrish ging mit gesenktem Kopf, um nicht die Decke zu berühren, auf den Feldtisch zu. Er trug Reitstiefel und hielt eine kurze Reitpeitsche in der Hand. Er legte die Peitsche auf den Tisch und setzte sich in Carruthers' Stuhl, der unter seinem Gewicht krachte.

»Rühren. Weitermachen«, sagte Farrish. »*Was* beibringen? Wer sind die Leute, Carruthers?«

»Lieutenant Yates, General, von der Propagandaabteilung... und das ist Sergeant –«

»Bing, General.«

Obwohl er vom Jähzorn des Generals gehört hatte, empfand Yates keine Furcht vor Farrish, dazu war er zu intelligent. Wohl aber beeindruckte ihn die Persönlichkeit dieses Mannes, der sofort einen Mittelpunkt bildete, auf den alles zustrebte. Der General wäre auch ein solcher Mittelpunkt gewesen, wenn er keine Sterne auf seinen breiten, geraden Schultern getragen hätte.

»Sie sind hier«, erklärte Carruthers, »um das Unternehmen ›Vierter Juli‹ zu besprechen.«

»Ausgezeichnet!« Farrish strahlte.

Er war ein mit Energie geladener Mann, und vor allem – er war sich dessen bewußt. Dieses Bewußtsein verriet sich in allem, was er tat. Seine Stimme, sein Auftreten, seine Bewegungen – selbst sein Aussehen – waren dem angepaßt, so daß jetzt, nach Jahren, der gewollte Effekt zum Wesen der Persönlichkeit des Mannes geworden war.

»Die Lage ist Ihnen bekannt?« sagte Farrish.

Yates erwiderte, er wisse Bescheid. Carruthers habe ihm alles auseinandergesetzt.

Das heißt, er kannte die Lage an der Front. Die Lage, in der er sich selber befand, die kleine Rolle, die er in diesem Spiel spielen sollte, war durch Farrishs Erscheinen völlig verändert worden. Yates fragte sich, ob er, indem er seinen Anordnungen noch weiter Folge leistete, nur um Crerar und Willoughby Unannehmlichkeiten zu ersparen, nicht mehr Ärger auf sich lud, als die Sache wert war.

Farrish umriß seinen Plan. Dabei ließ er alles, was Carruthers in dieser Angelegenheit schon gesagt haben mochte, außer acht. Er hörte sich gern sprechen. »Ich habe mehr Artillerie, als mir auf dem Papier zusteht. Ich habe achtundvierzig Geschütze in der Division. Ich habe mir genügend Munition aufgespart, um St. Lô in Trümmer zu schießen – oder meinetwegen Coutances oder Avranches oder irgendeine dieser Städte. Am Morgen des vierten Juli um fünf Uhr werde ich aus jedem Geschütz achtundvierzig Feuerschläge hinausjagen. Achtundvierzig Salven aus achtundvierzig Geschützen. Wir sind achtundvierzig Staaten und haben achtundvierzig Sterne auf unserer Fahne. Das ist die Stimme Amerikas im Jahre des Herrn 1944. Großartig, wie?«

»Jawohl, General«, sagte Yates, obwohl es ihm gegen den Strich ging. Der Mann spinnt, dachte er. Aber mußte zugeben, daß in dieser Verrücktheit auch eine gewisse Bedeutsamkeit lag.

Bing erkannte, was in der Idee steckte. Die Sache reizte ihn.

Farrish griff nach seiner Peitsche und schlug sich mit dem Griff leicht gegen sein Kinn. »Sie können sich die Gesamtwirkung einer solchen Beschießung auf die deutschen Stellungen ja denken. Sie wird die Fritzen weich machen und ihnen auf die Nerven gehen. Nach dem achtundvierzigsten Feuerschlag wird Stille eintreten. Vollkommene Stille. Können Sie sie hören?«

»Ja, General«, sagte Yates. Es war merkwürdig, aber er konnte diese Stille tatsächlich hören. Farrishs Art riß ihn mit.

»Diejenigen, die danach noch übrigbleiben, warten. Sie warten auf den Angriff der Infanterie und der Panzer. Statt dessen werden wir Flugblätter zu ihnen hinüberschießen.«

Viel Donner und kein Blitz, dachte Yates.

»Wir sagen ihnen darin, warum wir ihnen all das Material rübergepfeffert haben. Wir sagen ihnen, was uns dieser vierte Juli bedeutet und warum wir kämpfen und warum sie keine Aussichten mehr haben und daß sie nur eins tun können: aufgeben!«

Die letzten Worte sprach der General mit gefährlich erhobener Stimme. Die scharfen blauen Augen hatten sich zu schmalen Schlitzen zusammengezogen; das kurzgeschnittene weiße Haar schien sich zu sträuben, und das rötliche Gesicht sah hart und unversöhnlich aus.

Carruthers zupfte an seinem Schnauzbart. Er war nicht boshaft, aber er fand, daß Yates seine unangenehme Lage verdient hatte. Yates hätte mehr guten Willen zeigen sollen.

»Der Lieutenant ist der Meinung«, sagte er und überlegte sich genau jedes Wort, »daß er ein solches Flugblatt nicht herausbringen kann. Es spielten da Fragen von allgemeiner politischer Bedeutung hinein, so daß zunächst die Entscheidung des Obersten Hauptquartiers eingeholt werden müsse.«

Farrishs Augen wurden noch schmaler. Er sagte jedoch kein Wort.

Yates suchte verzweifelt nach einer Erklärung. Argumente gegen Farrish konnte er nicht vorbringen. Er konnte nicht sagen, daß das, wofür sie kämpften, ein wirres Durcheinander verschiedener Motive darstelle, von denen die einen klar, die anderen verborgen, die einen idealistisch, die anderen politisch oder wirtschaftlich bedingt waren, und daß man besser daran täte, ein Buch darüber zu schreiben und nicht ein Flugblatt. Und selbst dann würde das Ergebnis alles andere als klar sein. Farrish wollte auch die Gedanken seinem Befehl unterstellen und glaubte, es müßte möglich sein, genau wie er Munition, Verpflegung oder Luftunterstützung anforderte.

»Wollen Sie damit sagen, daß Ihre Vorgesetzten diese absolut berechtigte und vernünftige Anforderung ablehnen würden?« Die Stimme des Generals klang gepreßt. »Daß sie ein Unternehmen verhindern würden, das ein Frontkommandeur angeordnet hat?«

Nein, das würden sie natürlich nicht – Yates war das ganz klar. Tun Sie, als wären Farrishs Vorschläge hervorragend, hatte Willoughby zu ihm gesagt, bevor er gegangen war, um sich seines Auftrages bei Matador zu entledigen. Farrish hat Einfluß. Seit Nordafrika hat er einen Ruf. Der Mann wirkt auf das Volk zu Hause. Sie müssen die Angelegenheit mit Diskretion behandeln.

»Wir werden selbstverständlich alles tun, um mit Ihnen zusammenzuarbeiten«, verteidigte Yates sich also. Dann kam ihm der Gedanke, daß der General Verständnis für technische Schwierigkeiten haben mochte. »Der Sergeant hier ist unser Spezialist. Er wird die Lage bestätigen. Es ist unmöglich, das erforderliche Flugblatt zur rechten Zeit herauszubringen. Gestatten Sie mir, General, den technischen Vorgang zu erläutern. Ein Entwurf, auf den alle interessierten Parteien sich einigen, muß vorbereitet werden. Die Platten müssen hergestellt werden. Tausende von Bogen werden gedruckt, getrocknet und geschnitten. Die Flugblätter müssen gebündelt und zum Einsetzen in die Geschosse gerollt werden. Dann erst werden sie in die Munitionslager gefahren. Die Geschosse werden mit ihnen geladen. Das braucht alles Zeit. Und wir haben nicht genug Zeit. Stimmt es, Sergeant Bing?«

Farrish knallte seine Peitsche auf den Tisch. »Zeit! Zeit!« rief er. Dann senkte er seine Stimme fast zu einem Flüsterton und sagte: »Wissen Sie, Lieutenant, was Zeit bedeutet? Menschenleben, das bedeutet sie. Das Leben meiner Leute! Ich will aus dieser Falle ausbrechen, in der jede Hecke eine Befestigung ist. Ich will Panzereinheiten einsetzen, wo sie zur Entwicklung kommen können. Haben Sie jemals versucht, eine Hecke anzugreifen? Versuchen Sie es, versuchen Sie es nur einmal! Sie müssen über ein offenes Feld. Sie können die Deutschen nicht sehen. Nur ihre Kugeln hören Sie. Und wenn Sie die Krauts schließlich aus ihrer Stellung werfen und Ihre eigenen Leute zählen, fehlt die Hälfte.«

Farrishs Verluste waren größer als die eines jeden anderen. Yates wußte es nur zu gut. Meinte Farrish, was er sagte? Yates neigte dazu, ihm Glauben zu schenken, ja, ihn sogar zu unterstützen. Aber das hing nicht von ihm ab; außerdem hatten die Verluste und die Hekken mit einer Darlegung prinzipieller Fragen von politischer Bedeutung nur wenig zu tun. Yates warf Bing einen beinahe flehenden Blick zu. Das Urteil des Sergeanten über die technische Seite mußte den Fall erledigen. Oder wollte er ganz einfach nur die Entscheidung von seinen Schultern auf die von Bing abwälzen?

Carruthers wollte gerade einwerfen, daß Yates' Einwände ursprünglich ganz anderer Art gewesen wären – daß prinzipielle politische Fragen und das Oberste Hauptquartier eine wesentliche Rolle in ihnen gespielt hätten –, als Bing einwarf: »General, ich glaube, es wird doch möglich sein, Ihr Flugblatt bis zum vierten Juli fertigzustellen.«

»Sehen Sie«, sagte Carruthers.

Yates schwieg. Er hatte sich selber die Waffe aus der Hand geschlagen. Er hatte sich auf ein Orakel verlassen, aber das Orakel hatte gegen ihn gesprochen. Es war beinahe komisch, und er stellte sich Willoughbys Gesicht vor. Willoughby mußte den Kopf hinhalten. Der pyramidenartige Aufbau der Armee hatte seine Vorteile.

Farrish nickte zustimmend. »Wenn Sie die Sache da schreiben, Sergeant, müssen sie immer im Kopf behalten, was ich sagen würde, wenn ich Gelegenheit hätte, zu diesen Deutschen zu sprechen. Ich bin Amerikaner. Das ist eine verdammt große Sache, Sergeant. Vergessen Sie das nicht!«

Bing stand da und rührte sich nicht. Er hielt eine Antwort nicht für nötig. Er war plötzlich von der Größe der Aufgabe, die er sich aufgehalst hatte, überwältigt. Was hatte ihn nur geritten, Yates zu widersprechen? Darüber mußte er erst einmal Klarheit haben. In Wirklichkeit war es die Versuchung, der Weltgeschichte einen Streich zu spielen. Er, Sergeant Bing, ein Niemand, ein Junge, der entwurzelt war, keine Bindungen hatte, von Heim und Schule vertrieben und so nach Amerika gekommen war, sollte nun die Ziele dieses Krieges darlegen. Denn nichts anderes würde der wirkliche Inhalt dieses Flugblattes sein. Einmal abgeschossen, konnte es nicht mehr zurückgezogen werden. Sie mußten dabei bleiben, die großen Drahtzieher, die sich so ungern festlegen ließen. Farrish wußte nicht, was er da ins Rollen gebracht hatte. Auch Bing hatte es nicht gewußt, als er in die Bresche gesprungen war. Jetzt wußte er es. War er sich seiner Verantwortung bewußt? Ja, gewiß. Aber er verspürte auch Angst.

Jemand stolperte über die rohgebauten Stufen in den Unterstand hinab. Der Neuankömmling schien von dem General, der wie ein aus einem großen Block gehauener Mensch dort im Licht saß, nur wenig beeindruckt.

»Hallo, Jack!« sagte der Neue. »Diese Stufen sind wirklich gefährlich. Du willst doch wohl nicht, daß ich mir den Fuß breche?« Sogar der General wandte sich um. Der Neue war eine Frau.

Keine schöne Frau, im eigentlichen Sinne des Wortes. Ihr Gesicht war eher schlicht, und der Helm, der ihr Haar verbarg, stand ihr nicht vorteilhaft. Von ihrer Figur war wenig zu erkennen; der Overall verdeckte alles, was es da gab. Dennoch verwandelte ihre Gegenwart jeden Mann im Unterstand. Der Soldat am Klappenschrank begann seine Fingernägel zu reinigen.

Der Frau war diese Wirkung nichts Neues. Sie wiederholte sich, sooft sie Männer in Uniform an der Front oder im rückwärtigen Gebiet traf. Die ersten Male hatte sie eine gewisse unangenehme Befangenheit nicht unterdrücken können, weil sie sich selber noch nicht darüber klargeworden war, was die Männer so durcheinanderbrachte. Dann erkannte sie, daß es weder eine Frage der Schönheit noch der Häßlichkeit, des Charmes noch seines Gegenteils war. Es war vielmehr das Resultat davon, daß sie unter so vielen Männern, die nur mit Männern zusammenkamen, die einzige Frau war und doch die Sprache dieser Männer sprach. Für Karen war diese Entdeckung zunächst eine Enttäuschung, dann erschien ihr die Sache komisch, und schließlich fand sie etwas Rührendes darin. Es war traurig und nicht gerade schmeichelhaft, wenn Männer, die in der Heimat oder in irgendeiner Umgebung, in der an Frauen kein Mangel war, sich nach ihr nicht umgedreht hätten, ihr nun nachschlichen, nur um ein paar freundliche Worte von ihr zu hören oder die Berührung ihrer Hand zu spüren.

Der General erhob sich halb und verbeugte sich leicht. Carruthers, stolz und gleichzeitig ein wenig verlegen, denn sie hatte ihn immerhin recht vertraulich begrüßt, stellte sie vor.

»Miss Karen Wallace.«

Yates entsann sich ihres Namens. Er hatte einige ihrer Feuilleton-Artikel aus dem Feldzug in Italien gelesen. Es war übrigens jene

Art von Artikeln, die ihm gegen den Strich gingen, da in ihnen von »unseren Jungs« mit jener Mischung von Leutseligkeit und Vertraulichkeit gesprochen wurde, die den Soldaten ziemlich naiv erscheinen ließ. Aber offensichtlich wollte das amerikanische Publikum seine Armee nicht anders haben. Wallaces Artikel wurden in vielen Zeitungen gedruck, und sie wurde gut bezahlt. Vielleicht hatte sie auch Mut. Sie war ziemlich weit in die vordere Linie gegangen – man wußte aber nie, wieweit der Impuls dazu Mut und wieviel dabei Sensationsgier war.

»Ich habe viel von Ihnen gehört, General«, sagte sie mit einer tiefen, überraschend warmen Stimme. »Ich habe nicht erwartet, Sie hier anzutreffen, und wollte nur schnell vorbeischauen, um Captain Carruthers guten Tag zu sagen und zu hören, was hier los ist.«

Farrish war sofort herzlich. »Sie haben uns die Dame vorenthalten, Jack.« Und dann, strahlend: »Ich kann schon verstehen, warum!«

Karen lachte.

Ein echtes Lachen, fand Yates. Gott sei Dank, sie stellt sich nicht an – nur sollten ihre Entschuldigungen etwas weniger unwahrscheinlich klingen. Carruthers war nicht der Verbindungsoffizier zur Presse, von dem man sich darüber informieren ließ, was los war. Er war Stellvertreter des Ic. Nun, Carruthers war ein gutaussehender Mann, sofern man Schnauzbärte mochte.

Carruthers stellte Yates und Bing vor. Sie nahm ihren Helm ab, der dabei auf die Erde schepperte. Bing hob ihn auf. Sie hatte dichtes, rötliches, kurzgeschnittenes Haar. Der Riemen des Helmeinsatzes hatte einen roten Streifen auf ihrer Stirn zurückgelassen. Ihre Blicke trafen sich. Sie hatte graue, ruhige Augen. Bing bekam einen trockenen Mund.

»Danke Ihnen«, sagte sie.

Farrish unterbrach. Vielleicht hatte er den Zwischenfall beobachtet, Karen war nicht sicher; vielleicht auch konnte er es einfach nicht ertragen, einmal nicht im Mittelpunkt des Interesses zu stehen.

»Ich habe eine gute Story für Sie!« rief er aus. »Prachtvolle Überschrift: Achtundvierzig Salven aus achtundvierzig Geschützen! Wie gefällt Ihnen das?«

Carruthers flüsterte ihm etwas zu.

»Ach was, wir geben ihr die Geschichte!« Mit einer Handbewegung erledigte Farrish die Einwände des Captains: »Frauen wissen mehr davon, wie Männer denken, als die Männer selber, stimmt's?«

Sie lächelte: »In gewissen Dingen, vielleicht –«

»In der Story dreht es sich nämlich darum, was Männer denken, Deutsche in diesem Fall«, sagte Farrish. Wieder entwickelte er seinen Plan. Je mehr er die Einzelheiten herausarbeitete, desto bedeutungsvoller erschien der Plan. »Der Sergeant hier – Bing, stimmt's? – wird meine Gedanken ins Deutsche übersetzen. Ein Schriftsteller ersten Ranges!« Es war ganz selbstverständlich, daß jeder, der für Farrish arbeitete, ein Mann ersten Ranges war. »Können Sie sich die Deutschen vorstellen, nachdem sie so richtig eingedeckt wurden und nun voller Angst aus ihren Erdlöchern kriechen und nicht wissen, was als nächstes passieren wird? Und dann kommen diese Flugblätter an. Die Männer sind erleichtert. Sie lesen. Wir sprechen zu ihnen von Mann zu Mann. Wir haben ihnen einiges zu sagen. Dieser vierte Juli ist kein Datum aus der alten Geschichte, gerade heute ist er für uns von Bedeutung! Und da wir gerade von Geschichte sprechen, Miss Wallace – was wir hier machen, ist Geschichte!«

Tief befriedigt mit sich selber, lehnte er sich zurück.

Glücklich wie ein Bub, der seine Knallfrösche abgeschossen hat, dachte sie.

Yates unterdrückte ein Lächeln. Der große Mann spielte sich auf.

Karen aber sah trotzdem, was in der Sache steckte. Es war nicht die Story von dem großen General und seinem neuen, aufregenden Spielzeug; es war eine Story über den Mann Bing, der nun schreiben sollte, warum die amerikanischen Ideale besser seien als die deutschen; diesen Bing, der einen hartnäckigen Feind davon überzeugen mußte, daß er gerade deshalb weniger verbissen kämpfen oder den Kampf überhaupt aufgeben sollte. Hier war etwas Neues – das interessierte sie. Eine solche Aufgabe verlangte erst einmal absolute Klarheit der Gedanken. Man mußte seiner selbst ganz sicher sein und an die Gerechtigkeit der eigenen Sache und damit dann auch wirklich an Gut und Böse glauben. Jemanden überzeugen hieß, ihn im Gegenspiel der Gedanken zu schlagen. Da mußte vor allem die eigene Überzeugung erheblich stärker sein als die des anderen.

Dieses Problem reizte sie, weil sie selber gar nicht so sicher war und überall nach Bestätigung für das suchte, was sie gern selber glauben wollte.

Oder waren diese Soldaten hier genau so zynisch wie die Reklamefachleute, die Nährmittel, Zigaretten und Kopfschmerzenpulver anboten?

Oder – wollte sie nur ein wenig länger mit diesem Sergeanten mit dem jungenhaften Mund und den müden Augen sprechen?

»Jack«, fragte sie, »können Sie mir eine Fahrgelegenheit zur Befehlsstelle dieser – na, wie heißt sie doch – Propagandaeinheit oder so – verschaffen?«

Carruthers zögerte. Er hatte sich einen Abend mit Karen Wallace erhofft, vielleicht auch die Nacht, wenn sie Lust hatte.

»Klar. Dafür wird er schon sorgen!« sagte Farrish überlaut. »Warum den Bischof fragen, wenn der Papst da ist?« Er warf den Kopf zurück und lachte schallend.

Yates sah plötzlich Möglichkeiten für sich. Wohl nahm er Rücksicht auf bestehende Verhältnisse; Carruthers' Eigentumsrechte aber schienen nun doch nicht so festzustehen, wie er zu Anfang angenommen hatte.

»Es wird uns eine Freude sein, Sie mitzunehmen, Miss Wallace«, schlug er vor. »Wir fahren sofort zu unserer Befehlsstelle zurück, und unser Wagen ist groß genug.«

Karen betrachtete Yates. Sie sah das einladende Lächeln, den Humor in seinen dunklen Augen, seine feingeschwungenen Augenbrauen, die nun ganz leicht zuckten, als wollte er sagen: Wir verstehen einander doch wohl?

»Mit Ihrer Erlaubnis, General«, sagte sie, »nehme ich das Anerbieten an.«

»Sie kommen aber doch noch mal wieder, nicht wahr?« Farrish versuchte, seiner Stimme einen verbindlichen Ton zu geben. »Hier sind Sie immer willkommen, vergessen Sie das nicht. Und vergessen Sie auch die Überschrift nicht: Achtundvierzig Salven aus achtundvierzig Geschützen!«

Zweites Kapitel

Sie kamen durch Isigny.

Die Kirche war ein Gerippe; und die Grabsteine ringsum waren von ihren Sockeln gestürzt.

Der Wagen fuhr nun langsamer, und Yates konnte gerade noch durch einen klaffenden gezackten Riß in der Mauer den Christus am Kreuz erblicken. Er sah die primitiv geschnitzten Rippen und den von Schmerz zerrissenen, fast viereckigen Mund. Der Christus hatte seine Füße und die rechte Hand verloren und hing nur noch mit der linken am Kreuz.

Yates war kein religiöser Mensch; zu Hause betonte er seine Neigung zu aufgeklärter Skepsis. Er glaubte, daß dem Weltensystem ein Sinn zugrunde liege, hauptsächlich, weil er selber glauben wollte, daß sein eigenes Dasein nicht nur einem Zufall zu verdanken sei. Die Sekunde jedoch, in der er den verstümmelten Christus von Isigny erblickt hatte, blieb nicht ohne Wirkung.

»Haben Sie ihn auch gesehen?« fragte er.

Auch Karen hatte ihn gesehen, denn sie antwortete sofort: »Er ist noch immer unser bester Gott – der einzige, den wir uns ausdenken konnten. Gott ist, was wir in ihm sehen.«

Und Bing fügte hinzu: »Der Ort wurde schwer umkämpft. Es ließ sich wohl nicht vermeiden. Sie hatten Scharfschützen auf dem Turm und hinter den Grabsteinen...«

Yates schwieg. Seit der Invasion war er dem Tod mehrfach knapp entgangen; er hatte sich nach Selbstaufgabe und Sicherheit in den Armen eines allwissenden, allmächtigen Gottes gesehnt; und dennoch wußte er, daß es außerhalb seiner selbst keine Zuflucht vor seinen Ängsten gab.

»Ein Gott, der sich nicht einmal selber schützen kann –«, er unterbrach sich.

Sie waren auf den Marktplatz gelangt. An einem der Häuser hing die Attrappe einer Uhr, daneben ein Schild, verwaschene goldene Buchstaben auf schwarzem, abblätterndem Grund: *Auguste Glodin.*

»Macht es Ihnen etwas aus, wenn wir hier halten?« fragte Karen.

»Ich hätte gern meine Uhr reparieren lassen.« Sie fügte entschuldigend hinzu: »Aber ich möchte Sie nicht aufhalten.«

»Das geht schon«, sagte Yates.

Sie parkten am Straßenrand. Die Tür zu Glodins Haus war verschlossen. Bing klopfte. Noch einmal. Karen trat dicht zu ihm heran. Die jugendliche Rundung seines Kinnes, die Art, wie sein Haar hinten im Nacken wuchs, wie bei einem kleinen Jungen – sie war sich all dieser Einzelheiten plötzlich bewußt. Er lächelte sie an, und seine Augen leuchteten auf.

Yates gesellte sich zu den beiden. Er ergriff Bings Karabiner und schlug mit dem Kolben gegen die Holztür.

Schlurfende Schritte wurden hörbar. Die Tür öffnete sich langsam, und das Gesicht einer Frau wurde zur Hälfte sichtbar.

»Ist der Uhrmacher zu Hause?« fragte Bing. »Monsieur Glodin?«

Nun erschien der ganze Kopf. Forschende Augen, krumme Nase, faltiger Mund – alles in diesem Gesicht schien faltig zu sein. Ein Schimmer von Befriedigung glitt über das Gesicht, und die Tür öffnete sich weit.

»Seit Jahren halten wir unsere Tür verschlossen – entschuldigen Sie – eine Gewohnheit...«, sagte die Frau als Erklärung. »Es dauert schon seine Zeit, selbst um sich an bessere Zeiten zu gewöhnen. Man kann es noch gar nicht glauben... Oh! Eine Frau als Soldat!« Sie hatte Karen erblickt. »Haben Sie auch weibliche Soldaten? Haben Sie nicht Männer genug? In Frankreich haben wir nicht genug Männer. Die Deutschen haben so viele weggeschleppt. Aus Isigny allein mehr als hundertundfünfzig...«

Bing unterbrach sie: »Sie ist kein Soldat. Sie schreibt für Zeitungen Artikel über den Krieg. Im übrigen ist ihre Uhr nicht in Ordnung.«

»Glodin!« rief die Frau über die Treppe hinauf. »Amerikaner! Beeil dich! Zieh die blaue Jacke an! Sie liegt in der Kommode!« Aufgeregt wandte sie sich wieder ihren Besuchern zu: »Er wird die Jacke niemals finden«, fuhr sie fort.

»Sagen Sie ihr, ich möchte nur meine Uhr repariert haben«, meinte Karen zu Bing. »Sagen Sie ihr, das kann er doch in Hemdsärmeln machen.«

Glodin erschien in der Tür. Er knöpfte seine Jacke über der Schürze mit der einen Hand zu, während die andere ein wenig Ordnung in sein widerspenstiges graues Haar zu bringen suchte.

»Willkommen!« sagte er. »Diese Frauen sind so nervös. C'est la guerre. Treten Sie ein!«

Durch einen Flur, in dem es nach Fisch und Apfelwein roch, schoben sie sich in den Laden. Glodin klemmte sich die Lupe ins Auge, öffnete Karens Uhr und betrachtete ihr Werk.

»Sie haben sie im Wasser getragen?«

Karen lachte auf. »Ich mußte hineinspringen, Monsieur Glodin, unser Schiff erhielt einen Treffer.«

Glodin schob seine Lupe auf die Stirn hinauf. Sie sah nun aus wie ein Horn und er wie ein Faun. »Sie hatten Glück, Mademoiselle, daß es nur die Uhr war. Die Uhr kann ich jedenfalls in einigen Tagen reparieren.«

Plötzlich ging ihm etwas durch den Kopf. »Sie bleiben doch ein wenig bei uns, bitte? Eine junge amerikanische Frau hier bei uns! – und was hat sie alles aufs Spiel gesetzt! Meine Frau ist gerade in den Keller gegangen, holt den Roten, den Guten! Immer sagte ich zu meiner Frau: wir wollen diesen Wein für ein Fest aufheben...«

Yates warf einen Blick auf seine eigene Uhr. Jemand stieß gegen sein Bein. Es war ein Kind, ein Mädchen. Es trat einen Schritt zurück und begann aus Verlegenheit sein Röckchen ums Handgelenk zu winden. Yates sah die dünnen, mageren Beine des Mädchens.

»Nettes Kind«, sagte Bing.

Yates fuhr ihr durch das Haar. Sie schnurrte wie eine Katze. Dann fragte sie: »*Chocolat*?«

»*Chocolat*!« sagte Yates zu Karen. »*Liberté* und *chocolat*.« Inzwischen aber durchsuchte er seine Taschen.

»Mögen Sie Kinder nicht?«

»Doch!« sagte er.

»Haben Sie welche?«

»Nein.« Er zögerte. Dann fügte er rasch hinzu: »Ruth und ich – Ruth ist meine Frau –, nun, ich war der Ansicht, wir könnten uns keine leisten.«

Karen bemerkte seine Zurückhaltung und sagte: »Um bei der

Wahrheit zu bleiben, Lieutenant, Sie sehen gar nicht wie ein Ehemann aus.«

Yates lächelte vor sich hin. Gut gesagt, dachte er.

Glodin trat hinter seinem Werktisch hervor und hob das Kind auf seinen Arm. »Sie ist das Baby«, sagte er. »Wir haben nie daran gedacht, noch ein zweites zu haben – aber – wir sind eine zähe Rasse. Das ältere ist ein Junge. Er ist krank. Aber er steht schon auf.«

»Lassen Sie ihn nicht erst aufstehen«, sagte Yates. »Wir müssen bald gehen.«

»Aber das macht doch nichts aus«, warf Glodin ein.

»Halbe Stunde«, gab Yates zu. »Mehr nicht. Wir müssen vor Dunkelheit zurück sein.«

Glodin begleitete seine Gäste in einen Raum, offensichtlich die gute Stube. Er bat sie, an einem wackeligen, ovalen Tisch Platz zu nehmen, während seine verrunzelte Frau den Wein und die Gläser hinstellte. Dann half eine hochgewachsene, unschöne Frau mit dem Anflug eines Schnurrbarts, die Hosen und eine alte Strickjacke trug, einem blassen Jungen ins Zimmer. Die Schultern des Jungen hingen hoch und rund über selbstgemachten Krücken.

»Mademoiselle Godefroy, die Lehrerin«, stellte Glodin die hagere Frau vor. »Sie lebt zur Zeit bei uns.« Er zeigte stolz auf den Jungen. »Mein Sohn Pierre – die Sache mit dem Bein ist ihm passiert, als die Deutschen abzogen.«

»Wie kam das?« fragte Karen.

Die Lehrerin von Isigny half dem Jungen, sich auf einen Stuhl zu setzen.

Pierre lächelte Karen zu. »Wir standen auf den Dächern«, sagte er, »meine kleine Schwester, meine ganze Familie und alle Nachbarn. Wir hörten den Kampf von der Kirche her. Dann wurde das Gefecht eingestellt. Auf der Straße sammelten sich die Deutschen. Sie hatten es sehr eilig. Die meisten Sachen, die sie vorsorglich zusammengepackt hatten, mußten sie stehenlassen. Dann erblicken sie uns. Einer ihrer Offiziere sagte etwas. Die Deutschen zielten auf uns und schossen. Dann drehten sie sich um und rannten. Ich selber konnte sie nicht sehen, ich sah nur einen dunkelgrünen Schleier vor meinen Augen. Wirklich dunkelgrün; wieso, weiß ich nicht.«

Mademoiselle Godefroy streichelte sanft die Hand des Jungen und sagte: »Ich verstehe schon, warum die Deutschen auf uns schossen, aber es ist gegen alle Vernunft.«

Wie um ihre Worte zu unterstreichen, sagte der Uhrmacher noch: »Mademoiselle Godefroys Haus wurde bei einem Luftangriff der Amerikaner niedergebrannt. Alle ihre Kleider kaputt.«

Yates betrachtete seine Kollegin aus Isigny mit zweifelndem Blick.

»Natürlich ist es gegen alle Vernunft«, sagte er. »So wie der ganze Krieg.«

Die Frau hatte einen ablehnenden Ausdruck im Gesicht. Yates empfand, daß seine Worte, so gut gemeint sie auch waren, bei ihr nicht auf fruchtbaren Boden fielen. Er versuchte, sich seine eigenen Empfindungen vorzustellen, wenn daheim in Coulter das beigefarbig verputzte kleine Haus, das er und Ruth noch nicht einmal ganz abgezahlt hatten, durch Bomben zerstört worden wäre – seine Bücher, sein Schreibtisch und alles verbrannt.

Er schlug einen versöhnlichen Ton an: »Wir – wir haben Ihr Haus zerstört – auch das war gegen alle Vernunft...«

Die Frau blickte Yates gerade in die Augen. Auch Karen wandte sich ihm voll Erwartung zu.

»Wollen Sie damit sagen«, fuhr Mademoiselle Godefroy fort, »daß ich Sie willkommen heiße und alle hier Sie willkommen heißen, weil Sie jetzt hier sind und Sie jetzt die Kanonen haben?«

»Nein«, antwortete Yates unbehaglich. So weit hatte er nicht gehen wollen.

Die Frau blieb ernst. Sie sagte: »Es ist richtig, daß ein Franzose sein Haus und alles, was er besitzt, liebt. Er liebt es vielleicht mehr als die Menschen anderswo. Ich will Ihnen aber eines sagen: es hat sich gelohnt, mein Haus, meine Einrichtung, meine Möbel, meine Kleider und alle die kleinen Andenken meines Lebens zu verlieren, nur um die *boches* laufen zu sehen.«

»Bravo!« sagte Karen.

Yates trank einen Schluck Wein. Er hatte versucht, seine Vernunft zu gebrauchen, den Dingen mit seiner Vernunft auf den Grund zu gehen. Die Lehrerin von Isigny aber schien ihm gerade dies vorzuwerfen.

»Verstehen Sie mich richtig«, sagte sie. »Es war doch so: die waren so stark, und sie waren so lange hier, daß wir nicht einmal mehr wußten, wie viele Jahre schon. Wir begannen schon zu glauben, es würde ewig so dauern; sie seien Männer, die nichts mehr zu vertreiben vermag. Und da auf einmal – da liefen sie nun!«

»Ihr Amerikaner habt sie zum Laufen gebracht«, sagte Glodin, denn er war ja der Gastgeber.

Die Lehrerin beschrieb mit der Hand in der Luft einen kleinen Kreis. »Die Gesetze des Lebens, die wir lernten, als wir noch jung waren, und die ich selber gelehrt habe, sind nun wieder bestätigt.«

Nun erst sah Yates, wie unerhört aufregend es für die Leute von Isigny gewesen war, die Deutschen laufen zu sehen. Hätte er in Isigny gelebt, einer von ihnen, er hätte es selbst wohl auch so empfunden. Aber er war keiner von ihnen. Er war wie der Arzt, der, die heiße Stirn des Patienten berührend, dessen Fieber wohl spürt, ohne deshalb selber von Fieber geschüttelt zu werden.

Er gab dem kleinen Mädchen noch ein Stück Schokolade. Eine Antwort für Mademoiselle Godefroy vermochte er nicht zu finden.

Als sie Isigny verließen, winkten ihnen die Glodins und ihre Nachbarn nach.

Yates war in Gedanken versunken. Irgend etwas in ihm war erschüttert.

»Wenn der Krieg vorbei ist«, sagte er, »– und eines Tages wird er ja vorbei sein! – Wie sollen sie dann miteinander leben? So viel Haß! So viel Fanatismus! – und das bei einer Lehrerin!«

Karen warf einen Blick auf ihre Beine, Beine ohne jede Form, in Stiefel und Gamaschen gepreßt. Sie hatte Nylons in ihrem Gepäck, hatte aber noch keine Gelegenheit gefunden, sie anzuziehen. Sie wünschte, sie hätte jetzt ein Paar schöne, durchsichtige Strümpfe an – gerade jetzt.

»Ist Ihnen jemals der Gedanke gekommen, Lieutenant«, sagte sie, »wie gut es für Sie wäre, wenn ein wenig von diesem Geist auch in Ihnen steckte?«

»Ich achte diese Frau«, widersprach Yates. »Ich habe alle Sympathie für sie!«

»Ja«, erwiderte Karen, »das ist billig genug.«

Yates verstand, daß er vor Karen ein anderes Pferd reiten mußte. Was konnte man auch von einem weiblichen Wesen erwarten, das dafür bezahlt wurde, diesen dreckigen, gemeinen, sinnlosen und kostspieligen Krieg zu verherrlichen? Er lächelte spöttisch. Frauen waren nun einmal so. Ihre Krieger mußten nicht nur gut aussehen, sie mußten auch in allem klar und positiv sein.

»Streiten wir uns doch nicht darüber«, sagte er beschwichtigend.

Bing sah unbeteiligt aus.

Gegen Sonnenuntergang trafen sie in Château Vallères ein. Sie hielten am Haupttor: zwei Steinsäulen, vor Jahrhunderten dort errichtet, wo die Straße den Wald verläßt. Das Schloß lag vor ihnen, jenseits einer weiten Wiese und des Grabens. Seine Türme, Kamine und Dächer hoben sich scharf gegen den in allen Farben des Sonnenuntergangs glühenden Himmel ab.

Das Surren des Motors hörte plötzlich auf, dafür aber drang drohend das Donnern des abendlichen Artillerieschießens durch. Die Luft hatte sich bereits abgekühlt, und Karen begann leicht zu frösteln.

Yates spürte, daß sie zitterte. »Kommen Sie, wir steigen aus und gehen ein Stück, Karen. Der Fahrer kann den Wagen einstellen.« Er half ihr aussteigen und schlug dabei vor: »Zuerst nehme ich Sie zu Mister Crerar mit – der hat gewöhnlich eine Flasche Whisky.«

»Während Sie Ihre Schnapsration austrinken, sobald Sie sie in die Hände bekommen?« Sie lächelte.

»Mister Crerar hat Whisky, weil er Zivilist ist, den das Kriegsinformationsamt auf uns losgelassen hat, und weil er technisch den Rang eines Colonels hat und weil er der Chef unserer Operationsabteilung ist und immer alle empfangen muß, die höheren Orts etwas zu sagen haben.«

Yates führte sie zu dem Hang rechts von der Straße, wo das Zelt der Operationsabteilung errichtet war. Breitbeinig, auf sein Gewehr gestützt, stand dort Abramovici auf Wache. Ein Kätzchen sprang umher, als versuche es, irgend etwas zu haschen. Plötzlich entschied es sich anders, schmiegte sich gegen Abramovicis Bein und hob den Schwanz.

»Das Kätzchen heißt Plotz«, sagte Yates. »Mister Crerar hat es aus England mitgebracht.«

Abramovici kam ihnen vorsichtigen Schritts über den Hang entgegen. Bei Yates und dessen Begleitung angelangt, warf er einen unsicheren Blick auf Karen, errötete über sein ganzes pausbackiges Gesicht und sagte schleppend: »Der Major erwartet Sie, Lieutenant...«

»Ich weiß«, sagte Yates. Er hatte Willoughby bereits aus dem Zelt treten sehen, schwer und massig, gefolgt von dem langen, locker gebauten, schmalschultrigen Crerar.

Willoughby eilte den Hang hinab, streckte ihnen auf mehrere Schritte Entfernung schon seine fleischigen Hände entgegen und rief: »Eine Dame! Welch unerwartete Freude!«

Die Freude war echt. Ein glückstrahlendes Lächeln straffte das Fett unter seinen Kinnbacken; über den schweren Tränensäcken funkelten die kleinen, scharfen Augen.

»Major Willoughby«, sagte Yates, »unser Chef. Miss Karen Wallace ist hier, um einen Artikel über das Unternehmen ›Vierter Juli‹ zu schreiben.«

»Worüber?« Willoughby blickte ihn überrascht an, faßte sich aber sofort. »Darüber sprechen wir später«, sagte er und lächelte Karen wieder zu. Er nahm ihren Arm. Karen spürte seine stumpigen Finger, die ganz leicht auf die Innenseite ihres Handgelenks drückten.

Der meldet seine Ansprüche an, dachte Yates. Aber er bemerkte auch, wie Karen ihre Lippen leicht aufwarf – dem Spiel war sie gewachsen. Vielleicht hatte auch er sich schon etwas vergeben, hatte sie vielleicht unterschätzt, als sie so leicht mitkam und Carruthers in seinem Unterstand bei seinen Karten und bei Farrish sitzenließ. Den Weg zum Operationszelt vorangehend, kündigte Yates an: »Ich muß Ihnen Mister Crerar vorstellen. Er wird Sie über alles informieren, was Sie wissen wollen, Miss Wallace.«

Crerar streckte seine Hand aus. Das Kätzchen Plotz war zu ihm zurückgekehrt, saß auf seiner Schulter und rieb sich an seinem Ohr.

»Unbedingt«, sagte Willoughby, »hier ist Mister Crerar! Er weiß alles.«

Crerar hatte eine lange, fleischige Nase, die tief über die schmalen Lippen herabhing. Die scharfen Linien um seine Augen herum verrieten den Zyniker. »Willoughby muß immer übertreiben«, bemerkte er. »Sie werden schon noch darauf kommen. Trauen Sie ihm nicht, mein Kind, er ist viel zu sehr auf sich selber eingestellt.«

Willoughby lachte auf. »Crerar ist eifersüchtig! Männer werden so, wenn Frauen eine Seltenheit sind.« Er schlug Crerar auf den Rücken. Die Katze sprang erschreckt zu Boden, miaute, streckte sich und schlich aufs Zelt zu.

»Dort hat sie ihre Milch«, sagte Crerar erklärend.

»Wir veranstalten eine Party für Miss Wallace!« schlug Willoughby vor. »Nichts Großes – gerade nur die Kameraden, Yates! Sagen Sie doch bitte den Franzosen in der Küche, daß sie die Gänse für heute abend braten. Miss Wallace, kennen Sie die Geschichte von dem Mann, der unerwartet bei seinen Verwandten auftauchte?«

Nicht nur klopft er den Menschen auf den Rücken, er erzählt auch noch Witze, dachte Karen.

Yates hatte keine Lust, zur Küche zu gehen. So gab er den Auftrag an Bing weiter; der sah, wie die Herren Offiziere miteinander wetteiferten, und fügte sich, ohne zu zögern, und ging, um Manon und Pauline, den beiden rosigen Töchtern des Pächters, Bescheid zu sagen.

»Kennen Sie die Geschichte?« sagte Willoughby. Er war von seinem Witz nicht abzubringen.

»Nein«, erwiderte Karen.

»Nun, sie ist eigentlich auch zu lang«, sagte Willoughby. »Aber ich will Ihnen doch die Pointe...«

»Bloß nicht«, meinte Crerar, »es ist nur ein ganz blöder Witz!«

»Eifersüchtig!« wiederholte Willoughby. »Crerar muß sich erst betrinken, bevor er lustig sein kann. Ich – ich bin einfacher konstruiert. Ich mag meine Arbeit, und ich lebe gern, und ich habe auch was für Spaß übrig. Wir werden gut miteinander auskommen, Miss Wallace, gut miteinander auskommen.«

»Ich komme immer gut mit anderen aus«, sagte Karen, während

sie sich von ihm löste. Sie blickte sich nach Yates um, der scheinbar gebannt in das Glühen des Sonnenuntergangs blickte.

Ein Wagen näherte sich. Jemand brüllte: »Hoppla, da sind wir!« – Das übrige war nicht zu verstehen.

»Ich dachte, sie hätten die Kneipe im Dorf gesperrt«, sagte Crerar.

»Haben sie auch«, gab Willoughby zurück. »Ich muß mit Loomis ein ernstes Wort reden. Er muß seine Leute vom Saufen abhalten. Dieser Calvados...« Er fing an zu lachen.

Crerar sah einen Offizier aus dem Wagen stolpern.

»Es *ist* Loomis«, sagte er. »Welch ein Zufall!«

Ein Zivilist zottelte wie ein geprügelter Hund vor Loomis her. Loomis fluchte laut, doch nahm sein langgezogener Tonfall, echter Mittelwesten, seinen Flüchen ein wenig die Schärfe. Er versetzte dem Zivilisten einen bösartigen Stoß.

Die beiden langten vor Willoughby und den anderen an und blieben stehen, Loomis grüßte leicht schwankend. »Captain Loomis zum Rapport!« sagte er. »Ich habe einen Mann verhaftet.« Er bohrte seine Pistole dem schwitzenden Zivilisten in den Rücken. »Name!« brüllte er. »Wie heißt du? Name!«

Der Zivilist wagte nicht, sich zu bewegen. Nur seine Augen huschten wie Eidechsen hin und her. »Léon Poulet«, flüsterte er.

»Loomis, Sie sind betrunken«, sagte Crerar.

»Er ist ein Kollaborateur«, sagte Loomis. »Ich habe ihn verhaftet. Ein hübscher, dicker Kollaborateur!« Er stupste seinem Gefangenen mit dem Finger in den Bauch: »Kollaborateur!«

Dann bemerkte er Karen. »Eine Frau«, murmelte er. »Bei Gott – eine Frau!«

Er ging auf sie zu, in der rechten Hand immer noch die Pistole. »Gnädige Frau, welch eine Freude für meine armen entzündeten Augen!« Sein Tonfall wurde dadurch, daß er seine Zunge nur teilweise in der Gewalt hatte, noch auffälliger. »Machen Sie sich nichts aus dem Burschen, diesem Poulet. Den nehme ich schon auf mich, Sie brauchen keine Angst vor ihm zu haben...«

Er schwieg einen Augenblick. Dann schoß ihm ein Gedanke durch den Kopf. »Wir vollziehen eine Exekution. Eine regelrechte

Exekution!« Er richtete seine Pistole auf Poulet, der sich die zitternden Hände vor das Gesicht schlug. »Päng! Päng!« sagte Loomis.

Willoughby nahm Loomis die Pistole aus der Hand. »Nur mit der Ruhe, mein Lieber!« sagte er. »Machen Sie, daß Sie ins Bett kommen!«

»Ich will aber nicht zu Bett gehen!«

»Die Dame ist eine Korrespondentin«, sagte Willoughby warnend. »Ich will nicht, daß Sie sich in einem solchen Zustand zeigen.«

»Von der Presse?« fragte Loomis. »Sie schreibt?« Er überlegte. Dann schüttelte er den Kopf. »Ich bin ein Gentleman, Willoughby!«

»Selbstverständlich! Aber gehen Sie jetzt!«

»Du!« Loomis machte seinem Gefangenen ein Zeichen. »Komm mal her, du! Wir werden unsere Namen in die Zeitung kriegen, ich und du – wie heißt du nur, Donnerwetter noch mal! Name!« brüllte er Poulet an.

Der unglückselige Poulet stand vor Karen. Seine karierte Weste war über dem stattlichen Bauch nach oben verrutscht; die Knie seiner verbeulten Hose schlotterten; die spärlichen, schwarzen Lokken, die seine rosige Glatze umrahmten, hingen traurig herab.

Yates wollte sehen, wie Karen reagieren würde. Die ganze Angelegenheit war scheußlich albern. Loomis konnte selbst in nüchternem Zustand einen Kollaborateur nicht von einem Loch in der Wand unterscheiden.

»Warum haben Sie den Burschen verhaftet?« wollte Willoughby wissen.

Loomis' Hand fuhr durch die Luft. »Oh, es war nichts weiter – wirklich. Man tut nur seine Pflicht.«

»Ausgezeichneter Mann!« sagte Crerar. »Es ist schon eine Leistung, seinen Kopf auf den Schultern zu halten, wenn man so voll ist.«

»Calvados!« erklärte Loomis mit Stolz. »Ich habe immer gesagt: ein Mann, der das Zeug nicht verträgt, soll es nicht trinken. Es löst einem die Zunge. Steht der Kerl da an der Bar und redet und redet und wird komisch. Wird sehr komisch. Redet sich um Kopf und Kragen.«

»Welche Bar? Wo?« fragte Willoughby.

»Vallères! Im Dorf Vallères!« Loomis war immer noch nicht ernüchtert. Er wandte sich wieder Poulet zu. »Gestehen Sie!«

Poulet holte tief Atem. Dann fiel er vor Karen auf die Knie. Er begann hastig in seinem Platt zu sprechen und strich mit der Hand flehend über ihre Stiefel hin.

»Stehen Sie auf, Sie!« Loomis war wütend. Er spürte, daß seine Geschichte nicht die geplante Wirkung hatte.

Poulet stand nicht auf. Er schluchzte vor sich hin. Karen versuchte zurückzutreten, aber er klammerte sich an sie.

Yates empfand eine Art Scham. Nicht wegen des Mannes, der da kniete – auch nicht wegen Loomis: die Würde des Menschen wurde im Krieg jeden Tag mit Füßen getreten, und niemand kümmerte sich weiter darum; und was den Betrunkenen betraf, so war der eigentlich kein schlechter Kerl. Nein, was Yates plagte, so daß er sich am liebsten aus dem Staube gemacht hätte, war die Tatsache, daß dies alles sich vor einem Außenseiter abspielte, vor Karen. Jäh wurde ihm bewußt, daß er, er selber, wie die Männer geworden war, mit denen er hier zusammen lebte. Da sie nun niemanden hatten außer sich selber, um sich im Zaum zu halten, so hatten sie es überhaupt aufgegeben. Wäre nicht Karen gewesen, so hätte er Loomis' ganzen Auftritt mit Poulet nur komisch gefunden und hätte ihn mit einem Lachen abgetan.

Er packte Poulet rauh an der Schulter und riß den schweren Mann hoch. »Hören Sie auf mit dem Gewimmer«, sagte er auf französisch. »Es geschieht Ihnen ja nichts.«

Poulet sah ihn argwöhnisch an und schneuzte sich mit den Fingern. Wenn er nicht so nach Angst und schlechter Seife gerochen hätte, würde Yates ein beinahe freundliches Gefühl für ihn gehabt haben.

Loomis hatte ein wenig von seiner Aggressivität verloren und war mürrisch. Willoughby schien unentschlossen.

»Was soll ich nun mit dem Burschen machen?« fragte Yates verärgert. »Ich bin nicht für ihn verantwortlich.«

Ein Soldat und eine Frau näherten sich von der Straße her. Die Frau begann zu laufen; ihre Holzpantinen hinterließen breite Spuren im Gras. Yates erkannte den Soldaten, der ihr folgte. Der Soldat salutierte und sagte: »Ich komme, den Bürgermeister von Vallères holen.«

»Tolachian!« rief Yates, »kennen Sie diesen Mann?«

»Ja, Lieutenant!« Tolachian nahm seinen Helm ab und wischte sich den Schweiß von der Stirn. Sein dichtes weißes Haar stand auch in dem Dämmerlicht in scharfem Gegensatz zu seinen tiefliegenden Augen, die wie dunkle Kirschen glänzten.

Loomis' Bewußtsein lag wie in einem dichten Nebel. Immerhin begriff er, daß Tolachians Ankunft eine entscheidende Wendung bedeutete.

»Und wer hat Sie hierherbefohlen?« fragte er mit schwerer Zunge. »Sie haben hier nichts zu suchen, scheren Sie sich ins Dorf zurück.«

»Einen Augenblick«, sagte Willoughby, »einen Augenblick, bitte! Wir wollen das erst mal in Ordnung bringen!«

Bevor aber jemand den Versuch machen konnte, irgend etwas in Ordnung zu bringen, stürzte sich die Frau auf Poulet, der bei ihrem Anblick von neuem versuchte, sich Karen zu Füßen zu werfen.

»Cochon!« kreischte sie. Ihr stechender Blick durchbohrte Poulet. »Sich betrinken mit dem *Américain!«* Sie strich ihre Schürze glatt, die sie so fest um ihre Hüften geschnürt hatte, daß diese kantig hervorstanden. Sie sah sich suchend nach dem Mann um, der hier wohl etwas zu sagen hatte, und ihre Aufmerksamkeit fiel auf Willoughby.

»Monsieur! Mein Mann da, der ist unschuldig. Er hat niemals etwas Unrechtes getan... Oh, wenn du nur zu Hause wärst, du!... Er ist der Bürgermeister von Vallères und Besitzer des Cafés. Die Amerikaner haben seine Konzession bestätigt...«

Wütend schüttelte sie den Kopf. Jeden Augenblick, erwartete Karen, würde der kleine spitze Dutt sich von dem flachen Schädel lösen.

»Poulet!« jammerte die Frau. »Ach, du Dreckskerl, du, warum hast du ihn nur eingelassen? Ihn – den da!«

Sie wandte sich Loomis zu. »Sie und Ihr Calvados! Da kommen Sie nun herein und beschwatzen meinen Mann, Ihnen ein Gläschen einzuschenken – nur ein Gläschen – und dann noch eins und noch eins...«

Madame Poulet rang nach Atem. Unter ihrem Zorn begann Loomis, nüchtern zu werden. Willoughby sah keine Veranlassung, sich zwischen Loomis und das Gekeif zu stellen, das sich über ihn ergoß, und grinste nur.

»Monsieur, er hat die *Légion d'Honneur*«, begann die Frau von neuem. »Er ist ein guter Bürger, er befolgt die Gesetze – er wollte nur dem Capitaine da gefällig sein. Ich sagte zu ihm, du mußt zumachen, die Polizei kann jeden Augenblick hier sein. Es ist verboten, starke Getränke auszuschenken an die *Américains*. Gott segne sie, aber sie vertragen sie nicht...«

»Sie, Frau!« Loomis riß sich zusammen. »Sie sprechen mit einem amerikanischen Offizier!«

»*Fou*! Schande bringen Sie über mein Haus! Sie verschleppen meinen Mann! *Kidnap*!«

Als suchte sie den einen Menschen zu erwittern, der ihr mitleidig Unterstützung gewähren würde, wandte sie ihre spitze Nase erst dem einen, dann dem andern zu. Schließlich fand sie Yates: »*Mon Lieutenant*! Poulet bittet diesen Betrunkenen: Gehen Sie raus! Er verhandelt mit ihm, führt ihn zur Tür, wie ein Bauer sein krankes Kalb abführt. Poulet würde keinem Menschen je etwas tun... Aber dann!«

Sie ging auf Loomis los.

»Sie – Sie sind ja ein Rohling! Sie stürzen sich einfach auf einen armen, unschuldigen Mann... Betrunken? Mein Mann, der Bürgermeister, betrinkt sich niemals! Dann schleppen Sie ihn mit Gewalt auf die Straße und entwürdigen ihn in den Augen der Bauern – ihn, die Staatsautorität! Wie soll er denn jemals die Befehle der *Américains* durchsetzen können, wenn Sie ihn schlagen und stoßen und ihn mit der Pistole bedrohen? Wie? Wie? Wie?«

Loomis hielt sich die Hände vor die Ohren. Mit glasigen Augen starrte er in Madame Poulets mageres Gesicht, sah das Gefuchtel der Arme, die gelbe Brosche, die die Bluse um ihren dünnen Hals mit knapper Mühe zusammenhielt.

Dann fiel sein Blick auf Tolachian, der Befehl hatte, im Dorf bei der fahrbaren Druckerei zu bleiben. Loomis begriff einigermaßen, daß da eine Verbindung zwischen der Anwesenheit Tolachians und seiner eigenen fatalen Lage bestand.

»Wie ist das Ganze passiert, Tolachian?« fragte er mit notdürftig beherrschter Stimme.

»Es scheint, Sie haben den Bürgermeister verhaftet, Captain!« sagte Tolachian trocken. »Dann kam die Frau zu uns in die Druckerei.«

Er wies auf Madame Poulet, die ihren Mann inzwischen beim Kragen gepackt hatte und ihn trotz seines Gewichts zu schütteln versuchte.

»Sie heulte mir etwas vor...« Tolachian hob hilflos die Hände. Dann sagte er noch: »Ich hatte gesehen, in welchem Zustand Sie aus dem Café kamen, Captain!«

Yates sagte zu Crerar, der das ganze Schauspiel genossen hatte: »Finden Sie nicht, daß es Zeit ist, Schluß zu machen?«

Crerar nickte: »Tun Sie's.«

Yates trat zu Loomis und flüsterte ihm zu: »Es ist besser, Sie gehen jetzt ins Schloß. Wir werden die Sache mit den Poulets bereinigen!«

Aber Loomis erkannte nun, daß sein Ruf erheblich gelitten hatte, und brüllte: »Ich bleibe! Mischen Sie sich nicht in meine Angelegenheiten!«

Er stieß Yates zur Seite und stürzte, vorsichtig Madame Poulet umgehend, auf Tolachian zu. »Mußten Sie Ihre verdammte Nase auch noch in die Sache stecken? Ich mag Leute nicht, die das tun! Verstanden!«

Tolachian stand stramm. Er war fast doppelt so alt wie der Captain. In den Krieg hatte er sich freiwillig gemeldet. Er wußte, wann man strammstehen mußte.

Loomis haßte Tolachian. Es schien ihm, als habe er diesen Mann schon immer gehaßt, schon damals, als Tolachian noch in den Staaten sich bei der Einheit gemeldet hatte – ein untersetzter Mann mit weißem Haar, mit der Ruhe und inneren Sicherheit seiner Jahre.

»Es wird Zeit, Sie lernen mal, daß Sie in der Armee sind, Mann! Sie melden sich später bei mir, heute abend!«

Yates suchte zu vermitteln. »Ich glaube nicht, daß Captain Loomis den Bürgermeister wirklich verhaftet hat. Beide waren bester Laune und wollten einen kleinen Spaziergang zum Château machen. Stimmt's?«

»Ich habe ihn ja verhaftet!« sagte Loomis unnachgiebig. »Der Kerl hat verräterische Reden geführt!«

Willoughby, der Seitenbemerkungen zu Karen gemacht hatte, empfand nun auch, wie wenig sie für den ganzen Zwischenfall übrig hatte.

»Captain Loomis!« sagte er scharf. »Sie haben wohl nichts dagegen, Ihren Gefangenen in der Obhut der Madame Poulet und des Soldaten Tolachian zu lassen?«

Er wehrte die Frau des Bürgermeisters ab, die ihren Redefluß gerade wieder beginnen wollte.

»Schon gut! Schon gut! Tolachian, nehmen Sie die Leute ins Dorf zurück. Und das nächste Mal bringen Sie uns keine örtlichen Weiber her, solange Sie nicht sicher sind, daß sie hier willkommen sind!«

Er lachte über seinen Witz. Zu Karen sagte er: »Wenn Sie mir folgen wollen, so zeig ich Ihnen jetzt Ihr Zimmer im Château. Es ist nichts Besonderes, aber das Beste, was wir bieten können... Captain Loomis, Sie überlassen wohl Miss Wallace Ihr Himmelbett und ziehen für heute nacht zu Lieutenant Yates!«

»Für eine Dame – alles!« sagte Captain Loomis und ließ die Pistole, die Willoughby ihm zurückgab, in den Pistolengurt gleiten.

»Und ich sehe nicht, wie wir noch aus der Sache herauskommen können.« Mit diesen Worten schloß Yates seinen Bericht ab. »Farrish will das Flugblatt, und er will es so, wie er es sich vorgestellt hat. Er will, daß wir den Deutschen erklären, wofür wir kämpfen. Er hat mich in die Enge getrieben. Sie haben sich lange genug bei der Armee aufgehalten, Mister Crerar, Sie wissen, wie es ist. Ich bin nur Lieutenant, und er ist ein General. Ich nehme also an, daß Sie oder der Major ihm unsre Begrenzungen werden klarmachen müssen.«

Crerar saß mit übergeschlagenen Beinen auf seinem Feldbett, das Kätzchen Plotz auf seinem Schoß.

Willoughby schien nur halb hinzuhören. »Wirklich eine der besseren Geschichten dieses Krieges! Loomis und der Kollaborateur. Wir werden uns für die Wallace etwas Gescheiteres einfallen lassen müssen, sonst schreibt sie uns noch über den besoffenen Kerl in der Presse... DeWitt wird da wenig Geschmack daran finden!«

»An der Sache mit Loomis?«

»Nein, an der Sache mit dem Flugblatt«, sagte Willoughby. »Ich auf jeden Fall werde mich in der Frage nicht engagieren. Wofür kämpfen wir eigentlich? Wissen Sie es denn?«

Crerar nickte. »Ich kämpfe für eines der schönsten Plätzchen auf Erden, ein kleines Landgut, etwa achtzig Kilometer nördlich von Paris. Ich hatte Kühe und ein paar Reitpferde dort; Obstgarten und ein Wäldchen gehörten auch dazu. War mal mein Eigentum; nun sitzen die Nazis drin. Ich frage mich manchmal, was sie wohl mit den Kühen gemacht haben?«

»Wahrscheinlich geschlachtet«, erwiderte Yates.

»Mit die besten Jahre meines Lebens habe ich dort verbracht«, fuhr Crerar fort, »zusammen mit Eve. Wie ein Kind hing sie an dieser *Ferme*. Sie liebte sie. Jetzt ist sie in einer Mietwohnung in New York eingesperrt... Es macht mir Sorge.«

Yates warf einen Blick auf das wirre Haar des alten Mannes. Die Armee soll ihm seine Jugend zurückerobern, dachte er. Lieber Gott! Sind wir denn nun alle schon wahnsinnig geworden?

»Aber Farrish will sein Flugblatt haben!« wiederholte er.

»Er kann es eben nicht bekommen«, sagte Willoughby. »Wenn wir es doch machen, bekommen wir einen ungeheuren Rüffel vom Obersten Hauptquartier.«

»Und tun wir es nicht«, sagte Crerar, »dann beschwert sich Farrish. Er hat seine Verbindungen. Ich sehe schon alles vor mir: beim Armeekorps regen sie sich auf, dann geht der Krach hinauf zur Armee, und schließlich greift man die Sache beim Obersten Hauptquartier auf, und wir kriegen es so und so auf den Kopf.«

»Können wir nicht mit DeWitt in Verbindung kommen?« schlug Yates vor. »Er ist ein vernünftiger Mann. Jedenfalls war das mein Eindruck von ihm.«

»DeWitt ist Berufssoldat!« Willoughby schwieg einen Moment nachdenklich. »West Point* sogar, und sehr bewußt seiner Rechte

* Militärakademie der USA im Staate New York

und Pflichten. Außerdem kann er auch da nichts machen. Kriegsziele! Das bedeutet Politik – Kriegsministerium, Außenministerium, der Präsident, Churchill, Stalin...«

Loomis trat ins Zelt. Er war völlig ernüchtert und zerknirscht.

»Ich habe mit Bing gesprochen«, sagte er. »Persönlich mag ich ihn nicht. Bildet sich ein, er weiß alles. Aber – er wird jetzt einen erstklassigen Job liefern. Es ist die größte Chance, die wir je hatten – so eine Sache für Farrish!«

Natürlich, dachte Yates, eine Chance für ihn! Solange die Einheit ihr Dasein rechtfertigte und bestehenblieb, konnte Loomis sich in sicherer Entfernung von der Front halten. Viel angenehmer natürlich als eine Versetzung zur Infanterie. Crerar streichelte die Katze.

Willoughby sagte: »Ich bin aber dagegen!«

Loomis war sprachlos. Er fuhr sich durch sein schütteres Haar. Dann sagte er: »Gewiß, man muß auch noch anderes in Betracht ziehen. Ein solches Flugblatt läßt sich nicht so eins, zwei, drei herstellen. Ich bin sicher, daß Yates bei Matador auf all dies hingewiesen hat.«

Yates' Ärger erreichte allmählich den Sättigungsgrad. »Habe ich«, sagte er, »aber die Lage ist vollkommen verfahren.«

»Nun – machen wir's oder nicht?« fragte Crerar.

Niemand antwortete.

»Wenn nicht – wie sagen wir es Farrish? Und wenn ja – was sagen wir DeWitt?«

Himmlischer Vater, dachte Yates bei sich, was versuchen wir hier zu entscheiden? Ob es besser ist, sich gegen einen Mann wie Farrish oder gegen einen wie DeWitt zu stellen? Worum ging es denn diesen Leuten – um Grundsätze? Arme Mademoiselle Godefroy, sie glaubte wirklich, ihr Haus sei für ein Prinzip zu Schutt zermalmt worden – um die Gesetze des Lebens wieder bestätigt zu sehen, hatte sie gesagt. Intrigen und Personalpolitik, das war alles, worum es den Herren ging. Und er konnte sie nicht einmal deswegen verurteilen. Er hatte an Stelle der Intrigen und der Personalpolitik nichts Besseres vorzuschlagen und zu bieten. Sie waren dabei nicht einmal besonders bösartig. Willoughby war ein außerordentlich befähigter Mensch, gescheit, erfinderisch und sogar anständig, wenn es ihn nichts kostete. Loomis war dumm und völlig egozentrisch, aber nicht viel mehr als jeder andere Durchschnittsmensch zu Hause oder hier drüben; und schließlich wurde er auch nur dann unangenehm, wenn er fürchtete, man könnte ihm zu nahetreten. Und Crerar? Yates mochte Crerar. In zwanzig Jahren war er vielleicht selber so wie Crerar, noch immer fähig, die Fäulnis in der Welt zu erkennen, aber nicht mehr bereit, sich deswegen in moralische Unkosten zu stürzen, einfach, weil es zuviel gab, was faul war.

Auf der anderen Seite: wenn eine einfache Schullehrerin sagen konnte, es hat sich gelohnt, alles, was ich hatte, zu verlieren, nur um die *boches* laufen zu sehen, wenn ein Junge sich für den Rest seines Lebens aus dem gleichen Grunde mit einem lahmen Bein abfand – dann steckte darin doch wohl mehr, als er wußte oder zugeben wollte. Karen hatte geäußert, es würde ihm nichts schaden, ein wenig von diesem Geist in sich zu haben. Frauen! Das gleiche würde Ruth gesagt haben. Sie würde sein Verhalten analysieren und ihm darüber Vorlesungen halten, bis er es nicht mehr aushalten konnte und lieber davonlief, nur um nicht anerkennen zu müssen: daß etwas Neues in das Leben dieser Menschen getreten war, durch uns, durch uns Amerikaner, durch die Freiheit, die wir ihnen brachten, und daß wir die Folgen unserer eigenen Geschenke nicht kennen, die Folgen dieses Krieges, den wir führen.

Erst jetzt merkte Yates, daß er wieder an seinen Warzen gerieben hatte.

Zum Teufel mit allem! Es war alles nur Spekulation. Es hatte gar nichts mit dem vorliegenden Fall zu tun.

Willoughby schlug sich auf den Schenkel.

»Yates!« rief er, »erzählen Sie es mir noch einmal: was hat Farrish genau gesagt? ›Achtundvierzig Salven aus achtundvierzig Geschützen?‹ Stimmt das so?«

»Ja.«

Willoughby spielte sich plötzlich in eine Art endgültiger Entschlossenheit, Überlegenheit und Geheimnistuerei hinein. »Die Sache geht in Ordnung«, verkündete er. »Ich mache das schon, auf meine Art.«

»Wie?« fragte Crerar.

Aber er schien gar nicht besonders neugierig zu sein. Crerar war müde. Die Erfahrung seines langen Lebens hatte ihn gelehrt, daß auch aus Sackgassen sich zumeist irgendein Ausweg finden läßt. Er war froh, die Angelegenheit Willoughby überlassen zu können.

Willoughby wollte sein Geheimnis bewahren. Es war so einfach, es lag so auf der Hand, daß er sich die Freude nicht nehmen lassen wollte, es richtig zu genießen. »Krieg«, so erklärte er, »ist genau wie alles andere im Leben. Man begegnet Menschen, man kommt mit ihnen zusammen, man schüttelt einander die Hände, freundet sich an. Eines Tages macht sich alles bezahlt. Dies nun ist einer dieser Tage.«

Er reckte sich.

»Auf jeden Fall soll Bing mal einen Entwurf machen. Das ist unsere zweite Verteidigungslinie. Ich glaube aber nicht, daß wir sie brauchen werden.«

Drittes Kapitel

Pete Dondolo besaß eine gute Stimme. Miss Walker sagte damals, als er noch die Schule besuchte: »Pete, wenn wir nur jemanden fänden, der dir Gesangsunterricht geben könnte!« Sie sah dabei den Jungen immer mit schräggestelltem Kopf an, wie ein Vogel, der sich nicht entschließen kann, ob er wegfliegen soll oder nicht. Der kleine Dondolo blickte ihr unbeirrt ins Gesicht und schwieg. Gesangsunterricht! Auch das noch!

Dondolo hatte nie etwas für seine Stimme getan. Aber er war insgeheim stolz auf sie. Indem er in gewisser Weise atmete und den Ton gegen den Gaumen steigen ließ, erreichte er, daß seine Stimme lauter und klarer klang und weiter zu hören war als die eines jeden anderen. Er vermochte ihr einen scharfen Oberton zu geben, bei dem seine Frau Lina erbleichte und sich in der Küche zu verstecken suchte. Nachdem das zweite Kind gekommen war, wurde sie dick und sah alt aus; da sprach er nur noch auf diese Art mit ihr.

Dann hatte er eine neue Begabung in sich entdeckt: er konnte die Stimme anderer Menschen, ihren Akzent, ihre Sprechweise und ihren Tonfall nachahmen. Er konnte genau wie sein ältester Junge sprechen, wie Larry, so daß Lina nicht wußte, ob der Junge im Zimmer war oder nicht, und es nicht mehr wagte, ihn zu rufen. Wenn der Kandidat der Opposition in der Parteiorganisation im Zehnten Stadtbezirk seine Rede hielt – im Zehnten Stadtbezirk hatte die Parteiorganisation bei vielem mitzureden, und Marcelli, ihr Chef, haßte jede Opposition –, bestieg Dondolo gleich nach dem unglückseligen Oppositionsredner die Tribüne, ahmte den Mann in verblüffender Weise nach und verdrehte jedes seiner Worte so, daß das Gegenteil dabei herauskam und der Mann der Opposition aus dem Saal gelacht wurde. Selbst Marcelli fiel es schwer, ein ernstes Gesicht zu wahren, und er hatte oft zu Dondolo gesagt: »Du bist ein richtiger Schauspieler, Pete, ein richtiger Schauspieler!«

Der Krieg hatte Dondolos glänzende Laufbahn in der Parteiorganisation des Zehnten Stadtbezirks unterbrochen. Er hatte versucht, sich aus diesem Krieg herauszuhalten. Marcelli hatte zu ihm gesagt: »Taugt nichts, der Krieg. So, als ob ich gegen Shea Krieg führen würde...« Shea hatte die Organisation im Vierzehnten Bezirk unter sich. »Würde ich mich mit Shea herumschlagen, wenn ich die Sache mit ihm im guten richten kann?«

Marcelli hatte versprochen, sich um die Jungens zu kümmern, um Larry und Saverio. Aber das war nicht genug. Dondolo machte sich Sorgen. Die Hälfte seines Wehrsoldes und die Hälfte des Geldes, das er so nebenbei verdiente, überwies er an ein besonderes Bankkonto für die Kinder. Lina durfte an dieses Geld nicht heran. Ja, sie wußte nicht einmal davon. Nur Marcelli wußte Bescheid; er hatte Vollmacht.

Und dann steckte die Armee Dondolo als Küchensergeant in diese Einheit. In der Einheit wimmelte es von Leuten, die überhaupt nicht zu ihm paßten. Es war nicht leicht, sich beim Organisieren wohl zu fühlen und Freude daran zu haben, wenn man sich die ganze Zeit in acht nehmen mußte. Er stand allerdings nicht allein da, es gab noch einige andere, die so dachten wie er – Lord, der Schirrmeister, und Vaydanek, zum Beispiel, der zweite Koch. Sie hielten zusammen und entdeckten dabei, daß es leicht war, die anderen niederzuhalten. Die meisten anderen waren Männer, die ihrem Dienst nachgehen und in Ruhe gelassen sein wollten – und das war ein Zeichen ihrer Schwäche.

Wieder kam Dondolo seine schauspielerische Begabung zugute. Er hatte ein scharfes Gehör und kannte keine Schonung. Er äffte nach und übertrieb dabei und machte sein Opfer auf eine Weise lächerlich, gegen die es keine Verteidigung gab. Alles war natürlich nur guter, ehrlicher Spaß; die Leute hatten sich damit abzufinden. Dondolo ließ sich immer einen Ausweg offen, immer konnte er sagen, alles wäre ja nur ein Scherz gewesen. Und Loomis schützte ihn. Loomis fürchtete ihn. Loomis hatte ein ausgeprägtes Gefühl dafür, wer wirklich Macht besaß.

An diesem Abend hackte Dondolo auf Abramovici herum. Nach der Besprechung im Zelt der Operationsabteilung hatte Crerar Abramovici kommen lassen, um eine Meldung an DeWitt aufzunehmen – die Meldung mußte auf der Maschine geschrieben und dann der nächsten Nachrichtenabteilung zugeleitet werden. Dadurch kam Abramovici erst spät zum Abendessen.

Dondolo begann sein Spiel. »*Waaas* ist das?«

Dieses »*waaas* ist das?« war sein Schlachtruf geworden. Einige etwas weltfremde Männer der Einheit sagten zuweilen, wenn sie jäh mit der harten Wirklichkeit des Lebens und des Krieges konfrontiert wurden, wie in Erstaunen: »Was ist das?« Dondolo, dem es nie im Leben eingefallen wäre, irgend etwas mit den Worten *Was ist das?* in Zweifel zu stellen, der jede Sache vielmehr so nahm, wie er sie vorfand, und sie entweder auffraß oder sich aneignete oder sie sich zumindest zu Nutzen machte, erschien eine derartige Frage einfach lächerlich.

»*Waaas* ist das?« wiederholte er, während Lord und Vaydanek, sobald sie seinen Schlachtruf gehört hatten, herankamen, um sich den Spaß, der sich da vor dem Küchenzelt entwickeln würde, anzusehen.

»Ich will mein Abendessen«, sagte Abramovici und hielt sein Kochgeschirr hin.

»Du willst Abendessen?« wiederholte Dondolo. »Abendessen will er!«

Dies war an ein unsichtbares Publikum gerichtet. Lord und Vaydanek lachten.

»Er kommt nach der Essenszeit und verlangt Essen!« Dondolo änderte den Ton und wurde scharf. Er stemmte die Fäuste in die Seiten, beugte sich vor, schob die schmale Unterlippe seines breiten Mundes vor, während sich die Sehnen seines dicken Nackens spannten. »Hier ist keine Gastwirtschaft, verstanden? Wer zu spät kommt, kann aufs Frühstück warten. *Waaas* ist das?«

Abramovici hielt noch immer sein Kochgeschirr hin. Er war hungrig. Er war immer hungrig. Sein untersetzter fester Leib konnte Unmengen von Nahrung konsumieren; Abramovici kaute gründlich, aß langsam, in Erinnerung an das Sprichwort, das er in seiner rumänischen Heimat gehörte hatte: Gut gekaut ist halb verdaut. Abramovici kümmerte sich liebevoll um seine Verdauung wie um alle Funktionen seines Körpers.

Dondolo ergriff einen riesigen Schöpflöffel und schlug ihm das Kochgeschirr aus der ausgestreckten Hand. Das Geschirr fiel klirrend zu Boden. Geduldig hob Abramovici es wieder auf.

Dann, im Bewußtsein der Vorschriften, die ihn deckten und die er kannte, sagte er: »Ein Soldat, der den ganzen Tag Dienst getan hat, hat ein Recht auf sein Essen.«

»Ein Soldat hat ein Recht auf sein Essen!« Dondolos Stimme klang genau wie die Abramovicis. »Und ein Sergeant hat überhaupt kein Recht, wie? Ich – ich arbeite vielleicht nicht? Ich stehe vielleicht nicht um vier Uhr morgens auf? Ich stehe vielleicht nicht den ganzen Tag an den heißen Kesseln? Habe ich kein Recht, Feierabend zu machen, wenn Feierabend ist? Ich bekomme meine Überstunden nicht mit fünfzig Prozent mehr bezahlt. Ich bin beim Kommiß! Und du bist beim Kommiß! Essenszeit ist vorbei!«

Hätte Abramovici seine Beherrschung verloren, hätte er zurückgebrüllt, hätte er sich laut beklagt und dabei Dondolo, Lord und Vaydanek den Spaß gewährt, den sie sich erhofften, so hätte der Sergeant dem kleinen Juden ohne weiteres noch Essen ausgegeben. Aber Abramovici behielt seine Ruhe. Er hielt einfach sein Kochgeschirr hin und forderte. Seine großen Füße waren wie am Boden festgewurzelt, seine Augen, die fast keine Pupillen zu haben schienen, zeigten keinerlei Gefühl. Dondolo war enttäuscht und ärgerte sich.

Das Ganze war nichts Neues für Abramovici. Als Kind hatte er Pogrome erlebt. Für ihn war Dondolo nur ein Beamter, der ein bißchen Macht hatte. Solchen kleinen Herrschern konnte man um den Bart gehen. Waren sie aber übler Laune, so gab es nur eins: alles hinnehmen, alles über sich ergehen und ablaufen lassen, wie Wasser vom Rücken einer Ente.

Dondolo aber glaubte, er habe etwas Neues erfunden. Und seine Erfindung erzielte keine Wirkung.

»Gib ihm was zu essen«, sagte Vaydanek. »Was ist schon dabei!«

Diese unerwartete Schwäche in seinen eigenen Reihen steigerte nur den Zorn, in den Dondolo sich bereits hineingeredet hatte. Vielleicht war dies sogar der Zweck von Vaydaneks Einspruch gewesen.

Dondolo kam hinter dem Tisch hervor, auf dem noch die Reste des Abendbrots standen, und versetzte Abramovici einen Stoß. Es war kein besonders starker Stoß, aber doch stark genug, daß Abramovici rückwärts stolperte und ihm sein Kochgeschirr wiederum aus der Hand fiel.

»Das darfst du nicht!« sagte Abramovici. »Ein Soldat hat das Recht...«

»Das darf ich nicht? Ich werd' dir mal zeigen, was ich alles darf –«

Aber er wurde unterbrochen, bevor er noch richtig in Fahrt kam.

»Gib ihm gefälligst was zu essen«, sagte jemand. »Das Zeug steht doch noch da!«

Lautlos, denn das Gras dämpfte seine Schritte, war Preston Thorpe hinzugetreten. Er hatte den Vorgang eine Weile beobachtet und fühlte sich selber betroffen und beleidigt. Er haßte es, wenn die Starken die Schwachen kujonierten; es war ungerecht. Und er haßte Dondolos provokatorische Art – die ganze Intoleranz der Spießer steckte darin und überhaupt alles, was ihm gegen den Strich ging.

Dondolo wandte sich gegen seinen neuen Gegner. Thorpe war größer als er und wirkte drahtig. Dondolo hatte es nie gewagt, Thorpe anzugreifen – Thorpe war der einzige Mann in der ganzen

Einheit, der vor der Landung in der Normandie bereits im Einsatz gestanden hatte: er war als Infanterist in Nordafrika gewesen.

»Ihr werft den Fraß ja doch weg«, sagte Thorpe. »Und er hat nun einmal ein Recht...«

Das Wort Recht, nun auch von Thorpe als Argument angeführt, brachte Dondolo um den Rest seiner Selbstbeherrschung. In seiner Welt hatte keiner irgendwelche Rechte; es gab nur Beziehungen und Vergünstigungen.

In der Blechtonne, die dem Tisch am nächsten stand, schimmerte dunkel der Kaffee. Am Rand des Behälters hing noch der Schöpflöffel, mit dem der Kaffee ausgeteilt worden war. Dondolo griff danach, tunkte blitzschnell ein und schwenkte den vollen Löffel gegen Thorpe.

Der Strahl warmer Brühe traf Thorpe mitten ins Gesicht. Einen Augenblick lang war er wie geblendet.

Geblendet, unfähig sich zu rühren, wehrlos. Er spürte, wie das Zeug ihm den Nacken hinabrieselte und weiter, unter seinem Hemd, über Brust und Rücken, unangenehm klebrig – wie Blut.

Genau wie Blut.

Er schrie gellend auf – wieder verwundet. Alles, was er hatte vergessen wollen, war wieder da, stürmte auf ihn ein, überwältigte ihn... Der dumpfe Schmerz und das Leben, das langsam aus ihm versickerte, die Angst vor dem ewigen Dunkel, vor dem Nichts um ihn herum, vor der großen, unendlichen Leere. Da war diese Angst wieder, und er vermochte seine Arme nicht zu heben, sich nicht zu bewegen, nicht zu sprechen.

Durch sein Gehirn zog sich wie ein dünner Faden der Gedanke: Los! Ran an den Kerl! Erschlag ihn! Aber er scheute davor zurück, irgend etwas berühren zu müssen, und noch mehr, selber berührt zu werden. Seine Muskeln, seine Haut, alles an ihm war wie auf der Flucht, zog sich in sich selbst zurück, schrumpfte ein.

Thorpe war ein Feigling, er wußte es. Und er erkannte, daß Dondolo das nun auch gemerkt hatte. Es war wie eine Kette, die immer weiter lief und in die er verstrickt war.

Er kam zu sich. Irgend jemand wischte ihm das Gesicht ab.

Bing war, noch später als Abramovici, gekommen, seine Abendkost zu empfangen.

»*Waaas* ist das?« krähte Dondolo.

»Du Scheißkerl gehörst in den Bunker!« sagte Bing.

»Komm doch her!« rief Dondolo. »Komm! Willst wohl 'ne Wucht?!«

Bing, überlegte Dondolo, würde es kaum riskieren, ihn tätlich anzugreifen. Tat er es aber, so war ihm das Kriegsgericht sicher, auf jeden Fall in einer Einheit, deren Männer Loomis unterstanden. Bing war zu schlau, sich auf so etwas einzulassen.

»Komm doch ran!« sagte Dondolo herausfordernd.

»Das könnte dir so passen!« Bing zögerte. Wahrscheinlich, daß Dondolo ihm physisch überlegen war. Und dann war da noch das Kriegsgericht. Und dann dies Flugblatt und der Krieg. Es war wichtiger, die Deutschen zu bekämpfen als Dondolo. Deutschland – die Wehrmacht, die Partei – Millionen von Dondolos. Wie aber konnte man sie schlagen, wenn man Dondolos in den eigenen Reihen hatte, Dondolos, an die sich keiner heranwagte und an die keiner herankam?

»Feiger Hund!« Dondolo spuckte aus. »Feige Hunde, alles miteinander. Juden! Ausländer! *Waaas* ist das?«

Dondolo brach jäh ab. Die Stille war drückend. Der Boden unter ihnen schien zu schwanken, ein hohles Dröhnen erfüllte die Luft. Die amerikanische Artillerie hatte begonnen, das Feuer der Deutschen zu beantworten.

»Gehen wir«, sagte Abramovici. »Mir ist der Appetit vergangen.«

»Vaydanek!« rief Dondolo. »Gib ihnen meinetwegen was zu essen!«

»Also los, Kumpels!« brüllte Vaydanek. »Hierher – kommt und holt's euch!«

»Nein, danke«, sagte Abramovici. »Jetzt ist es ja glücklich kalt.«

Dondolo zuckte mit den Schultern. »Eure eigne Schuld! Kommt rechtzeitig, und ihr bekommt euren Fraß.«

»Ich hätte dich gern etwas gefragt, Dondolo.« Bing klappte sein Kochgeschirr zu und näherte sich dem Küchensergeanten. Dondolo trat unwillkürlich einen Schritt zurück. Er war zu weit gegangen. Es gab da Dinge, die man denken konnte, von denen man unter Freunden sprach – aber man posaunte sie nicht hinaus, jedenfalls jetzt noch nicht. Was hatte Bing vor? Bing war schlau, wollte ihm wohl eine Falle stellen.

»Worum, zum Teufel, glaubst du, geht es in diesem Krieg?« sagte Bing. »Und warum bist du überhaupt dabei?«

Dondolo versuchte nachzudenken. Nach der Aufregung eben fiel es ihm schwer. Dort, wo er herkam, hielt man nach einer Schlägerei keine langen Reden. Man holte die Polizei oder machte sich aus dem Staub. Aber vielleicht waren diese Burschen so feige, daß sie reden, alles wieder ausbügeln und so tun mußten, als wäre überhaupt nichts geschehen. Wenn das der berühmte Palmenzweig war, nun gut, Dondolo fühlte sich versucht, ihn anzunehmen, bloß weil er zu weit gegangen war.

Vorsichtig sagte er also: »Ich? Ich hab damit nichts zu tun gehabt. Ich wurde ganz einfach einberufen.«

»Ich auch. Es gab immerhin ein Gesetz. Aber du hättest dich ja weigern können.«

»Was! Und mir Schwierigkeiten machen?«

»In Schwierigkeiten steckst du jetzt. Du bist hier – und da drüben schießen sie mit ihren dicken Sachen. Plötzlich bist du weg wie nichts!« Bing schnipste mit den Fingern.

Keine Antwort.

»Irgendeinen Gedanken mußt du ja haben, warum du vielleicht totgeschossen wirst?«

»Mich erwischt es schon nicht.«

»Ich hoffe es für dich«, sagte Bing ruhig, »aber immerhin hast du gute Aussichten.«

Lord, der Schirrmeister, der bis dahin geschwiegen hatte, zündete sich eine Zigarette an und sagte: »Alles Quatsch!«

»*Waaas* ist das?!« Vaydanek versuchte zu lachen.

Die Deutschen nahmen ihr Feuer wieder auf. Das Feuer schien näher zu kommen. In der stillen Abendluft war alles noch deutlicher zu hören.

»Alles Quatsch!« wiederholte Lord, aber ohne Begeisterung.

»Du hast Angst vor dem Sterben«, sagte Bing. »Du sprichst nicht gern darüber. Für deine zwei Kinder wäre es ein harter Schlag!«

»Laß meine Kinder aus dem Spiel. Die gehen dich, verdammt noch eins, einen Dreck an!«

»Aber dich! Stehst du hier im Krieg – für sie?«

Dondolo geriet wieder in Zorn, aber auf andere Art diesmal. Bing hatte ihm einen Tiefschlag versetzt. Larry und Saverio, der Kleine: nicht einmal ihre Namen sollten hier ausgesprochen werden. Die Namen hier zu nennen war wie der böse Blick – gegen die beiden Kinder, aber auch gegen ihn selber.

»Halt's Maul!« sagte er. »Sicher. Für meine Kinder kämpfe ich. Und ich werde auch zu ihnen heimkommen. Aber wegen solcher Leute wie du habe ich sie allein lassen müssen. Wenn ihnen irgend etwas zustößt, mache ich dich nieder. Ein Haufen Juden hat Schwierigkeiten, und gleich muß die ganze amerikanische Armee rüber übers Meer. Der Kerl da, der Hitler, der wußte schon, was er tat, und Mussolini wußte es auch. Alles ist verdreht. Wir sollten zusammen mit Hitler und Mussolini gegen die Kommunisten kämpfen. Die Kommunisten sind gegen die Familie, gegen alles...« Seine Worte verloren sich in Murmeln.

»Hör schon auf!« brummte Lord. »Mach los!«

»Hier! Jeder kriegt 'ne Tasse Kaffee«, rief Vaydanek.

»Nein, danke«, sagte Bing.

Sie standen über das Geländer der Zugbrücke gelehnt. Der Burggraben lag im Dunkel. Hier und da waren helle Flecke, wo der Mondschein auf kleine Inseln von Wasserpflanzen fiel. Aus der Küche des Pächters drangen gedämpft die Stimmen Manons und Paulines.

Thorpe warf einen Stein und horchte auf das Aufplatschen. Für den Bruchteil einer Sekunde stellten die Frösche das Quaken ein.

Abramovici schlug sich klatschend ins Gesicht. »Mücken«, sagte er.

»Erwischt?« fragte Bing.

»Nein.« Abramovici hustete. »Mücken sind die Träger vieler Krankheiten«, sagte er, »von Malaria zum Beispiel.«

»Aber nicht hier.«

»Woher willst du das wissen?« Abramovici hatte ein morbides Interesse für Krankheiten. Er las alle möglichen Nachschlage- und Lehrbücher über Krankheitsverhütung und versuchte, sämtliche darin enthaltenen Ratschläge zu befolgen. »Bei den Soldaten gibt es immer Leute, die sich mal in den Tropen Malaria geholt haben. Eine Mücke sticht erst sie und dann einen gesunden Menschen. So gerät die Malaria auch in die Normandie.«

»Rauch 'ne Zigarette. Der Rauch vertreibt die Mücken.«

»Ich rauche nicht«, sagte Abramovici. »Ich werde doch meinen Körper nicht freiwillig vergiften. Außerdem würde ich in der Dunkelheit mir keine Zigarette anzünden. In der Nacht ist das Licht eines Streichholzes auf mehrere Kilometer hin zu sehen. Die Armee hat darüber Versuche angestellt. Ein einziges Streichholz kann eine ganze Stellung einem deutschen Flieger verraten.«

Bing rückte von Abramovici ab. Es lag ihm sowieso wenig an dessen Gesellschaft; der Mann wusch sich zu oft, er war immer von einem Geruch von Sauberkeit umgeben. Auch schlief er regelmäßig und tief, mit einem leichten, aufschluckenartigen Schnarchen. Sobald sich die Gelegenheit bot, zog Abramovici Schuhe und Socken aus und setzte seine Füße der Luft aus. Seine rosigen Zehen standen weit auseinander – in seiner Jugend mußte er breite, orthopädische Schuhe getragen haben.

Nun hatte Abramovici sich ihm und Thorpe angeschlossen, dankbar für die Unterstützung gegen Dondolo, und man wurde ihn gar nicht mehr los. Bing wünschte, der Mann würde endlich aufhören, dankbar zu sein.

Abramovici aber fühlte sich geborgen und wohl. »Mein Vater«, erzählte er, »war schon im ersten Weltkrieg mit dabei. Als er erfuhr, daß ich mit der Armee nach Europa mußte, sagte er mir: Leopold, hör zu. Der Krieg ist eine gefährliche Sache, wenn du dich nicht vorsiehst. Achte darauf, was du ißt und was du trinkst und wohin du dich begibst. Kämpfe nur, wenn es sich nicht vermeiden läßt. Ich habe dir eine ordentliche Bildung verschafft, und du hast viel Nützliches gelernt. Kämpfen kann jeder – was die Armee wirklich braucht, sind Köpfe. Und vergiß eines nicht: von einem Krieg hast du überhaupt nichts, wenn du ihn nicht überlebst.«

Thorpe warf wieder einen Stein. »Diese ekelhaften Frösche!«

»Man sollte Petroleum in den verdammten Graben schütten«, sagte Abramovici. »Dann würden die Mückenlarven ersticken, und es gäbe keine Mücken mehr.«

»Dein Hauptziel in diesem Krieg ist also zu überleben?« fragte Bing.

»Nein«, sagte Abramovici überrascht, »das habe ich nicht gesagt.«

»Doch! – Und was wäre es sonst?«

Abramovici runzelte die Stirn. »Amerika...«, sagte er. Dann lachte er und wurde vertraulich. »Gewiß. Ich gebe es zu. Ich will leben. Ihr etwa nicht? All diese Kerle, die ihr Leben unnötig riskieren – ich tu so was nicht. Ich schlafe in meinem Schützenloch. Ich weiß, ihr schlaft im Château, oben im Turm. Und wenn nun das Schloß getroffen wird? Es stürzt ein, es brennt – und ihr seid dann im Arsch.« Er machte eine Pause und zog die Hosen hoch. »Ich tu meine Pflicht, ich bin unabkömmlich. Das sagt auch Mister Crerar.«

Thorpe meinte: »Geh zu Bett, Mann, es ist Zeit.«

Abramovici bemerkte die leichte Ironie. »Der Soldat hat nach einem Tag Dienst ein Recht auf Ruhe«, verteidigte er sich voller Überzeugung.

»Also schlaf!« sagte Thorpe. »Schlaf! Vielleicht vergessen uns die Deutschen heute nacht und kommen nicht.«

»Glaubst du wirklich?« fragte Abramovici hoffnungsvoll.

»Mach schon, daß du fortkommst.«

Abramovici zog ab, und Thorpe wandte sich zu Bing. »Ein widerlich gesunder Bursche!« Er zündete zwei Zigaretten an und hielt Bing eine hin.

»Licht aus!« rief eine Stimme.

»Nervös«, sagte Thorpe. »Alle sind sie nervös. Nur ich nicht. Nicht weil ich das alles schon mitgemacht habe. Man sagt, je mehr einer mitgemacht hat, desto mehr Angst hat er. Stimmt wahrscheinlich auch. Und ich habe Angst, ich will nicht sagen, daß ich keine hätte. Aber es gibt anderes, wovor ich noch mehr Angst habe. Dieser Dondolo – und daß ich dastand und mich nicht rühren konnte, als klebten die Füße am Boden und die Arme am Leib. Hast du das jemals erlebt? Jetzt habe ich Kopfschmerzen. Ich kann nicht lange auf das Wasser hinabsehen, alles dreht sich vor mir, die Lichtflecke, die Wasserpflanzen, alles.«

»Vielleicht ist es gar nichts weiter, und auch du brauchst nur Schlaf. Ich kann dir Aspirin geben – bei dem Schlaf, den wir so kriegen...«

»Ich kann überhaupt nicht mehr schlafen«, sagte Thorpe. »Irgendwie mag ich die deutschen Flugzeuge sogar. Sie kommen, und der Lärm geht los, und die Lichtgarben schießen in die Luft, rot, grün, gelb. Hübsch, wie das dann langsam herabsinkt. Wenn ich das sehe, vergesse ich das andere...«

»Welches andere?«

»Ich kann es nicht beschreiben. Ich versuche es mir selber zu erklären. Dondolo hat mir eigentlich geholfen... Ja, wirklich. Er hat mir alles ein wenig klarer gemacht.«

»Du hast Kopfschmerzen, sagst du. Was redest du da so viel?«

»Weshalb fragst du Abramovici, was er im Krieg will?«

»Ich habe ja auch Dondolo gefragt.«

»Weshalb also?«

»Weil ich es selber nicht weiß«, sagte Bing. »Ich habe ein paar Gedanken darüber, aber keiner von ihnen trifft es richtig. Dabei muß ich ein Flugblatt zu dem Thema schreiben – es den Deutschen irgendwie beibringen. Farrish will es haben.«

»Farrish?«

»Komisch, was? Spielt den rauhen Krieger, man könnte meinen, sein Gehirn ist aus Leder. Und dennoch denkt er da, denkt sich etwas zurecht, und es läßt ihm keine Ruhe...«

»Du mußt es aber doch wissen! Wie kannst du den Deutschen etwas erklären, was du selber nicht weißt?«

»Es gibt Dutzende von Schlagworten.«

»Taugen alle nichts.« Thorpe schlug mit der Faust auf das Geländer. »Ich habe sie alle an mir ausprobiert. Ich habe sie mir vorgestellt, als ich im Lazarett lag und das Leiden um mich herum sah. Leiden! Das ist auch so ein Schlagwort! Und sie ertrugen es alle so tapfer. Ich dachte, ich wäre der einzige ohne Courage. Aber dann fand ich heraus, daß sie alle sich und einander etwas vorspielten – ich selber auch. Wenn du es wissen willst, wir machen uns die ganze Zeit etwas vor, jeder einzelne von uns, selbst wenn es uns noch nicht geschnappt hat. Wenn du allein wärst, wenn niemand, kein Offizier, kein Kamerad dich sehen könnte – würdest du dann nicht davonlaufen? So schnell wie möglich wegrennen? Wir machen einfach weiter, weil wir nie allein sind. Das ist das ganze Geheimnis. Organisation!

Prachtvolle Erfindung, so eine Organisation. Im Haufen wagst du nicht zuzugeben, daß du starr bist vor Schiß und nur wieder nach Hause möchtest.«

Aus der Dunkelheit trat Tolachian zu ihnen. »Ich war bei Loomis«, sagte er.

»Was hat Loomis denn gewollt?« fragte Thorpe.

»Meine Haltung gefällt ihm nicht, sagt er. Es wäre versteckte Insubordination.« Das komplizierte Wort kam stockend von Tolachians Lippen. »Und er sagte noch, er würde persönlich dafür sorgen, daß ich keine Gelegenheit mehr erhielte, mich einzumischen.«

»Einzumischen – in seine Verhältnisse mit den Franzosen?« Die Geschichte von Loomis' Zusammenstoß mit Madame Poulet hatte in der Einheit bereits die Runde gemacht.

»Nehme ich an.« Tolachian kratzte sich am Handgelenk. »Heute abend beißen sie aber.«

Bing schüttelte den Kopf. »Sei lieber vorsichtig. Du hast ihn lächerlich gemacht. Das verzeiht keiner, vor allem nicht Loomis.«

»Alles ein Gesindel!« sagte Thorpe voller Überzeugung. »Alle!«

Tolachian, die Ellbogen auf dem Geländer, faltete die Hände. Es waren große Hände mit dicken, starken Fingern. Er versuchte, im Dunkeln in Bings Gesicht zu lesen. »Ich mache mir da keine Sorgen«, sagte er.

»Nun – denke auch ein bißchen an dich. Zu Hause hast du eine Frau, sagst du. Sie muß schwer arbeiten. Eines Tages willst du zu ihr zurückkommen und es ihr vielleicht leichter machen…«

»Das schon«, sagte Tolachian. »Das will ich unbedingt.«

Eine Weile blieb alles still. Thorpe, unfähig, irgend etwas außerhalb seiner selbst mehr als vorübergehende Aufmerksamkeit zu schenken, kehrte zu dem Zwangskreis seiner Gedanken zurück. »Gut«, sagte er, »man hält also durch, hält den Kopf hin, läuft nicht davon. Und dann merkt man plötzlich, daß genau das, wogegen man kämpft, hinter einem ebenso vorhanden ist…«

»Was zum Beispiel?«

»Wieder kann ich dir nur Schlagworte geben, die die ganze Bedeutung nicht fassen. Ungerechtigkeit. Unduldsamkeit. Grausamkeit. Engstirnigkeit. Egoismus. Eitelkeit. Und so weiter.«

»Dondolo«, sagte Bing.

»Ja, er auch.«

»Was hat denn Dondolo angestellt?« fragte Tolachian und versuchte, die Richtung zu erfassen, in der sich die Gedanken der beiden anderen bewegten.

»Was er angestellt hat?« sagte Bing. »Seine alte Walze. Er und sein Klüngel haben sich wieder über Abramovici hergemacht. Und dann nahmen sie sich Thorpe vor.«

»Man sollte ihm den Schädel einschlagen«, sagte Tolachian voller Überzeugung.

»Ich hätte es tun sollen«, sagte Thorpe niedergeschlagen.

»Halt du dich mal heraus«, sagte Tolachian. »Du hast schon gerade genug mitgemacht.«

Aber Thorpe ließ diese Entschuldigung vor sich selber nicht gelten. »Dondolo!« sagte er. »Er ist nur einer von vielen. Das geht bis ganz hinauf, überall. Loomis, Willoughby, Farrish. Ich habe Farrish bei uns in Nordafrika im Lazarett erlebt. Da war einer, der hatte einen Schock weggekriegt. Durchgedreht. Der arme Kerl stand vor seinem Bett, stand stramm und mußte sich anhören, wie Farrish ihn beschimpfte. Danach wurde er auf eine andere Abteilung gebracht, in der kein Besuch mehr zugelassen war. Ich sage euch, ich war froh, daß ich zumindest ein paar anständige Löcher vorzuweisen hatte, durch Granatsplitter und so was.«

Er holte tief Atem.

»Ich kämpfe also für die Demokratie gegen den Faschismus. Gute Idee, bitte sehr. Regierung des Volkes durch das Volk und für das Volk. Und wenn ich darüber nachdenke, sehe ich: jeder hat die Freiheit, jedem anderen an die Gurgel zu gehen.«

Tolachians ruhige Stimme stand in merkwürdigem Gegensatz zu dem anschwellenden Lärm der Frösche.

»Ich hatte einmal einen Freund«, sagte er. »Er hieß Tony. Er war ein großer, starker Mann mit einem Kinderherzen. Man hätte ihm erzählen können, es gäbe einen Engel, der jeden Monat große Stücke vom Mond abschnitte und das Silber den Witwen und Waisen schenkte. Tony hätte auch das geglaubt, denn er glaubte gern an hübsche Geschichten.

Eines Tages geriet Tony in eine Schießerei. Das war in Chicago, und es war gerade ein Streik. Ihr wißt, wie das ist, man will seiner Frau etwas zum Anziehen kaufen und seinen Kindern etwas zu essen geben und eine anständige Schulbildung...

Es war ein Sonntag, und die Arbeiter gingen mit ihren Frauen und Kindern in der Nähe der Fabrik im Süden der Stadt spazieren. Die Sonne schien, und der Streik sah eher wie ein Feiertag aus. Wenigstens beinahe. Plötzlich aber war überall Polizei. Und die begann auf die Leute einzuprügeln, und einige schossen sogar.

Tony sah sich das alles an. Er gehörte gar nicht zu diesen Arbeitern, er arbeitete woanders, war Drucker wie ich. Aber auf einmal stürzte er sich in das Getümmel, packte mit seinen starken Händen den nächsten Polizisten und riß ihn von einer Frau weg. Und er hörte nicht mehr auf. Er war wie der Riese in dem Buch – wie hieß er doch –, ach ja, wie Paul Bunyan, und wo er war, bekamen die Leute ein wenig Luft.

Da haben sie auf ihn geschossen. Ich sah ihn dann im Krankenhaus. Sein rundes Gesicht war schmal geworden und hatte keine Farbe mehr. Ich möchte husten, sagte er zu mir, aber ich kann nicht, es tut zu weh... So schlimm stand es mit ihm. Er konnte nicht einmal husten.

Ich fragte ihn: Tony, sagte ich, was hattest du dich da hineinzumischen? Es war sehr dumm von dir, Tony.

Tony sagte eine Weile gar nichts. Und schließlich sagte er: Sarkis – er nannte mich beim Vornamen –, es war schon richtig, was ich getan habe.

Gewiß war es richtig, sagte ich. Ich wollte ihn nicht aufregen.

Nein, du verstehst nicht, sagte er. Wenn Männer mit Pistolen auf Männer ohne Pistolen losgehen und auf Frauen und Kinder, das ist nicht recht. Aber das, das weiß ich: geschieht so etwas irgendwo, geschieht es überall. Wenn es den Menschen in Süd-Chicago geschieht, geschieht es auch mir. Und darum würde ich es auch wieder tun. Ja, würde ich. Wenn du ein Unkraut siehst, dann reißt du es aus, mit Wurzeln und allem. Sonst breitet es sich über das ganze Feld aus. Wenn du ein Unkraut siehst, Sarkis, sagte er zu mir, und du wirst noch viel davon sehen... Dann hustete er.«

In Bings Kopf begann es zu arbeiten. Mit einer Stimme, die nicht eigentlich ihm zu gehören schien, wiederholte er: »*Geschieht es irgendwo, geschieht es auch mir…*«

Das war Amerika!

»Was wurde aus Tony?« fragte Thorpe.

Tolachian löste seine Hände: »Er ist tot.«

Viertes Kapitel

Karen Wallace suchte Bing.

Sie redete sich ein, sie wolle ihn fragen, wie er mit dem Flugblatt zurechtkomme. Als sie aber um das Schloß herumging, das unter einem riesigen Mond scharfe Schatten warf – als sie Männer traf, die sie anstarrten und unwillkürlich einige Schritte auf sie zukamen, nur um wieder stehenzubleiben und verlegen »Hallo!« oder »Guten Abend« zu sagen oder auch nur vor sich hin zu pfeifen – und als sie schließlich in den Weg einbog, der zur Zugbrücke führte und Bing dort erkannte und die leichte Veränderung ihres Herzschlags bemerkte, eine ganz leichte Veränderung nur – da wußte sie, daß das Flugblatt einfach ein Vorwand war. Sie lachte über sich selbst. Ein zufälliges Zusammentreffen in einem Stabsunterstand, eine Autofahrt durch einen Teil der Normandie, und außerdem bin ich älter als er – Mädchen, verlier nicht den Kopf! Übertreib's nicht!

Sie kannte sich zu gut in ihrem eigenen Triebleben aus. Sie konnte im voraus sagen, wie sie sich verhalten würde, falls sie es zuließe – jeden Schritt in diesem Spiel: sich nähern, locken, nehmen – und dann – immer wieder das gleiche – sich losreißen, ohne ihre Gefühle allzusehr engagiert zu haben.

Und doch war da etwas.

Bing sah sie auf sich zukommen und war froh, daß Thorpe noch da war – Tolachian war zurück in seine Unterkunft im Dorf Vallères gegangen. Froh aus zwei Gründen: er hatte Angst, mit ihr allein zu sein, denn wahrscheinlich würde er versuchen, etwas mit ihr anzufangen, und sie würde ihn zurückweisen oder Lärm machen, und es käme darauf nur zu einem dieser unerfreulichen und ernüchternden Auftritte. Außerdem wußte er, daß viele Augen ihr folgten, sehnsüchtige, neidische, gierige und einsame Augen. Wenn man sah, daß sie mit zwei Männern sprach, mit Thorpe und ihm, so war es in Ordnung. Aber er und die Frau allein... Morgen würden die anderen ihm auf die Schulter schlagen und ihn fragen, wie es denn gewesen wäre, mit jener Vertraulichkeit, die nur eine Art Eifersucht ist, und dennoch würden sie gewissermaßen stolz auf ihn sein, denn er hatte es geschafft, und durch ihn hatten sie alle die Frau besessen. Und diese Männer, die gutmütig diese nicht ganz saubere Gemeinsamkeit betonten, waren noch immer die besseren – es gab auch noch solche, die dachten: Wenn dieser Kerl es mit ihr tun darf, warum nicht auch ich? Sie treibt es mit ihm; wahrscheinlich treibt sie es mit jedem. Sie würden sie anstarren zu jeder Stunde des Tages, sie würden sie mit ihren Augen in schamloser Weise entkleiden, ihre Blicke würden über ihre Brüste gleiten, über ihre Schenkel und hin zu der Stelle zwischen ihren Beinen.

Und dann die Zurufe: Na, wie wär's denn, Baby! Widerlich, gemein, zynisch.

Er wollte ihr das ersparen. »Preston Thorpe!« stellte er vor. »Thorpe war in Nordafrika, bevor er hier hineingeriet.«

Thorpe spürte ihren Blick. Er wehrte ab. »Nordafrika! Am liebsten möchte ich die ganze Sache vergessen. Ich möchte...«

Bing hörte die Angst in Thorpes Stimme. Er sah, daß er einen Fehler begangen hatte. Er hatte gedacht, wenn ich Thorpe wäre und diese Frau hier sähe, die so plötzlich aus der Nacht heraustritt, ich würde mir die Gelegenheit nicht entgehen lassen und prahlen und mich ins beste Licht setzen und zeigen, was an Nordafrika und mir dran ist.

»Ich habe Kopfschmerzen zum Verrücktwerden«, sagte Thorpe. Er sah Bing und Karen an und brachte sogar noch ein Lächeln zustande.

Karen legte ihre Hand auf Thorpes Stirn. Thorpe erschauerte.

»Vielleicht sollten Sie besser zu Bett gehen«, sagte Karen.

Es lag viel Mitleid und Verstehen in ihrer Stimme. Bing wäre gern allein mit ihr gewesen, irgendwo, bloß nicht hier, nicht unter den anderen Männern.

»Es fehlt ihm gar nichts«, sagte er, eigentlich um Thorpe zu helfen.

Thorpe wand sich in seinem Innern. Er hatte Angst vor der Frau, ganz einfach weil sie freundlich zu sein schien, weil er sie haben wollte, wie jeder andere hier sie auch haben wollte. Wenn er sich nicht bald davonmachte, würde etwas in ihm nachgeben, er würde hier stehen, wie er vor Dondolo gestanden hatte, mit dem Gefühl, daß wieder das Blut ihm über Nacken und Schultern hinabrann, oder etwas Schlimmeres, er wußte nicht genau, was, würde geschehen.

Sie mußte gespürt haben, was in ihm vorging, denn sie suchte nach einem neutralen Thema.

»Dieses Flugblatt!« sagte sie zu Bing. »Ich kann weder von Willoughby noch von einem der anderen Offiziere etwas darüber erfahren.« Sie wollte alles wissen – was war der Gesichtspunkt, von dem aus Bing das Problem behandelte, welche Methode wollte er anwenden, auf welche Argumente würden die Deutschen am ehesten eingehen?

»Ja, Miss Wallace«, sagte Bing, »wenn nur jemand endlich klar aussprechen würde, wofür wir denn kämpfen, dann hätte ich eine Grundlage.« Er stieß Thorpe an.

Thorpe schwieg aber. Er hatte sich zur Seite gewandt und starrte auf die Blätter der Wasserrosen, die auf dem Wasser des Burggrabens trieben – stille, helle Flecke.

»Ich habe die letzten Stunden damit verbracht«, fuhr Bing fort, »sozusagen die öffentliche Meinung hier zu testen ...«

»Nehmen Sie doch Roosevelts berühmte vier Freiheiten«, schlug Karen zögernd vor. »Sollten die nicht genügen?«

»Zu unklar. Fragen Sie den einfachen Mann: steht er wirklich im Krieg, um für Freiheit der Rede und der Religion zu kämpfen – anderer Menschen Rede, anderer Menschen Religion? Für Freiheit von Not und Furcht – anderer Leute Not, anderer Leute Furcht? Die Deutschen fallen auf eine solche Schaumschlägerei nicht herein.«

Plötzlich wandte sich Thorpe Karen und Bing zu. »Wie wäre es mit der Fahne«, höhnte er, »und wie wär's mit unserer großen Tradition?«

Bing zog es vor, die Sache ohne Ironie zu behandeln. »Weißt du«, sagte er, »die Krautfresser haben mehr Tradition als wir und einen ganzen Sack voll Flaggen.«

»Gut, gut«, sagte Thorpe, »warum fragst du einen erst, wenn du Ratschläge doch nicht annimmst? Für einen wie mich muß die Fahne eben genügen. Gute Nacht, Miss Wallace!« Er lachte vor sich hin, ein leises, spöttisches Lachen, und machte sich davon. Fast lief er.

Es folgte eine bedrückende Minute des Schweigens. Dann fragte Karen: »Stimmt da was nicht mit Ihrem Freund?«

»Ich weiß nicht. So schlimm ist es noch nie mit ihm gewesen.«

»Glauben Sie, das ist – weil ich da bin?«

»Nein«, sagte Bing unsicher. »Vielleicht sollte ich gehen und mich um ihn kümmern...«

Aber er ging nicht. »Thorpe kommt schon wieder in Ordnung«, sagte er schließlich. »Ein bißchen zuviel Krieg, und dann noch dieser Mond, der einen ganz irrsinnig macht. Nun, was haben Sie in der Zwischenzeit erlebt?«

»Ich habe Eindrücke gesammelt.«

»Kann mir schon vorstellen, was für Eindrücke!«

Sie blickte ihn an. Er sah die Widerspiegelung des Mondes in ihren Augen – zwei winzige Monde. Er spürte, wie allein er mit ihr war, trotz des ständigen Kommens und Gehens der Männer auf der anderen Seite der Brücke im Schloßhof. Er hatte versucht, mit ihr nicht allein zu sein. Er hatte versucht, Thorpe zurückzuhalten. Es war nicht gelungen.

»Karen!« sagte er.

Sie wehrte ihn ab.

Er zog seine Hand zurück. »Also – was waren Ihre Eindrücke?«

»Ich habe nur mit den Offizieren gesprochen. Ich denke, Sie müssen einen ziemlich schweren Stand haben, Sergeant Bing. Aber ihr Soldaten seid ja darauf abgerichtet, jeden als Autorität anzuerkennen, der ein Stück Metall auf der Schulterklappe trägt.«

»Ja, man findet sich damit ab. Aber unter uns«, fügte er hinzu,

»meistens tue ich doch, was ich für richtig halte. Der Unterschied zwischen guten und schlechten Offizieren ist ganz einfach der, daß die guten einem freie Hand lassen, während die schlechten einem dabei Schwierigkeiten machen.«

»Und kommen Sie damit durch?« Sie lächelte.

»Nun«, sagte er – doch dann zögerte er. Er war nicht sicher, ob er die Geschichte von St. Sulpice erzählen sollte. Sie würde den Eindruck haben, daß er sich herausstreichen wollte – und, na ja, das wollte er eigentlich auch –, aber sie sollte es nicht gerade merken. In einer Nacht in der Normandie, im Sommer, in einem Krieg, in dem niemand wußte, was der nächste Tag bringen würde, konnte ein Mann nicht alles aus größerem Abstand betrachten – vor allem nicht mit einer solchen Frau an seiner Seite.

»Was wollten Sie mir erzählen?« fragte sie. »Ich bin ein guter Zuhörer.«

Er würde versuchen, es zu erzählen – so ganz beiläufig.

»Nehmen Sie etwa Major Willoughby«, sagte er. »Mit allen seinen Fehlern ist er ein guter Offizier. Als wir in St. Sulpice eindrangen, um die Befestigungen zu nehmen, hatte Willoughby Verstand genug, sich in ein Café zurückzuziehen, sich dort zu betrinken und die Durchführung der Aufgabe Sergeant Clements und mir zu überlassen.«

»Ich habe von der Sache gehört, aber nichts Genaues – was war da eigentlich los?« fragte sie und fiel in ihre Berichterstatterrolle zurück.

»Die Deutschen saßen von jeder Verbindung abgeschnitten in ihrem Stützpunkt, mehrere hundert von ihnen – genau wußten wir's auch nicht. Aber wir wußten, daß sie Munition und Verpflegung auf lange Zeit hinaus hatten. Sie konnten uns noch sehr unangenehm werden, und die Generale sagten, sie brauchten die Straße, um nach Cherbourg vorzustoßen. Willoughby muß ihnen unseren Lautsprecherwagen versprochen haben – ich kann ihn Ihnen nachher zeigen, er steht gerade jenseits der Brücke. Wir sollten die Deutschen aus ihrer festen Stellung herauskitzeln.«

»Und inzwischen ging Willoughby in das Café.«

Bing lachte. »Vielleicht hatte er großes Vertrauen zu uns... Clements und ich erkundeten jedenfalls die Lage. Und dann stellten wir den Deutschen ein Ultimatum. Wir sagten ihnen durch den Lautsprecher, daß wir über genügend Artillerie und Panzer verfügten, um die ganze Befestigung zu Staub zu zerschießen, und gaben ihnen zehn Minuten, sich zu entscheiden und herauszukommen. Zehn Minuten und nicht mehr. Aus!

Und dann – das war unser Hauptschlager – zählten wir laut die Minuten. Dies Zählen muß ihnen wohl auf die Nerven gegangen sein: noch neun Minuten – noch acht Minuten – noch sieben Minuten... Aber so nervös wie wir konnten sie einfach nicht gewesen sein.«

»Wie weit haben Sie zählen müssen?« wollte sie wissen.

»Wir waren bis auf drei Minuten herunter, da kamen die ersten Deutschen mit erhobenen Händen heraus. Es kamen immer mehr, ein richtiger Menschenstrom, überhaupt kein Ende abzusehen. Wir waren ganz verloren in dieser Masse. Und an Stelle der Geschütze und Panzer, die wir ihnen versprochen hatten, fanden sie nur den Lautsprecherwagen und einen kümmerlichen Zug Militärpolizei vor. Vielleicht war es nicht einmal ein Zug. Sie kamen sich ziemlich dumm vor, und uns erging es nicht besser. Der Lieutenant der Militärpolizei lief herum und versuchte, Verstärkungen heranzuholen. Und dann fingen die Deutschen an böse zu werden. Sie sagten, wir hätten sie beschwindelt – und das war zweifellos richtig –, und sie könnten sich unter solchen Bedingungen nicht ergeben.«

Karen amüsierte sich.

»Es ginge gegen ihre Ehre. Wir wußten nicht, was wir tun sollten – die Deutschen haben's immer mit ihrer Ehre oder jedenfalls mit dem, was sie unter Ehre verstehen. Aber wir konnten sie ja nun auch nicht einfach in ihr Fort zurückmarschieren lassen – ich glaube auch nicht, daß sie große Lust dazu hatten. Ihr Gepäck war so ordentlich gepackt, sie hatten mit dem Krieg abgeschlossen.«

»Sie hätten euch einfach angreifen und niederschlagen können.«

»Dazu waren sie nicht in Stimmung. Sie nahmen es uns nur übel, daß die Panzer nicht da waren. Dann kam auch einer ihrer Offiziere und verlangte, daß wir die Panzer heranholen und daß die Panzer wenigstens ein paar Granaten hinausfeuern sollten, damit sie sagen könnten, sie wären einer Übermacht gewichen. Die müssen immer einen Mythos haben, an den sie sich klammern können – komisch, was?«

»Und was haben Sie unternommen?«

»Ich schickte Clements in das Café, er sollte Willoughby holen. Willoughby sollte uns die Panzer beschaffen, er war aber nicht zu finden. Jemand sagte, er wäre mit einem Mädel weggegangen und wollte nicht gestört werden. Aber Yates und Laborde saßen da – Laborde ist einer unserer Lieutenants, Sie werden ihn sicher noch kennenlernen. Laborde sollte an sich bei diesem Einsatz dabeisein, aber Gott sei Dank kam er zu spät. Er hätte auf die Deutschen feuern lassen, wenn er dagewesen wäre. Nun, Yates holte uns die Panzer heran, sechs Stück etwa, sie schossen einige Runden auf das Fort ab, und dann ließen sich die Deutschen abführen.«

»Und das erzählen Sie alles, als sei da gar nichts dabei«, sagte sie.

»Genau das war die Absicht!« lachte er. »Sie sollen mich bewundern. Niemand sonst tut es.«

»Erhielten Sie wenigstens eine Auszeichnung?«

»Natürlich nicht!«

»Darüber müßte man eigentlich einen Artikel schreiben.«

»Um Gottes willen! Seien Sie froh, daß einige unserer Leute heute noch am Leben sind, weil Clements und ich die Deutschen dazu brachten, sich zu ergeben. Wenn aber die Wahrheit über diese Geschichte ans Licht käme, würde Willoughby es nur übelnehmen und ebenso Loomis und die anderen – und das bißchen Freiheit, das ich jetzt noch habe, wäre dahin...«

Karen suchte nach den richtigen Worten, um ihm anzudeuten, wie sehr sie ihn mochte.

Er erkundigte sich: »Sie werden nicht zu lange in Vallères bleiben?«

»Nein.«

»Gehen wir doch woanders hin«, sagte er. »Man steht hier wie auf einem Präsentierteller.«

»Ich muß bald ins Château zurück«, sagte sie sehr gegen ihren Willen. »Die Herren geben ein kleines Fest – mir zu Ehren, ich kann sie nicht sitzenlassen.«

Sie verließen die Zugbrücke, ins Dunkle hinein. Jemand pfiff hinter ihnen her. Bing fuhr zusammen.

Karen ergriff seinen Arm.

»Wenn es *Ihnen* nichts ausmacht!...« Er zuckte die Achseln.

Sie gingen noch ein Stück, aber sie sprachen nicht mehr. Unter einer Baumgruppe parkte einer der Lautsprecherwagen. Ein Tarnnetz war darüber ausgespannt, und ein Gerätekasten stand herum. Sie setzten sich auf den Kasten.

»Dies Flugblatt«, sagte Bing, »fängt an, mir Sorgen zu machen. Dabei ist es bis zu einem gewissen Grad meine eigene Schuld. Kurz bevor Sie in Carruthers' Unterstand kamen, bin ich Yates in den Rücken gefallen – tatsächlich aus purer Frechheit. Yates war mit dem ausdrücklichen Auftrag zur Division Farrish geschickt worden, denen dort die Unmöglichkeit eines solchen Flugblattes auseinanderzusetzen. Ich weiß nicht, was mich geritten hat – ich erklärte jedenfalls, es läßt sich doch machen. Nein, eigentlich weiß ich schon, was los war: ich wollte ganz einfach mal versuchen, so ein Flugblatt zu schreiben. Ich wollte einmal schwarz auf weiß haben, wofür wir eigentlich kämpfen – wollte mir selber darüber klarwerden, weil ich glaube, daß in diesem Krieg Ideen ebenso wichtig sind wie Geschütze, Panzer und Flugzeuge. Finden Sie nicht auch?«

»O ja.«

Sie wurde langsam ungeduldig. Da gab sie ihm diese Gelegenheit, lehnte sich dicht an ihn, er mußte sie doch spüren – und er redete und redete. Diese übertriebene Ernsthaftigkeit! Es war schon irgendwie rührend.

»Das ist die eine Seite«, gestand sie ihm zu. »Aber es gibt auch Leute, die Millionen dabei verdienen. Deswegen machen sie mit. Und es gibt Soldaten, die machen mit, einfach weil sie einberufen wurden. Was sollten sie auch tun? Und dann gibt es Männer, für die es ihr Recht zu leben bedeutet. Dafür kämpfen sie. Aber indem sie für dieses Recht kämpfen, setzen sie sich auch für die Profite der ersten Gruppe ein. So sehe ich es jedenfalls. Es ist alles sehr verworren, und ich weiß nicht, ob Sie das überhaupt auf einen gemeinsamen Nenner bringen können.«

»Sie reden recht sonderbar...«

»Wie soll ich denn reden?«

»Mehr vom Gesichtspunkt der Frau vielleicht – mit mehr Liebe – mehr Sympathie für die Unterdrückten, für die Menschen, die sich hier mühen...«

»Hören Sie zu«, sagte sie. »Ich habe einiges erlebt.«

»Ich weiß.«

»Ich habe keine großen Ideale mehr. Wenn es um die Entscheidung geht, gelten nur Zahlen – wieviel Menschen, wieviel Maschinen, wieviel Geld. Ohne das hängen Ihre sämtlichen Ideale in der Luft, und die Männer, die an sie glauben, hängen am Strick.«

»Ich möchte Sie jetzt küssen«, sagte er unvermittelt. Er strich ihr über die Hand, spürte ihre Haut, die lebendige Wärme.

»Nein. Dafür ist es zu spät heute. Ich habe zuviel geredet. Sie haben eine Menge ernüchterndes Zeug aus mir herausgeholt. In Wirklichkeit wollen Sie mich auch gar nicht küssen. Sie denken doch nur, hier ist diese Frau, und allein sind wir auch. Sie sehen nur die Gelegenheit und fühlen sich verpflichtet, sie auszunutzen. Also seien Sie lieb und lassen Sie das.«

Ihre Hand berührte seinen Nacken.

»Böse?«

»Nein, natürlich nicht.«

Sie kehrten zum Schloßhof zurück und begegneten Yates.

Yates schritt rascher aus, als er sie erblickte. »Ich habe nach Ihnen gesucht, Miss Wallace. Aber – Sie haben ja bereits Gesellschaft, wie ich sehe...«

Sie glaubte, den Sarkasmus in seiner Stimme herauszuhören, seine nächsten Worte aber verwischten den Eindruck.

»Ich möchte mich entschuldigen. Ich bin ein unaufmerksamer Gastgeber. Noch gut, daß Major Willoughby Ihnen wenigstens ein anständiges Essen vorgesetzt hat – als ich dann aber kam, um Sie abzuholen, sagte er mir, Sie wären schon fort... Danke Ihnen, Bing, daß Sie sich um Miss Wallace gekümmert haben.«

»Wir unterhielten uns über das Flugblatt«, sagte Bing.

»Ein Interview...« bestätigte Karen.

»Jedenfalls schönen Dank, Bing«, wiederholte Yates spitz. Er glaubte, gewisse Rechte zu haben. Schließlich hatte er diese Frau aufgetrieben und sie von Carruthers losgeeist. Zwar hatte Karen den ganzen Nachmittag über, auf dem Weg von Isigny her, mit ihm geplänkelt. Aber wahrscheinlich war diese Stichelei nur ihre Art zu sagen: So leicht und so rasch bin ich nicht zu haben.

Bing verstand, was in Yates vorging. Yates mochte noch so großzügig sein, er blieb immer ein Offizier. Es war eine Angelegenheit von Angebot und Nachfrage. Waren genügend Betten vorhanden, bekamen auch die Mannschaften welche. Wenn nicht, schliefen eben nur die Offiziere komfortabel. Mit Frauen war es dasselbe. Karen hatte sich wahrscheinlich mit ihm abgegeben, weil er als Verfasser des Flugblattes für sie ein wenig interessanter erschien, als er es tatsächlich war – als es aber soweit war, hatte sie sich geweigert.

Bing hielt es für das Beste, sich zurückzuziehen.

»Es war mir ein großes Vergnügen«, sagte er zu Karen. »Unser Gespräch wird mir sehr von Nutzen sein.«

Yates nahm Bings Rückzug als eine Selbstverständlichkeit hin. »Gute Nacht, Sergeant« war alles, was er sagte.

Karen blickte von einem der beiden zum anderen. Ein stillschweigendes Einverständnis, eine Art Geheimkode schien zwischen ihnen zu bestehen.

»Was für Leute seid ihr nur«, brach es aus ihr hervor. »Könnt ihr denn immer nur Lieutenants und Sergeanten, Colonels und Korporale sein?«

»Wie meinten Sie?« fragte Yates. Ihr Ausbruch traf ihn völlig unvorbereitet.

»Nun, Miss Wallace«, sagte Bing. »Sie hatten doch eine Einladung. Ich möchte Sie nicht aufhalten.«

Irgend etwas Persönliches ging da doch zwischen Bing und der Frau vor. Yates bemerkte es, und es gefiel ihm gar nicht. Wenn er die Bauernweiber der Normandie nicht rechnete, war sie die erste richtige Frau, die er seit den Sammellagern in England gesehen hatte. Mit jedem Invasionstag, den er lebend überstand, wurde ihm das Leben von neuem geschenkt; so war sie, in gewissem Sinne, überhaupt die erste Frau.

»Schließlich bestimme ich noch«, sagte sie, »wohin ich gehe und wann und mit wem.« Ihre Worte waren sowohl für Yates wie für

Bing bestimmt. Der Junge sollte wissen, daß er sie nicht einfach an einen anderen weiterreichen konnte, wenn er die Zeit für gekommen erachtete.

Sie war schon fast im Dunkel verschwunden; Yates wollte ihr gerade hinterhereilen, da wurde sie und die Welt um sie her in ein neues, helles Licht getaucht. Wie riesige Kandelaber hingen die deutschen Leuchtbomben in der Luft. Mit atemberaubender Geschwindigkeit senkte sich ein tiefes Dröhnen über die drei Menschen.

Die Flak begann zu schießen. Ob es nun die schwere oder die leichte war, die ihre Munition in aller Hast verschoß, stets hörten sich die Geschütze an, als hätten ihre Mannschaften geschlafen und zu spät angefangen und als versuchten sie nun, die verlorene Zeit wieder einzuholen. Die gekrümmten Bahnen ihrer Leuchtmunition vereinigten sich auf ihre Ziele.

Die Frau, der Sergeant und der Lieutenant waren in die Wirklichkeit des Krieges zurückgerissen.

Karen machte eine Bewegung auf das Schloß zu. Yates stürzte ihr nach und ergriff sie am Arm.

»Stehenbleiben!« zischte er ihr zu.

»Ich glaube nicht, daß sie uns ausmachen können«, sagte Bing. Aber auch er blieb stehen.

Die deutschen Bomben begannen zu fallen, in ziemlicher Nähe. Yates spürte das Beben der Erde beim Aufschlag. Er fühlte eine ziehende Leere von der Brust hinab bis in die Leistengegend.

»Es ist nichts zu befürchten«, sagte er zu Karen. »Es ist noch ein Stück hin zu uns.«

»Aber das sieht wundervoll aus«, sagte Karen. »Dort ist noch eine Leuchtbombe – ein ganzer Schwarm! Direkt über uns!«

Ihre Gesichter schimmerten weiß und erschienen im Licht der Bomben, das die schwarzen Schatten tiefer und schärfer herausholte, übernatürlich groß.

»Ja, es ist von einer ganz eigenen Schönheit!« sagte Yates. Wenn sie so was schön fand, zum Teufel, dann konnte er es wohl auch.

»Flaksplitter in meiner Nähe schätze ich allerdings weniger«, sagte Bing. »Sie sind das eigentlich Unangenehme.« Seine Stimme klang kühl.

»Sie haben keine Angst?« fragte Karen. Sie hätte jetzt gern den Abstand zwischen ihnen aufgegeben; sie wünschte, in seinen Armen zu sein und die Augen zu schließen.

»Natürlich habe ich Angst... Da, sehen Sie! Den hat's erwischt.«

Die Flugzeuge waren unsichtbar gewesen, verborgen hinter dem grellen Schein ihrer Leuchtbomben. Nun flammte eins von ihnen auf, schwankte, wurde zu einem Stern, einem Kometen, einem funkelnden, brennenden, stürzenden Stern.

Bing griff nach ihr. Bevor Karen wußte, was vorging, schlug sie hart auf die Erde und lag da mit schmerzenden Gliedern. Bing hatte sie mit sich zu Boden gerissen, lag neben ihr, dicht bei ihr, sehr dicht.

Eine Welle heißer Luft fuhr über sie hin: der bei der Explosion freigesetzte Luftdruck.

Karen drängte sich an Bing. Er spürte ihren Atem an seinem Ohr. Sie atmete hastig.

»Das war nahe!« Sie vernahm Yates' Stimme, sehr schwach, wie aus großer Entfernung. »Dort drüben über dem Feld ging es nieder. Sie können noch sehen, wie es brennt!«

Sie spürte, wie Bings Arm sich von ihr löste. Dann packte Yates sie bei den Ellenbogen und half ihr hoch. »Sie sind doch nicht etwa verletzt?« fragte er besorgt und klopfte behutsam den Schmutz von ihrer Jacke. Sie ließ sich von Yates führen. Sie fühlte sich wehrlos, und doch auch glücklich – vielleicht weil sie in Bings Armen gewesen war, oder war die Explosion der Grund? Sie wußte es nicht.

»Ich glaube, ich habe mich sehr dumm benommen«, sagte sie. »Ich hatte große Angst. Nicht als das Ding herunterkam – da war mir noch nicht klar, was es bedeutete. Aber nach dem Aufschlag...«

»Muß noch ein paar Bomben übrig gehabt haben«, sagte Yates. Er fühlte sich erleichtert und war daher redselig, und er merkte, daß sie zugänglicher war, die Schranken waren gefallen. »Diese Bomben sind explodiert. Von dem Flugzeug wird nicht mehr viel übrig sein. Haben Sie Lust hinzugehen?«

»Mir ist nicht nach Gehen zumute.«

»Ich bin froh, daß Sie so schnell zu Boden kamen«, sagte Bing. Er stand etwas abseits, aber ihr erschien er weiter entfernt zu sein, sehr viel weiter. In der stillen Luft war nur das Prasseln der Flammen zu hören.

»Ach, hol das alles der Teufel!« sagte Bing.

»Miss Wallace«, sagte Yates mit erkünstelter Heiterkeit, »die ganze Gesellschaft wartet noch immer auf Sie. Gehen wir!«

Sie folgte ihm.

Bing lag auf seinem Schlafsack im Bodenraum des Schloßturmes und versuchte immer wieder, die innere Bedeutung dessen, was Tolachian gesagt hatte, sich wieder in den Sinn zu rufen. Wie nur hatte er sich ausgedrückt? Geschieht es irgendwo, geschieht es auch mir... Was geschieht? Unrecht und Leiden wohl. Bing war so sicher gewesen, daß die Lösung in Tolachians Erzählung von Tony gelegen hatte, von Paul Bunyan, dem Riesen mit dem Kinderherzen. Nun aber erschien ihm nichts mehr sicher. Er hätte die Frau nehmen sollen. Es hätte ihm gut getan. Sie war nicht einmal besonders hübsch. Aber der Ton ihrer Stimme war ihm ins Blut gegangen. Und sie war gut gewachsen, das konnte man an ihrem Gang sehen. Overall und Stiefel – was für ein Aufzug! Die Überhosen versteckten alles, sie mochte ebensogut spindeldürre Beine haben. Aber sie hatte feste Brüste, die hatte er gefühlt, als das Naziflugzeug herunterkam. Frauen – Frauen muß man beschützen; es würde ihm eine gewisse Befriedigung verschaffen, Karen zu beschützen. Die Risse in den Wänden waren schon wieder größer geworden. Der Verputz rieselte die ganze Zeit – aber so schlimm war es noch nie gewesen, es wurde immer mehr. Morgen muß ich den Schlafsack ausschütteln, er starrt von Staub und Dreck. Morgen muß ich mich mit Tonys Kinderherz befassen und mit Karen, mit ihrem Herz. Ach, verdammte Scheiße! Vergiß alles und schlaf! Nein, ich kann nicht. Flugzeuge und Flak, es geht bald wieder los – Karen, ein hübscher Name. Aber sie ist wenigstens ehrlich, sie sagt, was sie denkt – das ist es eben, sie nimmt einem jede Illusion. Eine Frau wie sie hatte ich noch nie...

Der Teufel hole dies alles! Den ganzen elenden Krieg!

Fünftes Kapitel

Die in Reih und Glied aufgestellten Flaschen wirkten außerordentlich dekorativ. Da gab es Sherry und Benediktiner, den sie in einem Keller in Isigny aufgetrieben hatten, Whisky und Gin, aufgesparte Zuteilungen aus der Zeit in England, und den klaren, scharfen Calvados, den Dondolo von den Bauern gegen Zigaretten einhandelte. Mademoiselle Vaucamps, an die Yates sich gewandt hatte, hatte ihnen Gläser aus dem Besitz des Grafen in Paris überlassen, seinen besten venezianischen Satz, in den sein Wappen eingeschliffen und geätzt war: ein Einhorn über zwei miteinander kämpfenden Löwen.

»Jawohl!« rief Willoughby, »jetzt beginnt erst das Leben!« Er warf einen Blick auf Karens Beine.

Karen hatte sich umgezogen und trug nun einen Rock. Sie saß in einer Ecke des gräflichen Louis-Quatorze-Sofas, dessen ausgesessene Polsterung unter ihrem Körper angenehm nachgab. Die Lichter des Kronleuchters waren sämtlich eingeschaltet und verliehen dem Raum etwas von seiner ehemaligen Pracht. Die Fenster waren mit der Pappe von Rationsschachteln verdunkelt und mit Plakaten, auf denen ein amerikanischer Panzerführer zu sehen war, der aus seinem Turm auftauchte und die Hände einer dankbaren befreiten Familie schüttelte.

»Na, sagen Sie, Miss Wallace«, fragte Willoughby aufmunternd, »ist doch gemütlich hier! Wir versuchen den Krieg auszusperren.« Er fing zu singen an und schwenkte sein Glas im gleichen Rhythmus. *»Marlbrough s'en va-t-en guerre! Rataplom! Rataplom!«* Bei jedem *»plom«* fuhr sein Arm herunter, und der Alkohol schwappte aus dem Glas.

Yates saß auf einer Armlehne des Sofas und pendelte mit einem Bein. In der einen Hand hielt er sein Glas, die andere arbeitete sich allmählich an Karens Schulter heran.

»Rataplom! Rataplom!«

Yates sagte: »Was meinen Sie? Wie kam Madame Poulet zu der Behauptung, wir vertrügen keinen Alkohol?«

Willoughby stellte seinen Gesang ein und betrachtete Karen und Yates unter schweren Augenlidern hervor.

Der Funkoffizier, ein Mann im Rang eines Captains, und drei Lieutenants hatten sich in einer Ecke des Raumes auf dem Boden niedergelassen. Sie hatten eine Decke zwischen sich ausgebreitet und spielten Poker. Haufen von Invasionsfranken wurden von einem zum anderen geschoben. Einer der Lieutenants, ein Mann mittleren Alters, blond, mit einem teigigen Gesicht, stand auf und sagte: »Ich höre auf. Bin pleite.«

Die anderen schimpften auf ihn. »Ich finanziere dich«, rief der Captain. »Du läufst mir schon nicht weg. Der Krieg wird noch seine Zeit dauern.«

»Das ist ein Dauerspiel«, sagte Yates. »Es hat auf dem Landungsprahm im Kanal angefangen, und wenn sie Alkohol haben, rollt das Geld schneller. Nein, Miss Wallace«, seine Stimme wurde leise, »wir trinken, weil wir einsam sind.«

Seine Hand lag nun auf ihrer Schulter. Sie nahm sie herunter, aber so, daß es nicht beleidigend wirkte.

»Ach, Karen«, sagte er, »es tut gut, Sie hier zu haben.«

»Danke«, sagte sie sanft. Er begann ihr sympathisch zu sein, er erschien angenehmer, je natürlicher er sich gab – oder vielleicht wirkte er nur gut im Vergleich zu den anderen.

Willoughby kam auf sie zu.

Yates sah es und versuchte, Karen einen Wink zu geben; aber sie wollte wissen, wer denn der Offizier dort drüben sei.

Lieutenant Laborde, sein asketisches Gesicht in Falten gelegt, saß für sich allein und betrachtete seine Hände. Er hatte sich alle Mühe gegeben, die Aufmerksamkeit der Frau auf sich zu lenken; nun war es ihm gelungen, aber er merkte es nicht; und es wäre ihm auch kein Konversationsthema eingefallen, was sie hätte interessieren können. Konnte er ihr etwa erzählen, daß er ein Held war? Daß er bereit war, bei auch nur dem geringsten Anlaß sein Leben in die Schanze zu schlagen? Die anderen hätten ihn mit ihrem Lachen aus dem Zimmer getrieben. Sie hatten sich entschlossen, keine Helden zu werden, soweit es bei ihnen lag. Er aber war immer anders gewesen, schon damals, als er für den großen Chemietrust arbeitete und in die

Gaskammer ging – durchaus nicht sicher, ob er lebend wieder herauskommen würde. Und dann all die Versuche in der rotierenden Kabine, um festzustellen, wieviel der menschliche Magen aushielte! Nun, sein Magen hielt es aus. Wer aber interessierte sich für seinen Magen?

»Der? – das ist Lieutenant Laborde«, sagte Yates zu Karen, und er sagte es so, daß der Whisky, den er gleich darauf trank, als sehr notwendig erschien. »Soll ich ihn herrufen? Sie würden ihn beglükken.«

Willoughby setzte sich auf die andere Seite neben Karen. Dies schloß eine Aufforderung an Laborde aus. Willoughby sagte: »Wirklich gemütlich hier.«

Loomis öffnete eine neue Flasche. Der Korken knallte, und Loomis glotzte. »Wißt ihr noch, wie wir von Carentan hochkamen?« sagte er, als erwarte er eine Antwort. »Entsinnt sich denn keiner mehr, wie wir von Carentan hochkamen? Die Straße unter Feuer? He, Crabtrees?«

Er wandte sich an einen sehr schlanken Lieutenant, der den Arm über die Lehne seines Stuhls gehakt hatte, um nicht wegzukippen. Crabtrees kicherte betrunken. »Ob ich mich entsinne! Vergesse das mein ganzes Leben nicht. Mein ganzes Leben! War noch gefährlich, damals«, fügte er hinzu, »über die Brücke – habe den Namen des verdammten Flusses vergessen.«

»Die Posten der Militärpolizei wurden dort jeden Tag abgeknallt, Miss Wallace. Sie durften ihre Nase nicht zeigen«, bestätigte Loomis. »Die Deutschen lagen gerade jenseits des Hügels und sahen die Straße ein. Hat mal einer unter Granatwerferfeuer gelegen? Ich weiß nicht, was ich vorziehe – Artilleriefeuer oder Bomben – aber Granatwerfer, das ist übel.«

»So ist es«, sagte Crabtrees und zog seinen Gürtel noch enger um die zu schmale Taille.

Endlich gelang es Loomis, Karen eine Frage zu entlocken. »Also wie hat sich das abgespielt, Captain?«

Loomis beugte sich vor und begann seine berühmte Geschichte. »Wir mußten nämlich diese Straße benutzen, es gab keine andere. Es war auch die Tageszeit, wo die Deutschen immer mit ihrem Geschieße anfingen –«

»Fünf Uhr nachmittags!« sagte Crabtrees. »Jeden Nachmittag! Pünktlich, diese Deutschen.«

»Schon gut! Schon gut!« Loomis winkte ab. »Ich sage zu meinem Fahrer: Wir setzen unser Leben aufs Spiel, aber es muß sein! In Ordnung, Captain, sagt mein Fahrer. Gute Leute haben wir in der Abteilung, sehr gute Leute. Und so legen wir los –«

Willoughby sagte: »Und sie brannten euch eins auf!«

»Eins aufbrennen? Mein Gott, es war ein regelrechtes Sperrfeuer. Peng, peng! Hinter uns! Vor uns! Ich sage zu meinem Fahrer: Drück drauf! Gib Gas! Ich drück schon auf die Tube, sagt er. Und wir wetzen da entlang – hundert, hundertzehn Kilometer...«

»Mindestens hundertzehn«, sagte Crabtrees und löste, schwer atmend, seinen Gürtel.

»Und dann?« fragte Karen.

»Dann waren wir durch. Hatten es geschafft! Gerettet!«

»Gott sei Dank!« sagte Crerar und nahm das Kätzchen Plotz hoch.

Yates lehnte sich zurück und lachte still vor sich hin.

»Sie ahnen nicht, wie gewagt es war!« protestierte Loomis. »Diese Straßen! Und unter Feuer! Aber wir hatten keine Wahl!«

Willoughby erhob sich, leerte sein Glas und stellte es hart auf den Tisch zurück. »Miss Wallace«, sagte er, »lassen Sie sich keine Wildwestgeschichten auftischen. Natürlich, jeder tut hier seine Pflicht. Deswegen sind wir ja hier. Aber diese Einheit gehört zu..., nun, wir nennen es die rückwärtigen Dienste. Manchmal wird auf uns geschossen, wir kriegen Bomben ab oder geraten unter Artilleriebeschuß – aber das ist doch alles nur so nebenbei. Wir können uns nicht mit denen vergleichen, die den Krauts Aug in Auge gegenüberstehen, draußen in der vordersten Linie, in ihren Einmannlöchern. Das sind die wirklichen Helden...«

Welche schöne Bescheidenheit, dachte Yates. Wofür hielt Willoughby diese Frau eigentlich? Für einen gläubig staunenden Backfisch?

Willoughby lächelte breit. »Nicht, daß ich Ihre Leistung geringer erscheinen lassen möchte, Loomis...«

»Aber nein!« sagte Loomis und gab sich geschlagen. Er kannte seine Minderwertigkeit Willoughby gegenüber. Sogar jeder drekkige Soldat in jedem Einmannloch war mehr wert als er.

»Zuweilen machen wir so kleine Sachen«, fuhr Willoughby fort und kam auf Karen zu, die Flasche in der Hand, und füllte ihr und sein Glas. »Sie gestatten doch, Yates...« Er setzte sich dicht neben Karen, schien von ihr Besitz zu ergreifen.

»Kleine Sachen – bedeuten vielleicht nicht viel – aber was ist das schon: viel? oder wenig?, wenn man das große Ganze des Krieges betrachtet. Wir tun nur unsere Pflicht.«

Yates erhob sich von der Seitenlehne des Sofas und betrachtete Willoughby und Karen. Dann stürzte er seinen Whisky hinunter, das Brennen des Alkohols in der Kehle, der Kopf wurde ihm angenehm leicht. »Ha, ha!« sagte er laut.

Willoughby flüsterte Karen zu: »Unser Freund ist betrunken.« Dann sagte er zu Yates: »Trinken Sie noch einen! Wir haben genug von dem Zeug – nur kommen Sie mir morgen nicht mit Kopfschmerzen!«

Yates antwortete ihm nicht. Er trat auf Loomis zu und sagte für alle hörbar: »Du bist ein trauriges Exemplar, eins der traurigsten, das ich je gesehen habe.«

»Warum?« fragte Loomis noch immer zu deprimiert, um zu widersprechen. Yates ließ das Thema fallen.

Willoughby sagte: »St. Sulpice, zum Beispiel, Miss Wallace, war ganz und gar unsere Operation. Mehr als tausend Gefangene, ungeheure Mengen an Verpflegung, Material und Munition – alles uns zuzuschreiben. Ich meine, Sie haben doch wohl nichts dagegen, wenn ich hier ein ganz klein wenig auf die Pauke haue?«

»Hauen Sie«, sagte sie, »warum nicht?« Der Benediktiner begann zu wirken. Willoughbys bleiches Gesicht verschwamm vor ihren Augen.

»Dabei war es eigentlich einfach«, sagte er. »Ich kam hin, sah mir die Situation an. Wir hätten Kampftruppen gebraucht, um das Fort zu nehmen. So entschied ich: stellen wir ihnen doch ein Ultimatum. Ein Ultimatum mit Haaren auf den Zähnen – zehn Minuten, bis sie aus ihren Löchern herauskommen. Wir erklärten den Nazis, wir haben Panzer und Artillerie, die euch in Grund und Boden schießen werden. Und dann ließ ich die Minuten abzählen – Sie können sich die psychologische Wirkung vorstellen, Miss Wallace! Noch acht Minuten zu leben – noch fünf – noch drei!«

»Sehr gut!« sagte Karen. Sie spürte Willoughbys Hand an ihrem Schenkel. »Und das haben Sie sich alles selber ausgedacht?«

»Ist doch nichts Besonderes!« sagte er. »Gehört zur täglichen Arbeit.«

»Was lügen Sie so«, sagte Yates sehr ruhig, sehr scharf. Die Unterhaltung der anderen setzte jäh aus. Selbst die Pokerspieler hörten auf, ihr Geld hin und her zu schieben. Nur Crerar ließ sich noch hören: »Plotz! Plotz! Komm her, komm zu Papa!«

Aber Yates war schon steckengeblieben. Er war zu diesem Angriff getrieben worden – durch Willoughbys unverschämte Großsprecherei, durch seine zudringliche Annäherung an Karen; aber auch durch ein gewisses Gefühl der Verpflichtung seinen eigenen Leuten gegenüber, Bing vor allem, die die Drecksarbeit taten.

Karen schob Willoughbys Hand weg, stand auf und trat zu Yates. »Streiten Sie doch nicht, ich bitte Sie«, flüsterte sie. »Ist doch nicht nötig. Ich weiß, wie es wirklich war. Ich kenne die ganze Geschichte.«

Von Bing natürlich, dachte Yates, und sagte: »Aber es ist so frech gelogen.«

Willoughby lächelte schief. »Miss Wallace«, sagte er, »kommen Sie her und setzen Sie sich wieder. Gar keine Veranlassung zur Aufregung. Lieutenant Yates hat recht – jedenfalls bis zu einem gewissen Grad. Die eigentliche Aktion wurde von zwei Sergeanten durchgeführt. Seine geschmacklosen Äußerungen verzeihen wir ihm, das war der Alkohol. Fakt ist, daß ich die Verantwortung für das Unternehmen trug und deshalb ein gewisses Recht habe, Anerkennung für mich und meine Einheit zu verlangen. Wäre etwas schiefgegangen, so hätte natürlich ich den Kopf hinhalten müssen – so ist es nun mal in der Armee, Miss Wallace.«

»Absolut richtig!« sagte Loomis. »Ist doch großartig von Major Willoughby, wie er das in Ordnung bringt, nachdem Lieutenant Yates in so unglücklicher Weise...« Er verwickelte sich in seinem eigenen Satz und brach ihn ab. »Immerhin...«

»Halt's Maul!« sagte Willoughby.

Crerar kitzelte das Kätzchen. Es lag auf dem Rücken und streckte seinen weißen Bauch und wehrte sich mit seinen weißen Pfoten gegen Crerars Hand. »Gutschi, gutschi, gutschi«, sagte Crerar, »du weißt von nichts, Plotz – gutschi, gutschi, gutschi – bist nur eine Katze und kein Offizier.«

»Ich verbitte mir das!« rief Laborde.

Crerar ließ die Katze los. »Wie bitte?«

»Ihre Bemerkungen waren offensichtlich nicht für die Katze bestimmt!«

»Ruhe!« brüllte Willoughby. »Wenn ihr Burschen euch nicht im Beisein einer Dame benehmen könnt, ist diese Festlichkeit zu Ende! Und zwar gleich!«

Einer der Poker spielenden Lieutenants kam aus seiner Ecke heraus. »Sie werden doch nicht den ganzen Alkohol hier ungenutzt stehenlassen, Major?«

»Nun...« Willoughby schien besänftigt. Er schloß die Augen, als denke er nach. Er konnte sich vorstellen, was Karen Wallace von ihm dachte, was sie von ihnen allen hier hielt.

Er goß sich wieder ein. »Sehen Sie, Miss Wallace, ich mußte Ihnen etwas von unserer Arbeit hier erzählen, damit Sie nicht ganz umsonst hierher gekommen sind.«

Er wartete auf Antwort, aber sie nippte schweigend von ihrem Benediktiner.

»Nicht ganz umsonst«, wiederholte er. »Denn die Sache mit dem Flugblatt, über die Sie schreiben wollten – daraus wird leider nichts.«

Crerar pfiff leise vor sich hin.

»Es wird kein Flugblatt geben«, fuhr Willoughby fort. »Keine ›achtundvierzig Salven aus achtundvierzig Geschützen‹!«

»Warum?« fragte sie.

»Weil ich es gestoppt habe.«

»Warum?«

Das war seine Überraschung. Er brauchte nur in die Gesichter der Offiziere zu blicken, um die Wirkung zu erkennen. Die Einheit, die er befehligte, war wohl klein. Jeder I c konnte über sie verfügen, und sie war der Spielball zwischen den hohen Herren im Obersten Hauptquartier und den Divisionsstäben draußen. Und dennoch war er es, vor dem die Generale klein beigeben mußten: sollte Karen Wallace es nur wissen.

»Warum?« sagte er. »Ich habe die Sache unterbunden, weil die ganze Idee unsinnig war. Farrish versteht etwas von Panzertaktik, von Zangenbewegungen und dergleichen – aber davon, wie Menschen reagieren, hat er keine Ahnung.«

»Ich hielt seinen Plan für recht gut«, widersprach Karen.

»Glauben Sie ernsthaft, Miss Wallace, daß der deutsche Soldat sich dafür interessiert, wofür wir kämpfen? Warum sollte ihn das berühren? Ist er ein Politiker, ein Philosoph, ein Psychoanalytiker? Ich frage sie!«

»Weiß ich doch nicht«, sagte sie. Völlig ernüchtert betrachtete sie Willoughbys Hängebäckchen. »Aber wie wollen Sie es eigentlich verhindern, Major? Mein Eindruck von General Farrish war, daß das, was er sagt, gilt.«

Crerar hörte aufmerksam zu. Er fragte sich, ob Willoughby nun das Geheimnis ausplaudern würde, das er vorher bei ihrer Besprechung nicht hatte preisgeben wollen. Tat er es, war er ein Idiot, ein leichtsinniger Prahlhans. Aber wenn Willoughby unbedingt Kopf und Kragen riskieren wollte – es waren sein Kopf und sein Kragen.

Willoughby selber zögerte. Yates hatte ihn bereits desavouiert, als er von seiner Rolle bei der Übergabe von St. Sulpice sprach. Wenn er jetzt kniff, sah es aus, als habe er auch jetzt nichts vorzuweisen. Und die Geschichte war zu schön.

Er wandte sich ganz zu Karen um. »Ich traue Ihnen, Mädchen«, sagte er. »Die Sache kommt aber doch nicht in Ihren Bericht?«

»Einverstanden«, sagte sie.

»Außerdem«, fügte er nachdenklich hinzu, »selbst wenn es durchsickerte, würde ich es einfach ableugnen... Also, es ist eine meiner Lieblingstheorien, daß der Krieg sich vom gewöhnlichen Alltagsleben nur dadurch unterscheidet, daß einige von uns noch ein besonderes Risiko auf sich nehmen müssen. Sonst sind die Beziehungen zwischen den Menschen genau die gleichen. Ehrgeiz, Neid,

Intrigen – Sie wissen schon. Ich will nicht behaupten, daß ich besonders gerissen bin, wirklich nicht...«

»Sind Sie aber, Major!« sagte Crabtrees. Er war sehr betrunken und hielt sich nur an Loomis aufrecht.

»Farrishs Plan sah die Vergeudung einer Unmenge Munition vor. Ich habe daher den Artilleriekommandanten des Korps angerufen – General Dore. General Dore ist ein alter Freund von mir, ich kenne ihn gesellschaftlich; er nennt mich Clarence, ich ihn Charlie. Ich sage also: Charlie, hör zu, alter Junge – Farrish hat einen herrlichen Plan ausgeheckt, am vierten Juli haut er achtundvierzig Feuerschläge aus achtundvierzig Geschützen hinaus – ein großes Feuerwerk zu Ehren des Tages. Ist es nicht prachtvoll, Farrish ganz groß für Vaterland und Fahne und so weiter? Sie hätten Dore hören sollen. Was? sagt er. Weiß Farrish überhaupt, wieviel Munition das ist? Wieviel Zeit wir brauchen, um das Zeug über den Kanal heranzuschaffen? Richtig geplatzt ist er... Nun, Miss Wallace und meine Herren, dieser Anruf fand heute abend um neun Uhr statt. Ich nehme an, daß um diese Zeit General Farrish seinen großen Plan bereits aufgegeben hat.«

Willoughby setzte sich. Er war sehr zufrieden mit sich. Die einzige Frau hier blickte ihn mit großen Augen an, sehr schönen Augen, voller Bewunderung. Sie war eine moderne Frau, die kluges Verhalten und Macht offensichtlich zu schätzen wußte.

Yates versuchte objektiv zu denken, aber der Alkohol wirkte da störend. Solche Intrigen also machten Geschichte. Auf der Universität wurde gelehrt, daß es Menschen mit hehren Zielen gab, die in großen Begriffen dachten und unter Einbeziehung der Massenbewegungen und Entwicklungstendenzen ihren Einfluß und ihre Kraft zum Wohl der Allgemeinheit einsetzten. Er aber war immer nur den Willoughbys begegnet, die die Steine auf einem sehr begrenzten Spielbrett hin und her schoben. Es war eine erschreckende Aussicht: heute vernichtete Willoughby ein Flugblatt – schon morgen vielleicht ihn, Yates.

Karen jedoch bewunderte Willoughby auf eine Art: es lag etwas Erdrückendes in der Kleinlichkeit seiner Machenschaften. »Glauben Sie wirklich, Major«, sagte sie, »daß ein so geringer Unterschied zwischen dem Krieg und – nun, dem Frieden besteht? Übersehen Sie dabei nicht die Tatsache, daß im Krieg, weit mehr als im Frieden, jede Entscheidung Menschenleben kostet?«

»Das ist nur ein Unterschied des Grades, aber kein grundsätzlicher«, sagte Willoughby.

»Nicht für mich«, sagte Yates scharf. »Im Krieg hängt zufällig auch mein Leben von Ihnen ab.«

»Plotz meint, es war trotz allem ein häßlicher Trick«, sagte Crerar und lachte, »aber eben wirkungsvoll.« Er wandte sich Karen zu. »Machen Sie sich keine Gedanken. All diese übergescheiten Macher halten zuviel von sich selber und ihren Möglichkeiten, denn die Masse der Menschen ist schwer beweglich, und im Grunde ändert sich gar nichts.«

Loomis, der jetzt erst die Bedeutung von Willoughbys Eingreifen erfaßt hatte, geriet in Überschwang. »Großartig, Major«, sagte er, »einfach großartig!« Und ein wenig neidisch: »Natürlich muß man da auch Beziehungen haben.«

Willoughby hatte das Gefühl, daß sein Ruf und seine Ehre voll wiederhergestellt waren, und machte sich wieder an Karen heran. Yates dachte: Noch eine Minute, und er liegt ihr im Schoß. Warum wehrt sie ihn nicht ab? Vielleicht hat sie nicht einmal etwas dagegen.

Er hatte keine Lust, dem weiter zuzusehen. Er hatte genug von dem Fest und stand auf, um wegzugehen.

Der Durchgang durch die Tür war ihm versperrt.

Die Gestalt, die dort stand, schien der wirren Phantasie eines Trinkers entsprungen: weißes Gesicht, bleiche, verzerrte Lippen, der Hemdkragen offen, als habe der Eindringling um Luft gerungen.

Es war Thorpe.

»Um Gottes willen, Mann!« Yates eilte hin zu ihm, er befürchtete, Thorpe könnte im nächsten Moment zusammenbrechen. Aber Thorpe hielt sich auf den Beinen. Er beherrschte sich sogar so weit, um das Zimmer betreten zu können. Dann fing er an zu sprechen, mit einer Stimme, die rauh war vor innerer Erregung.

»Ich konnte nicht schlafen«, sagte er. »Ich kann nichts dafür, ich konnte nicht schlafen.«

Karen goß ihm ein Glas ein und trat auf ihn zu. Sie wünschte, Bing wäre da; Bing hätte mit ihm und auch mit ihr fertig werden können.

Thorpe schien weder sie noch das Glas zu bemerken, das sie ihm hinhielt. »Ich kann nicht schlafen!« Es klang wie ein Hilferuf.

»Ist schon gut, Thorpe«, sagte Yates. »Fassen Sie sich!«

»Hat keiner irgendwelche Tabletten, die wir ihm geben können?« fragte Loomis.

Thorpe war sich seiner Umgebung und des Durcheinanders, das er verursachte, gar nicht bewußt.

»Warum können Sie nicht schlafen?« fragte Karen.

Ohne sie anzublicken und wie geistesabwesend sagte Thorpe: »Alles ist so still. Viel zu still. Sie sind rings um uns.«

»Wer?« sagte Willoughby. »Das ist doch nun fürwahr alles Blödsinn!«

Thorpes Blick heftete sich auf Yates.

»Sie sind ein guter Mensch«, sagte er in dem gleichen abwesenden Ton. »Wir sitzen im selben Boot. Sehen Sie nicht, daß wir diesen Krieg verlieren? Jeden Tag verlieren wir ihn. Die Faschisten sind um uns und unter uns. Ich bin nicht krank, Lieutenant, glauben Sie mir, ich bin nicht krank. Ich sehe es doch, sehe es mit meinen eigenen Augen, es kriecht von überall her auf uns zu. Sogar hier, hier in diesem Raum, in diesem Schloß, in dieser Armee, und zu Hause...«

Yates merkte, wie die Aufmerksamkeit der Offiziere sich von Thorpe ihm zuwandte.

Karen sagte: »Der Mann war in Nordafrika...«

»Es sind die Bomben«, sagte Crabtrees. »Es gibt Leute, die drehen da durch.«

Crerar sagte: »Aber er beklagt sich ja gerade, es wäre ihm zu still!«

Thorpe hob die Hand: »Ruhe hier! Was nützt es uns, Schlachten zu gewinnen, wenn wir den Krieg verlieren? Die Fahne? Ist nur ein bunter Fetzen! Stimmt's, Lieutenant? Sagen Sie doch etwas!«

Yates blieb stumm. Er verstand auch nicht ganz, was Thorpe sagen wollte und was in ihm vorging. Er spürte nur die seelische Qual des Mannes und wußte, daß dieses Offiziersfest nicht der geeignete Ort für einen Nervenzusammenbruch war.

»Einer Ihrer Leute, Yates?« erkundigte sich Willoughby. »Entfernen Sie ihn, bitte!«

Thorpe, obwohl gänzlich von seinen Ängsten beansprucht, begriff den Sinn von Willoughbys Anordnung. »Bitte nicht, Lieutenant!« bat er. »Lassen Sie mich doch bleiben! Ich muß eine Antwort haben! Habe ich recht? Habe ich unrecht?« Ohne aber eine Antwort abzuwarten, fuhr er fort und sprach dabei ganz leise, so als zöge er Yates ins Vertrauen: »Es gibt keinen Ausweg für uns! Wo soll man denn hin? Überall diese Nacht, dieses Dunkel, das uns alle verschlingt und erstickt.«

»Beruhigen Sie sich«, sagte Yates zögernd, »ich lasse Sie schon nicht allein.«

Loomis trat zur Tür und rief hinaus: »Sergeant vom Dienst! Sergeant vom Dienst!«

Thorpe trat näher an Yates heran. »Solange es noch geht, fliehen wir irgendwo hin, Sie und ich und alle guten Menschen, die wir zusammenbringen können.«

Karen hielt Thorpe ihr Glas hin, forderte ihn auf: »Trinken Sie das!«

Thorpe schien sie irgendwie zu erkennen. »Sie sind von der Zeitung, ja, ich weiß schon... Wollen Sie bitte einen Augenblick warten. Ich gebe Ihnen gleich eine Presseerklärung, eine Sensation. Aber erst habe ich hier noch etwas Dringendes zu erledigen. Entschuldigen Sie mich!«

Er zupfte Yates am Ärmel. »Man wird von mir sagen, daß etwas mit mir nicht richtig ist, weil ich sie alle durchschaue. Ich weiß, was sie wollen. Glauben Sie ihnen nicht, Lieutenant, versprechen Sie es mir!«

»Ich verspreche es Ihnen!«

Yates war zutiefst beunruhigt. Thorpes verrückte Bitten, dies Ineinander von Phantasie und Ängsten und von Vorgängen, die er selber manchmal dunkel ahnte und doch niemals bei Licht zu betrachten wagte, bedrückten ihn. Am liebsten hätte er mit der ganzen Sache nichts zu tun – und dennoch spürte er, daß er sie von diesem Augenblick an nicht mehr los werden würde, daß Thorpe ihn in den Augen der anderen und auch in seinen eigenen gebrandmarkt hatte.

»Wir müssen für den Mann etwas tun«, sagte er zu Loomis.

Loomis entschuldigte sich bei Willoughby und Karen. »Wir lassen ihn morgen krankschreiben«, sagte er. Dann sah er, daß Dondolo, schwer bewaffnet, eingetreten war.

»Sergeant Dondolo«, sagte Loomis, »was wollen Sie denn hier?«

»Ich bin für den Sergeanten vom Dienst eingesprungen, Captain. Sergeant Lord...«

»Schon gut, schon gut...« Loomis konnte sich den Rest denken. Wahrscheinlich zahlte Lord dem Dondolo zehn Dollar oder so ungefähr, damit der den Wachdienst für ihn übernahm. »Alsdann«, sagte er befehlend, »wenn Sie nun mal Sergeant vom Dienst sind, nehmen Sie diesen Mann und bringen Sie ihn zu Bett.«

»Thorpe«, sagte Dondolo, »sieh mal einer an – Thorpe.«

Thorpe fuhr zurück, als hätte ihn ein Peitschenschlag getroffen; er versuchte etwas zu sagen, brachte aber kein Wort heraus. Seine Hände verkrampften sich um Yates' Arm. Es war wie der Griff eines ertrinkenden Menschen.

»Laß den Lieutenant los«, sagte Dondolo milde, und zu den anderen gewandt, »ich kenne den Mann, er ist mitunter ein bißchen sonderbar, aber harmlos... Na los, komm schon, Thorpe, es hat doch keinen Zweck hier.« Er sprach freundschaftlich, beinahe zärtlich zu Thorpe.

Thorpe ließ seinen Arm kraftlos fallen. Dann senkte er den Kopf und ging langsam, aber gefügig auf die Tür, auf Dondolo zu. Dondolo legte ihm die Hand auf die Schulter. »Geht alles in Ordnung, Captain«, sagte er zu Loomis, »ich kümmere mich schon um ihn. Bitte allgemein die Störung zu entschuldigen. Gute Nacht.«

Sie gingen, er und Thorpe.

Yates fühlte sich erleichtert. Einen Augenblick lang hatte er das Gefühl gehabt, Thorpe folgen zu müssen. Dondolos fürsorgliche Art mit Thorpe war ihm unheimlich gewesen, erschreckend sogar. Aber es war schon dumm genug, daß er zum Mittelpunkt des ganzen Auftritts geworden war. Nun wollte er die Kluft zwischen sich und den anderen Offizieren, die Thorpe aufgerissen hatte, nicht noch erweitern, wollte sie vielmehr schließen oder wenigstens überbrücken. Außerdem hatte der Vorfall irgendwie auch Willoughby von Karen getrennt, und die Nacht war erst halb vorüber. Morgen war auch noch ein Tag, morgen würde er sich um Thorpe kümmern.

»Sind Sie sicher, daß der Sergeant Verständnis für diesen Thorpe haben wird?« fragte Karen Loomis. »Ich glaube, der Junge gehört in die Hände eines Psychiaters.«

Willoughby erklärte: »Leute schlafen manchmal schlecht. Der Krieg ist kein Spaß. Wenn wir jeden, der einen Alptraum gehabt hat, zum Psychiater schickten, hätten wir bald keine Kampftruppe mehr. Am besten, Sie vergessen es.«

»Für Thorpe wird schon gut gesorgt!« sagte Loomis. »Überlassen Sie nur die Männer sich selber – sie verstehen einander am besten.«

Auf dem Treppenabsatz eine Etage tiefer schlug Dondolo Thorpe mit der Faust in die Weichteile. Als Thorpe sich vor Schmerz krümmte, stieß er ihn in die Nieren. Bei jedem Schlag zischte er ein paar Worte: »...zu den Offizieren, was – denen in den Arsch kriechen – und unsereins verpfeifen – dir werd' ich's beibringen – du Schleimscheißer...«

Thorpe ging in die Knie, Dondolo riß ihn hoch.

Dondolo hörte, wie die Offiziere oben sangen: *»For she's a jolly good fellow! For she's a jolly good fellow!«*

Nicht einmal ein Glas Schnaps konnten sie mir geben, dachte er, nicht ein kümmerliches Glas, und versetzte Thorpe wieder einen Schlag.

Die Deutschen retteten Thorpe.

Die deutschen Flugzeuge kamen im Tiefflug. Die Bomben fielen, noch bevor die Flak zu schießen begann.

Dondolo warf sich zu Boden, preßte seinen untersetzten Leib in den Winkel zwischen Wand und Treppe. Thorpe taumelte die Treppen hinab, vorbei an dem kauernden Dondolo und hinaus auf den Hof. Dondolo ließ ihn laufen. Wenn der Kerl unbedingt in den Tod rennen wollte, das war seine Angelegenheit.

Oben war Willoughby gerade dabei, sich darüber auszulassen, daß man aus dem vollen leben müsse. »Wenn da etwas ist, was getan werden muß«, proklamierte er, »tue man's gleich und ohne Bedauern.«

Loomis nickte lebhaft; das war ein Standpunkt, den er billigen konnte.

Willoughby fuhr fort: »Der Krieg zeigt uns, wie wenig wir vom nächsten Tag zu erwarten haben –«

In dem Moment kam der erste Einschlag und völlige Finsternis.

Bange Stille.

»Alle noch da?« fragte Loomis.

Jemand sagte: »Der Generator wird hin sein.«

»Licht! Hat denn keiner hier Licht?« rief Crabtrees.

»Vorsicht an den Fenstern! Weg von den Fenstern!«

Die Offiziere stolperten durcheinander, auf der Suche nach Taschenlampen oder Kerzen oder auch nur nach Deckung.

Der zweite Bombeneinschlag, näher noch als der erste. Glas barst und splitterte über das Parkett hin.

Karen fühlte, wie jemand sie umfaßte und zu Boden zog; der Körper des anderen deckte sie gegen den Kalk, der von der Decke rieselte. Dann waren da Lippen, die ihre suchten. Instinktiv holte sie aus, traf das Gesicht des Mannes.

Und dann ging das Licht wieder an.

Gegen die Wand gedrückt, so weit wie möglich vom Fenster weg, hockten die Festgäste. Willoughby war mit dem Kopf unter einen Stuhl gekrochen, Crabtrees kauerte hinter dem Rücken von Loomis. Crerar hielt das Kätzchen Plotz gegen die Brust gedrückt und meinte: »Jetzt wird wohl genug Lärm gewesen sein, daß der arme Thorpe schlafen kann.« Yates kniete vor Karen. »Es war meine Absicht gewesen, Sie zu schützen«, sagte er, »tut mir leid, aber Sie verstehen hoffentlich.«

Lieutenant Laborde saß oben auf der Tischplatte, die Beine gekreuzt wie ein Schneider, die Arme beschirmend um die restlichen Flaschen gelegt. Allmählich konzentrierten sich aller Blicke auf ihn, und er lächelte selig. Endlich bedeutete er etwas, endlich war er im Mittelpunkt.

Sechstes Kapitel

Abramovici schrieb auf der Maschine die Nachricht aus, die der Mann vom Chiffrierdienst ihm reichte. Abramovici schrieb langsam und methodisch und war stolz auf die Genauigkeit seiner Abstände und die Sauberkeit seiner Abschriften. Versuchte einer, ihn anzutreiben, und sagte: »Los, machen Sie hin, schreiben Sie einfach ab!«, blickte er gekränkt auf und erklärte: »Der moderne Krieg beruht auf Präzision.« Es war zwecklos, mit Abramovici zu streiten.

An diesem Morgen bedrängte ihn niemand. Crerar und die meisten übrigen Offiziere litten noch an den Folgen der vergangenen Nacht. Abramovici hatte also Zeit, die Nachricht mehrmals gründlich zu lesen: zuerst eine Reihe rätselhafter Namen – verbunden durch »von«, mehrere »über« und »an«. Das waren die Tarnbezeichnungen der Einheiten, über die der Fernspruch geleitet worden war, und die der absendenden wie der empfangenden Stelle.

Dann kam der eigentliche Inhalt: *Rate dringend von Unternehmen Matador ab. Grundlegende Direktive folgt.*

Dann die Unterschrift: *DeWitt.*

Abramovici nickte. Das war es also. General Farrish konnte sich seinen Plan aus dem Kopf schlagen. Abramovici war mit dem Inhalt des Fernspruchs durchaus einverstanden. Was sollte denn aus der Armee werden, wenn sich jeder in die Angelegenheiten des anderen mischte?

Crerar trat ein, unrasiert, das graue Haar ungekämmt. Durch die Bartstoppeln erschien die Gesichtshaut noch schlaffer; er sah alt und entmutigt aus. Das Kätzchen Plotz folgte ihm und begann mit einem Ballen Papier zu spielen, der aus dem Papierkorb herausquoll.

Crerar warf sich auf das Feldbett. »Und was haben Sie gestern nacht gemacht?« fragte er.

»Die meiste Zeit war ich wach«, antwortete Abramovici. »Wenn ich sterben muß«, fügte er feierlich hinzu, »will ich nicht im Schlaf sterben.«

»Unsinn.« Crerar war verärgert. »Vieles erscheint mir unklar in diesen Tagen – aber daß Sie diesen Krieg bei voller geistiger und körperlicher Gesundheit überleben werden, davon bin ich überzeugt.«

»Ich hoffe es, Mister Crerar. Aber der Mensch muß auf alles vorbereitet sein. Vorbereitetsein ist das wichtigste im Krieg.«

Wenn der Bursche sich nicht so auf die Stenographie verstünde, würde ich ihn jetzt zum Teufel jagen, dachte Crerar. Was zuviel ist, ist zuviel.

Abramovici jedoch fuhr unbekümmert fort: »Es wird Sie interessieren zu erfahren, Mister Crerar, daß Ihre Stellungnahme in bezug auf das von General Farrish vorgeschlagene Flugblatt von Oberst DeWitt voll und ganz gebilligt wird.«

»Was sagen Sie da?«

»Oberst DeWitt unterstützt Ihre Entscheidung.«

»Hier.« Abramovici nahm das Blatt, das er betippt hatte, und übergab es Crerar.

Crerar seufzte. »Hätten Sie mir das nicht sofort geben können? Hier steht doch ›Eilt!‹ «

»Sie sollten meiner Urteilsfähigkeit etwas mehr vertrauen«, sagte Abramovici. »Schon beim Eintreten sah ich, daß Sie heute keine große Lust auf Dienstliches hatten; im übrigen drängt es ja nicht, da die höhere Kommandostelle mit den Entschließungen, die von uns getroffen wurden, einverstanden ist.«

Crerar grinste, knüllte das Papier zusammen und warf es auf den Boden. Abramovici bückte sich umständlich, hob es auf und deponierte es im Papierkorb.

»Seien Sie nicht immer so ordentlich!« fuhr Crerar ihn an. »Ihre Pingeligkeit hängt mir zum Halse raus! Da – bringen Sie das Zeug auf Ihrem Tisch durcheinander! Los, ich will Unordnung sehen!«

»Ich kann Ihnen ein Aspirin besorgen«, bot Abramovici an.

Crerar erhob sich von seinem Feldbett. Mit einem Schritt stand er neben Abramovici und fuhr ihm zwischen seine Papiere. Probeabzüge von Flugblättern, Schreibmaschinenpapier, Kohleblätter flogen in alle Richtungen und flatterten auf den Boden.

»Da«, sagte Crerar und ließ sich wieder auf das Feldbett fallen, »jetzt sieht's hier schon besser aus. Nach Arbeit, nach Aktivität.«

Stur hob Abramovici seine Papiere auf und sortierte und stapelte sie wieder. Crerar hielt die Augen geschlossen. Die ganze Armee war ihm zuwider. Nachdem Willoughby letzte Nacht seine miese

Intrige enthüllt hatte, hatte er inständig gewünscht, irgendein Gott möchte alledem Einhalt gebieten – auf daß die Menschen wieder Menschen wären und nicht nur Gruppentiere mit Gruppengehirnen und Gruppeninteressen – und daß das verfluchte Flugblatt doch hinausgefeuert würde, schon allein um diesem Willoughby mit seinen verfluchten kleinlichen Gesichtspunkten einen Strich durch die Rechnung zu machen.

Crerar hatte gewußt, daß DeWitt die Flugblattidee ablehnen würde. Wäre der Colonel an Ort und Stelle, hätte es anders ausgesehen. DeWitt, zwar seit undenklichen Zeiten Soldat, war dennoch ein Mann mit Phantasie, der auch bei höheren Stellen seinen Standpunkt vertrat, wenn ihm der Zweck bedeutend genug erschien. Da aber in diesem Fall DeWitt selber die höhere Stelle war, lag die Sache ungünstig.

Je länger Crerar sich mit dem Gedanken beschäftigte, desto größer erschien ihm die Möglichkeit, daß ein Flugblatt mit einem solchen politischen Inhalt vielleicht doch wirken könnte. Wie, wenn der Maulheld Farrish zufällig mal eine schöpferische Idee gehabt hätte?

Er dachte an seine Ferme und an alles, was er verloren hatte, nur weil die Menschen zu wenig Phantasie besaßen und nicht sahen, was in der Welt vorging. Warum nur mußte das eigene Leben so untrennbar mit anderer Leute Dummheit und Feigheit belastet sein! Eve, dachte er, *ma petite Eve*. Er sah sie den Hof überschreiten, sie hatte einen so leichten, beflügelten Gang, und ihr weiches, zartes Haar bewegte sich im Rhythmus ihrer Schritte. Seine junge Frau, noch halb ein Kind, Gott segne sie und führe sie wieder zu ihm. Aber zuerst – die Ferme. Eine Frau brauchte Atmosphäre, man muß ihr die Umgebung verschaffen, in der sie leben kann, aufblüht.

Er hörte Abramovicis Schreibmaschine, stetes, nüchternes Stakkato, und dann eine mahnende Stimme: »Mister Crerar!«

»Ja?« Er setzte sich so heftig auf, daß ihm das Blut aus dem Kopf wich und ihm schwindelte.

»Ich möchte Ihnen das Flugblatt zeigen.« Bing hielt ihm zwei oft verbesserte Seiten hin. »Es ist nur der Entwurf, aber ich glaube, es wäre so ziemlich das, was wir brauchen.«

Crerar rieb sich die Augen und blinzelte. »Haben Sie eine englische Übersetzung beigefügt? Gut.«

Bing beobachtete Crerar beim Lesen. Er versuchte die Bedeutung des wechselnden Ausdrucks in dessen Gesicht zu erraten – ein Lächeln, eine Verdüsterung. Es war nicht irgendeine gleichgültige Aufgabe, der er sich da unterzogen hatte; für ihn hing eine Menge davon ab. Wenn der Entwurf Crerar beeindrucken, ihn gegen Willoughby beeinflussen konnte, bestand Aussicht, daß etwas aus der Sache wurde. Nicht um seiner Person willen war das wichtig, dachte Bing, und nicht weil es ein so schöner Witz wäre, den er der Weltgeschichte spielen konnte – nein, wegen der anderen, die irgendwie dazu beigetragen hatten: Tony, Tolachian, Thorpe, Karen, selbst Yates, ja sogar Farrish…

Crerar las langsam:

Salut zum Vierten Juli!

Unsere Kanonen haben gesprochen. Das ist die Sprache Amerikas am Vierten Juli 1944.

Der Vierte Juli ist unser Nationalfeiertag. Am Vierten Juli 1776 wurden die Vereinigten Staaten als Nation geboren – eine Nation von freien Menschen, gleich vor dem Gesetz und willens, sich selbst zu regieren.

Für diese Rechte und für diese Freiheiten haben wir 1776 Krieg geführt, und für diese Rechte und Freiheiten kämpfen wir heute. Denn wo immer diese bedroht sind, sind auch wir bedroht. Wo immer die Würde des Menschen verletzt wird, empfinden wir es, als träfe es uns selbst. Wo immer Menschen unterdrückt werden und leiden, sind auch wir betroffen. Weil unsere Nation so geartet ist, sind wir in Europa gelandet. Kein Tyrann soll sich unterfangen, seinen Willen einem Volke, Europa oder der Welt aufzuzwingen.

Und ihr Deutschen, wofür kämpft ihr?

Um einen bereits verlorenen Krieg zu verlängern, einen Krieg, der, wenn er noch länger dauert, euch vernichten wird. Fünf lange Jahre habt ihr gekämpft, Millionen von euch sind in Rußland gefallen – und täglich kommen die Russen der deutschen Grenze näher. Zwei Drittel von Italien habt ihr bereits preisgeben müssen, und der Rückzug geht weiter. Hier im Westen wird der Druck auf eure Front von Tag zu Tag stärker. Und eure Städte zerfallen mehr und mehr zu Schutt unter den Schlägen der alliierten Luftwaffe. Wenn ihr euch noch retten wollt, wenn ihr Deutschland noch retten wollt, gibt es nur einen Ausweg:

Schluß machen!

»Zigarette?« Crerar hielt Bing sein Etui hin, faltete den Entwurf zusammen und reichte ihn Abramovici. »Machen Sie saubere Abschriften!«

Abramovici las den Text. Dann legte er sein Gesicht in Falten. »Schade, daß es nie gedruckt werden wird.«

Bing zündete eine Zigarette an, um die eigenen Befürchtungen zu verbergen. Karen fiel ihm ein. Vielleicht konnte er sie dazu bewegen, diese ganze Bande von Konjunkturrittern mit Veröffentlichungen in der Presse zu bedrohen. Die Militärzensur würde das wahrscheinlich verhindern; aber versuchen konnte man es ja.

»Die Hauptfrage«, sagte Crerar plötzlich, »die Hauptfrage ist: glauben Sie selber daran? Und wie stark glauben Sie daran?«

»Mein Gott, ich hätte die Sache doch nie geschrieben –« Bing war von Crerars mitfühlendem Ton überrascht. »Mister Crerar, ich habe schließlich die ganze Sache ins Rollen gebracht! Es gab da einen Augenblick in Farrishs Gefechtsstand, wo sie ganz kalt hätte abgedreht werden können. Lieutenant Yates behauptete, es wäre unmöglich, das Flugblatt zur rechten Zeit herzustellen; und der General, glaube ich, war bereit, sich ins Unvermeidliche zu fügen. Dann sagte ich aber plötzlich, es ließe sich doch schaffen.«

Crerar blickte ihn an, der eingesunkene Mund verzog sich.

Bing dachte, warum habe ich ihm das eigentlich gesagt? Er wird es mir nur übelnehmen. Immer die große Schnauze, warum kann ich den Mund nicht halten?

Crerar sagte leichthin: »Ich gebe zu, der Text klingt nicht schlecht. Ich kann aber nicht entscheiden, ob die Sache auch überzeugend wirkt – vor allem auf die Deutschen. Denn sehen Sie, ich selber glaube nicht an Ihre schönen Worte.«

»Sie glauben nicht daran…?«

»Sergeant Bing, unsere amerikanische Revolution ist vorbei und vergessen. Wenn Sie heute das Wort in den Mund nehmen, hält man Sie sofort für einen Roten. Sie haben ein revolutionäres Flugblatt geschrieben... Gleichheit vor dem Gesetz! Sie wissen ebensogut wie ich, daß Millionen Menschen bei uns nicht einmal Stimmrecht haben... Willens, sich selber zu regieren! Ich weiß einiges davon, wer in unserem Lande regiert – ich bin selber einmal Direktor in einem der großen Konzerne gewesen. Und der Krieg hat daran überhaupt nichts geändert. Die gleiche Art Leute regiert in Europa, die gleiche Art inszeniert den ganzen Zirkus in Deutschland. Und sagen Sie mir bloß nicht, daß die Methoden sich sehr voneinander unterscheiden. Wir in Amerika sind zur Zeit gegen Konzentrationslager und gegen die Massenausrottung von Minderheiten. Aber in dem Moment, wo unsere Machthaber sie für notwendig hielten, hätten wir sie sehr rasch« – Crerar schnippste mit den Fingern –, »sehr rasch und einfach.«

»Nein«, sagte Bing, »das ist nicht wahr. Ich gebe zu, als ich dieses Flugblatt begann, hing ich völlig in der Luft. Ich wußte nicht, was ich mir da eingebrockt hatte. Ich wußte nicht einmal, was ich schreiben sollte. Dann aber sprach ich mit mehreren von unseren Leuten. Ein paar sind durch und durch verdorben. Sie würden die Wachmannschaften in Ihren Konzentrationslagern abgeben. Aber es gibt auch andere, die sagen würden: ›Mit uns nicht!‹ und die fragen würden: ›Was geht hier eigentlich vor?‹ Sie würden sogar dagegen kämpfen!«

»Aber so ganz sicher sind Sie sich dessen auch nicht!« spottete Crerar. »Ich sage Ihnen eins: wenn wir in den Staaten jemals Faschismus kriegen, wird die deutsche Fassung wie ein Schäferspiel dagegen wirken. Mir werden sie nichts tun; ich würde sogar davon profitieren. Aber Sie, Sie würden dabei kaputtgemacht werden. Sie betrachten diesen Krieg als eine Art heiligen Kreuzzug. Ich erinnere mich, der Ausdruck stand sogar in einem Tagesbefehl. Ich sympathisiere mit Ihrem Idealismus, mit der Naivität, mit der Sie an diese Dinge herantreten. Sie machen mir sogar ein bißchen Hoffnung. Ich ziehe es aber vor, die Welt realistisch zu sehen.«

»Das Flugblatt taugt also Ihrer Meinung nach nichts?«

»Es ist sogar ausgezeichnet. Aber eben Heuchelei.«

»Mein Text ist ehrlich, Mister Crerar.«

»Natürlich, Bing – wahrscheinlich gibt es tausend andere, die das ebenso ehrlich glauben. An diesem vierten Juli aber spricht nicht ein Mann namens Bing zu den Deutschen – es spricht Amerika. Amerika versucht sich bestens darzubieten. Was es aber zu bieten hat, ist schäbig geworden.«

Bing aber verteidigte nun Tolachian und den toten Tony, den er nie gesehen hatte. »Sie mögen recht haben, Mister Crerar. Aber wir versuchen es nun einmal. Dieser Krieg – ist eben doch anders. Er ist, verflucht noch mal, notwendig, und er ist auch gerecht.«

Crerar begrub sein Gesicht in den Händen. Er war erschöpft. Er selber hätte ja auch gern geglaubt, was Bing da sagte; seine ganze Erfahrung aber sprach dagegen, und das belastete ihn.

»Wir werden uns nie einig werden«, sagte er mit klangloser Stimme, »und alles Gerede darüber ist umsonst.«

Bing jedoch ließ sich nicht abspeisen. »Ich weiß, wir sind alles andere als Kreuzfahrer«, sagte er. »Wir sind ein Haufen Egoisten, Opportunisten, Feiglinge. Meinetwegen. Mit diesem Krieg aber ist es so eine Sache. Einige verfolgen nur ihre eigenen Ziele, aber sie kommen damit auch nicht ganz durch. Mitten in ihren Manipulationen schwimmen ihnen die Felle weg. Wenn ich diesen elenden Dondolo Büchsenfleisch aufwärmen sehe, dann weiß ich doch, er tut es auch für mich, und ich – ich geh' hin und mache das Flugblatt. Oder nehmen Sie jemanden, den Sie besser kennen, Major Willoughby zum Beispiel, Willoughby in St. Sulpice...«

Crerar lachte. »Ja, nehmen wir ihn. Er ist ein sehr treffendes Beispiel. Es wird Sie interessieren, Sergeant Bing, daß es den persönlichen und sehr geschickten Bemühungen Willoughbys zu verdanken ist, daß Ihr Flugblatt nicht gedruckt werden und daher nicht in die Hände der Deutschen gelangen wird. Ich sagte ihnen doch, all Ihr Reden ist umsonst...«

Bing setzte sich. Er war wie ausgepumpt.

Farrish betrat das Zelt der Operationsabteilung wie der Engel des Jüngsten Gerichts. Er hatte auch die richtige Figur für die Rolle.

»Was ist mit dem Flugblatt? Haben Sie es fertig?« fragte er nach einem flüchtigen Blick auf Crerar, der sich ihm vorgestellt hatte.

Captain Carruthers, die Schnauzbartspitzen melancholisch herabhängend, informierte im Flüsterton: »Heute früh hat er sich auf einmal entschlossen, selber die Sache in die Hand zu nehmen...«

»Was sagen Sie da?« rief Farrish. »Ich höre Sie sehr wohl! Selbstverständlich nehme ich die Sache selbst in die Hand! Was ich nicht selber in die Hand nehme, daraus wird ja nichts!« Er wandte sich Crerar zu. »Außerhalb meiner eigenen Division, meine ich. Mein Gott, wenn so eine Schweinerei bei meinen Leuten vorkäme!«

»Was stimmt denn nicht, General?« sagte Crerar.

Carruthers wollte erklären, aber der General schnitt ihm das Wort ab.

»Lassen Sie mich das Flugblatt sehen. Sie müssen doch irgend etwas ausgearbeitet haben!«

In dem engen Zelt ließ es sich nicht vermeiden, daß Abramovici den General streifte, als er aufstand, um Crerar die Abschrift der Übersetzung zu geben. Farrish nahm das Blatt Crerar aus der Hand.

Bing, der sich in das Halbdunkel der Zeltecke verzogen hatte, beobachtete, wie Farrish das Flugblatt durchging. Es erschien ihm widersinnig, daß gerade ein solcher Mann die Feinheiten politischer und psychologischer Beeinflussung beurteilen sollte; dennoch war klar, wenn Farrish die Arbeit gefiel, hatte er in ihm einen Bundesgenossen gegen Willoughby.

Farrish las langsam, seine Lippen bewegten sich dabei. Bing fragte sich: Verstand der General die volle Bedeutung dieses Textes? Billigte Farrish den Entwurf nicht, so würde es zu spät sein, ihn noch umzuarbeiten; dann fiel die ganze Sache ins Wasser.

»Ist das nicht ein bißchen schwach?« Farrish schien sich seines Urteils nicht ganz gewiß. »Ich finde, Sie sollten es dem Pack drüben richtig hinreiben. Nicht diese Professorensprache!«

Er bemerkte, daß Crerar zum Widerspruch ansetzte.

»Einen Augenblick, Mister! Ich meine ja nicht, daß wir auf die Deutschen losschimpfen sollen – nur klarmachen muß man ihnen, daß sie das Fell gegerbt kriegen, wenn sie nicht kapieren wollen. Bei uns zu Hause hatten wir einen Pfarrer – einen gewaltigen Redner vor dem Herrn. Der brachte uns so richtig bei, was es mit der Hölle und dem Teufel auf sich hat und wie die verdammte Seele mit rotglühenden Feuerhaken durchbohrt wird! Man kriegte das Frieren, selbst an einem heißen Sommertag – und wenn er mit seiner Predigt fertig war, nahm man sich wirklich vor, ein neues Leben zu beginnen. So etwas meine ich. In diesem Entwurf ist alles sehr hübsch, sehr zivilisiert. Gibt einem das Gefühl, daß es irgendwie gut ist, Amerikaner zu sein – aber die Worte sind mir zu zahm – ein zahmer Amerikaner, das ist nicht mein Fall...«

Da niemand widersprach, räusperte er sich und trommelte mit den Fingern auf seinem Helm. Es klang blechern.

»Nun – ich nehme an, ihr Leute versteht das besser. Ich sage ja auch meinen Ärzten nicht, wie sie eine Bauchwunde zunähen sollen – und da kann ich Ihnen auch keine Vorschriften machen, wie Sie Ihr Zeug zu schreiben haben. Also – meinetwegen – der Entwurf ist brauchbar!« Mit dem Handrücken knallte er auf das Blatt und gab es dann Crerar zurück.

Was würde Crerar nun unternehmen, fragte sich Bing – tun, als habe er niemals von Willoughbys Querschüssen gehört und als wüßte er nicht, daß das Flugblatt gar nicht abgefeuert werden sollte?

Farrish ordnete an: »Die Granaten werden am Abend des dritten Juli in den Munitionslagern der Division geladen. Carruthers wird Ihnen sagen, wo die sich befinden. Haben Sie Lademannschaften?«

»Ja«, antwortete Crerar, »ja, selbstverständlich, General.« Er war ein viel zu erfahrener Verhandlungspartner, als daß er nun Fragen gestellt oder Zweifel geäußert hätte.

Ein gefährliches Licht leuchtete in den Augen des Generals auf: »Sie sind erstaunt – oder nicht?«

»Erstaunt, General?« Crerar schüttelte lächelnd den Kopf. »Im Gegenteil, wir wissen Ihre Unterstützung zu schätzen und freuen uns, daß Sie unseren Vorschlag billigen.«

Willoughby und Loomis kamen ins Zelt gestürzt und salutierten, noch ganz außer Atem.

Farrish beachtete ihren Gruß nicht, setzte sich auf Abramovicis Stühlchen und streckte die langen Beine. Seine Stiefel leuchteten selbst im Dämmerlicht des Zeltes in Hochglanz.

Carruthers sah die Gefahrenzeichen. Flecken von krankhaftem Rot zeigten sich auf Farrishs Wangen und Stirn; eine Explosion stand bevor. Carruthers versuchte etwas zu sagen – aber es war zu spät. Bei Farrish brach es durch: »Irgendein Scheißkerl hat die Sache beim Korps verpfiffen!« Er knallte seinen Helm auf den Tisch. »Irgendein verfluchter Judas für dreißig Silberlinge! Ich sage Ihnen, Crerar, ich finde den Burschen heraus, und dann breche ich ihm das Genick! Und glauben Sie mir, ich bin da konsequent!«

Bings Lippen verzogen sich zu einem lautlosen Pfeifen. Hier steht der Bursche, mein Lieber, direkt vor dir!

Fasziniert, als wäre er nicht derjenige, gegen den Farrish wütete, starrte Willoughby auf den General. Im ersten Augenblick hatte er gezögert, als er erfuhr, daß Farrish persönlich die Abteilung mit seinem Besuch beehrte – dann aber war ihm klargeworden, daß es besser war, er trat dem Mann selber gegenüber und setzte sich mit ihm auseinander, wenn es denn zu einer Auseinandersetzung kam. So war er eilig aufgestanden, hatte Loomis geweckt, und sie beide waren vom Château hierhergeeilt, um sich vorzustellen und wenigstens einen guten Eindruck zu machen.

Farrish steigerte sich in seinen Zorn hinein. »Heute morgen erhalte ich doch einen Anruf von General Dore – holt mich sogar aus dem Bett heraus!... Und er sagt, Farrish, sagt er, Ihr Feuerwerk zum vierten Juli, das können Sie abschreiben. Munition wird nur für taktische Zwecke verwendet, sagt er. Nun frage ich Sie hier: Woher hat Dore seine Weisheit?«

Crerar zuckte die Achseln.

»Also woher?«

»Ich nahm an, das Korps stünde hinter Ihrem Plan, General!« log Crerar.

»Ja, jetzt sicher!« triumphierte Farrish.

Willoughby war zutiefst beunruhigt – nicht so sehr davon, daß General Dore Farrishs Wortkanonade nicht hatte standhalten können, nicht so sehr von dem Ärger, den er mit dem Obersten Hauptquartier und mit DeWitt haben würde, als von seiner eigenen Fehleinschätzung. Zwischen DeWitt und Farrish, zwischen einer Direktive allgemeiner Natur und dem Wunsch und Willen dieses

Mannes – was gab es da zu wählen! Ein Blick auf Farrish, und man wußte, was man zu tun hatte. Yates, der Professor, hatte natürlich für so was kein Auge. Yates hatte ihm nichts davon angedeutet, daß hier ein Kerl war, ein Führer, eine Macht! Farrish war alles andere als ein gewöhnlicher Kommißstiefel! Farrish war einer, auf dessen Seite man stehen mußte, ein Mann, der überall sich durchsetzte und dem man folgen mußte, so wie er stets auch dem alten Coster bedenkenlos gefolgt war, zu Hause in der Kanzlei von Coster, Bruille, Reagan und Willoughby, Rechtsanwälte.

»Jawohl, ich habe die Unterstützung des Korps!« brüllte Farrish. »Hundert Prozent! Ich sagte zu Dore: Wieso? Das ist doch ein taktischer Einsatz! Und außerdem verdammt gute Taktik! Erst jagen wir die achtundvierzig Salven aus achtundvierzig Geschützen hinaus, und dann erzählen wir Ihnen etwas –: Die Stärke Amerikas! Die Stimme Amerikas!«

Bing wie auch Willoughby waren irgendwie mitgerissen. Crerar allein, die lange Nase wie immer über die dünnen Lippen herabhängend, blieb unbewegt; und Abramovici dachte nur daran, wie er sich vor Farrishs Armbewegungen salvieren könnte.

»Die Größe Amerikas! Aber Dore begreift nicht. Irgend jemand hat ihm etwas eingeblasen. Vergeudung, schreit er, reine Vergeudung! Wissen Sie, was ich dann getan hab?«

Respektvolles Schweigen. Carruthers beugte sich vor und flüsterte seinem Chef zu: »General, es sind Mannschaftsgrade im Raum!«

»Pfeif ich drauf! Ist ja kein Geheimnis! Es war mal ein Geheimnis, ist es aber nicht mehr. Wissen Sie, was ich getan hab? Ich schloß einen Kompromiß. Ich zog mich auf einem Abschnitt zurück, um dafür die ganze Front aufzurollen. Also meine Herren, die ganze Armee in der Normandie beteiligt sich an meiner Idee. Sicher, dadurch ist es nur halb so wirkungsvoll, und die Sache wird mir verwässert. Es ist eben nicht nur Farrish, der es macht, nun – zum Teufel damit... Jedes Geschütz entlang der ganzen Front wird gleichzeitig um fünf Uhr früh zu feuern beginnen, einen Feuerschlag, zur Begrüßung des Tages... Aber ich bin der einzige, der die Flugblätter haben wird.«

»Großartig!« sagte Willoughby.

»Was?«

»Großartig, General!«

Jetzt erst schien Farrish Willoughby zu bemerken. »Natürlich ist es großartig. Aber wer sind Sie?«

»Major Willoughby, Abteilungskommandeur«, sagte Crerar, »und Captain Loomis, General.«

Die beiden salutierten wieder. Farrish winkte nachlässig mit der Hand.

»General«, sagte Willoughby bescheiden, »ich bin für den Entwurf des Flugblatts verantwortlich.«

»Willoughby?« fragte Farrish, »schreiben Sie deutsch, Major Willoughby?«

»Nein, General. Leider nicht. Aber ich gab den Befehl.«

»*Ich* habe den Befehl gegeben, Major! Irgendeinem Lieutenant.«

»Jawohl, General, dem Lieutenant Yates«, sagte Willoughby. Er nickte Abramovici zu: »Holen Sie uns Lieutenant Yates!«

»Ich brauche nicht noch mehr Leute hier«, sagte Farrish. »Captain Carruthers, können Sie diesem Major nicht erklären, daß ich es hasse, wenn andere sich in meine Angelegenheiten mischen!... Was ich jetzt brauche, ist folgendes: das Unternehmen muß ein durchschlagender Erfolg werden. Dore soll sein blaues Wunder erleben! Ich vergeude weder Material noch Menschen. Was nützt das ganze Theater, wenn nichts dabei herauskommt? Ich brauche eine Garantie, daß ein paar Fritzen überlaufen, nachdem wir ihnen die Blätter hinübergefeuert haben. Können Sie mir das auf die Beine stellen?«

Loomis wollte unbedingt endlich auch einmal etwas sagen dürfen. Aber er wagte es nicht. Er hob die Hand, stellte sich auf die Zehen und schniefte laut. Willoughby zog ihm den Arm herunter. »Was wollen Sie denn?« zischte er.

»Lautsprecher!« flüsterte Loomis in Willoughbys Ohr. »Lautsprecher! Gleich nach dem Beschuß – einen Lautsprecherwagen rausschicken!«

»Regen Sie sich ab!« sagte Willoughby.

»Ich fürchte, General«, sagte Crerar, »wir müssen uns auf die Wirkung des Flugblattes verlassen.«

Willoughby trat vor. »Nein, General, wir können noch etwas tun – viel mehr.«

Farrish blickte zwischen Crerar und Willoughby hin und her. »Vielleicht einigen sich die Herren!«

Willoughby sah seine große Gelegenheit. »Wir stellen Ihnen einen Lautsprechertrupp zur Verfügung, General. Der Trupp geht in die vorderste Linie und spricht zu den Deutschen. Wenn Sie einen Punkt bestimmen, an dem die Ihren Truppen gegenüberliegende Einheit schon Verluste hatte, dann sollte die Verbindung von Lautsprecher und Flugblatt schon ihre Wirkung haben. Ohne Zweifel haben Sie von dem großartigen Erfolg unseres Lautsprecherunternehmens in St. Sulpice gehört, General. Wir erzwangen die Übergabe des Forts...«

»Wirklich?«

Loomis ließ sich nicht mehr zurückhalten. »General, wenn Sie gestatten, wir haben auch den Mann für die Aufgabe. Sergeant Bing hier – er hat sogar an dem Flugblatt mitgearbeitet – also wird er wohl auch hinterher die richtigen Worte für die Krauts finden...«

Schmerz, laß nach! dachte Bing.

Neue Geistesblitze durchzuckten Loomis. Er schwitzte vor Erregung. »Und als zweiten Mann haben wir einen erfahrenen, ruhigen Burschen, einen Techniker, der den Erfolg des Unternehmens gewährleistet – den Funker Tolachian. Die Führung des Trupps übernimmt Lieutenant Laborde, der beste Offizier für eine solche Aufgabe –«

Farrish wehrte ärgerlich ab: »Was ist denn hier los? Alle durchgedreht? Ich interessiere mich nicht für Ihren Kleinkram. Sind wohl hier bei den Pfadfindern, was?... Lautsprecher, in Ordnung. Machen Sie mir das!«

Machen Sie mir das! klang es in Bings Schädel nach. Tolachian, Laborde und er selber – eine schöne Mannschaft!

Er hätte gern gewußt, was Crerar davon hielt. Aber Crerar war dabei, den General hinauszugeleiten.

Die Besprechung war vorüber, Farrish abgefahren; trotzdem konnte Loomis nicht die Ruhe finden, sich an seine täglichen Aufgaben zu machen. Er ging im Schloßhof auf und ab und lächelte glücklich vor sich hin.

Er hatte schon allerhand geleistet an diesem Morgen. Er hatte durch einen praktischen Vorschlag die Aufmerksamkeit des Generals auf sich gezogen. Gewiß – Willoughby hatte sich gleich einen Teil des Verdienstes gesichert, aber das tat Willoughby ja immer. Er jedenfalls hatte alles so eingefädelt, daß es Tolachian eine Lehre war – das nächste Mal würde der Kerl es sich dreimal überlegen, bevor er ihn lächerlich zu machen versuchte. Und Bing, dieser neunmalkluge arrogante Bursche, würde gleichfalls Gelegenheit haben zu beweisen, ob er auch so gescheit aussehen würde, wenn die Kugeln ihm um die Ohren pfiffen. Auf Laborde konnte man sich verlassen; Laborde würde keinerlei Rücksicht nehmen auf die natürlichen Neigungen der Herren Bing und Tolachian, sich aus Gefahren herauszuhalten.

Loomis sah Karen aus dem Schloß kommen. Gutgelaunt rief er ihr zu: »Der General war hier – wissen Sie schon? –, der General persönlich!«

Karen nickte. »Wieso? Hat er Wind bekommen – ich meine, wegen Willoughby?«

»O nein! Das Flugblatt geht durch! Ganz große Sache, Miss Wallace, ganz groß!«

»Tatsächlich?« Bing wird sich freuen, dachte sie; er würde den Überlegenen spielen und im übrigen sehr charmant sein in seinem Ernst und seiner Begeisterung. »Entschuldigen Sie mich, Captain«, sagte sie, »ich habe zu tun«, und begab sich auf die Suche nach Bing.

Ihr Verhalten entmutigte Loomis keineswegs. Fröhlich winkte er Crerar zu, der, das Kätzchen Plotz im Arm, den Schloßhof betreten hatte. Der Chef der Operationsabteilung schien sich wieder einmal mit seiner Katze zu unterhalten, das Tier hielt den Kopf, als verstünde es ihn. Vor Loomis angelangt, blieb Crerar einen Moment stehen, dann umkreiste er ihn, sprach dabei aber weiter zu seiner Katze: »Und David schrieb: Stellet Uria an den Streit, da er am härtesten ist, und wendet euch hinter ihm ab, daß er erschlagen werde und sterbe.«

»Was soll das heißen?« Loomis richtete sich zu seiner ganzen Größe auf.

Crerar blickte ihn an und verzog sein Gesicht. »Sie fühlen sich doch nicht etwa getroffen, Captain?«

Siebentes Kapitel

Karen verließ Schloß Vallères am Tage von Farrishs Besuch. Sie begab sich in das Presselager der Armee und versuchte den Artikel über das Flugblatt und dessen Entstehung zu schreiben. Im allgemeinen arbeitete sie ziemlich rasch – sie plante im voraus und formulierte ihre Sätze bereits im Kopf, bevor sie sie zu Papier brachte. Sie hatte ihren eigenen Stil und war stolz darauf. Ihre Sprache war klar, zuweilen sogar knapp – obwohl sie sich häufig weniger mit den Ereignissen selber als mit deren Hintergrund befaßte. Kürzlich hatte ihre Redaktion ihr nahegelegt, sie sollte mehr das, was sie den »Standpunkt der Frau« nannten, berücksichtigen. »Wir möchten ein wenig mehr Herz in Ihren Sachen«, sagten sie; »so ähnlich wie in Ihren ›Soldatenporträts‹...«

»Also sentimentaler?« hatte sie zurückgefragt.

»Wenn Sie so wollen – sentimentaler.«

Sie hatte das abgelehnt. »Ich habe inzwischen zu viel vom Krieg gesehen. Vielleicht habe ich mich auch geändert. Die Grammatik ist die gleiche für Frauen und für Männer. Auch die Tatsachen sind dieselben.«

Danach ließ die Redaktion sie in Ruhe. Sie hatte Erfolg, so wie sie war. Ihre Artikel fanden große Verbreitung, selbst wenn ihnen das sentimentale Element fehlte.

Jedoch bot die Story über das Flugblatt ungewöhnliche Schwierigkeiten. Sie starrte auf ihre Schreibmaschine und fingerte untätig auf den Tasten umher. Sie durfte ja nicht von dem Streit um das Flugblatt berichten, nicht von Farrishs fixer Idee, Willoughbys Intrigen und Bings Suche nach dem Sinn dieses Krieges. Kein Militärzensor würde das durchlassen; so was lief unter dem Begriff ›Militärische Sicherheit‹, in deren Namen die höheren Chargen in Wirklichkeit einander deckten. Sogar vielleicht mit Recht – das Publikum mußte Vertrauen haben zu seiner Armee und deren Führung; Frauen und Mütter fürchteten für das Leben ihrer Lieben; sie durften nie das Gefühl verlieren, daß dieses Leben in den guten und sicheren Händen gewissenhafter, weitblickender und vorausdenkender Männer lag. Aber unter diesen Umständen lief ihr Bericht auf nichts anderes hinaus, als daß am Morgen des vierten Juli eine große Anzahl von Geschützen aufbellen würde und daß die Deutschen dann ein Flugblatt folgenden Inhalts erhielten...

Nach dem vierten Juli würde wahrscheinlich auch die Zensur den Text freigeben. Aber bis dahin, falls sie nicht noch etwas Zündendes selber erfand, würde die Story kaum noch Bedeutung haben; jeder andere Korrespondent konnte sie aufgreifen, wenn er Lust dazu hatte. Wie aber wäre es, wenn sie statt eines Berichts einen Kommentar schriebe? Unweigerlich würde sie sich in der Frage *Wofür kämpfen wir eigentlich?* verfangen – mußte eine eigne Meinung dazu geben, müßte leitartikeln, was sie haßte; und außerdem wußte sie, daß die eigne Unsicherheit ihre Worte schwunglos, ihre Sätze schwerfällig machen würde. Wenn sie an Bing dachte, empfand sie, daß er recht hatte, und war versucht, den Text des Flugblatts zum politischen Programm zu erklären – aber nur, wenn sie an ihn dachte. Jedesmal, wenn sie seinen Text las, verschwammen seine Worte ihr vor den Augen, und statt des Papiers sah sie sein Gesicht, schattenhaft und dennoch eindringlich. Aber sie mußte zwischen dem Mann und der Idee zu unterscheiden wissen; und der Idee brachte sie viele Zweifel entgegen, entsprungen aus ihren Erfahrungen, die sie der Politik, dem Krieg und den Leuten gegenüber, die sich beiden verschrieben hatten, vorsichtig machten. Sie konnte sich nicht hinter das Flugblatt stellen, aber sie brachte es auch nicht über sich, in der Öffentlichkeit Zweifel zu erwecken – denn da waren sie wieder: die Frauen und Mütter, sie hatten es schon so schwer genug.

War sie zu diesem Punkte gelangt, schob sie den ganzen inneren Hader von sich. Warum, meine Gute, fragte sie sich, bist du nicht ehrlich mit dir selber? Wenn du müde bist, mußt du schlafen; bist du hungrig, mußt du essen. Dein Artikel ist völlig in Ordnung – er ist nur noch nicht vollständig. Nimm dir Zeit, geh zurück nach Schloß Vallères und schließ ihn dort ab. Geh dorthin zurück und erlebe ihn zu Ende. Du weißt ja gar nicht, wie lange es währen wird, das Leben des Jungen, oder deines.

Sie ersuchte den Presseoffizier, ihr die Teilnahme an dem Lautsprechereinsatz zu vermitteln.

Von Crerar erfuhr Yates die Zusammensetzung des Lautsprechertrupps. Die Angelegenheit wurde ganz nebenbei erwähnt. Crerar sprach davon wie von einer unumstößlichen Tatsache. »Laborde«, sagte Crerar, »und Bing und Tolachian – ich frage mich, wie das funktionieren soll.«

»Es wird schwierig werden«, sagte Yates, »und ich zweifle, ob es uns irgend etwas einbringen wird. Warum treffen Sie keine anderen Dispositionen?«

»Ich kann und will mich nicht in die Einzelheiten eines Unternehmens mischen«, antwortete Crerar. «Das ist Willoughbys und Loomis' Angelegenheit.«

»Ich verstehe Sie nicht«, sagte Yates ärgerlich. »Sie sehen doch selber, wie verfahren die Sache ist und daß man Laborde nichts anvertrauen kann, und so etwas schon überhaupt nicht – und was tun Sie? Nichts.«

»Korrekt«, sagte Crerar, »ich tue nichts... Überlegen Sie mal, was für geistige Purzelbäume wir schon geschossen haben wegen dieses verdammten Flugblatts – und dann ist uns die Entscheidung doch aus der Hand genommen worden.« Er sah, daß Yates nicht befriedigt war, und fragte spitz: »Wie geht es übrigens ihrem besonderen Freund Thorpe?«

»Ich nehme an, gut«, erwiderte Yates ausweichend. Er hatte Thorpe beobachtet. Thorpe war bleich und ging einsilbig seiner Arbeit nach, so als sei nichts geschehen. Yates hätte gern mit ihm gesprochen, aber Thorpe schien ihn zu meiden und schlich sich davon, sobald er sich ihm näherte.

Es bedrückte Yates sehr, aber er hatte nicht mehr die Energie, Thorpe hinterherzulaufen, um dessen Vertrauen wiederzugewinnen. Der Versuch wäre zu lächerlich gewesen. Sie waren schließlich Soldaten, erwachsene, vom Krieg gehärtete Leute, der eine wie der andere.

Er hatte kein Recht, Crerar Vorwürfe zu machen, wenn er den Dingen ihren Lauf ließ. Aber die Dinge nahmen einen recht mißlichen Verlauf.

»Hätten Sie etwas dagegen, wenn *ich* mich einmische?« fragte er Crerar; da Crerar aber nur mit den Schultern zuckte, begab sich Yates zu Loomis.

Loomis war auf seinem Zimmer und lag auf dem breiten Bett der Gräfin. Das Licht, das vom Betthimmel zurückgeworfen wurde, überzog das selbstzufriedene Gesicht des Captains mit einem grünlichen Schimmer. Crabtrees und Laborde saßen bei ihm; Crabtrees, am Fußende des Bettes, zeigte schon durch seine Haltung, daß ihm die Welt wundervoll erschien, und Labordes für gewöhnlich mürrisches Wesen war heute einer Art Kameradschaftlichkeit gewichen, bei der sich Yates der Magen umstülpte.

»Wir haben gerade von Ihnen gesprochen.« Crabtrees lispelte ein wenig. »Wir bewundern, wie Sie mit den Leuten umgehen, und ich sagte, es kommt sicher daher, weil Sie Pädagoge sind. Was meinen Sie?«

Yates konnte sich vorstellen, was sie wirklich miteinander geredet hatten. »Ich wüßte nicht, daß ich eine besondere Methode habe.«

»Methode hin oder her«, sagte Laborde, »auf jeden Fall untergraben Sie die Autorität von uns allen.«

»Ich nehme an«, sagte Loomis, »daß Sie nicht ohne besonderen Grund gekommen sind. Was haben Sie auf dem Herzen?«

Yates hätte es vorgezogen, seine Angelegenheit nicht in Gegenwart von Laborde vorzubringen. Er zögerte, sagte sich jedoch, daß Laborde es sowieso brühwarm vorgesetzt bekommen würde. »Ich möchte mich freiwillig melden«, sagte er.

»Freiwillig melden?« fragte Loomis, »wozu?«

»In St. Sulpice habe ich von dem Spaß nichts mitbekommen, und ich würde gern einmal mit einem Lautsprechertrupp hinausgehen.«

»Was ist los mit Ihnen, Yates?« sagte Crabtrees.

»Schon gut«, sagte Loomis, »bei der nächsten Lautsprechersache gehen Sie mit.«

Verstand Loomis ihn mit Absicht falsch? Yates warf einen Blick auf den Captain in seinem üppigen Bett. Loomis wirkte arglos.

»Nein«, sagte Yates, »ich meine nicht irgendeinen Einsatz. Ich meine das Unternehmen Vierter Juli.«

Loomis richtete sich auf.

Crabtrees tippte mit der Fußspitze gegen Yates' Schienbein. »Weil die Dame von der Presse mitkommt, hm?«

»Ich habe nicht einmal gewußt, Crabtrees, daß sie mitkommen soll.« Aber er fühlte das Pochen seines Herzens. »Mein Ersuchen hat mit persönlichen Dingen nichts zu tun. Ich interessiere mich für den Erfolg dieses Unternehmens.« Er verstummte. Stimmte das, was er gesagt hatte? Hatte er einen Sinn auch für sich in diesem Flugblatt gefunden?

»Wir alle sind an einem Erfolg interessiert«, belehrte ihn Loomis. »Aber ganz gleich, die Zusammensetzung des Trupps steht fest, die Befehle sind heraus. Sie hätten sich früher melden sollen.«

»Sie können doch einen Namen leicht durch einen anderen ersetzen«, redete Yates ihm zu. »Ich würde gern den Trupp führen.«

»Und warum, wenn ich fragen darf?« sagte Laborde.

»Ja, Verehrter«, sagte Loomis gedehnt, »wieso liegt Ihnen eigentlich so viel daran, gerade bei diesem Einsatz dabeizusein?«

Die Frage war nicht unberechtigt, stellte Yates fest. Was betraf es ihn schließlich, wenn Bing oder Tolachian bei der Gelegenheit ein Loch in den Schädel bekamen? Und wo war die Garantie, daß das gegnerische Feuer weniger tödlich sein würde, wenn er das Unternehmen leitete? Es war eben, wie Willoughby gesagt hatte: Im Krieg ist das Risiko größer...

»Ich will's Ihnen offen sagen...« Er blickte Loomis fest an. »Weil ich der Ansicht bin, daß Sie für diese Aufgabe die falschen Leute ausgesucht haben.«

»Für was halten Sie sich eigentlich?« fragte Laborde.

»Sie dürfen das nicht persönlich nehmen«, sagte Yates. »Ich habe nur den Eindruck...«

»Eindruck!« unterbrach ihn Loomis. »Wir entscheiden hier nicht auf Grund von Eindrücken. Wir sind hier in der Armee. Ich habe schon mehrmals bemerkt, daß Ihnen diese Tatsache mitunter entgeht.«

Ich sollte es vielleicht lieber aufgeben, sagte sich Yates. Aber dann sah er die ungezügelte Erregung in Loomis' Gesicht – zuviel Erregung für eine einfache Besprechung darüber, wer mit wem wohin beordert werden sollte.

Loomis fuhr fort: »Ich habe Professoren und Doktoren auf Küchendienst geschickt wie jeden anderen auch. In dieser Armee gibt es keine Standesunterschiede. Zu Hause hatte ich ein kleines Radiogeschäft. Nichts Unrechtes daran, oder? Aber vielleicht sind Sie der Ansicht, daß es falsch ist, daß ich der Captain und Sie der Lieutenant sind? Und es sollte wohl umgekehrt sein? Das denken Sie doch, wie?«

»Gut«, sagte Yates, ohne auf Loomis' Demagogie einzugehen, »ich werde es Ihnen mit aller Härte sagen. Machen Sie mir dann keinen Vorwurf, denn Sie zwingen mich dazu.«

»Wir werden es schon ertragen«, lachte Crabtrees. »Wir sind keine kleinen Kinder mehr.«

»Ich bin nicht einverstanden, daß Sie Tolachian ausgesucht haben. Der Mann ist zu alt, er gehört nicht in die vorderste Linie.«

»Weiter!« sagte Loomis.

»Ich bin mit Laborde nicht einverstanden.«

»Wirklich?« fragte Laborde ironisch.

»Ich meine es nicht persönlich, Laborde! Sie sind nicht schlechter als andere, haben sogar Courage – warum wollen Sie denn nicht verstehen! – Sie sind bloß nicht der richtige Offizier mit einem Mann wie Tolachian im Trupp und an einer Front, an der nach diesem Beschuß der feindlichen Linien der Teufel los sein wird.«

Loomis biß sich auf die Lippen. Crerar und Yates steckten unter einer Decke – Crerar mit seiner blöden Geschichte aus der Bibel, Yates mit seiner offenen Drohung. Aber wenn er jetzt nachgab und Yates den Trupp überließ, wäre das ein klares Schuldbekenntnis.

»Tut mir leid«, sagte Loomis, »der Trupp wird eingesetzt, wie er ist. Die Armee hat Tolachian hierhergeschickt; ich nehme an, daß die Ärzte die Tauglichkeit eines Mannes besser zu beurteilen wissen als Sie und ich. Lieutenant Laborde als Truppführer ist von Major Willoughby genehmigt worden, und sogar von General Farrish, der davon informiert wurde. Fall erledigt.«

Aber Yates bohrte weiter. »Warum versteifen Sie sich gerade auf Tolachian?«

»Hören Sie, Yates, ich versteife mich nicht auf einen besonderen Mann. In dieser Abteilung bekommt ein jeder die Gelegenheit, sich zu bewähren.«

»Sie werden sie auch noch kriegen«, sagte Crabtrees.

Diese Gesichter! Es war alles vergeblich, Yates wußte es nun, hatte es eigentlich schon immer gewußt. Er stand allein, nicht etwa, weil Thorpe in seinem krankhaften Zustand auf ihn verfallen war, sondern weil er sich zu einem Menschen zu entwickeln begann, auf den ein Mann wie Thorpe eben verfiel.

Auf dem leichten Lastwagen, der in der Nacht zum vierten Juli nach vorn rollte, befanden sich vier Menschen – Karen Wallace, Bing, Tolachian und Lieutenant Laborde. Tolachian fuhr. Laborde, noch immer unter dem Eindruck von Yates' Anspielungen, rückte auf seinem Sitz neben Tolachian unruhig hin und her. Yates hatte jedenfalls erreicht, daß Laborde auf einmal nach Gründen für die hohe Meinung, die er von sich selber hatte, suchen mußte; die Suche manifestierte sich in einer Menge kurzer, barscher Befehle an Bing und Tolachian, in einem betont männlichen Abschied von Loomis, in betonter Förmlichkeit Karen gegenüber und in dem festen Entschluß, lebendig nur zurückzukehren nach erfolgreichem Abschluß des Unternehmens.

Im hinteren Teil des Lastwagens waren auf der einen Seite eine Verstärkeranlage und ein Funkempfänger montiert; auf der anderen saßen Karen und Bing.

Nach Einbruch der Dunkelheit hatten sie Vallères verlassen. Es war vorgesehen, einen Teil der Nacht hindurch zu fahren und in den ersten Morgenstunden bei Batterie F einzutreffen, einer der Batterien, von denen aus das Flugblatt abgeschossen werden sollte. Dort sollte Karen bleiben, während der Lastwagen zu Kompanie C von

Monitor, einem Panzergrenadierregiment in Farrishs Division, weiterfahren sollte. Das Lautsprecherunternehmen sollte im Abschnitt der Kompanie C durchgeführt werden. Laborde hatte eine Karte bei sich, auf der die verschiedenen Punkte eingezeichnet waren, außerdem einen Kompaß in einem Lederfutteral, das gewichtig an seinem Gürtel hing.

Laborde gab sich sorglos, »Miss Wallace«, sagte er ihr vor der Abfahrt, »eine bequeme Fahrt wird es nicht, aber es besteht keine besondere Gefahr. Ich habe Bing gesagt, er soll Decken mitnehmen, damit Sie sich ausstrecken und ein bißchen schlafen können.«

Bing war nicht so zuversichtlich. Von Crerar, der ein Doppel von Carruthers' Lageplan erhalten hatte, hatte er erfahren, daß die Deutschen gegenüber Monitors Kompanie C sich durchaus nicht in einer Lage befanden, in der eine Übergabe ihnen verlockend erscheinen würde. Sie hatten sich ebenso fest eingegraben wie die Amerikaner; sie waren weder umgangen noch abgeschnitten; sie schienen eine völlig zusammenhängende Front mit ihren Nachbareinheiten zu bilden. Die Bedingungen, die die Deutschen in St. Sulpice zur Übergabe reif gemacht hatten, waren hier nicht gegeben. Bing stellte wieder einmal fest, daß die Armee keine eigene Art zu denken hatte, vielmehr funktionierte ihr Denken nach zivilem Muster – und da wieder eher feminin. Wenn es modern war, niedrige Absätze zu tragen, so trug jede Frau niedrige Absätze, ob sie nun die dafür geeigneten Beine hatte oder nicht. Wenn ein Lautsprecher bei St. Sulpice Erfolg gehabt hatte, warum sollte er dann nicht auch in dem Abschnitt gegenüber der Kompanie C Erfolg haben? So etwa sahen die Überlegungen aus. Bing empfand, daß diese geistige Trägheit, die zu mechanischer Wiederholung neigte, anstatt jeden einzelnen Fall nach den vorliegenden Gegebenheiten zu prüfen, irgendwie sich gegen ihn persönlich richtete. Hätte er bei St. Sulpice nicht einen solchen Erfolg gehabt, so wäre es jetzt fraglich gewesen, wen sie dieses Mal schickten; so aber war er es gewesen, der das Fort zur Übergabe gebracht hatte, und war nun jedesmal dran, wenn ein Rattenfänger gebraucht wurde. Und alles nur, damit Willoughby und Loomis sich Farrish gegenüber gefällig erweisen konnten, demselben Farrish, gegen den sie am Tage vorher noch einiges ausgeheckt hatten. Es war idiotisch anzunehmen, daß das Flugblatt etwas taugte, bloß weil es ihm vielleicht gelang, ein paar todmüde Krautfresser aus ihrer Stellung zu locken; oder daß es nichts taugte, wenn ihm das nicht gelang. Die Worte, die er geschrieben hatte, waren darauf berechnet, das Denken und die Empfindungen des Feindes allmählich zu durchsetzen – aber weder Willoughby noch Farrish waren fähig, so etwas zu begreifen...

Das schlimmste aber war für Bing, daß Laborde zum Truppführer bestimmt worden war. Bei einem solchen Unternehmen war es wesentlich, daß der Mann am Lautsprecher nach eigenem Kopf verfuhr, nur nach seinem eigenen Kopf. Gut, sagte sich Bing, sollte Laborde sich einmischen, würde er ihn einfach ignorieren. Bing wußte, wie stark seine eigene Stellung innerhalb der Abteilung war; man konnte ihn nicht streng bestrafen, weil es schwer war, für ihn einen Ersatz zu finden.

Noch gewagter schien ihm, daß Tolachian der technische Teil überlassen war. Gewiß, Tolachian war dafür ausgebildet, aber er hatte noch nie einen Lautsprecher unter Feindeinwirkung bedient. Er hatte in der Felddruckerei gearbeitet; das war ganz natürlich, denn er war ja Drucker von Beruf. Bing hatte nicht zu befürchten, daß der Mann, der Tonys Freund gewesen war, ihn sitzenlassen würde; aber es gab doch die Möglichkeit technischer Störungen, und das bedeutete, daß sie unnötig lange Zeit im feindlichen Feuer liegenbleiben mußten oder überhaupt nicht dazu kamen, ihr Kunststück vorzuführen... Loomis hatte es eben auf Tolachian abgesehen.

Sie hätten ihm Clements mitgeben sollen, mit dem zusammen er schon in St. Sulpice gearbeitet hatte, und ihm Laborde ersparen; wenn schon ein Offizier dabei sein mußte, dann lieber Yates.

Aber bloß nicht mehr den Kopf über so was zerbrechen. Es war zu spät, um irgendwas zu ändern. Jede Umdrehung der Räder brachte ihn dem Einsatzort näher.

Er hatte oft über die furchtbare, unentrinnbare Logik nachgedacht, mit der diese Maschine arbeitete, die man Armee nannte – sie ergriff die Menschen und saugte sie in sich hinein wie ein Strudel. Man wurde umhergewirbelt, ruderte verzweifelt mit sämtlichen

Gliedmaßen, um dem Wirbel zu entgehen – einigen gelang es zweifellos; aber alles in allem wurde man doch allmählich durch die Maschine gedreht, bis man in einer herrlichen Nacht zu irgendeinem Punkt gefahren wurde, wo nur noch der Zufall entschied, ob man nun mit hinuntergespült wurde in den Orkus oder nicht.

Blickte man zurück, so war deutlich zu erkennen, daß alles auf diesen Augenblick hinzielte – von dem Tag an, an dem die erste Uniform verpaßt wurde; alle Ausbildungsgänge, die Fahrt über den Atlantik, die Sammellager in Großbritannien, selbst der Glücksmoment im sommerlichen Gras von Vallères, alles lief auf diesen Punkt hinaus. Dieses Gefühl, hoffnungslos hineingezogen zu sein, machte die Leute bitter, vor allem, da sie nur bei seltenen Gelegenheiten erkennen konnten, warum sie in dieser Weise hineingeraten waren. Und keiner, keiner gab einem eine gültige Antwort darauf, warum gerade man selber geschnappt worden war, warum man selber und warum nicht die anderen. Millionen Männer durften zu Hause bleiben bei Frau und Kind. Weiteren Millionen war es gestattet, in aller Sicherheit hinter der Front zu sitzen, während du, mein Junge, nach vorn mußt. Warum? Warum? Wer entschied, daß du den Kopf hinhalten mußt und zu den wenigen Auserwählten gehören sollst, die ihr Leben aufs Spiel setzen dürfen? Und wer entschied, daß gerade du von einer Granate zerrissen wirst, daß deine Gedärme umherspritzen und dein Blut die Erde fett machen soll?

Kein Wunder, daß der Soldat einen großen Teil seiner Zeit, ob er nun wachte oder zu schlafen suchte, in Haß verbrachte – er haßte den Unteroffizier, den Offizier, den Fraß, die erbärmlichen Unterkünfte, die Erschöpfung, die Anforderungen an ihn, das Gehetze, das Warten… Und was alles noch besonders aussichtslos machte: niemals eine Gelegenheit, diese Empfindungen irgendeinem Menschen gegenüber auszudrücken, der an wirklich verantwortungsvoller Stelle stand, der wirklich für das große Unrecht verantwortlich war, das einem angetan wurde, als man sein warmes Bett zu Hause verlassen mußte und wußte, daß man es auf lange, lange Zeit hinaus nicht wiedersehen würde.

Ein Soldat konnte nur dann noch gutmütig sein, wenn er entweder sehr dumm oder sehr fatalistisch veranlagt war – oder wenn er sehr weise war und die Gründe für alles erkannte. Selbst wenn er sehr weise war und die Gründe für den Krieg und dessen Positives sah, so stand er doch jeden Tag der Notwendigkeit gegenüber, Erklärungen für sehr viel kleinere Ereignisse zu finden, die der Krieg auch hervorbrachte, Ereignisse, die überhaupt keinen Sinn hatten. Am besten war es, keine Fragen zu stellen, am besten, jede günstige Gelegenheit zu ergreifen und das Leben auf das wesentlichste Minimum herabzuschrauben: Schlafen, Fressen, Scheißen, Vögeln – und zum Teufel mit allem übrigen und der unsterblichen Seele.

»Sie haben seit unserer Abfahrt kein Wort gesprochen«, sagte Karen. »Haben Sie etwas dagegen, daß ich mitgekommen bin?«

Bing fuhr auf. Fast hatte er vergessen, daß sie da neben ihm saß. Da hockte er nun hinten in einem Lastwagen unter einer Persenning allein mit einer amerikanischen Frau – einer Frau, die sich wusch, wie und wo es sich für eine Frau gehört, die einen Lippenstift benutzte und ihre Augenbrauen auszupfte. Hunderttausende von Männern in der Normandie würden, hätten sie von seinem unglaublichen Glück gehört, geflucht und sich an seine Stelle gewünscht haben.

»Ob ich etwas dagegen habe?«

Der Wagen war hinten offen, und es fiel gerade so viel Licht ein, daß er die Umrisse ihres Gesichtes, ihren Hals, ihre Schultern und ihre Brust sehen konnte.

»Im Gegenteil, ich bin verrückt vor Freude, merken Sie es vielleicht nicht? Ich sage nur nichts, um nicht Dinge herauszuschreien, die Sie schockieren würden. In Vallères war es so: keiner konnte Sie auf den Rücken legen und vergewaltigen, weil dauernd einer den andern belauerte. Aber hier sind wir ganz allein – nur Sie und ich –, mit einer halben Nacht miteinander vor uns, und, sollte Tolachian sich verfahren, wäre es die ganze Nacht. Und keiner, der mich belauert, außer mir selbst.«

»Sehr fein sind Sie nicht gerade.«

»Ich versuche, sehr, sehr vernünftig zu bleiben, Karen – darf ich Sie Karen nennen?«

»Natürlich habe ich die ganze Zeit gemerkt, daß alle die, die in

Vallères einander belauerten, sich den Teufel darum scherten, was ich dabei empfand.«

»Ich habe mich noch nicht an Ihnen vergriffen – oder? Aber versuchen Sie doch um Gottes willen zu verstehen, daß wir keine normalen Menschen mehr sind. Wir sind Männer – Männer, nur Männer –, und zwar Männer mit einer großen Angst in den Knochen. Ich stecke voller Angst. Und es würde mir unsäglich gut tun, wenn ich meinen Kopf an Ihre Brust legen könnte.«

Sie blickte zum hinteren Ende des Lastwagens hinaus. Draußen schien die Straße in einem lichteren Grau unter ihnen hinweg in die Nacht zu fließen. Dann sagte sie: »Ich möchte bei Ihnen bleiben – während des ganzen Unternehmens.«

»Während des ganzen Unternehmens? Wie meinen Sie das?«

»Nach vorn mit zur Infanterie. Dorthin, wo Sie zu den Deutschen sprechen.«

Er ergriff ihre Hand. »Nein, Karen. Ich weiß das zu schätzen. Sie sind ein prachtvoller Kerl und mutig, das sind Sie. Aber ich will das nicht.«

Sie antwortete scharf: »Das hat mit uns nichts zu tun. Ihre Aufgabe ist es, zu den Deutschen zu sprechen, meine, darüber für die Zeitung zu schreiben. Und ich schreibe, wie es mir paßt, und hole mir das Material dazu, wo es mir paßt, und Sie halten Ihre Finger heraus!«

»Karen!« bat er. Es lag gerade so viel zärtlicher Vorwurf in seiner Stimme, daß es ihr innerlich ganz warm wurde. Sie wehrte sich dagegen. Aber sie konnte auch nicht mehr so abweisend sein wie noch eben. Sie ärgerte sich über sich selbst: alles, was sie sagte oder tat, lief irgendwie falsch, weil sie darauf bestand, eine völlig einfache Sache zu komplizieren. Was wollte sie eigentlich? Sie wollte mit diesem Mann zusammensein; und wenn er in eine Gefahr geriet, wollte sie diese Gefahr mit ihm teilen. Er dagegen wollte sie beschützen und sie der Gefahr fernhalten. Warum konnten sie nicht offen miteinander sprechen? Warum mußten sie sich streiten?

»Wenn es nur um Ihren Artikel geht, so will ich Ihnen gern jede Einzelheit nachher erzählen. Geht es Ihnen aber um den Kitzel der Sache – Herrgott, Sie werden Ihr Leben ganz gut zu Ende leben können, ohne ein paar Meter von den deutschen Linien entfernt gelegen zu haben. Ich kann mich schützen, bis zu einem gewissen Grad. Aber Sie wären da so hilflos wie eine Tontaube in der Schießbude.«

»Ich bin durchaus imstande, mich in acht zu nehmen.«

»Wenn Sie auf dieser Dummheit bestehen«, sagte er, »werde ich Laborde sagen, daß Sie nicht mitkommen dürfen, weil Sie mich in der Durchführung meiner Aufgabe behindern. Er würde mir beistimmen – je weniger sich da vorn zeigen, desto besser. Und sollte Laborde sich scheuen, Sie zurückzuhalten, die Burschen dort vorn kennen keine solchen Rücksichten.«

»Das wäre ein mieser Trick, würde aber zu dem Verhalten passen, mit dem man mir überall begegnet ist: äußerlich höflich, aber dazu immer diese Blicke, los, komm, wozu bist du eigentlich hier, wenn nicht dafür. Nun, ich hab mir das selber zuzuschreiben, und ich weiß, was man dagegen tut. Wechseln wir das Thema.«

Er sagte: »Ich werde alles tun, um zu verhindern, daß Sie sich gefährden. Es ist mir gleich, was Sie von mir oder meiner Handlungsweise halten. Ich möchte erreichen, daß Sie heil und am Leben bleiben, weil nämlich...«

»Weil nämlich?« fragte sie.

Aber er nahm das Stichwort nicht auf. Sie hätte gewünscht, er würde etwa sagen: Weil ich Sie gern habe, oder: Weil ich Sie ganz außerordentlich mag, oder sogar: Weil ich Sie liebe. Und hätte er es gesagt, so hätte sie gewußt, daß es eine Lüge war, ein Satz, den man bei solchen Gelegenheiten eben sagte.

Statt dessen sagte er: »Irgendwie, daß Sie sich und mir etwas vorspielen – da sind Sie nun Berichterstatterin und Korrespondentin und sind mit Soldaten zusammen, tragen Hosen und Helm. Glauben Sie denn nicht, Karen, daß ich Sie von ganzem Herzen gern bei mir hätte, wenn ich mit dem Mikrophon nach vorn gehe und mich nicht einmal selber verteidigen kann, weil ich mich um das verdammte Ding in meiner Hand kümmern und mir dazu noch ausdenken muß, was ich sagen soll? Von ganzem Herzen gern, sage ich Ihnen – aber noch wichtiger ist mir, daß ich hinterher zu Ihnen zurückkommen kann, und dann sollen Sie da sein.«

Sie lehnte sich in seine Arme und legte den Kopf gegen seine Schulter. »Ich habe Angst um dich«, sagte sie.

Er streichelte ihr übers Haar. »Du bleibst bei der Batterie und wartest auf mich. Die Sache dauert nicht länger als eine halbe oder dreiviertel Stunde. Danach werden wir beide das Gefühl haben –«

»Was für ein Gefühl«, bat sie, »sag mir.«

»Nun« – er lächelte – »als ob wir beide etwas Großes getan hätten, du und ich, wir beide zusammen.«

Sie schlief ein. Er legte ihr eine Decke über, lehnte sich zurück und bettete ihren Kopf auf seinen Schoß. Dann strich er ihr über die Stirn zu den Schläfen hin, wieder und wieder, so als wolle er sie tief in Schlaf senken.

Die Nacht, die sehr dunkel gewesen war, schien sich ein wenig aufzuhellen. Die Wolken zerrissen, und Sterne begannen zu schimmern. Er beobachtete die Straße, die mit den Schwankungen des Wagens vor seinen Augen hin und her schwang. Die Straße war sehr einsam geworden. Zuerst waren sie anderen Wagen begegnet, die wie massige, gleitende Schatten aus der Nacht auftauchten und vorbeiflogen. Bei der völligen Verdunkelung waren die roten Schlußlichter hinten an den Fahrzeugen nur zwei winzige Lichtpunkte, die bald verschwanden. Solange sie aber zu sehen waren, hatte man ein Gefühl der Sicherheit: irgendwo im Dunkel stand die Armee auf Wacht. Die einsamen Wagen waren ihre stummen Zeugen.

Nun aber hatte Bing, er wußte nicht wie lange schon, kein Fahrzeug mehr gesehen. Und es war unmöglich, sie etwa nicht zu bemerken – sogar der Mond schien nun, und die Straße zeichnete sich deutlich ab. Es war Bing, als triebe er, mit dieser Frau im Arm, von nirgendwo nach nirgendwo. Er wurde unruhig. Wenn es die richtige Straße war, durfte sie nicht so völlig verlassen sein.

Immer weiter ging die Fahrt. Die Asphaltierung hörte auf, sie holperten über Kopfsteinpflaster. Bing rief Tolachian zu anzuhalten. Der Wagen stoppte, Karen wachte auf. Sie hatte vergessen, wo sie war, stellte unverständliche Fragen.

Bing ergriff seinen Karabiner und trat um den Wagen herum nach vorn. »Haben Sie eine Ahnung, wo wir sind?« fragte er.

»Natürlich«, antwortete Laborde unsicher. Er zog seine Karte hervor und zeigte im matten Licht Bing die Straße, der sie gefolgt waren. »Wir müssen jetzt etwa hier sein«, sagte er und wies mit knochigem Finger auf einen schwarzen Punkt.

»Nun«, Bing stieß den Finger des Lieutenants zur Seite, »wenn das der Ort ist, in dem wir uns befinden sollen, hätten wir über diese Kreuzung hier kommen müssen. Aber da war keine. Ich habe die Straße sehr genau beobachtet.«

»Nein«, sagte Tolachian, »eine Kreuzung habe ich auch nicht gesehen.«

Laborde zog seinen Kompaß heraus, legte ihn auf die Erde, richtete das kleine Instrument ein und visierte über die erleuchteten Striche der Rose. »Norden ist dort!« Er zeigte in eine ungefähre Richtung. »Wir fahren also nach Süden. Wir kommen schon zu unsrer Batterie. Keine Sorge.«

»Was mich anbelangt, mir ist es gleich, ob wir je dort ankommen«, sagte Bing zu Laborde. »Ich würde mich nur nicht gern auf einmal mitten in den deutschen Stellungen befinden – wir haben immerhin einiges Material auf dem Wagen, das die Heinis sich vielleicht nicht ungern ansehen würden.«

Dieser Gesichtspunkt machte Laborde nachdenklich. Er kehrte zu seinem Kartenstudium zurück, murmelte hoffnungsvoll vor sich hin und tippte auf einige Orte, wo man möglicherweise hingeraten war.

Karen stieg vom Wagen und trat zu den Männern. »Verirrt?« fragte sie.

Bing grinste. »Wir können uns unmöglich verfahren«, erklärte er. »Wenn wir uns nur immer nach Süden und Südosten halten, müssen wir zur Front kommen. Wir werden es schon merken, wenn wir dort sind. Aber immerhin – genau wissen wir nicht, wo wir sind.« Er wandte sich an Laborde. »Lieutenant – ich möchte hier ein bißchen herumschnüffeln, ob ich nicht einen freundlichen Einheimischen finde oder einen von unseren Jungs, der uns sagen kann, was das für eine Gegend ist.«

Laborde nickte mürrisch und überließ Bing die Initiative.

»Darf ich mitkommen?« fragte Karen. Und da keiner der Männer nein sagte, lief sie Bing nach, der auf die Mitte des kleinen Orts zuschritt. Er ging vorsichtig und hielt sich dicht an die Häuserwände. Je näher er aber dem Zentrum des Städtchens kam, desto schwieriger wurde das Terrain – die Straße war mit Steinen und Ziegeln und Schutt bedeckt; er mußte sich seinen Weg suchen und stolperte häufig.

Karen hielt Schritt mit ihm. Es strengte sie sicher an, dachte er, aber er hielt sein Tempo. Sie hatte ihm folgen wollen, so sollte sie ruhig ein wenig in Schweiß geraten.

Plötzlich berührte sie ihn. »Sieh mal, dort!«

»Wo?«

Schweigend deutete sie geradeaus. Sein Blick folgte ihrer ausgestreckten Hand. Und dann sah auch er es. Er war blind für alles andere außer seiner Aufgabe gewesen – nun war es, als zerrisse ein Schleier vor seinen Augen.

Sie waren in einen völlig zerstörten Teil des Ortes geraten. Nur die ausgebrannten Gemäuer der Häuser standen noch. Der bleiche Mond hinter ihnen übergoß sie mit einem gespensterhaften Licht. Die leeren Fensterlöcher der Ruinen waren von diesem Licht wie von eigenem Leben erfüllt, einem Leben von seltsam schmerzhafter Schönheit; die zackigen Umrisse halb eingestürzter Mauern hoben sich scharf ab, und die ganze Szene war in tiefes, todartiges Schweigen getaucht.

»Welch ein Bühnenbild!« sagte sie.

Bing nickte und flüsterte: »Und was für ein Stück soll hier gespielt werden?«

»Glaubst du, daß hier noch Menschen sein können?«

»Menschen«, er ging weiter, »oh, Menschen können fast überall sein.«

Irgendwo fiel ein Stein und rollte einen Moment lang weiter. Bing riß sie zu sich herunter, und sie kauerten nieder.

Nur ein Echo.

Er wartete einen Augenblick, dann zog er sie hoch, und sie eilten weiter. »Verflucht«, sagte er, »hier werden wir nie jemanden finden.«

»Laß uns das nur noch einmal ansehn«, bat sie und blickte zurück in das silberne Licht und die grausig verzauberte Landschaft. Sie wollte sich diese Landschaft fest einprägen, denn sie gehörte irgendwie zu Bing. »Ich möchte malen können«, sagte sie. »Ich würde ein Bild von dir malen – nur deinen Kopf mit Helm und im Hintergrund das weiße Licht in den leeren Fenstern.«

»Nein«, sagte er, »das hier – das ist nicht mein Leben. Ich habe es nicht gewollt und nicht danach verlangt...«

»Aber du bist da hineingewachsen«, erwiderte sie mit Entschiedenheit.

Sie gingen weiter. Der Mond und die Ruinen waren nun schon ein gewohnter Anblick. Und dann, ebenso plötzlich, wie sie in dieses Trümmerfeld geraten waren, lag es hinter ihnen, und sie befanden sich wieder auf der offenen Straße. Dort hörten sie das Geräusch eines sich nähernden Wagens.

»Tritt zur Seite«, befahl Bing.

Schweigend befolgte sie seinen Befehl. Nach dem Gang durch die Ruinen konnte kein Zweifel an ihm mehr in ihr sein. Sie sah, wie auch er in den Schatten trat und die Straße unter Beobachtung hielt.

Als das Fahrzeug sie beinahe erreicht hatte, kam Bing zum Vorschein und winkte. Bremsen kreischten – ein amerikanischer Jeep, gefechtsbereit, die Windschutzscheibe war heruntergeklappt, auf dem Boden lagen Sandsäcke. Drei Mann saßen drin, gefechtsbereit. Sie waren unrasiert, man sah den Uniformen den längeren Aufenthalt im Dreck an. Der neben dem Fahrer trug ans Bein geschnallt ein Messer.

»Komisch«, sagte er – seine Augen waren ganz klein vor Müdigkeit – und versuchte, Karen näher zu betrachten. »Du siehst aber komisch aus. Waffen hast du auch nicht? Wo kommt ihr zwei Kerle denn her?«

»Das ist kein Kerl«, erklärte Bing, und da er das Erstaunen der drei bemerkte und noch mehr Fragen voraussah, sprach er schnell weiter, um seine eigenen Fragen so schnell wie möglich anzubringen. »Sie ist Berichterstatterin. Unser Wagen steht auf der anderen Seite dieser elenden Ortschaft. Wie heißt sie überhaupt?«

»Woher soll ich das wissen?« sagte der Mann. »Diese französischen Namen sind für mich alle gleich. Was tut ihr denn hier?«

»Wir haben den Weg, scheint's, verloren. Ich bin froh, euch hier zu treffen. Sieht aus, als ob in diesem Trümmerhaufen kein Mensch mehr lebte.«

»Nehm ich auch an. Und ihr macht auch besser, daß ihr wegkommt. Die Deutschen schießen hier mit Granatwerfern rein, sobald es ihnen Spaß macht. Und für meinen Geschmack macht es ihnen ein wenig zu häufig Spaß.«

Die drei im Jeep sahen wirklich nicht aus, als fühlten sie sich wohl in ihrer Haut. Des Fahrers Fuß spielte nervös mit dem Gaspedal, der Motor heulte mehrmals auf.

»Trotzdem würde ich gern wissen, wo wir sind«, sagte Bing. »Wir müssen zur Artilleriestellung der Division. Wißt ihr, wo die liegt?«

»Nein.« sagte der Mann. »Manchmal wünsch ich mir, ich wüßte's. Ich würde hingehen und denen einiges erzählen – meistens schlafen sie, wenn wir sie brauchen.«

»Wo fahrt ihr denn hin?« fragte Bing.

»Zur Kompanie«, antwortete der Mann neben dem Fahrer vorsichtig.

»Und wo kommt ihr her?«

»Kompanie.«

»Ihr fahrt also von der einen Kompanie zur anderen?«

»So ungefähr.«

»Da wären wir also bereits in den Kompaniestellungen?« fragte Bing.

»Du sagst es!« Der Mann lachte, und der Fahrer und der auf dem Rücksitz lachten auch. »Ihr kommt anscheinend so selten her, daß euch das überrascht?«

Bing ging auf den Spott nicht ein. »Und wo liegen nun die Deutschen?«

»Immer die Straße entlang, etwa vierhundert Meter.«

»Vielen Dank!« Am liebsten hätte Bing laut herausgelacht, so erleichtert fühlte er sich.

»Auf dieser Straße hier würde ich nicht weiter vorgehen«, empfahl der Mann, »die Deutschen decken sie ziemlich ein. Aber kommt uns mal bei anderer Gelegenheit besuchen, mit der Dame, wenn wir's nicht so eilig haben.«

»Danke«, sagte Karen.

Die drei fuhren los.

Die Straße, die zu den deutschen Stellungen hinführte, lag still und anscheinend ganz harmlos da.

»Gehen wir zurück«, sagte Bing. »Laborde wartet.«

Als sie bei der Batteriestellung eintrafen, hatte die Nacht ihre Tiefe bereits verloren. Im Osten begann ein dämmeriges Licht die Sterne zu verwischen, ein so zauberhaft junges und zartes Licht, daß man fast nicht glauben mochte, ein neuer Tag sei im Anbrechen, an dem die Menschen wieder in Mengen sterben würden.

Und tatsächlich dachte in der Batterie keiner an so etwas. Die Männer, die gerade erwacht waren – mit Ausnahme derer im Dienst –, hockten mit verschwiemelten Augen umher, gähnten und warteten auf den Kaffee. Einige arbeiteten an den Geschützen, um Punkt fünf Uhr den befohlenen Feuerschlag hinauszujagen.

Keinem von ihnen war das Datum oder die Bedeutung dieses einen Schusses bewußt. Machte man überhaupt Worte deswegen, dann hieß es etwa: warum zum Teufel zu so unchristlich früher Stunde aufstehen – nur wegen einer einzigen Salve. Die Haubitzen waren komplizierte Mechanismen. Aber die Leute waren geübt; sie hatten gelernt, damit umzugehen, sie zu pflegen und sie für jenen Bruchteil einer Sekunde vorzubereiten, in dem das Geschoß das Rohr verließ und, entlang einer vorbestimmten Kurve, schrill heulend seinem Ziel entgegenflog – einem Ziel, das sie nicht kannten, das für sie nur aus einigen Zahlenangaben bestand, die ihnen hastig durch den Feldfernsprecher durchgegeben wurden.

Tolachian stand neben einer der Haubitzen und besah sich das Verschlußstück. Das Zuschieben des Verschlusses hatte etwas Endgültiges an sich – so als schlösse sich die schwere Tür zu einem Safe, in dem der Tod lauerte. Zwei Mann schleppten ein Geschoß zu dem Geschütz hin; sie sahen eher wie Stahlwerker als wie Soldaten aus, nur daß ihr Stahlwerk hier unter dem reinen, offenen Himmel lag, das von langen Stäben abgestützte Tarnnetz ein luftiges Dach.

»Schwere Arbeit habt ihr hier«, bemerkte Tolachian.

Einer der beiden, sein Hemd offen bis zum Gürtel, die Ärmel

hochgekrempelt und das Gesicht von der Anstrengung des Tragens verzerrt, sagte: »Ach, so schlimm ist es auch wieder nicht.« Er und der andere Mann setzten die Granate neben dem Geschütz nieder. Er richtete sich auf, wischte sich die Stirn und blickte zum Himmel auf. »Wird wieder ein schöner Tag – heiß, glaube ich.« Als Karen sich dem Geschütz näherte, fragte er Tolachian: »Was treibt denn die hier? Fährst du sie umher?«

Bevor Tolachian etwas sagen konnte, war Karen zu ihnen getreten. Der andere Artillerist, der bisher geschwiegen hatte, wandte sich ihr zu, fuhr sich mit der Zunge über die rissigen Lippen und sagte mit rauher Stimme: »Möchten Sie eine Tasse Kaffee, Miss?«

Sie nickte lächelnd. Der Bursche war so unglaublich jung. Eine blonde Strähne fiel ihm über das Auge, und sein schmales Gesicht erschien beinahe grau im ungewissen Licht des Morgens.

»Die Sonne geht auf«, sagte er, »sehen Sie?«

Hinter einer Baumgruppe zur Linken zeigte sich ein orangefarbener Schimmer. Die Äste und Blätter, noch tiefdunkel, bewegten sich leicht. Ein schwacher Wind erhob sich kühl und frisch. Die Sonne glitt hinter den Bäumen empor und hing dort wie ein feuriger Ball. Die Dinge nahmen neue Umrisse und eine neue, realere Perspektive an. Die Haubitze, die riesig in den Himmel geragt hatte, erschien nun in ihren richtigen Größenverhältnissen. Männer tauchten wie aus der Erde auf und gingen ihren Aufgaben mit der schweigenden Geschäftigkeit von Ameisen nach, die genau wissen, wohin sie zu gehen und was sie zu ergreifen haben, ohne daß es ihnen einer befiehlt.

Bing brachte Karen einen Feldbecher voll schwarzen Kaffees. Sie trank und spürte, wie die Wärme sich durch den ganzen Leib verbreitete. Sie fühlte sich nun völlig wach. Sie kämmte ihr Haar und machte sich zurecht, während er ihr mit kritischem Lächeln zusah.

»Besser?« fragte sie.

»Ja«, sagte er. »Die Nacht lag noch auf deinem Gesicht.«

»Ich hätte mich gern auch gewaschen«, sagte sie.

»Ich habe mich umgesehen«, antwortete Bing, »sie haben nur ihr Trinkwasser hier, und das werden sie den Tag über brauchen.«

Tolachian nahm seine Feldflasche vom Gurt und reichte sie

Karen. »Nehmen Sie sich Wasser«, forderte er sie auf. »Die Flasche ist ganz voll, und soviel brauche ich nicht.«

»Wollen Sie sich nicht vielleicht selber waschen?«

Tolachians gutmütiges Gesicht strahlte. Karen sah den Straßenschmutz darauf und den Staub in den Winkeln seiner entzündeten Augen. »O nein«, sagte er, »das ist alles Gewohnheit. Ich würde mich nicht wohl fühlen, wenn ich nicht dreckig wäre.«

Bing sagte: »Es ist beinahe fünf Uhr. Die Stunde X an diesem vierten Juli. Möchten Sie mitkommen?«

Tolachian und Karen folgten ihm zu der Haubitze. Die Geschützmannschaft war zur Stelle. Sie führten gerade das Geschoß ein, das diesen Tag dem Feind ankündigen sollte. Auf dem Boden lagen aufgereiht die Geschosse mit den Flugblättern, bereits mit Zündern versehen; sie sollten in einem Abstand von wenigen Minuten dem ersten, todbringenden Geschoß nachfolgen.

Karen war beeindruckt von der ruhigen Sicherheit der Leute am Geschütz. Es war, als sei hier plötzlich eine Industrie entstanden. Männer drehten an Rädern, und langsam veränderte sich der Winkel, in dem die stumpfe Nase der Haubitze gen Himmel ragte. Der gewaltige Lafettenschwanz ruhte schwer auf dem Boden, wie die Beine eines Läufers in Startstellung. Die Männer bewegten sich um die Haubitze herum, ließen das Geschoß in die Kammer gleiten und knallten den Verschluß zu. Dies alles geschah ohne sichtbare Anstrengung. Sie hörte einen Mann einen Witz von einer Jungfrau erzählen, die auf einem Pferd ritt – mitten im Erzählen fiel ihm ein, daß eine Frau neben ihm stand, und er verstummte. Der Junge mit dem blonden Haar lachte vor Verlegenheit. Karen beobachtete das Spiel seiner Muskeln, als er eins der Flugblattgeschosse über die Persenning zog. Dann rief er einem Sergeanten etwas zu, der herangetreten war – sie verstand nicht, was er sagte, aber der Sergeant schien zufrieden. Der Sergeant sah sie an, grinste und winkte ihr zu. »Machen Sie den Mund auf beim Feuern!« rief er. »Es knallt!«

»Ja!« rief sie zurück. »So?« Dabei öffnete sie ihren Mund weit; es mußte wohl komisch aussehen, denn er lachte.

»Richtig, Miss. So sollte man Sie knipsen!«

In diesem Augenblick barst die Front. Es begann weit rechts, ein drohendes, tiefes Grollen, rollte innerhalb von Sekunden heran, die Erde schien zu beben unter dem gemeinsamen Donner Hunderter von Geschützen. Sie sah, wie jemand den Arm hob – ein kleiner Mann, der ein lächerlich wirkendes Signal gab.

Die Batterie feuerte.

Karen stand da, von einer Art Ehrfurcht erfüllt. Das Donnern war jetzt pausenlos, denn nun mischte sich noch in das Echo der Batterie das Dröhnen der Detonationen auf der anderen Seite, wo die Geschosse niedergingen, sich in den Boden wühlten, explodierten, Erde aufwarfen und ihre Splitter über die Köpfe der Deutschen hinweg und in ihre Erdlöcher hineinjagten.

Das Donnern hielt noch einige Sekunden an. Dann hörte es auf, ebenso plötzlich und überraschend, wie es begonnen hatte. Die Stille war fast so überwältigend, wie das Feuern es gewesen war. Irgend jemand lachte, ein Lachen, ganz dünn und spröde, als die leere Kartusche, noch immer rauchend, aus dem geöffneten Verschluß glitt und über das zertretene Gras rollte.

Karen wurde sich bewußt, daß Bing mit ihr sprach. War es der gewaltige Lärm, der sie vorübergehend betäubte, war es, daß sie so vertieft in das gewaltige Schauspiel dieses konzentrierten Feuers gewesen war, jedenfalls begriff sie nicht sogleich, was er sagte. Dann aber wurde der Sinn seiner Worte ihr klar, und sie gewannen eine Bedeutung, die sie zuvor nicht gehabt hatten.

»Das ist die Sprache Amerikas«, sagte Bing zu ihr, »am vierten Juli 1944... Eine Nation von freien Menschen, gleich vor dem Gesetz und willens, sich selbst zu regieren... Für diese Rechte und Freiheiten kämpfen wir heute... Weil unsere Nation so geartet ist... Kein Tyrann soll sich unterfangen, seinen Willen einem Volk, Europa oder der Welt aufzuzwingen...«

Er hat Sinn für den richtigen Augenblick, dachte Karen, das hat er. Und es war gut so. Die Worte gewannen dadurch eine solche innere Kraft, empfand Karen, daß sie sich ohne Gedanken über ihren Inhalt ihrem Klang überlassen konnte. Sie spürte, daß sie zitterte. Sie hatte der Geburt von etwas Neuem beigewohnt, vielleicht eines neuen Zeitalters – ein Zeitalter, geboren in Blut und Tränen und unter dem Donner der Geschütze. Mein Gott, sie kannte sich gar nicht wieder, sie war völlig hingerissen und fühlte sich wie geläutert nach einem gewaltigen emotionellen Erlebnis.

Die Deutschen eröffneten, nachdem sie ihre erste Überraschung überwunden hatten, ein unzusammenhängendes Gegenfeuer. Irgendwo in der Nähe heulte ein Geschoß und ging krachend nieder.

»Das habe ich mir gedacht«, sagte der Sergeant von der Artillerie, »jetzt werden sie unangenehm.«

Bing ergriff Karens Hand und drückte sie und fühlte den Gegendruck ihrer Hand. »Jetzt muß ich gehen«, sagte er, »es ist Zeit.« Er sah, daß ihre Augen feucht geworden waren.

»Gib auf dich acht«, sagte sie.

»Bis später«, sagte er.

Achtes Kapitel

Der Lastwagen holperte nach vorn. Es gab keine Straßen mehr, nur noch schmale Wege zwischen Hecken. Bing war dankbar für diese Hecken, sie boten immerhin Deckung. Er wurde durchgerüttelt, klammerte sich an dem Sitz fest und fluchte – aber er war für diese erbärmliche Fahrt auch dankbar. Man kann nicht an eine Frau denken, wenn man sich die ganze Zeit nur darum kümmern muß, nicht herauszufallen und sich zuschanden zu schlagen. Er mußte Karen jetzt vergessen. Auch konnte er sich nicht mit seinen eigenen Ängsten beschäftigen, nicht darüber nachdenken, was die nächsten Stunden wohl bringen würden, wenn er die ganze Zeit über nur darauf achten mußte, nicht in höchst lächerlicher Weise auf dem harten Boden umhergebeutelt zu werden oder sich den Kopf an einem Werkzeugkasten einzurennen. Und er mußte seine Ängste vergessen, wenn er Sätze formulieren wollte, die irgendwie überzeugend auf die Deutschen wirkten.

Die Fahrt hatte etwa zehn Minuten gedauert, als der Wagen plötzlich anhielt. Bing sprang heraus. Laborde sprach mit einem

Offizier, der sich als Captain Troy und Kompanieführer der Kompanie C vorstellte.

Troy, hochgewachsen, breitschultrig, stand lässig gegen das Schutzblech des Wagens gelehnt. Im Vergleich zu Labordes gespannter Haltung erschien er sorglos, obwohl das, was er sagte, niemandem, auch ihm nicht, Anlaß zu irgendwelcher Sorglosigkeit bot.

»Und mit dem Kasten wollen Sie nach vorn?« sagte er und zeigte auf den Lastwagen.

»Aber ja!« versicherte Laborde. »Die Lautsprecher montieren wir ab, wir können sie aber nicht allzu weit vom Wagen entfernt aufstellen. Je länger die Kabel zwischen der Verstärkeranlage auf dem Wagen und den Lautsprechern, desto größer der Widerstand und desto geringer die Reichweite der Lautsprecher.«

»Wie weit reichen Sie denn?« fragte Troy zweifelnd. Bing bemerkte, daß Troys Lächeln ebenso schnell verschwand, wie es auftrat.

»Wenn wir wollen, daß die Deutschen wirklich verstehen, was wir sagen«, erklärte Laborde, »dann darf die Entfernung nicht mehr als rund hundert Meter betragen. Diese Lautsprecher sind leider etwas schwach. Ursprünglich sollten wir Lautsprecher mit etwa zehnfacher Stärke haben – aber irgendwie haben wir sie nie bekommen. Sie kennen ja die Armee. Es macht jedoch keinen großen Unterschied. Es bedeutet einfach, daß wir dichter an die Deutschen heranzugehen haben.«

»Dichter an die Deutschen heran...«, sagte Troy nachdenklich. »So dicht vor uns haben wir sie gar nicht. Wir ziehen es vor, keine zu enge Berührung zu haben.«

»Nun«, sagte Laborde, »wir wollen diese Berührung aber gerade.«

»Sie sind ja verrückt!« Troy war sich über seinen Besucher klar geworden. »Entweder Sie sind verrückt, oder Sie wissen nicht, was hier los ist. Ich jedenfalls setze das Leben meiner Leute nicht aufs Spiel, bloß weil Sie nicht die richtigen Geräte haben. Ihr Trumm von Wagen zieht das Feuer von drüben todsicher auf sich. Und das Feuer fällt auf meine Leute.«

Labordes asketisches Gesicht schien noch schmaler zu werden, seine Augen nahmen den Ausdruck eines christlichen Märtyrers an, der den Löwen vorgeworfen werden soll. »Im Krieg wird nun einmal geschossen; das ist das Risiko dabei, und dagegen läßt sich nichts tun.«

»Hör zu, mein Junge«, sagte Troy. Die Grübchen in seinen Wangen waren verschwunden, sein Kinn zeigte Härte. »Ich weiß nicht, wo Sie sich bisher aufgehalten haben. Aber meine Kompanie steht seit der Landung im Kampf, kein Tag ist vergangen, an dem ich nicht Leute verloren habe. Für diese Leute bin ich verantwortlich. Jeden Morgen muß ich einen Rapport schreiben und mich dabei fragen, ob meine Gefallenen für nichts und wieder nichts gefallen sind oder nicht.«

»Regen Sie sich bitte nicht auf«, sagte Laborde. Er konnte es sich nicht leisten, Troy gegen sich aufzubringen, obwohl er den Mann von dem Augenblick an nicht hatte leiden können, als dieser zwischen zwei Hecken heraustrat, den Wagen anhielt und ihm sagte, hier geht's nicht mehr weiter. Troy hatte offensichtlich seinen eigenen Kopf und war entschlossen, sich nichts ausreden zu lassen. Und da dieser Kompanieabschnitt dem Captain unterstand, konnte er Labordes Aufgabe sehr erschweren, wenn nicht unmöglich machen; Laborde mußte sich also seinen Stolz und seine Antipathie verbeißen.

»Ich bin nicht zu meinem eigenen Vergnügen gekommen«, fuhr Laborde fort. »Ich bin hierher befohlen, um eine Aufgabe durchzuführen, und diese Aufgabe geht sowohl Sie wie uns an. Wenn wir ein paar Deutsche veranlassen können überzulaufen, so sind das dann Ihre Gefangenen.«

Troy aber biß nicht auf diesen Köder an. Er sagte vielmehr: »Können Sie garantieren, daß die Deutschen sich ergeben, können Sie das? Ich aber kann Ihnen garantieren, daß Ihr Lastwagen und die Lautsprecher und der ganze Betrieb hier die Deutschen wild machen werden. In Anbetracht des Zustandes meiner Leute und der Bedeutung des Abschnittes, den wir hier halten, möchte ich das vermeiden.«

Laborde zog ein Papier aus seiner Tasche. Es war der Befehl, von Farrish unterzeichnet. Der Befehl besagte, daß der Lautsprechertrupp unter Führung von Lieutenant Laborde zur Durchführung eines taktischen Auftrages der Kompanie C beigegeben würde und daß die Kompanie C jede notwendige Unterstützung zu leisten hätte.

Während Troy den Befehl noch durchlas, sagte Laborde: »In den letzten Minuten hat unsere Artillerie Tausende von Flugblättern zu den feindlichen Linien hinübergeschossen. Jetzt, in diesem Augenblick, lesen die Deutschen das. Sie sind also vorbereitet auf den Aufruf, den sie jetzt von unsern Lautsprechern zu hören kriegen werden.«

»Ich weiß nicht...« Troy trennte sich von dem Schutzblech, gegen das er sich bisher gelehnt hatte, trat zum Hinterende des Fahrzeugs und inspizierte die darin eingebaute Technik – die Drehskalen, die Kabel, die Schalttafel in ihrem Glanz. »Ich bin bereit, Sie zu unterstützen«, sagte er, »aber nur wenn ich damit weder meine Leute noch meine Stellung gefährde.«

Bing ahnte, daß Laborde bei diesem Captain Troy wenig erreichen würde. Bing gefiel Troys Haltung, die Verantwortung, die er seinen Leuten gegenüber zeigte. Ihm sollte es recht sein, wenn es dem Captain gelänge, Laborde das Unternehmen zu verbauen. Aber das war wieder auch nicht drin. Troy würde höchstens erreichen, daß Laborde auf eigene Faust vorging und überhaupt alles verdarb.

»Captain«, sagte Bing, »könnte ich vielleicht mit Ihnen gehen und die Lage erst einmal erkunden? Einstweilen lassen wir den Wagen hier. Vielleicht können wir eine Stelle finden, von der aus wir das Unternehmen durchführen können, ohne Ihre Leute zu gefährden und ohne uns allzusehr dem Feind auszusetzen.«

Troys Stirn glättete sich. »Sergeant, das ist der erste vernünftige Vorschlag! Gehen wir!«

Laborde machte ein saures Gesicht, konnte aber nichts einwenden.

Troy ging mit langen Schritten voraus, Bing mußte in eine Art Trab verfallen, um nicht zu sehr zurückzubleiben. Troy hielt Kopf, Schultern und Oberkörper vorgebeugt – er hatte sich diese Gangart angewöhnt, er bot dann kein so auffälliges Ziel.

Sie hielten sich noch immer dicht an den Hecken. Auf der Wiese zur Rechten weideten ein paar Kühe friedlich zwischen dunklen Flecken frischer Erde. »Bombentrichter«, sagte Troy, als habe er Bings fragenden Blick bemerkt, »Abwurf präzis nach Muster. Nur kamen die Bomben von unseren eigenen Flugzeugen.«

Am Ende der Hecke hielt er an und sprach mit einem Mann, der plötzlich dastand, als wäre er aus dem Boden gewachsen – und in gewissem Sinne war er das auch. Bing verstand nicht, was sie miteinander redeten, aber er sah den Mann nach vorn weisen und Troy nicken.

Die nächsten zweihundert Meter gab es keine Hecken mehr, hinter denen man sich schützen konnte. Vor ihnen breitete sich ein hügeliges Feld aus, durchsetzt von Geschoßtrichtern und außerdem von erheblich kleineren Löchern – Einmannlöchern, in denen hin und wieder eine Bewegung zu erkennen war. Ein starker, süßlicher Geruch lag in der von einem tiefen, ununterbrochenen Summen erfüllten Luft.

Troy kam zu ihm zurück. Der Mann, mit dem er gesprochen hatte, war auf einmal wieder verschwunden.

»Tote Kuh«, sagte Troy, »eine sehr tote Kuh. Liegt auf der anderen Seite der Hecke. Ich kann sie nicht begraben lassen, weil die Deutschen die andere Seite einsehen. Seltsame Sache, dieser Leichengeruch – man gewöhnt sich nie daran.«

»Das Summen – sind das Fliegen?«

»Ja – riesige Fliegen. Kommen von überallher, grüne und blaue.«

»Und wo liegen die Deutschen?«

»Sehen Sie mal über das Feld hin. Sehen Sie die Hecke, die in einem Winkel von fast neunzig Grad zu dieser hier verläuft? Dort liegen ihre Vorposten. Dort haben sie auch ein Maschinengewehrnest – mehrere sogar, aber nur ein Maschinengewehr. Sie wechseln die MG-Stellung öfters. Ich habe versucht, mit meinen Granatwerfern dies Maschinengewehr außer Gefecht zu setzen, aber ohne Erfolg.«

»Sollen wir weiter vorgehen?« fragte Bing.

»Jetzt lieber nicht«, sagte Troy. »Die Deutschen verhalten sich im Augenblick ruhig – und wir auch. Wenn sie jemand herumlaufen sehen, werden sie nur mißtrauisch. Sie können die deutsche Stellung von hier aus ganz gut sehen. Die Deutschen sehen unsere auch ein, mit Ausnahme einiger Punkte, an denen man Deckung hat. Dort –«, er zeigte nach vorn, »ganz nah von diesem Gebüsch verloren wir drei von unseren Leuten. Wir konnten sie einen ganzen Tag lang nicht begraben, denn jedesmal, wenn einer versuchte, die Leichen zurückzuholen, fingen die Deutschen zu schießen an. Tot in dieser Hitze – ich sage Ihnen –, die armen Kerle schwollen im Handumdrehen an. Sie sahen ungeheuer groß und lebendig aus, denn sie bewegten sich ja auch – die Gase in ihnen bewegten sie. Sie streckten hin und wieder einen Arm oder ein Bein aus. Die Uniform verhinderte, daß sie platzten; sie waren wie Ballons... Man kann nicht hinsehen und tut es doch. Irgendwie läßt es einen nicht los...« Er strich sich mit der Hand über die Stirn, als wollte er das Bild wegwischen.

Ein scharfer Knall, wie von einer Peitsche.

»Hat wieder jemand seinen Kopf draußen gehabt«, sagte Troy. »Das Sperrfeuer von heute morgen und dann all diese Flugblätter, die drüben herunterflattern – wahrscheinlich sind die Deutschen etwas aufgeregt.«

»Mir gefällt die Lage nicht«, sagte Bing.

»Mir auch nicht.« Troy hob seinen Feldstecher an die Augen und suchte die Hecke auf der deutschen Seite ab. »Ihr Lieutenant – den Mut der Ahnungslosigkeit nenne ich das, den Mut der Ahnungslosigkeit. Ganz guter Ausdruck, wie?«

»Und trifft zu.«

»Nun, haben Sie einen Punkt gefunden, Sergeant, von dem aus Sie glauben arbeiten zu können?«

»Wie steht es mit der Erhöhung dort – ziemlich in der Mitte des Feldes? Wir könnten da mit dem Wagen in Deckung fahren; sie können uns dort nicht bestreichen. In dem Gebüsch rechts und links stellen wir die Lautsprecher auf, und ich könnte, nicht so weit vom Wagen entfernt, noch immer hinter der Erhebung sprechen.«

Troy richtete sein Glas auf die Erhebung und das Gebüsch zu beiden Seiten. »Wir haben ein paar Mann, die sich ziemlich in der Nähe dort eingegraben haben – aber das läßt sich nun nicht ändern. Ja, ich denke, es ist noch der beste Platz für Ihren verfluchten Wagen. Was wollen Sie den Deutschen sagen?«

»Ich habe noch nicht viel darüber nachgedacht.«

»Sie reden also, was Ihnen in den Kopf kommt?«

»Mehr oder weniger, Captain. Natürlich gibt es eine Linie, die wir im allgemeinen verfolgen...«

»Und funktioniert es – im allgemeinen?«

Sie gingen zurück und hielten sich vorsichtig dicht an die Hecke.

»Zuweilen – ja.« Bing kam ein neuer Gedanke. »Sagen Sie, Captain – wissen Sie, ob das Feld vorn vermint ist?«

»Nicht auf unserer Seite. Aber man weiß nicht, was in der Nacht auf der deutschen Seite vorgeht. Wir werden es wahrscheinlich erfahren, wenn wir ihre Stellungen angreifen – falls es je zu einem Angriff von unserer Seite kommt oder sie nicht selber als erste angreifen.«

»Sehen Sie – wenn nämlich vor den deutschen Stellungen Minen liegen, werden die Heinis es sich zweimal überlegen, bevor sie herauskommen und zu uns überlaufen. Es ist kein Spaß, auf den eigenen Minen in die Luft zu gehen, wenn man nichts weiter möchte, als die Annehmlichkeiten eines amerikanischen Kriegsgefangenenlagers auskosten.«

»Da haben Sie recht.« Troy lächelte bei dem Gedanken an die Annehmlichkeiten eines Gefangenenlagers. »Sie müssen also bei Ihrem Dienst an allerhand denken, Sergeant?«

»Ich denke nicht, Lieutenant Laborde denkt für mich.«

Sie näherten sich dem Wagen. Troy wandte sich Bing zu, als sehe er ihn nun zum erstenmal. »Ärgern Sie sich nicht über den Burschen«, sagte er, »geben Sie ihm eine Chance.«

Der Wagen war in Stellung gefahren. Tolachian war mit ihm über das Feld gerast, haarscharf an den Granattrichtern vorbei, und hatte ihn hinter der Erhebung mit einem Ruck zum Stehen gebracht. Von den Deutschen waren ein paar Gewehrschüsse gekommen, weniger jedoch, als Bing befürchtet hatte. Offensichtlich hatte sich der Gegner durch die Frechheit des Manövers überraschen lassen. Wahrscheinlich auch sahen sie drüben nicht viel Sinn darin, einen Lastwagen so weit nach vorn zu fahren, und warteten die weitere Entwicklung ab. Oder sie brachten Granatwerfer in Stellung, um dem Wagen hinter seiner Deckung beizukommen – aber das brauchte seine Zeit.

Tolachian baute die Lautsprecher vom Wagen ab, im ganzen vier. Bing schlug vor, zwei links und zwei rechts vom Hügel zu legen.

»Was ist denn hier los?« Jemand Unsichtbares fuhr ärgerlich fort: »Macht, daß ihr zum Teufel kommt – wollt uns wohl alle hier umbringen!«

Tolachian blickte sich nach dem Rufer um, konnte ihn aber nicht entdecken. »Halt den Rand!« rief er. »Ist auch zu eurem Besten!«

»Wir kommen auch ohne das aus!«

»Wird wohl 'ne Filmvorführung?!« rief ein anderer. »Wir haben den Film über Verhütung von Geschlechtskrankheiten schon lange nicht mehr gesehen!«

Bing lachte trotz der Spannung, in der er sich befand. »Kein Film –«, rief er, »Rattenfängerei!«

»Ziemlich gefährlich, Bubi! Die schießen!«

»Und nicht nur auf euch«, ließ sich die erste Stimme wieder vernehmen.

Eine Reihe scharfer, kurzer Explosionen – so, als schlüge jemand mit einem metallenen Lineal auf einen Holztisch.

»Habt ihr das gehört?« rief die erste Stimme. »Und das ist nur der Anfang.«

Bing war es ebenso mulmig zumute wie dem Mann, dem die Stimme gehörte. Irgend etwas war nicht in Ordnung mit seinen Knien, ihm war, als watete er durch Wasser. Das Wasser hatte eine reißende Strömung, die um seine Schienbeine gurgelte.

Wieder drängte sich ihm der süßliche Leichengeruch auf, obwohl er wußte, daß er von der Hecke, hinter der die tote verwesende Kuh in die Erde sickerte und die grünen und blauen Fliegen nährte, weit entfernt war. Es schien, als sei der Geruch in feinster Verteilung in seiner Nase zurückgeblieben und lege sich noch immer betäubend auf seine Nerven. Und die Lautsprecher waren auch schwerer, als sie aussahen. Er hielt einen eng an sich gepreßt, beugte sich tief darüber und lief geduckt los, um hinter der Erhebung hervor das Gebüsch rechts zu erreichen. Je kleiner er sich machte, desto auffälliger kam er sich vor. Etwas pfiff – ein fremder Vogel. Er warf sich zu Boden. Es fiel ihm schwer, wieder aufzustehen. Es ist ja auch gar nicht meine Aufgabe, schoß es ihm durch den Kopf. Teufel noch eins, warum halse ich mir die Dinger auf?

Tolachian kroch zu ihm hin und nahm ihm den Lautsprecher aus dem Arm. Tolachians Gesicht glänzte vor Schweiß, er fuhr sich mit der Zunge über die Oberlippe, und Bing dachte: Was für eine große Zunge er hat, wie die dicke, schwere Zunge eines Tiers. Tolachian kroch zum Gebüsch zurück, wo er inzwischen bereits einen Lautsprecher aufgestellt hatte, und zerrte Bings Gerät hinter sich her. Dann tat er die Stecker in die Kontakte und winkte Bing zu. »In Ordnung. Geh zurück!«

Tolachian war ein prachtvoller Kerl! Als er Bing den Lautsprecher aus dem Arm genommen hatte, war es mehr als eine hilfreiche Geste gewesen – es sollte heißen, daß er die Sache übernahm. Bing atmete auf. Schließlich hatte er Kraft genug, zu dem Lastwagen zurückzukriechen; dort war Laborde inzwischen angelangt und stampfte mit dem Fuß: »Wird's bald? Machen Sie hin!«

Bing hörte, wie der Lieutenant mit den Zähnen knirschte. Laborde hatte die Augenbrauen hochgezogen, und seine Lippen standen offen. Mit der Hellsichtigkeit solcher Augenblicke sah Bing den Spalt zwischen Labordes mittleren Vorderzähnen und fühlte sich versucht, ihm die Faust mitten in die Zähne zu schlagen.

»Warum helfen Sie denn nicht mit den Lautsprechern und stehen hier herum wie eine Wachsfigur?« rief er.

»Wie bitte?« sagte Laborde.

»Packen Sie zu, Mensch«, schrie Bing.

Dann ging er zum Wagen, holte das Mikrophon hervor und suchte sich einen Platz, etwa zehn Schritte vom Wagen entfernt – eine flache Vertiefung, gerade groß genug für ihn. Er legte sich hinein und schloß die Augen. Als er sie wieder öffnete, sah er Laborde gehorsam einen Lautsprecher hinter Tolachian her zu dem Gebüsch hinüberschleppen.

Aber Bing hatte keine Zeit, sich an dem Anblick zu erfreuen. Die Deutschen schienen sich entschieden zu haben: was für Absichten die Amerikaner auch mit ihrem Lastwagen verfolgten, sie waren auf jeden Fall übel. Von ihrer Seite aus wurde nun auf alles, was sich bei den Amerikanern bewegte, gefeuert. Immer häufiger knallte es.

Bing wünschte sich Troy herbei. Solange er mit Troy zusammen war, war er ruhig gewesen, der Mann flößte durch seine solide Gestalt, seine gemessenen Bewegungen und seinen nüchternen Ton Vertrauen ein. Nun war Tolachian an Troys Stelle getreten; aber doch nur zum Teil, denn Tolachian war zu sehr mit seinen eigenen Aufgaben beschäftigt. Wie Tolachian überhaupt weitermachen konnte, erschien Bing ein Wunder. Er selber wäre nicht fähig gewesen, sich zu bewegen – ihm war, als wäre er durch seinen Schweiß und die Feuchtigkeit der Erde mit dem Boden verhaftet.

Und dabei mußte er auch noch denken. Es war höchste Zeit, daß er seine Furcht überwand und den Wunsch vergaß, sich vor den Schüssen der Deutschen zu verkriechen. Er hatte keine Ahnung, was er ihnen sagen sollte, sein Kopf war völlig leer. Er hatte nur einen Gedanken: Weg von hier! Eine neue Angst ergriff ihn, und es wurde ihm fast übel: wenn er nun nicht imstande war zu sprechen? Wenn er nichts weiter herausbrachte als ein zusammenhangloses Stammeln? Was dann? Die ganze Mühe umsonst?

Jemand klopfte ihm auf die Schulter. Tolachian lag neben ihm. »Alles bereit«, sagte er. »Bist du soweit?«

»Nein«, sagte Bing, »noch nicht.«

»Was ist los?«

»Nichts.«

Tolachian drehte sich um und zog ein verschmiertes Päckchen Zigaretten heraus. Er schnippste, zwei Zigaretten schossen heraus.

»Wir können noch eine rauchen«, sagte er.

Auch Bing drehte sich um, und nun lagen sie beide auf dem Rükken, rauchten und blickten in den Himmel.

»Ist hier ganz schön!« Tolachian rekelte sich. »Wenn der Krieg vorbei ist, komme ich einmal mit meiner Frau hierher zur Erholung. Die haben sich zweifellos ein hübsches Stück Erde ausgesucht für ihren Krieg. Hast du die Apfelbäume bemerkt – dort, wo wir mit dem Wagen hielten, ich meine dort, wo wir auf dich warteten? Ich habe die Äpfel versucht, sie sind noch nicht reif, aber bald.« Er nahm eine Handvoll Erde, rieb sie zwischen den Fingern und ließ die Krumen herabrieseln. »Gute Erde«, sagte er, »hier wächst alles. Nach dem Krieg wird sie noch besser sein. Soviel Eisen im Boden.«

»Und soviel Blut.«

»Ja – das auch.«

Seitlich von ihnen ein Einschlag.

»Granatwerfer!« sagte Bing.

»Ja.« Tolachian zerdrückte den Rest seiner Zigarette in der Erde. »Wenn die einen treffen, hört man sie nicht. Hat auch sein Gutes. So plötzlich und schmerzlos – nicht wahr?«

»Was die wohl dort drüben denken?« Bing wies mit dem Daumen auf die deutschen Stellungen.

»Oh, ich weiß nicht. Aber jetzt muß ich gehen und die Apparatur anschalten. Wenn du sprechbereit bist, blas ins Mikrophon.«

»Mach ich.«

Bing beobachtete Tolachian, wie er schwerfällig auf den Wagen kletterte. Immerhin war er für sein Alter und seinen Körperbau doch ziemlich behende.

Noch ein Granatwerfergeschoß kam herunter und explodierte in der gleichen Entfernung wie das erste. Bing nahm das Mikrophon zur Hand. Ein kleiner schwarzer Käfer kletterte, von der plötzlichen Bewegung gestört, hastig an einem Grashalm hinab und versteckte sich hinter einem Bröckchen Erde.

Sehr vernünftiger kleiner Käfer, dachte Bing. Er begann zu sprechen.

»Achtung! Achtung!«

Seine Stimme drang überraschend kräftig aus dem Lautsprecher.

»Achtung! Deutsche Soldaten!«

Es war gar nicht seine Stimme. Diese Stimme klang seltsam sicher und zuversichtlich, beinahe übermütig. Er lächelte. Die Spannung in ihm ließ nach. Er fühlte sich bereits wohler und veränderte seine Stellung ein wenig, um den Ellbogen des Armes, mit dem er das Mikrophon hielt, besser stützen zu können. Sein Kopf war ganz klar.

»Deutsche Soldaten – wir haben euch gerade einen Beweis der amerikanischen Stärke geliefert. Wir haben aus jedem Geschütz entlang der Front nur einen Schuß abgeben lassen, einen einzigen Schuß nur – Ihr wißt selber, welche Wirkung ein längerer Beschuß auf eure Stellungen haben würde.«

Richtig so, sagte er zu sich. Den Ton leicht halten – es ist eine Art

Unterhaltung, man muß sie wie Kinder behandeln, die sich zu dummen Streichen haben verführen lassen, ich bin sozusagen die Stimme der Vernunft, es ist unwichtig, ob sie auf mich hören oder nicht, aber sie sollen es auf jeden Fall wissen, damit sie sich nachher nicht beschweren können, wenn es für sie schiefgegangen ist.

»Wir haben euch Flugblätter hinübergeschossen, aus denen ihr ersehen könnt, warum alle unsere Geschütze in der ganzen Länge der Front heute früh eine Salve gefeuert haben. Es ist ein besonderer Tag – wir haben den vierten Juli heute, den Nationalfeiertag der Vereinigten Staaten – den Tag, an dem die Vereinigten Staaten gegründet wurden. Viele von euch werden das Flugblatt gelesen haben, ich glaube nicht, daß eure Offiziere es verhindern konnten.«

Das Maschinengewehr drüben begann stoßweise zu feuern, aufgeregtes Geschnatter. Auf der rechten Seite wurde einer der Lautsprecher getroffen. Bing hörte die Kugeln das Metall durchschlagen.

»Einstellen!« rief er. »Stellt das elende Knattern ein! Habt ihr so große Angst vor der Wahrheit, daß ihr nicht einmal zuzuhören wagt?«

Sie hörten zu. Das Maschinengewehr verstummte. Fast begann die Arbeit, Bing Spaß zu machen. Er hatte eine Verbindung zu seinen Hörern hergestellt. Gern hätte er ihre Gesichter gesehen – neugierige oder auch ängstliche Gesichter, Gesichter, die wissen wollten, was nun noch folgen würde. Auch wütende und verzweifelte Gesichter und die Gesichter von solchen, die ihn gern zum Schweigen gebracht hätten und es nicht konnten, um ihre eigene Schwäche nicht zu verraten.

»Unser Feuerstoß heute früh hat euch bestätigt, was ihr selber schon erfahren habt. Auf jedes Geschütz bei euch kommen bei uns sechs; für jede eurer Granaten haben wir zwölf. Am Tag wagt eure Luftwaffe sich nicht mehr zu zeigen. Die unsere kann es sich leisten, jedes Einmannloch bei euch mit Bomben zu belegen.«

Dies waren Tatsachen, dachte Bing. Jetzt eine kleine Pause einlegen. Laß sie sich über die Tatsachen erst mal klarwerden.

»Eure Führer haben euch versichert, der Atlantikwall wäre unbezwingbar. Wir sind durchgebrochen und haben ihn zerstört. Euer großer Führer hat gesagt, wir würden uns nicht länger als zwölf Stunden auf dem europäischen Festland halten können. Heute ist seit unserer Landung fast ein Monat verstrichen, und wir haben euch immer weiter zurückgedrängt. In Cherbourg haben sich Generale und Admirale freiwillig ergeben. Sie und ihre Leute hatten begriffen, wie der Krieg läuft.«

Wieder eine Pause. Auch sie sollen begreifen, wie der Krieg läuft. Nur keine überstürzten Folgerungen, mögen sie selber ihre Schlüsse ziehen. Ich bestätige sie nur.

»Diese Offiziere und Mannschaften – sie waren Deutsche wie ihr –, diese Offiziere und Mannschaften wußten, daß sie als amerikanische Gefangene anständig behandelt werden und den Krieg lebend überstehen würden. Wir bieten euch jetzt die gleiche Gelegenheit. Wir stellen von diesem Augenblick an für zehn Minuten das Feuer ein. Verlaßt eure Stellungen ohne Waffen und mit erhobenen Händen. Wir erwarten euch und bringen euch sofort aus dem Kampfbereich. Das ist eure Gelegenheit jetzt – benutzt sie. Es könnte die letzte sein.«

Bing schwieg. Er winkte Tolachian zu und schaltete das Mikrophon ab. Gott sei Dank, dachte er, das wäre vorüber. Er hatte fürchterlich geschwitzt, war wie aus dem Wasser gezogen. Nur weg von hier, dachte er, nur weg von hier. Die auf der anderen Seite konnten so etwas unmöglich über sich ergehen lassen, ohne etwas dagegen zu unternehmen. Unmöglich.

Eine Zeitlang, die endlos schien, blieb alles ruhig. Selbst das unzusammenhängende Gewehrfeuer, das fast während Bings ganzer Ansprache gedauert hatte, war verstummt.

Aus der Nähe der Hecke auf der amerikanischen Seite, von wo Bing die Stellung für den Lautsprecherwagen ausgesucht hatte, winkte ihnen jemand zu. Troy wahrscheinlich, dachte Bing, der ihnen das Zeichen zur Rückkehr gab. Aber Laborde war auf die andere, den Deutschen zugekehrte Seite der Erhebung gekrochen. Bing kroch ihm nach, um ihm zu sagen, daß Troy sie zurückriefe.

Als er um den Hügel herumkam und die deutschen Stellungen sah, bot sich ihm ein unerwartetes Bild. Eine Gestalt löste sich aus der Hecke des Feindes, zögerte einen Augenblick und begann dann auf ihn zuzulaufen. Der Mann rannte in einer seltsam steifen Haltung, als bewegte eine unsichtbare Hand mit Hilfe von Schnüren seine Arme und Beine. Nach einer halben Minute folgte ihm ein zweiter, dann ein dritter und noch mehrere. Vierzehn Mann im ganzen zählte Bing, die mit erhobenen Händen aus den Hecken brachen und schwerfällig über das Feld gelaufen kamen. Das Feld lag nun im vollen Licht der Morgensonne, die winzigen Gestalten warfen scharfe Schatten. Der ganze Auftritt erschien Bing unglaubhaft; als spiele er sich auf einer Bühne ab. So kam es auch, daß es ihn gar nicht erregte und er auch gar keine Vorbereitungen für den Empfang der Überläufer traf.

Er sah, wie Laborde sich erhob. Laborde zündete eine Zigarette an, klebte sie sich in den Mundwinkel, verschränkte die Hände hinter seinem Rücken und stolzierte in napoleonischer Haltung vor dem Hügel auf und ab.

Auf der deutschen Seite nahm das Maschinengewehr, das so lange geschwiegen hatte, das Feuer wieder auf. Bing sah die Erde unter den Einschüssen aufspritzen; das MG zielte auf die eigenen Leute.

Laborde blieb gleichmütig. Er spazierte weiter hin und her, und Bing konnte sich das einstudierte, verächtliche Lächeln vorstellen.

Einer der Überläufer stürzte und blieb mit dem Gesicht auf der Erde liegen. Ein anderer hielt jäh im Laufen inne, wandte sich langsam, wie erstaunt über das, was hinter ihm vorging, um, fiel in die Knie, stieß einen langen hohen Schrei aus und kippte nach vorn. Die übrigen liefen schneller, das Maschinengewehr peitschte hinter ihnen her. Offensichtlich hatten sie den allein dastehenden Laborde entdeckt, denn während sie zunächst nur eine unbestimmte Richtung eingeschlagen hatten, kamen sie nun alle auf den amerikanischen Offizier zugerannt, so als hofften sie, daß einer, der stark genug war, aufrecht und mit einer Zigarette im Mund und im Feuer eines Maschinengewehres zu stehen, auch sie schützen könne.

Endlich erreichten sie ihr Ziel und drängten sich mit noch immer erhobenen Händen, elend vor Angst, um Laborde. Sie hatten etwas Übermenschliches geleistet; sie hatten sich aus der Sicherheit ihres eigenen Verbandes herausgerissen, um eine größere und dauerhaftere Sicherheit dagegen einzutauschen. Aber diese neue Sicherheit wirkte sich noch nicht aus; in ihren grauen Gesichtern, in ihren angsterfüllten Augen war die Bestürzung über ihre eigene Entscheidung zu erkennen, die Erschöpfung nach der Anstrengung und die noch unbeantwortete Frage: Was habe ich getan? Was geschieht nun?

Laborde betrachtete sie hochmütig. Er deutete auf die Feldbluse des einen – der Mann grinste verlegen, knöpfte sie zu und stand stramm.

Dies winzige Intermezzo erschien Bing unwirklich, ja völlig widersinnig. Er verstand nur, daß Laborde die zwölf Gefangenen – von denen ein jeder wichtige Aufschlüsse geben konnte – als sein persönliches Eigentum betrachtete und zunächst einmal mit ihnen einen Kleiderappell abhielt, während die in ihren Stellungen verbliebenen Deutschen, und möglicherweise rasch herangeführte Verstärkungen, jeden Moment ein Scheibenschießen auf die Gruppe vor dem Hügel veranstalten konnte.

Dennoch blieb Labordes Verhalten nicht ohne Eindruck. Von beiden Seiten des Hügels wurden Zurufe laut. Vier von Troys Leuten krochen aus ihren Löchern, um sich nichts von dem neuen Schauspiel entgehen zu lassen, und vergaßen dabei, daß sie ohne Deckung vor dem Feind standen. Sie waren frischer Ersatz und noch gänzlich ohne Erfahrung.

Ein neuer Einschlag – ganz in ihrer Nähe.

Wieder der verfluchte Granatwerfer, dachte Bing.

Die vier Amerikaner stürzten zu ihren Löchern zurück.

Aber Bing sprang halb auf und hielt sie zurück. Die Gefangenen mußten nach hinten gebracht werden. Weder er noch Tolachian konnten sie abführen, und Laborde konnte damit nicht betraut werden – der Lieutenant hätte sie erst ein gutes Stück die Front entlang paradieren lassen, nur um zu beweisen, daß ihm nichts passieren konnte.

»He, ihr!« rief Bing. »Bringt die Kerle da zurück!«

Die vier Soldaten blickten sich um, sahen den Sergeanten und schienen kaum den Sinn seines Befehls zu erfassen. Ein Einschlag folgte dem andern, immer näher, der Granatwerfer schoß sich ein.

Die deutschen Überläufer standen hilflos vor Laborde, warteten auf Befehle und drängten sich wie Schafe bei einem Gewitter zusammen.

»Jawohl, Sergeant«, sagte einer der Amerikaner. Er tat wenigstens, als ob er Mut hätte.

Sie gingen hin zu der armseligen Gruppe Gefangener, die Karabiner im Arm, und machten ihnen Zeichen voranzugehen. Die Überläufer setzten sich in Bewegung.

Bing seufzte, das wenigstens war getan. Er ging wieder zu Boden, um zur rückwärtigen Seite des Hügels zu kriechen, wo er immerhin ein wenig Deckung hatte. Wenn Laborde Lust hatte, noch länger sich zur Schau zu stellen, nun, bitte; Idioten mußte man sich selber überlassen. Das deutsche Infanteriefeuer hatte an Intensität gewonnen, dazu kamen die in bestimmten Abständen feuernden Granatwerfer. Kleine Wolken Erde stiegen um den Hügel herum auf.

Noch ein letzter Blick.

Bing glaubte, die Welt stünde plötzlich auf dem Kopfe. Das war doch nicht möglich, er sah nicht richtig, es lag an seiner Aufregung – erst der Aufruf übers Mikrophon, die Suche nach den richtigen Worten, und dann dieser plötzliche, so greifbare und klare Erfolg.

Aber auch beim zweiten Blick das Gleiche: die vier amerikanischen Soldaten marschierten mit den deutschen Überläufern auf die deutschen Linien zu.

Auch sie hatten einen Schock weg. In dem ständigen Wirbel des Todes um die Löcher, in denen sie hockten, unter der dauernden Spannung und Schlaflosigkeit hatten sie einfach vergessen, was rechts und links, was vorne und hinten war.

Laborde stand noch immer vor dem Hügel, hielt die Arme vor der Brust verschränkt, einen Fuß vorgesetzt, und war sich seines Profils sehr bewußt.

Bing wollte lachen. Aber das Lachen blieb ihm im Halse stecken. Er konnte ja auch den Dingen freien Lauf lassen. Er hatte alles getan, was von ihm erwartet werden konnte – und mehr noch.

Du verfluchter Idiot, sagte er zu sich selber, du verfluchter Idiot!

Dann sprang er auf, vorwärts, rannte wie wahnsinnig, um die vier Amerikaner und ihre zwölf Gefangenen einzuholen. Im Augenblick waren sie nicht unter Feuer. Die Deutschen drüben hatten zu schießen aufgehört, als die Gefangenen und ihre Begleitung sich ihren Stellungen näherten. Was die Deutschen sich dachten, wußte Gott allein. Vielleicht meinten sie, daß die Überläufer die Amerikaner überredet hätten, die Rollen zu tauschen.

Bing hatte die Gruppe eingeholt. »Zurück!« rief er. »Zurück! Zurück!«

Die vier Soldaten sahen ihn an, ihre Augen ohne jeden Ausdruck, ihre Gesichter gleich denen der deutschen Überläufer – die gleiche Ungewißheit, dieses gleiche: Was willst du eigentlich von uns? Laß uns in Ruh! Warum sagt niemand: Es ist alles vorbei?

»Zurück!« Bing wies in Richtung der amerikanischen Stellungen.

Einer der Soldaten schüttelte langsam den Kopf.

Plötzlich kam Bing ein Einfall. Er grinste. Der Exerzierplatz. Die ewigen Stunden: Im Gleichschritt... Marsch! Abteilung... Halt! – mechanisch, bis man selber wie eine Maschine funktionierte. Hier war er der Feldwebel.

Er brüllte: »Abteilung – halt! Kehrt! Ohne Tritt – Marsch!«

Und es klappte. Es klappte bei den vier Amerikanern. Und wie die kehrtmachten, machten auch die Gefangenen kehrt.

Bing hob die Hand. Er lief. Und sie liefen und folgten ihm.

Laborde entsann sich plötzlich seiner Befehlsgewalt.

Von dem immer heftiger werdenden Feuer der Granatwerfer und anderen Infanteriewaffen verfolgt, hatten die Gefangenen und ihre Bewachung die relative Sicherheit der Hecken auf der amerikanischen Seite erreicht. Hinter dem Hügel auf dem offenen Feld blieben nur noch unter Labordes Befehl der Lastwagen mit Tolachian und Bing, außerdem im Gebüsch die Lautsprecher.

Bing drängte zu eiligem Rückzug. Sie waren jetzt das einzige Ziel. Die Deutschen konnten nun alles, was sie hatten, auf sie konzentrieren – und in der Enttäuschung darüber, daß die Überläufer ihnen entwischt waren, würden sie es auch tun.

»Was?!« sagte Laborde, »und die Lautsprecher zurücklassen?«

Tolachian saß schon zur Abfahrt bereit am Steuer.

»Die dürfen wir zurücklassen«, erklärte Bing.

»Nur im äußersten Notfall!« sagte Laborde belehrend. »Außerdem sind da auch noch die Kabel. Ich werde doch nicht einfach Staatseigentum liegenlassen!«

»Aber Lieutenant!« Bing beschwor ihn. »Wir haben heute schon einiges geleistet. Wir sollten unser Glück nicht zu sehr auf die Probe stellen. Nehmen Sie doch Vernunft an!«

»Angst?« fragte Laborde.

»Gut«, sagte Bing, »meinetwegen Angst. Aber jedenfalls weg von hier!... Tolachian, wir fahren!« Er ging einige Schritte auf den Wagen zu, Tolachian gab dem Motor Gas.

»Halt!« brüllte Laborde. »Ich bringe Sie vors Kriegsgericht! Befehlsverweigerung! Feigheit vor dem Feind!«

Laborde hatte sich in Rage geredet. Endlich hatte er etwas gefunden, worin er sich verbeißen konnte. Denn bisher hatte er zu dem Unternehmen nichts beigetragen: der Platz, von dem aus das Ganze durchgeführt worden war, war ohne ihn bestimmt worden; nicht er, sondern ein anderer hatte den Aufruf gesprochen; auch die Überläufer waren aus eigenem Willen gekommen, und vier fremde Soldaten hatten sie nach hinten eskortiert. So wollte er wenigstens die Lautsprecher zurückbringen.

»Reden Sie keinen Unsinn«, sagte Bing.

»Sie brauchen das Zeug ja nicht zu holen!« Labordes Stimme überschlug sich. »Tolachian!«

»Jawohl, Lieutenant!« Tolachian steckte den Kopf zum Wagen heraus.

»Die Lautsprecher – holen Sie die Lautsprecher!«

Tolachian stieg aus dem Wagen. Er warf Bing einen hilflosen Blick zu. Es gehörte zu Tolachians Pflichten, die technische Ausrüstung zusammenzuhalten. Er ging.

Bing bemerkte, wie das Feuer um sie her sich verdichtete. Laborde zündete eine neue Zigarette an. Laborde war verrückt – war auf Glorie versessen und hatte einen Machtkomplex.

Bing verließ den geringen Schutz, den der Hügel bot. Er folgte Tolachian, der langsam vorwärts kroch und gerade das erste Gebüsch erreicht hatte, in dem der eine Lautsprecher stand.

Erst sehr viel später vermochte Bing, das nun Folgende in seinen Einzelheiten zu sehen: das Aufbäumen der Erde, der betäubende Schlag der Explosion, das Hämmern der Erdbrocken und Steine, die auf seinen Rücken niedersausten, den säuerlichen Geruch, die Schwärze vor seinen Augen. Sein ganzer Körper schmerzte ihn – aber das verging schnell. Eine feuchte klebrige Wärme war auf seiner Wange. Er tastete sein Gesicht ab. Er hatte eine Schnittwunde – nicht tief. Er vermochte sich zu bewegen. Dann konnte er wieder sehen – das erste, was er sah, war das zerdrückte Büschel Gras, in das er seinen Kopf gewühlt hatte.

Er blickte auf. Vor ihm lag Tolachian – lag auf dem Rücken, so wie er gelegen hatte – wann? – vor einer Ewigkeit – als sie eine letzte Zigarette hinter dem Hügel rauchten, bevor er, Bing, zu den Deutschen gesprochen hatte. Tolachian lag sehr still. Er ist tot, dachte Bing.

Dieser Gedanke kam ihm zu rasch und zu leicht. Hatte er etwa Tolachians Tod erwartet? Hatte er die ganze Zeit über gewußt, daß er eines Tages Tolachian so erblicken würde, lang ausgestreckt, tot?

In Panik kroch Bing die kurze Strecke, die ihn von Tolachian trennte. Er berührte Tolachians Hand. Die Hand war schwer. Er packte Tolachian am Hemd und versuchte ihn umzudrehen. Das Hemd rutschte ihm aus den Fingern; es war durch und durch naß.

Bing schob sich um Tolachian herum. Daß er das dann überhaupt ansehen konnte, diese Seite des Körpers des Mannes, und imstande war, die Details sich einzuprägen, das zerrissene Fleisch, die Knochensplitter, das Durcheinander aus braunen Tuchfetzen, Stücken Haut und Organteilen – Lunge vielleicht, oder Niere, Leber, Eingeweide – ohne Form und Gestalt, breiig, glibberig... Aber er sah es sich an, nahm alles in sich auf, seine Sinne, sein Gehirn funktionierten.

Nicht weit von Tolachian stand Labordes Lautsprecher – unbeschädigt.

Bing trug den toten Tolachian zurück zum Wagen. Er packte Tolachians unversehrten Arm wie einen Griff und lud sich den schweren Körper auf die Schulter. Bings Hemdrücken klebte von Blut; er fürchtete, der Tote möchte, aufgerissen wie er seitlich war, völlig auseinanderklappen und ihn in schrecklicher Umarmung ersticken. Aber Tolachians Leib hielt zusammen.

Bing legte den toten Freund auf den Wagen, neben den Werkzeugkasten. Er fand Labordes Regenmantel und faltete ihn zu einem Kissen zusammen, das er Tolachian unter den Kopf schob.

Dann ging er nach vorn, setzte sich hinter das Steuer und ließ den Motor anspringen. In der Nähe des Wagens entdeckte er Laborde. Laborde lag auf der Erde; er hatte angefangen, sich ein Loch zu graben, war aber damit nicht weit gekommen. Die Zigarette, durchtränkt von Speichel, klebte noch in seinem Mundwinkel.

»Anhalten!« rief Laborde, als Bing den Lastwagen anfahren ließ. Aber Bing hielt nicht mehr an; Laborde mußte aufs Trittbrett springen und sich anklammern, während Bing über das offene Feld jagte, noch immer verfolgt vom Feuer der Deutschen.

Troy empfing sie ruhig. Er befahl einigen seiner Leute, Tolachians Leiche vom Wagen zu heben.

Dann nahm er Bing zur Seite und führte ihn in seinen eigenen Unterstand. Troy lebte in einem Loch, das er sich unter der Hecke gegraben hatte – eine tiefe Höhlung, in der er sich ausstrecken konnte. Eine Zeltbahn davor wirkte als Sonnendach und gab ihm Schatten. »Setzen Sie sich!« sagte er.

Bing nahm den Helm ab und gehorchte. Troy griff in seine Höhle und holte eine Flasche hervor.

»Calvados«, sagte er. »Trinken Sie!«

Bing trank und fühlte das Zeug in seiner Kehle und im Magen brennen.

»Mehr!« sagte Troy. »Trinken Sie mehr!«

Bing trank.

»Besser?«

»Ja, Captain.«

Aber er fühlte sich nicht besser. Der Bauch drehte sich ihm um, es würgte ihn in der Kehle, er riß den Mund auf.

»Genieren Sie sich nicht«, sagte Troy.

Bing gab sich den Krämpfen seines Magens hin. Es war erlösend, sich nicht mehr zusammennehmen zu müssen. Noch einmal und noch einmal. Dann fühlte er sich freier im Kopf.

Nach einer Weile kam Troy mit einer Schaufel voll Erde und schüttete sie über das Erbrochene zwischen Bings Füßen.

»Ziehen Sie sich aus«, befahl Troy. »Hemd und Hose können Sie von mir bekommen.«

»Danke Ihnen«, sagte Bing.

Die Schaufel hing noch in Troys Hand und pendelte ein wenig. »Sterben ist immer schlimm«, sagte er. »Lassen Sie sich nichts anderes vorreden. Aber man gewöhnt sich daran.«

»Immer sterben die Falschen!« sagte Bing.

»Nein, der Tod arbeitet ziemlich unparteiisch«, sagte Troy. Er lächelte ermutigend. »Wir empfinden es nur anders, wenn es Leute trifft, deren Aufgabe es eigentlich wäre zu leben.«

Neuntes Kapitel

Bei der Batterie holten sie Karen ab. Laborde chauffierte; Bing hatte sich geweigert zu fahren. Er hatte dem Lieutenant einfach erklärt, wenn er heil nach Vallères zurückkehren wolle, solle er sich einen anderen Fahrer besorgen. Laborde, nach einem Blick in Bings verstörtes Gesicht, bestand nicht auf seinem Befehl; Bing sah aus, als ob es ihm gleich wäre, wenn er in einem Straßengraben endete.

Karen sah Laborde am Steuer, sah den freien Platz neben ihm, sah, daß keiner ausstieg, und befürchtete das Schlimmste. Laborde lud sie ein, sich vorn neben ihn zu setzen.

»Wo sind die anderen?« fragte sie. Die Worte fielen ihr schwer.

Laborde machte eine Bewegung mit dem Kopf zum hinteren Teil des Wagens.

Karen fühlte sich erleichtert. Aber sofort fragte sie sich auch: Warum läßt er sich nicht blicken? Ist er krank, verwundet, erschöpft? »Danke«, sagte sie, »ich möchte lieber hinten sitzen.«

»Aber der Sitz hier ist jetzt frei!« sagte Laborde. »Und es ist bequemer.«

Dann sah sie Bing. Er saß nach hinten gelehnt, die Augen geschlossen, das Gesicht verfallen. Er schien zu schlafen.

Plötzlich sagte er, ohne sich zu bewegen oder die Augen zu öffnen: »Bist du es, Karen? Komm herein. Sei vorsichtig. Der Boden ist schlüpfrig.«

Jetzt erkannte auch sie die rostfarbenen, dunklen Flecke. Sie wußte, was es war, sie brauchte nicht zu fragen und konnte doch nicht vermeiden, daß sie hineintrat, und sie ekelte sich.

»Tolachian...«, sagte er. »Der Wagen ist noch nicht sauber gemacht.«

»Tot?« fragte sie.

»Ja.«

Der Wagen setzte sich mit einem Ruck in Bewegung.

Bing taumelte gegen sie. »Verzeihung«, sagte er mechanisch. Dann sah er sie an, als sei sie aus einer anderen Welt zu ihm getreten. »Das wirst du nicht verstehen können. Ich hasse den Dummkopf da vorn. Er hat Tolachian umgebracht.«

Sie begriff, daß ein Wort von ihr jetzt nur stören konnte. Sie war froh, daß er sprach; was auch immer geschehen war, er mußte es sich von der Seele reden. Wenn sie ihm helfen konnte, indem sie ihm ruhig zuhörte und ihn zu verstehen suchte, so war das eben das Wichtigste.

»Ja, den da!« Bing wies mit dem Daumen auf die Persenning, hinter der Laborde am Steuer saß. »Wir waren einfach wie Schießscheiben auf dem Stand, die Deutschen feuerten auf uns – leichte Waffen, Granatwerfer, alles, was sie hatten –, und Laborde zwingt Tolachian, die Lautsprecher zurückzuholen.«

»Ihr – hättet abziehen können?«

»Aber ja! Wir waren fertig. Vierzehn Deutsche kamen nach dem Aufruf herüber – zwei von ihnen fielen – aber wir hatten zwölf lebendige.«

»Das ist eine ziemliche Menge?«

»Ich hatte überhaupt keine erwartet!«

»Und was passierte dann?«

»Ich möchte nicht darüber sprechen.«

»Du mußt.«

»Karen! Er hielt uns fest da draußen! Die Lautsprecher sind zu ersetzen, verstehst du? Wir können neue kriegen, sobald wir sie brauchen. Warum habe ich ihn nur nicht umgelegt? Erklär mir das! Warum nicht?«

»Er kann dich hören.«

»Und? Laß ihn! Ich hätte ihn abschießen können; niemand hätte den Unterschied bemerkt, es flogen genug deutsche Brocken durch die Luft. Aber ich – ich habe die richtigen Einfälle immer zu spät. Statt dieses krankhaften Idioten da vorn wäre Tolachian noch am Leben.«

Bing griff in seine Tasche und holte eine Handvoll Kleinigkeiten hervor. »Das ist von ihm übriggeblieben – sieh her: seine Erkennungsmarke, Taschenmesser, eine Uhr, eine Brieftasche mit – oh, etwa hundertundfünzig Franken, eine Kantinenkarte, eine Photographie – wer mag der Mann in armenischer Tracht sein? Wahrscheinlich sein Vater – dann noch – dies Medaillon...«

Er öffnete das Medaillon. »Tolachian, wahrscheinlich mit seiner Frau – ein schlechtes Bild. Sie haben immer nur schlechte Bilder bei sich. Aber bei einem Bild kommt es ja nur darauf an, was man selber darin sieht... Und dieser Brief – nicht abgeschickt. Ich lese ihn dir vor. Ich habe diesen Brief schon paarmal gelesen. *Liebe Anja,* schreibt er – ich nehme an, ihr Name ist Anastasia –, *Du schreibst es zwar nicht in Deinen Briefen, aber ich kann zwischen den Zeilen lesen, daß Du immer sehr müde bist. Du mußt auf Dich achtgeben. Arbeite nicht so schwer. Ich hasse den Gedanken, daß Du überhaupt arbeiten mußt. Hör lieber auf und nimm Dir vier Wochen Ferien. Fahr zu Deinem Onkel in Schenectady, er wird froh sein, Dich bei sich zu haben. Und mach Dir um mich keine Sorgen. Mir geht es gut. Der Krieg ist bald zu Ende, denke ich, und dann komme ich nach Hause, und Du brauchst nicht mehr zu arbeiten. Ich habe hier einen guten Dienst, und mir kann nichts passieren. Du brauchst Dir also keine Sorgen zu machen. Ich muß jetzt eine kleine Fahrt antreten, muß jetzt gehen. Ich beende diesen Brief, sobald ich zurück bin...*«

»Wie ist er gestorben?«

»Er wußte nicht, was ihn traf. Ich glaube jedenfalls nicht, daß er es wußte.«

»Das ist gut«, sagte sie. »Manchmal dauert es so lange, bis es zu Ende ist.«

»Du verstehst nicht, Karen, du verstehst überhaupt nicht. Er wollte nach Hause kommen, und seine Frau Anja sollte nicht mehr arbeiten. Jetzt wird sie nun für den Rest ihres Lebens arbeiten müssen.«

»Falls sie nicht jemanden anders trifft.«

»Sag das nicht!«

»Tolachian würde es richtig finden. Das Leben geht weiter.«

»Karen!« sagte er. »Hast du kein Herz?«

»Ich sage das um deinetwillen«, erwiderte sie.

Die glänzenden Flecke auf dem Boden des Wagens trockneten aus. Nur die Rostfarbe blieb und bildete seltsame Figuren.

»Weißt du, was mich verrückt macht?« fragte er. »Gerade das – daß das Leben weitergeht. Daß es einen Frühling geben wird, und daß ein Frühling nach dem anderen kommt, wenn wir schon längst nicht mehr sind; daß Mädchen in dünnen Kleidchen sich mit jungen Männern treffen und daß sie einander an der Hand halten werden, wenn unsere Hände schon längst vermodert sind – ich bin so unersättlich, ich will nicht, daß alles schon aus ist. Was habe ich denn bisher gehabt? – Nichts. Und selbst wenn ich mein Leben aus dem vollen gelebt hätte, so hätte ich es mir doch noch immer reicher gewünscht. Da ist noch etwas anderes, und vielleicht meinst du, das ist nicht richtig von mir: ich denke nicht etwa nur an Tolachian – gewiß, er gehörte zum Salz der Erde, und Bessere gibt es nicht –, nein, nein, ich denke an mich. Als ich ihn da auf dem Rücken trug, wurde mir bewußt, daß es auch nach mir gegriffen hatte. Wenn man das erst einmal gespürt hat, kann man nicht mehr wie früher sein; man will aus jeder Minute herausholen, was andere in einem Jahr tun...«

Karen gab es auf, sich etwas vorzuspiegeln. Hier war *ihr* Mann, jetzt und hier, und er war zurückgekommen zu ihr, verletzt und kaputt. Die entsetzliche Angst, die sie ergriffen hatte, als sie den

Wagen bei der Batterie anfahren sah und ihn nicht – die wilde Freude in ihrem Herzen, als sie ihn schließlich doch fand – die Gleichgültigkeit gegenüber allem, selbst Tolachians Tod gegenüber, soweit es ihn nicht betraf!

Bing war wieder in den Zustand stumpfer Erschöpfung zurückgesunken. Sein Körper wurde mit dem Rütteln des Wagens hin und her gerüttelt. Sie knöpfte ihm das Hemd auf. Sie sah die dünne Haut über seinen Rippen, und ein großes Mitleid ergriff sie.

Laborde fuhr bis Vallères durch. Loomis empfing sie im Schloßhof und nahm Labordes Bericht entgegen. Zwölf deutsche Gefangene, ein Amerikaner gefallen; für den offiziellen Rapport, den er regelmäßig jeden Morgen zu unterzeichnen hatte, war das mehr als ein Ausgleich.

Dennoch blieb Loomis unruhig. Er sagte sich sofort, er habe ja Tolachians Tod nicht gewünscht. Er hatte Tolachian eine Lehre erteilen wollen – daß der Mann dabei ums Leben kam, war ein dummer Zufall, bei dem es kein persönliches Verschulden gab, und auf keinen Fall konnte irgendeine Verantwortung dafür auf ihn fallen.

Die Einzelheiten von Tolachians Tod ließ Laborde im ungewissen; er erwähnte nicht die Befehle, die er gegeben hatte, und meldete nur, daß die Lautsprecher nicht zurückgeholt werden konnten. Bing war viel zu benommen und stumpf, um irgend etwas hinzuzufügen.

Dann kam Yates. Yates hatte auf die Rückkehr des Lautsprecherwagens gewartet; er hatte die Stunden gezählt und seine Abfahrt zum Gefangenenlager hinausgeschoben. Als er den Wagen endlich in den Schloßhof fahren hörte, war er aus seinem Zimmer geeilt, erleichterten Herzens, daß der Trupp zurück war, und erfreut und begierig, Karen wiederzusehen.

Loomis bemerkte als erster, daß Yates hinzugetreten war, und wurde vorsichtig. Er begann, Bing übermäßig zu loben, nannte ihn einen mutigen Kerl und stellte ihn als ein Beispiel für die übrige Abteilung hin; er hob besonders Bings Geistesgegenwart und seine Ruhe unter Feuer hervor. Er erklärte, er wisse, welch schwerer Schlag Tolachians Tod für Bing gewesen sein müsse, wie sehr er Bing verstehe und daß er alles tun werde, um ihm zu helfen, darüber hinwegzukommen. Ob Bing ein paar Tage Urlaub wolle? Er sollte sie haben. Wollte Bing den Stern in Bronze? Er hatte einen solchen Orden mehr als verdient – bei zwölf Gefangenen! Loomis würde selber die Sache in die Wege leiten.

»So – Tolachian ist tot...«, sagte Yates. »Wie ist das gekommen?«

Laborde schlug hastig in Loomis' Kerbe, als habe er vergessen, daß er Bing vor kurzem noch mit Kriegsgericht gedroht hatte. »Sergeant Bing hat sich großartig benommen«, sagte er und sein mißlauniges Gesicht rötete sich. »Captain Loomis' Vorschläge werden meine volle Billigung und Unterstützung finden.«

»Den Tolachian haben *Sie* umgebracht«, sagte Bing. Er hielt seinen Kopf gesenkt.

Loomis begann seine Lobrede von neuem.

Yates starrte ihn an. Die Rolle, die der Captain da vorführte, das Gefasel, das er von sich gab, waren ein so erbärmliches Nachspiel. Zu spät, dachte Yates, zu spät. Er spürte seine Nerven bis in die Fingerspitzen hinein, seine Warzen juckten ihn. Er hätte gern mit Karen gesprochen, ihr erklärt, daß er ja versucht hatte, dies alles zu verhindern; daß aber das Flugblatt immerhin doch abgeschossen worden sei. Und er wollte auch Bing helfen.

Bevor er jedoch zu einer Entscheidung kam, durchbrach Karen schon Loomis' Selbstverteidigung: »Warum lassen Sie den Mann nicht in Ruhe, Captain? Sehen Sie nicht, daß er keinen Wert auf dieses Gerede legt?«

Loomis unterbrach sich sofort. Er begann zu stammeln; sein Gesicht schien anzuschwellen, und rote Flecken zeigten sich auf der Haut. »Was meinen Sie, bitte?« sagte er.

»Ich meine«, sagte sie ruhig, »ein Mann ist tot; wenn Sie Lieutenant Laborde fragen, wird er Ihnen bestätigen, daß dieser Mann für nichts und wieder nichts gefallen ist. Und all Ihr Geschwätz bringt ihn nicht zurück.«

Loomis' Gesichtszüge verhärteten sich. »Sergeant Bing!«

»Captain!«

»Sie haben ohne Genehmigung Ihres Vorgesetzten der Presse militärische Informationen gegeben!«

Yates wollte nicht zulassen, daß jetzt an Tolachians Stelle Bing Loomis' wehrloses Opfer würde. »Sie sind mit Ihren Anschuldigungen zu leicht bei der Hand, Captain!« mischte er sich ein. »Fragen Sie doch erst Laborde, was geschehen ist!«

Laborde öffnete den Mund; ein Tröpfchen Speichel sammelte sich in der Spalte zwischen den beiden oberen Mittelzähnen. Mit aller ihm zur Gebote stehenden Schärfe fragte er Karen: »Woher wissen Sie, unter welchen Umständen der Mann gefallen ist? Leute wie Sie habe ich gern – hinten bleiben, aber die wildesten Geschichten erzählen, was vorn an der Front vor sich geht. Wollen Sie vielleicht mich für die Flugbahn der deutschen Geschosse verantwortlich machen? Ebensogut hätte es auch mich treffen können! Ich bin überhaupt nicht in Deckung gegangen –«

Ärgerlich sagte Yates: »Hier geht es nicht darum, ob Sie in Dekkung gingen oder nicht – sondern ob Sie andere daran hinderten, rechtzeitig in Deckung zu gehen. Außerdem entschuldigen Sie sich jetzt bei Miss Wallace – entschuldigen Sie sich! Oder ich gehe mit Ihnen hinters Schloß und schlag Ihnen die Fresse ein!«

Laborde sah Yates' Blick. Er sah, wie weiß Yates' Lippen geworden waren; und plötzlich wurde der Mann, der sich in einer Versuchskabine mit betäubender Geschwindigkeit hatte herumwirbeln lassen, der Mann, der ohne weiteres in eine Gaskammer getreten war, klein und erbärmlich und sagte: »Entschuldigen Sie bitte, Miss Wallace, es tut mir leid – es tut mir leid...«

Karen beachtete seine Entschuldigungen nicht. »Ich werde selber mit Angriffen auf mich fertig, Lieutenant Yates«, sagte sie mit schneidender Stimme. »Was aber wollen Sie nun in dieser Angelegenheit unternehmen?«

Yates wußte keine Antwort.

»Ist ja gut«, sagte Loomis besänftigend. Es war ganz günstig, daß Yates Laborde zu einer Entschuldigung gezwungen hatte – Willoughby würde nie dulden, daß man jemandem von der Presse zu nahetrat. Aber diese Frau mußte von jetzt an aus der Affäre herausgehalten werden, sie stiftete nur Unruhe. »Miss Wallace, sehen Sie nicht ein, daß Sie sich hier in rein militärische Dinge einmischen? Haben Sie irgendwelche Beschwerden wegen Ihrer Unterbringung oder wegen Mangel an Zusammenarbeit? Wenn Sie irgend etwas zu berichten haben, wird der Presseoffizier bei der Armee es gern mit Ihnen besprechen. Wir tun hier alle unser Bestes – ganz wie Sergeant Bing oder wie Funker Tolachian, der leider in Ausübung seines Dienstes fiel. Wollen Sie nicht mit uns kommen?... Sergeant Bing! Wegtreten!«

Karen gab keine Antwort. Sie ging Bing nach, aus dem Hof hinaus und über die Zugbrücke.

Yates tat einen Schritt, als wollte er ihr folgen und sie zurückholen. Aber er ließ es bleiben. Vielleicht war es besser so, dachte er. Besser für ihn, besser für sie, die ihre Wahl getroffen hatte, und besser für Bing. Er lächelte traurig: Eigentlich bin ich doch sehr großzügig!...

»Seh sich einer das an!« hörte er Loomis sagen. »So ein unverschämtes Weibsbild!«

»Unsere Mannschaften nehmen sich viel heraus«, sagte Laborde. »Es ist Ihre Pflicht, dem einen Riegel vorzuschieben.«

»Seien Sie bloß still!« sagte Loomis scharf. »Ihre Pflicht ist es, Ihre Leute lebend wieder zurückzubringen!«

»Warum geben Sie mir keine Leute, die sich schneller bewegen können?«

Loomis stieß Laborde an. Laborde blickte auf und sah, daß Yates interessiert zuhörte. »Immerhin«, rief Laborde scheinbar fröhlich, »immerhin – wir haben die zwölf Heinis!«

»Tolachian war eigentlich ein netter, ruhiger Kerl!« sagte Loomis. »Sie wissen ja, ich habe ihm längst seinen Streich mit der Französin verziehen... Jeder hat das Recht, hin und wieder Fehler zu machen!«

»Zwölf Heinis!« wiederholte Laborde.

Loomis zwang sich ein Lächeln ab. »Was denken Sie, wird Farrish sagen?«

»Da habt ihr euch ja wieder mal alles fein zurechtgelegt, was?« erwiderte Yates.

Sie gingen über die Wiese hinter dem Schloß, vorbei am Waschhaus, das völlig verlassen in der Hitze der Nachmittagssonne dalag, den

Bach entlang, dessen Wasser in den Burggraben mündete, zu einem mit Gesträuch durchsetzten Gehölz.

Dann setzten sie sich in den Schatten.

»Warum hast du das eigentlich getan?« fragte Bing. Er rückte sich zurecht und legte seinen Kopf in ihren Schoß. Er blickte zu ihr auf und betrachtete ihr Kinn und ihre Nase, er verfolgte die Linien ihres Halses und sah, von einem Fleck Sonne erleuchtet, den hellen Flaum auf ihren Wangen. »Laß sie es doch vertuschen. Der Mann ist tot; ich sollte es eigentlich wissen – sehr tot.«

Sie strich ihm über die Stirn. »Es war auch dumm von mir. Sie machen dir deswegen nur noch mehr Scherereien...«

Selbstverständlich, dachte Bing. Aber er sagte: »Glaub ich nicht. Was können sie mir schon anhaben? Mach dir keine Sorgen. Aber du mußt von hier weg. Du weißt zuviel von dieser ganzen Gesellschaft, und sie werden sich nicht wohl fühlen, solange du hier bist. Und solange sie sich nicht wohl fühlen, sind sie zu allem möglichen Unsinn fähig.«

Sie lachte leise. Dann sagte sie: »Willst du, daß ich fortgehe?«

»Nein.«

Sie schwieg und schloß die Augen.

»Was macht dein Artikel?« wollte er wissen.

»Ich schreibe ihn bald. Soll ich dir einen Durchschlag schicken?«

»Du siehst sehr hübsch aus, von hier unten.«

»Ja?«

»Ich weiß noch gut, wie meine Mutter aussah, als sie jung war. Sie war auch eine sehr hübsche Frau, wenigstens war ich dieser Meinung. Ihr Haar war weicher als deins, aber wahrscheinlich hast du jetzt wenig Gelegenheit, dein Haar zu pflegen.«

Sie verspürte Lust, ihn in ihre Arme zu nehmen, er sollte sich wieder wie ein kleiner Junge fühlen, und sie wollte ihn fest an ihre Brust ziehen und ihn hin und her wiegen. Wie unpassend, dachte sie. Ich tue Männerarbeit, trage Männerkleidung, bin mitten in einem Männerkrieg.

»Hattest du viele Frauen in deinem Leben?« fragte sie.

»Mehrere.«

»Hast du noch ein paar von ihnen lieb – oder eine bestimmte?«

»Ich weiß es nicht.«

Ich sollte ihm solche Fragen nicht stellen. Wir sind hier nicht in New York im Central Park, und ich bin nicht seine Freundin.

»Ich reise bald ab von hier«, sagte sie. »Wir sehen uns vielleicht nie wieder. Ich möchte dir wenigstens sagen, wie sehr – wie angenehm ich es empfunden habe, mit dir zusammen zu sein. Als ich dich traf, glaubte ich nicht mehr an sehr viel –«

»Und jetzt glaubst du wieder – woran?«

»An – ich kann nicht genau definieren, was – innere Sauberkeit, vielleicht – daß ein Mann tun muß, was er für richtig und wichtig hält, ungeachtet dessen, was andere tun, sagen oder denken.«

»Sehr schön«, sagte er, »sehr schön.«

»Gut. Vergiß es. Vergiß, daß ich dir das je gesagt habe.«

»Nein«, sagte er. »Nein, ich höre es gern. Ist es das, was man in solchen Augenblicken sagt? Warum nicht lieber still sein? Hör auf das Wasser dort unten, wie es fließt und fließt – es treibt keine Konversation –, es ist einfach da.«

»Ich wollte dir nur helfen...«

»Du hilfst mir schon, Karen, wirklich. Eines Tages werde ich zu dir kommen, eines Tages, nach dem Krieg – vielleicht...«

»Unsinn. Bis dahin hast du mich vergessen, und ich dich.«

»Sicher«, sagte er, »es war so ein Einfall...«

Das Gespräch versickerte. Die Baumkronen begannen sich zu drehen, das Blut sang in seinem Kopf, ein hoher Ton wie das Sirren der Grillen in der Ferne. Ich sollte nicht dauernd so nach oben blikken, dachte er. Er spürte ihre Hand, die ihm das Gesicht streichelte – eigentlich nur ihre Fingerspitzen, die ein eigenes Leben zu haben schienen.

Er hob den Kopf und wandte sich ihr zu. Sein Gesicht war dem ihren ganz nah. Er atmete den Geruch ihres Haares, einen warmen Geruch von Sonne an einem Sommernachmittag auf Kiefernboden.

Er öffnete ihren Staubanzug und ihr Hemd. Sie lehnte sich schlaff zurück, den Kopf auf der Erde. Die Haut unter ihrem Schlüsselbein war weiß und weich. Er küßte die schmale Vertiefung zwischen Schulter und Brust.

Fast unmerklich half sie ihm, sie zu entkleiden – hier eine leichte

Bewegung der Schulter, da der Hüfte. »Deine Stiefel«, sagte er und lachte kurz auf, »wir müssen dir die Stiefel ausziehen.«

Die Kleider lagen zu ihren Füßen. Sie ließ von Bing ab, streckte sich aus und verschränkte die Hände hinter dem Kopf. Ihr Mund erschien ihm voller als sonst. Sie atmete heftig. »Komm«, sagte sie, »komm, Liebster.«

In seinem Schädel war ein wirres Durcheinander. Ihr Leib schien vor seinen Augen ins Unermeßliche zu wachsen. Gerade ihr Bereitsein stieß ihn zurück. Er sah Tolachian vor sich – Tolachians aufgerissene Seite. Er sah das Feld mit den seltsam sich abhebenden Gestalten der Überläufer. Er sah den Hügel und das Gebüsch und Troy, der sie zurückwinkte. Er versuchte, ihre Brüste zu sehen und das krause, dunkle Haar ihrer Achselhöhlen. Er zwang sich, ihr Ohr und ihren Hals zu küssen, in dem das Leben pulsierte. Aber je mehr er versuchte, seine Gedanken in diese Richtung zu lenken, desto unbeherrschbarer entzogen sie sich ihm.

Angst durchfuhr ihn, er brach in Schweiß aus. Er hatte Angst, sich lächerlich zu machen, sie zu enttäuschen – hatte Angst vor der eigenen Schwäche.

Er warf sich auf sie und suchte Hilfe von ihrem Körper. Er spürte ihre Bereitwilligkeit, als sie ihn in ihre Arme schloß, aber gerade diese Umarmung erinnerte ihn wieder an seine Ängste, an die Angst vor der Umarmung durch den Toten, den er aus dem Feuer trug.

»Karen«, sagte er, »du mußt mir verzeihen, Karen.«

Sie klopfte ihm leicht auf den Rücken. »Es tut nichts, Liebling«, sagte sie, »gar nichts. Bleib nur so. Bleib ruhig.«

Er schluchzte auf, ein trockenes Schluchzen aus der unerlösten Erregung heraus.

Er fühlte, wie sie sich ihm langsam entzog. Sie nahm ihr Hemd auf und bedeckte sich.

»Kann ich dir helfen?« fragte er niedergeschlagen.

Ihre Lippen streiften seine Stirn. »Nein«, flüsterte sie, »es ist schon alles gut.« Sie schlüpfte in ihre Sachen.

»Ich bin so ein lächerlicher – so ein lächerlicher –«

»Du bist nicht lächerlich«, sagte sie energisch. »Wir sind nur eben nicht füreinander geschaffen. Diese Dinge lösen sich von allein. Es war einfach ein schlechter Tag. Du mußt es nicht so ernst nehmen. Ich nehme es auch nicht ernst – siehst du? Dabei ist es für mich viel schlimmer als für dich – letzten Endes bin ich ja die Frau, und ich war nicht fähig, dich dazu zu bringen, mich zu lieben...« Sie lachte auf. »Es ist nicht deine Schuld!«

»Ich liebe dich, Karen«, sagte er bittend.

Sie schüttelte den Kopf. Während sie sich die Lippen bemalte, sagte sie: »Hör zu: das Leben ist so viel größer als wir beide. Und nun lassen wir die großen Worte. Es war auch so noch schön.«

Sie ging. Er blickte ihr nach, während sie auf das Schloß zuschritt. Und jetzt – jetzt sah er sie, er sah die Bewegung ihrer Hüften und ihrer Schultern. Es war, als sei ihre Kleidung transparent. Alles in ihm verlangte nach ihr, seine Seele und sein Sex.

Er grub die Finger in die Erde. Der scharfe Schmerz unter den Nägeln tat ihm gut.

Zweites Buch

Paris ist ein Traum

Erstes Kapitel

Farrish sprach vor der Presse.

Er stand malerisch vor seinem eigenen Panzer, der die Namen der Schlachten in Nordafrika und auf Sizilien trug, an denen er mit seiner Division teilgenommen hatte. Ein neuer Name war zu den anderen gekommen; die Farbe war noch nicht trocken: Avranches.

Noch immer in Pose, dachte Karen, aber ich mag ihn.

»Avranches«, sagte der General, »ist einer der entscheidenden Wendepunkte dieses Krieges. Stellen Sie sich ein großes Tor vor, fest verschlossen, das uns auf die beiden Halbinseln Cotentin und Bretagne beschränkt. Solange wir auf diesen beiden Ausläufern des europäischen Festlandes zusammengedrängt waren, bestand die große Gefahr, daß die Deutschen genügend Truppen und Material zusammenziehen konnten, um uns in den Atlantik zurückzuwerfen. Nun, Avranches war die Angel zu diesem Tor. Wir haben diese Angel zerschlagen und das Tor ausgehoben. Jetzt marschieren wir vor.«

Karen fragte: »Wie steht es mit Le Havre? Was ist mit den anderen Häfen, die die Deutschen in befestigte Stützpunkte verwandelt haben? Wann und wo werden die Deutschen eine neue Front bilden?«

Farrish machte eine heftige Armbewegung, als wolle er damit alles vor sich hertreiben. »Ob und wo die Deutschen eine neue Front errichten, hängt ausschließlich von uns ab – von unserer Schnelligkeit, unserem Nachschub und von der Ausdauer unserer Truppen. Ich stelle mir eine Folge von Zangenbewegungen vor, wie wir sie im Endstadium des Feldzuges in Nordafrika anwandten. Unter Ausnutzung unserer überlegenen Beweglichkeit und des Überraschungsmomentes werden wir um die deutschen Divisionen, Korps und Armeen herumtanzen, sie voneinander isolieren und einzeln vernichten. Sie können schreiben, daß ich das vorausgesagt habe. Aber im Zusammenhang mit dem, was ich Ihnen jetzt ankündige, dürfen Sie meinen Namen nicht erwähnen: der Hauptstoß richtet sich gegen Paris.«

»Ja – aber das ist doch gerade der interessanteste Punkt!« sagte einer der anderen Korrespondenten.

»Ich weiß!« Farrish strahlte. »Tut mir leid, aber Sie dürfen mich trotzdem nicht zitieren. Wenn Sie aber später über Paris berichten, dann denken Sie an meine Worte! Paris, meine Damen und Herren, ist der Sieg. Es ist der Höhepunkt all dessen, was wir bisher getan haben. Dafür haben wir uns geschunden und geplagt, auf den Truppenübungsplätzen unserer Heimat geschwitzt, in den Wüsten Nordafrikas und in den Bergen Siziliens gekämpft. Wir werden im Triumph die gleichen Straßen entlangziehen, auf denen einst Napoleon nach seinen Siegen Parade abhielt. Das Rasseln meiner Panzer wird das Echo der deutschen Stiefelabsätze auf den Champs-Élysées auslöschen!«

»Hoffentlich braucht er seine Worte nie zurückzunehmen«, wisperte jemand Karen ins Ohr.

Farrish schwang sich auf seinen Panzer und donnerte davon; sein glänzender Helm und sein winkender Arm waren noch lange über der Staubwolke zu sehen.

»Ich wette, dem macht der Krieg Spaß«, sagte die gleiche Stimme, jetzt in normalem Ton.

»Er hat so eine Begabung für gute Schlagworte«, antwortete Karen. »Erspart einem viel Arbeit.«

Der andere, ein dürrer, kleiner Mann namens Tex Myers, schüttelte den Kopf. »Es ist verdammt leicht, Überschriften mit dem Blut anderer Menschen zu schreiben. Nun ja...« Er verschwand und überließ Karen ihren reichhaltigen Notizen.

Lange bevor der Kommandierende General seinen Tagesbefehl erläßt oder der Presse ein Interview einräumt, hat der gewöhnliche Soldat mit seinem wachen Instinkt für jede Wendung im Kampf die Veränderung gespürt. Er hat sich auf dem Boden ausgestreckt, seine Stiefel ausgezogen, eine Zigarette aus einem schweißdurchtränkten Päckchen geholt und macht sich daran, seinen Schlaf nachzuholen.

Dieser Schlaf dauert sowieso nicht lang. Wenn er nicht Glück hat und aus der Front gezogen wird, muß er wieder nach vorn. Er klettert auf Lastwagen, und wenn er Glück hat, findet er einen Sitz. Auf unmöglichen Straßen wird er durchgeschüttelt und holt sich blaue Flecke und schlägt sich fast den Schädel ein, wenn er wieder zu schlafen versucht. Der neue Bestimmungsort wird erreicht, Befehl zum Absitzen, und wieder findet er sich mitten im Dreck und im Lärm der Schlacht.

In all seiner Müdigkeit steckt aber doch eine Art stiller Genugtuung. Sie entspringt seiner Erfahrung, daß der Feind, einmal ins Laufen gekommen, leichter zu bekämpfen ist, als wenn er sich festhakt. Der Feldzug hat noch nicht lange genug gedauert, um jene graue Resignation hervorzubringen, mit der der Soldat erkennt, daß hinter jedem erklommenen Hügel neue und steilere Hügel und Berge auftauchen und daß Europa doch viel größer ist, als es auf der Karte den Anschein hat.

Troys Leute befinden sich auf dem Marsch. Der Zugführer, ein Sergeant, sitzt auf dem letzten Sitz am Ende des Raupenfahrzeugs. Er schluckt Staub, und seine Augen sind der einzige Fleck Farbe in seinem sonst völlig fahlen Gesicht.

Sheal sagt: »Vielleicht rollen wir bis Paris durch. Junge, Junge!«

Sheal ist jung; er hat ein weiches Gesicht und plumpe Hände.

Traub, der ein Präservativ als Mündungsschoner über seinen Karabiner gezogen hat, hegt seine Zweifel. »Wir nehmen Paris, und dann ist es für uns Sperrgebiet.«

Cerelli streckt seine Beine aus und versucht sein Sturmgepäck so zurechtzurücken, daß die Riemen ihm nicht mehr so in die Schultern schneiden. »Wenn wir Paris haben, ist der Krieg aus. Das habe ich irgendwo gelesen. Und das ist auch logisch. Seht euch die ausgedehnte Front der Deutschen im Osten an. Und jetzt – hier dasselbe. Sie können nur noch aufgeben. Seht euch die Gefangenen an...«

Sie kommen an einer langhingezogenen Reihe deutscher Soldaten vorbei, die nach hinten ziehen, während Troys Kolonne nach vorn geht.

Cerelli fährt fort: »Wenn der Krieg vorbei ist, mach ich ein Geschäft auf. Ich habe da eine Sache im Auge mit Gebrauchtwagen...«

Niemand hört ihm zu. Alle kennen die Geschichte von seinen gebrauchten Wagen. Er wird sie herrichten, daß sie achtundvierzig

Stunden laufen oder wenigstens so lange, bis der Kunde damit weggefahren ist.

Sergeant Lester wischt sich übers Gesicht. Er hat sich gerade ein Bett vorgegaukelt mit sauberen kühlen Laken und ein Bad, in dem er Stunden hindurch aufweichen kann und in das er immer neues heißes Wasser einlaufen läßt, sobald es abzukühlen beginnt. »Scheiße«, sagt er, »ich weiß, wohin es geht.«

»Wohin?«

»Ein Ort, von dem ihr noch nie was gehört habt. Und ich wünschte, ich hätte auch nie davon gehört.«

Das ist zwar ein Dämpfer, aber er kann sie doch nicht davon abhalten, sich zu freuen. Lester ist, mit seinen dreißig Jahren, ein alter Mann; daher der Mißmut.

Neben dem Fahrer lehnt sich Troy tief in seinen Sitz zurück. Er möchte seine Augen offenhalten, aber es gelingt ihm nicht. Das Kinn sinkt ihm auf die Brust. Er ist eingeschlafen.

Yates lag ganz oben auf dem Gepäckhaufen des Lastwagens. Er ging mit dem Voraustrupp der Abteilung nach vorn, die bald nach dem Fall von Paris dort einziehen sollte. Yates war mit sich und der Welt zufrieden: nach dem vielen Ziehen und Zerren war es ihm gelungen, das Gepäck so zu verteilen, daß er sich ausstrecken konnte, ohne daß sich ihm ein Zeltstock oder irgendein anderer harter Gegenstand in die Rippen bohrte, wenn der Wagen durch ein Loch rumpelte.

Es war ein warmer und sonniger Tag. Die Chaussee war gesäumt von zwei endlosen Reihen von Pappeln, die an ihm vorbeiflogen und wie zwei dichte, nur vom Wind bewegte, grüne Wände waren – als führe er durch eine lange, lange Kathedrale, deren Dach unendlich hoch und nahe bei Gott war.

Er fragte sich, wie alt wohl die Straßen hier sein mußten, daß die Bäume hatten so hoch wachsen können. Er dachte an die längst vergangenen Armeen, die auf diesen Straßen marschiert waren, bevor seine Armee mit ihren Panzern, Raupenfahrzeugen, Jeeps, Trekkern, Lastwagen und Selbstfahrlafetten hier durchzog. In der Normandie hatten diese Millionen von Rädern sich nicht so auswirken können; dort mußte der Mann sich von Hecke zu Hecke vorarbeiten, und die Einnahme eines kleinen Dorfes, unter schweren Verlusten, war bereits ein größerer Erfolg. Wenn er den Kopf ein wenig zur Seite wandte, konnte er die zerstörten oder liegengebliebenen deutschen Fahrzeuge sehen. Sie standen zu beiden Seiten der Straße, als seien sie zuvorkommend zurückgetreten, ihre seltsamen braunen, grünen und fahlen Tarnfarben waren häufig von den Flammen geschwärzt, die den Stahlkörper ausgebrannt hatten. Zuweilen waren die Mündungen der Geschütze zerrissen und sahen wie die Blütenblätter unheimlicher Blumen aus; und die verbeulten Räder ihrer Raupenfahrzeuge ergaben ein Bild von hoffnungslosem Chaos. Vorbei an diesen stummen Zeugen eines überstürzten Rückzuges rollten die Amerikaner, vorbei an den Bauern, die um zurückgelassene Flakgeschütze herum pflügten, und vorbei an gesprengten Straßensperren.

Yates wurde dieses Anblicks nicht müde. Jeder weitere Kilometer, jedes zerstörte deutsche Fahrzeug waren Zeugnis und Bestätigung dessen, was die Reifen des Wagens, in dem er sich befand, auf den alten Pflastersteinen zu singen schienen: Sie sind schlagbar – schlagbar – schlagbar... Erst jetzt, nachdem er im Prinzip dieselbe Erfahrung machte, begann Yates zu begreifen, was die Lehrerin zu Isigny, Fräulein Godefroy, gesagt hatte: ›Wir begannen schon zu glauben, diese Deutschen könnten durch nichts mehr vertrieben werden. Und da – da auf einmal liefen sie.‹

Die Normandie war auch trotz der gelungenen ersten Landungen ein Beleg für die Zähigkeit der Deutschen gewesen. Yates hatte niemals, wie die Leute von Isigny, die Nähe der Deutschen unmittelbar ertragen müssen; aber die Jahre des deutschen Vordringens, die bedenklichen Berichte der amerikanischen Kommentatoren und die mutlose und sinnlose Aufgabe einer Hauptstadt nach der anderen gegenüber der triumphierend lauten, marktschreierischen Stimme Berlins hatten in ihm, wie in so vielen anderen, einen fast ins Unbewußte reichenden Glauben an die Fähigkeiten des teutonischen Übermenschen entstehen lassen.

Sein Volk war nicht kriegslüstern; auch er hatte nichts übrig für Krieg. Die Amerikaner waren wie Arbeiter, die ihre großen Werkstätten und Industrien auf Räder gestellt hatten. Sie baggerten sich einen Panamakanal durch die deutsche Armee. Sie sprengten, rollten und schaufelten alles zur Seite, was ihnen im Weg war.

Die kampfunfähigen deutschen Panzer und Geschütze waren ihm Unterpfand: vielleicht noch nicht des großen Sieges, aber doch seiner Möglichkeit. Und dies war immerhin die Straße nach Paris. Yates dachte an die Worte, die Colonel DeWitt nach seinem Eintreffen aus England und nach Übernahme der Abteilung gesprochen hatte.

»Der Fall von Paris, den wir ins Auge fassen können«, hatte DeWitt gesagt, »wird für die Deutschen ein schwerer psychologischer Schlag sein. Strategisch ist er unbedeutend – es wäre sehr viel besser, einen weiteren Kanalhafen zu erobern, um unseren Nachschub heranzuführen. Wir wissen aber, daß der Durchschnittsdeutsche in der französischen Hauptstadt ein Symbol erblickt. Deswegen wird es für ihn ein Schlag sein, wenn die Stadt fällt. Und das müssen wir ausnutzen, und zwar kräftig.«

Man mußte dem Colonel schon genau ins Gesicht sehen, um sein Alter zu erkennen. Er hatte den kräftigen Körperbau eines Mannes, der viel im Freien lebt, und eine Gesichtsfarbe, die darauf schließen ließ, daß er eine Flasche bei sich trug. Seine gerade, hohe, zerfurchte Stirn bewirkte, daß man seine Worte ernst nahm.

»Was ist mit ihm los?« hatte Yates Crerar gefragt. »Zittern ihm die Hände immer so?«

»Seine Nerven sind zum Teufel«, erwiderte Crerar. »An manchen Tagen ist es besonders schlimm; und er hat Schmerzen.«

»Aber wenn er krank ist, was will er dann hier drüben?«

»Oh, ich nehme an, er könnte in Washington ein bequemes Pöstchen haben.« Crerar zuckte mit den Schultern. »Er wollte es aber anders.«

DeWitt hatte seine Instruktionen beendet. »Die Aufgabe, die vor uns liegt, ist klar. Denken Sie aber nicht, meine Herren, daß sie leicht ist!«

Dennoch glaubte Yates, daß mit DeWitt in der Nähe diese Aufgabe leichter zu bewältigen sein würde.

Paris war mehr als ein Ziel. Paris war ein Traum.

McGuire, der den Jeep von Loomis und Crabtrees fuhr, hatte

ebenfalls seinen Traum von Paris. Woher er die Elemente zu diesem Traum hernahm, hätte er selber nicht sagen können. Gewiß, es gab ja Zeitschriften und Filme, Photographien und Geschichten, die die Männer sich erzählten.

Eine großzügige Stadt mit großen Häusern und schönen Frauen und Menschen, die viel zu schnell sprachen. Er war schon in großen Städten gewesen, er hatte New York beim letzten Tag Urlaub vor dem Einschiffen gesehen, und vorher schon war er mehrmals von Rocky Creek in Kentucky nach Louisville gefahren. Aber wenn man es richtig betrachtete, so war Louisville doch nichts anderes als fünfzig oder hundert Rocky Creeks auf einem Haufen. Und New York war eine Stadt für Dummköpfe vom Lande: für jeden Dreck mußte ein Soldat das Doppelte von dem bezahlen, was es kosten durfte, und dann bekam man nicht mal was Richtiges. Aber Paris? In Paris gab es all die Dinge, an die man nur in der Nacht zu denken wagte, ganz offen und kostenlos oder doch fast kostenlos – er war bereit, Geld innerhalb vernünftiger Grenzen springen zu lassen und den Franzosen etwas zu bieten. In Paris gab es zu trinken und Revuen und Tanz und keine Fragen, es war etwa so wie ein ständiger Jahrmarkt – Trubel die ganze Nacht hindurch!

Natürlich hatte er sich nichts anmerken lassen, als Loomis ihm den Befehl gab, den Wagen für die lange Strecke nach Paris fahrbereit zu machen. Wenn er jetzt Loomis von der Seite betrachtete, ohne den Blick ganz von der Straße zu nehmen, fand McGuire den Captain ganz in Ordnung. McGuire lehnte sich zurück. Er hatte durchaus nichts dagegen, Loomis zu fahren. Am Ziel der Fahrt lag – Paris.

Loomis, auf dieser Fahrt durch die Nacht, bestaunte seine kühle Courage, begann aber Zweifel zu hegen an seiner Vernunft.

Solange sie sich noch hinten im Hauptquartier befanden, hatte der Vormarsch einfach genug ausgesehen. Die Deutschen, das hatten ihm alle versichert, waren ins Laufen gekommen, und es war unwahrscheinlich, daß sie so bald zu laufen aufhörten, von Widerstand gegen ihre Verfolger ganz zu schweigen. Man brauchte nichts weiter zu tun, als sich in einen Jeep zu werfen und die Chaussee nach Paris mit etwa der gleichen Geschwindigkeit entlangzufahren, mit der die Deutschen sich zurückzogen.

Paris war eine reife Frucht. Wenn man sie kosten wollte, mußte man da sein, wenn sie fiel. Und er selber wollte ausgiebig kosten. Er hatte in diesem Krieg schon so viel geopfert: den geruhsamen Ablauf seines Lebens; große Möglichkeiten, eine dicke Stange Geld zu machen – Dorothy, seine Frau, schrieb jede Woche, wie die Leute zu Hause Geld scheffelten –, und das Radiogeschäft, das er besaß und in dem er sein eigener Herr war. Der Krieg, die Armee schuldeten ihm einiges. Er hatte verdient, unter den ersten in Paris zu sein.

Crabtrees lächelte glücklich. »Was werden sie in Philadelphia sagen, wenn sie erfahren, daß wir die ersten waren, die nach Paris hineinkamen?« Seine große, grobknochige Schwester, die sich ständig in seine Angelegenheiten mischte; seine Mutter, die ihn voller Stolz und Liebe ihren kleinen Soldatenjungen nannte, ja, was würden sie sagen? Diesmal war er ihnen eins voraus.

Loomis erspähte etwas Schwarzes im durchsichtigen, seidigen Blau der Sommernacht. »Langsam!« befahl er McGuire, »wir können jeden Augenblick auf Widerstand stoßen...«

Der Widerstand bestand aus einigen Lastwagen, die die Straße verstopften.

»Es scheinen immer noch Einheiten von uns weiter vorn zu sein«, sagte Loomis erleichtert.

Auch Thorpe träumte von Paris.

Paris war Geschichte – enge Straßen mit schiefen Häusern, Steinpflaster, über das im Mittelalter die Abwässer der Stadt und das Blut der Musketiere des Königs geflossen waren. Angesichts all dessen empfand er die Demut eines Mannes, der sich bewußt ist, daß er einem Volk angehört, das kaum eine Geschichte hat; Vergangenheit mochte ihre guten und schlechten Seiten haben, in seinem Kopf trug sie einen Glorienschein.

Auch liebte er das Großzügige an Paris. Es war dort so ganz anders als in Amerika, man tat Dinge nach einem ganz anderen Maßstab: zu Hause bauten sie eine Straße für den Verkehr; in Paris, weil es schön war, eine Étoile zu haben, einen Stern, von dem Boulevards nach allen Richtungen hin ausstrahlten.

Vor allem aber war Paris eine Stadt mit Millionen von Menschen

– alles Zivilisten. Man konnte sich unter ihnen verlieren, man konnte fast glauben, man wäre ein Teil von ihnen, befreit von der belastenden Atmosphäre der Armee, von Nebenmännern, die einem aufgezwungen waren, von einer Disziplin, die auf den niedrigstmöglichen Geisteszustand abgestimmt war.

In Paris, träumte er, würde er untertauchen in der farbenfrohen Menge, um wieder er selber zu werden, ein Einzelwesen.

Crerar fürchtete sich vor seinem Einzug in Paris. Dennoch bangte er davor, etwas könnte ihn aufhalten. Er hoffte, die Deutschen in der Stadt würden keinen Widerstand leisten – er wußte, daß Paris, seitdem er es überstürzt verlassen hatte, sich sehr verändert hatte; es mußte sich verändert haben – die Deutschen hinterließen ja überall ihre Spuren. Wie weit war es ihnen gelungen, dem lebendigen Leib der Stadt ihren Stempel aufzudrücken?

Nein, die Stadt mußte bestehen bleiben. Er wollte seine alten Winkel am Montparnasse wiedersehen, das Café, in dem er und Eve an manchem Abend gesessen und Crème de Menthe oder eine jener gemein schmeckenden Limonaden getrunken hatten, die ebenso zum Getriebe der Boulevards gehören wie das Hupen der Taxen. Ach ja, Taxen würde es auch nicht mehr geben. ›Vélo-taxis‹ hatten sie ja jetzt – Fahrräder mit leichten Beiwagen. Und was war aus den Menschen geworden, die er gekannt hatte? Lebten sie noch? Arbeiteten sie wie immer auf der Bühne oder in ihren Ateliers? Wie viele hatten sich an die Deutschen verkauft? Wie viele Mädchen – diese wandelbaren Geschöpfe, die ihn immer an leicht aufflammende Feuer erinnerten und die dennoch nie auszubrennen schienen – wie viele von ihnen mußte man vielleicht abschreiben, weil sie das Bett irgendeines specknackigen oder auch eines eleganten und galanten deutschen Offiziers geziert hatten?

Aber im Grunde waren die Menschen nicht das wichtigste. Er sehnte sich nach dem Geist und dem Duft von Paris; die mußte er wiederfinden, denn diese Atmosphäre war ein Teil von Eve, und ohne sie war auch Eve nicht denkbar. Paris war die letzte Etappe vor seiner *Ferme,* durch die er sie wiedergewinnen konnte; denn auf dem ihr fremden Boden von New York konnte sie nicht gedeihen, dort entzog sie sich ihm, ja, es war, als verginge sie ihm unter seinen Händen – wie die eigene Jugend.

Paris schien im Schlaf zu liegen zu dieser Stunde, aber es war der Schlaf vor dem großen Erwachen. Ob es den heiligen Gral wirklich enthielt, nach dem sie alle suchten, ließ sich nicht sagen.

Zweites Kapitel

Wo die Nebenstraße in die Nationalstraße nach Paris mündete, hielt der Führungspanzer an.

Auf der Karte war dieser Ort als Rambouillet bezeichnet, eine kleine Landstadt ohne besondere Merkmale, vielen in diesem Teil Frankreichs ähnlich, mit einem Rathaus, einer Schule, einer Kirche, einem Bordell, einer Garage und einer Tankstelle; die meisten Häuser zeigten ein einförmiges Grau, so daß ihr Alter schwer zu bestimmen war. Im Licht der Abendsonne lag über ihnen ein rosiger Schimmer, Fenster leuchteten golden auf, andere blieben in tiefem Schwarz.

Die Überreste einer deutschen Straßensperre lagen aufgehäuft auf dem Bürgersteig – schwere Balken, von der Sprengung zersplittert, Betonbrocken und ein Gewirr von Stacheldraht. Sergeant Lester lehnte sich gegen die Trümmer und begutachtete das Resultat der Tätigkeit, die er hier hatte überwachen müssen. Sie hatten ganze Arbeit geleistet mit dieser Straßensperre – sie hatten überhaupt entlang der ganzen Straße ganze Arbeit geleistet und alles für den Vormarsch der Division Farrish Hinderliche aus dem Weg geräumt.

Während er noch da herumstand, sah er eine Reihe Panzer sich nähern und anhalten. Hätte er nicht ihre typisch amerikanischen Umrisse erkannt, so hätte er sich wahrscheinlich verdrückt; aber auch so störte ihn die Frage, wieso denn eine Gruppe leichter Panzer auf dieser Nebenstraße nach Rambouillet hineinrollte. Außerdem waren die Männer in diesen Panzern ziemlich sorglos; sie schienen nichts Besseres zu tun zu haben, als sich vom Abendwind abkühlen zu lassen.

Lester schlenkerte langsam zu dem vordersten der Panzer hinüber. Dann erkannte er die auf die Seite gemalten französischen Abzeichen, die Farbe war bereits rissig und halb verwaschen.

Der Kommandeur kletterte aus der Luke, sprang herab und begann begeistert Lesters Hand zu schütteln. Lester empfand das Händeschütteln als zu lang und zu herzlich. Der Panzermann aber lächelte und redete auf ihn ein. Schließlich ließ er Lesters Hand los und deutete auf die Hauptstraße nach Paris.

Lester schüttelte mit großer Bestimmtheit den Kopf.

Der Franzose geriet in Erregung. Er gestikulierte mit beredten Bewegungen erst in Richtung seiner Panzer und dann auf die Nationalstraße nach Paris.

»Nein, nein!« sagte Lester. »Wir« – er pochte mit dem Daumen gegen die Brust – »Paris!«

Der Franzose warf die Arme hoch. Er brach in einen Schwall ärgerlicher Worte aus. Dann wandte er sich um und schritt auf seinen Panzer zu; sein Benehmen ließ erkennen, daß er entschlossen war, vorzurücken.

Aufgeregte Gesellschaft, dachte Lester. Er zupfte den Franzosen am Ärmel, zeigte auf seine eigene Maschinenpistole und sagte: »Bäng! Bäng! Ich muß dich über den Haufen schießen, mein Lieber, wenn du anfängst, uns hier Theater zu machen!«

Der Franzose zog eine kleine Pistole aus der Tasche und sagte ebenfall: »Bäng! Bäng!«

Dann brachen sie beide in Lachen aus und Lester rief: *»Vous – avec – mon capitaine – là!«* Er lotste den Franzosen zur Schule hin, in der Captain Troy seine Befehlsstelle eingerichtet hatte.

Sie waren nur einige Schritte gegangen, als eine zweite Gruppe Panzer auf der Nebenstraße herankam und hinter der ersten haltmachte. Die erste Gruppe rasselte bis an die Nationalstraße vor. An dem Punkt, an dem die zerstörte Straßensperre die Durchfahrt einengte, hielt der Führerpanzer an, um weiteren Befehl abzuwarten. Zur gleichen Zeit rückte eine amerikanische Abteilung offener Raupenfahrzeuge auf der Nationalstraße heran und wurde ebenfalls durch das Hindernis, das die Überreste der Straßensperre in Verbindung mit den französischen Panzern bildeten, aufgehalten.

Die Fahrer begannen einander zu beschimpfen. Da die Amerikaner nicht verstanden, was die Franzosen sagten, und die Franzosen die Amerikaner nicht verstanden, endete alles in einem babylonischen Sprachengewirr und wildem Fluchen. Keiner konnte mehr zurück, selbst wenn die eine Seite den guten Willen zum Nachgeben gehabt hätte, da mit jeder Minute die Fahrzeugschlangen, deren Köpfe sich ineinander verbissen hatten, länger wurden.

Troy saß am Katheder des Lehrers im unteren Klassenraum des Schulhauses. Er las die Algebraaufgaben an der Tafel und prüfte sich, ob er sie noch lösen könne; dabei suchte er eine Inschrift am oberen Rand der Tafel zu übersehen: *Lieutenant Handler ist ein Esel!* Er hoffte, der Geschmähte würde nicht hereinkommen. Handler gab bestimmt sogleich Befehl, die Tafel abzuwischen; er würde versuchen, den Verfasser der Inschrift zu ermitteln, würde nichts erreichen mit seinen Untersuchungen und sich allgemein lächerlich machen. Im übrigen war Handler ja wirklich ein Esel.

Troy überlegte, wann wohl die Kinder von Rambouillet ihre letze Algebrastunde gehabt haben mochten. Die Deutschen waren noch während der Morgenstunden im Ort gewesen, sie hatten noch die Straßensperre angelegt und hatten sich dann, aus Gründen, die nur sie kannten, zum Abzug entschlossen. Gestern hatten die Amerikaner die Stadt mit Artilleriefeuer belegt, mehrere Häuser wurden getroffen, und die meisten Einwohner waren in den Wald und auf die nahe gelegenen Felder geflohen. Nur wenige waren bisher zurückgekehrt, und dies erleichterte ihm seine Aufgabe: man wußte nie, auf welcher Seite der eine oder der andere gestanden hatte; und er hatte wenig Lust, sich mit Problemen der Zivilbevölkerung befassen zu müssen, wo er doch vor allem die Straße durch Rambouillet nach Paris offenhalten sollte.

Als Lester mit dem französischen Offizier eintrat, wußte Troy sofort, daß etwas schiefgegangen war. Die Anwesenheit französischer Truppen in diesem Abschnitt war nicht vorgesehen.

Er erhob sich aus dem bequemen Stuhl des Lehrers, grüßte und wechselte einen Handschlag mit dem Franzosen. »Holen Sie Traub«, sagte er zu Lester. Traub war der Sprachspezialist der Kompanie und führte die Verhandlungen mit den französischen Bauern beim Einkauf von Eiern, Apfelwein und auch stärkeren Getränken.

Traub meldete sich.

Während Traub mit dem Franzosen parlierte, fand Troy Zeit, seinen Alliierten zu betrachten. So unauffällig wie möglich ging er um den Fremden herum. Der Mann sah nicht allzu gut genährt aus; seine Uniform und seine sonstige Ausrüstung war aus amerikanischen, britischen und alten französischen Stücken zusammengestoppelt. Traub schien sich offensichtlich gut mit ihm zu verstehen; beide lachten, zuckten beredt mit den Schultern und schwätzten, als ließe ihnen der Krieg unbeschränkt Zeit für freundschaftliche Unterhaltungen, als stünden die Deutschen viele Meilen von hier und als sei es das Wichtigste im Leben, die Zeit in angenehmer Gesellschaft zu verbringen. Nun, die Franzosen hatten eben keinen Sinn dafür, wenn eine Sache dringend war, darum wahrscheinlich waren sie von den Nazis überrannt worden. Die Deutschen waren die einzigen in Europa, die das amerikanische Tempo angenommen hatten.

Von der Unterhaltung zwischen dem Franzosen und Traub konnte Troy immer nur ein Wort verstehen: *De Jeannenet.* Aber dadurch fühlte er sich nur noch unwohler in seiner Haut – De Jeannenet war der Kommandeur der französischen Panzerdivision, und was hatten Einheiten dieser Division in Rambouillet zu suchen?

Traub bestätigte Troys Befürchtungen. Nachdem er die letzten Höflichkeiten mit dem Franzosen ausgetauscht hatte, wandte sich Traub seinem Captain zu. »Ich glaube, ich weiß jetzt, was los ist, Captain. Die Panzer dieses Lieutenants sind die Spitze der französischen Panzerdivision. Die ganze Division ist hinter ihnen in Marsch gesetzt. Sie haben Befehl, auf der Straße Rambouillet–Paris vorzustoßen und so bald wie möglich in ihre Hauptstadt einzudringen.«

»Vor uns?«

Traub übersetzte dem Franzosen die Frage. Der zuckte vielsagend mit den Schultern und entschuldigte sich wortreich.

»Jawohl«, sagte Traub.

»Der Teufel hole die Verbindungsoffiziere!« Troy ergriff ein Stück Kreide, zielte und traf genau in den Spucknapf in der Ecke. »Warum sagt denn uns keiner etwas? Erklären Sie diesem Menschen, mir ist es ganz gleich, wer als erster in Paris ankommt – aber ich habe meine Befehle. Ich kann ihn nicht passieren lassen, bis ich das nicht klargestellt habe.«

Traub begann zu übersetzen.

Der Franzose lächelte liebenswürdig.

»Er sagt, er wird eine Weile in Rambouillet warten«, meinte Traub, »aber nicht sehr lange. Er hat selber Befehle, die er befolgen muß.«

»Hören Sie, Traub!« Schweißtröpfchen standen auf Troys Oberlippe. »Sie müssen es diesem Burschen klarmachen, daß er erst dann weiterfahren kann, wenn ich es gestatte. Das muß völlig klar sein!«

»Jawohl, Captain!«

Troy sah bereits die Straße nach Paris mit liegengebliebenen französischen Panzern verstopft, während Farrishs schwere Brocken an ihnen vorbeizustoßen versuchten. Er wandte sich an Lester. »Stellen Sie mir Verbindung mit dem Regiment her. Haben wir Fernsprechverbindung?«

»Nein, Captain, noch nicht.«

»Dann versuchen Sie es durch Funk! Beeilen Sie sich!«

Im schwindenden Licht des Tages entwickelte sich vor Troy ein Bild zum Verzweifeln. Die Straße vor dem Schulhaus war mit französischen und amerikanischen Fahrzeugen aller Art verstopft. Auf dieser Straße in Rambouillet, auf der kaum zwei Pferdewagen aneinander vorbeikamen, drängten sich Panzer, Selbstfahrlafetten, Lastwagen mit Anhängern, Raupenfahrzeuge, Bagger und Schlepper. Die Amerikaner hatten die Franzosen zum Stehen gebracht – dafür hatte Lester gesorgt; er hatte zehn entschlossen aussehende Leute in der Nähe der zerstörten Straßensperre aufgestellt. Die Franzosen rächten sich, indem sie es den Amerikanern unmöglich machten, an ihnen vorbeizustoßen.

Die französischen Fahrer machten laute Witze. Einige sangen

dreckige Lieder. Am Ende jedes Verses brachen sie in schallendes Gelächter aus, während die Amerikaner sich resigniert in ihren Sitzen zurücklehnten: es war immer das Gleiche in der Armee, erst Hetzen, dann Warten. Aber sie wußten nun auch, daß sie in einem Rennen um Paris standen, und waren bereit, einiges zu tun, um dieses Rennen zu gewinnen. Solange aber beide Konkurrenten hier auf dieser Straße blockiert waren, machten sie es sich gemütlich.

Mein Gott, dachte Troy, wenn die Deutschen eine Ahnung hätten! Er besaß nicht viel Phantasie, aber er hatte genug vom Krieg gesehen, um sich die Wirkung eines deutschen Luftangriffs auf diese Fahrzeuge vorstellen zu können, die Stoßstange an Stoßstange standen und sich gegenseitig die Farbe abkratzten, wenn sie sich auch nur um Zentimeter bewegten. Und dazu gehörte nicht einmal ein Luftangriff. Eine Kompanie Infanterie mit Handgranaten und Maschinengewehren konnte eine Panik hervorrufen, bei der niemand mehr wissen würde, wo wirklich der Feind stand; jeder würde auf jeden schießen, und die von den Hauswänden und Mauern abprallenden Kugeln und das Gewirr von französischen und amerikanischen Befehlen würden eine gemeinsame Verteidigung unmöglich machen. Ein schöner Trümmerhaufen würde das werden, Stahl und Fleisch zerfetzt und ineinander verkeilt – dazu die Munition in den Panzern und Munitionswagen, die in die Luft ging...

Er wurde von allen möglichen Offizieren und Unteroffizieren belagert, die wissen wollten, was los war und wie lange sie hier noch zu warten haben würden.

Lester kam aus dem Schulhaus.

Über die Köpfe der lärmenden Gesellschaft um ihn her, über die Köpfe der französischen und amerikanischen Soldaten hinweg, die angefangen hatten, Zigaretten gegen Alkohol zu tauschen, rief Troy ihm zu: »Haben Sie Verbindung mit dem Regiment?«

»Noch nicht!«

»Versuchen Sie wieder! Und bleiben Sie dran!«

Troys Ton zeigte Lester, wie dringlich die Sache war. Er lief zurück ins Schulhaus und schimpfte mit dem Funker.

Der Funker verteidigte sich. »Versuchen *Sie* doch, wenn Sie glauben, daß Sie's schaffen. Das Regiment ist selber auf dem Marsch. Sie wissen doch, was dann los ist...«

Immer weiter drückte der Strom von Fahrzeugen und Truppen aus zwei Richtungen nach Rambouillet hinein.

Die Nacht sank herab. Mit ihr kam De Jeannenet.

Der General stand, groß und hager, auf seinen Stock gestützt, vor dem Café Montauban, wo die Franzosen bei verdunkelten Fenstern sich vorläufig eine Befehlsstelle eingerichtet hatten.

Ein Colonel, seinen Panzerhelm schief auf dem Kopf, versuchte Erklärungen zur Lage zu geben. »*Les Américains*... Sie lassen uns nicht durch. Wenn wir uns den Weg erzwingen wollen, werden wir schießen müssen.«

»Sie lassen uns nicht durch?« wiederholte De Jeannenet. »Wer?«

»Ein amerikanischer Captain.«

»Ein *Captain*?«

Der Oberst wurde unruhig. »*Mon Général* – der amerikanische Captain hat Befehl von General Farrish! General Farrish kann jeden Augenblick eintreffen!«

»So warten wir!« sagte De Jeannenet. Er winkte seinem Adjutanten, ihm einen Feldstuhl zu bringen, und stellte ihn an einen der Tische vor dem Café. »So – hier ist mein Hauptquartier. Apfelwein!« sagte er zu seinem Adjutanten.

»Apfelwein!« sagte der Adjutant zum Besitzer des Cafés Montauban, der unter all den Uniformen etwas verloren aussah. Der Mann brachte Apfelwein und stellte ihn auf den Tisch. De Jeannenet begann zu trinken; zufrieden schloß er die winzigen Augen in dem spitzen Gesicht. Der Colonel versuchte mit allem Respekt vorzubringen, daß Rambouillet doch sehr weit vorn lag und eigentlich nicht der richtige Aufenthaltsort war für einen General. *»Très dangereux! Très dangereux, mon Général!«*

De Jeannenet klopfte mit seinem Stock auf den Bürgersteig und schlug seine dünnen Beine übereinander. »Ich bin auf dem Weg nach Paris. Ich gehe nicht zurück. Nicht einen Schritt!«

Willoughbys Jeep jagte nach Rambouillet hinein. Crerar, unter dessen Feldbluse das Kätzchen Plotz schlief, hielt sich mit beiden Händen am Stahlrahmen des Rücksitzes fest. Als der Wagen langsamer fahren mußte, atmete er auf. »Warum denn die Eile?« fragte er mühsam.

»Paris!« sagte Willoughby und schnalzte mit der Zunge. »Außerdem will ich unseren Alten nicht auf uns warten lassen.« Der Jeep mußte nun anhalten. Willoughby stand von seinem Sitz auf, um einen Überblick über die Lage zu gewinnen. »Scheint das übliche Durcheinander zu sein«, bemerkte er zu Crerar, und dem Fahrer befahl er: »Weiter!« Mit Flüchen, die er ohne Unterschied auf Amerikaner wie auf Franzosen verteilte, dirigierte er den Fahrer an den blockierten Fahrzeugen, über die Bürgersteige, hinter Straßenlaternen und an Treppen vorbei, die von den Häusern auf den Bürgersteig führten.

Wieder stoppte der Jeep.

»Warum halten Sie?«

Der Fahrer zeigte auf den Soldaten Sheal, der mit erhobener Hand dem Wagen in den Weg getreten war. Sheal beschimpfte den Fahrer: Hatte er denn nicht gesehen, daß die Straße gesperrt war und niemand durchkam? »Los, kehr um! Hau ab!«

Willoughby sprang aus dem Wagen und trat auf Sheal zu. Sheal bemerkte die Majorsabzeichen auf den staubbedeckten Schultern. Willoughby sprach, ohne die Stimme zu erheben. »Nun hör mal zu, mein Sohn«, sagte er, »keine Veranlassung, den Fahrer anzubrüllen. Er tut sein Bestes. Tritt mal bitte zur Seite und laß uns durch.«

Sheal war, nachdem er stundenlang alles Mögliche zu hören gekriegt hatte, kurz angebunden. »Ich habe meine Befehle...«

»Nun«, sagte Willoughby, »Befehle...«

Sheal ließ sich nicht beeindrucken.

»Auch ich kann Ihnen einen Befehl geben, oder etwa nicht?« sagte Willoughby.

Den Soldaten Sheal stank die herablassende Manier des Majors an.

Willoughbys Ton wurde um einen Grad schärfer. »Wir haben es eilig, junger Mann!«

»Alle haben es eilig, Major!« sagte Sheal müde. »Ich habe meine Befehle von Captain Troy.«

»Captain Troy«, sagte Willoughby ironisch, »und wer ist Captain Troy?«

»Mein Kompanieführer. Er ist da drüben im Schulhaus.«

»Gut!« lächelte Willoughby. »Ich werde Captain Troy sagen, daß er einen guten Mann hier stehen hat.«

»Danke Ihnen, Major.«
Der Soldat Sheal vergewisserte sich, daß der Major sich umgedreht hatte. Dann spuckte er aus.
Die Schule war das nächste größere Gebäude. An einigen von Troys Leuten vorbei, die auf den Stufen schliefen, bahnten sich Willoughby und Crerar einen Weg in das Klassenzimmer. Troy saß da am Katheder und schlief, die Arme auf der Tischplatte, den Kopf auf die Arme gebettet.
Willoughby schüttelte seinen Ellbogen.
Troy sprang auf. Er blinzelte verschlafen und sagte: »Was kann ich für Sie tun, Major?«
»Ich bin Major Willoughby von der Propagandaabteilung. Das ist Mister Crerar.«
»Mein Name ist Troy, James F.«
»Wir müssen nach Paris, Captain Troy. Sie haben da draußen einen kleinen Mann stehen, der hat uns angehalten.«
»Jaja«, nickte Troy. »Ich habe mehrere solche kleinen Männer draußen stehen, und sie halten allen Verkehr an.«
»Können Sie mir sagen, warum?«
»Major – haben Sie irgendwelche neueren Nachrichten, daß Paris gefallen ist?«
»Es wird jedenfalls bald fallen, oder?«
»Nun, es ist noch nicht gefallen«, sagte Troy. »Sehen Sie, Major, wir sind nämlich die Leute, die es nehmen sollen.«
Willoughby sah sich den Mann an, der einer der Eroberer von Paris sein wollte. Troys Wange zeigte einen tiefroten Strich von dem Ärmel her, auf den er den Kopf im Schlaf gelegt hatte; dadurch erhielten seine sonst starken und breiten Züge etwas Kindliches. Der Ausdruck des Captains besagte: Hier stehe ich, und hier bleibe ich – was wollen Sie dagegen tun?
Willoughby wurde vorsichtig. »Wollen Sie damit sagen, daß vor Ihnen keine Truppen von uns mehr sind?«
Die Lachgrübchen zeigten sich wieder auf Troys Gesicht. »Von mir aus, Major – wenn es Ihnen gelingt, an der blockierten Ecke hier durchzukommen – fahren Sie ruhig weiter und versuchen Sie Ihr Glück. Meine Erlaubnis haben Sie. Ich gebe Ihnen einen meiner Leute mit, um den Posten zu sagen, man soll Sie durchlassen.«

Willoughby lachte. »Bemühen Sie sich nicht, Captain. Weder Mister Crerar noch ich sind so ehrgeizig.«

»Wer ist es schon?« sagte Troy.

»Sie wissen aber nicht zufällig, ob ein Colonel DeWitt hier durchgekommen ist? Wir sollten ihn auf der anderen Seite von Rambouillet treffen.«

»Tut mir leid«, sagte Troy. »Es ist niemand über Rambouillet hinaus vorgestoßen. Dafür garantiere ich.«

»Nun, dann können Sie uns vielleicht sagen, wo wir heute nacht Quartier nehmen können?«

Troy wies auf das Klassenzimmer, in dem sie sich befanden. »Höchstens hier. Aber machen Sie sich nicht zu breit, es kommen dann noch ein paar von meinen Leuten, die auch noch hier schlafen müssen.«

»Haben Sie kein Hotel übernommen?« Willoughby versuchte sich vorzustellen, wie er seinen korpulenten Leib in eine der Kinderbänke quetschen sollte. »Keine Wohnhäuser? Gibt es keine Offiziersunterkünfte?«

Troy betrachtete die unrasierten Hängebacken des Majors. »Wir sind hier an der Front, Major. Es lohnt sich nicht, sich mit Hotels zu befassen, wenn man schneller aus seinem Bett herausgeworfen werden kann, als man hineingestiegen ist.«

»Aber es ist doch alles still«, sagte Willoughby beunruhigt.

»Weil wir nicht wissen, wo die Deutschen sind«, sagte Troy.

»Oh!« sagte Willoughby, zog eine Flasche aus seinem Brotbeutel und reichte sie Troy. »Dann machen wir's uns eben hier gemütlich!«

Troy hielt die Flasche in das Licht seiner Taschenlampe.

»Bessere Sache«, sagte Crerar. »Habe schon auf dem Weg hierher davon versucht. Kosten Sie mal!«

Troy nahm einen großen Schluck und gab dann die Flasche an Willoughby weiter. Willoughby reichte sie Crerar und wieder zurück an Troy.

Sergeant Lester kam herein. Er steckte voller Neuigkeiten.

Troy sagte: »Nehmen Sie erst mal einen Schluck, Sergeant!« Und fügte, mit einem Blick auf Willoughby hinterlistig hinzu: »Sie haben doch wohl nichts dagegen, Major?«

Crerar grinste. Willoughby machte gute Miene zum bösen Spiel. »Gewiß! Gewiß! Trinken Sie, Sergeant!«

Lester nahm einen tüchtigen Schluck, wischte sich den Mund, setzte voller Bedauern die Flasche wieder ab und sagte: »Am besten, Sie verstecken das, Captain.« Er beugte sich zu Troy hinab und flüsterte ihm etwas zu.

»Gut!« sagte Troy, »endlich! Dann kommt wenigstens Bewegung in die Sache.«

Er hatte gerade noch Zeit, die Flasche unter das Katheder verschwinden zu lassen, als die Tür aufsprang und Farrish, die Schulbänke rücksichtslos beiseite stoßend, einmarschierte. Nur Carruthers war bei ihm.

»Wie lange haben wir hier schon diesen Zustand, Captain?« Farrish stampfte mit dem Fuß auf. »Dieses jämmerliche Durcheinander da draußen?«

Willoughby schien es, als sei die Atmosphäre mit neuen Energien geladen. Den großen Mann wiederzusehen, zu beobachten, wie er, sobald er eingetreten war, alle Aktivität an sich riß, bereitete ihm einen ästhetischen Genuß. Es war das gleiche Charisma, fand Willoughby, wie damals in Vallères.

»Wie lange halten uns diese Franzosen schon auf, Captain?« fragte Farrish. »Kann man von Ihnen keine präzise Antwort erhalten?«

Zum erstenmal stand Troy dem General Auge in Auge gegenüber. »Seit den späten Nachmittagsstunden, General, als Ihre ersten Fahrzeuge an der Kreuzung eintrafen. Ihr Befehl, General, lautete, die Straße nach Paris für Ihren Vormarsch frei zu halten.«

Troys Haltung gegenüber Farrish ärgerte Willoughby. Nüchtern, unbeeindruckt – aber so waren sie, diese phantasielosen Durchschnittscharaktere; man könnte sie auf die schönsten Frauen legen, und sie würden zu denkfaul sein und zu unsensibel, um sich zu rühren.

»Nennen Sie das die Straße offenhalten?« fragte Farrish wütend.

Jede direkte Antwort hätte ihn nur noch mehr gereizt, so wich Troy also aus und bemerkte: »General De Jeannenet befindet sich in Rambouillet«, und ließ damit durchblicken, daß die Angelegenheit nun wohl besser zwischen den beiden Kommandierenden geregelt werden sollte.

»Ich weiß«, bestätigte Farrish. »Ich will den Mann sehen!« Und ihm die Eingeweide im Leib umdrehen, blieb ungesagt. »Wer spricht hier Französisch?«

Crerar und Willoughby traten beide vor. Willoughbys aufgeschwemmtes Gesicht trug den Ausdruck echter Ergebenheit.

»Seid ihr nicht die Flugblattleute?« sagte Farrish. »Was treibt ihr denn in diesem gottverlassenen Nest? Wollt ihr etwa auch nach Paris?«

»Jawohl, General«, sagte Willoughby. »Wenn Sie uns mitnehmen würden...«

»Wir sollten uns mit Colonel DeWitt treffen«, erläuterte Crerar.

»DeWitt!« Farrish schlug mit der rechten Faust in seine linke Hand. »Ist die Welt nicht klein?« Er lachte schallend auf, was Willoughby zu einem zufriedenen Lächeln veranlaßte. »Kenne DeWitt, seit Jahren. Wie geht es ihm? Nun, kommen Sie, meine Herren. Übrigens – Ihr Flugblatt – ausgezeichnete Arbeit, hat sogar Gefangene eingebracht. Ich entsinne mich, ich entsinne mich! Dem Franzosen werden wir's schon zeigen...« Er stieß eine Bank zur Seite. »Lassen Sie dieses Gerümpel entfernen, Captain!«

Crerar hielt sich hinter den anderen zurück. »Captain – wenn Colonel DeWitt auftauchen sollte, sagen Sie ihm bitte, wo wir zu finden sind.«

»Los! Los! Mein Herr!« rief Farrish.

Dann war er verschwunden wie ein Komet, den Schweif bildeten Carruthers, Willoughby und Crerar.

Sergeant Lester tauchte unter das Pult des Katheders und kam mit der Flasche hoch und überreichte sie Troy.

»Puh!« Troy wischte sich den Schweiß von der Stirn. Dann hob er die Flasche. »Auf mehr und besseren Schlaf!«

Lester blickte bedauernd auf den rasch abnehmenden Inhalt. »Der General ist ein prachtvoller Mensch, wenn man ihn sich vom Leibe halten kann«, sagte er.

Das Treffen zwischen Farrish und De Jeannenet begann wie eine Schlacht aus alten Zeiten, mit einer Art Vorhutgeplänkel. Beide Männer hielten ihre Hauptkräfte noch verborgen.

De Jeannenet, der bei seiner dritten Flasche Apfelwein angelangt war, bot dem Amerikaner ein Glas an. Farrish akzeptierte dankend und bot dagegen eine Zigarre. »Sagen Sie dem General«, wandte er sich an Willoughby, »daß ich schon lange auf diese Begegnung gewartet habe, daß ich schon viel von ihm gehört habe – Sie wissen schon, das übliche Geseire.«

»Ich weiß«, sagte Willoughby, »ich bin Rechtsanwalt.« Und er begann.

Der Franzose verbeugte sich leicht aus der Hüfte heraus. Er zahlte mit ähnlichen Komplimenten zurück, meinte aber zusätzlich, er habe sich ein wenig günstigere Begleitumstände für diese Begegnung gewünscht.

»Wieso?« fragte Farrish, der festzustellen suchte, wieviel der Franzose ganz allgemein vom Vormarschplan wußte. »Sie können uns nach Paris folgen. Es wird ein Unternehmen sein, das die völlige Einigkeit und die hervorragende Zusammenarbeit der Alliierten beweist.«

De Jeannenets Schwierigkeit war, daß der Apfelwein, von dem er in seiner Wartezeit beträchtliche Mengen getrunken hatte, auf seine Blase zu wirken begann. Aber er war ein Mann, der auf Umgangsformen hielt; er wollte diese wichtige Unterredung nicht unterbrechen und mußte daher schneller, als ihm lieb war, an den Kern der Sache heran.

»Einigkeit und Zusammenarbeit!« sagte er. »Ausgezeichnet, ich stimme völlig überein. *Absolument!* Aber die Reihenfolge, *mon Général,* die Reihenfolge! *Sie* folgen *uns* nach Paris; und ich schlage vor, daß die entsprechenden Befehle sofort gegeben werden. Zeit ist knapp, und die Lage in Rambouillet ist unhaltbar.«

Der arrogante Bastard, dachte Farrish. »Unhaltbar!« sagte er. »Da haben Sie verdammt recht, unhaltbar! Sehen Sie sich nur an, wie Ihre Fahrzeuge die Straße versperren! Ich war nicht hier, wie's passiert ist. Sie aber sitzen hier seit Stunden. Haben Sie keine Augen im Kopf? Ist Ihnen nicht klar, daß dieses Drecknest zum besten Ziel des ganzen Krieges geworden ist?«

Die ganze Zeit über, während er sich in Rage redete – mit Unterbrechungen, damit Willoughby und Crerar nach leichtem Zurechtfeilen die Kernpunkte seiner Worte in De Jeannenets Sprache übertragen konnten – suchte Farrish nach einem Argument, mit dem er dem Franzosen den Trumpf aus der Hand schlagen konnte. Farrish wußte nämlich nur zu gut, daß De Jeannenet diesmal das Vorrecht und er selber in Rambouillet nichts zu suchen hatte. Irgendwo weit weg vom Schuß hatten die Herren Politiker ihre Köpfe zusammengesteckt und sich darauf geeinigt, daß Franzosen die ersten alliierten Truppen sein sollten, die in Paris einmarschierten. So hatten sie De Jeannenet mit seinem zusammengestoppelten, zweitrangigen Material ausgegraben, mit dem er einer auch nur halbwegs tüchtigen Panzerabwehr nicht gewachsen war, und hatten ihm den triumphalen Einzug, für den die Amerikaner und Farrish gekämpft hatten, in die Hand gespielt.

»Wenn irgend etwas passiert«, brüllte Farrish, »so mache ich Sie dafür verantwortlich!«

De Jeannenet legte den Finger an seine lange Nase. Er sah eher wie ein Bankangestellter mit schlechter Verdauung aus als wie ein General. Er war immerhin der rangälteste Offizier im Rambouillet gewesen; formal also hatte Farrish mit seinem Vorwurf recht. Andererseits war sich De Jeannenet durchaus darüber im klaren, daß Farrishs erregte Vorhaltungen in der Hauptsache ein Bluff waren, um ihn vom Wesentlichen abzubringen: daß nämlich Farrish sich dazwischendrängen wollte. De Jeannenet war entschlossen, seine Ruhe zu bewahren.

»*Mon Général*«, sagte er, »ich handle als ein Mensch, der seiner Vernunft folgt. Ich bin ein alter Soldat wie Sie. Ich befolge Befehle und gehe nicht nach meinem eigenen Kopf vor.«

Farrish zerdrückte seine Zigarre und warf sie in das Weinglas. Das Wort *Befehl* war offensichtlich Farrishs schwacher Punkt, bemerkte De Jeannenet.

»Der Befehl, den ich erhalten habe«, erklärte Farrish, »lautet, den Feind zu verfolgen und ihn zu schlagen, wo ich ihn finde!« Er schwieg eine Sekunde. »Und ich werde ihn nach Paris hinein verfolgen!«

»Es gibt nur eine offene Straße nach Paris«, erwiderte De Jeannenet, »diese Straße hier durch Rambouillet. Sie haben sich einen leichten Weg zur Verfolgung ausgesucht.«

Farrish erhob sich. »Verflucht noch mal! Diese Straße ist offen, weil ich alles aus dem Weg geräumt habe. Und nur darum!«

»Noch eine Flasche!« bestellte De Jeannenet. Er bewegte sich unruhig auf seinem Stuhl hin und her, und sein mageres Gesicht spiegelte die Anstrengung, die es ihn kostete, seine Blase zu beherrschen. »Setzen Sie sich doch, *mon Général*!«

Aber Farrish glaubte, daß er ein Argument gefunden hatte, mit dem er De Jeannenet Paroli bieten konnte. Gewiß, er hatte die Entscheidung der Politiker durch seinen Vorstoß nach Rambouillet umgangen – und mit ein wenig mehr Glück, mit nur wenigen Stunden zu seinen Gunsten, hätte er glatt auch hier durch und bis vor die Tore von Paris rollen können. De Jeannenet hatte ihn aufgehalten – aber hinter De Jeannenet stand niemand, keine richtige Regierung, kein Staat, keine Industrie. De Jeannenet verfügte über einen Haufen Freiwilliger; er lebte und aß und kämpfte und erhielt sein Material nur durch die Gnade Großbritanniens und der Vereinigten Staaten – vor allem der guten alten Vereinigten Staaten –, und Farrish würde es ihm nun servieren.

»Was wollen Sie eigentlich?« fragte er und warf sich wieder auf den wackligen Stuhl des Cafés Montauban. »Daß ich Sie nach Paris vorfahren lassen soll, damit Sie so tun, als hätten Sie den Krieg gewonnen? Zum Teufel! Was glauben Sie, wer Sie sind? Seit der Landung in der Normandie haben wir diese Schlacht geschlagen. Allein meine Division hat über sechstausend Mann verloren – wofür? Damit Sie mit Ihren lächerlichen Wägelchen in Paris einziehen können?«

De Jeannenets Nasenspitze war weiß geworden. »General Farrish«, sagte er, und dann wandte er sich an Willoughby, »und Sie, Major, Sie werden dies bitte so genau wie möglich übersetzen – General Farrish, meine Leute stehen erheblich länger in diesem Krieg als Sie. Ich bin aus meinem Land geflohen, um diesen Krieg fortzusetzen. Ich habe meine Familie geopfert. Ich bin durch halb Afrika marschiert mit Männern, die in Lumpen gingen und die fast nichts zu essen oder zu trinken hatten. Wir haben uns unseren Weg nach Paris genauso erkämpft wie Sie. Und ich bitte Sie, dies nicht zu vergessen.«

Willoughby übersetzte sehr vorsichtig. Seine Stimme machte trotz ihres fettigen Belages De Jeannenets Worte, wo es möglich war, noch um ein paar Grade schärfer. Er wollte, daß Farrish diesen Mann überfuhr, aus eigenem Interesse und um Amerikas willen. Willoughby entdeckte plötzlich seinen Nationalstolz.

De Jeannenets Ausführungen brachten Farrish in Weißglut. Arme Verwandte sollten lieber im Hintergrund bleiben, dachte er. »Und wo würden Sie sein, wenn wir nicht gewesen wären? Irgendwo am Tschadsee in Innerafrika könnten Sie Ihre verdammte Haut verdorren lassen. Jedes Stück Ausrüstung bei Ihnen stammt von uns, jedes Geschoß, das Sie verfeuern, ist von uns geliefert, jede Ration, die Sie verschlingen, haben wir uns vom Munde abgespart – und nun wollen Sie den Sieg für sich in Anspruch nehmen? Machen Sie sich nicht lächerlich! Wir sind Alliierte – gewiß. Aber selbst unter Alliierten muß jeder wissen, wo sein Platz ist!«

De Jeannenet konnte sich nicht länger zurückhalten. Er stand auf und ging steifbeinig in das Innere des Cafés.

Farrish war überrascht. Hatte De Jeannenet die Unterredung abgebrochen? An diesem Punkt konnten sie nicht stehenbleiben – mit jeder Stunde, die verstrich, wurde die Gefahr größer, daß die Deutschen die gefährliche Situation in Rambouillet spitzkriegten.

So erhob Farrish sich denn auch, gab ärgerlich Willoughby und den anderen ein Zeichen zurückzubleiben, und begab sich ebenfalls in das Café Montauban, um De Jeannenet zu suchen. Er blickte sich im Halbdunkel um; schließlich entdeckte der De Jeannenets Kopf und Schulter und seine Beine von den Knien abwärts – der übrige Franzose war ihm durch eine Art halbhoher Tür verborgen, die noch immer leise hin und her schwang. Farrish schob die Tür auf und stellte sich neben De Jeannenet. Nachdenklich starrte er auf die schwarze Wand vor seinen Augen, während ihre Wasser zusammenflossen und langsam in den Abfluß rannen. Farrishs Strahl war stark und bestimmt, der des Franzosen schwächer und streuend.

Er kann nicht einmal geradeaus pissen, dachte Farrish. Der Gedanke brachte ihn nur noch mehr auf – weniger gegen De Jeannenet als gegen die Politiker und die großen Drahtzieher beim Obersten Hauptquartier, die eigentlich Schuldigen, die ihm die Hände in dem Augenblick banden, in dem er nach der Trophäe hatte greifen wollen. Nie mehr, das schwor er sich, nie wieder sollten sie ihm mit all dem Gewäsch von Einigkeit und Zusammenarbeit und gemeinsamer Strategie kommen. Von heute ab handelte er nach dem Grundsatz: Jeder Mann für sich selbst; seine Augen waren scharf genug, um seinen Vorteil zu verfolgen.

De Jeannenet ordnete seine Kleidung. »Wissen Sie«, sagte er unvermittelt, »mir ist es gleich. Wir fragen bei der Armee an. Soll man dort entscheiden.«

»Sie sprechen Englisch?«

»Gewiß.«

»Oh!«

Farrish zog an seinem Gürtel. »Ich bin vielleicht ein wenig schroff gewesen.«

»Ihre Dolmetscher waren außerordentlich höflich.«

Trotz der Tatsache, daß De Jeannenet ihn hinters Licht geführt hatte, empfand Farrish doch ein gewisses Mitleid für den Mann. Der Franzose schien um so viel älter, schon verbraucht. Außerdem konnte es sich Farrish nicht leisten, die Angelegenheit bis zur Armee gehen zu lassen – wäre er nicht in Rambouillet blockiert worden, hätte er seinen ungestümen Vorstoß jederzeit mit einer taktischen Notwendigkeit rechtfertigen können; da aber sowohl De Jeannenet wie er selber jetzt den gleichen Absprungsort hatten und De Jeannenet sich weigerte, als zweiter zu marschieren, würde nur ihn die ganze Schuld treffen.

»Wir können die Sache ja hier abwarten«, sagte De Jeannenet und hielt Farrish die Tür auf, »bis wir Antwort von der Armee erhalten.«

»Zum Teufel! Nein!« sagte Farrish. »Wenn Sie sich nicht darüber klar sind, in welcher Situation wir uns befinden, ich jedenfalls weiß es.« Der alte Groll ergriff ihn. »Gehen Sie also vor – unter meinem Protest. Machen Sie, daß Sie aus Rambouillet hinauskommen. Je schneller, desto besser wird es sein.«

De Jeannenet versuchte, Farrishs Hand zu ergreifen. »Kameradschaftsgeist, mon Général! Kameradschaftsgeist!«

Die beiden Generale traten aus dem Café. De Jeannenet ging zu seinem Tisch und hob sein Glas, das noch halb mit Apfelwein gefüllt war.

Farrish, dessen eigenes Glas ausgespült und neu gefüllt worden war, warf einen mißmutigen Blick darauf. »Das Zeug ist schal« sagte er.

Und trank nicht mit.

Farrish stand vor der Schule und sah zu, wie De Jeannenets Einheiten sich aus dem Durcheinander lösten.

Er hatte alle Offiziere aus seiner Umgebung weggejagt. Er wollte allein sein. Aus respektvoller Entfernung sahen Carruthers und eine Gruppe Stabsoffiziere zu, wie ihr General diese Niederlage auf sich nahm.

Unter ihnen befand sich auch Willoughby. Er hatte vollstes Verständnis. Trotz des Schlages, den Farrish hatte hinnehmen müssen, war sein Glaube an ihn nur stärker geworden. Bei der Unterredung zwischen dem Franzosen und Farrish war es Willoughby sehr klargeworden, daß Farrish völlig im Unrecht war; um so mehr war es anzuerkennen, daß er es dennoch versucht hatte. Farrish war der Mann für ihn – vielleicht setzte er bei ihm sogar auf eine der besten Karten seines Lebens. Farrish hatte die Courage, anzupacken, woran ihm lag, und wenn er das erste Mal nicht durchdrang, dann eben beim nächsten. Wie oft hatte Willoughby den alten Coster von Coster, Bruille, Reagan und Willoughby, Rechtsanwälte, beobachtet, wenn er unerschüttert eine gegen ihn bei Gericht ausgesprochene Entscheidung hinnahm, um sich dann um so zäher in die Sache zu verbeißen, noch ein paar Fäden zu spinnen, noch ein paar Dokumente beizubringen, noch ein paar Zeugen aufzutun und schließlich in der Berufungsverhandlung vor der nächsthöheren Instanz als Sieger hervorzugehen! Man mußte in diesen Dingen eben einen langen Atem haben.

Der General blickte den französischen Fahrzeugen nach. Sie bewegten sich nun auf Paris zu, an ihm vorbei; hin und wieder schossen Funken aus den Auspuffrohren, die Räder der Raupenfahrzeuge klapperten, und die häufigen Fehlzündungen der Motoren knallten wie Schüsse. Endlich schien er genug zu haben, wandte sich jäh um und trat in das Schulhaus.

In dem Zimmer, in dem vorher Troy gewesen war, saß jetzt ein älterer Offizier mit offener Feldbluse auf einem der Kinderpulte. Der Offizier erhob sich. Mit einigen schweren Schritten hatte er den General erreicht. »Farrish!« sagte er herzlich. »Wie geht's?«

Farrish ergriff seine Hand und hielt sie fest, während sie zum Katheder gingen. »Nehmen Sie Platz, DeWitt!« sagte der General und zeigte auf den Stuhl hinter dem Pult.

»Nein, setzen Sie sich doch! Sie müssen müde sein!«

»Ja – ich habe allerhand Fahrerei hinter mir. Zum Teufel aber – ich bin viel zu wütend, um mich jetzt hier hinzusetzen und es mir bequem zu machen! Haben Sie gehört, was die Gauner mir ausgewischt haben?«

»Ich habe kurz mit Willoughby gesprochen. Er meinte, sie würden vielleicht mit mir reden. Er erzählte mir von Ihrem Ärger mit De Jeannenet.«

»Ärger...!« sagte Farrish. Er trat an das Pult, setzte einen Finger neben das Tintenfaß, einen anderen neben ein Stück Kreide, das wenige Zentimeter entfernt lag. »So nahe stehe ich vor Paris. Und dann ein kleiner Handel hinter meinem Rücken – und ich bin so weit von Paris entfernt wie je.«

DeWitt blickte den General prüfend an. »Was möchten Sie von mir hören?«

Das Verhältnis zwischen den beiden war einigermaßen gespannt. Farrish war sich dessen vielleicht weniger bewußt als DeWitt. Obwohl an Jahren jünger, war Farrish doch der Rangältere; sein rascher Aufstieg vom Kommandeur einer Tankabteilung zum kommandierenden General einer der besten Panzerdivisionen zwang Farrish, diese Rolle auch einem Mann gegenüber zu spielen, der ihn schon kannte, als er noch in militärischen Kinderschuhen gesteckt hatte.

»Was ich von Ihnen hören möchte?!...« wiederholte Farrish. »Was Sie von der Sache halten! Von all diesem Querschießen, von all diesen idiotischen, laienhaften Entscheidungen –«

»Wenn Sie meine Ansicht hören wollen – aber ich glaube nicht, daß sie Ihnen angenehm sein wird –«

»Schießen Sie los, alter Junge! Ich bin nicht mehr so empfindlich!«

DeWitt legte seine behandschuhte Hand auf das Tintenfaß und schob es vorsichtig zur Seite. »Es ist nur fair, den Franzosen zu erlauben, ihre eigene Hauptstadt selber zu befreien.« Bevor Farrish noch Gelegenheit zu einer heftigen Entgegnung fand, fuhr DeWitt fort: »Wir sind hier nicht beim Rugby – entsinnen Sie sich noch Ihrer Solo-Vorstöße?«

Farrish erledigte die Erinnerung mit einer Handbewegung.

DeWitt aber blieb dabei: »Sie haben der Mannschaft damit geschadet. Nun müssen Sie eben lernen, daß Sie zu einer Mannschaft gehören.«

Farrish entgegnete ärgerlich: »Ich bin besser als die anderen!«

DeWitt erhob sich.

Farrish sagte: »Nein! Bleiben Sie noch. Ich brauche jemand, der mir den Rücken steift.«

»Völlig sinnlos!« meinte DeWitt. »Sie hören ja doch nicht auf mich. Sie hören nicht auf mich, weil ich Ihnen nicht sage, was Sie gern hören möchten.«

»Ich höre Ihnen schon zu«, sagte Farrish eigensinnig. Er hatte sich De Jeannenets Gerede angehört, ebensogut konnte er auch DeWitt über sich ergehen lassen.

DeWitt knöpfte seine Feldbluse zu. »Wissen Sie, Sie müssen ja Enttäuschungen erleben, wenn Sie diesen Krieg nur als ein Spiel um Ruhm und Ehre betrachten. Vielleicht hatte ich mehr Glück als Sie, denn ich habe eine Weile im Zivilleben gestanden, bevor ich wieder eingezogen wurde. Ich habe also mit Leuten außerhalb des Kasernenhofs zu tun gehabt. Eines möchte ich Ihnen sagen: dieser Krieg besteht nicht nur darin, daß man Soldaten über die Karte schiebt. Es gibt da noch einen anderen Aspekt, der niemals auf Ihren Karten verzeichnet wird. Deswegen ist es gut, daß man diese französische Division in Paris einziehen läßt. Und deswegen werden noch ganz andere Dinge geschehen, die Sie in Harnisch bringen werden.«

Farrish lachte: »Die Gauner sollen mich nur nicht zu oft ärgern...!« Ein drohender Unterton schwang in seinen Worten mit. »Und wohin fahren Sie nun?«

DeWitt hielt seine Antwort allgemein, um Farrishs verwundeten Stolz zu schonen. »Wir müssen weiter«, sagte er.

»Nach Paris, wie?«

DeWitt zuckte die Achseln.

»Nach Paris?« Farrish ließ nicht locker.

»Unter anderem – auch nach Paris.«

»Sie erzählen mir dann, wie es gewesen ist, ja? Sie erzählen es mir, weil...«

»Weil?«

»Nichts.«

»Auf Wiedersehen, Farrish. Alles Gute!«

»Langsam! Langsam!« sagte Farrish. »Noch eine Frage, bevor Sie nach den Champs-Elysées starten. Können Sie mir vielleicht verraten, woher Sie Ihre hochtrabenden Ideen beziehen?«

»Das weiß ich wirklich nicht.« DeWitt hatte nie den Eindruck gehabt, daß seine Ideen in irgendeiner Weise ungewöhnlich waren.

Drittes Kapitel

Paris war in Bewegung geraten.

Der Autobus, in dem Thérèse Laurent nach Hause fuhr, war zum Bersten überfüllt. Sie war zwischen einem Mann eingeklemmt, dessen zerrissenes Hemd in den Nähten an der Schulter auseinanderging, und einem anderen, der einen Strohhut trug. Auf dem Hutrand, wo der Mann den Hut mit der Hand zu berühren pflegte, befand sich ein grauer, fettiger Fleck ohne bestimmte Abgrenzungen.

Dem Mann mit dem Strohhut schienen weder die Hitze noch die Menschen etwas auszumachen. Er sog den scharfen Geruch des Holzgases ein und rümpfte die Nase, als wollte er damit sagen: »Was für ein Parfüm!« Dann lächelte er Thérèse zu, und seine Art zu lächeln gefiel ihr – ein guter Mund und kräftige Zähne –, der schmale kleine Schnurrbart stand ihm allerdings weniger. Dennoch blickte sie durch den Mann hindurch, als sei er Luft; er hatte sie nicht anzulächeln.

Plötzlich hielt der Bus.

»Was ist los?« fragte der Mann im zerrissenen Hemd und verdrehte den Hals, um einen Blick aus dem Fenster zu werfen. »Hier ist doch keine Haltestelle. Wahrscheinlich wieder eine Panne!«

Der Mann im Strohhut versuchte sich einen Weg nach hinten zu bahnen.

»Stoßen Sie doch nicht so!« rief eine Frau mit einem Marktkorb ärgerlich. »Können Sie nicht abwarten? Ich habe den ganzen Morgen Schlange gestanden, nur um das bißchen Zeug hier zu besorgen – Sie können auch warten!«

Der Mann lächelte Thérèse zu. »Das Warten ist vorüber«, sagte er.

Der Autobus setzte sich ruckend in Bewegung. Der Fahrer schlug eine neue Richtung ein.

»Mesdames et M'sieurs!« Der Mann im Strohhut war es, der jetzt sprach. Sein Ton war sehr ernst, und seine Stimme klang klar und zuversichtlich.

»Bleiben Sie bitte auf Ihren Plätzen. Wenn der Bus hält, steigen Sie in aller Ruhe aus. Es wird Ihnen genügend Zeit gegeben.«

Ein Aufruhr von Stimmen, erregte und ängstliche. Jemand rief: »Polizei! Wo ist die Polizei?«

Schließlich hielt der Autobus, der Motor wurde abgestellt. In der plötzlichen Stille verstummten die Menschen und wandten sich dem Mann im Strohhut zu.

Der nahm den Hut ab, wischte sich das Gesicht und räusperte sich. Thérèse sah, daß er dichtes schwarzes Haar und eine Narbe auf der Stirn hatte; seine Augen blitzten gutgelaunt – und vielleicht war er auch ein wenig befangen.

»Eh bien«, sagte er, »die Fahrt ist zu Ende. Jemand anders übernimmt...« Er stieg auf einen Sitz und sah den Leuten zu, wie sie den Autobus verließen. Sie bewegten sich sehr ruhig, als ob sie unter einer neuen Disziplin stünden. Selbst der Schaffner schien die neue

Autorität anzuerkennen, die da so plötzlich aufgetreten war – oder hatte er von vornherein gewußt, welche Rolle der Mann im Strohhut spielen würde?

Draußen vor dem Bus blieb Thérèse stehen. Sie hörte, wie der Mann von mehreren Bewaffneten begrüßt wurde. »Ah, Mantin!«

»Gut, daß du da bist!«

»Überall Streifen der *boches*!«

»Zwei Panzerwagen!«

Mantin nahm die Nachrichten ohne Aufregung entgegen. Er schien zu wissen, was zu tun war. »Sind alle heraus?« rief er.

Taue wurden gebracht und am Aufbau des Autobusses befestigt.

»Hau ruck! Hau ruck!« rief Mantin und zerrte, daß ihm das Gesicht rot anlief.

Der Autobus stürzte um.

Ein ausgerissener Zaun wurde herangeschleppt. Jemand kam mit einer Rolle Stacheldraht. Mantin befahl, Sandsäcke aus den Häusern heranzuschaffen, wo sie als Schutz gegen Fliegerangriffe gelagert waren.

»Ihr!« Er wandte sich an die Passagiere. »Entweder ihr helft mit oder geht nach Hause! Steht nicht herum wie die Idioten! Es wird ernst hier!«

Aber seine Augen lachten.

»Mademoiselle«, sagte er zu Thérèse, »Sie könnten uns helfen. Seien Sie unsere Krankenschwester. Wenn einer verwundet wird, verbinden Sie ihn, ja?«

»Ja«, sagte Thérèse, »selbstverständlich.«

Warum sie ja sagte, warum sie dieser Bitte nachkam, die fast wie ein Befehl klang, hätte sie nicht sagen können. Sie hatte sich in ihrem Leben bis dahin kaum mit Dingen befaßt, die sie nicht unmittelbar betrafen. Wenn man über die Beschränkungen durch die Besatzungsmacht hinwegsah, wenn man sich von den *boches* fernhielt, die Unannehmlichkeiten des Krieges nicht beachtete und sich auf seinen Beruf und die wenigen Vergnügungen konzentrierte, die ein Mensch ohne Einkünfte vom schwarzen Markt sich noch leisten konnte, wenn man sich klein und unauffällig machte – wer kümmerte sich dann?

Nun war sie plötzlich in eine Welt geschleudert, in der Männer Autobusse umstürzten, in denen man zuvor noch gefahren war; eine Welt, in der zu erwarten stand, daß Menschen verletzt oder sogar getötet wurden – und sie hatte nichts dagegen. Es gefiel ihr sogar, verwirrte sie aber auch. Obwohl sie alles aufnahm und verarbeitete, was sie sah und hörte, so war es ihr doch, als ginge alles auf einer anderen, ihr fremden Ebene vor sich.

»Wo kann ich Verbandzeug erhalten?« fragte sie Mantin.

Er wies mit dem Daumen auf eine Apotheke auf der anderen Straßenseite. Die Apotheke war geschlossen, der eiserne Rolladen heruntergelassen. Thérèse wollte noch Fragen stellen, aber Mantin war damit beschäftigt, seine Leute hinter der Barrikade aufzustellen. Er trug nun seinen Hut flott über einem Ohr.

Sie ging zu der Apotheke hinüber und hämmerte gegen das rostige Eisen. Eine Klappe wurde geöffnet; ein Mann blickte sie hinter dikken Brillengläsern an. »Was wünschen Sie?« fragte er mürrisch.

»Mullbinden, Verbandzeug für Verwundete. Geben Sie mir alles, was Sie haben.« Sie war erstaunt über sich selber und daß sie so energisch etwas verlangen konnte.

»Für wen soll das sein?« fragte der Apotheker.

Thérèse machte eine Bewegung mit dem Kopf zur Barrikade hin. »Für die dort!«

»Gehören Sie zu den Leuten?«

Sie zögerte. Dann sagte sie, plötzlich selbst davon überzeugt: »Ja!«

Die kleine Luke schloß sich wieder. Thérèse wartete. Hatte sie etwas Falsches gesagt? Glaubte ihr der Apotheker nicht? Glaubte er nicht, daß sie das Verbandzeug dringend benötigte? Oder war auch er ein Feind? Thérèse hatte außer den *boches* niemals einen Feind gehabt – und selbst diese waren Feinde nur in der Theorie gewesen. Aber durch Mantin oder durch die Ereignisse hatte sie auf einmal viele Freunde gewonnen – und Feinde auch.

Der eiserne Rolladen hob sich langsam. In der Tür erschien der Apotheker. Er öffnete und sagte: »Was Sie da verlangen, sind sehr kostbare Dinge. Ich kann sie nicht wieder hereinbekommen. Sie wissen, wie alles ist. Und ich soll sie Leuten geben, die ich nicht einmal kenne?«

»Wir brauchen die Sachen«, sagte sie. »Um Gottes willen, beeilen Sie sich!«

Er trat in die Apotheke zurück, kam mit einem Armvoll Binden wieder und gab sie ihr. Eine Verbandrolle fiel auf den Boden. Er hob sie auf und legte sie wieder auf die übrigen, die sie bereits im Arm trug.

»Merci, M'sieur!«

»Einen Augenblick«, sagte er, da sie sich schon zum Gehen wandte. »Wer bezahlt dafür?«

Sie hatte kein Geld. Die wenigen Franken in ihrer Tasche genügten nicht, um auch nur einen Bruchteil dessen zu bezahlen, was sie mitnahm. Sicherlich war auch der Apotheker nicht reich und konnte es sich nicht leisten, großzügig so viel zu verschenken. Sie versuchte sich vorzustellen, was Mantin antworten würde – wahrscheinlich würde er sagen, daß in diesem Augenblick jeder opfern müsse, die einen ihr Blut, die anderen ihr Gut. Angenommen, die Apotheke würde von den Deutschen niedergebrannt und geplündert werden, von wem würde dann der Apotheker Bezahlung verlangen? Aber das mit den Opfern, die jeder zu bringen hätte, kam ihr nicht recht von den Lippen.

»Mademoiselle!« bat der Apotheker. Er wollte zwar seine Waren nicht zurückverlangen, aber er wollte sie auch nicht so ohne weiteres wegschleppen lassen.

Einen Moment lang blickte sie dem Apotheker hilflos ins Gesicht. Dann fiel ihr die Antwort ein, für sie eine revolutionäre Antwort, aber die Idee lag in der Luft.

»Die neue Regierung zahlt!« sagte sie.

»Ah, die neue Regierung!« Er nickte. »Ja, das ist schon richtig.«

Thérèse dachte, während sie das Verbandzeug von der Apotheke zur Barrikade trug: Zu der neuen Regierung gehöre ja auch ich.

Einem Mann wie Erich Pettinger, Obersturmbannführer in der deutschen Waffen-SS, mußte die plötzliche Aktivität der Bevölkerung höchst unnatürlich erscheinen. Er sah diese Aktivität, hörte sie, spürte sie – alle Berichte, die er erhielt, bestätigten sie –, dennoch weigerte er sich, sie als Tatsache anzuerkennen. War es nicht gerade die Leichtgläubigkeit der Massen gewesen, die ihn bewogen hatte, damals, im Jahre 1929, sich der Bewegung anzuschließen? Die Menschen – alle Menschen – waren in erster Linie feige. Sie wollten ihren täglichen Geschäften nachgehen, sie wollten ihr Geld, ihr Bier und ihre langweiligen Frauen. Man beherrschte sie teils mit Gewalt und teils durch geistige Beeinflussung. Da sie nichts anderes verlangten, als regiert zu werden, konnten die, die regieren wollten, ruhig eine Minderheit sein, vorausgesetzt, diese Minderheit war gut organisiert und zentral geleitet. Was nun die geistige Beeinflussung des Volkes anbetraf, so war das unter normalen Bedingungen keine so schwierige Sache.

Pettinger überquerte die Place de l'Opéra auf dem Weg zu seiner Wohnung im Hotel Scribe. Alles schien seinen normalen Gang zu gehen, einen Moment lang begann er sogar den Sonnenschein zu genießen. Als sein Blick aber auf ein paar Gesichter der ihm begegnenden Männer und Frauen fiel, verging ihm die Freude am Wetter. Er hatte das bestimmte Gefühl, daß sie, sobald er vorbeigegangen war, ihm spöttisch nachblickten, obwohl sie gleichgültig, oft sogar unterwürfig aussahen, solange sie ihm entgegenkamen. Und es gab sogar solche, die nicht einmal ein listiges und vielsagendes Lächeln unterdrückten, selbst wenn er ihnen direkt ins Auge sah. Das war etwas Neues.

Pettinger hatte Lust, dem einen oder anderen an die Gurgel zu fahren, ihn zu schütteln oder zu würgen. Aber er tat es nicht. Auch das war etwas Neues. Vor zwei Monaten noch wäre er dieser Eingebung gefolgt, und die Leute auf der Straße hätten sich beeilt weiterzukommen und hätten den Zwischenfall nicht beachtet. Aber heute? Heute würde es einen Menschenauflauf geben, und er würde etwas sagen müssen. Und was hätte er wohl gesagt?

Er verachtete die Menschen; dennoch wußte er, daß die Zeiten vorüber waren, wo er einen Mann auf der Straße anhalten und ihm ins Gesicht schlagen konnte. Darin lag ein Widerspruch. Dieser Widerspruch hatte seine Wurzeln in seinem eigenen Bewußtsein; dort mußte er erst einmal aufräumen, bevor er weiteres unternehmen konnte.

Er blieb am Zeitungsstand vor dem Café de la Paix stehen. Die Schlagzeilen waren, wie sie sein sollten: *Geringe Fortschritte der Alliierten. Starke deutsche Kräfte schlagen Durchbruchsversuche zurück. In schweren Kämpfen setzen sich die deutschen Truppen in vorbereiteten Stellungen fest. Zusammenhängende Front wiederhergestellt.*

Die Überschriften stammten aus der Pressekonferenz der letzten Nacht; er selber hatte den französischen Journalisten den Wehrmachtsbericht in seinem üblichen lässigen Ton vorgelesen. Dann hatte er die trockenen Worte des Berichtes unterbrochen, hatte ihnen ein Bild der Front entworfen, wie sie es sehen sollten: Männer, die mit stahlhartem Willen sich den ständig wiederholten, zumeist vergeblichen Angriffen der Amerikaner entgegenstellten – jener Amerikaner, die sich stets nur auf ihre Maschinen verließen – Männer, die sich zurückzogen, jawohl, wenn es unbedingt nötig war, auch das, aber die noch im Zurückgehen dem Feind furchtbare und unersetzliche Verluste zufügten.

Im Verlauf ihrer langen Bekanntschaft mit ihm hatten es die französischen Journalisten gelernt, ihm vorsichtige Fragen zu stellen, die er mit einiger Aufrichtigkeit beantworten konnte. Sie wußten, daß jeder, der verfängliche Fragen stellte und dadurch auffiel, sich bald nach einer neuen Stellung umsehen konnte oder aber sich kurz danach in einem Transport nach Deutschland befand, wo er sich der Arbeit am Aufbau eines neuen Europa widmen durfte. Während der letzten Tage jedoch waren die Kerle unruhig geworden. »Werden Sie Paris aufgeben müssen?« hatte einer mit bebender Stimme gefragt. Der Mann, das hatte Pettinger im Gefühl, hatte nicht bösartig sein wollen – er fürchtete einfach um sein Leben. Und so ging es noch manchem anderen, der Grund hatte anzunehmen, daß sein Name auf einer Liste der Untergrundorganisation stand. Nun, das war persönliches Pech. Er, Pettinger, konnte sie nicht schützen, wenn es soweit kommen sollte – man lebte nun einmal in einer Zeit, wo der Mensch Partei für die eine oder die andere Seite ergreifen mußte; und verlor die Partei, für die man sich entschieden hatte, so hatte man eben die Folgen zu tragen.

Pettinger konnte nicht dulden, daß solche Befürchtungen die Öffentlichkeit erreichten, denn wohin hätte das geführt? Andererseits konnte er aber auch nicht die Frage über die Räumung von Paris beantworten. Möglich, daß Paris aufgegeben werden mußte, alles hing von der Entwicklung an der Front ab. Er hatte den Journalisten seine Erklärungen zur militärischen Lage gegeben; das mußte genügen.

Er hatte auch noch mehr getan, vorher schon. Er hatte sich dafür eingesetzt und es auch erreicht, daß alle verfügbaren deutschen Radiosender die alliierten Sendungen, soweit sich das machen ließ, störten; die gesamte deutsche und französische Polizei war aufgeboten, Gerüchten bis zu ihrer Quelle nachzugehen. Wo aber sollte man beginnen? Die Front war zerrissen; alle möglichen fragwürdigen Gestalten strömten von einem Gebiet ins andere und vor allem nach Paris hinein, und alle brachten sie Nachrichten – zum Teil wahr oder wahrscheinlich, zum Teil reine Erfindung –, Nachrichten von deutschen Armeen, abgeschnitten und in Auflösung begriffen, von alliierten Panzerspitzen, die die gerade von den Deutschen errichteten Abwehrstellungen durchstießen, von Tausenden ehemals so stolzer deutscher Soldaten, die ihre Waffen von sich warfen und die Hände hoben und in die Gefangenschaft abmarschierten.

Pettinger trat ins Hotel Scribe. Als er sich seinen Schlüssel geben ließ, sagte ihm der Portier, ein Freund von ihm habe nach ihm gefragt – ein Major Dehn.

»Dehn?«

»Oui, mon Colonel!«

Dehn befand sich also in Paris. Was, zum Teufel, hatte er hier zu suchen? »Hat er eine Nachricht hinterlassen?«

Die Stimme des Portiers klang wie gewöhnlich ruhig und ein wenig ölig, die zuverlässige Dienstbarkeit in Person, hier würde sich nichts ändern. Pettinger, der langsam die Treppe hinaufstieg, lachte in sich hinein. In und um Paris waren Hunderttausende von Menschen darauf aus, einander an den Hals zu gehen und Geschichte zu machen – hier, im Hotel Scribe, nahm alles seinen gewohnten Gang. Eine solche Routine, die nur den Zweck hatte, sich selber fortzusetzen, hatte ihr Gutes. Auch morgen oder übermorgen, wenn er, Pettinger, Gott weiß wo sein mochte, würde der Empfangschef da hinter dem Tisch stehen und dem neuen Bewohner des Appartements, in dem Obersturmführer Pettinger gehaust hatte, den Besuch eines alten Bekannten melden.

Offensichtlich gab es zwei verschiedene Ebenen des Lebens; die eine, zu der dieser Hotelangestellte gehörte und der Kolonialwarenhändler an der Ecke und der Bauer auf dem Felde, die säten, Heringe verkauften oder Besucher ansagten; und dann gab es noch die andere Ebene, zu der Pettinger selber gehörte und auf der Armeen aufeinanderstießen, Zeitungen geschrieben wurden und große Männer bedeutende Reden hielten.

Für Pettinger auf seiner hohen, geschichtsträchtigen Ebene war die Existenz dieses Empfangschefs ein großes Ärgernis, war sie doch Beweis dafür, daß trotz all seiner Bemühungen, einen Sturm zu entfachen, dieser Sturm ohne tiefere Wirkung blieb, denn war er erst einmal vorübergebraust, richtete sich das alte Leben wieder auf. Ja, eigentlich war es noch schlimmer: um diesen Sturm zu erzeugen, mußte man Millionen von Menschen mobilisieren. Millionen, die eigentlich zu der anderen Art gehörten, die fest verwurzelt waren und deren größter Wunsch es war, wieder zu ihrem Boden zurückkehren und wieder Gäste anmelden, Heringe verkaufen und Gerste, oder was es immer sein mochte, säen zu dürfen.

Eine durchgehende Änderung war nur möglich, wenn man dieses Gefüge, diese Verwurzelung völlig zerstörte – erst dann würden der Bauer, der Händler, der Angestellte blind folgen, weil sie dann nichts mehr haben würden, wohin sie zurückkehren konnten. Die Massenwanderungen von Westen nach Osten und von Osten nach Westen, die Zerstörung von Haus und Stadt, die Schaffung eines neuen Menschentyps – des Barackenmenschen, der kein Heim besaß und der nur existierte, um zu arbeiten oder bestraft zu werden – waren die einzigen Sicherungen einer neuen Zeit. Sie waren die Garantie für einen endgültigen Sieg des Nationalsozialismus, ganz gleich, wie der Krieg an den Fronten auch ausging. Und die Alliierten, diese Narren, halfen diese neue Welt zu schaffen mit ihrer Invasion, die Europa in ein Schlachtfeld verwandelte, mit ihren massierten Bombenabwürfen, durch die sie täglich noch mehr Wurzeln zerstörten und täglich die Schicht der Verwurzelten reduzierten. Sollten sie nur kommen mit ihren verbrauchten Ideen und ihren veralteten Formen, sollten sie es doch nur versuchen, die alte Welt wieder zu errichten, so wie sie sie gekannt hatten! Es war unmöglich!

Mochte sein, daß der Sturm, den er zu entfesseln geholfen hatte, nur eine Masse Luft war – gut, aber selbst eine Luftmasse, wenn sie nur schnell genug daherzog, konnte die stärksten Bäume ausreißen und davontragen.

Die Tür zu Pettingers Appartement war nicht verschlossen. Er hatte sie aber doch abgeschlossen!

Er stieß die Tür auf.

Auf dem Sofa rekelte sich einer.

»Dehn!« sagte Pettinger, »was machst du denn hier! Wie bist du hereingekommen?«

»Das Stubenmädchen hat mich hereingelassen. Bei Stubenmädchen habe ich immer Glück. Ich mußte mich irgendwo ausruhen, und bei dir ist es am bequemsten. Außerdem macht es keinen großen Unterschied mehr – hier wirst du sowieso nicht mehr lange wohnen.«

Ohne aufzustehen, zog er einen Stuhl an das Sofa heran und schlug leicht auf das Polster. »Schön weich! Setz dich hierher, Pettinger!« Er wies auf die Flasche, die neben ihm auf dem Boden stand. »Ich habe mich selbst bedient. Du hast nur noch die eine gehabt. Wo sind die anderen? Nein, du brauchst keine Angst vor mir zu haben. Ich weiß, wie ich aussehe. Meine Hosen sind zerrissen. Mein Bursche hat sie mir noch geflickt, und das war das letzte, was ich von ihm gesehen habe. An meiner Feldbluse klebt der Dreck von hundert Löchern, in die ich mich geworfen habe, und an meinen Stiefeln der Schmutz von den Feldwegen und Wäldern, durch die ich getippelt bin. Selbst meinen Rasierapparat habe ich verloren. Und zu einem französischen Friseur zu gehen, hatte ich keine Lust. Irgendwie liegt mir nichts daran, ihm meine Kehle hinzuhalten.«

»Mach dich nicht lächerlich!«

»Ich weiß, was ich weiß«, sagte Dehn eigensinnig. »Ich habe sie gesehen, wie sie kamen und uns angriffen.«

»Wer?«

»Das Volk!« schrie Dehn. Dann versagte ihm die Stimme. »Erschießen sollte man sie alle...« Das klang müde, die Forderung ohne Nachdruck. Er bewegte die Beine, seine Stiefel verdreckten das schöne Sofa des Hotel Scribe. »Ist wohl auch zu spät. Wir sind schon nicht mehr genug, sie alle auszurotten.«

»Wo hast du deinen Rasierapparat verloren? Und deine Einheit?«

Pettinger entsann sich des untadeligen Dehn aus dessen Junggesellentagen, bevor es Dehn gelang, sich das weiche Bett der Tochter des Herrn Maximilian von Rintelen zu sichern – wie hieß sie doch gleich? Pamela. Pamelas Vater beherrschte den deutschen Stahltrust. Dehn, der verarmte Junker, der früher zusammen mit Pettinger Menschen in den Straßen Kremmens und anderer Städte an der Ruhr verprügelte, hatte eine Goldgrube geheiratet und war in die Gesellschaft aufgestiegen.

»Meine Einheit... mein Rasierapparat...« Dehn runzelte die Stirn. »Ist doch wohl gleich, wo ich sie verloren habe!« Er wandte sich Pettinger zu und blickte ihn forschend an. »Willst du mir etwa nachspüren? Ich weiß nicht, wo. Wir sind die ganze Zeit nur gelaufen. Du wirst noch erleben, wie das ist, du wirst auch noch laufen müssen!«

»Nicht so wie du!«

»Ach!« Dehn hätte vor Verachtung am liebsten ausgespuckt. Er beherrschte sich aber und nahm noch einen Schluck aus der Flasche.

»Laß noch was drin. Ich erwarte jemand.«

Dehn stellte die Flasche zurück auf den Boden. Seine Hand zitterte. »Du hast keine Ahnung, was sich abspielt. Ihr sitzt hier in Paris und schickt meterweise Seide und ganze Kisten Kognak nach Hause, während wir einen Nackenschlag nach dem anderen einstekken müssen. Überhaupt nichts wißt ihr. Ich bin in Falaise gewesen. Ich dachte, ich komme aus der Mausefalle gar nicht mehr heraus. Und seitdem habe ich nicht mehr aufgehört zu laufen – quer durch Frankreich. Nun habe ich das Laufen satt. Ich bin müde.«

»Was willst du also unternehmen? Hast du dich schon an der Sammelstelle gemeldet?« Dehn schloß die Augen. »Melde dich mal lieber! Sie brauchen Offiziere!«

»Wofür?«

»Wofür? Was ist denn los mit dir? Ich will dir deiner Nerven wegen etwas zugute halten. Aber alles hat seine Grenzen! Du bist Offizier! Der Feldpolizei sollte ich dich übergeben!«

Dehn richtete sich halb auf. »Was mit mir los ist?...« Er lachte. »Das ist eine interessante Frage. Ich habe schon selber darüber nachgedacht. Man hat sehr viel Zeit zum Denken, wenn man erst einmal ins Laufen gekommen ist.«

Er griff in die Tasche und holte ein zerknittertes, abgegriffenes Stück bedrucktes Papier hervor. Er glättete es. »Hör dir das an; die Amerikaner haben es eines schönen Morgens zu uns herübergefeuert: *›...eine Nation von freien Menschen, gleich vor dem Gesetz und willens, sich selbst zu regieren... Für diese Rechte und Freiheiten kämpfen wir heute... Wo immer die Würde des Menschen verletzt wird, empfinden wir es, als träfe es uns selbst. Wo immer Menschen unterdrückt werden und leiden, sind auch wir betroffen. Weil unsere Nation so geartet ist, sind wir in Europa gelandet. Kein Tyrann soll sich unterfangen, seinen Willen einem Volke, Europa oder der ganzen Welt aufzuzwingen...‹* Dehn las ohne Ausdruck, die Worte kamen fast zu glatt.

»Gib das Ding mal her«, sagte Pettinger. Er überflog den Text und wurde wütend – das war eben die verdammte Unordnung eines Rückzuges. Das Blatt hätte schon längst in seinen Händen sein müssen, damit er etwas dagegen unternehmen konnte; es war aber das erste Exemplar, das er zu sehen bekam. »Ich behalte es mal.«

»Bitte schön!«

»Und willst du mir nun etwa erzählen, daß du das traurige Gewäsch da glaubst?«

»Nein.«

»Freiheit! Menschenwürde! Schöne Freiheit – an Türen anklopfen, die einem vor der Nase zugeschlagen werden; schöne Menschenwürde – wenn man Löcher so groß wie ein Fünfmarkstück in den Schuhsohlen hat und einen abgetragenen Sommeranzug in der Dezemberkälte tragen muß!«

»Komisch!« sagte Dehn. »Ich habe dich noch nie so reden hören. Hast du Angst davor, wieder ein armer Hund zu sein?«

Pettinger warf Dehn einen scharfen Blick zu. Er war sich nicht bewußt gewesen, wie sehr er durch seine Worte von vorhin seine innersten Befürchtungen verraten hatte.

»Nein!« fuhr Dehn fort. »Natürlich glaube ich kein Wort. Aber darum geht es nicht. Sie werden uns nicht bekehren. Wenn man aber läuft, beginnt man sich zu fragen: Wie kommt es, daß diese Kerle so stark sind? Sie haben die materielle Überlegenheit. Uns wird gesagt, wir seien ihnen dafür moralisch überlegen: wir kämpfen besser, weil wir für eine große Idee kämpfen. Das ist doch reiner Quatsch – wir kämpfen für Mäxchen Rintelens Profite, von denen ich eines Tages einen Teil erben werde. Aber viele unserer Leute glauben immerhin an diese sogenannte moralische Überlegenheit, und sie akzeptieren es, wenn man ihnen sagt, daß die Amerikaner nicht wissen, wofür sie kämpfen. Und dann kommt so ein Stück Papier, und darin wird behauptet, daß auch die Amerikaner eine moralische Berechtigung haben. Und wir Deutschen sind ja so ein verrücktes Volk; wir neigen dazu, uns auch für die andere Seite der Frage zu interessieren, wenn man sie uns vorlegt. Die Amerikaner haben also eine moralische Berechtigung, und Goebbels sagt, *wir* hätten eine. Aber jetzt werden wir von den anderen geschlagen, also muß ihre moralische Berechtigung die bessere sein. Du siehst, wie das läuft. Einem Mann auf der Flucht gehen vielerlei Gedanken durch den Kopf...«

Er griff wieder nach der Flasche und trank. Pettinger schwieg.

»Wenn deine Front zusammenbricht, kannst du vielleicht neue Divisionen hineinwerfen«, fuhr Dehn fort, »oder du ziehst dich zurück, verkürzt die Front, stellst die Verbindung wieder her. Was aber führst du ins Feld gegen Worte?«

Er lehnte sich zurück.

»Laß mich ein bißchen schlafen. Zehn Minuten. Hier liegt sich's gut und weich. Dann gehe ich schon weg.«

»Gegen Worte gebrauchst du andere Worte«, sagte Pettinger. »Ich werde mir schon die richtigen ausdenken!«

»Sammelstelle!« sagte Dehn und gähnte, »ausgerechnet.« Dann schien er eingeschlafen zu sein.

Pettinger warf einen Blick auf den Schläfer und dann wieder auf das zerknitterte Papier in seiner Hand. Er faltete es vorsichtig zusammen und steckte es in seine Brusttasche. Worte!...

Er trat ans Telephon. Es dauerte geraume Zeit, bis er Verbindung mit dem Transportoffizier der Pariser Garnison erhielt; und als er schließlich durchkam, antwortete auf der anderen Seite nur ein erschöpfter Leutnant, der einen Lastwagen zu schicken versprach, vorausgesetzt er hatte einen zur Verfügung. »Ich bin aber Dringlichkeitsstufe I!« brüllte Pettinger in den Apparat. Der Leutnant antwortete, daß das jetzt jeder behauptete und daß er keine Zeit habe, um Nachprüfungen anzustellen. Heil Hitler!

Die Organisation war im Zusammenbrechen, mit oder ohne feindliche Propaganda. Dehn bildete keine Ausnahme. Da lag er nun auf dem Sofa, grunzte, schwitzte und wurde wahrscheinlich noch in seinen Träumen gejagt.

Pettinger war beim Rückzug vor Stalingrad dabeigewesen. Er hatte zu den Truppen gehört, die die eingeschlossene 6. Armee von Paulus entsetzen sollten – und dann hatten sie doch zurückgehen müssen. Er hatte sich damals nicht in Panik bringen lassen, und heute erst recht galt Bangemachen nicht. Er tröstete sich damit, wie weise es doch war, daß man soviel Gebiet erobert hatte und es sich nun leisten konnte, zurückzuweichen, seine Außenposten einzuholen, ohne sich dabei in den lebenswichtigen inneren Ring, in das eigentliche Herzland zurückziehen zu müssen. Zwischen der jetzigen Front und dem Herzland fand sich noch immer genügend Raum; und solange man Deutschland und die angrenzenden Gebiete zu halten vermochte, ließ sich der Krieg fortsetzen.

Die Herrschaften, die wegen ein paar Niederlagen zu jammern anfingen und sich davon bedrücken ließen, zerbrachen nicht so sehr an ihren schwachen Nerven wie an ihrem geistigen Horizont, dessen Umfang etwa dem einer Klosettbrille entsprach. Wenn Pettinger seine jetzige Lage, einschließlich selbst der Unannehmlichkeiten der letzten anderthalb Jahre, mit seinem Leben vor der Nazizeit verglich – das Frühstück des nächsten Tages völlig im ungewissen damals, keine Arbeit, keine Zukunft, ein endloses Umherirren auf den Straßen der Heimat, von seinen eigenen Landsleuten in Fabriken und Büros abgewiesen –, dann wußte er, damals hatte er Angst gespürt. Und auch heute noch schauderte es ihn, wenn er daran zurückdachte. Das war richtige Angst gewesen: Angst zu verhungern, wie

Spreu im Wind zu werden, die Herrschaft über sich selber zu verlieren, Angst vor Schmutz, Krankheit und völligem Verkommensein. Seitdem hatte er in seinem Leben alle seine Kraft darauf gerichtet, zu verhindern, daß ihm so etwas wieder passieren könnte. Er, Pettinger, würde oben bleiben, ganz gleich, was auch geschah. Er hatte die Welt nicht so gemacht, wie sie war; die Welt hatte ihn zu dem, was er war, gemacht.

Dehn richtete sich jäh auf. »Ach, du bist es«, sagte er.

»Mach dich jetzt fertig«, sagte Pettinger etwas freundlicher als vorher. »Eine Auffangstelle für Versprengte befindet sich in der Pionierkaserne. Dort meldest du dich!«

»Willst du mir sagen, wohin ich zu gehen habe?« Dehn setzte die Feldmütze auf, gab sich aber nicht die Mühe, seine Feldbluse zuzuknöpfen. »Ich hoffe, dein Lastwagen trifft rechtzeitig ein. Und vielen Dank für die Gastfreundschaft, das Schläfchen hat mir gut getan. Und laß dich nicht erwischen!« Er wandte sich abrupt um und ging.

Pettinger verzog das Gesicht. Dehn hatte also mitbekommen, wie er den Wagen anforderte. Er seufzte kurz; dann straffte er den Rükken. Vereinzelte Schüsse, ein paar Häuserblocks entfernt vom Hotel, waren zu hören. Er zwang sich, nicht darauf zu achten. Wie auch die Schlacht um Paris enden mochte, es war nicht die entscheidende Schlacht. Lastwagen dröhnten auf hohen Touren die Straße entlang. Er versuchte, auch dem keine Aufmerksamkeit zu schenken. Und selbst wenn die leise, bohrende Stimme in ihm sagte, daß viele solcher Rückzüge schließlich einen Strom von Ereignissen auslösen mochten, den weder er noch überhaupt jemand würde aufhalten können, und daß Leute wie er bereits erledigt waren, so drängte er auch diese Stimme zurück.

Das Telephon klingelte. Der Empfang meldete einen Besucher: Fürst Yasha Bereskin. Pettinger ließ sagen, der Fürst möchte heraufkommen.

Pettinger stellte die halbleere Flasche in den Wandschrank zurück. Dann setzte er sich in den Lehnstuhl am Mahagonitisch und schlug ein Buch an einer beliebigen Stelle auf.

Fürst Yasha trat leise ein. »Ein Idyll!« sagte er. »Stilleben mit

Buch! Wissen Sie nicht, was draußen vorgeht? Oder haben Sie Nachricht, daß Ereignisse zu erwarten sind, die die Situation wesentlich ändern werden?«

Fürst Yasha sprach ein ausgezeichnetes, grammatikalisch korrektes Französisch. Aber selbst nach zwanzig Jahren blieb das Französische für ihn eine fremde Sprache, in die er seine russische Muttersprache gekünstelt und ein wenig pompös übersetzte. Hätte er gewollt, so hätte er ebenso natürlich sprechen können wie jeder andere Pariser, aber Fürst Yasha bildete sich ein, daß dieser Stil zu ihm paßte, zu dem borstigen, eisengrauen Haar, zu seinem langen, kantigen Schädel, zu der geraden, an ihrem Ende breit werdenden Nase und den waagerechten Augenbrauen.

Dieser sein Stil hatte sich als sehr hilfreich erwiesen. Er hatte ihn davor bewahrt, in der Masse der Emigranten eines längst vergangenen Rußland unterzugehen. Er hatte ihm gestattet, seine Hände sauberzuhalten, wie trüb auch die Wasser sein mochten, in denen er fischte. Und ohne sichtbare Anstrengung seinerseits hatte ihn dieser Stil bis in die besten Kreise geführt, wo er es durch eine Reihe geschickter Machenschaften bis zum Vorsitzenden des Aufsichtsrates von Delacroix & Co. gebracht hatte.

»Irgendwelche Nachrichten über das hinaus, was ich mit meinen eigenen Augen sehe?«

Pettinger schüttelte den Kopf. »Ich fühle mich gut heute«, sagte er. »Kann ich was dafür?« Er schloß sein Buch, erhob sich aus seinem Sessel, trat zum Wandschrank und nahm die Flasche heraus.

»Sie haben Ihre Bestände verringert?« fragte Yasha.

Pettinger nahm einen Schluck und bot Yasha die Flasche an. »Ich habe diesen Leuten im Hotel hundertmal gesagt, sie sollen mir Likörgläser ins Zimmer stellen – aber sie nehmen sie immer wieder weg.«

Fürst Yasha trank ebenfalls. Dann wische er sich die Lippen ab: »Ich glaube, es wäre ziemlich sinnlos, sich jetzt noch zu beklagen.«

»Solange ich hier bin, kann ich wohl anständige Bedienung verlangen. Oder?«

»Zweifellos.« Yasha hatte keine Lust, sich wegen solcher Bagatellen zu streiten. »Wie lange, glauben Sie, werden Sie noch hier sein?«

Pettinger blieb stumm.

»Unsere lange Bekanntschaft«, sagte Yasha, »sollte Sie davon überzeugt haben, daß ich Geheimnisse zu wahren weiß. Andererseits – soviel liegt mir auch nicht daran, es genau zu wissen.«

»Ich nehme an, man wird mich bald evakuieren«, sagte Pettinger. Er wies auf den Wandschrank. »Deswegen habe ich auch über meine Bestände anderweitig verfügt.«

»Nun, lieber Freund«, sagte der Fürst, »da wir nicht wissen, wieviel Zeit uns noch verbleibt, haben Sie wohl nichts dagegen, wenn ich vom Geschäftlichen spreche, weswegen ich ja auch gekommen bin.«

»Selbstverständlich.«

Pettinger war in der Tat sehr interessiert. Er hatte mit Yasha seit seinem Eintreffen in Paris zusammengearbeitet. Dehn hatte sie zusammengebracht; es gab da Querverbindungen zwischen den Delacroix- und Rintelen-Unternehmungen in Stahl und Bergbau. Das Verhältnis zwischen ihnen hatte damit begonnen, daß Pettinger gewisse Nachrichten unterdrückte, die Yasha als der Firma Delacroix & Co. abträglich betrachtete. Dies hatte dann zu sehr weitgehenden Vereinbarungen und reibungslos funktionierenden Beziehungen zwischen ihnen geführt. Während der letzten Monate hatte Pettinger allerdings nur noch wenig von dem Fürsten gesehen und hatte angenommen, daß Yasha in aller Stille versuchte, sich und sein Unternehmen einem neuen Oberherrn anzupassen, und er hatte daher nichts unternommen, als das Wirtschaftsrüstungsamt gewisse wichtige Anlagen aus den Delacroixwerken nach Deutschland schaffen ließ.

»Irgendwo östlich von Paris und westlich des Rheins«, begann Yasha, »wird es Ihren Armeen gelingen, wieder eine feste Front zu errichten. Jede Offensive muß an Stoßkraft verlieren, je weiter sie sich von ihrer Basis entfernt, und schließlich zum Stehen kommen; jede Verteidigung wird stärker, je näher sie an ihre eigene Basis heranrückt. Richtig?«

Pettinger war erfreut, daß Fürst Yasha, der ein kühler Beobachter war und außerdem militärische Schulung besaß – er hatte in der Armee des Zaren und Kerenskis und unter Koltschak gedient –, die Lage genauso wie er selbst beurteilte.

Yasha fuhr fort: »Konkret gesprochen bedeutet dies für mich, daß Teile der Delacroixwerke einer neuen Obrigkeit unterstehen werden, während die anderen weiterhin bei den Deutschen verbleiben.«

Pettinger sah, worauf Yasha hinauswollte.

»Zu einem solchen Zeitpunkt ist es für mich wichtiger«, fuhr der Fürst fort, »in Paris zu bleiben und mit den Amerikanern Fühlung aufzunehmen, die wahrscheinlich in erster Linie darüber zu bestimmen haben werden, was aus unserer Industrie wird. Es gibt ein Sprichwort: Wer zuerst kommt, mahlt zuerst. Verstehen Sie mich?«

»Völlig.«

»Es gibt nun aber bei Ihnen einige Herren, mein lieber Pettinger, Leute ohne Weitblick, die natürlich auch neidisch sind und die mich als Verräter bezeichnen werden, weil ich in Paris bleibe und mit den neuen Machthabern verhandle. Selbstverständlich bin ich kein Verräter.«

»Wieso nicht?« fragte Pettinger ohne Umschweife.

»Weil ich mich weder der einen noch der anderen Seite verpflichtet fühle«, erklärte der Fürst. »Um ein Verräter zu werden, muß man sich doch erst einmal irgend jemandem gegenüber verpflichtet haben. Stimmt doch?«

Diese Logik war unwiderleglich; Pettinger schwieg also.

»Solche Herren werden aus Dummheit und Neid« – Yasha kehrte zu seinem Hauptpunkt zurück – »werden also versuchen, ihre Hände auf Delacroix' Besitz in den noch von Deutschland besetzten Gebieten zu legen – unter dem Vorwand, daß ich mich auf die Seite jener geschlagen habe, die sie ihre Feinde nennen.«

»Solche dummen und neidischen Menschen könnten aber sehr einflußreich sein?« erkundigte sich Pettinger.

»Gewiß!« bestätigte Yasha. »Deswegen wende ich mich auch an Sie. Ich kenne Sie, Ihren Einfluß und Ihre Verbindungen. Sie können jede Einmischung dieser Art verhindern. Und ich ersuche Sie, dies zu tun.«

Pettinger studierte die Aufschrift auf der Flasche. Es war jetzt an ihm zu sprechen. Er konnte sich natürlich kostbar machen, sagen, er habe für so etwas keine Zeit, und Aufgaben dieser Art lägen nicht in seinem Bereich – aber so zu spielen, war langweilig. Yashas Offenheit verdiente eine ebenso freimütige Antwort.

»Wieviel?«

»Ich gebe Ihnen eine Anweisung«, sagte Yasha, »sagen wir bis zu einer Million Franken, von irgendeinem unserer Konten abzuheben.«

»Zwei.«

»Hören Sie nur auf das Geschieße da draußen«, sagte Yasha. »Eine.«

»Zwei. Wenn die dort draußen nicht so in der Nähe schießen würden, wären Sie niemals bei mir erschienen.«

»Wir sind beide taktvolle und vernünftige Männer. Lassen Sie uns zu einer vernünftigen Regelung kommen.«

»Momentmal«, sagte Pettinger. »Eines ist mir nicht ganz klar.«

»Bitte, fragen Sie!« Yashas Gesicht war undurchdringlich.

»Ich erhalte Ihre Anweisung. Das ist ein Stück Papier.«

»Aber von mir selbst gezeichnet.«

»Nehmen Sie an, ich wäre nicht in der Lage, die Aufgabe durchzuführen?«

»Dann können Sie auch die Anweisung nicht einlösen. Wenn die Delacroix-Werke in dem von den Deutschen besetzten Gebiet von jemand anders übernommen werden sollten, hätte mein Scheck natürlich keinen Wert mehr.«

»Wenn ich ihn aber einlöse und dann die Sache fallenlasse?«

»Auch an diese Möglichkeit habe ich gedacht«, gab Yasha zu. »Ich habe zu Ihnen das größte Vertrauen, aber man muß heute alle Gesichtspunkte berücksichtigen. Offen gesagt, Pettinger, ich glaube nicht, daß Sie den Scheck einlösen, solange Sie nicht ganz sicher sind, daß Delacroix wirklich auch Delacroix bleibt und nicht vielleicht, sagen wir, an die Göringwerke übergeht.«

»Warum?« sagte Pettinger. »Warum sollte ich mich so sehr für Ihren Besitz interessieren, wenn ich erst einmal den Scheck eingelöst habe?«

»Weil keine Zahlung ohne entsprechende Quittung geleistet wird. Und diese Quittungen würden dann jedem – *jedem* deutschen

Treuhänder in die Hände fallen. Die Göringleute würden Ihnen wahrscheinlich recht unangenehme Fragen stellen und Ihnen entweder das Geld abnehmen oder einen Anteil davon haben wollen. Das würden Sie doch wohl lieber vermeiden, oder nicht?«

»Zwei Millionen«, sagte Pettinger. »Immer noch.«

Dehn kam hereingestürzt. Der Schrecken, den er auf den Straßen erlebt hatte, stand ihm ins Gesicht geschrieben; seine Renitenz und Anmaßung waren verschwunden.

»Nein, so etwas! Major Dehn!« sagte der Fürst.

Dehn beachtete Yasha nicht. »Wir müssen hier weg, Pettinger!« sagte er atemlos. »Wir müssen sofort hier weg. Alles rückt aus. Willst du, daß wir hier steckenbleiben?«

»*Wir...?*« So wenig Disziplin und Selbstbeherrschung; Pettinger war wütend.

»Draußen sind schwere Straßenkämpfe!« rief Dehn. »Überall bewaffnete französische Banden – die Polizei hat gemeutert –, die Garnison zieht sich zurück –«

»Halt's Maul!« sagte Pettinger. »Ich habe eine Besprechung. Geh hinaus! Warte draußen!«

Etwas in Pettingers Stimme zügelte Dehns Hysterie. »Verzeihung, Verzeihung.« Er hatte den Fürsten bemerkt. »Oh, wie geht es Ihnen, Durchlaucht? Dumme Geschichte, was...?« Er wandte sich wieder Pettinger zu. »Du mußt mich mitnehmen. Ich schaffe es nicht allein, ich schaffe es einfach nicht mehr. Wann fährst du?«

Es lohnte sich nicht mehr, den Mann zur Ordnung zu rufen. »Es kommt noch ein Lastwagen uns abholen.«

Dehn lachte. Das Lachen klang unsinnig, denn sein Gesicht blieb angstverzerrt. Yasha, der bis dahin völlig unbeteiligt geschienen hatte, blickte auf.

Pettinger verzog den Mund. »Bist du völlig verrückt geworden?«

»Lastwagen! Was für ein Lastwagen?« Dehn zog ein Stück Papier aus seiner Tasche. »Hier, das gaben sie mir beim Empfang. Der Anruf kam eben durch. Meldung vom Transportoffizier: Kein Lastwagen.«

»Ich habe dir vor einer halben Minute einen Befehl gegeben«, sagte Pettinger. »Geh hinaus! Warte draußen!«

Dehn machte kehrt, ohne ein Wort zu sagen, und entfernte sich.

»Ein bißchen in Panik geraten, unser Freund?« sagte Fürst Yasha. »Ein solcher Zusammenbruch kann aber auch die besten Nerven angreifen.«

Pettinger ärgerte sich schon nicht mehr über Dehn, sondern über Yasha. Auch wenn er mit ihm Geschäfte machte, blieb der Mann doch immer, ob er nun Russe war oder naturalisierter Franzose, ein Ausländer und Angehöriger einer minderwertigen Rasse, der nicht das Recht hatte, über einen deutschen Offizier Urteile zu fällen. »Ich werde ihn schon wieder zurechtbiegen.«

»Sie werden nicht mehr viel Zeit dafür haben«, entgegnete Yasha. »Schon in naher Zukunft mögen ganz andere Leute über ihn verfügen.«

Damit mochte Yasha recht haben, dachte Pettinger. Und seine eigene Position war auch nicht besser geworden dadurch, daß Dehn losjammerte, nun käme kein Lastwagen mehr. Andererseits, überlegte Pettinger weiter, wenn er nicht heil aus Paris herauskam, dann hatte Yasha niemanden, der die Interessen von Delacroix & Co. in den noch von den Deutschen gehaltenen Gebieten vertrat.

Also lächelte er freundlich: »Sieht aus, als brauchte ich dringend ein Fahrzeug.«

Yasha nickte: »Darf ich Ihr Telephon benutzen?«

Pettinger schob ihm den Apparat über den Tisch zu. Der Fürst hob den Hörer ab, wählte – unterbrach sich.

»Eine Million Franken?«

»Sie sind ein hartnäckiger Mensch.«

»Keineswegs. Ich bin ein Wohltäter.« Er wählte weiter, erhielt Anschluß und gab einige Anweisungen. Dann bat er Pettinger um einen Bogen Papier. Alles war still, während Yasha die Anweisung an seinen Bevollmächtigten ausschrieb. Schließlich hatte er geendet, setzte seine geradlinige, steife Unterschrift unter seine Zeilen, schwenkte das Blatt noch ein wenig zum Trocknen hin und her und reichte es Pettinger hin.

Pettinger las.

»Zufrieden?«

»Unter diesen Umständen«, sagte Pettinger, »ja.«

Viel blieb nun nicht mehr zu sagen. Man saß einander gegenüber und blickte sich an. Die Zeit schlich. Die Fenster klirrten von einer Detonation in der Nähe.

»Zu groß – diese Fenster«, bemerkte Pettinger.

»Meinen Sie?« sagte Yasha. »Ich glaube eigentlich nicht. Ich habe gefunden, daß kleinere Scheiben genauso leicht springen.«

Jemand klopfte an die Tür. Beide sahen auf. Dehn stand in der Tür, neben ihm ein schmächtiger Mann im Monteuranzug.

»Das ist Sourire«, sagte Yasha.

Sourire nickte und lächelte, wobei er schlechte Zähne zeigte und die Augen schloß, als wolle er vermeiden, daß sein Blick weniger liebenswürdige Gefühle zeigte.

»Auf Sourire können Sie sich verlassen«, sagte Yasha. »Ich kenne ihn seit Jahren.«

»Gute und schlechte Zeiten«, sagte Sourire, »immer Freunde.«

»Er beliefert den schwarzen Markt, unser Freund Sourire«, fuhr Yasha in seinen Empfehlungen fort. »Er kennt die richtigen Straßen.«

Pettinger nahm Gurt und Pistole aus seinem Schreibtisch und griff nach seiner Mütze. »*Au revoir,* Durchlaucht!«

»Kein Gepäck?«

Pettinger winkte ab. »Ich habe mein Gepäck schon vor einer Woche vorausgeschickt... Monsieur Sourire, bevor wir die Stadt verlassen, müssen wir noch ein paar Leute abholen.«

Sourire zuckte die Schultern, als wollte er sagen: Sie sind ja nun der Chef. Als sie hinausgingen, hörte Yasha noch, wie Sourire sagte: »Ich hoffe, Sie werden sich nicht an dem Zustand meines Wagens stoßen, Sie und die anderen Herren. Der Anruf kam ja sehr plötzlich, und heute morgen noch hatten wir eine Ladung Schweine...«

Yasha, nunmehr allein, griff nach der Flasche. Der steife Gesichtsausdruck, den er bis dahin getragen hatte, löste sich.

Viertes Kapitel

Freiheit!

Glockengeläut, Blumen, Küsse, Wein.

Die Straße ist breiter als sonst, der Atem kommt rascher, die Sonne ist wirklich die Sonne, und du bist mein Bruder.

Was habe ich auf diesen Tag gewartet. Es ist lange her, daß ich in den Armen meiner Mutter sprechen lernte; aber erst seit heute weiß ich wieder, wie süß die Worte klangen, die sie mich lehrte. Der Wahrheit die Ehre zu geben: Ich kann gar nicht singen. Heute aber möchte ich singen – so will ich denn wenigstens mit anderen zusammen sein, die singen können.

Ich habe in dieser Straße gelebt, in diesem Haus, mit diesen Menschen – schon lange. Heute sind sie anders als sonst – besser, schöner. Wahrscheinlich sind es meine Augen, die sich verändert haben.

So vieles, was ich jetzt wieder tun darf! Ich weiß nicht, wo ich anfangen soll. Ich weiß nicht einmal, ob ich alles tun will, was ich wieder darf, oder welches davon. Vielleicht nichts von alldem! Aber ich lebe auf in dem Gedanken, daß alles mir freisteht und daß ich die Wahl habe.

Ich muß von neuem beginnen, denn dies ist eine neue Welt, und ich kann alles bewegen und alles nach meinem Willen formen. Gott hat nichts vor mir voraus.

Zum erstenmal in seinem Leben sah McGuire eine Barrikade. Er war eine breite Straße mit armseligen Läden, billigen Bistros und verblaßten Reklameschildern entlanggefahren. Aber er hatte hinter französischen Panzern herfahren müssen, die nur langsam vorwärtskamen und die meisten Ehren und den größten Applaus einheimsten.

Als ihr Wagen sich einer verhältnismäßig leeren Straße näherte, die nach rechts führte, befahl Loomis, für den die Panzer ein Hemmnis gewesen waren, das ihn frustrierte, in diese Straße einzubiegen.

»Stoßen wir nur durch!« sagte er. »Wir verpassen sonst die Hauptsache!«

Wo und was diese Hauptsache sein sollte, hätte Loomis nicht zu sagen gewußt. Auf dem letzten Stück des Weges von Rambouillet hatte er sich, als sie sich den Außenbezirken von Paris näherten, von einer Art Befreiungsfieber ergriffen gefühlt. Dies Fieber stieg immer mehr an, und er erklärte ehrlichen Herzens: »Crabtrees! Wir sind Befreier! Wirklich und wahrhaftig – Befreier! Der Teufel hol's!« Irgendeine Erinnerung aus der Schulzeit, aus dem Geschichtsunterricht war in ihm lebendig geworden.

McGuire fand sich, nachdem er Loomis' Befehl befolgt hatte, plötzlich der Barrikade gegenüber. Er betrachtete sie: den umgestürzten Autobus, die Matratzen und Sandsäcke, die Teile eines eisernen Zauns, ein paar Windungen Stacheldraht – nichts, was nicht jeder ordentliche Panzer zur Seite geschoben hätte –, und ein paar Gewehrläufe, die aus dieser behelfsmäßigen Verschanzung auf ihn gerichtet waren. Und obwohl er niemals zuvor von einer Barrikade gehört hatte oder eine Vorstellung davon besaß, welche Art Leute sich ihrer bedienten, empfand er doch eine leichte Erregung und so etwas wie Stolz. Daß Feinde sich hinter dem Ding verborgen halten könnten – auf den Gedanken kam er gar nicht.

Aber Loomis und auch Crabtrees waren sich dessen nicht so sicher. Loomis war für schnellen Rückzug und wollte gerade McGuire den entsprechenden Befehl geben, als drüben einer auf die Barrikade sprang, ganz außer sich ihnen zuwinkte und immer nur rief: »*Américains*! Hurra!«

McGuire mußte lachen. Der Bursche sah aus wie ein Hampelmann da auf seinem Schrotthaufen, war aber, wie McGuire begriff, auch eine Art Signal. Binnen Sekunden veränderte sich das ganze Bild. Die Straße, die bis dahin still und leer gewesen war, füllte sich mit Menschen. Sie kamen aus den Häusern gestürzt und hinter der Barrikade hervor, sie riefen und gestikulierten, kletterten und sprangen über die Sperre, die sie selber errichtet hatten.

Dem ersten »*Américains!* Hurra!« folgten andere, ähnliche Rufe und Freudengebärden. Eine alte Frau mit zerzaustem, grauem Haar warf McGuire Kußhände zu. Kinder brachen zwischen den Erwachsenen durch und sprangen auf den Wagen, ließen sich in einem Haufen auf der Motorhaube nieder und brachen in Jubelgeschrei aus, das niemand, nicht einmal sie selber, verstanden. Ein Mann in schwarzem Anzug und steifem Hut, der sich offensichtlich sehr wichtig nahm, überreichte McGuire drei Flaschen Wein und begann eine Rede zu halten, deren Worte jedoch bald in dem allgemeinen Lärm und Gesang untergingen.

Der Wein bildete nur den Anfang der Geschenke: es folgte ein Korb mit einem Brathuhn drin, überbracht von einer errötenden jungen Frau, an deren Rock sich zwei kleine Kinder klammerten, die mit großen Augen die Fremdlinge anstarrten und zugleich in der Nase bohrten; dann wieder Wein von einem Mann, der offenbar Metzger war – jedenfalls hatte er Blut auf seiner Schürze; Likör von einer Dame, die irgendwie zu erklären suchte, daß diese Flasche der letzte Zeuge der besseren Zeiten sei, die sie erlebt hatte.

Und dann Blumen. McGuire blieb stets ein Rätsel, wie so viele Blumen aller Art in diesen armen und grauen Stadtteil von Paris gelangt waren, Rosen und Nelken und Blumen, die McGuire niemals zuvor gesehen hatte – weiße und gelbe, blaue und rote, purpur- und orangefarbene. Zuerst versuchte er noch, die Blumen an seinem Jeep irgendwie sichtbar zu befestigen, dann aber kamen sie in solchen Mengen und so kurzen Abständen, daß er es aufgab, denn es war weder Platz vorhanden, noch hatte er die Zeit, um sie irgendwo hinzustecken.

Loomis und Crabtrees hingen sich die Blumen am Helm an und überall, bis sie wie preisgekrönte Stiere auf einem Viehmarkt aussahen. Ihre Aufmerksamkeit aber wandte sich bald von den Blumen ab und den Frauen zu.

»Schau einer an!« sagte Crabtrees überwältigt, »schau einer das an!«

Die jungen Mädchen, die sich nun durch die Menge um das Fahrzeug herum bis an den Jeep herangedrängt hatten, waren tatsächlich aufreizend hübsch. Wie sie es fertiggebracht hatten, in der kurzen Zeit seit der Kapitulation der Barrikade sich so zurechtzumachen, oder ob sie in Erwartung der Befreier sich vor Stunden schon bemalt, frisiert und feiertäglich gekleidet hatten, oder ob sie immer so aussahen, das fragten die drei Amerikaner nicht, und es hätte auch keiner beantworten können. Die Mädchen waren einfach da, die

Haare zu hohen Wunderwerken aufgesteckt; unter den duftigen, bunten Kleidern zeichneten sich die Brüste ab; sie hüpften und tänzelten erregt, um möglichst dicht an ihre Befreier heranzukommen, ihnen die Hände zu schütteln, sie zu umarmen, sie zu küssen; dabei schlüpften ihnen die kurzen Kleidchen hoch und die Knie und nackten Schenkel kamen zum Vorschein. Alle Zurückhaltung hörte auf, als die erste sich lachend in Crabtrees' Arme warf.

In ihren jungen Frauen gab sich die Straße, das Arrondissement, die Stadt ihren Befreiern hin.

Niemals hatte Loomis dergleichen erlebt. Er sprang auf und grinste und umarmte und küßte, und kam er einmal zu Atem, schlug er Crabtrees auf die Schulter und rief: »Hab ich's nicht gesagt? Hat es sich nicht gelohnt?«

Und Crabtrees juchzte vor Vergnügen und schrie nur noch: *»Liberté! Fraternité! Egalité!«* und steckte sich immer neue Sträußchen hinters Ohr.

»Hier – die ist mein Geschmack!« rief Loomis und griff sich das Mädchen, das sich gerade auf den Wagen schwang.

Es war Thérèse.

Sie war von der anderen Seite der Barrikade gekommen; Mantin hatte die Barrikade zum Teil wegräumen lassen, damit der Jeep weiterfahren könnte, sobald die Menschenmenge ihre Begrüßung beendet hätte.

Zunächst hatte sie sich im Hintergrund gehalten, um sich diesen wilden Karneval anzusehen; dann aber war sie von der Menge mitgerissen und mit jedem taumelnden Schritt stärker von der Stimmung des Augenblicks erfaßt worden, bis sie, vor dem Jeep angelangt, den Jubel genauso spürte wie die andern um sie herum. Eine neue Zeit brach an! Die Menschen lachten, liebten und lebten wieder!

Sie fühlte, wie jemand sie hochhob, fühlte die starken Arme des großen Amerikaners, der sie lachend umarmte – er sagte etwas zu ihr, was sie nicht verstand, dann senkte sich sein Gesicht über das ihre. Ein Glücksgefühl durchströmte sie, und sie schloß die Augen.

Das Knattern von Schüssen zerriß die Luft. Ihr Echo hallte zwischen den Mauern der Häuser wider, irgendwo prallte eine Kugel ab und jagte ein Stück Stuck prasselnd auf die Straße herab.

Loomis erstarrte. Seine Lippen, eben noch halb geöffnet, weich, bereit, Thérèse zu küssen, wurden steif und kalt; er hatte das furchtbare Gefühl, daß er ganz allein der unsichtbaren, tückischen Gefahr ausgesetzt war.

Unwillkürlich schob er das Mädchen als Kugelfang vor sich und rutschte hinunter auf seinen Sitz. »Starten!« brüllte er McGuire zu. »Raus von hier! Gib Gas, Mensch!«

Wieder fielen Schüsse. McGuire glaubte das Dach ausgemacht zu haben, von wo sie kamen.

Bei den ersten Schüssen noch blieb die Menge regungslos. Bei den nächsten aber lief alles wild auseinander; die Frauen zerrten ihre Kinder hinter sich her; ein paar von den Kindern gerieten den Erwachsenen zwischen die Beine und stürzten zu Boden, und die Menge trampelte über sie hin.

Mantin rannte auf den Jeep zu. »Helft uns!« rief er in gebrochenem Englisch. »Die Faschisten!« Er deutete zu den Dächern hinauf. »Heckenschützen – französische Verräter – die Deutschen haben sie zurückgelassen...«

»Los! Abfahren!« rief Loomis.

McGuire drehte sich um zu ihm, sah, daß er das Mädchen als Schild benutzte, knurrte etwas Böses, packte Loomis dann bei den Handgelenken und brach den Griff, mit dem der Captain Thérèse festhielt. Loomis zuckte zusammen vor Schmerz und ließ los; McGuire hatte gerade noch Zeit, Thérèse zu Boden zu drücken, zwischen die angehäuften Geschenke, bevor die Schüsse zum drittenmal kamen.

Dann fuhr er mit einem Ruck an, den Daumen auf der Hupe.

Mantin mußte zur Seite springen und zusehen, wie der Jeep durch die Bresche in der Barrikade raste, die er selber gerissen hatte. Einen Moment schloß er die Augen, als versuchte er, dem Bild zu entgehen.

Ein paar seiner Leute lagen noch immer hinter der Barrikade und waren in den Schutz des Autobusses und der Sandsäcke gekrochen. Mantin sammelte sie und führte sie in das Haus, von dem aus er die Faschisten auf die Menge hatte schießen sehen.

Beim Emfang im Hotel Scribe trug man Loomis und Crabtrees ein und stellte wegen Thérèse keine Fragen. Beide Männer waren über und über mit ihrer Feldausrüstung und den Flaschen der dankbaren Pariser beladen. Thérèse trug den Korb mit dem gebratenen Huhn.

Sie hatte Hunger. Das Tuch, mit dem das Huhn zugedeckt war, hatte sich bei der schnellen Fahrt von der Barrikade zum Scribe gelöst; Loomis, dem das Bewußtsein noch in den Knochen steckte, wie gefährlich diese Volksempfänge waren, hatte keinen weiteren Aufenthalt geduldet. Zwischen Brotbeutel, Schlafsäcke, Flaschen und Blumen gepreßt, hatte Thérèse während der ganzen Fahrt das Huhn sehen und riechen müssen. Immer wieder mußte sie schlucken, es war unvermeidlich. Ein graues Brötchen zum Frühstück war ihre letzte Mahlzeit gewesen.

Die angenehm fette, beruhigend wirkende Hühnerbrust vor Augen, hatte Thérèse zum erstenmal an diesem Tag über die Veränderung ihrer Welt nachgedacht. Diese Veränderung war so rasch gekommen, daß sie sich ihrer erst bewußt wurde, nachdem sie bereits in den Strom der Ereignisse geraten war, und es hatte ihr Spaß gemacht, wie sie jetzt feststellte, mitgeschwemmt zu werden.

Dennoch blieb ihr das dumpfe Gefühl: hier gehöre ich nicht her, zu diesen Fremden, zu diesen Soldaten – Gott weiß, wohin sie fahren und was sie vorhaben. Die Barrikade war trotz aller Angst und Spannung noch eine Art Halt gewesen, ein Fels im Strom, an den man sich klammern konnte. Nun war sie losgerissen worden – in einem Augenblick, als noch immer die Schüsse fielen – nein, diese Schüsse waren wohl die letzten, der Kampf war vorbei, die Befreier waren da, und sie fuhr mit in einem ihrer Wagen.

Und der Wagen fuhr zu schnell, und der Geruch des Hühnchens stieg ihr in den Kopf – und überhaupt war das Ganze ein viel zu großes Abenteuer, als daß sie jetzt noch hätte aussteigen können. Von dem Augenblick an, als der seltsame Mantin den Autobus hatte umstürzen lassen, war sie mit in den Strudel einer neu entstehenden Welt geraten und hatte die Hand des Schicksals gespürt und erkannt, daß es nutzlos war, sich dem entziehen zu wollen.

Alles, was sie in den Jahren der Zurückgezogenheit hatte entbehren müssen, wollte nun gelebt werden. Die Früchte der Freiheit!

Geben und Nehmen sind eins! Wir sind plötzlich so reich, daß der Überfluß die Herzen sprengt, wir verschenken alles und empfangen dafür tausendfach.

»Kommen Sie nicht mit uns hinauf?« fragte Loomis.

Sie war noch immer mit ihren Gedanken beschäftigt. Loomis legte den Arm um sie, schützend, aber auch Besitz ergreifend und sogar fordernd.

»Ich komme schon mit«, sagte sie in ihrem Schulenglisch und folgte den beiden Amerikanern gehorsam zum Aufzug. Die neue Welt, die sie betreten hatte, empfand sie noch als unwirklich – die weichen Teppiche, die tiefe, warme Tönung der Möbel, das glänzende Messing. Aber sie begann auch schon, sich darin wohl zu fühlen.

»*Das* ist was!« sagte Loomis. Er warf sich aufs Bett, die Haken seiner Gamaschen verhedderten sich in der Goldstickerei des dunkelblauen, seidenen Bettüberzuges.

Das – das begriff alles ein: den ungewohnten Luxus, die Badewanne, die Frauen auf der Tapete, den vergoldeten Spiegelrahmen, das Mädchen, Alkohol, das Gefühl: *Wir sind angekommen,* und: *Hier bleiben wir* – und zum Teufel mit der Frage: *Wie lange?*

Crabtrees küßte das Mädchen. Er erklärte Thérèse lachend, ihm stehe sein Anteil an Küssen noch zu – die Dachschützen hätten ihn zu kurz kommen lassen.

Thérèse gestattete ihm, sie zu umarmen. Er war so jung. Er hatte nicht einmal einen richtigen Bartwuchs – die Stoppeln an seinem Kinn und über seiner weichen Oberlippe waren kaum mehr als ein Flaum.

Loomis zog seinen Mantel aus und setzte den Helm ab. Thérèse sah, daß er spärliches, dunkles Haar hatte, das der Helm durcheinandergebracht hatte. Aus irgendeinem ihr nicht ganz klaren Grund hatte sie Mitleid mit ihm. Sie löste sich von Crabtrees. Aus ihrer Handtasche nahm sie einen Kamm, trat hin zu Loomis und zog den Kamm durch sein Haar – ganz sanft, und streichelte ihm über die Stirn.

Loomis rekelte sich, schnurrte wie ein Kater und rief Crabtrees zu: »Diese Frauen! Ah, diese Frauen!« Dann richtete er sich auf, legte die Arme um Thérèse, zog sie dicht zu sich heran, zwang sie zwischen seine Schenkel und preßte seinen Kopf gegen ihren Schoß.

Thérèse entzog sich ihm, obgleich in ihr immer noch das wunderbare Gefühl war, geben zu wollen.

»Tu ne veux pas...«, sagte Loomis, *»coucher?«*

Sie lachte und warf den Kopf zurück. Wie ungeschickt sie doch waren! Fremde Männer in einem fremden Land! Sie hatten einen Ozean überquert und fühlten sich einsam; und sie war so reich in ihrer neuen Welt, sie konnte es sich leisten, sich von ihnen befühlen und betasten und küssen zu lassen..., aber *doucement*! Nicht so...

»Ich habe Hunger«, sagte sie.

Das konnte Loomis verstehen. Auch er war hungrig. Er griff nach dem Korb, und sie zogen das Huhn hervor und verteilten es unter sich, bissen hinein, daß das Fett ihnen übers Gesicht und die Finger troff. Loomis griff nach einer Flasche und befahl Crabtrees, Gläser aus dem Badezimmer zu holen. An der Tischkante schlug er der Flasche den Hals ab. Rotwein floß über den Teppich. Loomis lachte. Er dachte an zu Hause, was wohl Dorothy gesagt hätte, wenn er Wein auf ihren Teppich vergossen hätte. Aber hier war er ja nicht zu Hause. Gott sei Dank.

Sie prosteten einander zu und tranken. Jetzt erst bemerkte Loomis, wie ausgedörrt er war, und er trank den Wein in großen Schlukken, füllte sein Glas von neuem und goß auch dem Mädchen nach.

»Du heißt Thérèse? Sehr schön, *très beau, très joli*! Du mußt trinken. Trink dein Glas aus, er ist gut, der Wein, hat uns auch nichts gekostet.«

Sie nippte an ihrem Wein.

»Trink aus! Ganz aus! Siehst du, so! In Amerika heißt es immer Schritt halten!«

Er lachte wieder und zog sie auf seine Knie. Er hielt ihr das Glas an die Lippen und flößte ihr den Wein ein.

Sie wehrte sich, gab aber dann nach. Er meinte es ja gut. Er wollte nur, sie sollte dasselbe haben wie er, und sie wollte ihn nicht enttäuschen. Er war derb und ungeschliffen – wie sollte er denn auch anders sein! Er war Soldat! Aber er war ein Soldat, der ihr eine neue

Welt gebracht, ihr und Mantin und den Leuten hinter dem umgestürzten Autobus. Dadurch wurde er zu einer besonderen Art von Soldat, einer viel besseren Art. Deshalb auch wollte er das Huhn, den Wein und alles mit ihr teilen. Natürlich mußte es ihm schwerfallen, seine Gefühle ihr gegenüber *doucement* auszudrücken. Er war eben Soldat.

Crabtrees bewunderte Loomis' Methode, die Flaschen zu öffnen. Er hatte es nun selber geübt und wollte zeigen, was er konnte. Bald war eine Flasche nach der anderen geöffnet, und die drei mußten weitertrinken, auch nachdem das Huhn aufgegessen und die Knochen unter den Teppich unterm Bett geschoben worden waren.

Thérèse lehnte ihren Kopf an Loomis' Brust. Crabtrees hatte ihre Füße auf seinen Schoß genommen, streichelte erst ihre Knöchel, dann die Waden, dann die Knie; und nun tastete er verstohlen weiter an ihren Schenkeln hinauf. Sie versuchte ihn abzuwehren, aber sie war müde und träge, und seine Berührung war angenehm und beruhigend.

Loomis erzählte eine lange Geschichte, die sie zum größten Teil nicht verstand: etwas über Amerika, wo er ein sehr bedeutender Mann war. Er muß ein bedeutender Mann sein, dachte sie, er war in seinem eigenen Wagen nach Paris hineingefahren worden, war in diesem großen Hotel abgestiegen und hatte das herrlichste Luxuszimmer erhalten.

Er gab ihr eine Zigarette. Sie hatte seit langem keine Zigarette mehr geraucht, seit Wochen, vielleicht seit Monaten nicht. Sie rauchte durch die Lunge, und der Wein und das Rauchen verursachten ihr einen leichten Schwindel. Was sagte er da? Er sprach von Frauen, von Frauen, die er besessen hatte. Schnitt er auf, oder nicht – was tat es? Er war ein großer, starker Mann, und viele Fauen mochten ihn schon gern gehabt haben. Auch sie mochte ihn – ein bißchen. Der andere streichelte nun ihre Schenkel, seine Finger kitzelten. Sie schlug nach seiner Hand. Er lachte. Kindisch, wie er lachte. Nun, er war nur ein Junge, und dort drüben hatten sie ihn wahrscheinlich von der Schulbank geholt und ihn in eine Uniform gesteckt und hierher verfrachtet, weit weg von zu Hause, um die Deutschen vertreiben zu helfen, damit sie, Thérèse Laurent, dieses herrliche Hotel betreten und ihren Kopf an der Brust dieses bedeutenden Amerikaners ausruhen, Wein trinken und Zigaretten rauchen und ein Leben beginnen durfte, das wert war, gelebt zu werden.

Loomis hatte eine Flasche Kognak aufgemacht, und sie tranken nun den Kognak aus Wassergläsern.

Thérèse versuchte ihnen zu erklären, daß man das nicht tat – Kognak trank man mit Maß, in kleinen Züge, aus kleinen Gläsern; man behielt ihn ein wenig auf der Zunge und ließ ihn dann allmählich in die Kehle rinnen; man genoß ihn und fühlte, wie die Wärme einem in die Glieder ging. Aber nicht so! Dazu war er zu stark! Es war kein Wasser und auch kein Wein!

Aber sie mußte mit ihnen Schritt halten. Sie bestanden darauf. Wie hätte sie auch in so kurzer Zeit sie belehren können? Und auf alles, was sie nicht verstehen wollten, antworteten sie: »*No compris...*« Der Kleine küßte ihre Knie und Schenkel; seine Zunge war zu naß, und seine Lippen waren ungeschickt. Sie lehnte sich noch immer an den Großen, der nun wieder etwas sagte.

»Ich heißte Victor Loomis, hörst du. Du heißt Thérèse, *très beau, très joli*, und mein Name ist Victor – nenn mich ganz einfach Vic!«

»Victor Loomis«, sagte sie. »Vic!« und sie verspürte plötzlich eine unwiderstehliche Lust zu lachen. Sie legte ihre Hand auf den Kopf des Jungen; er hatte lockiges Haar, das sich fusselig anfühlte. Der Junge war noch ziemlich dumm, er würde bestimmt irgendwo in Schwierigkeiten geraten, irgendeine Frau würde ihn ausnützen. Aber sie war froh, daß er nun hier und sie nicht allein mit Vic war.

Der Große hatte ihr seine Hand auf die Brust gelegt. Sie spürte, wie ihre Brüste sich veränderten, ähnlich wie zu Haus, wenn sie vor den Spiegel trat und ihre Haut berührte. Es war kein guter Spiegel; sie sah darin immer etwas verzerrt aus. Ihre Brüste waren im Verhältnis zu ihrem übrigen Körper ein wenig zu schwer, sie wußte es. Aber Vic, der Große, schien gerade das gern zu haben. Auch ihr Kopf war plötzlich zu schwer für ihren Körper geworden. Der Kopf wurde immer schwerer, und sie wünschte, die Amerikaner würden sie nun schlafen lassen. Das Bett hier war so groß und weich und breit, viel besser als ihr eigenes, wenn auch die Decke von den Stiefeln des Mannes beschmutzt war, den sie Vic nennen sollte.

Vic sagte etwas zu dem Jungen. Sie konnte diesen seltsamen, langgezogenen Lauten nicht folgen. Aber sie sah, daß der Große mit der Hand auf eine Tür wies – die Tür zum Badezimmer. Später würde sie selber auch dahinein gehen müssen, sie hatte so viel Wein und Kognak getrunken; wenn aber der Kleine zuerst gehen mußte, sollte er nur gehen, er war noch so ein Kind. Warum aber war es Vic, der ihn dahin schickte? Vielleicht war der Kleine schon zu betrunken, um zu wissen, was gut für ihn war.

Dann waren sie und der Große allein.

Loomis langte nach der Kognakflasche; die war leer. Die Hälse aller anderen Flaschen waren gebrochen – alle waren sie leer. Loomis rieb sich die Stirn und versuchte, seine Gedanken aus gewissen Windungen in andere hineinzuzwingen. Schließlich sah er klar. Er wankte zum Telephon und verlangte nach McGuire.

»Mein Fahrer, ja, natürlich, er muß draußen sein – irgendwo vor Ihrem verdammten Hotel in einem Jeep... Wissen nicht, was ein Jeep ist? Ein kleiner Wagen, niedrig gebaut, werden ihn schon finden – suchen Sie ihn, sagen Sie ihm, er soll mir etwas zu trinken bringen – Captain Loomis... Ell – zweimal o – emm – i – ess!... Natürlich hat er was – diese Pariser – werfen's einem ja nach – braucht bloß im Jeep sitzen und einsammeln... Liberté – Egalité – also los, hoch das Bein! – haben mich verstanden?...«

Er wandte sich wieder Thérèse zu. »Siehst du? Ich brauch bloß auf den Knopf zu drücken, und schon springen sie!«

Er umarmte sie. Ihr Kleid, das am Morgen noch so frisch ausgesehen hatte, trug nun die Spuren der Barrikade, der Fahrt im Jeep und der Toberei hier im Zimmer.

»Oh, dein schönes Kleidchen«, sagte er mit echtem Bedauern, »*très joli* – ganz zerdrückt. *Pauvre petite*...«

Er begann sie auszuziehen. Sie wehrte sich.

Er legte ihr seine Hand auf die nackte Schulter, und ihre Blicke begegneten einander. Die roten Ränder um seine Augen waren noch deutlicher geworden, in seinen Pupillen glomm etwas auf.

»Hör zu«, sagte er, »jetzt ist es genug. Du bist mitgekommen hier herauf, du hast gewußt, warum, also mach jetzt kein Theater. Dort, wo ich herkomme, haben wir jedenfalls andere Spielregeln. Und hier ist noch dazu Paris! Verdammt noch eins!«

Sie hielt ihren Finger auf seine Lippen.

»Verdammt noch eins!« brüllte er.

»Schrei doch nicht so...«

Der Kleine war noch immer nicht zurückgekommen. Vielleicht hatte ihn der Große wirklich weggeschickt, und sie hatten es untereinander vereinbart.

Sie war so müde, sie konnte sich kaum auf den Füßen halten.

»So ist's richtig«, sagte Loomis, »so ist's schon viel besser. Du bist süß – bist du.«

»Nicht – nicht doch reißen!«

»Ich paß schon auf, Liebling. Nur keine Sorge. Ich kauf dir ein neues Fähnchen...«

Seine Hände schienen überall zu sein.

Sie deutete zum Fenster, das weit offen stand.

Er nickte; er hatte verstanden. Er langte zwei Gläser vom Tisch; in beiden befand sich noch ein Rest Kognak. Er reichte ihr ein Glas, und Arm in Arm gingen sie zum Fenster, um den Vorhang vorzuziehen. Arm in Arm. Es war beinah freundschaftlich, beinah heiter.

Dann standen sie beide am Fenster. Thérèse blickte an sich herab. Bis zur Hüfte war sie nackt. Sie wollte ins Zimmer zurück, aber es ging nicht. Loomis hielt sie an sich gepreßt, sein Arm war wie ein Schraubstock; seine eine Hand lag auf ihrer Brust.

»Der Vorhang!« sagte sie.

Dann sah sie, wie er jemandem zuwinkte.

Auf der anderen Seite des Hofs des Hotels Scribe, an einem Fenster ihnen gegenüber, stand ein anderes Paar, bereits völlig nackt. Der Mann lehnte sich zum Fenster hinaus und rief: »Hallo, Loomis!« Dabei zeigte er auf die nackte Frau neben sich und hob sein Glas.

»Hallo, Willoughby!« brüllte Loomis. Begeistert schwenkte er sein Glas.

»Prima Tag!« rief Willoughby. »Amüsiert ihr euch wenigstens gut dort drüben?«

»Nicht schlecht, Major, nicht schlecht! Wir tun unser Bestes!«

In diesem Augenblick trat MacGuire ein. Er hatte angeklopft, aber auf sein Klopfen hatte niemand geantwortet, und nun hatte er das ganze Panorama vor sich: Loomis und die halbausgezogene Thérèse und durch das Fenster hindurch den Major und dessen Nackte. Er sah, wie Thérèse sich von Loomis losriß und auf ihn zulief.

Sie schien ihn zu erkennen, denn sie blieb jäh stehen, flüchtete dann zum Bett, zog die Decke herunter und versteckte sich.

McGuire stellte schweigend eine Flasche auf den Boden und ging.

Es tat ihm leid, daß er die Flasche gebracht hatte. Der Mann, der sie ihm vor dem Hotel gegeben hatte, schien so ein netter Kerl gewesen zu sein.

Im Aufzug hatte McGuire Zeit genug, sich über die Gründe seiner plötzlichen Wut klar zu werden und Entschlüsse zu fassen. Er hatte Captain Loomis nie besonders sympathisch gefunden; aber Loomis war immerhin ein Mann mit Schulbildung und ein Offizier dazu, und er sollte eigentlich wissen, was sich gehörte. Offenbar hatte er, McGuire, diesen ganzen Befreiungsrummel mißverstanden. Die Leute, von denen sie hier in dieser Stadt bewillkommnet worden waren, gehörten anscheinend alle zu einem einzigen großen Vergnügungspark, in dem keine Beschränkungen galten, und für ihre Geschenke und ihr Händeschütteln und ihre Küsse erwarteten sie wohl irgendeine Gegenleistung und würden wohl eines Tages ihre Rechnung vorlegen. Wenn er noch länger wartete, nach allen Seiten hin grinste und grüßte wie ein Idiot, betrog er sich nur selber um seinen Anteil an diesem Vergnügen.

Wenn der Captain ihn für so blöde hielt, täuschte er sich. In einem Jeep sitzen und warten, vor einem Hotel stehen wie der Chauffeur eines feinen Herren, Alkohol für Loomis einsammeln, damit dieser Jammerlappen sich einen guten Tag machte – nein, danke!

McGuire durchbrach den Menschenhaufen, der seinen Jeep umlagerte. Alle jagte er fort, alle – bis auf eine. Diese hatte blondes Haar und vorstehende Knie unter ihrem kurzen Rock und schlenkerte eine schwarze Lacktasche in einer Hand. Ihr gab er das gewisse Zeichen, und sie trat hüftenwackelnd an seinen Jeep.

»Na, wie steht's, Baby?« sagte er.

Sie schwang sich in den Jeep und setzte sich dicht zu ihm; ihr Kleid rutschte noch höher.

Er nahm ein fast volles Päckchen Zigaretten heraus.

»Magst du eine?«

Sie griff nach dem Päckchen.

»O nein – so nicht!«

Sie blickte ihn fragend an: »Du – mich – *fic-fic*? Zigaretten?«

McGuire hörte *fic-fic* zum erstenmal, aber er wußte sofort, was es bedeutete.

»Erst *fic-fic* – dann Zigaretten...«

Sie nickte. Sie war einverstanden.

Er legte den Arm um sie. Sie begann sich zu bewegen, so wissend, so erfahren, daß es ihn überhaupt nicht störte, daß sie nicht ausgezogen war. Es störte ihn auch nicht, daß wieder eine Menge Menschen sich ansammelte – andere als zuvor: Menschen, die sich auch für diese Vorstellung interessierten; die einen kicherten, die anderen machten Bemerkungen, die er nicht verstand, die aber wohl komisch waren. Ihm war es gleich. Die Leute gehörten mit zu diesem Rummelplatz, und sicher würden auch sie ihn bald um Zigaretten anbetteln. Er sog den Geruch des Mädchens ein; ein scharfer Geruch, der ihn erregte. Sie war gar nicht übel; sie war zumindest ebensogut wie die, die Loomis und der andere Kerl dort oben hatten. Der einzige Unterschied war; sie trieben es in einem guten Bett, oben im fünften Stock, und er hier unten. Paris war großartig. In Amerika ließ sich so etwas nicht so machen, dort mußte man erst mit einer Frau ausgehen und Geld für sie ausgeben und lauter Leerlauf veranstalten. *Fic-fic!* Er hatte sehr weit fahren müssen, um zu seinem *fic-fic* zu kommen, aber es war der Mühe wert gewesen.

Dann wurde sie ruhig und streckte ihre Hand mit den spitzen, roten Fingernägeln aus.

»Zigaretten?«

Er warf ihr großzügig das Päckchen hin.

Sie zündete eine an und atmete den Rauch ein. »Du – wieder *fic-fic*? Zigaretten?«

»Mach, daß du wegkommst«, sagte er. Er spürte auf einmal die

Blicke der Menge, die auf ihn gerichtet waren. Das Gelächter und die witzigen Bemerkungen waren verstummt. Die Leute sahen ihn einfach nur an, und die Sache gefiel ihm nicht.

»Macht, daß ihr wegkommt!« rief er. »Alle!«

Aber sie verstanden ihn nicht oder wollten ihn nicht verstehen, oder es lag Absicht darin, daß sie so dastanden und ihn anstarrten; und er konnte ihnen nun nichts mehr befehlen – er wußte es –, denn er hatte etwas getan, wodurch all sein Gebrüll und all seine lauten Befehle bedeutungslos wurden.

»Fic-fic!« rief er und ließ den Motor anspringen. »Mich könnt ihr alle *fic-fic*!«

Das Mädchen sprang eilig hinaus, als der Jeep sich in Bewegung setzte. Sie schien Angst vor McGuire zu haben.

Fünftes Kapitel

Endlich ließ er von ihr ab, und sie war frei. Thérèse wollte sich an nichts mehr erinnern, und Gott sei Dank war das meiste, was er mit ihr getrieben hatte, hinter irgendwelche Nebel versunken; doch blieb immer noch genug im Bewußtsein, daß sie sich für den Rest ihrer Tage davon beschmutzt fühlen konnte – der Vorgang am Fenster; und wie er sie dann aufs Bett zwang, sein Atem, heiß und stinkend, seine ungeschickten Zärtlichkeiten, grob und dumm, wie sie waren; und dann das Ende, unbeherrscht und schmerzhaft.

Als sie ihm nein sagte und zu weinen anfing, hatte er sie bedroht: Wozu das Gezeter? Du willst nicht? Du wirst schon noch wollen!

Und dann hatte er genug gehabt und war eingeschlafen. Durch die Tür des Badezimmers hindurch hörte sie das leise, schluchzenähnliche Schnarchen des Kleinen.

Thérèse schlüpfte in ihr Hemd, in ihr Kleid und zog sich die Schuhe an. Nur leise, leise, um Gottes willen, nur vermeiden, daß sie ihn störte und er aufwachte...

Das war die Hauptsache: erst mal weg von hier! Ihr Mund war ausgedörrt, Arme und Beine waren ihr wie zerschlagen, ihr Kopf schmerzte, ihr Bewußtsein war nur von scheußlichen Gedanken erfüllt, nichts war mehr an seinem Platz, und jede Größenordnung war zerstört.

Ja, sie war mit diesen beiden Amerikanern in dieses Zimmer gekommen. Was hatte sie erwartet? Sie hatten den Wein und die andern Geschenke der Leute angenommen, sie hatte es doch gesehen; warum sollten sie dann nicht auch die Frauen nehmen? Aber Wein und Hühnchen waren ihnen freiwillig geboten worden, Hände hatten sich ihnen entgegengestreckt, und in den Herzen war Dankbarkeit und Freude gewesen.

Mein Gott, sie hatten nicht einmal abgewartet, ob sie sich vielleicht freiwillig...

Wenn er nur nicht so gekeucht und aus dem Munde gestunken hätte. Die Schafe voriges Jahr, als sie nach Neufville gefahren war und der Bauer sie hinter das Haus führte – die Schafe stanken genauso. Der Bauer hatte sie mit seinem Hängebauch gegen einen Zaun gedrängt – ich geb dir Eier, zwei Dutzend, drei Dutzend, und Butter. *Etienne – Etie-e-ennnne!* Irgendwo gackerte die Frau den Namen, wie eine Henne. Der Bauer hustete und geiferte, und plötzlich ließ er sie gehen. Damals hatte sie nur gelacht und war davongelaufen – aber den Geruch nach Schaf hatte sie nicht vergessen.

Wir standen am Fenster und tranken. Im Zimmer war es heiß, oder mir war heiß gewesen – es macht keinen Unterschied... Ein Luftzug kam und berührte die nackte Haut. Das war gut gewesen. Es war, als hätte dieser Luftzug zärtliche Finger gehabt. Natürlich, ich hätte aus dem Fenster springen können. Wie viele Stockwerke waren es? Drei, vier, fünf? Sie hätten mich weggekarrt, und gegrinst hätten sie auch: Warum ist die denn nackt bis zur Hüfte? Betrunken... Natürlich war ich betrunken. Austrinken, alles! *Doucement* – man muß den Kognak langsam über die Zunge laufen lassen, dankbar – ist doch ein Geschenk Gottes. Ein Geschenk Gottes – sie haben nie dafür gearbeitet. Sie bekamen alles umsonst, dafür, daß sie mit ihrem olivfarbenen Wagen nach Paris hineinrollten und die Freiheit brachten, daß sie die *boches* vertrieben und auf den frischen

Laken des Hotels Scribe es mit ihr trieben und schließlich besoffen einschliefen. So haben sie den Kognak in sich hineingegossen – warum auch nicht? *Mon Dieu!* Wer sollte es ihnen denn verbieten?

Und dann der Kleine mit seinen Kitzelfingern. Sie hatten es untereinander abgemacht; natürlich hatten sie das; aber der Kleine hatte dann im Badezimmer wohl jegliches Bewußtsein verloren und war also nicht mehr fähig gewesen, zurückzukommen und auch noch auf sie hinauf. Sie sind alle dieselben, aber vielleicht hätte er nicht so gestunken. Nun wird er ins Zimmer treten und den anderen vorfinden, den Schläfer, den Großen, aber sonst niemanden. *Pauvre petit.* Fährt über einen ganzen Ozean, nur um ein Bett leer zu finden. Überqueren ein ganzes Meer – lauter Helden.

Sie sahen prachtvoll aus. Ja, sie sahen wirklich prachtvoll aus. Als sie hinter der Barrikade vortrat und sie erblickte, stand die Sonne hinter ihnen, und sie waren wie in Licht getaucht, die Eroberer, aufrecht auf ihrem Wagen. Wer konnte ihnen widerstehen? Was sollte man anderes tun, als sich ihnen an die Brust werfen – alle taten es, und was hatte man denn von seinem Leben gehabt bis zu dem Augenblick, da sie kamen und hinter ihnen die Sonne stand? Man warf sich ihnen an die Brust – und dann fielen die Schüsse. Sie mußte plötzlich lachen. Ja, so war es gewesen. Der Große, der Held, der Eroberer, hatte sich hinter ihr versteckt.

Freiheit!

Glockengeläut, Blumen, Küsse, Wein. Erst seit heute weiß ich wieder, wie süß die Worte klangen, die meine Mutter mich lehrte.

Freiheit!... Hör zu, wenn du nicht willst, mach ich dir's eben. Wozu, glaubst du, bist du mit uns hier heraufgekommen? Also sei vernünftig. Hier – trink noch einen! Die Flasche ist noch voll!

Sie fand die Treppe für das Hotelpersonal und ging hinunter, der Geruch schmutziger Wäsche und abgestandenen Essens schlug ihr entgegen. Der Geruch störte sie nicht. Er gefiel ihr sogar, denn er paßte zu ihr. Und plötzlich konnte sie nicht mehr weitergehen. Sie setzte sich auf eine Stufe und heulte los.

Nachdem sie sich ausgeweint hatte, fühlte sie sich erleichtert. Sie konnte es nicht länger ertragen, mit sich allein zu sein. Sie wollte unter Menschen sein – unter Menschen ihresgleichen. Wohin gehörte sie eigentlich?

Zu der Barrikade! Zu der Barrikade, die die Deutschen nie angegriffen hatten. Aber sie und die Leute hinter der Barrikade waren bereit gewesen zu kämpfen. Sie war in ihre Gemeinschaft aufgenommen worden, weil auch sie bereit gewesen war.

Mantin hatte es ihr während eines ruhigen Augenblicks erklärt. »Thérèse Laurent«, hatte er gesagt, »erwarten Sie nichts, nicht einmal *gloire*. Mit der *gloire* ist es so eine Sache – sie ist so viel wert, wie man selbst davon hält. Das hier ist ein übles, schweres und gefährliches Geschäft. Ein paar von uns sind schon seit Jahren dabei, andere, wie Sie, sind erst heute zu uns gestoßen. Sie sollten wissen, worauf Sie sich einlassen. Wollen Sie noch immer mitmachen?«

Zu der Stunde hatten sie alle den Angriff erwartet. Man hatte gerade ein deutsches Raupenfahrzeug mit Maschinengewehren gesichtet, es sollte sich nur zwei Häuserblocks entfernt befinden.

Sie hatte gefragt: »Haben Sie nicht Angst, daß ich davonlaufe? Sie wissen doch, ich bin bei so etwas noch nie dabeigewesen.«

»Nein«, hatte Mantin gesagt, »aber vielleicht wollen Sie doch jetzt lieber gehen. Wir haben noch ein paar Minuten Zeit. Die Deutschen sind ziemlich verzweifelt, und die faschistische Miliz auch, die sie zurücklassen. Ich will nicht, daß Sie eins verpaßt kriegen.«

»Ich bin nicht besser als Sie«, hatte sie geantwortet.

Und Mantin hatte gesagt: *»Ça va!«* Er wandte sich um und fuhr einen seiner Leute an, dem Sand in das Karabinerschloß geraten war.

Wie weit zurück schien dies alles schon zu liegen! Die Spannung vor dem erwarteten Kampf war einem Siegesgefühl gewichen, das alles durchdrang. Die Menschen wurden eins, keine Schranken mehr, ein einziger Jubel, Zögern und Zweifel verschwanden. Man konnte ihr keinen Vorwurf machen, daß sie sich fortschwemmen ließ von all dem.

Sie verließ das Hotel und begann Mantin zu suchen. Wie aber unter den Millionen von Menschen, die auf die Straßen strömten, diesen einen Mann finden? Aber was konnte sie denn tun, sie trieb in der Menschenmenge auf die Madeleine zu und suchte nach dem Mann mit dem Strohhut. Sobald sie einen Strohhut erblickte, der dem seinen ähnlich sah, drängte sie sich durch die Menge dorthin; nur um festzustellen, wenn sie sich endlich durchgeschlagen hatte, daß es wieder nicht Mantin war.

Aber etwas von Mantins Ausdruck lag auf allen diesen Gesichtern, Strohhut oder nicht: eine neue Hoffnung, eine neue Kraft, das Bewußtsein gemeinsamen Zieles und gemeinsamer Tat. Eine Illusion – vielleicht. Etwas, was sie gefühlt und dann verloren hatte. Etwas, was sie wiedergewinnen mußte, denn einmal erlebt, blieb es unvergessen.

In den frühen Nachmittagsstunden traf Yates in Paris ein. Um die Zeit befand sich die Stadt bereits in einem Freudentaumel. Mit Ausnahme der Straßen, in denen Dachschützen oder einige versprengte deutsche Trupps noch einen hoffnungslosen Kampf lieferten, standen die Menschenmassen überall wie eine undurchbrochene, farbenfrohe Mauer an den Bürgersteigen entlang und preßten von dort auf die Fahrbahn, brachen zwischen den Armeefahrzeugen durch, lärmten, riefen, sangen und tanzten.

Yates wurde von der Begeisterung angesteckt. Er versuchte mit seinem Lastwagen durchzukommen und seine Befehlsstelle zu finden, falls eine solche schon eingerichtet war, er wußte, daß er sofort an die Arbeit gehen mußte – jede nicht genutzte Stunde bedeutete in einer Stadt, die in einen solchen Trubel geraten war, daß gewisse Personen untertauchten, Spuren verwischt, wesentliche Dokumente zerstört wurden. Dennoch – auch er wurde mitgerissen. Niemals bisher in seinem so geordneten Leben hatte er eine solche Wärme gespürt, die *ihm* entgegenschlug, Augen gesehen, die *ihm* zu danken, Hände, die nach *ihm* sich auszustrecken schienen; er stellte sich auf das Trittbrett des Wagens – mit der Linken hielt er sich fest, mit der Rechten winkte er Dank für diese Begrüßung, rief allen möglichen Unsinn, der aber von Herzen kam. Und dachte: Bei Gott! Ich bin froh, daß ich das erlebt habe! *Le jour de gloire est arrivé!* Der große Kreuzzug! Wir haben einem Tyrannen Einhalt gebieten wollen, wir haben es geschafft, er ist vertrieben. Der Chor aus der

Neunten: Seid umschlungen Millionen! Ich umarme euch, Völker der Erde – den hohen Ton halten, der über dem Ganzen schwingt...

Aber er mußte sich losreißen. Er ließ seinen Wagen in einer Garage, die von einer französischen Pak-Kompanie besetzt war, vertraute ihn ihrer Obhut an und hoffte im stillen, daß die Ladung bei seiner Rückkehr zum größten Teil noch vorhanden sein würde. Er mußte mit DeWitt und Crerar in Verbindung treten. Er versuchte, sie an allen Stellen zu finden, die sie ihm als Meldepunkt bezeichnet hatten – keine Spur. Er ging in das Hotel Scribe und fragte nach Willoughby und Loomis; beim Empfang aber sagte man ihm nur, daß das Haus voll amerikanischer Offiziere sei. Yates bat um ein Zimmer für sich selber.

»Tut mir leid«, sagte der Empfangschef, der während der letzten Wochen sein Englisch aufgefrischt hatte. »Sie kommen zu spät, *mon Lieutenant.* Sie werden es anderswo versuchen müssen.«

Yates haßte es, wenn seine Angelegenheiten nicht in Ordnung waren. Zum Teufel, wozu war eigentlich Loomis da? Loomis hatte sich einen Platz im Vorkommando zugeschanzt – hätte er sich nicht zumindest bemühen können, eine Sammelstelle einzurichten und sich um das Wohl der Abteilung zu kümmern?

Yates stürzte aus der Triumphstimmung des vom Volk begrüßten Siegers in die Enttäuschung des Besuchers einer Kongreßstadt; in einem Augenblick geküßt, im nächsten abgewiesen, wenn er nach einem Zimmer fragte. Schließlich fand er Raum für sich und seinen Fahrer in dem kleinen Hotel Pierre. Sie schleppten ihr Zeug über knarrende Treppen hinauf in den vierten Stock in ein Hinterzimmer; dann warf sich Yates auf sein Bett.

Aber er wollte nicht schlafen. Er wollte sich wieder in den Wirbel von Paris stürzen, die Atmosphäre dieser Stadt kennenlernen und in vollen Zügen sich an der Freiheit berauschen.

Er rasierte sich, wusch sich in kaltem Wasser und fühlte sich erfrischt. Dann ging er. Sobald er aus der ruhigen Seitenstraße, in der das ›Pierre‹ lag, auf den Boulevard trat, wurde er Teil der festlich bewegten Menge, wenn auch ein ganz besonders gearteter Teil: zugleich Zuschauer und Schaustück; mit den jubelnden Augen der Menge sah er den Strom alliierter Fahrzeuge sich in die Stadt ergießen – den Strom, von dem auch er ein Tropfen gewesen war. Dabei wurden ihm die Hände gedrückt, man küßte ihn und schlug ihm auf die Schulter, bis ihm der Rücken weh tat. Er vergaß darüber sogar weiterzusuchen, vergaß Loomis, Willoughby, Crerar und DeWitt. Was wäre schon dabei, wenn die ganze Gesellschaft in diesem Treiben untergegangen wäre?

Er wurde hin und her gestoßen, ohne jede Richtung weitergeschoben, denn die Leute selber hielten keine Richtung ein. Ihm war jetzt alles gleich, es war gut so. Seine Eindrücke waren verschwommen, er sah Farben, aber keine Einzelheiten, horchte mehr auf das Laut und Leise der Töne als auf die einzelnen Worte, erfaßte den allgemeinen Strom, jedoch nicht die Bewegungen der einzelnen. Er wunderte sich nur noch, daß er so rasch und so vollständig aufgesogen worden war.

Er war nun eine Zeitlang schon neben einem Mann im Strohhut hin und her getrieben worden. Der Mann trug einen kleinen Schnurrbart, der nicht ganz zu dem willensstarken Gesicht, der Narbe über einer Augenbraue und dem prüfenden, dennoch aber freundlichen Blick paßte.

Yates lächelte ihm zu.

Der andere lächelte über die Schultern mehrerer Leute zurück. Er sagte, man werde hier ganz schön herumgestoßen, aber es lohne sich.

Yates nickte und grinste.

»Parlez-vous français?«

»Certainement!« antwortete Yates.

Der Mann schlug sich zu Yates durch. »Mein Name ist Mantin, Monsieur. Ich bin Kunsttischler. Erlauben Sie mir, Sie willkommen zu heißen. Sie wissen, wie wir auf diesen Tag gewartet haben.«

Mantin entwickelte eine außerordentliche Fähigkeit, sich Ellbogenraum zu schaffen. Kräftig gebaut, wie er war, bahnte er sich einen Weg durch die Menge, ohne dabei brutal zu sein; Yates brauchte ihm nur zu folgen.

Dann hatten sie das schlimmste Gewühl hinter sich und konnten ruhig nebeneinander hergehen.

»Wir haben gewartet und gewartet«, sagte Mantin. »Heute morgen noch lag ich hinter einer Barrikade. Die Deutschen waren ja noch immer in der Stadt – zum Teil noch in organisierten Einheiten...«

»Barrikade!« sagte Yates. Er staunte über diese Leute, die mit den Mitteln der Kommune von 1871 in einem Krieg des zwanzigsten Jahrhunderts kämpften. »Es scheint mir, ihr seid mit den Nazis nie recht warm geworden –«

Mantin blickte ihn an. »Wissen Sie, wie die Nazis sind?«

»Ich bin einer ganzen Anzahl von ihnen begegnet, jetzt im Kriege – Gefangenen.«

»Ja – wenn sie erst mal Gefangene sind! Das ist etwas anderes. Aber wenn Sie ihr Gefangener sind...«

»War es wirklich so schlimm? Ich sehe doch eure Stadt, und die ist so schön wie je...«

»Sie können das nicht verstehen. Sie sind Amerikaner.« Es lag eine winzige Spur von Verachtung in Mantins Stimme. »In Amerika haben Sie nie ähnliches durchgemacht.«

Er dachte an die beiden amerikanischen Offiziere in ihrem Wagen, wie er sie begrüßt und vor ihnen die Barrikade aufgerissen hatte und wie sie dann durch die Bresche davonjagten, als die Dachschützen unangenehm wurden. Eigentlich verstand er sie. Es lag ihnen etwas an ihrem Leben. Schließlich war es nicht ihre Aufgabe, Dachschützen zu beseitigen. Wenn sie besser haßten, würden sie auch besser schießen.

»Ich will versuchen, es Ihnen zu erklären«, sagte Mantin. »Ich kannte da eine Frau, Madame Grosset. Sie unterhielt eine kleine Pension in Clichy, sehr nett, sehr sauber, gute Küche – richtige bürgerliche Kost. Eines Tages erschienen zwei Herren und mieteten ein Zimmer. Sie waren gut angezogen und benahmen sich sehr anständig, und sie war froh, so gute Mieter zu haben. Nur – sie bezahlten ihre Rechnung nicht. Am Ende der zweiten Woche sagte Madame Grosset: Meine Herren, ich bin eine arme Witwe, ich kann es mir nicht leisten, Sie umsonst hier aufzunehmen. Sie antworteten, daß ihre Witwenschaft keinem Zweifel unterliege, aber sie wüßten, daß sie ein ziemlich erhebliches Bankkonto unterhielte, aus ihrer Fremdenpension gute Einnahmen erzielte und es sich daher leisten könnte, sie weiterhin als Gäste zu behalten. Sie hatten auch Pistolen bei sich und zeigten ihr, wie diese funktionierten, und der eine legte auch noch eine Urkunde vor, aus der hervorging, daß er vor einem Jahr einen Preis beim Scharfschießen gewonnen hatte. Alles, was man von ihr verlangte, sei das Zimmer und drei Mahlzeiten am Tag. Immerhin ziemlich bescheiden. Sie erzählten Madame Grosset sogar, sie sollte froh sein, sie im Haus zu haben; in der Nachbarschaft seien Einbrüche vorgekommen, und die Straßen seien nachts nicht sehr gut beleuchtet, so daß sie eigentlich für die Pension der Madame Grosset einen Schutz darstellten. Oder sähe sie es etwa anders?«

Mantin schien selber an seiner Geschichte Gefallen zu finden, so daß Yates kein Spielverderber sein wollte und fragte: »Warum wandte Madame sich nicht an die Polizei?«

»Mon Lieutenant!« Mantin schloß listig die Augen. »Auch daran hatten die beiden Männer gedacht! Sie sagten ihr, da sie vielleicht daran dächte, die Polizei aufzusuchen oder ihr Telephon zu benutzen, so würde von nun an einer von ihnen immer im Haus bleiben, um sie unter Beobachtung zu halten. Die Woche danach hatten sie wieder ein Gespräch mit Madame Grosset und setzten ihr auseinander, daß, da nun einer von ihnen immer im Hause bleiben müsse, ihre Verdienstmöglichkeiten um fünfzig Prozent abgesunken seien. Es sei daher mehr als recht und billig, daß Madame sie entsprechend entschädige. Sie forderten die Auszahlung aller Einnahmen von Madame Grosset, nach Abzug der Ausgaben für den Unterhalt der Gäste und des Hauses. Sie zeigten meiner Bekannten, Madame Grosset, daß jeder von ihnen einen Totschläger hätte, mit dem man einem Menschen ohne jeden Laut den Kopf einschlagen könne – nicht also wie eine Pistole, die bei Gebrauch einen lauten Knall verursache und alle Leute aufschrecke. Madame Grosset gab ihnen das Geld.«

»Und wie ging die Sache weiter?« fragte Yates, der Mantins Anschauungsweise zu schätzen begann.

»Warten Sie!« sagte Mantin. »In der nächsten Woche brachten die Herren etwas Neues vor. Sie sagten, es sei ein Verbrechen, gutes Geld an Wohnung und Verpflegung von anderen Mietern zu verschwenden – Menschen, an denen weder sie noch Madame Grosset ein persönliches Interesse hätten. Sie könnten doch sehr viel angenehmer ohne diese Leute leben, jeder der Herren könne sehr gut ein Stockwerk ganz für sich allein haben, und Madame könne ganz oben wohnen. Man denke nur an die Ersparnis bei der Wäscherechnung!«

»Nur hatten sie damit ihr eigenes Einkommen stark herabgesetzt«, bemerkte Yates trocken. »Bleiben Sie bei Ihrer eigenen Logik, Monsieur Mantin.«

»Darauf komme ich noch zu sprechen«, antwortete Mantin. »Die beiden brachten gerade diese Überlegung eine Woche später vor. Das Haus werde nun mit einem Defizit betrieben. Sie schlugen daher vor, daß Madame ihr Konto bei der Bank abheben solle. Sie wollten sie zur Bank begleiten, da man eine ältere Dame nicht mit so viel Geld allein gehen lassen konnte. Um sie von dieser Notwendigkeit zu überzeugen, fesselten sie Madame Grosset sechsunddreißig Stunden lang an ihren Stuhl. Dann spendierten sie ihr aus Rücksicht auf ihren geschwächten Zustand eine Taxe zur Bank.«

»Und dann?« Yates war belustigt, gleichzeitig aber verspürte er ein leichtes Entsetzen angesichts der Unerbittlichkeit, mit der Mantin seine Geschichte entwickelte.

»Oh, in der Woche darauf ließen sie Madame Grosset eine Vollmacht unterzeichnen, die die beiden berechtigte, das Haus in Clichy zu verkaufen.«

»Erzielten sie einen guten Preis?«

»Das Haus wurde gar nicht verkauft«, sagte Matin. »Madame Grosset vergiftete die beiden Herren mit Zyankali, welches sie noch vom letzten Jahr her hatte, als Ratten im Keller gewesen waren. Es wurde ein berühmter Fall, denn das Gericht hatte nur die Aussagen der Madame Grosset zur Verfügung, um zu einem Urteil zu kommen.«

»Wenn sie aber nun kein Rattengift gehabt hätte?«

Mantin lächelte. »In diesen Zeiten, *mon Lieutenant*, sollte man so etwas immer zur Hand haben.«

Sie waren bereits in der Nähe der Place de la Concorde, als sie die Schüsse hörten.

Yates nahm seinen Karabiner in die Hand. Sie eilten auf den Platz zu und gerieten in eine Gruppe von Menschen, die von günstigen Stellungen aus im Schutz der Gebäude einen Straßenkampf beobachteten.

Der ganze Auftritt hatte für Yates etwas Unwirkliches – ein Kampf mit Zuschauern in Parkett und Logen, ein Polizist als Platzanweiser, der von der einen Seite der Straße zur anderen ging und die Neugierigen vom Kampfschauplatz fernhielt. Yates war nicht neugierig, er hatte auch keine Lust, sich in irgendwelche Gefechte zu stürzen – aber er war der einzige in diesem Publikum, der einen Karabiner trug; Männer, die Gewehre hatten, waren längst auf der Place de la Concorde und schossen damit.

Mantin schien kühl zu bleiben. Er sagte: »In der ganzen Stadt dasselbe. Dachschützen. In unserem Viertel haben wir mit ihnen aufgeräumt.«

Yates konnte nur einen Teil des Platzes überblicken. Zwei Panzerwagen fuhren auf und nahmen ein Gebäude außerhalb seines Gesichtskreises unter Feuer. Eine Gruppe von Männern mit blauen Baskenmützen sprang hinter den Panzerwagen vor. Sie trugen ein Maschinengewehr und liefen ein Stück über den Platz.

Ein paar Zuschauer in der Nähe von Yates brachen in Beifall aus.

Yates spürte Mantins Blick, es war wie eine versteckte Aufforderung. Im Grunde war es das auch; Mantin verglich ihn im Geiste mit den beiden Befreiern an der Barrikade.

»Sehen wir mal, was dort draußen los ist«, sagte Yates ergeben.

Mantin folgte ihm. Auch er hatte plötzlich eine Waffe in der Hand, eine Pistole. Yates verzog das Gesicht; man sieht es nicht gern, wenn neue Freunde, mit denen man spazierengegangen ist, auf einmal ein bis dahin verborgenes Schießeisen herausziehen. Doch da lächelte er. Er sagte sich, daß wahrscheinlich auch Madame Grosset eigentlich nicht zu den Menschen gehörte, die normalerweise Zyankali verwenden.

Der Polizist verwehrte Yates und Mantin den Weg; er redete mit lebhaften Gesten auf sie ein, sein blaues Cape flatterte dabei wie ein Flügel eines Pelikans, der sich gerade vom Boden hebt. »Alles bestens, alles in Ordnung!« rief er laut, denn er meinte, Yates würde Französisch schon verstehen, wenn man es nur laut genug sprach.

»Die Unseren haben die Oberhand. Wir müssen die Dachschützen nur noch vom Dach des Marineministeriums und des Hotels Crillon vertreiben – elende Bande! Monsieur, gehen Sie nicht da hinaus, ich bitte Sie. Wir wollen nicht mehr Leute auf dem Platz haben als unbedingt nötig. Die Kugeln fliegen da nur so herum, es ist gefährlich...«

»Schon gut!« Yates hängte den Karabiner wieder um. »Schon gut! Regen Sie sich nicht auf!«

Das Cape hörte auf zu flattern. Erleichtert ergriff der Polizist Yates' Hand und schüttelte sie. »Willkommen in Paris, Monsieur, willkommen!«

Die Leute ließen Yates hochleben. Yates wandte sich verlegen ab. Er hatte nichts getan, um Beifall zu verdienen – eher im Gegenteil. Weil er einen Helm trug und einen Karabiner hatte, hielten sie ihn für einen Helden, während er in Wirklichkeit nur ein kleiner Statist in einer Massenszene war.

Er blickte sich nach Mantin um und entdeckte ihn zusammen mit einem Mädchen in einem Hauseingang. Mantin winkte ihn heran.

Yates ging zu den beiden hinüber. Er bemerkte, daß die Kleine, als sie ihn kommen sah, Mantins Arm ergriff, als suche sie Schutz.

»Bonjour, Mademoiselle«, sagte Yates und lächelte ihr zu.

Sie begrüßte ihn nicht, sondern wandte sich gleich Mantin wieder zu und sprach in einem ihm nicht verständlichen Französisch hastig auf diesen ein.

Mantin beruhigte sie und sagte erklärend zu Yates: »Meine Freundin Thérèse Laurent. Sie war zusammen mit mir auf der Barrikade.«

Das Mädchen betrachtete Yates mit einem zweifelnden, fast feindseligen Blick, in dem auch so etwas wie Furcht lag. Yates dachte: Vielleicht war sie auf der Place de la Concorde, und die Geschosse pfiffen ihr auch für ihren Geschmack etwas zu nah vorbei. Wenn sie aber mit Mantin auf der Barrikade gestanden hat, sollte sie sich eigentlich nicht so leicht einen Schreck einjagen lassen. Andererseits durfte man aber auch die Wirkung eines plötzlichen Feuerhagels nicht unterschätzen. Und außerdem hatte ein Mädchen – sie war ein zartes und in einer gewissen Art recht anziehendes Geschöpf

– nichts auf einer Barrikade oder in einem Gefecht auf dem Platz zu suchen.

Er sagte, er fände sie und ihre Courage bewundernswert. »Aber Gott sei Dank«, fügte er hinzu, »die Zeiten, in denen Frauen so etwas tun mußten, sind nun bald vorbei.«

»Und was werden Frauen von jetzt an tun müssen?« erkundigte sie sich ironisch.

Wieder diese Feindseligkeit... Yates sah jetzt, daß ihr Haar nur oberflächlich gekämmt war und daß es noch vor kurzem völlig zerzaust gewesen sein mußte. Auch ihr Kleid war zerknittert. Ihr Gesicht, obwohl immer noch ganz hübsch, zeigte jenen Ausdruck der Erschöpfung, den er so gut aus dem Felde kannte, und er verschloß sich ihm, jedenfalls wenn sie sich ihm zuwandte. Unter den Armen, zwischen den Achselhöhlen und ihren Brüsten, die im Verhältnis zu ihrer leichtgebauten Figur ein wenig zu groß waren, zeigten sich Flecke von getrocknetem Schweiß.

»Aufregender Tag«, bemerkte er mit Absicht leichthin.

»Ziemlich aufregend«, sagte sie, »und schrecklich lang.« Dann blickte sie Mantin an und fragte: »Würden Sie mich nach Hause begleiten, Monsieur? Das heißt, wenn Sie nichts Wichtigeres zu tun haben?... Ich muß mit Ihnen sprechen.«

Der bittende Ton erregte ein sonderbares Mitleid in Yates. Wie kam es, daß sie anscheinend überhaupt nichts von der Freude dieses Tages empfand?

Mantin sagte zögernd: *»Ça va...«*

Yates kam zu dem Schluß, daß zwischen Mantin und dem Mädchen keine persönlichen Beziehungen bestanden. Yates hatte nichts vor, er hatte keinen Plan, kein Programm, und er fühlte sich zu ihr hingezogen. Er konnte sich gut vorstellen, wie sie frisch gebadet, frisiert und in einem anderen Kleid aussehen würde. Überhaupt, es mußte Spaß machen, ihr Kleider zu kaufen. Chartreuse würde gut zu ihren Augen passen.

Er lachte über sich selbst. Auch er könnte ein Bad vertragen, und seine Uniform war noch völlig vom Straßenstaub verdreckt.

»Wenn Sie mir den Weg zeigen, Mademoiselle Thérèse«, schlug er vor, »könnte ich Sie vielleicht nach Hause begleiten?«

»*Non!*«

Sie spie das Wort beinah hinaus. Sie fuhr sich mit ihrer schmutzigen Hand übers Gesicht. Yates sah, daß ihre Hand zitterte.

»Thérèse!« sagte Mantin beschwichtigend. Er berührte ihren Ellbogen. »Dieser Amerikaner ist mein Freund...« Und zu Yates gewandt: »Der Tag ist vielleicht etwas zuviel für sie gewesen.«

»Es scheint so«, sagte Yates. Bei den Frauen versagten die Nerven zu schnell. Doch dann schien es ihm, daß diese Erklärung hier nicht genügte. Es mußte noch etwas anderes hinter ihrem fast hysterischen Verhalten stecken.

»Ich habe Durst«, erklärte sie unvermittelt.

»Das ist ein Gedanke!« sagte Yates. »Kennen Sie nicht ein Lokal, Monsieur Mantin, ein bißchen weiter von diesem Geschieße entfernt, ein ruhiges Lokal, in dem wir etwas Erfrischendes trinken könnten?«

Mantin nickte. Er wußte von einem, das nur ein paar Minuten entfernt lag.

Es war eine Kellerbar. Der lange Tag neigte sich dem Ende zu; nur ein Bruchteil seines schwindenden Lichtes drang bis in den Raum hinunter. Die dunkelbraune Täfelung wirkte beruhigend auf die erregten Gemüter.

»Für mich Wasser«, sagte Thérèse.

»De l'eau«, erwiderte der Kellner gleichgültig.

Sie trank in langen, durstigen Zügen. Dann wischte sie ihr Gesicht ab. Yates wollte sie fragen, ob sie Angst vor ihm hätte und warum – an einem Tag, an dem jeder andere, der auf einen Amerikaner stieß, ihm um den Hals fiel.

Statt dessen sagte er: »Wie kamen Sie zu Ihrem Entschluß, sich Monsieur Mantin auf der Barrikade anzuschließen?«

»Wie bitte?«

»Ich meine – sind Sie schon oft bei solchen Unternehmungen dabeigewesen? Gegen die Deutschen? In Amerika entschließen sich Frauen im allgemeinen nur selten, sich plötzlich an einer Schießerei zu beteiligen.«

Thérèse blickte Yates prüfend an. Schatten lagen auf seinem Gesicht. Trotzdem ließ sich erkennen, was für ein Mensch er war und daß man ihn nicht mit Loomis vergleichen konnte. Als er auf sie in dem Hauseingang bei der Place de la Concorde zukam, hatte er in ihren Augen wie Loomis ausgesehen, wie Vic der Große. Alle Amerikaner wären ihr in diesem Moment so erschienen.

Warum stellte ihr dieser Amerikaner hier Fragen wegen der Barrikade? Was wollte er von ihr?

»So plötzlich hat sie sich aber entschlossen«, antwortete Matin an ihrer Statt. »Sie sah, wie wir die Barrikade bauten, und dachte sich, da mache ich auch mit. Stimmt's?«

»Ja«, sagte sie.

»Es kam dann allerdings zu keinem Gefecht.« Mantin lachte kurz. Die Narbe auf seiner dunklen Stirn wirkte wie eine klaffende Wunde. »Die *boches* liefen davon, ohne uns anzugreifen. Es ging ohne Blutvergießen ab, und wir haben auch keine Gelegenheit gehabt, uns mit Ruhm zu bedecken. Thérèse sollte unsere Krankenschwester sein. Sie besorgte das Verbandzeug und war bereit, ihr Teil beizutragen; das ist die Hauptsache.«

»Aber warum?« fragte Yates. »Was hat Sie dazu bewogen?«

»Ich weiß nicht«, antwortete Thérèse. »Ich ging zum Apotheker quer über die Straße und bat ihn, uns Verbandzeug zu geben.«

Sie fühlte sich erleichtert, daß sie von den positiven Dingen sprechen konnte, die sie an diesem Tag getan, von der Gemeinschaft, der sie sich angeschlossen hatte. Es kam wieder Glanz in ihre Augen.

»Der Apotheker verlangte Bezahlung. Ich hatte kein Geld. Ich sagte ihm also, die neue Regierung würde ihn bezahlen. Wer ist eigentlich die neue Regierung? Ich habe keine Ahnung. Habe ich einen Fehler gemacht, Monsieur Mantin?«

Mantin spürte, daß es ihr nicht nur um das Versprechen ging, das sie dem Apotheker gegeben hatte. Seine Hand schloß sich zur Faust. »Nein, Sie hatten ganz recht!«

»Ich dachte wirklich, ich könnte es mit bestem Gewissen sagen, denn ich fühlte mich, als gehörte ich irgendwie zu dieser neuen Regierung. Das ist natürlich eine Dummheit. Ich habe nichts mit der Regierung zu schaffen. Ich bin nur eine kleine Angestellte.«

»Heute«, sagte Mantin sehr ernsthaft, »heute sind auch Sie die neue Regierung. Jawohl.«

»Und nachher rannte ich davon«, sagte sie. Aber sie sagte es leise, so daß nur Mantin es hören konnte.

Mantin, der ungefähr wußte, wieviel man von Menschen erwarten durfte, berührte ihre Hand. »*Ça va*«, sagte er, »wir hatten es schon beinahe geschafft und hatten keine Schwierigkeiten weiter.«

Sie lächelte.

Es war das erstemal, daß Yates sie lächeln sah. Sie war wirklich sehr attraktiv. Aber irgendwie fühlte er sich nicht ganz wohl bei der Sache: ein Kunsttischler und eine Stenotypistin, die behaupteten, daß sie zu einer Regierung gehörten... Es erinnerte ihn an Ruth, die in ihrer Regierung gleichfalls etwas Persönliches sah, öffentliche Angelegenheiten wichtig nahm und keine Ahnung davon hatte, wie stark diese Mächte waren und wie klein sie selber.

Er sagte: »Ich weiß noch immer nicht, Mademoiselle Thérèse, was Sie veranlaßt hat, bei der Barrikade mitzumachen.«

»Warum wollen Sie das denn so genau wissen?« fragte Mantin.

»Ich interessiere mich für Menschen und ihre Beweggründe.«

»Interessieren...« Mantin zuckte die Achseln. »Vielleicht sollten Sie lieber mit ihnen mitempfinden.«

»Ich kann es nicht erkären«, sagte Thérèse. »Ich kann überhaupt nichts von alldem erklären, was ich heute getan habe. Ich nehme an, weil alles so plötzlich kam. Es lag etwas in der Luft wie Musik, wie Ostermusik in der Kirche...«

»Ja«, sagte Yates, »das verstehe ich.« Er glaubte wirklich, er verstünde sie – was bedeutete, mit ihren Augen zu sehen, mit ihren Sinnen zu empfinden – aber nicht, weil sie zu den einfachen Menschen gehörte, für deren Beweggründe er sich interessierte, sondern weil sie diese Frau und auf diese ihr eigene Art attraktiv war. Jeanne d'Arc, dachte Yates.

Mantin sagte: »Die Menschen haben einen Instinkt dafür, wann die Zeit reif ist.«

Yates griff nach seinem Karabiner.

Jeanne d'Arc – Unsinn. Sie war eine kleine Stenotypistin, der die Befreiung und das Abenteuerliche daran zu Kopf gestiegen waren. Und Mantin war nur ein Kunsttischler, der einen Tag erlebt hatte, an dem er sich wichtig vorgekommen war. Und dennoch – sie hatten etwas getan, selbst wenn es nicht viel mehr war, als ein paar Nazis eine Falle zu stellen. Einfache Menschen... Sie haßten die *boches*, und sie hatten etwas dazu beigetragen, sich selber zu befreien. Das war mehr, als er selber je geleistet hatte.

»Und nun«, sagte Mantin, »wollen wir beide Thérèse Laurent nach Hause bringen.«

Sechstes Kapitel

Die Küche des Hotels St. Cloud war am frühen Nachmittag fast verlassen. Es war sehr still.

Sergeant Dondolo saß an der sauber gescheuerten Fleischbank. Seine Finger folgten untätig den Furchen, die Generationen von Fleischhackern im Holz hinterlassen hatten. Er las die Comics in einer alten Zeitschrift, die irgendwie in die Küche geraten war. Mitten in der Fortsetzung der Geschichte von Dick Tracy, dem Detektiv, ging es nicht weiter; er durchblätterte das zerlesene Heft, fand, daß die wichtigsten Seiten fehlten, und gab seine Lektüre auf.

Verärgert legte er das Heft zur Seite. Es war genau wie alles andere in diesem lausigen Hotel, in dem die Abteilung sich nach vielem Umziehen und entsprechender Unruhe schließlich niedergelassen hatte. Er sah sich um. Durch die vergitterten Fenster erblickte er Beine und Füße. Etwa ein Dutzend älterer Männer und Frauen drängten sich da draußen um seine Abfalltonnen und suchten nach Essenresten, die die Soldaten aus ihren Eßgeschirren in die Tonnen gekippt hatten. Sie wühlten und suchten wie die Aasgeier, bis die Militärpolizei sie wieder verjagte.

Arme Hunde, dachte Dondolo selbstzufrieden. Die Leute der Abteilung, die immer etwas an der Verpflegung auszusetzen hatten, wußten nicht, was sie hatten. Solange sie so viel übrigließen, daß die Franzosen sich noch etwas zusammenkratzen konnten, waren sie offensichtlich zu gut genährt. Wenn Loomis jemals wieder sagen sollte, die Verpflegung für die Leute wäre ungenügend, würde er dem Captain nur das Schauspiel vor der Abfalltonne vorführen. Loomis ließ sich durch so etwas beeindrucken. Beim nächsten Appell würde der Captain die Leute wegen ihrer ständigen Beschwerden herunterputzen, und er, Sergeant Dondolo, würde endlich seine Ruhe haben.

Dondolo hatte sich niemals Illusionen über die Franzosen gemacht. Was in den ersten Wochen nach der Befreiung von der Begeisterung, die sie an den Tag legten, auf ihn gekommen war, hatte ihn wenig beeindruckt; und als die Begeisterung allmählich abklang, fiel es ihm nicht schwer, sich der Realität des Alltags anzupassen und stets ein offenes Auge für die Möglichkeiten zu haben, die eine ausgehungerte Stadt ihm bot. Für jeden, der noch immer mit einem verträumten Ausdruck in den Augen ›Paris‹ sagte, hatte Dondolo nur ein verächtliches Lächeln.

Er warf die Zeitschrift in den Aschkasten. Es wurde Zeit, die Lieferung für Sourire zusammenzustellen. Komische Sache, das mit Sourire – Dondolo konnte sich einfach nicht erinnern, wann eigentlich Sourire sich an ihn gehängt hatte. Vielleicht war es bereits in der Bar an der Ecke der Rue Giannini gewesen, vielleicht aber auch erst später, als er versuchte, seinen Weg nach Hause zu finden. Die erste klare Erinnerung, die er mit Sourire verband, war die: sie saßen beide hier an diesem Küchentisch, Dondolo mit zermürbenden Kopfschmerzen, die hinter seinen Augen am schlimmsten waren, während Vaydanek schwarzen Kaffee für seinen Sergeanten und den Franzosen kochte. Sourire behauptete lachend, er habe Dondolo nach Hause getragen, aber das war höchst unwahrscheinlich, denn Sourire war noch kleiner als Dondolo und nicht so gedrungen wie der Amerikaner. Es waren also wahrscheinlich doch andere noch mit im Spiel gewesen – Freunde von Sourire. Dondolo machte sich keine Gedanken über Sourires Anteil an dem Geschäft, solange alles glatt ging. In jener Nacht – nein, es war schon gegen Morgen –, als der schwarze Kaffee ihn wieder zu Bewußtsein brachte, bemerkte Dondolo, wie Sourire mit listigem Blick die Vorräte im Lagerraum abschätzte – Vaydanek hatte die Tür offengelassen, als er den Kaffee holte –, denn da standen die Regale mit ganzen Speckseiten, Eipulver, Zucker, Mehl, Büchsenfleisch und all den anderen Vorräten, zu denen Dondolo die Schlüssel besaß.

»Sie haben ja keine Ahnung, was für Reichtümer Sie da haben«, hatte Sourire bewundernd gesagt; dann hatte er gelächelt und die Augen geschlossen.

»Keine Ahnung, was?« sagte Dondolo spöttisch.

Weitere Äußerungen von Sourires Seite stoppte Dondolo mit einer Kopfbewegung in Richtung Vaydaneks, die Sourire sofort verstand. Diese winzige Bewegung des Kopfs von Dondolo hatte die Beziehung zwischen ihnen begründet.

Und jetzt gehörte Sourire zu den regelmäßigen Besuchern der Küche im Hotel St. Cloud. Dondolo hegte bei diesen Geschäften gewisse Bedenken – was er in der Normandie in dieser Linie getan hatte, war nichts im Vergleich zu den Mengen, die nun in Sourires Säcke wanderten und gleich darauf auf seinen klapprigen Lastwagen verladen wurden. Aber Dondolo hatte eine einfache Methode, mit seinen Bedenken fertig zu werden; zu Hause, sagte er sich, verdiente ein jeder an diesem Krieg, und er hatte die Pflicht, sich für die verpaßten Gelegenheiten schadlos zu halten; das schuldete er Larry und Saverio, seinen Kleinen. Bei jedem Hundertdollarschein, den er an Marcelli überwies, damit dieser ihn auf der Bank einsalzte, sagte sich der Sergeant: Wieder zwei Wochen College bezahlt. Man braucht eine ganze Menge Draht, um zwei Kinder durch die höhere Schule zu bringen.

Dondolo schloß die Tür zum Vorratsraum auf und überprüfte seine Regale. Er überschlug in Gedanken die Mahlzeiten, die er den Mannschaften vorsetzen konnte, wenn er die Lieferungen, die er Sourire versprochen hatte, einhalten wollte. Wie oft konnte er Bohnen statt Fleisch geben und doch erreichen, daß es aussah, als kriegten die Leute einen anständigen und abwechslungsreichen Fraß... Abwechslungsreich! Sourire hatte ihm einmal erzählt, was die französischen Soldaten zu essen bekamen, und Dondolo hatte angefangen, seine Kollegen in der französischen Armee zu beneiden; aber dann sagte er sich, daß ein französischer Küchenbulle, oder wie sie sich nun nannten, auch keine so reichlichen Vorräte zur Verfügung hatte wie er.

Ein höfliches Husten hinter seinem Rücken.

»Sourire?« sagte Dondolo. »Hallo!«

Sourire lächelte. »Wie geht es heute?« fragte er heiter. »Nachricht von Zuhause? Wie geht's dem *bébé* Saverio?«

»Nicht ein Fetzen Post!« beklagte sich Dondolo. »Seitdem wir in diese verdammte Stadt gekommen sind, nicht ein Brief, gar nichts!«

»Kommt schon noch!« tröstete ihn Sourire. »Als ich 1940 in der französischen Armee war, haben wir überhaupt keine Post gekriegt. Wir sind zu schnell weggelaufen.«

»Ja«, sagte Dondolo, »aber wir laufen nicht, wir sitzen hier.«

»Das ist wahr«, gab Sourire zu.

»Auf Leute wie uns wird eben keine Rücksicht genommen. Wir sind ein Dreck.«

»Nun«, sagte Sourire, »eins lernt man auf jeden Fall bei den Soldaten, und ich behaupte, es ist in jeder Armee das gleiche: man muß zusehen, wo man bleibt.«

Die Bemerkung war Dondolo zu unverblümt. Dieser Dreckskerl Sourire dachte nur an seinen eigenen Vorteil, und sein ganzes Interesse an Dondolos *bébé* war Geschwätz.

»Fangen wir an!« sagte Dondolo. »Das hier kann ich dir heute abgeben.« Er schob Sourire in den Vorratsraum und zeigte auf die verschiedenen Sachen, die er ihm zugedacht hatte. Sourire griff nach einer Speckseite.

»Nicht so hastig!« sagte Dondolo. »Das Zeug soll zwar schnell weg von hier, aber nicht so schnell. Wieviel?«

»Die ganze Lieferung?«

»Ja.«

Sourire rechnete. Dann sagte er: »Viertausend!«

Viertausend Franken, überlegte Dondolo. Nicht einmal hundert Dollar. »Hältst du mich für einen Idioten?« fragte er. »Dann freß ich's lieber selber.«

»Der Dreck ist aber nicht mehr wert.«

»Erzähl mir keine Geschichten. Ich habe mich umgetan. Ich kenne die Preise auf dem Markt.«

»Die Preise treibt ihr ja erst in die Höhe!« Bei Sourire schlug momentan das soziale Gewissen. »Ich denke an die Menschen, die das alles kaufen müssen!«

»Nur keine Sorge«, versicherte ihm Dondolo, »sie werden es kaufen.«

Sourire mußte das zugeben. Er wußte, die Leute würden den Preis zahlen, jeden Preis. »Gut, fünftausend«, sagte er.

»Das ist schon besser«, machte Dondolo. »Raus mit der Pinke!«

Sourire zog ein Bündel abgegriffener Banknoten aus der Tasche.

»Schrecklich unhandlich, diese Größe«, meinte Dondolo, als er die Tausendfrankenscheine faltete und versuchte, sie in seine Brieftasche zu zwängen. »Warum druckt ihr Leute keine Scheine in vernünftigem Format? So wie die hier?« Er zeigte Sourire einen Dollarschein, den einzigen, den er in der Tasche trug als eine Art Erinnerung an die Staaten – und auch an seine Verpflichtungen. »Das ist was Solides, was Richtiges!«

Der Franzose betastete den Geldschein. »Ich gebe dir hundert Franken dafür!«

»Kommt nicht in Frage«, sagte Dondolo. »Der gehört mir.« Er fügte hinzu: »Genug getrödelt, packen wir das Zeug zusammen. Ich habe Vaydanek weggeschickt, aber er wird nicht ewig wegbleiben.«

Eine Weile arbeiteten Dondolo und Sourire angestrengt. Sie griffen in die Regale, warfen Beutel und Dosen in den Sack, den Sourire mitgebracht hatte. Der Sack schien keinen Boden zu haben.

»Glaubst du, du kriegst ihn noch rauf auf den Rücken?« fragte Dondolo.

»Schau her.« Sourire ließ die Speckseite, an der ihm so viel gelegen war, in den Sack gleiten. »Die Mädels sagen, ich bin aus Stahl.«

Er lachte.

Doch dann blieb ihm das Lachen in der Kehle stecken. Jemand war in die Küche gekommen.

»Keiner da?« fragte der in der Küche.

»Daß du dich nicht rührst!« flüsterte Dondolo. »Vielleicht findet er uns nicht.« Aber das Licht aus dem Vorratsraum schien deutlich durch die offene Tür. Dondolo dachte daran, es auszuknipsen; das aber hätte die Aufmerksamkeit des Eindringlings erst recht erregt.

Der Gedanke, den Vorratsraum zu verlassen und Sourire ganz einfach drin einzusperren, kam Dondolo zu spät. Thorpe stand bereits in der offenen Tür.

Ausgerechnet Thorpe! dachte Dondolo. Wäre es Vaydanek gewesen oder irgendein anderer, man hätte sich mit ihm einigen und zu irgendeiner Abmachung kommen können. Man hätte den Mann in einer bescheidenen Weise beteiligt oder ihm einen anderen Vorteil eingeräumt. Aber Thorpe!... Deutlich entsann sich Dondolo der Treppe im Château Vallères und des Augenblicks, bevor die deutschen Flugzeuge geflogen kamen – und der Schläge, die er Thorpe versetzt hatte...

»Was willst du?« fragte er. »Was willst du hier unten! Du hast in der Küche nichts zu suchen. Mach nur, daß du rauskommst!«

»Ich habe Hunger«, sagte Thorpe.

»Ich kann dir nichts geben«, sagte Dondolo. »Abendkost gibt's um sechs.«

»Gut, gut.« Thorpe zog sich zurück, ließ aber Dondolo nicht aus den Augen. »Ich wollte ja nur eine Schnitte.«

»Gib's ihm doch!« flüsterte Sourire.

Thorpe entfernte sich bereits, mit immer rascheren Schritten.

Ich jage ihn ja davon, dachte Dondolo; mein Gott, was tue ich nur? Sobald er hier weg ist, posaunt er es durchs ganze Hotel.

»Komm zurück, Thorpe!« rief er.

Thorpe blieb stehen.

»Ich geb dir ein belegtes Brot.«

Dieses Angebot setzte Thorpes Denkprozeß endlich in Gang. Er war zur Küche hinuntergegangen in der Hoffnung, Vaydanek dort anzutreffen. Dondolo nahm sich für gewöhnlich nach dem Essen seine Freizeit. Vaydanek hätte ihm eine Schnitte zurechtgemacht. Wenn aber Dondolo eine Schnitte anbot, so hatte er seine Gründe, und sein Hauptgrund war der Zivilist und der volle Sack neben ihm. Plötzlich paßte alles zusammen: die kümmerliche Verpflegung und die Gerüchte, die immer wieder umgingen.

Aber was konnte er in der Sache tun? Zu Loomis konnte er nicht gehen, höchstens konnte er mit ein paar Leuten sprechen und ihnen erzählen, was er gesehen hatte. Oder vielleicht war auch Yates der Mann, den man in diesem Falle einschalten sollte.

»Komm her!« wiederholte Dondolo, »ich will mit dir sprechen.«

Thorpe war es klar, daß der Küchensergeant einen Entschluß gefaßt hatte. Die Haut über dessen dunkelbraunem Gesicht hatte sich gespannt. Thorpe witterte Gefahr.

Noch kann ich davonlaufen, dachte er. Aber die da waren zu zweit, der Zivilist und Dondolo, und sie kamen immer näher heran. Und er wollte auch nicht weglaufen; etwas hielt ihn zurück. Er mußte sich ihnen entgegenstellen. In der Normandie war er hilflos gewesen – weil der Kaffee, den Dondolo über ihn ausgeschüttet hatte, die Erinnerung an die alte Verwundung und die alten Ängste geweckt hatte. Von jener Nacht war ihm nur im Bewußtsein geblieben, daß hinterher etwas Furchtbares geschehen war und daß Dondolo damit zu tun hatte. Aber die Einzelheiten waren in einer Art gelblichem Nebel versunken, der zuweilen auch seine Träume erfüllte, ihn zu ersticken drohte und ihn, ohne daß die Drohung konkrete Züge angenommen hätte, schreiend aus dem Schlaf fahren ließ und ihn noch tagelang verfolgte und schreckte.

Dondolo trat dicht an ihn heran und sagte: »Vielleicht denkst du, das hier ist nicht so ganz koscher?«

Thorpe wich einen Schritt zurück, um zwischen sich und Dondolo wieder Abstand zu schaffen. Zu spät erst erkannte er, daß Dondolo ihn damit vom Ausgang abgeschnitten hatte.

»Mir ist übrigens ganz gleich, was du denkst.« Dondolo lachte. »Also was hast du jetzt vor?«

»Ich?« fragte Thorpe. »Ich mische mich nicht in deine Angelegenheiten.«

Kaum hatte er das gesagt, tat es ihm leid. Er bemerkte, wie Dondolo seine dünnen Lippen verzog.

»Aber ich will dir sagen, was ich davon halte«, fuhr Thorpe fort. »Diese Verpflegung gehört uns. In Ordnung, wenn du den Leuten etwas gibst, die da draußen in den Abfalltonnen wühlen – aber die sind es ja nicht, die das hier kriegen. Nur die Schwarzmarkthändler kriegen es, und die Leute, die Geld haben.«

»Also was hast du jetzt vor?« wiederholte Dondolo.

Thorpe schwieg, ließ Dondolo aber nicht aus dem Auge.

»Wir könnten uns ja einigen«, schlug Dondolo vor. Er nahm aber seinen Vorschlag nicht recht ernst. Außerhalb der Küchentür konnte er Thorpe nicht trauen. Aber vielleicht war der Bursche gar nicht so selbstlos und unbestechlich, wie er tat? Der Mensch mußte erst noch geboren werden, der auf ein Angebot nicht einging, wenn es nur großzügig genug war. Vielleicht konnte man Thorpe so lange zum Stillhalten veranlassen, bis Sourire verschwunden war und er, Dondolo, das Loch in der Wochenration wieder zugestopft hatte. Dann konnte ihm niemand mehr etwas nachweisen.

»Einigen«, fragte Thorpe. »Wie denn?« Das Ganze war wahrscheinlich auch nur eine List von Dondolo, um an ihn heranzukommen, ihn dann anzugreifen und zu erledigen. »Uns einigen, daß ich den Mund halte?«

»Genau«, sagte Dondolo und reichte ihm seine fettige Hand. »In dieser Sache steckt genug, daß es für uns beide reicht – für dich und für mich.«

»Wofür hältst du mich eigentlich?« fragte Thorpe.

»Gut«, sagte Dondolo, »wie du willst.«

Einen Moment lang fühlte sich Thorpe erleichtert, daß es nun soweit war und daß die Fronten klarlagen. Dondolo war ja nicht nur dieser eine Dondolo, sondern alles, was ihn in seinen schlaflosen Nächten verfolgt, in seinen ruhelosen Tagen gehetzt hatte. Und jetzt stellte sich heraus, daß dieser Dondolo nichts war als ein mieser kleiner Schieber. Es ließ ihn menschlicher erscheinen, weniger bedrohlich, als hätte ein Gespenst sich auf einmal in einen Kerl wie du und ich verwandelt.

Thorpe bemerkte den Blick, den Dondolo dem Zivilisten zuwarf.

Der Zivilist machte sich von der Seite her an Thorpe heran. Thorpe begriff, was die beiden planten. Der andere sollte ihn Dondolo in die Arme treiben.

Thorpe wandte sich gegen den Zivilisten.

Sourire schätzte ihn mit den Augen ab und retirierte hastig. Er sah fast komisch aus, wie er zurückwich – ein kleiner, verängstigter Mann. Thorpe lächelte.

In diesem Augenblick stürzte sich Dondolo auf ihn.

Dondolo preßte seinen Arm, an dem die Muskeln schwollen, von unten gegen Thorpes Kinn, ein Würgegriff, der den Kopf nach hinten drücken sollte.

Aber Dondolo hatte außer acht gelassen, daß Thorpe, wenn auch nicht so massig wie er gebaut, größer und beweglicher war als er. Thorpe gelang es, sich plötzlich umzudrehen. Dondolo verlor dadurch den Halt unter den Füßen; Thorpe hob ihn an und warf ihn zu Boden.

Stöhnend erhob sich Dondolo. Das Blut war ihm zu Kopf gestiegen. Er sah Thorpe nur verschwommen vor sich; zwei, drei Thorpes, die ihn alle anstarrten.

Die kurze Frist gab Thorpe Zeit zum Denken. Dondolo konnte sich doch nicht einbilden, daß er hinterher schwieg, auch wenn sie ihn hier fast zum Krüppel schlugen. Was also hatte er vor? Ihn umzubringen? Man würde nach ihm suchen; Abramovici wußte, daß er zur Küche gegangen war. Was sollten sie mit seiner Leiche tun? Dann kam Thorpe der Gedanke, daß der Zivilist einen Wagen in der Nähe haben mußte; er konnte die unterschlagene Verpflegung ja nicht auf seinem Rücken davontragen. Sie würden also seine Leiche auf einen Lastwagen oder eine Karre verladen und sie dann in die Seine oder den nächsten Abflußkanal werfen. – Nein! Dondolo war immerhin ein amerikanischer Soldat, ein Kamerad, so etwas würde er nicht tun... Aber Dondolo war in einer verzweifelten Lage, und er war ein Faschist – ein verzweifelter Faschist. Dondolo würde ihn nicht nur einfach umbringen, er würde es langsam und allmählich tun, wenn möglich, und sich über ihn beugen und seinem Todeskampf zusehen, bis der letzte Funken Leben aus dem zerschlagenen Körper gewichen war.

Thorpe ahnte nicht, daß Dondolo nach jener Theorie handelte, die besagt, daß ein genügend Geprügelter sich auch brav duckt. Er hatte auch gar keine Zeit mehr zu irgendwelchen weiteren Überlegungen, denn Dondolo stürzte sich bereits wieder auf ihn mit der rasenden Wucht eines Menschen, der um sein Leben kämpft.

Es gelang ihm, Thorpes alte Wunde zu treffen: der Schmerz durchzuckte Thorpes ganzen Leib. Dondolo klammerte sich an ihn, entschlossen, ihm keine Tricks mehr zu erlauben. Und während er Thorpe so umklammert hielt, schlug der kleine Zivilist mit einem harten Gegenstand Thorpe gegen die Nieren. Zuerst war dieses Hämmern Thorpe nur lästig; da es aber andauerte, wurde der Schmerz immer heftiger und vereinte sich mit den Schmerzen, die

die Wunde ihm verursachte; seine Nerven drohten zu versagen, er spürte, wie ihn seine Kräfte verließen, und plötzlich wußte er, daß alles verloren war, wenn der kleine Zivilist sein widerliches Hämmern fortsetzen durfte.

Er befürchtete, noch einen Augenblick, und die Panik würde einsetzen, und er würde wild zu schreien anfangen. Dann lieber jetzt schreien, solange er noch bewußt denken konnte. Der Schrei zwang Dondolo, eine Hand zu benutzen, um ihm den Mund zu schließen. Thorpe biß zu. Es war ekelhaft. Die Hand schmeckte nach Schweiß und nach all den Kaldaunen, die Dondolo in seinem Leben aus den Tierkadavern gezogen hatte. Thorpe biß tief zu.

Dondolo entriß seine Hand Thorpes Zähnen. Dann lehnte er sich kurz zurück und jagte seine Faust mit voller Kraft dem anderen zwischen die Lippen, so daß der taumelte – weg von Dondolo taumelte und weg von dem kleinen Zivilisten.

Wieder schrie Thorpe auf, aber diesmal aus Schmerz, einem wahnsinnigen Schmerz im ganzen Gesicht und besonders in den Kiefergelenken. Er hörte, wie Dondolo sagte: »Mach ihn stumm.« Dondolos Stimme klang, als käme sie aus großer Entfernung, die gleiche Stimme, mit der er immer ›Wa-a-as ist das?‹ zu sagen pflegte.

Noch immer saß die große Angst nicht in Thorpe, das spürte er ganz klar; und er wußte, solange diese Angst nicht da war, dieses Gefühl, bei dem seine Arme erstarrten, seine Füße wie festgewurzelt waren, konnte er sich noch wehren.

Er sah Dondolo wieder auf sich zukommen.

Thorpe lachte – Dondolo kam ohne jede Deckung. Thorpe hob sein Bein und trat ihm gezielt in die Leisten.

Dondolo krümmte sich, aber er ging nicht zu Boden.

Diesmal war es Dondolo, der aufschrie. Und in diesem Schrei stak alles: Schmerz und Angst – die Angst um sich selber, und Angst um Larry und Saverio, den Kleinen.

Thorpe hörte den Aufschrei – wie Musik. Dann wurde ihm dunkel vor den Augen.

Der Gegenstand, den Sourire benutzt hatte, um auf Thorpes Nieren einzuhämmern – eine mit Leder überzogene Bleikugel an einem Gummischaft –, hatte Thorpe mitten auf den Schädel getroffen.

Thorpe kam zu sich, nachdem Dondolo ihm einen Eimer Wasser ins Gesicht geschüttet hatte. Ein Posten der Militärpolizei, der die Außenstreife um das Hotel abzugehen hatte, stand neben Dondolo. Ein zweiter Militärpolizist hatte sich dicht neben den kleinen Zivilisten placiert.

Zuerst erschienen ihre Stimmen Thorpe wie ein fernes Geräusch, nur mit Mühe konnte er Worte voneinander scheiden und diese Worte wieder zu Sätzen zusammenfassen.

»Verpflegung aus dem Vorratsraum gestohlen...«, hörte er, »schwarzer Markt – habe schon lange den Abgang bemerkt – habe ihn bei der Tat erwischt...«

Das war Dondolo, der da sprach.

Thorpe hörte den Militärpolizisten sagen: »Na, den hast du aber fertiggemacht!«

Dondolo lachte: »Hat ihm nicht geschmeckt. Seht euch nur meine Hand an!«

Das sagten sie wirklich, Thorpe war dessen ganz sicher. Aber das ergab doch keinen Sinn! Thorpe raffte sich zusammen und versuchte aufzustehen. Er taumelte und mußte sich gegen die Wand lehnen.

»Paßt auf ihn auf!« hörte er Dondolo den Militärpolizisten warnen. »Er ist gefährlich!«

Er spürte, wie der Militärpolizist ihn am Arm packte. »Komm mit, Freundchen! Keine Sperenzchen, verstanden?«

Mitkommen? Wohin? Wozu? Thorpes Kopf war unglaublich groß, so groß, daß die wenigen Gedanken, die er zu fassen vermochte, sich irgendwo in diesem Kopf verloren.

»Wohin wollt ihr mich mitnehmen?« fragte Thorpe. Seine Worte formten sich nur langsam. Der geschwollene Mund schmerzte bei jeder Silbe. »Ich habe doch nichts getan!«

»Hast du nicht gehört, was der Sergeant dazu zu sagen hatte?« sagte der Militärpolizist noch ganz freundlich.

»Er spielt verrückt!« sagte Dondolo.

»Ich weiß, ich weiß«, sagte der Militärpolizist. »Das machen sie alle. Sie denken, damit kommen sie davon. Aber sie lernen dann sehr schnell. Wir bringen ihnen schon das Notwendigste bei.«

Thorpe schüttelte den Kopf. Vergeblicher Versuch, Ordnung in seine Gedanken zu bringen.

»Sag das noch mal«, bat er.
»Was noch mal?« sagte der Militärpolizist und dachte: Der Bursche hat seins aber abgekriegt.
»Was Dondolo dir erzählt hat – über mich!«
»Ich werd's ihm schon erzählen!« fuhr Dondolo dazwischen. »Ich erwische ihn mit dieser Verpflegung – verkauft das Zeug an den Franzosen hier – den ganzen Sack voll Mehl, Speck, Eier, Zucker und Büchsen. Ich erwische ihn und sage zu ihm: Nun, endlich habe ich dich! Da geht er doch auf mich los! Seht euch meine Hand an. Jetzt muß ich ins Revier.«
Thorpe riß sich von dem Militärpolizisten los.
»Hör mal, um Gottes willen!« sagte er. »Das ist doch alles erlogen, erstunken und erlogen, was er da von mir behauptet – er hat es ja selber getan! *Ich* habe *ihn* dabei erwischt, wie er die Verpflegung verkaufte!«
Der Militärpolizist blickte Dondolo an. »Nun?« fragte er.
»Sag mal, seh ich so aus?« sagte Dondolo. »Wenn ich wirklich hier Eigentum der Armee verschoben hätte, glaubst du, ich hätte mich von so einem erwischen lassen?«
Thorpe fühlte, wie die Angst in ihm hochstieg. Die hohen, weißschimmernden Wände der Küche begannen sich vor seinen Augen zu drehen, sie schwankten und rückten auf ihn ein. »Er lügt«, brachte er mühsam hervor.
»Warum fragst du den Franzosen nicht?« sagte Dondolo. »Er spricht ganz gut Englisch.«
Der Militärpolizist blickte Sourire fragend an. »Mit wem haben Sie das Geschäft gemacht?«
Sourire zeigte auf Thorpe: »Mit dem hier!«
»Er lügt«, flüsterte Thorpe.
Der Militärpolizist hörte ihn nicht einmal, er packte ihn nur wieder am Arm.
Die Küchenwände, die ihn immer enger umschlossen, wurden durchsichtig. Thorpe konnte ganze Armeen von Dondolos und Sourires durch sie hindurch sehen. Sie marschierten um ihn herum. Sie lächelten, grinsten und kreisten ihn ein. Er saß wie in einer Falle, und er fand keine Lücke, durch die er hätte ausbrechen können.

Aber selbst wenn eine solche Lücke bestanden hätte, er hätte nicht einmal laufen können, denn seine Beine gehorchten ihm nicht. Dann sagte er zu sich selbst: Dies ist alles ein Traum. Roll dich zusammen, mach dich klein, schlafe, und du wirst auf dem warmen, weichen Schoß deiner Mutter aufwachen. Nichts ist wirklich geschehen, seitdem du den Schoß deiner Mutter verlassen hast. Erwachsen werden war ein Traum – ein Traum auch der Krieg – und die Verwundung. Aber ganz tief in seinem Innern wußte er, daß es doch kein Traum war. Die feindlichen Armeen waren zu stark, er konnte sich nicht verteidigen, konnte keinen Widerstand mehr leisten.

Schleppenden Fußes, doch gehorsam folgte er dem Militärpolizisten.

Dondolo begab sich zu Loomis. Er ging nicht gern hin. Zu Hause, im zehnten Bezirk, hatte Marcelli, sein Chef, es ihm eingehämmert: je weniger Leute von einem Geschäft wissen, desto besser für jeden Beteiligten und desto größer auch der Gewinn. Aber Dondolo war nicht so dumm, sich in dieser Lage etwas vorzumachen: das Eingreifen der Militärpolizei in die Schlägerei und Thorpes Verhaftung hatten die ganze Angelegenheit dem Bereich eines kleinen Sergeanten entrückt.

Und es war fraglich, wie lange Sourire bei der verabredeten Version der Geschichte bleiben würde, wenn er erst einmal entdeckte, daß es nicht so leicht war, aus dem Arrest der Militärpolizei in den Komfort eines französischen Untersuchungsgefängnisses zu gelangen.

Dondolo gab Loomis im wesentlichen den gleichen Bericht, den er der Militärpolizei gegeben hatte.

Loomis glaubte ihm kein Wort. Er kannte Thorpe und kannte Dondolo gut genug, um sich ein Bild von dem wahren Sachverhalt machen zu können.

»Wo ist Thorpe jetzt?« wollte er wissen.

Dondolo zuckte mit den Schultern. »Ich denke, bei der Militärpolizei.«

Loomis stellte für den Augenblick keine weiteren Fragen. Ein anderer Punkt machte ihm Sorge: Was erwartete Dondolo von ihm?

Dondolo konnte man nicht wie irgendeinen behandeln. Seit England hatte Dondolo in der Einheit wie ein Politiker operiert; er hatte sich einen kleinen, aber gut funktionierenden Apparat aufgebaut, hatte sich Freunde gemacht und seine Freundschaften durch Vergünstigungen, die er in seiner Stellung leicht geben konnte, unterbaut. Die Hauptsorge eines Soldaten blieb das Essen; das Essen aber kam von Dondolo. Loomis selber hatte an kleinen Imbissen mitten in der Nacht teilgenommen; köstliche, mit Fleisch belegte Brote, die Dondolo geschickt zurechtmachte – eine Scheibe saure Gurke aufs Fleisch, bevor er die zweite Brotschnitte obenauf legte. Die Rationen der Leute mußten natürlich dafür herhalten. Gott mochte wissen, wie weit das alles ging, wie viele Fäden Dondolo zu den Soldaten und den Offizieren der Abteilung gesponnen hatte.

»Sehr übel«, sagte Loomis schließlich, »ein sehr schweres Vergehen.«

»Jawohl, Captain.«

»Verkauf von Staatseigentum, Angriff auf einen Unteroffizier bei Ausübung seines Dienstes, Artikel 94 und 65 des Kriegsrechts... Lassen Sie mich mal nachrechnen – das gibt mindestens fünfeinhalb Jahre, wenn er verurteilt wird.«

Dondolos Blick folgte Loomis' Fingern, die in dem amtlich aussehenden Heftchen blätterten. Es war ihm nicht ganz wohl. Er dachte an Larry und Saverio, die vielleicht heranwachsen müßten, während ihr Vater seine Haft abbüßte. Dann riß er sich zusammen, entschlossen, die Sache von sich abzuwehren, selbst wenn es Thorpe oder andere den Kopf kostete.

»Ich kann mir noch keinen Reim darauf machen«, sagte Loomis. »Thorpe ist verrückt, gut, aber nicht so verrückt. Und wenn Sie mich fragen, Dondolo, würde ich sagen, daß einer, der sich auf den Verkauf von Rationen wirft, nicht verrückt, sondern eher sehr berechnend ist. An Ihrer Geschichte stimmt was nicht.«

»Das ist schon möglich, Captain«, sagte Dondolo in bedauerndem Ton.

Loomis' Laune besserte sich, da er den sonst so selbstsicheren Dondolo sah, wie der die Augen niederschlug, den Kopf hängen ließ und mit den plumpen Händen über die Knie strich.

»Sie müssen mir helfen«, sagte Dondolo.

»Ich bin für meine Leute immer da«, sagte Loomis, »das wissen Sie. Wenn Sie sich da etwas eingebrockt haben, dann sagen Sie es mir besser.«

Dondolo unterdrückte ein Lächeln. »Ich sag Ihnen lieber die Wahrheit«, begann er. »Dieser Franzose kam mich besuchen...«

»Was für ein Franzose? Woher kennen Sie ihn?«

»Aus einer Bar«, sagte Dondolo. »Er sah aus wie ein anständiger Kerl und bezahlte, was ich trank.«

»Ich verstehe«, sagte Loomis. Der Franzose spielte also in diesem Stück die Rolle des Bösewichts.

»Heute nun kam er wieder«, fuhr Dondolo fort, »und bettelte mich um was zu essen an. Er hätte eine große Familie, und unter den Nazis hätten sie gehungert. Zwei Kinder wären krank, sagte er – Rachitis oder so etwas.«

Wenn Larry und Saverio am Verhungern wären, dachte Dondolo – die Heilige Mutter Gottes schütze sie! –, er hätte sich nicht geniert, sogar jemanden umzubringen.

»Seine Frau«, fuhr Dondolo fort, »seine Frau, sagte er, wäre so unterernährt, daß sie nicht mal Milch hätte für den Säugling an der Brust. Zwei Monate alt, der Säugling«, fügte Dondolo hinzu.

»Überall steht es sehr schlecht«, sagte Loomis. »Aber wir können doch nicht einfach jedem, der zu uns kommt, etwas geben.«

»Captain«, sagte Dondolo, und diesmal schwang echtes Gefühl mit in seinen Worten, »ich bitte Sie, kommen Sie mal hinter die Küche, ganz gleich nach welcher Mahlzeit, und sehen Sie sich an, wie diese Franzosen über unsere Abfalltonnen herfallen. Sie fressen tatsächlich Abfall! Wie lange kann ein Mensch da ruhig zusehen?«

»Der Franzose kam also zu Ihnen...?« sondierte Loomis weiter.

»Wir haben Rationen reichlich da. Ich gab ihm ein paar. Warum auch nicht? Was für einen Sinn hat es, diese Leute zu befreien, wenn wir sie dann verhungern lassen?«

»Aber Sie haben sich Geld dafür geben lassen?«

»Nicht viel«, gestand Dondolo ein. »Der Franzose hat es mir direkt aufgenötigt. Er sagte, er wäre kein Bettler, er verdiente sein Geld, es ginge ihm gegen den Strich, etwas anzunehmen, ohne dafür zu bezahlen. Ich wollte mich nicht mit ihm herumstreiten – und wenn ihm außerdem wohler war, wenn er mir ein bißchen Geld gab? Ich bin schließlich nur ein Sergeant, Captain, ich bekomme nur ein paar Dollar, und ich muß auch an meine Familie denken!«

»Gewiß! Gewiß!« gab Loomis zu. »Und wie ist Thorpe in die Sache hineingeraten?«

»Thorpe kam in die Küche. Dabei hat er dort gar nichts zu suchen!« Dondolos alter Ärger brach wieder durch. »Aber in dieser Abteilung stecken sie ihre Nase in alles!«

Loomis knurrte verständnisvoll; Dondolos Gefühle in dieser Beziehung waren auch seine eigenen. Tolachian hatte sich gleichfalls in Angelegenheiten eingemischt, die ihn nichts angingen ... Nun war er tot.

»Thorpe kommt also herein in die Küche«, sagte Dondolo, »und sieht, wie ich dem Franzosen die paar Sachen gebe, und erhebt ein Mordsgeschrei: ich bestehle die Armee! Ich verkaufe unsere Verpflegung! Er beschimpft mich, Betrüger und was weiß ich alles. Nun, Sie kennen Thorpe, Captain, er ist verrückt. Ich frage Sie, Captain, gibt es einen Mann in dieser Abteilung, der nicht genug zu essen gekriegt hätte? Habe ich nicht immer für jeden gesorgt?«

»Haben Sie«, sagte Loomis.

»Thorpe also redete sich in eine richtige Aufregung hinein«, fuhr Dondolo fort. »Er wird erst rot im Gesicht und dann weiß – und dann springt er mich an. Solange es ging, habe ich versucht, ihn nur abzuwehren. Aber dann trat er mich mit dem Fuß, hier unten, wo es empfindlich ist, ich kann für den Rest meines Lebens einen Schaden davongetragen haben, Captain – und dann wurde ich wütend. Schließlich kam die Militärpolizei dazu.«

»Ist das alles?«

»Ja, Captain«, sagte Dondolo, zufrieden mit seiner Geschichte.

Loomis dachte: Schlecht klingt das nicht; nur wird kein Mensch in der Abteilung an Dondolos mildtätige Gefühle glauben. Im übrigen hatte Dondolo die Hauptsache ja zugegeben.

»An dem einen kommen Sie aber nicht vorbei«, sagte Loomis.

»Sie haben das Zeug dem Franzosen verkauft und sind dabei erwischt worden.«

Dondolo nickte.

»Und ich glaube Ihnen auch nicht, daß Thorpe Sie attackiert hat. So einer ist der nicht.«

»Ist das nicht ganz egal?« Dondolo ärgerte sich. Loomis brauchte die Sache ihm nicht noch so unter die Nase zu reiben.

»Ich verbitte mir Ihren Ton!« sagte Loomis. Seine Gedanken nahmen eine neue Richtung: geschah es nicht immer wieder, daß gerade die Leute in der Abteilung, die sich eine Sonderstellung verschafft hatten, ihm in die Quere kamen und ihm Schwierigkeiten machten? Dondolos Bäume waren längst zu hoch in den Himmel gewachsen; höchste Zeit, sie zu trimmen.

»Ich verbitte mir Ihren Ton! Außerdem befinden Sie sich in keiner Lage, in der Sie mir sagen könnten, ob meine Feststellungen gleichgültig sind oder nicht. Bei Lichte besehen, befinden Sie sich in überhaupt keiner Lage! Ich habe schon einen Haufen Klagen bekommen über unzureichende Mahlzeiten – es war also nicht Ihre erste Begegnung mit Ihrem Franzosen, oder vielleicht gibt es da eine ganze Anzahl Franzosen, für die Sie ein offenes Herz und eine offene Brieftasche hatten.«

Der Hieb hatte gesessen, bemerkte Loomis. »Also Schluß mit dem Theater!« sagte er scharf.

»Gut – Schluß mit dem Theater!« Dondolos Blick wurde stechend, sein Mund preßte sich zusammen, das ganze Gesicht war frech und herausfordernd. »Werden Sie mir nun helfen, Captain, oder nicht?«

»Ihnen helfen?«

»Gewiß! Ich habe keine Lust, Schwierigkeiten zu kriegen!«

Loomis schüttelte langsam, wie verwundert, den Kopf. »Sie fangen an, mich zu interessieren, Dondolo. Wie kommen Sie auf den Gedanken, daß ich dem Lauf der Gerechtigkeit hemmend entgegentreten würde? Da, im Kriegsrecht – da haben Sie alles schwarz auf weiß. Allein wegen dieses Vorschlags schon könnte ich Sie vors Kriegsgericht bringen.«

»Ich habe gesagt: Schluß mit dem Theater, Captain!« erwiderte

Dondolo ganz ruhig. »Bringen Sie mich vors Kriegsgericht. Gut. Wenn ich aber vor Gericht komme, dann lasse ich diesen ganzen Laden hochgehen.«

»Welchen ganzen Laden, Sergeant?«

»Sie bilden sich doch nicht etwa ein, daß ich der einzige Geschäftsmann hier bin? Als ich zum erstenmal mich richtig mit meinem Franzosen unterhielt – Sourire heißt er übrigens, vielleicht kennen Sie ihn? –, gab er mir Sie als Referenz an. Er sagte, er tätigt seine Geschäfte nur mit den besten Leuten.« Dondolo lachte in sich hinein. »Ich bin da sehr vorsichtig, mit wem ich mich einlasse. Dann habe ich mich außerdem noch mit Lord, dem Schirrmeister, unterhalten und einiges klarbekommen. Lord sagte mir, daß in unserer Abteilung doppelte Benzinanforderungen eingereicht würden und daß eine ganze Menge Benzin verschwindet, bevor es überhaupt bis zur Einheit gelangt. Und Sie fragen mich, wie ich darauf komme, ein paar kleine Geschäfte zu machen!«

Loomis spürte einen jähen Drang zur Latrine.

Dondolo beobachtete die Wirkung seiner Worte. Er hatte alle seine Eier in dieses eine Körbchen gelegt, und er war nicht ganz sicher, ob der Griff halten würde. Alles, was er wußte, war, was Lord ihm erzählt hatte, und dann war es allgemein bekannt, daß Loomis die Benzinanforderungen gegenzuzeichnen hatte.

Dondolo sagte: »Ich bin hier nicht der, der Schwierigkeiten macht, Captain. Aber ich finde, daß wenigstens ein paar von uns zusammenhalten sollten.«

Loomis wünschte sehnlichst, er wäre nie nach Paris gekommen. Jeder lebte in Paris über seine Verhältnisse. In jedem Restaurant kostete ein halbwegs anständiges Essen den Wehrsold einer Woche. Alkohol war überhaupt jenseits jeder Möglichkeit, und die wunderhübschen Sachen, die man in den Geschäften kaufen konnte, um sie ›aus Paris‹ nach Hause zu schicken, konnte kein Mensch bezahlen. Man mußte ganz einfach ein eigenes Einkommen haben. Er wußte nicht, wie die anderen es schafften; Willoughby schien keine Schwierigkeiten zu haben. Man konnte auch nicht immer nur sich einladen lassen. Was war eigentlich der Sinn, wenn man diesen Krieg gewann und dabei genauso arm blieb wie zuvor? Und dieses Benzingeschäft hatte ja auf der Hand gelegen!

Man konnte sein eigenes Gewissen zum Schweigen bringen – gewiß. Wenn man sich aber der Dinge entsann, die man in der Schule gelernt hatte – und es steckt doch eine Menge Sinn in den Geschichten, die man den Kindern erzählt –, so wußte man, daß das Gewissen sich doch immer wieder irgendwie durchsetzte.

Mit einem Unterton von Hoffnungslosigkeit sagte Loomis: »Ich weiß wirklich nicht, was ich für Sie tun kann!«

Dondolo stand auf. Alles lief jetzt richtig, Larry und Saverio, Gott schütze sie, würden ihren Vater behalten.

»Unter uns, Captain«, sagte er verbindlich, »werden wir das schon regeln. Keine Sorge.«

Loomis haßte diese Vertraulichkeit, aber er brauchte den Trost.

»Wenn bloß die Militärpolizei nicht dazugekommen wäre«, sagte er.

»Entsinnen Sie sich noch, wie damals in Vallères Thorpe Ihr kleines Fest sprengte?« Dondolo lehnte sich über den Tisch. »Der Bursche ist doch nicht richtig im Kopf; jeder in der Einheit weiß, daß er auf die Nervenabteilung gehört. Ich verstehe nicht ganz, warum er nicht schon damals in der Normandie in die Zwangsjacke gesteckt wurde – nachdem er Sie alle belästigte und besonders Lieutenant Yates verrückt machte und überhaupt auf die Nerven ging. Seitdem ist es noch schlimmer mit ihm geworden. Er glaubt, alle verfolgen ihn. Es ist geradezu gefährlich, ihn frei herumlaufen zu lassen.«

»Gut – also nehmen wir an, er kommt ins Lazarett. Bleibt immer noch die Militärpolizei.«

»Das schon – aber die haben ja *meine* Darstellung des Falles. Und wer wird glauben, was Thorpe sagt, wenn die Ärzte gerade dabei sind, nachzuzählen, wieviel Schrauben bei ihm locker sind?«

»Mir gefällt das nicht«, sagte Loomis, »nein, mir gefällt das ganz und gar nicht.«

»Was wollen Sie eigentlich?« sagte Dondolo, der nun genug hatte. »Entscheiden Sie sich, Captain. Wenn Sie nichts unternehmen, habe nicht nur ich Thorpe auf dem Halse – sondern wir beide, Sie und ich. Sie verstehen, was ich meine.«

Loomis klappte das Heft zu, in dem die Artikel des Kriegsrechts abgedruckt waren.

»Ich werde einen Bericht machen«, sagte er.

Siebentes Kapitel

Bing brachte Yates die Nachricht.

»Wann haben sie Thorpe ins Lazarett gebracht?« fragte Yates.

»Gestern abend. Den ganzen Nachmittag über hatten sie ihn bei der Militärpolizei; am Abend haben sie ihn dann ins Lazarett geschafft. Ich habe telephoniert und bin dort gewesen und habe versucht, die Erlaubnis zu erhalten, ihn zu sehen – ohne Erfolg.«

Yates rieb mit der Handfläche der rechten Hand die Warzen an seiner linken. »Mein Gott, der arme Bursche...« Thorpes Gesicht, als er beim Fest der Offiziere auftauchte und Hilfe von ihm forderte, war ihm unvergeßlich. »In Ordnung, Bing. Sie haben getan, was Sie konnten, danke!«

Bing starrte ihn an. »Kein Dank nötig.«

»Ich werde sehen, was sich tun läßt«, fügte Yates hastig hinzu.

»Eigentlich hatte ich das erwartet, Lieutenant«, sagte Bing.

»Wirklich?« Bings Auftreten und was zwischen seinen Worten anklang, ärgerten Yates. Warum wandte sich jeder an ihn um Hilfe, und warum endete jeder, dem er zu helfen versuchte, irgendwie auf dem Schrotthaufen?

»Ich kann nicht dafür garantieren, daß ich viel ausrichten werde«, sagte er.

Bing mißverstand ihn; er glaubte Yates wollte sich nur aus der Affäre ziehen. »Das meinen Sie doch nicht im Ernst«, sagte er. »Sehen Sie, Lieutenant, jemand hat Thorpe so zugerichtet, daß er ins Lazarett geschafft werden mußte.«

»Thorpe war schon immer, nun, sagen wir, etwas überspannt.«

»Ich dachte... Lieutenant, die Leute wissen viel mehr von dem, was in der Einheit vorgeht, als sie glauben. Wir wissen zum Beispiel, daß Sie versucht haben, bei dem Einsatz am vierten Juli an Lieutenant Labordes Stelle zu treten.«

»Also habe ich mich eingemischt!« sagte Yates gereizt. »Und was habe ich damit erreicht? Wem habe ich geholfen? Das beweist ja nur, wie wenig der einzelne bewirken kann.«

Bing überlegte. »Vielleicht haben Sie es erst versucht, als es schon zu spät war. Vielleicht haben Sie es auch nicht energisch genug versucht. Aber wenigstens haben Sie es versucht.«

Yates hatte das Gefühl, daß Bing in seiner naiv-direkten Art, mit der er ihn zum Eingreifen zu bewegen suchte, der Wahrheit näher sein mochte, als er selber vielleicht vermutete. Im Fall Tolachian wie jetzt auch bei Thorpe hatte er, Yates, Anläufe unternommen, nur um bald wieder innezuhalten mit der Vertröstung, irgendwie würde die Sache sich schon von allein regeln. Aber von allein regelte sich gar nichts; konnte es auch nicht, solange man sich von den Umständen lenken ließ, statt selbst die Umstände zu lenken.

»Ich verspreche Ihnen, ich werde versuchen, Thorpe zu sehen«, sagte er widerwillig.

»Danke Ihnen, Lieutenant«, entgegnete Bing. Wenn der Junge doch nur aufhören wollte, ihm zu danken, dachte Yates. Aber Bing fuhr fort: »Ich weiß, daß Thorpe Sie nichts angeht. Captain Loomis und Major Willoughby tragen die Verantwortung für das persönliche Wohlergehen der Leute hier in der Abteilung – aber Sie wissen ja, wie es steht. Und deshalb kam ich zu Ihnen. Es gehen Dinge vor, in die endlich einer hineinleuchten müßte. In der Nacht nach dem Luftangriff auf Vallères kam Thorpe schließlich in sein Bett oben im Turmzimmer – fürchterlich zerschlagen...«

»Zerschlagen? Von wem?«

»Ich konnte es nicht aus ihm herauskriegen. Er wurde renitent, sobald ich ihn fragte, und verfiel in Schweigen.«

»Nun, in der Sache läßt sich jetzt nichts mehr machen. Dafür ist es zu spät.«

»Für Tolachian ist es auch zu spät«, erwähnte Bing.

»Und Thorpe lebt noch, wollen Sie sagen. Schon gut. Ich habe Ihnen versprochen, ich werde unternehmen, was ich kann.«

»Danke Ihnen, Lieutenant.« Damit ging Bing fort.

Ein hartnäckiger Bursche! Yates lächelte. Dann wurde er wieder ernst. Das Wort *Zu spät!* war auch nur wieder eine Entschuldigung für ihn gewesen, daß er den Dingen ihren Lauf gelassen...

Yates rief das Lazarett an und bestand darauf, einen der Ärzte zu sprechen. Nach geraumer Zeit meldete sich eine trockene, nicht unfreundliche Stimme – ein Stabsarzt Philipsohn. Ja, er kenne den Fall; Yates sollte sich keine zu großen Sorgen machen; sie versuchten ihr Bestes, Thorpe wieder zu sich zu bringen.

»Ihn zu sich zu bringen?« fragte Yates.

»Ja«, sagte Stabsarzt Philipsohn, »er befindet sich in einer Art Betäubungszustand, nach einem schweren Schock. Auch körperlich ist er in schlechter Verfassung. Er ist zusammengeschlagen worden, das wissen Sie? Aber machen Sie sich keine Sorgen, Lieutenant, keine Sorgen – wir kriegen ihn schon hin.«

»Kann ich ihn besuchen?« fragte Yates nicht sehr hoffnungsvoll.

»Tut mir leid, nein«, sagte die Stimme ein wenig zögernd, »wir möchten nicht, daß er gestört wird.«

Auf Yates' dringliche Bitte versprach der Arzt, ihm Bescheid zu geben, sobald Thorpe Besuch empfangen durfte.

»Danke für Interesse an dem Fall«, sagte Stabsarzt Philipsohn, »Ende des Gesprächs.«

Auch nachdem er den Hörer aufgelegt hatte, blieb Yates noch auf dem schäbigen Schreibsessel des Dienstraums der Abteilung sitzen, bewegungslos, die Finger flach gegen die Schläfen gepreßt. Also lag es nicht an der Lazarettbürokratie; Thorpe war tatsächlich zu krank, als daß man ihn sehen konnte. Yates hätte sich erheblich wohler gefühlt, wäre ihm gestattet worden, Thorpe wenigstens ein paar freundliche Worte zu sagen – aber das ging nun nicht. Und wichtiger noch, es war unmöglich, von Thorpe selbst eine Darstellung der Vorgänge zu erhalten. Blieb ihm nur der Franzose, der die Verpflegung von Dondolo gekauft hatte.

Yates verließ den Dienstraum der Abteilung im Hotel St. Cloud. Nach der bedrückenden Atmosphäre im Hotel, wo sich der Dunst längst abgereister Gäste mit den militärischen Gerüchen von Schweiß, Leder und Waffenöl mischte, erschien ihm die klare und reine Luft draußen besonders angenehm. Yates hoffte, daß der Franzose noch bei der Militärpolizei saß; er hatte keine Ahnung von den Regeln und Vorschriften der französischen Zivilbehörden – wenn es bei den neuen Behörden solche Regeln und Vorschriften überhaupt gab.

Loomis fuhr in McGuires Jeep vor. Er grüßte Yates überschwenglich; im Augenblick lag dem Captain daran, sich mit jedermann gut zu stellen. Yates beschloß, Loomis' Zugänglichkeit auszunutzen, um sich dessen Jeep zu borgen. Der Captain war nur zu froh, ihm behilflich sein zu dürfen. »Nehmen Sie die Karre – aber selbstverständlich!« sagte er – und befahl McGuire: »Fahren Sie den Lieutenant, wohin er wünscht!«

McGuire knurrte unwillig.

»Es ist nicht weit«, sagte Yates, mehr um den Fahrer zu besänftigen als um Loomis' willen, »nur zur Militärpolizei.«

Loomis, der schon fast am Hoteleingang war, blieb stehen. »Wohin?« fragte er. Er hatte aber sehr gut verstanden, denn er fuhr sogleich fort: »Was wollen Sie bei der Militärpolizei?«

Hätte ich doch nur den Mund gehalten, dachte Yates; Loomis würde natürlich sofort argwöhnen, daß sich jemand in eine Angelegenheit einzumischen beabsichtigte, die er selber bereits geregelt hatte.

»Nichts Wichtiges weiter.« Yates versuchte so ungezwungen wie möglich zu wirken. »Eine der üblichen Nachforschungen bei der Militärpolizei nach jemandem...«

»Soso«, sagte Loomis. Er konnte nicht gut weiterfragen. »Nun, guten Erfolg!«

»Danke«, sagte Yates.

Die menschenüberfüllten Straßen erinnerten Yates noch immer an die ersten Tage in Paris, an die Hochstimmung der Befreiung. Inzwischen hatte die Etappe sich solide niedergelassen, die Front verlief nun weiter im Osten; dennoch warf der Krieg seinen Schatten über Paris, die Stadt war der Kampfzone noch immer nahe. Das Schießen von den Dächern hatte aufgehört. Zum größten Teil hatte man die Leute der faschistischen Miliz gefangen, oder sie hatten selber aufgegeben, da sie sahen, daß die Armeen nur noch geringe Aussichten auf Rückkehr hatten. Die meisten Pariser, die für die Freiheit ihrer Stadt gekämpft hatten, hatten ihre Waffen abgeliefert und waren, mehr oder weniger mürrisch, in die Tretmühle zurückgekehrt: man mußte Arbeit finden, und etwas zu essen.

Eigentlich müßte er sich bei Thérèse erkundigen, was aus Mantin geworden war, überlegte Yates, und fand es erfreulich, daß er trotz des Drucks der Angelegenheit Thorpe imstande war, an das scheue Mädchen zu denken.

Seit seinem Zusammentreffen mit ihr an der Place de la Concorde hatte er sie ein einziges Mal wiedergesehen. Sie hatte ihn bei erster Gelegenheit wissen lassen, daß sie sich für die Liebe und alles, was sich aus ihr ergebe, nicht interessiere, falls er das im Sinne habe; sie nehme also an, sie könnten einander ebensogut gleich wieder adieu sagen. Darauf hatte er ihr gesagt, er sei verheiratet und liebe seine Frau; alles, was er suche, sei Thérèses Gesellschaft. Vielleicht hatte er es in dem Moment sogar selber geglaubt. Die Kleine war naiv, empfand er; sie wollte vermeiden, daß sie billig erschien, wollte wohl auch seine Begier steigern; man nahm so etwas nicht ernst, und im übrigen hatte er es nicht ungern, wenn eine Frau, statt sich sofort hinzulegen, ihn forderte.

Er rief sich zur Ordnung. Zwischen Thérèse und ihm war nichts weiter vorgefallen; sie waren ein Stück zusammen spazierengegangen, hatten auf der Straße vor einem Café gesessen und synthetische Orangenlimonade getrunken und gefühlt, daß es gut war, miteinander zu sein. Es war nach all dem irgendwie unanständig, die Gedanken zu haben, die er jetzt in bezug auf Thérèse hatte, und sich vorzustellen, was sein könnte, wenn er sie wieder träfe – während Thorpe im Lazarett lag, ein Nervenfall wie so viele, und wahrscheinlich wenig Aussicht auf Besserung hatte, solange man ihn dort festhielt.

Dennoch – warum nicht? Sein Gehirn funktionierte nun einmal auf diese Art. Ruth hatte das öfters bewundert – und es ihm zuweilen auch vorgeworfen –, wie leicht er inmitten eines Problems, das sie beide betraf, plötzlich abschwenkte und irgendwelchen Traumgebilden nachjagte. Es zeuge von mangelnder Reife, hatte sie gesagt. Er hatte sich verteidigt, indem er behauptete, so etwas helfe ihm, sein geistiges und moralisches Gleichgewicht zu bewahren. Ruth hatte geantwortet, diese Phantastereien seien lediglich ein Kunstgriff, der es ihm ermöglichte, weiterhin in der Bequemlichkeit und dem Frieden, die er über alles schätzte, zu leben. Eines Tages, so sagte sie, wird das Leben dich schon in eine Konfliktsituation bringen, aus der du dich nicht so leicht herauswindest, aber ich werde dann nicht da sein, um dir deine Hausschuhe zu bringen. Er hatte gelacht damals und gesagt, er würde schon damit fertig werden.

Allzu gut gelang ihm das zur Zeit allerdings nicht. Tolachian war tot, und Thorpe befand sich in der psychiatrischen Abteilung. Er selber lief einem Mädchen nach, das ihm offen gesagt hatte, sie wolle ihn gar nicht. Und was den Krieg anbelangte, hatte er sich ganz gewiß nicht hervorgetan.

McGuire sagte etwas.

»Wie bitte?« fragte Yates.

McGuire wiederholte: »Ich betreibe hier anscheinend einen Pendelverkehr zwischen dem Hotel und der Militärpolizei...«

»Wer pendelt denn hier?«

»Ich kam ja gerade von dort, als Sie einstiegen«, sagte McGuire.

»Captain Loomis war also auch bei der Militärpolizei?«

»Genau.«

Yates schwieg. McGuire aber wollte reden. Seit dem Tag, an dem er Loomis und das Mädchen am Fenster des Hotelzimmers im Scribe die Befreiung hatte feiern sehen, hatte er sich dem Captain gegenüber nur noch auf dienstliche Gespräche eingelassen. Nach ein oder zwei abweisenden Antworten hatte sich Loomis gemerkt, daß die Schweigsamkeit seines Fahrers nicht zu durchbrechen war, aber sie mißfiel ihm, und er begann, sich über Schmutz in der Ecke des Wagens und über andere Kleinigkeiten zu beklagen – und McGuire entnahm daraus, daß Loomis einen guten Grund suchte, um ihn loszuwerden. McGuire hoffte, daß Yates, der keinen Dienstwagen hatte, versuchen würde, sich einen zu verschaffen, und daß er Yates' Fahrer werden könne.

»Ich weiß nicht, was Captain Loomis dort zu tun hatte«, berichtete der Fahrer also. »Aber es läßt sich ja denken – Thorpe.«

»Das glaub ich kaum«, sagte Yates. »Thorpe ist doch schon gestern abend ins Lazarett geschafft worden.«

»Da ist was dran«, sagte McGuire gelassen. Und fügte nach einem Moment hinzu: »Der Junge wird für jemand ganz anderes geopfert.«

Gerade der Gleichmut, mit dem der Fahrer diese Feststellung traf, machte sie um so beißender. McGuire, ein einfacher und primitiver

Mensch, sah die Sache ohne Umschweife – aber mit dieser Behauptung ging er wohl doch zu weit. Yates sagte streng: »Ich will Ihre Bemerkung nicht gehört haben. Und ich rate Ihnen gut, seien Sie vorsichtig mit dem, was Sie über Captain Loomis oder über andere Offiziere sagen!«

»Ich?« McGuire verlangsamte die Fahrt. »Ich hab doch den Captain mit keinem Wort erwähnt.«

Yates stutzte. In dem Punkt hatte McGuire recht. McGuire hatte keinen Offizier beschuldigt und schon gar nicht Loomis. Er selber hatte Loomis' Namen in die Diskussion gebracht. Eine jener Entgleisungen, dachte er, die mehr über meine Denkweise verraten, als ich zugeben möchte. »Aber seien Sie trotzdem vorsichtig«, riet er dem Fahrer.

»Da wären wir«, sagte McGuire, »die Militärpolizei.«

Yates trat ein. Der trostlose Empfangsraum erinnerte ihn an die Polizeistationen zu Hause. Nur der beschmutzte Spucknapf aus Messing, mit den Spuren all derer, die sich an ihm versucht und daneben getroffen hatten, fehlte hier in Paris.

Er fragte den diensttuenden Sergeanten, einen jungen Mann, dessen Gesicht mit großen schwarzen Poren wie gepfeffert war, wo der Franzose zu finden wäre, der zusammen mit einem amerikanischen Soldaten namens Thorpe eingeliefert worden war.

»Ach der«, sagte der Sergeant, »wegen dem ist schon mehr Aufregung gewesen, als die ganze Sache wert ist. Ja, er kommt schon wieder frei, aber ich kann ihn nicht laufen lassen, bevor der Lieutenant es nicht genehmigt hat, und der Lieutenant ist noch nicht hier gewesen.«

»Der Franzose ist also noch hier?« fragte Yates.

»Aber ja!«

»Warum wollen sie ihn eigentlich laufenlassen?«

»Ich? Ich will ihn nicht freilassen. Mir ist das ganz gleich, ob der Kerl hier ist oder nicht.« Der Sergeant zeigte, soweit er es einem Offizier gegenüber tun durfte, eine gewisse Ungeduld mit Yates. »Aber erst vor ein paar Minuten ist ein Captain hier gewesen – ich hab den Namen vergessen, kann ihn aber feststellen, wenn Sie es wünschen...«

»Danke, ich weiß, wer es ist«, versicherte Yates ihm hastig. »Ja, und was wollte der Captain?«

»Er sagte, der Bursche, den wir ins Lazarett geschafft hätten, dieser Thorpe, wäre nicht zurechnungsfähig, die Anklage würde also fallengelassen, und wir brauchten den Franzosen nicht länger festzuhalten. Wissen Sie, Lieutenant, unser Bunker ist ganz hübsch voll. Wir müssen die Arrestanten schon schichtweise schlafen lassen und sind froh über jeden, den wir loswerden.«

»Ich verstehe Ihren Gesichtspunkt«, sagte Yates lachend. Anscheinend war er gerade noch zur rechten Zeit gekommen. Da er sich nun endlich entschlossen hatte, aktiv zu werden und zu tun, was er für seine Pflicht hielt, entwickelte sich vielleicht doch alles zu seinen Gunsten.

»Hätten Sie etwas dagegen, wenn ich ein paar Worte mit dem Franzosen rede, bevor Sie ihn gehen lassen?«

»Ganz und gar nicht«, sagte der Sergeant. »Der Raum nebenan ist frei, ich werde ihn dorthin bringen lassen.«

Yates ging in das Nachbarzimmer hinüber: es war kleiner als der Empfangsraum, aber ebenso trostlos. Die Fenster waren anscheinend seit den Tagen der Dritten Republik nicht mehr gewaschen worden, und die Farbe blätterte von den Wänden ab. Yates ging mit dem Finger hinter die abstehende Farbschicht und fing an, sie in langen Bahnen abzuziehen. Er war wütend, daß Loomis, ohne jede weitere Untersuchung abzuwarten, Sourires Freilassung angeordnet hatte – entweder war das eine unglaubliche Nachlässigkeit oder gar etwas Schlimmeres. Aus seinen Gedanken gerissen, als der Franzose eintrat, wandte er sich überrascht um.

Sourire brach sofort in einen Schwall von Worten aus.

»Moment! Moment!« sagte Yates. »Ich verstehe ein wenig Französisch, aber doch nicht so gut. Sprechen Sie gefälligst langsam.«

»Ich spreche auch Englisch, Sir«, sagte Sourire. »Ich habe Bildung. Man hat mir Unrecht zugefügt, schweres Unrecht. Oh, Sie kennen meinen Namen ja nicht – Sourire, mein Herr, Amédé Sourire.«

Der Aufenthalt im Gefängnis hatte Sourires Äußeres nicht verschönt, erleichterte es ihm jedoch, den Eindruck hervorzurufen, den er erwecken wollte. Unter den Bartstoppeln erschien sein Gesicht ausgemergelt. Er krümmte seine schmalen Schultern: ein zutiefst entmutigter Mensch, das Opfer von Kräften, auf die er keinen Einfluß hatte. Nur in jenen kurzen Sekunden, wenn Sourire vergaß, seine Augen unter Kontrolle zu halten, erkannte Yates, wie schlau und durchtrieben der Mann war.

»Sind Sie gekommen, um mich herauszulassen?« wollte Sourire wissen.

Sourire war an schnelle Bedienung gewöhnt, wenn er einmal in Schwierigkeiten geriet, dieses Mal war ihm bisher niemand zu Hilfe gekommen. Schon vierundzwanzig Stunden hintereinander saß er in diesem Gefängnis; Yates war sein erster Besucher, und er nahm an, daß der Lieutenant irgendwie der Abgesandte seiner einflußreichen Freunde sei.

Yates ließ sich von seinem Instinkt lenken. »Wie kommen Sie auf den Gedanken, Monsieur Sourire, daß die amerikanische Armee Sie so einfach laufenlassen wird?...«

Sourire fiel aus der Rolle, die er sich zurechtgemacht hatte. »Oh, etwa nicht?« sagte er, richtete sich auf und warf mit rascher Kopfbewegung sein langes, dünnes Haar zurück. »Ich lasse mich nicht zum Sündenbock machen, ich nicht.«

Yates beobachtete ihn stumm. Er kannte derlei Zornausbrüche. Jedesmal, wenn einer der deutschen Gefangenen, mit denen er zu tun gehabt hatte, einen solchen Koller bekam, konnte man mit ziemlicher Sicherheit schließen, daß der Mann die Beantwortung einer Frage vermeiden wollte, die er voraussah. Es war dann das beste, dem Burschen die Zügel lang zu lassen, damit er sich austobte.

»Sündenbock?« Yates nahm das Wort auf. »Sie wollen sich wohl interessant machen!«

»Wie würden Sie es denn nennen?« fragte Sourire vorwurfsvoll. »Aber ich sage Ihnen –« Er unterbrach sich. »Wer sind Sie eigentlich?« verlangte er zu erfahren.

Yates wich der Frage aus. »Ich habe sehr viel damit zu tun, ob Sie hier herauskommen oder nicht.«

»Ich habe nichts Unrechtes getan«, sagte Sourire vorsichtig. »Es wurden mir Lebensmittel zum Kauf angeboten, ich ging sie mir ansehn – und dann hat man mich verhaftet. Genau wie die Nazis. Und wenn Sie sich einbilden, daß dieses Gefängnis besser ist als ein Nazigefängnis, dann versuchen Sie es einmal selber.«

»Wer machte Ihnen das Angebot?«

»Man sollte doch glauben, daß ihr Amerikaner wenigstens wißt, was legal ist. Wenn ihr eure Vorräte zum Verkauf anbietet, warum werde dann ich verhaftet?«

»Wer machte Ihnen das Angebot?«

»Ich weiß nicht, wie er heißt.«

»Sie wissen nicht, wie er heißt – oder wollen Sie's mir nur nicht sagen?«

»Ich kenne den Namen wirklich nicht.«

Das klang glaubhaft; bei diesen Geschäften wurden selten Namen genannt.

»Beschreiben Sie den Mann«, verlangte Yates.

»Er – er war ziemlich groß, hager, blaß, Ringe unter den Augen, wir sagen dazu *un visage de la nuit*...«

»Haare?«

»Irgendwie blond.« Sourire gab sich alle Mühe, sich Thorpes Aussehen wieder vorzustellen; aber wenn man einen Menschen zusammenschlägt, hält man sich nicht dabei auf, sich seine Gesichtszüge einzuprägen.

Yates dachte: Das ist schon Thorpe, den er beschreibt. Er fühlte sich sehr unwohl bei diesem Gedanken. Zwar lag es ihm fern, einen Mann zu hart zu beurteilen, nur weil er sich ein bißchen Geld nebenher verdiente. Das große amerikanische Moralprinzip war: Laß dich nicht erwischen... Nur – wenn man Thorpe gern gemocht hatte, war es eben eine Enttäuschung.

Er wandte sich zur Tür, um den Sergeanten vom Dienst zu rufen.

»Mon Lieutenant!« hörte er Sourire sagen. »Komme ich jetzt heraus?«

»Nein«, log Yates. »Warum sollte ich Sie entlassen?« Und dachte, Loomis' Befehl würde noch früh genug ausgeführt werden – sollte dieser kleine Gauner inzwischen ruhig zappeln.

»Sergeant!« rief er.

»*Mon Lieutenant!*« Sourire lief hinter Yates her und drängte sich bittend an ihn heran. »Ich will Ihnen etwas sagen!«

Der Sergeant steckte den Kopf ins Zimmer.

Yates schluckte. Mit heiserer Stimme sagte er: »Schon gut, Sergeant. Es tut mir leid, bin noch nicht ganz fertig.«

»Kann ich etwas für Sie tun?« fragte der Sergeant.

»Nein, im Augenblick nicht.«

Der Sergeant verschwand.

Yates sagte zu Sourire: »Ich habe nicht viel Zeit. Mit Lügen kommen Sie bei mir nicht weit. Überlegen Sie sich also, was Sie jetzt erzählen!«

»Lassen Sie mich dann auch wirklich gehen, wenn ich ihnen alles sage?«

»Ja – aber nur, wenn Sie mir die ganze Wahrheit sagen«, bestätigte Yates freundlich.

Sourire zeigte sein öliges Lächeln und schloß die Augen.

»Glauben Sie mir nicht, Sourire?« fragte Yates. »Hatten Sie so schlechte Erfahrungen mit Amerikanern?«

»Die schlimmsten«, sagte Sourire. »Da gab es einen Sergeanten, mit dem ich Geschäfte gemacht habe – der hat mir auch versprochen, mich im Handumdrehen aus dem Gefängnis wieder herauszuholen. Und sehen Sie mich an – wo sitze ich? In diesem Loch!«

»Sergeant Dondolo?«

»Ja.«

Yates trat zur Wand und brach ein weiteres Stück Farbe ab. Da hatte er richtig Glück gehabt. Aber Glück mußte der Mensch manchmal haben.

»Sie kennen den Sergeanten Dondolo?« wollte Sourire wissen.

»Natürlich. Der Mann, den Sie da vorhin beschrieben haben, war es also nicht, der Ihnen die Lebensmittel verkauft hat – es war Dondolo?«

»Ja… Sind Sie ein Freund von Dondolo?«

»Ich kenne ihn gut.«

»Und Sie werden dafür sorgen, daß ich auch entlassen werde?«

»Bestimmt.«

Sourire starrte ihn an. Plötzlich hatte sich seine Unterwürfigkeit verflüchtigt. »Wenn Sie es nämlich nicht tun«, drohte er, »ich habe Freunde an sehr einflußreichen Stellen.«

»Das bezweifle ich gar nicht. Bei Ihrem Geschäft kommt man herum.«

»Der Fürst holt mich heraus, wenn Sie es nicht tun«, warnte Sourire.

»Was für ein Fürst?«

»Fürst Yasha Bereskin.« Sourires Hand schoß vor, er hielt Zeigefinger und Mittelfinger dicht aneinandergepreßt. »So eng sind wir befreundet, der Fürst und ich. Ein richtiger Fürst! Aus Rußland.«

Yasha, Fürst Bereskin – irgendwo hatte Yates den Namen bereits gehört, aber er konnte ihn nicht so recht unterbringen.

»Na ja, Sourire, aber wenn Sie so hohe Verbindungen haben, warum sind Sie dann noch hier im Gefängnis?«

Eine Weile schwieg Sourire, aber die Muskeln in seinem Gesicht spielten. Dann brach es aus ihm hervor: »Warum! Warum! Woher soll ich das wissen? Hundertmal habe ich meinen Kopf für ihn riskiert –«

»Auf dem schwarzen Markt?« lächelte Yates.

»Für den Mann habe ich sogar Leute durch die Linien gebracht!« Sourire besann sich. »Jetzt tu ich es aber nicht mehr«, fügte er hastig hinzu. »Jetzt bin ich solide geworden. Jetzt bin ich nur in der Lebensmittelbranche.«

»Was für Leute?« fragte Yates. »Wann? Durch welche Linien?«

»Sie werden mich jetzt gehen lassen, nicht wahr?« Sourire wurde besorgt.

»Antworten Sie!«

»Deutsche Offiziere. Einen Oberst Pettinger. Das war, als die Alliierten in Paris einzogen.«

»Der Fürst hat Ihnen gesagt, Sie sollen die Deutschen noch aus der Stadt schaffen?«

»Natürlich. Ich bin ja auch bezahlt worden dafür. Sonst hasse ich die *boches*. Glauben Sie, ich hätt's von mir aus getan?« Sourire spuckte aus. »Aber ich konnte sie auch nicht einfach sitzenlassen. Dieser Pettinger hielt mir die ganze Zeit seine Pistole gegen die Rippen. Was kann man tun unter solchen Umständen?«

»Sehr wenig«, sagte Yates.

»Lassen Sie mich jetzt frei?«

»Ich denke schon«, sagte Yates.

Er rief den Sergeanten vom Dienst und sagte: »Sobald Ihr Lieutenant kommt, können Sie diesen Menschen gehen lassen. Von mir aus liegen keine Bedenken mehr vor«, schloß er in autoritativem Ton; dabei kam ihm ein hübscher kleiner Gedanke: falls es je Beschwerden wegen Sourires Freilassung geben sollte, würde Loomis dafür verantwortlich gemacht werden.

Dann dachte er wieder an Thorpe und an Dondolo. In was für einen Krieg war er da hineingeraten!

Er wartete die Rückkehr des Sergeanten ab, der gegangen war, Sourire wieder einzusperren. Inzwischen blätterte er in dem amtlichen Tagebuch, das offen auf dem Tisch lag. Da stand es: *Sourire, Amédé* – und das Datum – und die Adresse. Sourire hatte keine Privatadresse angegeben, die Eintragung lautete: *per Adr. Delacroix & Co.*

Da war der Zusammenhang. Fürst Yasha Bereskin – Delacroix... So hieß doch der französische Stahl- und Kohlentrust! Yates versuchte im Augenblick nicht einmal, die ganzen Informationen, die er bei der Militärpolizei erhalten hatte, zu sieben und zu ordnen. *Delacroix* – damit erschien alles in einem neuen Licht.

Yates ging, bevor der Sergeant zurückgekommen war.

Delacroix & Co. unterhielt eine Flucht von Büros in der Nähe der Place de l'Opéra.

Major Willoughby befühlte den Brief in der Innentasche seiner Feldbluse, während er die schäbigen Säulen und das reparaturbedürftige Mauerwerk des Gebäudes inspizierte. Eine ziemlich armselige Behausung, fand er, für ein Unternehmen, das, bevor die Nazis sich in Paris niedergelassen hatten, einen großen Teil der Eisenerzförderung, der Aufbereitung der Erze und der Stahlerzeugung Frankreichs beherrschte und es vielleicht auch heute noch tat. So jedenfalls lauteten die Informationen, die er in einem Brief von Coster, Bruille, Reagan und Willoughby, Rechtsanwälte, erhalten hatte. In einer handgeschriebenen Nachschrift hatte der alte Coster hinzugefügt, es sei von größter Wichtigkeit, daß Willoughby Fürst Yasha Bereskin persönlich aufsuche – vorausgesetzt, der Fürst war noch am Leben – und daß er Vollmacht besitze, vorläufige Vereinbarungen jeder Art, zu denen Fürst Yasha mit der Amalgamated Steel bereit sei, zu treffen. Coster brauchte weitere Erklärungen nicht zu geben; Willboughby war sich nur zu gut der Tatsache bewußt, daß Amalgamated Steel der beste Klient von CBR & W war und daß der Krieg ja einmal gewonnen sein würde, und dann hieß Major Willoughby wieder ganz einfach Clarence Willoughby, Esquire, und mußte seine Rechnungen bezahlen und für die Verpflichtungen aufkommen, die sich aus der von ihm angestrebten Stellung im Leben ergaben.

Beim Anblick des jetzigen Verwaltungsgebäudes von Delacroix sah Willoughby seine Zukunft allerdings in einem wenig rosigen Licht. Andererseits durfte man natürlich nicht vergessen, daß sich die größte Zusammenballung der Hütten und Bergwerke der Firma im Osten befand, in Lothringen. Vielleicht unterhielt man dort kostspieligere Büros und betrachtete die Pariser Organisation nur als Zweigstelle. Außerdem bestand noch die Möglichkeit, daß gerade dies der Geschäftsstil von Delacroix war – in Frankreich waren sie doch sehr konservativ; sie versuchten nicht, ihre Gewinnkurven in Bauten aus Beton, Glas und Stahl darzustellen. Und schließlich, sagte sich Willoughby, hatte die französische Industrie für die Deutschen unter Hochdruck gearbeitet – und hatte trotz aller Steuern und Abgaben dabei doch wahrscheinlich einen Haufen verdient. Warum sollten die französischen Buchhalter geringere Erfahrungen im Kaschieren von Profiten haben als die Buchhalter der übrigen Welt?

Sobald er in den zweiten Stock des Gebäudes gelangt war, begann ihm wohler zu werden. Ein älterer Herr im Cut, der wie eine wohlgelungene Kreuzung zwischen einem Beamten und einem Privatsekretär aussah, führte ihn in das Vorzimmer zu Fürst Yashas Büro.

Ja, der Mann im Cut freute sich, sagen zu dürfen, daß Fürst Yasha sogar sehr lebendig sei und die Unannehmlichkeiten des Naziregimes ohne großen Schaden an seiner Gesundheit oder seinem Unternehmen überstanden habe.

»Natürlich«, fügte er nachdenklich hinzu, »die Jahre gehen mit keinem besonders glimpflich um, das Leben verlangt seine Opfer – kannten Sie den Fürsten aus der Zeit vor dem Kriege?«

»Nein«, sagte Willoughby.

Der Mann im Cut bedauerte das. »Der Fürst ist ein so treuer Freund. Keinen vergißt er.«

Durch eine Glastür konnte Willoughby die ganze Suite der Büros übersehen. Er vergegenwärtigte sich den Betrieb in einem entsprechenden Unternehmen zu Hause, wo die Türen sich kaum noch schlossen, Angestellte mit Papieren hin und her eilten und die neuen geräuscharmen Schreibmaschinen klangen, als kauten Hunderte von Menschen mit offenem Munde Kaugummi. Hier nichts von alledem.

»Keine großen Geschäfte zur Zeit?« fragte er.

Der Mann im Cut lächelte. »Wir haben unsere Arbeit. Wir sind dabei, die alten Verbindungen wieder anzuknüpfen. Ein großer Teil unseres Besitzes befindet sich noch in deutscher Hand. Ich bin sicher, nicht für lange.« Dies sagte er mit bedeutsamen Blick auf Willoughbys Uniform.

Die verbindliche Art des Mannes, seine sanfte, ruhige Stimme besänftigten Willoughbys Nerven. Die Frage, wie er am besten an den Fürsten Yasha herantrat, hatte ihn doch sehr beschäftigt; im Grunde fühlte er sich stets als der Junior der Firma, und sein Majorsrang in der Armee war nicht genug, um ihn spüren zu lassen, daß er nun etwa seinem Seniorchef Coster oder wenigstens Bruille und Reagan gleichgestellt sei. Es war das erste Mal, daß ihm eine Angelegenheit von so entscheidender Bedeutung für CBR & W übertragen worden war. Er konnte sich vorstellen, wie Coster achselzuckend sagte: Nun – wir müssen die Sache eben Willoughby überlassen. Er ist der einzige an Ort und Stelle.

Und was war das für ein Mann, der ihm nun entgegentreten würde – Vorsitzender des Aufsichtsrates und außerdem noch ein Fürst? Sollte er ihn mit ›Hoheit‹ anreden? Dieses Problem beunruhigte ihn sehr, aber er konnte es nicht über sich bringen, den Herrn im Cut zu fragen. Königliche Hoheit... Quatsch! Hier wurde keine Operette aufgeführt, hier ging es um ein Geschäft, um große finanzielle

Interessen. Eigentlich müßte er einen jener guten, konservativen Anzüge tragen, auf die der alte Coster solchen Wert legte – na ja, die Uniform sah auch nicht schlecht aus; nur gemahnte sie ihn die ganze Zeit daran, daß dies Unterfangen selbst bei großzügigster Auslegung seiner Dienstpflichten mit diesen nicht in Einklang zu bringen war. Nun gut – keiner wußte von seinem Besuch hier.

Yasha selber erschien in der Tür zu seinem Privatbüro, um Willoughby zu begrüßen. Sehr herzlich sagte er: »Kommen Sie bitte herein, Major – ich habe Sie erwartet.« Sein Englisch klang ebenso manieriert wie sein Französisch.

Das Privatbüro war verhältnismäßig groß; die Wände waren mit hellfarbigem, kostbarem Holz getäfelt, das den Raum warm und behaglich wirken ließ, ohne jedoch vergessen zu lassen, daß hier Geschäfte getätigt wurden. Yasha, der mit raschen Schritten neben Willoughby herging, bot ihm einen Stuhl an einem Rauchtisch an, auf dem eine Karaffe und Gläser standen.

»Setzen Sie sich«, sagte Yasha. »Whisky? Ich habe immer Whisky da; ich trinke mäßig, einen kleinen Schluck gelegentlich, um die Monotonie der Stunden zu durchbrechen. Ein Tag ist wie ein Buch; man kann es nicht ohne Interpunktion lesen.«

»Wie wahr«, lächelte Willoughby. Er versank in dem tiefen Armsessel. Yasha hatte sich einen Stuhl mit gerader Lehne ausgesucht; so konnte er von oben auf Willoughby hinabsehen, ein Vorteil.

»Ich nehme gern ein Glas«, sagte Willoughby. Er versuchte, Yashas Gesicht einzuordnen. Willoughby huldigte der Theorie, die sich ihm auch bei so mancher Gerichtsverhandlung bewährt hatte, daß es unter den Menschen nur eine begrenzte Anzahl von Typen gebe – höchstens fünfunddreißig bis vierzig: innerhalb eines jeden Typs waren die Charakterzüge des einzelnen ungefähr die gleichen. Hatte er erst einmal einen Mann eingeordnet, fühlte sich Willoughby seiner selbst wie der anzuwendenden Taktik ziemlich sicher.

Aber Yasha fügte sich nicht ein in die Skala der Typen, die Willoughby kannte; vielmehr schien es, daß Elemente ganz entgegengesetzter Art sich in ihm vereinigten. Auch war er zu kantig, zu ichbezogen für jemanden, der Geschäfte machen wollte; aber da mochte er sich irren, dachte Willoughby. Auf jeden Fall hatte der Mann etwas Asiatisches an sich.

»Sie sagten, Sie hätten mich erwartet«, begann Willoughby. »Wie das? Übrigens, entschuldigen Sie – ich weiß nicht recht, wie ich Sie anreden soll. In den Vereinigten Staaten kennen wir keine Familientitel, Sie verstehen…«

Yasha gab ein trockenes Lachen von sich. »Das ist ganz unwichtig, Major. Mein Titel gehört der Vergangenheit an. Jetzt bin ich ein einfacher Bürger einer von neuem erstandenen Demokratie. Meine Freunde nennen mich einfach Fürst.« Er schien den Widerspruch in seinen Worten nicht zu bemerken. »Um auf Ihre erste Frage zurückzukommen – es ist ganz selbstverständlich, daß ich den Besuch eines Vertreters Ihrer hervorragenden Armee erwartet habe. Ich hege keinen Zweifel, daß die verschiedenen Industrie-Unternehmungen, denen ich vorstehe, erheblich dazu beitragen können, diesen Krieg zu einem siegreichen Ende zu bringen.«

Willoughby registrierte die Tatsache, daß bisher von offizieller Seite noch niemand an Yasha herangetreten war. Um so besser.

»Ich habe hier einen Brief für Sie«, sagte Willoughby und überreichte Yasha den dünnen Bogen Luftpostpapier, auf den Coster seine Empfehlung geschrieben hatte. Der Fürst warf einen Blick auf die Unterschrift, blickte Willoughby an, sagte aber nichts.

Willoughby fühlte sich bewogen zu erklären: »Ich bin also in erster Linie ein Bote.«

»Ja«, sagte Yasha. Er zog einen Kneifer aus der Tasche und klemmte ihn sich auf die lange, gerade Nase.

Willoughby spürte die Ähnlichkeit zwischen dem Mann im Cut, der ihn empfangen hatte, und dem Fürsten. Nun, es war nur natürlich, daß der Diener den Herrn nachzuahmen suchte – aber in dem Benehmen des Angestellten wie des Fürsten lag eine Art Snobismus, der an Arroganz grenzte und Willoughby zu ärgern begann. Coster wäre mit so etwas leicht fertig geworden. Immerhin – Yasha suchte offensichtlich Verbindung zur amerikanischen Armee, und Willoughby war entschlossen, diese Karte mit ihrem vollen Wert auszuspielen.

»Und jetzt«, sagte er, obwohl Yasha den Brief noch nicht zu Ende gelesen hatte, »nach Übergabe dieses Schreibens ist meine Botenrolle zu Ende.«

»Und welche Rolle möchten Sie jetzt spielen?« fragte Yasha, ohne aufzublicken.

»Vielleicht können *Sie* mir das sagen?« antwortete Willoughby, ohne sich aus dem Konzept bringen zu lassen. Coster hatte in seinem Brief an Yasha klargemacht, daß Major Willoughby durchaus der Verhandlungspartner auch für großzügige Transaktionen sei.

Yasha faltete das Blatt sorgfältig zusammen und steckte es sich in die Tasche. »Ich habe immer die besten Verbindungen mit den Vertretern der Amalgamated unterhalten und freue mich, unser freundschaftliches Verhältnis wiederherstellen zu können.«

»Ich darf also davon ausgehen, daß wir die in diesem Schreiben enthaltenen Vorschläge im einzelnen besprechen können?« Willoughby lehnte sich zurück. »Ich persönlich, Fürst, führe meine Verhandlungen gern außerhalb der Geschäftsatmosphäre. Spielen Sie Golf? Ja? Gut. In das Gewirr internationaler Kartellisierung an einem einzigen Nachmittag zu steigen...« Seine fleischigen Hände wurden beredt. »Aber – wir leben eben nicht in normalen Zeiten.«

»Da haben Sie recht«, sagte der Fürst.

»Was wir uns vorstellen, ist einfach«, erklärte Willoughby. »Die durch den Krieg vor allem in Europa verursachten Zerstörungen, die Umschichtung der Produktion, nennen wir es so, die dadurch verursacht wurde, daß unsere Produktionskapazität sich fast ausschließlich auf die Erzeugung von Gütern beschränkt, welche Vernichtungszwecken dienen, werden in unserer Industrie eine mehrere Jahre dauernde Konjunktur herbeiführen.«

Yasha legte seine knochigen Finger ans Kinn. »Sie verfolgen ohne Zweifel eine Politik auf weite Sicht«, sagte er.

»Das tun wir«, antwortete Willoughby und stieß nach dem Zugeständnis, das in Yashas Worten lag, sofort weiter vor. »Die moderne amerikanische Industrie führt in ihrer Weise auch eine Planung durch.«

Yasha nickte zustimmend. »Die letzten Jahre haben in steigendem Maße die Aufrechterhaltung fruchtbarer Zusammenarbeit erschwert«, bemerkte er. »Ich freue mich, von Ihnen zu erfahren, daß in Amerika die Industrie auch nicht hinter der Zeit herhinkt.«

Willoughby lachte. »Wie wären wir sonst bis Paris gekommen? Der Krieg ist zu einer Kraftprobe zwischen den beiden am höchsten entwickelten und mächtigsten Industriegruppierungen geworden – und wir gewinnen ihn.«

»Offensichtlich«, sagte Yasha.

Einen Augenblick lang hatte Willoughby vergessen, daß sein Gegenüber wahrscheinlich keiner dieser Gruppierungen anzugehören wünschte und daß er nun, nachdem er gezwungen der einen hatte angehören müssen und gerade von seiner Abhängigkeit von ihr befreit war, von ihm aufgefordert wurde, sich der anderen anzuschließen. Er verbesserte sich also: »Das heißt nicht, daß wir die Bedeutung und die künftige Rolle von Delacroix & Co. auf dem Weltmarkt unterschätzen.«

»Ach, der Weltmarkt!« sagte Yasha, Sehnsucht in seiner Stimme, mit unverkennbar ironischem Unterton. »Wann habe ich das Wort zum letztenmal gehört?«

»Der Weltmarkt ist kein leeres Wort«, entgegnete Willoughby, »er ist unsere einzige Chance. Ist der Krieg erst einmal gewonnen, ist die Umstellung der Industrie erst einmal erfolgt – was machen wir dann mit unserer Produktionskapazität, mit unserem Geld?«

»Neue Kriege«, sagte Yasha.

»Ich weiß nicht«, sagte Willoughby, »ich meine, wir brauchen zunächst einmal eine Periode normalen Wirtschaftsablaufes. Wir Amerikaner glauben an eine liberale Wirtschaftsauffassung, freies Unternehmertum, Freihandel, freien Güteraustausch, den höchstmöglichen Lebensstandard für die größtmögliche Zahl von Menschen.«

»Wenn Ihnen das gelingt – großartig.« Die Miene des Fürsten blieb unverändert. »Sie müssen mir schon verzeihen, Major Willoughby, wenn ich in diesen Dingen nicht mehr so ganz auf dem laufenden bin. In den letzten Jahren habe ich nur immer Anordnungen erhalten, was ich zu produzieren und wohin ich es zu verfrachten hatte; ich selbst konnte nichts bestimmen. Und irgendwie hat sich mein Denken dieser Wirtschaftsmethode angepaßt, so unangenehm diese auch war – und sie war sehr unangenehm, das kann ich Ihnen sagen!«

»Nun«, sagte Willoughby aufgeräumt, »das ist jetzt vorbei!«

»Das verdanken wir Ihnen«, erwiderte Yasha mit einer leichten Verbeugung. »Nun bin ich damit beschäftigt, die Fäden wieder aufzunehmen, sie miteinander zu verknüpfen und zuzusehen, was mir übriggeblieben ist und was sich überhaupt noch tun läßt. Ich bin sehr bescheiden geworden.«

Willoughby wünschte, Yasha wäre tatsächlich so bescheiden. »Nun – was also die kommende Konjunkturperiode anbelangt...« Er wollte die Unterhaltung wieder in die alte Richtung leiten.

»Ah ja – die Konjunkturperiode – was hatten wir damit vor?« fragte Yasha harmlos.

Willoughby ging gerade auf sein Ziel los. »Sie verstehen, Fürst, daß bei den komplizierten Beziehungen im freien Spiel der wirtschaftlichen Kräfte das Fehlen einer Übereinstimmung, ein unangemessener Wettbewerb und dergleichen nicht nur Ihr Haus und das Unternehmen meiner Freunde, die ich hier vertrete, sondern ganz allgemein die Aufgabe des Wiederaufbaues, der wir uns gegenübersehen, schädigen würden. Und das wollen wir doch vermeiden.«

Auf eine Art bewunderte Yasha diesen Amerikaner: welche Fähigkeit, die Sorge um das Wohlergehen der Menschheit mit robustem Geschäftssinn zu vereinigen! Die Deutschen waren dagegen die reinen Waisenknaben; sie hatten ihre schamlosen Erpressungen und Diebereien mit Liebe zum Vaterland entschuldigt – in der letzten Zeit hatten sie sogar diesen Vorwand fallenlassen. Aber die Amerikaner glaubten tatsächlich an ihren Liberalismus, auf jeden Fall glaubte dieser Major daran. Ein gesundes Volk. Sie hatten Gott, Demokratie und die Profitrate in eine ergötzliche Harmonie gebracht. Zu schade, daß sie es mit der schamlosen Dekadenz Europas zu tun kriegen würden.

Aber schließlich hatte er keine Lust, die lebhaft aufschießenden Hoffnungen der Amerikaner noch zu unterstützen. So sagte er trokken: »Ich freue mich, Ihnen versichern zu können, Major, daß unsere Interessen sich in Übereinstimmung befinden.«

»Wunderbar!« Zufriedenheit mit dem Erreichten gab dem Fett

unter Willoughbys Kinnbacken eine rötliche Tönung. »Dann, nehme ich an, können wir zu vorläufigen Vereinbarungen über Produktionsanteile, Preise, Export und all solche Fragen, die sonst zu ungesunden Konflikten führen möchten, gelangen.«

»Ich würde das außerordentlich begrüßen«, sagte Yasha, »wirklich.« Er hielt inne. Jeder Zug seines länglichen Gesichtes, und es war ein ausdrucksfähiges Gesicht, ließ sein Bedauern erkennen.

»Was hindert Sie dann?« fragte Willoughby erregt.

Der Fürst schüttelte den Kopf. »Sie wissen gar nicht, was hier vor sich gegangen ist! In Europa sind ja Männer wie ich nicht mehr Herren im eigenen Haus.«

»Die Nazis sind doch fort!« wandte Willoughby ein.

»Die Nazis sind fort«, wiederholte Yasha, »aber was für Leute haben wir an ihrer Stelle? Mein lieber Major Willoughby, Sie sind der erste Mensch, der mich besucht, dessen guten Willen ich erkennen kann. Wer ist, abgesehen von Ihnen, sonst zu mir ins Büro gekommen? Untersuchungskommissionen, Kontrollkommissionen, staatliche Industriekommissionen und weiß Gott was noch für Kommissionen! Sie verfolgen mich geradezu!«

»Aber doch alles französische?«

»Natürlich! Sie kennen so etwas in Ihrem Land nicht, ich hoffe jedenfalls. Ich kann nur sagen, daß ich unter den Deutschen in meinen Geschäften größere Freiheit hatte. Es tut mir leid, daß ich im Augenblick keine Bindungen eingehen kann – und ich weiß nicht, ob ich je dazu in der Lage sein werde.«

»Nun«, sagte Willoughby geduldig, »diese Dinge kommen schon wieder ins Gleis. Sie haben eine neue Regierung hier; ein großer Teil Ihres Landes ist noch immer vom Feind besetzt; die Regierung ist nervös.«

Yasha lachte schrill. »Regierung!« Dann hielt er sich wieder zurück. Er stieß seinen unbequemen Stuhl zur Seite und legte seine Rechte auf Willoughbys Schulter. »Man beschuldigt mich, mit dem Feind Geschäfte gemacht zu haben. Nun, in Gottes Namen, mit wem hätte ich denn sonst Geschäfte machen sollen? Bilden sich diese Leute etwa ein, es hat mir Spaß gemacht, mir vorschreiben lassen zu müssen, wieviel ich bei jeden hundert Franken Umsatz verdienen durfte?« Er nahm die Hand von der Schulter seines Gastes. »Setzen wir mal den Fall, ich hätte mich geweigert«, fuhr er nachdenklich fort, »wissen Sie, was das bedeutet hätte?«

»Nun – was?« fragte Willoughby.

»Dann hätten die Deutschen das ganze Unternehmen Delacroix & Co. eingesteckt. Das wenige, was ich für Frankreich habe retten können, wäre dann auch noch verloren gewesen. Sowohl Rintelen wie die Göringwerke haben es ja versucht – buchstäblich Dutzende von Malen! Aber das sehen natürlich die Herren, die da jetzt so radikal auftreten und patriotisch herumschwätzen, nicht ein – daß der wahre Patriot weiterarbeitet und im stillen duldet.«

Willoughby war nicht des Glaubens, daß der Fürst allzu Schweres hatte erdulden müssen. Aber es interessierte ihn doch sehr, zu erfahren, daß die neue französische Regierung ihre Nase in die Geschäfte von Delacroix steckte. Tat sie das weiter, dann würde die Firma Coster, Bruille, Reagan und Willoughby, Rechtsanwälte, draußen im Kalten sitzen; denn dann wurde jede internationale Vereinbarung eine Angelegenheit, die zwischen Washington und Paris zu regeln war. Hätte ihn in diesem Augenblick jemand um seine Ansicht befragt, so hätte sich Willoughby in höchst energischer Form für die absolute Trennung von Staat und Wirtschaft ausgesprochen.

»Zum Beispiel«, rief Yasha aus, »könnte es durchaus geschehen, daß ich morgen aufgefordert werde, mein Zeug hier zusammenzupacken und dies Büro zu räumen – die Regierung übernimmt alles, und an diesem Tisch hier wird ein Kommissar sitzen. Nationalisierung! Sozialisierung! Diese Dinge liegen immer in der Luft, solange die Menschen noch wissen, wie sich ein Gewehr anfühlt. Diese Gefahren kennen Sie in Amerika nicht, und möge der gnädige Gott Sie davor bewahren – aber ich kenne sie, glauben Sie mir, ich kenne sie. Ich habe so etwas in dem Land unseres großen Alliierten im Osten schon einmal erlebt. Ich spüre solche Sachen in der Luft.«

»Ich glaube nicht, daß so etwas unbedingt zu geschehen braucht«, sagte Willoughby, jedes seiner Worte betont. Dann ließ er durchblicken, daß er sehr wohl in der Lage sei, den richtigen Mann in der Armee zu veranlassen, im richtigen Moment das richtige Wort bei der richtigen Stelle innerhalb der neuen französischen Regierung vorzubringen. Diese Regierung war von der Gnade der amerikanischen Armee abhängig; und diese Armee war nicht in Europa einmarschiert, um dort den Sozialismus zu bringen. Eine Diktatur war ebenso schlimm wie die andere.

»Aber betonen Sie nicht immer wieder den Grundsatz«, klagte Yasha, »daß Sie sich nicht in die inneren Angelegenheiten der sogenannten befreiten Länder mischen?«

»Delacroix & Co. ist keine innere Angelegenheit«, konstatierte Willoughby. »Ich bin sicher, daß unsere Armee sich Ihrer Hütten und Werke bedienen wird. Es herrscht immer noch Krieg, oder? Nationalisierung, Sozialisierung – ich pfeife darauf, wie man es nennt –, in Wirklichkeit bedeutet so etwas doch nur eine Minderung der Produktionskraft, die wir in einer solchen Notsituation nicht dulden können. Die Armee braucht die Fachkenntnisse und den Geschäftsgeist der Unternehmer.«

Hinter Willoughby stand niemand; dennoch klang, was er sagte, als käme es direkt von höherer Stelle. Er merkte, daß er auf den Fürsten Eindruck machte, und wollte gerade seinen Vorteil ausnutzen, als das Telephon klingelte.

»Entschuldigen Sie mich!« Yasha griff nach dem Hörer. Seine ersten Worte waren: »Ich sagte Ihnen doch, ich will nicht unterbrochen werden...« Dann aber hörte er doch ruhig zu und blickte mehrmals zu Willoughby hinüber. Schließlich deckte er die Hand über die Sprechmuschel. »Major, kennen Sie einen Lieutenant Yates?«

»Ja«, sagte Willoughby, »gewiß kenne ich ihn. Worum handelt es sich?«

Die Erwähnung des Namens Yates brachte ihn durcheinander. Alles war so glatt gegangen; er hatte zu Yasha mit einer Sicherheit gesprochen, als redete er im Auftrag sämtlicher Stabschefs; er hatte sich in dem Glauben gewiegt, daß kein Mensch ahnte, wo er sich befand, ganz davon zu schweigen, was das Ziel seiner Besprechung mit dem Fürsten war – und dort am Telephon war plötzlich Yates! Wurde ihm nachgespürt? Was ging da vor?

Willoughby fragte: »Ist es Yates selber? Was will er?«

»Einen Augenblick«, sprach Yasha in das Telephon, deckte es aber gleich wieder zu. »Er will herkommen und mit mir sprechen.«

»Fragen Sie ihn, was er will!« flüsterte Willoughby, obwohl niemand außer Yasha ihn hätte hören können.

»In welcher Angelegenheit wünschen Sie mich zu sprechen?« Dann deckte Yasha die Sprechmuschel wieder ab: »Er sagt, er kann es telephonisch nicht erklären. Aber es wäre wichtig.«

»Er kann Sie eben nicht sprechen, basta!« Willoughby versuchte seinen Ärger zu verbergen. Mochte Gott wissen, was Yates von Yasha wollte! Es war auch ganz gleichgültig. Auf keinen Fall durfte etwas so Heikles wie Willoughbys Besuch bei Delacroix & Co. zu Gerede in der Abteilung oder zu Fragen von DeWitt oder Crerar führen. »Sagen Sie ihm, Fürst, daß Sie ihn nicht empfangen werden!«

Der Fürst hatte seine Zweifel. »Aber er ist ein amerikanischer Offizier!«

»Und wenn er Admiral der Schweizer Flotte wäre! Ich nehme ihn schon auf mich. Sagen Sie ihm, Sie wären beschäftigt.«

»Gut!« Der Fürst zuckte die Achseln. »Auf Ihre Verantwortung!« Und in das Telephon: »Es tut mir leid, ich bin sehr beschäftigt. Nein, morgen auch nicht. Ich stehe mit Vertretern der amerikanischen Armee in Verbindung. Ich wüßte nicht, was ich mit Ihnen zu besprechen haben sollte. Danke Ihnen. Auf Wiedersehen.«

Er legte den Hörer auf. »Sagen Sie mir, Major – was will Ihr beharrlicher Lieutenant Yates von mir? Und warum legen Sie solchen Wert darauf, daß ich ihn nicht sehe?«

Willoughby erkannte, daß Yasha den Zwischenfall zu benutzen suchte, um sich Bedenkzeit und wohl auch eine bessere Verhandlungsbasis zu schaffen. Er lächelte. »Mein lieber Fürst, ich habe meine Vorschläge nicht mit Ihrem Portier besprochen. Ich ging zu Ihnen. Ebenso werden Sie nicht mit meinem Lieutenant verhandeln wollen, sondern mit mir direkt. Nicht wahr?«

»Richtig.«

»Fahren wir also fort«, schlug Willoughby ohne Umschweife vor. »Wie schon erwähnt, Sie brauchen sich keine Sorgen wegen Einmischung Ihrer Regierung zu machen. Dafür sorgen wir schon.«

Er hat etwas von seinem Schwung verloren, dachte Yasha.

Willoughby wiederholte sich auch bereits. »Es sollte leicht sein, zu einer Vereinbarung zwischen Ihnen und meinen Freunden, die ich hier vertrete, zu gelangen. Wir wissen sehr wohl, daß wir die augenblicklichen ungeordneten Verhältnisse mit in Kauf nehmen müssen...«

Willoughby spürte, daß auch der Fürst merkte, daß ihn etwas störte – wenn Yates nicht mehr Gewicht hatte als ein Portier, mußte Yasha sich nicht fragen, weshalb sein Besucher sich soviel Mühe machte, diesen Yates von ihm fernzuhalten?

Jedoch beschäftigte der Zwischenfall Yasha gar nicht so sehr. Yasha überlegte sich vielmehr, daß der Austausch von einigen Konzessionen an Willoughby – wert waren sie heute und vielleicht noch ein Jahr lang sowieso nicht viel – gegen unmittelbare amerikanische Protektion ein durchaus gesundes Geschäft war. Sollte sich herausstellen, daß Willoughby nicht der richtige Mann war für das Geschäft, so ließe sich dann schon ein anderer finden. Je größer der befreite Teil des Delacroix-Imperiums wurde, desto mehr Interessenten würden sich einfinden; und hielt er erst wieder seine Hand über die lothringischen Bergwerke, so würde er ganz Herr der Lage sein. Die Gefahr einer Nationalisierung war nicht so groß, wie er sie dargestellt hatte. Er hatte sie mit Absicht aufgebauscht – die Amerikaner waren von Natur Gegner radikaler Maßnahmen. Er konnte es sich also leisten abzuwarten. Allerdings – wenn seine wirklichen Transaktionen mit den Deutschen jemals entdeckt würden... *Eh bien!* Überall gab es Hintertüren.

»Major Willoughby«, sagte er, »ich werde mir Ihren Vorschlag überlegen und mich mit Ihnen in Verbindung setzen. An sich neige ich sehr dazu.«

Sie verabschiedeten sich voneinander – der Fürst ein wenig von oben herab, Willoughby, obwohl ihm das schwerfiel, ohne seine Enttäuschung zu zeigen.

Vor Yashas Büro, bewacht von dem Herrn im Cut, saß Yates.

Willoughby besaß die Geistesgegenwart, sich angenehm überrascht zu zeigen.

Der Mann im Cut benutzte Willoughbys Erscheinen, um zu erklären: »Wie Sie sehen, *mon Lieutenant,* steht Fürst Yasha bereits mit Vertretern der amerikanischen Armee in Verbindung; es besteht also für ihn gar keine Veranlassung mehr, Sie zu empfangen. Warum leiten Sie Ihre Fragen nicht über den Major?«

Yates erhob sich von dem Sofa, auf das er genötigt worden war, und begrüßte Willoughby mit einem trockenen: »Hallo, Major!«

Willoughby räusperte sich. »Sieh da, Yates! Was wollen Sie denn hier? Kann ich Ihnen behilflich sein?«

In der guten alten Zeit – während der Invasionstage in der Normandie – hätte Yates noch offen gesprochen, in der Annahme, daß ihm ein Kamerad selbstverständlich helfen würde. Aber das war vor der Übergabe von St. Sulpice, vor dem Flugblatt zum vierten Juli, vor Tolachians Tod und der Befreiung von Paris. Solange er nicht genau wußte, wo Willoughby stand und welche Verbindungen zwischen ihm und Yasha bestanden, verhielt er sich lieber vorsichtig.

Dann fiel ihm ein, daß gerade zu dem Zeitpunkt, als er Yasha anrief, Willoughby mit dem Fürsten zusammengehockt haben mochte. Yasha allein hätte wohl kaum die Stirn gehabt, ein Gespräch abzulehnen, hätte nicht Willoughby ihm den Rücken gesteift, ihn beraten oder ihm sogar den Befehl gegeben, sich so und nicht anders zu verhalten.

Aber warum nur?

»Sie können mir schon behilflich sein, Major. Ich möchte den Fürsten sprechen. Dies Museumsstück im Cut hat mir lauter Ausreden gegeben.«

»Weswegen wollen Sie den Fürsten denn sehen?« erkundigte sich Willoughby und überlegte zugleich: Wurde er bereits beobachtet? Und von wem? Von Yates allein und auf eigene Faust, oder auch von DeWitt, durch Yates?

Yates gab die erste Antwort, die ihm in den Sinn kam. »Ich muß eine Art Bericht abfassen – die französische öffentliche Meinung über die Befreiung und ihre Aussichten. Befragung von Menschen aus allen Schichten der Bevölkerung – Arbeiter, Kaufleute, selbst ein paar Leute in hohen Positionen. Die Ergebnisse sollen uns einige Fingerzeige geben, in welcher Richtung das Verhalten der Truppe zu beeinflussen wäre.«

»Habe niemals von einer solchen Umfrage gehört.«

»Muß doch auf dem Dienstweg gekommen sein«, sagte Yates unschuldig.

Möglich wäre es, dachte Willoughby, immer noch argwöhnisch. Er war nicht mehr der einzige, durch dessen Hände die Befehle gingen, seitdem DeWitt das Kommando übernommen hatte und die Abteilung vergrößert und in mehrere Gruppen aufgeteilt worden war... Aber Yates' plötzliches Erscheinen mitten in diesen Stahlverhandlungen roch doch sehr verdächtig.

»Persönlich«, fuhr Yates fort, »würde ich dem Fürsten ganz gern auch noch ein paar Extra-Fragen stellen...«

Willoughbys Unbehagen wuchs. Yates hatte bei seinen Gefangenenverhören eine Menge Erfahrungen gesammelt und mochte selbst einem durchtriebenen Menschen wie Yasha gefährlich werden.

»Wie kommt der Fürst überhaupt dazu, es abzulehnen, mich zu empfangen?« sagte Yates. »Ich bin so höflich, selber hierherzukommen, anstatt ihn durch einen Korporal holen zu lassen. Ich sage mir, er ist ein wichtiger Mann, soll er also meine Rangabzeichen sehen. Und er spielt den Unnahbaren – er hat keine Zeit, läßt er mir sagen, er ist beschäftigt... Bei mir nicht!« Yates stellte mit Genugtuung fest, daß er log wie ein Experte. Und er machte sich durchaus kein Gewissen daraus; es ging um ein Menschenleben, um Thorpe.

»Hören Sie mir bitte mal zu!« Willoughby legte den Arm um Yates' Schulter. »Wir müssen in dieser Sache ein bißchen Takt zeigen. Ich bin gerade bei dem Mann gewesen. In diesem komischen Land ist er ein großer Macher. Hätte ich von Ihrer Umfrage gewußt, ich hätte Sie gleich mit hineingenommen; wir hätten zwei Fliegen mit einer Klappe geschlagen. Warum sagt mir auch keiner was?«

Yates murmelte Bedauern.

»Es macht doch einen schlechten Eindruck, wenn einer nach dem anderen von uns da hineinmarschiert und den Mann behelligt. Man muß etwas Rücksicht auf die Gefühle solcher Leute nehmen – nicht wahr? Suchen Sie sich eine andere große Nummer – wie wäre es mit René Sadault, dem Automobilindustriellen? Oder lassen Sie mich Ihre Fragen dem Fürsten bei meiner nächsten Zusammenkunft mit ihm vorlegen.«

Verflucht, dachte Yates, der erstickt mich ja hier in lauter Freundlichkeiten! Ich bin eben doch kein so geschickter Lügner. »Leider haben wir bei unsrer Umfrage keinen vorgedruckten Fragebogen,

Major«, sagte er. »Wir stellen die Fragen so, wie sie sich aus dem Gespräch ergeben.«

Willoughby nahm seinen Arm von Yates' Schulter. »Vielleicht gibt es überhaupt keine Umfrage?«

»Und selbst wenn es sie nicht gäbe«, sagte Yates mit plötzlicher Schärfe, »warum sollte ich den Fürsten nicht sehen dürfen?«

»Weil Fürst Yasha Bereskin *mein* Mann ist. Und ich ersuche Sie, sich das zu merken, Lieutenant Yates.«

»Zu Befehl, Sir«, sagte Yates und folgte Willoughby die Treppe hinunter.

Vor dem Delacroixgebäude verabschiedete sich Yates von Willoughby. Er überquerte die Place de l'Opéra und setzte sich im Café de la Paix an einen der Tische auf dem Bürgersteig.

Also war auch Willoughby mit in die Sache verwickelt. Eine richtige Verschwörung: Thorpe stand gar nicht im Mittelpunkt der Sache, sondern war ein zufälliges Opfer, das dieser Mafia in den Weg gelaufen war und nun erledigt werden mußte. Die Verschwörung spielte sich offenbar auf mehreren Ebenen ab: auf der untersten agierten Sourire und Dondolo; Yasha und Willoughby auf der höchsten; Loomis irgendwo in der Mitte. Und wer war Pettinger, und wo gehörte der hin?

Der Kellner brachte Yates eine Tasse Ersatzkaffee und ein kleines Ersatzhörnchen. Soldaten in allen möglichen Uniformen, Frauen und Zivilisten flanierten auf der Straße vorbei. Armeelastwagen hupten, Fahrradtaxen klingelten. Alles schien sich vor ihm zu verwirren. Er schloß die Augen.

Drei Äffchen, dachte er, hatte Ruth ihm geschenkt. Der eine hielt die Hand vor die Ohren, der andre vor die Augen, der dritte vor den Mund. Sieh nicht hin, hör nicht hin, schweig, hatte Ruth ihm gesagt, als sie das billige Figürchen, Gips wohl, mit Bronzefarbe bemalt, nach Haus brachte und ihm auf den Schreibtisch stellte... Nicht auf meinen Schreibtisch, hatte er ihr gesagt, es steht schon genug darauf herum, und im übrigen ist das nichts sehr Originelles... Das war damals, dachte er, als ich mich weigerte, mich öffentlich für die Loyalisten in Spanien und gegen Franco zu erklären, weil ich genau wußte, daß Archer Lytell und das Kuratorium der Universität Coulter das nicht gern sehen würden; und wer war ich, um gegen einen Mann wie Lytell, den Dekan der Fakultät, aufzumucken? Und dann kam der Krieg. Und glaube mir, Ruth, Leute wie Willoughby, und sogar ein Loomis, haben erheblich größere Macht, als so ein kleiner alter Wichtigtuer wie Archer Lytell. Und Tolachian ist tot, und Thorpe hat den Verstand verloren... Gib mir deine drei weisen Äffchen, meine Liebe, sie haben recht, absolut recht, hundertprozentig recht.

Gib sie mir. Ich will sie in Stücke schlagen.

Achtes Kapitel

Sie führte ihn langsam am Kai entlang.

Einige der Bücherstände waren schon wieder da, aber das Geschäft ging schlecht; die Verkäufer, zumeist ältere Männer mit Instinkt für die Vergänglichkeit alles dessen, was nicht gedruckt und gebunden war, standen gegen ihre kleinen Buden oder gegen die Steinbrüstung des Seineufers gelehnt. Ein paar wandten ganz ungeniert ihren Rücken auch solchen Leuten zu, die möglicherweise Kunden sein konnten, und interessierten sich, wenn auch nicht sehr intensiv, für die Angler, die, ohne sichtbaren Erfolg, unten am Wasser standen oder in flachen Booten saßen und geduldig ihre Angeln auswarfen.

Ein träger Tag, weit ab von jedem Krieg. Die von Sonne erfüllte Luft schien sich in winzige Lichtpunkte aufzulösen, und Yates begann jene französischen Maler zu verstehen, die ihre Wirkungen dadurch erzielten, daß sie Tausende kleiner Farbtupfen nebeneinander auf die Leinwand setzten.

Eine große, beseligende Müdigkeit überkam ihn. Negation jedes Strebens. In dieser Stunde war er mit den Dingen, so wie sie waren, zufrieden; er hatte Ferien von sich selber genommen. Eigentlich müßte er jetzt wieder versuchen, die Isolierung zu durchbrechen, in der das Lazarett Thorpe hielt. Eigentlich müßte er auch noch vieles andere tun, anstatt hier am Seinekai spazierenzugehen. Aber dies hier war besser; und der Mensch hatte das Recht, auch einmal nichts als ein kleiner Farbfleck auf der großen Leinwand des Krieges, oder von Paris, oder was es sonst sein mochte, zu sein.

Er fühlte sich hier zugehörig. Auch Thérèse gehörte hierher. Er sah ihre etwas üppige Brust, ihre braunen, tiefliegenden Augen, einige Strähnen ihres weichen Haares, das zitternde Schatten über die zarte Haut ihres Nackens warf, und er empfand, wie sehr das alles zu diesem Tag und in diese Stimmung paßte. Er fühlte sich versucht, ihren Nacken zu küssen, die schmale Vertiefung dort. Aber er küßte sie nicht; er wollte nicht erleben müssen, wie sie sich ihm entzog. Er wollte keinen Streit mit ihr haben wie an dem Tag, als er ihr die Schokolade und die Zigaretten gebracht hatte: Ich will nichts von Ihnen annehmen; ich will es nicht haben; ich gebe Ihnen nichts; Sie geben mir etwas, weil Sie dafür etwas zurückhaben wollen – er wollte keine solchen Diskussionen. Es war genug, und er war ganz glücklich, wenn er nur mit ihr zusammen sein und sich von ihr an diesem Sommertag umherführen lassen durfte.

Thérèse teilte die Ruhe und den inneren Frieden des Mannes. Solange er nichts von ihr verlangte, war das Zusammensein mit ihm für sie eine Wohltat. Beide vermieden jedes Gespräch, das die notdürftig hergestellte Ausgeglichenheit ihres Verhältnisses gefährdet hätte.

Zuweilen fragte sich Thérèse, warum sie sich überhaupt mit diesem Amerikaner traf, und sie fand keine vernünftige Antwort auf die Frage. Eines war ihr gewiß: eine seltsame Beschwingtheit hatte sie erfaßt, etwas, was sie durchflutete und was immer stärker wurde und sie gleichzeitig immer erregter machte, je näher der Tag ihrer nächsten Verabredung kam – bis ihr das Herz fühlbar in der Brust schlug und ihr einen leichten, aber gar nicht unangenehmen Schwindel verursachte.

Und dann, wenn sie Yates sah – einmal hatten sie sich vor dem Café de la Paix getroffen und heute am Pont Neuf –, mußte sie den Atem anhalten und ihre Hände mit ihrer Tasche beschäftigen, um das Verlangen, daß er sie in die Arme nähme und nicht mehr losließe, zu unterdrücken. Darum wehrte sie sich gegen ihn und machte verletzende Bemerkungen; er wußte gar nicht warum – bis sie endlich ruhiger wurde.

»Ich mag Paris nicht«, sagte sie.

»Nicht einmal heute?« lächelte er.

»Man trifft hier nicht mit den richtigen Menschen zusammen.«

»Was für Menschen wollen Sie denn haben?«

»Wenn das Land wieder frei ist – und ihr weg seid«, fügte sie hinzu – »und wenn man wieder mit der Bahn reisen kann, werde ich aus Paris fortgehen und mich in irgendeiner kleinen Stadt in der Provinz niederlassen.«

»Warum das?«

»Dort findet man die richtigen Leute. Ehrliche, schwer arbeitende Menschen. Junge Männer, die sparen, um ihr eigenes Geschäft zu gründen, oder die schon eins haben. Ich sehne mich nicht nach einem aufregenden Leben. Aufregung habe ich genug gehabt. Ich möchte in Ruhe alt werden können, und an den Abenden will ich vor der Tür meines eigenen Hauses sitzen und die Sonne ohne Bedauern untergehen sehen, da ich ja weiß, daß sie am nächsten Tag wieder aufgeht.«

»Und Kinder und Kochen und jeden Tag die gleichen Gesichter?«

»Kinder, Kochen, die gleichen Gesichter – jawohl!« sagte sie wie ein bockiges Kind.

»Und welche Rolle haben Sie mir dabei zugedacht?« fragte er.

»An Sie werde ich mich nicht einmal erinnern. Glauben Sie etwa, ich denke an Sie, wenn Sie nicht bei mir sind? Oh, ich weiß mich zu beherrschen. Und Sie aus meinen Gedanken herauszuhalten ist leicht. Nein, bitte, fassen Sie mich nicht an. Ich mag es nicht.«

»Wie machen Sie das, Gefühle beherrschen?«

Sie antwortete nicht. Den Verband herunterreißen von der noch offenen Wunde. Die Augen schließen, sich erinnern, nenn mich Vic, wie er sich über sie beugt, nach Schweiß und Schnaps stinkend, seine Hände überall, sein Fleisch, das in sie eindringt.

Gewiß, Yates gegenüber war das kein schönes Verhalten. Aber

hatte ihn einer gebeten, sich an sie zu hängen? Sie etwa? Ihr gegenüber verhielten die Menschen sich auch nicht schön. Gut, sie bestrafte Yates für das, was der andere getan hatte. Es mochte Yates gegenüber nicht sehr schön sein, aber es war insofern richtig, als es einen Ausgleich schuf: der eine war schuldig, der andere sühnte. Er war ein Mann, er war Amerikaner, und es mußte sein. Selbst wenn es ihr selber weh tat, es mußte sein. Und je mehr er sich bemühte, je mehr es ihr selber weh tat, desto besser heilte es die Wunde.

»Thérèse«, erwähnte er, »ich werde nicht immer hier sein.«

»Ich habe das auch gar nicht erwartet«, sagte sie spöttisch, obwohl sie fühlte, wie das Herz sich ihr zusammenzog. »Soldaten sind heute hier, morgen sind sie fort. Eine Frau ist schön dumm, wenn sie ihr Herz an einen Soldaten hängt.«

»Aber bevor ich zurück in den Krieg gehe und Sie in die Provinz, um am Abend vor Ihrem Hause zu sitzen, könnten wir vielleicht ein bißchen glücklich sein«, schlug er vor.

»Ein feines Glück«, sagte sie. »Und nachher bleibt einem nur die Erinnerung an ein Gefühl – in den Händen – auf den Lippen – und man weiß, man wird den Mann nie wieder spüren.«

Sie hatte sich verraten, *pauvre petite*, und er nutzte seinen Vorteil. »Wie wollen *Sie* das wissen?...« fragte er.

Sie antwortete leise: »Ich habe mir überlegt, wie es wohl wäre, wenn wir einander liebten und Sie dann fortgingen.«

Über den Punkt hatte er wenig nachgedacht. Dieses Mädchen reizte ihn, seine Drüsen reagierten auf sie. Und er war lieb zu ihr, er bedrängte sie nicht, er benahm sich wohlerzogen, ein Offizier und Gentleman; – aber der Gedanke war ihm nie gekommen, wie das wäre, wenn sie einander liebten – und er dann ginge – und alles, was bliebe, die Erinnerung an die Berührung einer Hand wäre. Ob er wohl Ruth überhaupt so viel von sich hinterlassen hatte? Er war sich stets darüber im klaren gewesen, warum sie ihn geküßt hatte, wenn sie es tat, warum sie gelacht und warum sie geweint hatte. Er hatte weder ihre Küsse noch ihr Lachen, noch ihre Tränen zu tief in sich eindringen lassen – wie kam das eigentlich? Er hatte gelebt und nur immer die eigenen Gefühle gekannt; vielleicht hatte er die Gefühle anderer analysiert, hatte aber die Gefühle der anderen niemals

Macht über die eigenen gewinnen lassen. Befürchtete er, daß ein echtes Gefühl ihn aus seiner so teuer erkauften inneren Sicherheit reißen würde? Aber wie stand es dann, als es keine Sicherheit mehr gab, als er wußte, daß er nach Europa gehen mußte, in die Invasion? Wieso auch dann noch diese Haltung?

Vielleicht bestand unter den Frauen der ganzen Welt eine Art geheimes Bündnis, dachte er, und der Gedanke mißfiel ihm. Sie handelten und sprachen füreinander und verteidigten sich gegenseitig – gegen die Männer. Thérèse, die so ganz anders war als Ruth, verschmolz doch irgendwie mit ihr.

»Sehen Sie, kleine Thérèse, ich weiß nicht, wie es ist, wenn ein Mann von einer Frau fortgeht, die ihn liebt. Ich bin ein sehr armer Mensch – in dieser Beziehung. Ich habe meine Frau zurückgelassen und bin in den Krieg gegangen. Und was Sie da eben von Ihren Händen sagten, von Ihren leeren Händen..., das hat mir zum erstenmal eine Andeutung gegeben von dem, was sie empfunden haben muß und vielleicht noch empfindet.«

Unnatürliche Leute, diese Amerikaner – der eine ohne jede Hemmung, der andere von Erinnerungen und schlechtem Gewissen geplagt. »Wenn ich Sie haben wollte, würde ich Sie mir schon nehmen«, sagte sie zu seiner Überraschung, und dachte, die andere Frau war so weit weg, sie nahm ihr nichts fort, was ihren Besitz hätte schmälern können; seine Frau besaß den Mann ja gar nicht, der jetzt neben ihr, Thérèse Laurent, durch das sommerliche Paris ging.

»Wäre ich Ihre Frau«, fuhr sie fort, »ich hätte Sie nicht in den Krieg ziehen lassen...«

»Wie hätten Sie mich denn zurückhalten können?« Er lächelte über ihre impulsiven Worte.

»Weiß ich nicht. Vielleicht hätte ich etwas ins Essen getan, wodurch Sie Magengeschwüre bekommen hätten. Frauen sind zu willensschwach. Sie halten ihre Männer nicht energisch genug fest; wäre es anders, würde es keinen Krieg mehr geben, weil nicht genügend Männer in den Krieg ziehen könnten. Wenn ich einen Mann lieb hätte, würde ich ihn schon bei mir behalten; wenn er aber doch fort müßte, würde ich ihm folgen, bis ans Ende der Welt.«

Es war eine hübsche, romantische Idee. Yates war halb angezogen, halb abgestoßen von dem Gedanken, daß eine Frau ihren Mann so ganz ohne jede Einschränkung besitzen wollte.

»Sie wollen Ihren Mann vom Kriege fernhalten«, sagte er, »sind aber selber auf die Barrikade gestiegen?«

»Das ist etwas anderes«, sagte sie. »Sie verstehen eben nichts von Frauen. Sie wußten nicht einmal, was Ihre eigene Frau empfand, als Sie von ihr fortgingen; ihre Gefühle interessierten Sie nicht.«

Das stimmte nicht ganz, dachte er. Er hatte Ruth geliebt, und er liebte sie auch jetzt. Er war kein Egoist; andere Menschen waren ihm nicht gleichgültig; vorausgesetzt allerdings, daß in seinem Denken, das sich zumeist mit ihm selber beschäftigte, Raum für sie war.

»Nein, Thérèse«, sagte er, »Sie haben unrecht. Ich war nur so sehr von meinen eigenen Problemen beansprucht.«

»Sie hatten Angst vor dem Krieg?« fragte sie mit sichtlicher Anteilnahme. Es mußte für einen Mann auch sehr schwer sein, von zu Hause fortzugehen, ohne zu wissen, ob er umkommen oder als Krüppel zurückkehren würde – und dennoch; immer wieder gingen sie.

»Ich hatte schon Angst«, gab er zu.

Sie nahm seine Hand. Sie blieben stehen, und sie hielt seine Hand fest, als hielte sie ihn damit ganz und als könne sie ihm dadurch, daß sie ihn so hielt, Sicherheit geben.

»Schon gut«, sagte er. »Ich habe es hinter mir. Ich hatte Glück. Es gibt andere Dinge, die viel schlimmer sind.«

Er dachte an Thorpe. Die Furcht, die er verspürt hatte, war die gleiche, die in Thorpe hockte – eine Furcht, deren Wirkung so unberechenbar war wie die feindliche Kugel. Wen würde es treffen: deinen Nebenmann oder dich?

»Ja, es gibt Schlimmeres«, stimmte sie ihm zu, und ihre Hand entzog sich ihm. »Man möchte es vergessen, aber man kann nicht. Immer kommt es wieder, selbst in den schönsten Augenblicken.«

Sie hatte wörtlich genommen, was er gesagt hatte; sie dachte an etwas Bestimmtes. »Was?« fragte er. »Was quält Sie?«

»Etwas sehr Häßliches. Ich will nicht darüber reden.«

»Schlimmer als die Furcht selber«, sagte er, »ist die Unfähigkeit, mit ihr fertig zu werden. Es ist eben nicht so einfach.« Er wußte nicht, wie weit sie ihn verstanden hatte.

»Ich habe Sie sehr gern«, sagte sie, und ihre Stimme wurde heiser. »Sie müssen Vertrauen zu mir haben.«

»Das habe ich doch.«

»Sie sind nicht glücklich. Weil Sie von hier fort und wieder in den Krieg müssen? Oder fühlen Sie sich nicht wohl in Ihrer Tätigkeit? Oder sind Ihre Kameraden Ihnen unsympathisch?«

»Es gibt gewisse Dinge, um die ich mich kümmern müßte, und ich habe Angst davor, sie in Angriff zu nehmen. Es gibt ein paar sehr üble Leute, und ich habe Angst davor, mich mit ihnen anzulegen.«

»So üble Leute – wie die *boches*?«

»Ja – ähnlich.«

»Sie werden schon fertig werden mit ihnen«, sagte sie mit Bestimmtheit und war versucht, Yates zu erzählen, was sie mit Loomis erlebt hatte, damit er auch diesen gleich mit bestrafen könnte; aber sie genierte sich.

»So einfach ist es leider nicht«, sagte er.

»Warum nicht?« fragte sie. »Wenn man sich erst einmal entschlossen hat, ist alles einfach. Das ist wenigstens meine Erfahrung. Sobald die Leute sich hier einmal entschlossen, die *boches* hinauszuwerfen, kamen sie zusammen und taten es. Ich wußte auch nicht, daß es so einfach war – aber eines Tages fand ich mich selber hinter der Barrikade, zusammen mit Mantin. Man muß nur die eigenen Hemmungen vergessen.«

Was sollte er dazu sagen? Daß drei Armeen notwendig waren, um in der Normandie zu landen, große Schlachten zu schlagen, bis zu den Außenbezirken von Paris durchzudringen, bevor Thérèse überhaupt mit einiger Aussicht auf Erfolg hinter ihre Barrikade gelangen konnte? Und selbst wenn er es ihr auch erklärte, würde sie es nie ganz glauben, da sie nur sich selber und ihre Barrikade sah – es war der große, unvergeßliche Augenblick in ihrem Leben gewesen.

»Ich will's versuchen«, sagte er und sah, daß er von der Sache nicht loskam, sie war wie eingebrannt in sein Bewußtsein. Er hatte sich mit der Weigerung des Arztes abgefunden und nicht darauf bestanden, Thorpe zu sehen, weil er Angst davor hatte. Er hatte sich auch mit Willoughbys Weigerung abgefunden und nicht darauf bestanden, mit Yasha zu sprechen, weil er vor einem offenen Konflikt zurückschreckte, der doch nicht zu vermeiden war.

Wieder hatte er die Empfindung, daß Ruth und Thérèse zu einem Wesen verschmolzen. Ruth, wie Thérèse, hatte ihm beibringen wollen, wo seine eigentlichen Aufgaben lägen, während er die Ruhe seines Studierzimmers vorzog. Diese Frauen waren alle gleich – oder lag es daran, daß er noch immer der gleiche war und daß jede Frau und überhaupt alle Menschen, denen er etwas bedeutete, auf ihn nur in dieser einen Weise reagieren konnten?

»In Ihren Gedanken sind Sie jetzt weit von mir fort«, sagte sie.

Arme Thérèse! Sie ahnte nicht, daß auch sie ihn in einen Krieg hineintrieb.

»Ich muß jetzt gehen«, sagte er, »um eins von den Dingen in Angriff zu nehmen, von denen ich sprach. Geben Sie mir zum Abschied einen Kuß?«

»Nein«, lächelte sie. »Keine Belohnung.«

Er bestand nicht darauf.

Das Lazarett befand sich in einem grauen Gebäude in einem der Außenbezirke von Paris. Es sah eher wie ein Gefängnis aus, nicht wie ein Ort, wo Menschen ihre Gesundheit zurückerlangen sollten. Yates bemerkte auf seinem Gang durch die Korridore, daß die Amerikaner die Anlage von den Deutschen übernommen haben mußten; die Wände waren noch immer mit jenen aufmunternden Sprüchen im Geist der ›Kraft-durch-Freude-Bewegung‹ geschmückt, die von der Theorie ausging, daß ein Blumentopf den Magen und eine Ansichtskarte die Frau vergessen lassen konnte. Die großen und ermutigenden Worte des Führers schmückten in kunstvoller, aber peinlich genauer gotischer Schrift, von Girlanden giftgrüner Eichenblätter umgeben, die hohen weißen Wände des Korridors. Zwischen den Sprüchen zeigten naive, farbenfrohe Wandmalereien die mehr humoristische Seite des deutschen Soldatenlebens, seine Bemühungen, den Parademarsch zu lernen, seinen Kampf mit Strohsäcken und anderes.

Er traf den Stabsarzt Philipsohn in einem kleinen Zimmer, an dessen Tür ein mit Bleistift geschriebener Zettel hing: *Psychiatrie.*

Philipsohn war ein kleiner Mann mit besorgten, verständnisvollen dunklen Augen und gewelltem Haar, das er alle paar Sekunden mit einer hastigen Handbewegung zurückstrich. Ja, er erinnerte sich an Lieutenant Yates' Namen – hatte Yates ihn nicht wegen des Patienten Thorpe angerufen? Sehr schwieriger Fall, außerordentlich schwierig...

Yates fragte, ob der Zustand des Patienten sich so weit gebessert habe, daß man mit ihm sprechen könne.

»Leider nicht«, sagte Stabsarzt Philipsohn und warf einen fast berufsmäßigen Blick auf Yates, der unruhig auf dem Klappstühlchen hin und her rutschte, das der Arzt ihm angeboten hatte.

»Betrachten Sie es so«, sagte Philipsohn. »Sie haben eine offene Wunde. Natürlich legen Sie einen Verband an, um Schmutz, Fremdkörper, Bazillen und was es sonst noch gibt, fernzuhalten. Ein Mensch wie Thorpe ist eine einzige offene Wunde. Wir hoffen, daß sie mit der Zeit verheilt«, fügte er hinzu, da er Yates zusammenzucken sah.

»Ich muß ihn aber sehen«, sagte Yates hartnäckig.

Von einem Stapel Papier auf seinem überladenen Feldtisch nahm der Arzt einen schmalen Aktendeckel. »Ich weiß noch sehr wenig über diesen Fall – wie wäre es, wenn Sie mir mitteilten, was Sie wissen?«

»Hat denn Thorpe Ihnen nichts gesagt?«

»Thorpe redet nicht«, sagte Philipsohn trocken, »jedenfalls ergibt das, was er redet, keinen Sinn.«

»Steht es so schlimm mit ihm?« sagte Yates erschrocken.

Stabsarzt Philipsohn überging diese Frage. »Ich habe versucht, von dem Offizier, auf dessen Befehl der Mann hier eingeliefert wurde, Aufklärung zu erhalten –«

»Captain Loomis?«

»Ja, Loomis. Loomis schien aber nicht viel zu wissen, oder vielleicht wollte er auch nicht viel sagen.«

Ein rascher Blick von Yates: was argwöhnte Philipsohn?

Der Arzt jedoch ging sofort auf ein anderes Thema über. Er sagte:

»Unglücklicherweise wurde der Patient während der Abendstunden eingeliefert. Ich war nicht im Lazarett. Der Arzt, der ihn untersuchte und die Wunden und Beulen in Thorpes Gesicht und auf seinem Kopf behandelte, berichtete, daß der Patient etwas verwirrt schien, aber sonst in Ordnung war. Sie behielten ihn in der Allgemeinen Abteilung. Mitten in der Nacht begann er zu toben und mit allem, was er erreichen konnte, um sich zu werfen. Dann schrie er etwas von Faschismus und einer Verschwörung. Der Arzt vom Dienst, wieder ein anderer, ließ ihn in ein Einzelzimmer bringen.«

»Eine Art Zelle?« fragte Yates.

»So ähnlich«, seufzte Philipsohn. »Diese Dinge sind alle sehr traurig, Lieutenant. Vergessen Sie nicht, wir haben es hier mit der Schattenseite des Lebens zu tun.«

»Wann haben Sie ihn schließlich zu sehen bekommen?«

»Man hat mich nicht sofort hinzugezogen«, sagte Philipsohn. Und dann, in Verteidigung seiner Kollegen: »Warum hätte man es auch tun sollen? Ich hätte auch nicht mehr unternehmen können als die anderen – ihn durch eine Spritze beruhigen. Am Morgen dann befand er sich in seinem gegenwärtigen Zustand, an dem sich seither nichts geändert hat.«

»Sind solche Fälle häufig?«

»Ziemlich.«

»Jemand hätte mit ihm sprechen müssen, sobald er eingeliefert worden war!« Yates war verbittert.

Philipsohn antwortete scharf: »Jemand hätte etwas für ihn tun sollen, schon bevor er zur Militärpolizei gebracht wurde! Jemand hätte bei der Militärpolizei sein sollen, der etwas von den Problemen dieses Jungen verstand! Jemand hätte die Prügel, die er, ich weiß nicht wo, bekommen hat, verhindern sollen! Jemand hätte! Jemand hätte! Hören Sie auf mit Ihren Anschuldigungen, Lieutenant – die bringen uns nicht weiter.« Er hielt jäh inne und sagte ruhiger: »Bei der Sache müssen Sie von Ihren eigenen Bauchschmerzen absehen.«

Yates steckte die Zurechtweisung ein.

Philipsohn blickte ihn an: »Reden wir nicht aneinander vorbei, Lieutenant. Wir beide wollen dem Patienten helfen. Ich bin behindert, denn ich weiß nicht genug über ihn. Ich kenne seine Führung im Dienst – Nordafrika, Verwundung. Dort keine Behandlung für Nervenkollaps – aber ein solcher Kollaps mag sehr wohl vorgelegen haben, wird sehr oft nicht erkannt. Dann diese Verhaftung und die Schlägerei – vielleicht war die Reihenfolge auch umgekehrt. Dann der Ausbruch hier in der Nacht, in der Allgemeinen Abteilung. Was ergibt das Ganze? Nichts Neues. Nichts, was wir nicht immer wieder hier sehen, nichts, was nicht jedem in diesem Krieg zustoßen könnte. Aber warum dieser Aufschrei gegen den Faschismus? Das Wort ist in unserer Sprache noch immer ein fremder Begriff – es gehört, sagen wir, strikt auf eine rationale Ebene. Der Soldat Thorpe, der nur eine oberflächliche Kenntnis des Faschismus haben konnte – er ist doch in Amerika geboren, nicht wahr? –, hat ein ursprüngliches Trauma aus der Tiefe des Unterbewußtseins auf die Bewußtseinsebene gebracht und ihm den Namen Faschismus gegeben; ein Identifizierungsprozeß also. Aber dann treten noch andere Elemente hinzu. Alles, was ihn stört, alles, womit er nicht fertig wird, wird unter dieser Rubrik mit untergebracht, bis das Ganze erdrükkend groß wird und ihn verfolgt und ihn schließlich in diesen Zustand hineintreibt – in diese Art Betäubung, die, verstehen Sie mich recht, Lieutenant, nichts als eine Verteidigung gegen das darstellt, was ihn ursprünglich beunruhigt hat. Eine Verteidigung, eine Zuflucht. Sind Sie mir gefolgt?«

»Ja«, sagte Yates. »eine Zuflucht ähnlich dem Schlaf?«

»So etwa.«

Philipsohn wollte noch weitersprechen, aber Yates unterbrach ihn. »Wenn der Körper, oder meinetwegen die Seele, diese Taktik der Verteidigung einschlägt, wäre es nicht vielleicht besser, Thorpe diesen seltsamen Schlaf ausschlafen zu lassen?«

»Man erwacht leider nicht daraus.« Philipsohn lächelte. »Und dann gibt es gewisse Arten der Verteidigung, die wir nicht zulassen können. Ein Mann stiehlt hundert Dollar. Er verteidigt sich damit gegen die Armut; wahrscheinlich ist es auch leichter, als Arbeit zu finden und zu arbeiten, bis er seine hundert Dollar verdient hat. Aber wir sperren ihn doch ein.«

»Ich sehe Ihre Parallele nicht.«

»Eine akute Neurose oder Psychose, Lieutenant, wird von uns

nicht als legitimer Ausweg betrachtet. Die Krankheit schaltet den Mann als nützliches Glied der Gesellschaft aus – in diesem Fall als Soldaten, auf den geschossen werden kann. Ich bin der gleichen Disziplin unterworfen wie mein Kollege, der eine Schrapnellwunde vernäht. Unser Patient, Thorpe, wurde ja auch nach seiner Verwundung in Nordafrika wieder so zusammengeflickt, daß er von neuem ins Feld geschickt werden konnte.«

»Ein Teufelskreis, sozusagen!« Yates' Auffassung von der Verpflichtung des Arztes war etwas anders gewesen. Zu helfen, einen kranken oder verwundeten Mann zu heilen, war ebensosehr Menschenpflicht wie das, was er sich vorgenommen hatte zu tun. Es gehörte alles zueinander: daß Thorpe, als die geistige Verdüsterung ihn bereits bedrohte, bei ihm Hilfe suchte, daß er selber die Notwendigkeit empfand, ihn geheilt zu sehen; seine eigenen Befürchtungen; die Furcht vor dem ›Faschismus‹, die Thorpes Geisteszustand untergraben hatte; und der Krieg selber.

»Ein Teufelskreis, genau«, sagte Philipsohn. »Das ist eben der Krieg.«

»Für mich ist es ganz gleich, Captain, aus welchem Grund Sie ihn wieder gesund machen wollen. Berufsethos, militärische Notwendigkeit... Nur machen Sie ihn mir wieder gesund!«

»Haben Sie einen besonderen Grund für Ihren Wunsch?« fragte Philipsohn.

Yates dachte eine Weile nach. Dann sagte er: »Eine große Ungerechtigkeit ist begangen worden. Und um das wiedergutzumachen, brauchen wir einen völlig zurechnungsfähigen, geistig gesunden Thorpe. Als Zeugen.«

Die Augen des Arztes behielten ihren fragenden Ausdruck bei.

»Die Sache mag für Sie sehr nebensächlich klingen«, sagte Yates. »Thorpe wird beschuldigt, eine gewisse Transaktion auf dem schwarzen Markt getätigt zu haben. Ich habe einen Franzosen gestellt, der zugab, daß gar nicht Thorpe der Schuldige war, sondern gerade der amerikanische Sergeant, der ihn angezeigt hat. Der Franzose wurde wieder freigelassen, ich habe ihn nicht mehr auffinden können. Sie sehen also, ich brauche Thorpe.«

»Gerechtigkeitsfanatiker, was?« sagte Philipsohn.

»Dachte nie, daß ich einer werden würde!« Yates verzog das Gesicht. »Aber einmal muß man wohl anfangen.«

Doktor Philipsohn strich sich nervös über das Haar. »Sie werden nicht weit kommen damit.«

»Ich habe es versprochen«, beharrte Yates. »Mir selber an erster Stelle.«

Philipsohn begann Yates sympathisch zu finden. »Welche Beziehung haben Sie zu dem Patienten?« fragte er sachlich.

»Schwer zu erklären«, sagte Yates langsam. »Ich bin einer der Offiziere der Abteilung, zu der Thorpe gehört. Einmal – noch in der Normandie – hatten wir eines Abends ein kleines Fest – zumeist Offiziere und eine Frau, eine amerikanische Berichterstatterin. Als wir im besten Zuge waren, erschien Thorpe – das heißt, er drang in einem Zustand großer Erregung bei uns ein. Was er sagte, war ziemlich zusammenhanglos, und ich entsinne mich seiner Worte auch nicht genau – aber der Kern des Ganzen war doch, daß die Faschisten überall wären, auch in unseren eigenen Reihen; eine Art Verschwörung, nehme ich an; und daß wir den Krieg verlieren würden, selbst wenn wir ihn gewinnen...«

»War das das erstemal, daß Sie ihn in der Weise reden hörten?« fragte Philipsohn.

»Ja. Er machte einen ziemlich verschrobenen Eindruck, wie einer, der weiße Mäuse sieht, und Achtung, da in deiner Tasche hüpft eine!«

»Und Sie, Lieutenant – wie kommen Sie in die Geschichte hinein?«

»Mich bat er um Hilfe. Mich besonders. Menschen wie ich und wie er, sagte er, wir würden die Opfer sein.«

»Was haben Sie dann unternommen?«

»Nichts.«

»Ich verstehe«, sagte Philipsohn. Er warf einen Blick auf Yates' Hände, auf seine Warzen.

Yates suchte seine Warzen zu verbergen. »Sie sind psychosomatisch«, sagte er entschuldigend.

»Ich verstehe«, sagte Philipsohn wieder. »Und dann – was geschah dann?«

»Der Sergeant vom Dienst wurde gerufen und Thorpe abgeführt. Es folgte ein Luftangriff der Nazis. Der Mann, der neben Thorpe schlief, berichtete mir viel später, daß Thorpe in der Nacht damals übel zerschlagen zu Bett ging.«

»Wissen Sie, wer ihn geschlagen hat?«

»Thorpe hat darüber nie gesprochen. Übrigens –«, Yates sah plötzlich den ganzen Auftritt wieder vor sich, »der Sergeant vom Dienst in jener Nacht ist der gleiche Mann, der jetzt Thorpe beschuldigt, diesen schwarzen Handel betrieben zu haben.«

»Und nachdem Thorpe von dem Fest abgeführt worden war, haben Sie nicht mehr mit ihm gesprochen? Sie haben ihn einfach sich selber überlassen?«

»Ich habe es versucht – zu spät versucht.« Yates bemerkte, daß Philipsohn wieder auf seine Warzen blickte. »Nun sagen Sie schon, was Sie von mir halten!«

»Seien Sie nicht kindisch. Der Patient hat wahrscheinlich schon seit Nordafrika einen Knacks weg gehabt. Ich sage Ihnen eins, Lieutenant – je mehr ich vom Krieg sehe und von seiner Wirkung auf Menschen, desto weniger weiß ich, wo das Normale aufhört und das Anormale anfängt. Das gilt für die an der Front wie für die anderen. Haben Sie jemals davon geträumt, jemanden zu erschlagen? Sie brauchen es nicht mehr zu träumen – im Kriege können Sie es tun! Jemals vom Stehlen oder Huren geträumt? Warum wollen Sie es noch träumen? Tun Sie's doch! Nehmen Sie nun Thorpe. Er hat da diese eine große Furcht – und er hat sie noch dazu in dieser phantastischen Kriegsatmosphäre, in der auch der irrsinnigste Traum noch Wirklichkeit werden kann.«

Yates wollte Philipsohn nicht noch weiter folgen. Es kam ihm vor, als wäre der Arzt selber von seinen Patienten ein wenig angesteckt worden.

»Andererseits«, sagte Philipsohn, »gehört das nicht hierher. Ich werde Ihnen doch die Erlaubnis geben, Thorpe zu sehen.«

»Besten Dank.«

»Sicher möchten Sie jetzt wissen, warum ich das tue? Ich habe eine schwache Hoffnung, Lieutenant – verstehen Sie mich recht: nur eine ganz schwache Hoffnung –, daß der Patient durch Sie den Weg zu unserer Seite des Lebens wiederfindet. Aus Gründen, die nur ihm bekannt sind, sah Thorpe in einem gewissen Stadium seiner Zerrüttung in Ihnen eine ihm verwandte Seele. Wenn wir nun dieses Gefühl, und sei es auch nur ein Teil davon, in ihm wiedererwecken könnten...«

»Jetzt?«

Jetzt, da er Thorpe oder dem, was durch seine Fahrlässigkeit aus Thorpe geworden war, gegenübertreten sollte, wäre es Yates fast lieber gewesen, der Arzt hätte auf seinem Verbot beharrt. Er ahnte, daß diese Begegnung mit Thorpe ein Meilenstein in seinem Leben sein würde, ein entscheidender Wendepunkt. Und er schreckte davor zurück.

»Ja – jetzt!« sagte Philipsohn. Es klang wie ein Befehl.

Yates lehnte sich noch einmal auf. »Ich bin nicht Ihr Patient!«

Philipsohn erhob sich und wartete, bis Yates gleichfalls aufstand und ihm folgte.

Yates hörte, wie die Tür hinter ihm ins Schloß fiel. Nach ein paar Sekunden hatten sich seine Augen an das Halbdunkel gewöhnt; das einzige Fenster in diesem Raum war dunkel verhangen, aber so, daß man vom Zimmer aus nicht an die Verdunklungsvorrichtung gelangen konnte.

Der Raum war von einem widerlichen Geruch erfüllt, einer Mischung von Kot und Urin, Schweiß und Erbrochenem. Der Geruch war da, obwohl der Raum offensichtlich saubergehalten wurde. Das einzige, was einem Möbelstück ähnelte, war eine Pritsche, die wahrscheinlich als Bett diente, nun aber hochgezogen und an der Wand festgeschraubt war.

Yates hoffte, daß der Geruch nach einer Weile seine Schärfe verlieren würde; aber die Hoffnung blieb vergebens, und er mußte einen Anfall von Übelkeit überwinden.

Da der Raum so leer war, wirkte er größer als seine wirklichen Ausmaße; aber doch nicht groß genug, um Yates das Gefühl zu nehmen, daß er hier eingesperrt war, ein Gefühl von etwas Endgültigem, Unausweichlichem. Yates hatte eine freundliche, helle, warme Umgebung erwartet; hier mußte ja sogar ein geistig gesunder

Mensch krank werden, dachte er und war entschlossen, diesen Punkt mit Philipsohn zu besprechen.

Jemand hüstelte.

Es war ein ganz gewöhnliches Hüsteln, das Hüsteln eines Mannes, der auf sich aufmerksam machen und ein Gespräch beginnen möchte.

Yates fuhr zusammen, gerade weil dieses Hüsteln so normal klang, so echt. Er hatte Thorpe erblickt, zwang sich jedoch, ihn nicht anzusehen und seinen Blick über die Wände, das Fenster, die Pritsche und den Fußboden wandern zu lassen; er zwang sich dazu, gerade weil das Häuflein Mensch, das da in der Mitte des Zimmers auf dem Zementfußboden saß oder kauerte, seinen Blick so schrecklich anzog. Du darfst ihn nicht so anstarren, dachte er; Bucklige und Menschen mit Knollennasen nehmen es auch übel, wenn man sie anstarrt. Er wollte es sich nicht eingestehen, daß sich Thorpe wahrscheinlich bereits in einem Zustand befand, wo man überhaupt nichts mehr übelnahm.

»Hallo, Thorpe!« sagte er.

Es hatte ganz gut geklungen; er hatte es fertiggebracht, einen unbekümmerten Ton zu treffen.

»Hallo, Thorpe – wie geht's? Kriegen Sie hier wenigstens was Anständiges zu essen?«

Er vermochte jetzt Kopf und Rumpf zu unterscheiden; Thorpes Gesicht begann sich weiß aus dem Dunkel zu schälen. Sein Kopf war kahlgeschoren. An einer Stelle war der Schädel geschwollen, auch die bleichen Lippen schienen verdickt zu sein.

Das Gesicht begann sich ein wenig zu verändern. Die Augen standen nun offen, aber es war kein Leben in ihnen, nur ein matter Schimmer – wie von Bernstein.

Langsam hob sich der Kopf, verharrte dann aber in schräger Stellung. Dieser Kopf schien hören und verstehen zu wollen; von irgendwoher hatte ein Laut ihn erreicht, und eine ihm vertraute Saite war ins Schwingen gekommen; war aber noch ein Resonanzboden da, oder war auch der zerschlagen worden?

Yates redete weiter. »Es ist ja alles in Ordnung. Wir holen Sie nun bald hier heraus. Es geht Ihnen schon besser, viel besser. Ihre Kameraden lassen herzlich grüßen – jeder, Bing und Clements, Abramovici – alle...«

Die Hände bewegten sich. Sie waren wie die Hände eines Blinden – lange, empfindsame Hände, die versuchten, die Welt zu ertasten; aber sie griffen nur in die dicke, üble Luft des Zimmers.

»Thorpe!« rief Yates, »hören Sie mich denn nicht, Thorpe?«

Die geschwollenen Lippen regten sich. Es kam Leben in das Gesicht, der Bernsteinschimmer der Augen verlor sich, die Pupillen wurden erkennbar.

»So sagen Sie doch etwas, Thorpe!« Yates' Stimme hatte jeden Klang verloren. »Erkennen Sie mich denn nicht? Ich bin's doch – Yates –«

»Yates...«, sagte Thorpe.

Yates atmete auf: die Verbindung war hergestellt! Von nun an würde alles leichter sein. Jetzt war es nur wichtig, die Verbindung nicht wieder abreißen zu lassen.

»Natürlich – ich bin's, wer denn? Sie wußten doch, daß ich zu Ihnen kommen würde? Sie wußten es doch?«

Es war völlig unwichtig, was er sagte, solange er nur weiterredete, Thorpes Aufmerksamkeit fesselte und ihn an dem Faden entlangführte, den er ihm zugeworfen hatte.

»Sie sind Yates...?«

»Gewiß bin ich Yates!« Armer Teufel! Er ist noch immer nicht sicher. Aber ich werde ihn schon zu sich bringen. »Ich komme Sie besuchen. Es geht Ihnen nicht so gut, Sie haben viel durchgemacht, aber es ist schon erheblich besser geworden. Mit jedem Tag wird es nun noch besser werden.«

»Sie können nicht Yates sein.«

»Seien Sie doch kein...« Idiot hatte er sagen wollen. »Sehen Sie mich doch genau an! Machen Sie die Augen auf. Benutzen Sie Ihre Hände, fühlen Sie mich! Ich bin Yates! Ich bin Ihr Freund!«

Kopfschütteln.

»Sehen Sie, Sie erkennen mich. Hier, ich habe Ihnen auch etwas mitgebracht.« Nichts hatte er mitgebracht. Er war direkt von Thérèse ins Lazarett gegangen, seinem plötzlichen Entschluß folgend. Hastig überlegte er sich, was er Thorpe geben könne. »Ein Taschentuch. Ich habe Ihnen ein Taschentuch mitgebracht. Dachte, Sie könnten vielleicht eins gebrauchen«, fügte er unbeholfen hinzu.

Yates legte das Taschentuch vor Thorpe nieder und wartete, daß der es aufhob.

»Yates ist tot.«

Eine halbe Minute lang war Yates sprachlos. Die vage Redeweise Thorpes hatte sich verändert; daß er, Yates, tot sei, war eine klare, präzise Feststellung gewesen.

Schließlich versuchte er zu lachen. »Unsinn! Wer hat Ihnen das erzählt! Ich bin nicht tot! Ich stehe hier vor Ihnen, quicklebendig. Können Sie mich nicht sehen? Fühlen Sie mich nicht?«

Er nahm Thorpes Hand und führte sie zu seinem Ärmel. Er entsann sich, daß vor langer Zeit einmal Thorpe nach diesem Ärmel gegriffen und sich darin verkrampft hatte.

Die Hand sank zurück.

»Yates ist tot. Erschlagen. Zu Tode geprügelt. Sie sind nicht Yates!«

»Was hat man nur mit Ihnen getan?« Was für eine Frage! Hatte er nicht das Seinige dazu beigetragen, indem er dabeigewesen war? Er war ebenso schuld wie die anderen.

»Die Uniform!« sagte Thorpe. Er begann listig zu kichern. »Mich können Sie nicht hinters Licht führen. Ich weiß Bescheid. Ich werde keinen Ton sagen. Yates ist tot!«

Vielleicht stimmte es sogar, dachte Yates, Yates war tot – der Yates, der im Bewußtsein dieses Jungen gelebt hatte.

Das war das Komische an der Sache: der Yates aus Thorpes Vorstellung hatte überhaupt nie existiert! Aber ein großartiger Kerl mußte er doch gewesen sein, jener Yates – ein Mann, an den sich Thorpe in seiner Verzweiflung hatte klammern können, ein lauterer, mutiger, zuverlässiger und verständnisvoller Mensch – ein solche Persönlichkeit, jener Yates, daß sein Versagen Thorpe gegenüber sich nur durch seinen Tod erklären ließ.

»Sie irren sich«, sagte Yates. »Yates ist nicht tot. Er lebt!«

Es war ihm, als hallten seine Worte von den Wänden zurück, hohl.

»Hören Sie, Thorpe!« sagte er eindringlich, »Yates lebt!«

Thorpe lauschte noch immer, aber es war offensichtlich, daß er sich wieder in sich selber zurückzuziehen begann und zurücksank in die große Gleichgültigkeit, aus der er gekommen war.

Thorpe begann zu sabbern. Der Speichel zog einen Faden, der aus seinem linken Mundwinkel herabhing.

Neuntes Kapitel

Gleich nach dem Essen war die Bar noch nicht so überfüllt, wie sie es später immer war. Colonel DeWitt, der ein starker Esser und überhaupt weltlichen Freuden nicht abgeneigt war, zog daher diese Zeit vor, um die ein oder zwei Gläser zu trinken, die seine Verdauung förderten. Er hatte sich in einer Ecke an einem kleinen Tisch bequem niedergelassen, und Crerars Rücken verbarg ihn fast völlig vor den wenigen Gästen, die sich schon eingefunden hatten.

Auf den ersten Blick schien DeWitt ein sehr einfacher Mensch zu sein. Seine Uniform entsprach genau der Vorschrift; Metall und Bändchen mied er tunlichst. In den Zügen seines kantigen Gesichts widerspiegelte sich innere Ausgeglichenheit; was er sich gewünscht und was er erreicht hatte, hielt einander die Balance. Für einen Mann seines Alters waren seine Lippen erstaunlich voll; er hatte einen raschen, beobachtenden Blick. Crerar, der mit ihm in England zusammengearbeitet hatte, glaubte, daß DeWitts äußere Gelassenheit Maske war, hinter der sich ein unruhig forschender Geist verbarg, der um jede seiner Erkenntnisse gerungen hatte. In den Kreisen des Kriegsministeriums gab es einige Herren, die ihn als seltsamen Kauz bezeichneten; aber dieselben Herren beeilten sich dann doch, zu erklären, daß damit nicht alles über den Mann ausgesagt war. Er konnte sich in Gesellschaft bewegen; er war ein gewissenhafter Offizier; aber seine Karriere litt darunter, daß er zu wenig konziliant war und öfters aneckte.

Eines Tages, auf dem Grosvenor Square in London, hatte sich

DeWitt im Gedränge der vielen Amerikaner in Uniform, die die umliegenden Gebäude während der Vorbereitungen zur Invasion übernommen hatten, zu Crerar gewandt und gesagt: »Das alles habe ich schon einmal erlebt – im vorigen Krieg. Damals war ich noch jung. Ich fand es noch aufregend, aber doch auch stupide. Welche Vergeudung! Und jetzt bin ich wieder dabei...«

»Und was soll das beweisen?« hatte Crerar gefragt.

Mit einem Ton, in dem seine Enttäuschung lag, hatte DeWitt geantwortet: »Ich hatte gehofft, die Menschen wären inzwischen gescheiter geworden.«

Natürlich waren sie nicht gescheiter geworden. Das war auch Crerars Meinung. Und war er damals in London dieser Überzeugung gewesen, so hatte er nach der Rückkehr von seiner ausgeplünderten *Ferme* im Norden von Paris erst recht keine Veranlassung, seine Ansichten zu ändern. Die Unterhaltung während des Essens hatte sich um diese Reise gedreht. Crerar sagte: »Ich hätte niemals wieder hinfahren sollen und hätte besser getan, alles in meiner Erinnerung so zu bewahren, wie es gewesen ist und ich es damals gesehen habe«, und DeWitt tröstete ihn: »Das Land ist da, und die Gebäude sind da. Fangen Sie wieder von vorn an! Geld genug haben Sie doch! Ich stamme von der Küste Neu-Englands, wo Stürme und Überschwemmungen ganze Dörfer zerstören. Sie werden auch immer wieder aufgebaut.«

»Überhaupt nichts werde ich tun«, sagte Crerar verdrießlich. »Sie haben mir ja meine Bäume gefällt, wissen Sie, wegen ihrer verdammten Artillerie. Und nachdem sie sie gefällt hatten, sind sie abgezogen, ohne auch nur einen Schuß abzugeben.«

»So pflanzen Sie eben neue Bäume«, sagte DeWitt geduldig.

»Haben Sie eine Ahnung, wie lange ein Baum braucht, um groß zu werden? Wenn ich ihn heute pflanze, bin ich tot, bevor er noch einen richtigen Schatten wirft.«

DeWitt verstand. Mit diesem Landgut war ein Teil von Crerars Leben unwiderbringlich dahingegangen; und Crerar war sich dessen schmerzhaft bewußt.

Crerar fuhr fort: »Das Laub dieser Bäume warf immer so feingezeichnete Schatten. Das liegt wohl an der Atmosphäre der Gegend, wissen Sie. Meine Frau saß unter einem Baum dort und las oder spielte mit einem ihrer Kätzchen.«

»Was ist aus Plotz geworden?« fragte DeWitt unvermittelt.

»Ich habe ihn auf der *Ferme* gelassen«, lächelte Crerar, »allein mit den Mäusen und Ratten. Er war zu groß geworden, um noch weiter mit ihm herumzuziehen.«

DeWitt trank, um Crerar nicht anblicken zu müssen. Er und Crerar mußten etwa gleichaltrig sein. Er kannte diese Krisen – sie traten immer ein, wenn eine Periode sich ihrem Ende näherte und wieder ein Tor hinter einem ins Schloß fiel. Ein Sohn verheiratet – man betrank sich, denn man spürte, daß wieder ein Stück Leben vorbei war. Die Frau kam eines Tages nach Hause, ihr Haar tizianrot gefärbt – und man merkte plötzlich, daß es doch wohl grau geworden war. Gut, man paßte sich an, man bemühte sich, sich nützlich zu machen, man bestand darauf, mit den Jüngeren nach Europa zu gehen.

»Es ist nicht meinetwegen«, sagte Crerar. »Zum Teufel, mir ist es doch gleich! Aber Eve – nun kann ich sie doch nicht wieder auf diese *Ferme* zurückbringen.«

Hier lag der Unterschied zwischen ihnen beiden, dachte DeWitt; Crerar hatte eine junge Frau. »Wenn sie Sie liebt«, sagte er, »wird sie Sie überall lieben. Dazu brauchen Sie die Bäume nicht!«

»Ich nehme an, Sie hätten die Bäume auch fällen lassen!« sagte Crerar bissig.

»Wenn ich ein Schußfeld gebraucht hätte – selbstverständlich!« DeWitt war absichtlich schroff. Wenn Crerar seiner Eve die ganze Schönheit Frankreichs zu Füßen gelegt hätte, hätte sie auch das noch nicht glücklich zu machen brauchen. Gerade weil dieser Mann sich solche Sorgen um seine Frau machte, zerstörte er, was da zwischen ihm und ihr war.

DeWitt ging auf ein anderes Thema über. »Farrish ist gestern nacht in Paris gewesen. Ich habe ihn gesehen, hatte aber keine Lust, mit ihm zu sprechen.« Er schüttelte den Kopf. »Wie ein Tobsüchtiger.«

»Benimmt er sich nicht mehr oder weniger stets so?« Crerar dachte an das Erscheinen des Generals in seinem Zelt in der Normandie und an Rambouillet – wie er da hereinstürmte, niemanden sonst zu Wort kommen ließ und alles an sich riß.

»Ich kann mir vorstellen, was dieser Rückzug für ihn bedeutet haben muß.«

»Rückzug?« fragte Crerar.

»Rückzug, klar. Wie würden Sie es sonst nennen, wenn Sie, nachdem Sie Paris fast genommen hätten und quer durch halb Frankreich gebraust sind, plötzlich vor Metz halten und Ihre Vorwärtselemente zurückrufen müssen, nur weil der letzte Tropfen Treibstoff in den Panzern verbraucht ist?«

»Aber das Benzin kommt doch heran! Was ist denn mit der Rohrleitung, die wir legen?«

DeWitt sagte mit einem Anflug von Bitterkeit: »Es kommt schon heran. Aber es wird hier, mitten in Paris, verkauft.«

»Ein paar Kanister, sicher. Ich habe das selber gesehen, mitten auf dem Champs-Élysées. Ein Lastwagen der Armee mit Kanistern beladen. Er hielt, und der Fahrer reichte einem Zivilisten ein paar Kannen hinunter.«

»Warum sind Sie denn nicht dazwischengefahren? Sie sind doch Armeebeamter im Rang eines Lieutenant-Colonel!« DeWitt betrachtete sein Glas mit einem Ausdruck von Widerwillen. »Jeder redet vom schwarzen Markt, aber niemand unternimmt etwas dagegen.«

Crerar ärgerte sich über den Vorwurf. Wenn diese Herren Offiziere mit ihren eigenen Leuten nicht fertig werden konnten, sollten sie lieber den Mund halten.

DeWitt lachte böse. »Das ist charakteristisch für uns«, sagte er nach einer Weile. »Ein paar Kanister hier, ein paar dort. Wenn der Nachschub dann an die Front kommt, ist die Hälfte bereits verschwunden. Ich will Ihnen sagen, woran es liegt: wir vertragen den Erfolg nicht. Dieselben Leute, die wie die Kulis arbeiten, wenn die Brocken nur so um sie her fliegen – die muß man jetzt sehen, wie sie hier herumlaufen und tun, als wären sie sonstwer. An uns kommt keiner heran, wir sind Kerle! Zuweilen habe ich Angst vor dem, was passieren wird, wenn wir erst einmal den Krieg gewonnen haben.«

»Wir sind eine junge Nation«, lächelte Crerar.

»Aber in einer Welt von Erwachsenen. Ich habe meinem Sohn die Entschuldigung nie gelten lassen, er sei jung und könne es nicht besser wissen. Ich habe ihm gesagt: Du hast alle deine Sinne beieinander und einen Mund zum Fragen; ich schlage dich windelweich, wenn du zu faul bist, die Fähigkeiten zu nutzen, die Gott dir gegeben hat.«

Loomis und Crabtrees betraten die Bar. Loomis ging auf den Tisch des Colonels zu; da aber DeWitt nicht aufblickte, zögerte er, schwenkte schließlich nach rechts und fand einen Tisch für sich und Crabtrees am anderen Ende des Raums.

Dann kamen, im Gänsemarsch, die vier Pokerspieler herein, die ihr Spiel auf dem Fährprahm bei der Überfahrt über den Kanal begonnen hatten, ihnen voran der Funkoffizier. Loomis winkte ihnen zu, aber sie zogen weiter, setzten sich an einen anderen Tisch, bestellten Whisky und Karten und machten sich daran, ihre Bündel Invasionsfranken von der einen Seite des Tisches zur anderen zu schieben.

Loomis war des Alleinseins müde. Er hatte zwar Crabtrees zur Gesellschaft, aber der zählte nicht. Er fühlte sich ausgeschlossen und isoliert, obwohl eigentlich nichts geschehen war, das in seiner Seele ein solches Bedürfnis nach dem Trost der Gemeinschaft hätte erzeugen müssen. Es hatte weder wegen Dondolo und Sourire noch wegen der Militärpolizei oder dem Lazarett irgendwelche Scherereien gegeben, und er konnte es sich sogar leisten zu wünschen, er könnte etwas für Thorpe tun.

»Was ist mit Ihnen los?« fragte Crabtrees. »Haben Sie was mit dem Magen?«

»Lassen Sie mich bloß zufrieden!« sagte Loomis. »Holen Sie mir lieber einen Kognak – einen doppelten. Die Bedienung hier ist unter allem Hund!«

Es gab Leute, die ihm Tolachians Tod in die Schuhe schoben; jetzt liefen sicher schon wieder welche und versuchten ihn dafür verantwortlich zu machen, daß Thorpe übergeschnappt war. Warum ihn? Warum hängten sie es zum Beispiel nicht Willoughby an? Willoughby hatte Glück. In allem; sogar mit diesem Flugblatt vom vierten Juli hatte er schließlich glänzend dagestanden. DeWitt selber hatte geäußert, es sei eine saubere Arbeit gewesen, und vergaß anständigerweise vollkommen, daß das oberste Hauptquartier dabei übergangen worden war. Willoughby geriet niemals in Schwierigkeiten.

Crabtrees kehrte mit dem Kognak zurück.

Loomis stürzte ihn hinunter. »Mir hängt der Krieg zum Hals raus«, sagte er mürrisch. »Da kann gar nichts Gutes herauskommen.«

Crabtrees starrte ihn an. »Was haben Sie gegen den Krieg? Sie haben doch eine gute Zeit in Paris gehabt! Das Mädel zum Beispiel...«

»Welches Mädel?«

»Die, an die Sie mich nicht herangelassen haben. Gut, ich war stockbesoffen. Aber Sie müssen doch ganz hübsch Spaß dabei gehabt haben?«

Die Frage war Loomis unangenehm. Was damals mit Thérèse geschehen war, war ihm plötzlich wieder gegenwärtig, und diese Erinnerung machte ihn traurig und verband sich in seinem Kopf mit allem anderen, was er bereute.

»Auch ein Spaß!« Seine Stimme klang niedergeschlagen. Er sah die Kleine wieder vor sich, das Gesicht häßlich verzerrt, die Augen traten hervor, so hatte sie sich angestrengt, ihn abzuschütteln, aber er hatte nicht lockergelassen.

Crabtrees wollte Einzelheiten erfahren.

Loomis fertigte ihn mit ein paar Redensarten ab. Er wurde immer unruhiger. Er hatte das unheimliche Gefühl, daß DeWitt und Crerar über ihn sprachen. Wenn er wenigstens Courage genug hätte, zu ihnen hinzugehen und sich einfach zu ihnen zu setzen, wenn er zum mindesten hören könnte, was sie sagten!

Er sah Yates in die Bar kommen und winkte sogar ihm zu, so wie er den Pokerspielern zugewinkt hatte. Yates aber ging direkt auf den Tisch des Colonels zu.

»Seien Sie doch endlich still!« fauchte Loomis Crabtrees an, da dieser auf konkreten Informationen über den Beischlaf mit Thérèse bestand. Crabtrees schwieg verletzt, aber das kompensierte Loomis in keiner Weise für die Kränkung seiner Seele durch das fühllose Bieten der Pokerspieler, das Gelächter der Trinker, das Klirren der

Gläser, die der Barmixer methodisch auswusch, abtrocknete und zurück auf ihren Platz stellte.

DeWitt blickte zu Yates auf, nicht abweisend, eher etwas neugierig. Der Lieutenant hatte seine Gesellschaft kaum je gesucht – wahrscheinlich wollte er nicht, daß man von ihm sagte, er wollte sich anbiedern.

»Setzen Sie sich her, Yates«, sagte er. »Wie geht's?«

»Ich war gerade im Lazarett und habe einen unserer Leute besucht«, begann Yates.

Er war überrascht, wie leicht ihm dieser Anfang fiel. Seitdem er Thorpes Zelle verlassen hatte, hatte er sich auf den Augenblick vorbereitet, wo er beginnen müßte zu berichten. Was konnte er denn beweisen? Er hatte eine Menge Verdachtsmomente, aber nur kaum Fakten; und DeWitt würde Theorien nicht akzeptieren. Es hatte einen Moment gegeben, wo ihm die Schwierigkeiten so überwältigend erschienen, daß er mit dem Gedanken spielte, die ganze Angelegenheit fallenzulassen, besonders da Thorpe selber sich in einem Zustand befand, der wenig Hoffnung zuließ. Aber er hatte den Gedanken dann angewidert zur Seite geschoben; es war für ihn so bezeichnend, daß er ihm überhaupt gekommen war.

Der Colonel wartete auf eine Erklärung.

»Der Mann wird wohl als geisteskrank aus der Armee entlassen werden«, nahm Yates seinen Bericht auf, »wenn er sich überhaupt so weit erholt, daß man es verantworten kann, ihn frei herumlaufen zu lassen.«

»Thorpe?« fragte Crerar. »Ich habe von dem Fall gehört. Das ist doch der Junge, der damals im Château Vallères auftauchte, als Willoughby seine Party gab?«

Yates nickte. »Mein erster Besuch in so einer Anstalt. Hat mich ein bißchen mitgenommen. Am liebsten möchte ich gar nicht davon sprechen. Aber ich muß – der Fall ist seiner Geschichte wegen für mich sehr interessant. Ich habe mich in meiner Freizeit damit befaßt und gewisse Anhaltspunkte gefunden.« Er blickte DeWitt ins Gesicht. »Ich dachte, es ist besser, wenn auch Sie davon Kenntnis erhalten, Colonel.«

DeWitt hörte sich die Geschichte von Thorpe und Sourire an. Allmählich verdüsterte sich seine Miene. »Warum lassen Sie das nicht von den Leuten untersuchen, in deren Aufgabenbereich so etwas fällt?« sagte er mürrisch. »Was für ein besonderes Interesse haben Sie an Thorpe, Lieutenant?«

Yates hätte ihm gern erklärt, daß Gerechtigkeit eine Sache ist, die jeden angeht. Aber DeWitt gehörte zur alten Schule in der Armee. Vorsichtig sagte Yates daher: »Bei der Party damals, die Mr. Crerar erwähnte, hatte Thorpe sich unmittelbar an mich gewandt – ich weiß nicht, warum. Vielleicht meinte er, ich könnte ihm irgendwie helfen. Ein solches Vertrauen verpflichtet einen doch, oder?«

Die Antwort schien zu befriedigen. »Befindet sich dieser Sourire noch immer bei der Militärpolizei in Haft?«

»Ich glaube, leider nicht, Colonel. Ich habe ihn gerade zur rechten Zeit noch zu fassen bekommen. Captain Loomis hatte sich mit Sourires Freilassung einverstanden erklärt, und bei der Militärpolizei sagten sie, ihr Gefängnis wäre überfüllt, und sie wären froh, ihn loszuwerden.«

»Dann sollten wir uns vielleicht mit Dondolo beschäftigen«, sagte Crerar.

»Und wenn Dondolo alles ableugnet?« warf der Oberst ein. »Gibt es noch andere Zeugen?«

»Nein.«

»Wir erhalten also immer nur die eine Version der Geschichte – die von Dondolo.«

»Die Sache hat noch eine andere Seite«, entgegnete Yates. Er fühlte sich etwas sicherer in seinem Vorgehen, seit DeWitt an das Ganze wie an eine dienstliche Untersuchung heranging. »Ich habe festgestellt, daß Sourire nicht ganz auf eigene Faust arbeitet. Er hat einen Auftraggeber, für den er bereits verschiedenes erledigt hat – so hat er mit einem Lastwagen mehrere deutsche Offiziere aus Paris hinausgeschafft, und zwar zu einem Zeitpunkt, an dem wir bereits in die Stadt einrückten.«

Crerar pfiff leise vor sich hin.

Yates fuhr fort. »Der Rangälteste dieser deutschen Offiziere war ein Oberstleutnant Pettinger. Ich habe beim Ic nachgeforscht. Der

Name ist dort bekannt. Pettinger gehört der SS an, aber viel mehr war aus dieser Quelle über den Mann nicht zu erfahren.«

»Das fängt ja an, sehr interessant zu werden!« sagte Crerar. »Wenn Thorpe kaputtgemacht werden mußte, um einen Pettinger zu decken...«

»Bitte keine voreiligen Folgerungen!« sagte DeWitt ärgerlich. »Sourire hat seine Transaktionen auf dem schwarzen Markt vielleicht nur nebenbei betrieben. Wer ist sein Chef?«

»Ein Fürst Yasha Bereskin.«

»Fürst Yasha!« rief Crerar aus.

»Kennen Sie ihn?« fragte Yates.

»Dem Namen nach.«

»Schon gut, schon gut!« DeWitt versuchte, das Gespräch nicht ausufern zu lassen. »Erzählen Sie mir von diesem Fürsten. In welchem dunklen Gewerbe betätigte der sich?«

»Dunkles Gewerbe?« sagte Crerar. »Er ist Präsident des Aufsichtsrates von Delacroix; und Delacroix bedeutet in Frankreich Stahl.«

»Klingt unglaublich«, sagte DeWitt. Er hatte einen gesunden Respekt vor dem Großkapital – nicht, daß es ihm an Mut fehlte, derart Interessengruppen mit seinen eigenen Bedingungen entgegenzutreten, wenn er dies für den Krieg als notwendig erachtete. Aber er glaubte, daß der Umfang der Geschäfte ein solches Unternehmen automatisch auf eine höhere ethische Ebene versetzte.

»Wir können einfach Fürst Yasha fragen«, schlug Crerar vor. »Wir könnten ihn zum Beispiel fragen, ob er Sourire kennt und wo wir den Burschen erreichen können.«

Yates zögerte, bevor er den nächsten Schritt tat. Er hatte Loomis in den Bericht einbezogen, soweit sich dies machen ließ, ohne daß er seinen eigenen Verdacht aussprach. Mit Willoughby war es wieder etwas anderes. Willoughby war der Vertreter DeWitts; er war der engste Mitarbeiter des Colonels und genoß wahrscheinlich das unbegrenzte Vertrauen des Alten.

»Sie haben sich noch nicht mit Yasha Bereskin in Verbindung gesetzt, Lieutenant?« fragte DeWitt.

Yates vermied eine direkte Antwort. »Vielleicht könnte Major

Willoughby uns da behilflich sein«, sagte er. »Er kennt den Fürsten.«

Yates erwartete von DeWitt die Frage: Woher wissen Sie denn das? Aber der Colonel stand vom Tisch auf und sagte in einem Ton, der nichts Angenehmes verhieß: »Wollen wir uns in mein Zimmer begeben?« Und als Crerar zu zögern schien: »Sie möchte ich dabei haben, Crerar.«

Loomis sah den Colonel fortgehen, gefolgt von Crerar und Yates. Irgend etwas in ihrer Haltung verriet, daß sie nicht die Absicht hatten, sich privat zu amüsieren.

»Sehen Sie sich Yates an«, sagte er zu Crabtrees. »Wie der ihnen in den Hintern kriecht!«

Crabtrees beobachtete den Aufzug. »Man sollte doch erwarten können, daß der Bursche wenigstens so viel Anstand hat, es nicht öffentlich zu tun!«

Major Willoughby war dabei, einen Brief an Coster zu verfassen, in dem er ihm die Ergebnisse seiner Besprechung mit Fürst Yasha mitteilte. Willoughby gab seinen Worten eine optimistische Note. Er schrieb, er werde die Angelegenheit so energisch verfolgen, wie seine anderen Verpflichtungen es erlaubten; für den Augenblick sei er allerdings zur Untätigkeit verurteilt, da Yasha Paris verlassen und sich nach Rollingen in Lothringen begeben habe, das gerade befreit worden sei. Rollingen, so erklärte er Coster, sei das Pittsburgh des Delacroix-Reiches.

Das Telephon klingelte. Mit einem ungeduldigen Räuspern nahm Willoughby den Hörer ab.

»Ja! Was wollen Sie?« begann er, wurde aber sofort höflich, als er am anderen Ende der Leitung DeWitts heisere Stimme erkannte. »Jawohl, Colonel. Ich komme sofort«, sagte er.

Er trat zurück an seinen Schreibtisch, las den Brief noch einmal durch, unterschrieb ihn bedachtsam, verschloß den Umschlag und schob das Ganze zwischen die Schreibunterlage und das Löschpapier.

Die Worte des Obersten waren lakonisch gewesen wie immer. Höchstwahrscheinlich wollte DeWitt sich nur mit ihm unterhalten.

Der Alte fühlte sich einsam, er hätte zu Hause an seinem Kamin bleiben und mit seiner Frau Rommé spielen sollen oder was man sonst in einem solchen Alter eben spielte.

Er fühlte sich erleichtert, als er den Colonel bereits in Gesellschaft antraf; aber seine Erleichterung schwand sofort bei der Frage, was Yates eigentlich hier zu suchen habe.

DeWitt kam sofort zur Sache. »Ich habe gehört, Sie sind mit einem Fürsten Yasha Bereskin bekannt?«

»Ja, Sir.« Es gelang Willoughby, seinen gleichmütigen Ausdruck beizubehalten. »Was ist mit ihm?«

DeWitt sah keine Veranlassung, vor seinem Major irgend etwas zu verheimlichen. »Ich möchte, daß Sie uns ein paar Informationen über den Mann verschaffen«, sagte er.

»Welcher Art?«

Der Colonel sagte: »Ich erfahre, daß in der Abteilung größere Schwarzhandelsgeschäfte gemacht wurden. So etwas dulde ich nicht! Wozu habe ich denn Sie und ein ganzes Rudel Offiziere, wenn Sie das nicht verhindern können!«

»Die Sache wird bereits untersucht«, sagte Willoughby besänftigend.

»Jedenfalls wissen wir bereits«, fuhr DeWitt fort, »daß ein Individuum, mit dem Ihr Freund, der Fürst, irgendwie in Zusammenhang steht – Sourire heißt der Kerl – mit ein paar von unseren Leuten Geschäfte treibt; und ich will, daß dieser Sourire herangeschafft und vernommen wird, damit wir herausfinden, wer hinter dem Ganzen steckt. Verdammt noch mal!« wetterte er, »muß man denn seine Zeit mit solchem Kram vertrödeln! Wir sind hier, um Krieg zu führen…«

Yates, der sah, daß der Ärger den Obersten von der Hauptsache abbrachte, hätte ihm am liebsten souffliert: Fragen Sie Willoughby doch, wie es kommt, daß er Yasha kennt! Und legen Sie Ihre Karten doch nicht so offen auf den Tisch! Lassen Sie mich ein paar Fragen an Willoughby stellen, Sie werden sehen, wie er auftaut!… Und dachte mit plötzlichem Schreck: Mein Gott, jetzt fängt der Alte auch gleich noch von Pettinger an…

Und genau das tat DeWitt. Freundschaftlich, fast vertraulich, warnte er Willoughby: »Trauen Sie diesem Fürsten Yasha lieber nicht zu sehr. Es liegt ein Bericht vor, dem zufolge der Bursche Sourire einen Lastwagen für eine Anzahl deutscher Offiziere, die aus Paris fliehen wollten, besorgt hat, und zwar nachdem die Alliierten bereits in die Stadt eingedrungen waren. Unter diesen Offizieren befand sich ein Oberstleutnant Pettinger von der SS, an dem wir interessiert sind. Also Vorsicht!«

Willoughby überlegte. Ohne Zweifel kamen all diese Informationen von Yates: der kleine Schnüffler war schlauer, als er geglaubt hatte; es wäre vielleicht nicht einmal schlecht, sich mit ihm zusammenzutun.

»Ich bin von Natur aus vorsichtig, Colonel«, sagte er: »Ich bin im Zivilleben Anwalt.«

Noch nie hatte sich ein Stuhl so hart angefühlt wie der, auf dem Yates jetzt saß. Die Führung des Gesprächs war dem Colonel entglitten; im nächsten Augenblick schon würde Willoughby seine Chance wahrnehmen.

»Mit Ihrer Erlaubnis, Colonel«, warf Yates ein, »möchte ich an Major Willoughby eine Frage stellen.«

DeWitt und Willoughby blickten beide auf, DeWitt überrascht über die Einmischung des Rangjüngsten, Willoughby in Erwartung des Schlags, der jetzt kommen würde – der kleine Schnüffler hatte seinen Trumpf bis zuletzt aufgehoben.

»Schießen Sie los!« sagte DeWitt.

»Es ist vielleicht eher eine Bitte, Major. Wenn Sie das nächste Mal Fürst Yasha aufsuchen, würden Sie so freundlich sein und mich mitnehmen?«

Nein, dachte Willoughby, das war der Schlag noch nicht. Aber beinahe. Er sagte: »Mit Vergnügen! Aber ich fürchte, Yates, wir werden warten müssen. Nach dem, was ich zuletzt gehört habe, hat sich Yasha nach Rollingen in Lothringen begeben, wo sich die wichtigsten Werke von Delacroix befinden.«

Diese Nachricht brachte Yates' gesamte Planung durcheinander. Mochte Gott wissen, wann sie nun Yasha erreichen und die nötigen Informationen über Sourire von ihm erhalten würden; und dann mußte er erst zurück nach Paris und den kleinen Schwarzhändler aufspüren, während die Front inzwischen weiterrollte und die Arbeit sich auftürmte – unmöglich. Aufschub bedeutete Niederlage. Ohne jede Zurückhaltung wandte er sich gegen Willoughby: »Zum Teufel! Warum hielten Sie mich dann zurück? Warum durfte ich dann nicht in Yashas Privatbüro gehen und mit ihm sprechen?«

»Moment mal«, sagte der Colonel. »Wiederholen Sie das bitte!« Sein Ton wurde drohend. »Was haben Sie beide da vor mir geheimgehalten?«

DeWitts Gesicht war rot angelaufen, seine Hände zitterten.

Crerar flüsterte: »Nur mit der Ruhe, Lieutenant Yates wird das alles gleich erklären.«

»Das möchte ich mir auch ausgebeten haben!« sagte DeWitt. »Nun?«

»Wie ich Ihnen schon berichtet habe, Colonel«, Yates tastete sich behutsam vor, »ich wußte von Sourire, daß Yasha möglicherweise mit dem Schwarzhandel zu tun hatte und ganz sicher mit der Flucht dieses Pettinger. Ich stellte also fest, wer Yasha ist und wo ich ihn finden könnte.«

»Und in der Zwischenzeit ließen Sie Sourire laufen?« unterbrach ihn der Colonel. »Warum haben Sie nicht gleich Meldung erstattet?«

Nun wurde er auch noch für Sourires Freilassung verantwortlich gemacht. Es war beinahe komisch. »Colonel«, verteidigte sich Yates, »ich wußte, daß Sie kein Interesse an der Geschichte haben würden, solange die Tatsachen nicht feststanden. Im übrigen ist Captain Loomis für die Freilassung Sourires verantwortlich. Er gab der Militärpolizei die Anweisung.«

Also hing Loomis auch mit in der Sache, dachte Willhoughby. Man mußte aufpassen auf diese Burschen wie ein Luchs.

»Zu dem Punkt werden wir noch kommen«, sagte DeWitt. »Sie haben also diesen Fürsten aufgesucht?«

»Ich rief im Büro von Delacroix an und verlangte Fürst Bereskin zu sprechen. Ich wurde mit ihm verbunden, aber er teilte mir mit, er wäre zu beschäftigt, um mich empfangen zu können. Ich sagte, es sei dringend, aber er blieb ablehnend. So ging ich selber hin in das Büro –« Yates machte eine Pause. Er konnte sich auch keine indirekten Vorwürfe gegen Willoughby leisten; DeWitt würde so etwas mißverstehen.

»Nur weiter«, sagte Willoughby aufmunternd. »Was geschah weiter?«

Yates schluckte. »Major Willoughby kam aus dem Privatbüro des Fürsten heraus...«

Willoughby griff in das Fett unter seinem Kinn und strich es mit den Daumen nach vorn. »Und ich sagte Ihnen, es erübrige sich für Sie, Yasha zu besuchen.«

»Jawohl, Sir.«

Jawohl Sir, jawohl Sir, jawohl Sir – das alte Spiel in der Armee. Man konnte sich nicht gegen die Vorgesetzten stellen – sie waren einem immer überlegen. Eine Pyramide: je höher der Stein, desto schwerer wog er auf dem Genick, und desto weniger konnte man sich bewegen.

»Und was wollten *Sie* eigentlich bei dem Fürsten, Willoughby?« fragte der Colonel.

Zu spät die Frage, dachte Yates.

»Was ich dort gewollt habe?« Willoughby schüttelte geduldig sein schweres Haupt. »Ich befragte den Fürsten wegen Pettinger, unter anderem. Es war nicht weiter schwer«, spann er seine Geschichte aus, »der Fürst berichtete aus freien Stücken, so wären eben die Nazimethoden gewesen. Wie es scheint, setzte Pettinger dem Fürsten die Pistole auf die Brust und zwang ihn, ihm ein Fahrzeug zu beschaffen. Also ließ der Fürst einen kleinen Fuhrunternehmer kommen.« Und mit einem Lächeln zu Yates: »Wahrscheinlich, Lieutenant, war dieser Mann der von Ihnen erwähnte Sourire!«

Yates spürte den heiß in ihm aufsteigenden Ärger. Wie schön glatt Willoughbys Aussage auch war – wie kam es, daß Pettinger ausgerechnet zu Yasha gekommen war? Und was hatte Willoughby außerdem noch mit dem Fürsten besprochen?... Aber er durfte ja Fragen nicht stellen. Er hatte den niedrigsten Rang, und zudem war er in Ungnade.

»Gut, das wäre also erledigt«, sagte der Colonel.

»Nicht ganz«, erwiderte Willoughby. »Ich möchte noch etwas ganz klar festgestellt haben, Colonel, wenn Sie gestatten. Lieutenant

Yates – welches war der Grund, den Sie mir für Ihren Besuch beim Fürsten angaben?«

»Ich sagte, ich wollte ihn wegen einer Umfrage aufsuchen.« Lächeln, dachte Yates, nur sich nichts anmerken lassen.

»Finden Sie das etwa komisch, Lieutenant?« fragte DeWitt.

»Nein, Sir.«

»Dann streichen Sie sich mal dieses Grinsen aus dem Gesicht!«

Willoughby tat, als habe er Mitleid mit Yates. »Und welche Antwort gab ich Ihnen darauf?«

»Sie sagten mir, der Fürst sei eine bedeutende Persönlichkeit, und Sie wünschten nicht, daß ich ihn belästige.«

»Richtig«, sagte Willoughby. »Ich danke Ihnen, Yates... Sehen Sie, Colonel«, er wandte sich wieder DeWitt zu, »hätte ich gewußt, worum es Yates wirklich ging...«

Crerar erhob sich. »Großartig!« sagte er. »Darf ich mich jetzt zurückziehen?«

»Was ist großartig?« fragte der Colonel pikiert.

»Alles«, antwortete Crerar. »Die Armee, das Leben, was Sie wollen! Ich bitte mich zu entschuldigen, meine Herren. Gute Nacht!«

»Loomis soll kommen«, sagte der Colonel.

Loomis, da er nun Haltung annahm vor dem Colonel, fühlte sich, als stünde er vor Gericht. Die beiden ranghöheren Offiziere hier waren Richter, Geschworene und Anklagevertreter zugleich; und Yates war der Hauptbelastungszeuge. Während aber der Beklagte vor dem Gericht eines jeden zivilisierten Landes zum mindesten auf den tröstenden Blick seine Anwalts rechnen kann, hatte Loomis keinerlei Stütze. Er suchte nach irgendeinem Zeichen von Sympathie – aber Yates' Lippen waren böse verkniffen; der Colonel betrachtete seine Hände und hielt mit der linken die rechte fest, damit diese nicht zitterte, und Willoughby massierte nachdenklich die Speckfalten unter seinem Kinn.

Vielleicht, so dachte Loomis, wäre es das beste, alles zu gestehen und sich dem Colonel und Willoughby auf Gnade und Ungnade zu überlassen. Von Seiten DeWitts erwartete Loomis wenig Gutes; aber Willoughby hatte wenigstens noch etwas Verständnis für Menschen.

Der Colonel faltete seine Hände. »Captain Loomis, kennen Sie einen Mann namens Sourire?«

Das war's! Yates hatte alles ausgeschnüffelt und alles berichtet. Und er selber hatte Yates den Wagen zur Verfügung gestellt, damit er nur recht bequem zur Militärpolizei kam...!

»Sourire!« fragte der Colonel. »Kennen Sie den Mann oder kennen Sie ihn nicht?«

Es war schlimm mit ihm. Loomis runzelte die Stirn: In diesem Augenblick, wo seine ganze Zukunft davon abhing, daß er die richtige Antwort gab, drehten sich seine Gedanken nur um eines, um diese Lächerlichkeit – daß er seinen Wagen Yates gegeben hatte!

»Ja – vielleicht – vielleicht kenne ich ihn...«, sagte er unbestimmt.

Willoughbys Finger hielten in ihrer Bewegung inne. Wenn Loomis zu reden anfing über Sourire, mochte der Oberst am Ende die Spur entdecken, die über Sourire zu Yasha und zu dem geplanten Geschäft mit der Amalgamated Steel führte. Seine Augen, von dunklen Ringen umgeben, glommen auf und fingen Loomis' Blick und hielten ihn fest. Loomis spürte die Drohung in ihnen und wurde noch unsicherer.

»Kennen Sie diesen Sourire persönlich?« fragte der Colonel.

Loomis war unschlüssig. »Sir, ich hatte nicht die Absicht –«

»Absicht!« unterbrach Willoughby. »Wir sind hier nicht an Absichten interessiert. Bleiben Sie bei den Tatsachen, Loomis, wenn ich bitten darf.«

Willoughbys scharfer Ton ließ Loomis' letzte Hoffnung auf Gnade und menschliches Verständnis zergehen; es blieb nur die kalte, nackte Angst davor, was ihm passieren würde, wenn er auch nur das Geringste zugäbe.

»Nein, ich kenne ihn nicht persönlich. Natürlich nicht. Wo hätte ich ihn kennenlernen sollen?«

DeWitt löste seine Hände voneinander, sie zitterten nicht mehr. Loomis war also doch ein Gentleman. DeWitt haßte diese unangenehmen Befragungen. Er nickte Willoughby zu.

Willoughby verstand dieses Nicken als das, was es war: – ein Wink: Übernehmen Sie! Aber es war noch mehr als dies: es war der Beweis dafür, daß er die Sache so weit gewonnen hatte, daß er mit deren Weiterführung betraut wurde. Leider nur war ihm dabei nicht bekannt, wieviel Loomis eigentlich wußte und wieviel Yates. Er begann daher sehr vorsichtig: »Nun, Captain Loomis, natürlich ist Ihnen bekannt, daß in unserer Abteilung schwarze Geschäfte gemacht wurden?«

Yates wurde unruhig. Willoughby soufflierte dem Mann praktisch seine Antworten!

Erleichtert wischte Loomis sich den Schweiß von der Oberlippe. »Ich habe dem Schwarzhandel ein Ende gemacht«, sagte er mit neuer Sicherheit und Würde. »Ich habe durchgegriffen und habe, sobald ich Wind davon erhielt, der Sache einen Riegel vorgeschoben.«

»Warum haben Sie mir darüber nicht berichtet?« fragte Willoughby streng.

»Ein vollständiger Bericht liegt auf meinem Schreibtisch, Colonel«, sagte Loomis und wandte sich DeWitt zu. »Er wurde dadurch verzögert, daß ich ihn auf der Maschine schreiben lassen mußte. Ich wollte ihn Ihnen morgen vorlegen.«

DeWitt bemerkte, daß er nicht zu dem Punkt gelangte, der ihn interessierte, und schaltete sich mit einer Handbewegung zu Willoughby ein. »Wissen Sie, Captain, wo man diesen Sourire finden könnte?«

»Nein, Sir – es tut mir leid«, sagte Loomis und beglückwünschte sich, daß er gescheit genug gewesen war, für Sourires Entlassung zu sorgen.

DeWitts Gesicht verdüsterte sich. »Das ist aber sehr bedauerlich!« Ein leiser Verdacht stieg in ihm auf. So sehr Yates auch ins Unrecht gesetzt worden war, der Eindruck ehrlichen Bemühens, den Yates gemacht hatte, als er unten in der Bar seine mageren Beweise vorlegte, war dem Obersten aber doch geblieben.

Und Yates hatte festgestellt, daß dieser Sourire auf Loomis' Anweisung hin freigelassen worden war... »Sie waren es doch, Loomis, der der Militärpolizei sagte, sie könnten Sourire laufenlassen, stimmt's? Und zwar noch bevor Sie Ihren Bericht eingereicht hatten! Bevor die Untersuchung abgeschlossen war! Ja, bevor sie überhaupt begonnen wurde!«

Einen Augenblick lang hatte Yates wieder Hoffnung.

Dann aber griff Willoughby schon wieder ein. »Sie hatten es verflucht eilig, finden Sie nicht, Captain Loomis?«

In einer plötzlichen Eingebung antwortete Loomis dem Colonel: »Sir, ich akzeptiere Ihre Rüge. Vielleicht habe ich tatsächlich übereilt gehandelt.« Er sah, daß der mißtrauische Ausdruck aus DeWitts Gesicht verschwand. Mit einem Blick auf Willoughby fügte er hinzu: »Ist Thorpe nicht zur Genüge bestraft worden? Sollen wir ihn auch noch über das hinaus verfolgen? Ich meine, nun ist er schon angeknackst – er wird uns kein Staatseigentum mehr verkaufen...«

Yates sprang auf. »Thorpe hat nie, nie irgendwelches Staatseigentum verkauft, Captain Loomis!«

Loomis verlor alle Farbe.

»Lieutenant Yates!« DeWitts Hand fiel hart auf die Armlehne seines Stuhls. »Sie haben sich heute abend bereits einmal blamiert! Wollen Sie sich bitte hier zurückhalten!«

»Es scheint ein gewisser Zweifel zu bestehen, Captain«, sagte Willoughby hilfreich, »ob Thorpe sich wirklich, wie Sie vermuten, auf dem schwarzen Markt betätigt hat.« Seine Stimme war sehr sanft, sehr ruhig; er wollte endlich eine passable Begründung von Loomis für die Beschuldigungen gegen Thorpe, denn hier war der lose Faden im Gewebe – und wenn DeWitt den zu fassen bekam und daran zerrte, fiel alles auseinander.

»Wir haben die Aussage von Sergeant Dondolo, Major!« verteidigte sich Loomis. »Und das Verhör des Franzosen Sourire bei der Militärpolizei bestätigt Dondolos Angaben. Ich habe das alles meinem Bericht beigefügt –«

DeWitt unterbrach: »Yates, Sie haben mir doch vorhin gesagt, daß der Franzose Ihnen gegenüber erklärt hat, er hätte das Zeug von Dondolo gekauft!«

»Das ist auch die Wahrheit«, sagte Yates.

Loomis lächelte schal. Jetzt hatten sie ihn. Und alles, was er gesagt hatte, würde nun gegen ihn zählen. »Ich hatte nicht die Absicht...«, begann er. Aber das hatte er ja schon einmal erklärt. Er brach ab.

»Die Wahrheit?« Willoughby zuckte die Achseln. »Diese Franzosen! Die erzählen einem genau das, was man hören will.« Er wandte sich Loomis zu. »Haben Sie selber Dondolo vernommen?«

»Und gründlich, Sir!« erwiderte Loomis eifrig.

»Haben Sie irgendwelche Veranlassung, seine Aussage zu bezweifeln?«

»Nein, Sir.«

»Aber von Thorpe haben Sie sich keine Darstellung des Falles verschafft?« fragte Willoughby weiter.

»Das war mir leider nicht möglich, Major! Thorpe befand sich bereits in einem Zustand, der eine Befragung ausschloß. Und was wären auch die Aussagen eines Mannes wert, der vierundzwanzig Stunden später in der Klapsmühle landet?«

»Sagen Sie nicht Klapsmühle!« sagte DeWitt.

»Ich meine im Lazarett, Colonel. Ich wollte damit sagen – wir können einen geisteskranken Mann sowieso nicht vor ein Kriegsgericht bringen – welchen Sinn hatte es also, Sourire weiter im Arrest zu halten?«

Willoughby blickte auf den Colonel. DeWitt war, offensichtlich verärgert, wieder in die Betrachtung seiner Hände versunken und hatte anscheinend keine weiteren Fragen.

»Ich schlage vor«, sagte Willoughby, »den Sergeanten Dondolo aus der Küche zu versetzen. Er kommt zu den Fahrern. Fahrer brauchen wir immer.«

DeWitt war einverstanden. »Ganz gleich, wer die Lebensmittel gestohlen und sie verkauft hat – es war Dondolos Aufgabe, auf die Sachen aufzupassen«, sagte er ungehalten.

»Veranlassen Sie das Notwendige, Loomis!« befahl Willoughby.

»Jawohl, Sir!« beeilte sich Loomis zu sagen.

DeWitt sah Yates an. Yates Kinn hing schlaff, der sonst so sensible Mund stand halb offen, die Unterlippe vorgeschoben. DeWitt hatte Mitleid mit ihm – Yates hatte schließlich versucht, das Rechte zu tun. »Lieutenant«, sagte er, »Sie sind eben mal kurz in die falsche

Richtung marschiert. Schadet nichts! Wir haben dabei doch einiges aufklären können.«

Das war gut gemeint; aber gerade deshalb empfand Yates seine Niederlage nur um so schärfer. »Jawohl, Colonel«, sagte er mechanisch.

»Was nun den Fürsten und den SS-Oberstleutnant da betrifft«, fuhr DeWitt fort, »so machen Sie bitte einen Bericht darüber an den Ic. Und wollen Sie, Willoughby, und Sie, Yates, beide die Angelegenheit weiter verfolgen. Wir werden wieder verlegt, dichter an die Front heran, und eine Fahrt nach Lothringen läßt sich dann leicht einrichten. Und denken Sie daran, meine Herren, daß ich ein gutes Gedächtnis habe und es nicht liebe, wenn jemand hinter meinem Rücken operiert. Schon gut, ich weiß, daß ich einen steifen Nacken habe – kommt mit dem Alter –, aber manchmal drehe ich mich doch plötzlich um!«

Yates dachte an Thorpe, der in seiner Zelle verrotten durfte. Er dachte an Tolachian, an das blutverklebte weiße Haar. Auch an Thérèse dachte er, die auf ihre Art dazu beigetragen hatte, daß er sich in dieser Situation fand, und an Ruth, die ihn seit je dazu trieb, aussichtslose Dinge zu verfechten.

Das also war aus ihm geworden – ein Ritter der von vornherein verlorenen Sache, eine traurige Gestalt.

Aber wurde dieser ganze Krieg nicht für eine verlorene Sache geführt?

Zehntes Kapitel

Es war aus und vorbei. Der tapfere Kampf gegen die Mafia – wie er sie im stillen nannte –, in den er sich blindwütig gestürzt hatte, hatte für ihn verheerend geendet. Nur DeWitts anständige Haltung hatte es ihm ermöglicht, wenigstens das Gesicht zu wahren.

Yates rief Captain Philipsohn an und erfuhr von ihm, daß Thorpes

Zustand sich noch verschlimmert habe. Philipsohn verhehlte nichts – er zweifelte sehr daran, daß man Thorpe je so weit bringen würde, daß er entlassen werden könnte; auf jeden Fall werde die Behandlung, die die Psychiatrie für einen solchen Fall entwickelt habe, besser in den Staaten vorgenommen; sobald Thorpe sich in entsprechendem Zustand befände, würde Philipsohn seine Rückführung nach Amerika veranlassen. Ja, er empfehle, daß die Eltern die volle Wahrheit erführen.

»Ich werde den Eltern schreiben«, sagte Yates.

»Warum lassen Sie es nicht den Dienstweg gehen«, schlug Philipsohn vor.

»Nein«, sagte Yates, »ich mache es schon selber.«

Das war alles, was er noch für Thorpe tun konnte; es war seine Pflicht, nicht die von Loomis oder Willoughby; es war wie das Streichen der Flagge bei einer Übergabe. Es mußte eben getan werden.

Yates nahm die Niederlage hin und suchte den Fehler in sich selber, in seiner Haltung und Denkweise. Auch in dem Brief an Thorpes Eltern suchte er nicht den leichten Ausweg; er schob nicht der ›Mafia‹ die Schuld für seine Niederlage zu – denn diese Leute hatten ja ein gutes Recht darauf, sich zu verteidigen.

Er konnte jedoch nur einen wirklichen Fehler in sich entdecken, seinen Urfehler: das Unvermögen, zur rechten Zeit so zu handeln, wie Vernunft und Gewissen es verlangten, seinen Hang zu geistiger Bequemlichkeit, seine Neigung, sich lieber anzupassen, sich zu sagen: Was geht mich das an? Von dieser Erkenntnis aus, so unangenehm sie auch war, forschte er weiter. Er fragte: Warum? Warum bin ich so gewesen?

War es der Einfluß der Armee? War es die Einstellung, daß man nichts unternehmen soll, was einem nicht befohlen wurde – eine Einstellung, die systematisch durch den pyramidenartig bürokratischen Aufbau gefördert wurde?

Wie lange war er jetzt dabei? Zwei Jahre – zweieinhalb Jahre, es näherte sich dem dritten; man vergaß sogar die Zeit. War das lange genug, um eine grundlegende Veränderung des Charakters herbeizuführen? Zwei, drei Jahre Zeit vermochten vielleicht gewisse Eigenschaften zu stärken, aber sie konnten doch nicht ausreichen, um eine grundlegende Veränderung des Charakters zu verursachen. Andere Männer waren sich gleich geblieben. Bing zum Beispiel hatte das Flugblatt zum vierten Juli eigentlich gegen jeden Befehl herausgebracht. Und trotz Farrishs Druck wäre ohne Bings Initiative, ohne sein Handeln ganz nach eigenem Gewissen das Flugblatt niemals geschrieben und zu den feindlichen Linien hinübergefeuert worden. Es war also möglich, daß ein Mann sich seine Lauterkeit sogar als Soldat noch bewahrte; er brauchte nicht unbedingt Kompromisse zu schließen. Er mußte nur wagen – auch Thorpe hatte in seiner übereilten, gefühlsmäßig bestimmten Art etwas gewagt, hatte aber übel geendet. Die Basis, von der Thorpe ausging, war bereits unterhöhlt gewesen – und dennoch hatte er gehandelt und Risiken auf sich genommen.

Um an die Wurzel des Ganzen zu gelangen, entschied Yates, mußte man wohl noch weiter zurückgehen – in einen Abschnitt seines Lebens, bevor die Armee ihn schluckte und zu formen begann. Coulter College. Rotweiße Backsteingebäude zwischen Rasenflächen und Ulmen, Ahornbäumen und Kastanien. Die mit Steinplatten bedeckten Wege von einem Schulgebäude zum anderen und zurück zur Bibliothek. Frieden und Sicherheit und Jahre und Jahre, in denen nichts Aufregenderes geschah und geschehen konnte als Examensarbeiten, Rugbyspiele und gelegentlich das stille Begräbnis eines überalterten Professors, der leise und unauffällig gestorben war.

Schon das erstemal, als er die Stadt hinter sich ließ und das Universitätsgelände betrat, hatte ihn eine große Befriedigung mit dieser Art zu leben erfüllt. Fast schmerzhaft empfand er dies jedesmal, wenn er von seinen immer seltener werdenden Besuchen in der Stadt zu der Universität zurückkehrte. Kein Preis schien ihm zu hoch, sich diese Lebensweise zu verschaffen, und war das erreicht, sie sich zu sichern. Sogar seine Ehe mit Ruth war, so betrachtet, Teil dieses Strebens; denn für einen jungen, gutaussehenden Professor war es besser, verheiratet zu sein; und so hatte er sich die hübscheste, die klügste, wenn auch nicht die wohlhabendste unter seinen Studentinnen ausgesucht.

Aber der Frieden im College war auch nur ein äußerer Anstrich, wie Yates feststellen mußte, nachdem er sich in Archer Lytells Fakultät hineingeschlängelt hatte. Beim Fünf-Uhr-Tee im Gesellschaftsraum konnte die Atmosphäre geladen sein; diejenigen, die schon lange der Fakultät angehörten, waren der Ansicht, daß sie durch diese Jahre eine Reihe von Rechten erworben hätten, die es gegen Neulinge zu verteidigen galt. Diskussionen darüber, wer Deutsch A für Fortgeschrittene und wer Deutsch B unterrichten solle, führten zu Ausbrüchen lange schon zurückgehaltenen Hasses. Wenn das akademische Jahr sich seinem Ende näherte, wurden Männer, die bis dahin höflich und kollegial gewesen waren, giftig wie stechende Quallen. Man mußte auf jeden seiner Schritte achten, jedes seiner Worte wägen und jedermanns Freund sein. Und über allem herrschte wie Gottvater Archer Lytell, der hier einen kleinen Hinweis gab, dort ein wenig Öl ins Feuer goß – allmächtig, unnahbar, in der Hand den Köder der Dauerstellung.

Wenn er daran zurückdachte, erkannte Yates die Parallele zur Armee. DeWitt war kein Lytell, aber er hatte die gleiche Macht. Und wären Willoughby oder Loomis Mitglieder von Lytells Fakultät gewesen, die Atmosphäre dort wäre nicht anders gewesen, weder im guten noch im schlimmen. Yates lächelte – gewiß, ein Unterschied bestand. In der Armee bestimmte der Vorgesetzte über Leben und Tod; Archer Lytell dagegen bestimmte nur über die kümmerlichen dreitausend Dollar im Jahr. Aber bedeuteten diese dreitausend Dollar für einen Mann nicht gleichfalls Leben und Tod, Sicherheit unter den Ulmen, den Ahorn- und Kastanienbäumen?

Yates – und das rechnete er sich damals hoch an – war fähig, diese Dinge zu sehen, wie sie waren. Er verstand es, sich anzupassen, wenn ihm an einer Sache nur genug lag. In weniger als einer Woche hatte er die Verhältnisse an der Universität durchschaut und erkannt, daß er, wollte er an dieser Universität bleiben, nicht mehr als gutes Mittelmaß zeigen und sich nur um die eigenen Angelegenheiten kümmern durfte; tat er das, so brauchte er nur abzuwarten, bis seine Beförderung an der Reihe war, und würde eines Tages sogar, nach einer kurzen, würdigen Lobrede auf die Leistungen des verstorbenen Vorsitzenden der Germanistischen Abteilung, Archer Lytells Position übernehmen können.

Aber gerade diese Haltung verärgerte Ruth und veranlaßte ihre Versuche, ihn umzumodeln. Er wußte genausogut wie sie, was alles in der Welt nicht in Ordnung war; sie brauchte ihm deshalb nicht dauernd im Ohr zu liegen.

»Ich denke nicht daran, mich für Spanien öffentlich einzusetzen oder für irgend etwas«, sagte er ihr. »Ein Universitätsprofessor mehr oder weniger macht sowieso nichts aus.«

»Du hast Angst«, hatte sie geantwortet, »du hast nur Angst, daß Lytell es dir übelnehmen könnte.«

»Ich weiß, er sieht's nicht gern, und der Rektor auch nicht, und deswegen werde ich meine Stellung auch nicht aufs Spiel setzen.«

»Dreitausend Dollar«, hatte sie spöttisch gesagt.

»Jawohl, dreitausend Dollar! Dieses Haus, auch wenn es nur klein ist, die Butter und die Wurst im Kühlschrank und zumindest einige der Dinge, die wir nicht entbehren wollen.«

»Ich will das alles nicht haben – nicht um einen solchen Preis!«

»Sei nicht lächerlich, Ruth!«

»Du wirst wahrscheinlich so oder so alles verlieren«, hatte sie ihm prophezeit. Und dann hatte sie ihm die drei kleinen gipsernen Affen gekauft.

Es sah aus, als sollte Ruth zumindest teilweise recht behalten. Der Krieg war gekommen – wie fern lag die Universität; in einer anderen Welt die Ulmen, die Ahorn- und Kastanienbäume; die Probleme von damals, wie unwirklich und unwichtig. Aber auch Ruth hatte unrecht gehabt. Amerika im Frieden war eben doch etwas anderes als der Krieg, als Europa und die Invasion. Hier mußte man handeln, wie man es für recht hielt – man mußte, denn Menschenleben hingen davon ab. Das Leben an der Universität aber ging ewig den alten Gang, langsam stieg man auf, alles war geregelt und geordnet, die alten Traditionen bestimmten immer noch die Zukunft, man mußte sich nur einordnen und einfügen.

Es war doch Irrsinn zu behaupten, Tolachian hätte sterben müssen, weil Archer Lytell darüber bestimmte, ob Yates eine Dauerstellung erhielt. Und Thorpe hatte gewiß nicht deshalb den Verstand verloren, weil Yates vor Jahren sich darum bemüht hatte, Deutsch B für Fortgeschrittene zu unterrichten.

Sie saßen auf der Straße vor dem Café Gordon am Boulevard Montparnasse. Yates' Korbstuhl quietschte bei jeder Bewegung, aber er war zu faul, aufzustehen und sich einen anderen zu holen.

Thérèses Hand ruhte auf ihrem Schoß, ganz zart streichelte er den lichten Flaum auf ihrem Arm.

»Nichts, womit Sie ihm haben helfen können«, sagte sie, »*pauvre petit*...«

Ob der *pauvre petit* für Thorpe bestimmt war, von dem er ihr erzählt hatte, oder für ihn selber, wußte Yates nicht. Wahrscheinlich für Thorpe, aber er nahm es als Zeichen ihrer Stimmung, ihrer Neigung zu Mitleid. Frauen, die des Mitgefühls fähig waren, waren auch bereit zu helfen; Frauen halfen am meisten dadurch, daß sie sich selber gaben.

Sie erlaubte ihm, sie zu streicheln. Sie mochte es sogar. Die Zärtlichkeit dieses Mannes war wie ein Geschenk, ihr demütig dargebracht. Ein vielleicht sinnloses, unnützes Geschenk – ein Blumenstrauß, der bald verwelkte und von dem nur ein leichter Duft zurückblieb –, und das zu nichts führte; solange es aber da war, war es gut.

Vor ihnen flutete das Leben auf dem Boulevard vorüber. Soldaten vieler Nationen mit Mützen in vielen Farben gingen auf und ab und lachten; Mädchen mit kunstvoll hohen Frisuren und hohen Hacken schritten neben ihnen her und lachten mit ihnen. Das Leben flutete, und schien doch stillzustehen. Es gibt Minuten, die kein Ende haben, weil wir nicht wollen, daß sie enden.

»*Je t'aime*«, sagte er.

Er hätte nicht sagen können: ich liebe dich. Das Französische aber entsprach genau seinem Gefühl.

Sie nahm seine Hand und spielte mit seinen Fingern. Er wollte die Hand zurückziehen, er fürchtete, die Warzen darauf könnten sie abstoßen; aber dann tat er es nicht. Thérèses Finger waren schön geformt; ihre Berührung erregte ihn. Niemals hatte Ruth seine Hände auf diese Art berührt – oder hatte er es nur vergessen?

Er betrachtete Thérèses Gesicht. In der Dämmerung, die sich über den Boulevard senkte, verschwammen die Umrisse; es war ein liebes Gesicht, nicht eigentlich hübsch, aber liebenswert und irgendwie rührend. Ich möchte ihr nicht weh tun, dachte er, um nichts in der Welt.

»*Je t'aime*«, wiederholte er.

Sie schüttelte ihren Kopf, schwieg aber.

»Ich muß aus Paris fort«, sagte er.

»Ja?« Ihre Hand hielt inne. »Wann?«

Die Befehle waren an diesem Morgen eingetroffen – ein Teil der Abteilung, er selber gehörte dazu, sollte nach Verdun vorrücken. In Verdun würden sie der Front näher sein. Yates war, vor allem nach der Niederlage, die ihm Willoughby beigebracht hatte, eigentlich froh darüber. Er fand, daß die Front, trotz Blut, Anspannung und Dreck, doch irgendwie sauberer war als die Etappe. Die Männer waren anständiger, nicht weil sie andere Männer waren, sondern weil sie aus dem korrumpierenden Einfluß des Siegerlebens in Paris heraus waren.

»Wann ich weg muß? Vielleicht morgen, vielleicht den Tag darauf.«

»Wohin?«

Mehr aus Gewohnheit als wegen irgendeiner Befürchtung, sie könnte die Nachricht verbreiten, log er: »Ich weiß es nicht. Es wird uns nicht gesagt.«

»Ich werde Sie also nicht wiedersehen?« fragte sie mit plötzlich ganz dünner Stimme.

»Nein, Thérèse.«

Sie schien zu warten, daß er weiterspräche. Er wußte nicht, was er als nächstes sagen sollte. Natürlich wußte er, was er sagen wollte – laß uns einander lieben, es ist die letzte Gelegenheit, wir müssen sie nutzen; so ist das Leben nun mal, und wir wären doch dumm, wenn wir unsere einzige Chance versäumten.

»Es war wie ein Traum«, sagte sie.

Ach du lieber Gott – aber das war typisch für sie. Sie war eben noch sehr jung, jünger als sie aussah, und jünger als ihre Jahre. Wenn sie nicht gerade so etwas Sentimentales gesagt hätte, er hätte ihr wahrscheinlich ohne weitere Umschweife vorgeschlagen: Komm, gehen wir zu dir, *pour faire l'amour.*

»Oder wie ein Gedicht«, sagte sie, »wie wir uns getroffen und einander wiedergesehen haben und zusammengewesen sind...«

Ein Gedicht. In Paris, in einer Sommernacht auf dem Boulevard Montparnasse. Wie konnte jemand so daherreden. Und ihn beeindruckte es sogar noch. Nein, das doch nicht; aber er konnte es nicht über sich bringen, ihr den Antrag so direkt zu machen.

»Ein unvollendetes Gedicht, finden Sie nicht?« lächelte er.

Sie nickte ernst. »Aber doch ein sehr schönes. Sie waren gut zu mir.«

Er nippte an seiner dünnen, etwas zu süßen Limonade. Das Zeug schmeckte wie die ganze Geschichte. Er würde sie nirgends erzählen können, ohne sich lächerlich zu machen.

Sie dachte daran, daß er nun wieder in den Krieg ging. Man würde auf ihn schießen. Sie hatte hinter der Barrikade gestanden, und sie war auf der Place de la Concorde gewesen, und sie kannte das Pfeifen der Kugeln, und sie hatte Angst gehabt. Sie hatte diese Angst dann vergessen im Hin und Her des Tages, und über dem Gedanken an das, wofür an dem Tag gekämpft wurde, und wohl auch über dem Schock ihres Erlebnisses im Hotel Scribe. Wahrscheinlich verhielt es sich ganz ähnlich im Kampf an der Front: man vergaß seine Furcht über dem, was zu tun war und was einem selber geschah.

Die Angst aber, die sie für den Mann da neben ihr empfand, war von anderer Art: eine Angst an sich, die durch nichts zu verdrängen war. Ja, wenn sie sich ganz klein machen könnte – so klein, daß sie sich in seiner Tasche verkriechen und bei ihm bleiben könnte –, dann würde sie diese Angst vielleicht nicht haben. Wenn sie in ihn hineinkriechen, eins mit ihm werden, zu einem Talisman an seiner Brust werden könnte, würde sie die große Angst bannen können und nicht allein damit zurückbleiben müssen.

Und dann war da noch ein anderes Gefühl: Mitleid. Er würde wieder in den Krieg gehen und sehr einsam sein, denn so war er. Was für Erinnerungen er auch aus seiner Vergangenheit mit sich herumschleppte, sie waren nicht mehr stark genug, diese Einsamkeit zu durchbrechen. Wenn er aber nun die letzte Zeile des Gedichts fände, den letzten Reim und den Rhythmus, der es endgültig machte, allem seinen Sinn gab und das Herz erleichterte...

Was war schon dabei? Welch geringfügige Mühe!

Sie hatten sie verletzt, sie furchtbar verletzt, und die Wunde war noch nicht vernarbt. Aber der Mann da neben ihr war zärtlich, seine Hände würden nicht das neue, noch immer empfindliche Gewebe über der Wunde zerreißen. Und irgendwann mußte sie die Narbe prüfen, das Leben prüfen – warum nicht jetzt? So wie er war, würde er ihr auch helfen, die Wunde zu heilen. Es konnte doch nicht sein, daß es immer häßlich war, daß es einem immer den Geschmack von Erbrochenem zurückließ und das Gefühl, als sei man von oben bis unten beschmutzt worden.

Sie sagte: »Mein Zimmer ist nicht sehr schön. Ich habe nicht genug Geld, um es hübsch einzurichten. Wenn du aber mitkommen willst...«

Das klang so ehrlich, so einfach; das hatte Würde, und er mußte nachdenken, um den richtigen Ton für die Antwort zu treffen – also nicht: Los, Mädchen, gehen wir! Auch nicht: *Je t'aime.* Er mußte die Ebene erreichen, auf die Thérèse alles erhoben hatte.

Schließlich sagte er: »Du bist sehr lieb.«

Sie gingen den Boulevard entlang und verfielen dabei wie von selbst in den gleichen Schritt. Yates fühlte sich ihr so verbunden, daß er dachte: Niemals bin ich einem Menschen so nah gewesen. Er spürte das Vertrauen, das sie zu ihm hatte, und ihre Freude, und das Gefühl durchdrang auch ihn.

Ihr Zimmer war tatsächlich noch ärmlicher, als sie es beschrieben hatte – in einem drittrangigen Hotel, eigentlich eher einer Pension, möbliert mit den Rückständen eines zweitrangigen Hauses. Das Bidet stand offen sichtbar unter dem Waschtisch. Thérèse zog schnell einen Wandschirm vor, um die ganze Ecke seinem Blick zu entziehen; der Schirm war aber in der Mitte zerrissen.

Dennoch befanden sich in dem Zimmer ein paar Kleinigkeiten, die mit der schäbigen Umgebung versöhnen wollten, Anzeichen dafür, daß seine Bewohnerin es doch als ihr Heim betrachtete. Auf der wackligen Kommode, deren Farbe eine Menge Fingerabdrücke zeigte, stand ein Blumenstrauß in einem Glas – gelbe, weiße und rote Rosen, zur Hälfte aufgeblüht. Zwischen zwei gedruckten Heiligenbildern unter Glas – der Staub auf den beschädigten Goldrahmen milderte deren Scheußlichkeit ein wenig – hing die gute Reproduktion eines Renoir; Thérèses Eigentum, wie sie sich zu erwähnen beeilte. Jedoch reichte das alles nicht aus, um den Eindruck bedrükkender Armut zu verwischen, deren Ausdünstung von der ausgeblichenen, zerrissenen Tapete und der abgeschabten Steppdecke am Bettende aufzusteigen schien.

Yates beschloß, Thérèse Geld dazulassen; sie hatte es dringend nötig, und er müßte nur eine Möglichkeit finden, es ihr zu geben, ohne daß sie sich dadurch beleidigt fühlte.

Er zog seine Feldbluse aus, hängte sie über den Stuhl und half ihr aus ihrer Jacke. Sie schien sich für etwas entschuldigen zu wollen und war verlegen.

»Findest du es sehr schlimm?« sagte sie.

»Es ist hier viel besser als in manch anderen Zimmern, in denen ich gewesen bin«, antwortete er ihr mit einem Lächeln, das ihr helfen sollte, ihre Scheu zu überwinden.

»Ich habe auch Bücher«, sagte sie, »allerdings nicht viele. Ich mußte die meisten meiner Sachen verkaufen. Es ist alles so teuer geworden.«

Yates hatte keine Lust, die Unterhaltung auf die wirtschaftlichen Schwierigkeiten Frankreichs abgleiten zu lassen. Er mußte unauffällig und mit großem Feingefühl Thema und Ton ihres Gesprächs zu bestimmen suchen; und er spürte, wie gering der Raum war, auf dem er sich dabei bewegen konnte. Mit Ruth war das ganz anders gewesen. Er konnte sich nicht entsinnen, sich je überlegt zu haben, was er mit ihr als nächstes zu tun hätte; sie hatte ihn stets geführt, mit leichter, aber fester Hand. Es lag jedoch auch etwas Erregendes in dem Zwang, vorausdenken zu müssen. Es schmeichelte ihm als Mann, daß es an ihm lag, zu entscheiden, was geschehen sollte, und wann und wie.

Er legte seine Hände auf Thérèses Schultern und fühlte die weiche Haut unter der dünnen Seide ihrer Bluse. Er blickte ihr in die Augen.

Unmerklich, fast gegen oder ohne ihren Willen, kam sie ihm näher. Dann küßte er sie.

Ihre Lippen waren weich, warm, nachgebend. Ihr Körper schien keinen eigenen Willen mehr zu haben, vertraute sich ihm an, er hielt sie umfangen und wußte, daß er mit ihr tun konnte, was er wollte. Ihr Mund – ihre Zunge – es war ein betörender Geschmack, der ihn durstig machte – ein seltsamer, noch nie erlebter Durst.

Hatte Ruth so geküßt, hatte sie ihm gestattet, sich so wie Thérèse küssen zu lassen, die immerfort nur gab? Er öffnete die Augen, er wollte Thérèse sehen, um den Gedanken zu verwischen. Es fiel nicht schwer. Da war das Mädchen in seinem Arm. Er spürte ihre Brüste, ihren ganzen Leib; ihr Atem kitzelte sein Kinn; er sah die Haut ihres Gesichtes – lebendig und warm – ein winziges Schweißtröpfchen saß zwischen ihren Brauen.

Dann entzog sie sich seinen Armen und machte sich sanft von ihm frei. Sie wußte in diesem Augenblick, daß sie nach ihm verlangte, mehr als sie je in ihrem Leben nach irgend etwas verlangt hatte. Sie bat ihn, sich umzudrehen.

Als sie ihn wieder rief, lag sie auf dem Bett und war nackt. Er schluckte. Sie folgte seinem Blick, der über ihren Körper wanderte, ihre Schultern, ihre Hüften, ihre Schenkel.

Er setzte sich zu ihr aufs Bett. Die Matratze gab unter seinem Gewicht ein wenig nach. Sie hörte, wie seine Schuhe zu Boden fielen, erste der eine, dann der andere. Dann stand er wieder auf und öffnete seinen Gürtel. Sie beobachtete jede seiner Bewegungen.

Seine Hände waren zu hastig; er wünschte, so wie sie, daß die äußeren Vorbereitungen schon vorbei und beendet wären.

Und dann – war alles wieder da, so jäh, daß sie wie betäubt war. Ekelhaft! Männerleib blieb Männerleib, bereit, sich auf sie zu werfen, sie niederzuhalten, niederzudrücken. Ekelhaft! Wenn er doch wenigstens spräche, ein Wort sagte, damit seine Stimme den Alpdruck durchbrechen könnte! Aber er sagte nichts; er war damit beschäftigt sich die Hosen auszuziehen. Es war, als vertrockne etwas in ihr.

Sie sagte, ihre Stimme kaum mehr als ein Flüstern: »Ich kann's nicht.«

Er hatte sich gerade neben sie legen wollen.
»Liebling«, sagte er, »was ist dir?« Und da sie schwieg, antwortete er für sie: »Du hast Angst. Du brauchst keine Angst zu haben, es wird sehr schön sein, hier – fühl meine Hände – ich streichle dich...«
Sie zog sich von ihm zurück.
Er hielt inne. Er sah sie an und versuchte, sie zu verstehen. Aber er verstand nichts... Sie waren doch beide schließlich erwachsene Menschen.
Er versuchte, sie zu küssen.
Thérèse wandte den Kopf ab.
Er zeigte ein verwirrtes, noch immer geduldiges Lächeln; aber das erkannte sie nicht. Sie sah Loomis vor sich, Vic. Jeder Mann war für sie jetzt Vic. Und während sie in dem einen Teil ihres gespaltenen Bewußtseins sich Yates immer mehr entzog, herrschte in dem andern der Gedanke: Das alles ist so entsetzlich falsch, ich liebe ihn doch, *je t'aime,* und er wird es mir nie verzeihen.
Sie wußte, wenn sie nur vernünftig darüber reden und erreichen könnte, daß Yates sie verstünde, so würde Loomis aus ihrem Kopf verschwinden, wahrscheinlich für immer. Aber wie sollte sie von dieser scheußlichen Sache sprechen? War sie nicht selber ebenso schuld daran gewesen wie Vic?
Yates saß sehr still da. Er zündete eine Zigarette an und gab ihr auch eine. »Wir wollen ein wenig warten«, sagte er freundlich, »es ist eine von diesen Stimmungen, das geht vorüber.«
Sie schüttelte den Kopf. »Ich glaube nicht.«
Er verlegte sich auf Bitten. Er hatte einen Zustand erreicht, in dem er nur noch die Gelegenheit sah, die ihm zu entgleiten drohte. Während dieser ganzen Wochen in Paris, und zuvor in der Normandie, hatte er wie ein Mönch gelebt. Das Billige hatte er nicht haben wollen. Irgendwie wollte er ein Gefühl dabei empfinden, zumindest die Illusion von Freundschaft, von Sympathie und etwas Liebe sollte dabeisein. Die Zeit, die er diesem Mädchen geopfert hatte! Und da lag sie nun, sie war bereit, er war bereit. Er blickte auf seine Füße hinab und bewegte die Zehen. Seit Ewigkeiten hatte er seine Zehen nicht mehr mit Bewußtsein betrachtet. Zuweilen, wenn er Ruth geliebt hatte, lag er nachher auf dem Rücken, kreuzte die Beine und

betrachtete seine Zehen. Das Betrachten der Zehen war ein Zeichen von Zufriedenheit, innerem Frieden, Entspannung.

Er wandte sich Thérèse wieder zu, entschlossen zu handeln.

»Hör zu, Thérèse«, sagte er, »benehmen wir uns doch nicht wie Kinder. Wir haben einander gern, nicht wahr? Du und ich – das wäre unglaublich schön. Wir wollen es doch; du willst es, ich will es. Ich weiß nicht, was in dir vorgeht, was es aber auch sein mag, wir wollen nicht, daß es sich störend zwischen uns stellt. Hätten wir Zeit, lebten wir im Frieden, so würde ich sagen: Tut nichts, ziehen wir uns wieder an, gehen wir essen und ins Kino. Aber verstehst du nicht – es ist Krieg. Morgen werde ich nicht mehr hier sein; spätestens übermorgen. Nur dieser Abend, nur diese Nacht gehört uns, du mußt versuchen, dich zu fassen.«

»*Pauvre petit*«, sagte sie.

»*Pauvre petit!*« wiederholte er ironisch.

Sie blickte weg von ihm, hin zu dem Verdunkelungsvorhang, der dicht geschlossen war und auf den Alter und Regen phantastische Figuren gezeichnet hatten.

Sie dachte: er hat ja recht. Es ist nur dieser eine Abend, nur diese eine Nacht. Das ist alles, was er hat. Und was nimmt es mir? Ich kann still liegen, die Zähne zusammenbeißen, regelmäßig atmen – ist doch alles gleich, und wenn er morgen fortgeht, laß ihn leichten Herzens gehen, eine Melodie pfeifen, mit sich selber in Frieden sein.

»Gut«, sagte sie, »komm zu mir.«

Sie lag da, schicksalsergeben, beinahe wie unbeteiligt, aber gerade das schien ihn zu erregen. Er war ihr Meister, er beherrschte sie, sie gehörte ihm. Oder eher das Gegenteil? War diese Haltung nicht vielmehr ein letztes, völliges Sichversagen? Alles in ihm verlangte danach, sie zu nehmen, Gebrauch zu machen von ihr. Sie hatten eine Art Abmachung getroffen, und sie hielt eben ihren Teil daran ein.

Er zerdrückte seine Zigarette. Der Aschenbecher war, wie er bemerkte, einmal in vier Teile zerbrochen und war dann sorgfältig gekittet worden. Dann zog er das Laken und die Decke hoch, deckte sie zu und hüllte sie zärtlich ein. Er fühlte sich sehr edel, als er das tat, sehr aufopfernd; es war die einzige Befriedigung, die er davon hatte.

Eine Welle von Wärme erfüllte Thérèse. Die Wärme stieg von den Füßen herauf und verbreitete sich durch den ganzen Körper. Sie hätte am liebsten geweint.

Er zog sich bereits an. Sie beobachtete ihn daher und fragte sich, ob er sie nun verachte oder was sonst er für sie empfände.

Er war sich nicht klar über seine Empfindungen, auch nicht über seine Beweggründe, die ihn in dieser Weise hatten handeln lassen. Er bezeichnete sich selber als Idioten und glaubte doch zugleich, das Richtige getan zu haben, denn hätte er anders gehandelt, so wäre ihm doch nur ein mißliches Gefühl geblieben.

»Komm her, bitte«, sagte sie, nachdem er sich fertig angezogen hatte. Er schob den wackligen Stuhl heran, setzte sich zu ihr ans Bett und hielt ihre Hand wie ein Arzt.

»Auf Wiedersehen, Thérèse«, sagte er.

Ihre Hand schloß sich um seine. »Ich werde dich nie vergessen«, sagte sie. »Willst du mich nicht zum Abschied küssen?«

Er küßte sie, strich ihr über die Stirn und stand auf, um zu gehen. »Ich möchte dir danken«, sagte er. »Ohne dich wäre ich hier doch recht einsam gewesen. Aber jetzt muß ich fort.«

Er legte ihre Hand auf die Decke zurück.

Dann ging er und schloß leise die Tür hinter sich. Sie lag eine Weile still da und dachte, daß das, was da vorher in ihr vertrocknet war, sich verflüchtigt hatte. An seine Stelle war ein gleichmäßiges, ruhiges Gefühl getreten – ein Gefühl, wie sie es einmal in einem kleinen Boot auf einem Teich im Sommer erlebt hatte, während sie ihre Hand im Wasser treiben ließ. Sie wußte, daß Loomis für immer verschwunden war und sie nie mehr verfolgen würde. Sie wußte, daß sie geheilt war, und daß Yates es war, der sie geheilt hatte. Sie dachte einen Augenblick daran, aus dem Bett zu springen, zur Tür zu laufen und ihm nachzurufen, ihn zurückzurufen – und wie wunderbar alles dann sein würde.

Aber sie blieb lang ausgestreckt liegen, sie fühlte das Leben in ihren Brüsten und die Berührung ihres warmen Körpers mit dem kühlen Laken. Sie war glücklich.

Dann fiel sie in einen tiefen, traumlosen Schlaf.

Drittes Buch

Improvisationen über ein wohlbekanntes Thema

Erstes Kapitel

Zuweilen durchdringt die Vergangenheit unsere Gegenwart mit ganz besonderer Gewalt. Es ist dann, als umschlössen zwei starke Hände uns den Schädel und preßten ihn zusammen. Zeugen, längst still geworden und tot, gewinnen ihre Stimme plötzlich wieder und sprechen so laut und so klar, daß unsre Witzchen, unser Gelächter, unsre Songs und unsre Gespräche verstummen.

Die meisten von Troys Leuten, die sich auf dem Vormarsch über die Stadt Verdun hinaus befanden, empfanden so oder ähnlich; und dieses Gefühl war nicht etwa nur auf die Sensiblen und Nachdenklichen unter ihnen beschränkt. Es war nicht so sehr das Denkmal, das sie von den Hügeln aus sehen konnten – der Soldat aus Stein, dessen Hände vor ihm auf dem Schwertknauf ruhten; es war auch nicht die geordnete Perspektive des Ausblicks über die unendlichen Reihen von Kreuzen, die wie Igelstacheln die Hügelrücken bedeckten.

Was die Männer beeindruckte, waren die Schützengräben, die, mit Gras überwachsen, das Land noch immer zerfurchten. Gewiß, sie waren flacher geworden, und ihre scharfen Kanten waren verschwunden; aber fast dreißig Jahre hatten es doch nicht vermocht, sie von der Erdoberfläche zu wischen und die große Wunde vernarben zu lassen, die hier von Hunderttausenden von Männern in einem Gemetzel, durch das nichts bewiesen wurde, in die Erde gerissen worden war.

Troys Leute wußten sehr wenig von Verdun. Die meisten von ihnen waren Kinder oder noch nicht einmal geboren gewesen, als die Schlacht geschlagen wurde. Sie hatten in der Schule davon gehört oder von ihren Vätern und Onkeln, die zu ihrer Zeit die Schlagzeilen gelesen hatten – von einem Kampf Meter um Meter und den fremdländischen Namen von Festungswerken und Dörfern. Jetzt waren diese fremdländischen Namen wieder aktuell geworden. Es gab sie wirklich, diese Ortschaften und Forts, einschließlich der Ruinen, die man hatte stehenlassen und die im Vergleich zu den Ruinen, die die Männer in dem jetzigen Krieg gesehen und zum Teil selber verursacht hatten, winzig aussahen. In der Normandie und Nordfrankreich war der Krieg über jungfräulichen Boden dahingerollt, über einen Boden, auf dem seit Menschengedenken nicht mehr gekämpft worden war. Nun aber kamen sie durch dieses Land...

Und Herbst lag in der Luft. Die letzte Nacht war beißend kalt gewesen. Sie rückten noch immer vor, o ja, das Ende aber schien weiter entfernt zu sein denn je. Weihnachten zu Hause! Ein bitteres Lachen. Ein paar dachten zurück an den Vormarsch auf Paris, nach der Schlacht von Avranches, als der Sommer noch jung gewesen war. Vorbei war die forsche Selbstsicherheit, die Hoffnungen zerflattert – was aber blieb? Weitermarschieren – Schritt um Schritt.

Sie rückten durch dieses fahle Land vor. Die letzten Furchen in den Äckern hatten die Geschütze des Kriegs noch gezogen. Ein feiner Regen setzte ein, der auf der Haut ihrer Gesichter und Hände klebte. Die Gewehre, die Mündung nach unten, wurden schwerer, und Tropfen fielen von den Helmen.

Sie hatten die Stadt hinter sich gelassen. Andere Einheiten hatten sie besetzt. Irgendwo, östlich von Verdun, hielten sie zur Nacht. Troy ging von Zug zu Zug. Er hatte das Schweigen seiner Leute bemerkt, und es gefiel ihm nicht; er kannte seine eigenen Empfindungen und wußte, was die Männer bedrückte.

Er sagte: »Ich weiß, was ihr denkt, denn ich habe es auch gedacht. Dieser verfluchte Scheißkrieg, kein Ende abzusehen, und wofür? Seht euch die Gräben von 1916 an – wofür sind die damals eigentlich gefallen? Und heute in zwanzig bis dreißig Jahren werden dann wieder andere durch dieses Gebiet marschieren? Das ist doch wohl, woran ihr so denkt.«

Sie blickten ihn an, Simon und Wattlinger, Cerelli, Traub, Sheal und Sergeant Lester. Ihre Gesichter waren entspannt und erwartungsvoll; auch ein wenig skeptisch. Troy dachte: Wie ähnlich doch diese Gesichter einander geworden sind! Gleiche Erfahrungen zeichnen gleiche Linien.

»Ich habe auch keine Patentlösungen«, sagte Troy. »Und ich glaube nicht, daß es so etwas wie eine fertige Lösung überhaupt gibt.

Seht euch unsre Kompanie zum Beispiel an. Wir haben uns hier für die Nacht niedergelassen – und was haben wir da getan? Wir haben Wachen ausgestellt, und ein paar von uns werden einen Teil ihres Schlafes opfern. Wenn wir erst diesen Krieg gewonnen haben, nehme ich an, werden wir genau das auch tun müssen. Die Menschen brauchen die Zeit zum Lernen, und wir lernen nicht alle gleich schnell. Ihr müßt nur darauf achten, daß ihr überhaupt etwas lernt, und zwar jetzt, solange es Zeit ist. Der Krieg ist eine gute Schule.«

»Ach wirklich?« sagte Sheal.

»Halt's Maul!« wies ihn Lester zurecht, »der Captain spricht noch.«

»Nein, ich war fertig.« Troy schob seinen Helm in den Nacken; er erschien jetzt jünger als seine Leute.

Am späten Nachmittag des nächsten Tages kam Troys Kompanie zu einer Gruppe von Gebäuden, die, nach alten Schildern zu urteilen, einst ein Versorgungsdepot der französischen Armee gewesen waren. Neuere Schilder ließen erkennen, daß die Deutschen sie benutzt hatten.

In einigen der Gebäude brannte es noch, andere waren teilweise eingestürzt, während ein Teil noch stand. In den Gesichtern der Leute spiegelten sich Erwartung und Erregung. Die Zerstörung, die sie sahen, konnte sie nicht täuschen; sie kannten diese Szenerie bereits, sie witterten Souvenirs, Beute, vielleicht auch einen größeren Fund.

Lieutenant Fulbright, ein untersetzter Mann mit der Stirn und den Schultern eines Rugbyspielers, führte den ersten Zug durch den Gebäudekomplex, jederzeit einer Falle gewärtig. Fulbright, der erst nach der Normandie zur Kompanie gekommen war, setzte nicht gern etwas aufs Spiel; er besah sich die Lage und schloß sich, ohne sich direkt zu äußern, der Ansicht seiner Leute an: die Deutschen hatten sich zurückgezogen und dabei versucht, so viel wie nur möglich mitzunehmen und den Rest zu zerstören. Die Zeit hatte jedoch nicht gereicht, das Zerstörungswerk zu beenden – die Amerikaner rückten noch zu schnell vor.

Fulbrights Leute trieben nur ein paar Franzosen auf, die aus den

Gebäuden auftauchten. Sie trugen riesige Pelzmützen, pelzgefütterte Hosen und Pelzmäntel. Die Franzosen grinsten blöde, versuchten Zigaretten zu schnorren und schlichen sich davon, als Fulbright sie anbrüllte: »Schert euch zum Teufel!«

»Nette Wintersachen«, sagte Lester.

»Beutegut ist Eigentum der Armee«, sagte Fulbright zögernd und ließ sein Bedauern erkennen, »ich denke, wir werden überall Posten aufstellen müssen.«

»Ich denke, das müssen wir«, stimmte Lester ihm zu. Er machte sich keine Sorgen, solange die Wachen von der Kompanie C gestellt wurden. Sie würden jeden anderen fernhalten und den Jungs die erste Wahl lassen.

Ähnliche Gedanken mußten auch Fulbright bewegt haben, denn er fügte hinzu: »Auf jeden Fall Vorsicht. Und auf Tretminen achten!«

Sheal sagte leuchtenden Auges: »Nein – dafür sind die zu schnell abgebraust. Ich habe eine Nase für Minenfallen und solches Zeug.«

»Wenn der Lieutenant sagt, der Laden ist vermint«, sagte Lester, »dann paßt du gefälligst auf, verstanden? Kannst dich gleich dort hinüber verfügen – der Bau dort, wo die Fenster im ersten Stock fehlen! Das ist dein Wachbereich.«

»Großer Macker, was?« Sheal spuckte seinen Kaugummi aus.

»Laufschritt marsch!« sagte Lester.

Fulbright hörte sich den Wortwechsel schweigend an, ein Lächeln auf den Lippen. Er hatte einige Zeit gebraucht, von Troy zu lernen, was es mit diesen Leuten auf sich hatte und daß man Disziplin nicht aus einer Dienstvorschrift lernen konnte. Nachdem er das erst einmal gefaßt hatte, war er in die Kompanie hineingewachsen und ein fester Teil der Einheit geworden.

»Stellen Sie noch die anderen Wachen aus«, ordnete er an.

Lester bestimmte die Leute und befahl den anderen wegzutreten. Sie waren fast im gleichen Augenblick verschwunden. Sie wollten das letzte Tageslicht ausnutzen.

Traub, Cerelli und Sheal kamen aus einem der Gebäude. Sie hatten sich schwarze Schlipse umgebunden und deutsche Matrosenmützen aufgesetzt.

»Was soll das heißen?« fragte Sheal und buchstabierte die einzelnen goldenen Buchstaben auf dem schwarzen Band der Mütze durch. »Was für eine Sprache!«

»Kriegsmarine«, lachte Traub, »das ist ihre Flotte.«

»Anker auf!« grölte Cerelli und stolzierte über ein paar Brocken Beton und verbogene Stahlschienen. Dann tat er, als stünde er am Ruder. »Volldampf voraus!« brüllte er. »Alle Mann auf Torpedostation! Sssssst! Prachtvoller Schuß! Volltreffer! Der Hund ist hin! Mit Mann und Maus versenkt!« Er wandte sich zu Traub um. »Ich bin hier nicht am richtigen Platz. Ich gehöre zu unsern Blauen Jungs.« Träumerisch blieb er stehen. »Gebt mir ein Schiff und die See!«

»Sei mal still, Admiral«, sagte Sheal und lauschte. Weiter die Straße hinab konnte man Panzer durch den Abend rasseln hören. »Die Mütze schicke ich nach Hause, ich habe eine kleine Schwester, die kann sie tragen.«

»Welche Kopfgröße hat sie?« fragte Traub. »Die Mütze ist doch viel zu groß für sie.«

»Mein Gott«, sagte Sheal, »ich kann mich nicht erinnern! Nein, aber das Kind muß ja inzwischen gewachsen sein. Ihre Köpfe wachsen doch mit, oder?«

»Aber nicht so schnell wie das übrige.«

»Sie wird aber sehr stolz darauf sein«, Sheal blieb bei seinem Thema, »wenn ich ihr schreibe, daß ich sie den Nazis abgenommen habe.«

»Du solltest ein Kind nicht belügen«, sagte Cerelli. »Erwachsene kann man ja ruhig beschwindeln, aber Kinder nehmen schlechte Gewohnheiten schon früh an, auch ohne daß du sie dabei noch unterstützt.«

»Sie wird ja nicht erfahren, daß ich gelogen habe!« sagte Sheal. Dann warf er die Mütze weg. »Verflucht, wo soll ich denn Packpapier herkriegen? Nie hat unsereins Zeit für sich selber, nie...«

»Wir sollten lieber dort hinübergehen und ein paar Pelze befreien«, meinte Cerelli.

Vier Männer tauchten aus der Dämmerung auf und versperrten ihnen den Weg. Sie trugen Gewehre umgehängt und eine seltsame

Zusammenstellung von Kleidungsstücken, halb Uniform, halb Zivil, alles aber ziemlich abgerissen.

Sheal, der sie als erster erblickte, fuhr zusammen. Dann riß er seinen Karabiner hoch und befahl: »Halt!«

Die vier blieben gehorsam stehen. Der erste streckte ihnen seine offenen Hände entgegen – vielleicht ein Zeichen der Begrüßung, vielleicht wollte er auch nur beweisen, daß er nichts Bedrohliches in der Hand hatte.

»Hallo, Amerikaner!« sagte er, ein breites Grinsen übers ganze Gesicht.

»Stehenbleiben!« rief Sheal und gab Traub und Cerelli einen Wink, näher an die Fremden heranzugehen und sie abzudecken, während der erste, der ihr Führer zu sein schien, langsam weiter vorging.

Auf sich selber zeigend, sagte der erste: »Rußki!« Und dann auf zwei seiner Kameraden zeigend, wiederholte er: »Rußki!«, und auf den letzten deutend: »Polack!« Wieder grinste er und schlug Sheal mit solcher Kraft auf die Schulter, daß der in den Knien schwankte; und dann, indem er den Karabiner zur Seite stieß, umarmte er Sheal, küßte ihn auf beide Wangen und rieb seine harten Stoppeln gegen Sheals viel weichere. Sheal befreite sich ein wenig verlegen.

Er betrachtete den Russen. Der Mann war kaum größer als er, aber was für ein Brustkorb! Was für Hände, Arme und Beine! Der Russe deutete wieder auf sich selber und sagte: »Kavalov! Andrej Borisovitsch Kavalov!« Dann blickte er Sheal fragend an.

»Mein Name ist Sheal«, antwortete Sheal.

Damit war die Vorstellung beendet. Offenbar war nun Sheal an der Reihe, etwas zu tun, aber er wußte nicht, was.

Schließlich kam ihm der Gedanke, daß er Lester oder den Lieutenant benachrichtigen müßte. Als er aber Cerelli aufforderte, sie zu holen, brummte Cerelli: »Wo, zum Teufel, soll ich sie denn auftreiben?« Und Sheal sah ein, daß der Einwand begründet war – der Lieutenant und Lester konnten sich in irgendeinem von einem Dutzend verschiedenen Gebäuden befinden und nach Pelzen und anderem Beutegut suchen. Diese Überlegung brachte ihn auf seine ursprüngliche Absicht zurück. Er wollte sich von den schönen Sachen nichts entgehen lassen; Ausländer hatte er nun während des Krieges zur Genüge kennengelernt.

»He, ihr!« rief er Cerelli und Traub zu, »nehmt denen die Gewehre ab, und dann machen wir weiter!« Er griff nach Kavalovs Gewehr. Kavalovs große Hand aber umklammerte den Schaft.

»Los, los!« sagte Sheal und zog.

Der Russe schüttelte den Kopf. Er hielt sein Gewehr fest, nicht etwa feindselig, aber stur.

Sheal war sich unschlüssig. Der Russe und seine Begleiter waren nicht die Leute, mit denen man sich gern in ein Handgemenge einließ, falls es zu vermeiden war. Widerwillig zog er seine Hand zurück, der Russe grinste entschuldigend.

Sheal forderte ihn durch eine Kopfbewegung auf, voranzugehen. Kavalov gehorchte; den Kopf hoch erhoben, fiel er in jenen zügigen Schritt, den Leute haben, die viel in ihrem Leben zu Fuß gehen mußten.

Sheal fand den Befehlsstand seiner Kompanie in einem kleinen Haus, wenige hundert Meter weiter unten an der Straße, die in das Depot führte. Ein paar der Männer saßen auf einer Bank in der Ecke und spielten Karten. Troy schob gerade Holz in den Küchenherd, während eine alte Frau in einer blauen Schürze und in holzbesohlten Schuhen über den Steinboden klapperte und Kessel, Töpfe, Pfannen heranholte.

Troy, ein Stück Holz in der Hand, blickte auf.

»Ich bringe hier diese Leute, Captain«, meldete Sheal, »Russen, glaube ich.«

»Gut«, sagte Troy und erhob sich. »Sagen Sie ihnen, daß sie ihre Waffen dem Sergeanten übergeben sollen.«

»Captain, ich denke, es ist am besten, wenn Sie selber mit ihnen sprechen; ich habe das schon versucht.« Und da er so schnell wie möglich die Sache los sein und zu seinen Pelzen zurückkehren wollte, sagte Sheal, daß er eigentlich eins der Lagerhäuser bewachen sollte.

»In Ordnung«, nickte Troy. Sheal und Cerelli entfernten sich; nur Traub, der die Wärme vorzog und Kaffee witterte, blieb lieber.

Troy betrachtete die vier Fremden. Ihre Gesichter waren hager und zeigten die Spuren ihrer Erlebnisse. Allmählich schwand Troys Mißtrauen. Ein Deutscher oder jemand, der auf seiten der Deutschen gestanden hatte, sähe wohl nicht so ausgemergelt aus wie diese Männer, und auch der Blick wäre anders, nicht so ruhig, so voller Hoffnung und Vertrauen.

Troy suchte sich den Mann aus, der am ehesten wie ein Soldat aussah, und winkte ihn an den Tisch heran.

Der Russe grüßte. Er sagte: »Sergeant Kavalov, Andrej Borisovitsch.« Dann ergriff er Troys Hand und schüttelte sie ernsthaft.

Troy wies auf einen Stuhl neben dem Tisch. »Sprechen Sie Englisch?«

Kavalov lächelte. »*Neponemaje.*«

»Nep – was?«

»*Neponemaje.* Nix verstehen!«

»Ach so!« Troy war ratlos.

Kavalov versuchte ihm zu helfen. »Daitsch! Ich spreche Daitsch!«

Traub rief aus der Ecke der Kartenspieler heraus: »Er meint, er spricht Deutsch!«

»Dann kommen Sie gefälligst!« sagte Troy ungeduldig.

Traub kam sehr gemächlich.

»Sie verstehen das Kauderwelsch anscheinend, also übersetzen Sie!« sagte Troy.

»Deutsch spreche ich nicht«, sagte Traub. »Meine Familie kam aus Europa nach Amerika und spricht Jiddisch.«

»Ach so«, sagte Troy. »Warum werden Sie dann als Sprachkundiger für Deutsch geführt?«

»Jiddisch ist eine Art Deutsch«, erklärte Traub besänftigend.

»Versuchen Sie schon!«

Traub und der Russe begannen eine lebhafte Unterhaltung zu führen. Troy unterbrach sie: »Ich möchte wissen, wie die Burschen hierhergelangt sind.«

Traub sagte: »Er spricht Jiddisch. Er war in einem Konzentrationslager in Litauen und glaubt, er hätte dort Deutsch gelernt, und als ich ihn fragte, wer es ihm beigebracht hätte, sagte er, ein paar alte Juden. Die alten Juden wurden zu Tode gearbeitet, er sagt, er hätte sie nicht mehr retten können.«

»Er konnte sie nicht retten?« fragte Troy und wunderte sich über einen Menschen, der in einem Konzentrationslager noch daran dachte, andere Menschen zu retten. »Was für ein Sergeant ist er denn? Welche Truppe? Und sagen Sie ihm, er und seine Leute sollen ihre Waffen abgeben.«

Traub gab Kavalov eine Zigarette und nahm seine Fragen wieder auf. Zwischen den Antworten zog Kavalov ein großes Messer aus seiner Tasche, schnitt drei gleiche Teile von seiner Zigarette herunter und reichte sie seinen Kameraden.

Troy sah den Russen an, und der Russe erwiderte seinen Blick und lächelte. »Hast recht«, sagte Troy, als könne der Russe ihn verstehen, »ich bin ein schlechter Gastgeber.« Er holte ein Päckchen Zigaretten aus seinem Brotbeutel und gab es Kavalov.

»Spassibo!«

»Schon gut – *Towarischtsch!*... Ist dieser verfluchte Kaffee noch nicht fertig?«

Traub stückelte Kavalovs Geschichte für Troy zusammen.

Kavalov war Feldwebel bei den russisschen Marinetruppen gewesen, hatte an der Verteidigung der Insel Ösel in der Rigaer Bucht teilgenommen und war als Verwundeter von den Deutschen gefangengenommen worden. Er war geflohen und hatte sich zu seinen Leuten durchgeschlagen.

»Und«, fragte Troy, »wie ist er denn hierhergekommen?«

»Guerilla«, sagte Traub, »er war auf einen Trupp von Partisanen gestoßen, die hinter den deutschen Linien kämpften. Die Deutschen faßten ihn dann wieder und folterten ihn.«

»Und das sollen wir ihm glauben?« sagte Troy.

Er hatte bisher einen anderen Krieg kennengelernt, einen Krieg, in dem Ordnung herrschte und der nach zivilisierten Regeln geführt wurde. Man folterte doch keine Gefangenen. Guerilla war eine romantische Erfindung, ein Propagandastückchen aus der russischen Wochenschau, die er in den Staaten gesehen hatte.

Taub sagte etwas zu Kavalov. Kavalov zog die dünne Jacke mit den Flicken an den Ellbogen aus. Darunter trug er ein altes, sweaterähnliches Hemd, sauber gewaschen, mit hellblauen Querstreifen. Er schob das Hemd über den Kopf. Dann wandte er Troy seinen Rükken zu. Die Haut war gestreift, fast ebenso wie das Hemd, aber in Rot.

Traub besah sich diese Haut. Die Kartenspieler kamen aus ihrer Ecke heraus und starrten ebenfalls den Mann an.

Troy schluckte. »Sagen Sie ihm, er soll seine Sachen wieder anziehen. Ich glaube ihm.«

Traub sagte: »Er möchte, daß Sie wissen, Captain, daß er viele Deutsche getötet hat. Er und seine Leute arbeiteten in einem Bergwerk in Lothringen. Sie sind dort ausgebrochen und haben Deutsche mit der nackten Hand erschlagen. Dann nahmen sie ihnen die Waffen ab und benutzten sie, um noch mehr Deutsche zu töten.«

Traubs Übersetzung enthielt etwas von der erdigen Schwere der Gefühle und der Ausdrucksweise Kavalovs. Kavalov sagte seinen Leuten ein paar Worte; sie begannen, ihre Taschen zu leeren und den Inhalt auf den Tisch vor Troy auszubreiten: Uhren, Füllfederhalter, Brieftaschen, Papiere ... »Daitsch!« sagte Kavalov, und seine Hände fuhren verächtlich über die Beute hin. Diese Beute war sein Beweisstück, ebenso wie das Gewehr, das er noch immer fest umklammerte.

Troy warf einen Blick auf den Haufen – Überbleibsel von Männern, die in der Dunkelheit erdrosselt, erstochen, erschossen worden waren. Männer jedoch, die auf seine Leute nicht mehr schießen würden. »Ich glaube Ihnen«, sagte er, »ich glaube Ihnen.« Dann deutete er auf die Messingschnalle von Kavalovs Gürtel.

»Russisch«, sagte Kavalov. »Russische Marine!« Er zeigte Troy Hammer und Sichel.

Traub erklärte: »Es sind die letzten Stücke seiner Uniform, die Schnalle und das Hemd. Selbst die Deutschen haben sie ihm nicht nehmen können.«

Nachdenklich reichte Troy Kavalov eine Tasse Kaffee. »Traub! Sagen Sie ihm, er soll all sein Zeug wieder einpacken. Sie haben es den Deutschen abgenommen, sie sollen es auch behalten. Und sagen Sie Sergeant Kavalov, daß wir ihn von Kopf bis Fuß neu einkleiden. Wir haben hier ein ganzes Bekleidungslager der deutschen Marine – bestes Material, Hosen, Hemden und all das.«

Kavalov steckte die Beute wieder ein, blickte Troy gespannt an und sagte etwas.

»Er will weiterkämpfen«, übersetzte Traub. »Er will in unsere Kompanie eintreten.«

Troy unterdrückte ein Lächeln. Er sagte Traub, er solle dem anderen irgendwie erklären, daß dies die amerikanische Armee sei und keine Guerillatruppe. Kavalov und seine Leute würden nach Verdun zurückgeschafft werden, und dort würden dann andere darüber bestimmen, was aus ihnen werden solle.

»Aber kämpfen?« sagte Kavalov.

»Ja, gewiß!«

Plötzlich stellte sich Troy eine Kompanie aus nur solchen Leuten vor. Wahrscheinlich würde die ebensogut sein wie seine eigene, und die war verdammt gut!

»Sagen Sie ihm nun, Traub, daß ich seine Gewehre haben muß. Wir können keine Partisanen hinter unseren Linien dulden.«

Traub versuchte, dem Russen den Zusammenhang zu erklären.

»Aber kämpfen?« fragte Kavalov von neuem und hob hilflos die Hände. Er verstand überhaupt nichts mehr.

Troy sah die Logik in Kavalovs Frage ein. Aber er mußte diese Gewehre haben. Der Krieg hier war eben anders als der von Kavalov – ein Krieg, jawohl, in dem Ordnung herrschte und der nach zivilisierten Regeln geführt wurde. Kultur.

Zweites Kapitel

Yates und Bing überquerten den Hof des Lagers für verschleppte Personen in Verdun. Yates knöpfte den Kragen seines Mantels zu. Dann blickte er zum Himmel auf, über den ein heftiger Wind schmutziggraue Wolkenfetzen trieb. »Sieht aus, als wollte es auch heute nicht aufhören.«

»Bestimmt nicht«, sagte Bing und ging auf ein anderes Thema über. »Haben Sie Milch von der Intendantur bekommen?«

»Nein.«

»Warum nicht?«

Yates seufzte verärgert. Dies war nun der dritte Versuch und der dritte Fehlschlag gewesen. »Offiziell untersteht das Lager hier den Franzosen, und die sagen, sie haben keine. Ich sprach daraufhin mit Major Heffernan, und Heffernan sagt, er hätte versucht, Milchpulver von der Armee zu beschaffen. Er kam aber damit nicht durch, denn es ist ein französisches Lager.«

Bing sagte nichts. Er versuchte, zwischen zwei tiefen Wasserpfützen hindurchzubalancieren, glitt aber aus und fluchte.

Der Hof war niemals gepflastert gewesen. Früher einmal, als noch französische Truppen in den einstöckigen Baracken lagen, die das Gelände reihenweise umsäumten, war der Boden von Tausenden von Rekruten festgestampft worden. Kompanieweise waren sie links und rechts aufmarschiert, in Zügen und Trupps hatten sie endlose Stunden hintereinander exerziert. Aber das war nun lange her. Die Armee, die diesen Boden festgetreten hatte, war geschlagen und vernichtet worden. Wetter aller Art waren über die Baracken hinweggestürmt, hatten die Dächer gespalten und die Wände rissig gemacht und die Fenster zerbrochen. Und jetzt regnete es, regnete es seit Tagen. Es war der elende Herbstregen des östlichen Frankreichs, der Himmel und Menschen schwermütig macht.

Über dem Verwaltungsgebäude, dem einzigen massiven Steinbau im ganzen Lager, hingen die französische, die amerikanische und die britische Fahne schlaff herab, das Tuch war naß geworden und bewegte sich nur, wenn der Wind es gegen die Fahnenstangen schlug. Der Boden war durchweicht. Zwischen großen Wasserpfützen, auf deren Oberfläche die stetig fallenden Tropfen immer neue Muster schufen, drängten sich Gruppen von Männern und Frauen, auch Kinder darunter, bewegten sich wohl auch hierhin und dorthin, den Kopf zwischen den Schultern eingezogen, die Kragen ihrer dünnen Jacken hochgeschlagen, die Hände in den Taschen zerlumpter Mäntel oder Hosen.

»Verdammt, Lieutenant«, sagte Bing, »wenn das die Freiheit ist, die wir ihnen gebracht haben, dann taugt sie nicht viel.«

»Man kann die Leute schließlich nicht frei herumlaufen lassen«, sagte Yates schroff. »Sie müssen eingeteilt, erfaßt und organisiert werden.«

»Aber wie leben diese Menschen!«

»Mein Gott, was glauben Sie wohl, wie sie bisher gelebt haben?«

»Gerade darum!« sagte Bing.

»Hören Sie mir damit endlich auf!« sagte Yates unbeherrscht. »Ich versuche ja zu tun, was ich kann!«

»Jawohl, Sir – sicher versuchen Sie das«, gab Bing zu. Er hatte ja mit eigenen Augen gesehen, daß Yates sein Bestes tat – Yates Taschen waren voll von Bonbons, die aus den K-Rationen stammten und die er den magersten unter den Kindern schenkte.

Nachdem er zwei Tage lang unter den Insassen des Lagers seine Befragungen durchgeführt hatte – dazu kamen noch die Neuankömmlinge –, hatte Yates feststellen müssen, daß er nur mit dem Kopf gegen die Wand rannte, allerdings gegen eine sehr weiche, sehr elastische. Major Heffernan, der amerikanische Verbindungsoffizier in der Lagerverwaltung machte Versprechungen, die Franzosen machten Versprechungen, alle waren sehr freundlich und hilfsbereit, und alle bemühten sich, zu erklären, wie wenig sie tun konnten. Jeden Mittag, bevor er essen ging, sprach Yates zum einen oder anderen der Verwaltungsoffiziere und verließ sie wenigstens soweit erleichtert, daß er sein Essen herunterschlucken konnte. Und wenn er dann ins Lager zurückkehrte und die Verschleppten sah, hörte und roch, dann kam ihm der Fraß hoch und würgte ihm im Halse.

Offiziell bestand die Aufgabe von Yates und Bing darin, so viele verschleppte Personen wie nur möglich zu befragen und einen Überblick über ihre Ansichten, ihre Moral und Stimmung zu erhalten. Die Verschleppten hier in Verdun waren die ersten, die Hitlers Europa ausgespien hatte; Millionen andere taten noch immer Sklavenarbeit hinter den deutschen Linien und in ganz Deutschland. Es mußte erkundet werden, ob man mit einem irgendwie ins Gewicht fallenden Teil dieser Leute als Verbündeten im Rücken des Feindes rechnen konnte.

Yates versuchte, Gefühle auszuschalten; er hatte eine Aufgabe zu erledigen, und es war Krieg. Aber da gab es Kinder mit uralten Gesichtern und aufgedunsenen Bäuchen, Kinder, die weder lachten noch umhersprangen, sondern im Dreck nach Gott weiß was wühlten. Sie trieben sich um den Küchenschuppen herum und sogen den

Geruch des gekochten Kohls ein, während der Speichel ihnen dünn aus den Mundwinkeln floß. Da waren die alten Leute mit dem kindischen Ausdruck im Gesicht, die ihn am Mantel zupften, ihre zerfurchte Haut starrte am Nacken und auf der Stirn vor Schmutz; sie verbreiteten einen dumpfen Geruch nach feuchter Kleidung, ungewaschenen Leibern und Verwesung. Da waren die Frauen – manche abgezehrt, die anderen durch die endlose Kartoffelkost aufgeschwemmt –, die ihn anstarrten, anlächelten und ihre unschönen Hüften wiegten. Die meisten von ihnen liefen barfuß; der Schlamm sickerte zwischen ihren Zehen hindurch und breitete sich über ihre dunklen, gespaltenen und unförmigen Nägel. Und da waren die Männer – ihre Gesichter zeigten eine seltsame Mischung von Hoffnung und Mißtrauen; die einen versuchten eine gewisse Würde zu wahren, die anderen waren kriecherisch, und alle waren sie verdreckt, hungrig und verängstigt.

Woher sind Sie? war Yates' erste Frage. Als Antwort wurde fast immer eine Industriestadt in Lothringen genannt. Nicht Warschau, nicht Belgrad, nicht Kiew –, sondern der Ort, an dem sie ihre Zwangsarbeit verrichtet und in ihren Baracken gelebt hatten.

»Einmal müssen sie doch ein Zuhaus gehabt haben«, sagte Bing und wollte schon wieder auf sein altes Thema zurück, daß nun endlich etwas getan werden müsse.

»*Wann* haben sie ein Zuhaus gehabt?« sagte Yates sarkastisch. »Hier handelt es sich um eine völlig neue Erscheinung. Ich sage Ihnen, eine ganz neue Menschenart ist hier entstanden – der Barackenmensch. Die Deutschen nahmen sie und sperrten sie in Baracken und ließen sie arbeiten, schraubten sie auf das Einfachste zurück – ein wenig Schlaf, ein Topf Suppe und sehr viel Arbeit. Wir ziehen sie wenigstens nicht zur Arbeit heran. Geben Sie den Deutschen die Schuld, wenn Sie schon jemand die Schuld geben wollen, aber lassen Sie uns doch Zeit, die Sache in Ordnung zu bringen.«

Yates staunte über sich selbst; plötzlich war seine Stellung Bing gegenüber genau parallel der Heffernans zu ihm.

»Lassen Sie uns doch Zeit...«, spottete Bing.

»Was erwarten Sie eigentlich? Wer war auf solche Massen vorbereitet?«

»Gut«, sagte Bing, »wir tun unser Bestes. Wir improvisieren. Aber das hier ist doch nur der Anfang! Was werden wir tun, wenn wir Millionen dieser Verschleppten zu versorgen haben und nicht nur einige tausend? Und was geschieht mit den Deutschen? Haben wir denn nicht gewußt, wie es in Europa aussehen würde?«

Yates griff das Wort ›improvisieren‹ auf. »Wir sind ein Volk, das sich aufs Improvisieren versteht!« sagte er. »Amerikanischer Erfindergeist. Sie sind nicht in Amerika geboren. Sie haben vielleicht nicht das Gefühl dafür. Aber wir haben einen ganzen Kontinent erschlossen und dabei immer nur improvisiert. Niemand hat es geplant. Und unsre Methode hat sich nicht schlecht bewährt, oder?« Unbewußt verglich Yates die zerlumpten Gestalten im Lager mit dem, was Amerika war – jene dort waren Europa, sie hatten ihr Europa zu dem gemacht, was es war, oder sie hatten es jedenfalls zugelassen. Und da waren sie nun – menschliche Trümmer, die froren, stanken, hungerten und auf die Mildtätigkeit Amerikas warteten.

Bing antwortete ihm nicht. Er hätte sagen können, es handelt sich hier nicht um einen Vorstoß der Amerikaner in die Wildnis jungfräulicher Prärie und unberührter Wälder. Er hätte erwähnen können, daß die Deutschen mit der Entwurzelung dieser Menschen durchaus einen Plan verfolgt hatten und daß daher auch ein Plan nötig war, um wieder rückgängig zu machen, was die Deutschen erzielt hatten, und um, wenn möglich, etwas Besseres an dessen Stelle zu setzen. Er antwortete nicht, denn Yates in seinem Ärger hatte ihn für zweitklassig erklärt und ihm das Recht verweigert, als Amerikaner zu sprechen; wahrscheinlich war Bing auch nicht fähig, sich in diesen sagenhaften Pioniergeist hineinzufinden, der es den waschechten Amerikanern ermöglichte, für jedes Übel eine Patentlösung parat zu haben.

Einer kam auf sie zu, eine zerdrückte Militärmütze in der Hand. In erträglichem Englisch wandte er sich an Yates. Er sei Jugoslawe, sagte er, und heiße Zovatitsch. Er wolle den amerikanischen Herrn bitten, ihm und seinen Kameraden zu helfen.

Yates antwortete ihm, er hätte mit der Verwaltung des Lagers nichts zu tun.

»Aber Sie – Amerikaner!« beharrte Zovatitsch. Er hatte dunkle, hungrige Augen, und sein Adamsapfel hüpfte an seinem sehnigen Halse auf und nieder.

Yates lächelte Bing an; Amerikaner konnten anscheinend alles.

Zovatitsch erklärte – er entschuldigte sich dabei dauernd und machte viele Umschweife –, daß alle Jugoslawen in eine Baracke gesperrt worden seien.

»Und«, sagte Yates, froh, daß wenigstens dieser Teil der Arbeit erledigt war, »worüber beklagen Sie sich dann? Was stimmt nicht?«

Zovatitsch verzog den Mund. »Was nicht stimmt? Nichts stimmt. Sind wir den deutschen Faschisten weggelaufen, um mit unseren Faschisten zusammengesteckt zu werden? Wir finden hier Lockspitzel für Nazis, klagen ihn an, er hat Freunde, viele – Tschu!« Er spuckte aus. »Wir haben Streit, zerbrechen ihm Schädel – so – mit Stuhlbein!« Er machte vor, wie sie den Stuhl geschwungen hatten; sein kantiges Gesicht glühte vor Haß – »Krach! Stuhl bricht, Mann zu Boden, dann Kampf, dann Polizei...«

Ein zweiter Mann löste sich aus einer Gruppe aufgeregter Männer in der Nähe und kam auf sie zugehinkt. Er ließ sich mit Zovatitsch in eine heftige Streiterei auf serbisch ein. Sie beide vergaßen die Anwesenheit von Yates und Bing.

»Ich kann überhaupt nichts verstehen!« rief Yates. Und zu Zovatitsch: »Übersetzen Sie!«

»Er belügt Sie!« sagte der Hinkende in gebrochenem Englisch. Anscheinend war er von seiner Gruppe als Sprecher gewählt worden, weil er ein wenig Englisch verstand, hatte aber seinen Auftrag vergessen, sobald er auf Zovatitsch traf. »Er belügt Sie«, wiederholte er. »Er Kommunist, sie lügen und morden. Heute morgen haben sie versucht, armen Karel zu erschlagen –«

»Ein Nazi –«, sagte Zovatitsch und zuckte mit den Schultern. Finster starrte er seinen Landsmann an. »Los – du erzählen. Der Amerikaner – er nicht glauben. Er wissen. Amerika – für das Volk!«

»Was sind Sie?« fragte Yates den Hinkenden.

»Michailovitsch!« sagte er stolz.

»Verräter!« sagte Zovatitsch.

»Kommunist!«

»Ruhe!« verlangte Yates.

Da standen sie nun, beide gleich abgerissen, beide gleich hungrig, und waren durch die gleiche deutsche Mühle gedreht worden.

»Warum könnt ihr euch nicht einigen?« sagte Yates, aber er glaubte selber nicht an seine Worte.

»Nein!« sagte Zovatitsch.

»Nein, Mister Amerikaner!« sagte der hinkende Michailovitsch-Anhänger.

Haß. Yates' Reaktion war die gleiche wie in den scheinbar so weit schon zurückliegenden Tagen der Normandie, im Haus des Uhrmachers Glodin: Wie primitiv! Aber Mademoiselle Godefroy, die Lehrerin aus Isigny, hatte wenigstens die Boches gehaßt, also den Feind – das war in Ordnung, weil es den Kampfgeist förderte, und die Deutschen hatten es reichlich verdient, gehaßt zu werden. Aber die beiden da – beide Jugoslawen, beide frühere Zwangsarbeiter bei den Nazis, seit einer Woche oder zehn Tagen erst frei... Es war dasselbe, als hätte er, Yates, genügend Haß in sich, um kalten Bluts einen anderen Amerikaner umzubringen...

Und dann – er wußte nicht, wie oder warum – sah er die Gesichter von Loomis und Willoughby vor sich, wie sie in DeWitts Zimmer in Paris gesessen hatten und zusammen nicht nur Thorpe zum Wahnsinn getrieben, sondern auch noch die Schuld für die Diebereien auf den hilflosen Burschen in seiner Einzelzelle hatten schieben lassen.

Aber die Parallele ging nun doch wohl zu weit, sagte er sich. Ein paar Bandenführer irgendwo unten im Balkan suchten sich gegenseitig auszustechen, und ihre Feindschaft, ihr Haß, widerspiegelte sich in diesen beiden armen Kerlen. Jedenfalls war es eine politische Angelegenheit. Was aber gab es Politisches zwischen ihm auf der einen und Loomis und Willoughby auf der anderen Seite?

Zovatitsch und der hinkende Michailovitsch-Anhänger warteten noch immer auf eine Entscheidung.

»Was also sollen wir tun?« sagte Bing.

»Wir?« sagte Yates verärgert. »Sie gehen jetzt und fangen endlich an, bei den Ungarn zu arbeiten, wie ich Ihnen befohlen habe. Erinnern Sie sich?«

»Jawohl, Sir. Aber was machen wir mit diesen Leuten hier?«

Yates' Lippen wurden schmal vor Ärger. Je mehr Jugoslawen sich in ihren Baracken gegenseitig totschlugen, desto weniger Verschleppte würden die Amerikaner zu versorgen haben. Auch das ließ sich als Improvisieren bezeichnen.

»Ich werde mit der Lagerleitung sprechen«, sagte er.

»Und damit wird jedes Problem seine Lösung finden«, sagte Bing, grüßte und entfernte sich nach rechts zu den Baracken, in denen die Ungarn lagen.

Yates überquerte den Hof. Viermal wurde er um etwas zu essen angebettelt; einmal von einem Mädchen von etwa vierzehn Jahren mit spitzen Brüsten, das ihm jede gewünschte Abart von Liebe verhieß.

Der Spanier Manuel sprach ein langsames, bedachtes Englisch. Er hustete häufig, rang dann keuchend um Atem und spuckte in ein blaues Taschentuch, das er in in seiner rechten Hand hielt. Diese Hand schien trotz ihrer dunklen Tönung fast durchsichtig.

»Wir sind nur eine kleine Gruppe«, sagte er, »von uns sind nicht viele übriggeblieben. Wir sind Soldaten. Wir haben am Jaramafluß gekämpft, in Katalonien und in den Pyrenäen. Was haben Sie mit uns vor?«

Yates betrachtete Manuels dürre Gestalt und die eingesunkenen Augen. »Ich weiß es nicht. Ich weiß nicht, ob wir für euch irgend etwas geplant haben. Ihr seid jetzt im befreiten Frankreich, dies hier ist ein französisches Lager, vielleicht haben die Franzosen irgend etwas vorgesehen. Ich werde sie fragen.«

»Nein, haben sie nicht«, sagte Manuel ruhig. »Außerdem können wir ihnen nicht trauen. Sie haben uns verraten und uns an die Deutschen ausgeliefert – wissen Sie, daß wir die Deutschen wochenlang aufgehalten haben, damals am Jaramafluß?«

»Die Vergangenheit hilft uns jetzt nichts«, sagte Yates. »Sie müssen sich auf die Gegenwart einstellen und auf die gegenwärtigen Verhältnisse.«

»Aber das tun wir ja gerade«, sagte Manuel und hustete. »Entschuldigen Sie, ich bin früher einmal viel kräftiger gewesen, ich war

Kapitän eines spanischen Handelsschiffes. Ich spreche nicht für mich selber, ich werde bald sterben; ich spreche hier für die anderen. Sie können nirgendwohin. Ihr Amerikaner werdet den Krieg gewinnen, und dann geht ihr nach Hause. Nur wir können nicht nach Hause gehen.«

Er war innerlich ausgehöhlt, er verlangte nichts mehr. Und dennoch stellte dieser Spanier, der auf einer umgestülpten Kiste vor Yates saß und dessen Schuhe – einst waren es Schuhe gewesen – mit Schnur zusammengehalten wurden und dessen Jacke verdreckt und in Fetzen war, eine ungeheure Forderung.

»Was wollen Sie also?« fragte Yates.

»Wir wollen in Ihre Armee eintreten. Wir sind Soldaten. Wir haben zwar schon lange nicht mehr im Gefecht gestanden, aber wir können rasch nachholen, was wir versäumt haben. Nehmen Sie uns, bitte.«

»Ihr Land ist neutral.«

»Unser Land ist mit Ihren Feinden verbündet, Lieutenant.«

»Es tut mir leid, ich kann da nichts für Sie tun.«

»Lieutenant, Sie sind Amerikaner. Wir haben schon einmal einen Krieg geführt, der eigentlich euer Krieg hätte sein müssen. Ihr habt uns damals nicht geholfen. Und wir haben verloren.«

Komisch, dachte Yates, Ruth hatte Ähnliches gesagt.

»Wir sind über die Pyrenäen geflohen«, fuhr Manuel fort, »um einen Platz zu finden, wo wir uns ausruhen könnten. Dann kam Pétain. Sie wissen, was dann passierte. Sie können uns hier nicht verkommen lassen. Das haben wir nicht verdient!«

»Glauben Sie mir, Sie haben meine ganze Sympathie.«

»Wir brauchen Betten, brauchen Brot und Kleidung.«

»Wie lange sind Sie schon hier im Lager? Geben Sie uns etwas Zeit. Sie sind Soldat. Sie wissen, was es bedeutet, Krieg zu führen. Unsere Armee braucht ihren Nachschub. Es gibt Hilfsorganisationen...«

Der Spanier zitterte wie in einem Schüttelfrost. Er sprach nur mit Mühe: »Mildtätige Gaben – ich dachte, wir hätten einen wirklichen Anspruch. Wir sind Zwangsarbeiter gewesen, gewiß; wir haben wie Sklaven gelebt und gearbeitet, die Deutschen haben uns niemals ihre

Niederlage am Jarama vergessen. Deswegen sind nur noch so wenige von uns übrig.«

»Jetzt sind Sie aber doch frei.« Es kam ganz ehrlich heraus; Yates wollte dem Mann helfen.

Der Spanier fing an zu lachen, aber sein Lachen erstickte in seinem Husten. Tränen rollten ihm über die Backenknochen, und der ganze Mann krümmte sich zusammen. Die anderen Spanier, die in respektvoller Entfernung im Flur der Baracke gewartet hatten, näherten sich. Einer trat heran und schüttelte Manuel. Manuels Zuckungen ließen nach. Eine Weile saß er mit geschlossenen Augen still da.

Dann sagte er: »Entschuldigen Sie. Man hat mich geschlagen, und seitdem kriege ich diese Anfälle und kann mich nicht beherrschen. Lassen Sie es die Leute hier nicht entgelten, Lieutenant.«

»Warum haben Sie vorhin gelacht?«

»Gelacht? Ich habe doch nicht gelacht. Und wenn ich gelacht hätte? Ich lache, weil ich so glücklich bin. Glücklich, daß wir frei sind! Wissen Sie, was das heißt, frei zu sein? Diese Männer und ich, wir haben die Freiheit einmal gekostet, es ist lange her, damals am Jarama.«

Er senkte den Kopf.

Yates bemerkte eine feuerrote Narbe, die tief und gezackt über seinen Schädel lief. »Ich will sehen, was ich für Sie tun kann«, sagte er. »Ich werde mit der Lagerleitung sprechen.«

»Wir wären Ihnen sehr dankbar«, sagte Manuel.

Yates hätte dieser Kommandierung entgehen können. DeWitt hätte ihn nicht dazu gezwungen, wenn er erklärt hätte, daß er der Sache nicht gewachsen sei, und seine Gründe dargelegt hätte. Aber er blieb hartnäckig und verbiß sich in diese Aufgabe; denn er dachte noch immer, er könne doch einiges Gute ausrichten; und diese Menschen beschäftigten ihn und verwischten das Bild Thorpes, der da in seiner Zelle verkam, den Gedanken an Willoughby, wie er aus Yashas Büro trat und seine Bemühungen um die Aufdeckung der Wahrheit erstickte, und die Erinnerung an Thérèse, als sie vor ihm lag – auch und besonders diese Erinnerung.

Auf der Fahrt von Paris nach Verdun hatte Yates versucht, sich zu erklären, warum er ihrer Stimmung nachgegeben hatte. Je weiter er sich von Paris entfernte, und damit von den Möglichkeiten, die es geboten hatte, seinen Neigungen in einigermaßen zivilisierter Umgebung nachzugehen, desto unklarer wurden ihm die Gründe, die ihn veranlaßt haben mochten, auf das zu verzichten, was er bereits in Händen hielt. Für eine törichte, großmütige Geste hatte er Genugtuung und Erfüllung, oder wie man es nun nennen wollte, weggeworfen. Gewiß – im Rückblick erschienen einem immer die verpaßten Gelegenheiten viel schöner als die, die man wahrgenommen hatte – aber war das ein Trost?

Er besah sich die Frauen im Lager. Er könnte fast jede von ihnen haben, wenn er wollte. Man mußte so einer nur etwa eine Woche lang zu essen geben, sie baden, einkleiden, kämmen, ihr Lippenstift und Puder besorgen – Wiedergutmachung auf individueller Grundlage sozusagen. Die blonde Polin zum Beispiel hatte nun alles, was ein Mann sich nur wünschen konnte. Sie gehörte einem Sergeanten der Militärpolizei, und der Sergeant hatte sie in einem Raum für sich untergebracht – es war eine durchaus bequeme Lösung.

Was ihn zurückhielt, sagte sich Yates, war, daß jedes Verhältnis dieser Art von achttausend Menschen beobachtet wurde, die ihn und die Amerikaner ganz allgemein als Wesen aus einer anderen, besseren Welt betrachteten. Die Nazis hatten diese Frauen so genommen, einige der Mädchen hatten es ihm erzählt – Herr und Sklavin –, derartige Zustände und Verhältnisse wollte er nicht verewigen helfen.

Er wollte Thérèse vergessen, er wollte Ruth vergessen, er wollte vergessen, was gewesen war. Er vergrub sich in seine Arbeit. Aber die Arbeit stieß ihn wieder mitten in die Probleme hinein.

Yates dachte: Wenn jemals Frieden sein sollte, dann mußten diese Menschen – die Spanier, die Jugoslawen, alle – überwinden, was sie durchgemacht hatten, und von Grund auf wieder anfangen. Wie aber sollten sie das können?

Wir müßten es sie lehren und ihnen dabei helfen. Aber wo da anfangen? Und wer unter uns Amerikanern soll sie lehren, wer sie führen?

Major Willoughby vielleicht?

Er trat in Baracke acht ein – Russen. Er öffnete die Tür zum ersten Raum. Der Geruch, der ihm entgegenschlug, vertrieb ihn fast wieder – es stank nach fauligem Holz und feuchtem Gips und muffigem Stroh, nach ungewaschenen Leibern, Essenresten, Kot, Schweiß und dazu nach etwas Undefinierbarem, das ihm seit den Hecken der Normandie in der Nase saß – obwohl es hier keine Leichen gab, wenigstens waren keine zu sehen.

Die zerbrochenen Fensterscheiben waren durch Papier ersetzt worden; der starke Durchzug verschärfte die Kälte, und Yates wunderte sich, warum die Kälte den Geruch nicht vertrieb.

Der Raum war überbelegt mit Frauen und Männern. Als er eintrat, blickten sie auf. Sie waren neugierig, bezwangen sich jedoch und schienen dadurch ganz auf sich selbst bezogen. In den anderen Baracken war er sofort von Bittstellern umringt gewesen, die sich gegenseitig mit den Ellbogen wegstießen, um seine Aufmerksamkeit auf sich zu lenken. Hier hielten sie sich zurück.

Wahrscheinlich eine Frage des Temperaments, sagte er sich.

Sie ließen ihn den Raum besichtigen – die Ecke, die überhaupt nicht benutzt werden konnte, weil das Dach undicht war und das Wasser in zerbeulte Kanister tropfte; er sah die dünne Strohschicht, die als Lager diente; ein paar Doppelbettgestelle übereinander – nur die Holzgestelle mit Drahtverspannungen und Strohsäcken an Stelle von Matratzen. Diese schienen für die Verheirateten bestimmt zu sein; die Bewohner des Raumes hatten versucht, diese Familienheime mit Papierbogen und Sackleinen abzuschirmen.

Yates ging hierhin und dorthin, wortlos. Er versuchte zu lächeln; der eine oder andere aus den willkürlich gelagerten Gruppen, sah er, erwiderte sein Lächeln; er war sich der Blicke bewußt, die jede seiner Bewegungen verfolgten.

Dann löste sich das Bild in seine Einzelheiten auf. Er sah ein dralles Mädchen in den Armen eines jungen Mannes ruhen. Sie klammerten sich in einer Art von Verzweiflung aneinander, als wären sie – zusammen auf ihrem schmutzigen Bett – eine Welt für sich, die weder die Kälte noch der Schmutz berührten. Eine Frau nährte einen mageren Säugling, der mit der ihm noch verbliebenen Kraft den letzten Tropfen aus den schlaff hängenden Brüsten zu saugen suchte. Ein außerordentlich ungewaschener Mann von unbestimmbarem Alter, der an einer leeren Pfeife zog, blickte sie an und nickte. Er nickte immerfort, als könnte das die Leistung der Milchdrüsen der Frau irgendwie steigern.

Aus einer Ecke, plötzlich, eine Gitarre. Eine Männerstimme fing an zu singen, eine rauhe Melodie. Andere Stimmen fielen ein. Babuschkas, die, ihre Köpfe in schwarze Tücher gehüllt, in einer Reihe hockten wie Stare auf einem Telegraphendraht, wiegten sich hin und her und klatschten leise in die Hände. Ein junger Bursche, teigig weiße Haut, rotes Haar, hervorstehende Augen, tanzte auf einmal, wirbelte umher, ging tief in die Knie, schoß empor, immer wieder, bis er schließlich umfiel. Zu erschöpft, um selber aufzustehen, wurde er aufgehoben und stand dann, zitternd, gegen den Pfosten eines Doppelbettes gelehnt und schnappte nach Luft.

Yates nahm an, daß die Vorstellung ihm zu Ehren stattgefunden hatte. Er klatschte Beifall und gab dem Tänzer eine Zigarette. Der Tänzer zündete sie an, zog den Rauch gierig ein und hustete.

Ein barfüßiges Mädchen mit ernstem Gesicht, die Haare kurzgeschnitten, trat zu ihm. Da er bei ihren russischen Worten den Kopf schüttelte, ging sie zum Deutschen über. »Allerdings spreche ich Deutsch nicht gern«, sagte sie.

»Ich würde meine Abneigung gegenüber einem Volk nicht auf dessen Sprache übertragen«, sagte Yates belehrend. »Es ist auch die Sprache von Goethe – aber von dem haben Sie wohl nie gehört…« Er hielt inne.

»Ich habe von ihm gehört«, sagte das Mädchen. »Früher war ich Studentin – an der Universität Kiew.«

»Ich war Professor«, sagte Yates, »bevor ich zur Armee kam. Sie sollten dann eigentlich mit mir einig sein – zumindest in bezug auf Goethe.«

»Schauen Sie uns doch mal näher an«, forderte sie ihn auf, »da sehen Sie nun, was Goethes Landsleute aus uns gemacht haben.«

»Ich weiß.«

»Sie wundern sich über mein Haar?« fragte sie. »Es wurde mir abgeschoren.«

»Es wird wieder wachsen«, sagte er nach kurzem Schweigen.

»Bestimmt«, sagte sie.

»Warum hat man es Ihnen abgeschoren?«

»Manche sagen, die Deutschen hätten es irgendwie verwertet, andere wieder, damit wir nicht weglaufen konnten.«

»Aber dann sind Sie doch weggelaufen.«

»Die Nazis liefen davon. Sie wollten uns mitnehmen, aber wir weigerten uns, und sie konnten uns nicht mehr zwingen, sie hatten es schon zu eilig.«

»Wie viele wart ihr?« fragte Yates.

Das Mädchen deutete auf eine Gruppe Frauen in der Mitte des Raumes, die dort auf einem podiumähnlichen Gestell saßen. »Ein paar von uns sind jetzt hier. Wir sind drei Tage marschiert.«

»Keine Männer bei euch?« fragte Yates.

»Sehr wenige. Die meisten unserer Männer sind schon zwei Tage vorher losgegangen, als die Deutschen anfingen, nervös zu werden. Sie legten zwei oder drei Posten um, nahmen ihre Gewehre und verschwanden.«

»Wo war das?«

»In Rollingen. Wir arbeiteten in einem Bergwerk.«

»In einem Bergwerk? Die Frauen auch?«

»Ja.«

»Unter Tage?«

»Ja.«

Sie war ein ziemlich handfestes Mädchen; mußte es jedenfalls gewesen sein, bevor man sie zu dieser Arbeit zwang. Frauen unter Tage!... Yates kam zu dem Schluß, daß überhaupt nur Frauen von Völkerschaften, die noch nicht allzu sehr von Zivilisation beleckt waren, wie die Russen eben, solch harte körperliche Arbeit verrichten und dabei überleben konnten.

»Wieviel Stunden am Tag?« fragte er.

»Zehn, manchmal auch zwölf. Aber so schlimm war es nun auch wieder nicht.« Sie lachte auf, kurz, bitter.

»Mußten Sie nicht eine bestimmte Menge Erz fördern?«

»Das hat Andrej schon geregelt.«

»Wer ist Andrej?«

»Andrej war der, der abgerechnet hat«, erklärte sie. »Er ist nicht hier, mit den anderen Männern gegangen. Ich weiß nicht, wo er jetzt ist. Andrej hat das alles organisiert.«

»Muß ja ein toller Bursche sein«, sagte Yates gönnerhaft.

»Er hat uns beigebracht, was wir tun müssen«, sagte sie. »Das Bergwerk gehörte einem Franzosen, aber das Erz ging an die Deutschen.«

»Delacroix?« fragte Yates.

»Der Name kann's gewesen sein. Ich weiß nicht. Sie sind sich ja alle gleich.«

»Im Grunde, ja«, sagte Yates, Überzeugung und sogar etwas wie Haß in der Stimme. Sie blickte zu ihm auf, und der Blick verriet, daß sie bereit war, zu vergessen, was er über Goethe gesagt hatte.

Sie führte ihn zu den anderen Frauen. Sie brachten ihm eine Kiste zum Sitzen, und er öffnete seinen Mantel und deutete damit an, daß er eine Weile hier bleiben wollte. Der Gestank erschien erträglicher; vielleicht gewöhnte man sich auch daran.

Sie stellte ihn den Frauen vor: »Dieser amerikanische Offizier will sehen, wie wir hier leben.«

Sie drängten sich alle um Yates, bis er nur noch ein Durcheinander von schmutzigen Köpfen und ebenso schmutzigen Füßen sah. Er nahm seine letzte Schokolade aus der Tasche und reichte sie herum.

»Gut!« sagten sie und: »Danke.« Sie teilten die Schokolade in sehr kleine Stückchen, eines für jede.

Das Mädchen wandte sich ihm zu. »Es ist das erstemal, daß sich jemand um uns kümmert...«

Yates brachte es nicht fertig, ihnen zu sagen, daß er gekommen war, um sie auszufragen und nicht um ihre Lage zu verbessern. Dann bemerkte er, daß sie gar nicht mehr auf ihn blickten; sogar das Mädchen aus Kiew starrte in eine ganz andere Richtung, zur Tür hin.

Yates sah, daß in dieser Tür jetzt ein Mann von enormem Brustumfang stand, sein Gesicht ein einziges breites Grinsen, die Arme weit ausgestreckt, als wolle er den ganzen Raum mit sämtlichem Volk darin umarmen.

»Andrej!« rief das Mädchen und lief hin zu ihm. »Andrej...«

Er legte den Arm um sie, nicht wie ein Liebender – eher wie ein Beschützer. Sie erschien neben ihm sehr klein; ihr Kopf mit dem kurzgeschnittenen Haar war in Höhe seiner Brust, wo der Ausschnitt seiner blauen Matrosenjacke begann und die blauen Querstreifen seines Unterhemdes sichtbar wurden.

Sie redete erregt auf ihn ein, russisch natürlich, und er klopfte ihr beruhigend auf den Rücken. Die anderen Frauen drängten sich um ihn, bis er ihnen zuwinkte, sie sollten ihm Platz machen und ihn endlich in den Raum einlassen.

Yates war auf seiner Kiste sitzen geblieben. Das war also Andrej, der Lehrer Andrej, der Organisator, der zusammen mit den Männern ausgebrochen war. Er war offensichtlich Soldat und hatte auch die Haltung eines Soldaten, aufrecht und dabei doch elastisch. Dichtes, weißblondes Haar lag ihm dick und gerade wie ein kleines Dach über seiner eckigen harten Stirn. Sein Kinn war wie seine Stirn, eckig und stark entwickelt, und der schmale Mund war wohlgeformt. Er blinzelte, um die Augen an das Halblicht im Raum zu gewöhnen; dann ging er auf Yates zu, blieb vor ihm stehen und wartete, daß der ihn anspräche.

Die Persönlichkeit des Mannes war so, daß Yates, ob er wollte oder nicht, von ihm Kenntnis nehmen mußte. Außerdem war dieser Andrej fraglos äußerst interessant. Er mußte die gleichen Erfahrungen gemacht haben wie die Tausende Verschleppten in diesem Lager. Wie aber hatte er sich die Kraft, die er ausstrahlte, diese Zuversichtlichkeit, diesen Widerstandsgeist bewahren können? Und gab es da noch mehr Menschen wie ihn?

»Ich bin Offizier der amerikanischen Armee«, sagte Yates auf deutsch und empfand mehr denn je, wie absonderlich es war, daß zwei Verbündete sich in der Sprache des gemeinsamen Feindes miteinander verständigen mußten.

Er wartete darauf, daß die Studentin übersetzte, aber Andrej antwortete selber. »Ich bin Feldwebel in der Roten Marineinfanterie, Name – Kavalov, Andrej Borisovitsch.«

»Sie tragen da eine fast neue Uniform!« sagte Yates... »Haben Sie sie die ganze Zeit über hier bei sich gehabt?«

»Nein«, lachte Kavalov. »Ein amerikanischer Captain hat sie mir geschenkt. Er ist mein Freund. Als wir zu den amerikanischen Vorposten gelangten, meine Kameraden und ich« – mit einer Handbewegung schloß er die drei Mann hinter ihm in seinen Bericht mit ein, und erst jetzt bemerkte Yates, daß Kavalov nicht allein gekommen war –, »da waren wir in Lumpen, aber wir hatten Gewehre. Nun trage ich dies hier.« Er befühlte den Stoff seiner Hosen. »Nicht schlecht! Deutsche Matrosenuniform... Aber das hier ist russisch.« Er schlug mit einer Hand auf sein Koppelschloß, mit der anderen berührte er das blaugestreifte Hemd über seiner Brust. »Hat mir keiner das wegnehmen können.«

»Wie habt ihr nur den Weg hierher gefunden?« fragte das Mädchen. »Was habt ihr getrieben, seitdem ihr aus dem Bergwerk ausgebrochen seid?«

Kavalov antwortete langsam und richtete seine Worte mehr an Yates als an die anderen: »Wir haben Krieg geführt, Deutsche getötet. Gelebt haben wir in den Wäldern, und marschiert sind wir nur in der Nacht. Partisan – heißt das auch in Amerika so? Habe ich gelernt, Partisan, viele andere auch. Zwei Tage, und wir hatten mehr Waffen von den Deutschen, als wir tragen konnten. Wir hätten lange so weitermachen können. Aber ich sage zu meinen Leuten: Es ist Zeit, daß wir zur Roten Armee zurückkommen. Wir gehen zu den Amerikanern, sagen ihnen, wer wir sind, und sie werden uns zu den Unsrigen zurückschicken.«

So naiv ist der Mann doch nicht, dachte Yates. Wie, denkt er sich denn, wird dieser Krieg hier geführt?

Er sagte: »Ich fürchte, Kavalov, so einfach ist das nicht. In diesem Lager zählen Sie als eine ›verschleppte Person‹ wie jeder andere hier auch...«

Kavalov erledigte den Einwand mit einer Handbewegung. Er war in Hochstimmung, die nichts dämpfen konnte. Er war den Deutschen entkommen; er hatte schon schwierigere Fragen gelöst. »Nun, wie es auch sei, wir sind hier.«

»Gab es viele Guerillakämpfer – ich meine Partisanen – hinter den deutschen Linien oder nur Ihre Gruppe?« fragte Yates.

»Wir haben mehrere französische Gruppen getroffen. Sie trieben sich bereits vier Monate in den Wäldern herum und hatten nur ein paar alte Gewehre bei sich. Wir haben vier Tage lang Partisanenarbeit gemacht, und wir hatten zwei Maschinengewehre, viele Gewehre und einen Haufen Munition. Ich habe den Franzosen unsere Maschinengewehre gegeben.«

Die Frauen hörten ihm mit Genugtuung zu, schienen aber nicht weiter überrascht über die Leistung ihrer Männer zu sein. Das Mädchen sagte: »Erzähle dem amerikanischen Offizier von unserem Streik.«

»Wo haben Sie gestreikt? Wann?« Yates war sehr aufmerksam geworden: Wenn hier irgendwo gestreikt worden war, dann mußte es noch mehr Leute wie Kavalov hinter den deutschen Linien geben. Gerade das hatte er ja in diesem Lager erfahren wollen.

Kavalov sagte zu dem Mädchen. »Erzähl du. Ich bin müde.« Das war endgültig. Er schloß die Augen.

»Er spricht nicht gern über sich selber«, sagte das Mädchen. »Es war am Ersten Mai – Sie wissen, ein Feiertag – in Rollingen. Und Andrej sagte: Wir wollen feiern. Wir sind weit weg von der Heimat, sagte er, wir sind Gefangene und Zwangsarbeiter, aber wir wollen den Deutschen zeigen, daß das nicht ewig dauern wird. Wir lagen in Baracken außerhalb der Stadt – bei jedem Schichtwechsel kam ein Eisenbahnzug und schaffte uns ins Bergwerk. Die Frühschicht begann um fünf Uhr. Wir sammelten alles rote Tuch, das wir nur auftreiben konnten. Die Mädchen stifteten von ihrem Unterzeug und Kopftücher, und außerdem zerschnitten wir noch ein paar deutsche Fahnen, die wir gestohlen hatten, wir trennten das Hakenkreuz heraus, das Rot blieb. Und so rollte dann der Zug zum Ersten Mai in das Bergwerk: Fahnen aus allen Fenstern, rote Fahnen, wissen Sie, die Fahnen der Arbeiter.«

Yates rieb sich die Finger und spürte seine Warzen. Er hielt nichts von Demonstrationen; auch die Demonstration dieser Leute hatte ihnen praktisch nichts eingebracht.

»Im Bergwerk dann«, fuhr das Mädchen fort, »nahm die Polizei uns die Fahnen mit Gewalt fort und zerriß sie. Die Deutschen hätten uns erschießen können, aber sie brauchten uns zur Arbeit im Bergwerk. Wir fuhren also ein. Aber wir arbeiteten nicht. Wir hielten unter Tage eine Versammlung ab, und Andrej sprach uns vom Ersten Mai und was der Tag bedeutete. Er sprach davon, daß wir auch wie Soldaten wären, die Seite an Seite mit der Roten Armee kämpften.« Sie lächelte. »Und Seite an Seite mit den Alliierten«, fügte sie hinzu.

Yates stellte sich diese Menschen vor, wie sie sich unter der Erde, in einem Stollen des Bergwerks, versammelten – das spärlich erhellte Dunkel, die Gesichter der Männer und Frauen, die sich Kavalov zuwandten, diese Macht, die sie selbst in ihrer fürchterlichen Situation noch darstellten. Er beneidete sie ein wenig. Sie wußten, wofür sie kämpften.

Er mußte an das Flugblatt vom vierten Juli denken: Und ich bin noch zu Farrish gegangen und habe ihm allerhand Unsinn vorgeredet, um ihn und alle anderen davon abzuhalten, dem Feind zu sagen, daß auch wir, auf unsere Weise, wissen, wofür wir diesen Krieg führen.

Das Mädchen fuhr in seiner Erzählung fort. »Dann nahmen sie mehrere von uns Frauen fest und steckten uns in Einzelhaft, sie verhörten uns und schlugen uns und ließen uns hungern – ich war dabei; und Dunja hier auch. Sie wollten herausbringen, wer das Ganze organisiert hatte. Aber sie haben es nie erfahren.«

Kavalov wurde wieder wach. »Ihr seid nicht verhungert«, sagte er.

»Nein«, sagte das Mädchen. »Nie in der ganzen Zeit bei den Deutschen haben wir so viel zu essen bekommen. Dafür hat Andrej gesorgt.«

»Nicht der Rede wert«, sagte Kavalov.

Was ist es um diesen Burschen? dachte Yates. Er ist wie ein Katalysator, alles kristallisiert sich um ihn herum.

»Aber hier gefällt's mir nicht«, sagte Kavalov. »Hier bleibe ich nicht.«

Yates begann ihn nun ernst zu nehmen, und er verstand ihn. In diesem Lager ging der Demoralisierungsprozeß, zu dem die Deutschen diese Menschen verurteilt hatten, einfach weiter.

»Ich will das nicht gehört haben«, lächelte er. »Aber geben Sie mir Ihr Ehrenwort, daß Sie noch vierundzwanzig Stunden hierbleiben. Morgen komme ich zurück und nehme Sie mit. Ich möchte, daß Sie einigen unserer Leute erzählen, was Sie gesehen und erlebt haben. Nachher bringe ich Sie ins Lager zurück, und dann können Sie machen, was Sie wollen.«

Er spürte Kavalovs Blick; der Russe suchte ihn einzuschätzen.

»Es handelt sich um eine Einladung zum Essen«, erläuterte Yates, und fragte sich, was Willoughby und DeWitt und die anderen wohl sagen würden, wenn er mit diesem russischen Marinemann im Kasino einmarschierte.

»Ich danke Ihnen für die Einladung«, sagte Kavalov. »Ich nehme Sie im Namen meiner Kameraden an, denn ich sehe natürlich ein, daß es für Sie ganz unmöglich ist, sie alle mitzunehmen.«

Drittes Kapitel

Bing sah Yates, wie der aus einer der Baracken des Lagers heraustrat, und sprach ihn an. Yates sah müde und mutlos aus.

»Ich bin froh, daß ich Sie treffe, Lieutenant«, sagte Bing. »Ich habe Ihnen einiges mitzuteilen.«

»Also was haben sie jetzt für Beschwerden?«

»Keine Beschwerden. Aber zunächst einmal: Ich habe da eine junge Dame, die auf Sie wartet.«

»Sie haben da eine – was?«

»Gar nicht so übel, Lieutenant.«

»Hören Sie zu, Bing – ich bin wahrscheinlich einer der duldsamsten Offiziere, ich glaube, Sie wissen das. Ich behandle Sie und meine Leute als Erwachsene und als Menschen. Aber ich betrachte es als eine ziemliche Frechheit, daß Sie jetzt auch noch mein Sexualleben zu ordnen gedenken. Das tu' ich schon selber.«

»Gut. Lassen wir die Kleine eben warten!... Ich hatte keineswegs die Absicht, mich in Ihre Angelegenheiten zu mischen.« Bing kramte in seiner Tasche und holte schließlich ein zerdrücktes Päckchen Zigaretten hervor. Während er sich eine Zigarette anzündete, sagte er: »Die andere Sache ist ein Gerücht, das mir zu Ohren gekommen ist, vielleicht aber auch mehr als ein Gerücht. Ich habe es von dem Sergeanten von der Militärpolizei, der mit der blonden Polin schläft. Die Polin wurde nämlich auch mit ausgesucht, aber er hat sie von der Liste streichen lassen.«

»Welche blonde Polin? Was für eine Liste?«

»Man plant nämlich, eine ganze Anzahl dieser Verschleppten wieder dorthin zu schicken, woher sie gekommen sind – zurück in die Bergwerke.«

Bing wartete. Yates rieb sich seine Finger.

Plötzlich richtete Yates seinen Blick direkt auf Bing und fragte scharf: »Sie sagten da, eine Dame wartet auf mich? Wo? Hier im Lager?«

»Nein, draußen natürlich!« Es war Bing nie in den Kopf gekommen, Yates könne meinen, er habe ihm eine der verschleppten Frauen zuführen wollen. Er lachte. »So ein Geschäft betreibe ich nicht, Lieutenant!«

»Dame – was für eine Dame? Von welcher Art? Kennen Sie ihren Namen?«

»Gewiß, Sie hat ihn mir genannt – Thérèse Laurent; und wenn sie Ihretwegen nicht so seelenvolle Augen machte, würde ich sagen, sie wäre ganz mein Fall.«

»Thérèse!« Yates' Herz begann fühlbar zu schlagen; es war ihm, als hörte er das jähe hohe Singen seines Blutes im Ohr und als könnte jeder es hören. Das unselige, verkommene Lager versank zu seinen Füßen; es war ihm, als stünde er allein auf einem weiten Feld – und Bing dicht vor ihm schien sich in Dunst aufgelöst zu haben.

»Wo ist sie? Wie ist sie hierhergekommen? Wo haben Sie sie getroffen?«

Er entfernte sich bereits von Bing. Bing mußte sich beeilen, ihn wieder einzuholen.

»Nur mit der Ruhe, Lieutenant, sie wartet dort drüben am Tor. Sie gehen in der falschen Richtung!«

»Am Tor – ja. Das ist da drüben...« Yates lächelte. »Sie ist hierhergekommen, und sie steht jetzt am Tor –«

»Lieutenant, meinen Sie nicht, wir sollten etwas wegen der verschleppten Personen unternehmen?«

Pflichtschuldig blieb Yates stehen und hörte zu.

»Die armen Hunde haben gerade die eine Sklaverei hinter sich und nun...«

Yates konnte keinen Sinn in Bings Worten entdecken. Er lief weiter, dieses Mal quer über den Hof, und rannte gegen Menschen an, die ihm nicht schnell genug auswichen.

Bing drängte sich neben ihm durch die Menge. »Vielleicht sollten Sie es mit dem Colonel besprechen! Zumindest könnten Sie ihn fragen... Einen Augenblick, Lieutenant! Die Kleine rennt Ihnen ja nicht davon. Sie ist von Paris eigens hergekommen, sie wird auch noch eine Minute länger warten.«

»Wie haben Sie sie eigentlich getroffen?«

»Vor dem Quartier. Ich kam aus dem Haus, auf meinem Weg hierher, und sie hielt mich an und fragte mich, ob ich einen Lieutenant Yates kenne. David Yates.«

»David Yates.« Yates nickte.

»Ich sagte: Gewiß, Mademoiselle, kommen Sie mit. So einfach war das. Wollen Sie, daß ich mit Colonel DeWitt rede? Selbst wenn Arbeiter in den Bergwerken gebraucht werden...«

»Wie hat sie nur den Weg zu unserem Quartier gefunden? Die ganze weite Strecke von Paris –«

»Woher soll ich das wissen? Fragen Sie sie selber. Ich muß aber jetzt von Ihnen erfahren, was ich wegen der Verschleppten unternehmen soll!«

»Wegen welcher Verschleppten?«

Mein Gott, dachte Bing, der ist aber wirklich ein verzweifelter Fall. »Wissen Sie, was ich mache?« sagte er. »Ich werde dem Colonel sagen, ich soll ihm in Ihrem Auftrag Bericht erstatten.«

»Bericht erstatten? Wovon reden Sie eigentlich?«

»Von dem viehischen Plan, die verschleppten Personen wieder in die Bergwerke zurückzuschicken.«

Endlich zeigte sich auf Yates' Gesicht ein gewisses Maß von Verständnis. »Ich kümmere mich schon um die Sache – später dann.«

»Lassen Sie es mich erledigen, Lieutenant.«

Sie waren in die Nähe des Tors gelangt. Nur eine Ecke des Verwaltungsgebäudes entzog noch das Tor und damit Thérèse Yates' Blick.

Er blieb stehen.

»Was ist denn jetzt?« fragte Bing.

Yates zögerte. Er mußte jemanden ins Vertrauen ziehen. Zwar

ging es ihm sehr gegen den Strich, denn er hatte von Natur einen Widerwillen gegen Männer, die Sexuelles mit anderen besprachen, obwohl das unter Soldaten ziemlich üblich war. Aber Bing war wenigstens eine Möglichkeit, nicht nur weil Thérèse zufällig auf ihn gestoßen war, sondern weil Bing einer der wenigen Leute war, zu denen Yates eine Hinneigung und genügend Vertrauen hatte.

»Ich muß ein Zimmer haben, Bing, und es muß ein ordentliches Zimmer sein, und ich will nicht gestört werden.«

So – soll ich ihm also doch sein Sexualleben ordnen, dachte Bing, verkniff sich aber eine entsprechende Bemerkung und sagte nur: »Um wieviel Uhr?«

»Heute abend, etwa gegen 9.30. Mit dem russischen Marinemenschen, von dem ich Ihnen schon sprach, gehe ich ins Kasino essen – dem kann ich mich jetzt nicht mehr entziehen. Später wird dann Abramovici ihn ins Lager zurückbringen – und dann bin ich frei.«

»Wie steht es mit Hotels? Soll ich nachfragen?«

»Aber Sie wissen doch, die Hotels hier sind entweder Bordelle oder von uns beschlagnahmt.«

»Dann bleibt uns nur eine Möglichkeit...«

»Wo?«

»Ich regle das schon.«

»Ich habe gefragt – wo?«

»Bei uns im Quartier – natürlich.«

»Nein, das kommt nicht in Frage.« Yates sprach mit Entschiedenheit. »Ich will nicht, daß die ganze Abteilung nachher davon weiß. Es ist übel genug, daß Sie in die Sache verwickelt sind.«

»Ich würde mich auch für keinen außer Ihnen bemühen«, sagte Bing. »Was haben Sie gegen unser Quartier? Mit etwas Glück glaube ich die anderen fernhalten zu können. Sie mögen das Mädchen doch, oder? Was erwarten Sie denn in diesem Krieg? Daß der Lack gar nicht zerkratzt wird?«

Yates dachte, er hätte sich vielleicht lieber an die eigene Kaste halten sollen. Aber er konnte einfach nicht zu DeWitt gehen; und Willoughby würde sich nur zu sehr gefreut haben, ihm die kleine Gefälligkeit für die restliche Dauer des Krieges vorhalten zu können.

»Thérèse ist ein anständiges Mädchen...«, sagte Yates.

»Ich weiß; das sieht man.«

Bing überlegte. Der Mann war sichtlich verstört, wußte nicht, wohin und an wen er sich wenden sollte; auf eine Art waren sie beide, Yates und das Mädchen, ganz ähnlich den Verschleppten und Heimatlosen hier im Lager.

»Ich nehme das schon in die Hand«, sagte er dienstlich. »Heut abend ist das Zimmer für Sie bereit, und ich sorge dafür, daß niemand hereinplatzt.«

»Was kann ich schon tun als akzeptieren?« Yates ergriff Bings Hand. »Danke. Es ist diese – diese Barackenatmosphäre...« Yates fürchtete Thérèses Empfindlichkeit, und noch eine Zurückweisung wäre doch sehr peinlich gewesen. »Sie verstehen, was ich meine?« fragte er.

»Ja«, sagte Bing und ließ ihn stehen.

Er sah sie, bevor sie ihn bemerkte. Sie hatte es aufgegeben, durch das Tor blicken zu wollen, und hatte sich von den neugierigen französischen Polizisten entfernt, die dort Wache standen. Er sah sie durch die eisernen Gitterstäbe hindurch – die Linie ihres Nackens, die rührend kindliche Form des Halses, die schmale Vertiefung. Er sah ihr weiches Haar unter der kleinen schwarzen Baskenmütze. Er lief an der Wache vorbei und rief: »Thérèse!«

Sie wandte sich um.

Es war so ganz anders, als er es sich vorgestellt hatte. Sie stürzten einander nicht in die Arme, sie gingen langsam aufeinander zu, fast zögernd, als tasteten sie sich auf einer schmalen, schwankenden Hängebrücke entlang. Erst als sie einander berührten und er sie fühlte und ihre Erleichterung spürte, begann die Gegenwart für ihn Wirklichkeit zu werden.

»Ich bin sehr froh«, sagte er.

Er konnte ihre Antwort nicht verstehen. Sie sprach sehr rasch, die französischen Worte waren wie lauter kleine Zärtlichkeiten.

Dann küßte er sie. Die französischen Posten am Tor wandten sich diskret ab.

»Was für ein großes Glück, daß ich dich gefunden habe«, sagte Thérèse.

Das Lager lag hinter ihnen.

»Das stimmt«, sagte Yates, »weiß Gott.« Er war es zufrieden, sich treiben zu lassen. Die Frage, wie sie wohl nach Verdun gelangt und das Haus gefunden haben mochte, in dem die Abteilung lag, beschäftigte ihn nicht sehr; wichtig war, daß sie nun hier war und daß das, was sie in Paris noch trennte, nicht mehr existierte. Das Sirren des Blutes in seinem Ohr war verstummt; eine tiefe Ruhe war in ihm.

Thérèse aber war erfüllt von ihrer Wiedersehensfreude, auch war sie stolz darauf, daß sie den Schwierigkeiten des Krieges getrotzt und sie aus eigener Kraft überwunden hatte.

»Als du damals fortgingst...«, begann sie.

Er drückte ihren Arm an sich.

»Ich weiß, du möchtest nicht daran erinnert werden«, sagte sie, »und ich will auch nicht mehr davon sprechen – nur dieses eine Mal. Als die Tür hinter dir ins Schloß fiel und ich allein blieb, wußte ich plötzlich, daß ich dich liebte und daß diese Scheidewand zwischen uns zerbröckelt war. Zerbröckelt, weil du fortgegangen warst. Wärst du damals geblieben und hättest du mich genommen, ich wäre nie zu dir gekommen – nie, das weiß ich.«

Sie legte ihre Hand auf die seine und hielt so seinen Einwand zurück.

»Irgend etwas hat mich so gemacht, wie ich damals war, ich weiß nicht mehr, was es war; es ist aus unserem Leben verschwunden, und wir brauchen uns darüber keine Sorgen mehr zu machen.«

Er machte sich gar keine Sorgen. Zum erstenmal in seinem Leben war er sich seiner selbst so vollständig sicher.

»Du hattest mir nicht gesagt, wohin ihr kommen würdet.«

»Konnte ich doch nicht«, sagte er. »So was soll möglichst geheim bleiben.«

Sie nickte. »Ich ging also ins Hotel Scribe und fragte nach dir. Ich dachte, ich würde vielleicht jemand treffen, der dich kennt und mir sagen könnte, wohin man dich geschickt hatte.«

Sie erwähnte nicht, daß sie Loomis zu sehen verlangt hatte und daß sie sogar bereit gewesen war, diesem Menschen noch einmal gegenüberzutreten – so stark war ihr Wunsch gewesen, Yates wiederzufinden. Loomis aber war nicht im Scribe.

»Jetzt, wo du hier bist, ist ja alles gut«, sagte er.

»Eine amerikanische Frau half mir«, fuhr sie fort. »Sie schreibt für eure Zeitungen, Karen Wallace heißt sie. Sie war sehr nett zu mir und sagte, sie wisse ganz gut, wie es sei, wenn man einen Mann liebt und ihn nicht haben kann. Ich mochte sie sehr. Sie meinte, ich könnte dich vielleicht in Verdun finden.«

»Ich kenne Miss Wallace«, bestätigte er ihr und lächelte über diese gesponnene Allianz aller Frauen: haben sie erst einmal ihre Entschlüsse gefaßt, sind sie den Männern weit überlegen. Und er fragte sich: Wieviel hatte wohl Karen Thérèse von ihm erzählt? Hatte sie ihr erzählt, daß sie ihm einmal ein paar Ohrfeigen gegeben hatte und warum? Falls Thérèse von der Sache wußte – sie schien ihr kein Gewicht beizumessen.

»Dann ging ich zu Monsieur Mantin und sagte ihm, ich müsse nach Verdun, um dich zu sehen. Er fragte mich, ob ich mir auch ganz klar darüber sei, was ich wollte.«

»Und was hast du ihm geantwortet?«

»Absolut klar, habe ich ihm gesagt. Ich sagte, da säße ich nun und spürte noch immer die Berührung deiner Hände. So ein Nachgefühl sei aber nicht genug.«

»Ist es auch nicht«, sagte er. »Du hast da ganz recht.« Und er kam sich klein und häßlich vor ihr gegenüber.

»Mantin gab mir einen Paß. Er setzte mich in einen Lastwagen, der nach Verdun fuhr, gab mir die Adresse einer Familie, bei der ich hier lebe – ich schlafe auf einem Feldbett in einem Raum mit den beiden Töchtern.«

»Alle haben sie dir geholfen...«

Durch Thérèse sah Yates sich als Teil einer losen und doch auf komplizierte Art miteinander verwobenen Gemeinschaft.

»Das ist der Krieg«, sagte sie. »Jeder hat einen Menschen, auf den er wartet. Verstehst du?«

»Ja.«

»Selbst ein paar von deinen Landsleuten versuchten zu helfen«, fuhr sie fort. »Als ich hierher kam, fand ich bald heraus, daß hier Tausende von amerikanischen Soldaten lagen, so viele, daß ich fast die Hoffnung verlor. Ich begann zu fragen, aber niemand kannte dich. Tagelang habe ich gefragt und dachte schon, die Frau in Paris hätte mir etwas Falsches gesagt.«

»*Je t'aime*«, sagte er.

»Es war nicht leicht. Es gab welche unter euren Soldaten, die wurden ärgerlich, und meinten, ich sollte dich einfach vergessen. Einer sagte: Lady, wir haben mehr Lieutenants, als wir brauchen können. Sie werden ihn nicht finden.«

»Aber du hast mich gefunden. Gott sei Dank.«

»Dann schickte mich jemand zum Stadtkommandanten. Dort sagten sie, sie hätten für mich keine Zeit. Aber ich habe gesessen und gewartet. Bei Dienstschluß, als sie gehen wollten, sahen sie, daß ich immer noch wartete. Dann haben sie noch viele Listen durchgesehen und mir schließlich das Haus genannt, in dem du wohnst.«

So sehr liebte sie ihn also. Er addierte ihre Courage, ihre Hingabe, ihre Bereitwilligkeit, sich in das Durcheinander einer Armee auf dem Marsch zu stürzen – und dabei hatte sie nichts als einen einzigen Hinweis, nach dem sie sich richten konnte – und die Endsumme von all dem war so hoch, daß er sich selber fragen mußte: Wo bist du eigentlich gewesen? Wenn so etwas möglich ist, was weißt du dann eigentlich vom menschlichen Herzen? Und wie wenig kannst du ihr geben...

»Und dann kamst du aus dem Lager«, sagte sie jubelnd und fügte beinah unhörbar hinzu: »Ich wußte, daß du es warst, noch bevor ich mich umdrehte. Ich wußte es, ich spürte dich. Aber ich wagte nicht, mich umzudrehen, bevor du mich nicht riefst. Ich hatte Angst.«

»Aber jetzt hast du keine Angst mehr? Jetzt bist du glücklich?«

»Ja«, sagte sie, »sehr.«

Viertes Kapitel

Abramovicis Trompetenstimme hallte durch den Salon des Hauses, der jetzt von der Vorausabteilung und von Willoughby und DeWitt als Dienstraum benutzt wurde. »Nein!« erklärte er Bing, »Colonel DeWitt ist nicht hier. Er ist zum Gefechtsstand von Matador gefahren, um General Farrish aufzusuchen, und wird sicher vor heute abend nicht zurückkommen –«

Bing zog sich aus dem unmittelbaren Bereich der Schallquelle zurück: »Schon gut, schon gut – es ist auch nicht so wichtig.«

Willoughby, der an einem Tisch in der Ecke über irgendwelchen Papieren saß, hob den Kopf und runzelte die Stirn.

»Sergeant Bing!«

»Jawohl, Sir!«

»Was wollten Sie vom Colonel?«

»Nichts, Major. Ich kann warten.«

»Kommen Sie her, Sergeant.«

Bing durchquerte langsam den Salon. Es war ihm unbehaglich zumute. Seit der Übergabe des Forts in St. Sulpice bestand zwischen ihm und Willoughby keine besondere Zuneigung. Bing wußte, was der Major von ihm hielt; derlei Dinge bleiben ja selten geheim, wenn Männer ständig zusammen sind, sich gegenseitig beobachten, miteinander arbeiten, in Konflikte geraten und sich doch wieder auf irgendeiner Basis einigen müssen. Bing wußte, daß Willoughby ihn als naseweis, unverschämt und arrogant bezeichnet hatte. Auf eine Beschwerde von Loomis hin hatte er geantwortet: »Geben Sie mir einen Mann mit den gleichen Fähigkeiten, und ich schicke Sergeant Bing zur Infanterie, bevor er noch weiß, wie ihm geschieht.«

Yates hatte Bing einmal gewarnt und gesagt: »Sie sind ein komischer Kerl. Sie sind sehr aufgeschlossen und wissen Menschen zu beurteilen, und ich erkenne das auch an – aber preschen Sie nicht gerade deshalb sich selber und, was noch schlimmer ist, den anderen zu weit voraus? Warum geben Sie bereits fertige Urteile über Fragen ab, die andere erst anknabbern? Sehen Sie niemals ein ›Wenn‹, niemals ein ›Aber‹? Ich will Ihnen eins sagen: Mit Ihrer verdammt scharfen Zunge machen Sie sich mehr Feinde, als gut für Sie ist.«

Kein Zweifel, Willoughby war einer von diesen Feinden – weil die Elemente, aus denen er, und die, aus denen Bing zusammengesetzt war, sich nicht miteinander vertrugen; dazu kamen noch Karen, das Flugblatt zum vierten Juli und die Tatsache, daß Bing in diesem Stadium des Krieges unersetzlich war – was einen Mann wie Willoughby höchlichst ärgern mußte, der nur einen einzigen unersetzlichen Menschen auf Erden kannte: sich selber.

»Sergeant Bing«, sagte Willoughby, »in der Armee ist es nicht üblich, mit jedem Dreck bei seinem Kommandeur hereinzuplatzen. Mal was von einem Dienstweg gehört?«

»Jawohl, Sir!«

Bing hoffte, das würde alles sein. Aber Willoughby ließ ihn noch nicht gehen. Er schien zu warten.

»Gut. Was wollen Sie also, Sergeant?«

»Es ist nicht eilig.«

»Sie kamen hier aufgeregt hereingestürzt und wollten Colonel DeWitt sprechen. Und nun plötzlich sind Sie so zurückhaltend? Was ist da los?«

»Lieutenant Yates –«

»Lieutenant Yates hat Sie hergeschickt?«

»Ja«, sagte Bing unsicher.

»Hat er eigens befohlen, daß Sie mich übergehen sollen?«

»Nein, Major. Selbstverständlich nicht!« Bing sah, daß Willoughby ihn festgenagelt hatte. Er verfluchte Abramovicis laute Stimme.

»Wo ist Lieutenant Yates? Warum kommt er nicht selber?«

Willoughbys Gesicht mit dem Fett unter den Kinnbacken verzog sich säuerlich bei Bings Antwort: »Als ich ging, war er noch bei den Verschleppten im Lager.«

»Yates hat Sie also hergeschickt – in welcher Sache?«

Bing wußte, daß er Willoughby Rede und Antwort stehen mußte, wenn der Major es verlangte. Während der Abwesenheit des Colonels hatte Willoughby die Befehlsgewalt.

»Es ist da etwas faul im Lager. Die scheinen dort die Absicht zu haben, die kräftigsten unter den verschleppten Personen wieder zur Arbeit in die lothringischen Bergwerke zu schicken.«

»Und Lieutenant Yates hat Einwände?«

Bing schwieg einen Moment. Er hatte das sichere Gefühl, daß Yates gar nicht völlig begriffen hatte, was sich dort im Lager anbahnte.

»Lieutenant Yates war der Ansicht, daß der Colonel darüber Bescheid wissen sollte.«

»Und was halten Sie von der Sache?« fragte Willoughby.

»Ich finde, sie stinkt zum Himmel!«

Willoughby nickte.

»Die Lager an sich sind schon schlimm genug«, fuhr Bing fort, überrascht über das augenscheinliche Verständnis des Majors. »Aber so eine Maßnahme würde alles andere in den Schatten stellen. Nur weil wir nicht wissen, was wir mit diesen Leuten machen sollen, haben wir doch kein Recht –«

»Ich danke Ihnen für Ihren Bericht«, unterbrach ihn Willoughby. »Wir können es uns nicht leisten, so etwas zu gestatten. Natürlich gehen Sie und Lieutenant Yates zu gefühlsmäßig an die Sache heran. Was wir uns ständig vor Augen halten müssen, ist das große Ziel: den Krieg zu gewinnen. Die Deutschen würden bestimmt davon hören, wenn wir die verschleppten Personen zwängen, in die Bergwerke zurückzukehren – und wie sie das ausschlachten würden, mein Lieber! Wer ist unser Verbindungsoffizier bei der Lagerleitung? – Major Heffernan? Gut.«

Willoughby langte über den Tisch nach der großen Ledertasche, in der der Feldfernsprecher steckte. Er zog die Kurbel heraus, um die Vermittlung anzurufen, und kurbelte.

Schnelle Bedienung, dachte Bing. Er hatte einen solchen Erfolg nicht erwartet, und schon ganz und gar nicht bei Willoughby. Dabei hatte Willoughby recht – die Deutschen würden es so darstellen, als wäre ihre eigene Behandlung der verschleppten Personen eine Wohltätigkeitsaktion im Vergleich zu dem, was die Alliierten vornahmen. Es machte ihm sogar Spaß, Willoughbys kühlen Verstand in Aktion zu sehen und den Mann, wenigstens dieses eine Mal, auf seiner eigenen Seite zu wissen.

Die Vermittlung schien sich Zeit zu lassen. Willoughby drehte von neuem und wandte sich, noch immer den Hörer am Ohr, Bing zu. »Haben Sie eine Ahnung, Sergeant, in welche Gruben die verschleppten Personen geschickt werden sollen?»

»Soviel ich erfahren habe, sollen die meisten nach Rollingen kommen, in die Bergwerke von Delacroix.«

Bing hörte das Quäken im Fernsprecher. Willoughby antwortete der Vermittlung nicht. Behutsam legte er den Hörer zurück und klingelte ab.

»Wir sollten aber doch auch in Betracht ziehen...«, sagte er, lehnte sich bequem in seinen Stuhl zurück und faltete die kurzen fleischigen Hände über dem Bauch. Die listigen dunklen Augen blickten milde zwischen ihren Polstern hervor auf Bing.

»Aber, Major...!«

»Wir haben bei unserer Überlegung vergessen, daß diese Bergwerke ja Erz fördern. Eisenerz bedeutet Stahl, und dieser Stahl wird dringend für den Krieg gebraucht. Den Krieg zu gewinnen, darauf kommt es an – habe ich das nicht vorhin gesagt? Übrigens kenne ich Major Heffernan. Er würde nicht zulassen, daß man diese Menschen irgendwie zwingt – es werden wahrscheinlich nur Freiwillige genommen, und man wird ihnen einen anständigen Lohn zahlen. Wir sind nicht wie die Nazis!«

»Nein, das sind wir nicht«, sagte Bing.

In Willoughbys Ton schwang ein gewisses Maß von Wohlwollen Bing gegenüber mit. »Sie sind ein recht fähiger Mann, Sergeant. Gescheit und aufmerksam – ich freue mich, daß wir endlich einmal eine Sache gefunden haben, bei der wir übereinstimmen. Warum sind Sie nur manchmal so – widerspenstig? Sie schaffen sich damit keine Freunde, wissen Sie?«

Bing war sich immer noch nicht über des Majors plötzlichen Stellungswechsel klar und traute der Lage nicht.

»Sie selbst sind ein außerordentlich befähigter Mensch, Sir, wenn ich mir erlauben darf, das zu bemerken.«

Willoughby lächelte.

»Sie verstehen es, ein Problem und was dahintersteckt, zu erfassen...« Bing hielt inne. »Aber was meine Widerspenstigkeit betrifft oder –«, er betonte das Wort, »meine Unverschämtheit: das hängt doch alles davon ab, ob man, wie Sie so schön sagten, in einer Sache übereinstimmt –«

Willoughby lächelte nicht mehr: »Was bilden Sie sich eigentlich ein, wer Sie sind?« sagte er kalt.

Bing ging ohne ein weiteres Wort. Willoughby war ein sehr fähiger Mensch: es kam nur darauf an, wofür und für wen er arbeitete; und man selber fiel gleichfalls in die Klasse der fähigen Leute, solange man für ihn nützlich war.

DeWitt war geneigt, Farrish gewähren zu lassen. Man müsse, meinte er, die Menschen nehmen, wie sie sind; formen konnte man sie sowieso nur soweit, wie das vorhandene Material es gestattete. Der Colonel sah seine Aufgabe auch gar nicht darin, etwa Menschen zu formen; dazu fühlte er sich nicht überlegen und maßgebend genug. Wenn er aber feststellte, daß ein Mann unrecht hatte und sein Irrtum die Ereignisse in falsche Bahnen zu lenken drohte, dann unternahm er es doch, so unauffällig wie möglich zu korrigieren.

Es war allerdings ein schlechter Zeitpunkt, um das Experiment gerade mit Farrish durchzuführen. Die beiden hatten sich seit Rambouillet nicht mehr gesprochen, obwohl sie während Farrishs Vorstoß durch Frankreich miteinander in Verbindung gestanden hatten. Farrish, immer an der Spitze des Vorstoßes, war auch der erste gewesen, der das Nachlassen der Stoßkraft spürte. Nun war er vor Metz festgefahren. Er hatte beabsichtigt, an der Stadt schnell vorbeizustoßen, sie zu umgehen, wie Wasser eine Insel umspült, und sie durch die nachfolgende Infanterie nehmen zu lassen. Seine Truppen aber waren stecken geblieben, der Nachschub war nicht an die Division herangekommen, und er hatte seine Panzer, die kaum noch Brennstoff hatten, zurücknehmen müssen.

Die Deutschen, die zunächst durchaus bereit gewesen waren, die Festung aufzugeben, hatten die mangelnde Durchschlagskraft bald gespürt; sie führten Verstärkungen heran und verstärkten die Befestigungen um die Stadt herum und in der Stadt selber.

Als der Nachschub, um den Farrish gebettelt, geschmeichelt, gedroht und gefleht hatte, schließlich eintraf, war die Gelegenheit für ein Umgehungsmanöver bereits verpaßt. Jedes Festungswerk in und um Metz herum mußte unter großen Verlusten einzeln gestürmt und genommen werden. Aus einer eingeschlossenen Insel war Metz zu einem Anker der deutschen Verteidigung geworden.

Farrish fühlte sich frei von Schuld.

»Vielleicht sind Sie einfach Ihrem Nachschub davongelaufen«, war DeWitts laut geäußerte Überlegung. »Es ist schließlich eine Frage der Logistik. Eine bestimmte Anzahl von Kilometern erfordert eine bestimmte Menge von Menschen und Material. Gegen Zahlen läßt sich nicht streiten.«

Farrish kam aus seiner Dusche in dem Trailer, in dem er hauste. Er war rot wie ein Hummer, seine Haut dampfte noch, und nun hüllte er seine massige Figur in seinen blauen Bademantel. »Wollen Sie sich auch duschen?« fragte er DeWitt. »Bitte, solange das Wasser heiß ist.«

»Danke, gern«, sagte DeWitt. »Ich wohne zwar in einem ganz anständigen Haus in Verdun, aber die Waschgelegenheiten sind vorsintflutlich.«

»Handtücher sind dort drüben!« Farrish deutete auf eine Kommode hinter seinem Bett. »Wer sagt denn, daß ich mich gegen Zahlen verschließe? Ich kenne sämtliche Zahlen, alter Freund, und meine Zahlen sind korrekt. Es ist zum Verrücktwerden, zum Verrücktwerden!« – er knallte mit der flachen Hand auf seinen nackten Schenkel – »daß ich meine Leute gegen diese verfluchten Befestigungen der Heinis anrennen lassen muß, wo ich weiß, daß ich die Deutschen hätte aushungern können, wie es mir beliebte, wenn mir mein Benzin nicht in den Straßen von Paris verhökert worden wäre! Jawohl! Erzählen Sie mir nur nicht, daß das nicht wahr wäre! Carruthers ist in Paris gewesen und hat es mit eigenen Augen gesehen. Andere Offiziere von meiner Division auch.«

»Was haben Sie da gesagt?« rief DeWitt. Das Wasser, das ihm über den Rücken rauschte, übertönte Farrishs Stimme.

»Verhökert!« brüllte Farrish. »Verkauft! Diese verfluchten Judasse! Alles Blut, das ich zu vergießen habe, soll auf sie kommen!«

DeWitt drehte das Wasser ab und begann sich die Brust abzureiben.

»Sie werden zu dick!« sagte Farrish. »Sie sitzen zuviel, mein Lieber. Ich bin immer in Bewegung – jetzt zumeist in rückwärtiger Richtung, scheint mir.«

DeWitt trocknete seine Füße ab. Er stöhnte ein wenig, weil er sich bücken mußte. »Warten Sie ab, bis Sie so alt sind wie ich«, sagte er.

»Zweimal in einer Woche habe ich nun schon den Gefechtsstand zurückverlegen müssen«, sagte Farrish. »Es muß etwas unternommen werden. Und ich bin der Mann dazu.«

»Was können Sie da unternehmen«, fragte DeWitt, »ohne unseren amerikanischen Charakter völlig umzustülpen?«

»Ziehen Sie sich an«, sagte Farrish und fuhr in seine Hosen, »ich will Ihnen etwas zeigen.«

Farrish war ein sehr eigenwilliger Gastgeber. DeWitt fragte erst gar nicht, was er zu sehen bekommen sollte. Er zog seine Uniform an und folgte dem General aus dem Trailer hinaus.

In seinem Automobil tätschelte ihm Farrish freundschaftlich den Arm. »Ich fahre mit Ihnen ins Lazarett. Ich bin häufig dort. Muntert die Leute auf, glaube ich, wenn ich komme. Und für mich – für mich ist es wie eine Spritze. Wenn ich von dort weggehe, habe ich eine heilige Wut in mir. Ich möchte, daß auch Sie etwas davon abbekommen.«

»Finden Sie, daß ich es nötig habe?« fragte DeWitt.

»O ja, allerdings!« erklärte Farrish. »Hören Sie, wenn wir nicht einen Mordskrach schlagen – Sie und ich und die paar anderen anständigen Kerle, die keinen Schiß in den Hosen haben –, dann passiert hier nie etwas!«

DeWitt warf einen raschen Blick auf Farrish. Der General saß steif wie ein Ladestock da, Nase und Kinn vorgestoßen, seine Augen starr auf einen Punkt in der Ferne gerichtet. In diesem Manne steckte kein Verstehen, kein Verzeihen, er war fast unmenschlich.

Farrish sagte: »Ich habe nicht die Absicht, mir das noch weiter gefallen zu lassen. Seit Rambouillet hat man mir Dreck in die Schuhe geschoben – seit dem Befehl, der mir meinen Einzug in Paris wegnahm und den Sieg dem windigen Franzosen in die Hände spielte.«

DeWitt lauschte dem Heulen der Sirenen der vier Kradfahrer, die Farrishs Wagen auf der holprigen Straße vorausfuhren. Der General beantwortete mechanisch das Grüßen der Mannschaften und Offiziere, die, wenn der Wagen vorbeijagte, in Habachtstellung erstarrten.

»Ich bin Soldat«, sagte Farrish, »ich bin gewillt, Befehle zu befolgen –«

»Dann ist ja alles klar!« DeWitt hätte das Gespräch gern an diesem Punkt abgebrochen.

»Aber«, fuhr Farrish fort, »Befehle von Soldaten und nicht von Politikern – ob die Politiker nun Uniform tragen oder nicht.«

»Wir stehen in einer Armee von gewöhnlichen Bürgern, Farrish, und wir Berufssoldaten sind Diener, Diener, sage ich, des Volkes.« DeWitt haßte fertiggestanzte Phrasen. In diesem Fall aber waren sie die einzigen Worte, die paßten.

Farrish antwortete nicht, es war klar, daß DeWitts Feststellung von ihm abprallte wie Kiesel von einem Panzerwagen.

Sie hielten vor einem großen Gebäude, dessen einer Flügel von einer Bombe weggerissen war. Das Dach des noch stehenden Gebäudes war mit riesigen roten Kreuzen auf weißem Grund bemalt.

Farrish trat ein und fertigte die Ärzte, die zu seiner Begrüßung herbeieilten, kurz ab. Er schien seinen Weg zu kennen, durchquerte einen Korridor und wandte sich nach links in den ersten Krankensaal.

»O Gott, da ist er schon wieder«, hörte DeWitt eine Krankenschwester flüstern.

Auf Feldbetten, mit rauhen Decken zugedeckt, lagen die Verwundeten. Eine Bewegung ging über die Betten, so als striche ein Wind über ein verbranntes Weizenfeld. Die Verwundeten, die sich rühren konnten, versuchten strammzuliegen.

Farrish suchte sich aufs Geratewohl einen Mann aus. Der Soldat blickte zu ihm auf, in seinen Augen ein hoffnungsloses Gemisch von Furcht und Erwartung.

»Brustverletzung«, sagte ein ehrfurchtsvoller Oberstabsarzt, »verheilt sehr schön, General!«

Farrish schenkte dem Oberstabsarzt keine Beachtung.

Er fragte den Soldaten: »Wo hat es dich erwischt, mein Sohn?«

»Metz, Sir!« sagte der Mann mit sichtbarer Anstrengung. »Fort Elisabeth!«

Farrish ergriff die Hand des Soldaten. Er hielt sie in der seinen, als hielte er einen jungen Vogel. DeWitt dachte: Er zeigt sich menschlich. Und er fragte sich: Ist das nun alles nur Theater, oder ist wenigstens etwas davon echt?

»Welche Einheit?«

»37. Regiment. Kompanie F«, sagte der Soldat.

»Captain Lombardo?« fragte Farrish. »Ich weiß, was ihr durchgestanden habt.«

»Captain Lombardo ist tot, General!« sagte der Soldat.

»O ja, stimmt, er ist tot.« Farrish ließ die Hand los. »Wer befehligt jetzt Kompanie F?«

Dem Mann brach der Schweiß aus. Die Schwester, die beim Eintreten des Generals aufgestöhnt hatte, trat vor und wischte dem Mann die Tropfen von der Stirn. »Er darf nicht so viel sprechen, General.«

Der Soldat hörte sie nicht, oder er dachte, daß der General wichtiger wäre als die Schwester, und antwortete: »Als man mich abtransportierte, hatte der Hauptsergeant die Führung übernommen.«

»Nicht viele übrig?«

»Wenig. Es ist mir nicht leichtgefallen, sie zu verlassen, General.«

»Wirst schon bald wieder gesund sein, Junge.« Der General ließ ein Päckchen Zigaretten auf die Bettdecke fallen.

»Er darf nicht rauchen, Sir«, sagte die Schwester.

»Wer hat Sie denn gefragt?« sagte Farrish, aber er sagte es nicht bösartig, sondern eher aus Gewohnheit. Er schien tief in Gedanken zu sein. »Gut«, fügte er hinzu, »geben Sie die Zigaretten jemandem anders. Mehr kann ich nicht entbehren. Ich habe auch nur meine Zuteilung.«

Er ging weiter an den Betten entlang und blieb hier und dort stehen, stellte Fragen und machte einige rauhe Bemerkungen, die er für ermutigend hielt.

»Da ist ja Jimmy!« rief er plötzlich und wandte sich einem Bett ziemlich am Ende des Krankensaales zu. »Was haben sie denn mit dir gemacht?« De Witt, der ihm gefolgt war, erklärte er: »Der beste Panzerbüchsenmann, den ich in der Division habe!«

Der Mann, den er mit Jimmy angerufen hatte, gab ihm keine Antwort. Schädel und Stirn waren so dick verbunden, daß der Kopf über den eingesunkenen Schultern unnatürlich groß erschien. Eitergeruch strömte von ihm aus. Seine Hände, die auf der Decke lagen, bewegten sich langsam in Halbkreisen, als suchten sie etwas Verlorenes wiederzufinden.

»Kannst du mich denn nicht hören, Jimmy?« fragte Farrish laut und bewußt herzlich.

Jimmys Augen öffneten sich, starrten aber wie blind unter schweren Lidern hervor.

»Was ist mit dir, Jimmy?« Farrishs Stimme hatte den rauhen, zuversichtlichen Klang verloren. Der General, der Tausende von Männern in Bewegung setzen konnte, vermochte nicht, diesen einen zu wecken; dieser eine befand sich außerhalb seines Machtbereiches, und das befremdete Farrish.

»Er steht unter Einwirkung eines Narkotikums«, sagte der Oberstabsarzt leise. »Er fühlt nichts, nicht einmal Schmerz.«

Farrish betrachtete die langsam sich bewegenden Hände. »Macht er das die ganze Zeit? Wo ich zu Hause bin, heißt es, daß so einer stirbt?«

»Ein Aberglaube, General«, beeilte sich der Oberstabsarzt zu versichern. »Ein medizinisches Symptom ist es nicht.«

Farrish hörte nicht hin. Er beugte sich, groß und breitschultrig, über das schmale Bett und küßte Jimmy auf seine beiden eingesunkenen stoppelbewachsenen Wangen.

Die Ärzte, die Schwestern, die Verwundeten waren sehr still geworden. DeWitt hörte das leise Scharren von Jimmys Händen auf der Decke.

»Nun? Was starrt ihr mich alle so an?« sagte Farrish. »Sie haben mir doch erzählt, er fühlt nichts mehr!« Er stopfte ein Ende der Decke, die sich gelöst hatte, wieder unter die Matratze.

»Der Mann muß mir am Leben bleiben!« erklärte er dann, wieder mit seiner gewohnten Befehlsstimme.

»Jawohl, Sir!« sagte der Oberstabsarzt.

Farrish stand neben dem Feldbett, als verteidige er es gegen einen unsichtbaren Feind. »Menschenleben sind kostbar, verstehen Sie mich? Kostbarer als –« Aber er fand keinen guten Vergleich und zögerte – »als alles andere!« schloß er.

Darauf verließ er mit langen Schritten den Saal.

Wieder in seinem Automobil, sagte er zu DeWitt: »Sie sind alle wie Kinder. Alle sind sie meine Kinder. Daher kämpfen sie auch, wie ich will, und ich kann auch so viel von ihnen verlangen. Und darum hasse ich's auch, wenn mich einer verrät.«

»Sagen Sie mir eins«, fragte DeWitt. »Warum spielen Sie dies Theater? Wie weit kommen Sie damit? Mir brauchen Sie doch nichts vorzumachen, dazu kenne ich Sie zu lange.«

Farrish lachte. »Sie halten es für Theater? O nein. Ich meine jedes Wort todernst. Deswegen mögen mich auch die Politiker nicht. Von mir aus können sie mich am Arsch lecken. Ich gewinne ihre Schlachten, oder? Ich verstehe mich auf mein Handwerk. Die Moral der Truppe, das ist das wichtigste. Die meisten von den armen Burschen dort im Lazarett werden irgendwie zusammengeflickt und gehen wieder an die Front, und wenn sie zu ihren Einheiten zurückkommen, werden sie davon erzählen, daß Farrish zu ihnen ans Bett gekommen ist. Es ist ein langer Krieg. Man muß auch an die Zukunft denken.«

»Was wollen Sie denn nun wirklich? Worauf arbeiten Sie hin?«

DeWitt handelte aus einem plötzlichen Gefühl heraus: Farrish war wie ein Wolf, der aus dem Rudel ausgeschert ist – einsam und gefährlich.

Der General zog die Augenbrauen hoch. »Habe nicht darüber nachgedacht – wenigstens nicht gründlich.«

DeWitt wurde es heiß in seinem schweren Mantel. »Drücken Sie sich nicht um die Frage herum – General!« Nie zuvor hatte er Farrish mit General angeredet, und der verstand sehr wohl die Bedeutung dieser Anrede.

»Also gut!« Er seufzte. »Ich will es Ihnen sagen, DeWitt. Ich habe in diesem Krieg eine Menge gesehen und mir darüber Gedanken gemacht und viel gelernt. Wir brauchen eine richtige Säuberungsaktion. Wir müssen die unerwünschten Elemente ausmerzen – die Betrüger und Profitmacher, die Politiker und die Kerls, die immer widersprechen und immer tausend Zweifel haben. Zuviel Demokratie in der Armee, und das taugt nichts. Es kostet nur Menschenleben, das Leben von Menschen wie meinem Jimmy.«

»Was verstehen Sie eigentlich unter Demokratie?«

»Das, was ich sagte, unnützes Gerede, Unfähigkeit, Politik, anderen das Messer in den Rücken stoßen, mein Benzin stehlen. Ein Krieg muß auf diktatorischer Grundlage geführt werden –«

Er bemerkte DeWitts mißbilligenden Ausdruck.

»Daran kommen Sie nicht vorbei, mein Lieber! Nachher, wenn wieder Frieden ist, können die Herrschaften den ganzen Kram zurückhaben – die Politiker ihre Politik und die Schwindler ihr Schmiergeld. Wenn es uns auch noch so sehr gegen den Strich geht, darin müssen wir von unserem Feind lernen. Mein Gott, wenn nur ein Zehntel des Benzins, das in Paris verkauft wurde, auf der anderen Seite gestohlen worden wäre, hätten sie dort drüben Hunderte von Leuten an die Wand gestellt – und das mit Recht! Ich habe eine saubere Weste und Sie auch, und wie uns gibt es noch viele. Wir müssen uns zusammenschließen und diesen Stall ausmisten.«

»Ein bestechender Gedanke«, sagte DeWitt. »Sie wissen natürlich, was das in Wirklichkeit ist?«

»Mir doch gleich, wie man es nennt. Solange es nur funktioniert.«

»Aber es wird nicht funktionieren«, sagte DeWitt scharf. »Sie kennen ganz einfach die Tatsachen nicht. Ich aber kriege die Dokumente auf meinen Tisch – Beuteberichte und deutsche Befehle, die uns in die Hand fallen, und dann noch die Aussagen der Gefangenen. Sie sprechen von Korruption, Farrish – nun, bei den Deutschen blüht sie nur so. Geschäftemacher und Intriganten innerhalb und außerhalb der Armee – von der Sorte haben sie drüben mehr, als wir uns je haben träumen lassen. Und Unfähigkeit – wie denn wollen Sie die deutschen Niederlagen erklären? Nur damit, daß wir so tapfer und so liebe Kerle sind und über mehr Artillerie und Flugzuge verfügen? Der Faschismus ist das korrupteste System überhaupt – gerade deswegen haben sie ihn ja.«

»Ich sage nicht, daß ich bei uns Faschismus will«, sagte Farrish und wurde vorsichtig in der Wahl seiner Worte. »Wenn wir diesen Krieg gewinnen wollen, muß er von Soldaten geführt werden, von und für Soldaten. Eine Bürgerarmee... Gewiß, Bürger müssen in der Armee stehen, wer denn sonst! Aber Soldaten müssen die Armee führen, nach soldatischem Gesetz und mit eines Soldaten eiserner – eiserner –«

»Eiserner Faust?«

»Jawohl! Das ist das Wort! Eiserner Faust!«

»Wir haben einmal für Sie ein Flugblatt gemacht. Erinnern Sie sich noch an den Inhalt?«

»Sicher! Ich fand es sogar recht gut! Vierter Juli! Dafür kämpfen wir ja genau – für Amerika, ein starkes Amerika, ein sauberes Amerika, ein Land, auf das man stolz sein kann!«

»Gleichheit vor dem Gesetz?«

»Sicher! Aber wir müssen das Gesetz sein. Wir müssen eine Kaste von Soldaten haben –«

»Und die Demokratie?«

»Bin ich durchaus dafür. Aber es muß eine Demokratie sein, die wie ein Schild ist, leuchtend, stark, eine Demokratie, zu der ein Mann aufblicken kann und für die zu kämpfen eine Ehre ist.«

»Eine Nation besteht aus mehr als Soldaten. Sie könnten nicht einen Kilometer vorstoßen ohne die Hände von Tausenden von Menschen, die Sie nie gesehen und von denen Sie nie gehört haben, von deren Mitarbeit Sie aber abhängen. Wir leben in einer modernen Industriegesellschaft. Was Sie anstreben, das ist – nun, mittelalterlich...«

»In Geschichte kenne ich mich nicht aus. In bin nur ein Divisionskommandeur. Mir unterstehen etwa fünftausend Mann, von denen ich viele nie gesehen oder gesprochen habe. Und doch bringe ich sie dazu, mit mir zusammenzuarbeiten, nicht wahr? Ich bringe sie sogar dazu, hinzugehen, wo die Kugeln pfeifen, und zu krepieren. Und das ist mehr als das, was man von den Leuten verlangt, die Sie eben erwähnten.«

»Ich fürchte nur, Ihr Plan läßt sich nicht durchführen.« Dewitt sprach langsam und betonte jedes Wort. »Wir sind Amerikaner. Wir lassen uns nicht so einfach gleichschalten.«

»Sie lassen sich nicht gleichschalten?« höhnte Farrish. »Aber mein Benzin verkaufen sie. Ich fürchte, mein Lieber, Sie sind zu alt und zu altmodisch für diese Zeiten!«

DeWitt kehrte nach Verdun zurück. Er war froh, daß er wenigstens die heiße Dusche gehabt hatte.

Fünftes Kapitel

Er hatte Kavalov eingeladen – es war einer von Yates' plötzlichen Einfällen gewesen; aber bei einiger Überlegung sah die Sache doch ganz anders aus. Fast konnte Yates Willoughbys hinter vorgehaltener Hand gestellte Frage hören. »Was hat denn Yates wieder vor? Wieso bringt er uns diesen Menschen her?« Und hätte man ihm die Frage offen gestellt, so hätte Yates auch keine Antwort gewußt. Was wollte er eigentlich beweisen, und wem wollte er es beweisen? Und war es wirklich so wichtig? So wichtig zum Beispiel wie Thérèse, die auf ihn wartete?

Aber Kavalov benahm sich mit solcher Bescheidenheit und Würde, daß Yates' Befürchtungen verschwanden und der Abend ihm Spaß zu machen begann. Kavalov wurde vorgestellt, und es war ein wenig wie die Ankunft eines neuen Hundes im Zwinger gewesen: gegenseitiges Beschnüffeln und Knurren; dann erwachte das Interesse für den Menschen; und schließlich bemühte man sich sogar, den Gast so zu behandeln, daß er sich wohl fühlte.

Yates wußte, daß die ganze Sache nur dank DeWitts Duldsamkeit möglich war und weil DeWitt das Leben seiner Leute in Verdun nach dem Gesichtspunkt ihrer gemeinsamen Arbeit und nicht nach dem eines Zeremoniells ablaufen ließ. Für die kleine Gruppe – das Gros der Einheit lag noch immer in Paris – hatte er dieses ziemlich große Haus beschlagnahmt, in dem sie zugleich arbeiteten und lebten. Gegen Willoughbys Einspruch hatte er angeordnet, daß Mannschaften und Offiziere im gleichen Raum aßen, wenn auch an verschiedenen Tischen. Und als DeWitt Kavalov freundlich aufnahm, war der Weg für Yates geebnet. »Bei uns zu Hause herrscht Gastfreundlichkeit«, hatte DeWitt ihm gesagt. »Wir leben hier zusammen. Ihre Gäste sind auch meine.« Und er war der erste, der dem Russen die Hand reichte.

Willoughby musterte Kavalovs Körperbau und Muskeln und bemerkte trocken: »Sehr eindrucksvoll... Warum haben Sie uns aber nicht den Durchschnittstyp gebracht, Yates?«

»Ich war nicht auf der Suche nach irgendwelchen Typen«, gab

dieser zurück. »Ich habe den Mann mitgebracht, weil er etwas getan hat, das uns hilft. Zumindest können wir ihm dafür eine anständige Mahlzeit bieten.«

»Mein Gott, wenn Sie damit anfangen wollen, müßten wir halb Europa füttern!«

»Immerhin die billigste Methode, für Blut zurückzuzahlen«, sagte Yates.

»Man kann nur so viel tun und nicht mehr«, sagte Willoughby; dann betrachtete er die graue Masse auf seinem Teller mit kritischem Blick: »Wir sollten uns wirklich eine anständige Verpflegung besorgen, Colonel, wirklich...«

Mit seiner Gabel stocherte der Colonel lustlos in seiner Schweinepastete herum, die in der Büchse gewärmt war und entsprechend schmeckte. Er sah Kavalov seine Pastete methodisch aufschneiden und die Scheiben sauber essen.

»Hungrig, Sergeant?« lächelte er ihm zu.

Yates übersetzte die Frage für Kavalov ins Deutsche.

»Danke, nicht übermäßig.« Der Russe lächelte ebenfalls. Unter kultivierten Menschen schlang man sein Essen nicht herunter wie ein Wolf, selbst wenn man es am liebsten getan hätte; er war sich der Tatsache bewußt, daß seine Regierung und sein Volk nach seinem Benehmen hier beurteilt wurden.

»Nehmen Sie noch meine Portion«, sagte DeWitt. »Ich bin nicht hungrig, und warum sollte es verderben?«

Yates nickte seinem Gast aufmunternd zu.

Kavalov warf einen Blick auf die Teller der anderen. Keiner hatte mehr als eine einzige Pastete. Seine eigene hatte er schon beinahe aufgegessen. »Nein, danke«, sagte er und kniff den Mund zusammen.

DeWitt zuckte die Achseln. Es störte ihn, daß er mit dem Russen nicht direkt sprechen konnte; er mochte ihn, soweit man einen Menschen durch bloßen Augenschein beurteilen konnte. Großartig gebaut, der Kerl – das zählt bei einem Soldaten immer. Und er beobachtete, wie aufmerksam der Mann seine neue Umgebung und die Menschen um ihn her betrachtete und wie schnell er sich in alles fand, was er für die Sitten der anderen hielt. Ein Gentleman, kein

Zweifel – ob er nun dazu erzogen war oder nicht. Soldaten sollten Gentlemen sein.

Kavalov wandte sich an den Colonel.

»Was will er?« fragte DeWitt.

Yates lehnte sich vor, um sich über dem allgemeinen Stimmengewirr hörbar zu machen. »Er möchte wissen, was wir den deutschen Gefangenen zu essen geben.«

»Warum?« wollte Willoughby wissen.

»Drüben im Verschlepptenlager erhalten sie nicht gerade viel.«

»Sie werden nicht mehr lange dort sein«, sagte Willoughby, »und bald selber Geld verdienen. Soviel ich weiß, wird eine Anzahl der Verschleppten hier in der Gegend Arbeit finden – in den Bergwerken in Lothringen.«

Yates runzelte die Stirn. Er entsann sich dunkel, daß Bing ihm von dem Plan gesprochen hatte. Irgend etwas war damit nicht in Ordnung gewesen, aber genau wußte er nicht, was es war. Seine Gedanken wanderten zwischen Kavalov und Thérèse hin und her, zwischen seinen Bemühungen, Kavalovs Besuch erfolgreich zu gestalten, und seinen Erwartungen von dem, was später kommen und über alle Maßen wunderbar sein sollte.

DeWitt hatte aufgehört, in seiner Pastete herumzustochern. »Yates, sagen Sie Sergeant Kavalov lieber, daß unsere Gefangenen die gleiche Verpflegung erhalten wie wir hier.«

Auf Kavalovs Gesicht zeigte sich eine rasche Folge von Empfindungen: zunächst Erstaunen, dann Enttäuschung und Widerwillen.

»Erklären Sie ihm die Bestimmungen der Genfer Konvention!« sagte DeWitt.

Yates versuchte es. Aber er spürte, daß alle seine gut gewählten Worte über eine anständige Behandlung eines geschlagenen, entwaffneten Feindes in Gegenwart von Kavalov ihre Bedeutung verloren.

Kavalov schob die Ärmel seiner blauen Jacke hoch und zeigte die Narben um sein Handgelenk. Narben, wie von spitzer Feder mit roter Tinte gezeichnet. »Mit Draht gefesselt«, sagte er. Dann faltete er die Hände hinter der Lehne seines Stuhls und demonstrierte, wie er an seinen Handgelenken aufgehängt worden war.

»Das war in Riga«, sagte er. »Ich leitete eine Partisanengruppe in der Stadt. Wir sollten die Pulverfabrik, die die Deutschen übernommen hatten, in die Luft jagen.«

»...die Pulverfabrik, die die Deutschen übernommen hatten«, wiederholte Yates auf englisch.

»Sabotage hinter den Linien«, sagte Willoughby. »Da werden wir auch unangenehm.«

»Wir foltern keine Gefangenen«, sagte DeWitt.

»Natürlich nicht«, versicherte Willoughby. »Aber der Krieg im Osten ist doch vielleicht etwas anderes.«

Kavalov wartete. Als DeWitts prüfender Blick wieder auf ihm ruhte, fuhr er fort, achtete aber darauf, daß Yates stets genügend Zeit zum Dolmetschen hatte. »Damals stieß ein neuer Mann zu unserer Gruppe... Wir hatten ihn erwartet... Seine Ausweise stimmten... Er sollte mich ersetzen... Ich hatte Befehl, Riga noch vor der Explosion zu verlassen... Ich suchte ihn in seinem Zimmer auf, um ihm das Kommando zu übergeben... Nie werde ich dieses Zimmer vergessen... Ein glatter Holztisch... Umrisse einer nackten Frau grob in die Tischplatte geschnitzt... Er saß am Tisch und stand auf... Wir schüttelten uns die Hände, seine Hand war kalt... Er hielt meine Hand fest, während sich der Raum mit Deutschen füllte... Klammerte sich die ganze Zeit an mich – die ganze Zeit über... Als sie mich dann folterten, sagten sie, ich könnte ruhig alles zugeben... Sie sagten, sie wüßten alles... Sie sagten, sie hätten unseren Mann erwischt, der mich ersetzen sollte... und ihren eigenen Agenten an seine Stelle gesetzt... Sie sagten, andere vertrügen den Schmerz nicht so gut wie ich... Sie lachten, sie hielten das wohl für einen guten Witz... Vielleicht hatten sie auch recht, und es war als Witz gemeint.«

»...als Witz gemeint«, beschloß Yates seine Übersetzung. Gelegentlich klirrte eine Gabel oder ein Messer auf dem Teller; sonst war es ganz still geworden im Speiseraum.

Willoughby brach das Schweigen. »Fragen Sie ihn, Yates, wie er es fertiggebracht hat zu überleben?«

Kavalov schnitt sich eine dünne Scheibe gelben amerikanischen Käse, legte sie auf ein Stück Hartbrot, biß zu, kaute gründlich und schluckte. »Ich habe kein Geständnis gemacht.« Und nach einer Weile: »Ich habe es überlebt.«

Nachdenklich schob Willoughby die lockere Haut seiner Wange nach oben. »Einen Mann wie Sie möchte ich nicht zu meinem Feind haben, Kavalov!« Dann lachte er.

Yates wandte sich Kavalov zu. »Der Major sagt, er möchte Sie nicht zum Feind haben.«

Kavalov legte behutsam sein Messer zur Seite. »Wir kämpfen Schulter an Schulter gegen den gleichen Feind. Zusammen werden wir siegen.«

Die Atmosphäre, die in der Feindseligkeit geknistert hatte, schien plötzlich gelöst zu sein. DeWitt hob seine Tasse Kaffee. »Das ist ein guter Trinkspruch! Schade, daß ich keinen Alkohol mehr habe.«

Sie tranken einander zu – ernst, fast feierlich.

Dann sagte der Oberst: »Ich würde gern etwas für den Burschen tun. Fragen Sie ihn, Yates.«

Yates fragte. Kavalovs große Hand, die flach auf seinem Schenkel lag, hob sich, seine Finger krümmten sich wie zu einem Griff, als packte er jemandem im Genick.

»Ja«, sagte er, »es gibt etwas, was ich wohl möchte… Übertragen Sie mir das Kommando über ein Lager… ein Lager deutscher Kriegsgefangener… Ich würde Ihre Genfer Konvention auf den Buchstaben genau erfüllen… Ich würde genau das tun, was Sie von mir verlangen… Geben Sie mir nur einen Tag das Kommando.«

»…einen Tag«, wiederholte Yates.

DeWitt hielt den Kopf schräg, als lauschte er jeder Nuance in Kavalovs Ton. Er spürte die Leidenschaft, den tiefen, ihn völlig beherrschenden Haß, der in Kavalovs zurückhaltenden Worten mitklang.

»Nächstens wird er ein Offizierspatent in unserer Armee verlangen.« Willoughby lachte in sich hinein. »Yates, sagen Sie ihm, die Arbeit für ihn steht schon fest. Ein Mann mit solchem Knochenbau und solchen Pranken wird sich als Bergmann sehr nützlich machen können…«

Yates schob seinen Teller zur Seite. Der Kaffee in seiner Tasse schwappte über. Bing und die Männer am anderen Tisch blickten auf.

»Major!« sagte er, »mit dem Vorhaben werden Sie, glaube ich, kein Glück haben. Sie kennen Kavalov nicht. Er hat bereits in einem hiesigen Bergwerk gearbeitet, damals unter deutscher Leitung. Und auch für die Deutschen hat er nicht viel gefördert.«

Am Mannschaftstisch lachte einer.

Der Colonel räusperte sich. »Ein Soldat bleibt ein Soldat. Wir haben keine Möglichkeit, ihn zur Bewachung von Kriegsgefangenen abzukommandieren, und er sollte so etwas auch nicht übernehmen. Wenn er aber bei unserer Einheit bleiben will, wir werden ihn gern bei uns arbeiten lassen. Fragen Sie ihn, Yates.«

»Colonel...!« Willoughbys Brauen zogen sich zusammen.

»Warum denn nicht?« sagte DeWitt unbehaglich. »Wir werden in Zukunft immer mehr mit verschleppten Personen in Berührung kommen. Er kann doch dolmetschen, vielleicht mit Yates zusammen? Außerdem ist er ein verdammt guter Soldat!« Seine Selbstsicherheit kehrte zurück: »Oder wie sind Sie denn hinter einem Maschinengewehr, Willoughby?«

»Nicht besonders, Colonel. Das Maschinengewehr ist auch nicht meine Waffe.« Seine Augen weiteten sich ironisch, und er fragte: »Wollen Sie etwa eine Bolschewistenzelle in der Einheit großziehen, Colonel?«

»Wie bitte – eine was? Major Willoughby, ich glaube, unsere Demokratie ist stark genug, um sich da zu behaupten.« Farrishs Ausbruch kam dem Obersten jäh in den Sinn, und seine Augen verkniffen sich. »Oder sind Sie nicht davon überzeugt, daß unsere Art zu leben und zu denken die beste ist?«

»*Ich* bin davon überzeugt, Colonel.«

»Warum haben Sie dann nicht ein bißchen mehr Vertrauen zu unseren Leuten?«

Kavalov ahnte, daß er die Ursache des Streits war, der da zwischen den beiden Offizieren offenbar ausgebrochen war, und wartete auf das Ende des Wortwechsels. Dann wandte er sich mit großer Gelassenheit an Yates.

Yates übersetzte. »Kavalov bittet mich, Ihnen für Ihr Angebot zu danken. Er sagte, es würde ihm eine Ehre sein, unter Ihnen zu dienen. Er will aber zu seiner eigenen Armee zurück.«

»Und wie will er dorthin zurückkommen?« erkundigte sich Willoughby.

Yates lächelte. »Er wird es schon schaffen.«

DeWitt zündete sich eine Zigarette an und tat einige Züge. Er fühlte sich irgendwie enttäuscht. DeWitt suchte nach Zeugen für seinen Glauben, daß Farrishs Plan nie Wirklichkeit werden würde, er wollte solche Zeugen um sich haben; und es war ihm gleich, von welcher Farbe sie waren und woher sie kamen – aus welchem Land, aus welcher Schicht –, solange sie nur als Bestätigung für seine Ansicht dienten, daß der Mensch im Grunde eine anständige Kreatur ist.

»Ich hätte Kavalov doch ganz gern hierbehalten«, sagte Yates.

»Hätten Sie?« fragte Willoughby heiser.

»Major, wenn Sie mich an eine gefährliche Stelle schickten – mit diesem Mann neben mir würde ich mich sicher fühlen.«

Willoughby erhob sich und ließ den Griff seines Feldbechers einschnappen: »Ich verlasse mich ausschließlich auf mich selber.«

Die Nacht war finster, und die Verdunkelungsbestimmungen waren in Kraft. Yates, Thérèse an der Hand, erkannte das Haus an der sonderbar geformten kleinen Turmspitze über dem Eckfirst, aber er konnte die Klinke an der Gartentür nur mit Mühe finden und mußte mehrmals mit der Fußspitze tasten, um den Weg durch den Garten zur Eingangstreppe nicht zu verlieren.

»Halt meine Hand fest, Thérèse«, flüsterte er, und da er ihre Hand in der seinen spürte, so schmal, so voller Vertrauen, erinnerte er sich wieder des Gefühls, das ihn bei seinem ersten Jugenderlebnis durchschauert hatte, als er das Mädchen in einer ähnlich dunklen Sommernacht zur Veranda des Elternhauses führte. Sie hatten sich in die Schaukel auf der Veranda gesetzt und auf das Rauschen der Blätter und das Vorbeihuschen der Autos auf der Straße gehorcht und hatten große Angst gehabt, weil sie beide dachten, das sei etwas Verbotenes.

In seinem Verhältnis zu Thérèse war nichts Verbotenes. Seine Vorgesetzten, hätte er ihnen davon Mitteilung gemacht, hätten ihm verständnisinnig auf die Schulter geklopft. Der Mensch muß seiner

Natur folgen; der Krieg schraubt derart Notwendigkeiten auf das rein Animalische zurück. Aber gerade das hatte er vermeiden wollen – um der eigenen Selbstachtung und um Thérèsens willen. Und dann mußte er auch noch an Ruth denken. Er ging mit Thérèse durch den Garten, und der Kies knirschte unter ihren Füßen, und Ruth stand in schmerzhafter Klarheit vor ihm. Er wollte die Erinnerung an sie unterdrücken. Was hatte das Bild hier zu suchen – Ruth gehörte in ein anderes Leben; und sie würde auch nichts gegen die Sache mit Thérèse einwenden, denn sie mußte ja schließlich auch wollen, daß er in dem Leben, das er nun führte, einigermaßen normal blieb. Und genauso waren seine Gefühle für Thérèse ganz anderer Natur als die, die er für Ruth hegte. Das eine hatte mit dem anderen nichts zu tun. Er war Ruth durchaus treu, so sagte er sich, denn er würde Thérèse niemals erlauben, den Teil seines Herzens, seines Bewußtseins und seiner Erinnerung zu berühren, der Ruth vorbehalten war; und sowieso würde der Krieg ihn in ein paar Tagen wieder schlucken – und damit war der Fall Thérèse erledigt.

Überhaupt waren diese Überlegungen völlig abwegig, dachte er kopfschüttelnd. Warum konnte er nicht wie jeder andere sein und nehmen, was seines Weges kam, und froh darüber sein und es genießen, ohne sich das Hirn über die möglichen Verwicklungen zu zermartern? Ruth würde dadurch nicht ärmer werden, daß er Thérèse gab, was Ruth sowieso nicht haben konnte. Und Thérèse wußte sehr wohl, wie kurz ihr Glück ja sein mußte, und sie beklagte sich auch nicht und war gewillt, nach dem zu greifen, was das Leben ihr bot!

»Deine Hand ist so kalt«, sagte sie mit leiser, zärtlicher Stimme.

Er sagte, das käme vom Wetter.

Die Tür wurde ihnen geöffnet. In der spärlich erleuchteten Diele stand Bing. Bing lächelte und sagte: »Guten Abend, Mademoiselle – bitte, folgen Sie mir.«

Durch die Glastür zur Linken vernahm Yates die Stimmen der Männer im Speiseraum. Er erkannte Abramovicis schmetternden Tenor, konnte aber seine Worte nicht verstehen. Jemand ließ die Karten eines Spiels, bevor er sie mischte, auf den Tisch knallen.

Bing sagte: »Der Colonel und Major Willoughby sind ausgegangen – irgendwo ist eine Stabsbesprechung. Alle anderen sind dort im Raum. Ich habe den Burschen schon gesagt, sie sollen nicht so viel Lärm machen, aber Sie hören das dort oben ohnehin nicht. Das Zimmer ist im dritten Stock.«

»Danke«, sagte Yates. Er beobachtete, wie leicht und graziös Thérèses Schritt war. Unter seinen Stiefeln knarrte die Treppe, die sie kaum zu berühren schien. Er hätte sie gern dicht an sich herangezogen. Aber er bezwang sich; in wenigen Minuten würden sie allein sein – eine Tür würde sie von der Welt und dem Krieg trennen.

Sie waren im obersten Stockwerk.

»Hier oben ist nur ein Zimmer«, erklärte Bing. »Es ist allerdings nicht so besonders luxuriös, Sie werden schon sehen...«

Er öffnete die Tür. Thérèse trat ein und lächelte freudig.

»Wie hübsch!« sagte sie. »Charmant! Sie sind sehr gut zu uns, Monsieur le Sergeant.«

Im Lichte der elektrischen Birne, die er selber noch an diesem Nachmittag besorgt hatte, betrachtete Bing das Mädchen. Sie gefiel ihm, und er war zufrieden mit dem, was er herangeschleppt hatte, und freute sich, daß sie sich freute. Sie trat auf den Teppich; eigentlich ein Eisbärfell, das stellenweise schon ganz kahl war.

»Hat unter dem Klavier gelegen«, flüsterte Bing Yates zu. »Ich habe das Haus nach allem, was wir brauchten, durchgekämmt. Auf dem Bett sind sogar Laken – fragen Sie mich nicht, wo ich die her habe. Und wir haben auch ein Tischtuch, nicht ganz sauber, das ist klar, aber es verdeckt doch das Loch im Tisch.«

Thérèse ging umher, berührte die Kommode und die Schnitzereien am Bettende. Sie rückte das Filetdeckchen auf dem Sessel zurecht. Sie war wie eine Braut, die das Haus, das ihr Mann ihr gebaut hatte, betritt, und fand alles schön und lobenswert.

»Sie wollten wohl, daß ich mich hier ganz wie zu Hause fühle«, sagte sie. »Es ist wirklich ganz wie zu Hause!«

»Setz dich nicht auf diesen Stuhl!« sagte Yates. »Er hat nur drei Beine.« Er sah zu gut, wie schäbig das Zimmer war, wie gebrechlich und zusammengeflickt das Mobiliar. Er wußte, daß Bing ein Wunder vollbracht hatte. Aber Wunder genügten eben nicht. Er wollte nur eins – die Lampe, die keinen Schirm hatte und ihr grelles Licht auf alle Scheußlichkeiten warf, endlich ausschalten.

»Und hier«, Bing schlug einen Vorhang zurück, »ist der Waschtisch, Wasser im Krug. Handtücher auf dem Ständer.« Er griff in die oberste Schublade der Kommode und lächelte.

»Und dies hier ist das Beste – eine Flasche 34er Sauterne. Wie man mir sagte, ein guter Jahrgang. Und Gläser.«

Er hatte drei Gläser da, offenbar erwartete er, am Begrüßungstrunk beteiligt zu werden.

Aber Yates wandte sich zu ihm und sagte: »Ich bitte Sie, um Gottes willen, verschwinden Sie! Es war sehr nett von Ihnen, das alles hier so vorzubereiten, und ich danke Ihnen dafür – aber hören Sie auf, sich wie eine Puffmutter zu benehmen!«

Noch im selben Augenblick, in dem er das sagte, hätte er sich am liebsten die Zunge abgebissen. Er sah den gequälten Ausdruck um Bings Mund. Der strich sich übers Haar, dann ging er rasch.

Bing ging einen Stock tiefer, setzte sich auf die Treppe und bezog seinen Posten. Hier auf dieser Treppe wollte er sitzen bleiben, bis alle zu Bett gegangen waren.

Er tat das, obwohl er sehr enttäuscht war. Er hatte alles in einem so romantischen Licht gesehen; es war seine eigene Schuld, daß die Wirklichkeit ihre rauhe Kante gezeigt hatte. Er hatte ein kleines Zauberschloß errichten wollen, selbst wenn es nicht für ihn war, und aus dem magischen Schein hatte ein Strahl auch auf ihn fallen sollen. Er hatte dem Krieg ein Schnippchen schlagen und ein ganz klein wenig Schönheit darin schaffen wollen, so wie er damals in der Normandie dem Krieg mit seinem Flugblatt ein Schnippchen geschlagen hatte und ihm einen Sinn unterschob, den er wahrscheinlich gar nicht hatte.

Abramovici kam auf seinem Weg zum Wasserhahn mit dem Handtuch über dem Arm und der Zahnbürste in der Hand vorbei.

»Ich schlage dir den Schädel ein, wenn du heute abend gurgelst«, drohte ihm Bing, und als Abramovici Atem holte, um zu erklären, warum er unbedingt gurgeln müßte, bekräftigte Bing noch einmal: »Nicht einen Ton von dir, verstanden!«

Er hörte, wie Willoughby und DeWitt zurückkehrten. DeWitt kam schweren Schritts die Treppe hoch.

»Was tun Sie hier, Sergeant? Warum gehen Sie nicht schlafen?«

»Ich kann noch nicht schlafen, Colonel, ich bin noch nicht müde.«

»Dann gehen Sie doch hinunter. Nehmen Sie sich einen bequemen Stuhl!«

»Danke, Colonel, vielleicht später.«

DeWitt zuckte mit den Schultern und ging in sein Zimmer.

Bing blieb sitzen. Er dachte an Karen und stellte sich vor: Karen und er, oben in dem kleinen Zimmer, ungestört, endlich zusammen. Sie war so viel reifer als er, und er hatte sich wie ein dummer Junge aufgeführt, störrisch, egozentrisch, arrogant. Das war nun alles vorbei; ihm blieb nur die Trauer um Versäumtes. Aber träumen durfte er ja wohl, träumen davon, wie sie einander berührten und liebten, bis ihr der Kopf zurücksank.

Der Mond trat aus den Wolken. Die Nacht war recht warm, und Yates hatte das Oberlicht geöffnet. Ein bleicher Lichtstrahl fiel auf die halbleere Flasche und auf den Tisch mit den Gläsern.

Er horchte auf Thérèses regelmäßigen Atem. Ihr Kopf ruhte an seiner Schulter. Seine Hand lag auf ihrer Brust und fühlte die Rundung, die Wärme, das Leben.

Er war sehr ruhig. Das Blut, das ihm in den Schläfen gepocht hatte, als sollte sein Schädel zerspringen, bis er spürte, wie ihr Leib sich zu ihm aufbäumte, durchströmte ihn nun gleichmäßig und entspannte alles in ihm.

»*Chéri*«, hatte sie gesagt, »wie soll ich das ohne dich aushalten?«

Sie hatte so weiches Haar. Ihre Haut war zart und fühlte sich an wie junges Gras im Frühling. Er hatte ihr die Schenkel geküßt und die Innenseite ihrer Ellbogen.

Thérèse bewegte sich. Sie drehte sich um, und ihr Gesicht berührte seine Brust. Ihre Lippen bewegten sich. Sie küßte ihn im Schlaf.

Yates fühlte sich gestärkt und im Frieden mit sich selbst. Das hatte sie ihm gegeben, diese innere Kraft, diese ruhige Gewißheit, und darum liebte er sie.

Sechstes Kapitel

Yates lehnte sich im Wagen zurück. Der Wind, voll von der Feuchtigkeit des Bodens, prallte ihm ins Gesicht. Statt der hügeligen Felder kamen jetzt Wälder. Der Motor dröhnte. Yates schloß die Augen und überließ sich dem Rütteln des Wagens und den Unebenheiten der Straße.

Der Abschiedsschmerz war noch in ihm; gerade die Tapferkeit, mit der sie ihm ›*Au revoir!*‹ gesagt hatte, schnitt ins Herz; beide, er wie Thérèse, hatten gewußt, daß sie einander nicht wiedersehen würden.

»So bald schon...«, hatte sie gesagt, als er ihr mitteilte, er hätte Befehl zum Vorrücken erhalten.

»Ja, so bald...«

Etwas in ihm hatte sich aufgelehnt gegen die Brutalität der Trennung, gegen die Endgültigkeit der Zerstörung von etwas so Schönem und Zartem, das gerade erst begonnen hatte, durch eine anonyme Unterschrift auf einem Bogen minderwertigen Papiers. Der Auflehnung folgte die dumpfe Erkenntnis, daß weder sie noch er über ihr Leben verfügen konnten.

Dann hatte er versucht, vernünftig mit ihr zu reden. Er hatte ihr gesagt, das, was sie einander gewesen seien, bestünde ja weiter und werde ihr Leben stets bereichern, wie eine Melodie, die sich in das Herz eines Menschen senkte und von dort immer wieder zum Klingen kam. Sie hatte brav dazu genickt und gesagt: »Ja, Liebster«, und seine Hand festgehalten.

Sie hatte ihm so viel gegeben und er ihr nichts von all dem, was ein Mann einer Frau geben sollte: das Haus, das er ihr bot, war eine Dachkammer, die Bing eingerichtet hatte; die ganze Sicherheit, die er ihr verschaffen konnte, bestand in ein paar Nächten in seinen Armen. Doch wenn er sie nicht genommen, wenn er auf alles vielleicht verzichtet hätte, wäre es dann besser gewesen?

Er erinnerte sich an etwas, was er nicht verstanden hatte. Sie hatte gesagt: »Du weißt ja gar nicht, wieviel ich dir schulde. Du hast mich gesund gemacht.«

Sie hatte sich geweigert, ihm das zu erklären. Wie kann ich, dachte er, so wie ich nun einmal bin, einen anderen gesund machen...? Und dann dachte er, wie wenig er sie doch kannte, wie wenig er überhaupt irgendeinen Menschen kannte, sogar Ruth, seine eigene Frau.

Seltsam, daß er wieder an Ruth denken mußte. Sie drängte sich mehr und mehr in seine Gedanken. Er dachte an sein Verhältnis zu ihr – so wie es damals war, als er in der Normandie landete, oder sogar noch vor dieser Zeit, als sein Schiff an einem diesigen Morgen auf trüber Flußmündung dem Meer, Europa, dem großen Abenteuer entgegenfuhr. Damals hatte er große Angst gehabt, war halb wahnsinnig gewesen vor Angst. Er hatte sich gesagt, es ist höchst unwahrscheinlich, daß ich diese Küste oder Ruth oder irgend etwas, was gewesen ist, je wiedersehe. Dann aber beobachtete er die anderen Offiziere und die Mannschaften an Bord; sie bewegten sich ganz unbekümmert oder taten wenigstens so und schienen sich sogar auf eine etwas übertriebene Art wohl zu fühlen. Damals hatte er beschlossen, die Vergangenheit und damit auch Ruth aus seinem Bewußtsein zu verdrängen – je weniger man daran dachte, was man zurückließ, desto weniger spürte man den Verlust. Der beste, überhaupt der einzige Weg, dem, was kam, zu begegnen, war: das Ganze als ein Abenteuer aufzufassen und, solange dieses währte, möglichst unbeschwert zu leben.

Natürlich konnte sich ein solches Vorhaben nur teilweise verwirklichen lassen. Alles außerhalb seiner selbst konnte der Mensch abstreifen; nur von dem, was man selber war und was einen geformt hatte, konnte man sich nicht lösen. Man mochte versuchen, es zu begraben; dann brach es aber doch wieder hervor und feierte fröhliche Urständ. Was blieb einem übrig – man mußte mit sich selber leben.

Hier lag vielleicht im Wesen das, was Thérèse ihm bedeutet hatte – sie hatte ihm geholfen, die Kluft zu überbrücken zwischen dem Mann Yates und dem Soldaten Yates, der voller Todesangst war und bei dem sich alles daraus ableitete. Sie hatte ein winziges Teilchen von sich in ihn verpflanzt, und dieses blieb ihm nun. Wenn in gleicher Weise ein wenig von ihm selber in sie übergegangen war, dann würde vielleicht das Vergebliche ihrer Liebe weniger schmerzen, und ein Abglanz des Schönen, das sie erlebt hatten, würde überdauern. Sie hatte ihm geholfen, über seine ausschließliche Ich-Bezogenheit hinauszuwachsen und das wirkliche Leben wieder zu sehen.

Hinauszuwachsen? Das war übertrieben. Zum erstenmal in seinem Leben hatte er einer Frau gegenüber gespürt, daß er der Stärkere war, daß sie sich auf ihn verließ. Ihr Vertrauen hatte ihn froh gemacht, und nun sorgte er sich, was aus ihr werden sollte, denn er konnte nichts für sie tun, obwohl er es so gern wollte. Zum erstenmal machte er sich mehr Sorgen um eine Frau als um sich selber.

Mit einer Art Bestürzung erkannte er, daß Ruth wohl gerade das, was er Thérèse gegeben hatte, von ihm erwartet hatte. Aber Ruth hatte er das nie gegeben. Hatte er Ruth gezwungen, ewig den ihm so verhaßten Mentor zu spielen? Hatte sie nicht darauf gewartet, daß er sich änderte und ihr gab, was sie in ihrem Mann zu finden alles Recht hatte?

Er hatte nie gewußt, wie sehr Ruth ihn liebte – weil er selber bis heute nicht gewußt hatte, was Liebe eigentlich bedeutet. Und das zu erkennen, hatte er erst hierher kommen müssen, auf diese einsame Straße von Verdun nach Rollingen.

»Ich möchte, daß Sie nach Rollingen fahren«, hatte DeWitt zu Yates gesagt. »Nehmen Sie ein paar Leute und einen Lautsprecherwagen. Sprechen Sie zwei- oder dreimal am Tag Nachrichten auf dem Marktplatz – sicher gibt es dort einen Marktplatz. Setzen Sie sich mit der Militärregierung in Verbindung, sichern Sie sich ihre Mitarbeit und bieten Sie selber Ihre Hilfe an. Ihre Hauptaufgabe besteht darin, die Stimmung der Bevölkerung zu untersuchen – ihre Meinungen, ihre Neigungen, auf wessen Seite sie steht und wieweit man bei ihr auf Unterstützung rechnen darf.«

»Wann fahre ich?«

»Morgen früh, schlage ich vor.« Und er hatte Yates eine Kopie des schriftlichen Befehls überreicht.

Yates hatte das Papier gefaltet und sorgsam in die Tasche geschoben. Dies hatte es ihm ermöglicht, den ersten scharfen Schmerz zu überwinden, der sich mit der Erkenntnis einstellte: Dies ist das Ende für Thérèse und mich. Aber die Beschäftigung mit den Papieren, mit der Tasche, mit dem Knopf an der Tasche half ihm auch, den anderen Gedanken zu verbergen, der ihm sofort kam: Rollingen ist der Mittelpunkt der Delacroix-Herrschaft. Dort ist Fürst Yasha; dort werde ich ihn für mich allein haben.

Er hatte DeWitt einen Blick zugeworfen und zu erkennen gesucht, ob die gleiche Erwägung auch den Colonel beschäftigte. Aber DeWitts Gesicht zeigte den üblichen Ausdruck; nichts verriet, ob der Mann noch einen Hintergedanken hatte, den er nicht aussprach.

»Noch eins!« hatte DeWitt weiter gesagt. »Sie sind dort ganz auf sich selber gestellt, seien Sie also vorsichtig. Nur dienstliche Angelegenheiten bitte!«

Das konnte vielerlei bedeuten, hatte Yates sich überlegt. Es schloß einen Besuch bei Yasha nicht aus, dessen Ansichten ebenso wichtig waren wie die irgendeines Bäckers oder Fleischers. War es möglich, daß DeWitt einen Stimmungsbericht über Rollingen verlangte, weil er, Yates, damals in Paris dem Major Willoughby einen ähnlichen Bericht als Grund für seinen Besuch bei Yasha angegeben hatte? DeWitt hatte Sinn für Humor.

»Nichts Außerdienstliches also!« hatte Yates bestätigt.

»Man kann die Menschen dort, soviel ich weiß, als Grenzbevölkerung bezeichnen. Lothringen ist zweisprachig. In Rollingen wird vorwiegend Deutsch gesprochen. Also finden Sie heraus: wieweit fühlen sich die Leute dort als Deutsche.«

»Verstanden«, hatte Yates gesagt. »Ich nehme Bing und Abramovici, wenn es Ihnen recht ist, und McGuire als Fahrer?«

»Regeln Sie das mit Willoughby«, hatte DeWitt kühl geantwortet.

Als Yates dann mit Willoughby sprach, hatte er bemerkt, wie unwohl der Major sich zu fühlen schien bei der Angelegenheit. Willoughby war unruhig im Zimmer auf und ab gegangen. »So, Sie fahren also nach Rollingen? Sehr gut! Sehr interessanter Auftrag – wünsche Ihnen alles Gute. Selbstverständlich – nehmen Sie sich die Leute, die Sie nötig haben. Und lassen Sie mich wissen, was Sie feststellen.«

Dann brach er jäh ab. Seine dunklen Augen waren ein wenig blutunterlaufen.

»Ich möchte wetten, Sie glauben, Sie wischen mir jetzt eins aus!«

Er hatte sich wieder hingesetzt, schwang seine Füße auf den Schreibtisch und sagte in einem recht selbstzufriedenen Ton: »Mein lieber Yates, Ihre Feindseligkeit mir gegenüber ist doch eigentlich sehr dumm. Ich weiß, ich weiß. Sie haben damals in Paris einiges einstecken müssen; niemand steht gern wie ein Idiot da. Aber sehen Sie nicht ein, daß ich so handeln mußte? Entweder standen Sie blöde da oder ich – ich hatte also keine Wahl. Hätten Sie an meiner Stelle sich nicht genauso verhalten?«

»Major, die Frage war damals doch nicht, wer blöde dazustehen hatte.«

»Ist doch gleich!... Jedenfalls sollten wir lieber Freunde sein. Yates, ich kann Ihnen in sehr vielem helfen. Schließlich wollen wir doch beide, daß dieser Krieg gewonnen wird und wir die Sache endlich hinter uns haben...«

Was er sagte, klang ganz aufrichtig.

Aber Yates hatte sich nicht festgelegt. Und nachdem er Willoughbys Zimmer verlassen hatte, hörte er, wie der Major von neuem auf und ab ging.

Eine Reihe Hochöfen erhob sich aus dem Tal, sauber und still im Schein der Herbstsonne. Ein paar Männer, die lächerlich klein aussahen, schrapten an ihnen herum. Yates schien es, als könne ihre Arbeit unmöglich etwas bewirken.

Bei der ersten größeren Kreuzung in der Stadt ließ er seinen Jeep und den Lautsprecherwagen halten. Nur wenige Menschen waren zu sehen. Rollingen lag stumm und friedlich, eine bedrückende Atmosphäre, die sich wie ein unsichtbarer Nebel über die kleine Gruppe Amerikaner senkte.

Bing stieg aus dem Lautsprecherwagen und ging zu Yates' Jeep vor.

»Wie lange ist es her, seit die Deutschen abgezogen sind?« erkundigte sich Yates bei einem Mann, der, eine oft gewaschene blaue Schürze über dem dicken Bauch, wie ein Schuhmacher aussah, aber auch der Kolonialwarenhändler oder der Wirt des »Schwarzen Raben« an der Ecke sein konnte.

»Fünf Tage!« sagte der Mann. »Vor fünf Tagen waren sie zum letztenmal hier. Aber sie tauchen immer wieder auf, seit drei Wochen schon.«

»Wie viele waren es das letztemal?«

»Nicht viele, vielleicht nur ein Stoßtrupp...«

Er versuchte sich zu entfernen.

»Kommen Sie her!« rief Bing auf deutsch.

Der Mann näherte sich ängstlich.

»Was geht hier vor? Was ist mit den Leuten hier los?«

Der Mann blickte um sich, als wolle er sich vergewissern, ob er auch nicht beobachtet würde. Dann lehnte er sich in den Wagen und flüsterte Yates zu: »Die Amerikaner ziehen sich zurück!«

Yates, der keine solche Nachricht hatte, sagte: »Unsinn! Woher haben Sie dieses Gerücht?«

»Ich habe es mit meinen eigenen Augen gesehen! So wahr, wie ich hier vor Ihnen stehe. Donnerstag rückten sie hier ein, mit Panzerwagen und Panzern und Geschützen, und blieben bis Sonnabend; und dann, in der Nacht, zogen sie wieder ab.«

»Natürlich«, sagte Bing. »Haben Sie etwa angenommen, daß die Truppen ewig hier bleiben würden? In den meisten Fällen müssen Soldaten nämlich an die Front.«

»Vielleicht!« Der Mann spreizte die Hände. Möglich ist alles, schien er sagen zu wollen. »Aber sie sind in dieser Richtung abgerückt.« Sein Daumen wies über die Schulter in Richtung der Straße, die über die Hügel führte und auf der Yates und seine Gruppe gerade gekommen waren. »Für uns gibt es keinen Schutz!« jammerte er plötzlich. »Und wir haben Frau und Kinder. Was wird nun werden?«

Sein Ausdruck veränderte sich. Ein schwaches Lächeln, neue Hoffnung breitete sich über sein flaches bekümmertes Gesicht. »Aber Sie bleiben hier?«

»Wahrscheinlich«, sagte Yates, um dem Mann Mut zu machen.

Die Lage war einfach lächerlich. Er und seine drei Mann konnten Rollingen nicht verteidigen, selbst wenn sie es gewollt hätten. Aber für diesen Mann wie für viele andere waren der Lautsprecherwagen und der Jeep – Gesamtbewaffnung: eine Pistole, ein Karabiner, zwei

Infanteriegewehre – ein Unterpfand dafür, daß die Amerikaner hier bleiben würden. In Verdun hatte man Yates gesagt, daß er in Rollingen ein Panzergrenadierbataillon antreffen werde – wahrscheinlich war es das Bataillon, das wieder abgerückt war. Die Richtung des Abzuges bedeutete natürlich gar nichts, obwohl die Bevölkerung es als einen Rückzug auslegte – aber wie sollte er diesem Mann das Hin und Her bei den Kampfhandlungen einer Armee auseinandersetzen? Wer weiß, wo das Bataillon eingesetzt wurde.

Inzwischen hatten sich noch weitere Einwohner eingefunden – etwa ein Dutzend –, mit den gleichen verängstigten Gesichtern wie der Dicke.

»Wie steht es in Metz?« wollte jemand wissen, eine spitze, feindselige Stimme, provozierend.

»Die Amerikaner sind in Metz!« sagte Bing mit Bestimmtheit. Da sie sowieso Nachrichten ansagen wollten, sah er keine Veranlassung, diese Meldung für sich zu behalten.

Der Ton der spitzen Stimme wechselte von Ressentiment zu reinem Hohn. »Was Sie nicht sagen! Da wissen wir aber besser Bescheid!«

Eine Frau trat auf die andere Seite des Jeeps, zupfte Abramovici am Ärmel und flüsterte: »Er ist der Besitzer vom ›Goldenen Lamm‹. Alle Nazigrößen sind dort eingekehrt. Vorsicht!«

Abramovici erwiderte nichts. Er war entschlossen, überhaupt niemandem zu trauen und sein Gewehr schußbereit zu halten.

Wieder die spitze Stimme, erfüllt von ihrer eigenen Wichtigkeit. Es war nicht ganz klar, ob der Besitzer des ›Goldenen Lamms‹ seine Mitbürger oder die Amerikaner belehren wollte. »Haben wir vielleicht Wasser im oberen Teil unserer Stadt? Der obere Stadtteil erhält sein Wasser aus Metz, jeder weiß das.«

Er machte eine Pause.

»Aber nun kommt überhaupt kein Wasser. Die Deutschen haben die Rohrleitung gesperrt. Also sind die Deutschen noch in Metz.«

Bing löste sich von der Seite des Wagens und bahnte sich einen Weg durch die Leute zu dem Sprecher. Der Mann wich zurück. Da er sich nun isoliert und ohne den Schutz der anderen sah, redete er mit großer Hast: »Das ist die Wahrheit! Sehen Sie sich doch das

Wasser in der oberen Stadt an! Ich sage nicht, daß die Amerikaner nicht in Metz sind – aber die Deutschen sind auch dort. Nur wenige Deutsche, sehr wenige, und die werden auch bald verduften. Sie verschwinden immer ganz rasch, immer laufen sie fort, die feigen Hunde! Wir haben sie aus Rollingen davonlaufen sehen, oder etwa nicht?«

Er lachte hysterisch. Das Lachen brach ab, als er sah, daß Bing ihn näher heranwinkte.

»Wie heißen Sie?«

»Reuther, Herr Feldwebel.«

»Wie viele Zimmer gibt es im ›Goldenen Lamm‹?«

Der Mann stotterte etwas.

»Wir brauchen vier Zimmer und frisch bezogene Betten«, sagte Bing ungerührt.

»Aber lieber Herr, ich habe gerade amerikanische Soldaten im Haus gehabt. Warum gehen Sie nicht in den ›Schwarzen Raben‹? Das ist ein erstklassiges Hotel und ist auch durch den Nationalen Deutschen Hotelbesitzerverband anerkannt.«

»Kommen Sie her, Mann, noch näher!« sagte Bing in seinem freundlichsten Ton. Er und der Besitzer des ›Goldenen Lamms‹ standen nun umringt von der Menge, die inzwischen beträchtlich angewachsen war.

»Wir bringen euch eine ganze Reihe von guten Dingen«, erklärte Bing seinem Gegenüber. »Freiheit und Sicherheit und die langersehnte Gelegenheit, euch Frankreich wieder anzuschließen. Ihr solltet glücklich sein, dafür einige kleinere Unbequemlichkeiten auf euch nehmen zu dürfen.«

Bei dem Wort »Unbequemlichkeiten« begann die Menge sich zu verlaufen; aber die, die zurückblieben, grinsten.

»Gut, Herr Reuther – springen Sie in unseren Wagen, und zeigen Sie uns den Weg zu Ihrem erstklassigen Haus, das der Nationale Deutsche Hotelbesitzerverband gleichfalls anerkannt hat. Ich hoffe, daß man der Empfehlung des Verbandes Vertrauen schenken kann.«

Bing drehte den Mann fast spielerisch herum und gab ihm einen Stoß, der gerade stark genug war, um ihn mit einiger Geschwindigkeit am Wagen anlangen zu lassen.

»Die Quartierfrage wäre damit also schon gelöst«, verkündete er Yates.

Yates und seine Leute gingen die Straße zum Bürgermeisteramt im Rathaus hinunter. Das Rathaus war das einzige Gebäude, auf dem eine französische Fahne zu sehen war.

Der Bürgermeister empfing sie, er war auch der Rechtsanwalt im Ort. Er trug einen roten Bart, der nicht ganz zu seinem gutsitzenden, feingestreiften Anzug paßte. Er berichtete, er habe sich im Wald aufgehalten, bis die Deutschen die Stadt geräumt hätten, und da er nicht wisse, wie lange seine Herrlichkeit im neuen Amt andauern werde, ziehe er es vor, den Bart noch zu behalten.

Der Chef der Polizei, sehr erfreut über diesen Zuwachs zu den örtlichen Befreiungskräften, schüttelte Yates' Hand lange und heftig und versicherte ihm, die Lage wäre ausgezeichnet, und jeden Augenblick müßten Polizeiverstärkungen, die ihm vor drei Tagen aus Nancy zugesagt wurden, eintreffen.

»Eine ganze Korporalschaft Gendarmerie!« sagte er ehrfürchtig. »Gut bewaffnet und frisch eingekleidet.«

Er selber trug nur einen Staubanzug und eine Baskenmütze und hatte eine deutsche Pistole an seinem Gürtel hängen.

»Eigentlich gehöre ich gar nicht zur Polizei«, vertraute er Yates an, »ich bin Arbeiter in einer Hütte. Von hier waren wir etwa sechzig Mann ›Freies Frankreich‹, die meisten aber sind nun nach Hause gegangen. Ist auch zu verstehen, *n'est-ce-pas?*«

»Sobald die Gendarmen aus Nancy eintreffen«, sagte der Bürgermeister, »wollen wir eine Befreiungsparade abhalten. Und natürlich nehmen Sie daran teil, Herr Oberleutnant – die Herren von der Militärregierung beteiligen sich auch. Vorn als erste lassen wir die Polizei marschieren, dann die Amerikaner, dann die Feuerwehr, dann die ›Société des Jeunes Femmes‹ von Rollingen in Nationaltracht – wirklich sehr, sehr hübsch, versichere ich Ihnen; und dann noch, wer von der Bevölkerung sich beteiligen will. Der Herr Pfarrer wird die Glocken läuten lassen, und wir finden auch noch ein paar Instrumente für eine Musikkapelle – die besten haben die Deutschen gestohlen.«

Der Bürgermeister blickte ihn so bittend an, daß Yates versprach, jawohl, er würde selbstverständlich an der Parade teilnehmen.

»Ich hätte auch gern flaggen lassen«, sagte der Bürgermeister, »aber der Polizeichef hat sich dagegen ausgesprochen. In Villeblanche hatte die Bevölkerung die Fahnen hinausgehängt, und dann kamen die Deutschen zurück, und die Oberhäupter aller Familien, die geflaggt hatten, wurden von den Deutschen gezwungen mitzugehen, und man hat nie wieder von ihnen gehört.«

»So?« sagte Yates. »Nun, wir werden dafür sorgen, daß das hier nicht geschieht.«

Der Bürgermeister schwieg.

Yates fragte: »Die Lage ist doch hier anders als in Villeblanche, nicht wahr? Die Fontlinie liegt...«

»Mon Lieutenant«, sagte der Polizeichef und schob sich die Mütze in den Nacken, »wir und Sie und Ihre Militärregierungsabteilung, die dort jenseits der Eisenbahn einquartiert liegt – wir sind die Frontlinie.«

»Und die Deutschen?«

»Wo die sind, wissen wir nicht. Sie können fünfzehn Kilometer von hier stecken, aber ebensogut fünf. Wir hoffen nur, unser Frontabschnitt bleibt ruhig.«

»Nehmen wir an, sie versuchen hier durchzusickern?«

»Sie meinen, hier einzumarschieren, *mon Lieutenant?* Könnten sie, könnten sie – mit größter Leichtigkeit. Hier ist nichts, das sie davon abhalten kann – außer vielleicht dreißig oder vierzig Mann vom ›Freien Frankreich‹, die in einem Bauernhaus östlich der Straße liegen.«

»Sie sehen also, wie es hier steht«, sagte der Bürgermeister.

Yates sah, wie es hier stand. Diese Männer taten alles, sich hier zu halten, auf doch recht schlüpfrigem Boden. Und sie versuchten, dabei zuversichtlich auszusehen. Nun – wenn sie das konnten, warum dann nicht auch er?

»An der Parade nehme ich teil«, sagte er, »und meine Leute auch. Schade, daß ich nur drei Mann habe...«

Gerade als er aus dem Rathaus trat, schwankte ein alter Lastwagen, vollbesetzt mit Gendarmen, die Straße entlang. Yates hatte niemals viel für die Polizei übrig gehabt; aber nun war er doch froh, diese Wagenladung Polizei zu sehen, und blieb stehen, um mit dem Sergeanten zu sprechen.

Ja, auch sie würden an der Parade teilnehmen, sagte der Sergeant; sie hätten bereits zwei solcher Paraden in Ortschaften, durch die sie gekommen wären, hinter sich. Dann aber müßten sie weiter. Natürlich würde man genügend Kräfte in Rollingen zurücklassen.

»Was verstehen Sie unter genügend?« wollte Yates wissen.

»Vier Mann«, sagte der Sergeant und entschuldigte sich, er müsse jetzt mit dem Polizeichef sprechen.

Yates begann die Lage in Rollingen mit einem gewissen Humor zu betrachten, und dies war ja wohl auch, sagte er sich, die einzige Art, damit fertig zu werden. Schließlich sollte er imstande sein, zumindest ebensoviel Fatalismus aufzubringen wie der französische Bürgermeister. Wenn aber die Dinge so auf der Kippe standen, wie es aussah, lag um so mehr Veranlassung vor, sofort mit Yasha in Verbindung zu treten. Leider nur würde die Parade den Rest des Nachmittags in Anspruch nehmen...

Er beschloß, Bing zu Yashas Villa zu schicken.

Er rief seine Leute zusammen. Aber nur Abramovici und McGuire, die beide Äpfel kauten, meldeten sich. Abramovici sagte mit Selbstlob in der Stimme, Bing wäre des Wartens müde geworden und sei abgehauen, um sich die Stadt anzusehen.

Yates platzte.

Der ganze Druck, den er in sich aufgespeichert hatte, brach nun durch. Dann, mitten in seiner Tirade, brach er ab. Es hatte keinen Sinn, Abramovici zu beschimpfen, der nun dank Bings Verantwortungslosigkeit an der Reihe war, zu Yasha zu gehn.

Bing, mit den richtigen Befehlen versehen, würde die Sache glatt erledigt und, wenn nötig, Yasha beim Kragen gepackt und Yates gebracht haben.

Aber wie würde sich Abramovici verhalten – mit seiner Neigung, überall Gehorsam zu zeigen, wo er eine Autorität witterte?

Vielleicht war da sogar McGuire besser. Nein, McGuire sprach kein Französisch, und der Besuch in Yashas Haus mochte erhebliche Verhandlungen mit Wächtern, Dienern oder Hausmädchen nötig machen – und Hausmädchen bedeuteten ohne jeden Zweifel das Ende von McGuires Nützlichkeit.

»Es wird eine Parade stattfinden«, sagte Yates und fügte hinzu, daß sie vier die bewaffnete Macht der Vereinigten Staaten repräsentieren sollten.

Abramovici strahlte; Yates sah, wie seine Brust sich dehnte: der kleine Mann bereitete sich innerlich auf das große Ereignis vor.

»Die Sache beginnt noch nicht gleich, Abramovici«, sagte Yates; »wir haben noch etwa eine Stunde Zeit, bis es losgeht... McGuire, Sie können wegtreten. Versuchen Sie Bing zu finden, und melden Sie sich in genau einer Stunde hier vor dem Rathaus... Abramovici, für Sie habe ich noch eine besondere Aufgabe.«

Böses ahnend, betrachtete er Abramovici. Dann jedoch kam ihm der Gedanke, daß vielleicht gerade Abramovicis kriegerischer Eifer und sein tödlicher Ernst Yasha beeindrucken mochten, der, als Europäer, wahrscheinlich von Ehrfurcht für alles Militärische durchdrungen war. Wenn Abramovici nur seine Hosen hochgezogen hielt, konnte er einem Uneingeweihten schon Angst machen.

»Sehen Sie das große Haus dort auf der Anhöhe. Ja, das dort, das wie eine Bühnendekoration für eine Wagneroper aussieht.«

Wenn die Hochöfen in Betrieb waren, dachte Yates, stand das Haus mitten im Qualm – aber vielleicht atmete Yasha den Ruß gern ein, da er ihm Gewinn brachte.

»Nehmen Sie den Jeep, fahren Sie hinauf zu dem Haus, und fragen Sie nach Fürst Yasha Bereskin.« Hastig fügte Yates hinzu: »Wir sind Amerikaner. Wir kümmern uns einen Dreck um Titel. Ist das klar?«

»Jawohl, Sir!« Der Tonfall versicherte Yates, daß Abramovici vom Geist der großen Revolution von 1776 erfüllt war.

»Wenn der Fürst da ist, sorgen Sie dafür, daß er hier im Ort und in seinem Haus bleibt. Sagen Sie ihm, ich bin in Rollingen und möchte ihn morgen um zwei Uhr aufsuchen. Erwähnen Sie, daß es besser für ihn ist, wenn er auf mich wartet. Lassen Sie sich nicht auf irgendwelche Entschuldigungen ein; wenn Ihnen jemand komisch kommt und Sie nicht zum Fürsten vorläßt, dann machen Sie deutlich, daß Sie eine Waffe tragen.«

Abramovici schlug gegen den Schaft seines Gewehres.

»So ist's recht!« Yates verzog keine Miene. »Genau wie wir unsere Armee, unser Volk, unsere Regierung auf der Parade vertreten, so vertreten Sie das gleiche und mich noch dazu, wenn Sie beim Fürsten sind und Ihren Auftrag durchführen.«

Abramovici nickte ernst. »Der Fürst ist ein gefährlicher Mensch?«

»Physisch nicht.« Yates konne es sich nicht leisten, in seinem Sendboten Furcht aufkommen zu lassen. »Fürst Yasha ist in politischer Hinsicht gefährlich.«

»Ein Agent der Nazis?«

»Der Fürst ist ein sehr reicher Mann«, erklärte Yates vorsichtig. »Dreiviertel der Unternehmungen in dieser Gegend gehören ihm, und seine politische Einstellung ist fragwürdig. Ich verlasse mich völlig auf Sie, Abramovici, auf Ihre Diplomatie und die Kraft Ihrer Persönlichkeit.«

»Jawohl, Sir!« schmetterte Abramovici hinaus.

Endlich wurde er an seinen richtigen Platz gestellt – ein selbständiger Auftrag und hinterher als Krönung eine Parade! Er lief ins ›Goldene Lamm‹, um den Jeep zu holen.

Während er zu dem Haus auf dem Hügel hinauffuhr, rutschte Abramovici unruhig auf seinem Sitz hin und her. Seine Gefühle reichen Leuten gegenüber waren sehr gemischter Natur; einerseits beneidete er sie und empfand ihnen gegenüber eine Art Klassenhaß, weil sie zu den Besitzenden gehörten und er zu den Habenichtsen; andererseits bewunderte er sie auch, denn sie hatten bereits erreicht, wonach er strebte. Zu Hause hatte er brav die paar Dollar, die er sich von seinem spärlichen Einkommen absparen konnte, auf die Long Island Savings and Trust Bank getragen und hatte in behaglicher Zufriedenheit das langsame, aber sichere Anwachsen seines Guthabens beobachtet. Hier in Europa jedoch hatte er sich andere Wertbegriffe geschaffen, die er daraus ableitete, daß er Soldat in einer Armee war, die auf ihrem Eroberungszug die Freiheit brachte. So gesehen nahm er als Angehöriger dieser Armee eine höhere Stelle ein als selbst der reichste Fürst, und die Größe seines Bankkontos zu Hause hatte damit sehr wenig zu tun.

In der Diele von Yashas Villa jedoch, die mit ihren schweren Möbeln einen düsteren Eindruck auf ihn machte, und auf den dicken Teppichen, die unter seinen Stiefeln weich nachgaben, wurde sein Selbstvertrauen auf eine harte Probe gestellt. Der Diener, der sich entfernt hatte, um ihn seinem Herrn zu melden, hatte ihn mißtrauisch von der Seite angeblickt, und ein anderer Diener hielt sich in seiner Nähe, offensichtlich argwöhnend, daß der Soldat in dem großen Helm für einige der Kunstgegenstände hier als Andenken Interesse zeigen könnte.

Abramovici starrte den Diener kriegerisch an. Er versuchte, den Kolben seines Gewehres hart auf dem Boden aufschlagen zu lassen, aber da waren nun die Teppiche im Weg. Dieser Fürst – war er überhaupt ein richtiger Fürst? –, der in einer solchen Umgebung lebte, würde sich den Anordnungen eines Soldaten mit zwei lausigen Tressenwinkeln gegenüber kaum sehr willfährig zeigen.

Man ließ ihn warten, und je länger Abramovici wartete, desto unsicherer wurde er. Vielleicht war er in eine Falle geraten? Yates hatte ihm erklärt, der Fürst sei politisch fragwürdig. Es konnten ja ebensogut Deutsche in diesem großen, düsteren Haus versteckt sein? Praktisch gab es keine alliierten Truppen in Rollingen; Yates hätte ihn nie so allein hierher schicken sollen. Wenn man ihn verschwinden ließ – was konnte Yates schon tun? Abramovici umklammerte sein Gewehr fester und näherte sich dem Diener, der ihn noch immer beobachtete. Mit rauher Stimme sagte er: »Ich habe keine Zeit zu warten. Ich will den Fürst sehen, und zwar sofort; ich habe noch anderes zu tun!«

Vielleicht war es die Art, wie er das Gewehr hielt – jedenfalls eilte der Mann davon und kehrte mit dem ersten Diener wieder zurück, der ihm die Entschuldigung des Fürsten überbrachte und erklärte, der Fürst sei jetzt bereit, ihn zu empfangen.

»Aha!« sagte Abramovici, »das klingt schon besser!«, und ließ sich zum Fürsten führen.

Yasha saß in einem tiefen Sessel, den knochigen Leib in einen seidenen Schlafrock gehüllt. Zu seinen Füßen lag ein Schäferhund – etwa so groß wie Abramovici selber; der Hund erhob sich knurrend und stieß die feuchte Nase gegen Abramovicis Patronentasche.

»Grischka!« sagte der Fürst zärtlich, »komm her, Grischka.« Der

Hund zog sich zurück und legte sich langsam nieder. Yasha streichelte ihn. »Grischka mag keine Fremden«, sagte er, und der Ton ließ darauf schließen, daß die Feststellung auch für den Besitzer des Hundes Geltung hatte.

Abramovici räusperte sich, bezog Stellung, so daß er sowohl den Fürsten wie den Hund im Auge behielt. Dann fiel ihm noch etwas ein. Er riß die Kammer seines Gewehrs auf und ließ eine Patrone hineingleiten.

Yasha fuhr hoch, das metallische Einschnappen gefiel ihm nicht. »Warum tun Sie das?«

Abramovici erklärte: »Eine Kugel, auf so kurze Entfernung abgefeuert, risse ein etwa faustgroßes Loch in Ihren Hund.« Dabei schlotterten ihm die Knie, und er war froh, daß es der Fürst seiner weiten Hosen wegen nicht sehen konnte.

»Setzen Sie sich«, bat Yasha, »betrachten Sie sich als meinen Gast. Ein Glas?«

»Ich trinke nie«, sagte Abramovici wahrheitsgemäß, und er hätte dem Fürsten einen Kurzvortrag über die Schädlichkeit von Alkohol gehalten, wenn ihm nicht jedes einzelne Wort so viel Mühe gemacht hätte, die Kehle war ihm wie zugeschnürt.

Diese Wortkargheit seines Besuchers und die Kugel im Lauf von dessen Gewehr gaben Yasha ein höchst unangenehmes Gefühl. Zum erstenmal wagte es jemand, der nicht Offizier war, sich ihm zu nähern; selbst die Nazis hatten bei ihren häufigen Erpressungsversuchen wenigstens die Formen der Höflichkeit, die man seiner Stellung schuldete, gewahrt.

»Was wünschen Sie also?« entfuhr es ihm.

»Nicht viel«, sagte Abramovici und schluckte.

Nicht viel, überlegte Yasha. Was war das hier, eine Art Raubüberfall? Er war hierhergekommen, um sich selber einen Überblick zu verschaffen und seine Bergwerke und Hütten wieder in Gang zu bringen. Er hatte nichts getan, was den alliierten Behörden hätte mißfallen können; er hatte den rotbärtigen Idioten von Bürgermeister empfangen und den amerikanischen Captain, der die Militärregierung vertrat. Er war mit den zur Zeit herrschenden Mächten im reinen; und dieser Besuch war im höchsten Grad regelwidrig, wenn nicht gar ominös.

»Mein kommandierender Offizier«, sagte Abramovici, der endlich genügend Vorrat an Atem für einen längeren Satz hatte, »ersucht Sie, sich für morgen nachmittag um zwei Uhr bereit zu halten.«

»Was will Ihr kommandierender Offizier von mir? Ich bin Bürger der Französischen Republik, ich bin ein sehr geachteter Unternehmer. Es ist zweifellos mein Recht, mich um die Unternehmen, die mir anvertraut sind, zu kümmern...«

»Weiß ich alles nicht«, sagte Abramovici, rutschte auf dem Stuhl herum und hielt versehentlich den Lauf seines Gewehres in die Richtung, wo der Fürst saß.

»Nehmen Sie das Schießding da weg!« verlangte der Fürst nervös. »Ich bin Besuche dieser Art nicht gewöhnt!«

»Das Gewehr«, sagte Abramovici, der sich am sichersten fühlte, wenn er Grundsätzliches sagte, »ist ein wesentlicher Teil der Ausrüstung des Soldaten. Im Krieg darf der Mann sich nicht von seinem Gewehr trennen; selbst wenn er schläft, soll er es griffbereit haben.«

Yasha hielt Abramovicis Worte für Ironie. Der kleine Mann unter dem großen Helm und mit den großen Stiefeln, der ihm zuerst recht lächerlich vorgekommen war, stellte irgendwie eine Bedrohung dar. Und das schlimmste war, daß er nicht feststellen konnte, woher die Bedrohung kam und worin sie bestand.

»Wollen Sie damit sagen, daß ich mich in einer Art Hausarrest befinde? Mich auf morgen bereit halten – wofür? Ich verstehe überhaupt nichts! Wir sind hier nicht in Deutschland, wo ein Mensch jederzeit und unter jedem Vorwand verhaftet werden kann!«

Je besorgter Yasha erschien, desto mehr fühlte sich Abramovici erleichtert. Abramovici entsann sich der Bedeutung der Aufgabe, die ihm zugewiesen war, und er dachte wieder an seine neuen europäischen Wertbegriffe.

»Sie sind ganz hübsch reich, Fürst, nicht wahr?« sagte er. »Ich habe mir schon immer mal einen wirklich reichen Mann ansehen wollen. Wie wird man eigentlich reich? Wie sind Sie reich geworden?«

Ein Gangster, dachte Yasha. Amerika wimmelt von Gangstern. Natürlich treten sie nun auch in Uniform in Erscheinung. Er wollte nach seinen Dienern klingeln, die Polizei oder die Militärregierung anrufen. Eine Kugel, auf so kurze Entfernung abgefeuert, risse ein faustgroßes Loch...

»Was wollen Sie? Wieviel? Ich habe kein Geld bei mir. Ich bin erst wenige Tage hier...«

Abramovici sah in dem Angebot keinen Sinn. Seine Frage war rein theoretischer Natur gewesen. Schließlich aber durchdrang Yashas Gedankengang doch das dicke Fell seiner absoluten Redlichkeit.

»Was – Sie wollen mich bestechen? Mein Herr, ich könnte Sie auf der Stelle festnehmen. Im Krieg hat im Operationsgebiet jeder amerikanische Soldat das Recht zur Festnahme!«

»Wenn Sie schon nichts trinken, so haben Sie wohl nichts dagegen, wenn ich es tue?«

»Nein«, erwiderte Abramovici, »ruinieren Sie Ihre Gesundheit, wenn Sie wollen.« Dann erhob er sich, vom Hund gefolgt. Nur jetzt keine Angst haben, dachte er, Hunde riechen es, wenn einer Angst hat, und dann springen sie ihn an. Langsam, strategisch, zog er sich in Richtung der Tür zurück, warnte aber noch: »Also morgen um zwei Uhr, Fürst! Nicht vergessen! Und seien Sie lieber hier!«

Kaum hatte sich die Tür hinter dem Besucher geschlossen, eilte der Fürst ans Fenster und versuchte, die Truppen zu erkennen, die sein Haus umstellt haben mußten. Da er keine Soldaten sah, nahm er an, sie seien vorzüglich getarnt.

Ein seltsames Gefühl hatte Bing beschlichen, als er vor dem Rathaus wartete und den kleinen Jungen mit den Äpfeln sah. Er tauschte eine Rolle Bonbons gegen drei Äpfel, schenkte Abramovici und McGuire je einen und machte sich davon.

Die verschiedenen Eindrücke dieses Morgens begannen sich zusammenzufügen, voneinander abzuheben und schufen einen Gesamteindruck, der Bing tief beunruhigte; es war ihm, als begegnete er seiner verlorenen Kindheit, und er wußte wieso. Rollingen, das zwar in Lothringen, einer französischen Provinz, lag, war dennoch die erste Stadt, in die er kam, die sichtbar die Spuren des Deutschen aufwies; nicht des Deutschen als des Eroberers, nicht des Kommißstiefels der Nazis, sondern der Deutschen, die hier gelebt und seit

Generationen in dieser Provinz dominiert hatten. Er konnte es sehen, hören, fühlen und beinah riechen; diese systematische Sauberkeit, die ordentlich gestrichenen eisernen Zäune; auf Geschäfts- und Hausschildern die Titel vor den Namen; die Bierkrüge im »Goldenen Lamm«, jeweils mit dem Namen des Stammgastes versehen, der immer aus ihnen trank; die Pflastersteine, die wie ein Mosaik in Mustern auf der Straße gesetzt waren; Gründlichkeit und Gediegenheit, Kleinlichkeit und Begrenztheit, alles klar und deutlich; und der Bogen, den einer beim Gruß mit seinem Hut beschrieb, war genau nach der Stellung berechnet, die der Mann, den er grüßte, im Leben bekleidete.

Bing mochte nichts von alledem, denn er war in eine großzügigere Nation hineingewachsen und war ein Teil von ihr geworden. Dennoch – in genau solcher Umgebung hatte er eine mehr oder weniger glückliche Kindheit verbracht, bis die Nazis an die Macht kamen; er fragte sich, wieviel von diesen Zügen in ihm selber stecken mochten. Hier hatte der Nazismus seine sonderbaren Blüten getrieben, hatte vielleicht sogar auch nur auf diesem Boden wachsen können, wo die Menschen aus der Armseligkeit und Enge ihres Lebens heraus sich nach einer zugleich romantischen und grausamen Gewalt sehnten; auf einem Boden, wo Unterordnung und der Wunsch, jede Verantwortung zu vermeiden, sich in einzigartiger Weise mit dem Streben paarten, mehr darzustellen als der Nachbar. Allzu gut verstand er diese Menschen; er hatte einen Mann wie Reuther, den Besitzer des »Goldenen Lamms«, nur mit einem Blick zu streifen brauchen, um zu wissen, wie er ihn zu behandeln hatte. Besaß er dieses instinktmäßige Verständnis, weil auch in *ihm* ein Rest von *ihnen* steckte! Und wenn das so war, was sollte dann aus ihm werden, da er sie ja gerade haßte, weil sie so waren und weil sie dies alles verursacht oder zumindest geduldet hatten! Mußte er nun sich selber hassen?

Er fand keine Antwort auf die Frage. Aber er wußte, daß er diese Frage eines Tages zu beantworten haben würde und daß sie ihn verfolgen und sich immer dringlicher erheben würde, sobald erst die Armeen die Grenze des eigentlichen Deutschland überschritten und je tiefer sie nach Deutschland hinein vorstießen. Er beschloß, wenn die Armeen jemals so weit gelangten, müßte er die kleine Stadt Neustadt aufsuchen. Das war sein Geburtsort, dort hatte er als Kind gelebt, und dort erst konnte er feststellen, ob er den Deutschen in sich abgestoßen hatte und ob die Wurzeln, die ihn einst in diesem vergifteten Boden gehalten hatten, auch wirklich zerstört waren.

Er war ziellos umhergelaufen und geriet nun in die Nebenstraßen. Sein Gedankengang wurde durch eine Frau in einem schäbigen Baumwollkleid jäh unterbrochen. Es war ihr anzusehen, daß sie gerannt war; ihre groben, wollenen Strümpfe schlampten ihr um die Knöchel. Sie packte ihn und keuchte: »Er erschlägt sie! Er erschlägt sie noch! Sie müssen kommen, Herr Soldat, und sie retten!«

Nun konnte er auch die Schreie hören, weiter unten in der Straße, und obwohl er hätte vorsichtig sein und sich erkundigen sollen, um zu wissen, worauf er sich da einließ, ging er doch mit ihr mit.

Sie führte ihn durch ein Tor auf einen dunklen Hinterhof, der von Arbeiterwohnungen umschlossen war. An Leinen, von einer Wand zur anderen gezogen, flatterte Wäsche. Vor dem Eingang zum Hinterhaus stand schweigend ein Haufen Menschen, die Kinder am Rande. Sie horchten auf die Schreie, die durch die offenen Fenster im ersten Stock herausdrangen. Deutlich war zu hören, wie mit einem flachen Gegenstand auf etwas Weiches eingeschlagen wurde. Und dann der Ruf: »Gnade! Gnade!« Dann fiel eine Tür ins Schloß, Glas splitterte, eilige Schritte und die Stimme eines Mannes: »Komm raus, du Hure!«

Ein Mann im Hof stand mit verschränkten Armen da, schnalzte mit der Zunge und sagte: »Das ist 'ne Tracht Prügel! Das ist 'ne Tracht Prügel!«

Die Frau, die Bing geholt hatte, bat ihn: »Meine Schwester! Er erschlägt sie noch!«

Eine schlampige, grauhaarige Frau, das Haar nur zum Teil aufgesteckt, zum Teil wirr herabhängend sagte: »Und wenn er sie erschlägt! Um so besser! Sie verdient es, die Hure!«

»Ein richtiges Bordell!« sagte ein vollbusiges Mädchen in einer Seidenbluse und schob sich an Bing heran: »Die deutschen Soldaten gingen dort die ganze Zeit nur ein und aus! Betrunken! Störten die andern im Schlaf!«

»Und ihr Mann in den Wäldern und im Kampf gegen die Deutschen!«

»Da geht's wieder los!«

Drinnen krachte eine Tür, ein Schrei erhob sich und sank herab zum Wimmern. Ein dumpfer Schrei. Dann erstarb auch das Wimmern.

Bing ging zum Eingang des Hinterhauses. Die Leute machten bereitwillig Platz. Dann zögerte er. Befreiung, dachte er; auch das war Befreiung – der Unrat, der im Kielwasser mitgespült wird. Ein Mann kommt nach Haus, seine Frau ist eine Nazihure geworden, vielleicht weil sie ohne das nicht leben kann, vielleicht für Geld oder für andere kleine Vorteile. Nun schlägt er sie tot. Warum soll ich mich einmischen? Ich habe meine eigenen Probleme.

Die Menschen beobachteten ihn – was würde er tun?

Ein Kind näherte sich ihm scheu: »Schokolade?«

»Später«, sagte er und ging hinein in das Hinterhaus.

Die Zimmer der Wohnung lagen um eine Wendeltreppe herum. Die Jagd mußte daher im Kreis gegangen sein. Bing trat von einem Raum in den anderen; alle Möbel, die sich bewegen ließen, waren umgestürzt. Er suchte sich einen Weg zur Küche. Dort auf dem Boden, den Kopf gegen den Gasherd gelehnt, mehr tot als lebendig, lag die Frau; der Mann stand über sie gebeugt. Ihr Gesicht war angeschwollen und verfärbt. Blut lief ihr über Wange und Kinn. Auch ohne die Wirkung der Schläge, die sie erhalten hatte, war sie durchaus keine hübsche Frau – mit ihren dünnen Lippen, der rüsselförmigen Nase, dem Hanswurstkinn und den flachen Brüsten. Komischen Geschmack haben diese Deutschen, dachte Bing.

»Kommen Sie! Lassen Sie's gut sein!« sagte er zu dem Mann. »Sie haben's ihr gegeben! Das genügt.«

Der Mann schüttelte den Kopf. Er sah nicht ein, wo Bing das Recht hernahm, ihm in die Arme zu fallen.

Die Frau bewegte sich vorsichtig zur Seite, noch ein wenig – und in dem Moment, da sie sah, daß die Aufmerksamkeit ihres Mannes ganz auf den Amerikaner gerichtet war, sprang sie auf und flüchtete, der Mann polternd hinter ihr her. Bing nahm an, daß sie wieder durch die Küche kommen müßten. Und richtig – da kamen sie auch schon: erst die Frau, mit aufgelöstem Haar, hilferufend, und hinter ihr her der Mann.

Sie blieb stehen, da Bing den Weg mit dem Gewehr versperrte. Der Mann rannte gegen sie an und versetzte ihr sogleich eins über den Kopf; sie taumelte.

»Halt!« brüllte Bing. »Halt, habe ich gesagt!«

Der Mann knurrte, er hätte auch seine Rechte.

»Ich Franzose!« rief er. *»Oui, Monsieur!* Habe gekämpft für euch! Jetzt Heim kaputt, alles kaputt! Ich erschlag sie, die lausige Hur!«

»Nein, das werden Sie nicht tun.« Bing unterstrich seine Worte, indem er mit der flachen Hand auf seinen Gewehrschaft schlug. »Ich bin nämlich jetzt hier die Obrigkeit, verstehen Sie mich?« Der Mann war von Schweiß überströmt, seine Hände waren vom Blut seiner Frau beschmiert. Bing hatte wenig Lust, mit ihm ins Handgemenge zu kommen. Inzwischen waren auch ein paar Leute von draußen in die Wohnung gekommen, unter ihnen die Schwester der Frau; und alle blickten auf ihn und den Mann.

Die Frau schien sich von dem letzten Schlag ihres Mannes erholt zu haben. Sie kniete nun vor Bing und umklammerte seine Beine. Er war wie gefesselt, und wenn der Mann ihn jetzt angriff, würde er schießen müssen und wahrscheinlich einen völlig Unbeteiligten treffen.

Er versuchte, die Frau wegzustoßen, aber sie hielt fest. So ließ er sein Gewehr mit dem Kolben aufschlagen, und der Kolben traf sie am Knie. Sie heulte auf und verkroch sich. Dann stieß er dem Mann die Mündung in den Leib und sagte: »Vorwärts!«

Der heimgekehrte Ehemann gehorchte.

»Sie kommen auch mit!« befahl Bing der Frau. Sie stöhnte, erhob sich aber und kam nachgehinkt.

Eine hübsche Prozession bog da aus der Nebenstraße auf die Hauptstraße von Rollingen ein. An der Spitze der Mann mit den blutigen Händen, Bings Gewehrlauf noch immer auf ihn gerichtet, neben ihm seine Frau, die sich, zerschlagen wie sie war, nur mühsam mitschleppte. Hinter ihnen Bing als Vertreter von Gesetz und Ordnung – gefolgt von sämtlichen Nachbarn, soweit sie Herd und

Kleinkinder im Stich lassen konnten. Dem Aufzug, der sich in Richtung auf das Rathaus bewegte, schlossen sich noch zahlreiche Passanten an. Die meisten schienen sich über das Unglück des Ehepaares echt zu freuen; und Bing, der ihre Bemerkungen und Ausrufe verstand, fühlte sich unwohl im Mittelpunkt der Aufmerksamkeit und dachte: So haben sie sich wahrscheinlich auch benommen, als die Nazis ihre Gefangenen durch die Straßen führten.

Er blickte zurück – mindestens zweihundert Menschen folgten ihm. »Macht, daß ihr wegkommt!« brüllte er. »Alles zurück!« Die Menge stockte kurz, zog aber dann wieder mit.

Auf einmal war da Musik, Fahnen – die Marseillaise, zunächst nur Töne ohne Zusammenhang, dennoch unverkennbar, schwoll an, ihr aufreizender Rhythmus unwiderstehlich; sogar der Verhaftete und sein untreues Weib und selbstverständlich Bing mitsamt Gefolge fielen in Gleichschritt mit der Musik.

Die französischen Gendarmen, die Fahnen und Trommeln, die Würdenträger, die die Befreiungsparade anführten, waren nur noch Meter von Bing entfernt. Dann schwenkten beide Kolonnen zur Seite aus, jeweils nach rechts, und marschierten aneinander vorbei. Die farbenfreudig gekleideten jungen Damen der ›Société des Jeunes Femmes‹ von Rollingen, ihre Bänder und Schleifen im sanften Winde flatternd, beäugten Bing und seine zwei Schützlinge überrascht und schockiert und mit nicht geringer Neugier.

Und da kamen nun auch Yates, McGuire und Abramovici! Bing riß sein Gewehr hoch und erwies die Ehrenbezeigung.

Aber Yates blickte starr geradeaus, ohne seinen Gruß zu erwidern.

Die Wirkung der Befreiungsparade, auch wenn der Zug nicht gar so lang gewesen war, war doch zu bemerken. Ein paar französische Fahnen erschienen hier und dort in den Fenstern. Die Menge, die sich um den Lautsprecherwagen versammelte, war größer, als Yates erwartet hatte.

McGuire hatte den Wagen nahe der Kirche aufgefahren. Das Sechs-Uhr-Geläut schwang noch in der Luft. Im Wagen saß Bing und bereitete sich auf das Donnerwetter vor, das ihm Yates versprochen hatte, sobald die Sendung beendet war.

Yates stand draußen und beobachtete scheinbar gleichgültig die Menschen. Bruchstücke ihrer Gespräche erreichten sein Ohr. Die Neugier der Leute war noch immer überschattet von Angst; sie erwarteten entweder eine Rede des alliierten »Führers« oder Befehle. Das bedrückte Schweigen der einen, der gespannte Ausdruck und die betonte Selbstsicherheit der anderen zeigten, daß die Weste des einen oder anderen doch nicht so rein war, wie jetzt wünschenswert. Die Erleichterung war fast hörbar, mit der man endlich feststellte, daß die klare, selbstsichere Stimme, die da sprach, nichts weiter ansagte als Nachrichten.

In Yates' Schädel ging vieles durcheinander – die allgemeine Spannung in der Stadt, die eigene Spannung in Erwartung seines Gesprächs mit Yasha, der Ärger über Bing und immer noch der Schmerz der Trennung von Thérèse, der aber doch schon weniger scharf war. Die Nachrichtenansage dauerte, er wurde nervös. Als endlich alles vorbei war, steckte er den Kopf in den Wagen, in dem Bing die Geräte abschloß und seine Manuskripte beiseite legte, und rief den Sergeanten heraus.

Gut, jetzt geht's los, dachte Bing.

»Was haben Sie sich eigentlich dabei gedacht, als Sie sich ohne Genehmigung selbständig machten?« begann Yates und fragte, ob er Bing denn wirklich die Lage in Rollingen auseinandersetzen müsse – innerhalb der Stadt noch ein großer Teil der ansässigen Nazis, die nur auf die Rückkehr der deutschen Truppen warteten; und kein Mensch, der wußte, was die nächste Stunde bringen würde. Hier war die Front! Unter solchen Bedingungen verlangte er Disziplin, vor allem von Bing, der doch wohl fähig sein sollte, sich selber ein Urteil zu bilden – »Und was war mit diesem Haufen von Strolchen, mit dem Sie da die Straße entlangzogen?«

»Strolche? Gewöhnliche Leute. Ein Mann kommt aus den Wäldern nach Haus, und inzwischen ist seine Frau zu einer Nazihure geworden – ich weiß selber nicht, wie ich da hineingeraten bin. Es ist eben so passiert! Und warum ich allein losgezogen bin? Kann ich Ihnen auch nicht sagen. Ich weiß nur, die Stadt gefällt mir nicht, ich kriege hier ein komisches Gefühl im Magen. Ich mußte selber gehen und mich umsehen.«

»Selber umsehen? Wonach?«

»Weiß ich nicht...«

»Herrgott noch mal! Keinem von uns gefällt diese Stadt. Ich habe Sie für einen bestimmten Auftrag gebraucht. Aber Sie waren nicht aufzutreiben. Ich dulde so etwas nicht –«

Yates brach ab. Wovon sprach er eigentlich? Was wußte er, was einen Mann veranlaßte, zu gehen oder zu bleiben, zu tun oder nicht zu tun, was man so für gewöhnlich seine Pflicht nannte? Warum zum Beispiel hatte Bing unten an der Treppe, die zu einem Dachzimmer führte, in der er mit einem Mädchen schlief, Wache gehalten? Und was hatte den Jungen getrieben, allein durch diese miserable Stadt zu laufen?

»Schon gut!« sagte Yates. »Aber daß mir dergleichen sich nicht wiederholt. Klar?«

»Jawohl, Sir.« Bing hatte seine eigene Art, mit unangenehmen Ereignissen, die ihn nicht weiter interessierten, fertig zu werden. Er stand dann vor dem Betreffenden, seine Augen offen und dennoch wie im Schlaf, seine Gedanken anderswo, weit fort. Er hatte das in der Schule gelernt, in Deutschland, unter der Fuchtel bösartiger, aufgeblasener, an Selbstüberschätzung leidender Lehrer.

Was Bing als Entschuldigung vorgebracht hatte, hatte weder ernsthaft noch überzeugend geklungen, und Yates überlegte sich, was er seiner Strafpredigt noch hinzufügen könne – da begannen Straße und Marktplatz plötzlich unter dem Rumpeln einer heranrückenden Kolonne zu erzittern. Bing und Yates rannten zur Ecke.

Und da kamen sie auch schon in die Kurve – vorneweg ein Panzerspähwagen, dann Raupenfahrzeuge, dann Lastwagen. Sämtlich dicht mit Männern besetzt – Männer, schweigend und zusammengekauert; das letzte Licht des Tages warf Schatten über die fahlen Gesichter; Männer auf dem Vormarsch zur Front. Sie nahmen die Straße nach Metz. Yates erkannte mit einem Blick die Kennzeichen der Fahrzeuge. Farrish warf seine Reserven in die Schlacht.

In einem der Wagen stand ein großer, blonder Offizier auf, sein Gesicht von Staub bedeckt, und winkte Bing zu; Bing rief etwas und winkte zurück.

»Das war Captain Troy«, sagte er zu Yates, und ein Licht kam in seine Augen.

»Sie kennen den Captain?« fragte Yates, ein wenig unsicher.

»Ja«, antwortete Bing kurz, »ich habe ihm damals am vierten Juli beinah in den Schoß gekotzt.«

»Ach so.«

»Ich glaube, heute nacht haben wir Ruhe vor den Deutschen.«

Etwa ein halbes Dutzend Fahrzeuge am Ende der Kolonne schwenkte aus und fuhr auf den Marktplatz auf; die Männer saßen ab und schienen auf etwas zu warten. Die Abteilung selber verschwand weiter hinten auf der Straße, hier und da flogen Funken aus den Auspuffrohren.

»Ich fange an, mich wohler zu fühlen.« Bing lächelte. »Haben Sie etwas dagegen, wenn ich mit den Burschen dort spreche?«

»Bitte!«

Aber Bing blieb wie angewurzelt stehen. Aus der gleichen Richtung, aus der die Panzergrenadiere gekommen waren, schwankten nun vier alte, ratternde Zivillastwagen heran. Sie waren mit Männern und Frauen vollgestopft. Kopf an Kopf standen sie da, Leib an Leib.

Auch diese Wagen hielten auf dem Marktplatz. Die Soldaten traten vor, öffneten die Hinterwand und ließen die Neuankömmlinge sich herausdrängeln.

Weder Bing noch Yates sagten ein Wort. Sie gingen hinüber zu dem neuen Schauplatz der Dinge und staunten nur. Dann begann Yates zu fluchen. »Los!« sagte er schließlich. »Machen wir, daß wir hier wegkommen!«

»Warum?« fragte Bing. »Sie wußten doch von der Sache! Ich hatte es Ihnen doch in Verdun gesagt!«

»Haben Sie das Mädchen da gesehen?« fragte Yates. »Die dort mit dem abgeschnittenen Haar? Das haben die Nazis gemacht; vielleicht hatten sie irgendeine Verwendung für Haar, vielleicht auch, damit sie nicht so leicht entwischen konnte. Sie hat einmal an der Universität Kiew studiert. Sie weiß auch einiges über Goethe.«

Bing fing an zu lachen.

»Was ist daran so komisch?« Yates' Stimme klang, als hätte sie einen Sprung.

»Ich dachte nur eben daran, wie ihr das zustatten kommen wird, wenn sie jetzt für Delacroix & Co. in die Grube fährt.«

Die Soldaten stießen die Fremdarbeiter zu Gruppen zusammen und führten sie ab. Über den Hügeln, die Rollingen umgaben und für gewöhnlich im Licht der Feuer der Hochöfen lagen, zeigte sich der flackernde Widerschein fernen Geschützfeuers.

Siebentes Kapitel

Spät am nächsten Morgen traf Willoughby in Rollingen ein. Strahlend vor Liebenswürdigkeit kam er in das ›Goldene Lamm‹. Er zog sich einen Stuhl heran, machte es sich bequem, streckte seine Beine von sich und lächelte: »Die Nacht gut verbracht?«

So ein krummer Hund! dachte Yates. »Danke, Major. Nachdem unsere Truppen hier einrückten, haben wir ruhig geschlafen. Sie müssen früh aufgestanden sein.«

»Und ob!«

»Gestern abend hätten Sie hier sein sollen, als man die verschleppten Personen wieder in die Bergwerke brachte«, sagte Yates und blickte Willoughby ins Gesicht.

Der Ausdruck des Majors blieb unverändert. »Meinen Sie?« sagte er. »Nun, das ist nicht unsere Angelegenheit – machen wir uns also deswegen nicht den Kopf heiß.«

Yates antwortete ihm nicht. Willoughbys plötzliches Auftauchen ließ die Sache der Verschleppten als zweitrangig erscheinen. Irgendwie, in seinem Unterbewußtsein vielleicht, hatte er Willoughby erwartet. Die guten Abschiedswünsche des Majors in Verdun hatten zu herzlich geklungen, um ganz echt zu sein. Und es war vorauszusehen gewesen, daß Willoughby seinen Freund Yasha nicht so ohne weiteres irgendeinem Lieutenant überlassen würde. Die gottverdammte Parade! Hätte er doch dem rotbärtigen Bürgermeister gesagt, er solle sich mit der Militärregierung, der Feuerwehr und der ›Societé des Jeunes Femmes‹ begnügen.

Jetzt aber würde Willoughby versuchen, seinen alten Pariser Trick wieder anzuwenden; würde störend eingreifen und, wenn nötig, sich direkt zwischen Yasha und jeden stellen, der es versuchen sollte, dem Fürsten auf den Pelz zu rücken.

Dieses Mal aber, schwor sich Yates, wollte er die Angelegenheit durchkämpfen.

Willoughby sagte, als habe er seine Gedanken gelesen: »Kommen Sie, Yates, wir wollen die Sache mal besprechen wie zwei erwachsene Menschen, die genau wissen, wo der andere steht und die einander schätzen. Ja, ich bin hergekommen, um Yasha aufzusuchen. Ich betrachte den Fürsten als eine Art – nun, als einen besonderen Schützling... Und ich werde es nicht zulassen, daß Sie ihn sich allein vornehmen. Sie verstehen mich doch?«

»Ich verstehe sehr gut, Major. Soll ich das als einen Befehl betrachten? Ich möchte das nur ganz klargestellt haben.«

»Befehl, Befehl – seien Sie nicht kindisch. Wenn Sie eigensinnig sein wollen, Yates, wenn Sie absolut kein Einsehen haben wollen, werden wir nicht sehr weit kommen.«

Willoughby wartete einen Moment.

»Sie sind noch nicht bei dem Fürsten gewesen?«

Durch eine Lüge war hier nichts zu gewinnen. »Nein«, sagte Yates, »ich bin noch nicht bei ihm gewesen.«

»Gut! Sehen Sie, Yates, Sie handeln unter falschen Voraussetzungen. Ich habe damals in Paris einigem nachgeforscht. Ich habe mit Loomis gesprochen, in der Stille; ich habe sogar mit Dondolo geredet.«

Yates starrte ihn an. »Nun – und sind Sie zu dem Schluß gekommen, daß die Anklage gegen Thorpe falsch war?«

Willoughby blickte auf und lächelte jovial. »Ist das alles, wofür Sie sich interessieren – dieser Thorpe?«

»Thorpe bedeutet für mich sehr viel – nicht so sehr er persönlich, aber sein Fall.« Yates rieb seine Warzen, kam um den Tisch herum und trat dicht an Willoughby heran. »Major, abgesehen von Leben und Tod eines Menschen, geht es hier doch auch noch um viel Größeres: Lauterkeit, Ehrlichkeit, Anständigkeit...«

Lauterkeit, Ehrlichkeit, Anständigkeit! Mein Gott, dachte Willoughby, wenn das alles ist, was er will – dem Manne kann geholfen werden! Oder – wußte Yates doch etwas von dem Handel mit Amalgamated Steel und behielt seine Kenntnis als letzten Trumpf noch in der Hand?

Schließlich sagte er: »Sie haben ja ganz recht, Yates. In den meisten Fällen denke ich selber genau wie Sie, nur rede ich nicht so laut davon. Nachdem ich mit Loomis und Dondolo und sonst noch einigen gesprochen hatte, gelangte ich zu gewissen Schlüssen. Es begann mir klar zu werden, worauf Sie wirklich aus waren...«

Nachdenklich kniff Willoughby sich in das Fett unter den Kinnbacken. »Sie können aber Menschen nicht einfach auf Grund eines Verdachtes beschuldigen, das geht weder in der Armee noch im Zivilleben. Sie müssen Zeugen oder Beweismittel haben – möglichst beides. Beweismittel haben Sie nicht, sonst hätten Sie sie damals dem Colonel unterbreitet. Und Loomis und Dondolo –«

Er zuckte die Achseln.

»Was ist mit Sourire?« sagte Yates. »Er ist Yashas Kreatur!«

»Versuchen Sie mal, Sourire zu erwischen!«

»Das versuche ich ja gerade!«

»Ich will Ihnen da helfen, Yates. Wenn Sie's mir gestatten. Wissen Sie warum? Beim Nachdenken über die ganze Sache – damals unser Gespräch beim Colonel, und was Sie damals alles durchblicken ließen und was mir später Loomis und Dondolo berichteten – da kam mir ein neuer Gedanke.«

»Ja?«

»Sie haben mich im Verdacht, daß ich zu dieser Bande von Gaunern gehöre, wenn – und ich sage *wenn!* – es eine solche organisierte Bande überhaupt gibt. Nun – ist das nicht etwas weit hergeholt? Sie kennen mich doch einigermaßen. Glauben Sie ernsthaft, daß ich mich mit solchen Lappalien abgebe? Schwarzer Markt! Als könnte ich mir keine einträglicheren und weniger gefährlichen Unternehmungen ausdenken...«

Yates ging zum Schanktisch hinüber. Er mußte ein Glas Wasser trinken. Willoughby zu verdächtigen, er stünde in Zusammenhang mit der Vernichtung Thorpes, war kindisch, so weit vorzupreschen auf Grund einer unbelegbaren Vermutung, ein schrecklicher Fehler.

Es war der gleiche Fehler, den er einmal Bing vorgeworfen hatte: die Menschen nur in Schwarz oder Weiß zu sehen.

»Es scheint mir, Sie haben mich in zwei Punkten falsch eingeschätzt!« Willoughby erhob die Stimme, jedes Wort sollte Yates deutlich erreichen. »Einmal – indem Sie meine persönlichen Fähigkeiten unterschätzten, und zum anderen durch die Annahme, daß ich mich auf ein so schäbiges Geschäft einlassen würde.«

Er schüttelte den Kopf.

»Sie müssen doch zugeben, Yates, daß ich durchaus berechtigt wäre, Sie zu bestrafen? Warum tue ich es denn nicht? Sehen Sie, das ist das Komische daran: ich mag Sie nämlich. Als Sie damals zu DeWitt gingen in Sachen Thorpe – und Sie waren weder taktvoll noch sehr erfolgreich –, da taten Sie das, weil Sie, als ein anständiger Kerl, Recht und Gerechtigkeit wollen. Das rechne ich Ihnen hoch an. Wir brauchen solche Menschen, denn die sind es, die uns alle voranbringen. Sie trauen dem nicht, weil ich es sage? Bitte! Reden Sie!«

»Um der Wahrheit die Ehre zu geben, Major: ich traue Ihnen – gelegentlich.«

Willoughby lachte.

»Parzival!« sagte er. »Der reine Ritter, der den Gral sucht und dabei auf dem Weg überall aneckt. Aber doch sympathisch!«

»Und wo passen Sie hin bei diesem schönen Vergleich?«

»Ich suche nach keinem Gral. Ich bin zu sehr beschäftigt. Zu Hause sagten die Leute, die mich kannten: Willoughby wird es noch weit bringen. Der Krieg hat das unterbrochen. Ich will den Krieg endlich hinter mir haben... Nun – ich werde Ihnen beweisen, wie hoch ich Sie schätze. Sie und ich – wir gehen zusammen zu Yasha – und ich lasse *Sie* die Fragen stellen. Was halten Sie davon?«

Yates war es klar, daß Willoughby sich selber zu diesem Besuch eingeladen hatte und daß er es dabei so darzustellen wußte, als habe er ihn gütigerweise aufgefordert mitzukommen. Dennoch steckte in den Worten des Majors eine gewisse Aufrichtigkeit.

»Meine Verabredung mit dem Fürsten Bereskin ist für zwei Uhr mittags festgesetzt.«

»Gut!« sagte Willoughby. »Ich bin gespannt, wie Sie vorgehen werden!«

»Was, Sie sind es!« sagte Yasha und ergriff Willoughbys Hand. »Nach dem Besucher, den ich gestern hatte, wußte ich nicht, wen ich zu erwarten hatte.«

»Lieutenant Yates«, sagte Willoughby. »Fürst Yasha Bereskin – Lieutenant Yates.«

»Habe die Ehre«, sagte der Fürst.

Das Feuer im Kamin warf hin und wieder einen rötlichen Schein über Yashas Züge und milderte ihre Schärfe. In seiner Samtjacke und den Hausschuhen erweckte der Mann den Eindruck eines durch und durch gesetzten Bürgers, vielleicht mit einem gewissen Hang zum Exzentrischen. Yates fand ihn recht kultiviert, angenehm, wahrscheinlich ein guter Gastgeber, ein Mann, mit dem man über Geschäfte, Politik, Kunst sprechen konnte.

»Wen hatten Sie denn erwartet, Fürst?« fragte Willoughby.

»Einen Gangster, einen Erpresser –«

»Hat Ihnen der Korporal denn nicht gesagt, daß ich Sie zu sehen wünschte?« fragte Yates.

»War das Ihr Mann, Lieutenant Yates? Wenn ich das gewußt hätte! Ihr Korporal wandte absolute Gestapomethoden an. Ich habe die ganze Nacht nicht schlafen können. Er hat mich sogar mit seinem Gewehr bedroht!«

»Wer war der Mann, Lieutenant Yates?« sagte Willoughby stirnrunzelnd.

Yates zuckte die Achseln. »Ich hatte Abramovici geschickt.«

Willoughby warf einen raschen Blick auf den Fürsten. Abramovici konnte nicht einmal eine Maus erschrecken. Wenn es stimmte, daß Yasha die ganze Nacht nicht geschlafen hatte, so war nicht Abramovici die Ursache dafür, sondern etwas, was Abramovici angekündigt hatte. Er sagte zu Yasha: »Mein Freund Yates, der in Paris nicht die Gelegenheit hatte, Sie aufzusuchen, hätte gern einige Fragen an Sie gerichtet. Das ist alles.«

Yasha blickte kurz auf. Dann lächelte er. Er kannte den Typ, zu dem Yates gehörte: eifrige junge Beamte vom Finanzamt, die sich die Bücher vorlegen ließen und sich dann einbildeten, sie hätten etwas gefunden. Gewöhnlich endeten sie dann als Empfänger von Zuwendungen des Unternehmens. Und Willoughby war zur Stelle – offenbar um sein eigenes künftiges Geschäft zu schützen.

»Also, womit kann ich Ihnen dienen, Lieutenant?«

Willoughby war ans Fenster getreten, anscheinend desinteressiert an dem, was Yates und Yasha einander zu sagen hatten. Er betrachtete die Industrielandschaft, die sich zu seinen Füßen ausbreitete – Hochöfen, die Hüttenwerke, das Netzwerk von Drahtseilen, an denen die Förderkörbe nun leider bewegungslos hingen, und er fragte sich, ob es wirklich nötig gewesen war, daß er mit Yates hierherkam. So viel Mühe – wofür? Soviel Wortgeklingel, um Yates' Argwohn zu zerstreuen! Als könnte man Yasha nicht zutrauen, glatt und diskret zu sein. Ein Mann wie Yasha gelangte nicht zu der Position, die er jetzt innehatte, wenn er nicht mit Burschen wie Yates fertig werden konnte.

»Kennen Sie einen Mann mit Namen Sourire?« begann Yates.

»Sourire... Sourire...!«

Sourire war die Spur zu Pettinger, Yasha sah, worauf dies hinlief. Die Sache konnte doch recht unangenehm werden. Willoughby stand noch immer am Fenster, desinteressiert.

»Ja, ich entsinne mich. Ein Fahrer, nicht wahr?«

Hatten sie Pettinger erwischt? Hielten sie Sourire fest? Welcher von beiden hatte ausgesagt – oder etwa beide?

»Ein Fahrer, richtig«, sagte Yates, »unter anderem auch das.«

Yasha kam zu einem Entschluß. Es hatte keinen Sinn, zu versuchen, die Angelegenheit zu vertuschen. Entweder war Pettinger frei und bei den Deutschen – oder er war amerikanischer Gefangener. In keinem Fall konnte Yasha ihn schützen. Und was Sourire anging, so war er nur ein Dreigroschenjunge, der nichts anderes verdiente, als daß man ihn fallenließ, wenn er dumm genug gewesen war, sich fangen zu lassen.

Der Fürst machte seinen Gegenzug. Er fragte: »Kennen Sie einen SS-Oberst Pettinger?«

Der überraschte Yates hatte allmählich erst das Gespräch auf Pettinger bringen wollen.

»Was wissen Sie von dem Mann?« fragte Yates dagegen.

»Oh – ein ganz durchtriebener, rücksichtsloser und rüder Bursche. Etwa ebenso rüde wie der Korporal, den Sie mir gestern schickten.«

Willoughby hustete.

»Nein, wirklich?« sagte Yates. »Erzählen Sie mir doch bitte mehr von Pettinger!«

Der Fürst preßte seine Finger gegeneinander. Seine Hände waren zu groß für seine eher zierliche Gestalt, zu knochig, zu krallenartig.

»Da ist nicht viel zu sagen. Ich glaube, er hatte mit der französischen Presse zu tun – Zensur, nehme ich an, oder Propaganda. Ich war ihm begegnet, weil ich mich beschwert hatte. Es war so: ich wurde erpreßt, ich sollte große Inserate einrücken lassen in Blätter, die von den Deutschen begünstigt wurden. Ein Mann mit Geld zu sein, Lieutenant, bedeutet durchaus nicht immer, daß man auch auf Rosen gebettet ist – zu viele Neider, und immer steht man im Auge der Öffentlichkeit.«

Willoughby grinste. Er kannte diese Töne aus Amerika, wo er dann stets pflichtgemäß dem betreffenden Millionär zugestimmt hatte; Klienten von CBR & W hatten einen Anspruch darauf, von ihren Anwälten mit Sympathie behandelt zu werden.

Yates zeigte solche Sympathien nicht. »Fahren Sie fort, Fürst«, mahnte er.

»Pettinger erwies mir die Ehre seines Besuchs. Er setzte mir ganz klar auseinander, daß ich besser täte – wie sagen Sie im Englischen? – *to come across* –, also zu zahlen. Da sehen Sie, Lieutenant, wie die Deutschen vorgingen. Man kann nur froh sein, daß sie weg sind.«

»War das Ihr einziges Zusammentreffen mit Pettinger?«

»O nein!« sagte Yasha. Einmal im Strom, wußte er auch zu schwimmen. »Und damit kommen wir zu Sourire. Das war während der letzten Tage, die die Deutschen noch in Paris waren. Nein – der letzte Tag sogar. Ich entsinne mich genau – die Schießereien, die Erregung, die Hoffnung, befreit zu werden – endlich!«

Er atmete tief ein und wieder aus; ein Federchen sah Yates, das sich aus irgendeinem Kissen gelöst und auf Yates Jacke festgesetzt hatte, es flog auf und segelte quer durch den rötlichen Lichtschein des Kamins.

»Dieser Pettinger – er war übrigens nur Oberstleutnant – kam unangemeldet. Er hatte eine Pistole und drohte, sie gegen mich anzuwenden, falls ich ihm nicht einen Lastwagen besorgte. Lieutenant, ich bin kein Soldat. Ich hasse Gewalttätigkeit, und mein Leben war mir einen Lastwagen wert. Ich rief unsere Garage an und ließ sie einen Lastwagen zu Pettinger schicken. Der Name des Fahrers war Sourire.«

Willoughby hatte aufmerksam zugehört. Einen Augenblick lang hatte alles auf der Kippe gestanden. Aber Yasha erzählte seine Geschichte sehr gut, und was er da erzählte, deckte sich sogar mit dem, was er selber erfunden und DeWitt und den anderen in Paris serviert hatte! Es wäre höchst unangenehm gewesen, hätte es da Widersprüche gegeben. Aber schließlich, Nazis und Gewalttätigkeit waren ein Begriff, es war klar, daß solche Menschen ihre Wünsche mit Gewalt durchsetzten. Yashas Denken und seines folgten ganz einfach dem gleichen, ausgetretenen Pfad, und vielleicht – wußte es einer? – hatte es sich auch in Wahrheit so verhalten.

Yates ließ nicht locker. »Haben Sie Sourire später noch gesehen, Fürst – ich meine, nachdem Pettinger sich seiner bedient hatte?«

»Nein, das nicht.«

»Wissen Sie, wo wir Sourire finden könnten?«

»Nein – falls unsere Garage in Paris nicht eine Liste der Adressen unserer Leute führt. Sie müssen bedenken, Herr Lieutenant, ich habe hier eine doch ziemlich leitende Stellung. Ich weiß wirklich nicht, wie diese Garage betrieben wird. Ich nehme an, die Männer meldeten sich am Morgen ganz einfach zur Arbeit. Glauben Sie nicht?«

Yates fühlte sich frustriert. »Ob ich es glaube? ... Fürst Yasha, von Ihnen will ich das alles wissen. Was hat Sourire außerhalb seiner Tätigkeit als Fahrer in Ihrer Garage sonst noch getrieben?«

»Lieutenant!« Yasha sah gelangweilt aus. »Glauben Sie, daß Ihr Mr. Rockefeller sich persönlich um das Privatleben eines Fahrers in einem seiner Unternehmen kümmert?«

Die Art, wie der Fürst sprach, ließ deutlich erkennen, daß er auch nicht ein Wort mehr sagte, als er wollte.

Yates zeigte daher Schärfe: »Darf ich Sie darauf aufmerksam machen, Fürst, daß Sie sich ganz offensichtlich der heimlichen Zusammenarbeit mit einem deutschen Offizier schuldig gemacht und ihm zur Flucht verholfen haben?« – er fegte Yashas Einwand zur Seite, bevor er überhaupt geäußert war, und sagte beißend: »Sie führen für sich an, Pettinger habe eine Pistole gehabt? Tausende Ihrer Landsleute haben deutschen Gewehren gegenübergestanden und sind darum doch nicht zu Kollaborateuren geworden. Jawohl, Kollaboration ist das Wort, das man hier anwenden muß – vergessen wir das beide nicht, Fürst.«

Yasha blickte hilfesuchend zu Willoughby. Willoughby verließ seine sichere Stellung am Fenster und näherte sich Yates. Bevor der Major aber etwas sagen konnte, fuhr Yates fort: »Sourire ist ein Schwarzhändler. Wie kommt es, daß ausgerechnet Sourire im rechten Moment erschien, um den Wagen für Pettingers Flucht zu beschaffen? Wie kommt es, daß Pettinger ausgerechnet von Ihnen einen Wagen verlangte? Sie stecken viel tiefer in der Sache, als Sie zugeben.«

»Major Willoughby!« rief der Fürst. »Ich weigere mich, mir das noch weiter anzuhören. Ich habe eine Stellung und einen Ruf, die für sich sprechen, und wenn Sie mit mir ins Geschäft kommen möchten –«

Willoughby hob die Hände. »Einen Moment, bitte! Einen Moment, meine Herren!«

Aber es war schon zu spät. Yasha hatte die Katze aus dem Sack gelassen.

»Lassen Sie mich das klären. Yates – ja? Sie haben Ihre Beherrschung verloren; damit erreichen Sie nichts. Und Sie werfen mit unbegründeten Beschuldigungen um sich, was auch nichts nützt. Der Fürst war ja durchaus willens, uns zu sagen, was er wußte; das war klar zu erkennen – tatsächlich hat er uns bereits mehr erzählt, als wir gewußt haben. Hören Sie auf den Rat eines erfahrenen Juristen: es ist wenig sinnvoll, jemanden einzuschüchtern, und einen Mann wie diesen schon ganz und gar nicht.«

Er wandte sich an Yasha.

»Also, Fürst, erzählen Sie uns mehr von diesem Pettinger –«

Yates unterbrach ihn. »Tut mir leid, Major, wir hatten eine Abmachung – *ich* sollte hier die Untersuchung führen. Gut, Fürst Bereskin, ergänzen Sie mir mal genau, was Sie meinten, als Sie Major Willoughby sagten: Wenn Sie mit mir ins Geschäft kommen wollen… In was für ein Geschäft?«

Yasha hatte sich bereits wieder beruhigt. Er warf einen Blick auf Willoughby, dessen Lippen fest geschlossen waren.

»Es war nur so eine Redensart«, sagte der Fürst. »Geschäft, Lieutenant, ist etwas, womit ich mich dauernd beschäftige. Das Wort drängt sich mir daher sehr leicht auf...«

»Geschäft mit wem, Fürst?«

»Mit Ihnen, Lieutenant – mit jedem anderen auch... Für Leute wie mich münden alle menschlichen Beziehungen schließlich ins Geschäftliche.« Er nickte traurig.

Yates hatte genug. Willoughby hatte Yasha aus der schlimmsten Verlegenheit gerettet, und der Fürst würde sich kaum wieder zu einer Unvorsichtigkeit verleiten lassen.

»Bitte, Major«, sagte Yates spöttisch, »ich überlasse Ihnen den Zeugen.«

Willoughby überlegte, ob er das Spiel noch fortsetzen sollte. Yasha schien durchaus willig zu sein, ein stilles, selbstzufriedenes Lächeln lag auf seinem schmalen Gesicht. Schließlich entschied sich Willoughby doch dagegen. Es war jetzt wichtiger, sich mit Yates auseinanderzusetzen.

Sie kehrten zusammen ins ›Goldene Lamm‹ zurück. Sie gingen zusammen hinauf in Yates' Zimmer und setzen sich, Yates auf sein Bett und Willoughby in den Großvaterstuhl in der Ecke neben dem Waschtisch. Durch das offene Fenster drang das erregte Gezwitscher einer Spatzenfamilie.

Yates überschlug die Ergebnisse ihres Besuches bei Yasha. Die Angelegenheit Thorpe mußte einstweilen ruhen, da er Sourire nicht weiter verfolgen konnte. Das deprimierte ihn – aber nicht so tief, wie er erwartet hatte. Stumpfte auch er ab? Oder begann er, den ganzen Fall in größeren Zusammenhängen zu sehen: als Teil eines Bildes, das sich ebenso unverhüllt in den Intrigen um das Flugblatt wie in den Machenschaften um das Verschlepptenlager in Verdun darbot?

Willoughby fühlte sich in seinem weichen, breiten Sessel nicht wohl. Er vermutete, daß Yates dabei war, die Unterredung mit Yasha, vor allem Yashas unglückliche Erwähnung von Geschäften zu analysieren, und daß er dabei zu höchst fatalen Schlüssen gelangte.

»Also!« sagte er herausfordernd, »warum fragen Sie nicht?«
»Was soll ich Sie denn fragen?«
»Warum ich Yasha gedeckt habe...«
»Ich habe kein Recht, Ihnen solche Fragen zu stellen.«
»Seien Sie nicht pingelig. Ich gebe Ihnen das Recht.«
»Nun«, fragte Yates, »warum also?«
»Aus zwei Gründen – der eine ein persönlicher, der andere mehr allgemeiner Natur. Nehmen wir den persönlichen zuerst. Die Rechtsanwaltsfirma, der ich angehöre, nimmt die Interessen von Delacroix in den Staaten wahr.«
Willoughby war sich bewußt, daß er seine Hoffnungen bereits als Realität darstellte; aber der Unterschied zwischen bereits vorhandenen und zukünftigen geschäftlichen Bedingungen war ein sehr feiner und in diesem Zusammenhang nicht so wichtig.
»Man verschreckt seine Klienten nicht gern«, fuhr er fort, »selbst wenn man im Dienst der Regierung steht. Stimmt's? Im übrigen erlaubt es mir diese meine besondere Stellung, Ihnen mit aller Bestimmtheit sagen zu können, daß Yasha kein Kollaborateur ist. Von einem bestimmten Größengrad an wird ein Geschäftsunternehmen international. Es ist dann keine Frage der Zusammenarbeit mehr, man gehört einem Kartell an. So, das war also mein persönlicher Grund. Sind Sie mir gefolgt?«
»Ja. Es war nicht schwer.«
»Wichtiger jedoch ist mir der zweite Grund – die Frage, mit wem wir Amerikaner hier in Europa zusammenzuarbeiten gedenken. Haben Sie je darüber nachgedacht?«
»Nicht sehr gründlich«, gab Yates zu.
»Wie ich es sehe, untergräbt dieser Krieg sämtliche Grundlagen der europäischen Gesellschaft. Die Nazis, ausgemachte Gauner, getrieben von dem Bedürfnis, sich was nur immer möglich unter den Nagel zu reißen, haben schon Beträchtliches zerstört; der Rest geht kaputt bei den eigentlichen Kampfhandlungen und durch die Entwurzelung vieler Millionen von Menschen – wovon Sie ja einen kleinen Geschmack bekommen haben – und durch die Enteignungen und die Vernichtung der Existenz weiterer Millionen.«
Widerstrebend mußte Yates zugeben, daß in Willoughbys Analyse sehr viel Wahres steckte.

»Wir stehen also vor der Frage«, fuhr Willoughby fort, »was wollen wir: die Verhältnisse, wie sie waren, wiederherstellen – oder etwas Neues? Ich gebe zu, daß viele von uns, auch in den höchsten Stellen, dieses Problem überhaupt nicht sehen. Das bedeutet aber keineswegs, daß wir uns deshalb nicht mit ihm auseinandersetzen müssen. Nun glaube ich allerdings, daß eine Nation wie die unsere mit den konstruktiven Kräften Europas arbeiten muß und auch arbeiten wird, um eine Ordnung zu errichten, die der unseren so weit wie nur möglich gleicht.«

»Und Sie zählen den Fürsten Bereskin zu den konstruktiven Kräften?«

»Gewiß.«

»Trotz allem, was wir von ihm und Pettinger wissen?«

»Was wissen wir denn? Nichts. Es ist viel wesentlicher, daß er weiß, was zur Stahlproduktion gehört, und daß er wesentlich dazu beitragen kann, die französische Industrie wieder auf die Beine zu bringen.«

Yates schwieg.

»Das gefällt Ihnen nicht?«

»Nein.«

»Was ist denn Ihre Alternative? Wollen Sie die Kerle aus der Untergrundbewegung oder vom ›Freien Frankreich‹ an die Spitze stellen?«

Yates dachte an Mantin und Thérèse, das dunkle Keller-Bistro in Paris in der Nähe der Place de la Concorde; sie hatten damals behauptet, sie wären die neue Regierung. *Je t'aime.* Er hatte mit der neuen Regierung geschlafen.

»Das sind aber die Leute, die uns geholfen haben, jedenfalls mehr geholfen als Ihr Fürst Yasha. Der hat Pettinger geholfen.«

»Ihre Feststellungen sind sehr primitiv, Yates. Ich gebe zu, daß derart Leute im Krieg eine Hilfe sind. Im Frieden sind sie es jedoch nicht. Nein, ich bin nicht zynisch. Wir müssen uns doch darüber klar sein, was wir wollen. Wollen Sie hier Chaos, Anarchie, Bolschewismus? Wollen Sie mir allen Ernstes erzählen, daß das amerikanische Volk seine Armee nach Übersee geschickt hat, um den Kommunismus in Europa aufzurichten?«

»Nein«, räumte Yates ein. Auch er wollte ja keinen Kommunismus in Europa.

»Gut, ich frage Sie noch einmal: welches ist Ihre Alternative?«

»Demokratie, Major!...«

Willoughby ärgerte sich über so viel Dummheit. Yates war der erste Mann in der Abteilung, mit dem er so offen sprach. Und Yates weigerte sich, logisch zu denken.

»Demokratie, Yates, ist eine reine Formsache. Was uns hier beschäftigt, ist doch: wird Yasha Bereskin, der sich auf die Produktion und die Leitung eines Großunternehmens versteht, die Kontrolle der Delacroixwerke in Händen behalten? Oder wird ein Ausschuß von ungewaschenen Proleten die Werke übernehmen – vielleicht Männer aus diesem Verschlepptenlager, die sich nur auf eins verstehen – mit ihren Händen zu arbeiten?«

»Aber es gibt doch noch andere Möglichkeiten!«

»Nun«, sagte Willoughby, »welche?«

Yates hätte gern von einer dritten Kraft gesprochen, die irgendwie sich zum Träger der Zukunft entwickeln würde – Männer wie er selbst. Männer guten Willens, Männer, die nicht bei jeder Gelegenheit nur ihre eigene Suppe zu kochen suchten. Solche Männer wollte er unterstützen. Aber er vermochte es nicht, seine Idee in die richtigen Worte zu kleiden. Er wußte, daß guter Wille in einer Auseinandersetzung mit Willoughby kein Argument war.

Und solange er Willoughby nichts fest Umrissenes entgegenstellen konnte, war er ihm gegenüber unterlegen. Gegen konkret Bestehendes fallen Träume und Hoffnungen nicht ins Gewicht. So mußte er anerkennen, daß Willoughby recht hatte, wenn er Yasha unterstützte, obwohl sich alles in ihm gegen diese Einstellung und die dazugehörigen Maßnahmen auflehnte.

»Keine Antwort?« Willoughby lachte vor sich hin. »Dann rate ich Ihnen, daß Sie sich auf Ihre dienstlichen Pflichten beschränken, Yates, bis Sie uns etwas Akzeptables zu bieten haben.«

»Ich mache meinen Dienst«, sagte Yates mürrisch.

»Nun sind Sie mir auch noch böse...« Willoughby hob die Hand und ließ sie wieder fallen. »Mann, ich habe Ihnen die wirkliche Lage beschrieben, damit Sie wissen, woran Sie sind. Sie sollten mir dankbar sein. Ich meine es gut, ehrlich! Schließlich – wir stehen ja auf der gleichen Seite!...«

Er erhob sich und blickte zum Fenster hinaus. Über die Dächer der Stadt hinweg sah er die Kuppen der Hochöfen: »Hier ist noch immer eine große Zukunft!«

»Sie meinen, hier steckt noch viel Geld!« spottete Yates.

»Und was ist unrecht daran?«

Er wandte sich Yates wieder zu. Aber er verkniff sich, weitere Ausführungen zum Thema Geld zu machen; Yates' Gesichtsausdruck zeigte, daß er zusätzliche Belehrung derart nicht mehr ruhig ertragen würde.

»Auf jeden Fall«, Willoughby zuckte mit den Schultern, »gewinnen wir erst mal diesen verdammten Krieg –«

»Der wird bald genug zu Ende sein...«

»Mein lieber Yates – wer an einen Spaziergang nach Berlin glaubt, sollte seinen Zeitplan revidieren. Nein – der Krieg ist noch lange nicht vorüber, und er kann noch ziemlich hart werden.«

Yates trat ans Fenster, zerbrach einen Keks in kleine Stückchen und streute sie den Spatzen hin. Die Vögel lärmten aufgeregt und stürzten sich flatternd auf die Krumen. Yates konnte Willoughbys Standpunkt verstehen, und er sah ein, daß sie, in der gegenwärtigen Phase wenigstens, Verbündete sein mußten.

Er sah hinauf zum Himmel und sagte: »Es wird wieder regnen.«

»Es regnet hier den ganzen Winter hindurch«, sagte Willoughby. »Das ist eine Eigenart dieses elenden Landes.«

Achtes Kapitel

Endlich setzte Farrish an zum Schlag.

Die Kompanie C von Monitor unter Captain Troy erhielt den Befehl, drei Bunkerstellungen, deren weiteres Bestehen in den südlichen Außenbezirken von Metz dem General eine Menge Kopfzerbrechen taktischer Art bereitete, zu nehmen. Die Bunker beherrschten einen Hügel, genannt Höhe 378, und von diesem Hügel aus eine schmale, aber wichtige Straße hinab zur Mosel.

Troy verfolgte die graziös geschwungenen Linien, in denen die Terrassen von Höhe 378 auf der Karte eingezeichnet waren, und verglich sie mit den Fliegeraufnahmen ihres Ziels. Er sprach von sich überschneidenden Feuerstellungen und sagte: »Machen wir uns nichts vor – das wird keine leichte Arbeit.«

Sergeant Lester sagte: »Wenn sie so schöne Aufnahmen machen können – warum können sie die Dinger dann nicht mit Bomben erledigen?«

Troy zuckte die Achseln. »Wenn sie es aus der Luft machen könnten, hätten sie es wahrscheinlich schon getan. Wir erhalten unmittelbare Artillerieunterstützung – eine halbe Stunde vor dem Angriff wird aus allen Rohren geschossen, um die Deutschen in ihren Bunkern niederzuhalten. Die Sache geht also folgendermaßen vor sich: der zweite und dritte Zug nehmen jeweils Bunker B und C, die die Flanken der Befestigung decken. Der mittlere und stärkste Bunker, den ich A nenne, wird von unserem ersten Zug angegriffen. Ich halte unsere Stärke für mehr als ausreichend, wenn wir die Attacke im einzelnen richtig abstimmen. Lieutenant Fulbright, Sie wollten etwas sagen?«

Fulbright legte seine niedrige, kräftige Stirn in Falten und knurrte: »Es wird mit der Zeit schon ein wenig eintönig. Die Kompanie C erhält die schwerste Nuß zu knacken, und ich bin immer der erste, der zubeißen darf...« Fulbright murrte gern, denn er hielt es für das gute Recht eines Mannes, sich zu beschweren. Andererseits wußte er nur zu gut, daß Troy ihn und seinen ersten Zug aussuchte, weil es bei ihm am wenigsten wahrscheinlich war, daß er sich durcheinanderbringen ließ, sein Haufen war eben der beste.

»Wünschen Sie eine Änderung?« fragte Troy kühl. »Soll ich anders disponieren?«

Fulbright grinste den Captain an. Er mochte Troy; man kam mit ihm aus. »Machen Sie sich keine Sorgen«, sagte er, »wir werden es schon schaffen. Wir brauchen noch einiges von den Pionieren, vor allem geballte Ladungen.«

»Dafür ist schon gesorgt«, sagte Troy. Er wußte, auf Fulbright konnte man rechnen; der beruhigte sich, sobald ihm seine Aufgabe zugewiesen war. Der Lieutenant war wie ein guter Vorarbeiter, der seine Maschinen kannte und die Leute, die sie bedienten, und der daher auch einschätzen konnte, was bei einer Sache herauskommt. Troy hatte Fulbrights Entwicklung beobachtet. Als der Junge von einer Reserveeinheit zur Kompanie C stieß, nach drei Monaten Offiziersschule, hatte er zu Anfang nicht ganz seinen Platz gefunden und an Hemmungen gelitten. Aber er war vernünftig genug gewesen, Sergeant Lester die Führung des Zuges zu überlassen, nachdem er erkannt hatte, daß der mit seinen Erfahrungen aus der Normandie ihm weit überlegen war. Und er hatte von Lester gelernt. Und jetzt bildeten der lange Lester und der untersetzte Fulbright mitsamt ihren Leuten ein Team. Ihre kleinen Bequemlichkeiten – soweit sie sich beschaffen ließen –, ihre Sicherheit und ihr Leben hingen von jedem einzelnen ab: soviel hatten sie herausgefunden. Gewiß hatten ihre persönlichen Verdrießlichkeiten untereinander, ihre Antipathien, Eigenheiten und Reibungen sich verschärft und vertieft. Wenn man dauernd mit einem anderen Mann zusammen lebt, zusammen mit ihm ißt, mit ihm schläft, aber nicht die Möglichkeit hat, von ihm wegzukommen, so wird der Widerwillen gegen ihn stärker sein als gegen einen Außenseiter. Troy hatte Lester und Fulbright, Sheal und Cerelli, Traub und Wattlinger schon bei ganz geringfügigen Anlässen aufeinander losfahren sehen. Keinen von ihnen konnte man da noch als einen angenehmen Zeitgenossen bezeichnen; was an guter Erziehung von Elternhaus und Sonntagsschule her an ihnen klebte, war ziemlich schnell abgeschliffen worden durch den Dreck, durch die elende Müdigkeit, die sie dauernd spürten, und durch die Granaten und Kugeln, die in ihrer Nähe einschlugen und niemals ihre Schockwirkung verloren.

Was aber blieb, war die Einsicht, daß ein Mann, auf sich allein gestellt, verloren war. Was immer stärker wurde, waren ein neues Bewußtsein, eine neue Bindung, in die man ungewollt hineinwuchs; man half dem anderen und beschimpfte ihn zugleich und aus tiefstem Herzen als Arschloch; wie etwa Lester, der gnadenlos Simon herunterputzte und dann seine letzte Zigarette mit ihm teilte.

Warum ging all dies nun Troy durch den Kopf? Fürchtete er, daß einige dieser Männer vom Angriff gegen die Bunker auf Höhe 378 nicht zurückkommen würden? Versuchte er, seine Entscheidungen vor sich zu rechtfertigen? Er hatte schon so viele Entscheidungen zu treffen gehabt und so viele Männer nicht wiederkehren sehen – seine halbe Kompanie bestand aus Leuten, die zu Anfang nicht dabeigewesen waren. Einem Mann, der einen Blick für Gesichter hatte, blieb so etwas nicht gleichgültig. Troy gab daher kaum noch direkte Befehle: eher machte er Vorschläge. Seine Leute glaubten an ihn. Jedesmal wenn er sich dieses Glaubens bewußt wurde – er selber war sich seiner oft gar nicht so sicher –, hätte er am liebsten voller Verzweiflung den ganzen Kram hingeschmissen. Er hatte angeordnet, Fulbrights Zug sollte den stärksten Bunker angreifen. Wenn nun Fulbright fiel oder Lester oder Sheal oder irgendeiner von ihnen, so war er es gewesen, der sie in den Tod geschickt hatte. Tauschte er aber einen Zug aus, so traf das gleiche im gleichen Fall auf den zu.

Troy spürte die Belastung, unter der er lebte; äußerlich ließ er sich kaum etwas anmerken, und er würde auch imstande sein weiterzumachen, sogar eine ziemliche Zeit noch, bis der Krieg zu Ende war oder bis eine Kugel ihn traf – aber innerlich zerfraß es ihm das Herz.

Lester hörte Fulbrights Flüche; er konnte den Lieutenant nicht sehen, weil der Hügel nach rechts eine Biegung machte und Lester den Kopf nicht hochnahm. Der Regen der letzten Nacht hatte alles aufgeweicht, die Erde war naß und schlüpfrig, und binnen Minuten war seine Kleidung überall, wo er sich an den Boden preßte, durchnäßt. Im Sommer war die Erde ein Freund gewesen; nun stieß sie ihn von sich. Es gab ihm ein Gefühl von Hilflosigkeit und Wut zugleich; Angst verspürte er keine.

Seine Furcht hatte in dem Moment aufgehört, da er begann, Höhe

378 hinaufzurobben. Sergeant Simon, Wattlinger, Cerelli, Traub und Sheal folgten ihm. Das waren die fünf, die mit ihm zusammen den kritischen Vorstoß über die letzten fünfzig Meter machen sollten, wo nicht ein Grashalm Deckung zu finden war, bis hin zur Mauer des Bunkers. Hatten sie diese Mauer erst einmal erreicht, so waren sie in dem toten Winkel unerreichbar für die Verteidiger des Bunkers, denn die Deutschen konnten aus ihren Schießscharten nicht nach unten feuern. Fulbright hatte versprochen: »Fünfundzwanzig Mann und unsere Granatwerfer decken euch, während ihr das Feld überquert...« Und Lester hatte geantwortet: »Jawohl, Sir!« – obwohl er wußte, daß sie ihn nicht decken konnten, da die Deutschen hinter ihrem Beton vor solchem Kleinkaliberfeuer geschützt waren.

Lester kroch vorwärts und suchte, sich feindlichen Blicken nicht mehr als notwendig auszusetzen. Er hatte mehr als genug Zeit, sich zu fragen, warum er eigentlich keine Angst hatte, und er kam zu dem Schluß, daß er einen Zustand erreicht haben mußte, in dem es ihm unmöglich war, überhaupt noch etwas zu empfinden. Lange Nachtstunden hindurch hatte er sich schlaflos herumgeworfen und sich immer wieder den Vorstoß über die fünfzig Meter bis zu dem Bunker vergegenwärtigt. Er hatte sich vorgestellt, wie es sein würde, wenn es ihn träfe – wie eine Faust, die einen mit voller Wucht erwischte; er hatte sich die Hände emporwerfen, stürzen und daliegen sehen, während das Blut aus der Wunde sickerte und er immer leichter wurde, bis ihm beinah war, als könnte er davonfliegen. Als sie dann kamen, ihn zum Angriff zu wecken, war er längst wach. Er hatte alles durchgemacht, was ein Mensch in der Stunde der Agonie durchmachen kann, und er fühlte sich ganz leer, bis auf die Kopfschmerzen, die ihm den Schädel zu sprengen drohten.

Vor jedem Einsatz, von dem er im voraus wußte, machte er das gleiche durch. Je länger er aber im Krieg stand, desto gründlicher und ins einzelne gehend waren seine Gedankenbilder. Von dem ersten Gefecht um eine Hecke in der Normandie hatte seine Furcht sich mit ganz allgemeinen Vorstellungen begnügt; inzwischen hatte er so viel gesehen, daß es ihm nicht schwerfiel, sich mit Genauigkeit zu quälen.

Den letzten halben Kilometer Marsch bis zum Ausgangspunkt des Angriffs war er sich nur bewußt gewesen, daß er die Beine bewegen und den fünf Mann, die er sich selber für die entscheidende Attacke ausgesucht hatte, eine gleichgültige Miene zeigen mußte. Gesprochen wurde nichts; jedem war genau gesagt worden, was er zu tun hatte und was er zusätzlich unternehmen mußte, falls der Nebenmann ausfiel.

Und nun fühlte Lester gar nichts mehr und war frei von Furcht.

Der Hang, den die Bunker krönten, war nicht steil, aber zerlöchert von den Geschoßtrichtern der Artillerie. Diese Trichter waren eine große Versuchung. Lester mied sie; er ahnte, lag er erst mal in einem drin, würde er nie mehr heraus wollen. Er war entsetzlich müde. Er schob Knie um Knie vor, Ellbogen um Ellbogen, und mußte sich zu jeder Bewegung zwingen. Die kleinen scharfen Kiesel schmerzten ihn. Wieso er so geringfügige Schmerzen überhaupt spürte, war ihm nicht klar – er gab es auf, darüber zu rätseln.

Er blickte auf seine Uhr. Erst vier Minuten waren vergangen, seitdem sie ausgezogen waren. Sie hatten die Höhe etwa zur Hälfte geschafft, und bisher hatte sich drüben nichts gerührt. Plötzlich wurde er ungeduldig. Er wollte die Sache hinter sich haben. Er erwog seine Chancen.

Wenn sie aufsprangen und losliefen, boten sie den Deutschen ein größeres Ziel. Krochen sie so weiter wie jetzt, waren sie zwar schwerer zu treffen, blieben aber um so länger im Visier der Deutschen in ihrem Bunker. Eines war so schlimm wie das andere.

Er richtete sich halb auf. Das deutsche Maschinengewehr feuerte.

»Verrückt geworden?« hörte er Simon brüllen. »Deckung!«

Angst – dachte er –, der wildeste Mann in der Einheit, gewaltige Brust, großes Maul.

Lester erhob sich ganz, gab den anderen ein Zeichen, ihm zu folgen, und sprang einige Schritte voran. Jetzt gewann er an Boden, mit jedem Schritt, obwohl der schlüpfrige Lehm ihn zurückhielt. Er stolperte vorwärts, das Herz klopfte ihm im Hals, schlug ihm in den Gehörgängen.

Dennoch hörte er den hohen Schrei – als hätte ein Kind vor Schreck aufgeschrien. Er wollte nicht aufhören zu laufen. Wenn ich mich umdrehe, dachte er, ist es aus mit dem Vorstoß. Und dann wandte er sich doch um und sah, wie Simon, der große Kerl, den Abhang hinabrollte. Seine Glieder erschienen sehr locker, sehr gelöst; im Rollen überzog sich sein ganzer Körper mit Schlamm. Schließlich blieb Simon in einem Geschoßtrichter liegen, seltsam verrenkt, fast schon wieder ein Stück Erde.

Das Maschinengewehr ratterte, Lester sah den Dreck vor sich aufspritzen.

»Deckung!« brüllte er. »Deckung!«

Wieder war er auf Ellbogen, Knien und Bauch und kroch mechanisch aufwärts. Nach dem Verlust Simons waren sie nur noch fünf, er selber eingerechnet. Für den lebenden Simon wäre er durch die Hölle gegangen, selbst eine Hölle, so schlimm wie die, durch die er sich jetzt hindurcharbeitete; der tote Korporal aber zählte nur als einer weniger – von jetzt ab brauchten die Deutschen ihr Feuer nur noch auf fünf Mann zu konzentrieren, vor allem während der letzten fünfzig Meter. Also hatten sich die Überlebenschancen eines jeden von ihnen entsprechend verschlechtert.

Er hörte ein Keuchen, jemand kam hinter ihm her. Um Atem ringend, stammelte Sheal: »Wir müssen – Simon herausholen – verwundet – er ist nur verwundet...«

»Er ist tot«, sagte Lester. »Gott verdamm mich.«

»Ins Knie – ins Knie hat's ihn getroffen – hab's selber gesehen – bewußtlos ist er...«

»Gott verdamm mich«, sagte Lester. »Du bleibst. Hier bei mir bleibst du!«

Sheal blieb. Er sah bleich aus. »Elender Schuft!« sagte er.

Lester kroch weiter.

»Ich wünschte, es hätte dich erwischt!« sagte Sheal.

Lester fühlte sich wie ein geprügelter Hund, aber er kroch weiter.

»Aufrecht haben wir laufen müssen!« klagte Sheal. »Verbluten muß er sich deswegen!«

»Die Sanitäter werden ihn holen«, sagte Lester. »Kriech nicht so nah bei mir herum!«

Sheal blieb etwas zurück.

Lester blickte auf die Uhr. Zwei weitere Minuten waren verstrichen. Sie hatten nun fast das Ende des Hanges erreicht.

Die, die das Stück überlebten – Cerelli, Traub, Sheal und Lester –, würden es nie vergessen. Bis am Ende ihrer Tage würde es Momente geben, da sie aus dem Schlaf auffahren und das von Geschossen zerwühlte Plateau vor sich sehen würden und den grauen Betonklotz mit den abgeschrägten Seiten, der aussah wie ein Sargdeckel.

Wattlinger schaffte es nicht. Cerelli und Traub sahen ihn sterben. Vor ihren Augen zerfiel er in Nichts und fuhr in Flammen und Rauch, unter dem ohrenbetäubenden Krachen der Explosion, zu seinem Schöpfer auf. Sie glaubten, erzählten sie später, sie hätten Teile von ihm durch die Luft segeln sehen, aber die alten Soldaten, denen sie es erzählten, schüttelten den Kopf und sagten: Unmöglich! Er ist auf eine Mine getreten, sagt ihr – also, wenn da was übrig war von ihm, was groß genug war, um es zu sehen, hätte man es doch nicht sehen können, weil es zu schnell flog.

Jedenfalls standen sie wie angewurzelt, und Cerelli, der die Metallsplitter vorbeisausen hörte, dachte: Jetzt ist es aus! und wunderte sich nur, daß er noch immer denken konnte, und kam zu dem Schluß, daß es dann wohl doch noch nicht ganz aus war. Dann fühlte er ein Schluchzen in der Kehle, das irgendwie heraus mußte und doch im Hals steckenblieb; nicht daß er mit Wattlinger besonders befreundet gewesen wäre; was ihn so erschütterte, war, daß da nichts war, wo vorher ein Mensch gestanden hatte – nichts als ein Loch in der Erde.

Traub wurde mit voller Wucht von einem harten Klumpen Lehm getroffen; der Klumpen traf ihn in die Nieren und raubte ihm den Atem. Später stellte er das jedenfalls fest. Für den Augenblick war er zu benommen, um analysieren zu können, was da passiert war. Er schnappte nach Luft. Dabei kam ihm der verrückte Einfall, Wattlinger könnte mit seiner Explosion alle Luft aufgesogen haben, so daß er sich nun in einem Vakuum befand, und in einem Vakuum kann keiner leben. O Gott! O Gott! wollte er sagen, aber er hatte keine Stimme. Zwar konnte er die drei anderen sehen: Cerelli, der noch immer bewegungslos dastand, und Lester und Sheal, die noch immer liefen. Aber er sah sie wie durch einen umgedrehten Feldstecher – sehr klein, sehr weit weg und sehr unwirklich. Und er sah den Bunker und die dünnen Rauchfähnchen an den Schießscharten; von dort aus wurde geschossen, und zwar auf ihn.

In diesem Augenblick wandte sich Lester um. Er hatte nur noch zehn Schritte zu laufen, um den sicheren Winkel zwischen Erde und Bunkerwand zu erreichen.

Zehn Schritte noch...

Dann aber drang das Krachen der Explosion ihm ins Bewußtsein, und noch immer im Laufen, wandte er sich um, Sheal, ebenfalls im vollen Lauf, befand sich schräg hinter ihm. Weiter zurück standen zwei seiner Leute wie Ochsen vor dem Tor; aber wo in aller Welt war der dritte? Der dritte Mann und die Explosion gehörten irgendwie zusammen. Eines hatte das andere verursacht, und so war der dritte Mann nicht mehr da. Cerelli und Traub trugen die Ladungen; folglich war es Wattlinger, der weg war. Aber warum standen die beiden jetzt da wie Wachsfiguren? Männer kommen und gehen, Männer fallen, es ist eine böse Sache, man kann aber deshalb doch nicht stehenbleiben und warten, bis es einen trifft.

Er brüllte sie an; aber entweder hörten sie es nicht, oder sie hörten es, und es machte keinen Eindruck auf sie.

Lester sah den Bunker vor sich, die schmale Nische des toten Winkels, die Sicherheit versprach. Er sehnte sich mit aller ihm noch verbliebenen Kraft, mit der Verzweiflung eines gejagten Tiers, nach diesem bißchen Sicherheit. Und dennoch machte er kehrt und lief zu Traub zurück, zehn, fünfzehn, zwanzig Schritte um das Loch herum, wo Wattlinger einmal gewesen war. Er stieß Traub in die Rippen, er hieb ihm über den Rücken, er brüllte: »Vorwärts, du Scheißkerl! Lauf!« Schließlich setzte Traub sich in Bewegung. »Schneller!« rief Lester und sah, wie Traub rascher wurde und wie er ganz langsam zwischen den aufschlagenden Kugeln hin und her sprang, gebeugt unter dem Gewicht der geballten Ladung, die ihn sofort in die Hölle befördern würde, wenn sie getroffen wurde.

Dann jagte er zu Cerelli hinüber. Der schien Angst vor ihm zu haben, und das verschaffte Lester einen kurzen Moment grimmiger Befriedigung. Cerelli wich ihm aus und lief vorwärts. Später berichtete er Lester, er hätte ihn weder gesehen noch sein wütendes Gebrüll gehört; er habe nur bemerkt, daß Traub weiterlief und habe nicht allein auf dem Plateau zurückbleiben wollen.

Nun war Sheal allein ganz vorn, er allein gegen den ganzen Bunker. Sheal hatte eine große Wut, die ihn ganz erfüllte. Er kannte diese Art Wut. Als Kind hatte er sich mit dem Rücken auf den Fußboden geworfen, wenn sie ihn packte, und mit den Füßen wild gestrampelt und jeden getreten, der sich ihm zu nähern wagte. Seine Wut richtete sich gegen Lester, der Simon im Stich gelassen hatte – die Sache selbst hatte er bereits vergessen, nur die Wut war geblieben und wuchs, denn es war alles so ungerecht: hier war er, mutterseelenallein und wehrlos, und mußte den Bunker stürmen, aus dem sie mit allen Rohren auf ihn schossen. Er beneidete diese Deutschen, die da gemütlich in ihren vier Betonwänden saßen, haßte sie jetzt auch, obwohl er keine Ahnung hatte, wie sie aussahen und ob sie alt oder jung oder wie viele sie waren. Er beschimpfte sie mit den übelsten Worten, die ihm einfielen, und hoffte, daß sie ihn irgendwie hörten und verstanden; es gelüstete ihn zu töten, zu morden, nicht rasch und sauber, sondern langsam und blutig. Er haßte diese Deutschen, weil er ihnen ausgeliefert war und weil sie ihn umbringen wollten und weil er sich nicht wehren konnte.

Lester erreichte den Bunker als letzter. Er blickte auf seine Uhr. Acht Minuten und dreißig Sekunden waren verstrichen.

Die Stille, die nun eintrat, war erstaunlich.

Fulbright hatte den Leuten, die Lesters Vorstoß deckten, den Befehl zum Einstellen des Feuers gegeben: die Deutschen hockten in ihrem Bunker, konnten nichts sehen und warteten daher ab und lauschten.

Cerelli preßte sein Ohr gegen den Beton.

»Durch die Mauern kannst du nichts hören!« sagte Lester, sprach dabei aber so leise, als könnten die Deutschen ihn doch hören. Dann sagte er: »Los, weitermachen – sonst kommen die noch heraus und geben uns eins auf den Kopf! Gib mir mal das Ding.«

Von Hand zu Hand reichten sie sich vorsichtig die Stabladung zu, Cerelli zu Sheal und Sheal zu Lester. Der Sergeant ergriff sie mit beiden Händen, so als schätze er ihr Gewicht ab. Jetzt kam der Moment, wo er Kopf und Schultern vor die Schießscharte heben und in die Mündung eines deutschen Maschinengewehres blicken mußte. Er suchte sich vorzustellen, wie der Deutsche hinter dem

Maschinengewehr ihn in der Sekunde wohl sehen mochte – als einen Schatten wahrscheinlich, einen sehr dunklen Schatten. Und vielleicht würde dieser Deutsche so rasch nicht begreifen, was da geschah, und würde vergessen, auf den Abzug zu drücken.

»Wenn es nicht klappen sollte«, sagte Lester – meinte aber, wenn ich fallen sollte –, »ist Sheal an der Reihe.« Wenn ich falle... Er konnte nicht glauben, daß er fallen würde; seine Phantasie weigerte sich, das durchzuspielen, obwohl er seinen Leuten Anweisungen geben mußte, als rechne er mit seinem Tod als mit einer Selbstverständlichkeit.

»Gut«, sagte Sheal, »ich weiß.«

Dann entzündete Lester die Zündschnur. Er sprang auf und stieß die Stange mit der Trinitrotoluol-Ladung in die Bunkeröffnung, so wie der Bäcker mit der Holzschaufel in den Backofen fährt und den Teig hineinschiebt, der dann steigt und durchgebacken wird und den Hunger der Menschen stillt. Lester hielt sich mit solchen Vergleichen zwar nicht auf; doch er empfand, daß er nach all dem Herumwarten und Herumkriechen und Herumrennen und Herumschreien nun endlich dazu kam, etwas Sinnvolles zu tun.

Drinnen rührte sich nichts. Vielleicht waren sie da drin, der hinter der Schießscharte und die andern, zu sehr überrascht von dieser Botschaft aus der Außenwelt. Es hatte vielleicht auch etwas Komisches an sich: da saßen sie nun hinter ihrem sicheren Beton und hatten die modernsten Waffen der Welt – ein leichtes Geschütz, mehrere Maschinengewehre, Karabiner – und nun wurde ihnen hier diese Stange hineingesteckt, so als wollte man mit ihnen spielen.

Lester schob die Ladung ganz hinein.

Dann ließ er sich erschöpft zu Boden fallen und schloß die Augen.

Die Erde erbebte. Der Stoß brachte ihnen jäh zum Bewußtsein: Sie hatten ihre Arbeit getan, es war vorbei, diese Schlacht hatten sie gewonnen. Cerelli sprang auf und stieß einen heiseren Jubelruf aus.

Traub blickte ihn an und lachte. Lester kauerte noch immer da, bewegungslos, aber jetzt entspannt.

Sheal sagte: »Ich möchte lieber nicht nachsehen, wie es dort drin aussieht!« Sein Haß war verflogen. Er fühlte sich so wie als Kind, wenn sein Wutanfall mit all dem Schreien und Um-sich-Treten vorbei war.

Viertes Buch

Ein Nachruf auf die Lebenden

Erstes Kapitel

Mitten im deutschen Rückzug hatte Generalfeldmarschall von Klemm-Borowski die Führung der Heeresgruppe im Mittelabschnitt der Westfront übernommen.

Pettinger, der ein paar Tage nach Übernahme des Oberbefehls durch Klemm-Borowski beim Stab der Heeresgruppe eingetroffen war, fragte sich zuweilen, was Berlin veranlaßt haben mochte, Klemm-Borowski zum Erben des Zusammenbruchs und der ungeheuren Aufgabe der Reorganisierung zu machen. Der Feldmarschall war kein Frontkommandeur, er hatte noch niemals auch nur eine Kompanie in den Kampf geführt. Er war Mathematiker und Spezialist in der Kunst der Logistik, und er liebte es, seine schmale Brust mit Orden zu behängen in der Hoffnung, sie möchte dadurch breiter wirken. Pettinger, der einen Blick für derlei Dinge hatte, verachtete die Versuche des Junkers, sich elegant zu geben, seine Art, den Gurt anzuziehen, wobei doch nur sein Bauch über den Gurt hervorquoll.

Dennoch steckte mehr in Klemm-Borowski, als Pettinger nach dem ersten Eindruck zu erkennen glaubte. Die Tatsache, daß der Marschall den gesamten Stab seines Vorgängers hinausgeworfen hatte, konnte einem Aberglauben entspringen, der Furcht, daß das Unglück, heftete es sich erst einmal an Menschen, ihnen auf lange anhing und weitere Niederlagen mit sich brachte. Die Handlungsweise des Marschalls ließ sich aber auch als Ausdruck größten Selbstvertrauens und der Überzeugung deuten, daß ein Stab, hatte er erst einmal so schwere Niederlagen einstecken müssen, mehr Zeit zu einer Umstellung brauchte, als die militärische Lage jetzt erlaubte.

Nach des Feldmarschalls pompöser Ankündigung: »Mein lieber Pettinger, wenn ich irgendwo übernehme, bedeutet das den Beginn einer neuen taktischen Ära«, war Pettinger versucht gewesen, ihn als lächerlich abzutun und den Tag der Witzlebenrevolte zu verfluchen, von dem an Berlin seinen fähigsten Generalen nur noch mißtraute. Aber Klemm-Borowskis Maßnahmen zur Stärkung der Front und zur Verlangsamung des Rückzugs bewiesen, daß der Marschall tatsächlich meinte, was er sagte, und daß er mit gutem Grund der erste unter den höheren Offizieren gewesen war, der Hitler telegraphisch seine Glückwünsche zur Errettung vor der Bombe des Mörders übermittelt hatte. Pettinger selbst betrachtete die Witzlebenrevolte als den Beweis für eine Spaltung in der Führung zwischen denen, die den Krieg für verloren hielten und sich aus ihm so billig wie nur möglich herausziehen wollten, und jenen anderen, die einen deutschen Sieg noch immer als erreichbar betrachteten. Telegramme sind billig; Klemm-Borowski hatte aber mehr als das getan: er hatte dieses schwierige und wahrscheinlich undankbare Kommando übernommen.

Für Pettinger war eine endgültige deutsche Niederlage unvorstellbar. Zur Belegung dieses Glaubens suchte er überall reale Gründe, und diese Suche zwang ihn, trotz ihrer höchst verschiedenartigen Temperamente, persönlichen Kontakt mit Klemm-Borowski zu finden und zu halten. Er unterbreitete Klemm-Borowski eine Reihe von Vorschlägen, von denen er annahm, daß sie einen Mann seiner Art interessieren mußten – wurden sie angenommen, boten sie Pettinger den zusätzlichen Vorteil notwendiger Dienstreisen, auf denen er sich um die Interessen von Delacroix kümmern und den Rest von Yashas Zahlungsanweisung abheben konnte.

Schließlich ließ der Feldmarschall ihn kommen. Er stellte sehr genaue persönliche Fragen. Pettinger beschränkte sich auf die weniger aufregenden Einzelheiten seiner Flucht aus Paris: er berichtete über sein glückliches Eintreffen mit seinen Leuten beim Gefechtsstand einer Artillerieabteilung, von dem aus er sich weiter zur Heeresgruppe durchschlug. Er ließ alle Fakten aus, die die Empfindlichkeit des Feldmarschalls gegenüber Flucht und Flüchtenden hätte reizen können: die entmutigende Irrfahrt mit der Artillerieabteilung; den Tag, an dem er mit der Pistole in der Hand seinen Freund Major Dehn zwang, sich bei dem Kommandeur seiner Sammelstelle zu melden. Und was gar seinen Aufenthalt in verschiedenen Werken von Delacroix anbelangte und seine Unterredungen mit ihren Direktoren, so betraf das Klemm-Borowski sowieso nicht.

Klemm-Borowski hörte ihn ruhig an. Er schien einer von jenen

Menschen zu sein, die lieber zuhören als reden. Plötzlich unterbrach er aber: »Sie wissen natürlich, daß ich Sie habe überprüfen lassen?«

Pettinger blickte in die unklaren Pupillen des Feldmarschalls, die hinter einer dicken Hornbrille verschwammen. Er stellte die Gründe dieser Überprüfung nicht in Frage. Er gehörte zur SS; und nach der Witzlebenrevolte mußte der Feldmarschall den Verdacht haben, daß er dem Stab der Heeresgruppe als Aufpasser beigegeben war.

»Bei der Partei genießen Sie einen ausgezeichneten Ruf«, sagte Klemm-Borowski nach einer Pause.

Pettinger nickte. Wenn der kleine Mann mit dem Eulengesicht ein wenig Angst vor ihm hatte, so war das nur gut.

»Ich bin Mathematiker«, sagte der Feldmarschall. »Ich kann Ihnen genau sagen, wieviel Raum wir aufgeben dürfen, um soundso viel Zeit zu gewinnen, vorausgesetzt, daß die Bedingungen die gleichen bleiben und keine außergewöhnlichen Ereignisse eintreten. Ich kann Ihnen beweisen, daß ein guter Soldat drei schlechte aufwiegt und daß ein schlechter Soldat unter gewissen günstigen Bedingungen einem guten gleichkommt – zum Beispiel hinter den Betonwänden eines Bunkers. Aber ich verstehe mich nicht auf Menschen.«

»Menschen?« sagte Pettinger.

»Ja, Menschen. Alle Ihre Vorschläge betreffen Menschen. Ich halte Ihre Vorschläge für revolutionär. Wir beide legen dabei unseren Kopf in die Schlinge. Und ich möchte gern sichergehen, daß ich nicht der einzige bin, der seinen Kopf riskiert.«

Pettinger lächelte. Der große Fachmann für Logistik verstand sich neben Zahlen auch auf Menschen, und nicht nur in der Masse, sondern sogar auf den einzelnen.

»Immerhin passen Ihre Vorschläge gut in meinen Plan«, fuhr Klemm-Borowski fort.

»Und was wäre Ihr Plan?«

Der Feldmarschall lachte in sich hinein und lehnte sich bequem in seinem Sessel zurück. »Wie wär's, Herr Obersturmbannführer, wenn Sie mir das sagten?«

Pettinger zögerte. Es stand da eine Menge auf dem Spiel – nicht allein seine eigene Stellung und seine persönlichen Pläne, sondern die ganze Frage der zukünftigen Entwicklung.

»Na, worauf warten Sie?« fragte der Feldmarschall. »Sie sind doch ein alter Soldat...«

»Der Plan ist einfach«, sagte Pettinger. »Sie haben ihn bereits in dem Augenblick, in dem Sie das Kommando übernahmen, in die Tat umzusetzen begonnen. Der Stoß der alliierten Offensive wird von einem Polster aus zweitrangigen Truppen aufgefangen, deren Verlust zu ertragen ist. Ich habe ja miterlebt, wie sie verheizt werden – alte Männer und halbe Kinder, Kroaten, Slowaken, Elsässer, Ungarn – alles, was sich so zusammenkratzen ließ aus dem eroberten Europa.«

»Und dann?«

»In der Zwischenzeit versuchen Sie zwei Elitearmeen zusammenzuziehen –«

Der Feldmarschall erhob sich. »Und die kriege ich zusammen, Pettinger! Zunächst ein begrenztes Ziel für meine Gegenoffensive, aber immerhin groß genug, nur sechs Monate Zeit zu gewinnen. Danach der endgültige Schlag – mit völlig neuen Waffen!«

»V-Waffen?« fragte Pettinger zweifelnd.

»Etwas viel Wirkungsvolleres! Welterschütternd, sage ich Ihnen – die Alliierten werden einfach weggefegt. Die Waffe, die uns den Krieg gewinnt!«

Klemm-Borowski sah, wie Pettingers Blick sich belebte. »Wir verstehen einander, wie ich bemerke«, sagte er beinahe freundschaftlich. Dann wurde er wieder dienstlich. »Ich plane meinen Vorstoß für Dezember. Die Amerikaner sind gute Soldaten nur bei gutem Wetter.«

Pettinger nickte. Jetzt war es so weit, daß er seinen eigenen Topf ans Feuer schieben mußte.

»Und bis dahin«, sagte er vorsichtig, »tauschen der Herr Generalfeldmarschall Raum gegen Zeit?«

»Genau.«

»Wir wollen diesen Raum aber so teuer wie möglich verkaufen, nicht wahr?«

»Das ist doch wohl selbstverständlich!« Im Ton des Marschalls klang Ungeduld durch; vielleicht spürte der Mann auch, dachte Pettinger, daß er auf einen gewissen Punkt hingestoßen wurde.

Aber Pettinger war jetzt im Gange. »Dieser Raum ist bevölkert«, sagte er und wies auf die Karte an der Wand. »Die Gebiete, durch die wir uns zur Zeit zurückziehen, werden von Deutschen oder von deutschstämmigen Menschen bewohnt. Und in diesem Zusammenhang, Herr Feldmarschall, möchte ich nun meine Vorschläge unterbreiten.«

»Ich weiß! Ich weiß!« sagte Klemm-Borowski. »Ich habe Ihnen doch gesagt, daß ich sie in Erwägung ziehe.«

»Aber jetzt ist der Moment da! Wir müssen zerstören, was zerstört werden kann!« Pettingers Erregung teilte sich dem Feldmarschall mit. »Wir dürfen dem Feind nur verbrannte Erde hinterlassen. Wenn die Russen das tun konnten, können wir es erst recht!«

»Und was fangen Sie mit den Menschen an?« fragte Klemm-Borowski.

»Die evakuieren wir! Was tut es, solange wir nur dem Feind nichts Brauchbares hinterlassen! Deutschland muß leben, egal ob die Leute nun ihre Heringe verkaufen oder ihre Gerste anbauen oder nicht...!« Pettingers alter Haß gegen die Seßhaften brach durch. Er wollte sie entwurzeln und über das Land verstreuen, um das Chaos zu schaffen, das den nationalsozialistischen Endsieg, wie er ihn sich dachte, herbeiführen sollte. Selbst wenn Klemm-Borowskis Pläne nichts taugten.

Der Feldmarschall legte seine Brille zurück in ihr Futteral und ließ es einschnappen. Ohne Brille sah er nicht mehr ganz so eulenartig aus. »Und haben Sie auch das administrative Durcheinander in Betracht gezogen, Herr Obersturmbannführer? Es muß doch alles ordentlich abgewickelt werden. Wenn Sie Millionen Menschen auf die Landstraße schicken –« Er unterbrach sich und starrte mit seinen kurzsichtigen Augen ins Leere.

Schickte man Millionen von Menschen auf die Landstraße – Pettinger führte den Gedankengang des Feldmarschalls im stillen zu Ende –, so mochte Berlin das sehr wohl als eine Handlung auslegen, die mit der Witzlebenrevolte in Zusammenhang stand, und da machte man nicht viel Federlesens... Klemm-Borowski hatte doch wohl Angst vor der Schlinge.

Pettinger zuckte die Achseln. »Wenn der Herr Feldmarschall mir nicht trauen, verstehe ich das schon.«

»Darum geht es nicht«, sagte der Feldmarschall zögernd.

»Vergessen Sie aber nicht – Ihnen ist es in die Hand gegeben, Deutschland zu retten. Sie können der wahre Sieger in diesem Krieg werden. Auf ein paar Leute müssen Sie sich dabei natürlich verlassen!«

Der Feldmarschall strich sich über sein Kinn. Pettinger hatte seine Lage ganz richtig erfaßt: hatte er Erfolg, war Deutschland gerettet. Es war nur die Frage, ob er Pettinger die Ausführung der Pläne überlassen sollte, die ihm der Obersturmbannführer unterbreitet hatte.

»Wir können es uns nicht leisten, zimperlich zu sein«, meinte Pettinger. »Die Zeit läuft uns davon! Wenn wir die Leute lassen, wo sie sind, dann werden sie bald genug feststellen, daß es für Deutsche doch möglich ist, unter alliierter Besetzung zu leben. Unsere Leute finden sich mit jeder Polizei ab!«

Seine schmalen Lippen verzogen sich.

»Und die Amerikaner, darauf können Sie sich verlassen, werden das ausnutzen – wir haben ihnen den Sender in Luxemburg überlassen, und sie werden uns die Vorzüge ihrer Herrschaft in die Ohren posaunen. Die Bevölkerung wird, statt unsere Truppen zu bestärken, ihre Moral nur noch untergraben. Nein, nein, Herr Feldmarschall, ich bleibe dabei: nicht einen Menschen dem Feind überlassen!«

Klemm-Borowski blickte auf. Seine Augen waren hart. Pettinger spürte, daß er in der trockenen Spezialistenseele etwas in Bewegung gesetzt hatte.

Und er sah noch mehr. Er hatte ein neues Schlagwort gefunden. *Keinen Menschen dem Feind!* Er sah es auf den Mauern verödeter Dörfer und in die Luft gesprengter Städte stehen. Freiwillig oder nicht, am Ende würde die gesamte Bevölkerung sich in den Krieg hineingezogen finden. Und die Tatsache, daß die Werke von Delacroix und Co. in den Grenzgebieten und im Saargebiet unbeschädigt stehenblieben, würde nicht mehr auffallen, sobald sich die kleinen Flüchtlingszüge zu großen Strömen vereinigten.

Es dauerte einen Augenblick, bis er die volle Bedeutung der seltsamen Frage des Feldmarschalls begriff: »Glauben Sie, daß Sie diese Angelegenheit so nebenher betreiben können?«

»Nebenher?«

»Gewiß – diese Zivilangelegenheiten werden zum größten Teil auch von Zivilbehörden bearbeitet werden müssen ...«

»Ich kann Ihnen hier nicht ganz folgen, Herr Feldmarschall.«

»Mein lieber Pettinger« – der Feldmarschall spielte mit dem Band seines Ritterkreuzes –, »ich hatte Sie bereits für eine viel größere Aufgabe vorgesehen!«

Pettinger fügte sich. Offenbar hieß es für ihn: beides oder nichts.

»Ein kleines Unternehmen, das ich vorhabe. Tarnbezeichnung ›Geier‹.« Er hielt den Kopf schief, mit einem fragenden Ausdruck.

»Hübscher Name ...« Pettinger wollte sich nicht festlegen lassen, bevor er nicht genau wußte, worum es sich dabei handelte.

»Kennen Sie Skorzeny?« fragte der Feldmarschall. »Ich bewundere den Mann! Diese Entführung Mussolinis, das war ein wunderbarer Streich – und das hat mir die Idee gegeben. Glänzend geplant und mit welcher Genauigkeit durchgeführt!«

»Ja, es war schon eine recht gute Sache ...«

Der Feldmarschall lachte wiehernd. »Wir werden dasselbe machen – nur auf breiterer Basis. Gleichzeitig mit meiner Offensive führen wir das größte Ablenkungsmanöver der Kriegsgeschichte durch. Unternehmen ›Geier‹ führt diese Ablenkung durch – und Sie werden das Unternehmen leiten, Herr Obersturmbannführer!«

»Wie soll das stattfinden?«

»Zugleich mit meiner Offensive schicken wir besonders ausgesuchte Leute in alliierten Uniformen hinter die amerikanischen Linien.« Der Feldmarschall lächelte. »Sie haben doch Erfahrungen, wie man sich durch die Linien schlägt, nicht wahr?«

Pettinger runzelte die Stirn. Er dachte: Der Kerl fürchtet, ich bin sein Aufpasser, und nun versucht er, mich auf diese Weise loszuwerden. »Durch die Linien?« sagte er. »Ich habe das bisher erst ein einziges Mal mit Erfolg getan!«

»Das genügt. Die einen gehen durch die Linien, die anderen werden aus der Luft abgesetzt. Sie müssen alle fließend Englisch sprechen, so wie Sie. Sie werden die Verbindungen des Feindes unterbrechen. Brücken und Nachschublager sprengen, falsche Befehle durchgeben, isoliert liegende Gefechtsstände ausheben und die wichtigsten alliierten Befehlshaber entführen oder anderweit erledigen – die Herren Eisenhower, Bradley, Patton und Farrish zum Beispiel. Innerhalb von vierundzwanzig Stunden, Pettinger, wird Unternehmen ›Geier‹ ein solches Chaos hervorrufen, und meine Panzerarmeen werden die alliierte Front in einer solchen Breite aufgerissen haben, daß die Niederlage der Amerikaner sich in eine wilde Flucht auflöst. Wilde Flucht, jawohl!« rief er und blickte Pettinger an, als wolle er sein Gegenüber durch die Kraft seines Willens hypnotisieren.

»Ich finde, Skorzeny sollte so etwas übernehmen«, sagte Pettinger ruhig.

»Skorzeny ist im Osten, ich kann ihn nicht haben.«

»Außerdem gibt es die Haager Konvention«, sagte Pettinger, »die diese Art Kriegführung verbietet.«

»Pah«, machte der Feldmarschall, »die Haager Konvention verbietet den Bombenkrieg gegen Zivilbevölkerung ebenso.«

»Aber gegen uns kann ihre Anerkennung erzwungen werden. Die Amerikaner sind stärker, sie haben mehr Gefangene gemacht als wir.« Das war eigentlich kein Gesichtspunkt, dachte Pettinger. Die Wahrheit war, daß er sich Sorgen machte, er könnte selber gefaßt werden. Andererseits reizte ihn die Sache aber auch: in der Stille der Nacht zustoßen, Leuten in den Rücken fallen – es war die alte Taktik, die er in Dutzenden von Straßenkämpfen vor 1933 zu vervollkommnen geholfen hatte; und sie hatte sich immer bezahlt gemacht.

Die Stimme des Feldmarschalls klang befremdet. »Gut – nehmen wir an, der Feind *ist* stärker! Aber Sie sagten mir doch, Sie seien bereit, Millionen Deutscher aus ihren Häusern zu treiben, viele von ihnen in den Tod – weil es uns vielleicht helfen kann. Und ich bin bereit, Sie es tun zu lassen. Nun, so werde ich eben auch einige überholte Übereinkommen brechen – weil es uns vielleicht helfen kann. Ich sage Ihnen eins, Pettinger: entweder führen diese Offensive, das Unternehmen ›Geier‹ und Ihr Evakuierungsplan den Umschwung herbei – oder wir sind fertig! Ich habe alle Möglichkeiten mit einberechnet und abgewogen. Wie Cäsar sagte: *Alea iacta est.*«

Cäsar! Pettinger überlief ein Frösteln. Er war mehr wert als ein paar Würfel.

Und es gab nichts, was er tun konnte, um Klemm-Borowski aufzuhalten! Mit plötzlicher Hellsicht erkannte er, daß sein Gefasel, der Feldmarschall werde der Retter Deutschlands sein, die Phantasie des alten Mathematikers wildgemacht hatte. Er sah die furchtbare Gefahr, die darin lag, daß Deutschlands Schicksal und sein eigenes in dieser kritischen Phase des Krieges in den Händen von Abenteurern lagen – von Abenteurern, wie er selber einer war. Und er konnte nicht von ihnen loskommen; er war zweifach an sie gebunden: als Mitorganisator und als zukünftiges Opfer. Und obwohl er den Abgrund sah, der sich vor ihnen auftat, taumelte er, von ihnen getrieben, immer rascher darauf zu.

Götterdämmerung stand bevor! Ein abenteuerliches Unternehmen mußte das andere jagen – immer in der Hoffnung, daß eins von ihnen doch das Schicksal wenden könnte. Er mußte auf das Angebot des Feldmarschalls eingehen, um seinen Evakuierungsplan durchführen und seine eigene Haut retten zu können.

Pettinger betrachtete das schüttere Haar des Feldmarschalls, die ausdruckslosen Augen und den Bauch, der beiderseits des silberbestickten, breiten Gurtes hervorquoll.

»Ein großartiger Plan«, sagte er mit Bestimmtheit. »Ganz großartig. In dieser Kombination hat es so etwas meines Wissens noch nie gegeben.«

»Ich wußte, Sie würden ihn so und nicht anders beurteilen«, sagte Klemm-Borowski. »Vor allem, weil Sie der Held des Unternehmens sein werden, mein Lieber!«

In diesem Augenblick wurde es Pettinger klar, an wen der Feldmarschall ihn die ganze Zeit erinnerte: an einen Lehrer, den er früher im Realgymnasium hatte. Die Jungen liebten ihn alle, weil er die alten deutschen Sagen mit einer Begeisterung vorzutragen wußte, die jeden einzelnen von ihnen anfeuerte auszuziehen, um Attilas Horden zu bezwingen und die Nibelungen zu rächen. Eines Tages erschien der Lehrer nicht mehr in der Schule. Die Schüler erfuhren später, er sei in eine Anstalt gebracht worden, denn er schrie immerfort, Siegfried werde verraten, und er müsse ihn warnen.

Zweites Kapitel

Das verlassene Bergwerk stammte aus einer Zeit, als es Kohle im Überfluß gab und man nicht tief in das Innere der Erde einzudringen brauchte. Es verlief wie ein Tunnel unter der Kette steiniger Hügel, die das Städtchen Ensdorf vom Dorf Schwalbach schieden. Man konnte es sowohl von Ensdorf wie von Schwalbach aus betreten; doch war es schwierig, von einem Ende zum anderen zu gehen, da dort, wo der Stollen am tiefsten lag, sich Wasser angesammelt hatte. Dort mußte man auf einer Strecke von etwa achtzig Schritt bis zu den Hüften durch kaltes, schwarzes Wasser waten und sein Licht sorgfältig schützen – die schwere, dumpfe Luft legte sich ebenso erstickend auf die unruhige Flamme wie auf die Lungen.

Nun war dieser Stollen ein Zufluchtsort für ungefähr fünftausend Menschen geworden. Bergarbeiter oder Söhne und Töchter von Bergarbeitern, hatten die meisten von ihnen als Kinder in den schummrigen Gängen und Streckenvortrieben gespielt; später war der verlassene Stollen in Vergessenheit geraten.

Elisabeth Petrik, die Frau des Schusters, war die erste gewesen, die sich seiner wieder entsann. Seit Tagen waren die Evakuierten aus den Grenzdörfern auf ihrer Flucht vor der heranrückenden Front durch Ensdorf hindurchgezogen. Mühselig schleppten sie sich die Straße entlang, ohne Ziel, ohne Ordnung, von Furcht getrieben, die armselige Habe auf Bauernwägelchen, Schubkarren oder Kinderwagen gehäuft. Diese Tage hindurch hatten Elisabeth Petrik und ihr lahmer Sohn Paul vor ihrem Hause gestanden und die endlose Prozession mitangesehen. »Menschen ohne Heim«, hatte Frau Petrik gesagt und ihr Tuch dichter um ihre mageren Schultern gezogen. Und Paul dachte an sein verkrüppeltes Bein und hatte Angst und fragte: »Wohin werden *wir* gehen?«

Und dann, ganz plötzlich erreichte die Front Ensdorf. Die Regierung in Person des Bürgermeisters Konz setzte sich im Dienstauto ab. Franz Seidel mit dem Pickelgesicht, Pförtner, Aktenregistrator und Mädchen für alles im Rathaus, wurde über Nacht zum stellvertretenden Bürgermeister, lief aufgeregt die Straßen auf und ab und verkündete: »Heute Evakuierung! Heute Evakuierung!« Inmitten einer Ansammlung von Hunderten von Männern und Frauen, die vor dem Rathaus auf weitere Anweisungen warteten, krepierte ein Geschoß.

In diesem Augenblick entsann sich Elisabeth Petrik des alten Bergwerks. Sie packte ihr Bündel, nahm ihren verkrüppelten Sohn an der Hand, ihr Mann kam willig genug mit, und machte sich auf den Weg; ihr folgten das Mädchen Leonie und die Mehrzahl der Bewohner von Ensdorf. Die Leute spürten, daß endlich jemand da war, der ihnen eine Richtung wies. Geplant war derlei nicht. Es war ganz einfach so, daß eine Obrigkeit zusammengebrochen war und eine andere, bisher unbekannte, an ihre Stelle trat; oder noch simpler, Frau Petrik war nicht die einzige gewesen, der in der Stunde der Not der alte Stollen wieder einfiel.

Sobald sie dann aber alle im Stollen waren, wurde die Frage, wer nun das Sagen haben sollte, lebenswichtig. Eine Art Ausschuß bildete sich, bestehend aus den paar Leuten, die, als erst die Hunderte und dann die Tausende ängstlicher, erregt durcheinanderlaufender, Sinnloses rufender Menschen einströmten, von sich aus vortraten und sagten: »Hier ist dein Platz, und deine Familie wird hier lagern, und die Ziegen kommen dorthin.« Ohne es zu beabsichtigen, gerieten der alte Pfarrer Gregor, Elisabeth Petrik, der Bergmann Karg, der Lehrer Wendt und der Bäcker Krulle in die Position, wo ihnen nichts übrigblieb, als in diesem alten Bergwerk, in der fast vollständigen Finsternis des engen, niedrigen Stollens ein Gemeinwesen zu organisieren.

Der Ausschuß hatte insofern Glück, als er es mit einem ordnungsliebenden Volke zu tun hatte, das an Disziplin und Gehorsam gegenüber der Obrigkeit gewöhnt war. Nun auch von Franz Seidel und dem Rest der örtlichen Nazis im Stich gelassen, fügten sich die Ensdorfer dem neuen Regime, ohne es in Frage zu stellen. Zwölf Jahre Faschismus trugen unerwartete Früchte.

Und wie Paul Petrik spöttisch Leonie gegenüber bemerkte, fanden sie sich in der gleichen gefügigen Weise mit ihrer traurigen Lage ab. »Sie haben ruhig mitangesehen, wie so viele Menschen aus Heim und Besitz vertrieben wurden, daß sie jetzt, wo sie selber an der Reihe sind, sich auch nicht beklagen.«

Leonie spürte, wie das Kind in ihr sich bewegte. Sie vermochte nicht an andere Menschen zu denken, nur an sich selber. Sie war beim Arbeitsdienst in Saarlautern gewesen und hatte sich mit Hellestiel, dem Hitlerjungenführer, und seinem ganzen Trupp eingelassen. Es war lustig gewesen; aber nun war es vorbei. Nun war ihr nichts anderes geblieben, als nach Ensdorf zurückzukehren und auf das Kind zu warten; Frau Petrik hatte sie aufgenommen.

Leonie sagte: »Was sollten die Leute denn tun? Es kam eben alles so. Wir konnten damals nichts machen – und heute auch nicht.«

Sie und Paul hockten in einer kleinen, dunklen Nische nahe des Ensdorfer Ausgangs des Stollens. Ein Bergmann, längst tot, hatte diese aus dem Felsen herausgehackt, um Platz zu haben, wenn die Kohlenkarren, von blinden Pferden gezogen, langsam vorbeirollten. Das Tageslicht am Eingang, ein Punkt, nicht größer als ein Stecknadelkopf, leuchtete wie ferner Brillant.

»Wir können nichts machen«, spottete Paul. »*Ich* kann nichts machen – mit meinem Bein – aber ihr anderen, ihr seid doch gesund und kräftig! Auf wen schiebt ihr nun die Schuld? Auf eure Führer? Aber eure Führer sind fort! Wenn ich nicht in dieser Haut steckte, sondern von irgendwoanders her dies alles beobachten könnte, ich würde mich totlachen!«

»Paul«, sagte sie, »ich erwarte ein Kind.«

Sie spürte, daß er von ihr abruckte, so weit es ging.

»Von wem?«

»Hellestiel wahrscheinlich – ich weiß es nicht.«

Sie wartete auf eine Antwort. Doch es kam keine. Eine Gruppe Männer stolperte vorbei. Sie hörte Frau Petriks ruhige, nüchterne Stimme: »Sobald es dunkel wird, geht ihr ins Dorf. Karg führt euch. Ihr melkt die Kühe, füttert und bringt schnell die Milch her. Ich nehme mir ein paar Frauen mit. Wir kochen dann im Haus von Konz und dem Bäcker. Die Menschen müssen etwas Warmes zu essen kriegen.«

»Deine Mutter ist eine prachtvolle Frau«, sagte Leonie.

Paul antwortete noch immer nicht.

»Warum sagst du nichts?«

»Was sollte ich wohl sagen? Meintest du nicht eben, du hättest nichts machen können?«

»Aber die Rasse«, flüsterte sie, »wir sind doch die bessere Rasse.«

»Sie taugen alle nichts«, sagte er. »Diese ganze Rasse muß verrekken.«

»Deine Mutter holt doch sogar Milch für sie!«

»Die Milch wird auf ihren Lippen zu Galle werden«, sagte er, fast wie ein Prophet.

»Du solltest nicht so sprechen«, sagte sie und suchte seine Hand. »Es sind doch deine eigenen Leute.«

»Gerade das macht mich ja so verrückt!« rief er.

Das Tageslicht, das ihnen wie ein Stern geleuchtet hatte, war geschwunden. Hin und wieder flammte eine Taschenlampe oder eine Kerze auf. Sonst war tiefe Dunkelheit um den Krüppel und das Mädchen.

Die Gemeinschaft im Bergwerk war mit einem gemeinsamen Ziel entstanden; das Leben derer, die dazugehörten, zu retten und die Menschen davor zu bewahren, über die Straßen verstreut zugrunde zu gehen. Aber mit jeder Minute, mit jeder Stunde, die verstrich, forderten die Dunkelheit, die üble Luft, der Hunger und die bedrückende Enge ihre Opfer. Sobald die unmittelbare Gefährdung durch Granaten und Bomben aufgehört hatte, begannen die Leute das ganze Elend ihrer Lage zu spüren.

Der Ausschuß bemerkte bald, wie seine Autorität schwand. Es waren die kleinen Ärgernisse: ein Mann weigerte sich, einen Auftrag auszuführen, eine Frau murrte, weil sie sich eines Kindes annehmen mußte, dessen Mutter umgekommen war. Die Autorität selber war noch zu neu, zu wenig erprobt; und vielleicht waren auch die Mitglieder des Ausschusses nicht geeignet, Autorität auszuüben und Anordnungen durchzusetzen.

Der Bergmann Karg, der Lehrer Wendt, der Bäcker Krulle und Frau Petrik saßen in der Nähe des Ensdorfer Stollenausgangs und blickten auf die Rauchwölkchen und die gewaltigen Fontänen aus Dreck und Gestein, die an den Aufschlagstellen der Granaten aufstiegen.

»Wird noch immer überall gekämpft?« fragte Krulle, dessen rundliches Gesicht von einer weißblonden, bürstenartigen Tolle gekrönt war.

Karg, der gerade von der Schwalbachseite des Stollens zurückgekehrt war, starrte auf seine Hosenbeine, von denen das Wasser in seine zerrissenen und geplatzten Schuhe tropfte.

»Ziehen Sie doch Ihre Hosen aus«, sagte Elisabeth Petrik. »Sie erkälten sich sonst.«

»Drüben ist es genauso wie hier«, antwortete Karg auf die Frage des Bäckers.

»Gut«, sagte Krulle und rieb seine merkwürdig weichen Hände, »wenn einer den Stollen in der Richtung verlassen will, soll er doch! Ich bin nicht dafür verantwortlich, wenn den Idioten etwas zustößt!«

Elisabeth Petrik mischte sich ein. »Warum werdet ihr euch nicht darüber klar, was da passieren kann? Wenn sie auf der Schwalbachseite einen Massenauszug aus dem Stollen beginnen, so können wir es nicht verhindern. Viele werden dabei kaputtgehen. Eine ganze Reihe aber wird durchkommen. Wir bleiben dann hier übrig, wir und wer sonst noch bei uns bleibt.«

»Um so mehr Platz haben wir dann«, sagte Krulle.

»Ja. Und um so leichter wird es für die Nazis sein, uns herauszuholen. Und die Nazis kommen wieder – sie müssen ja! Denn was wir unternommen haben, das ist – Widerstand, Revolte. Wie man es auch dreht – wir haben ihre Befehle nicht befolgt. Seidels Befehle.«

»Wir haben das Leben von Tausenden von Deutschen gerettet!« sagte der Lehrer Wendt, der ein Patriot und ein Veteran des ersten Weltkrieges war und zu dessen Lieblingsthemen das Zeitalter Bismarcks gehörte.

»Die pfeifen auf Menschenleben«, sagte Karg. »Entsinnt ihr euch des schlagenden Wetters im Schacht ›Friedrich Wilhelm‹? Es konnte durchaus sein, daß die unter Tage verschütteten Kumpel noch lebten, aber es wurde befohlen, die Sohle, auf der das Unglück geschehen war, zuzumauern. Wir mußten wieder einfahren, noch tiefer, und Kohle fördern.«

»Wir haben ihre Befehle nicht befolgt«, beharrte Frau Petrik, »und sie können es uns nicht durchgehen lassen. Was können sie aber gegen fünftausend Menschen ausrichten, die zusammenhalten?

Sie müßten ein Regiment Polizei hier ins Bergwerk schicken. Dazu haben sie nicht die Leute und nicht den Mut. Irgendwann einmal müssen die Kämpfe hier aufhören. Die Front wird in der einen oder in der anderen Richtung verschoben. Bis dahin müssen wir unsere Leute zusammenhalten. Es gibt keinen anderen Weg.«

Krulle versuchte zu erfassen, was Elisabeth Petrik da an Furchterregendem angedeutet hatte. Seine Hauptsorge war seine Bäckerei gewesen mit dem neuen Ofen, der so viel Geld gekostet hatte. Diese wollte er nicht aufgeben; deswegen war er geblieben und war bereit, alles zu tun, um auch weiter bleiben zu können. »Ich habe doch kein Verbrechen begangen!« sagte er und preßte die Lippen zusammen.

»Historisch betrachtet nicht«, entgegnete der Lehrer. »Vom Gesetz her gesehen – ja.«

»So feine Unterschiede verstehe ich nicht«, sagte Frau Petrik. »Ich weiß nur, daß wir vielleicht ein paar tüchtige Männer zusammentrommeln sollten, die an den Eingängen Wache stehen und warnen, wenn jemand kommt. Was das übrige anbelangt, so wollen wir hoffen und beten...«

»Vielleicht könnte Pater Gregor morgen einen Gottesdienst abhalten«, schlug Krulle vor.

Karg sagte: »Morgen ist kein Sonntag.«

Der Lehrer Wendt – aufrecht, sein Haar am Hinterkopf preußisch kurzgeschoren – sagte: »Gott ist immer im Dienst, zu jeder Stunde und an jedem Tag. Hoffen wir, daß die Amerikaner endlich doch vorankommen.«

»Und das sagen Sie?« Krulle hatte sich noch nicht an den Gedanken gewöhnt, daß ihr Schicksal von dem Erfolg derer abhing, die bisher ihre Feinde waren.

»Ich gebe mein Urteil als alter Soldat ab«, sagte Wendt. »Der militärische Fachmann beobachtet, ohne Partei zu nehmen.«

Karg zuckte mit den Schultern. Das Gespräch war zu hoch für ihn geworden.

An dem gleichen Abend noch kam Franz Seidel nach Einbruch der Dunkelheit in das Bergwerk. Er wurde von einem hohen SS-Offizier begleitet, der von Seidel wie von den Leuten, die entlang der Wände des Stollens lagerten, den gleichen Abstand wahrte; seine hohen Gummistiefel, die ihm bis zu den Lenden reichten, glänzten vom Wasser, das er durchwatet hatte. Hinter den beiden Männern her tappten vorsichtig etwa zwanzig Mann Feldpolizei.

Die Wache der Ensdorfer am Schwalbacher Eingang hatte den Ausschuß benachrichtigt, so daß die Besucher, kaum daß sie das Wasser durchquert hatten, von dem Ausschuß empfangen wurden. Hinter denen vom Ausschuß standen mehrere Reihen Bergleute und blockierten den engen Raum des Stollens.

»Seidel!« höhnte jemand, »wo kommst du denn so plötzlich her? Hier ist es nämlich nicht warm und auch gar nicht gemütlich.«

Das Licht einer Taschenlampe glitt über Seidels schmales, pickeliges Gesicht; er erschien ungewöhnlich bleich. »Wo ist der Pfarrer?« fragte er. »Wo ist Pater Gregor? Wir wollen ihn sprechen.« Ein paar Zentimeter über Seidels Kopf befand sich die Decke des Stollens, roh behauen und naß. Pechblende und Wasser warfen den Strahl seiner Taschenlampe zurück, er senkte das Licht, und nun spiegelte es sich in den Augen der Menschen, die sich im Stollen drängten. Hinter den ersten Reihen standen sie auf den Zehenspitzen, oder sie hüpften hoch und stützten sich einen Moment lang auf die Schultern ihrer Nebenmänner, um einen Blick von dem zu erhaschen, was weiter vorne vor sich ging. Es schien Seidel, als glimme es in diesen Augen ganz eigenartig und böse; es waren ganz und gar nicht die Augen der Leute, die er gekannt hatte, als er im Rathaus noch die Treppenaufgänge kehrte.

Dann öffnete sich die Menschenmauer, und Pater Gregor trat vor im priesterlichen Ornat. Seine Stimme, einmal gedämpft und dann wieder zurückgeworfen von den Vertiefungen und den Vorsprüngen der Stollenwände, hatte einen unirdischen Klang. »Was Sie auch zu sagen haben mögen, Franz Seidel, Sie können es vor diesen Leuten hier sagen. Ich habe keine Geheimnisse.«

Seidel, der in dem Offiziersmantel, den er trug, verschwand, ergriff die Hand des Pfarrers und küßte sie. Dann trat er zurück, richtete sich so hoch auf wie nur möglich und begann: »Ich bin zu euch trotz aller Gefahren, denen ich mich damit aussetze, zurückgekommen. Ich bin gekommen, denn ich bin sicher, daß ihr tun werdet, was ich sage. Ich befehle hiermit die sofortige Evakuierung dieses Bergwerks. Niemand bleibt hier zurück. Am Schwalbacher Eingang warten Lastwagen. Die Partei hat für vorübergehende Unterbringung der Bevölkerung in Rheinfranken gesorgt. Die Feldpolizei wird die ordnungsgemäße Durchführung der Evakuierung überwachen. Wir beginnen sofort damit!«

Seidel sah, wie aller Augen sich auf den Pfarrer richteten. Pater Gregor verharrte in Schweigen und rührte sich nicht. Wenn die Menschen evakuiert werden sollten, so mußten sie schon um ihn herum oder über ihn hinweg treten.

»Worauf warten Sie?« fragte Seidel nervös. »Obersturmbannführer Pettinger hier hat mich begleitet, um euch zu versichern, daß einzig und allein die Evakuierung eure Sicherheit und euer Leben zu gewährleisten vermag.«

Frau Petrik sagte: »Du redest von Lastwagen. Schon vor drei Tagen hast du uns versprochen, daß Lastwagen uns in Ensdorf abholen würden. Sind das dieselben Lastwagen?«

Seidel erkannte ihre Stimme. Verärgert fuhr er sie an: »Es ist doch wohl ganz gleich, was für Lastwagen es sind!«

»Wir möchten es nur gern wissen! Es hat schon zu viele Versprechungen gegeben, die nie gehalten wurden.«

Der Lehrer Wendt sagte: »Herr Seidel – nehmen Sie an, Sie könnten zwanzig Personen mitsamt deren Habseligkeiten auf einen Lastwagen laden, so müßten Sie also 250 Lastwagen haben, um die fünftausend Menschen aus diesem Bergwerk zu evakuieren. Warten tatsächlich so viele Lastwagen dort draußen auf uns?«

Seidel, der tatsächlich nur zwei Kübelwagen am Schwalbacher Eingang hatte, war auf Wendts Berechnung nicht gefaßt. Er stammelte etwas Unverständliches.

»Ich glaube nicht, daß du die Laster draußen stehen hast«, sagte Karg. »Aber selbst wenn du sie hättest, wäre es Wahnsinn, fünftausend Männer, Frauen und Kinder unter Beschuß verladen zu wollen.«

Krulle, der Bäcker, fragte mit vor Entrüstung zitternder fetter Stimme: »Für wen hältst du uns eigentlich? Haben wir nicht mit genug Leuten gesprochen, die ihre Dörfer verließen? Wissen wir nicht

– und weißt du's nicht ebensogut –, daß nirgendwo für Beförderung, für Unterkunft oder Verpflegung dieser Menschen gesorgt wurde?«

»Warum gehst du nicht zurück, woher du gekommen bist?«

»Warum läßt du uns nicht in Frieden?«

»Wir sorgen schon für uns selber!«

»Hier schießt wenigstens keiner auf uns!«

»Hier sind wir sicher!«

Eine Frau begann schrill zu keifen und brach durch die Menge: »Ich will hier raus!« rief sie.

Pater Gregor wandte sich ihr zu. Es war Frau Biermann, die Witwe des Postvorstehers. Er lächelte und gab ihr den Segen. »So gehen Sie«, sagte er, »niemand hält Sie zurück. Und wer sonst noch ihr folgen will, mag auch gehen.«

Pettinger beobachtete die Menge. Aber nur zwei Männer folgten der hysterischen Frau. Die Menschenmauer schloß sich wieder hinter dem Pfarrer.

Frau Petrik tat einen tiefen Atemzug. Sie hatte versucht, Frau Biermann zurückzuhalten; sie hatte gedacht: Bricht erst einer aus, dann tun sie's alle... Wie kam es nun, daß die Mauer doch hielt? Hatten die Menschen doch mehr Rückhalt in sich, oder hatten sie noch mehr Angst vor dem Krieg dort draußen, als sie angenommen hatte?

Johannes, ihr Mann, der neben ihr stand, gab die Antwort: »Wenn Frau Biermann und die beiden anderen durchkommen, gehen wir auch. Jeder geht dann. Aber zuerst müssen wir sicher sein, was draußen passieren wird.«

Seidel sagte: »Herr Pfarrer! Wir sind immer gut miteinander ausgekommen – warum helfen Sie uns heute nicht?«

Pettinger schob Seidel zur Seite. Völlig leidenschaftslos, ohne jede Drohung, eher freundlich sagte er: »Herr Pfarrer! Und ihr, Leute – ich erkenne die Liebe zu eurem Heimatboden an, die Liebe zu Haus und Hof. Das sind Gefühle, die jeder Deutsche mit Stolz empfinden kann. Wir haben euren Fall durchgesprochen – euer Bürgermeister Konz, der Kreisleiter und andere hohe Beamte in Saarbrükken. In ihrem Namen und als Offizier der SS gebe ich Ihnen mein Wort, daß Sie in Ihre Häuser zurückkehren, sobald der Feind wieder vertrieben und Ihre Sicherheit gewährleistet ist. In der Zwischenzeit müssen Sie jedoch dies Bergwerk räumen.«

»Unter Beschuß?« fragte Karg.

In der Dunkelheit konnte Pettinger den Mann, der das sagte, nicht erkennen. Er wandte sich in Richtung der Stimme: »Eure verfluchte Verbocktheit, die euch veranlaßt hat, euch in diesem Stollen zu verkriechen, hat eure Evakuierung erst gefährlich gemacht! Wärt ihr gegangen, als die Anordnung kam, ihr wäret längst in euren Notquartieren in Rheinfranken untergebracht. Ihr würdet in sauberen Baracken wohnen, Licht, Luft, Wasser und warmes Essen haben, eure Kinder wären in Kindergärten gut aufgehoben –«

Er machte eine Pause. Was tat er da eigentlich? Er bettelte ja geradezu – bettelte diese Menschen an, statt ihnen Befehle zu geben! Er dachte an die zwanzig Mann Feldpolizei, und wie viele sie bestenfalls in diesem Tunnel umlegen könnten – und daß auch er dann wohl kaum lebend hier herauskommen würde.

»Seht euch doch selber an!« rief er. »Ihr lebt ja schlimmer als die Tiere in diesem finsteren Loch! Das Wasser rinnt von den Wänden, die Luft ist verbraucht und giftig, Kohlengase, daß einem übel wird, und die jeden Augenblick explodieren können – wo sind hier die Bergleute, die mir bestätigen können, was ich eben sagte?«

»Uns gefällt es hier unten auch nicht«, antwortete ihm Elisabeth Petriks ruhige Stimme. »Es ist aber für uns die einzige Sicherheit. Wir sind nur kleine Leute und haben nicht so schöne schnelle Wagen wie Bürgermeister Konz und die anderen Bonzen. Wir gingen auch gern fort. Aber wir wollen auch leben. Wir bitten Sie daher, Herr Obersturmbannführer, mit allem Respekt, daß Sie zu den Amerikanern gehen und für uns einen Waffenstillstand von drei Stunden erwirken, damit wir das Bergwerk verlassen können, ohne dabei beschossen zu werden!«

»Sie haben wohl völlig den Verstand verloren!« sagte Pettinger wütend und wandte sich an den Pfarrer. »Ihnen wenigstens muß doch das Wohlergehen dieser Menschen am Herzen liegen, Herr Pfarrer – also sagen Sie den Leuten, sie sollen gefälligst dem Befehl nachkommen.«

Die Menge wich einen Schritt zurück; Pater Gregor stand allein vor Pettinger. »Seidel und der Herr Obersturmbannführer wollen, daß ihr den Stollen verlaßt«, begann er bedächtig. »Aber vor Gott und vor meinem Gewissen – ich weiß nicht, was ich euch raten soll. Weiß einer, wo dort draußen die nächste Mahlzeit herkommen soll? Ihr werdet die Straßen entlangziehen von Ortschaft zu Ortschaft, eure Kinder hungernd und frierend –«

Seidel zupfte den Pfarrer heftig am Rock. »Hören Sie um Gottes willen auf!«

Pater Gregor schüttelte ihn ab. »Nichts ist kleiner und unbedeutender als der Mensch, wenn er unter die Räder des Krieges gerät. Und könnt ihr wirklich entkommen? Die Panzer sind schneller als ihr, die Wagen der Vernichtung…«

Pettinger war unsicher geworden. Zum erstenmal waren seine eigenen Leute, Deutsche, nicht fügsam, ja, sie attackierten ihn sogar, hinterhältig, von der Flanke her! Diese Schweine waren es einfach nicht wert, daß man versuchte, sie zu retten! Gut, ihm sollte es gleich sein, ob sie mit dem Leben davonkamen oder nicht – er mußte sie nur aus dem Bergwerk heraus haben, außerhalb des Bereiches der Amerikaner, hinaus auf die Straßen – irgendwohin, nur nicht hier… Das aber hieß den Pfarrer aus dem Wege zu schaffen, der Pfarrer war die Seele dieser Revolte. Ohne seine Führung mußte sie in sich zusammenbrechen. Menschen taugten nichts ohne einen Führer.

»Herr Pfarrer«, sagte er und hatte wieder Gewalt über seine Stimme, »würden Sie, bitte, mit uns kommen? Der Kreisleiter und die anderen Herren in Saarbrücken möchten die Frage besprechen, sie möchten Ihnen ihren guten Willen beweisen, damit Sie dann die Leute hier überzeugen können, daß sie nichts zu fürchten haben.«

Er bemerkte, daß Pater Gregor zögerte.

»Ich versichere Ihnen, ich selber bringe Sie hier in dies Bergwerk zu Ihren Leuten zurück!«

Elisabeth Petrik spürte, daß der Pfarrer unsicher geworden war; der alte Mann war zu rechtschaffen, um sich zu sagen, daß er in eine Falle gelockt wurde. So sagte sie denn: »Herr Obersturmbannführer, unser Pater Gregor ist ein sehr alter Mann, und der Kreisleiter ist viel gesünder und viel eher in der Lage, sich zu bewegen. Wäre es nicht richtiger, wenn der jüngere Mann den älteren aufsuchte?«

Die Leute sind es wahrhaftig nicht wert, daß man sich um sie kümmert, dachte Pettinger und brüllte: »Die Frau gehört an die Wand gestellt!«

»Sie wollen Blut sehen, Herr Obersturmbannführer?« war ihre ruhige Antwort. »Warum sind Sie nicht an der Front, da fließt genug Blut!«

»Folgen Sie mir, Herr Pfarrer!« befahl Pettinger.

»Ich weiche nur der Gewalt«, antwortete Pater Gregor.

»Gut, ich wende Gewalt an!« Pettinger ergriff den Arm des Pfarrers.

Der Pfarrer wehrte sich jedoch und erwies sich trotz seines Alters als überraschend kräftig. Es gelang ihm, sich loszureißen. »So komme ich nicht mit!« rief er und streckte seine Hände aus. »Handschellen!« verlangte er.

»Was?« Pettinger schlug die Hände des Pfarrers nieder. »Ich habe keine Handschellen mitgebracht.«

Dann hörte er Rufe der Empörung. Die Menschen drängten vorwärts, der Pfarrer verschwand in der Menge.

»Feigling!« rief Pettinger.

Die Stimme der Frau höhnte: »Wenn der Alte feig wäre, dann wär er im Hinterland, wo Sie und Ihre feinen Parteigenossen sich aufhalten!«

Es war eine deutliche Niederlage. Pettinger drehte sich um und zog sich zurück, von Spott und Gelächter verfolgt. Erst als er das Wasser durchwatet hatte, verstummten die Stimmen. Das kalte Schmutzwasser wirkte ernüchternd auf sein Denken. Nichts war geschehen, was ein Trupp Pioniere mit mehreren Ladungen Dynamit nicht wieder in Ordnung bringen konnte. Nach Saarbrücken zurückgekehrt, würde er das Notwendige anordnen, um dem Unfug hier ein Ende zu machen.

Johannes Petrik folgte Seidel, Pettinger und der Feldpolizei, wahrte allerdings genügend Abstand, um von ihnen nicht bemerkt zu werden und dennoch sie und die schmalen, schwankenden Lichtkegel ihrer Taschenlampen nicht aus den Augen zu verlieren.

Er war sich nicht ganz klar darüber, warum er das tat; er hatte nur eine dumpfe Ahnung, daß die ganze Rolle seiner Frau und was sie den Regierungsbeamten gesagt hatte, nicht das Richtige waren. Gewiß – sie war eine gute Frau, hielt ihm das Haus in Ordnung und war körperlich und geistig gesund. Gott sei Dank – aber doch eine Frau, und dazu noch seine eigene, deren Schwächen er genau kannte, und außerdem hatte sie auch nur vier Jahre Schule gehabt! Was lud sie sich da an Verantwortung auf – während Männer wie er, die ihr ganzes Leben in einem Beruf gearbeitet hatten, der Urteilsvermögen und Tüchtigkeit erforderte, sich so etwas nie zugetraut hätten. Dennoch, wie großartig sie jetzt auch auftrat, am Ende würde er es sein, den sie haftbar machten...

Beim Durchwaten des Wassers dann stolperte er. Während er sich aufzurichten suchte, schluckte er etwas von der kalten, dicklichen Brühe, die von den Stiefeln der Feldpolizisten aufgerührt war; er hustete, prustete und spuckte und versuchte, den ekligen Geschmack der Kohle loszuwerden. Darüber hätte er beinahe Frau Biermann und ihre beiden Begleiter, die hinter dem hohen Besuch hertrotteten, aus den Augen verloren. Am Schwalbacher Ende des Stollens langte er schließlich ganz außer Atem und in einem solchen Zustand an, daß die Leute glaubten, er bringe schlimme Nachrichten, und ihm bis zum Ausgang hinterherliefen.

So kam es, daß Johannes Petrik und ein paar andere am Schwalbacher Ausgang des Stollens Zeugen von Frau Biermanns Ende wurden. Sie sahen, wie die Mannschaften der Feldpolizei ausschwärmten und einzeln oder in kleinen Trupps den Hang nach Schwalbach hinunterliefen. Sie sahen Pettinger in seinen Wagen steigen und davonfahren. Sie sahen, wie Seidel die Witwe des Postvorstehers einlud, mit ihm mitzufahren, während die beiden Männer, die mit ihr gekommen waren, ratlos umherstanden, denn es sagte ihnen keiner, wohin sie gehen und was sie tun sollten.

Seidels Wagen fuhr ab und entfernte sich schnell in Richtung auf Schwalbach, Johannes Petrik beneidete die Frau ein wenig – wie bequem fuhr sie doch heim ins Reich!

Und dann ein Volltreffer. Was von dem Kübelwagen noch übrigblieb, ging in Flammen auf. Das verbogene Stahlgerippe hob sich schwarz von den Flammen ab. Niemand hatte den Wagen verlassen – weder der Fahrer noch Franz Seidel oder Frau Biermann.

Keiner aus dem Bergwerk lief hin, um zu sehen, ob noch Hilfe möglich sei. Stumm standen sie da und sahen zu, wie alles verbrannte, das Fahrzeug und was noch übrig sein mochte von seinen Insassen.

Einer der Männer, die mit Frau Biermann gegangen waren, lief quer über das Feld und verschwand in der Dunkelheit; der andere kehrte schwerfälligen Schritts zum Schwalbacher Eingang zurück. Später, nachdem er und Johannes Petrik zum Ensdorfer Stollenende zurückgekommen waren, sagte er zu dem Bergmann Karg: »Wo sollte ich auch hin? Was sollte ich denn tun? Es war wie in einer Wildnis...«

Der Weg über den Berg zum Ensdorfer Grubeneingang kostete die vier deutschen Pioniere und ihren Unteroffizier eine Stunde. Sie waren von ihrer Schlepperei ermüdet. Sie ließen sich hinter einem Erdhügel, der sie vor der Sicht der Amerikaner verbarg, nieder, entnahmen ihrem Brotbeutel Brot und Wurst und begannen zu essen. Der Unteroffizier zündete vorsichtig seine Pfeife an, denn der Feind konnte nicht weit sein. Sie hätten sich eine längere Rast verdient, sagte er; sie hatten die ganze Nacht vor sich, um die Ladungen anzubringen, und er wollte die Sache nicht übers Knie brechen, sie sollte sozusagen Hand und Fuß haben.

Im Stollen besprach sich Karg im Auftrag des Ausschusses mit den beiden Bergleuten, die als Posten am Ensdorfer Eingang aufgezogen waren. Sie berichteten, daß plötzlich Soldaten, die schwere Kisten trugen, aufgetaucht seien. Karg fragte sich, ob das etwa die Gegenmaßnahme zu Pettingers verunglückter Expedition sei; aber er wies den Gedanken von sich, nachdem er hinausgeschlendert war und gesehen hatte, wie der Unteroffizier und seine Leute lang ausgestreckt dalagen und die Einschläge gelegentlicher Geschosse mit philosophischer Ruhe beobachteten. Ihr ganzes Verhalten deutete an, daß sie das beste Gewissen der Welt hatten.

»Sie sollten sich was schämen«, sagte der Unteroffizier, ohne seine Lage zu verändern.

»Warum?« Karg setzte sich zu den Soldaten nieder, zupfte einen Grashalm und begann darauf zu kauen.

»Du bist einer von den Deserteuren, nicht wahr?« fragte der Unteroffizier, aber in seiner Stimme lag kein Tadel weiter. »Weißt du, was wir hier vorhaben?«

Karg spuckte aus. »Nein.«

Der Unteroffizier stieß mit seinem klobigen, abgetretenen Stiefel gegen eine der Kisten. »Dynamit!« sagte er. Er blinzelte Karg listig zu. Aber er wurde enttäuscht; Kargs Gesicht zeigte, daß er die Warnung nicht verstanden hatte.

»Du bist nicht nur ein Drückeberger, du bist auch ein Dummkopf.«

»Warum sagst du, ich wäre ein Deserteur?« fragte Karg.

»Warum?« Der Unteroffizier zuckte die Achseln. »Ich will dir eines sagen: macht lieber, daß ihr dort herauskommt. Ich habe für euch nichts Besonderes übrig. Aber ich kann mir einen angenehmeren Tod denken, als dort drin eingeschlossen zu werden. Dafür haben wir nämlich das Dynamit hier. Kapierst du jetzt, Dummkopf?«

Karg begriff. Dennoch vermochte er nicht, die ganze Tragweite der Mitteilung zu erfassen, die ihm der Unteroffizier so beiläufig gemacht hatte. »Deserteur?« sagte er hilflos.

Der Mann neben dem Unteroffizier strich die Leberwurst von seinem Messer ab und ließ es einschnappen. »Ich wäre auch nicht gern bei euch im Volkssturm.« Er lachte.

Der Grashalm fiel von Kargs Lippen. »Meine Kinder sind dort in dem Stollen«, sagte er. »Fünftausend Menschen sind da drin! Frauen! Leute, die hier in der Gegend wohnen. Was habt ihr da vor?«

»Mein Gott!« sagte der Soldat und vergaß, sein Messer einzustekken.

Der Unteroffizier richtete sich ein wenig auf. »Dieses ganze Gebiet ist doch evakuiert.«

»Wir sind aber nicht fortgegangen«, sagte Karg leise. Dann fuhr er lauter fort: »Mensch, du hast doch auch irgendwo ein Zuhause, eine Frau, vielleicht Kinder. Du möchtest es doch auch nicht gern sehen, wenn die von dort vertrieben würden?«

Der Unteroffizier, der in Polen Dienst getan und dergleichen mit eigenen Augen gesehen hatte, sagte: »Nein, das möchte ich schon nicht.«

»Komm mit und überzeug dich!« sagte Karg. »Es sind nur ein paar Schritt. Sieh doch selber!«

Es dunkelte bereits. Der Unteroffizier wollte sitzen bleiben, wo er war, und sich nicht irgendwelche Stollen ansehen. Er hörte die Geschoßeinschläge zwischen Ensdorf und dem Bergwerk. Er sah die Mündungsfeuer der Amerikaner. In Ensdorf brannte ein Haus, die Flammen schossen in der windstillen Luft steil empor.

»Ich glaube die ganze Geschichte nicht«, sagte er. »Außerdem habe ich meine Befehle.«

Karg stand auf und rannte auf das schwarze Loch des Stolleneingangs zu.

Der Unteroffizier schrie ihm nach: »Macht, daß ihr da rauskommt! Macht, daß ihr da rauskommt! Ich habe meine Befehle!«

Karg lief ins Bergwerk hinein. Er lief so rasch, daß er, obwohl seine Füße doch diesen unebenen, schlüpfrigen Boden gewohnt waren, fast hingestürzt wäre, aber er raffte sich auf und stolperte weiter.

Erst als er Elisabeth Petrik sah, hielt er an.

»Kommen Sie!« rief er eindringlich. »Kommen Sie mit! Aber schnell! Um Gottes willen, schnell!«

Er packte sie bei der Hand, und sie liefen zusammen dem Ensdorfer Ausgang zu, vorbei an den Lagerplätzen, die den Familien zugewiesen waren, vorbei an besorgten Männern und Frauen, die plötzlich aus dem Dunkel auftauchten und Fragen stellten und an denen vorbei er sich mit den Ellbogen seinen Weg bahnte, während die Petrik, die immer noch nicht wußte, was er eigentlich wollte, Mühe hatte, mit ihm Schritt zu halten, und die Fragen der Leute mit stets den gleichen Worten beantwortete: »Nur ruhig bleiben, immer ruhig bleiben!«

Außerhalb des Stollens stellte Karg die Frau dem Unteroffizier gegenüber. »Also – hier! Sie ist doch eine Frau, oder? Glaubst du mir jetzt?«

Der Unteroffizier stand auf. Er betrachtete die Frau, berührte sie sogar am Ärmel. »Sind da viele wie Sie?« fragte er, nun schon bereit, Karg zu glauben, aber unfähig, eine eigene Entscheidung zu treffen.

»Du kannst den Eingang zur Grube nicht einfach sprengen, Kamerad!« sagte Karg. »Das darfst du nicht! Wir sind in den Stollen geflüchtet, weil es dort drin sicher ist, und wir können auch gar nicht mehr heraus! Ihr könnt uns doch nicht einfach verrecken lassen – nicht auf diese Art!«

Elisabeth Petrik verstand jetzt, wozu die Soldaten da waren.

Sie brachte es fertig, ruhig zu bleiben. »Wir sind fünftausend Menschen dort drin«, sagte sie, »Menschen – wie du – und du – und du...«

»Weiß schon, weiß schon«, sagte der Unteroffizier, »aber ich habe meine Befehle!«

Er hatte seine Befehle... Elisabeth Petrik wußte, was ein Befehl bedeutete, sie war Deutsche. Sie hatten sich einem Befehl widersetzt, aber das war im persönlichen Bereich gewesen, und es hatte wirklich keine andere Möglichkeit gegeben – so etwas aber von anderen Deutschen zu erwarten, vor allem von Soldaten, kam ihr gar nicht in den Sinn. Sie begriff die ungeheure Gefahr, die just darin lag, daß der Unteroffizier seine Befehle hatte.

»Ich kann nichts dafür«, sagte der Unteroffizier.

Er hatte seine Befehle, es mußten also seine Befehle geändert werden. »Wo ist der Offizier?« fragte sie ihn. »Sie müssen doch einen Offizier haben!«

»Der Herr Leutnant befindet sich auf der anderen Seite vom Berg – Schwalbach heißt der Ort wohl«, sagte der Unteroffizier eifrig, da er merkte, daß sich hier vielleicht ein Ausweg bot. »Es dauert aber eine Stunde bis dort hinüber. Wir sind eben den Weg gekommen.«

»Durch den Stollen ist es kürzer«, entschied Elisabeth Petrik. »Sie warten hier, Unteroffizier!« Sie bat nicht; sie befahl! Und er fügte sich. »Sie warten und rühren sich nicht und unternehmen nichts, bis ich zurück bin!«

»Aber beeilen Sie sich!« sagte der Unteroffizier. »Ich kann zu lange nicht warten. Ich habe meine Befehle.«

Der Pionierleutnant war ein Reservist mit Namen Schlaghammer, ein Mann mit pockennarbigem Gesicht und unsicherem Blick, der seine besten Jahre hinter sich hatte. Ein guter Vater und guter Ehemann, hatte er außerhalb des Familiären kaum irgendwelche Überzeugungen, und an dem zu zweifeln, was Pettinger ihm gesagt hatte, kam ihm gar nicht in den Sinn – der Obersturmbannführer erklärte, er hätte das Bergwerk besichtigt und festgestellt, daß die Amerikaner es sehr wohl dazu benutzen könnten, um durch den Stollen von Ensdorf nach Schwalbach durchzustoßen. Leutnant Schlaghammer wunderte sich zwar darüber, daß ein Offizier so hohen Ranges persönlich dieses dunkle und dreckige Loch erkundete und dabei noch mit nassen Hosen zurückkam; aber er war nicht der Mensch, der die Motive eines Oberstleutnants kritisch untersucht hätte.

Pettinger hatte seinen Befehlen hinzugefügt: »Es sind vielleicht einige Leute in dem Stollen – Deserteure vom Volkssturm, die sich dort ihrer Pflicht zu entziehen versuchen.«

»Jawohl, Herr Oberstleutnant!« hatte Schlaghammer geantwortet. Einen Moment lang stellte er sich vor, wie diese Menschen, eingeschlossen in der Grube, an den Felsbrocken, die ihnen Licht und Luft abschnitten, mit Taschenmessern und Fingernägeln scharrten, bis sie vor Erschöpfung zusammenbrachen. Dann aber verschloß er sich vor derartigen Bildern: er hatte drei Söhne an der Front, die vielleicht mit ihrem Leben dafür bezahlen mußten, daß diese Deserteure sie im Stich ließen.

Er hatte sich und seine Leute sofort von Saarbrücken nach Schwalbach in Marsch gesetzt. Nach Erkundung des Geländes hatte er die Hälfte seines Trupps mit zwei Kisten Dynamit nach der Ensdorfer Seite der Grube geschickt, mit dem Befehl, den Weg über den Berg zu nehmen. Er wollte nicht, daß das Dynamit durch das Wasser in der Grube getragen werden mußte. Zwei weitere Kisten hatte er bei sich behalten, vollgepackt mit Sprengmitteln, die völlig ausreichten, ein gutes Stück des Bergs über dem Schwalbacher Eingang zum Einsturz zu bringen.

Nun hörte sich Leutnant Schlaghammer Frau Petriks Bericht an. Die sind ja auch Menschen, dachte er. Ein paar Deserteure, hatte Pettinger gesagt – mein Gott, es waren aber Frauen, Kinder und alte Leute, die vor dem Krieg geflüchtet waren. Die Amerikaner könnten an dieser Stelle durchstoßen... Wie denn? Indem sie die Menschen im Stollen niederknüppelten und mit den Bajonetten niederstießen, um dann über die Leichenhaufen hinwegzutreten?... Aber er hatte seine Befehle...

»Sehen Sie, gute Frau«, sagt er, »es liegt uns ja gar nichts daran, Ihren Leuten etwas anzutun. Aber die Amerikaner stehen auf der anderen Seite dieser Höhe. Einen Teil von Ensdorf haben sie bereits eingenommen. Wenn sie sich durch das Bergwerk hindurch vorarbeiten, fallen sie unseren eigenen Truppen in den Rücken. Es handelt sich hier also um eine militärische Notwendigkeit.«

Der Begriff ›militärische Notwendigkeit‹ fiel schwer in die Waage. Deutschland war wichtiger als fünftausend einzelne. Elisabeth Petrik spürte eine jähe Schwäche in den Gliedern. Gegen militärische Notwendigkeit gab es keine Argumente.

»Wenn wir nur die eine Seite sprengen würden«, sagte Leutnant Schlaghammer, »dann bliebe Ihnen doch genug Luft.«

»Sie dürfen sich das nicht wie einen einfachen Tunnel vorstellen«, sagte sie, »es ist ein altes Bergwerk. Wenn kein Durchzug da ist, bilden sich Kohlengase und schlagende Wetter. Ich kenne mich da aus. Ich habe mein ganzes Leben lang in einer Bergwerkstadt gelebt. Wir müssen beide Seiten offenhalten.«

Schlaghammer überlegte. Es stand ihm nicht zu, Urteil über Pettinger, Pettingers Beweggründe, Pettingers Unwahrheiten abzugeben. Aber es lag sehr wohl in seiner Kompetenz, die anbefohlenen Maßnahmen der vorgefundenen Situation entsprechend zu variieren. Die Eingänge zu dem Bergwerk waren zu sprengen, aber niemand hatte angeordnet, er habe fünftausend Menschen zu vernichten; auch Pettinger hatte davon kein Wort gesagt. Sein, Schlaghammers, Auftrag war, zu verhindern, daß die Amerikaner mit Hilfe des durchgehenden Stollens durch die Front sickerten, so unwahrscheinlich die Sache auch aussah.

»Es ist doch nur eine Frage der Zeit«, sagte die Frau. »Die Front ist in Bewegung. Nachher kommen wir wieder heraus und dürfen wieder leben...«

Schlaghammer öffnete den Kragen seiner Uniform.

Wenn die Grube eine Art neutrales Gebiet wäre, das von keiner Seite besetzt wurde, so hatte das den gleichen Effekt wie die Zerstörung der beiden Eingänge. Und wer würde überhaupt nachprüfen, auf welche Art er den Zweck seines Befehls erreicht hatte? Seine eigene Einheit lag weit hinten in Saarbrücken. Und Pettinger würde wohl kaum hier nach Ensdorf zurückkehren.

»Ich brauche eine Garantie«, sagte Schlaghammer, endlich entschlossen, »daß die Amerikaner das Bergwerk nicht zu einem Durchgang benutzen werden. Können Sie mir eine solche Zusicherung verschaffen?«

»Wir können es versuchen!«

»Wer ist wir? Sie meine ich – Frau... Wie heißen Sie?«

»Petrik.«

»Also Sie, Frau Petrik!«

»Ich bin aber nur eine Frau«, sagte sie, beinahe automatisch, und sie sah bereits voraus: die Einwände des Ausschusses, ihres eigenen Mannes, aller Männer im Bergwerk.

Schlaghammer war jetzt ungeduldig. »Gerade weil Sie eine Frau sind. Wenn die Amerikaner auf irgend jemand hören, dann auf eine Frau. Ein Mann ist immer verdächtig – warum trägt er kein Gewehr?«

Sie blickte ihm in die Augen. »Ich werd es versuchen.«

»Vielleicht haben wir Glück«, sagte er hoffnungsvoll und dachte: Die sind ja auch Menschen, und wiederholte laut: »Die sind ja auch Menschen, dort drüben. Versuchen Sie es bei den Amerikanern, Frau Petrik.«

»Danke«, sagte sie, »danke...«

Er hielt sie noch zurück. »Ich kann Ihnen aber nur achtundvierzig Stunden geben. Nicht mehr!«

»Achtundvierzig Stunden, jawohl, Herr Leutnant.« Dann straffte sie die Schultern und ging.

Leutnant Schlaghammer blickte ihr nach, wie sie auf das Bergwerk zuging, eine alte Frau, und dennoch festen Schritts. Und wenn sie gar nicht durchkam zu den Amerikanern? Oder die da drüben auf der anderen Seite nicht verstanden, was sie wollte, und sie auslachten? Was er da getan hatte, war zumindest – nun, ungewöhnlich...

Andererseits – in achtundvierzig Stunden würde das Dynamit noch wirksam sein wie jetzt.

»Ich weiß, was ich zu tun habe«, sagte Elisabeth Petrik zu Pater Gregor und den anderen im Ausschuß.

Sie hörten sich an, was sie zu sagen hatte. Zu Frau Petriks Überraschung erhoben sie nur geringfügige Bedenken, und auch die klangen, als ob ihre Urheber von ihren Worten wenig überzeugt waren. Schließlich kamen alle zu dem Ergebnis, daß also doch sie gehen sollte.

Der Pfarrer trat vor ein Köfferchen, das er mit in die Grube gebracht hatte. Ungeschickt kniete er nieder und entnahm dem Köfferchen ein Gewand, das er sorgfältig zusammengefaltet auf seinen ausgestreckten Händen Frau Petrik darbot.

»Sie werden eine weiße Fahne brauchen«, sagte er.

Sie erkannte sein Geschenk. »Ihr Meßgewand! Das werden Sie doch selber brauchen!«

Die dick geäderten Hände des Pfarrers strichen über die schwere Seide. »Vielleicht kann es Sie schützen«, sagte er ruhig.

Sie ging zum Lagerplatz ihrer Familie. Unordnung, wohin sie blickte. Ihr Mann kauerte am Boden inmitten des Durcheinanders, das die kleine Fläche, die ihnen zugewiesen war, bedeckte. Ihre Daunendecken, einst ihr Stolz, lagen im Schlamm; das nicht abgewaschene Geschirr war aufeinandergetürmt; eine Kerze blakte im Niederbrennen. Paul und Leonie saßen für sich. Sie hielten sich an den Händen.

Frau Petrik sah, wie sehr sie ihre hausfraulichen Pflichten vernachlässigt hatte; selbst hier unter der Erde hätte sie sich kümmern müssen, daß die Familie zusammenblieb und versorgt war. Und nun mußte sie sie sogar ganz allein lassen.

Johannes Petrik begrüßte sie mit Vorwürfen.

»Ich kann mich nicht zerreißen«, verteidigte sie sich und spürte zugleich die Entfremdung, die zwischen ihnen beiden eingesetzt hatte. »Ich gehe jetzt«, kündigte sie an und hoffte dabei noch, er würde sagen: Ich begleite dich ein Stück. »Also, ich gehe jetzt«, wiederholte sie, »ich verlasse das Bergwerk und gehe hin zu den Amerikanern, damit die uns helfen.«

Johannes Petrik sprang auf. »Du bist verrückt! Jetzt hab ich genug von deinem Getue. Du bist keine Obrigkeit! Du bist nicht einmal ein Mann. Ich verbiete es dir!«

Paul trat zu ihnen. Das Mädchen folgte ihm zögernd; sie war nicht sicher, ob man sie bereits so zur Familie zählte, daß sie bei der Auseinandersetzung dabeisein durfte.

»Ich verbiete es dir«, schimpfte der Schuhmacher weiter. »Sieh uns doch mal an. Wie leben wir denn hier! Wir brauchen dich...« Hilflos hielt er inne. »Ich bin dir ein guter Mann gewesen, immer...«

»Ja, das bist du gewesen.«

Er verlegte sich aufs Bitten. »Du kannst uns doch jetzt nicht im Stich lassen. Dort draußen kommst du um. Und was soll das Ganze nützen? Willst denn du vielleicht mit den Amerikanern verhandeln, du – eine Schustersfrau, mit deinen vier Jahren Schule? Die Leute von deinem feinen Ausschuß haben ja völlig den Verstand verloren, wenn sie dich schicken – sie sind Männer, und sie haben Angst, dort rauszugehen.«

»Eine Frau kommt noch eher durch«, sagte sie.

Er trat ihr mit ausgebreiteten Armen entgegen, als könne er ihr so den Weg zum Ausgang versperren.

»Sei doch still«, sagte sie, »die Nachbarn werden reden.«

»Ich begleite dich«, sagte Paul.

Sie blickte ihren Sohn an und lächelte. Es war das gleiche Lächeln wie damals, als er den Unfall hatte, der ihm das lahme Bein einbrachte; Paul erinnerte sich. Das Herz tat ihm weh, denn es steckte soviel Liebe in ihrem Lächeln, und er war sich bewußt, daß er sie betrog – er hatte durchaus nicht den Wunsch, sie zu begleiten, er hatte Angst vor den Granaten und dem Geschützlärm draußen und den Blitzen in der Nacht; nie vorher war ihm sein Leben so kostbar erschienen, sein eigenes Leben und das Leben, das er mit Leonie führen wollte. Er wollte das Kind als sein eigenes annehmen; es würde ein gesundes Kind werden und brauchte nie zu erfahren, daß er nicht der Vater war.

»Ich begleite dich«, wiederholte Paul. Die Ehre verlangte es von ihm, er wollte ein Mann sein, und er mußte sich vor Leonie als ein Mann zeigen. Aber er war nicht imstande, sich zu bewegen. Sein Bein knickte unter ihm zusammen. Er klammerte sich an seine Mutter und hing mit seinem Gewicht an ihr.

»Es ist sehr lieb von dir, Paul. Aber sieh mal –«, sie wußte nicht, wie sie fortfahren sollte, denn sie wollte ihn nicht kränken, »mit deinem Bein, verstehst du – du kannst nicht schnell genug laufen, und es ist ein weiter Weg bis nach Ensdorf, und überall sind Geschoßtrichter – ich bin ja auch bald wieder zurück...«

»Mutter!« Die Tränen kamen ihm, und er verbarg sein Gesicht an ihrer Schulter. Er schämte sich und war gleichzeitig doch froh, daß sie nicht bemerkte, wie erleichtert er war.

Elisabeth Petrik küßte ihn und dann ihren Mann und Leonie. Dann ging sie, das Meßgewand unterm Arm. Sie hatte ein Paar Männerstiefel an, die Karg ihr verschafft hatte, da ihre eigenen Schuhe durch das Wasser und den steinigen Boden im Bergwerk verdorben waren. Über ihrem ausgeblichenen, abgetragenen grauen Pullover trug sie einen dünnen Mantel. Den Menschen, an denen sie vorbeiging und die von ihrem Auftrag wußten, fiel auf, wie eingefallen und knochig ihr Gesicht geworden war.

Draußen vor dem Bergwerk sog sie die frische Luft in die Lungen. Der Pionierunteroffizier und seine Leute, die ihr Dynamit noch immer bewachten, sahen sie vorbeigehen; sie entfaltete das Meßgewand und knüpfte es an einen Holzstab.

Sie schwenkte ihre Fahne, die Fahne des Waffenstillstandes und der Übergabe. Für sie aber war diese Fahne das Symbol eines persönlichen Sieges. Dann hörte sie, wie jemand nach ihr rief und hinter ihr herstolperte. Sie verlangsamte ihren Schritt, ohne auf die Geschosse zu achten, die immer näher bei ihr einschlugen.

Es war Leonie.

»Ich konnte Sie nicht allein gehen lassen«, sagte das Mädchen.

Elisabeth Petrik blickte nach Ensdorf hinüber.

»Nun bist du schon so weit gelaufen«, sagte sie, »kannst auch ganz mitkommen.«

So gingen sie zu zweit weiter.

Drittes Kapitel

Die Kompanie C war in den Westteil von Ensdorf eingedrungen. In den Abendstunden des gestrigen Tages war es zu Häuserkämpfen gekommen, so daß Troy in der Nacht beschloß, nicht weiter vorzugehen. Er wollte vermeiden, seine Leute in den östlichen Teil des Orts zu schicken, solange noch Aussicht bestand, daß die Artillerie, die systematisch alles vor ihm unter Beschuß nahm, die verhältnismäßig schwachen deutschen Abwehrkräfte vertrieb.

Als erster entdeckte Cerelli das Meßgewand. Er lag auf Herrn Krulles Bett, das er neben ein zerschossenes Fenster im zweiten Stock der Bäckerei gerückt hatte. Er hielt den Kopf geduckt, so daß nur Helm und Augen über dem Fensterbrett sichtbar waren. Ohne sich zu rühren, beobachtete er die Straße und dachte an die gebrauchten Wagen, die er, sobald er nach dem Krieg wieder zu Hause war, so zurechtzutrimmen beabsichtigte, daß sie wieder wie neu aussahen. Mit diesen angenehmen Zukunftsaussichten versuchte er, den Schlaf zu bekämpfen, der ihn immer wieder zu übermannen drohte, und das Schweregefühl im Schädel, das seinen Kopf veranlaßte, in regelmäßigen Abständen vornüber zu kippen. Und gerade da erblickte er das Meßgewand, weiß und von einem eigenartigen Schimmer überstrahlt, wie ein Geist, der die Straße entlang schwebte. Es kam so überraschend und wirkte so unnatürlich, daß er nicht wußte, was er davon halten sollte; und sein erster Gedanke war: Ich habe doch nichts Böses getan?... und sein zweiter: Ich schieße einfach drauf, dann werden wir ja sehen.

Zum Glück bemerkte er noch rechtzeitig, daß die beiden Gestalten unter dem wabernden Weiß Frauen waren, die, sichtlich ermüdet, eher taumelten als gingen.

Cerelli dachte: Den Teufel werde ich tun und mein Gesicht zeigen. Es kann auch eine List sein.

»He, ihr da!« rief er.

Die beiden blieben still stehen. Das Meßgewand wehte nicht mehr, sondern hing schlaff herunter. Cerelli überlegte sich, daß das Ding vielleicht eine Fahne darstellen sollte, eine weiße Fahne, Zeichen, daß einer verhandeln oder gar sich ergeben wollte.

Das »He, ihr da!« alarmierte den Unteroffizier Clay, der nach dem Angriff auf den Bunker an die Stelle des verwundeten Simon getreten war. Clay warf sich auf das Bett neben Cerelli. Die Federn quietschten; Clay war korpulent.

»Was hältst du von denen da?« fragte Cerelli.

Clay runzelte die sommersprossige Stirn, linste über den Fenstersims und bewegte die dicken Lippen wie immer, wenn er nachdachte.

»Zivilisten«, sagte er dann, »Krautzivilisten. Wahrscheinlich in einem Keller festgesessen und haben nun genug von dem Krach. Jetzt ist es Nacht, und da kommen sie heraus. Ich hole sie; du deckst mich.«

Cerelli spürte, wie die Matratze von Herrn Krulles Bett sich wieder hob, da Clay sich erhob. Dann sah er Clay quer über die Straße jagen, in Deckung der nächsten Hauswand gehen, um sich so an das seltsame Paar heranzuarbeiten. Auf seine Aufforderung hin näherten sich die Frauen vorsichtig der Wand, gegen die Clay sich duckte: darauf trieb er sie mit seinem Gewehr wie zwei Schafe die Straße entlang auf Cerellis Fenster zu und dann vorbei an der Bäckerei, so daß jener ihn aus den Augen verlor. Die Straße war wieder leer und ganz still bis auf das unaufhörliche Trommeln der Artillerie.

Nach einiger Zeit fand sich Clay wieder bei Cerelli ein. »Miese Weiber«, berichtete er. »Die eine war noch dazu ziemlich alt. Sie jammerten immer nach einem Offizier. Ich habe sie Sheal übergeben, er hat sowieso zwei Krautgefangene zu bewachen. Was sollte ich denn tun? Sie mitten in der Nacht zum Captain führen? Troy kann ja morgen sagen, was wir mit ihnen machen sollen...«

Er begann plötzlich zu fluchen: »Warum bleiben sie auch nicht zu Hause?«

Cerelli lachte. Er wandte sein offenes, jungenhaftes Gesicht dem Unteroffizier zu: »Vielleicht wissen sie, wo wir hier Schnaps auftreiben können? Du hast sie wohl nicht gefragt?«

»Nein«, sagte Clay, »verdammt, das hab ich vergessen!«

»Du bist noch zu neu in diesem Geschäft«, tröstete ihn Cerelli. »Du solltest dich an die Sitten des Landes anpassen...«

Am Morgen erhielt Troy den Befehl, sich den Tag über ruhig zu verhalten. Man wollte die Flanken erst nachziehen, bevor man in diesem Abschnitt weiter vorging. Er fühlte sich erleichtert bei dem Gedanken, daß er sich eingraben und seine Stellung festigen konnte, aber dies Gefühl der Erleichterung wurde durch allerhand Befürchtungen getrübt. Der Vorstoß hatte sich mit jedem Tag verlangsamt, und Troy wurde den Verdacht nicht los, daß die Deutschen auf der anderen Seite etwas vorhatten. Zwar hätte er keinen bestimmten Grund für diesen Verdacht angeben können. Die Spähtrupptätigkeit war auf seiten der Deutschen sogar auffällig schwach gewesen, und wenn sie etwas vorbereiteten, so hätten sie doch eine größere Anzahl von Spähtrupps ausgesandt. Er mußte an seine Großmutter denken, die einen Witterungsumschlag nach den rheumatischen Schmerzen in ihrem Knie vorauszusagen wußte; seine Knie schmerzten zwar nicht, aber das dumme Gefühl blieb ihm doch.

Er hörte einen Jeep vor dem Haus vorfahren, das er sich als Gefechtsstand ausgesucht hatte. Auf der Treppe vernahm er den schweren Tritt von Stiefeln und das Knirschen von Glas unter den Sohlen – es hätte auch längst jemand die Treppen fegen können!

Ein Sergeant trat in die Stube. »Ich schulde Ihnen ein paar Unterhosen und ein Hemd, Captain«, sagte er und ließ ein Päckchen auf den nächsten Stuhl fallen. »Sie erinnern sich – noch von der Normandie her!«

»Nanu, der Rattenfänger!« rief Troy und erhob sich, um Bing zu begrüßen. Aber plötzlich erstarrte ihm die Hand. »Mein Gott, Sie haben doch am Ende nicht wieder diese Lautsprecher mitgebracht?«

»Teufel, nein! Sozusagen ein Höflichkeitsbesuch. Ich freue mich, Sie am Leben zu sehen!«

»Und ich bin überrascht, daß Sie noch leben! Arbeiten Sie denn nicht mehr mit Ihrem ehrgeizigen Lieutenant zusammen?«

»Es ist mir gelungen, ihn abzuschütteln. Jetzt habe ich einen anderen, einen recht anständigen Kerl mit Namen Yates. Ich sollte ihn hier an der Gefangenensammelstelle Ihrer Division treffen, aber da er nicht zur festgesetzten Zeit erschien, entschloß ich mich hierherzufahren. Es gab außerdem sowieso keine Gefangenen in Ihrer Sammelstelle.«

»Sie hätten nicht kommen sollen. Hier herum wird geschossen. Und Unterhosen besitze ich genug.«

»Captain, diese Unterhosen erhielt ich in der Kammer Ihrer eigenen Division; sie bedeuten also kein großes Opfer für mich. Und ich hatte es mir schon seit dem Tag, an dem Sie in Rollingen an mir vorbeifuhren, vorgenommen, Sie aufzusuchen...«

Troy blickte Bing an. Er verstand. »Sie sind älter geworden, scheint's, Tasse Kaffee?«

Bing setzte sich. Der warme Feldbecher fühlte sich angenehm an. Der Kaffee war so heiß, daß er darauf blasen mußte.

»Wie gefällt Ihnen der Krieg jetzt?« erkundigte sich Troy.

»Ein bißchen langsam, finden Sie nicht?«

»Was haben die Deutschen vor?«

Bing trank vorsichtig weiter. »Wissen Sie irgend etwas?«

»Nein«, sagte Troy betont.

»Ich spreche ja ziemlich viel mit Gefangenen. Zuweilen machen sie Andeutungen, vor allem die Hartgesottenen unter ihnen.«

»Andeutungen welcher Art?«

»Andeutungen eben, nichts Genaues. Aber wenn Sie mich fragen, Captain, die drüben planen einen Gegenstoß.«

»Haben Sie das gemeldet?«

»Selbstverständlich. Und ich höre von anderen, die die gleiche Arbeit tun wie ich, das gleiche – entlang der ganzen Front. Trotzdem muß es nicht unbedingt etwas Ernstes bedeuten. Manchmal streuen die Deutschen Gerüchte unter ihren eigenen Leuten aus, um die Moral der Truppe zu stärken. Sie reden von neuen Waffen, von Offensiven und ähnlichem – man darf ihnen auch nicht alles abkaufen.«

»Hm«, sagte Troy. »Es ist eben doch jetzt anders als die Tour durch Frankreich.«

»Ist eben Winter.« Bing lächelte in seinen Feldbecher hinein. »Im Winter sollte der Krieg im Saale stattfinden...«

»Ich habe zwei Krautgefangene hier«, sagte Troy. »Einer von meinen eigenen Leuten, Traub, der sich für gewöhnlich mit ihnen befaßt – Traub spricht nämlich Jiddisch, aber die Deutschen verstehen ihn komischerweise, ausgerechnet, wo sie so gegen die Juden sind – also Traub hat eins in den Arm verpaßt bekommen und ist am Verbandplatz. Hätten Sie Lust, sich nach dem Kaffee die beiden anzusehen?«

»Das ist das erste bißchen Glück auf dieser Fahrt!« Bing trank den Kaffee in wenigen Schlucken. »Danke sehr, mache ich gern!«

Sergeant Lester trat ein. Troy stellte die beiden Soldaten einander vor. Bing war dieser kleine Zug an Troy, der so ganz dem Zivilleben entsprang, äußerst sympathisch.

Lester sagte: »Captain, in der Nacht sind zwei deutsche Frauen mit einer weißen Fahne eingetroffen. Sheal meldet, daß sie die ganze Nacht danach verlangt haben, einen Offizier zu sprechen. Soll ich sie herbringen?«

Troy blickte Bing an. »Wenn es Ihnen nicht zuviel Arbeit macht...?«

»Mit einer weißen Fahne?« Bing interessierte sich sofort.

»Keine richtige Fahne«, sagte Lester. »Ich habe das Ding gesehen. Goldbestickt und wirklich hübsch, und Cerelli sagte schon, er will es als Andenken haben. Wissen Sie, so etwas, wie die Priester tragen.«

»Bringen Sie aber die Frauen nicht erst hierher«, sagte Troy. »Bing wird lieber mit Ihnen gehen und dort mit den Frauen sprechen.«

»Das hat ja wieder mal lange gedauert!« sagte Dondolo, als Bing und Lester aus Troys Gefechtsstand traten. »Es ist kalt hier draußen.«

Bing verfluchte sein Geschick, das ihm Dondolo für diese Fahrt als Fahrer zugewiesen hatte. Beim ersten Anzeichen eines Aufmukkens von seiten des ehemaligen Sergeanten hatte er ihm klargemacht, wer hier das Sagen hatte; aber Dondolo brauchte einige Zeit, um sich damit abzufinden. Jetzt also beantwortete Bing Dondolos Klage mit: »Jaja, ist es nicht gemein – jetzt sitzt du nicht mehr in deiner warmen Küche und mußt hier draußen herumfahren, wo es so gefährlich und unbequem ist... Laß den Wagen stehen und komm mit. Wir werden drinnen sitzen, und du kannst deinen zarten Hintern aufwärmen.«

Dondolo sagte nichts; er konnte seine Gelegenheit abwarten und rechnete damit, daß sie bald genug kommen würde.

Bing ließ sich in dem leeren Haus neben Troys Gefechtsstand nieder. Im Erdgeschoß befanden sich drei Räume; den besten wählte er für seine Vernehmung: der zweite war der Warteraum, in dem sich Dondolo als Wache nützlich machen sollte; der dritte blieb leer.

Mit den beiden deutschen Soldaten war Bing bald fertig. Sie waren erst kürzlich einem zweitrangigen Volksgrenadierregiment zugeteilt worden und hatten ihre Einheit auf dem Rückzug verloren – sie wußten nur wenig außer der Nummer ihrer Kompanie, ihrer Division und dem Namen ihres Leutnants, der als erster davongelaufen war. Sie schienen noch niedergeschlagener zu sein als der Durchschnitt von Leuten aus einem solchen Haufen. Sie sagten, der Krieg sei verloren, für sie jedenfalls, und je schneller er vorbei wäre, desto besser.

Sheal übernahm die beiden wieder von Dondolo. Dann rief Bing die ältere der beiden Frauen herein.

»Sie sind kein Offizier!« waren ihre ersten Worte.

Bing zog einen Stuhl für sie heran. Sie setzte sich, müde, bleich; das nächtliche Warten, die Sorge und der Hunger – sie hatte seit Mittag des vorigen Tages nichts mehr zu sich genommen – hatten Furchen in ihr Gesicht gegraben wie bei einem zu stark ausgearbeiteten Holzschnitt. Aber ihre Augen waren wach und lebendig, schlaflose, rotgeränderte, fast wimpernlose Augen.

Sie versuchte ihren Mantel und ihren Rock zu ordnen, aber es gelang ihr nicht; der Boden des Kellers, auf dem sie die letzte Nacht zugebracht hatte, hatte ihrer Kleidung den Rest gegeben.

»Warum wollen Sie unbedingt einen Offizier sprechen?« fragte Bing.

»Wegen des alten Stollens – fünftausend Menschen – er soll gesprengt werden – es werden alle umkommen dabei – und der Herr Leutnant hat gesagt, ich soll gehen – zu dem amerikanischen Kommandeur – sein Ehrenwort –«

Ihre Worte überschlugen sich.

In den langen Stunden der Nacht, Schmerzen in allen Gliedern von dem harten Steinboden und der Eiseskälte, ihre Gedanken gequält von der Zeit, die nutzlos verrann, hatte sie sich alles so schön zurechtgelegt. Aber nun war es vorbei mit ihrer ganzen Redekunst, die Ängste der Nacht stellten sich wieder ein und hemmten ihr die Zunge, und sogar die selbstverständlichsten Nebenfragen des Amerikaners waren ihr zuwider; wie sie denn heiße... und ob sie selber auch aus Ensdorf sei... und wie es gekommen sei, daß man gerade sie für diesen Auftrag wählte...

Bing hatte erst einen kleinen Teil ihres zusammenhanglosen Berichts gehört, da war ihm dessen Bedeutung schon klar, und er geriet in Erregung. Hier befanden sich fünftausend *Deutsche* im Aufstand oder wenn nicht im Aufstand, so doch in einer Aktion, bei der sie sich bewußt den Befehlen der Nazis widersetzten; hier waren die Nazis drauf und dran, *ihre eigenen Leute* auszurotten; hier war eine einzigartige Gelegenheit, diese Bergleute und ihre Familien zu unterstützen, ihnen den Rücken zu stärken und ihren Widerstand gegen die Nazis zu vertiefen; hier war ein Beispiel aus dem Leben, das man dem ganzen Volk vor Augen führen konnte, eine Spaltung zwischen Herrschern und Beherrschten, zwischen den Nazis und der Bevölkerung; und man konnte diese Kluft vergrößern, wenn man nur schnell und entschlossen einen Keil weiter hineintrieb. Und wie teuflisch richtig der Zeitpunkt lag – jetzt, wo die Armeen gerade in Deutschland selber einrückten und die Bevölkerung im ganzen Land vor der Wahl stand, entweder den Nazis weiter zu folgen oder sich gegen sie zu erheben – oder wenigstens von ihren Führern Abstand zu suchen!

»Mir bleiben nur noch achtunddreißig Stunden«, sagte Elisabeth Petrik. »Bis dahin muß ich Leutnant Schlaghammer die Versicherung bringen, daß die Amerikaner den Stollen nicht als Durchgang benutzen. Wollen Sie mir dabei helfen? Bringen Sie mich zu Ihrem Obersten, zu Ihrem General? Leutnant Schlaghammer hat gesagt, Soldatenwort ist Soldatenehre. Das ist unsere einzige Hoffnung...«

Das Bergwerk als Einfallstor! dachte Bing. Er hatte weder eine Vorstellung von den örtlichen Verhältnissen noch von der militärischen Lage in diesem Abschnitt. Darüber konnte Troy ihn aufklären. Er hielt aber die Gedanken eines amerikanischen Vorstoßes durch die Grube für eine bewußte Täuschung, um die Ensdorfer aus der Grube zu locken oder um jenem Leutnant Schlaghammer einen guten Grund für die Vernichtung dieser Menschen zu geben. Jeder amerikanische Kommandeur würde es sich zweimal überlegen, bevor er seine Leute in einen langen, dunklen Stollen schickte, der durch drei Mann mit einem Maschinengewehr beherrscht werden konnte.

Im anderen Zimmer befaßte sich Dondolo damit, Leonie abzuschätzen.

Ihr schäbiges Äußeres konnte er sich wegdenken; das schmale Dreieck weißer Haut unter ihrer Kehle genügte ihm und versprach ihm glattes weibliches Fleisch mit Wölbungen und Schatten; sie hatte die helle Hautfarbe und das blonde Haar, die ihn, den schwarzhaarigen, dunkelhäutigen Mann, toll machen konnten. Durch ihre Schwangerschaft waren dünne Adern an ihren Schläfen sichtbar geworden, und die gleiche Zeichnung der Haut erwartete er an ihren Brüsten und an ihren Schenkeln – und dort, wo ihre Schenkel zusammenkamen. Daß sie schmutzig und ungekämmt war, hatte nichts zu besagen, wo er zu Hause war, schlampten die Frauen oft den ganzen Tag so herum.

Leonie war es klar, was dieser Amerikaner wollte; Hellestiel hatte sie zuweilen so angesehen – als sei sie völlig in seiner Hand. Sie versuchte wegzurücken, von dem Soldaten, in ihren Augen lag ein verängstigter und zugleich bitterer Ausdruck – und gerade das war es, was Dondolo so an ihr reizte.

Er drängte sie in eine Ecke, langsam und methodisch, und packte sie plötzlich bei den Schultern, preßte sich gegen sie und flüsterte: »Wir wollen ein bißchen Spaß haben zusammen, Fräulein, he? Ruhig, ruhig! Also machst du jetzt mit – hör auf zu stoßen, du! – oder du kannst was erleben, kannst ordentlich was erleben ...« Ihr Mantel ging auf, und durch ihr dünnes Kleid und den Pullover hindurch spürte er ihre vollen Brüste und ihren gewölbten Leib. So 'ne deutsche Hure! Na, soll sie stoßen! Soll sie zappeln! Soll sie mit den Augen kullern – bald werden sie ihr noch ganz anders heraustreten!

Er langte nach ihrem Rock und zog ihn hoch, und für den Bruchteil einer Sekunde fühlte er ihr warmes, weiches Fleisch.

Sie schrie auf.

»Sei still!« herrschte er sie an.

Aber es war zu spät, Bing stand schon im Zimmer.

Dondolo sah die alte Frau hinter Bing, hörte sie etwas Unverständliches rufen. Frauen sollte man nach einem bestimmten Alter abtöten; sie waren zu nichts gut.

Er wandte sich um, Bing abzuwehren. In diesem Augenblick entwischte ihm das Mädchen. Sie war fix wie ein Wiesel. Dondolo sah sie noch, wie sie an ihm vorbeihuschte, dann hörte er die Außentür ins Schloß fallen. Schritte auf der Treppe, Schritte auf der Straße – und dann Stille.

Schweißtropfen standen ihm auf der Stirn. Er lachte heiser auf und brachte sich die Hosen in Ordnung.

»Damit kommst du nicht so billig weg«, sagte Bing. Seine Lippen waren weiß.

»Was willst du mir schon tun?« sagte Dondolo. »Wo kann ich schon hinkommen, wo es schlimmer wäre, als wo ich jetzt bin? Der Bunker bei der Militärpolizei ist viel sicherer. Oder nicht?«

In gewisser Weise hatte Dondolo recht. Welche größere Strafe gab es, als Soldat sein und hingehen zu müssen, wo es einen treffen konnte?

»Kommen Sie!« sagte Bing zu Frau Petrik, führte sie in das andere Zimmer und schloß die Tür zwischen sich und Dondolo. Er wußte nicht, wie er anfangen sollte. »Es tut mir leid«, sagte er schließlich, »ganz außerordentlich leid. Ich habe für diesen Mann keine Entschuldigung. Er wird bestraft werden.«

Die Frau schien zu horchen, aber nicht auf seine Worte. Frau Petrik hoffte, Leonie würde vernünftig genug sein, zurückzukommen. Sie wartete bange auf das Echo des Schusses, der anzeigen würde, daß ein Amerikaner oder auch ein Deutscher das fliehende Mädchen aufzuhalten suchte. Aber dieser Schuß blieb aus.

»Ihre Tochter?« fragte Bing.

»Nein.«

Elisabeth Petrik legte ihre Finger auf den Rand des Tisches. Bing bemerkte die kurzgeschnittenen Nägel, den Schmutz an den Rändern.

»Leonie ist aus unserem Ort«, sagte sie tonlos.

»Sehr mutig von ihr, Sie zu begleiten. Gab es denn dafür keine Männer?«

»Wir dachten, Frauen würden besser durchkommen... Wie spät ist es jetzt?«

Es lag etwas Unmenschliches, etwas sehr Deutsches in der Einspurigkeit ihres Denkens, in ihrer Entschiedenheit, in ihrem Festhalten an dem Verlangen nach einem Offizier und an dem Gedanken eines Vorstoßes durch den Stollen. Bing erkundigte sich: »Ist Ihre Familie auch in dem Bergwerk?«

»Ja.«

Das erklärte einiges, aber nicht alles.

»Ich kann jetzt wirklich nicht losgehen und nach dem Mädchen suchen«, sagte er.

Sie wußte das. Sie blickte Bing an. Der Verlust Leonies, des Mädchens, das Paul liebte, verstärkte noch ihren Entschluß, ihren Sohn und die Tausende von Menschen in der Grube zu retten. Und dieser amerikanische Soldat vor ihr war ihre einzige Hoffnung, ihre einzige Verbindung zu dem amerikanischen Kommandeur, der ihr und Schlaghammer die Versicherung geben konnte, daß der Stollen für einen Vorstoß nicht benutzt werden würde.

»Wie spät ist es?« fragte sie wieder.

»Halb elf«, sagte Bing.

»Bitte führen Sie... führen Sie mich zu dem Offizier!«

Bing erstattete Troy einen vollständigen Bericht. Zusammen zeichneten sie das Bergwerk auf der Karte ein – die Grube war seit so langer Zeit stillgelegt, daß sie auf den neueren Karten gar nicht mehr eingetragen war.

»Was ist Ihre Meinung«, fragte Bing, »besteht eine Möglichkeit, daß Sie durch den Stollen nach der Schwalbacher Seite durchstoßen könnten?«

»Möglich wäre es schon«, sagte Troy, »aber nicht wahrscheinlich.«

»Warum?«

»Ich würde jede andere Angriffslinie eher wählen als die durch den elenden Stollen. Sie selber sagen, daß dieser Stollen – jeder Tunnel überhaupt – durch drei Mann und ein Maschinengewehr beherrscht werden kann. Ich weiß, was uns die Einnahme der Befestigungen von Metz gekostet hat – und da mußten wir auch durch ein paar unterirdische Gänge hindurch.«

Er überlegte einen Augenblick.

»Sie können der Frau versichern, sie soll sich keine Sorgen machen. Sie soll zurückgehen zu ihren Leuten und ihnen sagen, daß wir keinen Anlaß dafür geben und nicht daran schuld sein werden, sollte jemand die Stolleneingänge sprengen.«

»Ich möchte die Frau aber gern noch hier behalten, bis Lieutenant Yates eintrifft. Es ist mir endlich gelungen, ihn an der Gefangenensammelstelle der Division zu erreichen, und er hat gesagt, er käme sofort.«

Troy zuckte die Schultern. »Wie Sie wollen!«

Der Feldfernsprecher klingelte, dann kam Lieutenant Fullbright herein, und Troy wurde von anderen Angelegenheiten in Anspruch genommen. Bing wartete still und versuchte, über Methoden nachzudenken, wie sich das, was er vermutete, praktisch verwerten ließ. Wenn die Frau und die Leute in dem Stollen da wirklich ein Anzeichen dafür waren, daß auf der anderen Seite etwas zu bröckeln begann, so war es höchste Zeit, einzuhaken und den Prozeß dann zu beschleunigen.

Aber wie gewöhnlich, wie es bei dem Flugblatt zum vierten Juli oder auch in der Sache der verschleppten Personen gewesen war, hatte keiner eine solche Entwicklung vorausgesehen. Yates würde wahrscheinlich wieder Gelegenheit nehmen, ein paar weise Worte über das amerikanische Talent für Improvisation von sich zu geben.

Yates trat ein; er und der Captain schüttelten sich die Hände. Neben Troys hünenhafter Gestalt wirkte Yates schlank und beinahe zierlich.

Er sagte: »Ich bin Ihnen sehr dankbar, Captain, daß Sie uns so schnell benachrichtigt haben.«

Troy, noch immer die Erinnerung an Laborde und an den Streit über die Aufstellung der Lautsprecher im Kopf, hatte wieder einen ähnlichen Typ erwartet, obwohl Bing ihm angedeutet hatte, daß

Yates ein Mann von anderem Kaliber sei. Dazu kam auch noch Troys natürliche Antipathie gegenüber Leuten, die das beschaulichere und weniger gefährliche Leben hinter der Front führten.

»Wenn die Dinge sich so verhalten, wie mir der Sergeant über den Fernsprecher berichtete«, fuhr Yates fort, »könnte die Sache Ihnen vielleicht sogar helfen und im Endeffekt dazu führen, daß Sie weniger Opfer zu bringen haben.«

Troy legte der Frau aus Ensdorf nicht soviel Bedeutung bei – aber es gefiel ihm, daß Yates überhaupt an ihn und seine Probleme und an die Leute der Kompanie C dachte.

»Ihr Sergeant hat alles veranlaßt«, sagte Troy. »Er hat mit der Frau gesprochen. Was können Sie aber wirklich mit ihr machen, was mir und meinen Burschen nützen könnte?«

»Offen gesagt, ich weiß das jetzt noch nicht. Ich habe da wohl etwas im Sinne, aber zuerst müßten Bing und ich noch einmal mit ihr reden.«

Daß Yates etwas nicht wußte und es sogar zugab, sprach ebenfalls zu seinen Gunsten. Troy hatte gelernt, daß der Mensch im Kriege überhaupt nichts sicher wissen konnte und daß das meiste, was man tat, auf Zufall beruhte. Man mußte ganz einfach Glück haben und Gott danken, wenn die Sache gut ausging.

»Was Sie auch vorhaben«, sagte Troy, »machen Sie etwas Ordentliches daraus.«

»Bing hat so seine Einfälle!« Yates grinste.

Bing blieb ernst. »Captain, wenn auf dem Abschnitt Ihrer Kompanie kein Widerstand mehr wäre, keine feindlichen Truppen – nur ein Vakuum – würden Sie dann nicht nachstoßen?«

»Vorausgesetzt, daß auf meinen Flanken alles in Ordnung ist...« Troy lachte. »Ich warte schon seit der Landung in der Normandie auf so eine schöne Gelegenheit.«

»Gut. Das ist aber genau die Lage, die wir jetzt haben.« Bing wußte, daß er die Sache zu sehr vereinfachte, aber er wollte, daß beide Offiziere ihm bis zum Schluß seiner Gedanken folgen sollten. »Die Führer dieser Leute sind ihnen davongelaufen, und damit sind auch die Illusionen weg, die die Leute gehabt haben. Wenn wir jetzt nicht nachstoßen, wenn wir diese Menschen ohne etwas lassen, woran sie sich halten können, wenn wir ihnen keine neuen Ideen zeigen, unsere Ideen nämlich, Ideen, die ihnen etwas sagen, so werden sie weitermachen wie bisher, einfach weil ihnen nichts anderes übrigbleibt. Denn was ist es denn, was uns die Frau aus Ensdorf in Wirklichkeit sagt? Sehr einfach: daß unsere Stunde jetzt gekommen ist!«

Troy lächelte über den Eifer des jungen Sergeanten. »Ich bin für alles, was uns einen Tag Krieg erspart. Es ist vielleicht gerade der Tag, an dem der Brocken abgefeuert wird, der mich treffen soll.«

Yates sagte: »Lassen Sie Ihre Theorien zu Hause, Bing! Vor uns liegt eine reale Aufgabe. Fünftausend Menschen werden mit dem Erstickungstod bedroht. Ich möchte mit dieser Frau sprechen. Captain, könnte ich wohl ein Zimmer haben? Vielleicht oben?«

»Gewiß!« Troy ging sogar so weit, seine breite Hand Yates auf die Schulter zu legen. »Aber tun Sie mir den Gefallen, und machen Sie, daß ich sie los werde.«

»Es dauert nicht lange«, versprach Yates.

Bing ging mit Yates mit. Er war nicht gerade glücklich. Weder Yates noch Troy hatten ihn verstanden oder gar begriffen, welcher Wandel sich auf der anderen Seite vollzog.

In der Zeit, die es gedauert hatte, bis Elisabeth Petrik dazu kam, Yates zu berichten, hatte ihre Geschichte in ihrem Kopf eine feste Form angenommen; ein großer Teil der Erregung, mit der sie zu Bing gesprochen hatte, hatte sich verflüchtigt, und sie redete mit einer Nüchternheit, die Yates wie Gefühlskälte erschien.

Erst viel später sah er ein, wie recht Bing gehabt hatte, den Fall der Leute in dem verlassenen Stollen in einem großen Zusammenhang zu sehen; erst viel später wünschte er, die Frau aus Ensdorf wäre ihm zu einem Zeitpunkt in seinem Leben begegnet, an dem er geistig auf so etwas vorbereitet war. Jetzt, in diesem Moment waren seine Reaktionen ganz persönlicher Natur und gefühlsmäßig bedingt. Er wollte sie fragen, warum denn ihre Leute im Bergwerk sich nicht auf Pettinger gestürzt und ihn in Stücke gerissen hätten – Pettinger, Yashas Mann, der fast wie ein persönlicher Gegenspieler immer wieder auftauchte.

Als sie ihm berichtete, daß Pettinger bereit war, die deutschen Landsleute mit der gleichen Rücksichtslosigkeit zu vernichten, die die Nazis gegenüber den Franzosen in Isigny und gegenüber den verschleppten Personen in ganz Europa angewandt hatten, und dabei nicht einmal den Vorwand hatten, daß es sich um Feinde oder um Juden handelte – und als Bing noch hinzufügte, daß die Befürchtung eines amerikanischen Vorstoßes durch den Stollen nur ein fadenscheiniger Vorwand war –, da spürte Yates zum ersten Mal wirklich Haß, einen Haß, der sich nicht nur gegen Pettinger, sondern gegen das ganze Nazisystem richtete.

Er sagte zu Frau Petrik: »Ich kann Ihnen versichern, es wird von uns aus kein Vorstoß gemacht werden, durch den Stollen, in dem Ihre Leute Schutz gesucht haben, von Ensdorf nach Schwalbach durchzustoßen.« Er setzte die militärischen Gründe auseinander und fügte, um es ihr noch verständlicher zu machen, hinzu: »Können Sie sich vorstellen, daß unsere Panzer, unsere Geschütze und unsere Fahrzeuge durch dieses Loch im Berg kriechen? Wir würden bei der ersten Biegung im Stollen steckenbleiben.«

»Ja, Herr Leutnant!« Sie hatte verstanden.

»Überdies weiß das auch der Herr Schlaghammer, Ihr Pionierleutnant, der da bereit ist, die Stolleneingänge zu sprengen und euch im Berg einzuschließen; als Soldat muß er es ja wissen. Auch Pettinger könnte kein Obersturmbannführer in der Waffen-SS sein, ohne solche Dinge beurteilen zu können. Sie bezwecken nur eins: euch loszuwerden, denn ihr habt euch gegen eure Regierung erhoben.«

Bing fand, daß Yates den Nagel auf den Kopf getroffen hatte. Wenn er aber so weit sah, warum sah er dann nicht noch ein bißchen weiter!

Bing sagte auf englisch: »Lieutenant! Sie haben es doch eben selber gesagt – es handelt sich hier um einen Aufstand! Und es geht bei diesem Aufstand um etwas so Grundlegendes wie das eigene Heim und das Recht, zu bleiben, wo man sein ganzes Leben lang gelebt hat. Wenn das sich weitertreiben ließe, wenn wir einen Teil der deutschen Bevölkerung dazu bringen könnten, sich selber zu befreien – ich denke nicht nur daran, wieviel das uns praktisch helfen könnte, ich denke vielmehr an die Zukunft und an die Frage, was aus diesem Deutschland werden soll. *Jetzt* müssen wir ihnen ein Programm geben, *jetzt* müssen wir ihnen sagen, wie die Demokratie aussehen soll, die sie haben sollen, und was ihre Rolle in der Nachkriegswelt sein wird – immer vorausgesetzt, daß sie selber etwas für sich tun...«

Yates fiel es schon schwer genug, seine Gedanken und Worte auf die vorliegende Aufgabe zu konzentrieren. »Es handelt sich um einen konkreten Fall, Bing – um diese Frau und die Leute im Bergwerk; und die Sache müssen wir zuerst einmal regeln. Wenn Sie nicht sehen, wie Pettinger uns in die Hand gespielt hat und wie wir es wieder ausspielen können – dann tut es mir leid. Ihre Politik kann später kommen.«

»Verdammt noch mal, Lieutenant – es ist immer die gleiche Geschichte. Wir kommen nach Verdun und geraten in die Schweinerei mit den verschleppten Personen, nur weil sich niemand die Mühe gegeben hat, darüber nachzudenken, wie Europa eigentlich aussieht, und weil wir immer noch glauben, daß die Soldaten ihre Kriege in einer Welt ohne Zivilbevölkerung ausfechten. Wenn wir aber jetzt, wo ganz Deutschland auf dem Spiel steht, den gleichen Fehler begehen – dann geht der Dampfer ohne uns ab, und wir kriegen nie einen anderen.«

»Aber es geht doch hier nicht um Deutschland, wir haben es nur mit dieser einen Frau zu tun. Und ich bin bloß ein Lieutenant, und Sie sind nur ein Sergeant, und ich bitte Sie, um Gottes willen, hören Sie endlich auf, die Probleme der ganzen Welt lösen zu wollen!« Er wandte sich wieder zu Frau Petrik. »Was sagten Sie?« fragte er.

Die Frau hatte versucht, sich an das neue Bild von Schlaghammer zu gewöhnen, daß Yates ihr von ihm entworfen hatte. »Was sollen wir tun?« fragte sie niedergeschlagen. »Was sollen wir bloß tun?«

Sie hatte sich so fest an das kleine bißchen Hoffnung geklammert, das der deutsche Pionieroffizier sie hatte sehen lassen. Sie hatte nur diese eine Hoffnung, und aus dieser Hoffnung heraus hatte sie ihre Familie und ihre Freunde und ihren verkrüppelten Sohn verlassen; aus dieser Hoffnung heraus hatte sie ihre Verantwortung gegenüber Leonie vernachlässigt, die mit ihr gekommen war auf ihrem schweren Weg, durch Kugeln und Granaten hindurch, aus dieser Hoffnung heraus hatte sie sich auf Gnade und Ungnade dem Feinde – denn es war doch schließlich der Feind – überantwortet, und nun sagte ihr der amerikanische Offizier hier, daß Schlaghammer, indem er ihr diese Hoffnung gab, sie betrogen hatte.

»Kommen wir auf Ihren Freund Schlaghammer zurück«, sagte Yates. »Nehmen wir mal an, er hat wirklich geglaubt, was er Ihnen da gesagt hat. Was geschieht, wenn er morgen oder vielleicht schon heute abgelöst wird? Was geschieht, wenn einer seiner Vorgesetzten kommt, um sich zu überzeugen, wie er seinen Auftrag ausgeführt hat? Glauben Sie ernsthaft, ein Mann wie Pettinger läßt unbeendet, was er einmal begonnen hat? Können Sie mir darauf eine Antwort geben, Frau Petrik?«

Sie schwieg.

Vielleicht war es grausam von ihm, dachte Yates, sie so zu quälen, aber er wußte, daß er es tun mußte, wenn er sie aus der Einspurigkeit ihres Denkens herauszerren wollte.

Sie begann still vor sich hinzuweinen, hatte aber kein Taschentuch. Sie blickte sich um und wischte sich schließlich verlegen die Nase am Ärmel ihres alten, grauen Pullovers ab.

Yates wurde ungeduldig. Er hob den Zeigefinger, verfiel, ohne es zu wollen, in seinen dozierenden Ton.

»Wie kann man den Nazis, wie kann man Pettinger Einhalt gebieten? Ja, man kann das, *Sie* können es. Uns liegt daran, die Bewohner von Ensdorf zu retten, nicht weil sie uns so am Herzen liegen – sondern weil wir versuchen, den Krieg so menschlich wie möglich zu führen. Und wir können Ihre Leute sogar innerhalb der Frist retten, Frau Petrik, die Ihnen gesetzt ist. Sie und wir zusammen, wir können es. Und wir können dabei noch Tausende von anderen Menschen retten. Ist es nicht logisch anzunehmen, daß in anderen Ortschaften die Menschen ebenfalls versuchen werden, in ihren Häusern zu bleiben und sich zu verstecken, wenn die Nazis sie vertreiben wollen? Glauben Sie nicht, daß es noch andere Pettingers gibt, die die Leute lieber tot sehen als lebendig unter einer anderen Regierung?«

»Ja, gewiß ... Aber ich bin doch nur eine Frau allein, eine einfache Hausfrau. Ich habe nur vier Jahre Schule besucht ...«

Bing lächelte Yates an. So war es. Sie war nur eine einfache Hausfrau, und Yates war nur ein einfacher Leutnant und er ein einfacher Sergeant.

Yates schien keine Notiz von ihm zu nehmen. Yates sagte in ernstem Ton: »Sie waren schon keine einfache Hausfrau mehr, als sie die Leute in die Ensdorfer Grube führten. Sie haben damit eine Verantwortung auf sich genommen, die Sie nun auch bis zum Ende tragen müssen.«

»Aber was soll ich denn tun? Was verlangen Sie?«

»Wir haben den Sender in Luxemburg besetzt, einen der stärksten in Europa. Sie werden vor dem Mikrophon sprechen. Sie erzählen Ihre Geschichte dem ganzen deutschen Volk. Sie decken auf, was Pettinger und die Nazis Ihren Leuten antun wollen. Wenn Sie Ihre Geschichte erzählen, und sie richtig erzählen, wenn ganz Deutschland davon erfährt, dann bleibt den Nazis nichts übrig, als Ihre Leute leben zu lassen, weil sie jetzt, wo sie die Unterstützung des ganzen Volkes brauchen wie nie zuvor, nicht zugeben dürfen, daß sie sogar Deutsche morden, wenn es darauf ankommt.«

Sie saß ganz benommen da. Sie begann mit dem Kopf zu wackeln wie eine ganz alte Frau. Nie zuvor hatte sie solche komplizierten Dinge erwogen, und sie mußte alle diese neuen Gedanken in ihrem Bewußtsein erst einordnen, und es fiel ihr schwer.

»Ach, mein Herr«, fragte sie, »wie soll ich das bloß machen? Radio! Mein Mann ist ein einfacher Schuhmacher!«

»Vergessen Sie das«, sagte Yates. »Sie dürfen nicht nur an die Menschen denken, die Sie im Bergwerk kennen, an die fünftausend aus Ensdorf und Schwalbach. Denken Sie auch an all die anderen! Die amerikanische Armee wird weiter vorstoßen, aufhalten läßt sie sich nicht. Heute befinden Sie sich in dieser fürchterlichen Lage. Morgen und in den Wochen und Monaten, die noch kommen, wird es allen Deutschen genauso gehen. Selbst Ihr Pionierleutnant Schlaghammer hat Ihnen doch gesagt: Die sind ja auch Menschen. Denken Sie daran. Auch die anderen außerhalb von Ensdorf sind Menschen...«

»Geschickt hingebogen!« sagte Bing zu Yates. Und dachte: Vielleicht beginnen so die Dinge sogar ihren richtigen Weg zu laufen.

Dennoch – sie hatten damit nur die Oberfläche angekratzt. Was sie unternahmen, war im Grunde auch nur Opportunismus. Und dabei gab sich Yates solche Mühe und meinte es so ehrlich!

»Wie spät ist es jetzt?« fragte Elisabeth Petrik.

»Dreiviertel eins«, sagte Yates. »Wir können heute nacht noch in Luxemburg sein.«

Nachdem Leonie Dondolo entflohen war, hatte sie das unter den Umständen Vernünftigste getan: sie war auf die Straße gelaufen, hatte sie aber sofort wieder verlassen und hatte sich in das nächste leere Haus verkrochen. Zitternd, halbblind vor Furcht, hockte sie nun in der Diele zwischen Möbelstücken, Lumpen und Bildern, die die Menschen hatten mitnehmen wollen und schließlich auf ihrer überhasteten Flucht in das Bergwerk doch hatten stehenlassen.

Sie wartete auf die Verfolger. Die Straße hinaufzulaufen, auf die deutschen Linien, auf das Bergwerk zu, wäre jetzt, am hellen Tag zu gefährlich gewesen. Nicht, daß sie sich das alles überlegt und ihre Aussichten abgeschätzt hatte und nun den klügeren Weg wählte – dafür war sie viel zu aufgeregt. Aber es war in ihr etwas vom Instinkt eines verfolgten Tieres – sie hatte das, seit Hellestiel mit ihr geschlafen und sie dann hatte fallenlassen, nachdem sie ihm sagte, daß sie schwanger war.

Wie sie nun in der dunklen Diele kauerte, die von den Einschlägen der Geschosse draußen erbebte, und wie noch immer keiner kam, um nach ihr zu suchen, wurde ihr allmählich klar, daß sie vielleicht doch nicht gesehen worden war, und ihr Verlangen wuchs, sich einfach niederzulegen und zu sterben. Dann dachte sie an Paul, der ihr mit seinen schwachen Kräften hatte helfen wollen; aber Paul war nur ein Krüppel. In Leonie steckte, ihr selber nicht einmal bewußt, die Verachtung für die Schwachen und die Verkrüppelten, die das Nazitum so gepflegt und die auch Hellestiel ihr gepredigt hatte, wenn er stolz vor ihr als schöner Kerl paradierte, bevor er sie sich gefügig machte. Sie bemitleidete Paul ein wenig, aber noch viel mehr bemitleidete sie sich selber. Dann wieder zuckte sie zusammen bei dem Gedanken an seine Mutter, die nun ganz allein in den Händen der Amerikaner war.

Aber gerade in diesem Augenblick bewegte sich das Kind in ihr. Armes Wurm, dachte sie, und fühlte seine Stöße im ganzen Leib, und wußte zugleich, daß sie nicht zu Elisabeth Petrik und damit zu diesem dunkelhäutigen, schwitzenden Wesen, das sie angefallen hatte, zurückgehen konnte. Sie war nicht allein, sie konnte es sich nicht leisten. Das Kind in ihr gehörte ihr, auch wenn sie es von Hellestiel hatte; es war in ihr, und es lebte und stieß und zeigte, daß es vorhanden war, und sie mußte es schützen.

Sie war hungrig und schleppte sich in die Küche, zum Schrank – leer. Sie stieg einen Stock weiter hinauf, öffnete die erste Tür und hätte fast laut aufgeschrien – denn beinah wäre sie ins Leere getreten. Ein Geschoß hatte die oberste Ecke des Hauses wegrasiert. Da war die Tür in ihrer Hand und die Wand zu dieser Tür und ein Ausguß, der völlig sinnlos in der Luft hing, und daneben ein Haken, an dem ein Mantel baumelte. Wohl hätte sie den Mantel gern gehabt, sie fror, aber er war nur schwer zu erreichen, und sie wollte keinen Versuch riskieren.

Wenn sie jedoch die Tür einen Spalt weit offenließ, konnte sie das Haus, in dem Elisabeth Petrik war, im Blick behalten.

Leonie blieb auf ihrem Beobachtungsplatz. Nach einer Weile sah sie Soldaten quer über die Straße laufen. Dann kamen Frau Petrik und der Dunkelhäutige und der andere Soldat, der sich dem Dunkelhäutigen entgegengestellt hatte, aus dem Haus, gingen ein Stückchen die Straße entlang und traten in ein anderes Haus.

Leonie wartete wieder, die Augen schmerzten ihr. Die Beine taten ihr weh, und ihr Rücken kam ihr vor, als hätte jemand an ihrem Rückgrat gezerrt. Schließlich fuhr ein Militärauto vor dem Haus vor und dann noch eins. Sie sah Elisabeth Petrik in eins der Autos steigen; die Wagen fuhren ab, wurden immer kleiner und verschwanden aus Ensdorf.

Leonie versuchte, sich nicht zu viele Gedanken zu machen, was wohl mit Frau Petrik geschehen würde. Sie waren zwei Frauen gewesen, mitten im Donner des Krieges; und was hätten die Nazis ihnen wohl getan – Hellestiel oder Pettinger?

Ihr blieb nur eines: die Rückkehr ins Bergwerk. Dort wenigstens waren Menschen, die sie kannte; obwohl sich nicht voraussagen ließ, wie lange sie wohl noch dort bleiben würden oder wann sie unter fallendem Gestein oder im Kohlengas ersticken würden.

Sie mußte die schlimme Nachricht ins Bergwerk bringen. Frau Petrik hatte keinen amerikanischen Offizier erreichen können. Frau Petrik war gefangengenommen worden. Das weiße Meßgewand hatte nichts genützt.

Nach Einbruch der Dunkelheit kroch Leonie mehr als sie ging zur Grube zurück. Sie blutete an Händen und Füßen, als sie dort ankam, und verlor das Bewußtsein in Karls Armen.

Viertes Kapitel

Trotz der späten Stunde traf Yates Colonel DeWitt noch an seinem Schreibtisch an. Sein Dienstzimmer im Studio des Luxemburger Senders war überheizt. DeWitt hatte seinen Kragen geöffnet und arbeitete in Hemdsärmeln; er sah eher wie ein Landarzt aus als wie ein Offizier. Er fuhr fort, in seinen Papieren zu wühlen, während Yates von seiner Entdeckung und von den Möglichkeiten berichtete, die er in Frau Petrik und den Einwohnern von Ensdorf sah. Allmählich jedoch ließ DeWitt von den Papieren ab; er faltete seine Hände, und nur ein gelegentliches Zucken seiner Finger zeigte, daß der Mann nicht zur Statue geworden war.

Dann rief DeWitt Crerar aus dem anderen Zimmer herüber. Crerar, die Gamaschen verrutscht wie immer, im faltigen Gesicht ein Lächeln, die klugen Augen wach, nahm sich den Stuhl neben dem Schreibtisch des Colonels.

Yates kam rasch zu seinen Schlußfolgerungen. Er war voller Optimismus und konnte sich nicht vorstellen, daß seine Zuhörer seine Vorschläge nicht gutheißen könnten. »Wir decken die Taktik des Gegners vor seiner eigenen Bevölkerung auf und hindern ihn zugleich daran, die Bewohner von Ensdorf zu vernichten und, Gott weiß, wie viele andere noch, die unter den gleichen Bedingungen leben. Wir vereiteln seine Versuche, die Gebiete, die wir besetzen, zu verwüsten und zu entvölkern...«

DeWitt schwang seinen Stuhl herum: »Was halten Sie davon, Crerar?«

»Mein Gott, es ist eine höchst dramatische Geschichte!« sagte Crerar. »Stellen Sie sich einmal diese Menschen im Bergwerk vor, wie sie darauf warten, daß die Falle geschlossen wird. Nur die Wahl, draußen im Feuer umzukommen – oder dort unten in der Dunkelheit an Hunger oder Sauerstoffmangel zugrunde zu gehen. Wie schlau und zugleich einfach der Pettinger das eingefädelt hat! Ist das nicht übrigens derselbe Bursche, der uns in Paris entwischt ist?«

Obwohl Yates nicht viel mehr von Crerar erwartet hatte, ärgerte ihn der Mangel an innerer Anteilnahme doch. Als wären die Bewohner von Ensdorf keine Menschen, sondern Schatten auf der Leinwand. »Ja, es ist derselbe Pettinger!« antwortete er schroff.

»Und dieser Leutnant Schlaghammer«, fuhr Crerar fort, »zwischen seinen Befehlen und seinem Gewissen hin und her gerissen. Ein klassischer Charakter, eine klassische Situation... Das müssen wir unbedingt für eine Sendung dramatisch herausarbeiten – und die Frau des Schuhmachers, die es wagte, sich ihrer Regierung zu widersetzen!«

DeWitt verzog das Gesicht: »Sie hätten in die Filmbranche gehen sollen.«

»Habe immer daran gedacht, Colonel. Aber ich bin nun mal Reklamefachmann. Steckt mehr Geld drin. Und das Einkommen ist sicherer.«

Niemals würden sie sich ändern, dachte Yates nervös. Immer wandten sie sich Nebensächlichem zu, niemals nahmen sie etwas wirklich ernst. Und er selbst war genauso gewesen wie sie, es war noch gar nicht lange her...

DeWitt bemerkte Yates Stimmung. Er sagte betont nüchtern: »Ich bin ganz dafür, die Frau aus Ensdorf am Sender sprechen zu lassen, vorausgesetzt, daß einer von uns das Manuskript ausarbeitet. Vielleicht könnte Bing das tun. Ich möchte aber darauf hinweisen – besonders Sie, Yates –, daß Sie sich sehr täuschen, wenn Sie annehmen, daß dadurch die Leute in dem Bergwerk gerettet werden können.«

Darauf war Yates nicht gefaßt gewesen. »Gewiß, eine Garantie gibt es nicht«, gestand er zögernd.

»Das ist noch sehr milde ausgedrückt!« lächelte DeWitt. »Ich würde eher sagen, daß der Aufruf der Frau Petrik das Todesurteil für die Leute in Ensdorf bedeutet!«

»Offensichtlich«, stimmte Crerar zu. »Alles tot, Ende der Tragödie, Vorhang.«

Ein plötzliches Angstgefühl stieg Yates vom Magen in den Kopf und trieb ihm die Hitze ins Gesicht. »Könnten Sie das vielleicht näher erklären?« fragte er mit gepreßter Stimme.

»Aber natürlich.«

DeWitt schob alle seine Papiere zur Seite, mit Ausnahme eines leeren Bogens, auf den er mit großen Blockbuchstaben schrieb: 1. MILITÄRISCHE NOTWENDIGKEIT.

»Ich bin der Ansicht«, sagte er dann, »daß die Nazis bei ihren Entscheidungen sich grundsätzlich von militärischen Notwendigkeiten leiten lassen. Nicht, daß nun das Bergwerk ein militärisch wichtiges Objekt darstellte, aber die Menschen dort in dem Stollen sind es. Wenn die deutsche Führung, wie wir wissen, uns nichts als kahle Felder und unbewohnbare Ruinen zu hinterlassen plant, so muß sie ganz einfach alle aus dem Weg räumen, die sich dem widersetzen.«

Crerar sagte: »Aber ein solcher Vernichtungsplan ist lächerlich! Ein Atavismus! Es ist der alte Nibelungenwahn, in den eigenen Untergang so viele Menschen wie nur möglich mit hineinzureißen!«

DeWitt beachtete die Unterbrechung nicht. Er schrieb: 2. TARNUNG.

»Weiterhin, Yates, wenn der Plan in seiner Anwendung auf die Leute im Bergwerk durch Frau Petrik öffentlich enthüllt wird, so müssen die Nazis logischerweise diese armen Hunde liquidieren, um sich aller Zeugen des Ensdorfer Aufstandes zu entledigen. Ich sehe keine andere Alternative.«

Das alles erschien so selbstverständlich, und seine eigenen Illusionen so lächerlich, daß Yates wie erschlagen war und nur stammeln konnte: »Dann läßt sich – dann läßt sich das eben nicht machen.«

DeWitt zerknüllte den Bogen.

»Wir können und wir müssen es aber machen. Es ist unsere Aufgabe, jedes Mittel anzuwenden, um eine Spaltung zwischen der deutschen Bevölkerung und dieser Regierung herbeizuführen. Frau Petrik wird den Leuten am eigenen Beispiel beweisen, daß es möglich ist, dem Naziapparat Widerstand zu leisten. Das ist alles, was uns dabei interessiert.«

»Selbst um den Preis von fünftausend hilflosen Menschen?« fragte Yates.

»Auch wir, mein lieber Yates, kennen den Begriff der militärischen Notwendigkeit. Wenn der Tod dieser fünftausend uns das Leben von fünf amerikanischen Soldaten erhält, ja nur das Leben eines einzigen – so ist nichts dagegen einzuwenden!«

DeWitt konstatierte das mit Absicht so unerbittlich und auch oberflächlich. Er wußte, je härter er Yates gegenüber erschien, desto leichter würde es für den Jüngeren sein, die Verantwortung für die Folgen der Sache ihm aufzubürden.

»Wir haben einmal über die Bäume auf Ihrem Landgut gesprochen, Crerar«, fuhr der Colonel fort. »Sie beklagten sich seinerzeit darüber, daß die Nazis sie gefällt hatten, um freies Schußfeld für ihre Geschütze zu haben. Und ich sagte Ihnen damals, ich hätte genau das gleiche getan, nicht wahr?«

»Es waren sehr schöne Bäume«, sagte Crerar.

Bäume! dachte Yates und sagte: »Aber, Colonel – ich bin es schließlich gewesen, der die Frau zu dieser Sendung überredet hat. Ich habe ihr versichert, es wäre der einzige Weg, ihre Leute zu retten.«

»Vielleicht geht es nicht ganz so schlimm aus«, sagte Crerar besänftigend. »Eine Menge hängt doch vom Kampfverlauf und der Lage an Ort und Stelle ab.«

»Sie brauchen die Frau ja nicht wiederzusehen, Yates!« DeWitt zuckte die Achseln. »Lassen Sie Bing den Rest machen!«

»Das kann ich nicht«, sagte Yates. »Ich muß es schon selber zu Ende bringen.«

»Tja, es tut mir leid, das müssen Sie mit Ihrem Gewissen selber ins reine bringen. Die Sendung mit der Frau ist für morgen früh angesetzt.«

Bing hielt mit seinen Ansichten nicht hinterm Berg. Er schlang mit Dondolo hastig sein verspätetes Abendessen herunter und verkündete ihm über den Tisch hinweg, daß er noch am gleichen Abend Loomis aufsuchen und ihm den Vorfall melden wolle.

»Ich will es aber nicht hinter deinem Rücken tun. Wenn du gleich mitkommen willst, mir ist es recht.«

Dondolo nahm ein lauwarmes Frankfurter Würstchen, dessen Haut eingeschrumpft war, und hielt es sich nachdenklich vor die Augen. Dann steckte er es in den Mund, biß ein Stück ab, kaute und spuckte die Haut aus.

»Waaas ist das? Vielleicht möchtest du mich im Kittchen besuchen kommen?«

»Nein«, sagte Bing ruhig, »aber ich würde mich freuen, wenn sie dich bei deinen Eiern aufhängten.«

Dondolo lehnte sich zurück und betrachtete die allgemeine Umgebung jenes Körperteils, den Bing so freundlich erwähnt hatte.

»Was du nicht sagst...«, antwortete er ebenso ruhig. »Und du behauptest, du wärst ein gebildeter Mann. Ich weiß nicht, wenn es soweit sein wird – aber wenn es erst soweit ist und du und deinesgleichen dort sind, wo ihr hingehört, wird es mir ein Vergnügen sein, dich auf die gleiche Weise vorzunehmen, dir noch dazu das Fell über die Ohren zu ziehen und dir jeden Knochen einzeln zu brechen...«

Bing wußte, daß Dondolo das tödlich ernst meinte.

»So wie du es mit Thorpe gemacht hast?«

Aber Dondolo biß nicht an. »Ich habe Thorpe nichts getan. Überhaupt nichts. Das kannst du dir hinter die Ohren schreiben.«

»Gehen wir?« fragte Bing.

»Meinetwegen«, sagte Dondolo zuvorkommend. Er hielt Bing sogar die Tür auf, als sie die Kantine verließen.

Sie trafen Loomis allein in seinem Zimmer an. Loomis war dabei, eine Patience zu legen, und schob nun die Karten zusammen. »Nett von Ihnen, meine Herren, mich zu besuchen.«

»Ein Besuch von der Art ist es gerade nicht, Captain«, sagte Bing. »Ich habe eine Meldung zu machen.«

»Grüßen Sie erst mal anständig!« sagte Loomis. »Ich habe auch nicht angenommen, daß es sich um einen freundschaftlichen Besuch handelt.«

Er hörte sich den Bericht über Dondolos Vergewaltigungsversuch an und mischte dabei seine Karten. Gelegentlich blickte er zwischen Bing und Dondolo hin und her. Das Ganze war doch eine Lappalie. Die alte Frau war also entsetzt gewesen!... Alte Frauen hatten sich im Kriege immer über irgendwas zu entsetzen.

»Haben Sie dazu irgend etwas zu bemerken?« fragte er Dondolo.

Dondolo streifte ihn mit einem verstohlenen Blick; ein belustigtes Lächeln spielte um seine schmalen Lippen.

»Nein, Captain«, sagte er. »Natürlich habe ich mich bemüht, sie rumzukriegen. Es war nicht mal Fraternisieren. Wenn man eben muß, muß man.«

»Es war versuchte Vergewaltigung«, sagte Bing.

Dondolo betrachtete Bing mit kaltem Haß. »Ich wußte nicht, daß Sergeant Bing so großen Wert auf dieses Fräulein legte. Er hätte es mir sagen sollen. Ich hätte gewartet, bis er mit ihr fertig war.«

Loomis begann seine Karten von neuem auszulegen. »Bing – Sie sind sich doch wohl darüber im klaren, daß es ein ziemlich ungewöhnliches Vorgehen ist, einen Mann wegen einer solchen Sache zu melden. Würden Sie nicht vorziehen, daß ich die Angelegenheit vergesse, jetzt wo Sie sich Ihren Schmerz von der Seele geredet haben?«

»Ich bestehe auf einem Verfahren!« sagte Bing. »Wenn es sich um einen anderen handelte, würde ich darauf verzichten. Aber nicht bei diesem Mann. Nicht nach allem, was man Thorpe angetan hat. Dondolo hat ja auch den Thorpe angezeigt – jedenfalls nach der offiziellen Version.«

Loomis hätte gern gefragt: »Was meinen Sie damit – offizielle Version?« Aber er biß sich auf die Lippe und wandte sein Gesicht vom Licht ab. Er überlegte. Dabei fiel ihm das Mädchen im Hotel in Paris wieder ein. Er hatte Verständnis für Dondolos Bedürfnis, hin und wieder einer Frau zwischen die Beine zu fahren: aber was der Bursche auch anfaßte, immer gab es Ärger.

»Sie wissen doch«, sagte Loomis zu Bing. »Sie müssen das Mädchen als Zeugen beibringen, denn hier steht Ihre Aussage gegen die von Sergeant Dondolo!«

Dondolo hob den Kopf. Mit einem Zynismus, der Loomis entwaffnete, sagte er: »Sie vergessen, Captain, daß ich es ja zugegeben habe!«

»Ach ja, ja – gewiß!« Und dann blickte er sie beide an und schrie: »Herrgott noch einmal! Was wollt ihr eigentlich von mir?«

»Daß der Kerl bestraft wird!« sagte Bing eigensinnig.

»Mir ist es gleich«, sagte Dondolo und sah Loomis fest ins Gesicht. Mein Jesus, dachte er, wie lange braucht der Kerl, bis er endlich kapiert.

Und dann kapierte Loomis, Gott sei Dank. Es war die Lösung für alle seine Probleme. Einen Augenblick noch machte er sich Sorgen – Dondolo hatte sich so gar keine Mühe gegeben, seinen Wunsch zu bemänteln. Aber vielleicht lag auch bei Bing Interesse vor, Dondolo möglichst weit weg zu wissen...

»Gut!« sagte er. »Es wird dem Fahrer Dondolo hiermit eine scharfe Verwarnung ausgesprochen. Sie werden aus dieser Einheit versetzt und dem Ersatzhaufen zur Verfügung gestellt. Der Befehl geht morgen früh hinaus.«

Loomis warf einen Blick auf Bing. Wenn der auf schärferer Bestrafung bestand, so gab es Möglichkeiten, auch ihn etwas schärfer anzupacken. Bing aber schien befriedigt. Für ihn bedeutete Dondolos Versetzung zum Ersatz die baldige Umwandlung des Burschen in einen gewöhnlichen Infanteristen.

Bing vergaß, was Dondolo nur zu gut wußte: daß er nämlich in seinen Papieren als Küchenunteroffizier geführt wurde; kam es zum Schlimmsten, so rutschte er doch immer wieder nur in die Küche irgendeiner Einheit. Dondolo aber war ziemlich sicher, daß seine lange Erfahrung als Soldat es ihm leichtmachen würde, sich ein warmes Pöstchen irgendwo weit hinten zu sichern – vielleicht sogar seine Rückkehr nach den Staaten zu erreichen. Es gab so viel Dreck am Stecken so vieler Leute in dieser Armee, der sich da ausnutzen ließ – man mußte sich nur ein wenig umsehen. Insofern unterschied die Armee sich kaum von der politischen Organisation im Zehnten Wahlbezirk zu Hause, und wer sich da auskannte, dem konnte eigentlich gar nichts passieren.

Bing aber, dachte Dondolo mit inniger Schadenfreude, würde weiterhin seine gefährlichen Einsätze haben – und irgendein anderer Idiot würde ihn fahren, nur nicht mehr Dondolo, der heiligen Jungfrau sei Dank. Und irgendwo wurde schon die Kugel gegossen, die

Bings Namen trug. Eine Kugel von starkem Kaliber, hoffte Dondolo.

Yates erhielt von DeWitt die Erlaubnis, Frau Petrik nach Ensdorf zurückzufahren.

»Wenigstens das schulden wir ihr, Colonel«, sagte er, »oder zumindest ich schulde es ihr. Ich kann sie nicht allein dorthin zurückschicken.«

»Sie haben einen seltsamen Hang zur Selbstzerfleischung«, sagte DeWitt. »Also fahren Sie!«

Yates grüßte und ging zur Tür.

»Halt!« rief DeWitt. »Wartet die Frau draußen auf Sie?«

»Ja.«

»Wie ging es mit ihr heute morgen?«

»Bestens. Sie war sehr ruhig. Sie hatte etwas Angst vor dem Mikrophon, all den Männern und der ganzen technischen Anlage. Aber das gab sich bald.«

»Bringen Sie sie doch bitte mal herein«, sagte DeWitt, »ich möchte sie sehen.«

Yates kam mit der Frau aus Ensdorf zurück. Der Oberst erhob sich.

»Oberst DeWitt«, sagte Yates zu ihr. »Das ist der Herr, der es Ihnen ermöglicht hat, am Rundfunk zu sprechen.« Dann wandte er sich DeWitt zu und übersetzte ihm, was er der Frau gesagt hatte.

Auf dem Gesicht des Colonels lag ein Ausdruck von Mitgefühl, und seine Hand zitterte leicht. »Ist gut, Yates. Ich werde die Verantwortung schon auf mich nehmen...«

Mit einer Handbewegung bot er der Frau einen Stuhl an und betrachtete ihr Gesicht, ihre Kleidung, ihre Figur. Zunächst saß sie sehr steif da. Dann aber begann sie sich etwas wohler zu fühlen; der amerikanische Herr Oberst schien ein guter Mann zu sein; er erinnerte sie an Pater Gregor, nur war Pater Gregor noch älter und strahlte jene Milde aus, die sich bei denen einstellt, die immer von neuem die Sünden der anderen vergeben müssen.

Auch DeWitt spürte eine Art Beziehung zu dieser Frau. Sie war nicht ganz wie die Farmersfrauen in Neu-England, die er kannte, obwohl auch in ihrem Gesicht etwas war, das von der Erde herkam, Linien wie die Furchen auf den hügeligen Äckern, die Sorge um alles, was wuchs und was doch ständig bedroht war.

»Yates!«

»Colonel!«

»Sagen Sie ihr, ich bedaure diesen Krieg. Sagen Sie ihr, daß wir ihn führen, damit es niemals wieder einen solchen Krieg gibt und Menschen wie sie und ich den Rest unserer Tage in Frieden leben können. Sagen Sie ihr, daß ich vor ihr und dem, was sie getan hat, wirklich Achtung habe und ihr danke im Namen derjenigen, deren Leben sie möglicherweise durch ihren Entschluß gerettet hat.«

Er machte eine Pause und wartete, bis Yates seine Worte ins Deutsche übersetzt hatte. Er sah, wie Leben in die Augen Elisabeth Petriks kam und ihre Lippen sich bewegten.

»Und sagen Sie ihr, daß ich von ganzem Herzen hoffe, daß sie ihre Leute am Leben und gesund wiederfindet...«

Er bemerkte, daß Yates zögerte und sagte scharf: »Hoffen darf man doch, oder?«

Dann schüttelte DeWitt der Frau die Hand und begleitete sie zur Tür.

Yates erschien die Fahrt nach Ensdorf endlos. Elisabeth Petrik hatte aufgehört, ihn nach der Zeit zu fragen: sie wußte, daß sie das Bergwerk doch noch innerhalb der Frist von achtundvierzig Stunden, die der deutsche Pionierleutnant Schlaghammer gesetzt hatte, erreichen würde, und sprach davon, wie froh sie war, daß sie alles richtig erledigt hatte und daß sie nun ihren Sohn wiedersehen würde...

»Zu schade, daß ich das Meßgewand verloren habe. Wir werden dem Pater nicht so bald ein neues beschaffen können.«

Die Straße wand sich durch eine Hügellandschaft. Hier und dort fuhren sie an schmutzigen Schneeresten vorbei. Der Himmel wurde immer dunkler und schwerer, und ab und zu glitten sie durch Nebelfetzen.

»Es wird schneien«, sagte Yates.

»Ach ja«, seufzte Frau Petrik, »vielleicht können wir bald wieder in unsere Häuser zurück. Die Dächer werden ja beschädigt sein und die Fenster fehlen. Es gibt einen kalten Winter. Aber wir kommen schon durch.«

Yates verwünschte das Geschwätz der Frau, aber er hatte nicht das Herz, ihr zu sagen, sie möchte endlich schweigen.

Er versuchte, nicht hinzuhören.

»Höchste Zeit, daß ich zurückkomme«, redete sie weiter. »Mein Sohn hat ein lahmes Bein, er braucht mich sehr. Und auch mein Mann, obwohl er, Gott sei Dank, ganz gesund ist. Männer sind so hilflos – ich meine nicht Soldaten; Soldaten lernen ja, für sich selber zu sorgen – wohl aber gewöhnliche Männer, wenn sie nicht in ihren vier Wänden sind und nicht wissen, wo sie ihr Zeug wiederfinden sollen. Sicher haben sie die ganze Zeit über kein warmes Essen gehabt. Mein Gott, Herr Leutnant, wenn Sie sich nur vorstellen könnten, wie sich's in der alten Grube lebt – kein Licht – und der Dreck – und überall trieft es von Wasser; es ist ein Wunder, daß nicht alle Lungenentzündung bekommen. Und die arme Leonie… Am meisten leidet doch im Krieg das Volk. Ihr Amerikaner könnt froh sein, daß der Krieg hier bei uns ist…«

Dann erzählte sie ihm vom Leben in dem verlassenen Bergwerk – von der Familie, die mit ihren drei Ziegen eingezogen war, und wie die Ziegen sich losgerissen und die Schuhe der Nachbarn anfraßen; und dann wurde ein Kind im Stollen geboren, und wie sie es getauft hatten…

Sie hatte ihren Mut keineswegs verloren; das Leben im Stollen, erklärte sie, wäre immer noch besser, als heimatlos und ziellos über die Straßen Deutschlands zu wandern, besonders bei so einem Wetter. Sie hätte geradezu Heimweh nach dem Bergwerk – nein, nicht wirklich nach dem Bergwerk, aber nach Ensdorf und den Menschen, mit denen sie ihr ganzes Leben verbracht hatte. Niemals wieder wollte sie Ensdorf verlassen, und so aufregend es auch gewesen wäre, im Radio zu sprechen, sie war doch nur die Frau eines Schuhmachers, und nie wieder würde sie so etwas unternehmen – nicht für alle Schätze der Welt.

Hin und wieder warf Yates ein einsilbiges »Ja« ein. Je größer ihre Illusion, desto schlimmer würde es für sie werden.

Er wußte es und konnte es nicht verhindern. Selbst DeWitt hatte nicht den Mut aufgebracht, ihr ins Gesicht zu sagen, daß sie bei ihrer Rückkehr nach Ensdorf ihre Leute nicht mehr vorfinden würde. Ausgerottet würden sie sein – ausgerottet, weil sie selber ihre Vernichtung unvermeidlich gemacht hatte. Und DeWitt hätte ihr die Wahrheit doch viel leichter sagen können – DeWitt war nicht gebunden durch die schönen Versprechungen, die er, Yates, ihr gemacht hatte.

Und was würde seine Rolle sein bei dem, was da kam? Danebenzustehen, Trost zu spenden suchen, während sie zusammenbrach? Sie am Leben zu halten suchen – einem Leben, das seinen Sinn verloren hatte? Er konnte dieses Leben sehen, wie es wirklich gewesen war – gewidmet dem verkrüppelten Sohn, der nun tot sein würde, dem Schuhmacher, der ohne sie so hilflos war – dazu die kleinen persönlichen Dinge, das Haus, die Möbel, die Andenken, all das, was der Krieg als erstes zerstörte. Für manche Menschen, dachte er – für Mademoiselle Godefroy etwa, die Lehrerin aus Isigny – war diese Zerstörung Teil eines Bildes, das als Ganzes Sinn hatte; sie war der Preis, der zu zahlen war für die Freiheit, die sie verloren und dann wiedergewonnen hatten. Für die Deutschen aber war Zerstörung nur Zerstörung, völlig sinnlos, sie bezahlten und erhielten keinen Gegenwert, denn so war der Krieg, wie sie ihn begonnen und geführt hatten; und selbst wenn einer von ihnen über sich selber hinauswuchs wie Frau Petrik, so war es doch vergebens.

Als sie in Ensdorf eintrafen, fiel der Schnee in großen, nassen, klebrigen Flocken. In dem Haus, in dem Troys Gefechtsstand gewesen war, traf Yates auf einen Major, der ihm mitteilte, daß die Kompanie C gegen geringen Widerstand mehrere Kilometer vorgerückt sei; sie stehe nun am Ortseingang von Schwalbach.

»Wissen Sie etwas über die Leute im Bergwerk? Wissen Sie, was mit denen geschehen ist?«

»Was für ein Bergwerk? Was für Leute?« Der Major überlegte. »Oh, ich weiß schon, was Sie meinen, Lieutenant, Troy hat davon gesprochen – ein Haufen deutsche Zivilisten, die sich dorthin gerettet hatten? Ich glaube, Troy sagte, sie wären schon aus dem Stollen herausgewesen, als seine Kompanie den Grubeneingang erreichte...«

Elisabeth Petrik wartete noch immer im Wagen. Ihre Hände klammerten sich an den Stahlrahmen des Vordersitzes im Jeep; sie erhob sich halb, als sie Yates aus dem Haus treten sah.

»Es ist zu dunkel, um über das Feld zum Bergwerk zu fahren«, sagte er zu ihr. »Wir müssen zu Fuß gehen. Sie zeigen mir den Weg.«

Steif und ungeschickt stieg sie aus; einen Moment lang schien es, als müsse sie hinstürzen – ob nun als Folge des langen verkrampften Sitzens während der Fahrt oder wegen eines plötzlichen Schwächeanfalls, blieb offen. Yates stützte sie, und nach ein paar Schritten hatte sie sich wieder erholt. Sie fragte etwas, aber ihre Stimme war so leise, daß er sie nicht verstehen konnte.

»Was bitte?«

»Können denn Sie – Sie bis zum Bergwerk gehen? Ist es nicht gefährlich für Sie?«

»Absolut nicht«, sagte er. »Wir sind schon weiter vorgestoßen. Unsere Truppen sind fast in Schwalbach.«

Sie blieb stehen. Ihre Hände suchten nach Halt, fanden einen Pfosten, naß und verrostet, der zu einem eingefallenen Zaun gehörte. Dann flatterten die Hände zu ihrem Gesicht auf und bedeckten es. Als sie die Hände wieder sinken ließ, hatte sie Schmutzstreifen im Gesicht. Trotz aller stummen Verzweiflung im Ausdruck wirkte das Bild irgendwie komisch.

Yates zog ein Taschentuch heraus. Er wußte, was ihr durch den Kopf gegangen sein mußte: wenn sich die Amerikaner schon auf der anderen Seite des Stollens befanden und ihre Leute gerettet waren – warum waren sie dann nicht in Ensdorf? Warum war dann kein Mensch im Ort gewesen – außer ein paar amerikanischer Soldaten, die anscheinend ohne Ziel und Zweck die Häuser durchsuchten?

Sie sah das Taschentuch nicht. Also wischte Yates ihr den Schmutz aus dem Gesicht und dachte: Nun fängt es an, das überlebt sie nicht. Ich sollte mich nach einem Sanitätswagen umsehen. Und wenn sie es überlebt, wo geht sie dann hin? Was soll ich mit ihr anfangen? Sie in ein Verschlepptenlager bringen? Sie ist eine Deutsche, man wird sie auch dort nicht haben wollen. Sie in Ensdorf lassen? Ganz allein?

»Vielleicht sollten Sie lieber darauf vorbereitet sein, Frau Petrik«, sagte er und legte seinen Arm um ihre abfallenden Schultern. »Vielleicht hat sich nicht alles so entwickelt, wie wir es geplant hatten…«

Aber er spürte, wie sich ihre Schultern strafften. Sie lachte auf. »Natürlich! Die kommen doch nicht heraus, bevor es ihnen nicht jemand sagt! Ich muß es ihnen doch erst sagen. Ich muß ihnen sagen, daß sie jetzt nach Hause kommen können. Die Front ist hinweggerollt über sie…«

Sie begann durch Schmutz und Schlamm zu laufen. Sie stolperte – das Pflaster war durch Geschoßeinschläge aufgerissen –, riß sich hoch und rannte weiter. Yates keuchte, hielt aber Schritt mit ihr. Er hörte, wie ihr der Atem in kurzen Stößen kam. Ihr Schal flatterte hinter ihr her. Unter ihren Männerstiefeln, die ihr zu groß waren, spritzten die Pfützen; ihr Mantel stand offen, schlug ihr triefnaß um die mageren Beine. Der Schnee fiel immer dichter, die Flocken hafteten in ihren Haaren, die ihr jetzt über die Stirn fielen.

Die letzten Häuser von Ensdorf blieben hinter ihnen zurück. Die Frau hastete bergauf über ein Feld, dessen Furchen zum Teil mit Schnee bedeckt waren. Die Stoppeln der letzten Ernte gaben unter Yates' Stiefeln nach; dauernd rutschte er aus und fluchte und hätte die Frau beinahe aus den Augen verloren.

»Nicht so schnell!« rief er. »Verpusten Sie sich mal!«

Auch er mußte auf die Geschoßtrichter achten; es war in diesem Dezemberwetter mit dem früh einbrechenden Halbdunkel ein schwieriges Gelände. Aber sie hielt nicht an, sie lief wie getrieben und verfolgt, sah sich nicht um und blickte auch nicht auf den Boden, sondern hielt das Gesicht angestrengt geradeaus gerichtet.

Vor ihnen, schwarz gähnend der Eingang zum Stollen. Am Rand seines Blickfeldes sah Yates zwei amerikanische Soldaten dort stehen. Er wagte nicht, sie genauer zu betrachten; er wollte die Frau nicht aus den Augen lassen.

»He, Lieutenant!« rief jemand.

Elisabeth Petrik blieb stehen. Der Stolleneingang war leer und verlassen, keine Menschenseele dort, niemand, der sie bewillkommnete, keine Stimmen, nur die dunkle Öffnung, als habe der Berg einen Mund, einen schmerzzerrissenen, zahnlosen, weit aufgerissenen Mund.

Sie stand stocksteif und still.

Yates bemerkte neben dem Eingang eine Kiste. Die Inschrift war nicht zu lesen, dafür war es nicht mehr hell genug. Aber er war ziemlich sicher, daß dies das Dynamit war, das die deutschen Pioniere hatten benutzen sollen.

»Gesprengt haben sie jedenfalls nicht«, sagte er zu der Frau. »Das wenigstens haben wir verhindert!«

Sie antwortete ihm nicht. Sie starrte in die schwarze Höhlung hinein, als müßten nun jeden Augenblick die Menschen aus ihr hervorstürzen, jubelnd, vom Schrecken des Krieges befreit.

Tatsächlich kam jemand aus dem Stollen. Zuerst war nur ein Licht zu sehen, ein winziger heller Punkt, der immer größer wurde und, als er sich der Außenwelt näherte, jäh erlosch.

»Hallo, Yates!« rief Troy. »Gut, Sie wiederzusehen. Ich bin ein paar hundert Meter tief in den Stollen hineingegangen. Nichts. Alles leer. Es ist keiner drin zurückgeblieben – völlig wahnsinnig! Sie haben den Stollen auf der anderen Seite verlassen, nach Schwalbach zu. Dort hat es sie erwischt. Sie müssen genau zu dem Zeitpunkt, wie wir zum Sturm über den Berg ansetzten, herausgekommen sein. Schweres Sperrfeuer. Es lag gerade auf dem Gelände zwischen Schwalbach und dem Stolleneingang auf der anderen Seite.«

Er schüttelte den Kopf.

»Was für ein Elend. Auch Kinder. Viele Kinder.«

Jemand sagte: »Sie hätten dort drin bleiben sollen!«

»Ja, dort waren sie ganz sicher!«

Yates hatte genau hören wollen, was Troy zu sagen hatte, und dabei nicht mehr auf die Frau geachtet. Troy berichtete: »Meine Leute mußten sich mitten unter den Leichen eingraben, zwischen den zerschossenen Kinderwagen und all dem Gerümpel, das sie mitzunehmen suchten...«

Yates wandte sich der Frau zu. Sie war verschwunden. Wo sie gestanden hatte, war nur das Grau des Abends.

Aber ihre Rufe im Stollen waren noch zu hören: »Paul! Paul!... Paul!«...

Yates rannte ihr nach in die Dunkelheit.

»Paul!« und viel schwächer, aus viel größerer Ferne das Echo: »Paul...!«

»Frau Petrik!« rief er. »Warten Sie, Frau Petrik, kommen Sie zurück!«

Keine Antwort. Auch die Rufe nach Paul waren verstummt.

Yates wartete in der Pechschwärze. Er wußte nicht, wie lange er so dagestanden hatte. Er dachte, alte Pferde, die ihre Arbeit getan haben, erschießt man. Sie hatte etwas von einem müden alten Arbeitspferd an sich gehabt. Warum hatte er ihr nicht diesen letzten Dienst erwiesen?

Endlich wurde es Licht um ihn. Troy ließ den Schein seiner Lampe über die Wände und den mit Plunder bedeckten Boden gleiten.

»Warum lassen Sie sie nicht laufen?« fragte er. »Sie können ihr sowieso nicht helfen.«

Troy fiel etwas Buntes ins Auge. Er bückte sich und hob eine zerrissene, farbige Postkarte auf: ein Bild Hitlers auf einem weißen Schlachtroß, in seiner Linken ein goldener Schild mit einem großen Hakenkreuz, hinter ihm die aufgehende Sonne.

Troy ließ die Karte zu Boden fallen und trat darauf.

»Scheiße!« sagte er. »Scheiße, das Ganze.«

Fünftes Kapitel

Es war die seltsamste Einheit des deutschen Heeres. Sie hatte keine Fahne, gehörte keinem Wehrkreis an, hatte keinen Namen – nur eine Tarnbezeichnung: Geier. Ihre Leute wurden von allen anderen Truppen streng isoliert: ihre Kaserne lag ganz für sich und wurde bewacht. Sie hatten Befehl, nur englisch miteinander zu sprechen, selbst wenn es um ganz persönliche und gewöhnliche Dinge ging. Sie erhielten Photographien mit zurückliegenden Daten von Frauen und Mädchen, die ihnen auf diese Weise ganz überraschend zugewiesen wurden: Ethel aus Baltimore, Honey Lou May aus Oklahoma City und Dotty aus Oshkosh; und Briefe von diesen Damen, die sie immer bei sich tragen mußten. Sie wurden einer scharfen und rücksichtslosen Ausbildung in allem, was List und heimtückischer Kampf verlangte, unterworfen; sie lernten sich lautlos zu bewegen und ebenso leise zu töten. Sie lernten die technischen Einzelheiten der amerikanischen Waffen und Fahrzeuge kennen. Sie wurden in kleine Gruppen unterteilt, und zwar nach den Gegenden in den Vereinigten Staaten, aus denen sie stammen sollten – einige waren auch tatsächlich dort geboren. Es wurde ihnen beigebracht, was die großen Männer ihrer Gemeinwesen für Gewohnheiten hatten, wie sie hießen und was sonst von ihnen zu wissen noch gut war; sie wußten mehr über ihren Kongreßabgeordneten und ihren Senator als der Durchschnittsamerikaner; sie konnten ganz genau sagen, welche Straßenbahn man vom Westende der Stadt nach der Stadtmitte zu nehmen hatte und wo man umsteigen mußte, um zu der nächsten Filiale von Sears Roebuck zu gelangen.

Es waren ausgesuchte Leute. Man hatte sie aus allen deutschen Wehrmachtteilen zusammengezogen und ganz im geheimen zusammengestellt; Fähnrich Heberle hatte man von seinem Minenräumboot in Kiel heruntergeholt. Feldwebel Mulsinger kam von der Luftwaffe – er war gerade dabei, eine Messerschmittmaschine zu reparieren, als er Befehl bekam, sein Zeug zu packen und sich in einer bestimmten Stadt in Westdeutschland zu melden. Immer und immer wieder waren sie gesiebt, überprüft und befragt worden. Pettinger war ein gründlicher Mensch und versuchte, diese Sache luftdicht abzuschirmen.

Der schwarze Mercedes des Feldmarschalls von Klemm-Borowski fuhr vor der Kaserne vor und durch das Tor in den Hof hinein. In seltsamem Gegensatz zu den germanisch-heldischen Schlagworten über den Türen und den Reliefs preußischer Husaren von 1870, die den Raum zwischen den Fenstern im zweiten und dritten Stock einnahmen, standen die Männer in amerikanischen Uniformen, die dort angetreten waren, und die Jeeps, Lastwagen und Panzerwagen der namenlosen Einheit, die nun besichtigt werden sollte.

»Achtung!« rief ein Mann mit den Rangabzeichen eines Korporals.

Zu Ehren des Feldmarschalls gab er den Befehl deutsch.

Die Männer erstarrten. So hatte noch nie ein amerikanisches Bataillon strammgestanden.

Generalfeldmarschall von Klemm-Borowski schritt langsam die Front ab. Hier und dort blieb er stehen, schüttelte den Kopf über das offene Hemd eines Soldaten, den bequemen Sitz einer Feldbluse oder über Stiefel, die sich nicht auf Hochglanz bringen ließen.

Pettinger hatte seine Freude am Mißfallen dieses Ordnungsfanatikers. Er entschuldigte sich. »Sie müssen echt aussehen; Herr Generalfeldmarschall. Die amerikanischen Soldaten sind nun mal so.«

»Na ja«, sagte der Feldmarschall.

Er blieb vor einem mageren blonden Jungen mit enggestellten Augen stehen.

»Name?«

»Fähnrich Heberle, Herr Generalfeldmarschall.«

Pettinger schüttelte den Kopf hinter dem Rücken des Feldmarschalls.

»Es ist mein – mein deutscher Name, Herr Generalfeldmarschall...« stotterte Heberle. Und dann entfuhr es ihm: »Sergeant Howard Bethune, Sir!«

»Woher?«

»Chicago, Sir!«

»Chicago, Illinois!« ergänzte der Feldmarschall, stolz über sein Wissen.

»Chicago, Illinois, Sir!« kam das Echo von Heberle. Sein verkniffener Mund war noch verkniffener als sonst; auf seiner schmalen, steilen Stirn stand der Schweiß.

»Was ist seine Aufgabe?« flüsterte Klemm-Borowski Pettinger zu.

Pettinger zog aus seiner Tasche eine lange Liste. Er zeigte sie dem Marschall, und sein Finger wies auf eine bestimmte Zeile. Neben den Namen von Heberle und Mulsinger stand ein dritter: *Farrish.*

»Kennen Sie Ihren Auftrag?« Klemm-Borowski versuchte den schlechtsitzenden amerikanischen Soldatenmantel Heberles zurechtzuziehen. Heberle stand da, ohne sich zu rühren. Der Mantel saß genauso schief wie zuvor.

»Yes, Sir.«

»Angenommen, es gelingt Ihnen aber nicht zurückzukommen?« fragte der Feldmarschall und beugte sich wohlwollend vor, so daß sein Doppelkinn etwas über seinen steifen, mit Gold und Rot bestickten Kragen quoll.

Das war nun die Frage, mit der sich Heberle herumschlug, seitdem er erfahren hatte, daß er und Mulsinger, der Mann mit dem Pferdegesicht, den amerikanischen Panzergeneral Farrish erledigen sollten. Vor sich selbst hatte Heberle noch keine Antwort gefunden. Dem Feldmarschall aber antwortete er, als säße die Überzeugung tief in seiner geschwollenen Brust: »Dann fallen wir, Herr Generalfeldmarschall!«

Der Feldmarschall brummte etwas, war's zufrieden und wandte sich dem nächsten Mann zu.

Mulsingers langes, pferdeähnliches Gesicht schien unter dem starren Blick des Feldmarschalls einzuschrumpfen. Mit bebender Stimme meldete er: »Corporal McInnerney aus Newark, New Jersey«, und berichtete auf Klemm-Borowskis Frage hin, daß er in seinem Zivilleben jeden Morgen die Untergrundbahn unterm Hudson benutzte, um an seine Arbeitsstelle in einer New Yorker Maklerfirma zu gelangen.

»Intelligenter Bursche!« sagte der Feldmarschall. »Was passiert, wenn Sie gefangengenommen werden – ich meine von den Amerikanern?«

Mulsinger zauderte. Er wußte, daß es sehr unangenehm sein würde, wenn die Amerikaner ihn faßten; die Leute vom Unternehmen »Geier« hatten eine Vorlesung über die Landkriegsordnung erhalten; aber man hatte ihnen auch gesagt, daß erstens die Amerikaner zu dumm wären, sie zu erwischen und zweitens zu weich und zu demokratisch, um im Falle eines Falles viel gegen sie zu unternehmen.

»Nun?« sagte Pettinger und betrachtete Mulsinger mit dem gleichen gespielten Interesse, das er zur Schau gestellt hatte, wenn es galt, irgendeinen widerspenstigen französischen Zeitungsmenschen zur Räson zu bringen.

»Sie werden uns nicht kriegen!« sagte Mulsinger stramm. »Wir kriegen sie, Herr Generalfeldmarschall!«

»Ausgezeichnet«, sagte der Marschall. »Fabelhafte Leute!«

»Zuverlässig!« sagte Pettinger.

Natürlich wußte Pettinger, daß selbst diese straffen, gut disziplinierten Mannschaften leider nicht die besten waren. Er hatte alles durchgekämmt, um sie zu finden; aber wie waren die Reihen schon gelichtet! Der jahrelange Krieg, die russischen Winter – und auch die Sommer –, die Normandie und Nordafrika hatten das menschliche Material verschlissen. Die besten waren schon nicht die besten mehr; und auch diese Sondervorführung für Klemm-Borowski, so gut sie klappte, konnte darüber nicht hinwegtäuschen.

Besonders beeindruckt war der Feldmarschall dann von der Inspektion der Fahrzeuge. Sie stammten aus erbeuteten Beständen, gewaschen und überholt, die Maschinen in tadellosem Zustand. Der weiße amerikanische Stern im weißen Kreis leuchtete herausfordernd in seiner Frische.

»Sie werden schon bald genug dreckig werden«, sagte Pettinger und unterdrückte seinen Ärger. Der Feldmarschall war wirklich ein pedantischer Esel.

Klemm-Borowski sagte: »Wickeln wir die Sache schneller ab.«

Sie kehrten zu den Leuten des Unternehmens »Geier« zurück, die noch immer strammstanden. Es hatte zu nieseln begonnen – eine bedrückende Stimmung.

Pettinger riß sich zusammen. Hier war seine letzte Gelegenheit, diesen Männern absolutes Vertrauen in den Erfolg der Sache einzuimpfen.

Er begann seine Ansprache.

»Ich nehme an, ihr wißt, was diese Auszeichnung durch eine Besichtigung durch den Herrn Generalfeldmarschall von Klemm-Borowski bedeutet – daß ihr jetzt zum Einsatz kommt und das Unternehmen ›Geier‹ jeden Augenblick anlaufen kann. Ihr seid auf Grund eurer Zuverlässigkeit, eurer Selbständigkeit und eurer Kenntnis des Englischen ausgesucht worden. Ihr seid für die Durchführung von Zerstörungen und Sabotageakten ausgebildet worden und sollt Verwirrung schaffen und Panik. Ihr verfügt über echte Papiere, tragt die echten Uniformen des Feindes und habt echte amerikanische Kennmarken. Sobald ihr auf der anderen Seite der Front seid, seid ihr von den Amerikanern nicht mehr zu unterscheiden. Vergeßt nicht, wenn ihr für den Amerikaner wie Amerikaner ausseht, so ist das auch unseren eigenen Truppen gegenüber der Fall. Wenn ihr von unseren eigenen Leuten angegriffen werdet, nehmt euren Helm ab und schwenkt ihn. Die Frontkommandeure sind davon unterrichtet, daß dies euer Erkennungszeichen ist.«

Er machte eine Pause. Dieses Unternehmen würde die Schlappe, die er sich im Bergwerk von Ensdorf zugezogen hatte, mehr als wettmachen. Sein Blick schweifte die Reihen seiner Leute entlang und verweilte bei Fähnrich Heberle und Feldwebel Mulsinger. Wenn sie, wenn alle diese Kerle durchkamen... Sie mußten durchkommen.

»Ihr kennt euren Auftrag. Eure Truppführer haben die Befehle in allen ihren Einzelheiten erhalten. Einige von euch sind ausgewählt worden, hohe alliierte Offiziere zu entführen oder anderweits unschädlich zu machen. Die Stunde des Angriffs steht fest. Vor allem, vergeßt eines nicht: ihr steht nicht allein. Gleichzeitig mit dem Unternehmen ›Geier‹ werden ganze Armeen, frische Reserven, Elitetruppen losschlagen. Sie sind aufs beste mit den neuesten Waffen ausgerüstet. Ihr habt auf eurer Seite den Vorteil der Überraschung, wodurch der Feind verwirrt und seine Verbindungen gestört sein werden. Noch nie ist ein militärisches Unternehmen unter günstigeren Bedingungen begonnen worden.«

Klemm-Borowski brummte zustimmend. Pettinger erriet, daß der Feldmarschalll seine Gedanken für eine Rede sammelte.

»Noch ein letztes«, sagte Pettinger. »Wenn sich einer von euch der Aufgabe nicht gewachsen fühlt, dann soll er vortreten. Der Mann wird nicht bestraft. Er kommt zu seiner Einheit zurück.«

Er wartete. Die Männer, die ihr Gewehr, wie man es ihnen eingedrillt hatte, auf amerikanische Weise präsentierten, rührten sich nicht.

»Gut!« Pettingers Gesicht war ebenso reglos wie die stummen Reihen dieser deutschen Soldaten in amerikanischer Verkleidung.

»Ich habe nichts anderes erwartet! Seine Exzellenz, Generalfeldmarschall von Klemm-Borowski, wird nun noch ein paar Worte an euch richten!«

Der Feldmarschall, der neben Pettinger verlegen und zu kurzgewachsen wirkte, räusperte sich. Er wollte etwas Großartiges, etwas Zündendes sagen. Aber das lag ihm nicht sehr, und außerdem hatte Pettinger ihm die Rosinen schon aus dem Kuchen gepolkt. Er legte seine Hände hinterm Rücken zusammen und hustete noch einmal.

»Männer!«

Sie warteten.

»Deutsche Soldaten!«

Sie warteten.

»Ihr werdet vorgehen! Werdet zuschlagen! Sehr bedeutungsvoll –« Er blickte Pettinger an. Pettinger schwieg.

»Heil Hitler!« rief der Generalfeldmarschall.

Das Echo kam kurz und knapp.

»Ein Hurra für den Generalfeldmarschall!« befahl Pettinger.

»Hurra! – ra...«

Der Regen fiel. Klemm-Borowski schlug den Kragen hoch.

Der Feldmarschall war mit der Besichtigung zufrieden, auch wenn Pettinger es nicht war. »Geier« war die Spitze des Degens, mit dem er zuschlagen würde. Klemm-Borowski erging sich in seinen äußerst logischen, gut durchdachten Plänen. Er hatte sich aber doch nicht so sehr in seinem Gedankenspiel verloren, daß er nicht den Ausdruck auf Pettingers Gesicht bemerkt hätte.

»Na, was haben Sie auf der Seele?« sagte der Feldmarschall mit einem Versuch, kameradschaftlich zu erscheinen. »Sie haben das doch großartig aufgezogen! Ganz großartig!«

Pettinger wischte sich den Regen von Stirn und Nase. »Ich wünschte, ich wäre nur halb so sicher, wie ich diese Männer gemacht habe. Die Menschen sind ja so leicht mitzureißen –«

Er hielt inne. Nicht einmal das war mehr wahr.

Dann, als er Klemm-Borowski nach seiner Brille angeln sah, fragte Pettinger: »Wie wird es ausgehen, Herr Generalfeldmarschall?«

Klemm-Borowski betrachtete ihn über seine dick umrandete Brille hinweg. »Als ich ein kleiner Junge war, spielten wir ein Ratespiel mit Murmeln. Schließlich hatte ich so viele Murmeln gewonnen, daß ich mir leisten konnte, sie anderen Kindern wieder zu verkaufen.«

»Ach nein, wirklich?« sagte Pettinger. Er verstand nicht, wieso der Feldmarschall gerade jetzt mit seinen Murmeln daherkam; als Junge war Pettinger mehr darauf aus gewesen, die Mädchen an ihren Rattenschwänzen zu ziehen. Für den Fall aber, daß der Feldmarschall doch im Ernst sprach, sagte er: »Wie haben Sie es denn angestellt, immer zu gewinnen?«

»Da war also der andere Junge, nennen wir ihn Gustav. Gustav hielt eine Anzahl Murmeln, zwei oder drei, in seiner geschlossenen Hand. Riet ich die richtige Zahl, gehörten die Murmeln mir; wenn nicht, hatte ich die gleiche Anzahl verloren. Ich habe aber immer richtig geraten.«

Die Geschichte von dem kleinen Schlaumeier begann Pettinger zu irritieren.

»Wollen Sie nicht wissen, wie ich das fertiggebracht habe?« Klemm-Borowski lachte in sich hinein. »Ich schätzte nämlich ganz einfach die Intelligenz meines Freundes Gustav ab. Angenommen, daß er bei der ersten Runde zwei Murmeln in der Hand hielt – entschied ich mich nun, daß er mit seiner Intelligenz auf der untersten Stufe stand, so wußte ich, daß er das nächste Mal drei Murmeln haben würde. Stand er eine Stufe höher, konnte ich damit rechnen, daß es das nächste Mal nur wieder zwei sein würden!«

»Wieso?« fragte Pettinger. Die Sache fing an, ihn zu interessieren.

»Weil der Knabe klug genug war, zu versuchen, mir einen Schritt vorauszudenken. Er würde sich überlegen, daß ich nach zwei Murmeln in der ersten Runde auf drei in der zweiten tippen würde. Deshalb nahm er wieder zwei in die Hand – und ich gewann sie.«

Pettinger lachte.

Klemm-Borowski entwickelte seine Psychologie weiter.

»Nehmen wir nun an, der kleine Gustav hätte aber wirklich ein Köpfchen gehabt – ein richtig gescheites Köpfchen. Dann würde er also in der zweiten Runde doch wieder drei Murmeln in der Hand halten. Er würde dann annehmen, daß ich mir wahrscheinlich denken würde, daß er mich hineinzulegen beabsichtigte, indem er die ursprüngliche Zahl von zwei Murmeln wieder in der Hand hatte, und hielt nun, gerade um mich irrezuführen, drei Murmeln in der Faust. Aber ich kannte ja, da ich Gustavs Intelligenzgrad richtig eingeschätzt hatte, seinen Gedankengang auch – und gewann wieder.«

Pettinger begann die Nutzanwendung der Geschichte zu sehen.

Klemm-Borowskis Augen funkelten hinter ihren dicken Gläsern. »Ich bin durchaus gewillt, bei meinen amerikanischen Gegenspielern einiges vorauszusetzen. Ich nehme an, daß sie ebenso schlau sind wie der kleine Gustav in seinen besten Momenten. Denken Sie daran, Pettinger, zwei Murmeln und drei. Im Jahre 1940 nahmen wir zwei Murmeln – wir stießen aus der Eifel durch die Ardennen vor. Die Amerikaner werden einfach nicht glauben wollen, daß wir 1944 genau das gleiche tun könnten. Sie werden auf drei Murmeln setzen. Ich führe sie an der Nase herum. Ich benutze genau wieder die alte Route.«

»Sehr gut!« sagte Pettinger. »Erraten, was der andere zu erraten glaubt. Faszinierend, Obersturmbannführer.«

»Nicht wahr? Absolut eine Wissenschaft für sich!«

Pettinger wollte nichts anderes, als sich überzeugen lassen. Die Leute von Ensdorf hatten ihm einen härteren Schlag versetzt, als er sich hatte eingestehen wollen. Vielleicht lag das daran, daß er die letzten Jahre in Frankreich zugebracht und die Entstehung der Risse im eigenen Land nicht selbst beobachtet hatte. Statt dessen hatte er unbeschwert und gegen die Stimme seiner Vernunft und gegen seine eigene Skepsis drauflosgefuhrwerkt, immer in der Annahme, die Deutschen seien so geblieben, wie sie damals waren, als er das Land verließ, und der Krieg könne sie nur dazu gebracht haben, ihre Reihen noch dichter um ihre Führung zu schließen. Nein, das war es auch nicht; er machte sich da selber etwas vor. Er hatte es ja mit seinen eigenen Augen gesehen –

Dehn zum Beispiel, der ihm im Hotel Scribe in Paris ins Zimmer gestürzt kam, in völliger Panik, und ihn nebenbei noch um eine runde Million von Yashas Franken brachte ... Ein Mensch, plötzlich bar jeder Courage, jedes Glaubens an die Sache, jeder Haltung! Und Dehn war einer von denen gewesen, auf die er gesetzt hatte!

Die Unruhe in seiner Stimme war unverkennbar. »Sie wissen, Herr Generalfeldmarschall, diesmal *müssen* wir siegen.«

Klemm-Borowski nahm sich die Brille von der Nase und klappte den Deckel seines Etuis zu. »Ihre Bemerkung ist überflüssig, Obersturmbannführer.«

»Bitte um Entschuldigung, Herr Generalfeldmarschall!«

Die Worte des Feldmarschalls folgten einander etwas zu rasch. »Ich habe zur Einleitung der Offensive die größten vorbereitenden Aktionen in der Geschichte der neueren Kriege durchgeführt. Sie wissen ja wohl, daß die Eifel und die Ardennen, bis ich diese Heeresgruppe übernahm, von uns wie vom Feind als eine Art Ruhegebiet angesehen wurden. Schlechte Straßen, Wälder, früher Schneefall, schwieriges Operationsgelände für Panzer; ein Abschnitt für erschöpfte Truppenteile, zweit- und drittklassige Soldaten, Abwehrverbände. Mir ist klar, daß wir ständig unter Luftbeobachtung stehen. Ich habe das mit in Rechnung gestellt. Ich bringe Truppen in diese Wälder und hole die gleiche Anzahl auf der anderen Seite heraus. Der Feind vergleicht die Zahlen. Er denkt, alles ist in bester Ordnung. Was er nicht weiß; es sind nicht die gleichen Truppen. Die Fünfte und die Sechste Panzerarmee ziehen in die Wälder ein, heraus kommen die ausgedienten Greise und die Kinder, die ich bestenfalls an den Flanken verwenden kann.«

Klemm-Borowski löste seinen Gurt.

»Was halten Sie davon?«

»Ich sagte schon: wir müssen siegen. Die Zeit läuft ab.«

Sechstes Kapitel

Dondolo hatte seine Papiere in der Tasche und seine Befehle, von Loomis unterzeichnet und von Willoughby genehmigt.

Es hatte den Captain sehr erleichtert, daß man seine Entscheidung ohne besondere Fragen akzeptiert hatte. DeWitt, der sich vielleicht darum gekümmert und auf einer richtiggehenden Untersuchung der Angelegenheit bestanden hätte, war am Abend zuvor zu einer Besprechung nach Paris gefahren. Und Willoughby hatte kein besonderes Interesse an dem Fall gezeigt oder hatte zumindest nichts an Loomis' Verfahren auszusetzen. Er hatte lediglich seine dichtgewachsenen Augenbrauen gehoben und mit einem listigen Lächeln gesagt: »Na ja, die alte Garde schmilzt uns immer mehr zusammen!«

Einige von der alten Garde umstanden Dondolo, als er vor dem Lastwagen des Kuriers stand, der ihn bei der Ersatzleitstelle absetzen sollte, Abschied nahm – unter ihnen Lord, der Schirrmeister, und Vaydanek, der zweite Koch, der an Dondolos Stelle zum Küchensergeanten aufgerückt war. Der Lastwagen war beladen und zur Abfahrt bereit, aber Dondolo verzögerte noch einmal die Abfahrt. Er sagte zu dem Kurier: »Ich muß noch jemand auf Wiedersehen sagen. Es dauert nicht lange. Ich will auch weg von hier wie du!«

Als Bing am Sendergebäude anlangte, um sich zum Dienst zu melden, trat Dondolo ihm entgegen und brach in ein schrilles »Waaas ist das?« aus. Seine Anhänger waren ihm gefolgt und versperrten Bing den Weg.

»Waaas ist das?« äffte Bing nach. »Ich will dir genau sagen, was das ist – dich sind wir los. Du hast deinen letzten dreckigen Streich gespielt. Und dieses Mal ist es dir nicht durchgegangen. So, das ist die Antwort auf deine Frage.«

»Hast schon das Neueste gehört?« fragte Dondolo.

Bing, der das Neueste noch nicht gehört hatte und keinen Wert darauf legte, seine Informationen von Dondolo zu erhalten, erwiderte nichts.

Dondolo sagte: »Die Deutschen sind auf der ganzen Front zum Angriff übergegangen. Ostwärts von hier sind sie durchgebrochen! Vor einer Viertelstunde ist es gemeldet worden!«

»Waaas ist das!« Bings Worte waren ein Reflex gewesen, unbedacht dahingesprochen.

»Waaas ist das?« Dondolo, Lord, Vaydanek, die ganze Gruppe, sogar der fremde Kurier, brachen in rauhes Gelächter aus.

Diese Nachricht brachte in Bings Kopf alles durcheinander. Er spürte es fast körperlich. Da hatte er große Pläne entworfen, wie man die Deutschen dazu bringen könnte, sich gegen ihr Regime zu erheben. Er hatte das unheimliche Gefühl, daß er dennoch etwas Derartiges die ganze Zeit über erwartet hatte; schon in Ensdorf, entsann er sich nun, hatte er mit Troy davon gesprochen. Und jetzt war es passiert. Dondolo trompetete die Worte heraus, als wäre die deutsche Offensive sein persönlicher Racheakt.

Dondolo stand wie zum Hohn vor Bing stramm.

»Bruder, mein Arsch blutet aus Sympathie für dich. Und wenn die Krauts hier anmarschiert kommen und es ein wenig heiß hergeht, denk an mich. Ich bin irgendwo in der Küche eines Ersatzhaufens und halte dort durch. Vielleicht klappt es auch und ich werde nach Hause verfrachtet. Und wenn ich zu Hause ankomme, werde ich erzählen, was für Mordskerle ihr doch seid und wie tapfer ihr euren Krieg hier führt! Mein Krieg ist es jedenfalls nicht mehr, und das verdanke ich dir, Sergeant Bing!«

Bing nahm sich zusammen. Ein Dondolo wäre der letzte, von dem er sich in Panik versetzen ließe.

Trotz des kalten Morgens war Dondolo in Schweiß geraten. Es war ein öliger Schweiß. Sein Gesicht glänzte. Er wollte noch weiter fortfahren und Bing ausmalen, wie dieser in deutsche Gefangenschaft geriet und was die Deutschen hoffentlich mit ihm tun würden. Aber der Kurier, dem daran lag, aus dem Frontbereich herauszukommen, trat zu seinem Wagen. Dondolo sprang ins Fahrerhaus, winkte zurück, und während der Lastwagen bereits anfuhr, krähte er ihnen über das Heulen des Motors hinweg ein letztes ›*Waaas ist das?*‹ zu und war verschwunden.

Die ersten Berichte, die General Farrish in seinem Hauptquartier an der Grenze des Saargebietes erreichten, schienen in keinem Zusammenhang zueinander zu stehen und waren ebenso undurchsichtig wie das Wetter. Das einzige, was sich daraus erkennen ließ, war die Tatsache, daß die Front weiter nördlich, zwischen Monschau am linken Flügel und Luxemburg im Zentrum der amerikanischen Armeen, in heftige Bewegung geraten war. Im Abschnitt seiner eigenen Division war alles ruhig und unverändert geblieben. Und wenn Carruthers' Berichten zu trauen war, würde es auch in Zukunft so bleiben.

Und noch dazu war das ganze Unternehmen, zweifellos eine Offensive größten Umfangs, völlig überraschend gekommen! Jedenfalls überraschend für die Politiker in Uniform – für ihn nicht!

Er rief Carruthers zu sich.

Zusammen gingen sie die Berichte der beiden letzten Wochen durch – da stand es schwarz auf weiß: Beurteilung der Lage; Gefangenenvernehmung; Stärke des Feindes – *Der Feind ist in der Lage, eine größere Gegenoffensive zu beginnen.* Carruthers, den Farrish zum Major befördert hatte und der alle Aufgaben des I c übernommen hatte, machte ihn darauf aufmerksam, daß man hier in diesem Hauptquartier die Gefahr durchaus erkannt und höheren Orts darauf hingewiesen hatte.

»Sie sind ganz sicher, daß Sie Armee und Heeresgruppe von all dem unterrichtet haben?« fragte Farrish.

Carruthers bejahte.

Farrish stürmte, von zornigem Triumpf erfüllt, durch seinen Anhänger.

»Diese Schreibtischstrategen, diese Politiker, die mir mein Benzin veruntreut haben – da haben sie's nun! So hoch oben sitzen sie höheren Orts, daß ihre Köpfe in den Wolken stecken, falls sie überhaupt Köpfe haben! Ich habe es ihnen vorausgesagt, oder? Aber sie wollen ja nicht hören. Sie glauben, ich bin verrückt. Ich bin nur ein Soldatengeneral, ein Panzerfanatiker – zum Teufel! Ist doch alles ganz sinnlos! Sie verlieren uns noch den Krieg, weil sie niemandem zu nah treten wollen!«

Carruthers nickte zustimmend, wenn auch zurückhaltend. Vielleicht hatte er zu wenig Phantasie, um eine persönliche Genugtuung zu empfinden, wenn andere in die Klemme geraten waren; vielleicht auch sah er den Krieg nicht ausschließlich als eine Treibjagd gegen General Farrish an. Carruthers sagte: »Nur können wir durch die Schwierigkeiten weiter nördlich leicht auch hier in eine Schweinerei hineingerissen werden.«

»Als ob ich das nicht wüßte! Soll ich Ihnen voraussagen, was wir zu tun haben werden? Wir werden hier einpacken, nach Norden marschieren und sie aus dem Schlamassel heraushauen müssen, das sie sich selber bereitet haben.«

Er warf sich in seinen Stuhl, nahm den Hörer ab, um seinen Stabschef anzurufen. »Hören Sie, alter Junge«, sagte er ganz im Bewußtsein der dramatischen Bedeutung seiner Worte, »das ist jetzt in Vorbereitung einer großen Sache. Ziehen Sie bitte jeden entbehrlichen Mann aus der Front heraus. Alle vorgeschobenen Einheiten sind sofort zurückzunehmen. Die Front wird verkürzt. Begradigen, so kurz wie möglich, ist mir ganz gleich, wie. Halten Sie die Front nur dünn besetzt. Befehl. Äußerste Alarmbereitschaft! Verstanden? – Verstanden.«

Es liefen nun auch häufiger Berichte ein. Sie waren länger, und das Bild begann sich deutlicher abzuzeichnen.

Farrish studierte seine Karten. Die Gefahr war nicht zu verkennen. Er sah die schöne Einfachheit des deutschen Plans und hatte einen fast ästhetischen Genuß daran, denn als Manöver in dieser Art von Bewegungskrieg war der deutsche Vorstoß nahezu vollkommen. In dieser Freude am Kriegsspiel übersah er keineswegs die Bedrohung, die sich für ihn und seine ganze Armee sowie seine Alliierten entwickelte; aber im tiefsten Innern überwog das fachliche Interesse.

»Uns in zwei Teile hauen – so ganz einfach! Grandios!« murmelte er, und zu Carruthers gewand, sagte er laut: »Ich brauche eine Besprechung. Sofort. Alles bis hinab zum Bataillonskommandeur. Ein Stück die Straße hinunter steht eine Scheune, sollte groß genug sein für alle. Lassen Sie die Karten hinüberbringen und Licht hinlegen.«

Farrish hätte sich für diese Besprechung auch ein richtiges Haus aussuchen können, aber die malerische, roh gezimmerte Scheune schien ihm diesem besonderen Fall besser zu entsprechen. Es war bitter kalt; der Wind fegte durch die Fugen zwischen den Balken. Das meiste Stroh war schon seit langem gestohlen. Ein schmaler Umgang auf drei Seiten der Scheune bildete eine Art Galerie. Da das Licht auf die Karten gerichtet war, die den größten Teil der einen Giebelwand einnahmen, waren nur die hängenden Beine der Offiziere auf der Galerie sichtbar. Die meisten mußten auf dem Erdboden unten in der Scheune sitzen, wobei die Höhe der Strohschicht unter dem Hintern der Herren ihren Rang erkennen ließ.

Farrish stand vor seinen Karten wie ein Impresario. Über seiner Zuhörerschaft schwebte ihr dampfender Atem und das Summen unterdrückter Stimmen. Sie redeten; zumeist von der Kälte, sehr viel seltener von der Angelegenheit, wegen der man sie hatte kommen lassen.

Schließlich fand Farrish, daß fast alle Geladenen zugegen waren. Er räusperte sich, in seinem Publikum wurde es still.

»Meine Herren«, sagte er, »es ist mir eine große Freude Ihnen mitteilen zu können, daß der Krieg wieder angefangen hat.«

Seine Mundwinkel verzogen sich sarkastisch.

»Leider kam der Stoß nicht von unserer Seite.«

Er begann auf und ab zu schreiten. Jedesmal, wenn er sich umwandte, hielt er einen Moment an und wippte auf und nieder – von der Ferse zum Fußballen und zurück.

»Gewisse Stellen haben sich böse überraschen lassen.« Er wippte. »Ich möchte Sie darauf hinweisen, daß hiermit keine Kritik ausgesprochen ist.« Wieder das Wippen – auf und nieder.

Gelächter bei seinen Zuhörern.

»Was gibt es da zu lachen, verflucht noch eins!« Wippen.

Totenstille.

»So etwas kostet nämlich Menschenleben. Die armen Hunde, die es da erwischt hat«, seine Peitsche pochte auf eine der Karten, der Griff wies auf die Ardennen, »die werden in diesem Augenblick zerhackt und zerrieben.«

Die Peitsche pfiff durch die kalte dicke Luft.

»Folgendermaßen sehe ich die Lage. Die Deutschen stoßen ungefähr hier vor« – seine rechte Hand schlug mit gespreizten Fingern auf die Ardennen – »an einer Front, die sich ungefähr von hier – bis dort erstreckt...« Er brauchte beide Hände und hielt die Peitsche zwischen den Zähnen.

»Der Hauptstoß – hier!« seine Faust ging auf das nördliche Luxemburg und Bastogne. »Ihr Plan offenbar, nach Nordwesten durchzustoßen, aus den Bergen herauszukommen. Antwerpen zurückerobern, Brüssel – dann fächerartiges Ausbreiten – und vielleicht Paris nehmen.«

Er hielt die Peitsche wieder in der Hand und folgte mit ihr der eben angedeuteten Zangenbewegung.

»So würde ich es wenigstens machen; und ich bin sicher, auf Grund meiner, wie ich zugebe, spärlichen Informationen, daß dies dem deutschen Plan entspricht. Taktisch gesprochen: sie versuchen, die Britische und unsere Neunte Armee von der Ersten und Dritten abzuschneiden; wenn möglich, werden sie versuchen, die Erste zu vernichten. Meine Herren, der Feind ist mit Erfolg durchgebrochen!«

Er faßte seine Zuhörerschaft ins Auge, die Peitsche in beiden Händen, und wippte auf und nieder.

»Es gibt noch Igelstellungen. Vielleicht halten sie durch, wie lange, weiß ich nicht. Ich kenne auch nicht die genaue Stärke der Deutschen; sie ist jedoch beträchtlich, und ihre Truppen sind beweglich. Was wir ihnen da oben noch entgegenwerfen können, sind Einheiten der rückwärtigen Dienste – Versorgungstruppen, Verwaltungseinheiten, Militärpolizei und Gott weiß was!«

Er stand nun regungslos da und ließ den Offizieren Zeit, die Bedeutung der Katastrophe ganz in sich aufzunehmen. Die Männer da vor ihm – er hatte fast jeden einzelnen persönlich ausgesucht – schienen unter dem Gewicht der Ereignisse zusammenzusacken. Die Beine auf der Galerie pendelten auch nicht mehr und hingen wie gelähmt herunter.

»Lieber Gott!« sagte einer.

Farrish preßte seinen Atem durch die Nase. Es klang wie ein Zwischending zwischen einem Husten und gewaltsamem Lachen.

»Und jetzt meine Herren, werde ich Ihnen zeigen, wie wir sie schlagen können. Es ist eine Aufgabe, wie sie in künftigen Zeiten auf den Militärakademien so gelehrt werden wird, wie ich es Ihnen jetzt erkläre – und zwar gleichgültig, ob wir tatsächlich in dieser Weise vorgehen oder nicht. Ich gebe Ihnen jedenfalls die Lösung.«

Er wandte sich der Karte zu. »Es scheint, daß die Deutschen hier – und hier« – die Peitsche wies auf Monschau und Luxemburg – »an den Flanken ihres Vorstoßes, sozusagen an den Schultern ihres Durchbruchs, aufgehalten werden. Sie sind nicht stark genug, um die ganze Front aufzurollen; sie sind nur stark genug, um in uns hineinzustoßen.«

Er hob seine Hand mit ausgestrecktem Zeigefinger. »Meine Herren! Ich sage Ihnen, lassen Sie sie vorstoßen! Sie werden in einen Sack hineinlaufen« – seine Arme umrissen auf der Kiste den Sack – »und, meine Herren, an uns wird es dann sein, den Strick zuzuziehen und den riesigsten Kessel der Kriegsgeschichte zu bilden.«

Seine Stimme schoß die Befehle hinaus. »Herunterstoßen von Monschau! Hinaufstoßen von Luxemburg! Zusammenschluß bei Bastogne! Abschneiden! Einkesseln! Sie kurz und klein schlagen!«

Die Männer in der Scheune fühlten sich versucht, Beifall zu klatschen. Es war eine prachtvolle Vorstellung gewesen. Der Theatralik des General war es gelungen, sie zu packen und mitzureißen. Und überdies hatte er die einzig vernünftige Gegenbewegung, die einzige Taktik vorgeschlagen, die den fast handgreiflichen deutschen Sieg in eine Niederlage verwandeln oder zumindest ein Unentschieden herbeiführen konnte. Und er hatte ihnen zu einem neuen Ausblick verholfen, zu einer Hoffnung, an die sie sich halten konnten, und das in einer Situation, die vollkommen hoffnungslos aussah.

Mit einer kurzen, schnellen Handbewegung unterdrückte Farrish das Geflüster, das sich erhoben hatte.

»Meine Herren, mir hat der Krieg schon die ganzen letzten Monate hindurch nicht mehr gefallen. Er ähnelte in mancher Hinsicht dem Kampf um die Hecken der Normandie: geringer Fortschritt unter großen Verlusten. Jetzt haben die Deutschen ihren Kopf herausgestreckt und mitten hinein in eine Schlinge gelegt. Wenn General Patton uns befiehlt, diese Schlinge zusammenzuziehen, erwarte ich, daß meine Division die erste auf dem Plan ist!

Meine Herren, ich danke Ihnen.«

Die Kolonnen bewegten sich nach Norden. Tag und Nacht, ohne Unterbrechung, waren sie in Bewegung. Es gab keine Geschwindigkeitsbegrenzung mehr. Die Straßen erbebten unter dem Gewicht der Panzer, die in die Chausseen gewühlten Löcher wurden immer größer; hochauf spritzte der schmelzende Schnee; die Stoßstangen waren mit Dreck überkrustet, die Lastwagen mit Schlamm überspritzt und die Männer damit völlig bedeckt. Die Nässe drang durch alle Kleidungsstücke. Und der Wind, dieser elende Wind, der mit neunzig Kilometer Geschwindigkeit daherraste, durchdrang alles, und es war den Männern, als gefriere der Schlamm auf ihrer Haut. Die Hälfte der Zeit war nichts zu sehen, denn der Nebel war so dicht, daß der Wagen vor einem kaum noch zu erkennen war. Es gab kein warmes Essen. Es gab überhaupt nirgends Wärme, es sei denn, man kroch dicht an seinen Nachbarn heran und versuchte ein wenig von der Wärme zu gewinnen, die dessen Körper noch hergab. Die Zähne klapperten, die Hände wurden gefühllos, man konnte die Metallteile seiner Waffen nicht berühren, aus Angst, die Finger möchten an ihnen festfrieren. Die Kälte durchdrang die Füße von den Stahlböden der Lastwagen her, als wären die Schuhsohlen und die Socken aus Papier. Was nützten einem noch die Zeltbahnen, die Mäntel, das Wollzeug? Nach einer Weile gab man es auf, sich einen Schutz zu suchen, und versuchte zu schlafen, denn die Kälte machte einen so verflucht müde, noch müder, als man sowieso schon war, und man dachte, vielleicht könnte man ihr im Schlaf entgehen. Aber die Kälte folgte einem sogar in die Träume. Es war auch kein richtiger Schlaf, nur ein Dahindösen, das nicht erfrischte und nicht einmal die Illusion von Wärme erzeugte. Und die Nächte ohne Sterne; und der einzige Ton in der Welt das Dröhnen der Maschinen vor und hinter einem...

Yates befand sich inmitten dieses Massenwettlaufs nach Norden. Er war mit Troy in Schwalbach zusammen gewesen, als die Kompanie C ihren Befehl erhielt. Er hatte den Captain mit in seinen Jeep genommen, da Troy seinen Befehlswagen mit den gepolsterten Sitzen einigen seiner Leichtverwundeten überlassen hatte, die sich geweigert hatten, ins Lazarett zu gehen, und darauf bestanden, der Kompanie zu folgen.

Yates war froh, daß er Gesellschaft hatte, und die von Troy war besonders tröstlich. Auch wenn es eng war in dem Jeep zwischen dem Fahrer, dem Captain und dem Gepäck, die Fahrt nach Norden wäre ihm erheblich schwerer gefallen, hätte er sie allein durchstehen müssen.

Trotz aller grausamen, dummen, sinnlosen und entwürdigenden Dinge, die er im Verlaufe dieses Krieges erlebt hatte, eines war sicher gewesen, zumindest seit Paris: der militärische Sieg. Und obwohl er den Sieg als so selbstverständlich betrachtet hatte, daß er kaum noch darüber nachdachte, war diese ruhige Gewißheit für seinen seelischen Zustand sehr wichtig gewesen. Er war überzeugt, die Erkenntnis, auf der Verliererseite zu stehen und dort kämpfen zu müssen, hätte ihn bald total zermürbt. Er dachte daran, wie oft er Flugblätter und Aufrufe über Radio oder Lautsprecher an die Deutschen angeregt und gutgeheißen hatte: *Gebt auf, macht Schluß, ihr verliert den Krieg so und so!* Und nun hatte sich das Blatt gewendet, oder es wurde gerade gewendet. Entweder man lernte, sich anzupassen, oder man ging daran kaputt. Er und sie alle mußten jetzt Wintersoldaten werden – buchstäblich und im übertragenen Sinne des Wortes. Nicht daß es leicht gewesen wäre, ein Sommersoldat in diesem Krieg zu sein – aber das hier war doch viel, viel schlimmer.

»Ich wünschte, wir wüßten ein bißchen mehr über die wirkliche Lage«, sagte er unruhig.

Troy, in seinen Feldmantel gehüllt, knurrte: »Welche Lage?«

»Reden wir nicht davon!«

Die Stimme des Captains hinter dem hochgeschlagenen Mantelkragen wurde lauter: »Und selbst wenn ich es wüßte, was hätten wir davon? Es würde doch nichts ändern. Warten wir ab. Ich bin ein großer Spezialist auf dem Gebiet des Abwartens geworden.«

Aber die Gerüchte eilten schneller als die Kolonnen; die Funker schalteten sich zwischen ihren eigenen Meldungen in die Nachrichtensendungen beider Seiten ein. Als man sich Luxemburg näherte, wußten die Leute im großen und ganzen über die Situation Bescheid. Und da die Gerüchte die dunkle Seite der Geschehnisse stärker hervortreten ließen, war in allem, was da geflüstert, gemurmelt oder gejammert wurde, ein Anflug von Panik.

Cerelli erwähnte den Tigerpanzer und sagte, es gäbe nichts, was sich dem entgegenstellen ließe. Dann schweifte er in seiner Erinnerung zurück: »Wißt ihr noch, wie wir durch Frankreich gefahren sind?« Im Rückblick erschien der Vormarsch damals wie eine Vergnügungsreise.

Der Flaum auf Sheals Wangen und Oberlippe war von seinem gefrorenem Atem bereift. Er hielt sich die behandschuhten Hände vors Gesicht und versuchte seine Nase warmzuhalten. Seine Stimme klang hohl. »Ich habe nichts für Reisen übrig. Ich bin genug herumgekommen. Wenn dieser Krieg vorüber ist, suche ich mir irgendwo ein Fleckchen und rühre mich nicht mehr von der Stelle, verdammt noch eins – nicht mehr von der Stelle!«

Traubs Augen tränten unaufhörlich. Es war scheußlich. Er wikkelte sich den Schal dichter um den Kopf, zog seine Wollmütze herunter und stülpte seinen Helm auf das Ganze.

»Wir sehen schon großartig aus!«

»Wo fahren wir eigentlich hin?« verlangte Sheal zu wissen.

»Warum haltet ihr nicht die Schnauze!« sagte Lester.

Cerelli begann eine Schlägerei, weil Sheal, als er sich umdrehte, ihn mit seinem Pionierspaten gestoßen hatte. Lester schwankte hinüber und trennte die beiden; Clay nahm Cerellis Seite, und Traub schrie, es sei nicht Sheals Schuld, und bald war ein allgemeiner Streit im Gange, der jedoch wieder erstarb, weil man seine Faust nicht frei hatte, in einem Raupenfahrzeug, das auf und nieder schaukelte und stieß und bockte und mit Männern und mit Zeug voll beladen war. Da saßen sie nun, klamm vor Kälte und erschöpft, starrten einander wütend an und verwünschten den Tag, der sie zusammengeworfen hatte, und diesen Tag heute und alle Tage, die ihm noch folgen sollten.

Die Stadt Luxemburg hatte an diesem Morgen unter Feuer gelegen. An sich war es nicht so schlimm gewesen: ein paar Geschosse von Fernkampfbatterien – aber es war das erste Mal, daß die Stadt unter Beschuß kam, und es traf sie wie ein jäher Schlag. Dazu war das Feuer aus einem dunklen Himmel voll niedrig hängender Wolken gekommen, so daß man in der Stadt sofort wieder von deutschen Geheimwaffen sprach und das Gerücht verbreitete, deutsche Fallschirmjäger seien über Luxemburg abgesprungen.

Yates bemerkte die Veränderung bei den Leuten – den gleichen Leuten, die noch vor zwei Monaten die deutschen Soldaten verspottet hatten, die auf hastig reparierten Fahrrädern und auf Wagen mit geborgten Pferden aus der Stadt geflohen waren; sie hatten die Amerikaner mit Begeisterung empfangen, soweit ihr langsames, schwerfälliges Wesen dies zuließ. Nun standen sie verdrossen am Straßenrand und an den Ecken umher – die deutsche Niederlage, die so endgültig ausgesehen hatte, erschien auf einmal gar nicht so endgültig, und die ersten amerikanischen Truppen, die von Süden heraufkamen, um in die Bresche geworfen zu werden, waren müde, verdreckt und durchfroren und sahen gar nicht wie die Sieger aus, die sie vor zwei Monaten gewesen waren, sondern eher wie ein verzweifeltes, letztes Aufgebot.

Für einen Menschen wie Yates, der auf Stimmungen anderer so fein reagierte, bedurfte es besonderer Mühe, bewußt in dieser bedrückenden Atmosphäre ein gleichgültiges Gesicht zu zeigen. Er hätte gerne DeWitt gesprochen, denn er hätte ihm ein klares nüchternes und wahrheitsgemäßes Bild von dem, was wirklich geschehen war und was möglicherweise noch kommen würde, geben können. Auch wollte er an einen Platz gestellt werden, eine Aufgabe übernehmen, die noch Sinn hatte in einem Augenblick, in dem unter dem Druck der Katastrophe und in Vorbereitung irgendeines Gegenstoßes die Reihen dichter geschlossen werden mußten.

Die Wachen am Eingang des Funkhauses waren verdoppelt worden, und seine Papiere wurden überprüft. Das ermutigte ihn etwas. Als er aber das Zimmer des Colonels leer vorfand und erfuhr, daß DeWitt am Tag vor dem Durchbruch nach Paris gefahren war und von ihm noch keine Nachricht vorlag, fühlte er sich enttäuscht, ja sogar verärgert. Da DeWitt abwesend war, blieb ihm die Beruhigung versagt, die er so sehr hätte brauchen können; und außerdem war nun Willoughby Chef des Ganzen. Willoughby wußte, wie man Menschen benutzte, und hatte einen glänzenden Kopf für Propagandamethoden, für hinterhältige besonders, und für die feine Kunst der Politik. Als wie stark aber würde er sich unter dem realen und sehr bedrohlichen Druck des Feindes erweisen? Und in dieser Krise hingen nicht nur das Schicksal der Abteilung, ihr Einsatz, ihre Wirkungsmöglichkeiten von Willoughby ab, sondern auch sein, Yates', höchstpersönliches Leben...

Yates traf den Major in angeregter Unterhaltung mit Crerar an; Willoughby sah gutgelaunt und ruhig aus; nur die Säckchen unter seinen Augen schienen stärker geschwollen zu sein und die Schatten in den Falten seiner Hängebacken um eine Spur grauer.

»Wieder bei uns!« rief er. »Willkommen! Ich nehme an, Sie wissen Bescheid...«

»Ich weiß«, sagte Yates. »Ich bin mit einer Einheit hergefahren, die hier irgendwo in der Nähe an die Front geworfen wird. Nur den genauen Stand der Dinge kenne ich zur Zeit nicht.«

»Es steht sehr faul«, sagte Crerar.

»Sie hätten uns fast verpaßt, Yates«, sagte Willoughby und lachte. »Die Deutschen lagen bereits auf der Hauptstraße, die zur Stadt Luxemburg führt, und sie hätten es in anderthalb Stunden schaffen können... Aber die Vierte Division hat sie zum Halten gebracht. Die Division war eigentlich in Ruhestellung, sie war gerade aus dem Hürtgenwald herausgezogen worden... Der Haufen war schauderhaft zusammengeschmolzen, aber sie ließen die Krauts trotzdem nicht durch – Volk wie die Köche und die Schreibstubenhengste, die Militärpolizei und Ähnliches hielten den deutschen Angriff auf.«

»Und was unternehmen wir jetzt?«

Willoughby sagte herausfordernd: «Nichts. Abwarten.«

»Gut«, gab Yates zurück, »von mir aus.« Er begann dem Mann eine gewisse Achtung zu zollen; das war wieder jener Willoughby, der ihm in Rollingen vorausgesagt hatte: ›Nein – der Krieg ist noch lange nicht vorüber, und er kann noch ziemlich hart werden...‹ Vielleicht war es gar nicht so schlecht, Willoughby in der Nähe zu haben. Auch seine Haltung, so anders als Troys absolut stoische auf der eisigen Fahrt nach Luxemburg und doch irgendwie in der gleichen Linie, gab Anlaß zu Optimismus.

Willoughby fuhr fort: »Wir befinden uns am äußersten linken Flügel des gegnerischen Vorstoßes. Ich glaube nicht, daß die Deutschen den ernsthaften Versuch machen werden, die Stadt Luxemburg zu nehmen. Außer dem Sender gibt es hier nichts zu ernten, es sei denn das Prestige, das in der Rückeroberung wenigstens einer der vielen Hauptstädte, die sie verloren haben, läge. Aber sie werden die Stadt natürlich einsacken, sollte sie ihnen durch den Vormarsch weiter nördlich zufallen.«

»Und was geht dort oben vor?«

»Dort hat sich ein Frontvorsprung gebildet«, sagte Crerar, »eine Art Bauch oder Sack...«

Willoughby sagte erklärend. »Es gibt keine Front mehr. Die 101. Fallschirmjägerdivision steckt immer noch in Bastogne.«

»Und hält dort die Stellung?«

Willoughby zuckte die Achseln. Dann sagte er: »Ich möchte Ihnen übrigens sagen, daß Sie mit dieser Frau aus Ensdorf eine sehr gute Sache gemacht haben...«

»Ein wenig passé, nicht wahr?« witzelte Crerar. »Wen kümmert es heute noch, ob irgendwelche deutsche Zivilisten in ihren Häusern bleiben können oder nicht? Wir haben irgendwo über den Wolken geschwebt. Von nun ab bin ich dafür, daß jeder einzelne von uns sich wenigstens zeitweise an der Front aufhält – wissen Sie, um den Kontakt mit dem wirklichen Krieg nicht zu verlieren...«

Yates widersprach: »Ich habe niemals in irgendwelchen Büros herumgesessen!«

»Sie meinte ich auch nicht!« besänftigte ihn Crerar.

»Unser guter Crerar«, Willoughby lachte in sich hinein, »ist unter die Reformer gegangen. Was machen wir uns hier eigentlich vor?...«

Es war leere Konversation; Yates empfand diese Leere in bedrükkender Weise. Sie waren bereits in Kontakt mit dem Krieg; der war zu ihnen gekommen.

»Gut, Yates«, sagte Willoughby mit plötzlich veränderter

Stimme, »packen Sie Ihr Zeug zusammen, und halten Sie sich marschbereit. Ich habe diesen Befehl an alle gegeben. Ich weiß nicht, wie lange wir hier noch bleiben. Soviel ich weiß, rückt Farrish von Süden heran; er wird diesen Frontabschnitt übernehmen, und wir werden ihm der Form halber unterstehen. Er hat also zu entscheiden. Aber natürlich ist es unsere Aufgabe, uns um uns selber zu kümmern.«

»Und wann kommt Colonel DeWitt zurück?«

Aus einem Grund, den Yates sich nicht zu erklären vermochte, versetzte diese Frage den Major in Erregung. Willoughby stieß seinen Stuhl zurück, und Yates sah, daß er seine Dienstpistole am Gurt trug.

»Weiß ich doch nicht! Ich weiß nicht einmal, ob er überhaupt zurückkommen kann – im Augenblick stehen uns nur zwei Straßen offen, und sie sind mit Truppen verstopft – und wie lange die noch offen bleiben, kann niemand sagen. Ich lasse es jedenfalls nicht zu, daß unsere Abteilung abgeschnitten wird. Wir sind nicht ersetzbar!«

Er trat um den Tisch herum und klopfte Crerar auf die schmale Brust. »Nicht ersetzbar, richtig?« Und fügte hinzu: »Jedenfalls ein paar von uns, stimmt's?«

Etwas Verkrampftes lag in Willoughbys wiederholten Fragen.

»Haben Sie jetzt einen Auftrag für mich, Major?« fragte Yates.

»Packen Sie, wie ich Ihnen schon sagte!«

»Und dann?«

»Warten Sie ab!«

»Ich möchte aber nicht abwarten. Ich möchte etwas unternehmen.«

In Willoughbys dunklen verschleierten Augen lag keinerlei Ausdruck. »Gut! Ich hatte schon an etwas für Sie gedacht...«, sagte er langsam. »Gehen Sie nach vorn, bis vor zur Kompanie; wenn Sie wollen, noch weiter. Ich will wissen, was die Krauts jetzt denken. Wir müssen alles, was wir bisher gesagt haben, überprüfen und den neuen Verhältnissen Rechnung tragen. Nehmen Sie einen tüchtigen Mann mit, der Ihre Berichte an sich nimmt und als Ihr Verbindungsmann arbeitet. Wollen Sie das machen?«

Ganz offensichtlich hatte Willoughby seinen Vorschlag eben erst entwickelt. Aber etwas in dieser Linie war es, was Yates brauchte. Was er bisher vom Geist dieser Etappe im Schatten der Niederlage zu spüren bekommen hatte, genügte ihm. Wenn man schon weglaufen mußte, so war es besser, man lief an der Seite von Leuten, die sich wenigstens gelegentlich umwandten und zurückschossen, und wenn man schon fallen sollte, dann lieber in der Gesellschaft von Menschen, die einem sympathisch waren.

Es war interessant, daß der Gedanke an den Tod ihm jetzt erst kam, hier in dem überheizten Büro, wo er Mantel und Feldbluse ausziehen, die Beine ausstrecken und die Füße wärmen konnte. Im Jeep neben Troy hatte er irgendwie nicht daran gedacht.

Er würde nach vorn gehen, Troy zu finden suchen.

Bing konnte er nicht mitnehmen; Willoughby meinte, Bing sei jetzt nicht zu entbehren. Er würde also Abramovici anfordern. Es lag eine fast perverse Befriedigung darin, daß Schicksal gerade Arm in Arm mit Abramovici in die Schranken zu fordern – der kleine Mann war das perfekte Maskottchen.

Abramovici gefiel die Sache ganz und gar nicht. Er erklärte Yates, er sei nicht der richtige Mann für ein Leben in der kalten Luft.

Yates, der sich an seine eigenen Empfindungen betreffs der Wintersoldaten erinnerte, erwähnte das bezügliche Zitat von Thomas Paine; worauf Abramovici etwas zur Antwort gab, das gleichfalls wie ein klassisches Zitat klang, aber ein Spruch seines Vaters, der einst in der rumänischen Armee gedient hatte, über die Unsinnigkeit des Krieges im allgemeinen und eines Winterkrieges im besonderen war.

Nachdem Abramovici eine Reihe weit mehr geeigneter Kandidaten für das Unternehmen vorgeschlagen hatte und Yates jeden einzelnen geduldig abgelehnt hatte, gab er es auf.

Er meldete sich zur Stelle, mit einer Ausrüstung, an der zu erkennen war, daß er sorgfältig alles aufbewahrt hatte, was er jemals bei der Armee gefaßt hatte; dazu kam noch eine Anzahl selbst erworbener Gegenstände. Ein Paar grün-weiß gestreifte Skisocken aus Merinoschafwolle quollen neckisch aus seinen Stiefeln heraus. Sein Gesicht war mit einer Art wollener Maske bedeckt, die nur Nase und

Augen frei ließ und ihm ständig über die Brauen rutschte. Der ganze Mann war in ein Gewand gehüllt, das wie ein riesiger weißer Kissenbezug aussah und das er beim Einsteigen in den Jeep kokett anhob. Es sei jedoch kein Kissenbezug, erklärte er Yates, nachdem er sich's auf seinem Sitz bequem gemacht hatte; vielmehr habe er eigens zwei Bettlaken auf diese Art zusammengenäht.

»Im Winterkrieg«, sagte er, »wird ein Tarnmantel getragen. Es ist ganz natürlich, daß, vor allem auf Entfernungen, weiß von weiß sich nicht unterscheiden läßt. So kann ich als ein großer Stein oder als eine kleine von Schnee bedeckte Bodenerhebung angesehen werden.«

»Und was geschieht, wenn die Deutschen Sie gar nicht bemerken?« fragte Yates. »Nehmen wir an, die Deutschen greifen an, stoßen an Ihnen vorbei – und Sie bleiben zurück, eine kleine von Schnee bedeckte Bodenerhebung?«

»Aber Sie werden doch nicht von mir weglaufen?« Abramovici war beunruhigt.

Yates ließ diese Frage offen.

Die Kolonnen, die sich von der Stadt Luxemburg aus nach Norden bewegten, wurden spärlicher. Es war nun schon möglich, sie einzeln zu überholen und rascher voranzukommen. Yates wollte Troy und seine Leute wieder einholen. Er hatte alles in allem drei Stunden in der Stadt verbracht, hatte mit Willoughby gesprochen, Abramovici mobilisiert, hastig ein Essen zu sich genommen, das immerhin den Vorzug hatte, warm zu sein, und sich umgezogen. Nun spürte er, wie erschöpft er war, aber er durfte dem nicht nachgeben; er mußte wach bleiben, alles beobachten.

Irgendwo im Osten von ihnen floß die Sauer. In der vorhergehenden Nacht hatte eine Volksgrenadierdivision auf der äußersten linken Flanke der deutschen Angriffsfront den Fluß überschritten und war dann auf dem westlichen Ufer aufgehalten worden. Aber niemand wußte genau, wie der Zusammenstoß geendet hatte. Inzwischen tasteten sich Panzergrenadiere von Farrishs Division in nördlicher Richtung weiter vor und versuchten, die Stärke der feindlichen linken Flanke festzustellen.

Je weiter nach Norden Yates und Abramovici fuhren, desto häufiger sahen sie Spuren von dem, was sich hier ereignet hatte. Es war genau das Gegenteil ihrer französischen Erfahrungen – an Stelle der deutschen säumten amerikanische Fahrzeuge, liegengeblieben und zusammengeschossen, die Straße; amerikanische Geschütze, ihre Mündungen zerfetzt, die Rohre zerrissen, die Räder zerbeult, standen verlassen in ihrer Stellung. Der frisch gefallene Schnee und der dichte Nebel nahmen dem Bild der Zerstörung ein wenig von seiner Schärfe; um so melancholischer erschien das Ganze.

Und dann erblickte Abramovici den ersten Toten – in einem Graben, als habe er sich zum Schlafen ausgestreckt. Abramovicis erster Gedanke war: Nein, wie ungesund! Der holt sich noch den Tod! – und es dauerte ein paar Sekunden, bis er sich klar darüber war, daß der Mann bereits tot war und daß der Schnee auf ihm liegenblieb und daß der schwarze Fleck auf seiner Uniform kein Schatten war, sondern die fürchterliche Realität der Wunde, die ihm ein Granatsplitter in den Leib gerissen hatte.

Vor ihnen hatte die Straße einen Treffer bekommen, und die Fahrzeuge arbeiteten sich um das Loch herum – die Truppen in der einen Richtung und die Sanitätswagen in der anderen.

Abramovici beugte sich vor. »Lieutenant!« sagte er mit einer Stimme, die rauh und doch zugleich beinahe zart war.

Yates wandte sich ihm zu.

»Ich würde Ihnen abraten, jetzt gerade nach rechts zu sehen.«

»Warum nicht? Was ist los?«

»Tun Sie es bitte nicht.«

»Also gut.« Die Betulichkeit reizte Yates, und er warf nun erst recht einen Blick auf das, was dort im Graben lag, und erkannte, daß Abramovici ihm diesen Anblick hatte ersparen wollen, und drehte sich noch einmal um und klopfte der weißverhüllten, unförmigen Gestalt auf dem Rücksitz aufs Knie.

Es hatte etwas in Abramovicis Verhalten gelegen, was ihn an Ruth erinnerte. Sie wußte, daß er in Luxemburg war. Er hatte es ihr in seinen Briefen leicht gemacht zu erraten, an welchem Frontabschnitt er sich befand. Nun würde sie in ihren Zeitungen zu Hause von dem Durchbruch lesen; die Art der Schlagzeile in der amerikanischen Presse, der Hang zur Katastrophenmacherei würden Ruths ganz natürliche Befürchtungen noch verschlimmern. Er dachte an sie, sah sie dabei aber nicht als gereifte, unabhängige Frau, die auch das zu ertragen wissen würde – sondern eher als jemand Kindhaftes, der empfinden würde: Hier bin ich, und dort drüben in all dem Schrecklichen befindet sich mein Mann; mit all seinen Unzulänglichkeiten, seinem Schwanken, seiner Abneigung, sich festzulegen, immer noch mein Mann. Und er liebte sie auf einmal sehr, mehr als er selbst Thérèse geliebt hatte. Wenn man einmal diesen erbärmlichen, fürchterlichen Zustand erreichte, in dem man nicht mehr wußte, ob man am nächsten Tag oder in einer Stunde noch am Leben sein würde oder was einem sonst noch zustoßen mochte – und wenn es einen traf, wohin ging es dann? und was blieb denn von einem, wenn man erst so war wie der Tote im Graben? – ja, dann wurde einem klar, worauf es wirklich ankam im Leben und daß er Ruth brauchte, weil er in ihr Kraft fand wie sie ihn ihm; und zwei sind wie Eines; und es gibt keine Freundschaft, keine Kameradschaft, kein menschliches Verhältnis, das dies je ersetzen könnte – dieses Gefühl der Zusammengehörigkeit.

Fast ein Jahr war vergangen, seit er Ruth gesehen hatte, und dennoch war sie in ihm jetzt stärker vorhanden, als sie es damals gewesen war. Es mußte wohl so sein, daß er aus seiner großen Not heraus nach ihr gerufen hatte, und es mochte verrückt klingen, war aber doch wahr, daß sie ihm eine Antwort gegeben hatte – und durch Abramovici, ausgerechnet durch Abramovici, den unsentimentalsten, den am meisten auf sich selber bezogenen Menschen unter all den unsentimentalen, auf sich selber bezogenen Männern, die ihn umgaben. Es war wie ein Wunder. Es war etwas, was er niemandem erzählen konnte, außer vielleicht ihr selbst, wenn er nach Hause kam – vorausgesetzt, daß er je nach Hause kam...

Vor ihm hielten die Lastwagen an. Die Männer sprangen herunter und verschwanden im Wald rechts und links der Straße. Der Wald sah aus, als sei er durchgekämmt worden von einem riesigen Kamm in der Hand eines riesigen, brutalen Barbiers. Zersplitterte Baumstämme, Baumkronen in seltsamen Winkelstellungen, Gebüsch, ausgerissen und wieder untergepflügt, nackte Wurzeln wie knorrige, drohende Finger – dazwischen vom Wind getriebene Nebelfetzen, die hier verhüllten, dort wieder entblößten und so dem gepeinigten Wald ein neues, umheimlich bewegtes Leben verliehen. Nur die Stimmen waren real: Männer, die Befehle riefen, fluchten, Fragen stellten. Sie sammelten sich hier. Geschütze wurden vorgezogen und in Stellung gebracht. Irgendwo knatterte ein übereifriges Maschinengewehr und tastete das Gelände ab.

Yates fuhr weiter, vorbei an den Lastwagen. Er sah, daß er sich dem Ende des Waldes näherte, von da an, auf etwa anderthalb Kilometer wand sich die Straße durch unbewaldete, mit Schnee spärlich bedeckte Höhen, deren Gipfel in gelblichem Nebel verschwanden.

Die Totenstille, die eigentlich zu dieser Landschaft gehörte, wurde durch die Aufschläge der Geschosse zerrissen, ein trockener harter Knall jedesmal, der erschreckender wirkte als sonst, weil das Land heute etwas so Gespenstisches an sich hatte.

Die Bäume zu beiden Seiten der Straße waren nun wie die Säulen eines Tores; und Yates, im Zweifel, ob er noch weiterfahren sollte, ließ den Wagen halten. Von rechts kam ein Soldat herüber.

»Wohin fahren Sie, Lieutenant?«

Yates wies nach vorn.

»Na«, sagte der Mann, »lassen Sie das lieber mal bleiben.«

»Warum?«

»Dort sind die Deutschen.«

»Ach so.«

Der Soldat wandte sich um und ging. Ob Yates seinem Rat folgte oder nicht, schien ihn wenig zu interessieren.

»Wo liegt die Kompanie C?« rief Yates ihm nach.

»Genau hier!« rief der Soldat zurück.

»Wo ist euer Gefechtsstand?«

»Dort durch – durch das Gebüsch und dann geradeaus!«

Abramovici murmelte, er wäre doch sehr müde. »Vor dem Kampfeinsatz«, sagte er, »hat der Soldat Anspruch auf Ruhe.«

Siebentes Kapitel

Die Nacht brach früh herein, eine grau-schwarze, feuchtkalte Nacht.

Sergeant Lester ging vor, gebückt, die Maschinenpistole vor dem Bauch. Sheal, der hinter ihm ging, sah ihn kaum noch. Weiter hinter ihnen, zur Rechten und zur Linken, die auseinandergezogene Schützenkette der Truppe, stumm; nur das Schlurfen der Füße durch frischen Schnee und lehmigen Schlamm; gelegentlich das Bersten von dünnem Eis unter den tastenden Schritten der Männer. Sie konnten einander hören, sahen aber nichts als die undeutlichen Umrisse des Nebenmannes.

Sie waren nun aus dem Wald heraus, vor ihnen in das kahle hügelige Land. Was sich dort barg, wußte keiner, aber Troy hatte gesagt, sie müßten vorgehen, die Nacht und der Nebel schützten sie ebenso, wie sie die Deutschen schützten; natürlich könne man unvermutet auf den Feind stoßen, dann hätte man aber den Vorteil der Überraschung auf seiner Seite.

Fulbright befand sich irgendwo in der Mitte des vorrückenden Keils. Er versuchte sowohl mit seinen Flanken in Verbindung zu bleiben wie mit Lester, der die Spitze bildete. Hin und wieder kam ein Mann aus dem Zug, preschte zurück, suchte nach ihm, um ihm zu melden, daß man bisher auf nichts gestoßen sei.

Irgendwo hinter ihnen war der Rest der Kompanie, ging vom Wald her vor und folgte Lieutenant Fulbrights Keil. Die Verbindung sollte durch Melder und, wenn das nicht klappte, wie es in der Dunkelheit leicht geschehen konnte, durch Tornisterfunkgerät aufrechterhalten werden. Falls Fulbright auf starken Widerstand stieß, sollte er auf den Hauptteil der Kompanie zurückgehen. Im übrigen waren die Entscheidungen ihm überlassen.

Die Männer rückten langsam über das wellige Gelände vor, tauchten bald oben auf, bald verschwanden sie in der nächsten Senke – wie die kleinen Fähnchen eines Fischernetzes in der Dünung.

Lester war ganz allein. Er horchte auf seine Schritte, als wären es gar nicht seine eigenen, sondern die von jemand anders. Wie lange konnte er das aushalten, ohne verrückt zu werden? Wattlinger war ein guter Kerl gewesen, aber es hatte ihn erwischt und zu Fetzen zerrissen; die neben ihm behaupteten, sie hätten seinen Arm durch die Luft fliegen sehen, immer höher hinauf, einen Arm allein – auf dem Weg zu seinem Gott. Er fragte sich, ob sie wohl dort oben den Arm akzeptieren würden anstelle des ganzen Mannes. Die Seele konnte ja kaum im Arm gesteckt haben; die saß im Herzen oder anderswo im Innern des Leibes oder im Kopf, aber im Arm sicher nicht. Oder vielleicht erfüllte die unsterbliche Seele doch den gesamten Körper, und es war ganz gleich, ob nur der Nagel des kleinen Fingers übrigblieb, denn ein Stückchen Seele war auch darin; eigentlich müßte es so sein, denn die Seele war doch nicht wie ein Vogel, der an einer bestimmten Stelle in einem nistete.

»Sheal!« flüsterte er.

Sheal schlich vor.

»Wo, glaubst du, sitzt deine Seele?«

»Wie?«

»Hast doch gehört, was ich gesagt hab!«

»Du spinnst wohl!« sagte Sheal und blieb wieder zurück.

Sheal rief Traub an, der hinter ihm ging.

»He, Traub!«

»He, was?«

»Lester will wissen, wo sich seine Seele befindet.«

Die Seele des Menschen, dachte Traub – seine war irgendwo in einem Hinterhof der Rivington Street auf der unteren Ostseite von Manhatten, ein kleines Mädchen mit schmutzigem Gesicht, das zwischen Gerümpel spielte – große Augen, die richtig durch einen hindurchsahen. Aber Lester war nie in seinem Leben in der Rivington Street gewesen, seine Art von Seele war das also nicht.

»Cerelli!«

»Was ist?«

»Geh vor zu Lester, er will dich etwas fragen.«

Cerelli tappte nach vorn.

»He, Lester! Was ist los?«

»Nichts. Ist da hinten was nicht in Ordnung?«

»Nein, alles in Ordnung. Die sagten nur, du wolltest was.«
»Ich? Zum Teufel, nein! Warte mal! Siehst du dort drüben ein Licht?«
»Nein!«
»Hörst du was?«
»Nein.«
»Was ist der Unterschied zwischen Träumen und Wachen?«
»Woher soll ich solchen Quatsch wissen!«
»Wie lange gehen wir nun schon in dieser Richtung?«
Cerelli blickte auf seine Uhr, aber das Zifferblatt war nicht zu erkennen.
Lester fragte: »Hast du jemals versucht, deinen eigenen Gedanken immer weiter nachzugehen?«
»Wo hast denn du den Schnaps her? Laß mich mal ran! Möchte auch mal wieder einen in der Krone haben.«
»Mach, daß du zurückkommst!« befahl Lester. »Hau ab, oder ich mach dir Beine!«
Es läßt sich schwer sagen, wie so etwas anfängt. War es Lesters plötzlicher Hang zum Mystischen, der sie dazu brachte, oder war es dieses Tappen durch milchige, diesige Nacht – sogar Sheal, sogar Cerelli und selbst die ganz realdenkenden, ganz ausgekochten Jungens fühlten, wie die rauhe Schale weicher wurde; und ein jeder wurde auf seine Art nachdenklich.
Unter Lesters Füßen festigte sich plötzlich der Boden. Er war sofort ganz wach. Unter dem Schnee mußte eine Straße verlaufen; und wenn er nach rechts und nach links blickte, erstreckte sich etwas in die Dunkelheit, das wie ein gerader, weißer Streifen aussah, und die schattenhaften Gebilde an den Rändern mochten Bäume oder Telegraphenstangen sein. Es war auch eine Straße, und sie führte von Ost nach West; und irgendwo zu seiner Linken mußte sie in die nordsüdliche Hauptstraße nach Luxemburg einmünden, auf der sie in der vergangenen Nacht vormarschiert waren. Nun war ihm klar, wo er sich befand, und schickte einen Melder zu Fulbright, daß sie auf diese Straße gestoßen waren und daß die Straße anscheinend frei von feindlichen Truppen war.
Der Lieutenant erhielt die Meldung und gab dem Mann mit dem

Tornistergerät den Befehl, mit Troy in Verbindung zu treten und dem Captain zu melden, daß sie die Straße erreicht hätten und er sie überschreiten und weiter vorstoßen werde.

Inzwischen hatte Lester die Straße schon überquert, und seine Leute rückten ihm nach. Er arbeitete sich über eine niedrige Böschung hinweg und befand sich wieder in der hügeligen, froststarrenden Weite. Er verlangsamte seinen Schritt und nahm seine alte Geschwindigkeit erst wieder auf, als er einigermaßen sicher sein konnte, daß der ganze Zug die Straße hinter sich hatte.

Wenn man lange genug an der Front gewesen ist, entwickelt man ein gewisses Gefühl für jähe Veränderungen, die einem begegnen können. Es ist der Instinkt des Boxers, der sich duckt, bevor er noch den Gegner zuschlagen sieht.

Als das Dröhnen hörbar wurde, als die Panzer in Minutenschnelle, oder waren es Sekunden, vor ihnen auftauchten, erklärte ihnen niemand – und es war auch niemand da, der es ihnen hätte berichten können –, daß eine deutsche Panzerkolonne auf dieser Ost-West-Straße heranrückte, die sie gerade so vorsichtig überschritten hatten; daß die Panzer nicht nur auf der Straße selber vorgingen, sondern auch das Gelände neben der Straße wie mit einem Schleppnetz überzogen; daß die Panzer sich zwischen sie und die anderen Züge ihrer Kompanie gedrängt hatten; daß sie abgeschnitten waren, dreißig oder vierzig Mann mit Infanteriewaffen gegen wahrscheinlich ebenso viele gut bewaffnete, schwere Panzer. Aber sie wußen es.

Es war eine dieser schnellen Kolonnen, mit denen die Deutschen die Front durchstoßen und aufgerissen hatten und mit denen sie den großen Einbruch nach Westen vertieften. Fulbrights Zug war nicht mehr als ein Kiesel auf ihrem Weg; von der Stille der Nacht verleitet, hatte er es gewagt, zu schnell vorzustoßen. Fünf Minuten früher oder später wären seine Leute und die Panzer einander nie begegnet.

In Lieutenant Fulbrights Hirn hinter der niedrigen kräftigen Stirn jagten sich diese Gedanken. Einen kurzen Augenblick lang hoffte er, er und seine Handvoll Leute könnten der Aufmerksamkeit der deutschen Panzerbesatzungen entgehen, und die Panzer möchten in Nacht und Nebel an ihnen vorbeistoßen.

Aber die Deutschen hatten sie entdeckt. Sie schwenkten, schlossen sie von drei Seiten her ein und begannen sie unter Feuer zu nehmen – Maschinengewehre, die mit ihren tödlichen Peitschenschlägen wahllos das Gelände bestrichen, dazu sogar dann auch die 88-mm-Geschütze. Lächerlich. So als würfe man mit Ziegelsteinen nach einer Fliege auf dem Fensterbrett.

Fulbright brauchte keine Befehle zu geben. Er bemerkte dankbar, daß sein leichtes Maschinengewehr und die Leute mit den automatischen Panzerbüchsen den aussichtslosen Kampf aufnahmen. Er hatte keine Angst. Es war wie früher beim Rugby. Er hatte den Ball und versuchte, durch die gegnerische Elf, Kerle in grauen Sweatern, von denen jeder einzelne doppelt so groß war wie er, durchzustoßen. Sie spielten nicht fair. Sie stießen und traten ihn, wo er empfindlich und verletzbar war, sie spielten gegen alle Regeln, wo war der Schiedsrichter?... Da war er ja! Nur sah er jetzt wie Professor Cavanaugh aus, der einmal gesagt hatte: Ich würde Sie niemals das Examen bestehen lassen, Fulbright, wenn Sie nicht ein so prachtvoller Stürmer wären. Aber Professor Cavanaugh trug einen langen weißen Bart, und er war eigentlich gar nicht Professor Cavanaugh; er sah eher wie Charlie aus, der Neger, der im Haus ihrer Studentenverbindung die Heizung bediente; und er sang ein Lied, das begann: Go down, Moses! Und dann hörte er wieder beim Rugby die Zuschauer seiner Partei sie anfeuern: Rah, Rah, Rah!

Lieutenant Fulbright drehte sich noch einmal um im Schnee und hielt seinen Helm ganz fest im Arm wie den Ball beim Rugby und war tot.

Sergeant Lester sah vor sich ein Spiel von Farben wie auf der Marmorplatte der Theke von Pete Dreisers Drogerie, wenn das Neonlicht eingeschaltet war. Er lehnte sich gegen die Theke und spürte ihre harte Kante an seiner Schulter. Es war ein richtiger Schmerz. Der Schmerz wurde immer stärker und schärfer. Und dann war keine Theke mehr da und kein Licht, nur noch der Schmerz, in dem Lester sich wand.

Cerelli und Sheal und Traub feuerten noch weiter. Sie feuerten auf die deutschen Panzer, die wie in Bewegung geratene Wolkenkratzer waren, feuerten, weil es ihnen eingedrillt worden war zu feuern und weil sie wußten, daß alles vorbei sein würde, wenn sie erst einmal aufhörten.

Dann pflanzte Traub das Seitengewehr auf. Er hatte vor zu sterben. Es war ein wahnwitziger Einfall, und Cerelli und Sheal, die sahen, daß Traub aufstand, versuchten, ihn zurückzuhalten. Traub aber riß sich los und ging allein vor. Es sah aus, als zöge das aufgepflanzte Seitengewehr ihn hinter sich her. Er wählte sich einen Panzer aus und marschierte gegen ihn. Das Maschinengewehr des Panzers spie Geschosse, verfehlte ihn aber irgendwie doch. Traub stapfte vorwärts, bis sie einander gegenüberstanden, der kleine Traub aus der Rivington Street und der Panzer mit dem schwarzen Kreuz auf weißem Grund. Bajonett und Gewehr zersplitterten. Der Panzer rollte weiter.

Unteroffizier Clay sah deutsche Infanterie von allen Seiten auf sich, Cerelli, Sheal und die paar Überlebenden des Zuges zustoßen. Die Infanterie mußte auf Raupenfahrzeugen, die den Panzern folgten, herangekommen sein. Die Deutschen feuerten und kamen immer näher, feuerten und schlossen ihn ein. Unteroffizier Clay wollte leben. Eine Stimme in seinem Innern sagte: Nein! Nein! Nein! Dies ist nicht das Ende. Das kann das Ende nicht sein! Nicht hier! Nicht so! Und nicht jetzt!

Er blickte sich um nach einem, der höher stand als er und ihm Befehle erteilen könnte. Hätte ihm jetzt jemand Order gegeben: Feuer! Ran an den Feind! – so hätte er gefeuert und hätte attackiert, denn er war kein schlechter Soldat, nur eben ein Mann, der gewohnt war, geführt zu werden. Aber es war keiner da, der Befehle gab, keiner außer der Stimme in ihm selbst, die ihm zurief, daß jede Art von Leben besser sei als hier zu fallen, zwischen diesen Furchen und Steinen und Leichen und den vom Schlamm und Blut verfärbten Schneeresten, um nie wieder aufzustehen. Und es gibt einen Augenblick, in dem die Macht des Feindes so überwältigend wird, daß deine Beziehung zu ihm sich verkehrt – es ist wie beim Ertrinken; schließlich hörst du auf, dich zu wehren und ergibst dich den Wellen.

Unteroffizier Clay ließ seine Waffe fallen und hob die Hände. Und die Männer von Fulbrights Zug, die paar, die noch übriggeblieben waren, ließen ihre Waffen fallen und hoben die Hände, und ein deutscher Major trat heran und schlug Clay mit seinen Lederhandschuhen ins Gesicht, links und rechts, und Clay empfand es nicht einmal als ungerecht. Es war, als strafte ihn sein Vater für etwas Schlimmes, war er getan hatte, obwohl Clay, so große Mühe er sich gab, sich nicht vorstellen konnte, worin seine Verfehlung bestand.

Der Zorn, den Major Dehn an Clay ausließ, verrauchte ebenso schnell, wie er gekommen war. Vielleicht wollte Dehn sich selber treffen, indem er diesen ihm völlig fremden Menschen schlug, diesen amerikanischen Unteroffizier, der zitternd und mit grauem Gesicht vor ihm stand. Während dieser ganzen letzten Monate, auf der Flucht durch Frankreich, und in Paris, wo er Pettinger traf und wo ihm bewußt wurde, daß er physisch kaputt war, hatte es immer wieder Momente gegeben, wo er selber am liebsten die Hände gehoben und sich ergeben hätte, um schon Schluß zu machen und Frieden und Ruhe und Sicherheit zu finden in irgendeinem langweiligen Kriegsgefangenenlager.

Aber er hatte weitergemacht. Pettinger hatte ihn gezwungen, sich an einer der Sammelstellen zu melden, und eine preußische innere Disziplin hatte ihn auch weiter an der Kandare gehalten, er hatte sich wieder einer Truppe zuteilen lassen müssen, und wo immer sich auch eine Gelegenheit für einen ruhigen Posten hinter der Front bot, hatte eine höhere Gewalt ihm diesen verwehrt. Es war, als richte sich die große, unpersönliche Maschinerie des deutschen Heeres in dem Moment, wo sie es mit Major Dehn zu tun hatte, persönlich gegen ihn; und er hegte, ob grundlos oder nicht, den Verdacht, daß sein Freund Pettinger in heimtückischer Weise sein Schicksal lenkte. Sein Verdacht bestätigte sich, als Pettinger mit den Worten: »Ich will mit einer Gruppe vom Unternehmen ›Geier‹ an der Maas zusammentreffen«, sich genau in dem Augenblick Dehns Einheit anschloß, als diese zum Angriff antrat.

Was Dehn veranlaßte, die Amerikaner nur noch mehr zu hassen. Sie hatten es immer so leicht, immer gewannen sie mühelos – immer nur diese fürchterliche Überlegenheit in der Luft und die Massen ihrer Artillerie, die einen zu völliger Ohnmacht verurteilten; man durfte nur zusehen, wie einem die Nerven unter dem Trommelfeuer langsam versagten. Und verloren sie, dann brauchten sie nur die Hände zu heben, um eines königlichen Empfangs sicher zu sein und von da ab jenes ruhige Leben ohne Verantwortung zu führen, nach dem Dehn sich sehnte und das er dennoch nicht erreichen konnte.

Da nun der unmittelbare Kampf um ihn herum beendet war, konnte er das Feuer weiter südlich hören, wo die Abteilung, die seine linke Flanke abdeckte, mit den Amerikanern aneinandergeraten sein mußte. Dehn war die Situation nicht geheuer. Seine Aufgabe war es, so schnell wie nur möglich vorzustoßen und der nachfolgenden Infanterie die Säuberung zu überlassen. Die Gefangenen, die er gemacht hatte, behinderten sein Vorgehen; in seinen Panzern und auf seinen Raupenfahrzeugen hatte er für sie keinen Platz; aber er konnte sie auch nicht laufen lassen.

Pettinger kam angestampft und trat sich den Schnee von den Stiefeln.

»Wie viele?« Er wies auf die Amerikaner, die sich zu einem jämmerlichen Haufen zusammendrängten, als könnte die gegenseitige Nähe ihnen Schutz gewähren.

»Etwa fünfzehn«, sagte Dehn.

»Worauf warten Sie dann noch?«

Dehn stieß mit dem Knie gegen die Innenseite seines steifen, schwarzen, glänzenden Ledermantels; der Mantel war so steif und neu, daß er vom Koppel ab wie eine Krinoline von seinen mageren Beinen abstand. »Ich weiß nicht...«, sagte er und zog die Worte in die Länge.

Pettinger starrte ihn wütend an. Dehn – dieser Aristokrat, dieser Handlanger, dieser Parasit! Nun fiel der Bursche wieder in die ihm angeborene Dekadenz zurück. Daran war nun nichts weiter Erstaunliches, auch in Paris hatte er ja gekniffen und ihn obendrein noch um eine Million Franken gebracht.

»Sie wissen nicht?« äffte Pettinger ihn nach. »Sie haben doch das Kommando. Haben Sie wohl vergessen?«

»Ich habe, weiß Gott, nichts für diese Leute übrig«, sagte Dehn. »Aber – das kann man schließlich nicht tun...«

»Warum kann man nicht?«

»Weil sie Kriegsgefangene sind. Weil sie unbewaffnet sind, der Teufel hol sie!«

»Wenn Sie sich nicht so saudumm benommen hätten, wenn Sie von den Panzern aus einfach weitergeschossen hätten, statt die Panzergrenadiere absteigen zu lassen, hätten Sie jetzt keine Schwierigkeiten.«

Dehn antwortete nicht.

»Wo ist denn der feine moralische Unterschied?« höhnte Pettinger.

»Gut! Ich habe die Infanterie absitzen lassen. Und diese Männer sind eben Gefangene.« Wenn Dehn erst einmal mit dem Rücken zur Wand stand, wurde er eigensinnig.

»Wie lange wollen Sie noch warten? Sie können die Kerls doch nicht mitschleppen – oder?«

»Verflucht noch einmal!« schimpfte Dehn. »Geben Sie mir Zeit zum Denken!«

Pettinger verzog angewidert das Gesicht.

»Sie raten mir also ...« Dehn vollendete den Satz nicht.

»Ja. Genau das!«

»Dann geben Sie den Befehl!«

Pettinger lachte höhnisch. Die Amerikaner hörten ihn lachen.

»Sie sind ein Feigling«, sagte Pettinger. »Ich habe es immer gewußt, und ich sage Ihnen, eines Tages werden Sie auch wie ein Feigling enden.«

Er zündete sich eine Zigarette an. »Unteroffizier!« rief er.

Ein Feldwebel stürzte heran.

Das glühende Ende der Zigarette beschrieb einen leichten Bogen. »Lassen Sie die Leute erschießen.«

Der Feldwebel schlug die Hacken zusammen.

Cerelli sah, wie die Offiziere sich umdrehten und in der Dunkelheit verschwanden. Die Motoren der deutschen Panzer heulten auf.

Dann sah er eine Anzahl Gestalten aus der Dunkelheit auftauchen und sich aufstellen. Er stieß Clay an, und Clay sah es auch.

»Nein!« schrie Clay. »Nicht! Nein!« Dann kratzte er das wenige Deutsch zusammen, was er kannte. »Nix schießen! Nix schießen!«

Aber sie hörten ihn nicht. Oder sie wollten ihn nicht hören. Wie

Roboter befolgten sie ihren Befehl; vielleicht erschien es ihnen auch ganz logisch, eine Art Gerechtigkeit; oder vielleicht war es auch etwas Gutes wie Erntearbeit, wie die Mahd: man sah, wie der Weizen auf dem Feld sich neigte, fiel und dann still liegenblieb.

Sheal lag warm. Er lag in einer Wolke von Blutdunst, sein Gesicht war mit Schleim bedeckt; mit jedem Atemzug sog er ihn ein, und sein Mund war voll davon. Er versuchte seinen Arm zu heben, um den Schleim abzuwischen, aber er konnte es nicht. Etwas Schweres, Unbewegliches war ihm über Arme und Beine gefallen und hielt ihn fest. Er hustete und spuckte, und der Magen zog sich ihm zusammen. Er brach alles heraus, und damit spülte er auch das schleimige Zeug fort, das ihm den Mund bedeckt hatte. Er konnte die Augen öffnen. Das Dunkel um ihn herum schien noch dunkler zu sein als die Nacht, er konnte aber zwei mattschimmernde Punkte erkennen. Er hob den Kopf; die schimmernden Punkte wurden größer und sahen aus wie das Innere von Muscheln, nur waren sie andersherum gewölbt – sonst waren sie von gleicher Konsistenz und gleichem Glanz. Er berührte das Ding, was da so schimmerte, er berührte es mit seiner Nase, die noch immer von jener glitschigen, schleimigen Masse bedeckt war, die schnell erkaltete, berührte es mit seinen Lippen, auf denen noch der säuerliche Geschmack des Erbrochenen lag.

Und dann begann sein Gehirn zu arbeiten; es berechnete die Entfernung zwischen den beiden schimmernden Muschelschalen; es analysierte die Empfindung, die er bei der Berührung gehabt hatte: wie kalter Gummi oder Gelatine hatte das Ding sich angefühlt.

Sheal war mit Nase und Lippen gegen die toten Augen des Unteroffiziers Clay gestoßen.

Fulbrights letzte Meldung an Troy besagte, er werde jetzt die vor ihm liegende, in ost-westlicher Richtung verlaufende Straße überschreiten.

Danach war nichts mehr von Fulbright gekommen, dafür war das Dröhnen von Panzern gewesen, Gefechtslärm, und eine einsame grüne Rakete, die aufstieg und eine Weile in dem vergeblichen Versuch, den Nebel zu durchdringen, am Himmel hing, bevor sie in der dicken, milchigen Suppe erstickte.

Troy trieb seine Leute vorwärts. Sie stolperten hügelauf und hügelab, hügelab und hügelauf, ein Wettrennen ohne vorgezeichnete Bahn.

Troy brüllte mit seiner Stimme, die aus der Tiefe der Brust kam: »Beeilung! Verflucht noch mal! Vorwärts!« Es war Wahnsinn. Er peitschte sich selber an wie seine Leute. Er mußte durchkommen, und durchkommen noch zur rechten Zeit. Er war schuld an allem. Er hätte Fulbright anweisen sollen zu warten. Er selbst hätte rascher vorstoßen und mit dem Spitzenzug, der nun abgeschnitten war, direkte Fühlung halten sollen.

Er lauschte angestrengt. Sie feuerten noch immer, also wurde noch gekämpft, also hatte er noch immer eine Möglichkeit. Als er dann in Berührung mit den Panzern auf der deutschen linken Flanke kam, drückte ihn nicht so sehr die Sorge um sich selber und die zwei Züge, die ihm folgten, als das Bewußtsein, daß nun eine Mauer vor ihm stand, ein Block, der ihn hinderte, zu Fulbright durchzustoßen.

Er war vernünftig genug, durch Funk Panzerverstärkung anzufordern, wartete aber nicht auf ihr Eintreffen. Er begann anzugreifen, ohne Rücksicht auf Verluste, ohne Rücksicht darauf, daß die Deutschen natürlich einen Gegenstoß unternehmen würden und stark genug waren, ihn zu vernichten.

Abramovici fand den Gewaltmarsch über das kahle, kalte, neblige Bergland unangenehm und unnötig. Er war sich noch immer nicht im klaren darüber, warum er sich plötzlich mitten unter Troys Leuten befand, er war nur aufgestanden und Yates hinterhergelaufen, als er sah, daß sein Lieutenant sich der Kompanie anschloß. Der Wind blähte seinen hausgeschneiderten Tarnmantel, die Laken verfingen sich zwischen seinen Schenkeln, sein Gewehr wurde immer schwerer, und seine Füße bewegten sich immer schleppender. Er hielt sich dicht hinter Yates, und Yates hörte ihn von Zeit zu Zeit murmeln: »Eine Armee, die so motorisiert ist wie die amerikanische, sollte ihre Taktik ihren technischen Möglichkeiten anpassen...« Oder: »Nachtblindheit kann auf einen Mangel an Vitaminen zurückgeführt werden.« Abramovici schien nichts von den Gründen zu verstehen, die Troy, seine Leute und Yates zu diesem Rennen trieben; für ihn war es nur einer der üblichen idiotenhaften Einfälle des Militärs, ganz ähnlich dem plötzlichen Antreten und darauf dann dem ewigen Warten im Glied, eine Stunde oder noch länger, um sich die Ansprache irgendeines hohen Offiziers anzuhören.

So brauchte Abramovici eine Weile, bis er begriff, daß das Feuer des Feindes sich gegen ihn persönlich richtete. In dem Moment aber, da er das begriffen hatte, wurde sein Selbsterhaltungstrieb tätig, und er schmiß sich zu Boden, daß jeder Knochen in seinem Körper krachte. Sehr schnell überwand er seine ihm so natürliche Reaktion: Das können sie mir doch nicht antun! Sie taten es ihm an, und er mußte etwas unternehmen. Er paßte sich mit verbissener Entschlossenheit der neuen Lage an, willens, Schlag um Schlag zurückzugeben; und in diesem Augenblick auch hörte, verstand und befolgte er sogar die heiseren Befehle des Sergeanten. Er vermochte die Umrisse der deutschen Panzer zu erkennen, die sich gegen den Himmel erhoben. Der Himmel war um einiges heller geworden, es ging auf den Morgen zu, und er konnte die undeutlichen Gestalten winziger Männer erkennen, die sich dicht an die Panzer hielten – der Feind, der auf ihn schoß.

Abramovici zielte, feuerte, zielte, feuerte.

Dabei blieb er sehr kühl, sehr ruhig. Das war nicht persönliche Tapferkeit – er konnte dies sein Verhalten auch später nie erklären – eher war es eine Art Automatik bei ihm: in dieser und dieser Lage tut der Soldat das und das.

Was um ihn her vorging, sah er nur wie durch einen Schleier. Er beobachtete es, es war irgendwo am Rande seines Blickfeldes; ein Mann, der sich den Bauch hielt und schrie, dann wurde das Schreien leiser, wie das Wimmern eines Kätzchens, und dann hörte es ganz auf; ein deutscher Panzerwagen erhielt einen Teffer, und sogleich schlugen die Flammen aus ihm empor; ein kleines Marionettenpüppchen versuchte herauszukriechen, fing Feuer und winkte mit seinen brennenden Armen, strampelte mit den Beinen und fiel schließlich in sich zusammen wie ein ausgebranntes Stück Holz; ein Granatwerfer wurde links von ihm in Stellung gebracht; ein Mann schob die Geschosse systematich, pedantisch ins Rohr; whuiit,

whuiit; und dann auf einmal war da kein Granatwerfer und kein Mann mehr, nur noch ein Haufen Fleisch und verbogenes Rohr und der heiße Rauch einer Explosion.

Abramovici war gerade dabei, sein Gewehr wieder zu laden, da bemerkte er die plötzliche Stille. Er suchte nach den schattenhaften Figuren, die der Feind gewesen waren, und stellte fest, daß sie verschwunden waren; ganz weit zu seiner Linken bellte noch ein Maschinengewehr, doch auch dieses setzte jäh aus. Es war alles neu und unbegreiflich. Der Nebel wurde dichter und hüllte ihn ein; ganz nah zu seiner Rechten lag Yates, er war aber nicht deutlich zu erkennen; Yates erhob sich auf seine Knie und stützte sich dabei mit den Händen, schwerfällig wie ein alter Mann.

Und aus dieser Stille heraus kam Abramovici der Gedanke, daß das Gefecht vorbei und er am Leben war; er war im Gefecht gewesen – eine Schlacht, so konnte man es sogar nennen, einer Schlacht, wo Leute absichtlich auf kleine Knöpfe drücken oder am Abzug von Gewehren und Geschützen ziehen und Ziele ausmachen und auf diese zielen, und zwar um einen anderen zu töten, ihm die Gedärme aufzureißen, sein Gehirn in alle Winde zu sprengen, große, ausgefranste Löcher in seinen Körper zu schießen, den er ein ganzes Leben lang gepflegt, gefüttert und gewaschen hat. Löcher, aus denen das Blut hervorschießt, mehr Blut, als einer je abwaschen oder mit allem Verbandzeug der Welt je aufhalten kann!

Abramovici betrachtete seinen Tarnmantel. Die naßkalte Erde, auf der er gelegen hatte, hatte den Stoff braun und grau gefärbt. Er riß sich den Mantel vom Leibe. Er zerrte an den Nähten, die er selber geheftet hatte, hörte den Faden mit einem häßlichen Geräusch reißen und sah die Laken zu Boden sinken. Er hob die Beine und trat aus dem Ring schmutzigen Leinens zu seinen Füßen. Es war, als trete er aus einem magischen Kreis heraus. Dann hob er den linken Fuß – tat einen Schritt! Seinen rechten Fuß – wieder ein Schritt! Einen Schritt nach dem anderen – und plötzlich begann er zu laufen, die Knie knickten ihm ein, trotzdem lief er weiter, wie ein Betrunkener.

Er floh aus der Schlacht. Er war ein gewöhnliches, menschliches Wesen, das weder töten und noch selber getötet werden wollte, und so floh er. Er hatte vergessen, daß die Schlacht zu Ende war und daß er in ihr gekämpft hatte.

Yates sah ihn davonlaufen, rannte ihm nach, holte ihn ein und brachte ihn zurück. Abramovici widersetzte sich nicht. Er folgte wie ein Lamm.

Während des ganzen Kampfes war sich Yates nicht nur dessen, was um ihn her geschah, sondern auch seiner eigenen Reaktion völlig bewußt. Ein Hirn wie seines hörte entweder ganz auf zu funktionieren, oder funktionierte auf allen Ebenen, wobei dem Herzen die schwierige Aufgabe zufiel, von sich aus durchzuhalten, und das, obwohl Yates die Motivierung fehlte, die Troy hatte – nämlich den eigenen Fehler wiedergutzumachen –, und er sich ebensowenig auf die angelernte Kommiß-Automatik stützen konnte, die Abramovici zu eigen war.

Er erkannte genau, was um ihn her vor sich ging. Jedes Bild prägte sich ihm unauslöschlich ein, ließ ihn zusammenfahren und erschauern, und jedesmal mußte er sich zwingen, nicht etwa wegzulaufen oder sich zu verkriechen. Und da er völlig wach war, sein Verstand funktionstüchtig, sein Bewußtsein klar, sein Verantwortungsgefühl lebendig, so kam ihm seine Fähigkeit zum Durchhalten einzig und allein aus Intellekt, Moral, Pflichtgefühl, mit deren Hilfe er sich immer wieder überzeugte, daß er nicht weglaufen durfte. Wäre er ein primitiver Mensch gewesen, einer, den Drill oder Esprit de corps oder zumindest die Notwendigkeit, als Offizier ein Beispiel geben zu müssen, gestützt hätten, das Durchhalten wäre ihm leichter gefallen. So aber mußte sein Mut ein Mut der Überzeugung sein, eine vom Verstand her gelenkte Tapferkeit, die an der Nervensubstanz zehrte und den Menschen erschlafft und erschöpft, ihn aber doch ein wenig stolz auf sich selber zurückläßt.

Troy und ein Sergeant mit Namen Bulmer zogen als Spähtrupp aus. Yates erbot sich mitzugehen. Er dachte, auf Troys Rückkehr zu warten, würde schwieriger sein, als zusammen mit ihm vorzugehen, um zu erkunden, was aus Fulbright und dessen Leute geworden war.

Troys Zustand hatte sich verschlimmert. Alles, was er seit der

Normandie erlebt hatte, schien nun auf einmal aus ihm hervorbrechen zu wollen. Sein Gesicht war gedunsen und dennoch scharf gezeichnet, seine Augen saßen tief in ihren Höhlen, und er knirschte dauernd mit den Zähnen.

»Rauchen Sie doch!« sagte Yates.

Troy antwortete ihm nicht. Nachdem sie die Straße überquert hatten – still und harmlos lag sie da, nur die vereisten Spuren der Panzer sprachen von dem, was hier geschehen war –, sagte er:

»Glauben Sie, es ist das alles wert?«

Sergeant Bulmer sagte: »Dort drüben!«

Sie sahen einen dunklen Klumpen, der sich von einer niedrigen, schneebedeckten Bodenerhebung abhob, der Schnee dort war zertreten und zerstampft. Der dunkle Klumpen war Lester. Und Lester war irgendwie am Leben geblieben, allerdings an beiden Beinen und an der Schulter verwundet und ohne Besinnung.

Yates zog seinen Mantel aus. Sie betteten Lester auf den Mantel. Troy sagte: »Sie und Bulmer tragen ihn zurück. Kommen Sie so schnell wie möglich wieder und bringen Sie etwa zehn Mann mit. Ich gehe allein weiter.«

Yates starrte ihm nach, bis er hinter einem Hügel verschwand.

Als Yates mit der Rettungsmannschaft zurückkehrte, war Troy nicht mehr allein. Er schleppte Sheal mit. Sheals Arm lag auf der Schulter des Captains, sein Gesicht war mit Blut und Dreck beschmiert, und seine freie Hand zitterte.

»Geht dort hinüber!« sagte Troy und zeigte hinter sich. »Dort findet ihr sie.« Er zog den zusammensackenden Sheal wieder hoch. »Sie bleiben bei mir, Yates!«

»Jawohl, Sir!«

Und als Bulmer sich bereits mit den anderen Leuten entfernte, rief Troy ihnen nach: »He, einen Augenblick noch!«

Sie blieben stehen.

»Merkt euch, was ihr dort zu sehen bekommt! Daß es keiner von euch je vergißt!«

Sie antworteten nicht. Sie stiegen langsam die nächste Erhebung hoch. Yates sah, wie sie in einen seltsamen Trab fielen, sobald sie die Kuppe erreicht hatten.

»Sie lagen alle auf einem Haufen», sagte Troy.

Yates wartete.

»Sie lagen alle auf einem Haufen«, wiederholte Troy in einem Ton, der Yates an Thorpe in seiner Zelle erinnerte.

»Fünfzehn Mann«, sagte Troy und murmelte etwas vor sich hin. »Fünfzehn. Alles, was noch übrig war. Kannte jeden einzelnen. Warum haben die das getan?«

Er wartete nicht auf Antwort.

»Sie hatten keine Waffen. Sie hatten aufgegeben. Sie waren Gefangene. Sie lagen alle auf einem Haufen.«

Er legte den Arm um Sheal, es sah beinahe wie eine Zärtlichkeit aus.

»Ich knie nieder«, fuhr er fort. »ich wühle in dem Haufen. Ich durchsuche die Taschen, wo ich Taschen noch finden kann, reiße die Kennmarken ab, ich bin ihr Captain, der Captain eines Haufens von Toten...«

Er hielt inne und sagte mit plötzlich normaler Stimme: »Sie hatten keine Chance, verdammt noch einmal, einfach keine Chance.«

Und dann wieder in dem monotonen Singsang: »Dann wirft sich einer auf mich, kriegt mich in den Griff, würgt mich schon. Das war Sheal.«

Er lachte glucksend.

»Hast gedacht, ich bin ein Nazi, was mein Junge?... Er hatte mitten im Haufen gelegen. Aber so richtig hat er mich doch nicht zu fassen gekriegt, dazu waren seine Hände zu glitschig und abgestorben.«

Er zog Sheal den Handschuh herunter und zeigte Yates die Hand – eine steife, verfärbte, fast schwarze Hand.

»Ich rufe ihm zu: Ich bin Troy! Dein Captain! Aber er schlägt weiter um sich. Ich mußte ihn erst zu Boden bringen... Hast mich nicht erkannt, was? Ich versteh schon. Ich mache dir auch keinen Vorwurf, Sheal.«

Yates konnte kein Wort hervorbringen. Die Trauer dieses Mannes hatte etwas Erschreckendes an sich, das einen davon abhielt, allgemeine Reden über Verrat und Brutalität zu führen oder darüber, wie wir's ihnen heimzahlen würden.

»Ich bitte Sie, etwas für mich zu tun», sagte Troy.

»Selbstverständlich!«

»Sie sprechen doch diese Sprache?«

»Ja.«

»Es muß doch Zeugen geben«, sagte Troy. »Es war eine ganze Panzerkolonne, Hunderte von Leuten, die beobachtet haben müssen, was da vorfiel. Einer oder der andere von ihnen fällt uns bestimmt in die Hände. Achten Sie auf solche Kerle, Yates. Ich werde sie nicht erschießen lassen, nicht alle. Ich sage nicht: Auge um Auge, Zahn um Zahn. Ich bin ein Christ und bleibe es auch, obwohl es mir schwerfällt. Es ist schon schwer, aber ich bleibe einer.«

Sheal schien zur Besinnung zu kommen. Er schleppte seine Füße nicht mehr so und versuchte richtige Schritte zu machen. Troys Last wurde leichter.

Troy richtete sich auf. Einen Augenblick lang stand er aufrecht da, wie ein Baum neben Yates und dem Soldaten, den er stützte.

»Aber den Mann, der den Befehl zum Erschießen gab, den Mann will ich fassen!« rief er aus. »Und Sie werden ihn für mich finden.«

»Ja«, sagte Yates beinahe feierlich, »ich werde es versuchen.«

Achtes Kapitel

Farrish war direkt an die Front gekommen.

Seine Leute haßten ihn. Sie wußten, er trieb sie unbarmherzig. Wo er auftauchte, mußten sie Tag und Nacht vorgehen; keine Ruhe, kein Hinsetzen, kein Sichausstrecken. Die Wälder begannen zu brennen, die Hügel ihre Umrisse zu verändern, und die Männer an den Geschützen mußten feuern, bis sie zusammenbrachen, die Nerven überspannt wie die Saiten eines kreischenden, falsch gestimmten Instruments.

Farrish war wie ein unheilbringender Riesenvogel; wo er hinabstieß, war der Tod. Sie wünschten ihm bereits die Kugel, aber er war unverwundbar. Er war ohne jede Furcht. Die Männer erzählten sich, bei einem Angriff sei er zu Fuß vorangegangen, in der einen Hand die Reitpeitsche, die er wie einen eleganten Spazierstock schwang, und in der anderen eine Pistole, aus der er gelegentlich einen Schuß abgab. Ohne eine Schramme kam er aus diesem Treffen heraus, obwohl die Deutschen sie auf halbem Weg vor ihrem Ziel zum Stehen gebracht hatten.

Allmählich drang Farrish immer weiter nach Norden vor. Noch ließ sich nicht sagen, daß auf dem Schlachtfeld ein Umschwung eingetreten wäre. Die Deutschen stießen noch immer in Richtung Westen, warfen frische Truppen in den Kampf, um ihren Keil zu vertiefen und zu verbreitern. Der Himmel war noch immer bedeckt, und die Flieger konnten noch immer nicht aufsteigen, und die ganze Armee war wie ein Blinder, der sich seinen Weg ertastet, hinfällt, sich wieder aufrichtet, nur um wieder zu stolpern.

Aber auch die Deutschen waren weit von ihrem Ziel entfernt. Antwerpen war nicht von ihnen genommen worden. Ein paar Panzerspitzen hatten die Maas erreicht, aber keiner der erzielten Geländegewinne hatte sich wirklich sichern lassen, und die Amerikaner zündeten ihre eigenen Brennstofflager an, und mit diesen gingen auch die Hoffnungen des Feldmarschalls Klemm-Borowski in Rauch auf.

Farrish suchte die Kompanie C auf. Sie besaß nur noch die Hälfte ihrer Planstärke. Jemand sagte: »Zum Teufel mit ihm! Ich stehe vor niemand mehr auf, und vor dem schon lange nicht.«

Farrish verlangte von niemandem, daß er aufstand.

Er lehnte sich gegen einen Baumstamm und zog mit seiner Stiefelspitze Linien in den Schnee.

»Ich weiß, wie es ist«, sagte er. »Ich bin auch müde, verflucht müde. Wir stecken in einer üblen Lage, der schlimmsten, in der wir je gesteckt haben. Wenn wir nicht vorwärtsstoßen, können wir einpacken. Ich sage euch eins: dieser Krieg wird jetzt und an dieser Stelle entschieden. Wir müssen vorstoßen. So ist die Sache.«

Später sagte Troy zu ihm: »General, Sie verlangen mehr, als die Männer leisten können.«

»Ich habe Sie nicht um Ihre Ansicht befragt, Captain Troy.«

Troy aber befand sich in einer aufrührerischen Stimmung. »Ich teile Ihnen meine Ansicht aber trotzdem mit, Sir. Es sind schließlich meine Leute. Sie sind nicht nur Zahlen.«

Farrish blickte ihn an und grinste. Er hatte wunderbare Zähne von einem schimmernden Weiß; Troy fühlte sich versucht, sie ihm einzuschlagen.

»Es sind *meine* Leute«, sagte Farrish, »jeder einzelne von ihnen. Wollen Sie das bitte nicht vergessen.«

An jenem Abend griffen sie von neuem an, und wieder blieben sie vor ihrem Angriffsziel liegen.

Die Front verlief so nahe der Stadt Luxemburg, daß man um vier Uhr nachmittags ein Stück Apfelkuchen und eine Tasse Ersatzkaffee in einem der Cafés zu sich nehmen, auf der Straße einen Wagen anhalten und um sechs Uhr wieder an der Front sein konnte. Die Deutschen hatten das Eisenbahndepot und die Straßenkreuzung von Arlon unter Feuer genommen, und es sah aus, als wollten sie versuchen, Arlon zu nehmen, um Luxemburg vollständig einzuschließen.

So nahe war die Front, daß das Gefangenenauffanglager im Stadion der Stadt angelegt wurde. Bing und Yates machten ihre Vernehmungen im Umkleideraum der Fußballspieler unter der großen Tribüne. Die staubigen Waschbecken eigneten sich hervorragend als Regale für Papier und alles mögliche andere; und mittags hatten sie nur eine Viertelstunde bis in ihr Kasino zu gehen. Alles war so bequem, wie es sich in einer belagerten Festung überhaupt nur denken ließ, wenn auch die letzten Nachrichten, die sie beim Mittagessen hatten erhalten können, in keiner Weise beruhigend klangen: der eine Turm der Kathedrale hatte einen Treffer erhalten, die Deutschen hatten das Ritterkreuz, ihren höchsten Orden, sowie zwei Monate Sonderurlaub dem Kommandeur geboten, der den Sender einnahm; der Sender selber lag bereits bequem im Bereich mittelschwerer Artillerie.

Der Mann, den man jetzt in den Ankleideraum zum Verhör schob, trug amerikanische Uniform. Zwei Negersoldaten einer Wäschereikompanie, die an die Front geworfen worden war, hatten ihn und seinen verwundeten Kameraden in das Auffanglager gebracht. Die Neger hatten auch eine Meldung ihres Lieutenants abgegeben, aus der hervorging, daß man die Männer bei einer Straßensperre festgehalten hatte, etwas schien nicht zu stimmen mit ihnen. Darauf hatten sie einen Fluchtversuch unternommen, wobei der eine verletzt worden war.

Bing las die Meldung und warf dabei von Zeit zu Zeit dem Gefangenen, der vor ihm stand, einen Blick zu – sah den knopfgroßen Mund, die flächigen Wangen, schlaff trotz seiner Jugend die schmale, steile Stirn mit der schwarz und gelb schimmernden Beule an der Seite. Der Mann zitterte, aber das mochte auch von der Kälte herrühren; er hatte draußen auf dem Sportfeld warten müssen, wo der Wind, der ohne Widerstand über das freie Feld daherkam, einem in die Haut schnitt. Seine Uniform war in allen Einzelheiten amerikanisch und befand sich in einem traurigen Zustand. Offensichtlich hatten ihm die Leute von der Wäschereikompanie übel mitgespielt.

»Setzen Sie sich!« sagte Bing auf deutsch, ohne aufzusehen, und wies auf den Stuhl vor sich.

Der Mann rührte sich nicht.

»Setzen Sie sich!«

»Ich verstehe nicht Deutsch.«

»Setz dich«, sagte Bing nun auf englisch. »Woher hast du gewußt, daß ich deutsch sprach?«

Einen Augenblick zögerte der Mann. »Es klang so danach. Ich bin in der Gegend von Aachen gewesen, und was die Leute da redeten, das klang so ähnlich. Paß auf, Sarge, das ist doch alles Unsinn. Diese Nigger haben durchgedreht, weil ich sie Nigger genannt hab; das ist doch wohl kein Verbrechen, oder? Dann schießen sie auf meinen Kameraden und sagen, ich wär ein Spion. Wie kann ich denn ein Spion sein? Meine Papiere sind in Ordnung, meine Kennmarken, ihr habt sie da alle in dem Waschbecken, ich habe sie gesehen –«

Hätte Bing nicht die Meldung des Lieutenants von der Wäschereikompanie gelesen, wäre er zufällig dem Soldaten, der da vor ihm saß, begegnet, so wäre niemals in ihm ein Verdacht gegen ihn aufgestiegen. Nun aber, da sein Verdacht einmal geweckt war, bemerkte er kleine Widersprüche. Da war dies gelegentliche stimmhafte ›S‹ in seiner Sprache; auf der einen Seite redete er Slang, sprach ihn als Sergeant mit der gewollt vertraulichen Abkürzung ›Sarge‹ an und sprach von ›niggers‹ und, auf der anderen bezeichnete er seinen Mitfahrer als ›comrade‹ – nur ein Deutscher konnte Kamerad mit ›comrade‹ übersetzen.

»Erzähl mir ein bißchen von dir selber. Sag mal, wo du bisher in der Armee warst.«

Der Mann rasselte seine gesamte Laufbahn als Soldat herunter, ein Ausbildungslager nach dem anderen, eine Einheit nach der anderen. Er wußte das alles auswendig und sagte es auf, so wie er es auch nach seiner Gefangennahme, von all den schwarzen Gesichtern umgeben, getan hatte, während in seinem Schädel ein Gebräu von Geschichten zu brodeln begann, die bei den Deutschen über die Grausamkeit und die Barbarei farbiger Truppen so weit verbreitet waren. Selbst unter diesen Umständen, selbst angesichts des Negerleutnants – sogar Offiziere machten sie aus diesen Affen! – war er stur dabei geblieben, daß er Sergeant Howard Bethune aus Chicago war. Vielleicht hätte er ›Illinois‹ dazusetzen sollen wie Feldmarschall von Klemm-Borowski bei der Abschlußbesichtigung der »Geier«einheit... Heberle fiel es viel leichter, nun wo er einem Weißen wie er selber gegenüberstand, seine Geschichte noch einmal aufzutischen. Wenn nur der verwundete Mulsinger in irgendeinem Fieberanfall sie nicht beide verriet!...

Bing hörte sich die Sache an. Alles stimmte, alles paßte zueinander; und doch ging es ihm zu sehr ins einzelne, und es kam zu glatt heraus. Wieder warf Bing einen Blick auf die Meldung des Negerlieutenants. Popeye, dachte er. Der Bursche hatte dem Lieutenant nicht sagen können, wer Popeye war. Und er hatte nicht gewußt, welche Mannschaft die Weltmeisterschaft im Baseball gewonnen hatte. Nun ja, es gab Leute, die Popeye, den Spinat fressenden Matrosen, nicht kannten, weil sie in den Zeitungen die Seite mit den Comics einfach übergingen, und es gab vielleicht auch einzelne, die sich nicht für Baseball interessierten.

»Was ist T.S.?« fragte Bing.

Im Hintergrund lachte ein Posten auf.

Heberle bewegte sich nervös auf seinem Schemel. T.S. waren die

Anfangsbuchstaben für irgend etwas – aber wofür? Es war ihm nun nicht mehr kalt; es war ihm sogar heiß geworden, und er zog den Reißverschluß seiner Feldbluse auf. Er konnte die Buchstaben sehen, als seien sie vor seinen Augen mit Kreide auf eine schwarze Tafel geschrieben. Aber sie wollten nicht stehenbleiben. Sie schaukelten und tanzten vor seinen Augen, und schließlich verschwammen sie wieder.

Ein Offizier trat ein, ein Lieutenant. Der Offizier stellte sich neben Bing und blickte Heberle ganz wohlwollend und offensichtlich erstaunt darüber an, daß hier ein Mann in amerikanischer Uniform vernommen wurde.

»T.S.!« sagte Bing aufgeregt. »Sag mir, was die Abkürzung T.S. bedeutet, und ich lasse dich laufen!«

»Sir!« Heberle sprang auf und grüßte Yates schneidiger, als er jemals seit seiner Abfahrt aus den Staaten gegrüßt worden war. »Ich bin amerikanischer Sergeant und werde hier wie ein Gefangener behandelt! Schlimmer als ein Gefangener, Sir!«

»Stell dich hier nicht so an«, sagte Bing. Er trat mit Yates zur Seite und berichtete ihm flüsternd, unter welchen Umständen der Mann hergebracht worden war und was er selber durch seine Fragen bisher ermittelt hatte. »Ich bin sicher, daß dieser Kerl Deutscher ist; er und der andere mit ihm waren vollkommen wie einer von uns ausgerüstet, sie saßen in einem amerikanischen Jeep – das ist eine organisierte Sache – und wie es scheint, groß angelegt...«

Yates' abgespanntes Gesicht zeigte wieder Härte. In der vergangenen Nacht erst war er von den traurigen Überresten von Troys Kompanie zurückgekehrt. Er hatte kaum geschlafen, und der geringe Schlaf, den er sich hatte leisten können, war zerrissen gewesen durch Traumbilder von dem, was er gesehen hatte, Traumbilder auch von dem Haufen Ermordeter, den Troy ihm geschildert hatte. Und was diesen Männern vorgestern geschah, konnte morgen auch ihn treffen.

Er betrachtete den Gefangenen. Heberles Gesichtszüge zeigten eine bemerkenswerte Mischung von Sturheit und Unterwürfigkeit zugleich. Es war dieser Ausdruck, der Yates Grund gab zu der Vermutung, Bing und der unbekannte Negerlieutenant könnten recht haben – zu oft hatte er diese Sturheit und diese Unterwürfigkeit in raschem Wechsel auf den Gesichtern deutscher Gefangener beobachtet.

Yates trat auf Heberle zu.

»Also, was ist nun T.S., Sergeant?« Inmitten dieser öden Wände klang die Frage lächerlich.

»Ich weiß es! Ich weiß es, Sir!« sagte Heberle verzweifelt. »Ich kann mich nur im Augenblick nicht daran erinnern.«

Der Posten im Hintergrund konnte nun nicht länger an sich halten. Die beiden Worte ›Tough Shit‹ platzten aus ihm heraus, die zynische Antwort auf jede unlösbare Beschwerde in der amerikanischen Armee – jene zwei Worte, die jeder amerikanische Rekrut vom ersten Tag seines Dienstantritts an bis zum Überdruß immer wieder vorgesetzt bekam.

Heberles Augen wurden starr. »Ja«, sagte er, »natürlich«, dann, im Bewußtsein, daß in Anwesenheit eines Offiziers T.S. nicht ganz die richtige Sprache war, räusperte er sich und hob, als wolle er sich entschuldigen, die Hände.

»Ein wenig spät, nicht wahr?« sagte Yates.

Er trat dicht an Heberle heran und drehte an dem letzten Knopf, den die Leute der Wäschereikompanie noch an dem Zeug des Mannes hatten sitzen lassen.

»Nehmen wir nun mal an, Sie wären Deutscher«, sagte er.

Heberle wollte protestieren, aber Yates ließ ihn nicht zu Wort kommen.

»Ich sage ja nicht, daß Sie Deutscher sind. Aber nehmen wir es einmal an. In diesem Fall müßten wir Sie erschießen lassen, weil Sie in amerikanischer Uniform angetroffen wurden. Ist Ihnen das klar?«

»Sie begehen einen furchtbaren Irrtum, Lieutenant! Ich bin Amerikaner!«

»Das stellen wir noch fest. Bei jedem amerikanischen Soldaten werden die Fingerabdrücke abgenommen. Wenn Sie wirklich Howard Bethune aus Chicago sind, läßt sich das ja feststellen, und Sie haben nichts zu befürchten... Sind Sie aber Howard Bethune nicht, so rate ich Ihnen, uns die Wahrheit jetzt lieber gleich zu sagen und uns zu berichten, wie und warum Sie diese Uniform angelegt haben, wer Ihnen den Befehl dazu gegeben hat und worin Ihre Aufgabe bestand. Sie würden zwar auch dann noch vors Kriegsgericht kommen, immerhin aber würde Ihr Fall, wenn ein Geständnis vorliegt, in anderem Licht erscheinen…«

Heberle schwankte. Dann setzte seine Überlegung wieder ein. Selbst wenn man die Fingerabdrücke von Howard Bethune, wer der Kerl auch sein mochte, in irgendeinem Amt hatte, würde es Zeit kosten, das zu prüfen und zu vergleichen. Inzwischen ging die Wehrmacht weiter vor, und die Amerikaner wurden geschlagen… Sollten sie doch versuchen, ihm etwas nachzuweisen! Je mehr Zeit sie auf ihn verwenden mußten, desto besser wurden seine Aussichten auf Befreiung.

»Ich kann Ihnen nichts gestehen und nichts berichten. Bitte sehen Sie doch meine Kennmarke an, Lieutenant, meine Papiere – sie sind doch in Ordnung!«

»Vielleicht sind Sie der Auffassung, daß wir eine lange Zeit brauchen werden, um Ihre Fingerabdrücke festzustellen«, sagte Yates, »und daß in der Zwischenzeit viel geschehen kann?«

Heberles Mund wurde trocken.

Yates fuhr fort: »Wir brauchen ja bloß die Kompanie anrufen, zu der Sie, wie Sie behaupten, gehören. Innerhalb von vierundzwanzig Stunden ist jemand hier, der Ihre Person identifizieren kann.«

Yates wußte sehr wohl, daß es mehr als vierundzwanzig Stunden kosten würde, jemanden zu finden, der Sergeant Bethune identifizieren konnte. So wie die Dinge sich an der Front entwickelten, war Yates nicht einmal sicher, daß von dieser angeblichen Kompanie Bethunes überhaupt noch jemand am Leben war.

Vierundzwanzig Stunden… »Ja!« sagte Heberle eifrig. »Das wäre das beste. Und ich danke Ihnen für Ihre faire Haltung, Sir. Bin ich jetzt fertig?«

»Nein«, sagte Yates.

Er wußte, so kam er nicht weiter. Er hatte die letzte noch mögliche Drohung ausgesprochen, um den Mann weich zu machen. Nun nahm er Bing zur Seite. »Ich werde etwas tun müssen, was ich niemals verantworten kann, wenn dieser Mann Amerikaner sein sollte. Sind Sie sicher, daß er in Wirklichkeit Deutscher ist?«

»Bin ich, absolut«, sagte Bing. »Wenn Sie aber Zweifel haben...«

Yates hatte seine Zweifel. Und doch, wenn der Mann Deutscher war, wenn die Deutschen ihre Leute in amerikanischen Uniformen hinter die amerikanischen Linien geschickt hatten, so mußte man jetzt, ohne wertvolle Zeit zu vertrödeln, herausfinden, wie viele geschickt worden waren, worin ihre Aufgabe bestand und was dergleichen noch war. Von ihm und Bing hing in diesem Augenblick das Leben von Tausenden ab, vielleicht sogar der Ausgang dieser Schlacht.

»Holen Sie mir vier Mann von der Militärpolizei«, sagte Yates. »Die größten und kräftigsten, die sich auftreiben lassen.«

»Großartig!« sagte Bing.

»Was ist daran so großartig?« sagte Yates.

Es war ein kalkuliertes Risiko und ein großes dazu. War der Mann Deutscher, so würde die Sache funktionieren. Jeder Deutsche wußte – selbst wenn er es nicht zugab – von der Existenz der Gestapo, von Konzentrationslagern, von der Tortur und ihrer Wirkung. Ein Amerikaner wußte da weniger, und da er keine Erfahrungen in dieser Richtung besaß, würde er nicht so sehr Furcht, sondern eher Neugier verspüren und sich abwartend verhalten. Ein Deutscher dagegen würde genau wissen, was die Vorbereitungen bedeuteten, und der angebliche Sergeant Bethune – es sei denn, er war erheblich tapferer als die meisten solcher Kerle – würde zusammenknicken, bevor die eigentliche Prozedur begann. Jedenfalls hoffte Yates, daß die Sache so laufen würde.

Bing kehrte mir vier für diesen Zweck äußerst vertrauenswürdig aussehenden Gestalten zurück. Hätte er die Polizei in einem Kohlenrevier während eines Streiks durchgekämmt, er hätte keine geeigneteren Typen finden können. Yates spürte eine gewisse, fast komische Erleichterung, daß diese Leute heute einmal nicht gegen ihn und seinesgleichen vorgingen, sondern ihm sogar zur Verfügung standen.

»Haben Sie Ihre Knüppel mitgebracht?« fragte er.

»Nein, Lieutenant«, sagte der Korporal, ein Mann mit einem winzigen Kopf auf einem ungeheuren Nacken. »Hatten bisher hier keine Verwendung dafür.«

»Na schön«, sagte Yates. »Nehmen Sie eben Ihre Seitengewehre. Zuerst die flache Seite. Wenn das nicht wirkt, ist es mir gleich, wie Sie zuhauen.«

Es war sehr still geworden in dem Ankleideraum. Heberle blickte hysterisch um sich. Die Betonwände waren dick, absolut kahl, die Oberfläche roch wie an dem Tag, an dem sie gegossen wurden. Es war hier wie in den Kellern, von denen er gehört hatte, deren Wände jeden menschlichen Schrei ersticken.

»Seht ihr den da?« hörte er den Leutnant sagen. »Er ist Deutscher, aber er gibt es nicht zu. Einer von der Art, die euch hinterrücks attackieren, wenn ihr gerade anderswohin guckt und euch nicht wehren könnt. Zieht ihn aus. Bindet ihn an den Stuhl hier. Aber richtig fest. Und einer von euch holt einen Eimer kaltes Wasser, für den Fall, daß er versuchen sollte, ohnmächtig zu werden.«

Heberle fühlte seinen Herzschlag irgendwo am Hinterkopf und hinter seinen Augen. Er sagte sich, ich bin Deutscher, so was wird mit Deutschen nicht gemacht. Aber er sah die vier Fleischhacker auf sich zukommen. Sie waren keine Gebilde seiner Phantasie, sie waren Realität, einer von ihnen trug den Eimer mit eiskaltem Wasser, daß ihn wieder zu sich bringen sollte, falls er beabsichtigte, sich in eine Ohnmacht hineinzuretten. Er sah die Seitengewehre; sie glänzten nicht wie die deutschen, sondern waren graugestrichen und sahen hart aus – härter als irgendein Knochen in seinem Leib; und damit würden sie ihn treffen, auf den Rücken, auf den Bauch, auf den Schädel; und all das großartige Zeug – daß man ein Held war, einfach weil man Deutscher war, und Ehre und Vaterland und Führer – all das Zeug würde beim ersten, beim zweiten, beim dritten Schlag aus einem herausquellen wie ein scheußlicher, süßer, rosiger Brei...

Der Schweiß floß Yates über die Stirn. O Gott, dachte er, o Gott, o Gott, wenn ich nun unrecht habe! Er fürchtete nicht so sehr, was ihm selber geschehen würde – die Untersuchungen, warum er befohlen hatte, einen amerikanischen Soldaten prügeln zu lassen, und das Urteil und die Schande. Es war vielmehr, daß der Mann, der diese Tortur hinnehmen mußte, für immer zerstört wäre, seine Seele mehr noch als der Körper, ein Wrack, so daß er auch in späteren Jahren noch aus seinem Schlaf mit einem Schrei in der Kehle aufschrecken würde – ein Amerikaner, den ein anderer Amerikaner zerstört hatte, wie hier Tausende von Menschen von den Nazis vernichtet worden waren, wie Thorpe von Dondolo zugrunde gerichtet worden war... Yates lehnte sich gegen eins der Waschbecken, seine Finger krampften sich um den staubbedeckten, kalten Beckenrand.

Heberle fühlte, wie ihm die Sachen vom Leibe gerissen wurde, die schönen Uniformstücke, die so vorzüglich neu und so ordentlich gereinigt waren, als er sie in der peinlich sauber geschrubbten Kleiderkammer der deutschen Kaserne gefaßt hatte. Er versuchte etwas zu sagen. »I'm an American! Don't« – irgendwelche Worte, die ihm einfielen und sich ihm irgendwie auf der Zunge formten; aber er hatte keine Stimme mehr. Er spürte die Nägel eines Mannes über die Haut seines Rückens kratzen, seine nackte, vor Erregung zuckende Haut.

Er schrie auf.

In einer jähen, gewaltigen Anstrengung riß er sich los, daß die vier Riesen zurücktaumelten, lief hin zu Yates, fiel zu dessen Füßen nieder, hob flehend die Hände und stammelte: »Ich bin Deutscher. Ich hatte Befehl, General Farrish zu töten.«

Yates stieß ihn zurück.

»Notieren Sie, Bing«, sagte er heiser. »I am a German. I had orders to kill General Farrish.«

Yates hastete zum Funkhaus zurück. Er begab sich geradewegs in Willoughbys Büro. Keine Zeit für Höflichkeitsfloskeln. Er sagte: »Ich bin wieder auf Pettinger gestoßen. Ja, den Freund Ihres Freundes Yasha!«

»Na und?« fragte Willoughby gereizt.

Er war nervös. Der Sender mit den teuren, unersetzbaren technischen Anlagen befand sich in unmittelbarer Gefahr. Und noch immer hatte DeWitt nichts von sich hören lassen.

»Wühlen Sie immer noch in dem alten Kram?« fuhr Willoughby fort. »Wenn die Nazis morgen hier in die Stadt eindringen, gehen wir alle zum Teufel – aber Sie haben immer noch nur Ihren Yasha im Kopf. Ich bin an ihm nicht interessiert. Machen Sie mir Ihre Meldung schriftlich.«

Er fiel in seine mißmutigen Gedanken zurück, aus denen Yates ihn aufgescheucht hatte. Willoughby brauchte DeWitt. Die Ereignisse hatten ihn wieder in die geistige Haltung des jüngsten Teilhabers der Firma zurückgestoßen; noch immer war er nicht über Coster von Coster, Bruille, Reagan und Willoughby, Rechtsanwälte, hinausgewachsen; und er war sich dessen peinlich bewußt. Und nun kam auch noch dieser Yates hereingestürmt und erinnerte ihn in roher Weise an bessere Zeiten, in denen der Sieg schon greifbar in der Tasche war und in denen er sicher hätte auftreten und Pläne für die Zukunft machen können.

Yates warf sich in den großen Direktorsklubsessel, den Major Willoughby sich aus irgendeinem anderen Büro angeeignet hatte und betrachtete Willoughby mit schöner Ruhe.

»Ich würde General Farrish selber aufsuchen«, sagte er, »wenn ich nicht wüßte, daß Sie hinterher versuchen würden, mich wegen Umgehens des Dienstweges zu belangen.«

»Farrish? Was hat Farrish mit der Sache zu tun? Können Sie nicht eine klare, vernünftige Meldung machen, Mensch?«

Yates fuhr unbeirrt fort. »Und ich habe auch nicht den Ehrgeiz. Als Sie mich seinerzeit in Rollingen aufsuchten und mir auseinandersetzten, worum es Ihrer Meinung nach in diesem Krieg ging –«

»Was wollen Sie mit den alten Geschichten!«

»Ich wollte Ihnen ein Kompliment machen, Major! Ich wollte gerade sagen, wie recht Sie damals hatten – es ist ein langer und schwerer Krieg geworden.«

»Sie überraschen mich.«

»Überraschung oder nicht, damals beschloß ich, mich mit Ihnen nicht mehr zu überwerfen.«

»Zu gütig!« sagte Willoughby kalt. Yates hatte sich irgendwie verändert. Der junge Parzival war nüchtern und energisch geworden. Lag das am Druck dieser Durchbruchsschlacht? Wirkten sich die Ereignisse verschiedenartig auf die Menschen aus? Würde Yates durch sie stärker, während sie seine eigene Lebenskraft angriffen und unterhöhlten?

»Kommen Sie endlich zur Sache!« befahl Willoughby, indem er

sich auf seine Stellung als Vorgesetzter zurückzog. »Zu welchem Zweck sollten Sie Farrish aufsuchen?«

»Um ihm mitzuteilen, daß wir einen deutschen Anschlag gegen sein Leben aufgedeckt haben. Und Farrish ist nicht der einzige, der bedroht ist – es besteht eine ganze Liste von großen Leuten, die erledigt werden sollen.«

Willoughby war sprachlos.

»Ich habe nicht alle Namen. Der Mann, den wir gefaßt und ausgequetscht haben, kannte sie nicht alle. Aber wir wissen, daß eine beträchtliche Gruppe von Deutschen in amerikanischer Uniform hinter unseren Linien frei herumlaufen. Etwa vierhundert, falls alle durchgekommen sind. Die drüben nennen das ganze Unternehmen ›Geier‹.«

Willoughby sagte noch immer nichts.

»Die Sache hat noch einen interessanten Nebenaspekt, Major: der Führer des Unternehmens ist nämlich eben jener Freund Ihres Freundes Yasha – Obersturmbannführer Pettinger. Der gleiche Pettinger, der uns in Paris entkam und der dann ganz plötzlich in Ensdorf aufkreuzte, unten im alten Stollen –«

Willoughby holte tief Luft. Dann brüllte er: »Halten Sie sich bitte an die Hauptsachen! Der Teufel hole euch Professoren! Nie könnt ihr beim Wesentlichen bleiben, immer müßt ihr Gott und die Welt mit hinein verwickeln!«

»Pettinger ist nicht Gott und die Welt, Major, und auch Yasha nicht. Ich sage noch immer, wir hätten Yasha erschießen lassen sollen, sogar, wenn Sie dadurch einen Klienten verloren hätten.«

»Lassen Sie meine Klienten aus dem Spiel! Hier haben wir es mit der größten Sensation dieses Krieges zu tun – mein Gott. Sie werden es ja doch nie begreifen! – Hier, setzen Sie sich an die Schreibmaschine!«

Willoughby schob ihm eine Reiseschreibmaschine über den Tisch hinweg zu und zog Papier mit einer so heftigen Bewegung aus der Schublade, daß die obersten Blätter zerrissen.

»Schreiben Sie Ihren Bericht – alles, was Sie über die Sache wissen!«

»Geben Sie mir ein paar Blätter Kohlepapier.«

»Jajaja! Nur machen Sie schon!«

Yates legte Papier und Kohleblätter in die Schreibmaschine ein und tippte drauflos.

»Bezeichnen Sie es als ›Streng geheim‹!« sagte Willoughby. Er blickte Yates über die Schulter. »Mein Gott!« rief er plötzlich, »glauben Sie, daß diese Kerle auch hinter uns her sind?«

Yates sagte: »Ich glaube, wir sind nicht so wichtig, und die Deutschen können warten, bis sie uns auf dem gewöhnlichen Weg schnappen.« Er tippte weiter. »Wenn Sie aber Bedenken haben, Major, verdoppeln Sie doch die Wachen!«

»Wachen!« Willoughby winkte verächtlich ab. »Wir brauchen etwas anderes als Wachen!«

Er eilte zum Fernsprecher und gab die Codebezeichnung durch, durch die er mit Farrishs Gefechtsstand verbunden wurde.

»Ja, mit Vorrang!« sagte er.

Yates achtete nur halb auf Willoughbys Anruf. Dann war die drängende Stimme wieder an seinem Ohr. »Sind Sie denn noch nicht fertig, Yates? Ich glaube, Sie ahnen gar nicht, was auf dem Spiel steht!«

Yates hörte zu schreiben auf.

»Weiter! Weiter!« trieb Willoughby ihn an.

»Hören Sie, Major. Mir scheint, daß während des ganzen Feldzuges ich derjenige war, der begriffen hatte, was auf dem Spiel stand. Schon in der Normandie, als es um das Flugblatt zum vierten Juli ging, hatte ich das komische Gefühl, daß an Ihrer Einstellung etwas nicht stimmte. Ebenso war es in Rollingen. Überall, wo ich versuchte, etwas zu unternehmen – wer hat mir Knüppel zwischen die Beine geworfen. Seien wir doch endlich offen miteinander!«

»Wollen Sie diesen Bericht endlich fertigmachen? Nach meiner Rückkehr vom General stehe ich Ihnen für Ihre Beschwerden zur Verfügung.«

»Danke. Ich werde auf Ihr freundliches Anerbieten zurückkommen.«

Yates wandte sich wieder seiner Schreibmaschine zu.

Willoughby fühlte sich in Gegenwart des Generals schon wohler. Wenn man Farrish ansah, der über und über verdreckt gerade von der Front gekommen war, so hatte man das Gefühl, daß man mit diesem Mann zusammen sich nicht mehr darum zu sorgen brauchte, wie es weitergehe. Das war Farrishs Aufgabe, und der General war seiner Aufgabe gewachsen. Natürlich gestaltete sich alles dadurch noch günstiger, daß man nicht mit leeren Händen kam, sondern mit einem Bericht, der Farrish einem zu Dank verpflichtete und ein Beweis unbedingter Ergebenheit war. Und dann war da auch noch die Neugier: wie würde Farrish den Bericht aufnehmen? Willoughby hatte miterlebt, wie der General von dem elenden Franzosen, von DeJeannenet, eine Schlappe hatte hinnehmen müssen, und dennoch war für ihn Farrish als der Stärkere aus der Sache hervorgegangen. Hier aber stand der General einer schwereren Prüfung gegenüber. Wie Farrish sich nun bewähren würde, war etwas, was Willoughby persönlich berührte.

Der General legte Yates' Bericht immer wieder auf seinen Schreibtisch zurück, um in seine noch immer steifen Hände zu hauchen. Als er die Lektüre schließlich beendet hatte, lehnte er sich in seinen Stuhl zurück und lachte hemmungslos. »So – sie sind also hinter mir her!« triumphierte er. »Diese Männekens sind hinter mir her! Das ist ja im Grunde großartig! Im Grunde fühle ich mich geschmeichelt! Es hält also doch jemand etwas von uns! – Carruthers! Warum haben Sie mir davon nicht schon früher berichtet?«

Carruthers, der Willoughby in das Allerheiligste des Generals vorgelassen hatte, grinste zurück, erfreut über die gute Laune seines Chefs.

»Und, Carruthers«, fuhr Farrish ihn an, »warum im übrigen haben Sie mir das nicht gemeldet? Ist das nicht *Ihre* Aufgabe?«

Der jähe Stimmungsumschlag des Generals wirkte sich auf Carruthers aus. Er zwirbelte an seinem Schnurrbart herum, und sein schmaler Kopf schien sich zwischen seinen breiten Schultern verkriechen zu wollen.

»Warum muß ein Bericht, der so wichtig ist wie dieser, von anderer Stelle zu uns gelangen, he?... Major Carruthers, ich frage Sie!«

Carruthers stammelte: »Dort hatten sie – dort hatten sie eben Glück...«

Farrish erwiderte scharf: »Es gibt kein Glück! Im Krieg ist alles harte Arbeit – Blut, Schweiß und Tränen!«

»Jawohl, Sir!«

»Nehmen Sie an, Willoughby hätte nicht den Verstand gehabt, mit dieser Sache sofort zu mir zu kommen! Nehmen Sie an, diese beiden Spione wären bis zu mir durchgedrungen! Ja – was dann?«

»Aber sie sind ja nicht durchgekommen«, sagte Carruthers kleinlaut. »Sie sind doch gefaßt worden!«

»Und wer sagt Ihnen, daß sie die einzigen sind, die hinter mir herschleichen? Glauben Sie allen Ernstes, daß man, um mich zu erledigen, nur zwei solch lahme Burschen losgeschickt hat, die sich von ein paar Negern haben schnappen lassen? Vielleicht wurden die beiden auch nur geopfert, um die Aufmerksamkeit auf sich zu ziehen. Wo steckt Ihr Nachrichtendienst, Carruthers? Wo sind Ihre Leute, die die Vernehmungen machen? Schlafen wohl? Und wenn sie schlafen, dann ist es, verdammt noch eins, Ihre Schuld!«

Willoughby hatte mit eisernem Gesicht dem Wortwechsel zugehört. Die Autorität des alten Coster beruhte gleichfalls vorwiegend darauf, das er seine Leute stramm an der Kandare hielt; aber es war ratsam, ihm nicht in den Weg zu geraten, wenn er dabei war, die Zugel anzuziehen.

»Sagen Sie, Willoughby – übrigens, wie heißen Sie mit Vornamen?... Clarence? Gut. Sagen Sie, Clarence, wie wär's wenn Sie bei mir mitmachen? Ich kann gute Leute gebrauchen. Ich habe die besten Leute in der ganzen Armee, alle selber ausgesucht. Möchten Sie meinem Stab zugeteilt werden?«

»Ich würde es mir gern überlegen, General«, sagte Willoughby zögernd.

»Ich bin Soldat«, sagte der General ein wenig verstimmt. »Soldaten müssen sich rasch entscheiden können.«

Dennoch hätte er Willoughby gern um sich gehabt. Nicht daß Farrish etwa um sein Leben fürchtete. Er glaubte, daß eine Kugel, wenn man ihr die Stirn bot, einen nicht traf. Die Kugel eines Mörders aber, die heimtückisch aus dem Dunkel oder aus unmittelbarer Nähe abgefeuert wurde – das war etwas anderes. Da wäre es schon ganz gut, einen gescheiten und wachsamen Menschen wie Willoughby bei der Hand zu haben.

»Nun?« fragte er.

Willoughby erwog das Angebot. Die Zukunft, die militärische und überhaupt, lag nicht bei DeWitt. Die Zukunft gehörte starken Männern. Auf der Höhe der Woge, die Farrish in Bewegung setzte, konnte einer sich schon recht weit tragen lassen. Merkwürdig, wie er da inmitten einer deutschen Offensive, bei der man nicht wußte, wo man am nächsten Tag sein würde, seine Zukunft plante... Aber so merkwürdig war es nun auch wieder nicht; der Mensch mußte immer alles mit in Betracht ziehen. Willoughby wußte, daß Rücksicht auf die Sicherheit seiner nächsten Umgebung den General nie davon abhielt, sich hinzubegeben, wo kein Mensch im Besitz seiner fünf gesunden Sinne auch nur einen Fuß hinsetzte. Auch fielen um Farrish herum die Großen nur allzu schnell. Und schließlich, wenn wirklich noch andere deutsche Gruppen auf Farrish angesetzt waren... Ganz der richtige Augenblick, um sich dem General anzuschließen, war es also nicht.

»Sir«, sagte Willoughby endlich, »Ihr Angebot ist für mich eine außerordentliche Ehre, und ich weiß es zu schätzen.«

Andererseits war dies aber doch auch eine prachtvolle Gelegenheit, um Farrish zu demonstrieren, daß er der Mann war, der auf seinem Posten verharrte, wenn es darauf ankam, und um gleichzeitig etwas aufzubauen, was man in der Sprache des Militärs als Auffangstellung bezeichnete.

»Leider jedoch habe ich im Augenblick Aufgaben zu erfüllen, die es mir nicht erlauben, meinen Posten zu verlassen, Sir. Ich habe sogar gegenwärtig zwei Aufgabenbereiche, meinen eigenen und den meines Kommandeurs, des Colonels DeWitt.«

»Ich werde das schon mit DeWitt in Ordnung bringen.« Je kostbarer Willoughby sich machte, desto begehrenswerter erschien er Farrish.

»Colonel DeWitt ist zur Zeit nicht in Luxemburg, General. Und wenn ich Sie um etwas bitten darf – bitte, sprechen Sie meinetwegen nicht mit ihm. Der Colonel könnte glauben, daß ich das selber, und noch dazu hinter seinem Rücken, eingefädelt habe... Würden Sie mir gestatten, Sir, die Angelegenheit so, wie ich es mir denke, zu regeln?«

Farrish war, wenn auch enttäuscht, doch sehr von Willoughbys Sinn für Ehre und Pflicht beeindruckt. »Ich will ja auch keine Ja-Sager«, entgegnete er zustimmend. »Kann ich irgend etwas anderes noch für Sie tun, Major?«

»Unser Sender ist sehr exponiert, General. Wir können ein, zwei Züge Infanterie brauchen...«

»Könnten Sie?« sagte Farrish. Sein Gesicht verzog sich zu einem listigen Lächeln. »Ich könnte ein, zwei Regimenter brauchen, und nicht nur Infanterie. Machen Sie sich um sich selber keine Sorgen, Clarence Willoughby. Ein Mann, der so um die Sicherheit seines Generals bemüht ist, wird auch fähig sein, sich um seine eigene zu kümmern! Stimmt's?«

»Stimmt, Sir!«

Aber Willoughby war doch voller Zweifel, als er Farrish verließ, und durchaus nicht sicher, ob er seine Karten richtig ausgespielt hatte. Eines war jedoch gewiß; im Notfalle, das hatte Farrish klar angedeutet, sollte er nach eigenem Ermessen handeln.

Neuntes Kapitel

Crabtrees kehrte vom Sender, der außerhalb der Stadt Luxemburg lag, zurück. Er war unter Feuer geraten, schwere Geschosse waren nur einige hundert Meter von dem Punkt, an dem er sich aufhielt, niedergegangen; sein hübsches Gesicht zeigte noch Spuren des Schreckens, den er durchlebt hatte. Er sagte zu Loomis: »Es war fast so wie damals mit den Dachschützen, als wir in Paris einfuhren, nur war es dieses Mal schlimmer, viel schlimmer...« Er setzte sich und zog den Gurt um seine schmalen Hüften enger; die Schnalle rutschte aber immer wieder, und so gab er es schließlich auf. »Warum sagen Sie nichts?«

»Was soll ich dazu sagen?« fragte Loomis.

»Wie lange soll das noch so weitergehen?«

Der Captain blickte düster drein und zuckte die Achseln.

»Entsinnen Sie sich noch der Kleinen damals in Paris?« sagte Crabtrees. »Jetzt sollten wir ein Mädchen hier haben.«

Loomis sagte: »Und was dann?«

»Andererseits, wenn ich es mir überlege, ich glaube, ich könnte jetzt nicht einmal einen Steifen kriegen...«

»Hören Sie endlich auf zu quatschen.«

»Ich muß einfach mit jemandem reden!«

»Wozu?«

»Ich weiß nicht... Es geht mir so vieles im Kopf herum. Ich fühle mich wie in einer Falle. Dazu bin ich ja nun nicht nach Europa gekommen!«

»Wir andern auch nicht.«

»Dort draußen am Sender gingen sie ihrer Arbeit nach – sogar die Zivilisten... Ich habe mir nichts anmerken lassen. Ich habe mich ins Klo eingesperrt – dann bin ich aber auch da wieder heraus, weil ich Angst hatte, ein Treffer könnte kommen, während ich noch dasaß...«

»Und dann hätten Sie nicht einmal mehr spülen können!« sagte Loomis.

Crabtrees blickte ihn ungläubig an. »Sie sind ein Scheißkerl...«, sagte er schließlich und ging hinaus.

Er wanderte durch die leeren Gänge des Funkhauses und geriet irgendwie in den Kartenraum. Yates war dabei, die große Lagekarte an der Wand zu studieren. Die abgesteckte Linie sah aus, als hätte die Front einen Kropf entwickelt, einen häßlichen und unproportionierten Auswuchs, und man brauchte nicht viel Phantasie, um sich all das Blut und all die Leiden vorzustellen, die er verursachte.

Crabtrees machte sich an Yates heran.

»Was halten Sie von der Sache?«

Yates warf einen Blick auf Crabtrees und wußte, was den Mann bedrückte. Aber er spürte kein Mitleid. Einem Menschen wie Abramovici hätte er zu helfen versucht, aber nicht diesem Freund und Intimus Loomis', der selbst unter den besten Umständen nicht das Papier wert war, auf dem seine Beurteilungen standen.

»Es wird alles schon werden, nehme ich an«, sagte Yates gleichgültig. »Die 101. Division hält in Bastogne noch immer aus. Sie ist abgeschnitten.«

»Wir können ja auch bald abgeschnitten sein...«

»Wie sieht es am Sender aus?«

»Verzweifelt«, sagte Crabtrees.

»Was heißt das? Deutsche greifen dort an?«

»Sie belegen alles ringsum mit Artilleriefeuer.«

»Ach so.«

Crabtrees wurde bösartig. »Warum gehen Sie nicht selber mal hin? Sie würden auch nicht so großartig daherreden, wenn Sie erst einmal den Kopf hinzuhalten hätten.«

»Regen Sie sich ab, Mensch!«

»Sie kann ich überhaupt nicht ausstehen«, sagte Crabtrees giftig.

»Sie wissen doch, was Sie mich können?«

»Weiß ich, weiß ich!« Crabtrees sprach sehr erregt. »Ich kann gehen und mich für Sie zusammenschießen lassen.«

»Für mich?«

»Für Sie! Jawohl! Sie sind doch einer von denen, die glauben, daß dieser Krieg notwendig und gut ist!«

»Legen Sie sich lieber 'ne Weile hin, und ruhen Sie Ihre Nerven aus!«

»Ja, ich geh schon, ich gehe!« Es klang wie eine Drohung. Crabtrees stieg in den Keller hinab, wo er seinen winzigen Dienstraum hatte. Aus seiner Hemdtasche zog er ein in Schweinsleder eingebundenes Album, öffnete es und legte es vor sich auf den schmalen Schreibtisch. Auf dem ersten Bild stand: »Meinem kleinen Soldaten – Mama«. Er starrte die Photographie seiner Mutter an, einer majestätischen Witwe mit strengen Zügen, die ihn vom Bild her aus ihren scharfen, kleinen, prüfenden Augen ebenfalls anstarrte.

Er war kein Soldat, und Mama hatte es gewußt – Mama hatte überspannte Meinungen von allem, auch von sich selber. Und nun saß sie daheim in Philadelphia und schwätzte davon, daß auch sie ihr Teil für den Krieg tat, da ihr kleiner Junge nun ein kleiner Soldatenjunge war. Sie hatte etwas vom Krieg, alle hatten etwas vom Krieg, außer ihm, der hier in dieser Falle saß.

Er haßte Yates, und er haßte nun auch Loomis. Er wünschte sich, er könnte sie beide abstrafen; er überlegte sich, wie, aber nichts Taugliches fiel ihm ein. Und die Deutschen kamen ja sowieso.

Abgeschnitten. Das war der Anfang vom Ende. Er konnte sich vorstellen, wie es sich abspielen würde: die ganze Stadt von den Nazis überrannt; das Funkhaus von ihnen eingeschlossen... »Tut uns leid, kleiner Soldatenjunge, mit dieser Einheit gefangen, mit dieser Einheit gehangen!«

Nein, wenn es dazu kam, würde er sich verteidigen. Er zog seine Pistole aus dem Holster und griff in die Schublade seines Schreibtisches nach dem Reinigungsgerät. Er wog die Waffe in der Hand; ein schweres, zuverlässiges Ding. Seine Mutter hätte wahrscheinlich laut aufgeschrien, hätte sie ihn damit erblickt.

Man mußte vorsichtig sein mit so einer Waffe. Es war ja ein sehr häufig eintretender Unglücksfall, daß Männer sich beim Waffenreinigen verletzten. Aber es war eine häßliche Sache. Es hieß, ein Mann brauchte eine Menge Courage, um sich selbst zu verstümmeln. Wurde man im Gefecht verletzt, so wußte man ja nicht, wann es einen treffen würde; hier aber wußte man es; man entschied selber den Zeitpunkt... Sehr praktisch, so ein Colt, wirklich ein Wunderwerk moderner Technik. So mußte man ziehen, um die Patrone in die Kammer gleiten zu lassen – klick! – und gleichzeitig war die Pistole gespannt. Und man sieht auch, was für eine gute Waffe es ist und wieviel Sorgfalt darauf verwendet wurde, jeden Unglücksfall auszuschließen! Man muß nicht nur entsichern, man muß auch noch den Griff in einer bestimmten Weise umfassen, um die Sicherung – einen schmalen Metallstreifen, der sich ganz leicht verschieben läßt – herabzudrücken, bevor man feuern kann.

Er legte die Pistole auf den Tisch. Kleiner Soldat, abgeschnitten und unter Artilleriebeschuß, und keine Seele, die sich um ihn kümmert... Bei klarem Sonnenlicht betrachtet, war das Ganze vielleicht auch gar nicht so schlimm – aber es gab keine Sonne. Hier unten, in diesem Loch, mußte das elektrische Licht brennen, ganz gleich, welche Tageszeit es war; und draußen war ein trostloser, bedeckter Himmel; und wenn man genau hinhörte, konnte man das Dröhnen von der Front her vernehmen.

Er seufzte auf und wandte sich wieder seiner Pistole zu. Er versuchte, die Patrone aus der Kammer herauszuschütteln, aber sie hatte sich verklemmt. Wieder schüttelte er die Pistole. Er hämmerte mit ihr auf die Ecke des Schreibtisches. Er öffnete sie und betrachtete das kleine, runde, glänzende und so eigensinnige Ding in der Kammer mit kritischem Blick. Er hielt die Pistole weit von sich, mit beiden Händen – mit der Mündung nach unten, ganz wie die Vorschrift besagte. Und dann gab etwas nach, und der Schuß dröhnte, das Echo klang überlaut zwischen den niedrigen Wänden des Zimmerchens.

Ein Schmerz durchfuhr den kleinen Soldaten, so unerträglich, daß ihm schien, als preßte sein Gehirn gegen die Schädeldecke. Ein säuerlich riechender Rauch umwehte ihn. Er hörte noch, wie die seinen geschwächten Händen entgleitende Waffe zu Boden polterte. Dann glitt auch er vom Stuhl, und ihm wurde schwarz vor Augen.

Loomis glaubte nicht einen Moment, daß es ein Unglücksfall war, Crabtrees hatte sich selber sauber in den Fuß geschossen, und der Arzt sagte, man müsse vielleicht amputieren. Crabtrees wurde nach rückwärts in das Lazarett von Verdun geschafft; die Straße durch Arlon war noch offen.

Loomis fragte sich, wie Crabtrees den Mut dazu aufgebracht haben konnte. Es war wirklich außerordentlich, und er wünschte, er hätte gewußt, daß Crabtrees einer solchen Tat fähig war – er hatte ihn dann nicht aus seinem Dienstraum hinausgeschmissen. Er hätte dem armen Kerl zugehört. Was war doch Crabtrees für ein unbekümmerter Junge gewesen! Niemals wehleidig, immer zu einem Scherz aufgelegt – und nun war er auf einmal nicht mehr da.

Crabtrees hatte es geschafft, und *er* war noch immer hier – jetzt, wo dicke Luft war und man das Gefühl hatte, daß man nicht den Kopf heben konnte, ohne daß einem die Vorahnung der Katastrophe wie ein nasser Lappen ins Gesicht geschlagen wurde. Vielleicht überschätzte er Crabtrees' Sensibilität auch... Schließlich konnte sich jeder aus den Eintragungen auf der Karte ein Bild machen und aus den Mienen der Männer, die von der Front kamen oder an die Front geworfen wurden; und Willoughby hatte den Befehl zum Zusammenpacken gegeben! Loomis hatte gepackt, Loomis war bereit, jeden Augenblick aufzubrechen. Aber was nützte das alles schließlich? Man konnte hier auf seinen Packsäcken herumsitzen und gerade eine Stunde zu lange sitzen und geschnappt werden mitsamt dem ganzen Gepäck.

Das mußte man anerkennen, dachte Loomis: Crabtrees hatte einen Entschluß gefaßt, und den hatte der Junge durchgeführt wie ein Mann.

Aber Willoughby tobte: es war ein Skandal, und er würde es Crabtrees verdammt schwer machen, zu beweisen, daß es ein Unglücksfall war. Seine Pistole gereinigt! Ausgerechnet!

»Er wollte ganz einfach abhauen«, sagte Loomis deprimiert. »Das ist doch nicht schwer zu verstehen...«

Willoughby wurde heftig. »Entweder hauen wir alle ab oder gar keiner!«

»Er war gerade vom Sender zurückgekommen und hatte dort gesehen, wie es stand. Er hat noch mit mir gesprochen. Ein Mann kann eben nur bis zu einem gewissen Punkte – danach sieht er, daß es zwecklos ist.«

»Ich habe versucht, mit DeWitt in Verbindung zu kommen«, sagte Willoughby, anscheinend das Thema wechselnd.

»Ohne Erfolg?«

»Kein Wort von ihm.«

»Wir sind also auf uns selber gestellt...« Loomis' Mundwinkel verzogen sich nach unten.

»Wir unterstehen Farrish.« Willoughbys Stimme klang, als verfolge er diesen Gedankengang zum erstenmal.

»Was versteht der schon vom Sendebetrieb!« sagte Loomis.

Willoughby tastete sich weiter vor. »Er ist mir gegenüber sehr freundlich gewesen.«

»Schließlich hat diese Einheit ihm das Leben gerettet!«

»In gewisser Weise schon...« Willoughby strich sich nachdenklich über die Wangen. Gewiß – letzten Endes war Farrish verantwortlich, wenn der Sendebetrieb eingestellt wurde; aber in dem

Mosaik der menschlichen Beziehungen innerhalb einer Einheit zählte notwendigerweise der Mann am meisten, der einen Befehl unterzeichnete. Es gab auch eine moralische Verantwortung.

Loomis ging, die Schultern gekrümmt.

Willoughby griff nach dem Fernsprecher. »Versuchen Sie wieder!« verlangte er. »Versuchen Sie nach Paris zu Colonel DeWitt durchzukommen. Oder stellen Sie fest, ob er Paris bereits verlassen hat und wann!«

»Jawohl, Sir«, sagte der Vermittler.

Es würde nichts nützen. Willoughby wußte es. Der Griff nach dem Hörer war ihm schon zum automatischen Reflex geworden.

Er blätterte die Meldungen vom Sender durch. Ihre Gleichförmigkeit war bedrückend. *Erhielten Feuer um 0500; wieder um 0540; feindlicher Treffer auf Bahnübergang Junglinster.* Junglinster war der den Funktürmen am nächsten gelegene Ort. *Feindliche Panzer zwei Kilometer NW gesichtet; 0622 gelegentlicher Beschuß durch schwere feindliche Artillerie...* Das waren nur die zuoberst liegenden Blätter; Willoughby legte die ganze Mappe zur Seite.

Millionen standen auf dem Spiel. Millionen Dollar – Apparaturen, Menschen, sämtlich unersetzbar. Was hätte DeWitt an seiner Stelle getan?

Willoughby kratzte das Fett unter seinen Kinnbacken, vielleicht sollte er selber zum Sender hinausfahren und sich vergewissern. Wie aber sollte er beurteilen, ob eine Lage unhaltbar geworden war oder nicht? Vielleicht beschossen sie gar nicht den Sender, sondern die örtliche Abzweigung der Eisenbahngleise. Vielleicht waren die feindlichen Panzer längst in anderer Richtung weitergefahren, oder es waren gar keine feindlichen Panzer gewesen. Alles, alles beruhte doch nur auf Mutmaßungen... Wie sollte denn ein Mensch eine Entscheidung treffen, wenn er keine Tatsachen hatte, auf die sich Entscheidungen gründen ließen? Nein, Tatsachen gab es schon – Tatsachen zur Genüge, aber alle schlimm. Ganze Divisionen aufgerieben; die Deutschen nach so vielen Tagen immer noch im Vorstoß; die Flugzeuge noch immer am Aufsteigen verhindert, was bedeutete, daß die Deutschen überall da, wo sie zum Angriff ansetzten, in der Übermacht sein konnten; und niemand vermochte zu sagen, wann Farrish endlich die Lage stabilisiert und etwas einer festen Frontlinie Ähnliches geschaffen haben würde.

Nein, er würde doch lieber nicht zum Sender hinausfahren. Welchen Sinn hatte es auch? Das einzige, was er dabei erreichen konnte, war ein Treffer in den eigenen werten Bauch – und wer sollte dann den Kram übernehmen? Loomis?

Aber eine Besprechung konnte er anberaumen. Die Sache von allen Seiten beleuchten, sich andere Ansichten anhören und die allgemeine Stimmung feststellen. Wenn dabei Beschlüsse gefaßt wurden, lag die Verantwortung doch nicht mehr so gänzlich auf seinen Schultern!

Krieg und Frieden unterscheiden sich im Grunde nur wenig – wie oft hatte er das gesagt! Aber hier war eine der Ausnahmen, wo es sich anders verhielt. Besprechungen waren einen Dreck wert in der Armee, es gab keinen Mehrheitsbeschluß in der Armee; was der Kommandeur befahl, galt; und hier war er der Kommandeur.

Also schön – aber jedenfalls ein paar andere Ansichten einholen! Nur leider wußte er, wer da kommen würde: Crerar, Yates, Loomis... Den Rest konnte er abschreiben, die hatten sowieso keine ernst zu nehmende Meinung. Und Crabtrees würde fehlen – Crabtrees hatte mit seiner Kugel ohnehin schon gesagt, was er zu sagen hatte.

Major Willoughby als der kommandierende Offizier würde die Besprechung eröffnen. Er würde beide Möglichkeiten zur Diskussion stellen: was geschehen würde, wenn sie den Sendebetrieb weiter fortsetzten und die Deutschen die kleine Anstrengung machten, die noch nötig wäre, um den Sender zu nehmen und die Stadt Luxemburg und das Funkhaus selber. Und was es bedeutete, wenn man den Sendebetrieb einstellen und die unersetzbaren Anlagen und ebenso unersetzbaren Leute nach hinten in Sicherheit brachte – nach Verdun zum Beispiel. Eine faire und sachliche Darstellung – er war im Zweifel, er brauchte Rat.

Aber er wußte ja, was sie sagen würden. Crerar würde seine Stellung als Zivilist hervorkehren: ›Ich bin hier nicht zuständig; ich verstehe nichts von der militärischen Lage.‹ Nach dieser Einleitung würde seine Meinung von dem abhängen, was er in der letzten Nacht von seiner viel zu jungen Frau geträumt hatte.

Yates würde ihn mit seinen pathetischen Reden langweilen. Yates würde sagen, wir haben es in der Normandie geschafft, erst in Paris ist die Armee zerfallen. ›Also im Sieg! Aber in der Niederlage beweisen wir uns immer wieder!‹ Und dann würde er von Verpflichtungen sprechen – ›dieser Sender ist die Stimme des amerikanischen Volkes und aller befreiten Völker, man darf sie nicht verstummen lassen, dies plötzliche Schweigen wäre das offene Eingeständnis der Niederlage, alle Menschen in Frankreich, Belgien, Luxemburg und auf den paar Quadratmetern deutschen Bodens, die wir besetzt haben, würden vom lähmender Furcht befallen werden – nein, denken Sie an die Folgen! Wir müssen durchhalten! Wir dürfen einfach nicht aufgeben.‹

Und das stimmte sogar. Aber es war nicht die ganze Wahrheit. Im Kriege wie im Frieden ging man manchmal vor und manchmal zurück; zuweilen ging man nur zurück, um wieder vorstoßen zu können. Und selbst, wenn der Sender eine Zeitlang den Betrieb einstellte – um so größer der Tag, an dem man ihn wieder eröffnete!

Vielleicht wäre das der Punkt, den Loomis vorbringen würde. Natürlich, Loomis konnte nicht zugeben, daß er kneifen wollte – so würde er die Stimme der Vernunft sprechen lassen, in seinem leicht nasalen Tonfall, und Yates' große Worte zerpflücken.

Und am Ende würde Major Willoughby, also der kommandierende Offizier, die Debatte zusammenfassen und sagen: ›Ich danke Ihnen, meine Herren‹ und ›Meiner Meinung nach sollten wir die Sache mit General Farrish besprechen!‹ Crerar und Yates würden weiterhin ihre Zweifel haben. Crerar würde sich nicht äußern, aber Yates mochte etwas Bösartiges bemerken, wie etwa: ›Finden Sie nicht, Major, daß alles davon abhängt, wie man dem General das Ganze darstellt?‹ Möglicherweise würde Yates auch noch frecher werden. Willoughby hörte ihn schon: ›Ich bin dafür, wir warten auf Colonel DeWitt!‹ Jaja, wer hätte denn nicht lieber auf ihn gewartet!

Der Fernsprecher klingelte. Willoughby hörte sein Herz pochen.

»Tut mir leid, Sir. Haben die ganze Zeit versucht, nach Paris durchzukommen. Kein Glück.«

»Danke Ihnen... Nein, warten Sie einen Augenblick. Rufen Sie alle Offiziere und Herrn Crerar an, und bitten Sie sie, zu einer Besprechung auf mein Zimmer zu kommen.«

Willoughby lehnte sich zurück und faltete die Hände. Schließlich und endlich lag die Entscheidung doch bei Farrish. Sollte er den Entschluß treffen.

Um fünf Uhr am Nachmittag verstummte der Sender abrupt. Selbst die Trägerwelle, der Atem des Senders im Äther, war tot.

Die Männer, die mit dem Abbau der wesentlichen Anlagen des Senders beauftragt waren – Techniker der amerikanischen Armee und luxemburgische Zivilingenieure –, arbeiteten in blinder Hast. Es waren die gleichen Leute, die bereit gewesen waren auszuhalten, bis die Nazis am Hauptschalter standen; aber auf einmal hatte ihr Mut jede Bedeutung verloren, und was blieb, war das schale Gefühl: es hat ja doch alles keinen Sinn. Die Zivilangestellten waren wütend auf die Soldaten und auf diejenigen unter ihnen, die das Glück hatten, auf der Liste derer zu stehen, die zusammen mit den Truppen evakuiert werden sollten; und die Soldaten hatten sowieso Wut auf die Zivilisten, eben weil sie Zivilisten waren. Sogar Laborde, den Loomis bestimmt hatte, diese Absetzbewegung zu leiten, flatterte umher wie ein aufgeregter Sperling und behinderte dabei nur die Techniker mit seinen ewigen Aufforderungen, sie sollten sich beeilen.

Endlich rollten die Lastwagen mit den Einzelteilen des Senders, Metall, Glas, Plaste, in den Hof des Funkhauses. Willoughby hatte angeordnet, daß die Einheit in zwei Kolonnen abfahren sollte – die erste mit den technischen Anlagen, einem Teil der Mannschaft und Crerar, unter Loomis, die zweite, deren Aufbruch auf zwölf oder vierundzwanzig Stunden später angesetzt war, unter seinem eigenen Befehl. Dies war Willoughbys Zugeständnis an die Stimme in seiner Brust, die ihm sagte: Wenn du schon wegläufst, tu es wenigstens auf anständige Weise.

Während Loomis seinen Schreibtisch abräumte, überraschte er sich in einem Selbstgespräch – einer Unterhaltung mit Crabtrees, sozusagen, dem er mit schiefgezogenem Mund zulachte: Na, was hast du nun davon, mein Junge, daß du dir deinen Fuß zerschossen hast? Dann pfiff er leise vor sich hin: *Ach, wie hast du mich gestern geküßt?* Er mochte den Schlager, der Text war so schön sentimental. Schließlich legte er seine Papiere ordentlich in einen Karton und schnürte das Paket fest zu, beeilte sich aber dabei keineswegs. Er hatte mehr als genug Zeit und konnte den Männern, die zurückblieben, ein heiteres Aufwiedersehen zurufen – Yates zum Beispiel, der sich nicht von hier trennen konnte, obwohl Willoughby ihm einen Platz in der ersten Kolonne angeboten hatte.

Loomis traf Yates nicht allein an. Bing saß bei ihm. Ihr Schweigen bei seinem Eintreten war auffällig,und er erriet, daß sein plötzlicher Besuch die Ursache war.

Er hatte richtig vermutet. Yates hatte gerade gesagt: »Ich möchte nur wissen, welchen Fehler ich begangen habe. Ich habe alles versucht, zu verhindern, daß sie den Betrieb einstellen... Umsonst.«

Bing hatte widersprochen, Yates könne sich wirklich keine Vorwürfe machen: »Immer geben Sie sich die Schuld, immer blicken Sie in sich selber hinein, als wäre Ihr Nabel der Mittelpunkt des Universums. Es gibt ja Zeiten, wo man glaubt, daß man so was tun muß; aber doch nicht immer. Und bestimmt nicht in diesem Fall – der General hat den Befehl gegeben – und damit Schluß!«

»Seien Sie doch konsequent!« hatte Yates ihm geantwortet. »Als damals alle gegen das Flugblatt zum vierten Juli waren, entsinne ich mich, haben Sie auch auf eigene Faust gehandelt und haben Willoughbys beste Pläne einschließlich dessen, was ich hatte erreichen sollen, über den Haufen geworfen. Ich hatte mich seinerzeit über Sie geärgert – habe es Ihnen unterdessen aber verziehen. Was grinsen Sie da, ich mag das nicht.«

»Aber verstehen Sie denn noch immer nicht? Es war eine so wunderbare Gelegenheit gewesen, und es hat alles so schön geklappt...«

»Warum klappt es bei Ihnen immer und bei mir nie? Warum verderbe ich mir meine Gelegenheiten immer?«

Bing zuckte die Achseln.

»Schon gut«, sagte Yates. »Darauf gibt es keine Antwort. Ich weiß.«

»Sie konnten doch wirklich nichts gegen den Abmarschbefehl unternehmen, Lieutenant – Sie haben es ja versucht! Also tragen Sie es jetzt mit Anstand und seien Sie froh, daß Sie rechtzeitig herauskommen. Ich bin's jedenfalls.«

Bing bemerkte die offene Tür »Besuch...«, sagte er, und sie verfielen beide in Schweigen.

Loomis war marschbereit – mit Bewaffnung, Brotbeutel, allem Zubehör. Er erklärte mit einer Heiterkeit, die nicht gespielt war: »Es ist ja nur ein Abschied für kurze Zeit. Wenn Sie morgen in Verdun eintreffen – ich denke doch, es wird morgen sein, sind die Quartiere und alles andere für Sie vorbereitet.«

»Das ist aber nett von Ihnen, Captain«, entgegnete Bing. »Ich kann ja wohl hier im Namen der Mannschaft sprechen – an solche Fürsorge sind wir gar nicht gewöhnt.«

Loomis überhörte den ironischen Ton. »Ich freue mich, Ihre Anerkennung zu finden.«

Yates hörte auf, die Warze auf seinem linken Zeigefinger zu reiben, und fragte: »Sind Sie nur hergekommen, um sich zu verabschieden?«

»Ja. Um Ihnen auf Wiedersehen zu sagen.«

»Gut – auf Wiedersehen!«

Loomis fühlte sich nun doch gekränkt; er hatte die besten Absichten gehabt. Er zögerte und wiederholte dann: »Auf Wiedersehen...«

»Raus!« sagte Yates.

Ein blödes Lächeln breitete sich über Loomis' Gesicht. »Sie sollten mir auf den Knien danken, Yates, daß ich Ihnen das Leben rette.«

»Danke, ich rette mich schon selbst, wenn es nötig werden sollte.«

»Ich habe nur versucht, Ihnen zu helfen!«

»So wie Sie Thorpe geholfen haben?«

Loomis stapfte zornig hinaus. Aber er hatte seine Handschuhe vergessen. Also kam er zurück, nahm sie von Yates' Tisch und wiederholte seinen Abgang, verärgert, daß die Wiederholung der Sache die Wirkung nahm, aber doch nicht verärgert genug, um sich auf der Fahrt nach Verdun die Finger abfrieren zu lassen.

Draußen heulten die Motoren der schweren Lastwagen auf. Die Kolonne begann sich in Bewegung zu setzen.

»Feiern wir!« sagte Yates.

»Feiern ja – aber was? Loomis' Abfahrt?«

»Ja, warum nicht? Ich habe eine Schachtel Konfekt – gutes Konfekt von zu Hause, keine Marketenderware. Und ich habe Sardinen, Keks und eine Flasche Whisky. Ich will sie nicht mitschleppen, und den Deutschen möchte ich sie auch nicht lassen, falls sie wirklich kommen sollten. Haben Sie bemerkt, wie glücklich und wohlgenährt die Kerle aussehen, die sich nach einer Belagerung ergeben? Ich kann Ihnen das erklären – sie haben gelebt wie die Fürsten, sie haben alles, was auf Lager war, aufgefressen und ausgesoffen. Nun sind wir an der Reihe. Holen Sie noch ein paar Leute dazu – wen Sie mögen. Alle, die noch hiergeblieben sind.«

Bing kehrte mit Abramovici zurück, mit Sergeant Clements, dem Lautsprecherspezialisten, und McGuire, dem Fahrer. Andere drängten nach, die Mechaniker, die Ansager und die wenigen Offiziere, die auch noch zurückgeblieben waren, einschließlich Willoughbys.

»Ich habe mich ein bißchen einsam gefühlt«, verkündete Willoughby; und es klang fast wie eine Entschuldigung. Er stellte eine seiner Flaschen auf den Tisch: »Echter Schottischer!«

Niemand sagte ein Wort.

»Wie wär's mit etwas Musik?« schlug Willoughby vor.

»Versuchen wir BBC?« fragte Bing und drehte an der Skala von Yates' Apparat.

»Klar! Irgend etwas!«

Einschmeichelnd und rhythmisch erklang Musik. Jemand begann mitzusummen. Die Gläser klirrten leise, und da war das Scheppern der leeren Sardinenbüchsen, die in den hölzernen Papierkorb flogen.

Die Musik setzte aus. Eine Stimme verkündete: »Hier ist die Sendegruppe der Alliierten Streitkräfte. BBC London. Es folgen die Nachrichten!«

»Still! Seid ruhig! Wollen die Nachrichten hören!«

Die Ansagerin sprach in einem Ton, als säße sie mit ihrer Strickerei am Kamin – und verständnisinnig. Sie gab die Heeresberichte durch, und irgendwie klangen sie aus ihrem Mund, als sei der deutsche Vormarsch nur halb so schlimm; und vielleicht glaubten ihre Hörer sogar, daß es sich auch so verhielt.

Dann sagte sie: »Wir erfahren soeben, daß deutsche Streitkräfte den Sender Luxemburg besetzt haben und den Sender bereits benutzen. Der Sender Luxemburg war einer der stärksten Sender der Alliierten Streitkräfte. Über das Schicksal der tapferen Besatzung, die den Sender Luxemburg betrieben hatte, ist nichts bekannt. Es ist anzunehmen, daß sie sich in Sicherheit befindet. Achtung! Achtung! Alle Meldungen des Senders Luxemburg sind Feindmeldungen...«

»Ach, du grüne Neune!« sagte Bing.

»Ausschalten!« rief Yates. »Ich habe keine Lust, meinen eigenen Nachruf anzuhören.«

Ein Keks, mit symmetrisch angeordneten Anchovis belegt, fiel Abramovici aus der Hand. »Hier stimmt doch etwas nicht!« sagte er und griff nach seinem Gewehr. »Die Deutschen sind im Hause!«

»Unsinn!«

»Warum haben Sie bloß ausgeschaltet?« protestierte Bing, der als erster seinen Sinn für Humor wiedergewann. »Vielleicht hatten sie sonst noch was Neues über uns zu sagen!«

Willoughby drängte sich durch zum Apparat. Er schaltete ein und ging auf die Welle Luxemburg, auf seine eigene Welle. »Da!« rief er. Eine Stimme kam durch, ziemlich schwach, aber klar, in deutscher Sprache. »Da ist es...«

Alle hörten sie es nun und fühlten sich elend.

»Die Hunde«, sagte Willoughby, »sie haben einen Sender auf unsere Welle gelegt!«

»Gerissene Burschen«, sagte Bing.

Yates wandte sich zu Willoughby. »Das ist nur der Anfang. Sagen Sie nicht, wir seien nicht gewarnt worden, Major.«

Willoughby erwiderte mit Schärfe: »Wollen Sie einen Befehl von General Farrish in Zweifel ziehen?«

Yates erwiderte ihm nur mit einer Handbewegung, die zeigte, wie müde er war – körperlich und geistig. Er hatte keine Lust mehr, sich herumzustreiten. Nur ein wenig Ruhe wollte er, ein wenig Alleinsein mit seinen eigenen Gedanken. Und seine Gedanken waren bei Ruth – die in diesem Augenblick in ihrem Haus in der kleinen Universitätsstadt die Nachricht hören mußte, daß ihr Mann sich in deutscher Hand befand – oder tot war.

Er stand auf und sagte: »Na schön. Aber machen wir Schluß. Das Fest ist zu Ende.«

Die deutsche Stimme, aufdringlich mit ihren starken Kehllauten, füllte noch immer den Äther. Yates drehte die Skala zurück, bis sie ausschnappte. Er war allein jetzt, und es war ihm, als habe er gerade einen Weinkrampf überstanden.

Zehntes Kapitel

Abramovici kam in Yates' Zimmer gestürzt, ganz rot vor freudiger Erregung. Noch schwerfälliger als sonst, stieß er, als er zur Meldung strammstand, mit dem Kolben seines Gewehres gegen Yates' Schreibtisch.

»Der Colonel ist wieder da!« verkündete er. »Das Rascheln draußen kommt von den Mäusen, die in ihre Löcher zurückhuschen, da die Katze wieder im Haus ist.«

»Aber Abramovici!«

»Ich dachte nur, ich sag's Ihnen rasch, damit Sie nicht weiter zu packen brauchen.«

Genau das empfand auch Yates; aber er konnte Abramovici gegenüber nicht zugeben, was er von Willoughbys Anordnungen hielt und daß er annahm, sie würden jetzt, wo DeWitt zurückgekommen war, widerrufen werden.

»Haben Sie denn fertig gepackt?« fragte er Abramovici.

»Jawohl, Sir, selbstverständlich. Ich bin marschbereit gewesen, seit die deutsche Offensive begann, und hab alles Notwendige in meinem Brotbeutel. Andererseits...« Abramovicis rundes Gesicht zeigte einen Ausdruck von solcher Anhänglichkeit, daß Yates ihm nicht böse sein konnte. »...andererseits bin ich wahrscheinlich ein viel vorsichtigerer Mensch als Sie.«

Yates lächelte. »Auf jeden Fall danke ich Ihnen, daß Sie mir die Neuigkeit gleich mitgeteilt haben.«

»Lieutenant –«, Abramovicis Stimme sank fast bis zu einem Flüstern herab, »da ist noch eine Kleinigkeit, die ich gern mit Ihnen besprochen hätte, eine kleine Gefälligkeit, um die ich Sie bitten möchte…«

»Ja?«

»Entsinnen Sie sich, als wir Ihren verrückten Einsatz da machten – ich meine damit nicht, daß Sie verrückt waren, aber von mir war es verrückt mitzugehen – und die Deutschen tauchten plötzlich aus der Nacht auf, und wir mußten an sie heran…«

»Ich entsinne mich genau, Abramovici.«

»Sehen Sie, da bin ich davongelaufen.«

»Sie?«

»Etwa nicht?«

»Ich habe es vergessen.«

»Ich bin ja auch nicht eigentlich davongelaufen. Ich bin geblieben und habe so lange gefeuert, wie ich konnte, ehrlich…«

»Ich glaube es Ihnen.«

»Ich meine ja auch nicht, daß Sie es dem Colonel so direkt sagen würden, nicht absichtlich wenigstens, das würden Sie nicht tun. Aber im Lauf des Gesprächs – es könnte Ihnen so herausrutschen, oder Sie könnten es als eine Art Anekdote erzählen… Ich weiß, Lieutenant, manche Leute halten mich für komisch. Vielleicht bin ich auch komisch – aber ich bin eben ein vorsichtiger Mensch, denn es gibt so vieles, weswegen man leben möchte… Würden Sie die Sache also bitte für sich behalten?«

»Wir sind alle vorsichtig, jeder auf seine Art«, sagte Yates, und er fühlte etwas wie Rührung in sich aufsteigen. »Glauben Sie etwa, ich hätte Sie an einen so üblen Frontabschnitt mitgenommen, wie den, wo wir hinmußten, wenn ich Sie nur für einen komischen Kauz gehalten hätte? Als einzigen Begleiter? Als den Mann, auf den Verlaß sein mußte? Nein, ich hatte Vertrauen zu Ihnen, und – Sie haben mich da auch nicht enttäuscht.«

»Sir, ich habe keine Lust, für irgend jemanden zu sterben«, Abramovicis helle Augen bekamen einen seltsamen Schimmer, »aber wenn ich schon fallen müßte, dann lieber für Sie als für irgend jemand anderen.«

Yates brachte es nicht fertig zu lachen. Er sagte: »Abramovici, ich glaube, Sie haben mir da eben Ihre Freundschaft angetragen. Ich möchte auch Ihr Freund sein!«

Und bot Abramovici seine Hand.

DeWitt und Willoughby zogen sich zu einer Unterredung zurück. Beide empfanden, daß sie das, was sie nun einander zu sagen hatten, besser hinter geschlossenen Türen aussprachen.

Von dem Moment an, da Willoughby DeWitt in den Hof des Funkhauses fahren sah und die Schritte des Colonel und seine tiefe, volltönende Stimme draußen im Korridor hörte, hatte sich eine weitgehende Veränderung in ihm zu vollziehen begonnen. Sämtliche Gründe, die er sich selber und Farrish für die Stillegung des Senders gegeben hatte, verloren ihre Stichhaltigkeit in dem Augenblick, wo ihm klar wurde, daß der zurückgekehrte DeWitt ihn zur Rede stellen würde und daß keine noch so wohlgefaßte und mit noch so vielen militärischen Fakten gespickte Antwort dem standhalten würde. Und da er sich dieses Umstandes bewußt war, suchte er, noch bevor DeWitt ihn zu sich gerufen hatte, wie ein Besessener nach besseren Gründen und besseren Antworten und stand bereits in der Defensive, bevor er überhaupt angegriffen worden war.

Aber DeWitt begann nicht so, wie Willoughby es erwartet hatte. Der Coronel fragte nicht: Warum haben Sie das getan? Auch nannte er Willoughby keinerlei Gründe für seine Verspätung. Er sagte einfach: »So, Willoughby, und was machen wir jetzt?«

Auf diese Frage war er nicht vorbereitet. Wäre alles nach seinen Absichten gelaufen, so wäre er in zwölf Stunden nicht mehr hier gewesen; aber irgendwie brachte er es nicht über sich, DeWitt zu antworten: Was meinen Sie – was wir jetzt machen sollen? Wir setzen uns in unsere Fahrzeuge und ziehen zurück nach Verdun oder irgend woanders hin und warten, bis das Schlimmste vorüber ist.

»Sie müssen sich doch irgend etwas gedacht haben?« sagte DeWitt. »Oder haben Sie sich eingebildet, wir können den Laden so einfach zumachen, und fertig?«

»Natürlich nicht! Natürlich nicht!« beeilte sich Willoughby zu erwidern. »Ich wollte aber keine weiteren Pläne ohne Sie vorbereiten. Ich habe von den technischen Anlagen all das in Sicherheit bringen lassen, was nicht zu ersetzen ist, ebenso die zugehörigen Leute, und nun ist es an Ihnen...« Und da DeWitt stumm auf die Mitte der Tischplatte starrte, fügte Willoughby unsicher hinzu: »Zumindest habe ich es mir so gedacht...«

»Nun, Sie haben eine sehr ernste Entscheidung ohne mich getroffen«, sagte DeWitt. Sein Blick, in dem für gewöhnlich wenigstens ein Schimmer von Humor lag, war kühl und ernst. »Ich wollte nur wissen, ob Sie noch irgendwelche anderen Entscheidungen getroffen haben, die noch nicht ausgeführt sind.«

»Nein«, versicherte ihm Willoughby, »überhaupt keine. Sie scheinen zu argwöhnen, daß ich meine Befugnisse überschritten habe. Das ist nicht der Fall, Sir. Wir haben hier festgesessen, in dieser Klemme, und von Ihnen kein Wort – mein Gott, ich habe Himmel und Hölle in Bewegung gesetzt, um mit Ihnen in Verbindung zu kommen! Und irgend etwas mußte unternommen werden – so haben wir die Frage General Farrish vorgelegt...«

DeWitts abwartendes Schweigen beschleunigte Willoughbys Redefluß. »Der General selber hat uns den Befehl gegeben, die Röhren und die anderen Teile der Anlage auszubauen. Die sind unersetzbar. Das wissen Sie ja auch, Sir. Und der Sender *lag* unter Beschuß; jeder Mann, jeder Offizier, die draußen waren, werden Ihnen das bestätigen. Und es war nur noch die Straße durch Arlon offen, und die konnte jeden Augenblick abgeschnitten werden. Ich bin froh, daß Sie auf der Straße noch durchgekommen sind, Sir! Ziehen Sie alle diese Faktoren in Betracht, versetzen Sie sich selber in unsere Lage, und ich bin sicher, Sie hätten die gleichen Befehle gegeben. Etwas anderes ließ sich gar nicht tun. Ich habe es mit allen besprochen, mit Crerar, mit Loomis – mit allen; ich habe mich nicht auf mein Urteil allein verlassen; wenn auch schließlich keiner von uns die endgültige Entscheidung getroffen hat. Die stammt von General Farrish. Hätte Farrish gesagt: Es wird hiergeblieben!, so wären wir eben geblieben. Aber er sagte: Die Anlagen und die Leute sind wichtiger als ein paar Tage Tam-Tam über den Sender – bitte, hier sind seine schriftlichen Befehle, Sir...«

Er schob DeWitt über den Tisch hinweg ein Bündel Papiere zu.

Der nahm sie mit zwei Fingern auf, las sie aber nicht, vielmehr ließ er sie hin und her pendeln, rechts – links – rechts – links, und sah dabei Willoughby an, dessen Blick der Pendelbewegung wie hypnotisiert folgte.

Endlich befreite sich Willoughby von dem Zwang. Er hatte absolut nichts Regelwidriges getan. Glaubte DeWitt, ihn durch sein langes Schweigen strafen zu können? Mit besonderem Nachdruck schloß er also seinen Bericht: »Eine Gruppe ist daher gestern nacht in Marsch gesetzt worden, Colonel; und die andere zieht heute nacht ab...«, er machte eine Pause, »Ihr Einverständnis vorausgesetzt.«

DeWitt ließ den Packen Befehle fallen; dann, als habe er sich die Sache überlegt, gab er sie Willoughby in die Hand.

»Sicher haben Sie doch dem General auseinandergesetzt, was es bedeutet, wenn wir den Sendebetrieb einstellen?«

»Aber selbstverständlich. Ich habe die Angelegenheit von allen Seiten her beleuchtet, habe vor allem unterstrichen, daß es mancherorts als Eingeständis unserer Niederlage betrachtet werden würde – aber der General konnte sich dieser Auffassung nicht anschließen. Er lachte nur darüber und sagte, solange seine Leute an der Front stünden, gäbe es keine Niederlage, und der Krieg würde ein paar Tage auch ohne unser Tam-Tam sehr gut weitergehen... Ich wiederhole mich da, es tut mir leid, aber so hat Farrish es ausgedrückt.«

Zum erstenmal seit seiner Rückkehr lächelte DeWitt Willoughby zu. »Ich gebe zu, daß Sie ganz korrekt gehandelt haben. Es kann Ihnen kein Vorwurf gemacht werden. In dieser Armee ist niemand, der Ihnen auch nur die geringste Schuld zusprechen könnte oder würde.«

Willoughby erwiderte DeWitts Lächeln; aber bei den nächsten Worten des Colonels gefror ihm sein Lächeln auf den Lippen.

»Die Schuld, möchte ich sagen, liegt bei mir.« Wieder starrte DeWitt auf die Mitte seines kahlen Schreibtisches. »Nicht, weil ich nach Paris gegangen bin – niemand konnte den Beginn der deutschen Offensive voraussehen. Nicht, weil ich nicht in der Lage war, rechtzeitig wieder zurückzukommen – ich habe alles versucht, aber die meisten Straßen waren blockiert. Ersparen Sie mir also die Einzelheiten dieser Fahrt. Meine Schuld liegt in der Wahl des Mannes, dem ich vertraut habe. Denn für Sie und Ihre Handlungen bin ich verantwortlich – nicht Farrish. Zumindest ist das der Ehrenkodex, nach dem ich handle.«

Ehrenkodex, dachte Willoughby. Er will nach einem Ehrenkodex leben! Er gibt zu, daß ich keine Schuld habe, und im gleichen Atemzug beschuldigt er mich wieder und entbindet mich von dieser Schuld, indem er sie auf sich selber nimmt. Wahrscheinlich hält er sich für den heiligen Erlöser persönlich. Ich möchte nur wissen, was ihm auf seiner Fahrt zugestoßen ist; er ist nicht ganz richtig im Kopfe.

»Die Männer«, sagte DeWitt – »die Männer, die an den Abschnitten standen, wo die Nazis angriffen – glauben Sie, die haben nicht gekämpft und Widerstand geleistet oder es zumindest versucht?«

»Die einen haben gekämpft und Widerstand geleistet, und die andern sind davongelaufen. Das ist nur menschlich. Was erwarten Sie von den Menschen.«

»Vielleicht sitzt es tiefer. Vielleicht hängt es davon ab, woran einer glaubt.«

»Wie ich in einer Lage handle, hängt davon ab, wie ich sie sehe«, sagte Willoughby, »und was für Leute mir zur Verfügung stehen. Der eine schießt sich in den Fuß und läßt sich nach hinten verfrachten: Crabtrees. Und Loomis kommt zu mir und sagt...«

»Was hat Loomis gesagt?«

»Ich weiß schon nicht mehr so genau. Aber es war klar, daß er dem Druck nicht mehr standhielt. Das ist aber noch nebensächlich. Die Hauptsache ist: ein Rundfunksender ist keine Artilleriestellung. Röhren sind keine Kanonen. Kanonen kann man ersetzen, diese Röhren aber nicht. Ich mußte auch an die Zukunft denken – an den Tag nämlich, an dem wir zurückkehren und wieder von uns hören lassen würden. Das wird ein Tag werden! Sollen die Nazis jetzt lachen! Wer zuletzt lacht, lacht am besten!«

Er wartete auf DeWitts Reaktion. DeWitt zeigte keine.

Plötzlich wurde Willoughby wütend. »Es ist mir ganz gleich, was Sie persönlich von mir halten! Ich habe ein gutes Gewissen, ich habe getan, was ich für richtig hielt, und wenn Sie jetzt damit nicht einverstanden sind – nun, dann hätten Sie eben nicht wegfahren sollen. Was glauben Sie wohl, was unsere Leute sich gedacht haben, als sie erfuhren, Sie wären gerade in dem Augenblick nach Paris gefahren, als es anfing, hier unangenehm zu werden?«

»Ich sagte ja, es ist meine Schuld.«

»Ja, das haben Sie gesagt – aber wie haben Sie es gesagt! Sie versuchen, die Schuld auf mich abzuwälzen! Gut! Ich habe einen breiten Rücken. Ich habe Farrishs schriftliche Befehle, und er ist der General, und was er sagt, gilt.«

»Gewiß!«

»Worüber beschweren Sie sich also?«

»Ich schlage Ihnen vor, Willoughby, Sie beruhigen sich erst mal. Weiterhin schlage ich Ihnen vor, nachdem Sie sich beruhigt haben, um Ihre Versetzung zu bitten. Ich werde Ihr Gesuch wohlwollend behandeln.«

»So, das ist es also. Auch Sie können sich nicht leisten, wirklich Rechenschaft zu geben, und wollen mich daher los sein. Vielleicht darf ich Ihnen jetzt mitteilen, daß General Farrish mich aufgefordert hat –«

Willoughby unterbrach sich. Er fragte sich plötzlich, warum DeWitt eigentlich so ruhig dasaß und all seine Kritik und sein aufsässiges Gerede über sich ergehen ließ. Wieder dieser Jesuskomplex. Willoughby hätte toben mögen. Er biß sich auf die Lippen.

»Ich bitte zu entschuldigen, Sir, daß ich die Beherrschung verlor. Niemand läßt sich gern als Feigling bezeichnen.«

»Ich habe dieses Wort nicht benutzt.«

»Aber Sie haben es angedeutet.«

»Nicht einmal das«, wehrte DeWitt ab. »Der Mensch handelt nach dem, was er ist und woran er glaubt. Wollen wir dieses Thema jetzt nicht fallenlassen?«

»Wie Sie wünschen...«

»Ich wünsche es. Und solange Sie noch meinem Kommando unterstehen, erlassen Sie bitte Befehle, daß die Leute, die noch hier sind, zu bleiben haben, und rufen Sie bitte die Gruppe zurück, die bereits unterwegs ist.«

»Jawohl, Sir. Aber General Farrish –«

»Meine Angelegenheit, Major.«

»Und wenn wir nun abgeschnitten werden...?«

»Sie besitzen doch eine Waffe, nicht wahr? Und Sie haben doch gelernt, sie abzufeuern, oder? Die letzte Kugel heben Sie für sich selber auf!«

»Ich beabsichtige aber zu leben«, sagte Willoughby sehr kühl.

»Durchaus«, stimmte DeWitt ihm zu, »aber wie? Wie leben?«

Yates wartete auf dem Gang vor DeWitts Dienstraum. Er hatte keinen dienstlichen Grund, den Alten aufzusuchen. Er hatte nur das Bedürfnis, mit ihm zu sprechen.

Yates hatte Willoughbys Gründe für die Einstellung des Sendebetriebes und für einen sicheren Abzug nie gebilligt, aber sie hatten ihm doch zu denken gegeben. Willoughby mochte schließlich auch recht haben; er war ein gescheiter Mensch und fähig, eine militärische Lage zu beurteilen.

Willoughby kam aus dem Dienstraum des Colonels und ging an Yates vorbei, ohne auch nur einen Blick auf ihn zu werfen oder ihm zuzunicken.

Yates klopfte an die Tür des Chefs, erhielt aber keine Antwort. Er klopfte noch einmal und horchte; als noch immer keine Antwort erfolgte, klinkte er die Tür auf.

DeWitt saß, den Kopf in den Armen, halb über den Tisch gesunken – ein Bild äußerster Erschöpfung. Yates kam sich vor wie ein Eindringling. Er wollte sich schon zurückziehen und die Tür schließen, als DeWitt aufblickte.

»Oh, Yates!« sagte er, »treten Sie ein.«

Er schneuzte sich laut und gründlich, strich über sein widerspenstiges Haar, räusperte sich und hatte sich wieder in der Hand.

Yates setzte sich. Er entdeckte ein Roßhaar, das aus dem Kragen seiner Jacke herausragte, und begann daran zu zerren, wobei er vermied, DeWitt ins Gesicht zu blicken. Gib ihm die Gelegenheit, Art und Ton des Gesprächs zu bestimmen, dachte er, denn er hatte noch immer das Gefühl, den Älteren auf indiskrete Weise überrascht zu haben.

DeWitt richtete sich vollends auf. »Nun – was kann ich für Sie tun?«

»Nichts, Colonel.« Yates war verlegen. »Ich kam nur gerade vorbei, da habe ich an Ihre Türe geklopft. Ich wollte Ihnen nur rasch guten Tag sagen und ... und daß wir froh sind, daß Sie wieder zurück sind ...«

Er wollte schon aufstehen.

»Nein, bleiben Sie!« sagte der Colonel. »Unterhalten wir uns.«

Yates befürchtete, daß DeWitt, entmutigt und übermüdet, etwas sagen möchte, was er später einmal bereuen könnte. »Wir werden doch den Sender nicht außer Betrieb lassen?« fragte er hastig.

»Selbstverständlich nicht!«

»Dann – ja, was bedrückt Sie dann, Sir?«

»Ich habe einen schlimmen Fehler gemacht.«

Yates dachte an Willoughby in Rollingen, geschickt und klar analysierend – und damals in Paris, als er um seine Stellung kämpfte – und in Vallères, als er seine Position ausbaute. »Ein Mann ist doch zumeist das, was man in ihm sehen möchte«, sagte er.

Müde sagte DeWitt: »Wir sind hier, um Krieg zu führen. Wir können nicht noch in den eigenen Reihen Privatkriege ausfechten ...«

»Vielleicht muß man es aber doch. Dieser Krieg hat viele Fronten.«

»Ich habe eine böse Fahrt hinter mir«, sagte DeWitt. »Ich habe Männer sterben sehen – wieder einmal. Ich habe schon zu viele sterben sehen – zu viele für ein Leben. Ich bin im ersten Weltkrieg mit dabeigewesen, und nun stecke ich in diesem hier. Man wird in eine Gemeinschaft hineingeboren, sie gibt dem einzelnen seine Möglichkeiten – sich zu entwickeln, ein Heim zu gründen, eine Familie zu haben – man schuldet ihr also etwas. Wenn Krieg ist – gut, dann ist es eben auch dein Krieg. Aber in diesen Kriegen habe ich mit ansehen müssen, wie einige der anständigsten Menschen, die ich kannte, plötzlich weg waren. Ich lehne mich dagegen gar nicht auf, verstehen Sie, vorausgesetzt, es hat einen Sinn. Aber sagen Sie mir, glauben Sie, daß dieser Krieg einen Sinn hat?«

Hatte dieser Krieg einen Sinn? fragte sich Yates. Tolachian völlig nutzlos gefallen, Thorpe in einer Irrenanstalt, Yasha immer noch Herr seines Konzerns, die befreiten Fremdarbeiter wieder in ihren Lagern, die Spanier ohne Heimat, die Jugoslawen einander an der Kehle, die Bewohner von Ensdorf dahingemordet, Troy seine besten Leute opfernd, und Willoughby und Loomis den Sender lahmlegend, die einzige Stimme, die Richtung wies und Hoffnung gab – wo war da der Sinn?

»In Wirklichkeit erwarte ich gar nicht, daß Sie mir die Frage beantworten«, sagte DeWitt. »Aber wie denkt Ihre Frau darüber?«

»Worüber?« Yates begriff nicht, worauf DeWitt hinauswollte.

»Mal darüber nachgedacht, was Ihre Frau durchmacht?«

»Ja. Besonders in diesen Tagen.«

»Meine Frau wollte nicht, daß ich nach Europa ging«, sagte DeWitt. »In meinem Alter hätte ich auch zu Hause bleiben können. Aber ich bin gegangen. Es hat ihr sehr weh getan. Wenn man mit einer Frau dreißig Jahre gelebt hat, Gutes und Böses, Kinder und Krisen, so reibt man sich gegenseitig die rauhen Kanten glatt, und schließlich sind beide wie zwei gehobelte Planken, die, gegeneinander gelegt, wie von einer natürlichen Adhäsionskraft zusammengehalten werden.«

Ruth, dachte Yates. Er sah sie jetzt in der Perspektive eines ganzen Lebens, und auch Thérèse, armes liebes Kind, erhielt ihren Platz in dem Bild, füllte eine Lücke aus.

»Ich werde Ruth schreiben, daß es doch Sinn hat«, sagte Yates ruhig, »und ich hoffe, der Brief kommt an. Die Sache kann einen Sinn haben, wenn wir ihr einen Sinn geben – jetzt und nach dem Krieg auch.«

»Fangen wir zunächst mit dem ›jetzt‹ an«, sagte DeWitt.

Yates lächelte. »Ich habe da etwas vor, wenn wir den Betrieb im Sender wieder aufnehmen. Es dreht sich um zwei Deutsche, die wir in amerikanischer Uniform gefangen haben. Den einen der beiden habe ich selber verhört. Sie gehören zu diesem Unternehmen ›Geier‹ und heißen Heberle und Mulsinger...«

In dieser Nacht schlug das Wetter um. Der Nebel hob sich. Der samtschwarze Himmel mit seinen Sternen erschien wie eine neue

Haut nach schwerer Krankheit. Die Luft war frisch, klar und trokken, der Schlamm verwandelte sich in Eis, und der Schnee wurde pulverig.

Am Morgen stieg die Sonne so strahlend auf, wie nur selten im Winter, nicht ein Wölkchen stand am Himmel. Über der vom Kampf zerwühlten Erde spannte sich ein reines, hellblaues Firmament, wunderbar in seiner Höhe und Transparenz.

Für die Männer war es mehr als ein Zeichen. Es war Wirklichkeit. Denn dort oben, auf verschiedenen Höhe und aus allen Richtungen, kamen die Bomber; und noch höher über ihnen, wie winzige, silberne Punkte, die Jäger; und dicht über dem Boden kreisten die Beobachtungsflugzeuge, von denen aus die Erde wie eine hübsche Landkarte aus Vierecken und Linien, Kreisen und Punkten erschien.

Ein neues und ganz anders geartetes Dröhnen wurde neben dem gewohnten Schlachtlärm hörbar und wirkte in seiner Intensität viel furchtbarer als alles Bisherige: die Bombensaat, die nach vorher bestimmtem Muster vom Himmel fiel, schmale Stäbchen, die einander wie Pfeile aus einem Köcher folgten, Sieg kreischend, dicht hintereinander aufschlugen, explodierten, den Boden zerfetzten und die dünnen Nachschublinien der Deutschen zerrissen.

Die große Tarndecke, unter der die Deutschen hatten angreifen können, war ihnen nun genommen. Jede Bewegung, die sie unternahmen, war entdeckt, bevor sie noch richtig begann, jeder Panzer, jeder Lastwagen, ja jeder Mann, der sich zu rühren wagte, war deutlich wie ein Punkt auf der Landkarte, und die Spuren im Schnee waren wie schwarze Pfeile, die auf das Ziel hinwiesen.

Die Armee, die bisher blind hatte kämpfen müssen, erhielt ihre Augen zurück – und da sie wieder sehen konnte, schrumpfte der Gegner zusammen. Es war wieder erkennbar, daß er von einigen wenigen Straßen abhängig war, die an strategisch wichtigen Kreuzungen blockiert werden konnten. Es wurde sichtbar, daß er seine Positionen nicht hatte ausbauen können, daß er sich wie eine Hand mit dünn gestreckten Fingern ausgebreitet hatte, und jeder dieser Finger war verwundbar.

In dem klaren, nüchternen Licht des Tages verlor das Gespenst, das sich im Nebel erhoben hatte, seinen Schrecken. Es war schließlich doch nur das gleiche deutsche Heer, das seit der Normandie immer wieder besiegt worden war, mit seinen gleichen alten Schwächen – ungenügende Motorisierung, mangelhafte Luftwaffe und nicht genug Benzin und Öl. Wie immer mußten sich ihre Panzer, wenn der Brennstoff ihnen ausging, eingraben. Derart in eine Artilleriestellung verwandelt, waren sie für die amerikanischen Jagdbomber wie sitzengebliebene Enten. Die Jagd begann – zuerst auf ganze Kolonnen und Abteilungen, dann auf einzelne Fahrzeuge und schließlich sogar auf einzelne Soldaten, die um ihr Leben liefen. Die Panzerspitzen, die die Deutschen bis zur Maas vorgetrieben hatten, sahen sich abgeschnitten; nun kam der schwierige Rückzug. Und während sie aus der Luft fortwährend beunruhigt wurden und ebenso von den Flanken her durch die raschen Vorstöße amerikanischer schneller Panzer, wurde die Basis des deutschen Vorstoßes von Farrish und Patton immer weiter eingeengt, die von Süden her auf die Deutschen einhämmerten, während Hodges von Norden her den Amboß bildete. Als die 101. Fallschirmjäger-Division in Bastogne entsetzt werden konnte, war die Schlacht gewonnen.

Generalfeldmarschall von Klemm-Borowski gab dem Wetter die Schuld; und das stimmte auch; der Umschwung war in dem Augenblick eingetreten, als sein großer Verbündeter, der Nebel, sich hob. Aber in einem irrte der Marschall – er hätte mit oder ohne den Nebel gewonnen, wäre er imstande gewesen, die amerikanische Front in größerem Ausmaß aufzureißen und damit die Basis des Einbruchs zu verbreitern.

Die Niederlage war ihm nicht vom Wetter, sondern von Menschen beigebracht worden. Von ganz gewöhnlichen Menschen, ohne Rang und Namen. Aber sie hatten eine bemerkenswerte amerikanische Eigenschaft: sie konnten sich hinstellen und sagen: ›Warte mal ein Momentchen, mein Freund, stoß uns hier nicht so herum, laß uns erst mal sehen, wer du bist und was hier eigentlich los ist.‹ Vielleicht sagten sie es nicht mit diesen Worten. Aber sie empfanden es so, und sie handelten danach, und sie blieben fest, und viele von ihnen gaben ihr Leben. Und diese gemeinsame Grundlage bildete sich trotz aller sozialen Unterschiede zwischen den einzelnen – trotz der Tatsache, daß manche von ihnen nicht wußten, worum es ging und was diese Einbruchsschlacht bedeutete; daß die meisten Angst hatten und nur wenige von Furcht frei waren; daß alle sich elend, kalt und müde fühlten, am Rand ihrer Kräfte waren und mit ihren Nerven völlig herunter. In der kritischen Stunde erwiesen sie sich als Bürger der Republik.

Elftes Kapitel

Das Kriegsgericht verurteilte Heberle und Mulsinger zum Tode; sie sollten, wie üblich, bei Tagesanbruch erschossen werden.

Erst als den beiden mitgeteilt wurde, daß ihre Gnadengesuche abgelehnt waren, begannen sie zu glauben, daß sie wirklich verloren waren. Heberle verfluchte Pettinger; er verfluchte sich selber – hatte er nicht Gelegenheit gehabt, aus dem Glied zu treten und die ganze Sache zu verweigern? Schließlich verfiel er in eine tiefe Verzweiflung, aus der er nur einmal noch sich aufraffte, um seiner Mutter einen wirren Brief zu schreiben. Mulsinger hustete und klagte, daß seine Wunde ihn schmerzte, was wahrscheinlich den Tatsachen entsprach. Aber es reizte Heberle.

»Sie wird dir schon bald nicht mehr weh tun. Wenn ich du wäre, du Idiot, würde ich froh sein über jede Minute, wo mir's weh tut – solange du Schmerzen fühlst, lebst du. Ich... ich fühle gar nichts...«

Und verfiel wieder in sein düsteres Schweigen.

Er horchte auf jeden Schritt vor der schweren Tür der Zelle. Es mußte doch noch jemand über dem Kommandierenden General geben. Die Amerikaner hatten doch einen Präsidenten. Vielleicht würde es im letzten Augenblick einen Aufschub geben... Jeder, der draußen vorbeiging, gab ihm neue Hoffnung, und jedesmal verebbte die Hoffnung mit dem Leiserwerden der Schritte.

Als die Tür endlich geöffnet wurde und zwei Amerikaner eintraten, sprang er auf. Im Licht der einzigen Birne, die hinter einem

Drahtgitter montiert war, erkannte er den Leutnant, der ihn kurz nach seiner Gefangennahme in Luxemburg vernommen und den Befehl gegeben hatte, ihn zu schlagen, wenn er nicht gestand.

Gut, er hatte ein Geständnis abgelegt. Er hatte alles getan, was von ihm verlangt worden war, und am Ende war es doch nicht anders gekommen, als wenn er den Mund gehalten und die Prügel hingenommen hätte. Er war nur ein kleiner Mann; er war hereingefallen, und nun trampelten sie alle auf ihm herum. Vor allem dieser Leutnant. Auf dem Gesicht lag kein Schimmer von Gnade... Heberle fuhr zusammen! Dieser Leutnant war aber auch der gewesen, der als erster die Möglichkeit einer Begnadigung angedeutet hatte! Vielleicht kam er nun, um die Begnadigung zu bringen und das Leben...

Yates deutete ungefähr auf die Mitte des Raumes. »Stellen wir das Mikrophon dort auf, Clements!«

Heberle bemerkte, daß die Zellentür einen Spalt breit offen stand und ein Kabel durchließ, das zum Fuß des Mikrophons führte. Einen Augenblick lang dachte er daran, einen Fluchtversuch zu unternehmen; dann jedoch sah er durch den Türspalt den Posten draußen stehen.

»Ich gebe es Ihnen durchs Mikrophon durch, Clements, wenn wir soweit sind«, sagte Yates. »Ich lasse Ihnen Zeit genug, den Aufnahmeapparat einzustellen.«

Sergeant Clements nickte und ging.

Heberle betrachtete das Mikrophon mit Mißtrauen.

»Erinnern Sie sich an mich?« fragte Yates.

»Ja, Herr Oberleutnant«, sagte Heberle vorsichtig. »Wird man uns leben lassen?«

»Ist das der andere?« fuhr Yates fort. »Verwundet? Wie fühlt er sich?«

Heberle lachte gezwungen. »Wie kann man sich schon fühlen, Herr Oberleutnant, wenn man weiß, daß es morgen vorbei ist?... Gibt es denn gar keine Hoffnung?«

Mulsinger, der bleich auf seiner Pritsche lag, hob den Kopf.

Hier ist ein interessantes Problem, dachte Yates. Was empfanden Menschen, die am nächsten Morgen sterben sollten? Nun, er würde wahrscheinlich Gelegenheit haben, es festzustellen.

Aber sie wollten eine Antwort von ihm, und Yates beabsichtigte nicht, mit ihnen Katze und Maus zu spielen. Er hatte keine Zeit dafür, außerdem machte ihm solch ein Spiel auch keine Freude.

»Sie wissen ja, was Sie getan haben«, sagte er. »Und Sie kennen die Strafe.«

Mulsingers Kopf sank auf die Pritsche zurück. Heberle verfärbte sich und sagte: »Jawohl, Herr Oberleutnant. Aber Sie versprachen mir...!«

Yates wußte genau, was er dem Mann versprochen hatte.

»Stellen wir das erst einmal richtig, Heberle, damit Sie nicht mit einem unnötigen Groll belastet in die andere Welt gehen. Ich habe gesagt, daß wir Sie anders behandeln können, falls Sie ein Geständnis ablegten. Aber ich mußte Ihr Geständnis erst aus Ihnen herausprügeln – genau gesagt –, Sie vertrugen nicht einmal die Androhung von Schlägen und brachen schon vorher zusammen. So, das erst einmal zur Klarstellung.«

»Ich will aber nicht sterben«, sagte Heberle kläglich.

»Glauben Sie, daß der Mann, den Sie umbringen sollten, große Lust hatte zu sterben?«

»Aber wir haben ihn doch nicht umgebracht!«

»Aber den Versuch haben Sie doch unternommen, oder?... Und glauben Sie, daß all die wehrlosen Menschen, die von Ihrem Heer, Ihrer SS und Ihrer Geheimpolizei im Verlauf dieses Krieges kaltblütig ermordet wurden und noch immer ermordet werden, gern sterben wollten?«

»Aber damit habe ich doch nichts zu tun! Verstehen Sie doch, Herr Oberleutnant – ich habe nur Befehle befolgt. Ich bin doch nicht verantwortlich!«

Yates stellte fest, daß in ihm überhaupt kein Verständnis mehr war für die Probleme, Gesichtspunkte und Empfindungen dieses Mannes. Und das kam nicht daher, daß der sich in seiner Gewalt befand und sich vor ihm wand, sondern weil in diesem Kampf das Recht nur auf einer Seite sein konnte – und zwar auf der seinen.

Er sagte scharf: »Stellen wir noch etwas richtig, Heberle – und das gilt auch für Sie, Mulsinger! Es ist eine Zeit gekommen, in der Männer für das einstehen müssen, was sie getan haben. Dieses Sichverkriechen hinter Ihren Vorgesetzten taugt nichts mehr – denn auch Ihre Vorgesetzten werden sich ohne Zweifel ihrerseits hinter ihren Vorgesetzten verkriechen und so immer weiter hinauf, bis nur noch ein einziger übrigbleibt, der schuldig ist; bis all die Leiden dieses Krieges durch eine Kugel in das Hirn eines Mannes gesühnt sind. Aber so geht es denn doch nicht. In einem großen Misthaufen stinkt die unterste Lage noch ebenso übel, wenn man eine Gabel voll von oben wegnimmt. Sie werden auf Grund dessen gerichtet werden, was Sie, Sie selber, getan haben – jeder einzelne von Ihnen.«

Heberle begriff, daß er von Yates nichts zu erwarten hatte, und seine Angst erstickte jede militärische Achtung, die man ihm eingedrillt hatte. »Lassen Sie uns in Ruh!« rief er. »Nehmen Sie das Ding da mit! Gehen Sie! Raus mit Ihnen!« Er stieß Yates vor sich her und zerrte das Mikrophon zur Tür.

Der Posten steckte den Kopf in die Zelle. »Irgendwas los, Lieutenant? Soll ich helfen?«

»Nein, danke«, sagte Yates.

Er nahm Heberle das Mikrophon aus den Händen, Heberle schien sich durch seinen Ausbruch erschöpft zu haben, und er ließ sich neben dem völlig apathischen Mulsinger auf die Pritsche fallen.

Yates überlegte. Er hatte sich in eine Sackgasse hineinmanövriert. Er hatte sein Herz erheblich erleichtert; er hatte zwei Burschen, die ihm zuhören mußten, gezeigt, wie unangenehm er werden konnte; aber das war nicht von eigentlichem Interesse für sie, und es gehörte auch nicht gerade zu seiner Aufgabe.

Er mußte einen Weg finden, um sich ihre Mitarbeit zu sichern. Das würde nicht leicht sein – es war ihre letzte Nacht; darüber hatte er sie nicht im Zweifel gelassen. Er setzte sich auf die andere Pritsche; zwischen ihm und den beiden Gefangenen stand das Mikrophon.

Nach längerem tiefen Schweigen hielt Heberle nicht mehr an sich: »Wozu haben Sie das Ding da hergebracht?«

Sein Ton war feindselig, so als erwartete er gar keine Antwort. Yates, der auf eine Frage gehofft hatte, erwiderte gleichgültig: »Das Mikrophon? Es soll Ihnen eine letzte Gelegenheit geben.«

Heberle war aufgesprungen. »Was heißt das: Gelegenheit, Herr Oberleutnant? Was sollen wir tun?«

»Das Mikrophon ist mit einem Aufnahmeapparat in einem Funkwagen im Gefängnishof verbunden... Nein, nein, keine Sorge, es ist nicht eingeschaltet. Nichts von dem, was wir bisher gesprochen haben, ist aufgenommen worden.«

»Ich verstehe«, sagte Heberle. »Wir sollen etwas sagen. Was sollen wir aber sagen? Was wollen Sie damit machen?«

Yates rieb die Warzen auf seiner Hand. Heberles plötzliche Bereitwilligkeit war ihm verdächtig.

»Ich werde Ihnen nicht erzählen, was Sie da sagen sollen –«, begann er, und wurde sogleich wieder von Heberle unterbrochen.

»Wenn wir das Richtige sagen, werden wir – werden Sie uns dann am Leben lassen? Ich weiß, wofür Sie uns benutzen wollen – für Propaganda. Mir ist es gleich. Benutzen Sie uns, wofür Sie wollen. Aber wenn wir Ihnen helfen, müssen auch Sie uns helfen.« Er zögerte und fuhr dann fort: »Sie haben mir schon mal ein Versprechen gegeben und es nicht gehalten – wie weiß ich, daß Sie uns nicht wieder täuschen?«

»Weil ich Ihnen gar kein Versprechen gebe. Ich gebe Ihnen nur die Gelegenheit, in der letzten Nacht Ihres Lebens zu Ihrem Volk zu sprechen, zu Ihren Kameraden in Ihrem Heer – ihnen zu erklären, welchen Auftrag Sie hatten und wer Ihnen den Befehl dazu gab und wie Sie vors Kriegsgericht gekommen sind und warum Sie nun sterben müssen. Ich gebe Ihnen Gelegenheit, andere zu warnen – damit nicht noch mehr den Weg gehen müssen, den Sie nun gehen werden. Verstehen Sie mich?«

Weder Heberle noch Mulsinger antworteten. Sie schienen nachzudenken.

»Wir werden Ihre Worte über den stärksten Sender, über den wir verfügen, ausstrahlen. Alle werden hören, was Sie zu sagen haben. Ihre Stimme wird auch nach Ihrem Tod noch leben; vielleicht können Sie auf diese Weise wenigstens am Ende noch etwas Gutes und Anständiges tun.«

Heberle kaute an den Knöcheln seiner Hand. Dann hob er sein Gesicht, verzerrt und dadurch plötzlich sehr häßlich, und fragte mit spröder Stimme: »Wenn ich das Richtige sage, geben Sie mir eine Woche mehr zu leben – drei Tage – vierundzwanzig Stunden...?«

Ein seltsames Fieber durchglühte Mulsinger. Auf die Ellbogen gestützt, richtete er sich auf, sein pferdeähnliches Gesicht nach vorn stoßend wie die Gallionsfigur eines sinkenden Schiffes.

»Sie sagten, unsere Stimme würde auch nach unserem Tod noch leben – das haben Sie doch gesagt?« Er hustete.

»Das habe ich gesagt.«

»Gut!« Mulsinger hielt sich mit Mühe aufrecht. »Ich spreche. Und er wird auch sprechen. Quatsch nicht, Heberle, du sprichst. Das ist mal ein Spaß! Unsere Stimmen werden leben. Geben Sie das Mikrophon her. Ich kann ohne Hilfe nicht aufstehen, ich bin verwundet, das sehen Sie ja, Herr Oberleutnant. Ich werde davon sprechen, wie sie uns verraten haben, Pettinger, dieses Schwein, der uns hier hineingejagt hat – wie sie uns gesagt haben, die Schlacht wäre bereits gewonnen, und die Amerikaner würden aufgerollt und vernichtet – und wie sie ihr Versprechen gebrochen haben – und wie wir jetzt dafür zahlen –«

Wieder hatte er einen Hustenanfall. Als er dann zu Atem kam, fragte er ergeben: »Darf ich da auch meiner Mutter in Breslau Lebewohl sagen?«

»Ja, gewiß dürfen Sie«, sagte Yates.

Er war sich nicht darüber im klaren, was Mulsingers unerwartete Bekennerleidenschaft veranlaßt hatte; aber er sah, daß sich auch der andere Mann mitreißen ließ. Hatten sie ihre Schuld erkannt, und waren sie bereit, sie auf sich zu nehmen? Oder hatten sie ein Gefühl für das Dramatische einer solchen Sendung und vergaßen darüber die Gewehrsalven, die ihren Aufruf zu einem postumen machen würden? Oder hatten sie noch immer die Hoffnung, daß sie, selbst ohne ein besonderes Versprechen von ihm, doch noch begnadigt werden könnten, wenn sie ihre Sache nur sehr, sehr gut machten?

Aber Yates hatte keine Zeit mehr, sich über die Frage den Kopf zu zerbrechen.

Er trat dicht vor das Mikrophon und sprach hinein: »Probedurchsage – Eins – Zwei – Drei – Vier – Probedurchsage – Aufnahmebereit? – Fertig? – Aufnahme!«

Yates verbrachte die halbe Nacht mit Heberle und Mulsinger. Die Aufnahmearbeit ging ganz gut vor sich – stellenweise mußten Wiederholungen gemacht werden; und am Ende mußte Yates die beiden Gefangenen davon abhalten, das Ganze noch einmal zu sprechen.

»Hier wird kein Theaterstück einstudiert!« versuchte Yates es ihnen zu erklären. Er war halb belustigt und halb verärgert. »Vergessen Sie nicht, wir befassen uns hier mit der Wirklichkeit, mit Ihnen selber, und Sie sprechen unter dem Druck dessen, was Sie jetzt durchmachen! Da können Sie ruhig stammeln und nach Worten suchen – das macht im Gegenteil die Aufnahme nur um so wirkungsvoller!«

Aber weder Heberle noch Mulsinger stimmten ihm bei.

»Das ist der Unterschied zwischen euch Amerikanern und uns Deutschen«, erklärte Heberle ihm ernsthaft. »Was wir auch tun, tun wir gründlich und so vollkommen wie möglich. Das ist eine deutsche Eigenschaft. Wir müssen besser sein als die anderen, weil wir in der Mitte Europas eingeklemmt sitzen – wir haben nicht den Raum und die Rohstoffquellen, die ihr in Amerika habt, und auch keine Kolonien wie die Engländer. Wir haben nur die Qualität unserer Arbeit.«

Es war grotesk. Wenige Stunden vor ihrer vollständigen Vernichtung beteten diese Kerle noch ihre pan-germanischen Phrasen herunter. Und nichts davon stimmte – gerade, weil sie nicht gründlich genug gewesen waren, gerade, weil ihre menschlichen Eigenschaften alles andere als überlegen waren, waren sie gefaßt worden und mußten nun sterben. Aber das konnten sie nicht einsehen. So machten sie eben weiter, ohne Zweifel an sich selber; und sobald irgendein äußerer Einfluß sie ihrer unmittelbaren Ängste enthob, fielen sie automatisch in das zurück, was sie immer gewesen waren. Ihr Verhalten ließ wenig Gutes für eine tiefgehende Veränderung im nationalen Charakter eines besiegten Deutschland erwarten.

Yates gestattete ihnen, ihre letzten Worte perfekt zu machen. Warum sollten sie das Vergnügen nicht haben, wenn sie dabei nur guten Willens blieben? Er würde die Aufnahmen ja sowieso schneiden und die Abschnitte auswählen, die er für die besten hielt.

Und als sie mit allem fertig waren, erklärte Mulsinger, er habe noch einen letzten Wunsch – ob er ihm wohl gewährt werden könnte?

»Besteht eine Möglichkeit, uns die Aufnahme noch einmal vorzuspielen?«

Sie mußten dazu zum Funkwagen hinuntergehen, dachte Yates; aber dagegen war nichts einzuwenden. Offenbar hielten sich die Kerle jetzt für wichtige Teile der amerikanischen Propagandamaschine – oder lag etwas anderes vor, betrachteten die beiden diese komplette Kehrtwendung ihrer selbst als eine Lebensmanifestation, die ausgekostet werden mußte, solange noch Atem in ihnen war?

Yates besorgte sich die notwendige Erlaubnis des Gefängniskommandanten; von Wachen und von Sanitätern begleitet, die den schwankenden Mulsinger stützten, zogen sie selbdritt hinunter zum Funkwagen. Clements, geduldig und unverbindlich, ließ die Platten ablaufen – und die zum Tode Verurteilten lauschten hingerissen.

Yates beobachtete, wie sie bei jeder Wendung, die sie für besonders gut gelungen hielten, bei jedem besonders gut gefaßten Satz zustimmend mit dem Kopf nickten – »Jetzt haben wir es ihnen aber ordentlich gegeben«, schien Heberles Gesichtsausdruck sagen zu wollen, und Mulsinger hatte Tränen in den Augen beim Abhören der Abschiedsworte an seine Mutter. Selbst jetzt, nachdem sie zum Feind übergelaufen waren und dessen Spiel spielten, blieben sie doch immer noch – Deutsche.

Dann kehrten sie befriedigt in ihre Zelle zurück.

Als Yates sie endlich verließ, um noch ein paar Stunden Schlaf zu finden vor der Exekution, waren Heberle und Mulsinger soweit, ihm die Hand schütteln zu wollen, und sie hätten es getan, hätte er seine Hände nicht hinter den Rücken gehalten.

Clements weckte ihn. Yates fuhr auf, es war ihm, als hätte er nur Minuten geschlafen. »Zeit zum Aufstehen«, sagte Clements. »Ich habe alles fertig gemacht. Das Mikrophon steht im Hof. Wir sind aufnahmebereit.«

»Haben Sie etwas geschlafen?«

»Nicht viel«, lächelte Clements verlegen. »Ich bin etwas aufgeregt. Es ist meine erste Exekution.«

»Meine auch – fällt mir gerade ein«, sagte Yates. »Ist schon etwas sonderbar, nicht?«

»Ja, Sir.«

»Halten Sie mich für besonders grausam und brutal?«

»Nein, überhaupt nicht, Lieutenant...«

»Früher vertrat ich immer den Standpunkt, die Todesstrafe ist unnötig, grausam und dumm.« Er zog sich den Schlips fest und strich mit den Fingerspitzen über die Bartstoppeln. »Heute denke ich nicht mehr so. Für mich sind die Burschen wie Ungeziefer. Man hat doch auch keine Gewissensbisse, wenn man Insektenpulver benutzt. Oder haben Sie da welche?«

»Selbst nach der letzten Nacht nicht?« fragte Clements.

»Gerade nach der letzten Nacht. Aber vielleicht rede ich auch nur so. Vielleicht kann ich mir nicht vorstellen, was es bedeutet, bis ich es gesehen habe.«

Er kämmte sich das Haar und hatte damit seine Morgentoilette beendet. Dann gab er Clements noch die letzten Anweisungen. »Lassen Sie die Platten ruhig weiterlaufen – selbst wenn ich Pausen mache. Wir werden erst im Funkhaus schneiden.«

Yates ging in den Hof hinunter. In der Nacht war ihm das Gefängnis wie ein riesiger Gebäudekomplex vorgekommen, aber in dem ungewissen, grauen Frühlicht des Januarmorgens war es zusammengeschrumpft.

Draußen war es kühl. Die wenigen Menschen, die da versammelt waren, ein Photograph von den Nachrichtentruppen, der Arzt, der Pfarrer und als Vertreter des Obersten Kriegsgerichts ein Major, sagten, als Yates sie begrüßte, kaum mehr als ein lakonisches »Hallo!« oder »Verdammt früh zum Aufstehen!«

Von weit her, durch den Torweg zum Hof, hörte Yates den Marschschritt des Exekutionskommandos. Er trat an sein Mikrophon und begann zu sprechen:

»Und dies nun ist das Ende von Fähnrich Heberle und Feldwebel Mulsinger. Wir stehen im Hof des Militärgefängnisses in Verdun, wo sie seit Verhängen des Todesurteils ihre letzten Tage verbrachten – Sie hören nun das Exekutionskommando in den Hof marschieren – ein Lieutenant und zehn Mann...«

»Abteilung – Halt! Links – um! Rührt euch!«

»In der Nähe der Hofmauer sind zwei Pfähle errichtet – nun werden Heberle und Mulsinger auf den Hof geführt – Mulsinger, der bei seiner Gefangennahme leicht verwundet wurde, stützt sich auf die Schultern von zwei Wachtposten – Heberle scheinen die Knie zu versagen, er wird halb getragen – beide wissen, was ihrer wartet und warum – sie haben zu ihren Kameraden im deutschen Heer und zu ihrem Volk gesprochen – eine Warnung, daß die amerikanische Armee keinerlei Verstöße gegen die Landkriegsordnung duldet – keinerlei Spionage und Sabotage durch deutsche Soldaten – nun sind sie bis zu den Pfählen gelangt und werden dort festgebunden – ein amerikanischer Major tritt vor und verliest das Urteil des Kriegsgerichts – er liest zuerst auf englisch und dann auf deutsch – obwohl beide Gefangene Englisch sehr gut verstehen – sie wurden ja gerade auf Grund ihrer Sprachkenntnisse für ihren verbrecherischen Auftrag ausgewählt – nun hat der Major geendet und tritt zurück – der Feldgeistliche nimmt seinen Platz ein – er spricht zu den beiden...«

»Vater unser, der Du bist im Himmel...«

»Ihre Lippen bewegen sich, sie beten mit ihm...«

Yates verstummte. Er ertappte sich dabei, daß auch er die Lippen bewegte. Es war eben doch nicht so leicht. Jetzt, da die zwei Männer an die Pfähle gefesselt waren, ja, wie ein Teil des Holzes erschienen und aufgehört hatten, die Einzelwesen zu sein, die sie waren, jetzt waren sie nur noch zitterndes Fleisch, das von den Kugeln zerfetzt werden sollte. Yates schluckte. Er zwang sich, an Troys tote Leute zu denken, die kaltblütig ermordet worden waren, an die entwurzelten, heimatlosen, halb verhungerten Menschen im Verschlepptenlager; an die Narben Andrej Kavalovs, des russischen Marinesoldaten, an das strenge unerbittliche Gesicht von Mademoiselle Godefroy, der Lehrerin aus Isigny. Und die Erinnerungen kamen und halfen ihm, die Gegenwart zu ertragen, so daß er fortfahren konnte:

»Der Feldgeistliche hat geendet – er geht zurück – ein Sergeant tritt vor und zieht den Gefangenen eine schwarze Haube über den Kopf – jetzt ist es nur noch eine Angelegenheit von Sekunden – der Lieutenant nimmt Haltung an – gleich wird er seinen Leuten den

Befehl geben – mehrere von ihnen haben blind geladen – keiner von ihnen wird also wissen, wer die tödlichen Schüsse abgab – der Lieutenant gibt Befehl –«

»Fertig...! Legt an! Feuer!«

Die Salve. Yates sah die beiden Körper ein wenig zusammensakken, nur ein ganz klein wenig, die Köpfe hingen nach vorn.

Er hatte kaum noch Stimme; er konnte nur noch ins Mikrophon flüstern:

»Der Feldgeistliche und der Arzt treten vor – die sterblichen Reste Heberles und Mulsingers werden von den Pfählen losgebunden – auf die Erde gelegt – der Arzt kniet nieder – er nickt – sie sind tot – tot...«

»Kommen Sie mit, eins trinken?« Es war der Major vom Oberkriegsgericht.

»Nein, danke«, sagte Yates. »Ich ziehe Kaffee vor.«

»Läßt sich auch machen. Oben wird Kaffee für die ganze Gesellschaft gebraut. Wissen Sie«, fuhr der Major fort, »das Schlimme bei diesen Geschichten ist, daß sie immer auf leeren Magen kommen.«

Das Gefühl der Erleichterung, das man nach einem Sieg empfindet, für den man hart gearbeitet und gekämpft hat, entschädigt einen auch im Krieg für manches. Wie abgebrüht man auch schon ist, kann man sich doch nicht dem Einfluß solcher Augenblicke verschließen. Man hat ein brüderliches Gefühl für den Mann neben sich. Man bemüht sich, das nicht so zu zeigen, obwohl man fast sicher sein kann, daß die anderen die gleiche Regung verspüren. In dieser amerikanischen Armee werden große Reden nur ungern gehalten, man schüttelt sich auch nicht die Hände, umarmt einander nicht oder küßt sich gegenseitig die rauhen Wangen. Einige ironische Bemerkungen und starkes Trinken sind alles, wodurch man seinen Empfindungen Ausdruck gibt. Meist endet es mit Lärm und Zank.

Für Yates kam dieser Moment mit der Wiedereröffnung des Senders. Es ging schneller, als er angenommen hatte – die Techniker arbeiteten Tag und Nacht, um die riesigen Röhren wieder einzusetzen und die Apparaturen anzuschließen, die abgebaut und von Loomis in das rückwärtige Gebiet gebracht worden waren. Die Techniker waren noch an der Arbeit, als sich die Männer bereits in den Studios versammelten und dort auf den Anruf warteten, daß der Sender bereit sei und die Station mit der Arbeit beginnen könne.

Yates saß in dem gleichen Sessel, in dem er damals, während der dunkelsten und hoffnungslosesten Stunden der Ardennen-Offensive, den Nachruf auf sich und seine Leute über BBC London hatte anhören müssen. Nervös lächelte er Bing zu.

Bing lachte: »Ich fürchte, unsere Grabredner in London, die uns für erledigt und am Ende hielten, werden dumme Gesichter machen. Ich hoffe, sie verschlucken sich an ihren eigenen Worten, wenn sie sie erst zurücknehmen müssen!«

Er schaltete den Empfänger ein. Die deutsche Station, die sich als Radio Luxemburg ausgab und immer noch auf ihrer gestohlenen Welle bald stärker, bald schwächer hörbar war, sandte Nachrichten – gewiß, ein wenig quäkend, aber beharrlich in ihrem Falsett.

Yates antwortete Bing: »Zum Teufel mit den britischen Grabrednern! Stellen Sie sich lieber die Deutschen vor.«

Clements nickte in Richtung auf den Empfänger und sagte strahlend: »Den werden wir aber jetzt eindecken!«

Nur Abramovici war nicht ganz glücklich. Er entsann sich der Delikatessen, die in den Tagen der Niederlage zum Vorschein gekommen waren, und erkundigte sich, ob wirklich alles während dieser schrecklichen Zeit aufgefressen worden war. »Ein typischer Fall von Panik, die sich im Vergeuden von Lebensmitteln äußert.«

Plötzlich fragte Clements: »Ruhe! Hört ihr, was ich da höre?«

Sie wandten sich dem Empfänger zu. Über der deutschen Stimme kam jetzt ein anderer Ton durch, ein schwaches, aber stetes Geräusch, kaum zu vernehmen, als hauchte einer mit unvorstellbar langem Atem in den Äther hinein.

»Die Trägerwelle! Sie arbeitet wieder!«

Und dann kam der Anruf vom Sender – alles war fertig! Sie waren bereit, mit den Sendungen zu beginnen.

Bing lief hinaus in den Senderaum. Er mußte als Ansager einspringen – es fehlten einige Leute vom regulären Personal, die noch in Verdun waren.

DeWitt kam in Yates' Zimmer geschlendert. »Bleiben Sie sitzen!« sagte er gutgelaunt und hockte sich auf die Ecke des Schreibtisches. Er stemmte seine breiten Hände in die Hüften, beugte sich gespannt vor und lächelte: »Ein großer Moment!«

Yates blickte auf seine Uhr. Es war zwei Minuten vor neun am Abend. Er verfolgte den Sekundenzeiger. Als der Zeiger das zweite Mal die 60 oben am Zifferblatt berührte, war der Raum mit einem Schlag von Tönen erfüllt.

Man spielte die Hymnen der Vereinten Nationen – zuerst God Save the King, dann die Marseillaise, dann die Internationale – zum Schluß folgten die Akkorde des Star-Spangled-Banner.

Wie oft hatte Yates das schon gehört; und wie oft hatte es ihm nichts bedeutet. Es erinnerte ihn an Kongresse der ältlichen Herren von der ›American Legion‹ und Eröffnungen von Messen, an Trara und billigen, engstirnigen Patriotismus.

Dieses Mal aber steckte ihm etwas im Halse. Die Fahne, von der das Lied sang, wehte noch, und er und seine Leute hier hatten auch ein wenig dazu beigetragen, daß sie oben am Mast geblieben war, mehr als ein Fetzen buntes Tuch – es kam darauf an, wie ein Volk lebte unter seiner Fahne, und wer sein Leben dafür gegeben hatte, und was die, die die Fahne hochhielten, in ihr sahen.

Die Armeevorschrift besagte, daß der Soldat sich nicht zu erheben und strammzustehen brauchte, wenn die Nationalhymne nur mechanisch oder elektronisch übertragen wurde. Zweifellos war die Vorschrift im vorliegenden Fall anzuwenden; die feierliche Melodie, die jetzt den auf der gleichen Welle operierenden deutschen Sender übertönte, stammte von einer Platte und kam übers Radio. Dennoch rissen die Töne alle im Zimmer von ihren Stühlen, und als die letzten Worte des Texts, *The Home of the Brave*, zusammen mit der letzten Fanfare verklangen, blieb jeder noch stehen, von sich aus und aus eigenem Antrieb und wohl auch weil er spürte, daß die neben ihm ebenso ergriffen waren wie er selber.

Yates fühlte sich in dieser Minute seinem Vaterland sehr nahe, vielleicht zum ersten Mal in seinem Leben. Es war ein sonderbares Gefühl, es schwemmte einen irgendwie mit, und er überlegte, ob man sich etwas davon nicht für spätere Zeiten bewahren sollte.

Schließlich hing es davon ab, was für ein Land das war, sein Vaterland, und was man daraus machte, und wem es in Wirklichkeit gehörte, und wer das Schicksal des Landes bestimmte. Die großen Schlagworte, so verführerisch und doch so nichtssagend, mußten reduziert werden auf wahre Werte, auf etwas Menschliches, Warmes, Echtes, das die Herzen tatsächlich ergriff – auf einen Ruf zur Tat.

Fünftes Buch

Gedämpfter Sieg

Erstes Kapitel

»Ich bin einfach zurückgeblieben. Es war ganz unkompliziert.«

Der deutsche Major blickte Yates von der Seite her an; dabei löste und verschränkte er die langen, dünnen Finger immer wieder.

»Woher wußten Sie, daß unsere Truppen in Ihrer Richtung vorstoßen würden, Major – Dehn ist Ihr Name?«

»Erich Wolfgang von Dehn.«

Dehn war als ein besonders wichtiger Fang bezeichnet worden. Bei seiner Gefangennahme hatte er in korrektem, wenn auch etwas unbeholfenem Englisch erklärt, er sei über die Beeinflussung der Moral der Truppe im deutschen Heer aus internen Quellen gut informiert und wünsche, der dafür in Frage kommenden amerikanischen Stelle zugeführt zu werden. Der Offizier, der ihn an der Gefangenensammelstelle eines Regiments verhörte, hatte sofort begriffen und ihn zu der Propagandaabteilung in Luxemburg eskortieren lassen.

»Nun?«

Dehn lächelte. »Während der letzten Wochen war ich dem Stab der Heeresgruppe des Generalfeldmarschalls von Klemm-Borowski zugeteilt.«

»Ich verstehe.«

»Kennen Sie das Rolandseck, Herr Oberleutnant?«

»Ich habe davon gehört.«

»Landschaftlich herrlich. Sie wissen ja, die rückwärtigen Dienste verstehen es, sich das Beste auszusuchen. Das Rolandseck liegt unmittelbar am Rheinufer, in der Nähe von Bingen – ein prachtvolles Hotel. Es war fast wie ein Sanatorium; dort gehöre ich ja eigentlich auch hin, in ein Sanatorium ...«

Yates blickte ihn an. »Ich fürchte, unsere Unterbringungsmöglichkeiten –«

»Aber das ist ja ganz in Ordnung. Ein sehr nettes Haus, in das

Sie mich eingewiesen haben, und der kleine Mann, der mich bewacht, ist äußerst zuvorkommend.«

Yates beschloß, Abramovici anzuweisen, etwas weniger zuvorkommend zu sein.

»Ich habe da lange Spaziergänge unternommen«, fuhr Dehn fort, »und mir alles durchdacht. Ich liebe diese deutsche Landschaft. Der Rhein strömt dort zwischen den schönen alten Bergen hindurch; es war gerade Frühling geworden, und die Hügel schimmerten in den verschiedensten hellgrünen Tönungen, wie verzaubert, und die Sonne leuchtete im Wasser wieder, so wie sie seit Jahrhunderten sich darin gespiegelt hat – ein goldenes Leuchten, das Gold, das im Rhein verborgen liegt, das Gold der Nibelungen. Sie haben wahrscheinlich nie davon gehört?«

Yates antwortete ihm nicht.

»Es gibt da eine alte deutsche Sage. Wir Deutschen neigen zu so etwas – Mystik, Glauben an ein Nationalschicksal – können Sie mir folgen?«

»Ich folge Ihnen.« Angenehme Stimme, kultiviert, dachte Yates. »Aber kommen Sie bitte zur Sache.«

»Diese Dinge lassen sich natürlich nicht mit den Fingern greifen«, sagte Dehn. »Trotzdem werdet ihr Amerikaner ein Gefühl dafür entwickeln müssen, wenn ihr hierzulande Erfolg haben wollt. Die Deutschen reagieren auf diese Art von Sprache. Wir sind ein Volk von Träumern. Und das ist das Gebiet, auf dem ich Ihnen helfen kann. Sie befassen sich mit Propaganda. Aber Sie sind Amerikaner. Ich habe Ihr Material gelesen. Es ist sehr gut – aber es hat einen uns fremden Ton, es basiert auf dem Materialismus. So werden Sie niemals die Schranken zur deutschen Seele ganz niederreißen. Auf meinen einsamen Spaziergängen am Rhein entlang habe ich mir auch darüber Gedanken gemacht. Und als es soweit war und wir Befehl erhielten, das schöne Rolandseck zu verlassen, begab ich mich einfach wieder auf einen langen Spaziergang.«

Er nickte. Im Grunde seines Herzens war er wirklich Romantiker. Pamela, seine Frau, hatte es auch immer gesagt, wenn seine Unfähigkeit, an der Leitung der Rintelen-Stahlwerke teilzunehmen, einen Ärger mit Maximilian von Rintelen, seinem Schwiegervater, provozierte.

»Es war ein sehr befriedigender Spaziergang, Herr Oberleutnant. Und als ich davon zurückkehrte, waren die andern alle verschwunden. Ich saß in der Hotelhalle, las und trank ein wenig Wein und wartete auf Ihre Truppem. Ich wußte, daß sie den Rhein an vielen Stellen überquerten.«

»Und Sie bieten uns Ihre Dienste an?«

»Ja«, sagte Dehn milde.

»Warum?«

»Es könnte einigen Menschen noch das Leben retten...«

»Bleiben wir bei den Tatsachen!« sagte Yates.

»Also gut, wir haben den Krieg verloren!« gab Dehn zu.

»Und da wollen Sie sich noch rechtzeitig auf die Seite der Sieger schlagen?«

Dehn erledigte die Frage und was darin mitschwang, mit einer Handbewegung. »Wir haben diesen Krieg verloren – aber es ist doch nur ein Satz in einem Spiel, das endlos weitergeht.«

»Hat Ihnen dieser Krieg noch nicht genügt?«

»Es war ein Krieg mit falschen Fronten«, erklärte Dehn. »Anstatt den Osten zu bekämpfen und dabei sich auf den Westen zu stützen, haben unsere Führer uns gegen West und Ost gleichzeitig antreten lassen. Was können Sie aber auch von Parvenüs erwarten?«

»Und was, glauben Sie, wird jetzt kommen?«

»Für den Augenblick sind wir geschlagen. Und dennoch auch wieder nicht. Dieser Krieg, Herr Oberleutnant, hat die große Entscheidung, die noch fallen muß, nur hinausgeschoben – die Entscheidung zwischen Ihrer Weltanschauung, Ihrer und unserer, und der unseres wahren Feindes, des orientalischen Despotismus im Osten, der sich hinter utopischen Schlagworten verbirgt. Indem Sie uns auf seiten Ihres östlichen Bundesgenossen bekämpft haben, haben Sie Ihren eigenen Schutzwall gegen den vordringenden Osten eingerissen, und Sie selber werden einen neuen errichten und Ihre eigenen Leute als Wachtposten hinstellen müssen. Und wenn die Zeit reif ist, werden Sie gezwungen sein, auch uns noch zur Hilfe heranzuholen. Sie liegen in Ihrem Amerika zu weit ab. Und ich hoffe, über die Stärke der Briten geben Sie sich keinen Illusionen hin...«

Da saß er nun, hatte seine Beine bequem übereinander geschlagen, und seine Hand strich nervös über das wohlgeformte Knie in den knapp sitzenden Breeches, die von einem erstklassigen Schneider stammten. Yates hätte das dekadente Gesicht, in dem jeder Zug um einen Grad zu verfeinert war, am liebsten geohrfeigt.

»Aber wenn wir nun keinen neuen Krieg mehr machen wollen?« fragte er.

»Auch ich habe Krieg nicht gern, Herr Oberleutnant. Dieser hier hat mich gesundheitlich ruiniert, und was auch noch kommen mag, es wird ohne mich vonstatten gehen müssen. Aber die Völker treten nach Gesetzen an, die sie nicht ändern können; und der Krieg ist Anfang und Ende dieser Gesetze. So scheint es mir.«

Er suchte in Yates' Augen nach einem Ausdruck, der ihm verriet, ob es ratsam sei weiterzusprechen. Dann fuhr er fort.

»Ich habe versucht, dazu beizutragen, den Frieden zu sichern. Viele Deutsche haben das getan. Wir haben versucht, Europa als ein Bollwerk gegen den Osten auszubauen. Ich war in der Verwaltung des besetzten Frankreich tätig. Wir wollten die Franzosen dazu bringen, mit uns zusammenzuarbeiten; und ich habe gewiß nur die humansten Maßnahmen angewendet. Und was war der Lohn für unsere Bemühungen, für eine sorgfältig geplante Politik, die wir von historischen Entwicklungen ausgehend betrieben? Die Völker wurden gegen uns aufgestachelt, und schließlich sind Sie gelandet und haben damit unseren europäischen Frieden zerstört. Und so muß es denn weitergehen – immer weiter...«

Yates beschloß, sich Dehns Tätigkeit im besetzten Frankreich auf alle Fälle zu merken.

»Ich kann nicht entscheiden, ob wir in einem eventuellen Krieg Ihre Dienste in Anspruch nehmen werden, Herr Major«, sagte er. »Aber kehren wir vorerst zu dem gegenwärtigen zurück. Wann war es Ihnen klar, daß Deutschland verloren hatte?«

Dehn lehnte sich zurück. Er fühlte sich seiner wieder sicherer. »Das wußte ich schon seit langem. In Paris kam mir der Gedanke zum erstenmal. Ich lief damals vor euch davon – und, offen gesagt, seit der Zeit bin ich aus dem Laufen nicht mehr herausgekommen. Paris...«

Seine Augen wurden schmal. Er schien in die Vergangenheit zurückzublicken.

»Unrasiert, verdreckt, die Uniform in Fetzen, saß ich im Hotel Scribe bei Obersturmbannführer Pettinger im Zimmer.«

Draußen warf die Frühlingssonne ihre Strahlen gegen das Fenster, aber im Haus selber war die feuchte Kälte des Winters noch zu spüren, und Yates überlief ein jähes Frösteln.

»Erich Pettinger?«

»Jawohl. Der Obersturmbannführer war zum Schluß mein Chef im Stab der Heeresgruppe Klemm-Borowski.«

Thorpe in seiner Zelle, in den Wahnsinn getrieben und dennoch in seinem Glauben an den Menschen nicht wankend, für den er Yates hielt, Frau Petrik, die in das unendliche Dunkel der Grube in Ensdorf lief, Heberle und Mulsinger, ihre Leiber an die Pfähle gebunden, während ihnen die Köpfe herunterhingen – Yates spürte sein Gesicht zur Maske erstarren, aber er zwang ein Lächeln auf seine Lippen.

»Was für ein Mensch ist dieser Obersturmbannführer Pettinger eigentlich?«

»Was wissen Sie denn von ihm?« fragte Dehn dagegen.

»Als Soldat – eine ganze Menge.« Yates' Ton ließ nicht auf übermäßiges Interesse schließen. »Ich meine, wie ist er persönlich?«

»Ein Schwein«, sagte Dehn unzweideutig.

Yates zog die Brauen hoch.

»Sie glauben vielleicht, ich bin zum erstenmal in Gefangenschaft?« Dehn erhob die Stimme. »O nein, ich bin die ganze Zeit Pettingers Privatgefangener gewesen. Er wußte sehr wohl, daß ich am Ende meiner Kräfte war. Es machte ihm Spaß, mir Aufgaben zuzuweisen, die ich nicht mehr lösen konnte. Ich war sein persönliches Versuchskaninchen, verstehen Sie mich?«

»Wie lange kennen Sie ihn schon?«

»Eine ziemliche Zeit. Seit den zwanziger Jahren. Kenne seine ganze Laufbahn. Lange vor 1933 hat er sich schon mit den Kommunisten herumgeschlagen – da kriegt man Übung und riskiert sehr wenig: man hat immer die Polizei auf seiner Seite. Seither hat er sich das zur Gewohnheit gemacht, Menschen zu schlagen und zu zerbrechen, auf die eine oder die andre Weise.«

Yates schwieg.

»Ich bin ein kranker Mann. Seit Paris immer auf den Beinen, immer auf der Flucht. Einmal muß ein Mensch doch aufhören wegzulaufen! Ich hätte mich aus dem Krieg zurückziehen können – ich habe in die Familie Rintelen eingeheiratet – große Leute, Stahl, verstehen Sie? Aber immer kam etwas dazwischen, das mich daran hinderte – Pettinger nämlich! Er hat mich verfolgt.«

»Das sagten Sie schon.«

Dehn massierte sich erregt die Hände. »Einem kranken Mann in einer Offensive ein Frontkommando zu geben – und er kam mit, nur um sich anzusehen, wie ich kaputtgehe.«

Es war ein einziges Klagelied. Aber Yates hörte zu, denn er hoffte, daß Dehn schließlich doch ein paar brauchbare Fakten, Pettinger betreffend, berichten würde. »Frontkommando?« fragte er. »Was für ein Frontkommando?«

»Panzerbataillon. Wir erreichten sogar die Maas, dort aber wurden wir aufgerieben – nur daß Pettinger sich zur rechten Zeit absetzte. Mich nahm er mit. Er konnte doch nicht einfach seinen privaten Prügelknaben zurücklassen.«

»Soso«, sagte Yates. »Und dort kam also der seelische Zusammenbruch?«

»Nein, vorher. Als wir an die Maas kamen, war ich schon nur noch ein Bündel zuckender Nerven. Der eigentliche Schock trat früher ein. Ich entsinne mich genau des Augenblicks...« Dehn stützte sein fliehendes Kinn auf seine beiden Daumen. »Eine einsame Straße nördlich von Luxemburg – wir stießen weiter nach Westen und liefen – diesmal liefen wir vorwärts, zur Abwechslung...« Er lachte in sich hinein. »Wissen Sie, der Nebel und die Höhenzüge dort – wir stießen auf Widerstand, nicht viel – ein paar Dutzend Mann – wir nahmen sie gefangen –«

Dehn unterbrach sich. Wie sollte er seine Geschichte zu Ende bringen? Er spürte, daß in dem Mann, der ihn da verhörte, eine Veränderung vor sich ging.

Yates blickte ihn scharf an. Es müßte schon großer Zufall sein – und dennoch, da Pettinger in die Sache verwickelt war, ergab sich eine gewisse Wahrscheinlichkeit... Yates entschloß sich, auf Grund seiner Ahnung weiterzuforschen.

Er hob die Schulter. »Diese Nachtkämpfe beanspruchen die Nerven sowieso ...«

Yates betrachte ihn hart. Es war ein hohes Spiel, mit kaum einer Chance. Und doch, da Pettinger in die Sache verwickelt war – es war schon möglich... Yates entschloß sich, seine Karten auszuspielen.

»Sie befanden sich also auf der erwähnten Straße, die von Ost nach West verlief, Herr Major – etwa anderhalb Kilometer vor der Kreuzung mit der nach Norden, nach Bastogne führenden Chaussee? Entsinnen Sie sich der Telegraphenstangen? Sie waren beschädigt, manche hingen gefährlich über und wurden nur von ihren Drähten gehalten. Zur Rechten befand sich eine Anhöhe mit ein paar Büschen –«

Dehns Kopf fuhr auf. Sein Blick, fragend und erschreckt, richtete sich auf Yates.

Yates sagte ruhig: »Wer hat die Gefangenen erschießen lassen?«

»Sie glauben doch nicht etwa, daß ich –« Dehn war aufgesprungen und beugte sich über den Tisch Yates zu, wobei er ein wenig schwankte.

»Antworten Sie mir bitte!«

»Pettinger«, flüsterte Dehn. »Das ist es ja, was mich fertig gemacht hat...!« Seine Stimme wurde wieder stärker. »Ich habe mich geweigert. Ich habe die Verantwortung abgelehnt. Er hat den Befehl gegeben. Halten Sie mich für verrückt, daß ich hier zu Ihnen überlaufe, mit so etwas auf meinem Gewissen?«

»Aber Sie waren der Kommandeur des Bataillons, Major!«

»Er war der rangälteste Offizier!«

»Sie nahmen also seinen Befehl entgegen? Sie ließen zu, daß Ihre amerikanischen Gefangenen abgeschlachtet wurden?«

»Herr Oberleutnant!« Dehn erhob seine langen Hände und ließ sie mit einem Ausdruck der Hoffnungslosigkeit wieder fallen.

Beide schwiegen jetzt. Yates spürte die regelmäßigen Schläge seines Herzens. ›Und keiner soll entkommen...‹ Es war eine Zeile aus einem Gedicht, das er irgendwo gelesen hatte.

Dann sagte Dehn heiser: »Ich habe versucht, ihn davon abzuhalten.«

»Was hat er Ihnen geantwortet?«

»Er hat gelacht...«

»Er hat gelacht«, wiederholte Yates.

»Ja, er hat gelacht!« Dehn wiederholte die Worte, als könnte ihn das Lachen Pettingers entlasten. Er saß vornübergebeugt auf seinem Stuhl.

Yates betrachtete seine Warzen und verglich Dehns schmale und elegante Hände mit den seinen. »Was unsere Propaganda den Deutschen gegenüber betrifft, Herr Major – so glaube ich, werden wir wohl ohne Ihre Hilfe auskommen müssen.«

»Was haben Sie mit mir vor?« fragte Dehn mit gepreßter Stimme.

»Sie haben doch, nach Ihrer eigenen Aussage, in der Verwaltung des besetzten Frankreich Dienst getan.« Yates dachte an Mademoiselle Godefroy, die Lehrerin aus Isigny; an Mantin, den Tischler aus Paris; ja, und an Thérèse. Er lächelte. »Wir werden Sie einfach den Franzosen übergeben.«

Dehns Gesicht schien zusammenzuschrumpfen. »Aber warum denn?« fragte er verzweifelt. »Warum denn nur?«

Nervöser Magen, dachte Abramovici. Sie werden immer anspruchsvoller. Früher war ein Gefangener froh, wenn er ein einigermaßen anständiges, nahrhaft zusammengestelltes amerikanisches Soldatenessen bekam, mit Pfirsichkompott zum Nachtisch. Aber dieser Major sagte: ›Danke, ich habe einen nervösen Magen.‹

Abramovici verließ mit den Pfirsichen in der einen Hand und dem Gewehr in der anderen das Zimmer des Majors, schlug die Tür hinter sich zu und schloß sie ab. Es war eine große, schwere Eichentür, und das Schloß war gleichermaßen solide.

Er ging die Treppe hinunter und auf den Hof hinaus; den Teller mit dem Pfirsichkompott ließ er im Schatten der Haustür stehen. Er setzte sich auf eine alte Kiste, das Gewehr über die Knie gelegt, den großen Helm tief ins Gesicht gezogen. Es war heiß, und er war schläfrig. In etwa einer Stunde, dachte er, wollte er die Pfirsiche wieder mit hinaufnehmen. ›Sie sind sehr zuvorkommend‹, würde der Major in seiner höflichen Art sagen. Abramovici runzelte die Stirn. Er war nicht zuvorkommend. Den Gefangenenwärter zu spielen lag ihm nicht, vor allem, wenn seine Hauptaufgabe darin bestand zu kellnern. Und Yates hatte ihn angewiesen, nicht mehr so verdammt liebenswürdig zu sein, wo doch alles, was er getan hatte, im Rahmen seiner dienstlichen Pflichten lag.

Oben zeigte sich eine Gestalt am Fenster, schattenhaft, undeutlich, denn die Sonne spiegelte sich in der Scheibe. Der Major schien sich den Himmel, die Bäume und das Zementpflaster im Hofe zu betrachten. Abramovici blickte hinauf, tat aber, als habe er ihn nicht gesehen. Dann war das Fenster wieder leer.

Abramovici fühlte sich schläfrig. Seine Gedanken wanderten, er konnte ihnen nur schwer folgen, es ging da um Kohlenhydrate, Vitamine und andere Stoffe, die der Körper brauchte – ob einer nun ein Gefangener war oder nicht.

Er kam zu sich und wunderte sich, daß alles so still war. Er blickte auf seine Uhr. Er mußte wohl ein bißchen geschlafen haben. Die Pfirsiche standen noch immer in der Haustür, aber die Sonne hatte sich weiterbewegt, der Saft war fast eingetrocknet, und die Pfirsichscheiben sahen verschrumpelt aus.

Abramovici stand auf. Er gähnte, streckte die kurzen Beine, griff nach dem Teller mit den Pfirsichen und stieg langsam die Treppe hinauf.

»Warum? fragte er mich noch, warum?«

Yates nahm die Zigarette, die DeWitt ihm anbot.

»Weder der Welt noch sich selber bringen Sie etwas Gutes. Mit Ausnahme der Frau aus Ensdorf damals ist mir bisher noch kein Deutscher begegnet, dem es nicht Vergnügen gemacht hätte, auf dem Bauch zu kriechen. Und auch sie wurde nur unter Druck zu einem Menschen.«

DeWitt legte seine muskulösen Hände vor sich auf den Schreibtisch. »Der Mann hat sich uns ergeben. Er ist unser Gefangener. Wir müssen mit ihm auf unsere Weise verfahren. Bleiben Sie objektiv in der Sache, Yates!«

»In der Normandie noch, Sir, war ich ein äußerst objektiv denkender junger Universitätsdozent. Ich war der Meinung, wir seien etwa genauso bösartig und dumm wie die Deutschen und daß der

Krieg unnötig sei und besonders, daß ich in diesem Krieg nichts zu suchen habe. Jetzt aber würde ich mich sogar um den Posten als Ausrottungskommissar bewerben.«

»Von diesem Posten werde ich Sie unter allen Umständen fernhalten«, sagte DeWitt mit einem Augenzwinkern. »Es könnte sein, daß Sie dabei gleich noch ein paar Leute unserer Seite aufstöberten, die Sie auch in Behandlung nehmen möchten. So geht es eben leider nicht. Wir richten nicht hin ohne Prozeß und Urteil. Wir urteilen nicht ohne gültige Beweise.«

»Ein Haufen Ermordeter genügt nicht als Beweis?«

»Wie wollen Sie beweisen, daß Dehn für den Mord an diesen Gefangenen verantwortlich ist?« fragte DeWitt.

»Pettinger hat den Befehl gegeben; Dehn hat es geduldet.«

DeWitt lächelte. »Behalten wir den Mann. Nach dem Krieg werden wir Zeugen finden und ihn vor Gericht stellen.«

»Nach dem Krieg...!« sagte Yates verärgert. Nach dem Krieg würde die Angelegenheit mit noch weniger Interesse behandelt werden als jetzt. »Schauen Sie, Colonel, ich möchte Sie nicht in Sachen einer fernen Zukunft bemühen – ich möchte nur jetzt Ihre Genehmigung, Major von Dehn den Franzosen übergeben zu dürfen. Die werden sich schon um ihn kümmern.«

»Gerade der Zukunft wegen«, sagte DeWitt, und seine Hände zitterten, »gerade dieser Zukunft wegen trete ich dafür ein, Recht und Gesetz und absolute Objektivität walten zu lassen.«

»Die Zukunft, Sir? Ich dachte, ich hätte Ihnen von Major Dehns Theorien über die Zukunft berichtet. Wenn wir Leute seiner Art nicht unschädlich machen, wird er recht behalten, und wir werden von diesem Krieg in den nächsten taumeln...«

»Halten Sie den nächsten Krieg für so unmöglich?«

»Sir, der Krieg, den wir jetzt führen, ist noch nicht vorüber! Ich lehne es ab –«

Die Tür zu DeWitts Dienstzimmer wurde aufgerissen. Abramovici, sein Gewehr hinter sich herzerrend, kam hereingestolpert.

»Colonel, Sir – ich habe ihm die Pfirsiche gebracht – Pfirsichkompott zum Nachtisch –«

Yates schüttelte ihn.

»Der Spiegel war zerbrochen... Ich habe gleich gedacht, eigentlich sollte kein Spiegel in seinem Zimmer sein – aber es stand auch nichts – nichts darüber in der Vorschrift –«

»Corporal Abramovici!« Der Colonel erhob sich. »Wenn Sie bei einem Offizier Meldung machen, haben Sie Ihr Hemd ordentlich in die Hose zu stecken!«

»Jawohl, Sir!« Abramovici und der Colonel blickten einander an, ein jeder voll plötzlichen Verständnisses für den anderen. Abramovici ordnete sein Hemd, zog die Hose hoch, stand stramm und erstattete Meldung: »Sir, der Gefangene hat Selbstmord begangen.«

Zweites Kapitel

Der Sergeant im Kartenraum des Hauptquartiers des Korps hatte jetzt einen Haufen zu tun. Die Kennzeichen der deutschen Einheit, die sich in Auflösung befanden, verschwanden immer rascher; amerikanische Einheiten dagegen stießen in unerwarteter Weise vor und wurden, sobald sie über den Rhein gesetzt waren, an den überraschendsten Orten gemeldet. All das mußte ordnungsgemäß markiert und eingetragen werden.

Die meiste Arbeit machte ihm Farrishs Division, Tarnbezeichnung ›Matador‹; deswegen mochte er sie auch am meisten. Heute erschien sie in der Nähe von Koblenz, am nächsten Tag hatte sie den Rhein überquert und tauchte in den Höhen östlich des Flusses wieder auf. Ihre Einheiten schienen um die völlig verwirrten Deutschen herumzutanzen. Wenn Offiziere kamen, um nach der Lage zu fragen, erklärte der Sergeant: »Nach den letzten Meldungen befindet sich General Farrish hier in dieser Gegend – aber Gott weiß, wo er jetzt ist. Nein, mehr kann ich Ihnen leider nicht sagen – Nachrichtensperre, Sie verstehen!« Aber Nachrichtensperre hieß in den meisten Fällen nur, daß weder der Sergeant noch der Korpskommandeur wußten, wo Farrish gerade angriff.

Farrish brauchte seine Leute nicht mehr anzutreiben. Wenn auch die Deutschen noch Widerstand leisteten und ihnen noch Verluste beifügten, wenn sie auch alles, was sie hatten, in den Kampf warfen – von den Überresten von Eliteeinheiten bis zu Volkssturmmännern, die halb in Zivil und mit zwei Panzerfaustladungen pro Mann zum Einsatz kamen –, so fehlte doch die feste Richtung, der Antrieb, der Wille, durchzuhalten.

Farrish errichtete sein Hauptquartier in einem kleinen Badeort an einem See. Er wohnte im Kurhaus und kostete von dem Mineralwasser, für das der Ort berühmt war. Mitten in der Kolonne spuckte er es vor dem Herrn Professor, dem leitenden Kurarzt, aus, der es ihm in der unausgesprochen gebliebenen Hoffnung empfohlen hatte, daß die Eroberer in näherer oder fernerer Zukunft als zahlende Gäste wiederkommen möchten.

Willoughby lachte und erklärte dem Professor, daß die Verdauung des Herrn Generals absolut in Ordnung sei. »In der Tat, lieber Doktor«, sagte er, »Sie werden noch staunen, wie gesund wir sind. Wir sind dabei, diesen Krieg zu gewinnen, lieber Doktor, das fördert die Verdauung ungeheuer!«

Der Professor verbeugte sich und zog sich zurück.

Farrish packte Willoughby beim Ellbogen und zog ihn an sich heran. »Clarence, Sie verstehen es wirklich, mit diesen Krauts umzugehen. Sie behandeln sie fast wie Menschen, aber doch nicht ganz. Großartig! Sobald diese Hetz beendet ist, setze ich Sie als Chef der Militärregierung für meinen Divisionsbereich ein. Ja, das machen wir. Sie sind ein sehr nützlicher Zeitgenosse, Colonel Willoughby, ein außerordentlich brauchbarer Zeitgenosse.«

Willoughby steckte das Lob mit gespielter Gleichgültigkeit ein. Er hatte sehr bald, nachdem er zu Farrishs Stab gehörte, gelernt, daß jede übermäßige Gefühlsäußerung den General störte und ihn mißtrauisch machte. Als Farrish ihn zum Colonel beförderte, hatte Willoughby fast zu steif die Beförderung entgegengenommen, er hatte Haltung angenommen und Farrish mit heiserer, unterdrückter Stimme gedankt. Das wiederum hatte den General beeindruckt. Der Trick war, so hatte Willoughby herausgefunden, genau an der Grenze des Gerührtseins entlangzubalancieren, aber in soldatischer

Zucht sich selber zu beherrschen und damit dem General die Gelegenheit zu geben, selber ein Gefühl der Rührung zu entwickeln. Wenn man diese einfache Regel befolgte und ihm dabei Ideen nahelegte, die er als eigene aufgreifen konnte, stieg man unvermeidlich in seiner Gunst. Carruthers, der arme Teufel, war zu schwerfällig, um das zu sehen; er stand sich selber im Weg, zwirbelte an seinem Schnurrbart herum und entdeckte zu spät, daß Willoughby ihn immer wieder an die Wand drückte.

Das aber war nur die Grundbedingung dafür, daß man mit Farrish einigermaßen auskam; ihn zu beeinflussen und zugleich in seinem Kielwasser mit voranzukommen war wieder etwas anderes und erforderte ebenfalls Aufmerksamkeit, Voraussicht und Arbeit. Und Willoughby war gescheit genug, seine Vorschläge auf die Beziehungen zwischen den Stäben und den Pressevertretern zu beschränken. Auf diese Weise schuf er sich seinen eigenen Zuständigkeitsbereich, wo er der Herr war, genau wie in der Firma von Coster, Bruille, Reagan und Willoughby, Rechtsanwälte. Im übrigen mochte er den General wirklich gern.

Sie gingen die breite Treppe im Kurhaus zu Farrishs Räumen hinauf. Der General nahm zwei Stufen auf einmal, sein Gefolge atemlos hinter ihm her.

»Wann werden wir die Stadt Neustadt nehmen?« fragte Willoughby beim ersten Treppenansatz. »Carruthers sagt, die Deutschen könnten uns auf dem Weg dorthin kaum etwas entgegenstellen…«

Der General wandte sich Willoughby zu, der sich respektvoll einen halben Schritt hinter ihm hielt. »Ich werde Neustadt überhaupt nicht nehmen«, sagte er. »Es gehört nicht zu meinem Abschnitt.«

Sie hatten das Ende der Treppe erreicht und eilten den Korridor entlang. In der Tür zu seinem Appartement blieb der General stehen. »Warum?« fragte er. »Warum gerade Neustadt? Werden dort Photoapparate fabriziert?«

»Nicht daß ich wüßte«, lachte Willoughby. »Im übrigen habe ich schon längst eine Leica befreit…«

Farrish blickte ihn an. »Kommen Sie mit herein!« forderte er ihn auf. Und nachdem er die Tür hinter sich und Willoughby geschlossen hatte, sagte er: »Neustadt ist doch für Sie nicht nur irgendeine alte Stadt. Also was gibt es da?«

Willoughby trat an die Wandkarte.

»Hier liegt Neustadt!« Seine kurzen Finger bedeckten den Fluß, einen der Nebenflüsse des Rheins, und den Höhenzug, zwischen dessen Hängen die Stadt eingebettet lag. »Und hier« – seine Finger bewegten sich genau nach Osten in einer Entfernung, die Farrishs geübtes Auge auf etwa zwanzig Kilometer schätzte –, »hier ist ein Punkt, der auf keiner Karte eingetragen ist, weder auf den unseren noch auf den deutschen. Der Punkt trägt einen Namen: Paula. Gott weiß, wer das Mädchen war; sehr anziehend kann sie nicht gewesen sein, Paula ist ein Konzentrationslager.«

»Aha!« brummte Farrish, »ein Konzentrationslager.«

»Paula wäre das erste Konzentrationslager, das von amerikanischen Truppen befreit wird.«

Der General trat vor die Karte. Er überragte Willoughby um ein Beträchtliches. Er hielt den Kopf schräg und betrachtete die Entfernung. Sein Augenblick folgte der gekrümmten Linie von Strichen und schräggestellten Kreuzen, die die Grenze zwischen seiner und der Nachbardivision darstellte.

»Könnte mir vorstellen, daß die armen Hunde in dem Lager über eine Befreiung nicht böse wären«, sagte er nach einer Weile. »Aber die Krauts werden sie abtransportieren, bevor wir noch hinkommen.«

»Das glaube ich nicht«, entgegenete Willoughby. »Jedenfalls nicht, wenn wir rasch genug vorstoßen.«

»Dann werden die Nazis sie umbringen!«

»Nach den uns vorliegenden Berichten befinden sich sieben- bis zehntausend Gefangene im Lager Paula. Gewiß, die Nazis würden sie samt und sonders bedenkenlos erledigen – aber nicht, wenn sie befürchten müssen, daß wir sie dabei erwischen könnten.«

Der General hörte ihm aufmerksam zu.

»Ein Teil der Divisionsreserve sollte genügen«, bemerkte Willoughby. »In Bataillonsstärke, mehr nicht – und das können wir abzweigen. Wie viele Leute werden die Nazis bei ihrem Mannschaftsmangel schon als Bewachung des Lagers haben?«

»Divisionsgrenzen ...« Farrish wandte sich wieder der Karte zu. »Das ist sowieso alles Unsinn. Alles Theorie.« Und wie zur Erklärung sagte er zu Willoughby: »Wenn man so vorstößt, wie wir, muß man seine Flanken abdecken.« Aber er schien immer noch unentschlossen zu sein.

Willoughby überging das Problem des Divisionsbereiches. Er sagte nachdenklich: »Es läge vielleicht eine Art höherer Gerechtigkeit darin.«

»Höherer Gerechtigkeit, he?« Farrish schnitt ein Gesicht.

»Ganz sichtbar – die Hand Gottes! Schließlich waren die Nazis hinter Ihnen persönlich her, um Sie zu erledigen – und noch dazu auf die heimtückischste Art ...«

Willoughby hatte einen psychologischen Volltreffer gemacht. Hier war die Gelegenheit für den General, sich für das Unternehmen ›Geier‹ zu revanchieren. Nicht Panzer gegen Panzer, Division gegen Division: nein, ein persönlich gezielter Schlag gegen den anderen – Farrish gegen den Nazismus in Reingestalt.

Willoughby erkundigte sich: »Soll ich die Presse verständigen, Sir? Wir könnten ein paar Berichterstatter mitnehmen.«

»Das ist Ihre Angelegenheit!« knurrte Farrish. Ihm lag es mehr, seine Phantasie spielen zu lassen und sich als Befreier inmitten dieser elenden Menschen zu sehen, als vorauszuplanen, wie und wo man sich den Pressephotographen stellte. Große geschichtliche Momente sollten spontan stattfinden.

»Um die Einzelheiten kümmere ich mich schon, Sir«, versicherte ihm Willoughby.

Farrish ließ sich durch seinen Stabschef eine Liste der Einheiten und Offiziere vorlegen, die sich in der Divisionsreserve befanden. Er mußte für diesen Einsatz sorgfältig auswählen – er durfte nicht zu viele Leute dafür abstellen, da er seine normalen Aufgaben nicht vernachlässigen konnte; und bei Lichte besehen war das Ganze eine krumme Sache, die von jemandem geführt werden mußte, mit dem man losgehen und Pferde stehlen konnte, jemandem, der fähig war, selbständig zu denken und zu handeln, und der sich nicht mit den Deutschen oder mit amerikanischen Einheiten außerhalb Farrishs

Kommando auf Sachen einlassen würde, denen er nicht gewachsen war.

Bei dem Namen Troy hakte Farrish ein – das war doch der Captain, der ihm während der Abwehrkämpfe gegen den deutschen Durchbruch aufgefallen war? Eine solcher Offizier war entweder ein ganz ausgezeichneter Mann, oder er brach sich über kurz oder lang sowieso den Hals.

Troy erhielt Befehl, sich sofort beim General zu melden. Er ging so, wie der Melder ihn angetroffen hatte – mittelmäßig rasiert, seine Feldbluse in keinem schönen Zustand. Seit ihrem Zusammentreffen in der Einbruchsschlacht hatter er Farrish nicht mehr gesehen. Vielleicht wollte der General alte Rechnungen begleichen; aber Troy war nicht allzu beunruhigt.

Unerschüttert ertrug er Farrishs abschätzenden Blick. Im Hintergrund bemerkte er Willoughby, dessen er sich noch aus jener Nacht in Rambouillet entsann; Willoughby nickte ihm ermutigend zu.

Dann hörte er, wie der General sagte: »Captain Troy, ein Einsatzkommando wird das Konzentrationslager Paula befreien, etwa zwanzig Kilometer ostwärts der Ortschaft Neustadt gelegen. Glauben Sie, Sie sind der richtige Mann für die Leitung der Sache, he?«

»Ich führe durch, was Sie mir befehlen, General!«

»Sie haben nicht immer so gedacht, stimmt's?« Farrishs Lippen verzogen sich zu einem spöttischen Lächeln.

Troy entschied sich, fest zu bleiben. »General, heute fragen Sie mich, was *ich* tun kann – nicht, wozu meine Leute imstande sind.«

Farrish lachte, kein sehr angenehmes Lachen. »Also – kommen wir auf diesen Einsatz zurück. Sie sind da ganz auf sich selber gestellt, Captain, und ich werde nicht in der Nähe sein, um Sie herauszureißen, wenn Sie was falsch machen. Sie werden uns weit voraus sein und nicht auf Unterstützung rechnen können, und ich lege Wert darauf, daß Sie nur im äußersten Notfall Funkverbindung aufnehmen – die Deutschen können Ihren Ruf ebenso leicht abhören wie wir. Wir werden Sie schon wieder einholen, keine Sorge; es kann aber ein paar Tage dauern. Haben Sie das alles verstanden?«

»Jawohl, Sir!«

»Wollen Sie noch immer?«

»Jawohl, Sir!«

Der General betrachtete prüfend seinen Mann und war mit seiner Wahl zufrieden. Troy sah zu solide aus, als daß er zu übereilten Entscheidungen hätte neigen können; er hatte intelligente, forschende Augen und ein Kinn, das Festigkeit verriet. Außerdem hatte ein Offizier, der seine Kompanie vom Strand der Normandie den ganzen Weg bis über den Rhein geführt hatte, allein schon dadurch bewiesen, daß er verstand auf sich und seine Leute zu achten.

»Gut – nun kommen Sie mal her!« Der General führte ihn vor die Wandkarte. »Hier, das ist Ihr Ziel, und hier gehen Sie vor.«

Troy sah den Finger des Generals über die Grenze des Divisionsbereiches hinweggleiten. Da also lag der Hund begraben... Aber er verkniff sich jede Bemerkung. Farrish mußte ja wissen, was er tat.

»Und nun, Captain, was nehmen Sie noch außer Ihrer eigenen Kompanie?«

Troy warf erneut einen Blick auf die Karte und schätzte die Stellung von Farrishs Vorauseinheiten im Verhältnis zum Lager Paula und zu den Vorauseinheiten der Nachbardivision ab.

»Ich muß beweglich sein«, sagte er, »ich will schneller sein können als die schnellsten Truppen, die die Deutschen gegen mich führen können – damit ich auch weglaufen kann, falls es nötig wird. Ich muß unabhängig sein – das bedeutet, ich muß motorisierte mittelschwere Artillerie und Panzerabwehr bei mir haben. Dann brauche ich noch Pioniere und meinen Troß, Benzin, viel Benzin, und Verpflegung. Und was geschieht, nachdem ich dort ankomme? Wie viele Gefangene sind im Lager Paula? Siebentausend? Wie soll ich siebentausend halbverhungerte Menschen verpflegen?«

»Etwas Verpflegung werden Sie doch im Lager finden!« sagte Willoughby.

Troy sah ihn zweifelnd an.

Willoughby fügte hinzu: »Außerdem werden wir, sobald Sie das Lager genommen haben, sehr bald mit dem Nachschub zu Ihnen nachstoßen... Sie sollten aber noch zusätzliches Sanitätspersonal mitnehmen; diese Leute werden Sie brauchen können... Außerdem müssen Sie noch etwas mit sich schleppen...«

»Und das wäre?«

»Berichterstatter«, sagte Willoughby.

Troy zögerte. »Lieutenant Colonel«, sagte er schließlich, »diese Aufgabe ist kitzlig genug, auch ohne Zivilisten.«

»Es sind ja nur zwei«, tröstete ihn Willoughby. »Der eigentliche Haufen kommt mit dem General.«

Troy blickte Farrish voll ins Gesicht. »Ist das Ihr Befehl, Sir?«

Farrish zog sich zu seiner Wandkarte zurück. »Ja, natürlich...« Er räusperte sich.

Willoughby unterbrach die peinliche Stille. »Ich habe mir erlaubt, die beiden Korrespondenten, die Captain Troy begleiten sollen, hierherzubitten. Ich dachte, es sei am besten, Sir, wenn Ihre Anordnungen im Beisein aller Beteiligten gegeben würden.«

»Gut – sollen sie hereinkommen, damit wir die Sache schon hinter uns bringen!« sagte Farrish.

Willoughby nahm den Hörer ab. Kurz darauf traten ein Mann und eine Frau, beide in Uniform, ein.

»Sie erinnern sich doch – Miss Karen Wallace?« sagte Willoughby breit lächelnd, während der General sich erhob und Karen die Hand schüttelte.

»Aber sicher!« Farrish strahlte. »Wo waren Sie denn die ganze Zeit? Ich habe Sie den Winter über vermißt. Haben wohl Winterschlaf gehalten?« Widerstrebend ließ er ihre Hand los.

»Und das ist Mr. Tex Myers«, verkündete Willoughby und gab dem kleinen Mann einen leichten Stoß, der ihn bis vor den General brachte.

»Wie geht's, Tex?« sagte Farrish mechanisch, den Blick immer noch auf Karen gerichtet.

»Ich habe oft an Sie gedacht, General«, sagte Karen freundlich. »Ich war eine Zeitlang in Paris, dann wurde ich zur Siebenten Armee geschickt; die Entfernung zwischen uns war zu groß.«

»Paris ist nicht gut für Frauen«, erklärte Farrish mit Absolutheit. »Für niemanden gut. Dort hat man mir mein Benzin gestohlen. Und dadurch den Krieg in die Länge gezogen.«

»Ich weiß«, sagte Karen. »Ich bin auch nicht lange dort geblieben. Die Soldaten, über die ich schreibe, sollen schon richtige Soldaten sein –«

Farrish nahm ihren Arm und führte sie zu Troy. »Gut, da kann ich Ihnen Captain Troy vorstellen, mit dem Sie, wie ich höre, das Lager Paula befreien werden.«

»Guten Tag«, sagte Troy und gab ihr kurz die Hand. Er spürte den Blick, den sie auf ihn richtete; oder vielleicht blickte sie auch durch ihn hindurch. Alles an ihm war ihm plötzlich zu groß – seine Hände, seine Füße, sein Brustkorb, sein Nacken, alles.

Sie unterhielt sich wieder mit dem General. Willoughby bemerkte, daß sie Troy mehrmals wieder ansah. Er stieß den Captain in die Rippen und flüsterte: »Menschenskind, Troy, Sie sind doch alt genug! Haben Sie noch nie was mit einer Frau zu tun gehabt?«

Troy schüttelte ihn ab.

Sie wandte sich von Farrish ab und Troy zu: »Wie ist das, Captain, brechen wir bald auf?«

»Wollen Sie wirklich mitfahren?« fragte er. »Es wird kein Spaß werden. Und selbst wenn wir heil durchkommen – was wir zu sehen kriegen werden, wird ziemlich übel sein.«

In ihren Augen zeigte sich Teilnahme. »Ich weiß, Captain. Aber ich glaube, ich werde der Sache gewachsen sein.« Sie sah, daß er lächelte, ein gutes, warmes Lächeln. Endlich taute er auf.

Er sagte: »Der Gefechtsstand meiner Kompanie liegt gerade außerhalb der Stadt in einem Bauernhaus an der Straße 22. Am besten wäre, wenn Sie und Mr. Myers sich morgen gegen Mittag dort einfänden. Ich möchte bei Einbruch der Dunkelheit aufbrechen. Einzelheiten besprechen wir dann.«

»Machen wir«, sagte Karen.

Der General verlangte noch einmal ihre Aufmerksamkeit. »Bei Troy sind Sie gut aufgehoben. Habe den Richtigen ausgesucht, was?«

Sie schenkte Farrish ihren sonnigsten Blick. »Ich möchte Ihnen und Colonel Willoughby für die außerordentliche Gelegenheit, die Sie Tex und mir geben, danken. Ich weiß, daß ich mich immer auf Sie beide verlassen kann.«

Farrish strich sich über das Haar. Seine Nasenflügel bebten, so tief holte er Atem. »Ich schuldete Ihnen ja eine Sensation, Miss Wallace«, begann er, »als Entschädigung für die, die uns jemand in der

Normandie verpatzt hat – Achtundvierzig Salven aus achtundvierzig Geschützen! Die Überschrift stammt von mir selber. Erinnern Sie sich?«

»Ja, irgend jemand hat uns das verpatzt«, sagte sie mit betontem Bedauern. Ihr freundliches Lächeln galt nicht nur dem General, sondern mehr noch Willoughby. »Aber ich nehme an, daß uns das dieses Mal nicht passieren wird«, sagte sie mit Betonung.

»Garantiert nicht« sagte Farrish. »Diesmal funkt uns keiner dazwischen! Diesmal stoßen wir durch, egal, wieviel Scherben es dabei gibt. Haben Sie gehört, daß die Nazis versucht haben, mich umzubringen? Ich werde ihnen noch die Hölle heiß machen. Wir nehmen das Lager Paula, diesen Schandfleck auf Christentum und Zivilisation, und wir befreien alle, die dort drinstecken. Und dann nehmen wir die Nazis und zeigen ihnen mal, was Gerechtigkeit ist. Was halten Sie von dieser Überschrift, Miss Wallace? General unternimmt Kreuzzug – für Freiheit und Gerechtigkeit!«

Karen nickte. Sie sah, daß Troys Gesicht zu einer Maske erstarrte und wie das Fett unter Willoughbys Kinnbacken anzuschwellen schien, so sehr zufrieden war der Mann mit sich selber. Sie hörte Tex Myers etwas vor sich hinmurmeln; es klang wie ›Idiot‹, aber sie hatte es vielleicht nicht genau verstanden.

Drittes Kapitel

Troy bewahrte seine Ruhe trotz aller Reibungen, die sich nun einmal ergaben, wenn verschiedenartige Einheiten mit ihren verschiedenartigen Bedürfnissen zusammengeworfen wurden und für eine gemeinsame Aufgabe zu einem organischen Ganzen zusammengeschweißt werden mußten. Er war kein Diplomat und machte keine Zugeständnisse; er übte seine Autorität ohne Lärm aus, mit einigen sachlichen Worten, die jeden Widerspruch ausschlossen. Und da er die Fähigkeit besaß, die Arbeit auf die richtigen Leute zu verteilen, wobei er sich selber vorbehielt, die Durchführung zu überprüfen, war er nie in Eile und hatte Zeit, besondere Fragen und geistreich gemeinte Bemerkungen zu beantworten und die Offiziere und die wichtigsten unter den Mannschaften kennenzulernen, deren Vertrauen er gewinnen mußte, wenn der Vorstoß nach dem Lager Paula nicht mit einer Katastrophe enden sollte.

Er selber hegte Zweifel zur Genüge. Er mußte die Furcht in sich bezwingen, daß ein Ereignis wie der Verlust von Fulbrights Zug sich wiederholen könne, vielleicht sogar in größerem Maßstab. Betrachtete man den Plan des Unternehmens nüchtern, so war die Möglichkeit dafür durchaus gegeben. Sein kleiner Trupp isolierte sich ja absichtlich und forderte den Feind geradezu heraus, ihn zu umstellen und aufzureiben, bevor Hilfe kommen konnte; nur Schnelligkeit, ein genaues Abstimmen der einzelnen Maßnahmen aufeinander und die Fähigkeit, kühl zu reagieren, konnten ausgleichen, was sich da gegen ihn auftürmte. All dies ließ sich verstandesmäßig klären, und er konnte auch dafür sorgen, daß seine Leute sahen, womit sie es zu tun hatten; dennoch war er nicht ganz imstande, die Ungewißheiten in sich selber auszumerzen.

Er saß in der guten Stube des Bauernhauses an der Straße 22, die nach Neustadt führte. Um ihn herum häuften sich militärische Ausrüstungsstücke, und altmodische Möbel standen herum, so wie sie nach einem halben Dutzend hastiger Besprechungen stehengeblieben waren. Der Boden war mit Karten und Papieren bedeckt.

Er war allein. Die letzten Einzelheiten waren geregelt. Die einzigen Leute, mit denen er noch sprechen mußte, waren die beiden Berichterstatter: Karen Wallace mit dem rötlich-braunen Haar und der Kleine da, Tex Myers.

Er seufzte auf. Er konnte zwei Mann hereinkommen und das Zimmer aufräumen lassen. Aber dann verwarf er den Gedanken. Die Leute hatten genug zu tun, sie mußten packen, ihre Motoren und Waffen überprüfen und ihre Fahrzeuge beladen. Er schob den Tisch wieder dahin, wo er glaubte, daß er hingehöre – vor die Bank an dem großen, mit bunten Kacheln ausgelegten Ofen. Er stellte die Stühle wieder ordentlich hin. Mit dem Fuß stieß er Packsack, Brotbeutel und Schlafsack in eine Ecke; er fand die Taschenlampe wieder, die er in der Nacht zuvor verlegt hatte, und als er eine Büchse mit Käse entdeckte, spürte er plötzlich, wie hungrig er war – seit dem Morgen hatte er nichts mehr gegessen, hatte keine Zeit dafür gehabt. Er setzte sich hin, öffnete die Büchse und wollte gerade ein Stück Käse abschneiden, als er Schritte hörte. Das müssen sie wohl sein, dachte er, stieß schnell die Büchse unter einen Haufen Papier und ließ sein Taschenmesser wieder einschnappen.

»Ach, Sie sind es!« sagte er hörbar erleichtert, als Yates, dicht gefolgt von Bing, eintrat.

»Haben uns nicht erwartet?« lachte Yates. »Wir dachten schon, wir fänden sie nie mehr. Habe den ganzen Ort nach Ihnen abgesucht – schließlich traf ich Willoughby, alter Freund von mir, und er sagte uns, wo Sie wären, und wir müßten uns beeilen, denn Sie setzten sich heut nacht noch in Marsch.«

Troy zog sein Messer wieder aus der Tasche, holte den Käse hervor und begann in der Büchse herumzustochern. »Bedienen Sie sich«, sagte er.

»Nein, danke«, sagte Yates. »Ich habe für den Rest meines Lebens genug vom dem Käse aus der K-Ration.«

»Was für ein Bursche ist er denn, dieser Willoughby?« fragte Troy und kaute. »Woher kennen Sie ihn?«

»War früher in unserer Einheit«, antwortete Yates. »Wir wurden ihn schließlich los. Wie es scheint, ist er die Treppe hinaufgefallen; Farrish hat sich ihn geangelt, und Willoughby behauptet, es geht ihm glänzend.«

»Aha.« Troy schluckte ein Stück Käse hinunter.

»Wieso haben Sie gefragt?« Yates runzelte die Stirn. »Hatten Sie Schwierigkeiten mit ihm?«

»Nein, das nicht gerade.«

»Er kommt im allgemeinen mit anderen Leuten ganz gut zurecht«, sagte Yates, »das heißt, mit Leuten, die er gebrauchen kann.«

Troy nickte. »Die Sorte also ...«

»Ja, die Sorte.«

Troy ließ das Thema fallen. Er sagte zu Yates: »Sie müssen eine ziemlich lange Fahrt gemacht haben, um hierherzukommen ...«

»Wir haben zwei Tage gebraucht, Sie einzuholen.«

Es entstand eine kleine Pause, während der Troy den letzten Käse aus der Büchse hervorgrub und dann die Büchse auf den Ofen warf, wo sie klappernd aufschlug und liegenblieb.

Bing hatte eine Karte vom Boden aufgehoben und betrachtete sie. »Die Gegend da kenne ich«, erwähnte er. »Ich bin dort früher gewandert – zusammen mit meinem Vater. Er war ein großer Wanderer vor dem Herrn und schleppte mich mit, sobald ich aufrecht gehen konnte – seitdem hasse ich Fußmärsche.«

Troys Interesse erwachte. »Welche Gegend?« fragte er.

»Neustadt, Captain. Ich bin aus Neustadt. Dort geboren, dort aufgewachsen und von dort vertrieben. Meine Nase hat dort Mißfallen erregt –«

»Neustadt...«, wiederholte Troy. »Kennen Sie ein Konzentrationslager dort in der Nähe, Lager Paula?«

»Es war noch im Bau, als wir weggingen. Man hatte meinen Vater wissen lassen, daß man ihn gern gleich bei der Einweihung mit drin gehabt hätte.«

Troy bohrte in seinen Zähnen, verfolgte dabei aber jedes Wort.

»Bing«, sagte Yates, »ich wünschte, Sie redeten nicht so schnoddrig über diese Dinge.«

»Ich ziehe es aber vor, so über diese Dinge zu reden, wenn überhaupt«, erwiderte Bing und befaßte sich wieder mit der Karte. »Wenn ich mich recht entsinne, Captain, dann ist Lager Paula an dieser Stelle hier gebaut worden...«

Er hatte ein kleines Viereck auf einem von hügeligem, bewaldetem Terrain umgebenen Plateau eingezeichnet.

»Stimmt!« sagte Troy und verglich Bings Eintragung mit der auf seiner eigenen Karte. »Stimmt haargenau.«

»Planen Sie eine Spritztour dorthin, Captain?« fragte Bing hastig.

»Ich stoße mit einem Einsatzkommando nach dem Lager Paula vor.«

Bing wandte sich an Yates, sein unernster Ton war wie weggepustet. »Lieutenant, würden Sie mir gestatten, das Einsatzkommando zu begleiten? Ich möchte Neustadt sehen, das Haus, in dem ich geboren wurde – das verstehen Sie doch wohl?«

»Dafür sind wir aber nicht hierhergekommen«, wandte Yates ein.
»Weshalb denn?« wollte Troy wissen.
»Um mein Versprechen zu erfüllen.«
Troy blickte auf, seine Lider verkniffen sich. »Das Versprechen, das ich Ihnen in einer Winternacht gegeben habe, Captain!«
»Haben Sie ihn?« fragte Troy gespannt.
»Nein. Aber wir wissen, wer er gewesen ist.«
Yates sah, wie Troys Hand das schwere Holz des Bauerntischs umklammerte; sah, wie die Muskeln an Troys Nacken hervortraten.
»Erich Pettinger, Oberstleutnant in der SS. Das ist der Mann, der den Befehl zur Erschießung Ihrer Leute gegeben hat.«
»Wo ist er jetzt?«
Yates hob die Hände: »Gott weiß!«
»Ich will ihn lebend haben!«
»Nur keine Aufregung!« sagte Yates. »Er ist wahrscheinlich am Leben, und Deutschland wird mit jedem Tag kleiner. Lassen Sie mich Ihnen die ganze Geschichte erzählen!«
Nachdem Yates geendet hatte, wiederholte Troy: »Ich will ihn lebend haben. Nicht wegen Auge um Auge und Zahn um Zahn. Wenn ich das wollte, könnte ich's billig haben – ich stoße auf Neustadt vor, um Lager Paula zu befreien. Das ist gut, und es verschafft mir eine gewisse Genugtuung, und ich bin dankbar, daß ich den Auftrag gekriegt habe – zumindest weiß ich endlich einmal, was ich tue und warum. Aber das ist nicht genug. Ich will diesen Pettinger haben.«
»Ist das alles?« fragte Yates. »Nehmen Sie an, wir fangen ihn. Nehmen Sie an, er erzählt Ihnen, was sein Prügelknabe Dehn mir auch gesagt hat – sie waren auf dem Vormarsch, und sie hatten es eilig, und sie hatten ganz einfach keinen Platz für Gefangene.«
»Eine feine Entschuldigung!«
»Sie brechen nach Neustadt durch, Captain. Sie haben eine kleine vollmotorisierte Einheit. Auch Sie können keine Gefangenen machen – oder?«
»Unbewaffnete Männer erschieße ich nicht!« sagte Troy einfach.
»Ich habe es auch nie von Ihnen angenommen«, sagte Yates.
Troy blieb eigensinnig. »Ich will ihn lebend haben!«
Er ist wirklich darauf versessen, dachte Yates. Ein großer, kräftig gebauter Mann, aber im Krieg drehen sie alle irgendwie durch.

Nun kam auch noch Bing dazu: »Lassen Sie mich doch mit nach Neustadt gehen, Lieutenant. Der Captain braucht einen Mann, der die Sprache spricht und diese Brüder versteht...«

Yates wollte schon sagen: Fragen Sie Troy! Aber dann bedachte er sich. Er war so mit dem Gedanken an Pettinger und Troys Reaktion darauf beschäftigt gewesen, daß er die Bedeutung des Unternehmens Paula noch nicht voll erfaßt hatte. Erst Bings Bitte machte ihm das bewußt.

»Da ist etwas Richtiges an dem, war der Sergeant sagt«, erwähnte er vorsichtig. »Wenn ich mir's überlege, Captain – ich selber würde Sie sogar auch ganz gern begleiten und mir das Lager mal ansehen.«

Bevor Troy antworten konnte, mischte sich Bing wieder ein: »Wozu wollen denn Sie das Lager sehen? Sie haben doch Phantasie, und wir bekommen sowieso alle Berichte und Photos, die wir brauchen...«

Yates wandte sich Troy zu. »Ich könnte mir denken, daß wir dort nützliches Material für die Arbeit meiner Einheit fänden – und Colonel DeWitt würde auch seine Einwilligung geben, da bin ich ganz sicher – und ich habe meinen eigenen Jeep – und Bing und ich, wir könnten Ihnen wirklich helfen.«

»Ich habe Sie nicht zum Spaße gewarnt!« protestierte Bing. »Ich meine es zu Ihrem Guten, Lieutenant. Nur wenn man selber erfahren hat, was in Deutschland geschehen ist, kann man sich eine Vorstellung davon machen, wie es in einem solchen Lager aussieht – sonst nicht. An Ihrer Stelle würde ich dort nicht hingehen, wenn ich nicht absolut müßte – um meiner eigenen Seelenruhe willen. Man kann sehr gut leben, ohne so etwas gesehen zu haben.«

»Was regen Sie sich eigentlich so auf?« fragte Yates ärgerlich.

Warum hörte er eigentlich nicht auf Bing? Warum wollte er Lager Paula durchaus sehen? Um Material für Propagandazwecke zu suchen? Das war etwas, was er DeWitt eventuell erzählen konnte. Also warum dann? Vielleicht – suchte er die Wahrheit dieses Krieges, und das Lager Paula war ein Teil dieser Wahrheit, und höchstwahrscheinlich ihr fürchterlichster Teil.

Troy hatte sich entschieden. »Kommen Sie beide mit, aber auf Ihr eigenes Risiko«, lud er sie ein. »Vielleicht gelingt es uns sogar, Pettingers Spur aufzunehmen. Wahrscheinlich gehört er zu den Typen, die dort zu finden sind, wo Menschen gequält werden...«

»Sie mit Ihrem eingleisigen Denken!« Yates lächelte. »Aber wir kommen mit.«

Karen und Tex Myers meldeten sich zur Stelle.

»Pünktlich, Captain?« sagte sie und wandte sich um, denn sie hatte einen unterdrückten Laut gehört, wollte feststellen, woher er käme, und sah die jähe Bewegung des Mannes im Hintergrund der niedrigen Bauernstube. Sie erkannte das ihr vertraute Gesicht, obwohl es im Schatten blieb. Und sie spürte den plötzlich beschleunigten, schmerzhaften Schlag ihres Herzens.

»Karen!« sagte Bing und ging mit ausgestreckten Händen auf sie zu. Er hatte Troy ganz vergessen, der den Auftritt erstaunt beobachtete, und auch Yates, der seine Verlegenheit hinter einem Lächeln verbarg. »Karen – ich habe ja so gewartet auf diesen...!«

Der krampfartige Schmerz in Karens Brust war ebenso schnell vergangen, wie er gekommen war. Sie spürte, daß sie sich entscheiden mußte, und zwar hier und jetzt, noch ehe dieser Junge Zeit hatte, sich noch tiefer in irgend etwas zu verrennen.

»Ja, der Sergeant Bing!« rief sie also heiter. »Da freue ich mich aber, daß Sie seit der Normandie alles so gut überstanden haben. Und Sie, Lieutenant Yates – ich habe Ihren Freund Willoughby gesprochen und von ihm erfahren, daß Sie gesund und munter sind – es tut einem wirklich gut, Sie beide wieder zu begrüßen.«

Yates nickte. Sie hatte sich nicht sehr verändert: die grauen, kühlen Augen, deren Blick ihn einmal so frustriert hatte, waren noch immer gleich kühl, und ihre Gesichtszüge, die zuweilen ein gütiges Lächeln zeigten, waren noch immer nicht schöner geworden. Auch der Druck ihrer starken, fast männlichen Hände war der gleiche – dieser Hände, von denen er eine Ohrfeige erhalten hatte, lächerliche Situation, an die er sich nicht gern erinnerte.

»Es ist doch ein kleiner Krieg, man trifft sich«, sagte er mit dem freundlichen Interesse eines Mannes für jemand, mit dem zusammen er einen Bombenangriff durchgemacht hat. »Kommen Sie auch mit zum Lager Paula?«

»Ja, wenn Captain Troy Tex und mir einen Platz verschafft.«

Troy hatte sich unter all diesen alten Freundschaften etwas als Außenseiter gefühlt. Nun mischte er sich ein: »Ich habe alles für Sie vorbereitet. Sie fahren beide beim Gros mit...«, und wollte schon auf Einzelheiten eingehen – was sie zu tun hatten, was sie mitnehmen, und die Vorsichtsmaßregeln, die sie beachten sollten. Er hatte sich das alles sorgfältig zurechtgelegt und war enttäuscht, als Karen ihn kurz unterbrach.

»Warum erzählen Sie das nicht Tex? Er versteht sich viel besser auf die praktischen Dinge. Ich möchte einen Augenblick mit dem Sergeanten hier sprechen, wenn Sie nichts dagegen haben.« Sie wandte sich rasch um und verließ das Bauernhaus.

Bing blickte sich um, fast schuldbewußt zunächst, dann jedoch mit einer Art Siegerlächeln – der Mann, der das große Rennen gewonnen hat, erschöpft und nervlich fertig, aber er strahlte. So folgte er ihr und schloß leise die Tür hinter sich.

Tex Myers zog sich einen Stuhl heran und sagte zu Troy: »Beachten Sie das gar nicht. Sie ist immer so, immer voller Überraschungen. Sie hätten miterleben sollen, wie sie Willoughby behandelt hat!«

Troy sagte streng: »Der Mann ist *Ihr* Sergeant, Yates. Ich möchte bei diesem Unternehmen keine zusätzlichen Schwierigkeiten; dazu ist die Sache, verdammt nochmal, zu ernst. Und ich möchte nicht, daß meine Leute von dem Verhältnis Wind bekommen und mir wild werden. Ist das klar?«

»Sie wird schon selber auf sich achten«, sagte Yates.

Im Hof stand ein leerer Trog, aus dem die Pferde früher einmal getränkt worden waren. Irgendwie schien der Geruch der Tiere noch daran zu haften, nicht stark genug, um störend zu wirken, aber doch so, daß man spürte, man war auf dem Lande, und daß man den Krieg vergaß und nicht mehr daran dachte, daß man in ein paar Tagen vielleicht den Gestank von Menschen einzuatmen haben würde, die lebendigen Leibes verfaulten.

Karen stand gegen den Trog gelehnt, als Bing aus dem Haus trat. Er sah sie und zögerte. Er nahm das Bild der schlanken Frau in sich auf, mit ihrer graziösen Haltung, ihrem gutgeschnittenen Kopf. Er hatte sie nicht ganz so in Erinnerung gehabt.

Er näherte sich ihr langsam. »Karen«, sagte er leise, »ich will nichts von dir. Ich habe keinen Anspruch, kein Recht auf dich. Aber gib mir eine Chance.«

Das hatte sie nicht erwartet. Was war aus dem Jungen geworden, der sich einfach nicht unterdrücken ließ und der, selbst in schlimmen Augenblicken, sein jugendliches Selbstvertrauen nicht verlor?

Impulsiv ergriff sie seine Hand. »Ich kann das nicht«, sagte sie. »Versteh doch, das kann ich nicht.«

»Wieso nicht? Ist da ein anderer Mann?«

Sie schüttelte den Kopf. Ihr ernsthafter Gesichtsausdruck ließ sie besonders anziehend erscheinen.

»Nein, das ist es nicht«, versuchte sie ihm zu erklären. »Ich habe dich auch nie vergessen…«

Sie trennte sich von dem Trog und trat dicht an ihn heran. »Ich habe oft an dich gedacht und mir jedesmal dabei Vorwürfe gemacht.«

»Warum? Es war doch sehr schön gewesen!«

»Du mußt mich ausreden lassen«, sagte sie sanft. »Wir können es uns nicht leisten, aneinander vorbeizureden. Ich machte mir Vorwürfe, weil du eine bestimmte Art Mensch bist, und weil ich das außer acht gelassen hatte – es war, als trüge ich ein schweres goldenes Armband zusammen mit Schmuck aus billigen, künstlichen Steinen.«

Er wollte widersprechen.

»So war es aber wirklich«, sagte sie hastig, obwohl sie durchaus nicht sicher war, daß der Weg, den sie nun einschlug, sie beide zu einer guten, schmerzfreien Lösung führen würde. »Denk doch zurück! Hattest du nicht selber das Gefühl dabei: was macht es schon aus? Weiß einer, ob wir morgen noch am Leben sind?«

Der Zug um seinen Mund verhärtete sich. Er hatte es natürlich die ganze Zeit über gewußt – aber nun, da es ausgesprochen wurde, tat es doch weh.

»Ich will dir etwas erzählen«, sagte er. »Eine Geschichte, eigentlich eine sehr poetische Geschichte. Wir hatten bei uns einen Mann, und der hatte ein Mädchen gefunden, sie verliebten sich, so wie man sich mitten in einem Krieg verliebt. Wir mußten weiter, und sie ist ihm gefolgt, sie trafen sich wieder, und sie wußten, sie mußten zusammenkommen – wenigstens ein einziges Mal. Ich besorgte ihnen also ein Zimmer und machte alles nett zurecht; ich besorgte ihnen sogar eine Flasche Wein und Laken für ihr Bett. Und dann habe ich auf der Treppe, die zu diesem Zimmer hinaufführte, gesessen und Wache gehalten, damit niemand sie störte. Und in Wirklichkeit habe ich das alles für dich und mich getan.«

Eine Anzahl Soldaten kam durch den Hof; wahrscheinlich mußten sie sich bei Troy melden. Karen war froh über die Unterbrechung; sie hätte Bing in diesem Augenblick nicht ein Wort sagen können.

»Ich weiß«, fuhr er nach einer Weile fort, »ich habe bei dir einmal versagt. Du mußt aber nicht vergessen, was an dem Tag passiert war. Neben mir war einer gefallen, ich hatte ihn gut gekannt, und sein Leib war so fürchterlich zerfetzt gewesen...«

War das der ganze Grund? fragte sie sich. Sie litt mit ihm, ein Gefühl, so stark in ihr, daß sie Angst hatte, sie könnte es mit wirklicher Liebe verwechseln, und sich ermahnte, jetzt nur ja einen klaren Kopf zu wahren.

Bing sagte: »Um Gottes willen, versteh mich nicht falsch. Ich brauche nicht vor mir selber zu beweisen, daß ich alle meine Fähigkeiten besitze. Was das anbelangt – ich war schließlich in Paris und auch anderenorts, wo ich mir beweisen konnte, daß ich schon ganz normal bin. Aber zuweilen glaube ich doch, daß es gar nicht Tolachians Tod war, der die Ursache für – für all die Enttäuschung war; es war etwas anderes...«

»Was war es denn?« fragte sie leise.

»Ich liebte dich zu sehr. Ich verlangte so sehr nach dir, daß, als ich dich haben konnte, es so – überraschend war, so unerwartet, daß – das eben geschah und ich dich nicht nehmen konnte. Ich bin in Amerika aufgewachsen; die Amerikaner haben eine gewisse Einstellung zur Liebe – so etwas beeinflußt einen, man kann sich dem nicht entziehen – und es hemmt einen.«

Er war zu jung, nicht ihr Jahrgang. »Es war meine Schuld«, sagte sie. »Ich wußte, was für ein Mensch du warst, und dennoch glaubte ich, wir könnten das zusammen haben und dann auseinandergehen und so sein wie zuvor. Aber du kannst das eben nicht, Menschen wie du sind dazu nicht in der Lage – und über mich selber bin ich mir auch nicht mehr im klaren.«

Sein Gesicht leuchtete auf.

»Karen«, sagte er, »der Krieg wird doch nun bald vorbei sein! Wir haben ein ganzes Leben vor uns – gib uns beiden eine Chance –«

Er steckte so voller Leben, ein prachtvoller Junge. Wie kam es dann, daß er sie innerlich doch kalt ließ? Gewiß, er rührte an ihre Gefühle, aber mehr wie ein junges Hündchen, das einem die Hand leckt; nicht wie ein Mann, ein Mann, der ihr innerlich gewachsen war und mit dem sie ein Leben teilen konnte.

Sie konnte sich das Leben vorstellen, das sie miteinander führen würden. Er war für seine zweiundzwanzig Jahre sehr reif, in vieler Hinsicht erstaunlich reif und unabhängig – aber nicht in der einen Hinsicht, auf die es ankam. Und so sehr er auch noch wachsen konnte, er würde sie nie einholen. Aus dem Jungen würde ein großartiger Mann werden; aber bevor er so weit war, würde sie schon eine alte Frau sein.

»Was möchtest du eigentlich haben«, fragte sie, »die Affäre vom vorigen Sommer, frisch aufgewärmt?«

Wenn das das einzige war, was er von ihr haben konnte – gut, warum nicht? Aber er antwortete: »Nein, natürlich nicht.«

Und plötzlich kam ihm zum Bewußtsein, daß er doch eigentlich nur die Sache vom letzten Sommer aufwärmen wollte. In Wirklichkeit wollte er gar keine dauerhafte Verbindung eingehen – aber das konnte er ihr auch nicht eingestehen, und so wiederholte er: »Natürlich nicht.«

»Ich habe es auch nicht anders erwartet«, sagte sie.

Dann legte sie ihre Hände ihm auf die Schultern und zog ihn dicht an sich heran. Der Duft ihres Haares erregte ihn und ließ ihn von neuem spüren, wie begehrenswert sie war und wie sehr er nach ihr verlangte und was er versäumt hatte – obwohl er wußte, daß es nun vorbei war.

Einen Augenblick überlegte sie, ob sie's nicht doch riskieren und auf sein Angebot eingehen sollte, ein Leben zusammen – um es ihm zu überlassen, das entscheidende Nein zu sagen. Aber um ihn in eine solche Zwangslage zu bringen, mochte sie ihn doch zu gern. Und sie fürchtete, so an die Wand gedrängt, würde er auf seinen Antrag bestehen, und die große Enttäuschung würde auf eine Zeit verschoben werden, wo es sie am tiefsten verletzen würde. Darauf ließ sich eine Zukunft nicht bauen.

»Es würde nicht fürs ganze Leben sein, und man soll nicht mit Gefühlen spielen. Ich bin dreiunddreißig und habe einiges erlebt. Gewiß, man kommt über die Altersdifferenzen hinweg, wenn eine wirklich große Liebe da ist.«

»Aber ich liebe dich doch«, protestierte er.

»Mach es mir nicht so schwer«, bat sie. »Ich habe dich furchtbar gern – oh, warum muß ich das alles sagen!«

Sie riß sich von ihm los.

»Hier ist nicht genug –«, sie legte die Hand auf ihre Herzgegend. »Hier ist einfach nicht genug da.« Dann zog sie ihren Spiegel und den Lippenstift aus der Tasche und zog mechanisch das Rot nach. Das Gesicht, das ihr aus dem Spiegel entgegenblickte, erschien ihr alt und häßlich, und sie haßte es. Warum mußte gerade sie diese Operation vornehmen? Es kostete sie so viel seelische Kraft; und nur er gewann dabei.

»Dann laß uns Freunde sein«, sagte er.

»Ja, natürlich.«

Er wandte sich ab und ging, so langsam wie er gekommen war. Ihr war elend zumut, nicht so sehr seinetwegen, sondern mehr noch um ihrer selbst willen; vielleicht hatte sie einen Fehler gemacht. Die Chemie im Blut war auch nur Chemie – und wer schrieb ihr vor, so verdammt moralisch zu sein und gegen ihre eigenen Spielregeln zu spielen, wenn es sie noch dazu so viel Schmerzen kostete?

Oder – hatte sie sich doch verändert?

Die Sonne brannte auf sie herab. Sie ging über den Hof und setzte sich in den Schatten der Scheune auf einen umgekippten Schubkarren.

Die Soldaten, die aus diesem oder jenem Grund bei Troy gewesen waren, während sie mit Bing sprach, kamen jetzt aus dem Bauernhaus, sahen sie, pfiffen ihr zu und trollten sich wieder.

Dann traten Yates und Bing aus der Tür.

Yates rief: »Also heute abend!«, und Bing winkte ihr leichthin zu. Von innerer Erregung anscheinend keine Spur; aber sie war ihm ja auch nicht nah genug, um die kleinen Anzeichen feststellen zu können, die sehr wohl da sein mochten.

Sie wartete auf Tex Myers. Nach dem, was geschehen war, würde es ganz wohltuend sein, den häßlichen kleinen Mann mit seinem Mutterwitz, seinem gesunden Menschenverstand, seinen nüchternen Beobachtungen in der Nähe zu haben. Aber er kam nicht. Statt dessen trat der hochgewachsene Captain, der den Vorstoß leiten sollte, in die Tür, blickte um sich und kniff gegen das scharfe Licht die Augen zusammen. Er entdeckte sie und kam auf sie zu, seine Schultern leicht angezogen, als ducke er sich noch immer unter Kugeln. Sein Hemd, offensichtlich nicht gebügelt, war am Kragen offen und ließ das blonde Haar auf seiner Brust sehen.

Er hielt vor ihr an, blickte auf sie hinab und versuchte zu lächeln.

»Heiß, was!« sagte er und schien gleich wieder steckenzubleiben.

»Ja, heiß, nicht wahr?« sagte sie.

»Ist der Sergeant schon fort?« fragte er.

»Ja. Haben Sie ihn nicht fortgehen gesehen?«

»Muß wohl zusammen mit Yates gegangen sein. Ich kenne sie beide...« Er sprach nun etwas freier. »Bing kenne ich noch aus der Normandie. Er kam mit seinen Lautsprechern zu uns, brachte auch Gefangene ein; aber ein Mann fiel bei dem Unternehmen. Es gibt Leute, die können sich an so was nicht gewöhnen. Muß wohl auch das erstemal gewesen sein, daß der Junge einen Mann so nah hat sterben sehen. Hat ihn sehr mitgenommen. Aber er ist ein guter Kerl.«

»Ich kenne die Geschichte«, sagte sie. »Ich war selber damals in dem Abschnitt.«

»Ja? Dann hätten wir uns eigentlich zu der Zeit schon treffen können...« Er schwieg einen Moment. »Was glauben Sie, wäre dabei herausgekommen?«

»Nicht viel!«

»Wahrscheinlich haben Sie recht.« Er nickte. »Ich hatte an dem Tag auch eine Menge anderes zu tun. Man beschäftigt sich, da kommt man weniger ins Grübeln.«

Karen lachte. »Ich halte Sie doch nicht von Ihrer Arbeit ab?«

»Ach, Gott bewahre! Ich mach eine Atempause. Ihr Freund Tex sitzt in meinem Zimmer und tippt auf meiner Schreibmaschine herum. Er sagt, er schreibt einen Artikel. Schreiben Sie auch Artikel?«

»Natürlich.«

»Manchmal wünschte ich, ich könnte schreiben«, sagte er nachdenklich. »Alles, was ich so in diesem Krieg erlebt habe, jemand sollte ein Buch darüber schreiben oder zumindest ein paar Kurzgeschichten.«

»Versuchen Sie es doch, Captain!« Diese Art Leute kannte sie. Sie kamen oft zu ihr mit großen oder mit kleinen Geschichten, in dem Gefühl, nur sie hätten so etwas erlebt. Dabei vergaßen sie völlig, daß der Krieg entlang der ganzen Front mehr oder weniger der gleiche war. Gewöhnlich langweilten sie einen nur.

»Der Titel meiner Erzählung müßte lauten: ›Der Heroismus der Dummen‹.«

Das war immerhin überraschend.

»Wieso denn das?« fragte sie; und er sah das Interesse in ihrem Blick, zum ersten Mal persönliches Interesse an ihm, und ihre Augen zeigten Tiefen, die er vorher nicht bemerkt hatte.

»Nur die Dummen sind wirklich tapfer«, erläuterte er. »Im Augenblick, wo einer feststellt, worauf er sich da wirklich eingelassen hat, will er nur eines: weglaufen. Das habe ich damals in der Normandie erfahren müssen, und ich habe meine Ansicht darüber nicht mehr geändert. Es sind die Dummen, die den Krieg gewinnen; aber persönlich habe ich den größten Respekt vor all den Feiglingen, die es fertigbringen, trotz alledem durchzuhalten. Oder glauben Sie, daß ich verrückt bin?«

Sie hätte gern noch mehr von ihm gehört, aber er tat seine eigene Theorie mit einem kurzen Lachen ab und sagte: »Zuweilen denke ich nämlich, ich bin ein bißchen verrückt. Von Beruf bin ich Ingenieur, ich hatte die Montage von landwirtschaftlichen Maschinen in einem Werk unter mir, und dann steckten sie mich zu den Panzergrenadieren. Wie soll ich es also wissen? Aber ich stehle Ihnen Ihre Zeit...«

»Was wollten Sie eigentlich von mir, Captain Troy?« Er wollte doch etwas. Und es war nicht das, worüber er sprach.

Er wurde sofort wieder zurückhaltend.

»Das hat sich alles schon erledigt«, sagte er schließlich.

»Also worum ging es?«

Er setzte sich vorsichtig neben sie auf einen der Handgriffe am Schubkarren.

»Ich verstehe mich nicht sehr auf Menschenbehandlung«, sagte er, »selbst wenn ich meine eigenen Leute ganz gut im Griff habe; sie mögen mich wohl auch. Ich möchte auf dieser Fahrt keine Schwierigkeiten haben; ich habe Yates schon gesagt, er soll auf seinen Sergeanten aufpassen. Sie wissen, wie es ist – ich habe über vierhundert Mann bei mir und eine einzige Frau – und die Frau sind Sie, Miss Wallace. Ich dachte also, ich spreche mal mit Ihnen und mache das klar.«

Von rechtswegen, dachte sie, müßte sie sich einen solchen Hinweis energisch verbitten. Aber er hatte es, trotz seiner ungeschickten Art, gut gemeint.

»Im Grunde ist es auch nicht meine Angelegenheit«, sagte er und verwickelte sich immer mehr in seine Entschuldigungen, »nur leider muß ich mich darum kümmern – der General hat mir die Leitung dieses Unternehmens aufgehalst, und Sie dazu.«

»Und – sind Sie nun immer noch besorgt?«

»Nein!« rief er aus; diese Last war von ihm abgefallen.

»Und sind Sie ganz sicher«, fuhr sie fort, »daß Ihre Sorge um den glatten Verlauf Ihres Unternehmens nicht nur ein Vorwand war und daß Sie in Wirklichkeit nicht einfach zu mir herauskamen, um sich mal nett zu unterhalten?«

»Wenn Sie es so auffassen«, antwortete er, »weiß ich nicht genau, was ich sagen soll. Aber jedenfalls bin ich froh, daß ich herauskam. Ich muß mich wohl geirrt haben, als ich Sie ins Haus treten und den Jungen Sie begrüßen sah, als ob –«

»Als ob?«

»Nichts. Ich gab ja zu, ich muß mich geirrt haben.«

Sie erwiderte scharf: »Sie hatten völlig recht, Captain, als Sie vorhin sagten, das sei nun nicht Ihre Angelegenheit. Zu Ihrer Kenntnisnahme: Sergeant Bing und ich sind gute, treue Freunde!«

Er blieb bei seinem ruhigen Ton: »Nach dem, was ich von dem Jungen weiß, verdient er Ihre Freundschaft. Man trifft nicht oft wirklich lautere Menschen. Wenn man ihnen also einmal begegnet, soll man sie sich erhalten.«

Es klang, als spräche er jetzt für die eigene Person. Aber Karen war sich da nicht ganz im klaren. Er war entweder so naiv, daß man ihm überhaupt nichts zum Vorwurf machen konnte, oder er blickte erheblich tiefer, als er vorgab, und wußte genau, was er wollte.

Tex Myers kam aus dem Haus und grüßte mit: »Juhu!«

Troy erhob sich. »Bis später also, Miss Wallace!«

Sie beobachtete seinen Gang. Er mußte körperlich sehr stark sein; und sie war froh, daß er diese Kraft besaß und überhaupt so war, wie er war.

Viertes Kapitel

Das Lager Paula war ein Stück Wüste inmitten der in diesem Teil Deutschlands üblichen heiteren Landschaft grüner Hügel. Vielleicht war es der Staub, der von den müden Füßen von Tausenden von Menschen innerhalb der Umzäunung aufgewirbelt wurde; oder der erstickende Gestank, der aus dem Lager aufstieg; oder die Tatsache, daß ringsum die Bäume gefällt worden waren, um die Baracken zu bauen und den Wächtern auf den Türmen einen freien Blick und ein ungehindertes Schußfeld zu geben – aber woher es auch immer kam, Paula war wie ein krebsartiges Gewächs, das über das Plateau und in die Hügel hineinwuchs, häßlich und abstoßend, und es waren keine weiteren Zeichen notwendig, um denen, die dieses Lager betraten, zu sagen: So viele sind hier schon gestorben, auch dir werden sie das Mark aus den Knochen saugen, und auch du wirst auf dem Leichenhaufen enden.

Zum Lager gehörten etwa vierzig Baracken, die sich in verschiedenen Stadien des Verfalls befanden. Sie waren darauf berechnet, daß jede hundert Mann aufnehmen konnte, und der Barackengrundriß war mit deutscher Gründlichkeit so genau ausgetüftelt worden, daß jeder Quadratzentimeter für die rohgezimmerten dreistöckigen Pritschen ausgenutzt war. Nun lagen jedoch dreihundert Mann in jeder Baracke. Wenn auch die Fenster offengehalten wurden, war die Luft doch so dick und verbraucht, daß man kaum Atem holen konnte.

Die Lagerverwaltung und die Barackenältesten verloren die Übersicht über ihre Leute. So kam es, daß Tage hindurch Tote auf ihren Pritschen neben den Kranken liegenblieben, bis der besondere Fäulnisgeruch schließlich den gewohnten Gestank überstieg und die Leichen verriet. Dann erst wurden diese aus den Baracken entfernt. Die Leichen wogen nicht schwer, dennoch mußten drei, oft vier oder fünf der Lebenden an ihnen tragen.

Diese Überbelegung bereitete dem Lagerkommandanten Schrekkenreuther keine besonderen Sorgen. Er erhielt die gleiche Menge an Verpflegung, ob er nun viertausend oder zwölfhundert Menschen im Lager hatte; und ein guter Teil dieser Verpflegung wurde von den Wachmannschaften der SS abgezweigt und auf den schwarzen Markt gebracht. Nicht zum erstenmal war dieses Lager überfüllt; Schreckenreuther hatte unbegrenztes Vertrauen zur Natur, die dafür sorgte, daß nach einer Weile die übergroße Menge der Insassen wieder auf eine annehmbare Zahl herabgesetzt wurde; außerdem gab es Wege, der Natur nachzuhelfen.

Schreckenreuther war ein magerer Mensch mit leicht gekräuseltem, blondem Haar und einer Haut fast wie ein Albino. Er war nicht besonders grausam – das heißt, er war nicht grausam um der Grausamkeit willen; Spaß machte sie ihm nicht. Er bediente sich ihrer nur als Erziehungsmittel, und wenn er guter Laune war, erklärte er seinem Stab, daß man die Gefangenen eigentlich wie Kinder betrachten müsse. Sie gehörten entweder einer niederen Rasse an oder waren als Feinde des Nationalsozialismus Menschen von geistiger Inferiorität; in beiden Fällen, wie Kinder, nicht voll verantwortlich. Und ein guter Vater muß seine Kinder strafen. Es gab viele Methoden der Bestrafung – eine ganze Skala, die er einmal mühsam auf Bogen von ausgesucht weißem Papier auf der Maschine niedergeschrieben hatte, zugleich mit den Vergehen, für die sie jeweils Anwendung fanden. Er hatte sein Werk in feines Pergamentpapier einbinden lassen, das einer seiner Wächter aus der tätowierten Haut mehrerer Gefangener hergestellt hatte. Erst nachdem diese tot waren, und nicht vorher, hatte man ihnen die Haut abgezogen; darauf bestand Schreckenreuther.

Das dünne Buch lag auf seinem Schreibtisch, wurde aber nicht benutzt; Schreckenreuther brauchte die besonderen Feinheiten seiner Theorie seinem Stab nicht extra beizubringen – diese Leute hatten ihre eigenen und oft verbesserten Systeme. Da war zum Beispiel Biederkopf, Schreckenreuthers Stellvertreter, ein dunkler Mann mit niedriger Stirn und buschigen Augenbrauen. Biederkopf bevorzugte die Zementmischmaschine. Dazu suchte er sich gewöhnlich einen noch fetten Juden aus, einen Neuankömmling, und stopfte ihn und einige Steinbrocken von ordentlicher Größe in die Mischtrommel. Dann setzte er die ganze Sache in Betrieb. Die Strafe richtete sich nicht gegen den fetten Juden, natürlich nicht; von ihm blieben sehr bald nur noch Fleischfetzen und Knochensplitter übrig. Das Ganze war als Strafe für die Leute gedacht, die die Trommel ausschrapen mußten, und Biederkopf achtete darauf, daß diese Arbeit gründlich ausgeführt wurde. Was Sauberkeit anlangte, war er ein Pedant.

Der Befehl, das Lager Paula zu evakuieren, brachte Schreckenreuther sehr durcheinander. Er hatte damit nicht gerechnet. Natürlich wußte er, daß die Amerikaner immer näher kamen; er hörte regelmäßig die Nachrichten, und er hatte es gelernt, auch in den deutschen Zeitungen die Tatsachen zwischen den Zeilen zu lesen. Aber er hatte angenommen, daß zunächst einmal ein Konzentrationslager kein militärisches Ziel sei, und erwartet, daß er, sollte es soweit kommen, Gelegenheit haben würde, das Lager den Amerikanern in intaktem Zustand zu übergeben. Was sollten die Amerikaner auch anderes mit den Gefangenen im Lager machen, als sie dort lassen? Zu etwas anderem taugten sie ja doch nicht. Und vielleicht würden die Amerikaner ihn sogar auf seinem Posten belassen, natürlich mit einem ihrer Leute als Kommissar, oder wie sie das auch nennen mochten.

Aber an dem Räumungsbefehl gab es nichts zu deuteln, und schließlich war er gewissermaßen ein deutscher Offizier und hatte Befehlen zu gehorchen. Der Befehl besagte weiter, daß alle Spuren dessen, was im Lager vor sich gegangen war, zu beseitigen waren.

Das bedeutete eine Menge Schwierigkeiten, und er hatte nur noch wenig Zeit. Selbst wenn er alle Gefangenen in den Baracken einsperrte und diese anzündete, blieben immer noch die verkohlten Leichen. Und in dem Befehl hieß es, daß alle marschfähigen Gefangenen abmarschieren und an ihrem Bestimmungsort in Thüringen als Munitionsarbeiter Verwendung finden sollten.

Schreckenreuther schüttelte den Kopf. Was war damit gemeint: alle Spuren beseitigen? Auch war er dagegen, daß seine Kinder in einer Munitionsfabrik verwendet werden sollten – sie waren zu dumm und hatten zu viel Groll in sich, als daß eine ordentliche Arbeit dabei herauskommen konnte. Es mußte schon sehr schlimm stehen, wenn die Regierung auf die Insassen des Lagers Paula zurückgreifen mußte.

Er ließ den Lagerarzt Valentin zu sich kommen: »Sie müssen jetzt tätig werden«, sagte er.

Rudolf Kellermann hob Gräber aus. Der Platz, den Schreckenreuther für die Gräber auf Grund von Dr. Valentins Schätzung ausgewählt hatte, lag etwa fünfhundert Schritt außerhalb des Stacheldrahtes und weitere fünfhundert Schritt von dem nächsten Berghang entfernt, auf dessen sanfter Flanke die Birkenbäume, verkrüppelt und staubbedeckt, langsam eingingen.

»Sie können etwa fünftausend Mann mitnehmen«, hatte Dr. Valentin zu Schreckenreuther gesagt: für die übrigen siebentausend mußten also Gräber ausgehoben werden. Die Gräber wurden peinlich genau angelegt; einer der SS-Leute, der sich auf Ausschachtungen verstand, war herumgekrochen, hatte das Gelände ausgemessen, Holzpflöcke in die Erde getrieben und Schnüre zwischen den Pflökken gezogen. Wenn man zu Grunde legt, daß man leicht drei ausgemergelte Leichen übereinander schichten konnte und wieder drei daneben, würden die Erdarbeiten nicht zu schwer sein und auch nicht zuviel Zeit beanspruchen, selbst wenn die Totengräber nicht gerade die schnellsten der Welt waren, denn auch sie waren ja völlig ausgemergelt.

Die SS-Leute sagten nicht, wozu diese Aushebungen dienen sollten, aber die Gefangenen wußten es. Es war leicht genug zu erraten. Ebenso leicht war es für einen Mann mit Kellermanns Intelligenz zu begreifen, daß auch sie selber, die Totengräber, zum Schluß in diesen Gräbern enden würden.

Und Kellermann wollte nicht sterben. Er hatte es geschafft, die Kämpfe und die Sklavenarbeit bei der 999. in Nordafrika zu überstehen – dem Strafbatallion der Nazis. In Nordafrika hatte Kellermann die Überzeugung gewonnen, daß die Nazis den Krieg verlieren mußten, und das bedeutete für ihn, daß er ihn gewinnen würde; diesen Sieg wollte er erleben. Er hatte es fertiggebracht, damals im Gestapogefängnis der Industriestadt Kremmen nicht zu sterben. Als er noch mit den frischen Spuren der Folterungen an seinem Körper in einen Lastwagen gestopft wurde, in dem er nur aufrecht stehen konnte, weil der Druck der anderen ihn aufrecht hielt, und ins Lager Paula kam, war Kellermann fest entschlossen, auch dies zu überleben.

Er hatte gelernt, sehr schnell gelernt. Er hatte festgestellt, daß ein Konzentrationslager nicht unbedingt das Ende bedeutet; daß sich auch im Lager eine Form der Gesellschaft entwickelt und daß man nur völlig verloren war, wenn man allein stand. Im Lager bildeten sich Gruppen, Gruppen von Männern – und wahrscheinlich war es bei den Frauen ganz ähnlich –, die zusammengehalten wurden durch die gleiche bittere Entschlossenheit, die gleichen Erfahrungen in der Vergangenheit und durch gleiche Ideen für die Zukunft. Waren sie draußen, um Sklavenarbeit in den Fabriken am Ort oder an Bauplätzen zu verrichten oder um im Herbst bei der Ernte zu helfen, so stahlen sie füreinander. Einen Schwachen oder Kranken deckten sie gegenüber den Lagerältesten oder der SS, auch wenn einige der Lagerältesten, Gefangene wie sie selber, heimlich auf ihrer Seite standen. War einer blutig geschlagen, so ließ man ihn ganz hinten in der Baracke verschwinden und pflegte ihn dort. In der Nacht flüsterten sie zusammen – zuerst über Möglichkeiten zur Flucht, wenn sie auch wußten, daß sie ihnen nie gelingen würde; sie ersannen Mittel und Wege, die Arbeit, zu der sie gezwungen wurden, zu sabotieren; und schließlich sprachen sie von der Zukunft, immer wieder von der Zukunft, und von der Freiheit. Selten wurde von Rache gesprochen – es galt als selbstverständlich, daß die SS-Leute beseitigt werden mußten, rasch und ohne großes Aufsehen. Aber da war noch ein ganzes Land, Deutschland, das bis in seinen innersten Kern von der Seuche durchsetzt war. Dieses mußte gesäubert und von Grund erneuert werden. Und wer sollte das tun, wenn nicht sie, die sich durch Jahre hinter Stacheldraht einen moralischen Anspruch darauf erworben hatten, denn sie hatten überlebt – den Peitschen und Knütteln der SS zum Trotz!

Ein Sterbender, Mitglied einer solchen Gruppe, sein Leib immer schwächer werdend durch natürliche Ursachen, natürliche Ursachen im Sinne der im Lager geltenden Begriffe, oder durch Folterungen, war dennoch nicht innerlich gebrochen; er wußte, die anderen lebten weiter, weil auch er dazu beigetragen hatte, daß sie leben konnten. Sie gewannen den schwersten Kampf, den Kampf darum, dem Leben einen Sinn zu erhalten – jenen Sinn nämlich, zu dessen Vernichtung die Nazis diese Lager errichtet hatten.

Für Kellerman war Selbsterhaltung Pflicht. Nachdem er diese Jahre überlebt hatte, wollte er sich nun nicht zusammen mit diesen Totengräbern noch umbringen lassen.

Er suchte in ihrem Grababschnitt nach einem ordentlichen Steinbrocken und entdeckte einen; aber der Sein lag nicht in greifbarer Nähe, und es bestand wenig Aussicht, daß er sich bis zu ihm hinarbeiten konnte. Der Mann, der ganz nah bei dem Stein arbeitete, seine gestreifte, pyjamaähnliche Uniform von Schweiß durchtränkt, schien Angst zu haben, mit dem Ausgraben des Steins anzufangen. Kellermann wartete ab.

Der Mann hatte einen Kopf wie einen Totenschädel. Sein slawisches Gesicht war rot und verschwitzt, Furcht stand in den matten Zügen und in seinen Augen, den Augen eines geschlagenen Hundes.

Schließlich begann er am Brocken herumzukratzen. Sein eiserner Spaten schrapte an der Oberfläche des Steins. Der Wachposten hörte den kratzenden Laut und kam zu ihm hinübergeschlendert. Der Mann arbeitete schneller, Dreck flog hoch, aber der Steinbrocken blieb an seinem Platz. Der Wachposten schlug mit dem bleigefüllten Ende seiner Peitsche gegen seine schwarzen Stiefelschäfte. Der Mann hörte auf zu arbeiten. Er blickte aus dem Graben zu dem Posten hinauf, der hoch über ihm stand. Der Posten wog leicht das Doppelte des Gefangenen; er hatte eine breite Brust, muskulöse Beine und ein von frischer Luft rosiges Gesicht.

»Na und?« sagte der Posten.

Der Mann starrte immer noch hinauf zu dem Posten, wie ein Vogel eine Schlange ansieht, vor Schrecken erstarrt, denn er wußte, was kommen würde, und war hilflos.

Kellermann verließ seinen Platz und trat zu dem Mann, der völlig die Nerven verloren hatte. Er tat, als habe er den Posten nicht gesehen, und daher wartete der nun auch und beobachtete ihn vorläufig. Hätte Kellermann versucht sich zu entschuldigen oder auch nur durch einen Blick um Erlaubnis gebeten, so hätte der Posten sie ihm verweigert und ihm eins mit der Peitsche übergezogen.

Kellermann stieß das Blatt des Spatens in den Boden, dicht neben den Stein, damit der Spaten als Hebel wirkte. Er packte den Spatengriff mit beiden Händen und zog ihn auf sich zu mit seinem ganzen, ihm noch verbliebenen Gewicht. Ihm war, als müßten seine Knochen die zermürbten Muskeln bis zur Haut durchstoßen; denn da war kein Gramm Fett mehr da, das die Haut noch schützen konnte. Der Graben und die darin arbeitenden Männer begannen zu schwanken und verschwammen vor seinen Augen. Er sah alles nur noch wie durch einen rosigen Schleier. Schweiß stand auf seiner Stirn. In seinem Nacken entstand ein Schmerz und verbreitete sich bis in die Winkel seines Gehirns, ein so scharfer und so stechender Schmerz, daß er hätte aufschreien mögen. Aber seine Zunge war so geschwollen, daß sie ihm wie ein Knebel im Munde lag.

Der Spatenstiel zerbrach. Kellermann taumelte gegen die Grabwand, den Stumpf des Stiels noch immer in seiner Hand. Einen Augenblick lang schloß er die Augen.

Dann hörte er den zornigen Ausruf des Postens: »Dummkopf!« Und dann: »Komm heraus, komm her, du Idiot!«

Kellermann kletterte mühsam aus dem Graben heraus. Der Posten packte ihn am Kragen seines ausgeblichenen, gestreiften Drillichs: Kellermann hörte die Nähte reißen.

Er stand vor dem Posten und hielt die Arme vor das Gesicht. »Achtung!« brüllte der Posten. »Still-stann!« Kellermann mußte strammstehen, Befehl war Befehl, Befehlsverweigung bedeutete Genickschuß.

Die Wut des SS-Postens ließ nach. Entweder man legte diese Leute um, oder man schickte sie an die Arbeit zurück. Den Mann umzulegen war jetzt aber wenig sinnvoll, denn die Massengräber mußten ausgehoben werden; und wenn der Kerl auch den Spaten zerbrochen hatte, so war er doch ein besserer Arbeiter als all die anderen Wracks um ihn herum, die kaum eine Schaufel voll anheben konnten.

Der Posten hob also nur die Peitsche und schlug Kellermann ins Gesicht – es waren gut gezielte, systematische Hiebe, ein – zwei – drei – vier, zwei auf die linke, zwei auf die rechte Wange. Die Striemen liefen blutig an, und das Blut schoß hervor.

»Weißt du, wofür?«

»Jawohl«, sagte Kellermann.

»Der Spaten gehört dem Reich.«

»Jawohl«, sagte Kellermann. Seine Augen brannten, Tränen liefen ihm übers Gesicht; er hatte nicht geglaubt, daß er noch soviel Flüssigkeit im Leibe hatte.

»Hol dir 'nen andern!« sagte der Posten. »Laufschritt!«

»Jawohl«, sagte Kellermann und trabte gehorsam los, jeder Schritt wie ein Stich ins Zentrum seines Nervensystems. Sobald er glaubte, daß ihn der Posten nicht mehr beobachten konnte, bewegte er sich langsamer; das war schon deshalb ratsam, weil andere SS-Leute, wenn sie ihn so rasch laufen sahen, einen Fluchtversuch vermuten konnten. Am Lagereingang meldete er dem Posten dort, er habe Befehl, einen Spaten für das Grabkommando zu holen. Man ließ ihn durch.

Am liebsten hätte er sich in einer der Baracken verkrochen, um dort abzuwarten, bis der Schmerz nachließ. Aber er schleppte sich weiter, zwischen den Baracken entlang, vor sich hin murmelnd, ein Gespräch mit dem eigenen Körper: Jetzt darfst du nicht schlappmachen, du hast schon Schlimmeres überstanden, nein, nicht ohnmächtig werden, auch wenn du dadurch dem Schmerz entgehst.

Plötzlich, zwischen zwei Baracken hindurchblickend, sah er die angetretenen Männer – scheinbar endlose Reihen, Tausende in gestreiftem Zeug, schmutziges Grau und schmutziges Blau, die zu einer einzigen Schmutzfarbe verschmolzen. Sie standen dort in zwei Gliedern in solchem Abstand voneinander, daß man zur Besichtigung bequem zwischen ihnen durchgehen konnte. Instinktiv wußte Kellermann sogleich, was hier geschah: da draußen waren die Massengräber, und hier stand dieses Doppelglied. Und er mußte mit hier in Reih und Glied stehen, trotz seiner Schmerzen, trotz seines Verlangens, einfach umzukippen und liegenzubleiben. Er mußte mit in Reih und Glied stehen und stehenbleiben, wenn nötig Stunden hindurch, und die Brust herausstrecken und aussehen, als hätte er genug Kraft – zum mindesten genug Kraft, um mit abmarschieren zu können. Denn diejenigen, die nicht marschierten, kamen in die Gräber.

Er setzte seinen Weg hinter den Baracken fort, ein Schatten, der sich kaum von den mit Dachpappe beschlagenen Baracken abhob. Jeder Zwischenraum zwischen den Baracken, in denen er frei sichtbar wurde, war für ihn ein neues Wagnis, zu dem er sich zwingen mußte, und er mußte dabei auch noch zu erkennen suchen, wo die Leute seiner eigenen Baracke, seiner eigenen Gruppe standen.

Er hatte den vierten oder fünften Zwischenraum erreicht, als er das wie von Motten zerfressene Haar des Professors erkannte – irgendein Nazi hatte an den würdevollen weißen Locken des Alten Anstoß genommen und einem der Kapos befohlen, ein wirres Muster hineinzurasieren, und das Haar war noch nicht ganz nachgewachsen.

Mit einem letzten Energieaufwand lief Kellermann zwischen den Baracken heraus und fügte sich in das Glied ein. Der Professor bewegte sich und auch der nächste Mann und wieder der nächste; dann war alles wie zuvor, eine feste, unbewegliche Linie gestreifter, schmutzfarbener Uniformen im Schein der Frühlingssonne.

Dr. Valentin machte sich nichts vor. Als Arzt wußte er, daß es unmöglich war, eine vernünftige Auswahl zu treffen zwischen denen, die marschfähig waren und daher am Leben bleiben durften, und denen, die zu sterben hatten. Schreckenreuther gegenüber erwähnte er das allerdings nicht, da er annahm, daß der Lagerkommandant sich darüber im klaren sei, was für eine Farce die ärztliche Betreuung des Lagers in Wirklichkeit war. Außerdem interessierte er sich auch nicht sehr für die Selektion. Wer für den Marsch ausgesucht war und dann doch nicht durchhielt, würde eben umfallen und daraufhin von den Wachen liquidiert werden.

Es machte ihm nicht einmal Vergnügen, hier Schicksal spielen zu dürfen. Es war ihm nichts Neues, daß eine Handbewegung, ein Kopfnicken über Leben und Tod entschieden. Es war schon lange her, daß stumm flehende Blicke in ihm ein erregendes Machtgefühl ausgelöst hatten; aber der Vorgang war immer der gleiche und wurde mit der Zeit langweilig. Es war unsinnig, an einem Ort, der der Vernichtung von Menschen diente, versuchen zu wollen, Menschenleben zu retten, was schließlich sein Beruf war. Alles, was von ihm verlangt wurde, war, daß er Totenscheine unterschrieb, in denen bestätigt wurde, der Betreffende sei an einem Herzfehler oder einer Lungenentzündung gestorben; oder daß er in den seltenen Fällen eines Verhörs im Lager die Körper derjenigen, die da verhört wurden, so lange am Leben erhielt, bis die Untersuchung abgeschlossen war.

So langweilte er sich und nahm seine Jugendinteressen wieder auf – das Studium mittelalterlichen Lateins und die Krebsforschung. Mittelalterliches Latein war sein privates Steckenpferd, und es war eben auch sein besonderes Glück, daß der Professor, eine Autorität auf diesem Gebiet, als Gefangener im Lager Paula war. Der Professor machte sich sehr nützlich, indem er die Texte mit ihm las und ihm half, tiefer in die Sprache einzudringen.

Eines Abends, nachdem sie in ihren Arbeiten gute Fortschritte gemacht hatten, erzählte Professor Seckendorff Dr. Valentin, aus welchem Grund er ins Lager Paula gebracht worden war. Seine Kinder, Hans und Clara, hatten an der Studentenrevolte an der Münchener Universität teilgenommen – wenn man den ehrlichen, wenn auch amateurhaften Versuch eines Protests junger Menschen gegen das unmenschliche Gemetzel des Krieges, gegen die Menschenopfer von Stalingrad, als Revolte bezeichnen konnte. Man hatte sie gefaßt, natürlich, und Hans und Clara waren hingerichtet worden, während man den Vater, der den Lehrstuhl für alte Sprachen an der Universität innehatte und dem man nichts hatte nachweisen können, ins Lager Paula abschob.

»Mein Leben bedeutet mir nichts«, hatte Professor Seckendorff gesagt, »ich würde ebenso gern sterben...«

Dr. Valentin, der wie üblich die Stunde damit abschloß, daß er dem alten Mann eine Spritze mit Insulin in den lächerlich mageren Schenkel jagte, hatte gelacht und geantwortet: »Ich erhalte Sie am Leben, Herr Professor, erstens, weil Sie dafür gestraft werden müssen, daß Sie Ihre Kinder so erzogen haben, und zweitens, weil wir Intellektuellen zusammenhalten müssen, um Kultur und Wissenschaft auch unter den ungünstigen Bedingungen dieses Krieges zu bewahren.«

Der Professor fuhr zusammen und sagte nichts. Je länger diese Studien fortgesetzt wurden, desto mehr Zeit blieb ihm, seine Anschauungen zu ändern. Schließlich lernte er Kellermann kennen und begann dem Leben wieder Wert beizumessen, ja, er glaubte sogar an Kellermanns Behauptung, er, Professor Seckendorff, sei verschont worden, um das durchzuführen, wofür seine Kinder gestorben waren.

Dr. Valentins Krebsforschung jedoch war bereits eine sehr viel ernsthaftere Angelegenheit. Der Arzt glaubte, daß es, um diese Krankheit auszurotten, in erster Linie notwendig sei, zu erforschen, wie man sie erzeugen konnte; er kam aber nie über diesen Anfangsschritt hinweg. Er nahm Gefangene, vorzugsweise Frauen wegen der Häufigkeit des Brustkrebses, machte einen Einschnitt und versuchte sie zu infizieren, hielt die Wunden offen und ließ sie eitern, verpflanzte Krebsgewebe von Mäusen und Menschen auf seine Versuchsobjekte und arbeitete mit immer größerem Geschick und unter immer stärkerem inneren Druck. Da seine menschlichen Versuchskaninchen in seinen Augen sowieso minderwertige Geschöpfe waren und in den meisten Fällen krepierten, bevor er greifbare Ergebnisse erzielt hatte, vergeudete er auf sie auch keine Betäubungsmittel. In seinen medizinischen Arbeiten, an denen er ständig schrieb und die er nie beendete, fanden sich immer umfangreiche Fußnoten über die Notwendigkeit des Schmerzes für den Heilungsprozeß.

Der Evakuierungsbefehl traf ihn daher besonders hart. Er bedeutete das Ende von drei Jahren Forschungsarbeit. Bevor er die Besichtigung der Angetretenen begann, hatte er das Lazarett besucht, hatte an den Feldbetten seiner hoffnungsvollsten Fälle gestanden, hatte die Menschen, die sich vor Schmerzen krümmten und stöhnten, fachmännisch beobachtet, und die anderen, die der Schmerz wahnsinnig gemacht hatte, traurig beäugt. Schweigend nahm er Abschied, sah sich, des Eitergeruchs nicht achtend, ein letztes Mal die Wunden an, die er mit eigener Hand sorgfältig geschaffen hatte, und nickte, wenn er glaubte, die Spur eines Krebswachstums entdeckt zu haben.

Dann ging er schweren Herzens an die Selektion. Er schritt die langen stummen Reihen entlang, gefolgt von Schreckenreuther und einer Gruppe von SS-Offizieren – ein müder, vom Leben geschlagener Mann. Selten sah er einem Gefangenen voll ins Gesicht; den meisten warf er nur einen flüchtigen Blick zu. Mit der linken Hand, mit gestrecktem Zeigefinger, deutete er mechanisch auf diesen und jenen. Dann zogen er, Schreckenreuther und Gefolge weiter – der ausgesuchte Mann aber trat vor, um zu leben und, falls er es vermochte, zu marschieren.

Als er zu Professor Seckendorff kam, blieb Dr. Valentin stehen. Der alte Mann taugte nicht für diesen Marsch, soviel war klar. Dr. Valentin hatte den Alten schätzen gelernt und dachte einen Augenblick daran, ihm eine Chance zu geben. Dann aber überlegte er, daß er als Wissenschaftler wie als Offizier zu Objektivität verpflichtet sei. Außerdem würde es jetzt keinen Unterricht mehr in mittelalterlichem Latein geben, und sie würden die lustigen, rauhen Verse der fahrenden Scholaren nicht länger lesen können. Schade. Professor Seckendorff hatte ausgedient.

Dr. Valentin ließ ihn stehen, wählte dafür aber den nächsten im Glied, der für einen Insassen des Lagers noch relativ kräftig aussah.

Dr. Valentin und Schreckenreuther und die SS-Offiziere entfernten sich. Kellermann trat vor. Er trat vor und riß den Professor, der schwach widerstrebte, mit sich.

»Bitte!« flüsterte Kellermann. »Ich weiß, was ich tue.«

Bald nachdem Dr. Valentin die Selektion beendet hatte, marschierte die Kolonne der Marschfähigen vom Lager Paula ab. Bewaffnete SS-Leute liefen umher, riefen Befehle, schoben und stießen die Gefangenen und brachten sie in die langsam sich formierenden Glieder, je drei Mann in einem Glied, und stießen die Schwächeren zurück, die Dr. Valentin übergangen hatte. Gewehrkolben krachten auf Knochen nieder, Peitschen schnitten in nackte Haut. Die Schwächeren hatten jetzt die Bedeutung von Dr. Valentins Auswahl erkannt – sie lehnten sich gegen den Tod auf und wurden von der SS gnadenlos niedergeschlagen – eine armselige Revolte, Kampf der müden Fliegen im Herbst um das letzte Sonnenlicht auf dem Fensterbrett.

Das große Tor wurde aufgestoßen. An der Spitze der Kolonne lehnte sich Schreckenreuther bequem in seinem Wagen zurück und beantwortete den Gruß Biederkopfs und der SS-Leute und SS-Frauen, die zurückbleiben sollten, um die Arbeit zu beenden und jenen Teil des Befehls auszuführen, der sich mit der Beseitigung aller Spuren befaßte. Dann kam die Lagerkapelle, Schreckenreuthers Stolz, die Kesselpauke auf einem Handwagen, die Trompeten und Hörner. Sie spielten: »Muß i denn, muß i denn…«

Schließlich kamen die Gefangenen, mühsam im Schritt mit der Musik, SS zu beiden Seiten der Kolonne, die Maschinenpistolen geladen und schußbereit.

Kellermann blickte nicht zurück, konnte auch gar nicht zurückblicken, weil der SS-Mann zu seiner Rechten jede ungewöhnliche Bewegung bemerkt hätte. Und er wollte auch nicht zurückblicken; das Lager lag hinter ihm, und der Marsch führte, trotz der SS-Wachen, in die Freiheit, mußte in die Freiheit führen. Wie viele dieser gestreiften, geschlagenen, verhungerten Männer und Frauen ihn überleben würden, wußte keiner, und darüber nachzudenken war sinnlos. Aber er – er würde es schaffen.

Dann hörte er Maschinengewehrfeuer hinter sich. Das Geknatter kam vom Lager her, und die Kapelle vermochte das Geräusch nicht zu übertönen. Dahinten begannen sie die siebentausend, die zurückgeblieben waren, zu ermorden; Reihe um Reihe würden sie fallen und auf der staubigen, zerwühlten Erde liegen, und das bißchen Blut, das sie noch in den Adern hatten, würde im Boden versickern.

»Singt, ihr Hunde!« riefen die SS-Leute, »singt!«

Kellermann hörte die zitternde Stimme des Professors. »Muß i denn...«

Muß i denn, muß i denn zum Städtele hinaus,
und du, mein Schatz, bleibst hier...

Fünftes Kapitel

Im Mittelalter war Neustadt eine feste Stadt gewesen, deren Verteidigung zum Teil durch den kleinen Fluß, in dessen Biegung sie lag, gesichert war. Die große Handelsstraße von den holländischen Häfen über Köln, Augsburg und Venedig nach dem Nahen Osten hatte durch Neustadt geführt. In jenen Zeiten übernachteten die Kaufleute, die mit ihren langsamen Wagen auf den üblen Straßen reisten und wertvolle Ladungen an Pfeffer, Gewürz und kostbaren Stoffen mit sich führten, in Neustadt. Es war eine blühende Stadt, die ihren Stolz und ihre Unabhängigkeit wahrte. Als später Amerika und der überseeische Handel an Bedeutung gewannen, während gleichzeitig Augsburg und die Hanse an Wichtigkeit verloren, fiel Neustadt in einen Schlummerzustand, der die langsam zerfallenden Stadtmauern überdauerte. So also sah die Stadt aus im Frühling 1945, ihre alten Kirchen bestrahlt vom hellen Sonnenlicht, ihre Wachtürme bestückt noch von kleinen Wachtürmchen, ihre schmalbrüstigen Häuser mit den Giebelseiten den engen Straßen zugewandt; sich selbst genügend, spießig, ihre Armut hinter ihrer großen Geschichte verbergend; die wichtigsten Familien immer wieder untereinander heiratend, die Wirtschaft beruhend auf Handwerk und Kleingewerbe –

der Seilerei, der Brauerei, den gelegentlichen Touristen, die, vor dem Krieg wenigstens, die von der Zeit angemoderten Schönheiten der Stadt zu entdecken suchten.

»Schön zum Photographieren«, sagte Bing, »aber sonst sollte man sich so weit wie möglich fernhalten.«

Troy stand gegen seinen Befehlswagen gelehnt. Etwa drei Kilometer vor Neustadt hatte er sein Einsatzkommando zum Stehen gebracht und hörte sich, zusammen mit Karen und Yates, Bings Erklärungen über die stille Stadt an, die, zwischen grünen Hügeln eingebettet, zu ihren Füßen lag.

Bevor Bing geendet hatte, kehrte der erste der Spähtrupps, die Troy ausgeschickt hatte, zurück. Sein Führer, Lieutenant Dillon, hatte einen verschüchterten Zivilisten eingebracht, der trotz des warmen Wetters einen dicken schwarzen Sonntagsanzug trug und einen Spazierstock in der Hand hielt, an den ein weißes besticktes Taschentuch geknüpft war.

Dillon stellte den Mann vor Troy hin. »Diesen Vogel hier haben wir außerhalb von Neustadt gefangen.«

»Surrender!« sagte der Zivilist auf englisch.

»Schon gut, schon gut.« Dillon winkte ihm ab. »Wir sind bis zum Fluß gefahren. Wir hätten hinüber in die Stadt spucken können. Kein Widerstand. Zogen kein Feuer auf uns. Wenn es keine Falle ist, scheint mir, daß wir einfach durchstoßen können. Soviel ich feststellen konnte, war die Brücke in Ordnung. Dürfte auch für unsere Fahrzeuge stark genug sein.«

»Danke«, sagte Troy. »Gut gemacht. Ruhen Sie sich aus, Dillon, und lassen Sie Ihre Leute etwas essen.« Er wandte sich an Yates. »Wollen Sie uns jetzt Ihre Spezialität vorführen?«

»Gern!«

Yates sprach den Zivilisten an: »Kommen Sie her!«

Der Zivilist, der trotz seiner lustigen Hängebacken recht besorgt aussah, gehorchte sofort und verbeugte sich.

»Karl Theodor Zippmann ist mein Name.« Wieder verbeugte er sich. »Ich bin der Apotheker von Neustadt.«

Bing unterbrach ihn: »Machen Sie noch immer nebenher Ihren Holunderschnaps, und noch immer ohne Konzession?«

Zippmann erbleichte. Wie konnte ein Soldat einer Armee von jenseits des Atlantik von seinem Holunderschnaps wissen? »Nein! Nein!« rief er. »Ich richte mich stets nach den gesetzlichen Anordnungen!«

»Hören Sie auf, Bing!« sagte Yates auf englisch. »Sie verwirren mir nur den Mann!«

Ein schlaues Lächeln glitt über Zippmanns Gesicht. »Aber vielleicht habe ich noch ein paar Flaschen übrig – wenn die Herren etwas trinken wollen und zu uns nach Neustadt kommen...«

»Er erkennt mich nicht«, sagte Bing zu Karen, halb enttäuscht und doch froh darüber.

Yates blieb ernst. »Wir haben keine Zeit, Herr Zippmann, Ihren Schnaps zu versuchen. Sind noch deutsche Truppen in Neustadt?«

»Nein, Herr Offizier, das wollte ich Ihnen gerade melden. Heute morgen sind im ganzen vier Herren aus Neustadt aufgebrochen, um den Herrn Amerikanern entgegenzugehen. Ich freue mich sehr und empfinde es als eine hohe Ehre, daß ich an diesem großen historischen Tag unserer Stadt das Glück hatte, Ihnen als erster zu begegnen. Herr Bundesen, der Weinhändler – er ist übrigens Vorsitzender der Handelskammer –, wird es mir niemals verzeihen, weil ich nur der Apotheker bin, aber Pater Schlemm sagte, ich solle auch gehen –«

»Einen Augenblick!« fiel Yates ihm ins Wort. »Sie sind also ganz sicher, daß sich in Neustadt keine deutschen Truppen mehr befinden?«

Bing konnte sich nicht mehr zurückhalten. Mit den Händen hinter dem Rücken trat er von der Seite an Zippmann heran, so daß der Mann nicht wußte, wohin er sich wenden sollte. Ungeduldig sagte er: »Herr Zippmann, wenn wir nach Neustadt kommen und treffen einen einzigen deutschen Soldaten an, sorge ich persönlich dafür, daß Sie erschossen werden!«

»Ja, Herr –«, Zippmann krümmte sich. »Wir hatten eine Garnision – das heißt, bis gestern nacht hatten wir eine.«

»Wieviel Mann?« fragte Yates.

»Etwa vierzig. Aber sie sind Hals über Kopf abmarschiert. Und Kreisleiter Morgenstern ist mit ihnen abgefahren und außerdem drei Mann aus seinem Amt. Aber seine Frau hat er in der Stadt gelassen, obwohl er seine Sekretärin mitgenommen hat, das Schwein! Und etwa die Hälfte des Volkssturms ist auch abgezogen – das heißt, die Nazis sind; die anderen sind einfach zu Hause geblieben.«

Zippmanns ausführlicher Bericht schien Yates der Wahrheit zu entsprechen. Warum also war Bing so grob zu ihm?

»Und die Brücke war mit Sprengladungen belegt!« fuhr Zippmann eifrig fort. »Aber Pater Schlemm hat dem alten Uli, dem Fischer, gesagt, daß er vielleicht die Kabel durchschneiden könnte, und das hat Uli getan. Die Brücke steht also noch.«

»Wer ist dieser Pater Schlemm?«

»Der Pfarrer von St. Margarethen. Er hat gesagt, wir müßten den Amerikanern sagen, daß die Nazis und die Soldaten die Stadt verlassen haben und daß wir die Stadt übergeben, sonst würden die Amerikaner ihre Geschütze auffahren und ganz Neustadt in Trümmer legen.«

»Vielleicht ist das gerade, was ihr verdient habt!« bemerkte Bing.

»Halten Sie sich gefälligst zurück!« befahl Yates auf englisch. Auf deutsch fragte er Zippmann wieder: »Dieser Pfarrer, Pater Schlemm, ist der ein ehrlicher Mensch?« Er dachte an Pater Gregor in Ensdorf und machte sich Hoffnungen.

»Ja, natürlich.« Zippmann zögerte den Bruchteil einer Sekunde. »Sehen Sie, Herr Offizier, ich bin Protestant. Aber wir kommen gut miteinander aus.«

»Ich habe nie von einem Pater Schlemm gehört«, sagte Bing auf englisch. »Wahrscheinlich ist er erst nach meiner Zeit in die Gemeinde gekommen. Aber Zippmann ist ein relativ anständiger Mensch. Unter den Nazis durfte mein Vater wenigstens nach den Geschäftsstunden zu ihm kommen, wenn wir eine Medizin brauchten. Er hat uns immer geholfen.«

»Warum dann also dieser Ton ihm gegenüber?«

»Ich kenne diese Stadt, Lieutenant...«

Yates zuckte mit den Schultern. Dann wandte er sich um, wiederholte Troy die wesentlichen Aussagen des Apothekers und fügte hinzu: »Dennoch würde ich Vorsicht empfehlen, Captain.«

Troy schlenderte zu dem Zivilisten hinüber und betrachtete ihn prüfend. »Gut!« sagte er schließlich. »Worauf warten wir noch?«

Er gab das Zeichen zum Vorgehen.

Die Pioniere untersuchten die Brücke und stellten fest, daß Zippmann die Wahrheit gesprochen hatte.

Dann rollten die Geschütze, die Panzerwagen, die schweren Laster in die alte Stadt, rasselten über ihr Kopfsteinpflaster, und das Echo des Lärms hallte von den wunderlichen Häusern in den engen Straßen zurück. Im übrigen war es ein schweigsames Willkommen. Das war irgendwie deprimierend, und man fühlte sich trotz der altmodischen, sonnigen, Gemütlichkeit atmenden Atmosphäre nicht ganz wohl.

Yates konnte die Gesichter erkennen, die sich an die festverschlossenen Fenster drückten oder zwischen Fensterläden hervorlugten. Von den Giebeln, von den Erkern, von den geschnitzten Holzbalken, überall, wo die erfindungsreichen Nazis die Möglichkeit für eine Flaggenstange entdeckt hatten, improvisierte weiße Fahnen – Bettlaken, Handtücher, Kissenbezüge. Offenbar wollten die Neustädter ganz sicher gehen, daß ihre Absichten nicht mißverstanden wurden. Aber dieser Eifer bei der Übergabe war etwas zu demonstrativ und schuf kein Vertrauen.

Aber schließlich, dachte Yates, waren weder Troy noch seine Leute mit der Erwartung hergekommen, auf die Liebe der Bevölkerung zu stoßen. Freiwillige Übergabe oder nicht, Ansichtskartenschönheit oder nicht, Neustadt war feindliches Territorium und der nächste Nachbar des Lagers Paula.

Die Straße verbreiterte sich zu einem verhältnismäßig großen, länglichen Platz, an dessen Ende das gotische Rathaus stand. Dahinter erhoben sich die zwei Türme von St. Margarethen, die das Stadtbild wie ein Wahrzeichen beherrschten; und gerade als die Spitzenfahrzeuge vor dem Rathaus vorfuhren, begannen die Glocken von St. Margarethen zu läuten, tief und dröhnend, so wie sie zu Ostern oder zu Hitlers und früher zu Kaisers Geburtstag auch immer geläutet hatten.

Ein Teil der Fahrzeuge fuhr auf dem Marktplatz auf; die anderen gingen bis zum Stadtrand vor, um die Zugangswege zur Stadt zu beherrschen.

Troy sprang aus seinem Befehlswagen und lief mit der Pistole in der Hand die Stufen zum Hauptportal des Rathauses hinauf. Er stieß die schwere Tür auf; sie ließ sich überraschend leicht bewegen. Drinnen im Steingewölbe war es kühl und dunkel, und es roch dumpfig. Der Fußboden war mit Papieren übersät, teils zerrissen, teils an den Rändern angesengt, Anzeichen einer überstürzten Flucht. Er stieß das Zeug mit dem Fuß zur Seite. Dann kehrte er um.

Draußen vor der Tür, noch oben auf der Treppe, rief er über das Geläut der Glocken und das Geräusch der Motoren hinweg: »Lieutenant Dillon! Lieutenant Dillon! Die Fahne! Holen Sie das verdammte Bettlaken dort oben vom Mast und hissen Sie etwas, was Sinn und Bedeutung hat!«

Bing nahm an der Eroberung Neustadts nicht teil. Er sagte zu Yates: »Bitte, lassen Sie mich jetzt gehen. Es ist für mich sehr wichtig. Ich bin heimgekehrt. Ich bin dahin zurückgekommen, wo alles angefangen hat.«

Yates ließ ihn gehen und sagte nur: »Nehmen Sie nicht alles so schwer!«

Bing wanderte durch die Straßen, die ihm viel kleiner erschienen, als er sie in Erinnerung hatte, und er dachte: Ich könnte bestimmt meine Augen schließen und doch meinen Weg finden. Er kam an Zippmanns Apotheke vorbei. Sie war geschlossen. Er blickte in das Schaufenster hinein, das ihm viel schäbiger erschien als früher; dennoch glaubte er, den Geruch der Kräuter zu verspüren, die Zippmann so gut zu mischen wußte.

Da war nun das Haus, in dem er geboren war und gelebt hatte; am Fenster im ersten Stock war noch immer die Eisenstange, die sein Vater dort hatte anbringen lassen, damit das Kind, das so gern am offenen Fenster spielte, nicht hinausfiel. Dort im Hauseingang hatte seine Mutter immer gestanden und auf ihn gewartet, wenn er aus der Schule kam; er stürzte auf sie zu und war froh, wieder im sicheren Haus zu sein nach all den Abenteuern unter so vielen Fremden. Ein großes Verlangen erwachte in ihm, in dies Haus zu treten, in dem Zimmer zu sitzen, das sein Zimmer gewesen war, und dann ins Eßzimmer zu gehen und dort zu warten, bis er die Schritte seines Vaters hörte, der zu Mittag nach Haus kam, und auf die sanfte Stimme seiner Mutter, die ihn begrüßte. Er wußte nie, was Vater und Mutter miteinander sprachen; als er klein war, verstand er es nicht, und als er heranwuchs, interessierte es ihn nicht mehr so.

Er drückte auf die Außenklingel zur Wohnung. Niemand antwortete.

Dann läutete er an allen Klingeln, ließ einfach den Finger über die Knopfreihe neben den ordentlich weißen Namensschildern gleiten. Menschen steckten die Köpfe zu den Fenstern hinaus, andere kamen aus den Wohnungen und fragten, was er denn wünsche.

»Was ist hier eigentlich los?« sagte er. »Ist im ersten Stock niemand zu Hause?«

Sie erkannten ihn nicht; er war noch als Kind weggegangen und kehrte als Mann in einer fremden Uniform zurück.

»Nein, Herr Soldat«, sagte eine Frau, »dort ist niemand zu Hause.«

»Wo sind die Leute?«

Keine Antwort. Die Frau wich ein wenig zurück.

Er blickte auf das Namensschild an der Wohnungstür. »Wer ist dieser Friemel, der hier wohnt?«

»Er ist Rechtsanwalt«, sagte die Frau. »Es steht doch auch dran.«

»Nazi?«

Schweigen.

»Abgehauen?«

Schweigen.

»Ich will in die Wohnung.«

»Niemand hat den Schlüssel, Herr Soldat«, versicherte ihm die Frau und tat sehr hilfsbereit.

Dann entsann sich Bing, daß sein Vater ein- oder zweimal den Namen Friemel erwähnt hatte. Friemel war der Mann, der seinen Vater aus seiner Praxis hinausgedrängt und sie dann übernommen hatte. Es war eines jener zu der Zeit üblichen Übereinkommen gewesen: entweder du verkaufst gutwillig oder du kriegst gar nichts.

Er schob die Leute zur Seite und ging in das Haus. Die Wohnungstür war abgeschlossen. Er trat hart zu. Die Tür gab nach.

Und war drin. Allein.

Er hatte gehofft, etwas von der alten Atmosphäre wiederzufinden. Aber es war alles anders – schäbig. Die Tapeten waren anders, und es standen auch neue Möbel da, billiges Zeug. Einzig von damals geblieben war die Eisenblechverkleidung der Heizung in der Diele. Er erwog, ob er ein Stück davon abreißen und mitnehmen sollte – aber es wäre ein zu trauriges Souvenir gewesen. Er ging durch die Zimmer, ohne sich in einem von ihnen länger aufzuhalten. Hier gehörte er nicht her. Das Haus, das ihm in seinem Leben so viel bedeutet hatte, existierte nicht mehr, wenn es auch als Gebäude noch stand. Das Haus seiner Kindheit war nur noch eine Erinnerung.

Er spürte, wie auch die Reste von Einstellungen und Haltungen, die er von früher noch im Charakter zu haben glaubte, nun von ihm abfielen. Er hatte keine Bindung mehr zu diesen Menschen; nicht weil ein Herr Friemel dort wohnte, wo die Wurzeln seiner Kindheit lagen, nicht weil er und sein Vater und seine Mutter von dort vertrieben worden waren, sondern weil er selbst sich verändert und anderswo Wurzeln geschlagen hatte.

Er verließ die Wohnung, ohne zurückzublicken. Die Tür ließ er weit offen stehen und hoffte, daß die Nachbarn oder vorüberkommende Soldaten sich Herrn Friemels Besitz aneignen würden.

Eine Frau kam angerannt und blieb direkt vor ihm stehen; sie starrte ihn an, als könnte sie ihren Augen nicht trauen, und als er ihr voll ins Gesicht blickte, rief sie, noch immer atemlos: »Ja, Sie sind's wirklich! Man hat mir erzählt, ein Amerikaner wäre bei Friemels in der Wohnung, und ich habe mir gleich gedacht, das müssen Sie sein. Ich hab's ja gewußt. Wie groß Sie geworden sind, wie kräftig! Und wie gut Ihnen die Uniform steht! Kleiner Walter Bing, was er gewachsen ist!«

Wieder sammelte sich eine Menschenmenge, und Bing wandte sich um und brüllte: »Fort mit euch – alle!« Er langte nach seinem Karabiner. Sie liefen.

Die Frau lachte. »Richtig so, Herr Bing! Zeigen Sie Ihnen, wer nun der Herr ist.«

»Sie sind doch Frieda, nicht wahr?« sagte er.

»Wie geht es Herrn Doktor Bing und Ihrer Mutter? Ich kann Ihnen gar nicht sagen, wie oft ich die guten alten Zeiten zurückgesehnt habe. Sie waren so nette Menschen und so gut zu einem Mädchen – immer hab ich zu Robert gesagt, Robert ist mein Mann – ja, ich bin jetzt verheiratet...« Sie lachte, es klang vertraulich. »Ich habe also zu ihm gesagt, Robert, du kannst über die Juden sagen, was du willst, aber für keinen Menschen arbeitet es sich so gut wie für sie. Nun, Ihr Vater war kein Jude, aber Ihre Mutter. Sie war so eine freundliche, herzensgute Frau...«

»Sie haben sich nicht sehr verändert, Frieda.«

Sie blickte an sich herab. »Ich habe zwei Kinder, ich wollte sie nicht haben, aber Robert sagte, wir müßten Kinder haben, jeder Deutsche hat Kinder. Ich habe mich aber sonst gut gehalten, wie?«

Sie drückte ihre Brust heraus.

Bing entsann sich ihrer Brüste. Er war wohl etwa neun Jahre alt gewesen, damals. Man hatte ihm aufgetragen, Frieda zu rufen. Er lief in ihr Zimmer. Sie stand vor dem Spiegel, nackt bis zu den Hüften, und kämmte sich das Haar. Er stand in der Tür wie angewurzelt. Sie hatte weiterhin ihr Haar gekämmt. Sie hatte gelacht, ein tiefes, aufregendes Lachen: »Die sind schön, nicht wahr?« hatte sie gesagt. »Wenn du hübsch artig bist, vielleicht...« Aber anscheinend war er niemals artig genug gewesen, und dann war das Jahr 1933 gekommen, sie hatte das Haus verlassen, und seine Mutter hatte alle Arbeit allein verrichten müssen.

»Wo ist Ihr Mann?« fragte er.

»Robert?« Wieder lachte sie auf diese vertrauliche Art. »Oh, er war zu dumm. Er ließ sich mit in den Volkssturm einziehen. Er ist weg, Gott weiß, wo er jetzt ist. Wollen Sie uns nicht besuchen kommen? Wir haben eine kleine Wohnung auf der Breiten Straße, Nummer 9, sehr gemütlich, Sie wissen, ich bin eine gute Haushälterin. Sie müssen kommen. Geht es jetzt nicht?«

»Nein«, sagte er langsam. »Ich glaube, es geht jetzt nicht. Ich glaube nicht, daß ich hier lange bleiben werde.«

»Sie könnten bei mir in der Wohnung schlafen«, sagte sie. »Ein schönes weiches Bett mit weißen Laken, wie in den guten alten Zeiten, und zwei Kissen für Sie. Und wenn Sie wollen, packe ich Sie noch richtig ein, so wie früher, als Sie ein kleiner Junge waren. So ein artiges Kind waren Sie, nie gab es Schwierigkeiten...«

»Ich muß gehen«, sagte er. »Mein Lieutenant wartet auf mich.«

»Ach, dieser Krieg!...«

Als er ging, rief sie ihm nach: »Vergessen Sie die Adresse nicht!«

Er antwortete ihr nicht mehr. Er war seiner nicht mehr so sicher wie vorhin, als er aus der alten Wohnung seiner Eltern hinausgestürmt war, und er wünschte, er wäre nicht auf Frieda gestoßen. Sie hatte in ihm Aspekte seiner Kindheit wieder wachgerufen, die er vergessen wollte. Und wie leicht es ihr gefallen war, sich ihm zu nähern!... Ein feiner Eroberer war er!

Bing traf Karen vor dem Rathaus. Er war mehr als froh, sie zu sehen, empfand es fast als eine Erleichterung. Es war, als sei er an einem schwülen Nachmittag plötzlich in kühlenden Schatten getreten.

»Wie war die Heimkehr?« sagte sie. »Hast du jemand von früher getroffen?«

»Nur das Mädchen, das seinerzeit bei uns arbeitete«, antwortete er. »Schwatzhaft wie immer. Sie hat mir ihre ganze Geschichte, seit ich aus Neustadt weg bin, erzählt.«

»Und wie fühlst du dich jetzt?«

»In welcher Beziehung?« entgegnete er abweisend.

»Fühlst du dich hier zu Hause?« Und als er nicht antwortete, bohrte sie weiter: »Ich meine, wenn ich nach so vielen Jahren in die Stadt zurückkäme, wo ich geboren bin...«

»Ich bin hier nicht zu Hause«, sagte er. »Genau das ist es. Ich bin in Amerika zu Hause. Und glaube mir, Karen, es ist mir eine Erlösung.«

Aber sie spürte die Ruhelosigkeit in ihm.

»Was habe ich mir für Sorgen gemacht!« fuhr er fort. »Als ich nach Deutschland kam, dachte ich, würde ich sofort in den alten Trott zurückfallen, ihre Art zu leben würde mir zusagen – ich meine damit natürlich nicht die Nazis. Ich meine das, was die Deutschen auch an Gutem haben – ihre Genügsamkeit, ihre Gründlichkeit, die Regelmäßigkeit ihres Tagesablaufs, ihre festgefügten sozialen Maßstäbe – an all dem ist auch eine gute Seite – und dann die alte Stadt und ihre Atmosphäre. Aber das alles sagt mir nichts mehr. Ich habe das Haus gesehen, in dem ich meine Kindheit verbracht habe. Und es ist nicht das Haus meiner Kindheit.«

Welche Mühe er sich gab, sich selber zu überzeugen!... Sie sagte:

»Es tut mir leid, daß du allein gegangen bist. Erst dachte ich, ich sollte vielleicht mitkommen. Vielleicht hätte es dir geholfen.«

»Was ist los, Karen?« fragte er. »Hast du dir das mit uns beiden etwa noch einmal überlegt?«

»Nein.«

»Also – was dann...?«

»Ich möchte dir helfen, daß du dein Gleichgewicht wiederfindest.«

Aber diese Art Freundschaftsverhältnis mit ihr wollte er nicht. Er war in Friemels Wohnung gewesen; er hatte sich von der Vergangenheit befreit – von allem, was in der Vergangenheit lag.

»Weißt du, was wir machen?« sagte er. »Ich zeige dir die Stadt. Wir gehen zu meiner Schule, und du machst ein Photo von mir: der erfolgreichste Schüler des Neustädter Gymnasiums. Gute Bildunterschrift? Ich bin es nämlich wirklich! Ich habe alles überlebt! Die Jungens in meiner Klasse, die mich gequält haben, sind tot, oder sie sind Gefangene oder noch immer damit beschäftigt, ihren Krieg zu verlieren. Machen wir uns einen vergnügten Tag hier!«

»Also los!«

Neben den weißen Fahnen waren nun plump gemalte Plakate und Banner erblüht: ›Wir heißen unsere Befreier willkommen!‹ Karen las die Texte skeptischen Blicks.

»Befreiung...!« sagte Bing mit jenem ironischen Unterton, den die amerikanischen Soldaten in Deutschland bereits gelernt hatten dem Wort beizugeben. Man konnte das große Wort schließlich auch nicht ernst nehmen, wenn man diese Aufschriften ansah; wenn vollbusige, sommersprossige, gutangezogene Fräuleins einem schon im ersten Atemzug sagten, wieviel netter man war als die Nazis und wie froh sie waren, daß die Amerikaner gekommen waren und nicht die Russen – und ob man nicht vielleicht ein paar Zigaretten habe; wenn wohlgenährte, rundköpfige Kinder, so ganz anders als die spindeldürren Kinder in Frankreich und Belgien, einen fröhlich begrüßten, die kleinen Hände zum Hitlergruß gereckt, und Bonbons und Schokolade verlangten im Austausch gegen billige Andenken oder das Versprechen, einen zu ihrer großen Schwester zu führen.

»Weißt du«, sagte Karen, »ich habe ja keine genauen Kenntnisse darüber, wie diese Deutschen als Eroberer waren, aber in ihre Rolle als Besiegte passen sie sich großartig ein.«

»Schreib doch einen Artikel darüber, warum nicht? Wir befreien ja auch nicht diese Menschen – wir befreien Photoapparate, Pistolen, SS-Dolche. Und es ist ja auch nichts dagegen einzuwenden. Die Deutschen sind durchaus mit dieser Art Befreiung einverstanden. Sie wissen sehr gut, was ihre eigenen Leute angestellt haben; und ich glaube, sie sind froh, so billig davonzukommen.«

Eine Gruppe Soldaten kam die Straße entlangstolziert. Sie trugen Zylinder, nahmen sie unter großartig theatralischen Bewegungen vom Kopf und johlten auf deutsch dazu: »Guten Tag! Kommen Sie her, Fräulein!«

»Das trifft die Krauts mitten ins Herz«, sagte Bing. »In Neustadt macht erst der Zylinder den ehrbaren Bürger. Diese guten Stücke werden vom Vater auf den Sohn vererbt.«

Karen lachte. »Und Troy? Kann er das nicht verhindern?«

»Warum soll er? Was für Spaß haben unsere Leute denn schon? Schlimm ist nur, zuerst nehmen sie den Zylinderhut, und dann fangen sie mit Tauschgeschäften an. Schließlich hat der Deutsche seinen Zylinder zurück und außerdem noch unsere Zigaretten.«

»Und dann?«

»Und dann zieht Troy weiter. Die rückwärtigen Dienste erscheinen auf der Bildfläche. Nun wird die Befreiung erst richtig organisiert.« Bing zuckte die Achseln. »Erinnerst du dich noch an Mr. Crerar?«

»Nur schwach.«

»Ich mochte ihn eigentlich. Willoughby hat sich immer über ihn geärgert. Crerar ist in die Staaten zurückgekehrt, gleich nach der Ardennenschlacht. Ich wollte sagen, als ich ihm einmal den Entwurf zum Flugblatt für den vierten Juli zeigte, erklärte er: Wenn Sie einen Kreuzzug durchführen wollen, brauchen Sie eine Armee von Kreuzfahrern dafür. Übertrieben, wie alle solchen allgemeinen Behauptungen. Diese gestohlenen Zylinder sind nach meiner Ansicht genau so typisch für unsere Leute wie der Widerstand, den sie leisteten, als die Nazis durchbrachen. Dies alles ist Amerika.«

Karen hatte keine Antwort parat. Und bevor ihr eine einfiel, eilte

Bing auf zwei Männer in gestreiften, pyjamaähnlichen Anzügen zu. Einer von ihnen saß erschöpft auf dem Rinnstein und lehnte sich gegen den Fuß einer Straßenlaterne; der andere bat Vorübergehende um Hilfe, vergeblich: die wenigen Zivilisten auf der Straße schlugen einen weiten Bogen um die beiden.

»Wer sind Sie? Woher kommen Sie?« fragte Bing. Dann sah er das Gesicht des alten Mannes, der am Boden saß, sah die geschlossenen, eingesunkenen Augen, das hängende Kinn, die merkwürdigen Büschel weißen Haars; er sah die scharfen, schwarz angelaufenen Spuren der Peitsche auf den Wangen des anderen Mannes und die fürchterliche Müdigkeit der zwei. Er senkte seine Stimme und sagte leise: »Kann ich Ihnen helfen?«

»Wir sind vom Lager Paula«, sagte Kellermann. »Wir sind geflüchtet...«

Im Rathaus hatte Troy Kreisleiter Morgensterns Büro übernommen und setzte Lieutenant Dillon als vorläufigen Militärbefehlshaber für Neustadt ein.

»Mehr als einen Zug kann ich Ihnen nicht hierlassen«, sagte er zu Dillon. »Das dürfte ausreichen, die Ordnung in dieser Stadt aufrechtzuerhalten und die Straßen zu überwachen, damit wir doch irgendeine Verbindung mit der Division halten können. Sperrstunde ist um 19 Uhr. In der Stadt müssen sie Streifen einsetzen. Sollten Sie mit deutschen Kräften in Berührung kommen, die Ihnen zahlenmäßig überlegen sind, ziehen Sie sich zurück, und lassen Sie es mich nach Möglichkeit wissen.«

»Jawohl, Captain.« Dillon war noch ein junger Mann mit schmalen Schultern und einem länglichen, bleichen Gesicht. »Mir machen allerdings die Krauts hier in der Stadt die meiste Sorge. Ich verstehe überhaupt nichts vom Regieren – ich habe erst einmal im Leben gewählt, durch die Bank Republikanische Kandidaten. Und hier müssen wir doch eine Zivilverwaltung einrichten, damit wir zumindest die Sperrstunde bekanntgeben können.«

»Besorgen Sie sich einen öffentlichen Ausrufer!« riet Yates.

»Was ist mit dem Pfarrer?« fragte Troy.

»Wartet draußen«, sagte Yates. »Ich habe ihn durch Zippmann holen lassen.«

»Gut, rufen Sie ihn herein«, forderte Troy ihn auf.

Der Mann, der nun eintrat und bescheiden an der Tür stehenblieb, trug sein schwarzes Gewand und die silberne Kette mit dem Kreuz mit Würde. Sein Gesicht war so sorgfältig und scharf rasiert, daß das wohlgepolsterte Kinn und die Wangen rosig schimmerten. Dieser rosige Schimmer paßte gut zu seinen lebhaften, grauen Augen und zu dem kurzen grauen Haar, das er an der Seite gescheitelt und mit Pomade geglättet hatte.

»Pater Schlemm?« fragte Yates.

»Ja, ich bin der Pfarrer der Gemeinde von St. Margarethen, der größten Gemeinde dieser Stadt.« Er sprach fließend Englisch, ein amerikanisches Englisch, und der sachliche Ton, den er sofort anschlug, minderte die Selbstgefälligkeit, die in seiner Feststellung lag. »Ich spreche Englisch, meine Herren, denn ich fürchte, Sie werden mit dem Deutschen Schwierigkeiten haben. Ich habe einige Jahre an einem Jesuitenseminar in New York studiert.«

Dillon atmete erleichtert auf. Wenigstens hatte er jetzt jemand gefunden, mit dem er arbeiten konnte.

»Stimmt es, daß Sie die Übergabe der Stadt veranlaßt haben?« sagte Yates.

Pater Schlemm überlegte. »Übergabe ist nicht ganz der richtige Ausdruck. Die Kirche ist wie eine Mutter; sie zieht die Erhaltung der Zerstörung vor.«

»Ist doch das gleiche!« sagte Troy, dem im Augenblick an so feinen Unterschieden wenig gelegen war.

Pater Schlemm zog die Augenbrauen geringfügig in die Höhe. »Die Kirche mischt sich nicht in Politik. Sie ist nicht von dieser Welt.«

Dillon sah sich seines Dolmetschers schon beraubt, bevor er ihn noch hatte anstellen können. Er warf hastig ein: »Aber hier besteht eine Notlage!«

Der Pfarrer legte die glatte Stirn mit einiger Mühe in Falten. »Das ja! Aber wir haben sie nicht herbeigeführt!«

»Soll das bedeuten, daß Sie eine Zusammenarbeit mit uns ablehnen?« Troy erhob sich aus Kreisleiter Morgensterns großem Amtssessel und trat um den Tisch herum auf den Pfarrer zu. Pfarrer Schlemm wahrte seine ruhige Haltung.

»Im Gegenteil«, sagte er. »Natürlich hängt es davon ab, was Sie von uns verlangen. Im Augenblick sind wir jedenfalls, abgesehen von Ihren Truppen, die doch früher oder später weiterziehen, die einzige in diesem Vakuum noch existierende und funktionierende organisierte Körperschaft.«

»Das klingt schon besser«, sagte Troy.

Yates bemerkte, daß Pater Schlemm sich in den wenigen Minuten seit seinem Eintreten bereits eine Position verschafft hatte, von der aus er als Verhandlungspartner auftreten konnte. »Wir brauchen Ordnung«, sagte er ungeduldig. »Nicht die Art Ordnung, die hier bestanden hat – sondern eine demokratische. Und bei Gott, wir werden dafür sorgen, daß Sie das kriegen. Sie haben die Wahl, Pater Schlemm – wir können diese Ordnung hier zusammen mit Ihnen oder auch ohne Sie einführen.«

Der Pfarrer verbeugte sich leicht und schwieg.

»Organisieren wir das Ding jetzt!« forderte Troy. »Wir müssen weiter. Wie steht es mit einem Bürgermeister?«

»Der Bürgermeister!« wiederholte Yates auf deutsch.

»Der Bürgermeister, den wir hatten, ist mit Kreisleiter Morgenstern abgefahren. Ebenso die anderen leitenden Beamten.« Pater Schlemm sprach ganz sachlich, ohne jeden Schimmer einer Kritik an den Flüchtigen.

»Kennen Sie irgend jemand, der die Stelle übernehmen könnte?« fragte Yates.

»Gewiß«, sagte Pater Schlemm. »Auf meinem Weg hierher habe ich mir erlaubt, eine kurze Liste von Männern aufzustellen, die die Schlüsselstellungen in der Neustädter Verwaltung sowohl für Sie wie für uns befriedigend ausfüllen könnten.«

»Warum haben Sie das nicht gleich gesagt?« rief Dillon erleichtert aus.

Der Pfarrer lächelte wohlwollend. »Ich war nicht sicher, ob Sie Wert darauf legen würden, daß ich eine solche Liste unterbreite. Ich möchte aber dabei gleich unterstreichen, daß die Kirche jede Verantwortung für das, was diese Leute im Amt tun, ablehnt.«

»Schluß mit den Ausreden!« sagte Troy. »Wer sind die Burschen?«

»Herr Bundesen, der Weingroßhändler und Vorsitzende der Handelskammer, wäre der richtige Mann für den Posten des Bürgermeisters«, erklärte Pater Schlemm. »Er ist allgemein geachtet und besitzt große organisatorische Fähigkeiten. Das beweist ja auch schon seine Stellung in der Geschäftswelt. Der Stadtingeneur, Herr Sonderstein, hat es vorgezogen, auf seinem Posten zu bleiben, anstatt mit Kreisleiter Morgenstern zu fliehen. Er könnte den Posten des zweiten Bürgermeisters übernehmen, dem die gemeinnützigen Einrichtungen unterstehen.«

»Sehr gut!« sagte Dillon, glücklich darüber, daß er sich um die Müllabfuhr nicht zu kümmern brauchte.

»Herr Kleinbauch, der Direktor der Neustädter Sparkasse, eines kleinen, aber sehr zahlungsfähigen Unternehmens, wäre der richtige Mann für den Posten des Stadtkämmerers.«

»Wie steht es mit dem Polizeichef?« drängte Dillon.

»Zu ihm komme ich gerade«, versicherte ihm Pater Schlemm. »Der Mann, an den ich denke, ist pensionierter Polizeiinspektor, Polizeioberinspektor, um genau zu sein, mit Namen Wohlfahrt. Er leidet zuweilen an Gicht; aber zur Zeit ist er in guter Verfassung.«

»Hätten Sie da keinen jüngeren, etwas aktiveren Mann?« fragte Dillon ein wenig enttäuscht.

»Es tut mir leid«, sagte Pater Schlemm wieder mit einem leichten, wohlwollenden Lächeln. »Jüngere und aktivere Männer sind heute in Deutschland selten.«

Yates fand, daß irgend etwas an Pater Schlemms Kabinettsliste zu glatt war, zu gut gesponnen. Willoughby würde einen solchen Vorschlag vielleicht gutheißen – aber das war nur ein Grund mehr, Vorsicht walten zu lassen, solange man Gelegenheit dazu hatte und Troy beeinflussen konnte.

Er sagte: »Sind Sie sicher, Pater, daß die Herren auch annehmen würden, wenn wir ihre vorläufige Betrauung mit diesen Posten vorschlügen?«

»Wenn ich ihnen dazu rate, ja«, erklärte der Pfarrer ruhig. »Sie sind getreue Anhänger der Kirche.«

»Sagen Sie mir, Pater«, fragte Yates, »waren diese Männer Nazis?«

Es dauerte etwa eine Sekunde, bis der Priester die Starre überwunden hatte, von der alle Züge seines rundlichen Gesichts plötzlich befallen waren. Dann gab er zu: »Ja, Nazis waren sie allerdings. Jeder, der irgend etwas in Deutschland darstellte, war Mitglied er Nationalsozialistischen Partei. Es war genauso, wie – na, sagen wir – im Staat Mississippi, wo jeder, der seine gesellschaftliche Stellung wahren will, der Demokratischen Partei angehören muß.«

Troy lachte.

Yates wandte sich abrupt dem Captain zu. »Ihre Leute sind in der Ardennenschlacht nicht umgebracht worden, damit wir das System wieder einsetzen, das für den Mord an ihnen verantwortlich ist.«

»Hiermit haben Sie recht«, gab Troy zu, »nur hat der gute Pfarrer die Lage so hübsch erklärt.«

»Und wenn wir diese Leute nicht akzeptieren, wer hält das Elektrizitätswerk in Gang?« fragte Dillon. »Ich habe keine Ahnung, wie das hier gemacht wird...«

»Also – fangen wir von vorn an«, sagte Yates. »Setzen Sie sich, Herr Pfarrer, hier ist ein Stuhl.«

Pater Schlemm blickte zu Yates auf. Er stellte eine Ähnlichkeit fest zwischen dem gut geschnittenen Gesicht dieses armerikanischen Offiziers und dem des Apostels Simon, dessen Statue links am Hauptportal von St. Margarethen stand. Sensibel, aber streng. Er nahm sich vor, den Apostel dem Offizier zu zeigen, falls dieser lange genug in der Stadt blieb. Der Amerikaner schien ihm zu dieser Sorte von Menschen zu gehören, die sich für solche Dinge interessieren.

Yates dagegen bemerkte, wie der Bauch des Pfarrers im Sitzen auf seinen Schenkeln ruhte und wie er seine Hände über diesem Bauch faltete. »Haben Sie je vom Lager Paula gehört?« erkundigte er sich.

Der Priester senkte die Lider. Er schien seine Knie zu betrachten. »Ich weiß davon«, sagte er mit einem gequälten Zug um den Mund. »Mehrere meiner Pfarrkinder hat man dorthin verbracht. Ich habe versucht, sie zu retten...«

»Und dennoch wagen Sie es, uns für die neue Stadtregierung die Namen von Mitgliedern der gleichen Partei vorzuschlagen, die das Lager Paula geschaffen hat?«

»Sie kennen ganz einfach Deutschland nicht, Sir!« wandte Pater Schlemm ein. »Weder Herr Bundesen noch irgendeiner der anderen Herren hat auch nur das geringste mit dem Lager Paula zu tun.«

»Legen wir doch unsere Karten auf den Tisch, Pater Schlemm!«

»Ja, sehr gern!« Jegliches Wohlwollen war aus dem rosigen Gesicht des Priesters gewichen. Nervös strich er sich über das kurze Haar. »Was für eine Regierung wollen Sie denn? Wer ist denn da, der die Regierungsgewalt übernehmen könnte? Sie sollten froh sein, daß wir noch ein paar anständige Männer mit gutem Ruf übrig haben, die gewillt sind, Ihnen zu helfen.«

»Herr Pfarrer! Wer hat denn da wirklich die Macht bei der Liste, die Sie uns empfehlen?« Yates' ganze Empörung lag in seiner Stimme.

Der Pfarrer verkrallte seine Hände in den Sitz seines Stuhls.

»Ich, Lieutenant!«

Die Tür wurde aufgerissen. Bing schob zwei Männer in gestreiften, sackähnlichen Anzügen in den Raum. »Treten Sie nur ein, Herr Professor! Haben Sie keine Angst!«

Dann, zu Yates, Troy und Dillon gewandt, sagte er: »Es tut mir leid, hier zu unterbrechen. Aber diese beiden sind aus dem Lager Paula. Geflohen. Ich hielt ihre Mitteilungen für so wichtig, daß ich sie gleich zu Ihnen gebracht habe.«

Troy fuhr herum und sah. Der Pfarrer, Neustadt, die Regierung und die Müllabfuhr schrumpften zu völliger Belanglosigkeit zusammen.

Yates blickte von den zwei Häftlingen hin zu dem Pfarrer und wieder zu den beiden zurück.

Der Pfarrer bemerkte den Blick und erhob sich. »Heilige Mutter Gottes!« sagte er, »diese Menschen müssen zu essen bekommen und gepflegt werden. Ich sorge dafür.«

»Setzen Sie sich, Pater Schlemm!« befahl Yates. »Erst mal hören, was sie zu sagen haben!« Er wandte sich an den jüngeren der beiden Entlaufenen. »Sie können deutsch sprechen. Wie heißen Sie?«

»Rudolf Kellermann.« Und mit einer müden Handbewegung: »Professor Seckendorff von der Universität München.«

»Sie kommen aus dem Lager Paula? Wie sind Sie entflohen?«
»Wir sind nicht aus dem Lager entflohen...«
»Von wo denn?«
»Von einem Abstellgleis der Eisenbahn.«
»Einem Abstellgleis? Ich dachte, Sie kommen aus dem Lager?«
»Kommen wir auch. Wir wurden evakuiert. Fünftausend von uns, die kräftigsten. Siebentausend blieben zurück...«
»Und sind noch immer dort?«
Kellermann lächelte. Es war ein Lächeln, das einem durch und durch ging. »Kann ich Ihnen leider nicht sagen...«
Troy wartete ungeduldig. Yates gab ihm einen vorläufigen Bericht.
»Lieutenant Dillon!« rief Troy. »Sorgen Sie dafür, daß alle Einheitsführer verständigt werden: Abmarsch in genau einer halben Stunde!«
Troy bot den eigenen Stuhl dem Professor an; eine kurze Handbewegung vertrieb Pater Schlemm von dessen Stuhl, Kellermann mußte sich setzen. »Halbe Stunde, Dillon!« wiederholte Troy. »Ich möchte wenigstens einen Teil der siebentausend im Lager retten – wenn noch welche am Leben sind.«
»Jawohl, Captain!« Dillon eilte hinaus.
Yates begann wieder, Kellermann auszufragen: »Wie ist es Ihnen denn gelungen zu entkommen?«
»Es war dunkel«, sagte Kellermann. »Neben dem Gleis war ein fürchterliches Durcheinander...«
»Können Sie nicht lauter sprechen? Hier – trinken Sie!« Yates reichte Kellermann und dem Professor seine Feldflasche.
Kellermann trank langsam. »Sie hatten uns den ganzen Tag marschieren lassen. In der Nacht erreichten wir die Kopfstation der Eisenbahn. Als der Zug einfuhr, brachen wir aus. Sie hatten nicht viel Zeit, um lange nach uns zu suchen, sie waren in Eile. Dann gingen wir in westlicher Richtung. Westen, dachten wir, dort werden die Amerikaner sein. Als wir uns der Stadt näherten, sahen wir die weißen Fahnen, und wir sahen einen Panzerspähwagen mit einem weißen Stern in der Nähe der Fabrik am Ausgang der Stadt. Da sagte

ich zu dem Professor: Wir haben es geschafft. Dort sind die Amerikaner.«

»Und sie kamen herein in die Stadt«, nahm Bing den Bericht auf. »Miss Wallace und ich sahen sie da im Rinnstein sitzen, und jeder einzelne Deutsche machte einen schönen weiten Bogen um sie herum.«

»Neustadt«, sagte Troy in einem Ton, der deutlich werden ließ, wie gleichgültig ihm alles außer seinem Vormarsch geworden war. »Wir haben nur noch ein paar Minuten, um hier eine Zivilverwaltung auf die Beine zu stellen, Yates. Also los!«

Yates wandte sich Kellermann zu. »Wie lange waren Sie im Lager Paula?«

»Zehn Monate.«

»Und vorher?«

»Munitionsfabrik. Man hatte mich wegen Sabotage verhaftet.«

»Haben Sie Sabotage betrieben?«

»Nein, hatte keine Gelegenheit. Ich habe aber gesehen, wie die Russen und die Polen es taten; sie waren dort als Sklavenarbeiter. Ich habe sie nicht daran gehindert.«

»Ein Fanatiker!« sagte Pater Schlemm.

Kellermann kannte diesen Ton. Er blickte von Pater Schlemm zu Yates; eine Jalousie ging bei ihm herunter.

Yates bemerkte es und sagte: »Ich heißte Yates. Ich bin amerikanischer Offizier, und ich versichere Ihnen, daß für uns Ihre Ansichten ebensoviel wert sind wie die von Pater Schlemm... Wo waren Sie, bevor Sie in die Munitionsfabrik kamen?«

»Im Lazarett«, sagte Kellermann. »Ich wurde in Nordafrika verwundet.«

»Welche Einheit?«

»Die 999.«

»War das nicht eine Strafeinheit?«

»Ja, Herr Leutnant, für die Politischen!«

Yates schwieg. Weder er noch Troy hatten irgendwelche Vorschriften darüber, wer die neue Regierung bilden sollte. Er betrachtete Kellermann – die entzündeten Augen des Mannes, die eingefallenen Wangen mit den blutunterlaufenen Streifen. Dann hatte er seine Entscheidung getroffen.

»Captain, ich glaube, wir haben den richtigen Bürgermeister für diese Stadt!« Und auf deutsch fuhr er fort: »Herr Kellermann, wollen Sie uns helfen, Neustadt zu regieren?«

Kellermann hatte gerade auf dem Stuhl Platz genommen, von dem sich der Pfarrer erhoben hatte; nun stand er wieder auf. Zum erstenmal seit Jahren hatte man ihn höflich angesprochen. Er hatte ein würgendes Gefühl in der Kehle. Die neue Zeit brach an, die Zeit, um derentwillen er sich an sein Leben geklammert hatte. »Sie sollten vielleicht doch lieber den Professor nehmen«, sagte er. »Er ist ein studierter Mann.«

»Aber Sie sehen ein bißchen kräftiger aus«, sagte Yates lächelnd.

»Ich weiß nicht, wieviel ich als Bürgermeister taugen werde«, sagte Kellermann feierlich, »aber das verspreche ich Ihnen, mit den Nazis werden Sie hier keine Schwierigkeiten mehr haben.«

Pater Schlemm verneigte sich und wandte sich zum Gehen. Troy rief ihm nach: »Warum so eilig, Herr Pfarrer? Wenn wir uns entscheiden, das Amt Herrn Kellermann zu übertragen, braucht er noch immer Ihre Mitarbeit.«

»Ich habe Ihnen schon erklärt«, entgegnete der Pfarrer, »die Kirche kann sich nicht in Politik mischen.«

Yates sagte eisig: »Sie meinen, wenn Sie schon selber nicht die Macht kriegen, werden Sie sich der neuen Macht entgegenstellen. Ich verstehe Sie doch richtig?«

»Sie unterschieben mir da eine Meinung, die ich nicht geäußert habe!« antwortete Pater Schlemm. »Natürlich können Sie die Herrschaft eines Mannes, der einem Konzentrationslager entlaufen ist, der Stadt Neustadt aufzwingen. Sie können aber nicht von mir erwarten, daß ich die Bürger dieser Gemeinde auffordere, eine solche Stadtverwaltung anzuerkennen oder gar zu schätzen.«

Troy nahm Yates zur Seite. »Wir können uns keine Schwierigkeiten in diesem Nest leisten, solange die Division noch weit hinter uns steht.«

»Es geht hier ums Prinzip«, sagte Yates.

»Dillon kann mit seiner Handvoll Leute nicht eine ganze widerspenstige Stadt niederhalten.«

»Ich lasse ihm Bing hier«, bestimmte Yates, in die Ecke getrieben.

»Dadurch hat Dillon immerhin jemand bei sich, der die Sprache spricht und der eine Verbindung mit unserer neuen Stadtverwaltung halten kann.«

»Seien Sie doch nicht stur!« Troy war mit seinen Gedanken bereits auf dem Weg nach dem Lager Paula.

»Was für Garantie haben Sie, das alles glatt gehen wird – mit vier Nazis im Amt?« fragte Yates.

Darauf gab es keine Antwort, Troy trat ans Fenster. Er sah seine Abteilung auf dem Marktplatz sich formieren, er sah seinen Wagen und seinen Fahrer vor dem Rathaus warten. Er sah Lieutenant Dillon die Treppe hinaufeilen, um ihm zu melden, daß alles bereit sei zum Abmarsch. Und er spürte aller Augen in diesem Raum in seinem Nacken.

Er drehte sich um.

»Pater Schlemm, war der Apotheker, den Sie uns schickten, dieser Zippmann – war er in der Partei?«

»Nein«, sagte der Pfarrer, »nicht daß ich wüßte.«

»Dann ist eben der Apotheker von jetzt an Ihr Bürgermeister!«

Pater Schlemm wiegte den Kopf. »Das wird schwer gehen, Sir. Herr Zippmann ist leider Protestant. Und unsere Stadt ist katholisch.«

Troy schlug mit der Faust auf das Fensterbrett. »Verflucht noch eins, Herr Pfarrer! Christus ist auch für die Protestanten gestorben!«

Der Pfarrer nickte ergeben.

Bing verzog ein wenig die Lippen. Er suchte Yates' Blick, und Yates verstand: Wir improvisieren schon wieder – amerikanischer Pioniergeist, der versucht, jeweils das Beste aus der Lage herauszuholen. Eine Richtung haben wir nicht. Aber was können wir denn tun? Wir müssen doch weiter!

Dillon trat ein und meldete.

Troy setzte seinen Helm auf. »Sergeant Bing! Lieutenant Yates läßt Sie vorläufig hier, damit Sie Lieutenant Dillon zur Seite stehen! Dillon! Ihre Befehle sind klar. Und tun Sie was für diese beiden Männer hier.«

Troy warf noch einen Blick auf Seckendorff und Kellermann,

seine Augen nahmen einen bekümmerten Ausdruck an. Er würde nun für Tausende solcher Menschen zu sorgen haben.

»Gehen wir, Yates!«

Bing und der Pfarrer folgten ihnen die Treppe hinab. Bing sah die Einheit abrücken, mit ihren Panzerfahrzeugen, die so fremdartig erschienen in diesen alten Straßen. Er lauschte, bis auch der letzte Widerhall verklungen war.

Dann vernahm er die ruhige Stimme des Pfarrers: »Ihre Leute werden noch viel zu lernen haben.«

»Ja«, sagte Bing, »aber von wem?«

Sechstes Kapitel

Die Bürger von Neustadt befolgten die Anordnungen über die Sperrstunden auf das genauste. Nach sieben Uhr befanden sich sämtliche Lebewesen, mit Ausnahme von Katzen, Hunden und einer gelegentlichen amerikanischen Streife, in den Häusern. Die Fenster waren verdunkelt. Bürgermeister Zippmann war mitgeteilt worden, er solle seine Mitbürger wissen lassen, daß die Amerikaner beim geringsten Lichtstrahl in das erleuchtete Fenster feuern würden. Dillon war sich der Schwierigkeit seiner Aufgabe voll bewußt; gleich nachdem Troy mit seinem Einsatzkommando abgerückt war, hatte er begonnen, seine Isolierung zu spüren.

Aber es gelang ihm nicht, seine paar Mann in Alarmzustand zu halten. Vielleicht standen sie auch bereits so sehr unter Spannung, daß sich der Zustand nicht aufrechterhalten ließ. Sie saßen und rekelten sich auf den Stühlen des Speisesaals im ›Adler‹, den Dillon als Quartier genommen hatte, und betranken sich. Was gab es auch anderes zu tun, und unter Alkohol fühlte man sich stark und mächtig, und mitschleppen ließ sich der Schnaps ja auch nur schwer, wenn man weiterzog, morgen oder übermorgen; und der beste Platz zum Transport von Alkohol war sowieso der eigene Bauch. Die Streifen, die von ihrem Dienst zurückkamen, beeilten sich, den Vorsprung der anderen einzuholen; und die Männer, die nun als Ablösung in die dunklen, winkligen Straßen hinaustraten, hatten randvoll getankt.

Bing trank, weil er heimgekehrt war, der einzige erfolgreiche Schüler seiner Klasse, und weil ihm, Gott sei Dank, die Heimat nichts mehr bedeutete. Er trank, weil Karen so vernünftig, so freundschaftlich ihm gegenüber gewesen war und weil er wußte, daß dies freundschaftliche Verhalten überhaupt nichts zu bedeuten hatte. Aber er trank für sich allein. Er war zusammen mit diesen Männern nach Neustadt gekommen. Wahrscheinlich waren es gute Kerle; nur hatte man auf einer solchen Fahrt nicht viel Gelegenheit gehabt, ihnen nahezukommen, denn sie saßen in ihren Fahrzeugen eingepfercht und er in dem seinen. Und nun gelang es ihm erst recht nicht, mit ihnen warm zu werden. Die Heimkehr des Soldaten – wie sollten sie auch verstehen, was in ihm vorging; und hätte er versucht, es ihnen zu erklären, sie hätten ihn vermutlich angeglotzt, als wäre er ein zweiköpfiger Fötus in Alkohol. Wennschon! Sie waren die besten Soldaten der Welt, und in einer Klemme konnte man sich bis zum Ende auf sie verlassen. Und wenn sie sich besaufen wollten, sie hatten ein Recht darauf – wohl sollte es ihnen bekommen!

Er steckte den Kopf zum Fenster hinaus, um sich die Stirn zu kühlen im Abendwind. Aber der Wind hatte sich gelegt. Es war sehr dunkel geworden; der Mond stand hinter einer silberumrandeten Wolke; er konnte die seltsam gezackten Umrisse des Rathauses erkennen, davor die Straßenlaterne mit ihren eisernen Schnörkeln – ihr Licht war ausgeschaltet. In einiger Entfernung waren die Stimmen zweier Soldaten auf Streife zu hören, sie sangen falsch, aber laut und von Herzen: *»A Pretty Girl Is Like A Melody …«*

Irgend etwas stimmte nicht. Bing wußte nicht, was es war, er spürte es und konnte es doch nicht definieren. Außer dem Gesang der Soldaten war kein Laut draußen. Er trat in den Speisesaal zurück und sprach mit Master-Sergeant Ebbett, dem rangältesten Unteroffizier. Ebbett sah von seinem Glas auf und sagte: »Wenn etwas im Gang ist, werden wir es schon früh genug merken. Warum gehst du nicht zu Bett und schläfst dir die Sorgen von der Seele?«

Ebbetts Augen waren ganz winzig und blutunterlaufen, und sein Blick sagte: Mensch, kümmere dich um deinen eigenen Kram! Also antwortete Bing: »Es ist noch zu früh, um ins Bett zu steigen. Hast du was dagegen, wenn ich ein bißchen Luft schnappen gehe?«

»Von mir aus!« Ebbett zuckte die Achseln. »Geh uns aber nicht verloren! Heute nacht schicke ich keinen mehr raus, dich zu suchen.«

»Ich kenne diese Stadt wie meine eigene Tasche«, sagte Bing. »Ich verlauf mich schon nicht.« Er nahm seinen Karabiner und seine Taschenlampe und verließ das Hotel ›Zum Adler‹, plötzlich ganz nüchtern, jedoch noch immer unter diesem Gefühl der Spannung. Er glaubte zu wissen, was die Ursache davon sein könnte und was dagegen zu tun war.

Er kannte die Stadt tatsächlich noch wie seine eigene Tasche, selbst im Dunkeln, und fand das irgendwie erheiternd. Durch Seitengassen ging er und pechschwarze Durchgänge, die durch alte Häuser hinduch von einer Straße zur anderen führten, und kam auf der Breiten Straße wieder heraus, die ihren Namen anscheinend zum Hohn erhalten hatte, so schmal war sie. Hier knipste er seine Taschenlampe an, suchte und fand Nummer 9 und klingelte.

Keine Antwort. Er sog die Nachtluft ein, wartete und verjagte einen Anflug von Enttäuschung. Er blickte die Straße hinab, an den ausgebauchten Wänden der Häuser entlang, und plötzlich sah er klar, was er vermißt hatte, ohne daß es ihm zu Bewußtsein gekommen wäre; die weißen Fahnen waren verschwunden.

Wieder klingelte er. Dabei blickte er nach oben und sah, daß auch an Friedas Haus keine weiße Fahne mehr hing – nicht einmal in der Größe eines Taschentuchs.

Da, endlich, hörte er leise, schlurfende Schritte. Die Tür öffnete sich einen Spalt weit und dann weiter; einen Augenblick lang fiel gelbliches Licht aus der Nummer 9 auf die Straße. Er trat schnell ein und schloß die Tür hinter sich.

Sie war barfuß und hatte eine Jacke über ihr Nachthemd geworfen. Sie sagte: »Ach Gott, der junge Herr Bing! Haben Sie mir aber Angst eingejagt.« Sie zog ihn dicht an sich heran, so daß er ihren warmen Körper spürte, und führte ihn leise die Treppe hinauf.

»Pst... Die Kinder schlafen, ich bin froh, daß sie schließlich doch eingeschlafen sind. Was war es aber auch für ein Tag für sie!«

»Aufregend?«

»Sie würden sich wundern, wie die schon die Unterschiede kennen!« sagte sie.

»Welche Unterschiede?«

»Die Amerikaner geben uns Schokolade, sagen sie. Bleiben die Amerikaner jetzt immer hier?« Sie drückte Bings Arm. »Und das ist unsere gute Stube, Robert nennt sie den Salon. Ich lasse ihm den Spaß, er ist ein guter Mann, ich habe Glück gehabt mit der Ehe. Aber was weiß er schon davon, wie ein richtiger Salon aussieht. Wenn er das Wort benutzt, muß ich immer an den Salon bei Ihren Eltern denken mit dem schönen Klavier und den mit Satin bezogenen Stühlen. Jeden Tag hatte ich dort sauber zu machen. Ihre Mutter nahm es sehr genau.«

Bing setzte sich in den Großvaterstuhl und legte seine Füße auf die Fußbank. Sie beugte sich zu ihm herab und streichelte ihm das Haar; ihre Jacke öffnete sich, er sah ihre Brüste.

»Wissen Sie, wie ich Sie erkannt habe?« flüsterte sie. »Sie haben noch immer den gleichen Mund und das gleiche Kinn wie als kleiner Junge, so – eigensinnig; Sie mußten immer Ihrem eigenen Kopf folgen. Ich glaube, Sie kriegen noch immer, was Sie richtig wollen?... Mein Gott, wie er dort sitzt; Robert sitzt niemals in diesem Stuhl, er schont ihn für seine Sonntagsbesucher.«

Er wünschte, sie würde aufhören, von Robert zu sprechen, der seine guten Möbel für den Sonntag schonte.

»Früher haben Sie auf meinem Schoß gesessen«, sagte sie, »jetzt könnte ich auf Ihrem sitzen. Das wäre ein Ausgleich, nicht wahr?« Sie wartete nicht auf Antwort. »So ist es gut«, sagte sie, »da wird einem warm. Nehmen Sie doch das Koppel ab, es ist so hart. Was haben Sie bloß da drin? Munition? Ach, dieser Krieg! Legen Sie es ab.«

Er hakte seinen Patronengurt aus. »Sagen Sie, Frieda – warum sind alle weißen Fahnen eingeholt?«

Er fühlte, wie sie ein ganz klein wenig von ihm abrückte. Dann kam sie wieder näher.

»Das! Oh, das ist nichts. Ich nehme an, die Leute sagen sich, man kann sie bei Nacht sowieso nicht sehen.« Sie zog ihre Jacke aus. »Die Kunstwolle kratzt so scheußlich…«

Ihre Arme waren wohlgerundet und weiß, und sie hatte weiche Schultern. Die Spitzen ihrer Brüste schimmerten dunkel durch das rosige Gewebe ihres Nachthemds. Sie bemerkte, wie sein Blick auf ihnen ruhte. »Sie sind noch immer schön. Ich habe meine Kinder nicht daran saugen lassen. Robert sagte, ich sollte sie selber nähren, aber das ist nur so ein Aberglaube. Sie gedeihen nicht weniger, wenn man sie mit der Flasche aufzieht. Eine Frau muß auf das achten, was sie hat.«

»Hat Ihnen jemand gesagt, Sie sollen die weiße Fahne einholen?«

»Entsinnen Sie sich?« Sie schien weit weg in der Vergangenheit zu sein. »Einmal kamen Sie in mein Zimmer und sahen mich vor dem Spiegel. Ihre Augen wurden groß wie Untertassen, und ich wußte genau, was Sie dachten. Fühlen Sie mal – sind sie noch unverändert?«

Er legte seine Hand auf ihre Brust.

»Mit beiden Händen!« drängte sie.

»Ich habe Sie etwas gefragt!«

Sie lachte. »Zuerst habe ich Sie etwas gefragt! Wie sind sie?«

»Schön fest!«

»Damals waren Sie noch so ein kleiner Junge! Was würde Ihre Mutter gesagt haben? Sie hätte mich hinausgeworfen… So küssen Sie sie doch.«

Er küßte ihre Brüste. Sie blickte auf ihn herab, als wäre er noch immer ein kleiner Junge. Und sie spürte ein sanftes Ziehen in ihrer Brust und durch ihren ganzen Körper hin.

Er klopfte ihr freundlich auf den Rücken. »Wer hat dir gesagt, du sollst die weiße Fahne einziehen?«

»Ach, dieser Krieg! Immer dieser Krieg. Eine Frau, die bei Bundesen im Weinkeller arbeitet.«

»Was hat sie gesagt?«

»Sie sagte, es wäre nicht länger nötig, die Fetzen rauszuhängen. Und da ich wußte, für wen sie arbeitet, zog ich das Laken ein.«

»Steh auf«, sagte er, »laß mich gehn!«

Sie schlang ihre Arme um ihn, klammerte sich an ihn, küßte ihn und berührte mit der Zungenspitze seine Augenlider, seine Wangen und die Stelle hinter seinem Ohrläppchen.

»Bleib doch«, bettelte sie. »Du mußt bleiben. Es wird dir nicht leid tun.« Sie schien zu erstarren.

Beide hatten sie es gehört. Den Schuß. Und dann eine ganze Salve von Schüssen. Und dann die benagelten Stiefel auf dem Pflaster, eiliges Echo. Sie starrten einander an, bleich. Sie griff nach ihrer Jacke, hatte aber anscheinend nicht die Kraft, sie sich über die Schulter zu hängen.

Bing griff seinen Gurt und seinen Karabiner, rannte die Treppe hinunter und aus dem Haus hinaus. Er mußte Dillon und die Männer im Hotel erreichen. Sie kannten die Stadt nicht; er kannte jede winklige Nebengasse. Er konnte ihnen die Wege zeigen, zum Gegenangriff oder zur Flucht.

Er lief eine verlassene Gasse entlang. Über die Schüsse und die Rufe hinweg hörte er die eigenen Schritte und seinen keuchenden Atem. Er fluchte und er betete: Laß es nicht wahr sein; nicht diese grausame Strafe; wenn aber Strafe, dann auf mein Haupt, nicht das der anderen, der armen Besoffenen, die doch keine Schuld tragen!

Hinein in einen Durchgang – wie dunkel war es hier! Alle Fenster waren geschlossen. Die Einwohner, diese Hunde, diese Verräter, lagen hinter ihren Mauern, verkrochen sich in ihren Betten und warteten ab, was draußen werden würde. Das Kopfsteinpflaster unter seinen Füßen hemmte ihn. Er stolperte.

Schließlich gelangte er in die nächste Straße. Jetzt waren es nur noch zwei Häuserblocks bis zu Dillon und seinen Leuten im Hotel, vorausgesetzt, daß sie noch dort waren. Das Geschieße nahm an Heftigkeit zu.

Er wollte gerade die Straße überqueren, da hörte er die benagelten Stiefel zur Rechten und dann benagelte Stiefel zur Linken und bemerkte den Schimmer von Bajonetten und den stumpfen Widerschein des Mondlichts auf deutschen Stahlhelmen. Die Straße war von beiden Seiten blockiert. Er duckte sich, und zurück in den Torweg. Nach den Stimmen der Deutschen zu urteilen, nach ihrem Gelächter, waren sie bester Stimmung, und es hörte sich an, als befänden sich in dieser einen Straße mehr von ihnen, als Dillon insgesamt an Mannschaften hatte, selbst wenn es der Streife gelungen war, ins Hotel zurückzukehren.

Es hatte keinen Sinn, im Torweg zu warten. So lief er durch den Durchgang zurück, in der Hoffnung, daß die nächste Straße noch nicht besetzt sei. Sie war tatsächlich frei. Als er sie aber entlang rannte, tauchte eine andere Gruppe von Deutschen bereits an der Ecke auf. Sie waren überall in dieser verfluchten Stadt.

Es gab für Bing keine andere Richtung als die Nebengasse zurück zur Breiten Straße. Also dorthin – aber nun lief er nicht mehr, sondern schlich lautlos auf den Gummisohlen seiner amerikanischen Armeestiefel. Auch um die Ecke herum in der Breiten Straße wieder die Stimmen der Deutschen. Mit ein paar Schritten war Bing quer über die Straße und hinein in die noch immer offene Tür von Nummer 9. Hinter sich warf er die Tür ins Schloß. Langsam, jeder Schritt war ihm eine Riesenlast, stieg er die Treppe hoch. Der Karabiner schleifte hinter ihm her. Er hatte keinen Schuß abgegeben – nicht einen einzigen.

Die Frau saß noch immer in dem großen Stuhl. Sie schien geweint zu haben. Sie sah ihn und kam auf ihn zu.

Bing schaltete das Licht aus, ging zum Fenster und öffnete die Fensterläden. Er horchte auf die Schüsse draußen, die immer seltener wurden. Dann ein einzelner letzter Schuß und Stimmengewirr. Die Glocken von St. Margarethen begannen zu läuten.

Er schloß die Fensterläden wieder, drehte aber das Licht nicht an. Er hatte seine Armee verraten – Dillon, Troy, Yates, alle. Als sie ihn am meisten brauchten, war er nicht dagewesen. Er hatte auch nicht gegen die Deutschen gekämpft, obwohl er ein paar von ihnen in der Breiten Straße oder in einer der anderen Straße hätte umlegen können, bevor es ihn erwischt hätte. Er war davongelaufen. Er war davongelaufen, um bei dem früheren Dienstmädchen seiner Mutter unterzukriechen, in der Stadt, in der er geboren und aufgewachsen war – der erfolgreichste Schüler seiner Klasse.

»Du hast es die ganze Zeit gewußt, du elende Hure«, sprach er in die Dunkelheit hinein. »Siehst du mein Messer hier? Nein, du kannst es natürlich nicht sehen, aber ich habe es hier in der Hand.

Das jage ich dir rein, und wenn es das letzte ist, was ich hier tue.«

Sie wimmerte leise.

Er stand da, unentschlossen. Und wenn er sie umbrachte – was war dann?

Sie sagte mit kindlich hoher Stimme: »Ich habe es doch nicht gewußt. Ich wußte doch nur das mit der weißen Fahne. Ich habe gebetet, daß du heute nacht zu mir kommen sollst. Bei mir bist du sicher.«

Er hörte das Geräusch ihrer nackten Füße auf dem Linoleumboden. Sie war ganz in seiner Nähe jetzt und suchte ihn.

»Komm ins Bett«, flüsterte sie.

Blindlings schlug er mit der Faust zu. Er traf in etwas Weiches, das unter dem Hieb nachgab.

Ein kurzer, scharfer Atemzug. Dann hörte er sie wieder flüstern: »Schlag mich. Tu, was du willst, mit mir. Tu alles – wenn es dir nur hilft. Hier bin ich...«

Im Rathaus, in dem Troy die kurzlebige amerikanische Herrschaft eingesetzt hatte, führte Kreisleiter Morgenstern seine Säuberungsaktion durch. Er war mit der Neustädter Garnison zurückgekommen und mit dem noch zuverlässigen Teil des Volkssturms, dazu einem nicht mehr kampfstarken Bataillon Infanterie. Das Bataillon war von seiner Division abgeschnitten und war in die Irre marschiert, so daß er es leicht hatte überreden können, kehrtzumachen und den Kampf mit einem so unterlegenen Gegner aufzunehmen. Morgenstern gab sich keinen Illusionen hin. Wahrscheinlich würde er nicht ewig in Neustadt bleiben können, aber solange er hier war, wollte er seine Möglichkeiten ausnutzen.

»Sind die Amerikaner im Gefängnis eingesperrt?«

Der Kommandeur der Stadtbesatzung, ein Leutnant, der noch wie ein Kind aussah und verdreckter war, als er nach einem so kurzen Gefecht hätte sein dürfen, sagte eifrig: »Alle eingesperrt. Zehn Mann. Sechs von ihnen schwer verwundet. Alle besoffen. Schweine.«

»Lassen Sie die Toten draußen liegen«, ordnete Morgenstern an.

»Als abschreckendes Beispiel«, sagte der Leutnant.

»Und jetzt bringen Sie mir mal den schwarzen Hurenbock herein, den kleinen Mönch!«

Zwei Soldaten schoben Pater Schlemm herein.

Der Pfarrer war, als er die weißen Fahnen verschwinden sah, erst gar nicht mehr zu Bett gegangen. Er hatte auf einem steiflehnigen Stuhl in seinem Arbeitszimmer gesessen und meditierte. Als die Soldaten ihn holen kamen, war er bereit.

»Was meinen Sie, Herr Leutnant?« fragte Morgenstern. »Ein Kerl mit einem so fetten Nacken zappelt länger in der Schlinge als ein Dürrer oder?«

»Es dauert länger, bis sich das Polster durchwetzt«, versicherte ihm der Leutnant.

»Verräter!« sagte Morgenstern. »Du weißt doch, was wir mit Verrätern machen?«

Pater Schlemm antwortete: »Sie und Ihre Leute waren ja fort. Ist es Verrat, eine deutsche Stadt vor der Zerstörung zu bewahren, Frauen und Kinder, auch die von denen, die mit Ihnen gegangen waren – auch Ihre eigene Frau, nebenbei gesagt –, sämtlich unschuldige Menschen jedenfalls, vor dem Tod unter amerikanischem Geschützfeuer zu retten...?« Er spielte mit dem Kreuz an seinem Hals und wiederholte, was er schon zu Troy gesagt hatte: »Die Kirche ist wie eine Mutter, sie zieht die Erhaltung der Zerstörung vor.«

Welcherart Gefühl Morgenstern seiner Frau auch entgegenbringen mochte, so konnte er doch nicht vor aller Öffentlichkeit einen Mann deswegen verdammen, weil er ihr das Leben gerettet hatte.

»Du glaubst wohl, wir sind noch blöder als du!« schimpfte er plötzlich. »Meinst du, wir wissen nicht, was in den letzten vierundzwanzig Stunden hier vorgegangen ist? Daß du mit den Amerikanern geheime Besprechungen gehabt hast? Und was ihr auch ausgeheckt habt?«

»Warum fordern Sie nicht die Leute, von denen Ihre Informationen stammen, auf, Ihnen die ganze Geschichte zu erzählen!« verteidigte der Priester sich mit leiser Stimme. »Fragen Sie sie doch! Fragen Sie Bundesen! Er wird Ihnen bestätigen, daß ich versucht habe, ihn zum Bürgermeister zu machen.«

»Zippmann soll hereinkommen!« befahl Morgenstern.

Zippmann wurde hereingestoßen. Er war übel zugerichtet, sein Gesicht war angeschwollen und blutig. Pater Schlemm sah ihn an, und ein leichter Schauder lief ihm über die rosige Haut.

»Nun, Herr Bürgermeister!« triumphierte Morgenstern.

»Ich – ich bin gezwungen worden, anzunehmen...«, stammelte Zippmann.

»Ich habe die Wahrheit gesprochen!« Pater Schlemm kämpfte um sein Leben. »Die Amerikaner haben gefragt, ob Bundesen Parteimitglied war. Darum haben sie dann den Apotheker genommen.«

»Hängt ihn auf«, sagte Morgenstern.

»Welchen?« fragte der Leutnant mit dem Kindergesicht.

Morgenstern genoß diesen Augenblick und zog ihn in die Länge. Sein Blick wanderte vom Pfarrer zu Zippmann und wieder zurück, um schließlich auf dem Häufchen Elend, das der von den Amerikanern ernannte Bürgermeister von Neustadt war, zu ruhen.

»Den da!«

Pater Schlemm begann zu beten, hastig gemurmelte lateinische Worte. Immer noch betend, folgte er dem laut schreienden und sich wehrenden Apotheker bis vor den Laternenpfahl mit den gußeisernen Verzierungen, der vor dem Rathaus stand. Und als Zippmann hochgezogen wurde, als sein dürrer alter Hals sich immer länger streckte und seine dünnen grauen Beine, die immer mehr aus den Hosen hervorstaken, noch einmal krampfhaft zappelten, sah man Pater Schlemm niederknien, obwohl die spitzen Pflastersteine seine Knie sehr schmerzen mußten.

Bing hörte das ölige Schnalzen des Schlüssels im Schloß an der Haustür. Er sprang auf. Er blickte die Frau an, die demütig und ergeben in dem großen Sessel saß, und sagte: »Mich kriegen die nicht. Nicht lebend wenigstens. Und du wirst es auch nicht erleben.«

Sie horchte auf die schweren Schritte auf der Treppe. Dann wurde sie von unterdrücktem Lachen geschüttelt. »Das ist doch mein Robert! Er ist der einzige, der einen Hausschlüssel hat.«

»Ist das nicht zu dumm!« sagte Bing spöttisch, ergriff seinen Karabiner und machte ihn schußfertig.

Friedas Mann stand in der Tür und starrte in die Mündung von Bings Waffe. Aber Bing feuerte nicht. Die Frau hatte sich vor ihren überraschten Mann geworfen, und der gleiche Leib, den Bing als Junge so begehrt hatte, schützte nun ihren verblüfften Ehegatten.

Sie stieß ihre Worte hervor: »Wenn du jetzt schießt, wachen alle auf, und du bist verloren.« Dann drehte sie sich um und umarmte ihren Mann, der noch immer nicht fähig schien, sich der neuen Situation anzupassen, und ihre spärliche Bekleidung mit einem säuerlichen Ausdruck betrachtete. Dann nahm sie ihm sein Gewehr von der Schulter und schmiß es in die äußerste Ecke des Zimmers. Bing hob es auf.

»Reg dich nicht auf, Robertchen, mein Lieber«, sagte sie und preßte ihren Körper gegen den seinen. »Du weißt doch, daß du sofort mit dem Herzen zu tun bekommst, wenn du dich aufregst. Es ist alles ganz einfach.«

»Ja, das sehe ich!« sagte er und versuchte Frieda zur Seite zu stoßen.

Sie klammerte sich an ihn. »Erst hörst du mir zu!« verlangte sie energisch. »Glaubst du, ich will Mord und Blutvergießen in diesem Haus haben? Vielleicht einen Skandal? Die Kinder aufwecken? Ich bin froh, daß sie den ganzen Lärm und das Geschieße auf der Straße verschlafen haben! Gott sei Dank sind sie gesund.«

»Du – du Dirne!«

Das Wort gehörte nicht zum üblichen Wortschatz dieses Mannes; Bing hörte das am Ton.

»Die Kinder!« Sie hob die Hand. Dabei ließ sie ohne jede Scheu beide Männer ihren Körper sehen. »Paß lieber auf, was du sagst! Du bist immer sehr voreilig, Robert, und hinterher tut es dir leid, und dann gehst du auf die Knie und bittest mich um Verzeihung. Nur weil wir einen Gast haben und ich Rücksicht auf dich nehme, verzichte ich darauf, daß du es gleich tust. Dabei könnte ich dich zwingen! Ich könnte dich wie einen Hund hier kriechen und meine Füße lecken lassen...!«

Bing glaubte ihr das durchaus. Sie hatte eine Macht über diesen Mann, deren Wurzeln offen zutage lagen.

»Gast!« wagte der Gemahl zu protestieren. Aber sein Tonfall war nun schon recht bescheiden.

»Jawohl, ein Gast!« Sie trat auf Bing zu, ergriff seine Hand und streichelte sie. »Ich habe ihn gekannt, als er erst so groß war!« Sie hob ihre andere Hand etwa in Höhe der Hüften. »So groß! Das ist nämlich der junge Herr Bing, der Sohn von den Bings, für die ich damals gearbeitet habe und die immer so nett zu mir waren.«

»Und ein Jude noch dazu – in meinem Haus! Das ist ja Rassenschande!«

»Rassenschande...!« spottete sie. »Dein Kopf ist nichts als eine große Kloake. Komm mir bloß nicht mehr nah...!«

Die Drohung veranlaßte den Mann, sich die Sache besser zu überlegen. »Er ist mein Gefangener«, verkündete er plötzlich. »Ich muß ihn einliefern.«

Bing sagte: »Hier irren der Herr. Ich habe Ihr Gewehr und meins noch dazu. Sie sind mein Gefangener.« Ein großartiger Gefangener war der ja nun nicht, dachte Bing. Dieser Krieger trug ein Paar alte Reithosen, eine Ziviljacke, die am Ärmel aufgerissen war, und eine Armbinde mit der Bezeichnung ›Volkssturm‹. Er war etwas kleiner als seine Frau, sah nicht zu gut genährt und recht abgeklappert aus.

Robert dachte eine Weile nach, dann fiel ihm ein: »Aber Sie können ja auch nicht weg! Die Straßen sind voll von unseren Truppen.«

»Ihr seid eben beide Gefangene!« unterbrach Frieda den Streit. »Der junge Herr Bing wird die Nacht hierbleiben. Ich bringe ein paar Decken, und er kann in dem großen Stuhl schlafen. Es ist unser bestes Stück«, sie wandte sich zu Bing und zwinkerte ihm zu, »und Sie sind ja ein Soldat. Robert hat die Nächte im Wald zugebracht; soll er also das Bett haben.«

Robert nickte. Zum erstenmal an diesem Abend ließ seine Frau ihn gelten.

»Haben Sie keine Angst, Herr Bing«, fügte sie hinzu, »ich mache es Ihnen schon bequem...«

Ihrem Mann gefiel der vielversprechende Ton in ihrer Stimme gar nicht. Er murmelte etwas davon, daß er bleiben müsse, um den jungen Herrn Bing zu bewachen.

»Sei kein Esel!« sagte Frieda. »Du hast ja selber gesagt, daß er nicht entkommen kann. Geh also zu Bett, es ist schon sündhaft spät.«

»Morgen liefere ich ihn aber ein!« beharrte der Mann.

»Morgen – morgen sehen wir weiter.« Sie zog ihn mit sich hinaus, kam aber bald darauf mit Decken und einem Kissen wieder. »Laß mich ihn erst einmal im Bett haben«, flüsterte sie Bing zu. »Dann komme ich wieder und sag dir Bescheid.«

Bing warf einen Blick auf seine Uhr. Auch er war müde. Aber er wußte jetzt, was er zu tun hatte.

Er setzte sich nieder. Er wollte ein wenig schlafen, er brauchte all seine Kraft für den Weg zurück zur Division, und er hatte keine Ahnung, wie er es fertigbringen sollte, sich aus der Stadt zu schleichen. Und wie sollte er bei der Division erklären, daß er allein von allen Leuten Dillons hatte entfliehen können? Und was sollte er Troy und Yates sagen, wenn er sie später wiedertraf? Und Karen würde alles erraten; Karen blickte ihm ins Innerste. Und wie sollte er überhaupt weiterleben mit sich selber?

Er dachte an die Frau, an Frieda, die ihn gerettet hatte, und hatte einen bitteren Geschmack im Munde. Wenn man es genau überlegte, war das auch Karens Schuld ... Ach, mach dir doch nichts vor – du, du selber bist doch zu Frieda gegangen. Du hast die anderen im Stich gelassen. Du bist vor den Krauts davongelaufen, vor Männern wie Robert, vor Männern in zusammengeflickten Jacken, die wahrscheinlich nicht einmal wußten, wie man das Gewehr hielt ... Vielleicht war es überhaupt besser, in das Zimmer drüben einzudringen und diesen Robert zu erschlagen mitsamt seiner Frau – und dann hinauszurennen, Amok zu laufen, zu töten – so viele Krauts zu töten, wie man noch erwischen konnte, bis sie einen schließlich faßten und alles vorbei war.

Er streckte sich aus. Es war ein bequemer Stuhl, und er fragte sich, warum denn Robert, sein Gastgeber, Hahnrei, Gefangener und Wächter, alles in einer Person, nichts dagegen einzuwenden hatte, daß er ihn benutzte. Der gute Sonntagsstuhl ... Er zog sein Messer heraus und begann das Furnier zu zerkratzen und das Polster aufzuschlitzen.

Friedas Eintritt unterbrach seine Tätigkeit. Die Tür hatte sich lautlos geöffnet. Die Angeln waren wohl sehr gut geölt; wahrscheinlich hat sie sich früher schon ähnliche Stückchen geleistet, dachte Bing, und stand auf und stieß die Fensterläden auf. Draußen begann es zu dämmern.

Ihr Haar war durcheinander. »Wir haben noch ein bißchen Zeit«, sagte sie, »ein ganz klein bißchen Zeit für uns.« Das Nachthemd fiel ihr um die Füße. Sie stand da mit schwellender Brust und breiten Hüften.

Dann ließ sie sich in den Stuhl gleiten. »Was ist denn das?« fragte sie plötzlich. Sie hatte die herausquellende Füllung des beschädigten Sessels berührt.

Sie sprang auf. Ihr Gesicht wurde häßlich. »Das ist eine Gemeinheit! Warum hast du das gemacht? Und ich, ich habe doch alles für dich getan...« Sie beugte sich über den Sessel, den fleischigen Hintern Bing zugewandt, und versuchte die Füllung wieder in das Polster hineinzustopfen.

»Alles hin!« Sie war den Tränen nahe, ihr Gesicht zog sich in die Breite, erschien grob. »Alles hin! Geh endlich! Laß uns allein!«

Bing ergriff das deutsche Gewehr und hängte es sich über die Schulter. Dann nahm er den eigenen Karabiner und verließ das Haus, ohne noch einen Blick auf Frieda oder ihren Sonntagssessel zu werfen.

Die Straßen lagen verödet da. Nur die Schritte eines einsamen deutschen Postens waren deutlich im Morgendämmer zu hören. Von der Breiten Straße führte eine Seitengasse in den Nordteil von Neustadt und von dort durch sorgfältig bebaute, eingezäunte Schrebergärten auf das freie Feld.

Nachdem Bing die Felder erreicht hatte, fühlte er sich sicherer. Er hielt sich, wo immer möglich, hinter Hecken und Gebüsch in Deckung, und wo er offenes Gelände zu überschreiten hatte, duckte er sich, zuweilen kroch er auch auf Händen und Knien. Er durchwatete den Fluß weit nördlich der Brücke, außerhalb des Blickfeldes der Posten, die die Deutschen sicher dort ausgestellt hatten. Dann gelangte er in den Wald und lief immer weiter, die Sonne im Rücken. Bei jedem Geräusch, das er sich nicht erklären konnte, schreckte er zusammen, manchmal sogar beim Knacken eines dürren Zweiges unter den eigenen Füßen. Er erlaubte sich keine Minute Atempause;

die Sinne geschärft für alles um ihn her, begrüßte er sogar den Hunger, der in ihm nagte, nur um nicht an sein Versagen denken zu müssen, seinen Verrat.

Er war sich klar geworden über sich selber: in seiner eigenen Heimatstadt hatte er feststellen müssen, daß er keinen Deut besser war als die, die ihn vertrieben hatten – der große Eroberer mit dem großen Maul, der sich im nächsten Moment schon feige hinter dem Rock einer Frau verkroch und seine Kameraden im Stich ließ. Nun, das mochte überspitzt gedacht sein. Vielleicht hatte er nur getan, was jeder andere unter den gleichen Umständen auch getan hätte. Andererseits war aber auch diese Neigung, in ganz gewöhnlicher Selbsterhaltung schon Verrat zu sehen, dieser Trieb, sich für eine verlorene Sache aufzuopfern, wieder ebenso deutsch – wie er's auch drehte und wendete, überall geriet er in die gleiche Wirrnis, die er längst schon überwunden zu haben glaubte.

Gegen Mittag erreichte er das Ende des Waldes. Zu seinen Füßen lag ein weites Feld, grüne Weizensaat, die gerade zu sprossen begann, und jenseits des Feldes war eine Straße, auf der ein halbes Dutzend Panzerspähwagen Streife fuhren.

Er rannte quer über das Feld, gestikulierte aufgeregt mit den Armen und rief unverständliche Worte. Das Spitzenfahrzeug hielt an. Bing lehnte sich gegen die Stahlpanzerung und spürte, wie seine Beine unter ihm nachgaben. Ein staubiges, junges, klargeschnittenes Gesicht zeigte sich über der Luke, und eine jugendlich-frische Stimme fragte: »Mein Gott, Sergeant – wo kommen denn Sie her?«

Ein trockenes Schluchzen schüttelte Bing. Er war heimgekehrt, wirklich heimgekehrt.

Die Nachricht von dem Blutbad in Neustadt wurde von einem Gefechtsstand zum anderen durchgegeben. Als Bing endlich beim Stab der Division eintraf, hatten Farrish und Willoughby bereits ihren Entschluß gefaßt.

Nachdem er das Abenteuer mit Neustadt und dem Lager Paula einmal begonnen hatte, mußte Farrish die Sache auch zu Ende führen – und zwar mit Glanz. Halbe Maßnahmen würden nur die Kritiker auf den Plan rufen, die sich für Divisionsbereiche und solchen

Kram ereiferten, Leute, an denen es beim Korps, bei der Armee und bei der Heeresgruppe keinen Mangel gab. Farrish ließ sich von der taktischen Luftwaffe zwei Geschwader zwecks Vergeltung an der Stadt zur Verfügung stellen und traf Vorbereitungen für einen Großangriff.

Zweimal rettete der mittelalterliche Keller der Gebrüder Bundesen, Weinhandel in Neustadt, Kellermann und Seckendorff das Leben – das erstemal, als die Deutschen zurückkehrten und dann wieder, als Farrish seinen Schlag führte.

Ein paar von Dillons Leuten hatte das schwere Schloß der Kellertür gesprengt, waren hinabgestiegen und mit einer Kiste Wein wieder heraufgekommen, den Herr Bundesen klagend als seinen besten bezeichnete, obwohl er tatsächlich nur eine der billigsten Sorten war. Herr Bundesen besaß kein Ersatzschloß, und so mußte also der Vorsitzende der Handelskammer selber an der Tür zu seinen unterirdischen Schätzen Wache stehen. Wenn er den Amerikanern gegenüber auch machtlos war, die eigenen Nachbarn wenigstens konnte er abwehren.

Auf seiner einsamen Wacht hörte Herr Bundesen die deutschen Truppen wieder in Neustadt einziehen; mit angehaltenem Atem verfolgte er den Verlauf des so einseitigen nächtlichen Gefechts; endlich glaubte er, daß die Lage sicher sei, um aufzutauchen; doch blieb er lange genug von seinem Keller weg, um an der Spitze der Menschenmenge den Siegern ein Heil zuzurufen. So sah er die beiden Männer in gestreiften Anzügen nicht, die aus dem Schatten der Straße traten und durch das unbewachte Tor in seinen Keller eindrangen. Der jüngere führte dabei den älteren, das heißt, er schleppte ihn eigentlich hinter sich her.

Unten im tiefsten Teil des Kellers, in pechschwarzer Finsternis, im dumpfigen, säuerlichen Geruch des Weins, verkrochen sie sich – Seckendorff wie betäubt und Kellermann entschlossen, auch dies durchzustehen.

»Arme Teufel«, murmelte der Professor.

»Wer?«

»Die Amerikaner.«

»Zahlenmäßig unterlegen…«, sagte Kellermann. »Ich habe noch ein paar von ihren Zigaretten.«

»Wir waren immer zahlenmäßig unterlegen«, seufzte der Professor.

Kellermann stellte nüchtern fest: »Die Amerikaner haben keine Ahnung, womit sie es hier zu tun haben, und werden es wohl auch kaum je begreifen. Sie sind wie Touristen. Trinken wir etwas.«

Er nahm eine Flasche vom Regal und begann den Korken mit Fingernägeln und Zähnen zu bearbeiten. Der Kork gab nach.

»Bitte!«

Sie tranken. Der alte Wein wirkte rasch auf den geschwächten Organismus; die Glieder wurden schwer, und der Schlaf kam.

Sie erwachten von einem ohrenbetäubenden Krachen. Sie wußten nicht, ob es Tag war oder Nacht, sie wußten nur, daß die ganze Erde zitterte wie unter den Schlägen einer riesigen Faust. Tausende von Flaschen tanzten auf den Regalen und klirrten gegeneinander, ein sonderbar schrilles Geläut zu den dumpfen Detonationen.

Der Professor suchte mit zitternder Hand nach Kellermann. Kellermann nahm ihn in seinen Arm; der schmächtige, entkräftete Leib war wie ein Kinderkörper. Aus dem tiefen Schlaf der Erschöpfung gerissen, während die Erde und alles um ihn her bebte, ungewiß ob er noch schliefe oder alles ein Alptraum war, wimmerte der alte Mann: »Das ist das Ende!«

»Unsinn«, sagte Kellermann, »es ist ein Luftangriff.« Er stand auf und tastete sich zur Treppe hin. Da sah er ein flackerndes Licht, das sich immer mehr näherte. Herr Bundesen, eine Kerze in bebender Hand, suchte in Todesangst Schutz in seinem untersten Keller.

Der Weinhändler erblickte die elende Gestalt in der gestreiften KZ-Kleidung; das flackernde Kerzenlicht fiel auf die tiefen Höhlungen des Gesichts, die dunklen Narben, die glühenden Augen. Der Tod, dachte er, das war der Tod, der da persönlich ihn zu holen kam – vom Himmel oben her und nun auch aus dem Inneren der Erde. Herr Bundesen schrie auf, ließ seine Kerze fallen, kehrte sich um und floh.

Alles war wieder dunkel. Kellermann lauschte dem Echo der stolpernden Schritte, die das Klingen und Klirren der Flaschen noch übertönten.

Dann warf es ihn zu Boden. Minutenlanger Donner folgte; über ihren Köpfen stürzte das Haus zusammen. Kellermann watete durch Wein und Glassplitter. Die Dunkelheit war von schwerem Staub erfüllt und von bitterem Rauch.

»Kellermann! Kellermann!« hörte er die krächzende Stimme des Professors.

»Hier bin ich! Wir müssen versuchen, hier herauszukommen!«

Sie krochen die Treppe hinauf zum oberen Teil des Kellers. Ein Teil des Hauses war eingestürzt. Sie suchten sich ihren Weg, vorbei an Steinblöcken, die Jahrhunderte hindurch gestanden hatten, vobei an Herrn Bundesens zermalmten Körper, dem Tageslicht entgegen, das ihnen durch die Balken hindurch entgegenleuchtete, die die Kellertür fast gänzlich versperrten. Über ihren Köpfen brannten die Ruinen des Hauses.

Kellermann kroch durch eine Öffnung zwischen zwei Balken hindurch und zog den Professor nach sich. Stunden hindurch irrten sie durch die verödeten, fast ungangbaren Straßen. Die wenigen Überlebenden waren zu sehr mit sich selber beschäftigt, als daß sie zwei grauen, verlumpten Menschen Beachtung geschenkt hätten. Die deutschen Soldaten, die den Luftangriff überstanden hatten, waren in das bergige Land hinter der Stadt geflohen. An dem von Rauch verdunkelten Himmel stand der rote Widerschein der brennenden Häuser.

Der Professor, der sich dem Leben wiedergegeben sah, fragte erwartungsvoll: »Was machen wir nun?«

»Nach Hause gehen«, sagte Kellermann einfach. »Heim ins Ruhrgebiet, heim nach Kremmen. Sie kommen mit mir.«

»Ja«, sagte Seckendorff, »das wird schön.«

Auf dem Marktplatz begegneten sie den ersten Truppen von Farrishs Division.

Die Amerikaner nahmen die Stadt ohne jede weitere Formalität wieder ein. Sie hielten sich nicht lange auf, sie gaben sich gar nicht erst die Mühe, eine Stadtverwaltung einzusetzen, sie machten sich auch keine Sorgen darum, ob das Elektrizitätswerk arbeitete oder der Müll abgefahren wurde. Es gab keine Elektrizität mehr, und die ganze alte Stadt war sowieso nur noch ein Müllhaufen.

Es stand auch kein Rathaus mehr, in dem man eine Verwaltung

hätte einrichten können. Auf dem Marktplatz war nur der Laternenpfahl mit den gußeisernen Schnörkeln stehengeblieben, und an dem Pfahl hing immer noch der von Troy eingesetzte Bürgermeister Zippmann und begrüßte aus luftiger Höhe die wieder in Neustadt einmarschierenden Amerikaner. Er hing dort, bis ein Offizier der Militärpolizei, der beobachtet hatte, daß sämtliche Fahrzeuge in der Nähe des Laternenpfahles die Fahrt verlangsamten, weil immer Leute den Gehängten photographieren wollten, den Befehl gab, die Leiche abzuschneiden, damit der Verkehr nicht behindert würde.

Siebentes Kapitel

Was war der Grund dafür, daß Biederkopf, Schreckenreuthers Stellvertreter, die Befehle seines Vorgesetzten nicht mehr befolgte und die Massenerschießungen der im Lager Paula verbliebenen Gefangenen einstellte, sobald der Kommandant und die fünftausend Evakuierten abmarschiert waren?

Biederkopf selber konnte auf diese Frage keine direkte Antwort geben, als Yates, der ihn zu verhören hatte, sie ihm stellte.

Es war nicht Mitleid gewesen für die noch übriggebliebenen sechstausend menschlichen Wracks – etwa eintausend hatte man niedergeknallt, während Schreckenreuther sich noch in Hörweite befand. Mitleid stand außer Frage, denn bei Biederkopf war dort, wo bei anderen Menschen das Mitleid sich bildet, ein Vakuum. Außerdem waren diese kriechenden, gedemütigten, ausgehungerten, winselnden Skelette gerade durch ihr im Lager systematisch herbeigeführtes langsames Sterben bereits zu Wesen geworden, die weit unter dem standen, was man noch mit dem Wort Mensch hätte bezeichnen können; und Biederkopf hatte sie sowieso nie als Menschen betrachtet. Nein, Mitleid war es nicht.

Hoffte er vielleicht, die Gunst der Amerikaner zu gewinnen, die im Vormarsch auf das Lager standen? Gewiß trug auch dieser Umstand zu der Entscheidung bei, die sich in Biederkopfs niedrigem, dickem Schädel bildete. Andererseits konnte er sich denken, daß die sechstausend Gefangenen, die ihm noch übriggeblieben waren, lebendig weit abstoßender wirken würden, als tot in den Gräbern, die Schreckenreuther in seinem Weitblick hatte graben lassen. Lebendig wirkten ihre wunde Haut über ihren Knochengestellen, ihre aufgetriebenen Bäuche und der stinkende Dreck, in dem sie herumlagen, viel unangenehmer.

Was war es also?

Zum Teil – Panik. Solange sein Vorgesetzter Schreckenreuther im Lager herrschte, hatte Biederkopf, getreuer Gefolgsmann, der er war, jemanden vor Augen, der das System vertrat, das dem kleinen Mann zu sagen gestattet: Ich hatte Befehl, ich bin nicht verantwortlich. Dennoch zur Verantwortung gezogen, würde Biederkopf solches noch immer behaupten – selbst in der Stunde, da er Yates gegenüberstand. Nur jetzt, wo Schreckenreuther fort war, klang der trostreiche Satz irgendwie nicht mehr so schön.

Zum Teil war Biederkopf auch von einer gewissen Lethargie ergriffen worden. Nachdem der Lagerkommandant sich abgesetzt hatte, hörte die Kraft zu fließen auf, die bisher von der Führung der Partei und der Regierung über Schreckenreuther zu Biederkopf und durch ihn bis zum letzten SS-Mann und zum kleinsten Lagerbonzen stets durchgesickert war. Es gab keinen Antrieb mehr, die Befehle, die Schreckenreuther erhalten und an ihn weitergegeben hatte, durchzuführen; Biederkopf hatte einfach keine Lust, alle Spuren zu verwischen. Und es war keiner mehr da, der ihn gezwungen hätte. Er stellte seine Arbeit ein. So einfach war das.

Die Überbleibsel der SS im Lager hörten gleichfalls auf zu arbeiten. Sie standen umher oder liefen ziellos hin und her. Gelegentlich versetzten sie einem Gefangenen, über den sie gerade stolperten, einen Tritt; aber es lag kein System mehr darin. Nur die Küche und das Verpflegungslager wurden eifersüchtig und scharf bewacht. Wären die Lebensmittelvorräte nicht gewesen, hätte die SS das Lager einfach verlassen. Ein paar taten es sowieso – wer Verwandte oder Freunde in der Nähe hatte, verschwand ohne große Zeremonie.

Auf den Wachtürmen standen keine Posten mehr, und der Stacheldraht war nicht mehr mit Elektrizität geladen. Der Strom, der aus Neustadt kam, war plötzlich aus Gründen, über die keiner weiter nachdachte, ausgeblieben. Nur die allgemeine Schwäche der Gefangenen verhinderte Ausbruchsversuche.

Erst bei dem ersten unmittelbaren Bericht vom Nahen der Amerikaner kam Bewegung in Biederkopf. Die Gefangenen, die in der Sonne gelegen und vor Erschöpfung, Hunger und Fieber in einer Art Halbschlaf vor sich hin gedöst hatten, wurden in die Baracken zurückgescheucht; die in den letzten Stunden Verstorbenen mußten mitgeschleift werden. Die tausend Mann, die man erschossen hatte, lagen noch immer in ihren offenen Gräbern – aber das war ja außerhalb des Lagers und störte Biederkopfs Ordnungssinn nicht weiter.

Er ließ, was noch an SS vorhanden war, zugweise vor der Verwaltungsbaracke antreten, während er selber zum Tor schritt, eine Delegation bestehend aus nur ihm, um das Lager dem Eroberer zu übergeben.

Er war höchst unangenehm überrascht, dort bereits etwa ein Dutzend Gefangene vorzufinden. Sie waren die Kräftigsten unter den im Lager Zurückgebliebenen. Sie gingen Arm in Arm und stützten sich so gegenseitig. Einige von ihnen waren auch schon draußen vor dem Tor. Sie stießen heisere Schreie aus und winkten ein paar kleinen Fahrzeugen zu, die sich vorsichtig aus der Entfernung näherten.

Biederkopf lief zum Tor hinaus und holte die Gefangenen ein. »Zurück!« brüllte er.

Sie lachten ihm ins Gesicht. Schädel, Totenköpfe mit wilden, fieberheißen Augen lachten ihm ins Gesicht.

Plötzlich packte ihn eine Angst, die seinen Magen in bodenlose Tiefen absacken ließ, und er sah plötzlich, was für einen Fehler er begangen hatte, indem er die Gefangenen am Leben ließ. Jetzt, da die amerikanischen Panzerfahrzeuge herankamen, veränderten sich die Gefangenen auf einmal, wurden zu einer Bedrohung – zum Feind. Zu einem Feind, dessen er sich nicht mehr entledigen konnte, denn dort rückten die Amerikaner schon heran, waren nur hundert, nur fünfzig Schritt noch entfernt.

Er mußte sie als erster erreichen! Das war die einzige Möglichkeit, sich selber zu retten. Er mußte das Lager übergeben – nicht sie, nicht dieser gestreifte unversöhnliche Feind.

Er rannte. Er überholte die Gefangenen. Er winkte. Er erreichte als erster den amerikanischen Panzerwagen vor dem Lager Paula.

»Ich übergebe –«, rief er. »Ich übergebe –«

Der amerikanische Offizier, das Gesicht verbissen, sprang aus dem Wagen. Biederkopf sah die dunklen drohenden Augen, den fest verschlossenen Mund, die scharfen Linien, die sich von der Nase zum Mund hin zogen, die Entschlossenheit in jedem seiner Züge. Es traf Biederkopf wie ein Schlag – das war keiner, mit dem sich verhandeln ließ; hier stand ein Ankläger.

»Ihre Pistole!« sagte Yates. »Sie sind verhaftet!«

Sprachlos sah Biederkopf zu, wie der Offizier den Gefangenen gestattete, sich um ihn zu scharen, ihm die Hände zu drücken, seine Uniform zu berühren, zu weinen, zu lachen und ihn zu besabbern.

»Ihr seid frei!« sagte Yates zu ihnen. »Ihr seid frei!«

Troys Leute waren nicht mehr zu halten.

Yates sah es, und versuchte auch gar nicht, sich ihnen entgegenzustellen.

Er sah, wie sie das Innere der Baracken entdeckten: die Gefangenen, die zu Haufen auf den Pritschen lagen, Leichen, kaum zu unterscheiden von jenen, deren Brustkorb sich noch wie in einem Flattern bewegte und deren Lungen noch ein Quentchen Sauerstoff aus der verpesteten, stinkenden Luft zu gewinnen suchten.

Er sah, wie sie die tausend Toten fanden, die hinter dem Lager mit Maschinengewehren niedergemacht worden waren, in den frischen Gräbern, barfuß und abstoßend nackt, alles an ihnen eingeschrumpft mit Ausnahme der Schädel und der Geschlechtsteile. Und da sie so eingeschrumpft waren, erschienen ihre Wunden um so größer und eigentlich überflüssig; sie waren eines doppelten Todes gestorben.

Er sah, wie Troys Leute zu dem Trinkwasserbecken kamen; es war aus Zement, drei zu sieben Meter im Umfang, das schleimige Wasser stinkend vor Abfällen – allen möglichen Abfällen, von toten Mäusen bis zu rostigen Blechdosen.

Ein großer, rothaariger Unteroffizier deutete auf das Wasserbekken. »Was ist das?« fragte er, und sein Adamsapfel bewegte sich zuckend.

Ein Gefangener, einer von einer Gruppe, die sich den Soldaten angeschlossen hatten, entsann sich seines Schul-Englischs: »Das trinken wir«, sagte er.

»Wie viele haben daraus trinken müssen?«

»Wir waren insgesamt zwölftausend.«

Yates sah, wie die amerikanischen Soldaten die Schuhe fanden, ein ganzes Schuhlager – Tausende von Schuhen, ordentlich gestapelt, nach Paaren geordnet und mit Zettelchen versehen, neue Schuhe, getragene Schuhe und solche, die zerrissen gewesen und wieder geflickt worden waren und wieder zerrissen.

»Wem gehören die da?«

»Wie sollen wir das wissen? Sie sind schon seit langem tot, die diese Schuhe trugen.«

Ein Mausoleum aus Schuhen.

Und dann sah Yates noch, wie Troys Männer auf einen Haufen Gefangener stießen. Diese hatten sich unter dem Zaun zu dem Abfallhaufen neben der Küche hindurchgegraben und wühlten dort mit den Maden um die Wette. Den Soldaten wurde übel, als sie mit ansehen mußten, wie die Gefangenen verfaulte Schalen und verschimmelte Brotrinden verschlangen und mit ihren schwarzen Zahnstümpfen verrottete Sehnen von schwärzlich verfärbten Knochen nagten.

Ein junger Gefreiter, fast noch ein Kind, begann zu schluchzen.

»Was flennen Sie?« fragte ein Gefangener. »Wir haben sogar Leichen gegessen. Es ist nicht so schlimm, wenn man nur früh genug an sie herankommt.«

Aber die meisten Amerikaner vergossen keine Tränen und erbrachen sich auch nicht. Eine Art heiliger Zorn hatte sie ergriffen. Dieselben Soldaten, die ihre Clownerie mit den Zylindern der guten Neustädter Bürger getrieben hatten, fanden sich nun zu Trupps zusammen, die die Jagd nach SS-Leuten aufnahmen, sie aus den dunkelsten Winkeln hervorzerrten, aus Verstecken hinter dem Verpflegungslager und unter dem Dach des Verwaltungsgebäudes.

Sie entrissen den SS-Leuten ihre Peitschen und Knüppel und schlugen damit auf sie ein. Der rothaarige Unteroffizier bearbeitete einen großen, gut aussehenden, glattrasierten SS-Mann, langsam und methodisch, bis dessen Kopf eine breiige Masse war. Die Gefangenen kamen dicht herangekrochen, hockten auf ihren knochigen Hintern, nickten mit ihren totenschädelähnlichen Köpfen und riefen heiser Beifall.

Ein kleiner untersetzter SS-Mann kam keuchend auf dem Weg zwischen den Baracken angelaufen, die Augen weit aufgerissen vor Entsetzen – vier Amerikaner jagten hinter ihm her. Yates erblickte ihn; er tat einen Schritt vor und stellte ihm ein Bein. Der SS-Mann fiel kopfüber, schrie auf und rutschte noch auf dem Bauch weiter. Er stand nicht mehr auf. Die vier Amerikaner stürzten sich auf ihn. Einer sprang ihm auf die Brust, er sprang dreimal mit seinem ganzen Gewicht. Der SS-Mann krümmte und streckte sich wie ein Wurm am Haken, dann war er tot. Ein zweiter Amerikaner beugte sich nieder, schnitt ihm den Ringfinger ab und steckte den schweren Ring mit dem Runenzeichen in die Tasche.

Ein paar Soldaten hatten einen Vorrat an Stricken entdeckt. Sie holten sich fünf SS-Leute und stießen sie auf dem Weg zum Tor vor sich her und dann am Zaun entlang zu einem der Wachtürme. Yates sah einen der Amerikaner die Leiter hinaufklettern, ein Ende des Stricks über den Arm. Der Soldat warf den Strick über einen der Balken, so daß beide Enden hinabhingen. Yates sah, wie die SS-Leute einer nach dem anderen hochgezogen wurden. Er hörte ihre Angstschreie. Er vergrub seine Hände tief in den Taschen und beobachtete weiter.

Als er später Karen traf, sagte er: »Wissen Sie, es war, als hätten wir alle nur eines im Sinn gehabt, eine einzige Reaktion. Und es wurde auch nichts geredet, nichts gesprochen. Und keiner hat eine Schußwaffe benutzt.«

Er deutete auf den Turm und die schwarzen Gestalten, die wie Marionetten dort hingen.

Sie wurde blaß.

In seiner Stimme lag etwas Wildes. »Wir müssen das hier erledigen, bevor die Hemmungen des zivilisierten Menschen sich wieder bei uns durchsetzen.«

»Troy hat nach Ihnen gefragt«, sagte sie.

»Troy kann warten«, antwortete er. »Ich will hier alles sehen. Und mir einprägen, so daß ich es nie vergesse!«

Troy hatte das Verwaltungsgebäude übernommen.

Karen kam herein und sagte mit erzwungener Gleichgültigkeit: »Wenn Sie nicht etwas unternehmen, Captain, werden Sie bald keine lebenden SS-Leute mehr übrig haben. Ein paar sollte man doch vielleicht für ein ordentliches Gerichtsverfahren aufheben.«

»Ich weiß«, sagte er müde, »ich lasse sie gerade zusammentreiben. Ich hätte früher dafür sorgen sollen – aber mein Gott! Man weiß ja nicht, womit man anfangen soll...«

»Sie machen es schon ganz richtig«, sagte sie. Der Trost, den sie ihm damit spenden wollte, gelang nicht ganz.

»Ich habe keine Verpflegung, kein Sanitätsmaterial, kein Wasser, keine Betten, nicht einmal genügend Insektenpulver, um diese armen Burschen zu entlausen. Ich dachte, ich hätte in diesem Krieg so ziemlich alles gesehen, was ein Mann sehen kann. Aber dies...!« Er schüttelte den Kopf. »Was soll ich denn tun? Mein Sanitätspersonal teilt mir mit, es herrschen Typhus, Paratyphus, Tuberkulose – jede nur vorstellbare Krankheit. Sie krepieren mir unter der Hand, diese – diese – wie soll ich sie nennen? Haben Sie ein Wort dafür, Miss Wallace? Ich weiß nur, daß sie immer weiter sterben, während ich hilflos hier sitze. Ich habe die Lebensmittelvorräte, die im Lager waren, verteilen lassen, ich schieße zu, was ich bei meinen eigenen Leuten noch einsparen kann – und es reicht vielleicht gerade für eine Mahlzeit. Ich habe an den General einen Funkspruch durchgegeben und um Verpflegung, Ärzte, Krankenschwestern und Medikamente ersucht – wann treffen die aber ein? Und in der Zwischenzeit?«

»Ich verstehe«, sagte sie leise.

»Hatten Sie eine Ahnung davon, was wir hier antreffen würden?« fragte er niedergeschlagen.

Sie wollte lächeln und ihn ermutigen und sagen: Ganz so schrecklich ist es vielleicht doch nicht. Aber sie brachte es nicht fertig, denn die Wirklichkeit war schrecklich. »Es hat schon Berichte über Konzentrationslager gegeben«, sagte sie, »Artikel in Zeitungen und Zeitschriften und Bücher.«

»Ich lese nicht viel; und hätte ich so was gelesen, hätte ich es wahrscheinlich nicht geglaubt. Ich hätte es für Propaganda gehalten.«

»Farrish hatte nicht das Recht, Sie ohne das Notwendigste in diese Sache hineinzujagen, praktisch mit leeren Händen.«

»Das ist für mich keine Entschuldigung!«

Einen Moment lang ließ er ab von seinen Selbstvorwürfen und sah nur die Frau, die vor ihm stand, und den Ausdruck auf ihrem Gesicht, der widerspiegelte, was sie für ihn empfand. »Sie sind sehr lieb, Sie wollen mir das Herz erleichtern.« Sein Blick wurde nachdenklich, er verzog die Stirn. »Was hilft's, Miss Wallace, ich weiß nicht mehr aus noch ein.«

Und wandte sich wieder den quälenden Gedanken zu, die ihn nicht losließen. »Es war meine Pflicht, mir vorher zu überlegen, was ich hier brauchen würde, und es mir zu beschaffen. Das gehört zu den Aufgaben eines kommandierenden Offiziers. Ich würde es mir doch auch nicht einfallen lassen, ohne Munition loszufahren, oder?«

»Aber wie hätten Sie das alles im vorhinein wissen sollen!«

»Vielleicht haben Sie recht. Ich bin mir über gar nichts mehr im klaren, außer dem einen: ich will hier weg. Ich möchte in Aktion gehen, ein sauberes Gefecht. Ich möchte diesen ganzen Krieg schon hinter mir haben und alles vergessen!«

Sie konnte ihn sich vorstellen, wie er zu vergessen suchte in den Jahren, die vor ihm lagen. Was immer er auch tat, plötzlich sah sie ihn innehalten, die Augen mit der Hand bedecken und versuchen, das Bild der am Boden kriechenden Skelette des Lagers Paula zu verwischen oder die Erinnerung an die Männer, die er in den Kampf geführt und fallen gesehen hatte.

»Sie müssen jetzt einfach durchhalten«, sagte sie. Und ihr Mitgefühl mit ihm war so stark, daß es ihn trotz der fürchterlichen Eindrücke, die ihn bedrängten, berührte. »Tun Sie alles, was sich unter den Umständen tun läßt, und seien Sie vor allem selbst überzeugt, daß Sie alles getan haben, was sich tun ließ. Und glauben Sie mir, Sie haben es ja auch schon getan... Das ist der einzige Weg.«

Dankbar für ihre Worte, ergriff er über den Tisch hinweg ihre Hand; dabei stieß er einen Stapel von Akten zur Seite.

Sie ließ ihre Hand in der seinen ruhen.

Dann fiel ihr Blick auf eins der Dokumente, die er zur Seite gestoßen hatte – ein dünnes Buch in einem seltsamen Einband.

Er bemerkte ihren Blick, ließ ihre Hand los und verbarg das Buch hastig unter dem ganzen Stoß.

»Was ist das?« erkundigte sie sich.

»Ich wollte nicht, daß Sie es sehen. Ich schaute es mir gerade an, als Sie hereinkamen. Es tut mir leid, daß Sie darauf aufmerksam wurden.«

»Aber was ist es denn?«

»Ich weiß nicht, was in dem Buch steht«, sagte er zögernd. »Aber der Einband ist aus tätowierter Menschenhaut.«

Dann sprang er auf und hielt ihr seine Feldflasche an den Mund. »Trinken Sie einen Schluck, Karen!« forderte er sie auf. »Fassen Sie sich doch! Ich bitte Sie!«

Etwa dreißig SS-Leute, unter ihnen Biederkopf, überlebten die Vergeltungsaktion der Soldaten. Auf Befehl von Troy erhielten sie Arbeit: Beseitigung der Leichen. Die SS-Leute, zitternd vor Furcht und verstört und verbittert über den plötzlichen Verlust ihrer Macht, entdeckten jetzt ihre Scheu vor den Toten und vor Ansteckungsgefahren und banden sich Taschentücher vor Mund und Nase. Die Gefangenen beobachteten schweigend die langsame Arbeit ihrer früheren Herren.

Dann begann das Plündern. Die Stärkeren unter den Gefangenen durchsuchten die Baracken der SS-Leute. Sie fanden Waffen, Stiefel, Uniformstücke und Leckerbissen. Troys Leute, die sich das Beste schon gesichert hatten, fanden nichts einzuwenden. Sie hatten alle Hände voll im Verpflegungslager zu tun; sie waren voll beschäftigt damit, die vorhandenen Vorräte gerecht zu verteilen. Aber sie wurden ihnen unter den Händen weggestohlen, noch während sie den Bestand aufnahmen.

Troy war auch noch dadurch behindert, daß er einen erheblichen Teil seiner Leute weit außerhalb des Lagers Paula einsetzen mußte, um es gegen einen möglichen deutschen Gegenangriff zu sichern. Um die Ordnung innerhalb des Lagers aufrechtzuerhalten, die Verpflegung auszugeben, die dringlichsten Krankheitsfälle zu behandeln, verfügte er über nicht mehr als hundert Mann. Sie hätten ausreichen können, wenn er gegen die kranken und geschwächten Menschen die gleiche Terrordisziplin angewandt hätte wie die Nazis. Aber er glaubte, sie mit Schonung behandeln zu müssen: er hatte ihnen die Freiheit gebracht – nur leider sehr wenig außer der Freiheit.

Je mehr er sah und erfuhr, desto schwerer empfand er die ihm aufgetragene Aufgabe. Er hatte nicht einmal die Mittel, um sich der Träger von Dr. Valentins wertvollen Krebskulturen anzunehmen. Der amerikanische Militärarzt, ein Stabsarzt, zog Troy und Yates mit sich in die Lazarettbaracke. »Schauen Sie sich das an!« sagte er und zog die Decke von einer Frau, deren Brüste nichts als zwei große, eiternde Wunden waren. »Ich habe ihr eine Injektion gegeben. Sie liegt im Sterben.«

»Mein Gott!« sagte Troy. »Warum haben die das nur gemacht?«

»Ich vermute, sie wollten Krebs erzeugen«, sagte der Arzt. »Lieutenant Yates, könnten Sie versuchen, von den anderen Patienten etwas darüber zu erfahren?«

Ein paar Fragen von Yates bestätigten die Vermutung.

Der Stabsarzt zerrte an seiner Lippe. »Aber das ist doch Wahnsinn!« sagte er. Dann wandte er sich zu Troy. »Und was machen wir mit den Menschen, die für das hier verantwortlich sind, und mit denen, die es stillschweigend zugelassen haben?«

Yates, der am liebsten weggelaufen wäre und sich versteckt hätte, denn ihm war speiübel, sagte bitter: »Captain Troy wünscht, daß sie am Leben bleiben.«

»Ach, wirklich«, sagte der Stabsarzt. »Gut, Sie haben das Kommando im Lager, Captain. Aber hier in diesem Lazarett habe ich zu entscheiden. Wenn ich mich nur entscheiden könnte, verflucht noch mal. Ich fühle mich sehr versucht, ein bißchen Euthanasie zu praktizieren an diesen Verbrechern ...«

Troy stöhnte. Er allein verhinderte noch den Aufruhr, der sich zusammenballte; er allein stand zwischen einer neuen Art Justiz und den von ihr Verurteilten – aber er blieb stur. Er ließ die Beerdigungen einstellen und die SS in einer der Baracken einsperren. Er ließ seinen zuverlässigsten Sergeanten kommen – Sergeant Lester, der vom Hauptlazarett in Verdun wieder zu ihm gestoßen war. Lester sollte die Posten vor der Baracke unter sich haben. Er sollte zu ihrer Bewachung drei gute Leute aussuchen.

Lesters Gesicht war ausdruckslos. »Ich will's versuchen, Captain«, sagte er.

Nach einer Weile kehrte er zu Troy zurück. »Kein Glück, Captain. Haben alle abgelehnt. Sie haben gesagt, sie würden gern die Hunde erschlagen, auf jede Art, die Sie wünschen. Aber sie auch noch bewachen? – Nein!«

»Was haben Sie geantwortet?«

»Nichts«, sagte Lester. »Ich bin ja der gleichen Meinung.«

»Wir werden sehen!« sagte Troy.

Es war Meuterei, ganz einfach Meuterei! Wenn er aber die SS-Leute noch retten wollte, mußte er selber gehen und eine Wachmannschaft zusammenstellen.

Schweren Herzens und mit düsterem Gesicht verließ Troy zusammen mit dem Sergeanten das Verwaltungsgebäude. Er ließ seine Leute irgendwie antreten und sagte: »Viele von euch kennen mich seit langer Zeit, mehrere schon seit der Normandie. Was glaubt denn ihr, wie mir hier zumute ist?«

Murren.

»Ich dachte, wir würden hier herkommen, die Tore aufstoßen und den Gefangenen im Lager sagen: Geht nach Hause! Ihr seid frei! Nun, es ist nicht so. Die meisten der Gefangenen können höchstens bis zum Tor. Und selbst wenn sie imstande wären, das Lager zu verlassen, dürfen wir es nicht gestatten, weil sie alle möglichen Krankheiten mit sich herumschleppen. Wir müssen sie also hier behalten, bis wir Verstärkungen und Nachschub bekommen, und wir müssen für Ordnung sorgen. Ich weiß, daß einige Gefangene sich Waffen verschafft haben. Diese Waffen sind ihnen abzunehmen. Übergriffe werden nicht geduldet, solange ich hier etwas zu sagen habe. Was nun die SS anbelangt: ein paar von denen sind leider verunglückt.«

Hohngelächter.

»Ruhe! Ich sagte: verunglückt. Wenn ich ein anderes Wort dafür anwenden würde, so wäre ich gezwungen, mehr als einen von euch zusammen mit der SS einsperren zu lassen. Das möchte ich nicht gern; wir sind schon so zu wenig Leute. Ich will mich deutlich ausdrücken: weitere Unglücksfälle dieser Art wird es nicht geben. Ist das klar?«

Schweigen, aber in dem Schweigen lag Widerspruch.

»Diejenigen, die die Leute am Wachturm aufgehängt haben, holen die Leichen jetzt herunter. Dem Recht wird Genüge getan werden, alles zu seiner Zeit, und von den zuständigen Gerichten. Weiteres Lynchen fällt aus. Wir sind keine Nazis; wir kämpfen für etwas Besseres.«

Er bemerkte, daß Karen hinzugetreten war und ihm zuhörte. Er fühlte sich plötzlich befangen.

»Ich brauche drei Freiwillige für den Wachdienst!« sagte er schroff.

Niemand trat vor.

»Also gut!« Er schob das Kinn vor. »Sheal! Kosinski! Bartlett! Sie begleiten Sergeant Lester! Kompanie – wegtreten!«

Er machte auf dem Absatz kehrt und ging, ärgerlich über sich selber und wütend auf Farrish, der ihm diese Last aufgebürdet hatte.

Die Nacht brach herein.

Yates verhörte Biederkopf. Biederkopf verstand nicht, was eigentlich vorging, und hatte große Angst. Er spürte die Kluft zwischen sich und diesem gut gebauten, gut aussehenden Amerikaner, den er, wäre er ein Deutscher und unter anderen Verhältnissen, gern in seine eigene SS-Abteilung aufgenommen hätte. Warum war der Mensch nur so sehr gegen ihn eingestellt?

Yates befragte ihn wegen des Betonmischers, von dem er durch die Gefangenen gehört hatte.

»Man muß diese Menschen irgendwie belehren«, sagte Biederkopf gekränkt. »Ihr Amerikaner habt sie freigelassen, und Sie sehen doch, was jetzt passiert. Wir Deutschen sind für Zucht und Ordnung. Ich habe nur meine Pflicht getan.«

»Sie hielten sich also für eine Art Erzieher?«

»Ja«, sagte Biederkopf.

Yates sagte: »Auch ich bin im Zivilberuf Lehrer.«

»Dann werden Sie mich ja verstehen!« sagte Biederkopf.

Yates gab es auf. Er führte Biederkopf zurück zu der Baracke, in der die SS-Leute gefangengehalten wurden. Das Lager lag in Dunkelheit; es war schwer, dem Weg zu folgen. Yates mußte sich auf Biederkopfs Ortssinn verlassen. Der SS-Offizier half ihm nur zu gern; er hielt sich dicht an Yates, aus Angst, sie könnten einander verlieren und er könnte plötzlich allein dastehen. Yates hatte das unheimliche Gefühl, daß der Boden um sie her irgendwie lebendig war, daß irgend etwas um sie her kroch und kreiste, sich von ihm und Biederkopf fernhielt und sie dennoch verfolgte.

Sheal, der vor der Arrestbaracke Posten stand, rief sie an. Yates ließ Sheal die Tür aufschließen und schob Biederkopf zu den anderen hinein. Er fragte sich, warum er diesen selbsternannten Pädagogen nicht unterwegs einfach niedergeschossen hatte. War es, weil Biederkopf im Vertrauen auf ihn mitgegangen war? Eine Laus in den Nähten seiner Unterhose hatte die gleiche Art von Vertrauen zu ihm, und er zerknackte sie, wenn er sie erwischte. War es, weil Troy eine solche Erschießung als Verstoß gegen seinen Befehl aufgefaßt hätte? Troy hätte ja nie zu erfahren brauchen, was geschehen war. Oder ließ sich so etwas nicht mit Vorbedacht durchführen, und war die Gelegenheit für impulsives Handeln bereits verstrichen?

Karen und Troy waren allein, als Yates in das Verwaltungsgebäude zurückkehrte. Sie saßen schweigend einander gegenüber.

Yates setzte sich ermüdet zu ihnen. Das Schweigen vertiefte sich. Er spürte, daß zwischen diesen beiden Menschen sich etwas anspann, vielleicht waren sie sich dessen nicht einmal bewußt. Er warf einen Blick auf Karen. Wie dumm ich mich damals doch verhalten habe, dachte er, ich kann ihr nicht einmal verdenken, daß sie mir ins Gesicht schlug. Die Erinnerung war noch immer nicht sehr angenehm, aber sie schmerzte ihn nicht mehr... Zu der Zeit war wohl auch etwas zwischen ihr und Bing gewesen; er fragte sich, ob das nun alles vorüber war; er fragte sich auch, wie es Bing ergehen mochte, dort in Neustadt. Die Menschen wachsen auseinander, sie verändern sich.

»Ich denke, ich lege mich hin«, sagte er und zwang sich zu einem Gähnen.

»Nein, bleiben Sie doch!« sagte Troy rasch. Etwas ruhiger fügte er hinzu: »Ich kann nicht schlafen, alles in diesem Lager ist wie ein Fiebertraum. Wir sollten es dem Erdboden gleichmachen, nichts davon sollte bleiben.«

»Im Gegenteil, wir sollten es sorgfältig erhalten«, sagte Yates, »und Touristenreisen aus der ganzen Welt und besonders aus Amerika hierher organisieren.«

Troy zündete sich eine Zigarette an. »Vielleicht haben Sie recht, aber mich lassen Sie bitte aus. Ich habe für den Rest meines Lebens genug an dem, was ich heute morgen gesehen, gerochen und gehört habe. Karen hat Glück, sie kann es loswerden, indem sie darüber schreibt.«

»Ich werde auch darüber schreiben!« erwiderte Karen heftig. »Aber die Leute werden es nicht glauben.«

»Sobald ich hier weg bin«, sagte Troy, »werde ich selber es nicht glauben wollen. Der Mensch kann nicht leben, wenn er so etwas dauernd vor seinem geistigen Auge hat. Wenn ich euch beide so ansehe oder irgend jemand anders, irgendeinen meiner eigenen Leute, sagen wir, anständige Kerle alle, dann denke ich mir, das Leben könnte doch eigentlich ganz gut sein, nur den Krieg müssen wir erst hinter uns haben. Und dann fällt mir plötzlich ein: kann man wissen? Nehmt einen x-beliebigen von diesen Nazis, die wir da eingesperrt haben, steckt ihn in einen Zivilanzug und laßt ihn in New York oder Chicago oder Denver oder Los Angeles los – er sieht aus wie alle Menschen auf der Straße. Das ist es, was mich erschreckt.«

Yates war sich plötzlich der Warzen an seinen Händen bewußt. »Mein Gott«, sagte er und rieb sich die Finger. Er sah das Universitätsgelände vor sich und dahinter den Rugbyplatz. Dieser Rugbyplatz stand voller Baracken. Und er sah sich selber, vielmehr einen Schatten seiner selbst, in der gestreiften, viel zu weiten Uniform, sah sich, wie er um einen Bissen Brot bettelte oder aus einem Schlammpfuhl trank, sah sich zu einer zermürbenden Arbeit gepeitscht.

Wenn die den Krieg gewonnen hätten..., dachte er – aber sie hatten ihn nicht gewonnen.

Ein Schuß fiel. Dann Rufe, wütend die einen, verzweifelt die anderen. Ein prasselndes Geräusch, trockenes Holz, plötzlich in Flammen stehend in der dunklen Nacht.

Troy griff nach seiner Pistole und stürzte hinaus. Eine der Baracken stand in Brand, das Feuer steil emporschießend in der stillen Luft. Gegen das gelb-rote Licht hob sich die Silhouette der Baracke scharf ab; an den glühenden Fenstern tauchten Gesichter auf, krampfhaft rudernde Arme. Und über dem Brausen des Feuers dann die schrillen, schrecklichen Schreie.

Draußen, im flackernden Widerschein, das Gewirr der lärmenden Menge der KZ-Insassen. Troy, hinter ihm Yates und Karen, bahnte sich einen Weg mitten hindurch, schritt über Leiber, trat wohl auch auf sie, wo keiner zurückweichen wollte oder konnte.

Verdammt, dachte er, die sind bewaffnet. Trotzdem stemmte er sich gegen sie, gegen die Läufe der Gewehre und Maschinenpistolen, die auf die verschlossene Tür der brennenden Baracke gerichtet waren.

Aber die Häftlinge wichen nicht. Die in seiner Nähe, die sein entschlossenes Gesicht wohl sahen, wurden von den anderen, die von hinten vordrängten, an ihrem Platz gehalten.

Troy stieß den völlig nutzlosen Sheal, der mit bleichem Gesicht vor der flammenden Baracke auf Posten stand, zur Seite. »Den Schlüssel, Mann! Den Schlüssel!«

Schließlich begriff Sheal, durchsuchte seine Taschen.

Troy wartete nicht ab. Er warf sich mit aller Kraft gegen die Tür, und das Schloß gab nach. Aber die Tür gab nicht nach, obwohl sie am oberen Rand brannte, denn die SS-Leute preßten sich von innen gegen sie in dem vergeblichen Versuch, sie zu sprengen.

»Wasser! Eimer!« rief Troy. »Um Himmels willen, Yates, bringen Sie die Kerle auf Trab!« Ein paar Soldaten erschienen am Rand der Menge. »Holt Wasser!« brüllte Troy sie an. Ob sie nun ihren Captain nicht hören konnten oder ihn nicht verstehen wollten oder sich nicht losreißen konnten von dem grausigen Schauspiel, jedenfalls rührten sie sich nicht.

»Ist ja gar nicht genug Wasser da!« Yates versuchte Troy zurückzuhalten. »Und wie sollen wir es denn herschaffen!... Kommt heraus!« rief er auf deutsch den eingeschlossenen SS-Leuten zu, »kommt heraus!«

Die Tür, die nun schon lichterloh brannte, gab plötzlich nach. In ihrem Rahmen erschien Biederkopf, laut schreiend, das Gesicht verzerrt, das Haar fürchterlich versengt, die Uniform stellenweise brennend. Die hinter ihm stießen ihn hinaus.

Biederkopf erblickte die Gefangenen, die vom Flackern der Flammen sonderbar bewegten Streifen auf ihren Kitteln. Er sah die Gewehrläufe, auf ihn gerichtet, und suchte mit der Kraft der Verzweiflung die lebenden Fackeln zurückzudrängen, die ihn von hinten her in Richtung des grauen, rachsüchtigen Haufens stießen.

Dann krachte das Dach ein, die Wände fielen in sich zusammen, und der ganze stinkende Scheiterhaufen brannte nieder.

Troy, seine Brauen, sein Haar angesengt, Gesicht und Hände geschwärzt, wandte sich von den rauchenden Trümmern ab.

»Sammelt die Waffen ein!« befahl er seinen Leuten.

Die Häftlinge gaben sie bereitwillig her.

»Sheal!«

Sheal trat vor, den Mund trotzig verkniffen.

Troy rief sich die vom Rauch entzündeten, schmerzenden Augen. »Wie ist es dazu gekommen?«

»Ich habe nichts machen können!« sagte Sheal. »Ganz ehrlich, es war nichts zu machen. Ganz plötzlich standen sie da, hatten mich eingekreist und die Baracke...« Er wies auf die Gefangenen, die sich einer nach dem anderen rasch in der Nacht verloren.

»Warum haben Sie Lester nicht alarmiert?«

»Sie hatten mich ja nicht bedroht, Captain!«

»Wer hat diesen Schuß abgefeuert?«

»Ich nicht, Captain.«

»Also einer der Gefangenen?«

Die Gefangenen waren sämtlich verschwunden.

»Nein, Captain – der Schuß kam aus dem Innern der Baracke. Vielleicht hatte einer von den SS-Leuten noch eine Schußwaffe. Vielleicht erschraken sie, als sie die Gefangenen kommen sahen. Wenn ich einer von denen dort drin gewesen wäre, ich hätte mich auch gefürchtet.«

»Weiter!«

»Der Schuß muß wohl einen Häftling getötet haben. Sie wurden wild, taten mir aber nichts und setzten dann gleich die Baracke in Brand. Das Holz fing sofort Feuer. Kein Regen, Captain; Sie wissen doch, es hat lange nicht geregnet.«

»Es war Ihre verdammte Pflicht, diese Baracke zu bewachen, diese Hunde da drin, wenn nötig, mit Ihrem Leben zu verteidigen. Und Sie haben das auch gewußt, Sheal!«

Sheal schluckte. Dann sagte er: »Vielleicht haben Sie sich den Falschen für den Posten hier ausgesucht, Captain. Ich war bei der Ardennenschlacht dabei. Ich will solche Krauts aus der Welt schaffen.«

Troy antwortete ihm nicht. Er warf einen Blick auf die rauchenden Trümmer der Baracke und dann auf Sheal. »Gehen Sie schlafen«, sagte er dumpf. »Hier ist nichts mehr zu bewachen.«

Achtes Kapitel

Am nächsten Tag, um die Mittagsstunde, erschien Farrish.

Mit ihm kamen die Korrespondenten, die Pressephotographen, der Zensuroffizier und was sich sonst so bei seinem Stab befand. Von Willoughby geführt und von den Lobreden auf die edlen Absichten des großen Mannes erfüllt, drängten sie sich dem voranschreitenden General nach ins Lager.

Sie hasteten an Troy und an Yates vorbei, vorbei auch an den Soldaten, die das Lager befreit hatten. Sie hielten kurz an und griffen sich ein paar Häftlinge, die nicht die Gelegenheit oder auch nicht die Kraft gehabt hatten, ihnen rechtzeitig auszuweichen. Mit spitzen Fingern betasteten sie dürre Arme und von Schlägen gezeichnete Haut, äußerten Abscheu und hielten sich Taschentücher vor die Nase.

Troy sah dem zu, solange er konnte. Dann näherte er sich dem General. Es war nicht leicht, Farrishs Aufmerksamkeit zu gewinnen, obwohl Troy wußte, daß sein militärisch strammer Gruß bemerkt worden war.

»Wo sind die SS-Mannschaften?« erkundigte sich einer der Reporter.

Willoughby wandte sich fragend an Troy.

»Sie sind in der vergangenen Nacht verbrannt«, erklärte Troy langsam. Farrish drehte sich um. »Wie denn das?«

»Zusammenspiel unglücklicher Umstände, Sir.«

»Zu viele Zusammenspiele unglücklicher Umstände, Captain, in Ihrem Bereich!« fuhr Farrish ihn an, beherrschte sich aber eingedenk der Anwesenheit der Presse sofort und fügte hinzu: »Wir unterhalten uns später.«

Das hieß noch nicht Wegtreten!, und durch den Ton allein ließ sich Troy nicht verscheuchen. »Noch eins, Sir – was ist mit der Versorgung? Lebensmittel – Medikamente – alles, was wir hier benötigen und was ich angefordert habe. Wir brauchen das dringend. Jede Minute sterben Menschen an Hunger in diesem Lager!«

Farrish starrte Troy böse an, aber Troy ertrug seinen Blick.

Aber da griff Willoughby ein. »General Farrish hat alle Vorkehrungen getroffen, damit die Insassen dieses Lagers verpflegt werden können«, verkündete er laut. »Würden die Bildberichter bitte sich fertigmachen?« Dann, zu Troy gewandt, sagte er: »Wenn Sie hier etwas helfen wollen, trommeln Sie ein paar Gefangene zusammen, damit wir Aufnahmen machen können. Los, los, beeilen Sie sich, es handelt sich um einen historischen Augenblick!«

Troy sah zu, wie das Gefolge des Generals den Baracken zustrebte, Farrish stolz an der Spitze. Die Erkenntnis war schmerzlich und bitter: das also war sein Auftrag gewesen – den Weg für die Presse freizuschießen!

Yates trat auf ihn zu. »Hat man Sie abgehängt?« fragte er. »Machen Sie sich nichts daraus. Freuen wir uns lieber, daß dieser Biederkopf mit verbrannt ist. Sonst hätten wir das Vergnügen gehabt, zu sehen, wie er sich mit Farrish zusammen vor der Kamera in Positur stellt.«

Der Kometenschweif hinter Farrish veränderte seine Konturen; man gruppierte sich um ein unglückliches Häufchen Häftlinge.

Yates hörte einen der Pressephotographen: »Lächeln Sie mal bitte, General!«

»Der General lächelt nicht gern«, ließ Willoughby sich vernehmen. »Und es ist hier wohl auch nicht die passende Gelegenheit.«

Troy und Yates folgten den Schlachtenbummlern. Kameras surrten, Lampen blitzten auf bei jeder neuen Pose. Farrish vor dem offenen Massengrab; Farrish am Eingang einer Baracke, deren Insassen mit ihren kahlrasierten Schädeln im Innern des Eingangs zu erkennen sind; Farrish mit Schreckenreuthers Strafordnung in der Hand.

»Jungs, davon eine Nahaufnahme. Auf die Tätowierung kommt es an!«

Farrish bei der Betrachtung eines grindigen Häftlings, der mit Insektenpulver behandelt wird. Farrish, der eine Dose C-Ration aushändigt – im Hintergrund die gerade eintreffende Nachschubkolonne. Farrish in einem seiner großen Momente – am Bett eines der Krebsfälle von Dr. Valentin.

Farrish am Mikrophon: »Die Befreiung des Lagers Paula ist vielleicht die schönste Leistung der Männer meiner Division. Ich bin auf sie ebenso stolz wie auf die zahlreichen Siege, zu denen ich sie in offener Feldschlacht geführt habe.«

Und um diese Touristengruppe herum tanzte, wie die Glucke um ihre Küken, wie der Medizinmann um seine Opfer, der allgegenwärtige Willoughby.

»Hat der Bursche denn überhaupt kein Gefühl?« fragte Troy.

Yates antwortete: »Aber ja! Gefühl hat er! Er kann sich nur nicht leisten, mal eine Pause einzulegen und zu sehen, was um ihn her vorgeht. Vielleicht will er es auch gar nicht sehen. Er ist einfach zu beschäftigt.«

»Leichenfledderer!« murmelte Troy.

Und dann war es vorüber. Die Mehrzahl der Korrespondenten fuhr wieder ab, um ihre Artikel durchzugeben; Karen gab den ihren an Tex Myers zur Übermittlung. Die im Lager blieben, wanderten umher und versuchten, weiteres Material zu finden, versuchten, Häftlinge von einiger Bedeutung aufzutreiben, deren Namen in den Vereinigten Staaten der Nachricht einen gewissen Wert verleihen würden, oder Häftlinge mit Verwandten in Amerika, möglichst in dem Erscheinungsbereich ihrer Blätter. Die meisten Lagerinsassen versuchten, sich von den Korrespondenten fernzuhalten. Sie stellten bald fest, daß die Presseleute nichts mit der Verteilung von Lebensmitteln zu tun hatten. Und viele Gefangene waren vollauf damit beschäftigt, zu erbrechen, was sie so hastig heruntergeschlungen hatten; ihre geschrumpften Mägen konnten nichts Festes mehr bei sich behalten. Das ließ sie weniger anziehend erscheinen; außerdem wußten die Reporter sehr gut, daß solche Bilder des Grauens bei den Redaktionen ihrer Zeitungen und Agenturen gar nicht so beliebt waren: Speck und Eier, die dem entsetzten Leser am Frühstückstisch im Hals steckenblieben, trugen nicht zur Erhöhung der Auflage bei.

Mit der ihm eigenen Schonungslosigkeit informierte Farrish Troy von der Katastrophe in Neustadt. Am Ende seiner Mitteilung stellte er dem Captain, der wie vor den Kopf geschlagen war, die Frage: »Nun, was haben Sie nun zu Ihrer Verteidigung vorzubringen?«

Troy hätte schon einiges zu seiner Verteidigung vorbringen können: sein Einsatzkommando war zu klein, um eine sichere Verbindung zu gewährleisten; nachdem er selber weiter vorgestoßen war, lag die Verantwortung für Neustadt bei Lieutenant Dillon, und Dillon hatte offenbar für seine Fehler mit dem Leben zahlen müssen; ferner lagen sowohl Neustadt wie das Lager Paula außerhalb von Farrishs Divisionsbereich, und der Vorstoß hätte im Einvernehmen mit der Division, deren Abschnitt es war, vorbereitet werden müssen; und schließlich war, als man erfuhr, daß die Nazis das Lager Paula evakuiert und die zurückbleibenden Gefangenen umzubringen beabsichtigten, keine Zeit mehr gewesen, Aufklärungsvorstöße durchzuführen, um festzustellen, ob möglicherweise irgendeine überlegene deutsche Einheit der Stadt sich wieder nähern könne.

Willoughby war darauf vorbereitet, solchen und ähnlichen Argumenten zu begegnen und sie, wenn notwendig, auch zu unterdrükken. Er brauchte aber seine Anwaltstalente nicht einzusetzen.

Für Troy war die Vernichtung von Dillons Leuten in Neustadt eine zu enge Parallele zu der Niedermetzelung von Fulbrights Zug in der Ardennenschlacht. Und dieser Schlag, nachdem es sich erwiesen hatte, daß er nicht fähig gewesen war, mit den Verhältnissen im Lager Paula fertigzuwerden. So verteidigte er sich lieber erst gar nicht.

Er gab nicht dem Schicksal die Schuld oder irgendeinem bösen Zufall. Die Sache ging schon tiefer, wenn die Pechsträhne überhaupt nicht abriß. Er hatte seine Kompanie vom Strand in der Normandie bis hierher geführt. Im Anfang war alles recht gut gegangen; vielleicht hatte er sich abgenutzt unter den Spannungen des Krieges, war müde geworden, und es gab Dinge, über die er die Herrschaft verloren hatte. Daß er es aber so weit mit sich hatte kommen lassen, war seine eigene Schuld. Ein Mann mußte seine Begrenzungen kennen, wenn das Leben anderer von ihm abhing.

Willoughby, der hinter Farrish stand, konnte Troys Gesicht sehen, den fest zusammengekniffenen Mund, die ins Leere blickenden Augen. Er hatte noch die Angelegenheit der lebendigen Leibes gerösteten SS-Mannschaften zur Sprache bringen wollen, aber er bezwang sich.

Farrish sagte: »Sie sehen also selbst, Captain Troy, daß mir gar keine Alternative bleibt.«

»Jawohl, Sir.«

»Sie sind offenbar unfähig, die Aufgaben eines Kommandeurs zu erfüllen.«

»Jawohl, Sir.«

Farrishs weißes Haar schien sich zu sträuben. »Verdammt nochmal! Sagen Sie schon mal was anderes als immer nur: Jawohl, Sir!«

Farrish unterbrach sich und holte Atem. Er konnte sich Schlappen nicht leisten. Schlappen waren ein Teil der Verschwörung gegen seine Person.

Willoughby nutzte die Pause. Er glaubte, es sei Treue und Ergebenheit, die Troy den Kopf hinhalten und Farrish und damit letzten Endes auch ihm, dem eigentlichen Urheber des Vorstoßes zum Lager Paula, den Rücken decken ließ. Er sagte: »Es liegt darin nichts Persönliches gegen Sie, Captain. Man hat Ihnen eine große Gelegenheit gegeben – und es hat eben nichts geklappt...«

»Meine Mannschaften und meine Offiziere erhalten die Gelegenheit zur Bewährung!« fiel Farrish wieder ein. »Ich bin stolz auf sie. Wenn ich mir auch nicht jeden einzelnen selber ausgesucht habe, so entferne ich doch jeden, der seinen Aufgaben nicht gewachsen ist. Das ist mein Grundsatz. Nach diesem Grundsatz habe ich meinen Teil dieses Krieges gewonnen.«

Der General hatte seinen Teil an diesem Krieg gewonnen, und Troy hatte den seinen verloren.

»Sie haben recht, Sir. Ich erkenne meine Verantwortung an.« Troy brachte die Worte nur schwer heraus. »Ich gebe mein Offizierspatent auf. Ich bin vorher ein gewöhnlicher Soldat gewesen und kann es wieder sein.«

»Überlassen Sie mir die Entscheidung, Captain, ja?«

Der Mann nahm die Sache offensichtlich zu schwer. Aber Farrish konnte nicht aufstehen und zugeben: Es war auch meine Schuld. Erstens, weil es nicht seine Schuld war; nichts war je seine Schuld. Zweitens, weil es ja jemand geben mußte, der erklärte: Ich bin dafür verantwortlich. Das hatte Troy nun getan. Farrish war, sobald er seinen Willen durchgesetzt hatte, nicht nachtragend.

»Es liegt darin nichts Persönliches gegen Sie, verstehen Sie!« sagte er in denselben Worten, die Willoughby schon gebraucht hatte.

»Jawohl, Sir!«

»Melden Sie sich beim IA für einen anderen Posten.«

»Jawohl, Sir.«

Troy verließ Farrishs Wohnwagen.

Drinnen sagte Willoughby: »Schade eigentlich, Sir, es war ein brauchbarer Mann. Bin ihm mal in Rambouillet begegnet. Zuverlässiger Frontoffizier. Ich nehme an, die Aufgabe war einfach zu schwer für ihn...«

»Clarence Willoughby!« sagte Farrish. »Sie kennen mich noch immer nicht. Die Sache trifft mich härter als ihn. Aber der Mensch muß nach seinen Grundsätzen handeln.«

Troy ging langsam zur Verwaltungsbaracke hinüber, um sein Gepäck zu holen. Wenn möglich, wollte er einen Abschied von seinen Leuten vermeiden – was hätte er ihnen auch erklären können? Es war besser, wenn er einfach verschwand. Der Kompanie-Sergeant und der Schreiber würden es erfahren müssen, ebenso die Offiziere; er würde sie bitten, gelegentlich zu erwähnen, Farrish habe ihn von der Kompanie wegversetzt. Nebenbei war es ja auch die Wahrheit, wenn auch nicht die ganze Wahrheit.

Er warf einen Blick auf das Lager, das er befreit hatte. Ein gewisser Fortschritt war bereits zu bemerken. Die Toten waren weggeschafft; das verfaulte, verseuchte Stroh wurde gerade verbrannt. Der Gestank stieg ihm stechend in die Nase. Verpflegung war zweimal ausgegeben worden, und die Häftlinge lernten wieder gehen. Aber er hatte den Laufpaß bekommen, bevor er eine wirkliche Besserung hatte einführen können.

Karen erwartete ihn in seinem Zimmer. Er hatte gehofft, allein zu bleiben. Sie würde sofort spüren, daß etwas nicht stimmte, und das hätte er sich gerne erspart. Sie würde Fragen stellen, und er wußte, daß er sie nicht beantworten würde.

Aber sie stellte ihm keine Fragen. Sie saß auf einem harten, geraden Stuhl, die Arme um das eine Knie verschränkt, über dem die Hose spannte, und lehnte sich zurück, so daß der Stuhl nur auf den zwei hinteren Beinen stand.

»Ich muß gehen«, sagte er unvermittelt.

»Ich weiß«, sagte sie.

Die Nachrichten verbreiteten sich hier draußen für seinen Geschmack ein wenig zu schnell.

»Willoughby ist mir über den Weg gelaufen«, sagte sie, »und hat mir erzählt, was in Neustadt passiert ist, und da konnte ich mir denken, was die Folgen für Sie sein würden. Alles nach bekanntem Schema. Ekelhaft. Wenn ich die Armee nicht schon so lange kennen würde, wäre ich empört darüber.«

Sie zuckte mit den Achseln und lächelte.

»Nett von Ihnen, es so auszudrücken«, sagte er. »Nur leider haben die anderen recht. Ich bin der Offizier, der für das Debakel verantwortlich ist. Farrish hat mich eigentlich noch sehr anständig behandelt. Ich verliere mein Kommando, werde aber woanders eingesetzt. Ich habe keinen Grund, mich zu beklagen.«

»Farrish ist ein Esel«, sagte sie. »Und Willoughby ein bösartiger Intrigant.«

»Das hat nichts mit der Sache zu tun, Miss Wallace.«

»Karen.«

»Das hat nichts mit der Sache zu tun, Karen«, wiederholte er trokken.

Sie ließ ihr Knie los und beugte sich vor. »Kommen wir also zur Sache. Nun?«

»Zweiundvierzig Menschenleben, in Neustadt. Was ist ein Menschenleben wert? Wieviel? Ich weiß nicht. Und die Männer, die ich in den Ardennen verlor? Davon haben Sie nie etwas gehört, nicht wahr? Natürlich nicht. Ich habe nie mit jemand darüber gesprochen. Yates weiß es. Aber Yates versteht, seinen Mund zu halten. Warum erzähle ich Ihnen das? O ja, weil Sie lieb und freundlich sind und anständig und versuchen, mir die Sache zu erleichtern. Aber – das nützt nichts. Es bleiben doch zweiundvierzig Menschenleben.«

Er nahm seine Papiere zusammen und zwängte sie in eine Kuriertasche.

»Einundvierzig«, sagte sie. »Sergeant Bing hat sich durchgeschlagen.«

Troy blickte auf. »Hat er wirklich? Gut. Der hat mir gefallen.«

»Ich mag ihn auch, sehr sogar.«

»Wirklich?«

»Ja.«

Und als er nichts mehr sagte, fuhr sie nach einer Weile fort: »Als Willoughby mir berichtete, was in Neustadt geschehen ist, hat es mich sehr getroffen. Wenn Willoughby nicht dabeigewesen wäre, ich glaube, ich hätte losgeheult. Ich sah den Jungen vor mir, seine gescheiten Augen, die Aufrichtigkeit im Blick. Ich sah ihn vor mir, wie ich ihn in einer Nacht in einer zerstörten Stadt in der Normandie gesehen hatte, der Mond stand hinter den ausgebrannten Fensterhöhlen, und gegen diesen Hintergrund sein Kopf. Und dann, wie er einmal von einem seiner Rattenfängereinsätze zurückkam – er nannte sie selber so –, nachdem der Mann neben ihm gefallen war.«

Troy hörte ihr zu. Er wünschte sich, sie würde sich seiner auch einmal in dieser Weise erinnern – so lebendig, so greifbar und mit solchem Gefühl. Aber das war ein unsinniger, ein unrealistischer Wunsch, ebenso unsinnig und unrealistisch wie der Wunsch, sein

Unglück in der Ardennenschlacht damals möge ihm nicht widerfahren sein – oder das nun in Neustadt.

»Warum sagen Sie mir das?« fragte er schroff.

»Weil Sie wissen sollen, daß ich ermessen kann, was der Verlust Ihrer Leute Ihnen bedeutet.«

»Der Fall liegt anders bei Ihnen«, sagte er. »Er ist nur einer, und den lieben Sie.«

Sie blickte ihm ins Gesicht. Er war so groß und stark, und dabei so verletzlich und verwirrt.

»Ich kann Ihnen sagen, was ich empfunden hätte, wenn ich diesen Mann wirklich geliebt hätte. Wollen Sie es wissen?«

»Zigarette?«

»Danke.« Sie zündete die Zigarette an, und ihre Augen folgten den ersten Rauchwölkchen.

»Eine Frau, die einen Mann liebt und ihn verliert oder glaubt, sie habe ihn verloren... Captain, da gibt es keine Tränen, eine lange Zeit keine Tränen. Nur eine große, unendliche Leere, die sich immer mehr ausbreitet und das Herz taub macht. Und keine Möglichkeit, dem Leid wirklich Ausdruck zu geben – dem Unwiederbringlichen, dem Endgültigen eines solchen Verlustes.«

Was für eine schöne Frau sie doch ist! dachte er. Noch nie hatte er eine so schöne Frau gesehen.

»Karen!« sagte er.

»Ja?«

»Ich komme schon darüber hinweg.«

Sie sagte still: »Ich möchte mir um Sie keine Sorgen machen müssen.«

Er trat zu ihr und nahm zögernd ihre Hand.

Neuntes Kapitel

Generalfeldmarschall von Klemm-Borowski nannte es einen Kessel, die Amerikaner bezeichneten es als Einkreisung oder Ring. Das deutsche Wort war sehr viel bildhafter. In einem Kessel saß man und kam nicht heraus, auch mit den verzweifeltsten Anstrengungen nicht, und dann wurde das Feuer unter einem angezündet.

Daß ihm das passieren mußte, nachdem es ihm noch gelungen war, den größten Teil seiner Truppen zurück über den Rhein zu ziehen, erschütterte Klemm-Borowskis Glauben an sich selber zutiefst. Wo hatte er, der große Mathematiker, der Spezialist für Logistik, den Fehler gemacht, der nun seine ganze Berechnung über den Haufen warf?

Solange der Ring noch schwach war, hatte er Gegenangriff nach Gegenangriff vorgetragen; aber er hatte gewußt, daß er damit nicht durchkommen würde, eben wegen dieses einen Fehlers. Wie aber hätte er ihn vermeiden können? Wenn er sich, in Erwartung der alliierten Einkreisung, aus dem Ruhrgebiet zurückgezogen und damit die Reste seiner Heeresgruppe gerettet hätte, so hätte der Verlust des Industriegebietes jede Verteidigung des Reiches illusorisch gemacht. Bei dem Versuch aber, das Ruhrgebiet zu halten, mußte er abgeschnitten werden, mußte er in diesen Kessel geraten und war gezwungen, hilflos zuzusehen, wie die Alliierten die Insel, auf der er saß, Stück um Stück zernagten, den Ring um ihn herum verstärkten und immer enger zogen, bis sie die deutschen Verteidiger schließlich abwürgen konnten.

Er wußte auch, daß seine Heeresgruppe die letzte noch intakte im Westen war. Fiel er erst einmal aus, so mochte das Oberkommando wohl den Versuch machen, die Front noch einmal zu schließen und hinhaltenden Widerstand zwischen Rhein und Elbe zu leisten – aber es war dann eben nur noch hinhaltender Widerstand und nicht mehr.

Sein letzter Gefechtsstand befand sich in einem Zweifamilienhaus, das zu einer Stadtrandsiedlung vor Kremmen gehörte. Er hatte sich dieses Haus ausgesucht, weil es so unauffällig war; kein feindlicher Aufklärer, weder aus der Luft noch sonstwie, würde auf den Gedanken kommen, daß von hier aus die letzte Verteidigung des Ruhrgebietes geleitet wurde. Viel zu leiten gab es ja auch nicht mehr. Wie gewöhnlich lautete der Befehl, bis zum letzten Mann zu kämpfen – ein Befehl, den Klemm-Borowski zu geben haßte, weil er in diesem Krieg so oft wiederholt worden war; und immer hatte der Befehl Niederlagen bedeutet; nie hatte er geholfen.

Er hatte Zeit genug, über seine Niederlage nachzudenken und sich allen möglichen Erwägungen über die Zukunft seines Landes hinzugeben. Er war überzeugt, daß er selbst an dieser Zukunft nicht teilhaben würde; aber die Niederlage hatte ihn gewisse Dinge für die Zukunft gelehrt, und er wollte, daß künftige deutsche Generale und Politiker diese Lehren berücksichtigten.

Diese Lehren und Erfahrungen schrieb er nun in seiner peinlich genauen, altmodischen Schrift nieder. Dann ließ er Pettinger kommen.

Pettinger hatte etwas von seiner Schwungkraft eingebüßt; es gelang ihm aber, sich zu jeder Zeit zuversichtlich zu zeigen. Wenn er auch wußte, daß Niederlagen und Rückzüge ein Ausmaß angenommen hatten, daß es unmöglich machte, sich noch mehr dieser Art zu leisten, so konnte er sich doch nicht niederdrücken lassen. Man focht einen totalen Krieg, der nur durch totalen Sieg oder totale Niederlage beendet werden konnte – aber wenn es denn eine Niederlage sein sollte, dann mußte ganz Deutschland, ganz Europa, die Welt mit von diesen Flammen verschlungen werden. Was sich nicht beherrschen ließ, mußte vernichtet werden.

Die müde Hand des Feldmarschalls wies auf die Karte.

»Sie sehen, Herr Obersturmbannführer, es ist hoffnungslos.«

»Es sieht allerdings schlimm aus«, bestätigte Pettinger ungerührt. Welchen Sinn hatte es auch, diesen fetten, eulenähnlichen Menschen ihm gegenüber am Tisch erzählen zu wollen, daß nichts hoffnungslos war, solange es noch Männer gab und die Männer Gewehre hatten? Mit dem Feldmarschall war es rapide bergab gegangen, fand er. Klemm-Borowski fraß zuviel; auf dem Tisch stand der Rest einer gebratenen Ente.

»Ich bin nicht nur Mathematiker«, fuhr Klemm-Borowski fort,

»ich habe mich auch mit Geschichte befaßt. Nationen gehen nicht einfach unter. Es gibt immer wieder eine nächste Runde. Und genauso, wie wir 1918 die nächste Runde vorbereiteten, müssen wir das auch heute tun.«

Pettinger lächelte bitter. Eine nächste Runde, wie sollte das möglich sein.

Der Feldmarschall zog ein Bündel Papiere unter der Schüssel mit den Entenknochen hervor. »Hier habe ich die Vorbereitungen für diese nächste Runde kurz umrissen. Und Sie, Herr Obersturmbannführer, habe ich ausgesucht, damit Sie dafür sorgen, daß dieses Dokument in die richtigen Hände kommt und in der richtigen Weise verwendet wird.«

»Es ist mir eine Ehre.«

Klemm-Borowski schwieg und räusperte sich. Dann fragte er: »Wollen Sie nicht wissen, warum ich die Sache nicht selber in die Hand nehme? Und was in diesen Papieren steht? Und warum ich Sie ausgewählt habe?«

»Warum bitte, Herr Generalfeldmarschall?«

»Pettinger, ich bin ein Anachronismus. Trotz aller meiner großartigen Zahlen und Nachschubtabellen habe ich doch nur einen Krieg der Vergangenheit geführt. Gut, gut, Sie wollen mich an das Unternehmen ›Geier‹ erinnern – das war mal etwas Neues, und es hat mir auch Spaß gemacht, es war ein intellektuelles Spiel. Aber eben doch nur ein Spiel – eine Nebensache, Pettinger. Ich bin ein Junker, ich bin ein Überbleibsel aus dem Mittelalter, und meine Art stirbt aus. Und ich habe diese Schlacht, die letzte dieses Krieges, verloren. Ich werde es nicht überleben.«

Der Feldmarschall blickte auf. Er erwartete, er würde etwas Menschliches in Pettingers Zügen entdecken – Bedauern, Respekt, Mitleid – eine Gefühlsregung – irgendeine Regung.

Aber Pettingers hageres, ebenmäßiges Gesicht blieb unbewegt.

Etwas ernüchtert fuhr Klemm-Borowski fort: »Ich werde also die Zeit nicht mehr erleben, in der meine letzten Gedanken in die Tat umgesetzt werden. Jemand anders wird den Plan an meiner Stelle durchführen müssen...«

»Selbstverständlich«, sagte Pettinger.

Der Marschall hatte Mühe, den Faden wieder aufzunehmen. »Ich hätte mir natürlich einen Mann aus meiner eigenen Gesellschaftsschicht aussuchen können, aus meinen Kreisen; es gibt ja genug solche Leute in meinem Stab – aber sie taugen nicht viel... Jedenfalls nicht für diese Aufgabe«, verbesserte er sich.

Pettinger dachte plötzlich an Dehn, so wie er sich zum Schluß gezeigt hatte: innerlich gebrochen – aber bis zum Ende besessen von seiner krankhaften Arroganz. In welchem Loch mochte der wohl jetzt verfaulen?

»Wir haben von der Sorte nach der Witzlebenrevolte nicht genug aufgehängt«, meinte er.

Klemm-Borowski, der den Feldmarschall von Witzleben gut gekannt hatte, zuckte zusammen. »Sie waren schon in ihrer Art anständige Leute, Pettinger, anständige Deutsche.«

»Aber Anachronismen«, erinnerte ihn Pettinger.

»Deswegen auch habe ich Sie ausgesucht«, sagte der Feldmarschall und zwang sich zu einem ermunternden Blick. »Und ich denke, ich habe eine kluge Wahl getroffen.«

»Ich glaube schon«, versicherte ihm Pettinger. »Ich jedenfalls bin entschlossen weiterzuleben, es sei denn, irgendein dummer Zufall... Was ist nun mit dem Testament?«

»Das Persönliche lasse ich aus; ich habe kaum Vermögen und nur zwei unverheiratete Kusinen auf dem Gut in Pommern. Wichtig ist der politische Teil. Wir müssen den Fehler sehen, den wir gemacht haben. Ich weiß, Sie sind Nationalsozialist und werden es nicht gern hören, wenn ich dem Führer ein gerüttelt Maß Schuld gebe. Aber diese Lage« – wieder wies er auf die Karte – »verlangt offene Worte.«

»Aber ich bitte Sie!« Pettinger lächelte; es war ein jungenhaftes Lächeln, eigentlich ganz anziehend; er hatte es schon lange nicht mehr gezeigt, nicht seit Paris. »Lassen Sie sich durch mich nicht einschüchtern, Herr Generalfeldmarschall.«

Was bildet der Kerl sich ein, mir so etwas zu sagen, dachte der Feldmarschall, schluckte seinen Ärger aber sofort hinunter.

»Welcher Wahnsinn, uns auf einen Zweifrontenkrieg einzulassen! Und ich meine hier nicht einen Zweifrontenkrieg im üblichen Sinn, mit Kampfhandlungen im Osten wie im Westen – das hätten wir zur

Not noch schaffen können. Aber in Wirklichkeit waren es zwei ganz verschiedene Kriege! Der eine von der üblichen Art – wie gering waren doch die weltanschaulichen Unterschiede zwischen uns und den Engländern und Amerikanern! Was kam es wirklich auf ein paar Absatzmärkte und Rohstoffquellen an? Wie leicht hätten wir uns Europa teilen können! Etwas weniger Säbelrasseln auf unserer Seite, ein wenig mehr Verständigungswille – und wir hätten glänzend miteinander auskommen können, denn – und merken Sie sich das gut, Pettinger! – wir und Westeuropa und Amerika gehören dem gleichen Kulturkreis an; wir haben die gleiche Gesellschaftsordnung, die gleiche Zivilisation, die gleichen Moralauffassungen.«

»Und selbst wenn es so wäre!« sagte Pettinger, »selbst wenn die Panzer, die auf uns schießen, mit Westmunition feuern – Westblei ist schließlich genauso tödlich.«

»Aber doch durch unsere Schuld!« rief der Feldmarschall. Dann beruhigte er sich. »Der zweite Krieg aber, den wir führten, war von durchaus anderer Natur. Ein Krieg gegen eine ganz anders geartete Welt, so feindlich und fremd für uns, daß kein Kompromiß möglich war. Dieser Angriff aus dem Osten richtete sich gegen Leute, wie ich einer bin. Man kann aber Feuer nur mit Feuer, Fanatismus nur mit Fanatismus und Grausamkeit nur mit Grausamkeit bekämpfen.«

»Waren wir denn nicht grausam genug?« fragte Pettinger beißend.

»Ja, das schon. Aber wir mußten eben noch nebenher jenen anderen Krieg führen, den dummen, unnötigen. Dieser Konstellation verdanken wir die Niederlage. Wir müssen den unnötigen Krieg einstellen, damit wir den notwendigen weiterführen können. Und Menschen wie Sie sind es, die diesen Kampf fortsetzen müssen – zuweilen offen, mit Waffen, zuweilen im geheimen, Ihrer Gelegenheit harrend und im Vertrauen darauf, daß die Dinge historisch in einer für Sie günstigen Richtung laufen müssen.«

Pettinger begann zu begreifen. Die Bekenntnisse des Feldmarschalls waren ihm zunächst als wirres Gerede erschienen, Phantastereien eines geschlagenen Mannes, der seine Niederlage wegzuerklären und die Schuld von sich und seinesgleichen auf andere abzuwälzen trachtete. Gerade noch hatte er Klemm-Borowski sagen wollen, wenn Götterdämmerung denn schon bevorstände, dann würden er, Pettinger, und Männer seines Schlages in einer einzigen gewaltigen Eruption von Tod und Vernichtung untergehen, um dem Feind nur ein Trümmerfeld zu hinterlassen, das sich in hundert Jahren nicht wieder aufbauen ließ.

Aber Klemm-Borowski sprach von einer Möglichkeit, die durchaus noch in der Gegenwart lag und die einen vielleicht der Mühe enthob, den Heldentod zu sterben. Der Akt der Selbstzerstörung war reizvoll, doch nur, solange er andauerte; und man kam nicht mehr dazu, die feierlichen Reden am eigenen Grab zu hören oder die Berichte in den Geschichtsbüchern der Zukunft zu lesen.

»Die Dinge entwickeln sich also in einer für uns günstigen Richtung«, griff er Klemm-Borowskis These auf. »Aber wie?«

»Es wird den Engländern und Amerikanern noch leid tun, daß sie diesen Krieg gewonnen haben – denn sie haben ihn doch nur für die Sowjets gewonnen! Vergessen Sie nicht, Pettinger, Europa ist noch immer das Herz der Welt und Deutschland das Herz Europas. Ich sage Ihnen, in diesem Augenblick fragt man sich bereits in London und Washington: Was für ein Europa, was für ein Deutschland soll das nun werden: ihrer Art entsprechend, das heißt unserer Art – oder ein russisches? Sie können nicht ein Bollwerk der Zivilisation gegen den Osten zerstören, ohne sich selber zu zerstören. Nachdem sie uns besiegt haben, werden sie uns wieder hochpäppeln müssen und uns wieder aufbauen, denn sie brauchen unsere Hilfe. Und hier liegt nun Ihre Aufgabe, Pettinger. In dem Orchester, das diese Herrschaften für ihre Musik zusammenstellen müssen, wird man Ihnen nicht die erste Geige geben, nicht gleich jedenfalls; erwarten Sie nicht zu viel. Man wird Ihnen den kleinen Triangel zum Anschlagen geben; Sie dürfen ab und zu einen Ton von sich geben. Wer sonst aber kann denn ihre Melodien spielen? Sehr bald werden Sie die Pauke hinzubekommen und dann die Hörner und dann das Cello – und am Ende stehen Sie wieder am Dirigentenpult.«

Pettinger nickte. »Sie kennen sich auf dem Gebiet der Musik aus, Herr Generalfeldmarschall.«

»Ja. Ich bin ein Mensch mit Kultur. Deswegen bin ich auch dem modernen Zeug, das da gespielt werden wird, nicht mehr ganz gewachsen.«

Er lachte in sich hinein. Dann übergab er Pettinger seine Papiere. »Hier ist mein Vermächtnis. Sie führen es aus?«

»Ja, Herr Generalfeldmarschall.«

»Nennen Sie es den Klemm-Borowski-Plan. Jeder Mensch möchte schließlich sein Quentchen Unsterblichkeit. Und handeln Sie schnell! Der erste Schritt ist schon beinah getan. Wir müssen die gesamte Front im Westen aufreißen.«

»Wie bitte?« Wenn Pettinger auch seine Götterdämmerungsideen fallengelassen hatte, die völlige Übergabe sah er doch noch nicht als unumgänglich.

»Ja, sicher! Laßt sie doch hereinkommen! Sollen sie bis zur Elbe vorstoßen und über die Elbe hinaus! Bis nach Moskau meinetwegen! Und wenn sie sich darauf nicht einlassen – je weiter nach Osten sie vordringen, desto mehr vom Deutschland unseres Schlages wird gerettet werden. Jeder Mann, der in britische oder amerikanische Gefangenschaft gerät, ist für uns ein Gewinn; er wird eines Tages wieder im Kampf stehen können. Machen Sie sich doch frei von der weit überschätzten und veralteten Vorstellung von Verrat!«

Pettinger überdachte die Strategie des Feldmarschalls noch einmal. Der große Rechner war eigentlich ein durchaus logischer Mensch.

Klemm-Borowski sagte mit Nachdruck: »Wir arbeiten für die nächste Runde.«

Nein, ganz logisch war er doch nicht. »Wir, Herr Generalfeldmarschall?« fragte Pettinger.

Der Feldmarschall starrte ihn an.

»Ich weiß, Sie erstreben wahre Größe, die Größe eines Menschen, der sein Leben für eine Idee einsetzt«, sagte Pettinger, und es lag sogar eine Spur von Begeisterung in seiner Stimme. »Was wäre der Nationalsozialismus ohne die Blutzeugen von 1923 gewesen, ohne die Männer, die vor der Feldherrnhalle in München gefallen sind?«

Der Feldmarschall empfand den Gedanken als störend. Obwohl er sich entschlossen hatte, aus diesem Leben zu scheiden und sich für sein Volk und sein Land zu opfern, so wollte er sich doch nicht auch noch in den Opfertod hineinstoßen lassen.

Pettinger aber hatte bereits seine eigenen Schlußfolgerungen gezogen. Ein Wunder war geschehen, und es war aus einer von ihm ganz unerwarteten Quelle gekommen. Klemm-Borowskis Gedankengänge hatten mit einem Mal das völlige Vakuum gefüllt, das in Wahrheit hinter Pettingers heldischer Pose gesteckt hatte; neue Hoffnungen und neue Ideen wirbelten in seinem Kopf herum. Der Plan des Marschalls war nicht nur durchführbar, er stellte die einzig mögliche deutsche Politik der Zukunft dar. Pettinger verarbeitete ihn gleich mit Haut und Haar, er machte ihn zu dem seinen, änderte ihn ab, wo nötig, und paßte ihn verschiedenen Situationen an. Die ganze Frage der Urheberschaft, die der tapperige Feldmarschall so unterstrich, war völlig unerheblich. Gewiß, die Deutschen hatten eine Schwäche für Generale, die ihnen ihre Kriege verloren hatten. Diese Schwäche aber auszunutzen verlangte einen Propagandafeldzug nach dem Tod des Marschalls, den Pettinger zu unternehmen wenig Lust hatte. Überhaupt ließ sich der Plan nur verwirklichen, wenn jedes einzelne Stadium sich ganz anonym und scheinbar aus sich selbst heraus entwickelte.

Pettinger erhob sich. »Herr Generalfeldmarschall, Sie sagten selber, Sie müßten sterben. Der Erfolg Ihres Planes beruht auf Ihrem Renommee. Und Ihr Renommee ist nur dann gut, wenn Sie tot sind.«

Klemm-Borowski sprang auf, derart außer sich, daß er nur noch stotterte.

»Moment mal! Moment mal!« versuchte Pettinger ihn zu besänftigen. Er zog das Testament aus seiner Tasche und las dessen erste Zeilen laut vor: »Ich falle an der Spitze meiner Truppen, um Deutschland zu retten.«

»Ich falle, Obersturmbannführer Pettinger, wann ich dazu bereit bin!«

»Aber stellen Sie sich doch mal vor, Herr Generalfeldmarschall, wie traurig Sie sich als Kriegsverbrecher vor einem alliierten Gericht ausnehmen würden! Wer wird Ihren Letzten Willen dann noch ernst nehmen können? Wer wird sich dann noch zu der in Ihrem Plan empfohlenen Zusammenarbeit mit den Engländern und Amerikanern bereit finden – mit den gleichen Engländern und Amerikanern, die die Absicht haben, Sie zu hängen?«

»Man kann mir keinen Prozeß machen! Ich habe nur meine Pflicht als Offizier im Krieg getan.«

»Und Unternehmen ›Geier‹? Eine unmittelbare Verletzung der Landkriegsordnung! Damit hat man Sie doch.«

Der Feldmarschall, in die Ecke getrieben, schwieg.

»Und Sie haben nicht mehr viel Zeit!« sagte Pettinger.

Der Feldmarschall sagte heiser: »Ich bin aufgewachsen im Geist des Gehorsams und der deutschen Treue. Da folgten die Leute ihrem Oberherrn, wohin er auch ging.«

»Ich habe nicht die Vorteile Ihrer Erziehung genossen, Herr Generalfeldmarschall«, gab Pettinger zu, »ich bin aber zu unbedingter Treue in der Partei erzogen worden – keine schlechte Schule. Und gerade weil ich diese Treue zu halten gedenke, kann ich Ihnen nicht in den Tod folgen. Sie haben mir befohlen, Ihren letzten Willen durchzuführen.«

Klemm-Borowski erwiderte schroff: »Ich habe Ihnen nichts weiter zu sagen. Ich danke, Herr Obersturmbannführer!«

Aber Pettinger, so sehr er auch wünschte, mit dem Freifahrschein zurück ins Leben, den ihm der Feldmarschall ausgestellt hatte, aus dem Ruhrkessel zu entkommen, trat nicht weg. Vielmehr wurde er sehr formell und sagte: »Euer Exzellenz – ich habe noch ein wenig Zeit. Ich kann immer noch weg, und ein einzelner Mann, der die Gegend gut kennt, kommt schon durch. Sie haben an meine Treue appelliert. Ich werde Sie Ihnen beweisen. Ich bleibe bei Ihnen bis zu Ihrem Ende.«

»Sie verlassen mich jetzt! Wegtreten!« sagte der Feldmarschall im Befehlston.

Pettinger wußte, daß Klemm-Borowski seinen Adjutanten hereinrufen konnte. »Ich habe Ihren letzten Willen in der Hand, Herr Generalfeldmarschall!« warnte er. »Sie haben Ihre Selbstmordabsichten hier dokumentiert; damit haben Sie vor aller Welt erklärt, daß Sie unzurechnungsfähig sind. Schon darum muß ich bei Ihnen bleiben.«

Der Feldmarschall lehnte sich zurück in seinem Sessel. Irgend etwas mußte geschehen. Vielleicht würden die Amerikaner kommen und ihn mitsamt seinem Vermächtnis und Pettinger gefangennehmen und diesem ganzen schlimmen Traum ein Ende setzen.

Schließlich stand er auf. Er griff nach seinem Koppel und der Pistolentasche und schnallte um. Dann setzte er seinen Helm auf und ging auf die Tür zu.

Eine Hand legte sich auf die Klinke, bevor er sie erreichen konnte.

»Was soll das, Pettinger?«

»Herr Generalfeldmarschall, ich begleite Sie!«

»Ich gehe an die Front, um an der Spitze meiner Truppen zu fallen.«

»Trotzdem, Herr Generalfeldmarschall, ich begleite Sie.«

Der Feldmarschall machte kehrt und ging zurück an seinen Schreibtisch. Er setzte sich und starrte Pettinger an, doch ohne ihn eigentlich zu sehen. Dieser zog eine Schachtel Zigaretten aus der Tasche. »Darf ich Ihnen eine anbieten?«

Klemm-Borowski rührte sich nicht. Pettinger zündete seine Zigarette an. Er brauchte die Zigarette jetzt; das beruhigte die erregten Nerven.

»Meine Männer würden nicht zulassen, daß ich sterbe«, sagte der Feldmarschall. »Sie verehren mich, Sie würden mich beschützen.«

»Das habe ich mir auch gedacht«, stimmte Pettinger ihm zu. »Die Idee mit dem Opfertod taugt nichts. Aber was wollen Sie jetzt tun?«

»Warten...«, sagte der Feldmarschall bedrückt. »Auf den Durchbruch der Amerikaner warten...«

»Und sich lebend ergeben?«

»Nein.« Und mit einem Flattern der Hand: »Nein, nein... Ringsum in den Häusern liegt die Stabskompanie. Ich kämpfe mit ihr und werde untergehen mit ihr.«

»Auch die werden verhindern, daß Ihnen etwas zustößt«, sagte Pettinger. »Ihre Männer verehren Sie, Sie werden Sie schützen.«

Der Feldmarschall brach in ein gackerndes Gelächter aus. »Ich kann eben nicht sterben, Pettinger! Keiner läßt mich! Geben Sie mir meine Papiere zurück!«

»Sie besitzen eine Pistole«, sagte Pettinger kühl.

»Ja, gewiß, ja! Eine Pistole...« Klemm-Borowskis besorgtes Gesicht hellte sich auf. Er zog die Waffe aus der ledernen Tasche, betrachtete sie zweifelnd, dann schien er einen Entschluß gefaßt zu haben und richtete sie, halb spielerisch, auf Pettinger.

Die Zigarette war bis zu Pettingers Fingerspitzen heruntergebrannt. »Sie könnten mich allerdings erschießen«, sagte er ruhig. »Aber was dann? Dann müssen Sie sich wieder einen anderen Mann für Ihr Testament suchen, müssen also das Ganze noch einmal durchexerzieren, und auch dann bliebe Ihnen nur die Wahl, irgendwo auf der Anklagebank oder gerade noch rechtzeitig mit sich Schluß zu machen.«

Er warf den Stummel weg und trat darauf.

»Geben Sie mir Ihre Pistole!«

Die Hand des Feldmarschalls bewegte sich zögernd. Er dachte an die ruhmreiche Vergangenheit, an die deutschen Armeen, die er durch die Straßen von Paris, von Warschau, von Wien, von Prag und Minsk hatte marschieren sehen. Seine Hand, die die Pistole umklammert hielt, schien über den Schreibtisch hinweg zu Pettinger hinzukriechen, als folgte sie einem Zwang. Dann öffneten sich die Finger, die Pistole fiel herab auf die Tischplatte.

Pettinger griff ohne besondere Hast nach der Waffe. Er zielte aufs Herz.

Auf den Schuß hin stürzten Offiziere und Soldaten in das Zimmer. Ein sprachloser Oberst trat Pettinger entgegen.

Pettinger zog Klemm-Borowskis Testament hervor. »Kennen Sie diese Schrift?«

»Ja, es ist die Handschrift des Feldmarschalls.«

»Lesen Sie!« befahl Pettinger. »Lesen Sie laut vor!«

Der Oberst schluckte und fuhr sich mit der Zunge über die Lippen. »Ich falle – an der Spitze meiner Truppen – um Deutschland zu retten. Nach diesem höchsten Opfer – übertrage ich der Nation – die Aufgabe –«

»Das genügt«, sagte Pettinger, faltete das Dokument und steckte es zurück in seine Tasche. »Seine Exzellenz, der Generalfeldmarschall von Klemm-Borowski hat sich von mir diesen letzten Dienst erbeten. Sorgen Sie dafür, daß er mit allen militärischen Ehren begraben wird.«

Der Oberst, noch immer zitternd, vermochte nur zu sagen: »Jawohl!«

Pettinger wandte sich zum Gehen. Er wollte weit fort sein, bevor die anderen sich so weit gefaßt hatten, um unangenehme Fragen stellen zu können. Aber der Abgang mußte mit Haltung geschehen.

»Meine Herren«, sagte er, »Generalfeldmarschall von Klemm-Borowski war ein großer Mann. Er starb, damit Deutschland lebe.«

»Jawohl!« sagte der Oberst. Aber Pettinger war bereits verschwunden.

Zehntes Kapitel

Die letzten Wochen des Krieges hatten etwas Unwirkliches an sich. Denen, die den ganzen Weg von der Normandie her hinter sich hatten, war zumute, als seien sie endlos lange durch Nebel marschiert, so lange schon, daß der Nebel zur Norm geworden war. Und nun lichtete sich der Nebel. Man sah das Land und hier und dort den Himmel, Bäume und Straßen und – kaum glaublich – die scharfen Umrisse der Dinge, die feste Erde, das grüne, duftende Gras. Zuweilen mochte einer anhalten, sich besinnen und das Gefühl haben, daß er zum erstenmal in seinem Leben überhaupt sah. Wozu eigentlich hatte man bis zu diesem Moment seine Augen benutzt? Man entsann sich der Ängste, mit denen man gelebt hatte, in der Normandie, bei Falaise, bei Lüttich, beim Kriechen durch den Hürtgenwald, und damals, als die eiskalte Erde in der Finsternis der Ardennenschlacht um einen hochspritzte, und später dann, bei dem Sturm über die eisernen Tragbalken der Brücke bei Remagen. Nur noch die nächste Höhe erstürmen! – Aber tausend weitere Höhen erheben sich hinter dieser; und vor einer dieser Höhen wird es dich schon schnappen. Nun waren es nicht mehr so viele Höhen. Man näherte sich dem Ende des Kreuzzugs, und an seinem Ende lag ein breiter, grauer, trüber Fluß, von dem die meisten nie etwas gehört hatten – die Elbe. Endlich ein Fluß, über den die Pioniere keine Brücke zu schlagen brauchten, ein Fluß, den man nicht unter Beschuß auf schwankenden Pontons zu überqueren hatte. Am anderen

Ufer würden keine Heinisoldaten sich eingegraben haben. Der große Verbündete würde dort stehen, der auch einen langen Weg zurückgelegt hatte. Und das würde das Ende sein. Schwer, sich dies vorzustellen. Aber man mußte sich an den Gedanken gewöhnen.

Wenn es einem Amerikaner unwirklich erschien, um wieviel mehr mußte es den Deutschen unwirklich vorkommen. Sie wußten, daß es vorbei war, und dennoch ließen sie die Tatsache nicht in ihr Bewußtsein dringen. Sie folgten den Worten eines ironischen Dichters, den sie vor Jahren verbrannt hatten, und setzten seinen prophetischen Scherz in die Tat um: ›Weil, so schließt er messerscharf, nicht sein kann, was nicht sein darf.‹ Wie weiland der Ritter von der traurigen Gestalt versuchten sie das Unlogische, dem melodramatischen Wort ihres Führers zu folgen, der da verkündet hatte, er werde weiterkämpfen auch fünf Minuten nach zwölf. Aber der Tag war dennoch um Mitternacht zu Ende. Sie versuchten, die Zeit aufzuhalten, die unerbittliche, und den Ablauf der Geschichte. Sie gingen mit hastig zusammengescharrten Reserven in den Kampf, Kampfgruppen ohne jede innere Einheit, mit einer Führung, die weder nach unten noch nach oben Verbindung hatte; mit zufällig aufgefundener Ausrüstung und einem Nachschubsystem, über das man nur noch lachen konnte. Sie unternahmen Truppenbewegungen, die jeder Strategie widersprachen; im Kopf weder den Gedanken an Sieg noch die Verzweiflung der Niederlage, folgten sie einer Illusion – der Illusion, daß die deutsche Organisation nicht zusammenbrechen könne aus dem einfachen Grund, weil sie deutsch war; daß das Heer noch immer bestehe, weil das deutsche Heer eben nicht geschlagen werden kann; daß der Harz wie der Kaukasus sei und daß sie in einen unbegrenzten Raum zurückweichen könnten. Der Wirklichkeit gegenüber blind, waren sie gefangen in dem immer enger werdenden Bereich zwischen Hammer und Amboß.

Mitten in den Kämpfen hatten sie zuweilen einen lichten Moment. Betäubt und verwirrt gaben sie in solchen Augenblicken wohl auf, erwarteten dann aber, behandelt zu werden wie Kinder, die sich in die Welt der Erwachsenen verirrt hatten.

Yates interessierte der geistige Verfall, der durch dieses Massentrauma hervorgerufen wurde. Gleichzeitig stieß ihn der Vorgang aber auch ab, da er ihn in den Köpfen so vieler feststellte, die er in diesen Tagen verhörte.

Ein deutscher Hauptmann, der ein Regiment übergab, das kaum noch die Kampfstärke einer Kompanie besaß, sagte ihm: »Wir sind nicht dazu erzogen worden, eine Niederlage zu erkennen.«

»Erkennen Sie sie jetzt?«

Der Mann dachte angestrengt nach. Auf seinem Gesicht, das noch die Spuren der Erlebnisse seiner letzten Tage und Wochen trug, arbeitete es. »Nein«, sagte er schließlich. »Ich brauche nur die Augen zu schließen, und sofort kommt es mir vor, als wäre dies alles nur ein böser Traum – daß ich hier vor Ihnen auf einem leeren Benzinkanister in einem amerikanischen Gefangenenlager sitze – alles.«

»Und das andere wäre dann Wirklichkeit?«

»Ja.«

Yates sagte mit nur mühsam unterdrückter Erbitterung: »Sehen Sie denn nicht, daß Ihr verdammtes Traumleben wirkliche Menschenleben kostet – zumeist deutsche, aber unsere auch? Was sagen Sie einer Mutter, einer Ihrer deutschen Mütter – daß ihr Sohn gefallen ist, um Ihnen den Trost Ihrer Traumwelt zu erhalten?«

Der Mann zuckte zusammen. »Was wollen Sie, Herr Leutnant! Ich bin auch nur Soldat!«

»Nur ein kleiner Mann also«, sagte Yates.

»Ja, nur ein kleiner Mann«, sagte der Hauptmann und wunderte sich darüber, daß Yates den Ausdruck kannte und benutzte, den er nur in seinen Gedanken hatte. »Ich habe Befehlen zu gehorchen. Und es war keiner da, der uns einen Befehl zur Kampfeinstellung gab. Also weitermachen.«

Bis zum bitteren Ende staken die Deutschen in diesem merkwürdigen Widerspruch fest, den nur sie in ihrer besonderen Manie nicht als Widerspruch empfanden: daß sie nämlich einerseits alle nur kleine Männer waren, andererseits aber über alles in der Welt.

Yates gab auf. Welches Argument hätte er auch gehabt gegen die Bewußtseinsspaltung eines ganzen Volkes. Dagegen gab es nur: Panzer, Geschütze, Flugzeuge und Infanterie mit Mut und Ausdauer. Und mit diesem Argument war der Krieg gewonnen worden. Aber die Krankheit blieb.

Man mußte es den Deutschen leicht machen. Wenn es niemand auf ihrer Seite gab, dessen Befehl die deutschen Soldaten aus ihren Träumen riß und sie mit der Nase auf den wirklichen Stand der Dinge stieß, so hatten die Amerikaner diese Aufgabe zu übernehmen.

Wieder mußten die Lautsprecher heran. Dieses Mal wurden sie auf Panzerwagen und leichte Panzer montiert; man mußte mit ihnen so beweglich und so schnell sein können, wie der Vormarsch der Panzerdivisionen vor sich ging; und DeWitt hatte darauf bestanden, daß seine Leute den gleichen Schutz haben sollten wie jeder andere Soldat, der im Panzerkampf stand. Jeder dafür taugliche Mann in der Einheit wurde an ein Mikrophon gesetzt und hinausgeschickt, um die Deutschen zu belehren, daß die Zeit nun gekommen sei, ihre Waffen zu übergeben; um sie zusammenzutreiben; um sie in Richtung verschiedener Sammelstellen für Gefangene in Marsch zu setzen.

Bing wurde Lieutenant Laborde zugeteilt.

Laborde tat so furchtlos wie immer, und sein Gesicht war verkrampft wie eh und je; aber hinter der sauren Visage war spürbar der Erfolgsrausch. Er besaß ein kleines Notizbuch, in das er Zahlen eintrug: die Zahl der Gefangenen, die er eingebracht hatte und die er sich gutschrieb. Er führte darüber genau Buch, obwohl er nie eine Anerkennung dafür erhielt und sich auch keiner dafür interessierte. Und an Tagen, an denen das Ergebnis mager ausfiel, war er aufgeregt und zappelig und zwang schließlich seinen Fahrer und Bing, mit ihm auf wilde Streifzüge hinauszufahren.

Hätte Laborde Deutsch gesprochen, so hätte er auf einen Sprecher verzichten können. Leider beherrschte er die Sprache nicht, und ohne einen Sprecher wäre er mit seiner Buchführung steckengeblieben. Er war daher recht froh, Bing zu haben, trotz aller Abneigung ihm gegenüber; er hatte nie vergessen oder vergeben, daß Bing Zeuge seines Versagens geworden war – bei jenem Lautsprecherunternehmen, das Tolachian das Leben kostete.

Für Bing gab es keine Wahl. Er erhielt Befehl und wurde zugeteilt. Vielleicht hätte er versuchen können, hinter den Kulissen Einfluß zu nehmen, mit Yates zu sprechen oder durch diesen zu DeWitt zu gelangen. Aber er tat weder das eine noch das andere. Dieser Einsatz oder jener – der eine Offizier oder der andere – was war der große Unterschied?

Yates aber war nicht so gleichgültig. Er suchte Bing kurz nach dessen Zuteilung zu Labordes Panzer auf. Absichtlich stellte er die Frage direkt: »Wie kommen Sie mit Lieutenant Laborde aus?«

»Danke, es geht schon.«

Eine ganz, ganz dünne Schicht von Trauer schien sich, wie ein Fixativfilm auf einer Kohlezeichnung, über Bings Züge gelegt zu haben. Seine einstige Einstellung zum Leben, um die Yates ihn so sehr beneidet hatte, war verschwunden – jene Lausbubenhaltung, durch die er auszudrücken schien: Das Leben ist meine Torte, ich werde sie essen, wie es mir paßt, aber wenn es mir Spaß macht, knalle ich sie dir mitten ins Gesicht.

Bing hatte Yates viel bedeutet. Zurückblickend wurde ihm klar, daß einfach sein Dasein ihn vorangetrieben hatte – die jungenhafte Kühnheit, mit der Bing das Flugblatt zum vierten Juli in Angriff genommen hatte, die Definition des ganzen Fragenkomplexes der Kriegsziele, die uneigennützige, enthusiastische, fast zauberische Geschäftigkeit, durch die Bing das kurze Idyll mit Thérèse ermöglicht hatte; die kaltschnäuzige Nüchternheit, die es ihnen erträglich gemacht hatte, der Sendung der BBC mit ihrer eigenen Grabrede zuzuhören – und sogar darüber zu lachen.

Er wußte, daß Bing jetzt Hilfe nötig hatte oder zumindest irgendeine Klärung, und er hatte gelernt, daß im Krieg eine solche Hilfe oft eine heilige Pflicht ist wie die des Sanitäters, der einen, wenn man verwundet wurde, aus dem Kampf herauszieht. Er hatte diese Hilfe Thorpe einmal verweigert, und hatte böse dafür zahlen müssen.

»Was haben Sie, Bing?« Seine Frage war beinah intim. »Warum wollen Sie sich nicht aussprechen? Wir kennen einander gut genug – Sie haben auch schon miterlebt, wie ich versagt habe. Ist eine Frau im Spiel? Karen?«

Bing schüttelte den Kopf. Er hatte einen bitteren Zug um den Mund; das war etwas Neues bei Bing.

»Lassen Sie mich zufrieden, bitte, Lieutenant! Das ist doch meine Angelegenheit, nicht wahr? Mit Laborde ist alles in Ordnung. Ich mag ihn ganz gern. Je verrückter er wird, desto besser. Warum nicht?«

»Was ist Ihnen nur passiert? War es Ihre Heimkehr? Ich war froh, daß ich Ihnen damals mit der Fahrt nach Neustadt eine Gelegenheit geben konnte. Hätte ich es vielleicht nicht tun sollen?«

»Neustadt war ganz in Ordnung. Laborde ist ganz in Ordnung. Ich bin ganz in Ordnung.«

»Was hat sich damals in Neustadt ereignet?«

»Was sich in Neustadt ereignet hat...!« Bing wandte sein Gesicht ab. »Nichts! Es ist ein romantisches, altes Städtchen – wie es sie dutzendweise auf diesem Kontinent gibt.«

Yates wählte seine nächste Frage sehr vorsichtig. »Und als die Nazis zurückkamen – und ihr wart ihnen zahlenmäßig unterlegen – darüber haben Sie nie gesprochen.«

»Darüber spreche ich auch nie, so ist es.« Bing lachte. »Haben Sie nicht auch Dinge in diesem Krieg getan, über die Sie lieber nicht sprechen?«

»Sie wissen das genausogut wie ich. Aber schließlich habe ich dann doch darüber geredet – oder etwas dagegen unternommen. Und danach habe ich mich dann besser gefühlt.«

»Vielleicht will ich mich gar nicht besser fühlen. Vielleicht will ich ganz einfach so weitermachen: fühlen, was ich fühle, tun, was ich tue, mein eigenes dummes kleines Leben führen und mich daran gewöhnen, mit mir selber auszukommen. Vielleicht gefällt mir das am besten. Und was sind Sie denn eigentlich für ein Mensch? Immer stecken Sie Ihre Nase in die Angelegenheiten andrer Leute. Missionar! Kreuzfahrer! Oh, ich kenne all die großen Worte. Ich habe sie bereits niedergeschrieben, als Sie noch zu faul waren, darüber nachzudenken. Und merken Sie sich eins – damals waren Sie mir lieber. Zumindest waren Sie nicht so verflucht neugierig!«

»Entschuldigen Sie«, sagte Yates.

Und ging, sehr niedergeschlagen. Warum hatte er dem Jungen nicht helfen können? Hatte er es falsch angefangen? Bing hatte seine Finger schon auf die richtige Stelle gelegt: es hatte eine Zeit gegeben, in der er es vermieden hatte, Menschen nahezukommen. Das hatte sich als nicht richtig erwiesen, und nun war er in das andere Extrem verfallen... All das spürte Bing wahrscheinlich – deshalb taute der Junge auch nicht auf.

Yates sah sich selber – junger Mann mit rührend gutem Willen und großen Idealen. Ekelhaft. Und blöd dazu. Deswegen hatte er auch gegenüber Willoughby immer den kürzeren gezogen, und deswegen stand er immer allein, wenn es darauf ankam – Parzival mit dem silbernen Metallstreifen eines amerikanischen Lieutenants auf der Schulter und großen Ressentiments im Herzen.

Man mußte mit den anderen Menschen leben, nicht in Opposition zu ihnen oder neben ihnen her. Dennoch – er hatte wirklich versucht, sich in Bing hineinzufühlen, aber es hatte zu nichts geführt. Jetzt wußte er, warum: was Bing auch beunruhigen mochte, es lag jenseits der Grenze des Vertrauens, das Bing ihm schenkte.

Ich bin eben kein Troy, dachte Yates. Troy würde sich nie in meine geistigen Unkosten stürzen, und dennoch hat er mehr Menschen beeinflußt, als mir das jemals gelungen ist. Man kann sich nicht einfach nur für die Not des anderen interessieren, schloß er. Man muß dann schon dauernd mit Menschen arbeiten, sich mit ihnen zusammenfinden, einer von ihnen sein, selbst wenn man dabei von seiner Höhe etwas hinabsteigen muß.

Labordes Panzer hatte fortwährend Pannen. Er und sein Fahrzeug gehörten nicht zum normalen Bestand des Panzerregiments, dem er für die Jagd nach Gefangenen zugeteilt war; außerdem war das Ding absolut zweitklassig – ein leichter Panzer, den es im Kampf stark mitgenommen hatte und der immer wieder zusammengeflickt worden war. Stets gab es etwas zu reparieren, und stets fehlte irgendein Teil. So lag Laborde in einem ewigen Kampf mit den Mechanikern und den Leuten vom Ersatzteillager, von denen er abhängig war. Wenn sein Motor bockte oder einen ernsthaften Schaden hatte, wurde er als letzter repariert; hatte er kein Benzin mehr, so mußte Bing betteln oder stehlen gehen; und der Panzer hatte nie die schreiend bunten Erkennungszeichen erhalten, die jetzt allgemein in Gebrauch gekommen waren.

Nur eine Armee, die absolute Luftüberlegenheit hatte, konnte es sich leisten, auf den Vorteil der Tarnung zu verzichten und ganz offen rote, orangefarbene oder gelbe Erkennungszeichen oben auf ihre Fahrzeuge zu heften. Diese hellfarbigen großen Tücher waren besonders für die Panzer wichtig. Während dieser letzten Kriegswochen waren die amerikanischen Panzerstreitkräfte den neuesten Positionen, die die Luftwaffe in ihre Karten eingetragen hatte, immer weit voraus. Die Panzerwaffe stieß tief in Gebiete ein, die noch immer als vom Feind besetzt galten. Die bitteren Erfahrungen amerikanischer Panzereinheiten, die von ihren eigenen Flugzeugen mit Bomben belegt oder mit Bordwaffen beschossen wurden, bevor man den Irrtum bemerkte, hatten eine auffälligere Kennzeichnung als die mit dem weißen Stern der Panzer nötig gemacht.

Aber der Sergeant bei der Kennzeichenausgabe war seltsamerweise nie in der Lage gewesen, Laborde eine vollständige Serie Signaltücher zur Verfügung zu stellen.

Natürlich trug Labordes Art, sich wichtig zu machen, die Schuld daran. Unglücklicherweise war ein Lieutenant nicht so wichtig, und an der Front unter Männern, die den ganzen Feldzug hinter sich hatten, bedeutete er überhaupt nichts.

Bing mußte sich daher darum kümmern, ob er nun wollte oder nicht. Den ganzen Morgen hatte er versucht, sich das orangefarben leuchtende Tuch zu besorgen, das laut Befehl die Kennfarbe für diesen Tag war.

Laborde sagte: »Dann fahren wir eben ohne das Kennzeichen. Ich habe jetzt schon drei Stunden hier vertan. Geleistet haben wir heute überhaupt nichts. Los, ab!«

»Lassen Sie es mich noch einmal versuchen«, sagte Bing. »Vielleicht kann ich irgendwo eins klauen.«

»Wie? Von einem anderen Fahrzeug, das es vielleicht genauso braucht wie wir? Es wird sowieso schon überall genug gestohlen. Wir riskieren es eben.«

»Der Sergeant im Signaldepot sagte, ich solle es in der Feldzeugmeisterei versuchen«, sagte Bing müde, »es von einem nehmen, der heute nicht ausfährt. Es nur leihen.«

»Wir haben keine Zeit«, bestimmte Laborde.

Er bekam seinen Willen. In der letzten Zeit setzte er ihn öfters durch als sonst. Bing bestand nicht mehr auf seiner Ansicht, kämpfte nicht um eine Sache, ließ den Dingen ihren Lauf, weil er zu gleichgültig war, um sich noch etwas daraus zu machen.

Charlie, der Fahrer, saß bereits am Steuer. Er war ein hochgeschossener, schweigsamer Mann von etwa dreißig Jahren, früher Mechaniker in einer Garage in einer Stadt in Ohio. Einmal hatte er die verfügbaren Flächen im Innern des Panzers mit Bildern von nackten Mädchen ausgeschlagen, worüber Laborde so wütend geworden war, daß er sie wieder abreißen mußte. »Ich habe nichts für Nutten übrig«, hatte Laborde getobt. »Die Liebe, wo sie hingehört, aber nicht in meinen Panzer.«

Charlie hatte nichts gesagt, aber die kleine Reparatur an Labordes Sitz rechts im Turm machte er nicht. Jeder Stoß auf der Straße oder auf offenem Feld war für Laborde eine schmerzhafte Erschütterung. Dieser hatte allerdings gegen den Schmerz nichts einzuwenden; der Schmerz gehörte ebenso zu seinem Leben, wie er damals die Zehntausende von Umdrehungen in der Versuchskabine ertragen hatte, als er, eine lebende Versuchsröhre, als Testperson für die Widerstandsfähigkeit des menschlichen Magens diente.

Bing setzte seinen Panzerhelm auf, hängte sich Hörer und Kehlkopfmikrophon um und kletterte in seinen Sitz neben Laborde. Er hätte den freien Sitz neben dem Fahrer wählen können, aber Laborde, der befürchtete, daß Charlies stumme Feindseligkeit und Bings unfreundliche Arroganz einander noch befruchten würden, hatte ihm zu verstehen gegeben, daß er ihn neben sich im Turm haben wollte.

Sie machten gute Fahrt, und die Straße war eben. Bing fuhr gern in einem Panzer, besonders wenn die Luken dicht waren und die einzige Verbindung mit der Außenwelt das Periskop war. Es gab ihm ein Gefühl der Sicherheit, vor allem nach dem, was in Neustadt geschehen war. Verstandesmäßig wußte er natürlich, daß die dünnen Stahlplatten des leichten Panzers ihn bestenfalls gegen leichte Infanteriewaffen schützten und daß eine gutgezielte deutsche Panzerfaust da ohne weiteres durchschlug – er hatte genug gesprengte, ausgebrannte Panzer gesehen, um sich in der Beziehung keinen Illusionen hinzugeben. Dennoch blieb dies Gefühl, Embryo zusammengekauert im dunklen Mutterleib, warm und sicher, und er ließ es bestehen, denn es half ihm irgendwie, die durch Labordes Gegenwart geschaffene nervöse Spannung zu ertragen.

Laborde liebte es, die Luke des Panzerturms offenzuhalten, selbst unter leichtem Infanteriebeschuß. Er legte es darauf an, die geringe Sicherheit, die der Panzer bot, auch noch zu gefährden. Was war der Krieg, wenn man nicht etwas aufs Spiel setzte? Auch die immer weiter ansteigenden Zahlen in seinem Notizbuch gaben nur Ersatzbefriedigung. Genau besehen, zeigten sie doch, wie leicht alles gewesen war. Zu leicht.

Bing betrachtete Charlie mit unpersönlichem Interesse – Charlies hagere starke Hände auf den beiden Steuerungsknüppeln, die die Fahrtrichtung des Panzers bestimmten, seinen Fuß auf dem Gashebel, eine behutsame Berührung, die jeder Unebenheit der Straße Rechnung trug. Die Zeiger an den schwach leuchtenden Instrumenten am Armaturenbrett zitterten leicht. Charlie grinste: »Schöner Tag!«

Durch Bings Kopfhörer klang seine Stimme blechern.

»Ja, sehr schön«, sagte Bing, »willst du 'nen Kaugummi?«

Laborde stand auf, lehnte sich aus der Turmluke und beobachtete die Straße.

»Ich kaue schon, danke«, sagte Charlie.

Bing, der nicht vergaß, daß jedes Wort über ihre Verbindung auch von Laborde mitgehört wurde, klopfte Charlie auf die Schulter und erklärte mit stummer Geste, daß er den zermatschten Kaugummi haben wollte, den der Fahrer zwischen seinen starken Zähnen hin und her schob. Charlie reichte ihm das Stück widerliche Masse nach hinten, und Bing klebte es sorgfältig auf Labordes Sitz.

Dann blickte er durch das Periskop. Sie hatten eine Panzerkolonne erreicht, die zu der Kampfeinheit gehörte, mit der Laborde arbeiten sollte. Die Panzer waren noch im Vorrücken.

Bing schaltete das Funkgerät ein. Eine Zeitlang war nichts zu hören – die Kolonne hielt Funkstille. Dann kam ein Befehl durch.

Die Panzer verließen die Straße und lösten sich in eine weit auseinandergezogene Kette auf. Sie verlangsamten ihr Tempo und schienen sich auf ein bestimmtes Ziel hin vorzutasten. Die offenen Felder, über die sie sich bewegten, endeten; mehrere kleine Waldstücke schwankten ins Blickfeld des Periskops, und ein paar Rauchwolken von weißlich grauer Farbe stiegen zwischen den Wipfeln auf, die sich in Bings Augen wie gegen den Himmel geätzt ausnahmen. Laborde lehnte sich noch immer aus der Turmluke hinaus, Brust und Kopf völlig ungeschützt. Charlie machte seine eigene Luke dicht.

Dann verminderte er die Geschwindigkeit.

Bing machte das Maschinengewehr gefechtsbereit.

»Warum wird denn da langsamer gefahren?« kam Labordes quengelige Stimme über den Kopfhörer.

Charlie, die Augen ans Periskop gepreßt, erwiderte: »Wollen Sie, daß ich der Panzerkette vorausfahre?«

Laborde kam herunter, ließ aber die Luke offen. »Ich werde Ihnen schon sagen, wann Sie langsamer fahren oder von der Straße abgehen sollen.«

»Die Straße könnte aber vermint sein«, warnte Bing.

Laborde stieg wieder in die Luke. Bing sah, wie er ungeduldig mit dem Fuß tappte.

»Immer noch Angst um das teure Leben?« spöttelte Laborde. »Ich habe euch noch jedesmal heil und sicher wieder zu Hause abgeliefert, oder nicht?«

Bing sagte nichts. Er hatte keine Angst um sein Leben. Sein Leben war ihm gleichgültig. Seit Neustadt. Aber darüber ausgerechnet mit Laborde sprechen? »Ein stillgelegter Lautsprecherpanzer – davon hat wohl keiner etwas«, bemerkte er nüchtern. »Und die deutschen Minen wissen ja nicht, daß wir nur die besten Absichten haben.«

»Heil und sicher!« wiederholte Laborde. »Oder nicht? Antworten Sie mir!«

»Jawohl, Sir«, sagte Bing. »Wir haben Glück gehabt.«

»Glück! Was ist Glück?« Laborde räusperte sich. »Und setzet ihr nicht das Leben ein, nie wird euch das Leben gewonnen sein! Keine Halbheiten, kein Zögern!«

Bing wurde nachdenklich. Neustadt war Halbheiten und Zögern gewesen; und am Ende hatte völliges Versagen, Feigheit auf der ganzen Linie gestanden. Er konnte nichts gegen Laborde anführen, nichts sagen, was den hätte veranlassen können, zu halten, bis die breitgezogene Kette der schweren Panzer sie wieder einholte.

Laborde dirigierte seinen Panzer auf das erste Gehölz rechts der

Straße zu. Von dort war ein Teil des Feuers, das Bing aus der Entfernung beobachtet hatte, gekommen. Nun war es still geworden in dem Waldstück.

Labordes Plan war klar. Wenn er die Deutschen, die er in dem Wäldchen vermutete, veranlassen konnte, herauszukommen und sich zu ergeben, bevor die Hauptmasse der schweren Panzer eintraf, konnte er diese Gefangenen wirklich für sich buchen. Er führte den Panzer bis dicht vor die Bäume, hundert, achtzig, dann nur noch sechzig Schritt. Bing erwartete jeden Augenblick, das typische scharfe Klacken der Kugeln und Geschoßsplitter auf der Panzerung zu hören. Aber nichts erfolgte.

Laborde tauchte ins Innere des Panzers zurück. Er setzte sich auf den Kaugummi, schloß die Luke über sich, sagte zu Charlie: »Fahren Sie vor diesen Bäumen langsam auf und ab!« und zu Bing: »Los, sprechen Sie!«

Bing ergriff das Handmikrophon, das mit den beiden links und rechts vom Panzerturm montierten Lautsprechern verbunden war.

»Deutsche Soldaten!«

Eigentlich war ihm wohl, daß er wieder sprechen konnte. Worte waren seine Waffe. In diesen Worten, die Laborde nicht verstand, konnte er ihm entfliehen, sich selbständig machen. In diese Worte konnte er, auch und gerade durch die Argumente, die den Feind überzeugen sollten, seinen ganzen Haß und seine ganze Verachtung für die Feinde hineinlegen und so dem Haß und der Verachtung entgehen, die er sich selbst gegenüber empfand. Nach den ersten paar Worten machten sich seine Gedanken von dem Gesprochenen frei. Irgendwie konnte er den eigenen Worten lauschen wie einem Echo, ein wenig verwundert, daß die Worte so leicht kamen und daß eine solche Stimme in ihm war. Er war wie ein Dichter, dem Verse entströmten, er gab das Beste, was er in sich hatte, und da war es nun, nahm Gestalt an, existierte neben ihm und unabhängig von ihm, und erfüllte ihn mit dem guten Gefühl, daß das Leben doch sinnvoll war.

Er erklärte den Deutschen dort in dem Wald, daß er an der Spitze einer großen Panzerkolonne käme, daß diese Panzer bereits Tausende von Deutschen eingebracht hätten und dies die letzte Warnung sei. Sie sollten das bedenken, ihre Waffen wegwerfen und mit erhobenen Händen aus dem Wald herauskommen. Niemand könne ihnen das zum Vorwurf machen. Sie hätten lange genug einen aussichtslosen Krieg geführt.

»Wenn ihr jetzt, da der Krieg beinah vorbei ist, es euch überlegt – wofür habt ihr eigentlich gekämpft? Um ein paar Leuten, die Deutschland seit je ausgebeutet haben, Gelegenheit zu geben, noch weitere Gewinne durch die Ausbeutung ganz Europas einzustekken. Um ein paar Männer an der Macht zu halten, die nun ihre Juwelen und wertvollen Besitztümer verpacken und vor den Russen davonlaufen, die schon auf Berlin vorrücken. Meint ihr, ihr habt für euch selbst gekämpft? Wo ist dann euer Gewinn? Eure Frauen sind tot oder auf der Flucht, oder sie verkriechen sich in Bunkern vor Luftangriffen oder befinden sich bereits in alliiertem Besatzungsgebiet; eure Söhne, Väter und Brüder sind tot, verwundet, sie fliehen oder sind schon Gefangene; Deutschland ist nur noch ein schmaler Gebietsstreifen, eingeklemmt zwischen den Russen im Osten und den Alliierten im Westen. Welch ein Fehler, daß ihr geglaubt habt, ihr könntet die Welt beherrschen, wo ihr nicht einmal in der Lage wart, euch selber zu regieren! Denkt doch endlich nach! Ein Mann kämpft, solange sein Kampf noch einen Sinn hat. Welchen Sinn aber hat euer Kampf jetzt noch, wo alles vorbei ist, jetzt, wo die Nutzlosigkeit dieses Kampfes jedem in die Augen springt? Ihr hättet vor Jahren schon aufgeben sollen, ihr hättet überhaupt nie mit diesem Krieg anfangen sollen – aber jetzt, jetzt in diesen letzten wenigen Minuten, bevor unsere Panzer euch erreichen, über euch hinwegrollen und das unwiderrufliche eiserne Wort sprechen – jetzt müßt ihr handeln. Rettet euer Leben, von dem schon so viele Jahre vergeudet wurden, rettet es, damit es wenigstens vielleicht in Zukunft zu irgend etwas gut ist! Ergebt euch!«

In seinem Kopf dröhnte es. Der Schweiß lief ihm vom Helm her über das Gesicht, über die Wangen; seine Augen schmerzten, und seine Lippen waren vertrocknet. Er griff nach seiner Feldflasche, stürzte das Wasser hinunter und spuckte; der Chlorgeschmack war scheußlich.

Es blieb alles still; nur das leise Dröhnen des Motors war zu hören, während der Panzer langsam am Wald entlang weiterrollte. Bing wischte sich Mund und Augen ab und blickte durch das Periskop. Die Bäume waren ganz nah; er vermeinte, jede Nadel an den Kiefern zu erkennen, die jungen saftigen Spitzen am Ende der Zweige. Es waren zumeist junge Bäume, und plötzlich hatte er das Verlangen auszusteigen und sich hinzulegen unter diesen Bäumen, den weichen, mit Nadeln bedeckten Boden zu spüren und den Geruch des Frühlings über dem Land zu atmen.

»Es rührt sich nichts«, sagte er.

Laborde stieß die Luke auf. Er streckte den Kopf hinaus, wie eine noch nicht flügge Taube ihren mageren Hals über den Nestrand hebt.

In Bing stieg ein Verdacht auf, der ihn zu einem Lachen zwang, das sich nicht zurückhalten ließ. »Ich glaube, wir haben den Bäumen und den Vögeln eine Predigt gehalten«, prustete er. »Wir haben eine Menge staatliches Benzin vergeudet und Strom und Hirnschmalz...«

Laborde stieß einen Laut aus, als ersticke er am eigenen Ärger. »Das wird sich noch herausstellen!« sagte er in bedrohlichem Ton. »Das werden wir gleich sehen! Fahrer – in den Wald!«

»Mein Gott!« rief Bing. »Es kann ja auch eine Falle sein!«

»Links halten!« Es gab keinen Widerspruch.

Charlie, der Fahrer, gehorchte. Er blickte nicht einmal durch sein Periskop, sondern krachte in den Jungwald hinein. Mit starrem Gesicht fuhr er rücksichtslos geradeaus. Er haßte Laborde.

Sie brachen quer durch das Gehölz. In kaum zwei Minuten waren sie hindurch – dann waren wieder keine Bäume da, ein Feld breitete sich aus, mitten darin eine Schlucht.

Laborde erkannte, daß niemand im Wald gewesen war. Sie hatten in die Luft geredet, hatten Windmühlen mit windigen Worten bekämpft. Er konnte Spuren der Deutschen noch sehen, die hier gewesen waren, ausrangiertes Material, leere Munitionskisten, einen zerbeulten Helm. Sie mußten davongelaufen sein, als sie die Panzer erblickten, und hatten nicht erst auf Laborde und seine Lautsprecher gewartet.

Charlie brachte den Panzer zum Halten. Drinnen war es drükkend heiß. Er stieß seine Luke auf.

»Und was jetzt, Sir?« fragte er und steckte den Kopf hinaus.

Laborde schwang sich ganz aus seiner Luke hinaus. Bing sah den Kaugummi an seinem Hosensitz kleben. Laborde setzte sich, den Rücken gegen die Luke gelehnt, streckte die Beine, zündete sich eine Zigarette an und sagte schlecht gelaunt: »Warten.«

»Jawohl, Sir«, sagte Charlie.

»Warten«, wiederholte Laborde. »Vielleicht stellen die Panzer auch noch fest, daß niemand mehr da ist, der gegen sie kämpfen will.«

Bing hob Kopf und Schultern aus dem Turm und sog die frische Luft ein. Von irgendwoher kam das Echo ferner Schüsse.

»Wir werden uns den falschen Wald ausgesucht haben«, sagte Bing, um Laborde zu ärgern.

»Könnte sein!« pflichtete Charlie bei.

Laborde sagte nichts. Er besah sich prüfenden Blicks das Gelände, den Grabeneinschnitt rechts vor ihnen und die grünenden Felder zur Linken.

Bing hörte ein fernes Dröhnen. Hoch oben am Himmel flog eine Staffel Jagdbomber nach Osten. Er dachte an den Himmel in der Normandie. Das gleiche Blau, die gleiche Stimmung, nur jetzt war der Krieg beinah zu Ende. Der Ring schloß sich. Und wieder der Himmel und das ferne Dröhnen.

Eines der Flugzeuge kippte ab.

Laborde blickte hinauf. »Unsere. Ich wollte eigentlich zur Luftwaffe. Aber sie haben mich nicht genommen. Dort oben ist ein Mann wirklich ein Mann.«

Das Flugzeug stürzte wie ein Meteor.

»Prachtvoller Sturzflug«, bemerkte Laborde. »Hat wohl ein paar Nazis entdeckt. Gleich kommt das Feuerwerk.«

Bing dachte an das Kennzeichen, das er nicht hatte bekommen können. Mit jeder Sekunde wurde das Flugzeug größer.

Bing tauchte zurück in den Panzer.

»Der meint ja uns!« rief er.

Auch Laborde sah das jetzt. Aber er sprang nicht in die Luke hinein. Er blieb stehen oben auf seinem Panzer, aufrecht, winkte heftig, brüllte Worte, die im Heulen des heranjagenden Flugzeugs untergingen.

»Fahr los!« brüllte Bing. »Dort in die Schlucht hinein!«

Er dachte daran, die Luke zu schließen, aber Laborde stand immer noch draußen. Dann ein Kugelhagel. Labordes Schatten vor der Lukenöffnung zerstob. Teile von ihm fielen in den Panzer hinein, ein Stück Unterleib, komischerweise mit dem Kaugummi noch am Hosensitz.

Der Panzer sprang plötzlich an, rollte vorwärts. Bing fiel auf die Knie.

Jetzt abwärts, spürte er, tief abwärts, noch tiefer.

Dann ein blendendes Licht und ohrenbetäubendes Krachen.

Bing sah, wie die Wände des Panzers sich hoben; die Materialkästen entleerten sich, ein Regen unnützer Dinge, Rauchbomben und Schraubenzieher – Charlies blutendes Haupt, die erstarrten Augen, ein klaffendes Loch, wo die Kehle gewesen war.

Bing merkte, daß er festgeklemmt war. Eine Schwere und ein Schmerz, wo seine Beine sich befanden. Und die Wände des Panzers drehten sich noch immer um ihn, oder drehte nur er sich? Und die Hitze, die Hitze, der gelbe Rauch. Der Schmerz, der fürchterliche Schmerz. Dann nahmen der Rauch und die Flammen Gestalt an. Eine Riesengestalt, Troy, der Riese mit dem Herzen wie ein Kind. Wenn es irgendwo geschieht, geschieht es auch mir. Hatte er gesagt. Sie hatten ihn umgebracht, und dabei war er ein guter Mensch gewesen. Dafür haben wir gekämpft. Und dann war es gar nicht mehr Troy, sondern Karen oder vielleicht auch Yates. Sie kamen so schnell daher, die Schattenfiguren. Und wieder der Schmerz. Auch mit Frieda, der Schmerz. Vergiß das Weib.

Vergiß alles.

Elftes Kapitel

Der Schreiber beim Stab des Panzerregiments, an den Yates schließlich verwiesen wurde, hörte ihn geduldig an. Er war derart Anfragen gewohnt.

»Es ist eine Woche her seit der letzten Nachricht«, sagte Yates. »Lieutenant Laborde, Sergeant Bing und der Fahrer hätten sich vor vier Tagen zurückmelden müssen.«

Der Schreiber, der hinter seinem kleinen Feldtisch verbarrikadiert war, bewegte die Füße. Er sah den Lieutenant und den Korporal an, der ihn begleitete – ein rosiger, untersetzter Bursche, dessen fahle Augen vom Karteikasten des Schreibers wie hypnotisiert waren.

»Das gleiche Karteisystem«, erklärte Abramovici, »kommt in der Armee in allen Stellen zur Anwendung. Vorausgesetzt, daß es richtig geführt wird, muß der Schreiber imstande sein, innerhalb einer Minute –«

»O ja!« sagte der Schreiber gedehnt, »aber wenn diese Leute ohne Kommandierung zugeteilt waren?«

»Das kompliziert natürlich den Fall, aber doch nicht so erheblich. Auch für solche Ausnahmefälle ist im System ein Platz. Würden Sie mich bitte Ihre Tagesberichte durchsehen lassen?«

»Nein«, sagte der Schreiber.

Sie schienen in die geheimnisvolle Werkstatt geraten zu sein, wo das endlose Gewebe bürokratischer Verschlingungen seinen Anfang nahm. Aber Yates war entschlossen, das Gespinst zu durchbrechen. »Lassen wir einmal Ihre Kartei beiseite. Es befand sich nur ein Panzer mit Lautsprechern bei Ihrem Regiment. Wenn ihm irgend etwas zugestoßen ist, wissen Sie es bestimmt auch ohne weitere Nachforschungen.«

»Wir wissen es«, sagte der Schreiber.

»Warum haben Sie es dann nicht gleich gesagt?«

Der Schreiber deutete mit seinem Daumen auf Abramovici. »Er hat mich ja nicht zu Wort kommen lassen, Sir!«

»Das stimmt nicht!« entgegnete Abramovici. »Die Bedeutung des Karteisystems liegt in seinem Wert als Hilfsmittel, um...«

»Also was ist?«

»Tot.«

Yates empfand einen plötzlichen, quälenden Schmerz im Hinterkopf; und er dachte: Das ist doch nicht wahr. Es gibt Menschen, die sind so voller Leben, daß der Tod sie einfach nicht berühren kann. Es muß ein Irrtum sein. All diese Papiere, die ständig ausgefüllt, gegengezeichnet und weitergeschoben werden – da ist doch ein Irrtum leicht möglich! Dann fiel ihm sein letztes Gespräch mit Bing ein... Nein, es stimmt schon. Der Junge war tot. Irgend etwas hatte die Lebensfreude in ihm zerstört; und der Tod hatte nur geerntet, was zuvor schon in ihm gekeimt hatte. Man konnte nur trauern; sich dagegen aufzulehnen war nutzlos.

»Wo sind sie gefallen? Wie ist es passiert?«

Der Schreiber trat an seinen Karteikasten und durchblätterte, von Abramovici überwacht, seine Karteiblätter.

»Es hat alles seine Ordnung«, sagte er nach längerem bedrückenden Schweigen. »Ich wußte doch, daß wir Ihre Einheit verständigt haben. Auf dem Dienstweg. Sie wissen, wie lange so was heute läuft. Der Krieg bewegt sich zu schnell. Und ein paar Verluste werden nicht mit Vorrang abgefertigt, das geht so seinen Gang... Hier ist der Durchschlag.«

Yates nahm das Blatt zur Hand. Es war ein fünfter oder sechster Durchschlag, und die Buchstaben waren verwischt. Aber vielleicht lag es auch an seinen Augen.

Von..., An..., die üblichen Tarnbezeichnungen, Abkürzungen, Großbuchstaben. Eine Sprache, die er haßte, tot und unfruchtbar, aber vielleicht die beste Art, ungeheure Ereignisse auf Ausmaße zurückzuführen, die das menschliche Hirn verarbeiten kann. Arabisch eins, zwei, drei. Ja, hier, die Fakten: In Erfüllung ihrer Pflicht – in der Nähe des Dorfes Schönebrunn – ein paar Zahlen in Klammern, offenbar die Koordinaten der Karte – den eigenen Linien voraus – durch amerikanisches Flugzeug – und so weiter und so fort... Ein sehr schlechter Durchschlag.

»Kann ich das behalten?«

»Ja«, sagte der Schreiber, »ich habe hier noch einen für meinen Bericht.«

»Wurden sie begraben?«

Mit einer kleinen Ausfälligkeit gegen Abramovici antwortete der Schreiber: »Ihr Korporal sollte in der Lage sein, Ihnen zu erklären, was das hier bedeutet – hier, das Zeichen am Ende des Blattes.«

Abramovici verdrehte sich den Hals und las an Yates' Arm vorbei. Er sagte nichts, aber es schien, als stemmten seine Füße noch fester in den Boden.

»Es war nichts mehr da, was sich hätte begraben lassen«, erläuterte der Schreiber. Das Schweigen Abramovicis, von dem er wieder eine Belehrung erwartet hatte, brachte ihm zu Bewußtsein, wie schwer diese Fußnote wog. »Nur das ausgebrannte Panzergehäuse«, fügte er hinzu, »und auch davon nicht viel...«

Yates spürte eine seltsame Schwäche. Die Schwäche befiel den ganzen Körper, und seine Gedanken zerfaserten sich. Ein Vers von Walt Whitman kam ihm in den Sinn: ›Es ist ein Traum. Du fielst – an Deck und bist nun kalt und tot. Mein Kapitän bleibt stumm.‹ ...Sein Kapitän! Der Junge war niemandes Kapitän, er lag nicht irgendwo an Deck, nichts war von ihm übriggeblieben, was irgendwo hätte liegen können. Und daß er, Yates, in den Schmerz eines anderen Menschen fliehen mußte, um den eigenen Schmerz ausdrücken zu können, selbst wenn dieser andere ein Dichter war, machte ihn unzufrieden mit sich selber. Schroff sagte er zu dem Schreiber: »Danke. Danke für die Auskunft.«

Und gab Abramovici einen Wink.

Als sie dann wieder im Jeep saßen, nahm er sich seine Karte vor.

»Fahren wir hin?« fragte Abramovici.

»Es ist nicht weit. Drei Stunden, schätze ich, wenn die Straßen in einem einigermaßen annehmbaren Zustand sind.« Nach einer Weile, nachdem Abramovici den Motor angelassen hatte, bemerkte er: »Ich weiß wirklich nicht, wozu. Niemand hat etwas davon.«

»Vielleicht können wir etwas finden«, sagte Abramovici mit erzwungener Zuversicht. »Seine Uhr oder seinen Füllfederhalter. Wir könnten sie seinen Leuten nach Hause schicken.«

»Ja«, sagte Yates, »das könnten wir.«

Wo der Winterweizen nicht sproßte, lag das Land brach. Es war im Frühjahr nur wenig gesät worden. Auch die Bauern schienen von der sonderbaren Stimmung angesteckt, von der die Deutschen in diesen Monaten des Jahres 1945 erfüllt waren – daß sie nämlich irgendwie in der Luft hingen und daß die Zeit stillstand, so daß selbst die Jahreszeiten außer Kraft gesetzt waren.

Nur hier und dort schritt ein alter Mann über die Äcker; oder eine müde Frau stand auf einem Felde, tief gebückt und blickte erst auf, nachdem der Jeep vorbeigefahren war.

Yates und Abramovici durchfuhren das Dorf Schönebrunn. Es hatte unter dem Vormarsch so gut wie nicht gelitten. Ein paar Geschoßeinschläge in den Häuserwänden, ein deutsches 88-mm-Geschütz verlassen am Ortseingang, Hühner, die über die Straße liefen und mit erregtem Gegacker und ängstlich gespreizten Flügeln davonrannten, wenn der Wagen kam.

Und dann wieder Felder und zerstreute, kleine Waldstücke, wo Bing seinen Aufruf an niemand gehalten hatte.

Yates hob die Hand, und Abramovici fuhr mit dem Wagen von der Straße hinunter und ließ ihn langsam über das von den Panzern durchpflügte, von Spuren zerwühlte Feld schaukeln. Ein Panzer lag schwer und gewichtig mitten im Feld, die Kanone noch immer auf den längst entschwundenen Feind gerichtet; die eine der Raupenketten war zerschossen und lag in Windungen auf der Erde, wie eine riesige Raupe, die ein unsichtbarer Fuß zertreten hatte.

»Das ist er nicht«, sagte Yates.

»Kann er nicht sein«, bestätigte Abramovici, »hat keinen Lautsprecher.«

Yates zog seine Karte aus dem Fach neben dem Kilometermesser. »Muß aber hier irgendwo sein.«

Abramovici deutete auf das Wäldchen zur Rechten. Ein vor kurzem erst gebrochener Pfad führte schnurgerade durchs Gehölz, so als sei eine Herde Elefanten hindurchgetrottet und hätte dabei die jungen Tannen und Kiefern geknickt.

»Fahren wir mal der Spur nach!« schlug Yates vor.

»Geht nicht.« Abramovici hielt den Wagen an und folgte mit den Augen der Spur. »Für den Jeep nicht befahrbar.«

»Dann um das Gehölz herum.«

Abramovici nickte. Er fuhr sehr langsam. Die Vorahnung dessen, was er bald finden würde, prägte sein Gesicht; sein sonst so vager Blick zeigte seine Unruhe, während er das Terrain vor dem Wagen musterte.

Yates zog ein Päckchen Zigaretten aus seiner Brusttasche. Die erste Zigarette wollte nicht herauskommen; er riß sie ein und sah den Tabak herausrieseln. Die zweite fing nur schlecht Feuer. Sie brannte seitlich weiter, und Yates warf sie weg und gab das Rauchen auf.

Sie wandten sich nach links und fuhren am Waldrand entlang.

»Irgendwo müssen sie doch herausgekommen sein«, knurrte Yates, nur um etwas zu sagen. »Falls sie nicht in der Mitte steckengeblieben sind.«

Wieder im Bogen nach links.

»Dort!« rief Yates. Er hatte das andere Ende des Pfades entdeckt, wo der Panzer zwischen den Bäumen hervorgebrochen war. »Wohin sind sie aber gefahren?«

Abramovici trat mit einem Ruck die Bremse durch. Auch der Motor war abgewürgt. »Beinah wäre ich hier hinunter gefahren!« Aber das Lachen, mit dem er sich entschuldigen wollte, blieb ihm in der Kehle stecken. Mit einer nie zuvor gezeigten Behendigkeit sprang er aus dem Jeep und begann, gleitend, halb und halb kletternd, den Abstieg in die Schlucht.

Yates folgte ihm.

Und dann sah auch er – das ausgebrannte, zertrümmerte Gehäuse von Labordes Panzer, den Lauf seines Maschinengewehrs geknickt wie ein Zweig am Baum, die Lautsprecher neben dem Turm plattgedrückt wie Konservenbüchsen, die unter einen Traktor geraten sind.

Sie erreichten die Sohle der Schlucht. Yates' Hand blutete. Er bemerkte es nicht.

»Ihre Hand!« sagte Abramovici.

»Was ist? Ach so...«

Sie gingen auf das Wrack zu, zögernden Schritts, so wie Menschen sich einem Altar nähern.

»Da drinnen ist nichts mehr übrig«, sagte Abramovici leise, wie um sich zu beruhigen oder einen Grund zu finden, nicht da hineinblicken zu müssen.

Yates sah ihn an. Abramovici stand da, seine ganze Haltung drückte aus: bis hierher konnte ich noch, jetzt geht's nicht weiter.

Yates dachte an vielerlei. Die Bilder wechselten wie schnell ziehende Wolken an einem windigen Tag – Laborde auf dem Tisch sitzend in Château Vallères, die Flaschen umarmend nach dem Luftangriff – die streitenden Jugoslawen im Lager für verschleppte Personen in Verdun – Mulsinger und Heberle an ihre Pfosten gefesselt – und nun dieser Panzer, der sich mehrmals überschlagen haben mußte und weiterrollte und dann verbrannte. Nach all den Tagen schien er immer noch Geruch auszuströmen – nicht den Geruch von Tod, nicht von verbranntem Gummi oder überhitztem Metall, sondern einen ganz besonderen Geruch, entsetzlich bitter wie Rost und Staub und abgelegte Kleider, die vor Alter auseinanderfallen. Oder vielleicht war es der Schatten und die Kühle in der Schlucht, in der kein Windhauch sich bewegte; oder das Stück blauen Himmels, der über ihr stand in unabänderlicher Härte und der noch da sein würde nach Jahren – nachdem das Metall längst zerfressen und das Gestrüpp darüber hinweggewuchert war und ein grünes Dickicht die sonderbaren Formen dieses stählernen Sargs verbarg.

Yates zwang sich, nahe heranzugehen.

Er trat auf eines der Laufräder, um an den Riß im Turm zu gelangen.

Ich muß das tun, redete er sich zu. Ich bin auch zu Thorpe gegangen und habe ihn besucht. Dies hier ist schlimmer.

Dann blickte er hinein. Lichtstrahlen fielen ein durch die zerbeulte Öffnung in der Luke, durch die Löcher, die das Schrapnell in den leichten Panzer gerissen hatte, durch die genieteten Säume, die es beim Einschlag auseinandergesprengt hatte. Die Strahlen überkreuzten sich und spielten über verbogenem Metall, das zum Teil geschmolzen und dann wieder in seltsamen Figuren erkaltet war. Er suchte nach etwas, was einer menschlichen Gestalt ähneln mochte, entdeckte aber nur dunkle Klumpen, unter denen man sich alles vorstellen konnte. Aschenhaufen – nichts weiter.

Dann ließ er sich wieder hinuntergleiten.

Als er dann festen Boden unter den Füßen fühlte, Erde, gute Erde, als er wieder zum Himmel aufblickte und wirkliches Licht sah anstatt dieses kränklichen und gespensterhaften, zerfaserten Lichts im Innern des Panzers, setzte er sich nieder, atmete tief ein und spürte den Wirbel in seinem Kopf sich legen. Das Bild eines Bing, der grausam verbrannt, aber in seiner Gestalt oder seinen Zügen noch irgendwie erkennbar war – dieses Bild, vor dem er zurückgeschreckt war und das anzusehen er sich hatte zwingen wollen – hatte sich aufgelöst.

»Nichts?« fragte Abramovici.

»Nichts«, sagte Yates. »Gott sei Dank.«

Dann schwieg er und starrte auf die steilen Wände der Schlucht. Nach einer Weile brachte ihn ein seltsames Murmeln Abramovicis wieder zu sich. Er blickte auf.

Abramovici stand da mit dem Gesicht zum zertrümmerten Panzergehäuse. Er verneigte sich, richtete sich auf, verneigte sich wieder. Von seinen Lippen kamen Worte, die mit den Verneigungen an- und abschwollen. »Yiskadal veyiskadash shemah rahboh...«

»Was machen Sie denn da?« sagte Yates, brach aber sofort ab. Es war offenbar eine rituelle Handlung, wenn er auch ihre Bedeutung nicht kannte. Er erhob sich und nahm seinen Helm ab.

Der Sprechgesang wurde lauter. Er schien aus dem Boden der Schlucht und aus dem Panzer, in dem nichts mehr war, aufzusteigen, in der Luft mitzuschwingen und wieder zu verklingen, um von dem seltsamen kleinen Mann unten wieder aufgenommen zu werden. Es war einschläfernd und traurig und besänftigend.

Abramovici hielt inne.

Dann wandte er sich zu Yates um und lächelte, ein weises, zartes Lächeln.

»Für die Toten«, sagte er, »ein Gebet.«

Yates und Abramovici fuhren weiter im Kielwasser der letzten Offensive des Krieges. Zu Hunderten und Tausenden zogen deutsche Gefangene die Straße entlang in das amerikanische rückwärtige Heeresgebiet. In die amerikanische Gefangenschaft zu geraten war ihnen wie ein persönlicher Sieg, und sie marschierten singend und lachend, nicht wie Soldaten einer völlig geschlagenen Armee, sondern eher wie befreit. Nur wenige amerikanische Wachmannschaften geleiteten die Gefangenenkolonnen; ihre eigenen Offiziere führten sie in geordneten Formationen, und die gemeinen Soldaten trugen das Gepäck der Offiziere, und die Stiefel der Offiziere waren geputzt, und ihre Breeches waren Maßarbeit und saßen wie angegossen; und an den Straßenkreuzungen erhielten sie von höflichen Militärpolizisten Bescheid, wo sie die nächste Verpflegung fassen konnten. Alles war großartig organisiert.

Yates sah es mit Mißmut. Sein Sinn für Anstand und Gebühr war verletzt. So etwas gehörte sich einfach nicht; eben war er von dem ausgebrannten Panzer gekommen, Lager Paula war ihm noch frisch im Gedächtnis, die offenen Gräber mit den Reihen von Toten; und hier marschierten kolonnenweise diese stämmigen Burschen, geschlagen, ja – denn durchzogen nicht die Armeen des Feindes ihr Land in jeder Richtung? – doch sonst offensichtlich ganz unbekümmert und durch die Art, in der sie marschierten, zum Ausdruck bringend, daß sie ihre Waffen abgelegt hatten, weil sie es so wollten und weil für den Augenblick die einzigen Stellen, wo sie Verpflegung für ihre gefräßigen Bäuche fassen und als organisierte Einheit weiterexistieren konnten, die vorläufigen Gefangenensammelstellen der Amerikaner waren.

Nahe der Spitze einer dieser Abteilungen, die singend dahergestampft kam, ließ Yates den Jeep halten und winkte mit gekrümmtem Zeigefinger den jungen Major heran, der dem Trupp voranmarschierte.

Der Major gab schneidig Befehl: »Das Ganze – halt!«

Die Abteilung hielt, der Gesang hörte auf. Hunderte von neugierigen Augen richteten sich auf den einsamen Jeep, dessen zwei staubbedeckte Insassen durchaus nicht wie Sieger aussahen.

Der Major gehorchte Yates' Finger, allerdings nur langsam. Yates starrte ihn an, bis der Mann sich entsann; dann fuhr er mit der Hand zum Mützenschild und grüßte. »Hier ist unser Marschbefehl!« sagte er und zog ein Blatt Papier heraus.

Yates nahm den Befehl und prüfte ihn. Der Befehl, von irgendeinem Lieutenant der Militärpolizei bei einem Divisionsstab unterzeichnet, war in Ordnung. Yates gab das Papier an Abramovici weiter. »Bitte lesen Sie laut und übersetzen Sie diesem deutschen Major den Text!«

»Aber ich weiß, was drin steht!« entgegnete der Major. »Ich lese Englisch!«

»Übersetzen Sie!«

Abramovici, der Yates' Absicht nicht ganz begriff, befolgte die Anordnung dennoch mit äußerster Genauigkeit. Abramovici vermochte jedem offiziellen Dokument Leben einzuhauchen.

»Lauter!« sagte Yates.

Abramovici brüllte den Text des Marschbefehls: die ersten zehn oder fünfzehn Glieder der Abteilung hörten jede Silbe.

Dann hatte Abramovici die Lesung beendet. Der Major, etwas verwundert, aber keineswegs eingeschüchtert, streckte die Hand nach seinem Dokument aus.

Yates jedoch gab es noch nicht her. »Steht irgendwo in dem Befehl zu lesen, daß sie singen sollen?« fragte er überlaut. »Oder haben Sie vielleicht noch ein anderes Papier, durch das Ihnen Erlaubnis zum Singen erteilt wird? Haben Sie? Zeigen Sie es mir!«

Der Major wurde offensichtlich unsicher. »Das Singen hat niemand erwähnt, Herr Oberleutnant«, gab er zu. »Ich gab Befehl zu singen, weil –«

»Weil – warum?«

»Weil ich dachte – es war uns nach Singen zumut – das Marschieren fällt dadurch leichter...«

»Corporal Abramovici! Erklären Sie dem Major, wohin er marschiert und welches sein Status ist.«

Abramovici erhob sich im Jeep, streckte sich zu seiner ganzen Größe und zog seine Hosen hoch.

»Sie marschieren in die Gefangenschaft«, posaunte er. »Gefangenschaft ist, worin man sich befindet, wenn man den Status des Kriegsgefangenen hat.«

Der Major verkniff die Augen. Er blickte von der untersetzten Figur des Sprechers hin zu Yates, der sich zurückgelehnt hatte und ohne persönliches Interesse die Leute in der Kolonne musterte.

»Gefangenschaft ist dem Tode vorzuziehen«, kam es laut und deutlich von Abramovici, »aber sie bringt gewisse Beschränkungen mit sich. Der Kriegsgefangene lebt in einem Gelände, das von Stacheldraht umschlossen ist; er darf nicht nach freiem Willen das Land durchstreifen und dabei einsacken, was ihm gefällt, und niederschießen, was ihm über den Weg läuft. Das ist von nun ab nur noch eine schöne Erinnerung an seine Vergangenheit, aber unerreichbar unter den Bedingungen, unter denen er von jetzt an und in absehbarer Zukunft zu leben haben wird.«

Der Major wurde unruhig. Aus dem Glied ließ sich unterdrücktes Kichern hören.

»Für viele von Ihnen« – Abramovici wandte sich nun der Zukunft zu – »wird die Gefangenschaft Gelegenheit zur inneren Besserung bieten. Bis zum Rang eines Obergefreiten werden Sie arbeiten. Dadurch wird die Langeweile vertrieben, die ganz natürlicherweise den Mann, der seiner Freiheit beraubt ist, befällt. Sie werden dadurch auch in der Entwicklung zu nützlichen Gliedern der Gesellschaft gefördert, als welche Sie die Kriegsgefangenschaft verlassen sollen, sobald die alliierten Regierungen beschließen, Sie auf freien Fuß zu setzen. Unteroffiziere und Feldwebel arbeiten nicht selbst. Sie führen Aufsicht.«

Yates beobachtete einen Soldaten links außen im fünften Glied; der Mann trug keinerlei Litzen, und Enttäuschung breitete sich sichtbar über sein Gesicht.

Abramovici wandte sich nun dem Major zu. »Offiziere tun überhaupt nichts. Die Vorrechte ihres Ranges bleiben unberührt.«

Eine Art Murren lief durch die Reihen. Der Major zuckte zusammen, und die anderen Offiziere in den ersten drei Gliedern der Kolonne verrieten Unruhe.

»Ihnen wird gestattet sein, auch weiterhin Ihre Tage in angenehmem Gespräch oder mit Kartenspielen zu verbringen. Sie werden allerdings keine Putzer haben, Ihr eigenes Gepäck tragen, sich selbst die Stiefel reinigen und Ihre eigene Wäsche waschen müssen, wenn Sie sie sauber haben wollen.«

Ein hochgewachsener, etwas dümmlich aussehender Soldat, dessen grobknochige Handgelenke weit aus den zu kurzen Ärmeln der Uniformjacke herausragten, trat von hinten her aus dem Glied. Wortlos stellte er zwei ziemlich schwere Koffer neben dem Major ab, grüßte stramm und kehrte an seinen Platz im Glied zurück.

»Abschließend«, fuhr Abramovici fort, »lassen Sie mich erklären, daß Sie mit Ausnahme derer, die im Lauf der Jahre eines natürlichen Todes sterben, Ihre Gefangenschaft überleben werden. Die Sterblichkeit in amerikanischen Kriegsgefangenenlagern ist relativ gering. Vor Ihnen liegt eine vielleicht nicht glänzende, aber um so sicherere Zukunft.«

Er setzte sich.

»Perfekt gemacht!« sagte Yates.

Er gab dem Major den Marschbefehl zurück. »Sie dürfen weitermarschieren.«

Der Deutsche steckte den Befehl ein und griff nach seinen beiden Koffern. Dann sagte er heiser: »Wir haben einen ehrenhaften Krieg geführt. Wir haben uns auf ehrenhafte Weise ergeben. Wir haben erwartet, ebenso ehrenhaft behandelt zu werden.«

Yates sagte kalt: »Ich fürchte, Sie irren. Sie haben keinen ehrenhaften Krieg geführt. Sie haben aufgegeben, weil wir Sie dazu gezwungen haben und Sie Angst vor den Russen hatten. Und Sie werden besser behandelt, als Sie es verdienen.«

Der Major antwortete nicht mehr. Er machte auf dem Absatz kehrt – nicht so flott, wie er es gern gewollt hätte, denn seine zwei Koffer behinderten ihn – und rief: »Achtung! Ohne Tritt! Marsch!«

Die Abteilung marschierte an Yates vorbei. Die Leute stapften jetzt schwerfällig und in vollständigem Schweigen dahin. Es war eine ziemlich lange Kolonne, und Yates dachte im stillen, ein Wort von diesem Major hätte genügt, und der ganze Haufen hätte sich auf mich und Abramovici gestürzt, Ende. Aber offensichtlich kam so ein Gedanke diesen Deutschen gar nicht in den Kopf.

Und dann waren sie an der Elbe.

Sie sahen den Fluß erst, als sie dicht davor standen, aber sie wußten lange bevor, daß sie sich ihm nährten. Überall auf den Feldern lagen Truppen in Ruhestellung; Panzer und Geschütze standen friedlich da, Flakbatterien noch mit den Läufen steil himmelwärts – eine überflüssige Geste.

Hier hatte der Krieg sein Ende gefunden.

Ein tiefes Gefühl der Erleichterung erfüllte Yates. Sie hatten es geschafft. Die Sehne des Bogens, so lange aufs äußerste gespannt, war nun plötzlich ausgelöst und zitterte nur noch leicht nach. Das Leben war wieder ein Leben wert, nicht den Preis eines Stückchens Schrapnell.

Er legte seinen Arm um Abramovicis stämmige Schultern und sagte: »Schau dir das an! Teufel noch mal! Es ist vorbei und aus! Die Arbeit wäre getan. Mein Gott, ist das herrlich!«

Abramovici nickte, spitzte die Lippen und pfiff einen Schlager. Das stand in solch einem Gegensatz zu seinem sonst so amusischen Wesen, daß Yates zuerst grinsen mußte und dann in ein losgelassenes, überwältigendes Gelächter ausbrach.

»Lassen wir uns mal richtig gehen!« sagte Yates. »Das können wir uns heute schon leisten. So einen Tag gibt es nicht so leicht wieder!«

Abramovici steuerte den Jeep weiter und wich den Betrunkenen aus, die auf der Straße, mit Flaschen in erhobenen Händen, laut grölend und die Helme schief aufgesetzt, an ihnen vorbeischwankten.

»Es war ein guter Krieg«, sagte Abramovici. »Mein Vater hat mir immer gesagt: Leopold, sagte er, der beste Krieg taugt nichts, wenn du ihn nicht überlebst. Dort ist der Fluß, Sir – was nun?«

Der Fluß war ein breites Band, dessen schmutzfarbene Wasser ruhig und unbeirrbar vorbeiflossen. Lastkähne waren an den Untiefen zu beiden Ufern versenkt, und die Schornsteine und Aufbauten von Schleppern ragten aus dem Wasser wie Warnzeichen einer Vergangenheit, die Yates so weit und so schnell wie möglich hinter sich lassen wollte.

Im Fluß trieb Verschiedenes dahin: Wracks von Booten und Teile von Flößen und aufgeschwollene Leichen, seltsam gerundet und anscheinend auf einem festen Kurs. Oben auf der Brücke, die bereits über den Fluß geschlagen war, war eine Gruppe Männer damit beschäftigt, das Wrackgut des Krieges von den Pontons fernzuhalten.

»Dorthin«, wies Yates Abramovici an, »das sieht mir wie ein Parkplatz aus.«

Sie stiegen aus ihrem Jeep und begannen auf den Fluß zuzugehen. Yates fand, daß seine gehobene Stimmung sich allzu schnell verflüchtigte. Vor einem Augenblick noch hatte er gewünscht, er könnte Ruth antelephonieren oder wenigstens ihr telegraphieren, um ihr die große, gute Nachricht mitzuteilen – daß sie diesen Krieg gewonnen hatten, daß der Krieg endgültig und für alle Zeiten vorüber war, daß er selber am Ufer der Elbe stand, heil und sicher und ohne auch nur eine Schramme am Leib, daß er bald zu Hause sein würde und daß er sie liebte, sie sehr, sehr liebte in diesem bedeutenden Augenblick seines Lebens, eigentlich dem größten, denn es war wie eine Wiedergeburt.

Sie war es, mit der er diesen Augenblick gern geteilt hätte – aber der Augenblick zerfloß ihm unter den Händen. Vielleicht war er doch stärker erschöpft, als er glaubte. Vielleicht war die Spanne zwischen diesem Augenblick und jenem diesigen Morgen, als sein Schiff das Wasser des Hudson hinabglitt, so ungeheuer, daß ihm nicht sichtbar war, daß das Ende erreicht war. Immerhin war es leichter zu sagen: ich bin müde, als darüber nachzudenken, warum der große Tag nicht ganz so war, wie er ihn sich vorgestellt hatte, als er nur von ihm hatte träumen können. Vielleicht war er auch nicht an die richtige Stelle geraten. Es mußte doch irgendwo eine Stadt sein, ein Dorf, ein Feld, wo gejubelt wurde, eine Straße, wo Truppen vorbeidefilierten mit wehenden Fahnen und blitzenden Bajonetten – wo der Sieg wirklich ein Sieg war.

Oder – vielleicht hatten es die Deutschen ihm verdorben? Sie hatten den Krieg ausfasern lassen. Es hatte keinen einzigen historischen Moment gegeben, an dem der Befehl ›Feuer einstellen!‹ die Front entlanglief, an dem Männer aus ihren Löchern kletterten und einander umarmten. Hier in diesem Abschnitt war der Krieg vorüber; an anderen Abschnitten ging er auf irgendeine zufällige Weise noch weiter.

Oder – vielleicht war der Krieg auch nie vorbei?

Der Posten auf der amerikanischen Seite der Brücke prüfte Yates' Papiere oberflächlich.

»Sie wollen dort hinüber, Sir?«

»Ja.«

»Um 18.00 Uhr muß alles zurück sein. Das ist Befehl.«

»Was ist denn los? Hat es schon Ärger gegeben?«

»Ich weiß nicht«, sagte der Posten. »Man spricht von Zwischenfällen. Die Russen sind eine ziemlich wilde Gesellschaft, wissen Sie!«

»Nein, wirklich?«

»Ich habe gehört, daß von morgen an jeglicher Übergang gesperrt ist. Von da ab sind nur noch dienstliche Übergänge zulässig.«

»Wollen Sie damit sagen, daß uns die ganze russische Armee zu einem Sperrgebiet erklärt wird?«

»Ich bin drüben gewesen!« sagte der Posten. »Eine ziemlich wilde Gesellschaft!«

»Das haben Sie schon mal gesagt!«

Am anderen Ufer standen zwei vollbusige, mit Orden behängte Mädchen in Mänteln mit hohen Kragen auf Wache, Maschinenpistolen über die Schultern gehängt. Das heißt, sie standen Arm in Arm mit drei amerikanischen Soldaten, während ein vierter eine Aufnahme von der Gruppe machte. Eines der Mädchen, weißblond, mit Sommersprossen im Gesicht, warf Yates ein Lächeln zu, bei dem die Stahlkronen an den Zähnen aufblitzten. Er winkte ihr zu, während er mit Abramovici an ihr vorüberging. Sie schlenderten das breite, schwach abfallende Ufer entlang, wo die Soldaten der Roten Armee im Gras lagen oder mit dem bedächtigen Schritt von Leuten auf und ab gingen, die einen langen Arbeitstag hinter sich haben und nun im Park den Abend genießen.

Je weiter Yates und Abramovici gingen, desto mehr Russen kamen und scharten sich lachend und jubelnd um sie. Die Uniformen waren zerschlissen und geflickt, die Waffen aber sorgfältig gehalten.

Manche waren auch betrunken. Einer von diesen, ein riesiger Kerl mit enormem Brustkasten, mongolischen Zügen und einer Pelzmütze, bemächtigte sich Abramovicis und wirbelte ihn so lange im Kreis herum, bis der sich quietschend losriß und zu Yates flüchtete. Der Soldat in der Tscherkessenmütze breitete die Arme weit aus, als wollte er sagen: Den ganzen langen Weg seid ihr gekommen! Und wiederum: Den ganzen langen Weg sind wir gekommen! Und dann schlug er die Hände zusammen und grinste.

»Die Russen«, sagte Abramovici, »sind wie Kinder.«

Yates deutete auf die Maschinenpistole eines gerade vorbeikommenden Mannes. Mit ihren Trommelmagazinen sah sie recht wirkungsvoll aus. »Kinder sind das?«

Dann fügte er hinzu: »Aber die Freude, die in den Burschen steckt! Diese wunderbare Freude!«

Um diese Freude waren sie zu beneiden. Aber zugleich beunruhigte sie Yates auch. Genau diese Art von Freude hätte er selbst gern empfunden, eine Freude, die man, dessen war er sicher, dem Augenblick schuldete und die er offenbar nicht zustande brachte.

»Was stimmt nicht mit uns?« fragte er – mehr sich selber als Abramovici. »Was fehlt uns?«

Abramovici fehlte nichts; er fühlte sich wohl. Bei ihm war alles in Ordnung, seelisch, und Yates war ganz einfach wieder mal in eine seiner sonderbaren Stimmungen verfallen. »Wir Amerikaner«, sagte Abramovici, »sind seriöse, geschäftsmäßige Menschen. Deswegen kommen wir in der Welt auch gut voran. Amerikaner unternehmen nichts, ohne einen bestimmten Zweck dabei zu verfolgen. Ich bin stolz darauf, Amerikaner zu sein, vor allem wenn ich die Deutschen, die Russen oder andere Ausländer mit uns vergleiche.«

Das war nun nicht die Antwort, die Yates brauchte. Er war nicht einmal sicher, was ihn eigentlich bedrückte. Er wußte nur, daß er diese Freude brauchte, diese Gelöstheit, und heute war schließlich der Tag dafür!

Sie gelangten an den Rand der Stadt Torgau. Die Häuser entlang der Straße, die meisten nur leicht beschädigt, wurden häufiger. Abramovici blieb stehen, um ein auf russisch und auf deutsch abgefaßtes Plakat zu betrachten, das frisch an eine Wand geklebt war. »Mit Plakaten sind sie schnell bei der Hand!« sagte er.

Yates interessierte sich nicht für Plakate. Er suchte eine Antwort, einen Menschen, der ihm eine Antwort geben konnte, und er wußte nun auch, wer dieser Mensch war. Er hatte sich an ihn erinnert, als er den Mann mit der Tscherkessenmütze sah, der Abramovici im wilden Tanz herumschwang, und hatte wieder an ihn gedacht, als sie an dem Soldaten mit der Maschinenpistole vorübergingen.

»Entsinnen Sie sich noch, Abramovici – da war doch dieser Kavalov…«

»Ja, ich entsinne mich, dunkel«, antwortete Abramovici ohne besondere Begeisterung. Die Art, wie Yates' Gedanken durch die Gegend wanderten, beeindruckte ihn irgendwie unangenehm. »War das nicht dieser Sergeant von der russischen Marine, den wir da abgefüttert haben?«

»Was wohl aus ihm geworden sein mag...«

»Es gibt Millionen von Russen«, sagte Abramovici philosophisch. »Sie sind wie Ein-Dollar-Scheine. Sie zählen erst in Mengen.«

»Vielleicht.« Yates' Schritt wurde fester. Er nahm Richtung auf das ehemalige Zentrum der Stadt Torgau. Es war, als suche er einen bestimmten Menschen.

»Sie glauben doch wohl nicht, daß Sie ihn hier treffen werden?« Abramovici begann sich wirklich Sorgen zu machen. Leute, die nicht verstanden, auf ihre Gesundheit zu achten, konnten, wenn unter seelischem Druck, leicht einen Knacks wegkriegen; ebenso aber auch, wenn der seelische Druck plötzlich von ihnen wich.

»Nein, ich nehme nicht an, daß ich ihn hier finden kann. Aber trotzdem – treffen würde ich ihn doch gerne.«

»Warum? Wofür brauchen Sie ihn?«

»Weiß ich nicht genau – unter den Menschen, denen ich in meinem Leben begegnet bin, war er einer der wenigen, die an ihre Idee glaubten.«

»Ich glaube auch an meine Ideen«, sagte Abramovici verstimmt, »und meine haben sich in Kriegs- und Friedenszeiten bewährt.«

»Er sagte, er wollte aus dem Lager in Verdun flüchten und sich zu seiner Armee durchschlagen, um wieder mitkämpfen zu können«, fuhr Yates eigensinnig fort. »So ist es also möglich...«

»Was ist möglich?«

»Daß wir ihn hier treffen.«

Wenn Menschen erst in einen solchen Zustand gerieten, durfte man nicht mit ihnen streiten. »Gut, schon gut, Lieutenant«, beschwichtigte ihn Abramovici, »ich hoffe, wir begegnen diesem Kavalov. Aber was dann? Was haben wir davon? Der Krieg ist zu Ende, und bald gehen wir alle nach Hause. Und wenn wir ihn nicht treffen, was macht es auch? Gehen wir doch schon zurück auf unsere Seite vom Fluß. Hier haben wir genug gesehen – es ist nur eine Stadt mehr, die ihr Teil bekommen hat...«

Auf der anderen Straßenseite saß ein Russe vor einem Haus, Yates konnte nur den Rücken des Mannes sehen – aber der Rücken kam ihm bekannt vor. Ein breiter, starker Rücken. Unter dem verschossenen Tuch der Uniform mochten sehr wohl die streifenförmigen Narben Kavalovs stecken. Yates ging quer über den Schutt auf der Straße hin zu dem Haus. Das Haar hinten am Nacken des Mannes, dicht und blond, ähnelte dem Kavalovs, und der Nacken war ähnlich stark.

Yates trat von hinten an den Russen heran.

»Kavalov!« sagte er und legte ihm die Hand auf Schulter und Schulterriemen. Der Russe wandte sich überrascht um.

Er sah den Amerikaner. Ein breites Grinsen ließ Stirn und Kinn weniger wuchtig erscheinen. Seine tiefliegenden Augen leuchteten auf. Er packte Yates' Hand und rief: »*Towarischtsch* Amerikaner!«

Aber es war nicht Kavalov.

»Kavalov!« wiederholte Yates, der sich enttäuscht und auch ein wenig närrisch vorkam.

Der Russe rief etwas ins Haus hinein, worauf ein halbes Dutzend anderer Soldaten herausstürzte; sie umarmten Yates und Abramovici und zogen sie in ihren Kreis.

»Kavalov!« Der erste Russe deutete auf Yates. »*Towarischtsch* Amerikaner!« Dann zeigte er auf sich selbst und rief: »Pawlow!«

Die anderen riefen jeder seinen Namen, laut, wohl in der Annahme, daß, wer die Sprache nicht verstand, auch schlecht hören mußte.

Yates schüttelte den Kopf. Er zeigte auf sich selbst und sagte: »Nein, nix! *Njet Kavalov!«*

»Nicht Kavalov!« rief der Soldat Pawlow. *»Nitschewo!«* Dann hielt er den Kopf schräg und betrachtete Yates prüfend von oben bis unten. »*Towarischtsch* Amerikaner?«

Yates nickte zustimmend. Pawlow umarmte Yates und küßte ihn auf beide Wangen. Yates bekam einen starken Hauch von Knoblauch und Alkohol und scharfen Schweißgeruch in die Nase.

Der Russe machte eine großartige Armbewegung: von irgendwoher erschien eine Flasche. Pawlow drängte sie Yates auf.

Wodka, dachte Yates, und nahm einen vorsichtigen Schluck. Aber das Zeug schmeckte nicht, wie er sich vorgestellt hatte; es schmeckte wie deutscher Kümmel. Und es schlug durch. Er trank noch einen Schluck.

Die Wärme durchrieselte seine Kehle, erfüllte seinen Magen und verbreitete sich von dort aus durch den ganzen Körper. Er begann sich besser zu fühlen und gab die Flasche an Abramovici weiter. Die Russen lachten und äußerten Beifall.

Abramovici schüttelte heftig den Kopf. Er war von sieben riesigen Russen umstellt, aber er hatte nicht den Krieg gewonnen, um jetzt noch seine Gesundheit aufs Spiel zu setzen, Pawlow trat auf Abramovici zu, hob die Flasche mit einem bedeutsamen Nicken zu Yates hinüber und rief: »Kavalov!« Dann nahm er Abramovici in seine Arme wie eine Amme den Säugling, schob dem kleinen Mann den Flaschenhals zwischen die Zähne und goß.

Abramovici gurgelte und stieß um sich, und die Russen brüllten vor Lachen. Allmählich erst wurde er ruhig, sein kurzer Körper ergab sich der Gewalt, sein Gesicht wurde rot wie ein Ziegelstein, und seine Augen waren blutunterlaufen.

Schließlich ließ Pawlow ihn los. Er hielt die Flasche gegen das Licht, mit einem wehmütigen Zug um den Mund, und warf sie auf den Schutt, wo sie krachend zersplitterte.

»Nitschewo!« sagte Yates.

»Nitschewo!« sagte Pawlow. Er stieß einen Ruf aus, und ein Deutscher erschien und trippelte mit emsigen Schrittchen umher. Pawlow zeigte auf den Keller. Der Deutsche erblickte Yates und machte sich unter einem Schwall flehender Worte an ihn heran. Er habe nichts. Er sei bettelarm. Man habe ihm alles genommen, was er besaß. Er bitte um Schutz.

Pawlow sagte ein paar Worte zu den anderen Russen. Sie erbrachen die Kellertür mit einem Minimum an Kraftaufwand und kamen bald darauf, die Arme voller Flaschen, wieder hoch. Es war dieselbe Sorte – Kümmel. Pawlow gab zu verstehen, daß er Gläser und Stühle wollte. *»Kulturni!«* erklärte er laut. Eine Weile war der Deutsche damit beschäftigt, Stühle, einen Tisch und Gläser vor seinem Haus und dem Keller aufzustellen, ein Straßencafé mitten im Schutt.

Yates fühlte keine Gewissensbisse. Er hatte Lust auf Alkohol.

Abramovici schwankte umher und lallte fröhlich, daß ein Sieg, den man nicht großartig feiere, überhaupt kein Sieg sei.

Pawlow erhob sein Glas.

»Roosevelt!«

»Stalin!«

»Churchill!«

Nach jedem Namen wurden die Gläser geleert. Yates öffnete seinen Kragen.

»Kavalov!« sagte er und hob sein Glas. Er spürte ein Würgen im Halse und stürzte den Kümmel schnell hinunter, dabei wischte er sich die Augen.

Pawlow erhob sich, kam schweren Schritts um den Tisch herum und umarmte Yates von neuem. Er roch jetzt mehr nach Alkohol und weniger nach Knoblauch, und Yates fand den Geruch ganz in Ordnung. Starke Männer sollten ruhig einen starken Geruch an sich haben. Er trank.

Pawlow begann eine umständliche Rede zu halten, der kein Mensch zuhörte. Ein paar Worte kamen Yates bekannt vor; sie schienen langsam durch die Luft heranzuschweben und sein Ohr fast physisch spürbar zu berühren. ›Stalin!‹ und ›Roosevelt!‹ und ›Kavalov!‹ Yates fragte sich, ob denn dieser Pawlow den Kavalov kenne oder was er wohl glaubte, wer Kavalov sei. Aber im Grunde war das nicht so wichtig. Kavalov war einfach ein Symbol.

Pawlow setzte sich wieder. Sie tranken. Der mausartige Deutsche stand immer noch herum und zählte mit unglücklichem Blick die noch übrigen Flaschen.

Es trat eine Pause ein. Yates bemerkte, daß die Russen ihn voller Erwartung ansahen. Er wußte, was er zu tun hatte. Er stand auf, sie klatschten in die Hände, und Pawlow stieß den Deutschen an und veranlaßte ihn, gleichfalls in die Hände zu klatschen.

Yates blickte sich um. Abramovici hatte den Kopf auf den Tisch gelegt und schnarchte sanft. Yates sah die Russen, viele Russen; zu viele, um sie zu zählen. Sie sahen alle gleich aus. Ein-Dollar-Scheine. Nein, keine Ein-Dollar-Scheine. Abramovici war ein Idiot ohne Phantasie und Verständnis für die großen Dinge im Leben. Sie sahen alle wie Kavalov aus.

»Kavalov!« begann er leise. Er spürte, daß er ins Schwanken geriet, und hielt sich an der Tischkante fest. Nur jetzt nicht umfallen. Sei ›*kulturni*‹.

»Also Kavalov – was sagst du jetzt? Ich wußte, du würdest hier sein. Ich wußte, ich würde dich hier treffen, wußte es die ganze Zeit. Mußte doch so sein, verstehst du? Was sagst du zu den drei kleinen Affen, die Ruth mir mal gab, Gott segne sie? Nicht sehen, nicht hören, nicht sprechen – ich habe mich umgesehen, und ich habe vieles gehört, und jetzt werde ich sprechen. Es war ein guter Krieg, was man sonst auch sagen mag. Ich weiß es, ich weiß es ganz sicher – aber was ist mit mir los? Kannst du mir das sagen? Da sitzt du nun, fröhlich und heiter und läßt dich vollaufen, und ich bin auch betrunken – aber sehr traurig. Warum? Ich habe so viele gute Leute verloren. Leute, die ich mir hätte erhalten sollen – Tolachian – und Thorpe – und Bing. Nur Abramovici ist mir geblieben, und der schnarcht. Wie viele aber hast du verloren? Und du hast die Narben auf deinem Rücken und an deinen Handgelenken, an denen sie dich aufgehängt haben. Und doch habe auch ich ganz gute Arbeit geleistet, nicht wahr? Ich habe Dehn erledigt, oder wenigstens ungefähr, und ich habe Mulsinger und Heberle erschießen lassen – du kennst sie nicht, und du hast nichts versäumt, wenn du sie nicht kennst, glaube mir. Und ich bin im Lager Paula gewesen, und es hat sich in mein Bewußtsein eingebrannt; ich bin ein empfindsamer Mensch, ein Lehrer, lach mich nicht aus – auch ich habe meine Narben. Gewiß, du hast nicht Willoughby im Nacken sitzen gehabt, du hattest also Glück. Im allgemeinen gleicht es sich ziemlich zwischen uns aus. Warum dann empfinde ich nicht dasselbe, was du empfindest? Warum antwortest du mir nicht? Kannst du mir nicht antworten? Der Krieg ist vorbei, und von jetzt ab geht alles glatt. Gloria Viktoria, und Hallelujah! Du schüttelst den Kopf: So ist es nicht! Also gut, Menschen sind Menschen, sie sind immer schwach und dumm und fahren einander an die Kehle. Das ist es auch nicht? Du hältst das für selbstverständlich! Ich kann dir nicht folgen – du widersprichst dir selber. Einerseits sagst du mir, daß wir noch nicht fertig sind – wir stehen nur am Anfang von etwas; andererseits verlierst du dich in Alkohol und rülpst deinen Jubel in die Welt! Singst sogar!

Auch bei euch wachsen die Bäume nicht in den Himmel! Ihr solltet froh sein, so weit gekommen zu sein, wie ihr gekommen seid, und euch hinsetzen und euch ausruhen zu können. Immer treibt ihr euch selber an, immer mehr, immer weiter... Aber ihr wißt wenigstens, was Freude ist. Vielleicht kommt die Freude nicht daher, daß man sich ausruht und zurückblickt. Vielleicht stellt sie sich ein, wenn man in die Zukunft schaut, das Leben als Kampf betrachtet, sich selber in ihm verzehrt, sich selber opfert. Du bist ein Schweinehund. Du zwingst mir das auf. Ich wollte es nicht. Ich war zufrieden. Ich dachte, ich hätte genug getan. Aber – na gut. Wir machen von hier aus dann weiter, du und ich. Nur – laß mir etwas von deiner Freude. Schenk sie mir. Ich brauche sie...«

Yates hob sein Glas und rief auffordernd: »Kavalov!«

Die Russen fielen lärmend in den Trinkspruch ein. Pawlow trat zu Yates und umarmte ihn. Sie verloren das Gleichgewicht und rollten beide zusammen zwischen Splittern von Glas, leeren Flaschen und Steinen über die Erde.

Der Deutsche ergriff eilig die eine volle Flasche, die noch auf dem Tisch geblieben war, und machte sich, rasch noch einmal verstohlen zurückblickend, mit ihr davon. Er fand, er sei sehr zu bemitleiden.

Sechstes Buch

Jeder, wo er hingehört

Erstes Kapitel

Die Autobahn, die durch das Industriegebiet der Ruhr führte, zweigte ab. Von der Autobahnausfahrt führte die Chaussee pfeilgerade nach der Stadt Kremmen.

Yates befand sich in einer Art Hochstimmung. Der Fahrer aber blickte gelangweilt nach vorn, und Abramovici döste hinten im Jeep vor sich hin. Yates ließ den Wagen anhalten und stieg aus.

Seine Stimmung war Summe und Steigerung all dessen, was er empfunden hatte, als er von seiner neuen Kommandierung erfuhr. »Hätten Sie Lust, nach Kremmen zu gehen?« hatte DeWitt ihn gefragt. »Ich möchte, daß Sie dort für die Deutschen eine Zeitung herausgeben. Halten Sie enge Verbindung mit der Militärregierung. Ich schicke Sie, und nicht jemand anders, nach Kremmen, weil Sie ja Willoughby kennen und auch Farrish schon begegnet sind. Das sollte Ihnen manches erleichtern.«

Yates hatte verstanden. »Sollte es«, hatte er dem Colonel geantwortet. »Ich danke Ihnen.«

Und nun zog er also ein. Er stand am Rand des Höhenzuges vor der Stadt. Seine Augen, tränend vom Blick in die Sonne, verfolgten den Lauf der Zufahrtstraße bis zu den gezackten Umrissen der Ruinen. Kremmen! Das Pittsburgh des Ruhrgebietes, ehemals das Reich der Rintelens und nun die Domäne Farrishs und Willoughbys. Der Name Kremmen hatte gewisse Vorstellungen in Yates hervorgerufen: ein Ort, am Tag von Rauch eingehüllt und in der Nacht überwölbt vom rötlichen Widerschein der Glut der Hochöfen. Aber die Stadt, die dort im grellen Sonnenlicht vor ihm lag, war wie ein Blinder mit leeren Augenhöhlen; wohl lag sie da im Licht, aber nichts verriet, daß sie es noch in sich aufnahm; und statt des schwarzen Dunstes der Kokereien trieb ihm der feinkörnige Ruinenstaub entgegen und reizte ihm die Nasenschleimhaut.

Er seufzte auf und rieb sich gewohnheitsgemäß die Finger und lächelte dann. Immer noch war er freudig erstaunt, daß seine Finger nun glatt, seine Warzen weggegangen waren. Wie schlau die Natur doch ist, dachte er, und sah zugleich die Komik der Sache. Das war wieder mal typisch für ihn: Professor David Yates, der das Verschwinden von ein paar lästigen Hautauswüchsen als Maßstab für den Sieg, als Symbol des eignen Überlebens, als Signum der Erlösung von seinen Ängsten verstand.

Er wandte sich um und rief Abramovici zu: »He! Aufwachen! Wir sind gleich da!«

Abramovici fuhr auf. Die Sonne hatte auf die eine Seite seines Gesichts gebrannt, und er rieb seine Backe. Dann blickte er in das Tal hinab.

»Dieses Dorf? Was sollen wir denn da? Wenn überhaupt Menschen dort noch leben, sollten sie vernünftig genug sein, ihre Siebensachen zu packen und zu verschwinden.«

Yates klomm zurück auf seinen Sitz. »Weiter!« befahl er. Der Wagen fuhr an, bergabwärts nach Kremmen hinein.

Kremmen war niemals eine schöne Stadt gewesen, aber es hatte doch Leben dort pulsiert. Nun erhoben sich Trümmerhaufen hinter leeren Fensterrahmen – Mauersteine, Mörtel, verrostete Badewannen und Herde und Gegenstände, von denen sich nicht mehr sagen ließ, was sie einst gewesen waren. Auf den Trümmerhaufen wuchs bereits Unkraut. Der Fahrer verfuhr sich und geriet in Straßen, die kein Mensch zu räumen je für nötig befunden hatte; in den Trichtern stand stinkendes trübes Wasser. Schließlich fand Yates eine Straße, in der man die Trümmer ordentlich entlang den ausgebrannten eingestürzten Häusern aufgehäuft hatte und durch die man fahren konnte. Je näher der Wagen den Wohnbezirken der Arbeiter kam, desto gründlichere Arbeit schienen die Bomber geleistet zu haben. Yates tat einen tiefen Atemzug, erschrak. Den Geruch kannte er doch – den Geruch der Hecken in der Normandie. Unter den Trümmern lagen noch immer die Toten.

»Die haben's aber abgekriegt«, bemerkte Abramovici. »Was für eine Strafe!«

Die Straße verbreiterte sich, die Wohnhausruinen traten zurück, der riesige Komplex der Rintelen-Werke wurde sichtbar. Auch hier gab es Gebäude, die völlig ausgebrannt waren, Werkhallen, von denen nur noch verbogene Stahlgerüste standen, unter diesen die Trümmer der Maschinenanlagen. Aber ganze Werkblocks schienen so gut wie intakt zu sein. Auf dem freien Platz in der Mitte des Ganzen hatte eine Bombe mit Sinn für Ironie die stählerne Statue des Maximilian von Rintelen sauber an den Sockel seines eigenen Monuments befördert; dort saß er nun, stützte seinen gewaltigen bärtigen Kopf nachdenklich auf seine Hand und betrachtete die Überreste seiner Schöpfung.

Es war doch allerhand stehengeblieben, entschied Yates. »Strafe...?« sagte er zu Abramovici. »Die Strafe fiel ein bißchen ungleich aus, finden Sie nicht?« Und fügte hinzu: »Ich frage mich, was wir mit dem hier anfangen sollen...«

»Was heißt: wir?«

»Wir Amerikaner!« sagte Yates. Der Wagen fuhr durch tiefe Schlaglöcher, und Yates hielt sich am Rahmen der Windschutzscheibe fest. »Die verdammte Sache ist doch, daß die Bevölkerung noch immer hier ist. Und zumindest ein Teil der Werke.«

Abramovici dachte eine Weile nach. »Die Armee«, sagte er schließlich, »stellt jeden Mann an den Platz, für den er am besten geeignet ist. Wir haben uns lediglich mit der Umerziehung zu befassen. Was auf anderen Gebieten geschieht, soll Colonel Willoughbys Sorge sein.«

Yates blickte Abramovici an. Mit seinem rosigen Gesicht, untersetzt und ein bißchen schwerfällig – der kleine Mann hatte irgendwie recht, wie stets.

Yates' Hand klammerte sich an den Rahmen der Windschutzscheibe. Er dachte an das schale Gefühl, das dem Erlebnis des Sieges gefolgt war, an die Lustlosigkeit, mit der er im Hauptquartier herumgesessen hatte, untätig, wochenlang. Er dachte an die, die diesen Tag nicht mehr erlebt hatten – an Bing, Thorpe, Tolachian.

»Umerziehung?« fragte er mit rauher Stimme. »Umerziehung – mit welchem Ziel?«

»Ach, da werden Sie sich schon etwas einfallen lassen«, sagte Abramovici.

Der Wagen hielt vor der Kaserne der ehemaligen Kremmener

Reiter, Farrishs neuem Hauptquartier. Yates betrachtete die Schilderhäuser in ihrem neuen olivenfarbigen Anstrich, die Kennzeichen von Farrishs Division, Code Matador, die in leuchtenden Farben auf weißem Untergrund über dem Hauptportal prangten, die Auszeichnungen, die die Division direkt vom Präsidenten erhalten hatte, und die lange Aufzählung der Schlachten und Siege unter dem Divisionswappen.

»Da muß ich mir aber etwas sehr Vernünftiges einfallen lassen«, sagte Yates. »Sonst geht das schief.«

Willoughby war verbittert. Den Kremmener Bezirk zu regieren war nicht so leicht und so angenehm, wie er es sich gedacht hatte. Farrish berichtete er: »Es wird von uns erwartet, daß wir ihnen unsere Regierungsmethoden vor Augen führen. In vier Fünfteln der Stadt aber haben wir weder Wasseranschlüsse noch Gas, Elektrizität oder Kanalisation, die funktionieren; abgesehen von der Tatsache, daß die Truppe die besten Häuser, die noch standen, beschlagnahmt hat.«

»Sollen die Krautfresser doch zusammenrücken«, knurrte der General. »Verlangen Sie etwa von mir, daß ich aus dieser Kaserne ausziehe?«

Darauf wußte Willoughby nichts zu antworten. Farrish lebte in keiner luxuriösen Villa, wie sie ihm seinem Rang nach durchaus zugestanden hätte. Er hauste mitsamt Stab und Stabskompanie in einem großen Komplex dreistöckiger Backsteingebäude, die, symmetrisch angeordnet wie preußische Grenadiere bei der Parade, einer genau dem anderen glichen – eben in der Kaserne der ehemaligen Kremmener Reiter.

Die Kremmener Reiter waren ein Traditionsregiment gewesen. Sie und ihre Tradition hatten im Kaukasus ihr Ende gefunden, aber die Erinnerung an ihre Fahnen, ihre Regimentskapelle, ihre glänzenden Paraden lebte weiter. Farrish war neidisch auf diese Erinnerung; er suchte seine Division nach dem Vorbild der Kremmener Reiter umzumodeln – die ganze Truppe auf Hochglanz poliert, wenn auch das rauhe Leder der Stiefel seiner Soldaten sich dem widersetzte.

Im Anfang war Willoughby mit dieser Bestrebung einverstanden gewesen. Es war ein sympathischer Zug, daß Farrish selber nach dem Sieg ein Soldatengeneral blieb, der zusammen mit seinen Leuten lebte und die Einzelheiten ihres täglichen Lebens überwachte – bis herab zu den Fenstern, die blitzblank geputzt, dem Kasernenhof, der gesäubert und gefegt, den leichten Innenhelmen, die strahlend lackiert sein mußten. Willoughby erkannte sehr wohl den Reklamewert dieser Maßnahmen – sowohl innerhalb der Armee wie auch daheim in den Staaten.

Aber dieser militärische Elfenbeinturm, in den Farrish sich zurückzog, erschwerte es Willoughby zugleich, mit Farrish über die täglichen Aufgaben zu sprechen. Seine Treue zu dem General wurde auf eine harte Probe gestellt. Farrishs Ehrgeiz wuchs weit über das hinaus, was Willoughby zu leisten vermochte; und dennoch hatte Farrish unbeschränkte Befehlsmacht über ihn. Farrish hatte leicht darüber lachen, wie Kremmen in dem Schlußstadium des Kampfes um die Ruhr eingedeckt worden war – »die schwerste je von uns gelieferte Abreibung, Clarence!« Aber er wollte nicht einsehen, daß gerade diese schweren Schläge es dem leitenden Mann seiner Militärregierung, nämlich Willoughby, unmöglich machten, jetzt nach dem Krieg Rekorde zu brechen, wie Farrish es während des Krieges getan hatte. Wenn Farrish hörte, daß in irgendeiner deutschen Stadt, die weniger zerstört war als Kremmen, die Straßenbahn wieder fuhr, so verlangte er, daß auch seine Straßenbahnen fuhren, selbst wenn die Gesamtlänge des reparierten Schienenstranges nur zwei oder drei Kilometer betrug.

»Ich will Ordnung! Ich will, daß alles anläuft!« Die Worte, die der General im besten Kommandoton immer und immer wiederholte, klangen Willoughby in den Ohren. Und rascher, fügte Willoughby im stillen hinzu, und mehr und größer als anderswo. Er wußte, warum Farrish ihn antrieb – hatte er nicht selber dem General diesen Floh ins Ohr gesetzt? Der Ruf, den einer im Krieg erworben hatte, war schön und gut, aber daheim in den Staaten vergaßen sie schnell. Farrish hatte an eine neue Zukunft zu denken – eine politische Kariere; Senator, Staatsgouverneur und mehr. So befand sich Willoughby dauernd unter Druck, mußte sich immer von neuem Farrish gegenüber beweisen, immer neue Projekte erfinden, die zwar auch nichts Grundlegendes lösten, dem General aber wenigstens eine gewisse Befriedigung verschafften.

Und außerdem mußte Willoughby ein Auge auch auf die eigene Zukunft haben.

Jeder Tag konfrontierte ihn mit der Frage. Sein Aufgabenkreis brachte ihn in dauernden Kontakt mit dem Zivilleben – auch wenn es das Zivilleben eines fremden, eroberten Landes war. In den Bittstellern, die ihn belagerten – Geschäftsleute, Anwälte, Beamte, deren politische und wirtschaftliche Existenz so völlig von seinem guten Willen abhing –, erblickte Willoughby beunruhigende Analogien zu seiner eigenen Position, so wie sie sein würde, wenn er selber in einem Jahr etwa in die Staaten zurückkehrte. Er spielte mit der Idee, ständig bei der Besatzungstruppe zu bleiben – denn es war besser, ein großer Fisch in einem kleinen Teich als eine Elritze im Ozean zu sein. Andererseits war er überzeugt, daß der kleine Teich eines Tages austrocknen würde – Deutschland würde nicht immer besetzt bleiben. Er las die Zeitungen aus den Staaten, die Briefe von Coster, dem Seniorchef von Coster, Bruille, Reagan und Willoughby, und erkannte mit Schrecken, daß er eigentlich längst wieder in den Staaten sein und in dem großen Rennen liegen müßte, in dem jetzt die Profite einer sich von Krieg auf Frieden umstellenden Wirtschaft gemacht wurden, daß er mitkonkurrieren müßte um die Stellungen, Aufträge und Klienten, die das Fortkommen eines Mannes nach dem Krieg bestimmten. Er aber hatte sich hier in Kremmen festgefahren, in seiner Ergebenheit gegenüber Farrish; wenn die Reihe an ihn kam, nach Hause zurückzukehren, würde er das Rennen mit einem schweren Handicap anzutreten haben – es sei denn, es gelänge ihm, sich von Kremmen aus oder durch Farrish Vorteile zu sichern, die ihm bei seiner Rückkehr ein gut unterbautes Sprungbrett sicherten. Voller Bedauern dachte er an das Geschäft mit Delacroix. Wenn es ihm damals gelungen wäre, den Prinzen Yasha Bereskin mit den Interessen der ›Amalgamated Steel‹ zu koppeln!... Aber da hatte Yates ihm einen Strich durch die Rechnung gemacht.

Willoughby brachte für seine Aufgabe in Kremmen alle seine Fähigkeiten für kleine Intrigen, seinen ganzen Hang zu Kompromissen und seine ganze Überredungskunst mit. Sie schienen aber nicht zu genügen. Er war abgehetzt; war sofort übelgelaunt, wenn irgendeine seiner Entscheidungen im geringsten angezweifelt wurde; war überarbeitet. Vom Oberkommando wurde er mit einander widersprechenden Anweisungen überschwemmt. Man erwartete Entnazifizierung und befahl ihm, die Parteimitglieder in seiner deutschen Zivilverwaltung zu entlassen, aber trotzdem forderte man von ihm einen reibungslos funktionierenden Regierungsapparat, der doch von eben den Leuten abhing, die er an die Luft setzen sollte. Man verlangte von ihm die Wiederaufnahme des Betriebes der Rintelen-Werke – Stahl! Deutschland braucht Stahl –, damit lagen sie ihm in den Ohren; aber niemand sagte ihm, wer nun der Eigentümer sein und die Werke leiten sollte.

Schließlich schob er sämtliche Papiere, Befehle und Anweisungen von seinem Tisch und sagte: »*Ich* bin Kremmen!«, blickte sich jedoch schnell um, ob nicht jemand ihn gehört habe, in dem Fall hätte er hinzugefügt: »General Farrishs Zustimmung vorausgesetzt.«

Und daraufhin bestimmte er seinen vierten und endgültigen Bürgermeister.

Wenn man einen Ackergaul vom Pflug nimmt und ihn vor einen leichten Jagdwagen spannt, so wird er zunächst nicht begreifen, dann sich nicht an der richtigen Stelle fühlen, der Wechsel wird ihm mißfallen, und schneller läuft er deshalb auch nicht.

Genau das empfand Troy, nachdem seine Kommandierung als Offizier für öffentliche Sicherheit unter Willoughby den Reiz des Neuen verloren hatte. Zuweilen fragte er sich, warum unter allen Menschen Willoughby gerade ihn für den Posten ausgewählt hatte. Die Antwort war leicht zu finden; er brauchte bloß Loomis anzusehen, den Willoughby von DeWitt angefordert und dem er die Abteilung für Wirtschaft übertragen hatte. In dieser Stadt der riesigen Stahlwerke hatte Loomis ungefähr soviel Kenntnis von Wirtschaft, wie er, Troy, von der Arbeit der Polizei verstand, die er anleiten sollte. Und die anderen Nieten, die Willoughby ausgesucht hatte, um die übrigen Abteilungen der Militärregierung zu besetzen, waren auch nicht besser.

Schließlich bin ja auch ich nur ein Versager, dachte Troy; und ich sollte froh sein, daß Willoughby mich aus den Reihen der Arbeitslosen herausgeholt und mir etwas zu tun verschafft hat. Er war Willoughby sogar dankbar gewesen. Er hatte sich in die Arbeit gestürzt, hatte die Polizei gesäubert, den Polizeipräsidenten, ein Überbleibsel des Naziregimes, entlassen und ihn durch einen Polizeiinspektor ersetzt, der, im Jahre 1930 schon pensioniert, kein aktiver Parteigänger des Nationalsozialismus gewesen war. Er hatte die alten Polizeiuniformen für seine neue Polizei blau färben lassen und schöne blanke metallene Polizeiabzeichen herausgegeben, die Loomis nach einer New Yorker Vorlage irgendwo besorgt hatte. Die Krönung seines Werkes, soweit Willoughby jedenfalls in Betracht kam, war die Besichtigung seiner Polizeitruppe durch Farrish.

Hätte Troy sich damit begnügt und so wie Loomis in aller Ruhe seinen leichten Wagen weitergezogen und bei den häufigen Konferenzen mit Willoughby diesem immer bereitwillig mit ja geantwortet, so hätte er glücklich und zufrieden leben können. Aber Troy stellte sich unter Glück etwas anderes vor. Troy war ein gewissenhafter Mensch.

Die Stadt Kremmen, mit ihren halbzerstörten Häusern, ihren gesprengten Türen und Fenstern, war ein Paradies für Einbrecher und Diebe. Der Krieg und die Gewohnheiten aus der Nazizeit hatten die früher gültigen Moralbegriffe in Vergessenheit gebracht; Zerstörung, Hunger und Arbeitslosigkeit, die dem Kriege folgten, lehrten und zwangen auch den Durchschnittsbürger, sich überall dort etwas zu holen, wo er etwas fand. Und dazu kamen noch die Verschleppten und die ehemaligen Konzentrationslagerhäftlinge, die nun zurückkehrten, von Groll gegen die Menschen erfüllt, deren Weizen unter den Nazis geblüht hatte. Sperrstunden waren sinnlos. Und wie sollte man einen Mann stellen, der sich durch Ruinen stahl? In der Nacht trat zum Raub auch noch der Mord.

Soviel sah Troy: dies waren Fragen sozialen Ursprungs, die keine Polizei lösen konnte, weder eine amerikanische noch eine deutsche.

Er kam damit zu Willoughby. »Gut«, sagte Willoughby. »Ich werde den General veranlassen, Ihnen ein Bataillon zur Verfügung zu stellen. Machen Sie eine Großrazzia und säubern Sie den Stall!«

»Aber, Colonel«, Troy hob hilflos die Hände, »sehen Sie denn nicht, daß das so nicht geht? Wir müssen diesen Menschen Arbeit verschaffen. Wir müssen sie irgendwo unterbringen. Gemeinschaftshäuser zur Verfügung stellen. Verpflegung stellen, Verpflegung heranschaffen.« Ihm schien dies alles so einfach, so logisch. Warum also wurde es nicht durchgeführt?

Willoughby wurde kühl und ablehnend. Er strich sich das Fett unterm Kinn nach vorn und schloß die kleinen, unruhigen Augen: »Halten Sie sich an Ihre Aufgaben, Troy«, sagte er.

Troy wußte, was Willoughby durch den Kopf ging: Querulant! Hat sein eigenes Kommando verloren, und nun versucht er, mir meines zu verderben.

Er zog sich zurück. In dieser Nacht schrieb er an Karen. Er wollte ihr ehrlich und freimütig schreiben: zehnmal begann er, zerriß aber die Seite wieder, denn jeder der zehn Anfänge klang gleichermaßen dumm und weinerlich. Der Brief, den er schließlich abschickte, war ein humorvoller Bericht über Uniformen, Polizeiabzeichen und irgendwelche unwichtigen Begebenheiten. Der Brief schloß: »Warum kommen Sie nicht einmal her? Das wäre doch sehr schön. Vielleicht fänden Sie hier sogar Material für einen Artikel.«

Das war nun zwei Wochen her. Eine Antwort war nicht gekommen.

Troy ging seufzend zu wieder einer der Konferenzen mit Willoughby. Es war alles so sinnlos und ermüdend. Willoughby liebte es nicht, Vorschläge zu hören, und noch viel weniger unabhängige Meinungen. Er wollte sich selber reden hören und das Ja seiner Offiziere – Leute, die Troy in seiner eigenen Kompanie nie geduldet haben würde. Willoughby schien ständiger Bestätigung zu bedürfen. Troy verstand das Wesen des Mannes nicht, und dies beunruhigte ihn. Es beunruhigte ihn ebensosehr, wie ihn die Menschen aus den Konzentrationslagern beunruhigten, die noch immer in ihren zerfetzten Sträflingsanzügen die Straßen entlangschlichen. Troy fühlte irgendeine Beziehung zu ihnen und empfand für sie eine Art Verantwortung. Er dachte an die Tage im Lager Paula. Aber es gab niemand, mit dem er darüber hätte sprechen können.

In dem feierlich wirkenden Konferenzraum – Willoughby verstand es, sich die richtige Kulisse zu schaffen – griff Troy sich den Stuhl neben Loomis. Loomis' schütteres, dunkles Haar ging ihm zusehends aus, die Stirn wurde zwar höher, aber der Gesichtsausdruck wurde dadurch nicht intelligenter. Loomis zog ihn in ein Gespräch, in dem er alles, was vorging, als außerordentlich befriedigend bezeichnete. Troy äußerte keine Meinung und wurde schließlich durch Willoughbys einleitende Worte von weiteren Annäherungsversuchen befreit.

Willoughby begann mit Sarkasmus: »Die Anweisungen vom obersten Hauptquartier schaffen uns noch keine Stadtverwaltung. Wir haben schon drei Bürgermeister in ebenso vielen Wochen verbraucht – einen Professor, einen Arzt und einen ehemaligen Journalisten.«

Troy wußte das, und er fragte sich, wieso Farrish noch keinen Krach wegen so vieler Wechsel an der Spitze der Verwaltung gemacht hatte; offenbar vermochte der General einen Krautfresser nicht vom andern zu unterscheiden.

Düster fuhr Willoughby fort: »Wir hatten Pech, wie es scheint. Sobald wir einen ins Amt eingesetzt hatten, tauchte irgend so ein Dreimalgescheiter vom CIC auf, um uns mitzuteilen, der Bursche wäre Nazi gewesen. Jetzt ist Schluß. Der neue Bürgermeister bleibt! Und selbst wenn er Hitler in Verkleidung wäre – ich werde schon mit ihm fertig!«

Loomis lehnte sich zu Troy hinüber und flüsterte ihm zu, er kenne den neuen Bürgermeister, er habe ihn Willoughby vorgeschlagen. Troy nickte; für ihn war dies keine besondere Empfehlung.

Willoughby verkündete: »Der Mann, den ich jetzt ausgesucht habe, ist ein Herr Lämmlein, Generaldirektor der Rintelen-Werke und zweiter Vorsitzender des Aufsichtsrats. Ein Geschäftsmann also – und ich weiß, er ist nie Mitglied der Nazipartei gewesen. Die Stadt Kremmen hängt völlig von den Rintelen-Werken ab, die Rintelen-Werke haben hier alles betrieben, gaben den Leuten hier Brot und Butter –«

Er hielt inne und lächelte ironisch.

»Na ja, wenn es auch oft keine Butter war, so war es doch wenigstens Brot. Die hohe Stellung, die mein Kandidat in den Rintelen-Werken bekleidet, wird bei der Bevölkerung Vertrauen zu ihrer Stadtverwaltung erwecken. Außerdem spricht er Englisch. Ich persönlich ziehe mir einen Geschäftsmann anderen Typen vor. So einer betrachtet die Dinge nüchtern, hat Unternehmungsgeist und versteht was von Organisation. Natürlich sehen wir erst einmal, wie er sich macht, bevor wir ihn endgültig einsetzen.«

Troy war in puncto Geschäftsleute eher neutral. Er nahm an, Willoughby werde sich die Sache schon überlegt haben, bevor er den Mann seiner Wahl bekanntgab; zugleich argwöhnte er, daß Willoughby, so wie er seine Militärregierung zu einer Gruppe eifriger Ja-Sager gestaltet hatte, beim Aufbau der deutschen Verwaltung nach gleichem Muster verfahren werde.

»Einverstanden, alle?« fragte Willoughby. »Captain Troy?« Troy spürte den lastenden Blick, der unter halb geschlossenen Lidern hervor auf ihn gerichtet war.

»Ja, Sir!« sagte er. »Selbstverständlich.«

Yates drängte sich an den Reihen der Deutschen vorbei, die in den von Bomben stark mitgenommenen Gängen des Kremmener Polizeipräsidiums geduldig warteten. Ein paar von ihnen grüßten beflissen: »Guten Tag, Herr Leutnant!« Andere schienen ihn ansprechen zu wollen; er reagierte nicht. Er hatte seinen ersten Besuch bei Willoughby gemacht und erfahren, daß Troy sich in Kremmen befand, und wollte ihn sofort aufsuchen. Das Stimmengewirr im Gang verfolgte ihn bis in Troys Dienstraum hinein, bis er die Tür hinter sich geschlossen hatte.

Troy hatte bereits einen Besucher. Er und Karen standen am Fenster, dicht nebeneinander, und blickten auf die Trümmerlandschaft draußen. Beide wandten sich rasch um, und Troy kam auf ihn zu, der breite Rücken dunkel gegen das einströmende Licht.

»Yates!« sagte er. »Alter Junge, gut, daß man sich mal wiedersieht!... Erst Karen und dann Sie. Und alles an einem Tag!«

»Hallo, Karen!« sagte Yates grüßend.

Karen trat auf ihn zu und schüttelte ihm die Hand. Zum erstenmal fiel es Yates auf, daß eine Uniform gar nicht zu ihr paßte.

»Sie kam nur ein paar Minuten vor Ihnen herein!« sagte Troy. »Ich bin so verflucht einsam hier gewesen. Haben Sie schon gehört? Jetzt habe ich es bis zum Polizeichef gebracht –.« Er öffnete die oberste Schublade seines Schreibtischs und zog eine Handvoll blanker Blechschilder heraus. »Sehen sie nicht aus wie von der New Yorker Polizei? Nur ist es das Wappen von Kremmen...« Er unterbrach sich. »Ich hoffe, Sie beide bleiben hier eine Weile?«

Karen besah sich eins der Schilder und fuhr mit dem Finger über die Linien der Prägung. »Wirklich sehr hübsch«, sagte sie.

»Wissen Sie was?« sagte Troy. »Ich kenne hier einen Juwelier. Ich werde mir von ihm eines in Miniatur für Sie machen lassen, aus Gold – Sie können es als Talisman tragen. Werden Sie es annehmen?«

Sie nickte: »Ja, doch, gerne.«

Yates dachte: Eigentlich passen sie irgendwie zueinander, und sagte: »Ich bin nur schnell mal hereingekommen, Ihnen guten Tag zu sagen. Wir werden uns hier ja noch oft sehen. Ich soll nämlich eine Zeitung für die Bevölkerung von Kremmen machen.«

»Bleiben Sie doch einen Augenblick!« forderte Troy ihn auf. Er sehnte sich danach, mit Karen allein zu sein, hatte zugleich auch Angst davor.

»Ich muß erst einmal zur Druckerei«, fuhr Yates anscheinend gleichgültig fort. »Abramovici ist dort ganz allein.«

»Abramovici?« fragte Karen.

»Ja – der kleine Kerl, dem die Hosen immer rutschen. Er ist jetzt meine rechte Hand. Erinnern Sie sich an ihn?«

»Und wo ist Bing?« fragte sie.

»Bing –«, sagte Yates. Und dachte: O mein Gott, warum mußte das jetzt kommen? »Setzen wir uns doch!« schlug er vor.

Troy brachte Karen einen Stuhl. Yates nahm ihre Hand; sie war eiskalt.

»Bing ist tot«, sagte er einfach.

Sie fühlte nichts, alles war wie taub. Ein Licht war ausgegangen, das nicht ihr Licht gewesen war, das ihr aber doch ein Stück Wegs geleuchtet hatte.

»Wie ist er gestorben?« fragte sie und strich mechanisch über eins von Troys Polizeischildern hin.

Yates berichtete, ließ aber die grausigen Einzelheiten aus. Aber sie war selber dem Krieg zu nahe gewesen, um nicht fähig zu sein, die Details, die dem Bild eine tragische Note gaben, selbst auszufüllen. Und der Junge stand nun wieder vor ihr, wie er gewesen war, seine lebhaften, klugen Augen, sogar Bruchstücke von dem, was er gesagt hatte... ›Daß das Leben weitergeht! Daß es einen Frühling geben wird, daß ein Frühling nach dem andern kommt, wenn wir schon längst nicht mehr sind, daß Mädchen in leichten Kleidern sich mit jungen Männern treffen und einander an der Hand halten, wenn unsere Hände schon längst vermodert sind – ich bin so unersättlich, ich will nicht, daß es aufhört. Was habe ich bisher gehabt?‹ Das war damals gewesen, als er den weißhaarigen Tolachian hatte sterben sehen. Bing hatte sehr am Leben gehangen.

Wenn ich das vorausgeahnt hätte, dachte sie. Er hatte ein großes Verlangen nach mir. Nein, auch dann nicht, auch wenn ich im voraus gewußt hätte, wie er enden würde... Aber wer kann das sagen?

Yates spürte, was zwischen der Frau und dem Jungen gewesen und was jetzt tot war. »Er war mit Laborde zusammen«, sagte er. »Laborde war wie eine Bombe mit Zeitzünder; man konnte es ticken hören, aber man wußte nicht, wann sie in die Luft gehen würde. Ich habe mit Bing gesprochen und versucht, ihn von Laborde loszueisen. Nichts zu machen. Bing war apathisch, fast willenlos. Er schien zu einem Punkt gelangt zu sein, wo das Leben einem nichts mehr bedeutet.«

Karen sagte nichts. Der Tote war sehr wirklich, sehr lebendig in ihrem Herzen; niemand konnte das ändern. Und sie wollte es auch nicht geändert wissen. Yates versuchte, sie mit dem Unwiderruflichen, das zugleich so unglaublich war, auszusöhnen, indem er es ihr begreiflich machte. Es war gut gemeint, aber es nützte wenig.

»Ich mochte ihn«, sagte Troy. »Ich hätte ihn jederzeit zu mir in die Kompanie genommen.« Dennoch, dachte er, war er wohl auch eifersüchtig gewesen auf den Jungen, ob diese Eifersucht, dieser Wunsch, Bing aus dem Wege zu wissen, auf irgendeine seltsame, indirekte Weise sein Schicksal mitbestimmt haben könnte. »Ich habe ihm mal ein Paar Hosen von mir gegeben. Aber er hat sie zurückgebracht!«

Sie blickte auf die beiden Männer. Beide wollten sie ihr helfen. Als ob das möglich wäre... Nach einer Weile sagte sie: »Ich bin froh, daß er nach Neustadt zurückgekommen ist. Wenigstens das hat er gehabt.«

Yates, der eine klarere Vorstellung davon hatte, was Bing nach seiner Heimkehr nach Neustadt empfunden haben mochte, unterließ es, ihren Gedankengang zu korrigieren.

Zweites Kapitel

Die Witwe Rintelen war eine Frau von beträchtlichen Ausmaßen. Alles an ihr war übergroß – die Augen, die leicht hervorquollen, ihr Gesicht, besonders das Kinn, der fleischige Körper, der wie aufgedunsen und geschwollen erschien. Nur Hände und Füße waren unverhältnismäßig klein und wirkten lächerlich, ebenso wie das Stimmchen, das auch noch irgendwie verängstigt klang – Folge der mit Maximilian von Rintelen gemeinsam verbrachten Jahre. Er hatte ihr Leben beherrscht, so wie er das der meisten Einwohner der Stadt Kremmen beherrscht hatte.

In gewisser Weise beherrschte Maximilian von Rintelen – der Adelstitel war ihm von dem armen ehemaligen Kaiser Wilhelm verliehen worden – noch immer sein Haus: durch seinen Geist, den seine Frau zuweilen fast körperlich spürte; durch sein Porträt, das die Wandtäfelung am Ende der großen, mit Teppichen belegten Treppe in der Halle des Herrenhauses ausfüllte. Das Porträt, in der Art Rembrandts, zeigte ihn gegen einen dunklen Hintergrund, seinen prachtvollen weißen Bart, der über seine breite Brust fiel, seine engstehenden gierigen Augen, die sich in jeden Winkel des Hauses bohrten, und seine sinnlichen Lippen, die halb unter seinem Schnurrbart verborgen waren. Ein Strom von Licht ergoß sich aus einer der oberen Ecken der Leinwand über seinen kahlen Kopf und fiel auf seine Hände. Es waren lange, knorrige, habgierige, strafende

Hände, und die Witwe brauchte nur zu dem Bild aufzublicken, um sich des Druckes dieser Hände zu entsinnen und der Macht, die sie ausgeübt hatten.

Er war alt auf diesem Bilde – siebzig oder fünfundsiebzig –, er hatte bereits die Mitte des Lebens erreicht, als er sie heiratete, ein junges, schlankes Mädchen – und dennoch war er wie zeitlos, und es schien höchst unnatürlich, daß er jemals sterben könnte. Er war auch nicht auf natürliche Weise gestorben, sondern in den Sielen – ein nächtlicher Bombenangriff der Amerikaner auf die Rintelen-Stahlwerke hatte ihn unter den Trümmern seines Reiches begraben.

Wo war der Mann, der an seine Stelle hätte treten können? Es gab niemanden. Die Zeit für große Männer war vorbei.

Dehn, der Schwiegersohn, der Pamela geheiratet hatte – ob nun aus Liebe oder des Geldes wegen, das war der Witwe stets unklar geblieben, denn er war so entsetzlich korrekt und unverbindlich in seinem Wesen, und Pamela selber sprach nie darüber –, Dehn befand sich im Krieg. So hatte eben Lämmlein die Sache in die Hand genommen: Lämmlein, der Listige; zweiter Vorsitzender im Aufsichtsrat des Werkes, graue Eminenz mit grauen Augen, grauer Haut, grauem Haar und grauen Anzügen. In seiner Art war er schon recht tüchtig; auch kultiviert, ein Mann, der zum Kompromiß neigte. Aber ein großer Mann war er eben nicht, und die Witwe fürchtete, daß das Reich, das Maximilian von Rintelen ihr hinterlassen hatte, unter ihren Händen zerbröckeln würde.

Und da war noch immer das große, palastartige Haus, und die Witwe plagte sich ab damit, schleppte ihren massigen Leib von einem riesigen Zimmer zum anderen und versuchte, in der gekachelten Küche Disziplin unter den Mädchen, der Köchin, dem Diener und dem Gärtner zu halten. Aber sie waren alle Ausländer, und nun, da Deutschland von den Eroberern zu Boden getreten wurde, waren sie nicht mehr im Zaum zu halten.

Mit einem Seufzer ließ sich die Witwe in den Sessel an dem modernen großen Schreibtisch mit der Glasplatte fallen. Dieser Schreibtisch und der Sessel waren eine Scheußlichkeit; sie paßten überhaupt nicht zu dem Haus und der Halle – aber sie waren nun einmal Maximilians Schreibtisch und Sessel, die nach dem Bombenangriff aus seinem Büro hierher gerettet worden waren.

Pamela von Dehn kam die Treppe herunter, der Teppich dämpfte ihren Schritt. Die Witwe spürte die Anwesenheit der Tochter und sprang mit überraschender Wendigkeit auf, als habe man sie bei einer Unredlichkeit ertappt.

»Bleib ruhig sitzen!« sagte Pamela, Verachtung in der tiefen Stimme. »Sein Stuhl ist doch kein Heiligtum. Stuhl ist Stuhl.«

»Ich bin nur nervös. Du kamst so plötzlich.«

»Der Sessel! Der Schreibtisch! Wäre es doch alles zum Teufel gegangen, dieses ganze Haus! Es bedrückt mich. Es müßte völlig renoviert und neu eingerichtet werden. Jetzt, wo dieser blöde Krieg vorbei ist, denke ich, können wir es machen lassen.« Pamela setzte sich auf den Rand des Schreibtisches. Ihre Hände hinterließen Spuren auf der Glasplatte; die Witwe wischte sie ab.

»Es ist immer noch *sein* Haus! Solange ich lebe, bleibt es auch sein Haus!« sagte die Witwe mit ihrer hohen, etwas fettigen Stimme.

»Du weißt ganz genau, daß Mäxchen das Haus nur gebaut hat, damit du beschäftigt warst, während er seinen eigenen Vergnügungen nachging.«

»Pamela! Ich will nicht, daß du von Vater als Mäxchen redest!«

Pamela blickte auf das Bild. »Mäxchen...!« Sie lachte, ein girrendes, zweideutiges Lachen, als ob der alte Herr jeden Augenblick aus seinem Bild heraustreten und ihr zärtlich unter das Kinn greifen könnte.

»Dein Vater war ein großer Mann, ein wunderbarer Mann, eine Gründernatur!«

»Ich habe ihn nie gemocht. Und was ist übriggeblieben von ihm? Was ist übrig von seinem großartigen Reich?«

Die Witwe riß die Mittelschublade des Schreibtisches auf, bis die scharfe Kante gegen die Fettschicht vor ihrem Bauch stieß. »Wie kleinlich du bist! Wie wenig du verstehst!« Sie zog eine Stadtkarte aus der Lade und warf sie auf den Schreibtisch. »Überzeuge dich selbst! Teile der Werke in Kremmen sind zerstört – aber nur Teile. Die Gießerei kann in wenigen Wochen wieder arbeiten! Das sagt auch Lämmlein. Und was ist mit den anderen Werken? Mühlheim?

Gelsenkirchen? Sie sind kaum angekratzt. Und die Bergwerke? Bergwerke lassen sich nicht zerstören.«

»Dann reißen die Amerikaner sie sich unter den Nagel. Laß sie. Sonst kommst du nie frei von Mäxchen. Warum begräbst du ihn nicht endlich und alles, was er hinterlassen hat?«

»Du hast eben *deinen* Mann nie geliebt, Pamela!«

»Sieh mich an!« Pamela stand vom Schreibtisch auf und strich sich mit den Händen über die Hüften. »Und dann vergleiche mal mit dir!«

»Ich sehe dich an! Zieh dir gefälligst ein paar Schuhe an und schließ deinen Morgenrock.«

»Gott sei Dank ist an mir nichts, dessen ich mich zu schämen brauchte!«

Der Diener trat ein. Er war ein Holländer mit einem viereckigen Gesicht und sah aus, als würde er jeden Augenblick aus dem Cut seines Vorgängers herausplatzen.

»Ein Herr wünscht Frau von Dehn zu sprechen.«

Pamela lächelte ihn an und sagte: »Ich denke, ich werde mir doch etwas anziehen müssen...«

Die Witwe sagte zu dem Diener: »Cornelius! Sie haben noch immer nicht ausgefegt!«

Der Diener wandte sich um, als habe er sie nicht gehört. Die Witwe vergrub ihren Kopf in den Händen.

Pettinger trat leise ein. Er trug einen schlechtsitzenden, ungebügelten Zivilanzug, die Manschetten an seinem Hemd waren ausgefranst und hatten einen schmutzigen Rand. Die Knochen in seinem scharfgeschnittenen Gesicht schienen noch schärfer hervorzutreten, und die Haut über ihnen war gespannt; vielleicht auch waren die Schatten nur tiefer, weil er unrasiert war. Dennoch verstand er es, Eindruck zu machen. Seine Schultern waren gestrafft wie immer, und seine ganze Haltung betonte den Gegensatz zwischen dem, was er war, und seiner Erscheinung.

Er blickte sich um. Das Haus gefiel ihm, es war gediegen. Zwar war alles jetzt etwas heruntergekommen – aber wo war das heute nicht so? Er betrachtete die alte, beleibte Frau, gebeugt, aber doch irgendwie königlich. Mit einem bißchen Drill – was würde die für eine Tarnung abgeben!

Er räusperte sich.

Die Witwe fuhr zusammen.

»Frau von Rintelen?«

Sie wollte ihn fragen, wer er sei, aber er ließ sie nicht zu Wort kommen.

»Meinen Namen möchte ich Ihnen nicht nennen, gnädige Frau. Je weniger Sie von mir wissen, desto besser für Sie. Wo ist Ihre Tochter Pamela?«

»Was wünschen Sie von ihr?« Die Witwe hatte Angst.

»Ich bin ein Freund Ihres Schwiegersohnes, des Herrn Major von Dehn.«

Von der Treppe her fragte Pamela: »Was ist mit ihm?« Sie kam langsam die Stufen herunter, wobei sie auf jeder fast unmerklich einen Moment verhielt. Pettinger senkte die Augen, als wäre der Anblick zuviel für ihn – was in gewisser Weise auch stimmte. Eine Mann auf der Flucht wird durstig, sehr durstig.

Pamela bemerkte seine Reaktion. »Wo ist Major von Dehn?« Pettinger legte Hut und Mantel auf einen Stuhl ab. »Das weiß ich jetzt nicht«, sagte er. »Als ich ihn das letztemal sah, das war am Rolandseck am Rheinufer, da sagte er zu mir: Mein Freund, wenn du je Hilfe brauchst, geh zu den Rintelens, zu Pamela...«

Pamela verzog den Mund: »Und warum sind Sie nicht bei meinem Mann geblieben?«

Pettinger wandte den Kopf, so daß er beiden Frauen zugleich ins Gesicht sehen konnte. »Major von Dehn war wahrscheinlich mein bester Freund. Ein wenig zu sensibel, aber ein Mann, mit dem sich arbeiten ließ, es war höchst angenehm, ihn unter meinen Offizieren zu haben. Ich versichere Ihnen, es war eine sehr schwere Entscheidung. Aber die einen sind verpflichtet weiterzuleben, während andere sich opfern müssen.«

Pettinger hatte geplant, auf den schwarzen Schwingen der Tragödie in dieses Haus zu gleiten. Daher durfte er den zwei Frauen nicht sagen, wie wenig feierlich sein Abschied von Dehn gewesen und daß er noch immer nicht wußte, was aus dem Mann geworden war.

»Und wer entscheidet«, erkundigte Pamela sich mit einem bösen Unterton, »wer nun weiterlebt und wer geopfert wird?«

»Ich!« erklärte Pettinger.

Das kurze Wort erstickte die Ansätze von Widerstand, die sich in der Brust der Witwe gegen den Eindringling gerührt hatten. Wer er auch war, er hatte gesprochen mit der Stimme des Herrn und Meisters, die, wie weiland Maximilian von Rintelens, keinen Widerspruch aufkommen ließ.

Er fuhr fort: »Es ist wesentlich, daß ich hierbleibe.«

Die Witwe befreite sich momentan aus ihrem Zustand der Willenlosigkeit. »Mit welchem Recht –«

»Gnädige Frau!« unterbrach Pettinger sie höflich, »ich bin deutscher Offizier. Ich habe eine wichtige Aufgabe zu erfüllen. Ihr Besitz, dieses Haus hier, sind geradezu ideal für meine Zwecke.«

»Es tut mir leid!« sagte die Witwe mit dem Maß von Bestimmtheit, das ihr Vogelstimmchen ihr gestattete.

Pamelas Blick jedoch verriet mehr als nur zufälliges Interesse. »Wie lange haben Sie die Absicht zu bleiben, Herr...«

»Nennen Sie mich Erich!«

»...Herr Erich?«

»Weiß ich noch nicht. Ich verstehe durchaus, welche Komplikation meine Anwesenheit für Sie bedeutet; ich bleibe also nicht länger als –«, seine Augen weiteten sich, hefteten sich auf Pamelas geschmeidigen Hals, »als absolut notwendig.«

Die Witwe sagte bittend: »Einem Mann wie Ihnen wird nachgeforscht. Und dann? Dann würden Pamela und ich verhaftet werden; das Haus würde uns genommen, die Stahlwerke und die Bergwerke, das ganze Erbe, das mein Mann uns hinterlassen hat...«

»Wenn Sie mich nicht aufnehmen«, sagte er sehr langsam, »können Sie mich ebensogut den Amerikanern ausliefern, gnädige Frau.«

»Aber das Haus...!« klagte die Witwe, die sich in die Ecke gedrängt fühlte.

Er lächelte. »Es gibt in ganz Deutschland kein Haus, das so sicher wäre wie das Ihre.«

Die Witwe, stets verfolgt von der Furcht, ihr Haus und alles könnte ihr noch über ihrem Kopf zusammenbrechen, wandte sich schwerfällig zu Pettinger und betrachtete ihn zweifelnd.

»Das Haus eines armen Mannes«, erklärte er ihr humorig, »oder ein Haus, das gewöhnlichen achtbaren Leuten gehört, taugt nichts für die Sache. Dort ist man vor Haussuchungen nicht sicher, es wird auch geplündert und beschlagnahmt; oder der Besitzer wird ganz nach Laune irgendeines Amerikaners enteignet. Bei Ihnen ist das etwas anderes. Dem Amerikaner imponiert das Große. Rintelen ist ein großer Name, bekannt sogar in Amerika. Für die führenden Leute drüben war er ein Begriff, die amerikanische Presse befaßt sich in ihrem Wirtschaftsteil mit ihm und seinen Unternehmungen – einen solchen Mann läßt man ungeschoren, ebenso seine Witwe und sein Haus.«

Das hatte sie allerdings noch nicht bedacht. Die Erkenntnis tat ihr gut. Sie sagte: »Maximilian von Rintelen hätte Sie als Gast sehr gern in seinem Haus gesehen, dessen bin ich sicher. Aber er war auch ein Mann, der jedem entgegentreten konnte. Ich hoffe, unser Haus ist sicher, wie Sie sagen. Sollte man Sie aber dennoch hier entdecken, dann ist es natürlich mit der Sicherheit aus.«

Da hatte sie nun wieder recht. Aber Pettinger befand sich seit jenem Morgen, an dem er dem Feldmarschall zum Märtyrertod verholfen hatte, auf der Flucht, war den Maschen des Netzes zahllose Male entschlüpft, hatte sich hier verborgen und war dort untergetaucht, keine zwei Nächte am gleichen Ort. Jetzt wollte er mal ausschlafen und baden, anständige Sachen anziehen, eine Operationsbasis finden, Verbindungen aufnehmen mit Gleichgesinnten.

»Gnädige Frau«, sagte er, »hier findet mich keiner, es sei denn, jemand verrät mich. Aber wenn ich irgendwo anders bleiben muß und dort aufgegriffen werde, so verlieren Sie garantiert alles, was Maximilian von Rintelen geschaffen hat, auch dieses Haus. Früher oder später wird es Ihnen genommen werden, wenn es uns nicht gelingt, unsere militärische Niederlage in einen politischen Sieg umzuwandeln. Es gibt Männer, die das tun können. Heute befinden sie sich allerdings noch in keiner guten Lage. Wenn Sie mich also auf die Straße setzen wollen ...« Er zuckte die Achseln.

Die Witwe schüttelte ihr schweres Haupt; jede ihrer Fettfalten drückte ihre Besorgnis aus. Sie sah die Gefahr, die sich für sie, für ihr Haus und für das Erbe ergab, welchen Weg sie auch wählte.

»Führe den Herrn hinauf, Pamela«, sagte sie endlich. »Gib ihm ein Zimmer...« Ihre Stimme war wie die eines kleinen Mädchens, das von bösen Buben gepiesackt worden war.

»Er kann ein paar von Dehns Anzügen haben«, meinte Pamela.

»Nein!« rief die Witwe. Sie selbst klammerte sich an alles, was ihr eigener Mann, der große Gründer je besessen hatte. »Du weißt ja nicht einmal, ob er...«

»Tot ist?« fragte Pamela und wiederholte leichthin: »Ist er nun tot, Herr Erich?«

»Es bleibt immer eine Hoffnung!« sagte Pettinger tröstend. Dann blickte er Pamela an und bemerkte, daß ihr nicht gar so viel an einer solchen Hoffnung lag. Unter seinen Füßen spürte er den weichen Teppich auf der Treppe. Nach all den steinigen Wegen, Straßen, die er hinter sich hatte, war allein schon dieser Teppich es wert, daß man dablieb.

»Wenn Sie jetzt noch einen Schnaps hätten?«

»Ich bringe ihn selber«, versprach sie ihm und öffnete ihm die Tür zu einem der Gästezimmer im oberen Stockwerk.

Hans Heinrich Lämmlein, Bürgermeister in spe von Kremmen, fuhr in ausgezeichneter Laune vor dem Haus der Rintelens vor. Er liebte seine glänzende, dunkle Limousine, für die Loomis ihm Benzin aus amerikanischen Beständen zuwies. Er liebte das Gefühl von Selbstsicherheit, das er nun wieder hatte, nach einer Periode tiefer Verzagtheit in den ersten Tagen nach Kriegsende. Gleich bei seiner ersten Begegnung mit Captain Loomis war dieses Gefühl wiedergekehrt, und hatte sich stabilisiert, sobald dieser ihn bei Lieutenant Colonel Willoughby einführte. Willoughby, dachte Lämmlein, gehörte zum gleichen Schlag wie er, trotz Unterschieden äußerlicher Art, trotz der Kluft zwischen Sieger und Besiegtem. Das ihnen Gemeinsame überwand alle Grenzen, Sprachdifferenzen, Traditionen, Uniformen und Posten mit aufgepflanztem Seitengewehr.

Er begrüßte die Witwe in dem Ton der Ergebenheit, den man der Aktienmajorität der Rintelen-Werke schuldig war, und dennoch mit jener gewissen Vertraulichkeit, die dem getreuen Verwalter erlaubt war, der sich in den Büchern auskannte und wußte, worum es ging. Er zog seine perlgraue, tadellos geknüpfte Krawatte zurecht, so daß sie fest um seinen hohen, steifen Kragen lag, und verkündete: »Mit den Amerikanern ist leichter auszukommen, als ich erwartet hatte. Es ist schon ein Unterschied, ob ein Mensch im Geist unserer westlichen Kultur aufgewachsen ist oder nicht. Ich hatte einen angeregten Gedankenaustausch mit Oberstleutnant Willoughby, dem Chef der örtlichen Militärregierung; das Ergebnis ist äußerst, äußerst günstig. Und ich möchte, gnädige Frau, daß Sie als erste die gute Nachricht erfahren.«

»Ach!« sagte die Witwe. »Was für gute Nachrichten kann es in diesen Zeiten schon geben? Cornelius!... Wenn diese Ausländer nur endlich gehorchen lernten. Er soll uns nämlich etwas Sherry bringen. Aber diese Leute werden statt besser immer schwieriger. Wir haben eben den Krieg verloren. Man spürt es überall...«

»Ich werde Ihnen das beste Hauspersonal besorgen, Frau von Rintelen. Ich soll der von den Amerikanern eingesetzte, von den Amerikanern gestützte Bürgermeister von Kremmen werden!«

Die Witwe war baff.

Lämmlein erlaubte sich ein Lächeln. »Denken Sie, was das bedeutet, gnädige Frau!«

Die Witwe konnte sich sehr gut vorstellen, was das bedeutete. Sie sah die zerbombten Werkanlagen, das Lebenswerk ihres Mannes, wiederauferstehen, aus den Trümmern, errichtet durch Arbeitskräfte, über die Lämmlein nun verfügte. Sie sah die Hochöfen wieder in Betrieb, beheizt mit Koks, den Lämmlein beschlagnahmen durfte. Sie sah den Sherry, ihr vorgesetzt von Dienern, die Lämmlein ihr verschaffte. Sie sah dies alles, bis hin zu dem befriedigten, wenn auch noch immer übellaunigen Antlitz auf dem Porträt, aber sie zögerte, ihren Hoffnungen freien Lauf zu lassen. Der Schock der letzten Monate, der Niederlage, des allgemeinen Zusammenbruchs, der Bombenangriffe, der erschreckenden Anwesenheit eines Fremdlings im Hause, ließ sich so schnell nicht kurieren. Außerdem schien ihr absurd, daß die Macht der Rintelens, verloren in schweren Schlachten, deren Verlauf sie mit Schrecken verfolgt hatte, ihr so einfach, so unfeierlich wieder zufallen sollte.

Lämmlein, das graue Gesicht völlig ausdruckslos, verfolgte den Widerstreit der Gefühle, der sich in den feisten Zügen der Witwe deutlich spiegelte. »Natürlich«, sagte er, »können wir nichts ohne eine gewisse Gegenleistung erwarten.«

Er ließ ihr Zeit, den Sinn seiner Worte voll zu begreifen. Dann zog ihr Gesicht sich in die Länge, ihre Lippen verkniffen sich, ihr Blick wurde feindselig und ließ darauf schließen, daß sie zur Erhöhung von Lämmleins Stellung und zu seinem Vorteil keinerlei Zugeständnisse machen würde.

»Vergessen Sie bitte nicht«, sagte er warnend, »ohne die Unterstützung der Amerikaner besitzen Sie nichts als einen höchst fragwürdigen Anspruch auf einen halbzerstörten Besitz. Der Oberstleutnant hat eingewilligt, uns heute nachmittag hier zu besuchen – eine kleine interne Besprechung, nur wir drei und Frau von Dehn.«

Er beobachtete die Witwe. Sie sah mehr denn je wie ein Faß aus; das schwarze Kleid, fest geschlossen unter ihrem dreifachen Kinn, ließ sie grotesk erscheinen.

»Sie werden sich vielleicht noch umziehen wollen, gnädige Frau«, schlug er vor. »Ich habe mir erlaubt, Ihren Schmuck aus dem Safe im Luftschutzbunker mitzubringen. Wir möchten doch Eindruck machen.«

Der Safe, ein Geheimnis, das nur der Witwe, dem toten Maximilian und Lämmlein bekannt war, stand in der Tiefe des Luftschutzbunkers unter dem zerstörten Verwaltungsgebäude der Rintelen-Werke, in dem ihr Mann den Tod gefunden hatte. Wäre er nur rechtzeitig hinuntergegangen! Der Bunker hatte standgehalten, auch als alles über ihm zusammenstürzte.

Sie seufzte auf. Sie nahm das glänzende Metallkästchen von Lämmlein entgegen, hielt es vorsichtig in ihren kleinen, fetten Händen, watschelte dann zum Schreibtisch ihres Mannes hinüber und setzte es leise ab. Dann öffnete sie die Kassette. Der Schmuck, den Maximilian ihr gegeben hatte, glitzerte auf mattblauem Samtpolster. Ein Vermögen!

»Sie sollten ihn meiner Meinung nach tragen«, sagte Lämmlein.

Dann bemerkte er Pamela und den Mann, die zusammen die Treppe herunterkamen. Lämmlein stellte sich vor die Juwelen.

Mit ein paar Schritten war Pamela bei ihrer Mutter. »Willst du sie verkaufen?« fragte sie.

Der Fremde war ihr gefolgt und warf an Lämmlein vorbei einen Blick auf den Schmuck. Er sagte nichts; aber Lämmlein sah, daß er sich mit der Zunge über die Lippen fuhr.

Die Witwe ließ den Deckel des Kästchens einschnappen.

»Herr Erich«, sagte Pamela, »darf ich Ihnen Herrn Lämmlein vorstellen?«

Die beiden Männer nahmen Witterung. Lämmlein kam das Gesicht des Fremden bekannt vor, nur wußte er nicht, woher.

»Lämmlein«, wiederholte Pettinger nachdenklich. »Lämmlein, Sie sind damals nicht in die Partei eingetreten – oder?«

»Nein. Nie.« Lämmleins Gesicht wurde um eine Schattierung grauer. »Herr von Rintelen wünschte nicht...«

»Ich entsinne mich!« sagte Pettinger. »Es war über diesen Fall eine ziemlich umfangreiche Korrespondenz entstanden, bis der alte Herr dort oben« – er deutete in Richtung des Bildes – »sich der Sache annahm.«

Er sah, wie es aufglomm in Lämmleins Augen; der Mann hatte ihn erkannt.

»Das ist ja Wahnsinn!« sagte Lämmlein. »Was tun Sie hier?«

»Frau von Dehn und ich sind übereingekommen, daß ich für den Augenblick die Stelle des vermißten Herrn von Dehn einnehme. Ich trage bereits seinen Anzug, wie Sie sehen! Gleiche Größe, in jeder Hinsicht.« Er tätschelte Pamelas Hand.

Lämmlein lief rot an vor Besorgnis und Empörung. »Es gibt noch Menschen in dieser Stadt, die sich des Majors von Dehn gut erinnern!« stotterte er.

»Ich gehe ja nicht aus dem Haus«, tröstete Pettinger. »Sie sehen selber, daß ich nicht ganz der alte bin; ich brauche Ruhe. Ich verlasse mich auf Sie, daß Sie einer von meinen – na, sagen wir – von meinen Verbindungsmännern sein werden?«

»Kommt gar nicht in Frage!«

Pettinger gehörte zu jenem Deutschland, das für Lämmlein eine Quelle des Stolzes und des Profites gewesen war. Er würde also seinen Mund halten. Aber jenes Deutschland war ein für allemal erledigt, und er würde sich nicht auf irgendwelche Untergrundgeschichten einlassen. Er hatte für eine Frau und vier stramme Kinder zu sorgen, und für die Rintelen-Werke.

Dann fand er sein Gleichgewicht wieder. »Sie verlassen dieses Haus auf der Stelle! Ich werde hier nämlich Bürgermeister. Deutschlands Zukunft liegt in der Zusammenarbeit mit den Amerikanern!«

»Wer sagt Ihnen denn, daß ich etwas anderes tun will?« fragte Pettinger ärgerlich. »Zunächst aber möchte ich mit Ihnen sprechen – und zwar unter vier Augen.«

»Jetzt kann ich nicht – wir haben keine Zeit...« Lämmlein blinzelte nervös. »Herr Oberstleutnant Willoughby – der Chef der Militärregierung – wird hier erwartet. Jeden Augenblick sogar –«

»Das ist ja großartig!« sagte Pettinger. »Gerade deshalb muß ich sofort mit Ihnen sprechen!« Er packte Lämmlein beim Arm, hielt ihn fest und führte den künftigen Bürgermeister in die Bibliothek.

Sobald sie in der Bibliothek waren und die Tür sich hinter ihnen geschlossen hatte, löste Pettinger seinen Griff. »Setzen Sie sich!« befahl er.

Aber Lämmlein setzte sich nicht. »Der Krieg ist vorbei, Herr Obersturmbannführer!« begann er. »Sie können hier höchstens noch das in Gefahr bringen, was ich gerade auf die Beine gestellt habe!«

Pettinger drängte ihn in einen Stuhl. »Wenn Sie der Bürgermeister der Amerikaner sein wollen – bitte! Paßt genau in meine Pläne...«

Mit kurzen Worten erklärte er den Plan des Generalfeldmarschalls von Klemm-Borowski für ein Wiedererstehen Deutschlands, ohne jedoch den Namen des toten Logistik-Experten zu erwähnen. Dabei beobachtete er die Wandlungen in Lämmleins Mienenspiel, wo Angst einem nachdenklichen Ausdruck wich und dieser wieder der neidlosen Anerkennung Platz machte.

»Mitspielen mit ihnen muß man!« schloß Pettinger. »Erhalten, was sich erhalten läßt! Denn, wenn auch geschlagen und besiegt, sind wir noch immer das Zünglein an der Waage. Aber wir müssen wissen, was wir wollen. Wir müssen ein Ziel haben. Wir brauchen Führung, eine Organisation, die ihren Einfluß durch viele Kanäle wirksam werden läßt – durch die Regierung, die die Besatzungsmächte uns zuzugestehen gedenken, im Geschäftsleben, in Schule und Kirche, durch demobilisierte Offiziere und entlassene Kriegsgefangene. Allmählich, indem wir eine Besatzungsmacht gegen die andere ausspielen, es für sie immer schwieriger machen, nur das wieder aufbauen, was wir für uns brauchen – Geduld, Geduld – bis zu *dem* Tag, an dem wir plötzlich wieder da sind, in alter Kraft, und ihnen unsere Bedingungen diktieren können.«

»Wessen Bedingungen?«

Pettinger ließ die Frage offen. »Ihre – meine...«

Sie kehrten wieder zu den Damen zurück. Pettinger stürzte ein Glas Sherry hinunter, den Cornelius, der Diener, schließlich doch gebracht hatte, und sagte zu Lämmlein: »Vielleicht kann Ihr Freund Willoughby uns etwas schottischen Whisky beschaffen?«

»Und Zigaretten!« fügte Pamela hinzu.

Als Willoughby im Herrenhaus eintraf, war alles wie auf einer Bühne vorbereitet. In der Mitte der Diele, auf einem thronähnlichen Stuhl, saß Frau von Rintelen und erstrahlte in ihren Juwelen. Das lange Kleid verdeckte den schweren, massigen Körper bis zu den Knöcheln, so daß nur die kleinen Füße in den eleganten Schuhen zu sehen waren. Zu ihrer Rechten, halb in Decken und Kissen verborgen, lehnte Pettinger in dem größten und bequemsten Polstersessel der Diele.

»Wenn ich Major von Dehn sein soll«, hatte Pettinger erklärt, während man die Einzelheiten für Willoughbys Besuch besprach, »muß ich natürlich anwesend sein. Ich denke nicht daran, mich zu verstecken und dabei zu riskieren, plötzlich aufgefunden oder von einem der Dienstboten angezeigt zu werden. Wer unauffällig sein will, muß sich dort aufhalten, wo jeder ihn sehen kann.«

Lämmlein hatte an seinem inzwischen zerknitterten Kragen herumgefingert. »Männer Ihres Alters sind gemeinhin Soldaten«, hatte er gesagt. »Willoughby wird also fragen, warum Sie nicht in einem amerikanischen Kriegsgefangenenlager sind und wer Sie entlassen hat und wo und wann, und dann kommt: Zeigen Sie mir Ihre Papiere.«

»Sehen Sie mich doch an!« hatte Pettinger erwidert. »Ich bin sichtlich krank. Ich bin Invalide. Die russischen Winter waren zuviel für mich.«

Lämmlein hatte in sich hineingelacht, und Pamela hatte Pettinger den Sessel zurechtgeschoben und seinen sehnigen Körper in Kissen gebettet, wobei sie ihn, sooft es nur ging, zärtlich zu berühren suchte.

Willoughby saß der Witwe gegenüber. Er war irgendwie ergriffen angesichts der kleinen Familie, deren Mitglieder einander sichtlich so zugetan waren; dazu kam das eindrucksvolle, wenn auch bereits etwas lädierte Mobiliar, kam der Zugwind, der durch ein geborstenes Fenster drang und das Haar auf dem Kopf des armen Invaliden leicht bewegte. Der schäbige Glanz dieser alten Welt erzeugte in ihm ein mit Wohlwollen und etwas Herablassung gemischtes Minderwertigkeitsgefühl. Vielleicht ließ sich, wenn er einmal den Besatzungsdienst hier quittierte, das ganze Herrenhaus kaufen, auf ein Schiff verfrachten und in einem Vorort seiner Heimatstadt wieder aufbauen. Daß der Stil nachgeahmte Gotik aus der Zeit Wilhelms des Zweiten war, wußte er nicht; das Ding sah reich und solide aus, und das genügte ihm.

Willoughby nahm sich Zeit, bevor er sich gestattete aufzutauen; mit betonter Gleichgültigkeit erkundigte er sich nach der Gesundheit der Dame des Hauses und wo der Major von Dehn denn gedient habe? Und woher seine Krankheit stamme?

Pettinger nannte ein russisches Dorf in der Nähe von Stalingrad, das er nur zu gut kannte.

Willoughby runzelte die Stirn. »Sehr unklug von Ihnen, sich im unbegrenzten Raum Rußlands zu verlieren. Wollten mehr schlukken, als Sie verdauen konnten, und haben den Feind völlig unterschätzt. Aber das sind immer deutsche Charakterzüge gewesen.«

Pettinger stimmte ihm bei. Aber im Sinne von Klemm-Borowskis Testament fügte er hinzu: »Sie sehen es vielleicht doch zu einfach, Herr Oberstleutnant. In einer Nacht schlugen wir einen russischen Angriff zurück. Es waren dreißig oder vierzig Grad unter Null. Die Kerle blieben niedergemäht vor unseren Stellungen liegen. Wir dachten, wer nicht ganz tot sei, würde spätestens in einer halben

Stunde erfroren sein. Vier Stunden später, kurz vor Tagesanbruch, standen dieselben Burschen von dem eisigen Boden auf und griffen an. Und sie schlugen uns. Ich weiß nicht, was sie befähigt, in dieser Weise zu kämpfen. Aber ich weiß eins: wir sind Ihr Bollwerk gegen den Osten gewesen!«

Sein abgezehrtes Gesicht begann Farbe zu zeigen. So viele Jahre nach jenem Nachtangriff war Pettinger noch immer darüber verblüfft und wütend.

»Nun habt ihr Amerikaner uns geschlagen!« fuhr er fort und hustete mitleiderregend. »Nun werden Sie selbst für sich sorgen müssen.«

Willoughby strich sich über seine dicken Oberschenkel. »Wir produzieren alle unter den Tisch. Wir nehmen es mit jedem auf.« Er lachte.

Lämmlein, dem die politische Färbung mißfiel, die das Gespräch annahm, flüsterte der Witwe etwas zu. Die Witwe griff langsam nach einer Glocke und läutete. Ein Mädchen kam und brachte den Tee.

»Seit wann sind Sie aus Ihrer Wehrmacht heraus, Major Dehn?« erkundigte sich Willoughby.

»Seit anderthalb Jahren« sagte Pettinger. »Hätten wir nur damals Schluß gemacht...«

»Wirklich?« sagte Willoughby. »Die Rintelens müssen doch ganz hübsch daran verdient haben – je länger der Krieg, desto mehr.«

Lämmlein kam zu Hilfe. »Und die Steuern?« sagte er. »Die Zwangsbewirtschaftung unter den Nazis? Und sehen Sie sich die Zerstörungen an. Was haben wir jetzt?«

Der Tee wurde in Meißener Tassen gegossen.

Willoughby interessierte sich noch immer für Pettinger. »Welche Stellung hatten Sie vor dem Krieg in den Rintelen-Werken?«

Wieder wollte Lämmlein in die Bresche springen. Aber Pettinger kam ihm zuvor.

»Nun – dem Titel nach, glaube ich, gehörte ich als Direktor dem Aufsichtsrat an. Ich interessierte mich jedoch mehr für Kunst, für Malerei, Bildhauerei, war viel auf Reisen – Italien, England, Frankreich. Sehen Sie, Herr Oberstleutnant« – seine Stimme nahm einen zärtlichen Tonfall an – »Pamela und ich, das war eine Liebesheirat.«

Er nahm ihre Hand und streichelte sie. »Herr von Rintelen, Gott segne ihn, hat immer versucht, aus mir einen Geschäftsmann zu machen.« Er schüttelte den Kopf und lächelte: »Ich dachte nur immer: Was nützt einem all das Geld, wenn man es nur dazu benutzt, um noch mehr Geld zu machen?«

Unter seinen Augenlidern hervor beobachtete er Willoughby. Der Amerikaner schien befriedigt, daß der männliche Erbe keine Bedrohung für ihn und seine Pläne darstellte.

Willoughby griff nach seiner Tasse. Er nippte an dem Ersatztee und verzog das Gesicht. Lämmlein hatte darauf bestanden, daß das scheußliche Zeug serviert wurde; er hatte genau diesen Effekt erzielen wollen, hatte demonstrieren wollen, die großen Leistungen der Vergangenheit, die großen Möglichkeiten der Zukunft, nur jetzt diese miese Gegenwart.

Der Tee veranlaßte Willoughby, sich einer weniger schonungsvollen Sprache zu bedienen.

»Sie haben den Krieg verloren. Sie wissen, was Ihre Leute in eroberten Gebieten getrieben haben; Major Dehn wird das bestätigen können. Und Sie wissen, daß wir das gleiche hier tun könnten.«

Weder Pettinger noch Lämmlein äußerten sich; Pamela reichte dem Kranken seine Tasse. Willoughbys Blick ruhte auf der Witwe; schließlich war sie es, die den Familienbesitz beherrschte.

Die Witwe sagte mit ihrem Vogelstimmchen: »Wir sind Ihnen auf Gnade oder Ungnade ausgeliefert.« Sie sprach langsam und stokkend Englisch, um so eindrucksvoller war ihr Bemühen um die Gunst des Besuchers.

»Ich setze Ihren Herrn Lämmlein als Bürgermeister hier ein. Das sollte Ihnen beweisen, daß wir unsere Macht nicht zu mißbrauchen gedenken.«

»Mehr Tee?« fragte die Witwe.

»Nein, danke.«

»Etwas Gebäck?«

Willoughby versuchte. Das Zeug schmeckte wie Stroh.

»Woraus ist das?«

Die Witwe sagte: »Wir haben wenig zu essen.« Und da sie merkte, daß Willoughbys Augen ihre massigen Formen abmaßen, errötete sie: »Ich bin eine kranke Frau!«

»Es tut mir leid«, sagte Willoughby.

»Ach«, sagte die Witwe, »man hat uns zu Boden geworfen. Wie sollen wir uns jemals erheben?«

»Nun, nun –« Willoughby versuchte sich vorzustellen, wie es aussehen würde, wenn er dieses gewaltige Weib auf dem Teppich des Herrenhauses niederzuhalten hätte. Dann betrachtete er die ebenfalls etwas zu üppige, an gewisse Statuen erinnernde Pamela und dann den Schwiegersohn, den Kunstliebhaber. Es würde schon alles glatt laufen.

Pettinger nickte träge. Er tat, als wäre er müde. Und dann dachte er, wie richtig es von ihm gewesen war, daß er gerade in diesem Haus Zuflucht suchte. Dieser amerikanische Koofmich in Uniform war die beste Garantie für seine Sicherheit, der allerbequemste Deckmantel für seine geplanten Unternehmungen.

Willoughby streckte sich. »Herr Lämmlein, haben Sie Gelegenheit gehabt, der Familie die Schwierigkeiten ihrer Position hier auseinanderzusetzen?«

»Ich glaube, Frau von Rintelen ist in großen Zügen informiert...«

»Gut, dann will ich es präzisieren«, sagte Willoughby und strich das Fett unter seinem Kinn nach vorne. »Es war ein totaler Krieg. Und es gibt auf unserer Seite Leute, die die Rolle der Rintelens in dieser Sache im gleichen Licht betrachten wie, na, sagen wir, die Taten Himmlers oder Streichers...«

Die Armbänder an den umfangreichen Armen der Witwe begannen zu klirren. »Aber das ist doch unmöglich!« zirpte sie. »Wir haben uns nie in Politik eingemischt. Was hätte mein Mann denn tun sollen? Die Aufträge der Regierung ablehnen? Seinen Besitz von Göring konfiszieren lassen? Sich selber in ein Konzentrationslager bringen?«

Pettinger sagte: »Papa ist immer so korrekt gewesen!«

»Ich verstehe vollkommen«, sagte Willoughby. »Herr von Rintelen hat versucht, zu halten, was er besaß – und gerade darum sind Sie jetzt in Gefahr, es zu verlieren. Wie viele unserer Soldaten glauben Sie wohl, kamen durch Fabrikate der Firma Rintelen ums Leben?«

»Sie verurteilen doch auch einen deutschen Soldaten nicht, weil er auf Sie geschossen hat!« sagte Lämmlein. »Er hatte Befehl.«

»Aber wir stecken ihn hinter Stacheldraht«, erwiderte Willoughby trocken.

Pettinger blieb ganz ruhig; er sah keine Bedrohung seines Asyls. Wenn es Amerikaner gab, die einen solchen Groll gegen die deutsche Industrie hegten, so waren sie jedenfalls nicht am Ruder – sonst wären die Rintelen-Werke bereits am Tage das Einzuges der amerikanischen Truppen beschlagnahmt worden.

»Wenn Sie gekommen sind, mich abzuholen«, sagte die Witwe heroisch, »ich bin bereit.«

Willoughby war fasziniert von den Zwitschertönen. Er hatte das Gefühl, daß eigentlich gar nicht sie sprach, daß vielmehr irgendwo eine Spieluhr in ihrem Leib verborgen war.

»Ich habe Ihnen bereits gesagt, daß ich Ihre Lage durchaus verstehe. Ich habe gesagt, daß ich keine Vorurteile kenne. Ich mache Lämmlein zum Bürgermeister von Kremmen, vorausgesetzt, daß wir zu einer Vereinbarung kommen. Gelingt das nicht, verlieren Sie möglicherweise alles, sogar dieses Haus.«

Lämmlein sagte: »Wir sind ein besiegtes Volk. Wir werden tun, was Sie fordern – innerhalb vernünftiger Grenzen, natürlich.«

»So läßt sich verhandeln!« sagte Willoughby. »Gnädige Frau?«

»Ja – innerhalb vernünftiger Grenzen.«

Willoughby war zufrieden. »Die Rintelen-Werke befinden sich voll und ganz im Besitz der Familie?«

»Allerdings!« antwortete die Witwe stolz.

»Das macht es schwierig«, sagte Willoughby.

Pettinger und Lämmlein waren gespannt; beide wußten, jetzt kam Willoughy zur Sache. Pamela spürte eine Welle von Haß gegen ihn. Sie griff nach Pettingers Hand, und er beantwortete ihren Druck.

»Sehen Sie denn nicht«, erläuterte Willoughby, »jede deutsche Fabrik ist heute ein höchst ungewisser Besitz. Wir können sie als Rüstungsbetrieb betrachten und demontieren – oder wir können das Werk zur Zahlung von Reparationen heranziehen... Sie brauchen einen Teilhaber, jemand der außerhalb Deutschlands sitzt.«

»Delacroix!« rief Lämmlein.

Willoughby unterdrückte eine jähe Bewegung. Er hatte versucht, sich eine Möglichkeit auszudenken, wie er ›Amalgamated Steel‹ auf anständige Weise hier ins Spiel bringen konnte; aber dies war ja noch viel besser. Dennoch blieb er kühl, als er fragte: »Was ist mit Delacroix?«

Lämmleins plötzlicher Eifer war verpufft; er klang eher niedergeschlagen. »Eine uralte Geschichte, leider, bei der Kurzlebigkeit geschäftlicher Transaktionen. Kurz nachdem unsere Truppen in Paris einmarschierten, fuhr Herr von Rintelen hin und suchte Fürst Yasha Bereskin auf – Sie wissen, wer er ist?«

»Ich habe von ihm gehört«, sagte Willoughby lächelnd.

Pettinger wurde unruhig unter seiner Decke. Paris, die Tage des Sieges und später der Rückzug. Yasha und Sourire... Er konnte auf einmal nachfühlen, was die Witwe bewegte, als sie vorhin ausrief: ›Ach, man hat uns zu Boden geworfen!‹

»Und der Fürst war mit dem Angebot einverstanden, das Herr von Rintelen ihm machte«, sagte Lämmlein.

»Erpressung«, sagte Willoughby.

Lämmlein wandte sich und betrachtete das Bild des Verstorbenen. »Überredung – wollen wir es nicht lieber Überredung nennen?«

»Also doch Erpressung«, sagte Willoughby.

»Herr von Rintelen hat damals die zwanzig Prozent seiner Aktien, die sich im Besitz von Delacroix befanden, zurückgekauft.«

»Der Verkauf ist vor dem Gesetz null und nichtig. Kein Gericht wird ihn anerkennen. Ich sage dies als Amerikaner und als Jurist.«

»Wir haben die Verträge«, sagte Lämmlein.

»Verträge!« sagte Willoughby verächtlich. »Unterzeichnet unter welchen Bedingungen? Mit einer Bajonettspitze an den Rippen?«

»Herr von Rintelen hat solch rohe Methoden nie angewandt.«

»Aber Herr Lämmlein! Es wäre doch nur nützlich für alle, wenn Sie es zugäben.«

Pettingers Bronchien machten sich wieder bemerkbar. »Warum eigentlich nicht?« sagte er hustend. »Geben wir doch zu, daß er den Fürsten erpreßte.«

Willoughby seufzte erleichtert. »Den Deutschen mangelt es an Einsicht. Ich sehe das schon lange. Man muß sie zwingen, die Welt realistisch zu betrachten.«

Lämmlein nickte. Die Witwe kam damit billig genug davon. Wenn die zwanzig Prozent der Rintelen-Aktien an Delacroix zurückgegeben wurden, behielt sie die verbleibenden achtzig Prozent um den Preis der zwanzig. Ein gutes Geschäft, wenn man in Betracht zog, daß die zwanzig Prozent den alten Maximilian tatsächlich nichts gekostet hatten, da er ja den Fürsten in Franken bezahlte, deren Wert von den Nazis manipuliert wurde, reinen Phantasiepapieren also.

»Noch etwas Tee?« bot die Witwe an.

»Danke«, sagte Willoughby. Er hatte eine Vision. Er sah sich selber, wie er die verlorenen Delacroix-Interessen an den Rintelen-Werken Fürst Yasha zurückbrachte. Als Gegenleistung würde Yasha sich mit der ›Amalgamated Steel‹ verbinden. Amalgamated-Delacroix-Rintelen – ein multinationaler Konzern, und dies in einer Welt, die wieder aufgebaut werden mußte, und zwar mit Stahl! Und er war es, Willoughby, der das ganze Paket CBR&W überreichte. Danach würde es vielleicht W&CBR heißen, und das wenigste, was er nebenher noch erhalten würde, war ein Sitz im Aufsichtsrat der Amalgamated; weder der alte Coster noch die Stahlleute waren kleinlich, das mußte man ihnen schon lassen.

Er erhob sich. »Es war ein sehr angenehmer Nachmittag, Herr Bürgermeister«, sagte er und sprach englisch damit die Ernennung aus.

»Ich danke Ihnen, Herr Oberstleutnant«, sagte Lämmlein strahlend und ergriff Willoughbys Hand.

Pettinger schien eingedöst zu sein. Der Besuch hatte seine geschwächten Kräfte wohl zu stark in Anspruch genommen.

Drittes Kapitel

Zuerst hatte Kellermann wieder weglaufen wollen. Herr Bendel, der Leiter der Abteilung Wohlfahrt im Kremmener Rathaus, hatte nicht übertrieben, als er das Heim als ›Das Totenhaus‹ bezeichnete. Das Gebäude hatte früher einmal als Lager für Fremdarbeiter gedient, die zur Arbeit in den Rintelen-Werken gepreßt worden waren. Die Amerikaner hatten die Ausländer herausgeholt und sie ein wenig besser in den neuen Lagern für Verschleppte untergebracht. Der Stacheldraht um das ›Totenhaus‹ herum war noch immer da; und der Bau selbst mit seinem durch Brandbomben zerstörten Obergeschoß war nun, da er als Zufluchtsstätte für die politischen Opfer des Nationalsozialismus diente, noch mehr überfüllt als zu der Zeit, da die Sklavenarbeiter dort hausten.

Müde und verbittert strich Kellermann ziellos durch die dunklen, feuchten Räume; nicht einmal die trockene, staubige Sommerhitze, die durch die Fenster ohne Scheiben einströmte, vermochte diese stickige Kellerluft und den Gestank von Tausenden ungewaschenen Leibern, der sich im Lauf der Zeit hier festgesetzt hatte, zu vertreiben. Es war ganz einfach ein Gefängnis, ein neues Lager, nur daß kein Wachpersonal da war.

Warum lief er also nicht weg? Warum gingen sie nicht alle auf und davon? Niemand hielt sie ja dort im ›Totenhaus‹ fest. Wo aber sollten die befreiten Insassen der Konzentrationslager hin, behaftet mit dem Stigma ihrer Vergangenheit – wohin in einem zerstörten Land?

Kellermann sagte sich, daß er nichts anderes tun konnte als warten, bis der Professor aus dem Krankenhaus entlassen würde. Es war noch ein Glück gewesen, daß der alte Mann direkt vor Herrn Bendels Augen umgekippt war. Wäre es ihm auf der Straße passiert, während sie durch die Trümmer zogen und nach bekannten Gesichtern suchten, so wäre er wahrscheinlich an Ort und Stelle verreckt. Wer hätte ihnen denn geholfen – die Leute gingen ihnen wegen ihrer gestreiften Lumpen aus dem Wege. Diese Streifen schieden sie von den anderen Menschen, machten auch aus ihnen Sieger, erklärten sie zu Zeugen von Verbrechen, an die niemand erinnert werden sollte.

Und die säuerlichen Beamten, bei denen Kellermann um Arbeit nachgefragt hatte? Es gab Arbeit – mehr als sämtliche Arbeitskräfte in Kremmen in Jahren bewältigen konnten. Aber es wurde nichts organisiert. Die Amerikaner schienen auf eine deutsche Initiative zu warten; und die Deutschen warteten wiederum auf Befehle der neuen Obrigkeit und erfuhren nur, was verboten war. Bei dem wenigen, was unternommen wurde, kamen sie auch ohne Kellermann aus.

Er dachte daran, wie recht der Professor gehabt hatte. »Status quo ante!« hatte Seckendorff höhnisch gelacht. »Unter den Nazis gehörten wir zum letzten Dreck im Land. Daß nun noch jemand über den Nazis sitzt, bedeutet noch lange nicht, daß wir dadurch höher gekommen sind!« Und hatte einen Besuch im Wohlfahrtsamt vorgeschlagen.

Sein Zusammenbruch im Amt zwang die Behörde, amtlich etwas zu unternehmen. Bendel mußte einen Krankenwagen kommen lassen, um den alten Mann in das Kremmener Behelfskrankenhaus überführen zu lassen. Es war eine Ironie des Schicksals, daß gerade Bendel irgendeinem Menschen etwas Gutes antun sollte, denn auch beim besten Willen konnte die Aushändigung von Essenmarken und die Überweisung in das Heim für die Opfer des Nationalsozialismus kaum als gute Tat bewertet werden. Eine noch größere Ironie war für Kellermann, daß nach dem langen Marsch von Neustadt herauf, nach den bösen Wochen in Kremmen Bendels Gesicht das einzige ihm bekannte sein sollte, dem er begegnet war – der gleiche harte Blick über die mit Stahl eingefaßte Brille hinweg wie in der Republik und unter den Nazis ...

All dies ließ Kellermann begreifen, daß er Entscheidungen vor sich herschob. Sein Warten auf den Professor war doch nur eine lahme Entschuldigung für seine Passivität. Und dennoch blieb er im ›Totenhaus‹, verkam in seinem und der anderen Schmutz, brütete darüber, daß er schließlich gewisse Anrechte habe und daß man ihm etwas schuldete, und akzeptierte die Suppe, die einmal am Tag aus einem großen, schmierigen Kessel ausgegeben wurde.

Zuweilen machte er großartige Pläne für das Wohl aller Menschen, nur um dann wieder an ihrer Durchführung zu verzweifeln.

Er hatte sich ganz einfach festgefahren wie alle, die hier durchs Tor traten. Er sah sie bei ihrer Ankunft. Er sah die Hoffnung, die vielleicht auf ihren Gesichtern noch schimmerte, verlöschen wie das Licht einer Kerze, wenn man ein Glas über sie stülpt. Die einen wurden zu Dieben, weil sie nichts hatten und alles brauchten, wodurch die Türen der Bürger, die noch Türen im Haus hatten, ihnen nur um so fester verschlossen blieben. Sie stahlen auch untereinander – einen Löffel, einen Blechteller, Zigarettenstummel, ein altes Taschentuch, ein Paar zerrissene Unterhosen, alles, was ein anderer besaß oder sich erworben hatte.

Er versuchte dem Treiben ein Ende zu machen. Aber es schien, daß er auch seine Fähigkeit zum Führen verloren hatte. Männer wie Balduin und Hammer-Carl beherrschten die Herde. Kellermann kannte solche Typen – die Nazis hatten systematisch kriminelle Elemente in die Konzentrationslager gebracht, und diese ehemaligen Zuhälter und abgeurteilten Mörder hatten sich als Vertrauensleute, Aufpasser, Spitzel und Kapos sehr nützlich erwiesen. Mit den anderen zusammen befreit, waren auch sie im ›Totenhaus‹ gelandet.

Balduin, neu eingekleidet in Lackschuhe und tadellos gebügelte Hosen – nur die gestreifte Jacke trug er weiterhin, weil sie den Kremmenern Furcht einflößte –, bot Kellermann eine Stellung in seiner Bande an. Er sprach in höchsten Tönen von der Leichtigkeit, mit der man jetzt plündern, einen kleinen Überfall organisieren, in ein Haus einbrechen, und die Beute auf dem schwarzen Markt umsetzen konnte.

»Danke«, sagte Kellermann, »dazu bin ich nicht im Lager gewesen.«

Balduin schnaufte verächtlich durch seine platte, einmal gebrochene und schlecht zusammengeflickte Nase. »Angst vor der Polizei?«

Kellermann zuckte die Achseln.

Eine Neue, ein Mädchen, auch in den lumpigen Kleidern noch attraktiv, trat in den Raum: »Ist hier eine Schlafstelle frei?«

Balduin hob ihr Kinn an und betrachtete sie. Dann wandte er sich an Kellermann und sagte leise: »Gefällt sie dir?«

Kellermann riß sich aus seinen Gedanken und sah sie an. Sie war besser als Durchschnitt. »Nichts für dich!« sagte er zu Balduin.

Der ehemalige Zuhälter gab dem Mädchen einen Klaps auf den Hintern und fragte: »Na, willst du mit mir zusammenziehen?«

Das Mädchen musterte ihn.

»Nein«, sagte sie.

»Ich könnte dich zwingen«, sagte Balduin versuchsweise.

Kellermann erhob sich von seiner Bettstelle.

»Aber es lohnt sich nicht«, gab Balduin nach. »Habe mehr von deiner Sorte, als ich brauchen kann.« Er ging hinüber zu Hammer-Carl, der, viel Muskeln und wenig Kopf, am Eingang herumlungerte. »Gehen wir!« sagte er.

Kellermann blickte ihnen nach. Das Mädchen stand noch immer da.

»Wie lange warst du drin?« fragte Kellermann. Er brauchte ihr nicht zu erklären, was er meinte. Das Wort ›drin‹ bedeutete nur eins.

»Zweieinhalb Jahre«, sagte sie. »Erst Gefängnis, dann Buchenwald.«

Er spürte so etwas wie Sympathie für sie. In der elenden Atmosphäre des ›Totenhauses‹ wirkte sie, trotz des Drecks an Händen, Gesicht, Hals und trotz ihres sackartigen, viel zu weiten Kleides, wie ein frischer, gesunder Hauch – vielleicht auch nur, weil sie ein solcher Neuling in dieser Gesellschaft war. Ein rotes Band hielt ihr weiches, dunkel glänzendes Haar dicht zusammen. In ihren Augen leuchtete es munter auf, ein lustiges Licht, und wenn sie Kellermann ins Gesicht blickte, richteten sich ihre Pupillen so intensiv auf ihn, daß sie fast ein wenig zu schielen schien. Ihre Haut war von der Sonne gebräunt – eine glatte, gut durchblutete Haut –, erstaunlich, wenn er an ihre zweieinhalb Jahre im Gefängnis und Lager dachte.

»Weswegen haben sie dich eingesperrt?« fragte er.

»Weswegen...?« sagte sie. »Mein Gesicht hat ihnen nicht gepaßt wahrscheinlich.«

»Entschuldige«, sagte er.

»Ich mag es nicht, wenn mich einer ausfragt. Ich bin in meinem Leben schon zu viel ausgefragt worden, und ein Vergnügen ist es nie gewesen.«

Sie setzte sich und spielte mit ihren Zehen. Sie hatte gut geformte

Füße, gute Beine, hübsche Knie und geschmeidige Hüften – ihre Art zu sitzen gab ihm Gelegenheit genug, dies alles in sich aufzunehmen.

»Ich heiße Marianne.«

»Mein Name ist Rudolf Kellermann.«

»Du bist allein?« Sie rückte unmerklich näher.

Er spürte es und sagte: »Ja.« Nach einer Weile fuhr er fort: »Das heißt, ich war nicht allein. Da war noch ein alter Mann, aber ihn haben sie ins Krankenhaus gebracht. Man sagt, in etwa drei Wochen kommt er heraus.«

Marianne dachte: Er gehört wohl zu der Art, die sich mit alten Leuten abschleppt. »Du solltest dir jüngere Freunde anschaffen«, riet sie.

»Ich war mit ihm im Lager Paula«, sagte Kellermann. »Wir sind zusammen von dort ausgerückt. Er ist kein sehr praktischer Mensch – ein alter Professor. Zu seiner Zeit war er eine Berühmtheit, Professor Seckendorff von der Universität München.«

»Ich weiß, wer er ist«, sagte sie rasch.

»Woher?«

Kellermann spürte, wie gespannt sie plötzlich war.

Sie griff oben in ihr Kleid und nahm einen verschmierten Zeitungsausschnitt heraus. »Aus der neuen Zeitung, die die Amerikaner jetzt herausgeben...«

Kellermann durchflog den Artikel mit gemischten Gefühlen. Es war eine Zuschrift an die Redaktion, von einem Dr. Friedrich Groß vom Kremmener Behelfskrankenhaus unterzeichnet, der schrieb, daß er früher bei Seckendorff Latein studiert habe. ›Es mag den Herausgeber und die Öffentlichkeit im allgemeinen interessieren...‹, begann er und gab in allen Einzelheiten und etwas hochtrabend die Geschichte des Professors und seiner zwei Kinder bis zu dem Augenblick wieder, in dem dieser in Herrn Bendels Büro zusammenbrach und in das Krankenhaus geschafft wurde, wo er nun vom Unterzeichneten gepflegt werde. Der Brief schloß mit der Bemerkung, daß Männer wie Professor Seckendorff Deutschlands Bestes repräsentierten, das wahre Deutschland der Dichter und Denker.

Bewegt wie immer, wenn er an die Geschichte des Professors

dachte, gab Kellermann den Zeitungsausschnitt zurück. Das Mädchen faltete ihn sorgfältig und verstaute ihn wieder zwischen ihren Brüsten. Sie dachte, was für ein Glück, daß sie diese Zeitung gefunden und sie so gründlich gelesen hatte und nun gerade hier auch noch auf den Mann traf, der ihr mehr über Seckendorff erzählen konnte. Aber sie hatte immer einen Instinkt für das ihr Nützliche gehabt; eine gute Nase, wie die Leute es nannten, mit der sie Witterung nahm. Sie brauchte bloß dieser Witterung zu folgen; das eine Mal, wo sie ihren Instinkt nicht beachtete, war sie verhaftet worden und hatte im Gefängnis geendet. Was mußte sie auch ihre Hand in die Tasche ausgerechnet eines Polizeiers in Zivil stecken! Ihr Instinkt hatte sie gewarnt – aber der Kerl hatte so dick und gemütlich, so gut angezogen, so solide und dumm ausgesehen.

»Warum hast du dir den Ausschnitt aufbewahrt?«

Sie war so vertieft in ihre Gedanken und in den Plan, der in ihrem Kopf umherschwirrte, daß Kellermann seine Frage wiederholen mußte.

»Wie? Ach ja...« Sie beschloß, sich noch etwas zurückzuhalten.

»Also – warum? Mir kannst du doch vertrauen?«

Sie wußte sehr wohl, daß sie ihm vertrauen konnte. Aber darum ging es nicht.

»Sehr einfach«, sagte sie schließlich. »Ich heiße nämlich auch Seckendorff.«

Sie sah ihn an. Auf seinem Gesicht spiegelte sich Überraschung, Freude und schließlich Zweifel. Während der ganzen Zeit, in der er mit dem Professor gewesen war, hatte der alte Mann, sooft er auch von seinen Kindern sprach, eine Marianne Seckendorff nie erwähnt.

Sie zog ein anderes Stück Papier hervor. Bendels Anweisung auf einen Platz im ›Totenhaus‹. Da stand ihr Name, schwarz auf weiß, vom Leiter des Wohlfahrtsamtes gegengezeichnet: Marianne Seckendorff.

»Bist du mit dem Professor verwandt?«

Ihre Antwort kam sofort und sehr glatt. »Ich bin seine Nichte... Hans und Clara, die armen. Damals wurde ich auch verhaftet, in München, vor der Universität. Sie versuchten, mich zum Sprechen zu bringen. Ich sollte gestehen, daß ich geholfen hätte, die Flugblätter zu verteilen. Aber ich habe ihnen nichts gesagt. Es war schrecklich. Sie schlugen mich auch... Nein, Narben sind keine zurückgeblieben«, fügte sie hastig hinzu. »Ich weiß nicht, womit sie geschlagen haben, aber ich dachte, ich halte es nicht aus.«

Kellermann, der derlei mehr als einmal durchgemacht hatte, sagte verständnisvoll: »Red nicht mehr davon. Versuch es zu vergessen. Ich weiß, wie es ist. In den Nächten kommt es wieder...«

»Ich habe nichts zugegeben!« wiederholte sie stolz und blickte ihn intensiv an. Ihre Augen fingen an leicht zu schielen.

Und sie hatte tatsächlich nichts zugegeben. Die Geheime Staatspolizei, die sich die kleine Taschendiebin der merkwürdigen Namensgleichheit mit den beiden Studentenführern wegen vornahm, hatte bald festgestellt, daß hier ein Zufall vorlag, ebenso wie die etwa gleichzeitige Verhaftung der Tochter des Heidelberger Dachdeckers Seckendorff und der beiden Kinder des Münchner Professors Seckendorff, noch dazu in der gleichen Gegend, der gleichen Stadt, Zufall gewesen war. Das Verfahren gegen Marianne Seckendorff war kurz und korrekt gewesen und hatte mit ihrer Verurteilung zu einer Gefängnisstrafe geendet.

»Festigkeit scheint ja in deiner Familie zu liegen«, sagte Kellermann, ein großes Kompliment bei ihm. Die Zurückhaltung, die in seiner Natur lag, ließ nach. Er begann Gefühle, die er für den Professor hegte, auf sie zu übertragen – vielleicht trat noch etwas anderes hinzu. Die Jahre im Lager hatten seine Sinne abgestumpft, jetzt belebten sie sich wieder. »Du verdienst etwas Besseres als das hier«, sagte er fast grob. »Wir müssen hier heraus, du, ich, alle. Sonst verrecken wir noch in diesem Dreck!«

Sie gab ihm recht. Ein paar Stunden im ›Totenhaus‹ genügten ihr. Dies war nicht die richtige Bleibe für sie.

»Du und ich«, begann sie vorsichtig, »wir könnten es vielleicht schaffen. Ich habe zwar bisher nur wenig von Kremmen gesehen, aber soviel ist klar, hier ist genug da, damit zwei Menschen, die nicht auf den Kopf gefallen sind – und die entschlossen sind, nicht unterzugehen...«

Er spürte seine Enttäuschung wie einen Stich. Aber einmal war sie doch in die Studentenrevolte verwickelt gewesen! Wie dilettantisch, wie vergeblich der Versuch auch gewesen war, es hatte doch ein gewisser Opfermut, eine gewisse Selbstverleugnung dazugehört... »Es geht nicht nur um dich und mich«, sagte er geduldig, »es geht um alle hier. Wir haben das Lager, das Gefängnis, die Verhöre und all das überstanden – wir sind die einzigen im Lande, die saubere Hände haben – wir haben eine Art Verpflichtung – auf uns ruht die Zukunft – verstehst du das?«

Marianne verstand sehr gut. Der Mann war übergeschnappt. Gewiß – ein armer Kerl, wie er so dasaß, noch immer nicht viel mehr als ein Skelett, in seinem zerschlissenen gestreiften Zeug. Aber sie besaß zuviel Vernunft, um sich irgendwelchen Gefühlen zu überlassen und sich mit diesem Menschen zu belasten. So unterdrückte sie ihre Anwandlung von Mitleid, tat aber mitleidig, sprach ihm mit sanfter Stimme gut zu, Kellermann gewann wieder Vertrauen, und sie konnte alles, was sie über den Professor wissen wollte, aus ihm herausholen – Lebensumstände, Anschauungen, persönliche Eigenheiten; weiter, was er von den Professorenkindern, ihren Ideen, ihrem Verhalten und Aussehen wußte; Einzelheiten aus dem Verfahren gegen Seckendorff vor dem Volksgerichtshof in München; des Professors Leben im Lager Paula, der Privatunterricht in mittelalterlichem Latein, den er Dr. Valentin, dem Lagerarzt, erteilt hatte. Je mehr Kellermann über diese Dinge sprach, desto mehr ereiferte er sich und desto mehr erzählte er ihr; bis er schließlich glaubte, er habe sie auf den Weg zurückgeführt, den sie einst doch beschritten haben mußte; sie aber hatte ein ziemlich komplettes Bild des Professors und seiner Märtyrer-Kinder erhalten.

»Verstehst du jetzt, was ich will?« fragte er sie, und es schimmerte feucht in seinen Augen. »Willst du mir helfen?«

»Dir helfen? Wobei?«

Er erklärte ihr seinen Plan. Ein großes Sanatorium mit breiten Fenstern, mit viel Licht und Liegeterrassen; Verpflegung und ärztliche Betreuung für die Opfer der Lager und Gefängnisse; Werkstätten, in denen man auf neue und nützliche Berufe vorbereitet wurde; Lehrgänge über Demokratie und Verwaltung; eine Schneiderwerkstatt und eine Schusterei, um die Gäste auszustatten für den Eintritt in ein neues Leben. »Und es ist alles vorhanden. Es wartet nur darauf, daß wir es uns nehmen. Die Reichen haben im Krieg sehr gut gelebt. Wir brauchen nur zu organisieren und es in die Tat umzusetzen!«

Es fehlte dem Mädchen nicht an Phantasie. Sie konnte sich den großen, palastartigen, sonnigen Bau durchaus vorstellen, und sich selber mitten drin. Es war, als sähe sie durch die feuchten, von Schwamm durchsetzten Mauern des ›Totenhauses‹ hindurch, den Blick starr auf einen Punkt in der Ferne gerichtet.

Dann sagte sie: »Ja, das wäre schön. Das möchte ich haben. Und ich werde es mir auch verschaffen. Ich werde es lange vor dir erreichen, aber nicht, indem ich darauf warte, daß das Gesindel hier sich endlich zusammenreißt. Ich bin jung, an mir ist alles dran. Rudolf Kellermann, du bist ein Träumer. Warum wachst du nicht auf?«

Kellermann zuckte zusammen. Das ›Totenhaus‹ senkte sich wieder um ihn. Er sah, wie sie fortging. Er fühlte sich nicht einmal traurig.

Yates und Karen hatten eine Abmachung getroffen. Sie sollte ihm beim Umbruch seiner Zeitung helfen, die in einem Keller unter der zerstörten Druckerei der früheren Kremmener ›Allgemeinen Zeitung‹ mit Maschinen, die man noch hatte retten können, gedruckt wurde. »In Coulter«, hatte er ihr eingestanden, »kam jeden Nachmittag ein Junge mit Struwwelhaaren auf seinem Fahrrad vorbei und warf die Zeitung vorn auf die Veranda. Das ist alles, was ich vom Zeitungswesen weiß.« Er würde ihr dagegen alles Material, das sie für eine Artikelserie ›Das Leben in einer von den Amerikanern besetzten deutschen Stadt!‹ brauchte und das er in seiner Dienststelle erhielt, zur Verfügung stellen.

Karen arbeitete gern mit ihm; sie sprach mit ihm über das und jenes, und sie schätzte seine Art Abramovici gegenüber. Sie wußte, daß auch Yates sie mochte, und sie erwartete beinahe, daß er das alte Spiel mit ihr, das er in der Normandie begonnen hatte, wieder aufnehmen würde; aber sie wußte auch, wie enttäuscht sie sein würde, wenn er es wirklich täte.

Sie trat in den Keller und ging an den leise tickenden Setzmaschinen vorbei, dann durch einen winzigen Raum – ein Zwischending zwischen Archiv und Empfangszimmer, in dem Abramovici uneingeschränkt herrschte, und kam dann in eine Art Verschlag, in dem Yates seine Redaktion aufgeschlagen hatte. Er saß über ein paar Korrekturbogen gebeugt. Das gelbliche Licht der elektrischen Birne ließ die Falten an seinen Augen tiefer erscheinen, die verrieten, wie sehr er im Krieg gealtert war, und warf scharfe Schatten auf sein Gesicht, so daß die schmale Nase länger, die Wangen hagerer, Kinn und Stirn sogar stärker vorgebaut wirkten als in Wirklichkeit. Oder kam der Eindruck daher, daß er zu schwer arbeitete?

Er zog einen Stuhl für sie heran. »Arbeit oder Vergnügen?«

»Arbeit.«

»Immer Arbeit, was? Gut...« Er nahm die Ausgabe seiner Zeitung von der letzten Woche und gab ihr eine ziemlich rohe Übersetzung der Zuschrift von Dr. Groß. »Was halten Sie davon?«

»Nichts für mich. Alte Sache, die Münchner Studentenrevolte. Tex Myers hat darüber schon für ›Collier's‹ geschrieben.«

»Ach so!« sagte er. »Aber was ist denn aus Kellermann geworden?«

»Und wer ist Kellermann?«

»Der andere. Der Schatten des Professors. Sie sind damals beide zusammen aus dem Lager Paula geflüchtet. In Neustadt tauchten sie zusammen auf und wurden dort Troy und mir vorgeführt – durch Bing –« Er hielt inne. »Entschuldige, Karen.«

Sie schwieg... Die enge, winkelige Straße in Neustadt, Frühlingssonne auf Kopfsteinpflaster; sie selber und der Junge; und plötzlich war Bing auf zwei einsame Gestalten zugegangen, die von allen gemieden wurden, den alten Mann, der am Rinnstein saß, und den anderen, der müde neben ihm stand... Es schmerzte nicht mehr, nur ein dumpfer Druck war geblieben tief in der Brust.

»Seien Sie nicht so empfindlich«, sagte sie schroff. »Bing hatte die beiden zu Ihnen geführt – und dann?«

»Ich dachte seinerzeit, ich könnte diesen Kellermann zum Bürgermeister von Neustadt machen. Aber der katholische Pfarrer widersetzte sich, und wir einigten uns schließlich auf einen Apotheker, der, wie ich später hörte, von den Nazis gehängt wurde, als sie noch einmal in die Stadt zurückkamen.«

»Und Sie wollen diesen Kellermann noch immer zum Bürgermeister machen?«

Yates lächelte nicht mehr. »Hierorts bestimmt Willoughby, wer Bürgermeister wird.«

»Und wo liegt darin für mich ein Artikel?«

»Was ist aus Menschen wie Kellermann geworden? Wie leben sie jetzt? Was für Arbeit haben sie gefunden? Haben sie, die aus dem Konzentrationslager kommen, irgendeinen Einfluß? Was tat Herr Lämmlein für sie? Bedienen wir Amerikaner uns ihrer? Oder was treiben sie sonst?«

»Sie haben da einen guten Gedanken«, sagte sie langsam, »aber ich fürchte, amüsant wird die Geschichte nicht.«

»Dennoch sollte man etwas darüber veröffentlichen«, sagte er trocken.

Sie hörten Abramovicis unverkennbaren Schritt. Er kam hereingestampft, mit Dreck bespritzt, und verkündete entrüstet: »Eine Zeitungsredaktion sollte zu erreichen sein, ohne daß man mit dem Wagen erst durch einen halbgefüllten Trichter fahren muß.«

»Sie hätten um den Trichter herumfahren können. Das tue ich gewöhnlich. Haben Sie etwas über Kellermann festgestellt?«

»Ich brauche einen freien Nachmittag, um meine Feldbluse zu reinigen. Morgen werde ich Beschwerde an Colonel Willoughby schreiben, daß der Trichter aufgefüllt wird. Auf dem Dienstweg. Sie können es dann unterzeichnen.«

»Nun zu Kellermann!« sagte Yates.

»Ich mußte bis zum Wohlfahrtsamt gehen«, fuhr Abramovici fort. »Der große Mann dort ist ein Herr Bendel. Leute, die einem amerikanischen Korporal gegenüber Dinge verheimlichen, sollten entlassen werden. Das habe ich ihm auch gesagt. Morgen werde ich noch eine zweite Beschwerde, und zwar über Herrn Bendel, an Colonel Willoughby schreiben. Sie können es dann unterzeichnen.«

»Abramovici ist der böse Geist der Militärregierung«, bemerkte Yates zu Karen. »Leider vermutet man dort, ich wäre es.« Er wandte sich wieder an Abramovici und fragte ein drittes Mal nach Kellermann.

Abramovici wischte einen Dreckspritzer von seiner dicken

Wange. »Er ist in einem ziemlich üblen Gebäude zu finden, das auch das ›Totenhaus‹ genannt wird.« Er sah, daß Karen sich zum Gehen fertig machte. »Sie wollen doch nicht etwa Miss Wallace dorthin mitnehmen, Sir! Das verstößt ja gegen alle Vorschriften der Hygiene!«

»Kommen Sie, Lieutenant!« sagte Karen.

Verschnupft fragte Abramovici: »Kann ich nun den Nachmittag dienstfrei haben?«

Yates nickte. In der Tür holte Abramovici ihn ein und drückte ihm etwas in die Hand. Yates besah sich das Geschenk und grinste. Es war eine Büchse Insektenpulver.

Für Yates war es ein ähnliches Erlebnis wie Lager Paula, nur ohne SS; wie das Lager für Verschleppte in Verdun, nur ohne den freien Himmel über den Baracken. Hier bestand der Horizont aus ausgestreckten Händen – jungen und alten Händen, alle von verschiedenartigem Grau; alle waren sie dünn und knochig, forderten, zerrten an ihm und an Karen. Und dann tauchten die Gesichter auf aus dem Halbdunkel des Ganges, und ob es nun Gesichter von Kindern waren oder von Patriarchen, alle trugen sie den gleichen Stempel. Die Augen waren voller Gier, wölfisch, und hatten einen harten Glanz.

Er durchbrach den Wall von Gesichtern. Karen mißfiel seine Brutalität; er war stark und gesund, sie waren nichts, schattenhaft, nur diese Augen. Der Wall zerbarst und wurde zu einer hungrigen Welle, die hinter ihnen herfloß und sie verfolgte, murmelnd und murrend, und jeden Moment über ihnen zusammenschlagen konnte, um den stinkenden Bodensatz des ›Totenhauses‹ über sie zu ergießen.

Yates und Karen liefen rasch, ohne zurückzublicken. Treppen hinauf, durch Gänge und Zimmer und wieder Treppen hinauf; sie sprachen nicht; es gab nichts zu sagen; er packte Karen beim Ellbogen und zog sie mit sich. Schließlich fanden sie Kellermann. Er saß noch auf der Bettstelle, wo Marianne Seckendorff ihn verlassen hatte. Yates jagte alle anderen aus dem Zimmer; sie gehorchten widerwillig, wie geschlagene Hunde.

»Erinnern Sie sich nicht an mich?« fragte Yates. »Wir sind einander in Neustadt begegnet. Ich freue mich, daß Sie soweit gut durchgekommen sind. Was machen Sie jetzt?«

Kellermann war aufgestanden und stand stumpf vor ihm; seine Ohren erschienen zu groß für sein eingeschrumpftes Gesicht. »Ich entsinne mich, ich entsinne mich.«

»Sie sind also bis nach Kremmen gekommen«, fuhr Yates fort, nur um etwas zu sagen. Er spürte Kellermanns unausgesprochene Fragen: Was willst du hier? Das Elend besichtigen? Willst sehen, wie tief die Menschen sinken können? Willst feststellen, was ihr alles versäumt habt?

»Was machen Sie jetzt?« wiederholte Yates seine Frage.

Kellermann zuckte die Achseln und deutete in das Zimmer hinein, auf die wackligen Bettgestelle mit ihren gebrochenen Drahtgeflechtböden; er zeigte auf die schmutzigen, zerrissenen Decken, die armseligen Besitztümer seiner Zimmergenossen – Abfall von einem Abfallhaufen, der weggeworfene Plunder einer zerstörten Stadt.

»Sind Sie krank?«

Bevor Kellermann antworten konnte, wurde die Tür aufgestoßen. Ein Haufe von Insassen des ›Totenhauses‹ kam hereingestürzt, teilte sich; die einen liefen zur anderen Tür wieder hinaus, die anderen suchten Schutz hinter Yates' und Karens Rücken. Ihnen auf den Fersen folgte ein halbes Dutzend blau uniformierte, Gummiknüppel schwingende deutsche Polizisten. Sie trugen ihre glänzenden Metallabzeichen, ließen aber beim Anblick der zwei Amerikaner in Uniform ihre Knüppel sofort sinken.

Yates schrie sie an: »Halt! Seid ihr verrückt, Leute? Ihr glaubt wohl, ihr seid die SS?«

Die Polizisten, die noch eben so wild taten, wurden wieder zu dem, was sie wirklich waren – unterernährte Bürger mittleren Alters, denen nun plötzlich die Macht aus der Hand geschlagen war. Sofort drängte die Gruppe hinter Yates und Karen vorwärts und begann die Polizei zu bedrohen; selbst als jetzt amerikanische Militärpolizei den Raum betrat, hörte das schrille Geschimpf nicht auf. Die Militärpolizisten gaben sich ruhig und lässig; die schmutzige Arbeit hatten sie den Deutschen überlassen.

»Wer zum Teufel, hat Ihnen befohlen, diese Leute zu terrorisieren?« fragte Yates. »Wer führt hier den Befehl?«

»Ich!« rief jemand von der Tür her. Troy bahnte sich einen Weg an seinen Militärpolizisten und der deutschen Polizei vorbei. Sein Gesicht war schweißbedeckt, sein Kragen offen, die Muskeln am Nacken geschwollen.

Dann sah er Karen. Er zog sein Taschentuch heraus, wischte sich die Stirn und den vor Ärger verzogenen Mund und sagte rauh: »Was treiben Sie denn hier? Das ist hier nichts für Frauen! Yates, bringen Sie sie hinaus!«

Sie wandte sich zum Gehen, aber Yates hielt sie zurück.

Troy nahm seine Mütze ab und zerknüllte sie in seiner nicht allzu sauberen Hand. Der erste Ärger war verraucht; er fing an sich zu entschuldigen. »Herrgot noch mal – wir sind zwei Kerlen durch die halbe Stadt nachgejagt, bis hierher, und nun sind sie uns durch die Lappen gegangen. Wie sollen wir hier in diesem Dreckhaus irgend jemand finden, wo die Menschen zu Haufen aufeinander liegen und ihr uns auch noch aufhaltet!«

»Sie haben Ihre Einstellung seit Lager Paula etwas geändert, nicht?« bemerkte Yates.

Troy spürte Karens Blick. Wieder trat ihm der Schweiß aus allen Poren. »Was soll ich denn tun!« entgegnete er gereizt. »Sie haben jetzt Banden gebildet, sie stehlen en gros, und das ist noch das wenigste. Und ich soll in dieser Stadt Ordnung halten.«

Yates wandte sich zu Kellermann. »Wer sind die Anführer?« Kellermann schwieg.

»Sie schaden nur Ihrer eigenen Sache. Wer sind sie? Wie können wir sie finden?«

»Tut mir leid«, sagte Kellermann.

»Haben Sie Angst, es mir zu sagen?«

»Nein.«

»Helfen Sie uns doch, Herr Kellermann.«

»Die Leute klauen, weil ihnen nichts anderes übrigbleibt«, sagte Kellermann gleichmütig.

Troy musterte ihn. »Kenne ich diesen Burschen nicht, Yates? Ist das nicht Ihr ehemaliger Kandidat für den Posten des Bürgermeisters in Neustadt?«

»Derselbe«, bestätigte Yates.

»Und steckt mit denen hier unter einer Decke!« Der Gedanke an Neustadt, an die persönliche Niederlage, die er damals erlebt hatte, ließ Troy auch den letzten Rest von Geduld verlieren. »Sie suchen sich hervorragende Leute aus, Yates, finden Sie nicht?«

Karen blickte von Kellermann zu Yates und von diesem zu Troy. Troy betrachtete seine Stiefel. Dann sagte er tonlos: »Wir können ebensogut gehen.«

»Ich möchte noch etwas mit Kellermann besprechen«, sagte Yates. »Karen und ich sind nämlich hierhergekommen, um Material zu sammeln.«

Troy kaute auf seiner Lippe. Plötzlich befahl er: »Sergeant! Lassen Sie das Ganze hier räumen!« Und zu Kellermann gewandt: »Sie bleiben!«

»Also los, los!« bellte der Sergeant der Militärpolizei. Die deutsche Polizei machte sich an die Arbeit: »Raus! Raus!«

Schließlich war alles ruhig, und Yates fragte: »Wie finden Sie Ihr Material, Karen?«

Karen antwortete nicht. Sie trat zu Troy und zog seinen Schlips zurecht.

»Ich versuche das Richtige zu tun«, sagte Troy mißmutig.

»Ich weiß«, sagte sie.

»Wenn ich diesen Banden nicht das Handwerk lege, habe ich morgen den gleichen Ärger, und in einer Woche ist es noch schlimmer.«

»Aber Zustände lassen sich doch nicht einlochen…«, sagte sie, um ihm zu helfen.

Yates ärgerte sich. »Wir haben diese Leute aus dem Lager Paula befreit. Vielleicht war das nicht genug. Vielleicht müssen wir mehr tun als das.«

»Aber was?« fragte Troy verbittert. »Glauben Sie nicht, daß ich am liebsten diesen ganzen Bau mit seinem Gestank und seinem Dreck in die Luft jagen würde?«

Yates verlor seine Selbstsicherheit. »Ich weiß nicht«, sagte er seufzend. »Der ganze Karren ist verfahren!« Ja, wenn Bing doch noch lebte! Bing hätte vielleicht eine Lösung gehabt… Fast bösartig wandte er sich zu Kellermann um: »Und Sie, warum sind Sie nicht zu uns gekommen? Wir versuchen doch, Deutsche zu finden, auf die wir uns verlassen können!«

»So wie ich aussehe?« fragte Kellermann.

Man hätte ihn hinausgeworfen. Yates wußte es. Ein Schatten eines Mannes, mit zottigem Haar, Stoppelbart, entzündeten Augen, zerfetzten Schuhen und in der gestreiften Kleidung vom Lager Paula, zerrissen und geflickt und dann wieder zerrissen.

»Hat Ihnen denn niemand einen anständigen Anzug verschafft? Schuhe?«

»Nein.«

»Haben Sie nicht selbst einen beantragt?«

»Bei wem denn? – Können Sie mir eine Zigarette geben?«

Yates zog hastig sein Päckchen heraus. »Hier, nehmen Sie sie alle. Entschuldigen Sie, ich hätte früher daran denken sollen.«

»Ich weiß, was der Hauptmann hier will«, sagte Kellermann. »Die Polizei besucht uns hier regelmäßig. Aber was will denn sie hier?« Mit einer Kopfbewegung wies er auf Karen, die schweigend alles beobachtete und alles zu verstehen schien.

Yates gab Kellermann Feuer. »Miss Wallace kommt von einer amerikanischen Zeitung. Sie möchte feststellen, was aus euch ehemaligen Häftlingen geworden ist. Einen Artikel daraus machen.«

Kellermann betrachtete sie. »Einen Artikel? Was gibt's da zu schreiben. Hier in Kremmen hat sich nichts geändert.«

»Vielleicht liegt gerade darin, daß sich hier nichts verändert hat, der Kern des Artikels.« Yates wurde sich bewußt, daß er mit dieser Antwort, die ihm fast von selbst gekommen war, das Problem erfaßt hatte.

Kellermann lachte leise. »Ich bin zum Wohlfahrtsamt gegangen. Es sitzt dort noch immer der gleiche Beamte, der uns in der Republik die Arbeitslosenunterstützung versagte und uns unter Hitler bei den Nazis denunzierte. Nun verbannt er uns hier ins ›Totenhaus‹.«

»Glauben Sie nicht, daß wir den Kerl hinauswerfen würden, wenn uns der Fall zur Kenntnis gebracht würde?«

»Herr Bendel sitzt in seinem Amt auf Anordnung von Herrn Lämmlein. So ist es mit allen wichtigen Beamten.«

»Was sagt er da über Lämmlein?« wollte Troy wissen.

Yates informierte Karen und Troy über das Wesentliche und fragte: »Seine Angaben stimmen doch?«

»Sicher –« Troy begann sich zu verteidigen. »Ich kann schließlich nichts unternehmen, wenn Willoughby...«

»Natürlich kann er nichts dagegen unternehmen«, sagte Karen zu Yates. »Aber was schlagen Sie vor, was wir für den Mann hier tun können?«

Mit erzwungenem Lächeln machte Yates Kellermann eine Reihe wohltätiger Anerbieten. Kellermanns Ausdruck wurde immer zynischer. Yates geriet ins Stocken. »Was ist eigentlich los mit Ihnen. Oder sind Sie mit Ihrem augenblicklichen Zustand so zufrieden?«

Kellermann unterbrach ihn. »Also vielleicht besorgen Sie mir einen Anzug und ein Paar Schuhe; das wäre ganz schön. Vielleicht versuchen Sie auch, mir eine Arbeit in irgendeiner amerikanischen Küche zu verschaffen. Das wäre auch ganz schön. Wenigstens würden Sie sich dann besser fühlen.« Er drückte seine Zigarette sorgfältig aus und verwahrte den Stummel.

So etwas hätte auch Bing sagen können. Zornig vor Hilflosigkeit fragte Yates: »Aber was wollen Sie denn nun eigentlich?«

»Das würden Sie nicht verstehen!«

»Haben Sie doch etwas Vertrauen, Herr Kellermann. Ich kann versuchen, es zu verstehen.«

»Das Vertrauen habt ihr schon fast verspielt – ihr Amerikaner«, sagte Kellermann. »Und wir brachten euch soviel Vertrauen entgegen nach eurem Sieg über die Nazis... Es geht hier ja nicht um mich. Es geht um viele, um Tausende, Zehntausende, um Menschen, die Ihnen helfen würden, dieses Land in etwas Besseres zu verwandeln... Nein, Herr Oberleutnant. Ihre Wohltätigkeit können Sie sich mir gegenüber sparen. Ich verlasse dieses Haus erst, wenn auch alle anderen es verlassen.«

Kellermann hatte ein wenig Farbe bekommen. Endlich hatte er ausgesprochen, was er schon seit langem hatte sagen wollen. Und doch fühlte er nach seinen Worten, wie unsinnig all dies war. Er brauchte doch einen Anzug, und er brauchte Arbeit, und nun hatte er den einzigen Amerikaner, der ihm Vertrauen schenkte, vor den Kopf gestoßen.

Yates aber war weniger betreten als enttäuscht. Dann dachte er: Auch wieder ein Opfer unseres verdammten Improvisierens. Und lag es tatsächlich nur am Improvisieren? Oder steckte etwas sehr viel Ernsteres dahinter? Nicht ohne Bitternis erklärte er Karen und Troy: »Kellermann lehnt Hilfe für sich allein ab. Er verlangt von uns, daß wir das ganze Problem lösen.«

»Ja, aber wie?« fragte Troy. »Wenn er einen Weg sieht, ich versuche es gern.«

Yates sprach nun wieder deutsch: »So, was möchten Sie denn, das wir nun tun sollen, Herr Kellermann?«

Kellermann sah, daß er den schwarzen Peter jetzt hatte. Es war leicht, einem Mädchen wie Marianne einen utopischen Plan auseinanderzusetzen – aber Träume waren keine konkreten Vorschläge. »Holen Sie uns von hier heraus«, begann er zaudernd. »Ein großes Haus für alle – Bäume – Licht – Rehabilitierung – Lehrgänge – Werkstätten...« Er begriff, daß er sich zwingen mußte, ganze Sätze zu bilden. Er preßte seine Hände zusammen. »Verstehen Sie mich – überlassen Sie uns eines dieser großen Landhäuser, die Villa Rintelen zum Beispiel. Wir werden sie schon gut verwalten. Aber das ist vielleicht zuviel verlangt. Geben Sie uns nur irgendein intaktes Haus. Geben Sie uns Gelegenheit zu arbeiten. Wir wollen ja arbeiten. Wir wollen unser Leben wieder aufbauen...«

Yates übersetzte peinlich genau.

Aber hinter den Worten von Kellermanns Traum konnte Yates eine andere Stimme hören – Willoughby, der in dem schmutzigen Zimmer im ›Goldenen Lamm‹ zu Rollingen neben dem Waschtisch auf dem Großvaterstuhl gesessen und ganz offen die Frage gestellt hatte: Wofür eigentlich, glauben Sie, hat das amerikanische Volk seine Armee nach Europa geschickt?

Viertes Kapitel

Willoughby empfing Karen und Yates im Konferenzzimmer der Militärregierung. Er war gut gelaunt und mitteilsam. »Die Einrichtung hier stammt aus den Rintelen-Werken«, sagte er. Seine Hand glitt über das kremfarbene, glatte Holz des ovalen Tisches. »Die Wände habe ich mit Tuch ausschlagen lassen, der Raum wirkt dadurch wärmer. Und die frisch verputzten Stellen werden verdeckt.«

In der Ecke stand auf einer kleinen hölzernen Plattform die amerikanische Fahne. Willoughby machte eine Handbewegung zu dieser Fahne hin. »Geschenk des Generals. Er will in jedem Dienstraum eine Fahne haben, aber wir haben nicht genügend. Ich habe ein ganzes Gros angefordert. In der Zwischenzeit muß diese hier reichen.«

Er ließ sich in einen riesigen Drehstuhl am Ende des Tisches fallen und wies auf die zwei kleineren Stühle zu beiden Seiten. »Setzen Sie sich hierher! Ich klingle gleich nach den Deutschen und zeige Ihnen, wie wir hier arbeiten. Alles geht sehr reibungslos, sehr zivilisiert zu; ich habe sie gut im Zuge.«

Er lachte von neuem und legte seine fleischigen Finger auf Karens Hand. »Ich habe gehört, Sie haben unseren wohltätigen Einrichtungen einen Besuch abgestattet. Glauben Sie nicht, daß ich etwa die Schattenseite von Kremmen nicht kenne! Geben Sie uns etwas Zeit, Miss Wallace, nur etwas Zeit!«

Er erwartete eine Antwort. Da sie aber nur nickte, wandte er sich zu Yates. »Und das bezieht sich auch auf Sie, Lieutenant. Die Straße zu Ihrer Druckerei lasse ich Ihnen gern in Ordnung bringen, aber überlassen Sie die Wahl meiner deutschen Mitarbeiter bitte mir. Ich bin froh, daß ich überhaupt welche habe. Ich kann mich nicht hinstellen und an eines Herrn Bendel Stelle die Lebensmittelkarten ausgeben – oder erwarten Sie von mir, daß ich das auch noch übernehme?«

»Nein«, sagte Yates, »das kaum, offen gesagt.« Er unterdrückte ein Grinsen. Abramovicis sauber geschriebene Geschosse mußten genau auf Willoughbys Schreibtisch niedergegangen sein, und da der dienstliche Schriftverkehr durch viele Hände ging, kostete es Willoughby wahrscheinlich einige Mühe, freundlich zu bleiben.

»Hat Troy mit Ihnen wegen der Villa Rintelen samt Park gesprochen?« fragte Yates beiläufig. Da Willoughby in Karens Anwesenheit höflich sein mußte, so dachte Yates, jetzt sei der Moment, diese Angelegenheit auch gleich zur Sprache zu bringen.

Willoughby massierte sich die Kinnbacken. »Ja, er hat etwas davon erwähnt. Liegt bei Ihnen ein besonderes Interesse vor?«

»Nein«, sagte Yates, »kein persönliches zumindest.«

Karen beobachtete die beiden mit einem verhaltenen Lächeln. Eine schöne, harte Auseinandersetzung machte ihr Freude, und hier entwickelte sich eine, so verbindlich der Ton auch war und so ruhig die Stimmen auch blieben.

»Sie haben also Miss Wallace in das Heim für die Opfer des Nationalsozialismus mitgenommen?« sagte Willoughby.

»Ja. Ist dagegen etwas einzuwenden, Sir?«

»Nein, selbstverständlich nicht! Und dadurch ist Captain Troy auf den Gedanken gekommen, um die Überlassung des Rintelen-Hauses für diese Leute anzusuchen?«

»Ich glaube, wir haben unter anderem auch eine solche Möglichkeit besprochen«, sagte Yates. »Werden Sie nun den Besitz beschlagnahmen?«

»Ich ziehe es ernsthaft in Erwägung, Lieutenant!« sagte Willoughby.

»Kann ich es in der Zeitung bekanntgeben?« Yates zog das Notizbuch hervor, das er sich seit Übernahme seiner neuen Arbeit zugelegt hatte.

»Wir wollen nicht voreilig handeln«, sagte Willoughby gedankenvoll. Er warf einen Blick auf seine Uhr. »Punkt zehn«, bemerkte er und griff nach der kleinen Silberglocke, die neben einem Aschenbecher vor ihm stand. »Preußische Pünktlichkeit! Imponiert diesen Deutschen.«

Die Glocke läutete. Sie schwang noch in Willoughbys Hand, als die Flügeltüren aufgingen und die Deutschen mit Loomis als Bedekkung hereingelassen wurden. Sie stellten sich hinter ihren Stühlen auf, Lämmlein am anderen Ende des Tisches, Willoughby genau vis-à-vis. Dann verbeugten sie sich leicht in Richtung von Willoughby. Auf ein Zeichen von Loomis hin zogen sie die Stühle zurück und setzten sich hastig nieder, sehr gezwungen, sehr steif, auf ihren Gesichtern ablesbar die Bedeutung des Augenblicks.

»Das ist meine Handelskammer«, flüsterte Willoughby Karen zu. »Solide Leute, was?«

Er stellte die Glocke neben den Aschenbecher. »Guten Morgen, meine Herren!«

»Guten Morgen, Herr Oberstleutnant«, kam es fast wie aus einem Mund...

Yates betrachtete die Gesichter an der Tischrunde. Es waren ihrer zehn, Lämmleins mit einbegriffen – alles Männer verschiedener Herkunft, aus verschiedenen Berufen und von verschiedenem Alter, und dennoch einander ähnlich in ihrer preußischen hölzernen Haltung, ihrer Gehemmtheit. Nur der graue Herr, der Willoughby gegenüber saß, schien einigermaßen unbefangen zu sein, obwohl er mit seinem gestärkten Hemdkragen und seinem engbrüstigen Anzug wie ein kleiner Buchhalter aussah.

»Lieutenant Yates, Herausgeber unserer Zeitung in Kremmen«, stellte Willoughby vor, »und Miss Wallace von der amerikanischen Presse. Loomis, würden Sie bitte den Herrn Bürgermeister und die Herren der Handelskammer mit unseren Gästen bekannt machen?«

Loomis erhob sich und verlas an Hand einer Liste Namen der Anwesenden und die Berufszweige, die sie vertraten. Jeder der Herren stand auf, sobald sein Name fiel, verbeugte sich gegen Willoughby hin, setzte sich wieder und atmete danach schneller, so als hätte er gerade eine Hürde genommen.

»Die Tagesordnung?« fragte Willoughby.

Bürgermeister Lämmlein hob eine elegante Aktentasche vom Boden und legte sie behutsam auf den Tisch. Dann zog er ein Schlüsselbund aus der Tasche, wählte unter verschiedenen Schlüsseln sorgfältig den passenden aus, schloß die Aktentasche auf, entnahm ihr eine Liste von Punkten zur Tagesordnung und las diese erst auf englisch und dann auf deutsch vor. Die neun Herren der Handelskammer nickten ernsthaft zu jedem Punkt – Yates fand die Themen sämtlich belanglos. Er lehnte sich zu Willoughby hinüber und flüsterte: »Nichts zur Frage der Werke?«

Willoughby runzelte die Stirn. »Nicht auf der Tagesordnung.«

»Ach so«, sagte Yates. »Und wann gedenken Sie die Sache zu behandeln?«

»Geduld! Geduld!« sagte Willoughby leise.

Ein glatzköpfiger, gewichtiger Herr mit einer Goldkette an der Weste verlas Zahlen. Er vertrat den Kohlenhandel der Stadt; er beklagte die Tatsache, daß die Zahl der Konzessionen eingeschränkt werden müsse, erstens, weil so wenig Kohle zur Verfügung stehe, und zweitens, weil in dieser Branche sowieso zu viele Firmen tätig seien.

Lämmlein übersetzte, und Willoughby murmelte zustimmend. »Fragen Sie ihn bitte, Lämmlein, ob er eine Liste der Leute ausgearbeitet hat, die Lizenzen erhalten sollen.«

Der Vertreter des Kohlenhändlerverbandes hatte selbstverständlich eine solche Liste schon bereit und begann umständlich Firmen und Adressen vorzulesen. Schließlich faltete er sein Papier zusammen und blickte Lämmlein fragend an. Lämmlein wiederum sah zu Willoughby hinüber.

Willoughby, dem der eine Kremmener Kohlenhändler so lieb war wie der andere, sagte: »Nun, sollen wir ihnen die Lizenzen erteilen?«

»Ich glaube schon«, sagte Lämmlein.

»In Ordnung«, sagte Willoughby. »Nächster Punkt.«

»Eine Frage!« sagte Yates.

»Eine Frage?« sagte Willoughby. Er langte nach seiner Glocke und spielte damit. Dann seufzte er auf. »Also gut. Aber machen Sie's kurz. Wir haben eine verflucht lange Tagesordnung!«

»Wie lange besteht der Verband der Kohlenhändler?« Yates sprach Englisch, weder Lämmlein noch der Mann mit der Kette über dem Bauch sollten wissen, daß er Abweichungen in ihren Aussagen sehr wohl feststellen könnte.

Der Vertreter des Verbandes sagte, nachdem ihm die Frage übersetzt worden war: »Fünfzig Jahre«, und Lämmlein wiederholte: »Fifty years.«

»Die Tätigkeit Ihres Verbandes während der letzten dreizehn Jahre blieb unverändert?«

»Unverändert.«

»Die Herren des Vorstandes blieben während dieser dreizehn Jahre die gleichen?«

Dem Vertreter des Verbandes war dieses Herumreiten auf den letzten dreizehn Jahren peinlich, waren es doch gerade die Nazi-Jahre. Lämmlein übersetzte, ohne eine Miene zu verziehen, die Antwort: »Es hat einen Wechsel gegeben. Der Verbandssekretär verstarb im Jahre 1938 an Angina.«

»Der Verband hat, wie jede andere Organisation im Lande, gemäß den Grundsätzen des Nationalsozialismus gearbeitet?«

»Mußten wir doch!« sagte der Kahlköpfige. Seine Glatze hatte einen rötlichen Schimmer angenommen, und winzige Schweißperlen glänzten darauf.

»Wenn Sie nun die Zahl der zugelassenen Kohlenhändler einschränken, nach welchen Gesichtspunkten wählen Sie aus?«

Er erhielt die Antwort von Lämmlein direkt: »Nach der Stabilität des Unternehmens.«

Willoughby räusperte sich. Er fand, das Spiel hatte nun lange genug gewährt.

Yates aber ließ sich nicht beirren und befragte den Mann weiter. »Stabilität des Unternehmens – wenn Sie die Konkurrenz einschränken, wenn dem übriggebliebenen Händler der Markt garantiert ist und wenn Warenmangel herrscht, muß einfach jedes Unternehmen stabil sein. Meinen Sie nicht auch, daß die gleichen Leute, die unter den Nazis Ihren Kohlenhändlerverband und die Handelskammer leiteten, jetzt dadurch, daß sie die Lizenzvergaben bestimmen, eine noch größere Macht über das Wirtschaftsleben der Stadt ausüben als früher?«

»Der Herr Oberleutnant fragt uns...« Lämmlein übersetzte Yates' Attacken Wort für Wort, weniger der Genauigkeit wegen, als um Zeit zu gewinnen. Die deutschen Konferenzteilnehmer blickten starr auf die Tischplatte. Der Kohlenhändler zog ein enormes Taschentuch aus der Brusttasche und schneuzte sich geräuschvoll die Nase. Karen bemühte sich, gleichgültig dreinzuschauen, machte sich aber Notizen; und Willoughby, der innerlich Yates verfluchte, mißhandelte einen Bleistift, bis die Spitze abbrach.

Schließlich war es Loomis, der in die Bresche sprang – vielleicht weil er nicht einmal bemerkt hatte, wie groß die Gefahr war. Er sagte in aller Harmlosigkeit: »Moment mal – wie Sie sehen, geschieht doch nichts hier ohne unsere Zustimmung!«

»Jawohl!« versicherte Lämmlein sichtlich erleichtert und übersetzte Loomis' Feststellung eilig ins Deutsche. Die Herren der Handelskammer hoben die Köpfe, sahen einander an und murmelten Worte der Zustimmung. Karen hörte zu schreiben auf; Willoughby legte den abgebrochenen Bleistift zur Seite, wandte sich Yates zu und erkundigte sich, indem er den Spott, den er nun leicht hätte ausspielen können, unterdrückte: »Zufrieden?«

Yates sagte nichts.

Willoughby fuhr in der Tagesordnung fort.

Man sprach über die geplante Eröffnung einer Seifenfabrik und einer Papierfabrik, vorausgesetzt, daß sich genügend Fette und Holzschliff beschaffen ließen. Willoughby verweigerte mit aller Schärfe die Konzession an einen Fabrikanten, der die Herstellung von hölzernem Spielzeug angeregt hatte.

»Luxus! Spielsachen! Wir werden nicht zulassen, daß wertvolles Rohmaterial und kostbare Arbeitskräfte für Firlefanz vergeudet werden. Es schadet den deutschen Kindern nichts, wenn sie begreifen, daß ihre Väter den Krieg verloren haben.«

Die Deutschen blickten pflichtgemäß niedergeschlagen drein, aber da sie sehr genau wußten, daß Holzspielzeug ihre wahren Interessen nicht berührte, erhoben sie keinen Einspruch.

Während des langweiligen Berichtes über die Liquidierung einer Buchhandlung der Kremmener Ortsgruppe der Partei trat Farrish ein.

Lämmlein hörte die Stimmen an der Tür und brach mitten im Satz ab. Er sah den General zum erstenmal im Leben, und der Anblick beeindruckte ihn so, daß ihm die Hand beinah zum gewohnten Gruß emporgeschnellt wäre. Aber er besann sich gerade noch rechtzeitig und beschränkte sich darauf, stumm und ehrerbietig gesenkten Hauptes dazustehen. Auch die anderen hatten sich von ihren Plätzen erhoben.

Willoughby erstattete Meldung: er sei soeben mit der Durchführung einer Konferenz mit Vertretern der örtlichen Handelskammer befaßt. Der Stolz im Ton, gepaart mit den zurückhaltenden Worten, deutete Farrish an, welch wichtiger und rastlos tätiger Dienststelle er hier einen Besuch abstattete. Dabei paßte die plötzliche Inspektion Willoughby überhaupt nicht ins Konzept; die Sache würde mindestens eine Stunde Zeit kosten, und er würde eine neue Konferenz anberaumen müssen, um den unbewältigten Teil der Tagesordnung zu erledigen. Und warum hatte Farrish ihm nicht vorher Bescheid gesagt? Er hätte alles dann schön vorbereiten können. Wie es nun war, mußte alles aus dem Stegreif gemacht werden.

»Handelskammer!« sagte Farrish. »Ganz wie zu Hause, eh?«

Er lachte schallend über seinen Witz, und alle, auch die Deutschen, die ihn gar nicht verstanden hatten, lachten aus Höflichkeit kurz mit.

Dann richtete Farrish seine hellen Augen auf Karen. »Nun, wieder bei uns, Miss Wallace?« Er schritt an den Herren der Handelskammer vorbei auf sie zu und ergriff ihre Hand. »Wie macht sich Willoughby? Ist er nicht fabelhaft, wie er mit den Krautfressern verhandelt?«

Er wandte sich zu den anderen. »Was stehen Sie da herum? Setzen Sie sich! Tun Sie, als wäre ich nicht hier. Ich kiebitze nur ein bißchen!«

Er brach wieder in lautes Lachen aus und ließ Karens Hand los.

»Alles setzen!« befahl Willoughby. »Loomis, lassen Sie Stühle für die Herren des Stabes bringen!« Carruthers und eine Anzahl anderer Offiziere hatten an der Tür auf Farrishs Entscheidung gewartet, ob man sich länger hier aufhalten werde oder nicht. Willoughby bot dem General seinen eigenen Drehstuhl an, blieb neben ihm stehen und schwieg, bis die Herren des Stabes eingetreten waren und Platz genommen hatten.

Dann schlug er vor: »Vielleicht würden Sie, Herr General, ein paar Worte an die Deutschen hier richten? Die sind nämlich gewissermaßen die führenden Leute im Bezirk. Der Mann am Ende des Tisches – ja, der Kleine in Grau –, das ist der neue Bürgermeister. Lämmlein, verbeugen Sie sich mal! Ja, versteht auch Englisch. Er kann Ihre Ansprache übersetzen.«

»Ich dachte, wir hätten schon einen Bürgermeister?«

»War ein Versager«, erklärte Willoughby. »Wir haben ihn hinausgefeuert.«

»Hinausgefeuert?« sagte Farrish. »Gut! Die Krauts sollen wissen, daß in meinem Bezirk keiner mit seinem Amtsstuhl verheiratet ist.«

Er stand auf. Mit dem biegsamen Ende seiner Reitpeitsche stieß er Willoughbys Aschenbecher, die silberne Glocke und die bereits geordneten Papiere zur Seite.

Er blickte Karen an und strahlte: »Soll ich es ihnen richtig geben?«

Als Antwort nahm sie ihren Bleistift zur Hand. Er strich sich über das borstige Haar, zufrieden und nachdenklich. Jetzt hat er sein Publikum, dachte Yates, und die Presse gleich dazu.

»Der Colonel hat mich gebeten, Ihnen ein paar Worte zu sagen. Gut. Ich will, daß Sie genau Bescheid wissen, was ich über die Besatzungsaufgaben denke und was ich von Ihnen erwarte. Ich nehme an, Sie alle haben eine ungefähre Ahnung, wer ich bin und was ich in der Vergangenheit getan habe. Also, wir sind hierhergekommen, um Ihnen etwas über Demokratie beizubringen. Demokratie bedeutet die Herrschaft des gemeinen Mannes; jeder Mensch hat gleiche Rechte. Ist das klar? Gibt es dazu irgendwelche Fragen?«

Lämmlein übersetzte mit Bravour. Es gab natürlich keine Fragen.

»Wir stehen hier einer besonders verfahrenen Lage gegenüber: fast die ganze Stadt liegt in Trümmern, und die Moral der Bevölkerung hier ist geradezu miserabel. Wenn man durch die Straßen fährt, steigt einem der Gestank in die Nase. Das alles werden wir ändern. Ich befehlige die beste Division in der Armee der Vereinigten Staaten, und genauso werde ich den besten Besatzungsbezirk in Deutschland haben.«

Nach Lämmleins Übersetzung folgte allgemeines Kopfnicken. Den Deutschen gefiel der Lokalpatriotismus des Generals.

»Ich will, daß die Hauptstraßen geräumt und die Straßenbahnen in Betrieb genommen werden. Ich will, daß sie alle zu einer Art Normalzustand zurückkehren, wo jeder weiß, was er zu tun hat und wo er hingehört. Besatzung – das bedeutet, daß die Armee hier regiert. In der Armee weiß jeder, was er zu tun hat und wo er hingehört. Ist das klar?«

Die Deutschen stimmten völlig zu. Auch ihnen lag daran, einen Zustand wiederherzustellen, wo jeder an dem Platz war, wo er hingehörte – die Herren der Handelskammer auf dem Chefsessel in den Betrieben und die anderen an der Werkbank.

»Nun zu dieser Entnazifizierung. Ich habe Befehl vom Obersten Hauptquartier, jeden verdammten Nazi hinauszuwerfen. Ich bin dafür bekannt, daß ich Befehle durchführe, gleich was es kostet – und dieser Befehl kostet uns überhaupt nichts!« Er unterbrach sich, beugte sich zu Karen hinab und sagte: »Hübsch gesagt, eh?« Dann richtete er sich auf und schlug mit dem Peitschenknauf auf den Tisch: »Wir werden die Nazis aus allen Positionen entfernen! Ich werde den am gründlichsten entnazifizierten Bezirk von Deutschland haben! Das gibt Ihnen, meine Herren, Gelegenheit, mit Ihrem Gott ins reine zu kommen, der bestimmt das Naziunwesen auch nicht gebilligt hat – und mit uns, die wir gleichfalls nichts dafür übrig haben.«

Er machte eine Pause, stützte sich auf seine breiten Fäuste und betrachtete seine Zuhörerschaft. Die Deutschen befleißigten sich höflicher Aufmerksamkeit.

»Willoughby«, fragte Farrish, »haben Sie noch etwas, was ich den Krautfressern sagen sollte?«

Willoughby beglückwünschte Farrish zu seiner Rede und erklärte, der General habe alles Notwendige gesagt, seine Worte würden eine ausgezeichnete Wirkung haben. Vielleicht lege er aber noch Wert darauf, daß ein Vertreter der Deutschen ihn ihrer Mitarbeit versichere?

»Gut«, sagte Farrish, »aber er soll es kurz machen.«

Er setzte sich in Willoughbys Drehstuhl und begann in ihm mit gefalteten Händen zu schaukeln.

Lämmlein, dem Willoughby damit den Ball zugespielt hatte, war nicht ganz sicher, wie er beginnen sollte. Farrish erinnerte ihn an den verstorbenen Maximilian von Rintelen, obwohl der große Gründer erheblich durchtriebener war als der General. Immerhin war es möglich, daß Farrish hinter seinem Poltern eine ähnliche Klugheit verbarg. Lämmlein fragte sich also, ob er die Sache mit ein paar Plattheiten auf sich belassen sollte; je weniger er sagte, desto geringer die Chance, daß der Allmächtige sich beleidigt fühlen könnte. Doch es konnte ja auch sein, daß Farrish sich mit Gemeinplätzen nicht zufriedengeben, eine klare Stellungnahme verlangen und es übelnehmen würde, wenn man versuchte, ihn mit leeren Worten abzuspeisen. Und wenn er wirklich deutlich wurde? Es konnte ihn alles, seine Stellung und das weitere Bestehen der Rintelen-Werke, kosten.

Lämmlein legte die Papiere, die er in der Hand gehalten hatte, zur Seite. Sein graues Gesicht wurde pergamentfarben.

»Herr General«, sagte er, »wir sehen zu Ihnen nicht nur als zu einem großen Kriegshelden auf – da diese in der Geschichte unseres Volkes keine Seltenheit waren, haben wir einen Blick dafür –, und nicht nur als zu dem Manne, der Gewalt über unser Leben hat und auf dessen Großmut wir vertrauen, sonder wir betrachten Sie auch als unseren Lehrer und Erzieher.«

»Ziemlich dick aufgetragen«, hörte Yates den General zu Karen sagen; dennoch schien Farrish bereit, die Komplimente zu schlukken.

»Wir Deutsche müssen den Willen haben zu lernen«, fuhr Lämmlein fort. »Jeden Tag, jede Stunde, da wir die Ruinen unserer geliebten Stadt vor uns sehen, müssen wir uns sagen, daß wir irgendwo einen tragischen Fehler begangen haben.«

»Worauf Sie Gift nehmen können!« sagte Farrish laut.

»Bitte?... Ach. Und wir sind Ihnen dankbar, Herr General, daß Sie es unternommen haben, uns zu helfen, diesen Fehler zu überwinden. Auch wir wollen, daß es in diesem Bezirk wieder aufwärts geht. Auch wir wollen, daß er der erste, der beste und der schönste Bezirk in ganz Deutschland wird. Wenn jetzt auch vieles in Trümmern liegt, so sind doch alle Voraussetzungen dafür gegeben: nicht nur die Straßenbahnen – die wir, Herr General, in der kürzesten uns möglichen Zeit wieder in Gang bringen können; nicht nur die Straßen, deren Bedeutung für die Erfordernisse Ihrer Armee wir voll und ganz erkennen; aber auch das große Industriepotential, das nun stilliegt und das wir wieder zum Leben erwecken wollen. Ich sehe dem Tag entgegen, an dem die Erzeugnisse von Kremmen – Stahl aus Kremmen, Maschinen aus Kremmen und Kohle aus Kremmen

– wieder über unsere instand gesetzten Schienen rollen; dem Tag, an dem Lebensmittel und andere Güter im Austausch gegen unsere Erzeugnisse aus dem übrigen Deutschland, ja, aus der Welt zu uns hereinströmen. Und lassen Sie mich sagen, daß an dem Tag nicht nur ich, sondern alle Bürger Kremmens dem Mann, dessen Verständnis, dessen Toleranz und dessen Hilfsbereitschaft dies alles ermöglicht hat, im stillen danken werden.«

Lämmlein atmete schwer, und seine grauen, glanzlosen Augen ruhten mit einem Ausdruck von Feierlichkeit auf Farrish. Farrish, der zuerst recht skeptisch gewesen war, wünschte, daß wenigstens hier und da ein Zehntel solchen Lobes ihm von seinen eigenen Landsleuten gezollt würde. Denn was hatte er schließlich für diese Krautfresser getan? Er hatte sie in den Hintern getreten.

»Wir sind uns darüber im klaren, daß wir die Verbrecher, die uns in unser Elend gestürzt haben, aus unserer Mitte entfernen müssen«, fuhr Lämmlein fort. »Jawohl, auch ich sage: Entnazifizierung! Dennoch sollten wir mit Vorsicht verfahren. Ich bin einer von denen, die es wagen dürfen, hier so zu sprechen, denn ich war niemals Mitglied dieser – dieser Partei.«

Es klang, als speie er das Wort verächtlich aus.

»Und ich habe deswegen auch einiges leiden müssen. Aber sollen wir einen Menschen nach seinem Parteiabzeichen beurteilen oder nach dem, wie er sich verhalten hat? Bestrafen wir ihn für seine Schwäche, ja, aber schalten wir ihn wieder in die Arbeit ein, damit er am Aufbau dessen mithelfen kann, was durch sein Versagen vernichtet wurde! Wir können die Straßenbahn nicht ohne gelerntes Personal fahren lassen. Wir können nicht daran denken, die Produktion in den Rintelen-Werken aufzunehmen, ohne die leitenden Stellen durch Fachleute zu besetzen! Die letzte Entscheidung, Herr General, steht bei Ihnen; wir wissen, daß Ihnen das Schicksal unserer Stadt am Herzen liegt, und Sie werden die Fähigkeiten eines jeden von uns sicher richtig abwägen und die richtige Wahl treffen.«

Auch Farrish war davon überzeugt. Yates bemerkte, wie gerührt der große Mann war; er war sichtlich angeregt und schien bereit, zu vergeben und zu vergessen. Yates befürchtete, daß Farrish drauf und dran war, furchtbar danebenzuhauen, und irgendwie tat er ihm leid, denn Lämmlein hatte den General böse eingewickelt. Und Willoughby dachte gar nicht daran, seinen Chef zu warnen; Willoughby genoß jetzt schon das Lob, das er für seine wohldressierten Zirkustiere erwarten konnte.

Farrish sagte: »Bürgermeister Lämmlein, ich möchte hier die Worte unseres Oberbefehlshabers, des Generals Eisenhower, wiederholen: ›Wir sind als Eroberer gekommen, aber nicht als Unterdrücker.‹ Dafür stehe ich ein. Ich will, daß Sie zu mir kommen, wann immer Schwierigkeiten für Sie auftauchen, die Willoughby nicht in Ordnung bringen kann. Ich erkenne den Wert eines Mannes, wenn ich ihn sehe. In meinem Land gibt es zwei Parteien, aber ich habe keinen einzigen meiner Offiziere und Mannschaften gefragt, ob er Demokrat oder Republikaner ist. Für mich ist ein Mann ein Mann, dies zuallererst; was er noch sein mag, kommt erst danach. Ist das klar? Irgendwelche Fragen?«

Yates hätte noch einige gehabt. Aber selbst wenn Farrish äußerst zufrieden mit sich, dem Tag und seiner eben vollbrachten Leistung nicht mitsamt seinem Stabe jetzt abmarschiert wäre, hätte Yates sie nicht gestellt; Farrishs Welt lag jenseits aller Vernunftgründe. Der General schwebte hoch oben auf dem Sockel seines erträumten Denkmals.

Er konnte nicht einmal mit Karen sprechen, denn Willoughby nahm sie in Beschlag und setzte ihr auseinander, wie gerissen diese Deutschen waren, daß die Sache durchaus zu bewältigen sei, wenn man sie richtig zu behandeln wisse.

Abramovici war kein Frauenkenner. Er betrachtete Frauen eher vom Standpunkt ihrer Nützlichkeit aus; seine Mutter hatte er am meisten dann geliebt, wenn sie ihn gut bekochte. Aber auch er konnte sich den Reizen Marianne Seckendorffs nicht ganz verschließen. Sie war einfach gekleidet, und Abramovici bemerkte, daß ihre Sachen ziemlich abgetragen waren; dennoch war es ihr gelungen, durch das Kostüm die Form ihrer Schultern zu betonen und ihre festen Hüften noch schmaler erscheinen zu lassen.

Sie beobachtete ihre Wirkung auf Abramovici und war damit zufrieden. Immer wieder blickte er sie an, besonders der weiche

Schwung ihrer Lippen und ihres Kinns hatten es ihm angetan; der Mund stand ihm offen, wie zu einem anerkennenden Pfiff gespitzt, der nie laut wurde.

Das Kostüm und die ehemals eleganten Schuhe waren Mariannes ganzes Kapital. Sie hatte sich die Sachen noch im ›Totenhaus‹ über den ehemaligen Zuhälter Balduin beschafft, der ihr für geleistete Dienste einen gestohlenen Radioapparat überließ; diesen hatte sie am schwarzen Markt nach hartem Feilschen gegen ihren jetzigen Besitz eingetauscht. Abramovicis Reaktion zeigte ihr, daß die Mühe sich gelohnt hatte. Sie erwartete, daß der kleine Unteroffizier ihr einen Antrag machen würde, und war darauf vorbereitet, sich seiner auf diplomatische Weise zu entledigen – man strengte sich nicht so an, um sich dann mit einem Zwerg zu begnügen, der einen Vorzimmerstuhl wärmte. Sie brauchte jedoch ihre diplomatischen Fähigkeiten nicht erst anzuwenden, denn Abramovici entsann sich jäh der verführerischen Mädchen auf den Plakaten der Armee, die vor Geschlechtskrankheiten warnten.

Sie wurde also zusammen mit Dr. Groß' Zuschrift an die Zeitung über die Familie Seckendorff und die Münchener Studentenrevolte zu Yates hineingeführt.

»Oho!« sagte Yates, »ich wußte gar nicht, daß so was in Kremmen wächst!«

Sie trug ein gewinnendes Lächeln zur Schau. »Um bei der Wahrheit zu bleiben, Herr Leutnant, es sind die einzigen Kleidungsstücke, die ich besitze. Und ich bin nicht aus Kremmen. Ich bin aus München.«

Mit einem reizenden Zögern überreichte sie ihm ein Papier.

Er las das hektographierte Formular: Entlassungsschein aus dem Konzentrationslager Buchenwald. Es war von einem Leutnant Farquhart von einer Sanitätsabteilung unterzeichnet. Ihr Name war mit Tinte eingetragen: Marianne Seckendorff.

Er blickte auf: »Aber wenn Sie aus München sind, was tun Sie dann hier in Kremmen?«

Die Frage klang nicht sehr einladend; aber auf seinem Gesicht glaubte sie andere Empfindungen zu erkennen.

»Gott!« seufzte sie, »ihr Amerikaner! Ihr macht immer, was ihr wollt. Ich wurde von einem amerikanischen Lastwagen mitgenommen. Ich habe gesagt: München – und er sagte: O.K. – und dann fuhren wir die ganze Nacht hindurch, und am Morgen waren wir in Kremmen. O.K., Baby! sagte er und Raus!«

Yates unterließ es, sich nach den näheren Einzelheiten jener Nachtfahrt zu erkundigen. Er konnte sich vorstellen, was da geschehen war. »Und nun wollen Sie irgendwie nach München zurück, Fräulein Seckendorff?«

Sie hob ihre Hand, Geste der Hilflosigkeit. »Es ist doch ganz gleich, wo ich bleibe. Ich habe niemanden mehr in München, keine Verwandten, keine Freunde.«

Jetzt wurde der Boden gefährlich. Sie blickte gespannt auf Yates, ihre Augen gerieten ein bißchen ins Schielen. »Ich würde auch in Kremmen bleiben, wenn es geht. Hier...«

Sie holte ihren Zeitungsausschnitt hervor und legte ihn mit einem Anflug von Schüchternheit vor Yates hin.

Er warf einen Blick darauf und bat sie, Platz zu nehmen. »Sie sind doch nicht etwa mit Professor Seckendorff verwandt?«

»Er ist mein Onkel.«

»Sind Sie schon bei ihm im Krankenhaus gewesen? Wie geht es ihm?«

Sie sagte bekümmert: »Ich habe es versucht. Aber man hat mich nicht zu ihm gelassen. Vorschriften. Alles ist jetzt sehr streng.« Wieder lächelte sie, als wollte sie Yates zu verstehen geben, daß sie an seine Strenge nicht so recht glaube.

»Ich könnte einen Besuch bei ihm wahrscheinlich ermöglichen.«

Sie murmelte, wie freundlich von ihm. Sie war fest entschlossen, jede Begegnung mit dem alten Mann zu vermeiden. Sie konnte es sich nicht leisten, daß ihre harmlose kleine Lüge aufgedeckt wurde, bevor sie hier festen Fuß gefaßt hatte.

»Würden Sie das wirklich tun?« fragte sie liebenswürdig.

»Erinnern Sie mich, bevor Sie gehen, daß ich Ihnen einen Brief an Herrn Dr. Groß mitgebe«, sagte Yates. Dann schob er die Papiere auf seinem Schreibtisch zur Seite und lehnte sich zurück. »Jetzt erzählen Sie mal von sich selber!« Er dachte, daß er in dieser traurigen Stadt und bei dieser deprimierenden Arbeit es sich schon leisten durfte, an dem Flöckchen Schönheit, das ihm mit diesem aufregenden Mädchen in sein Büro hineingeschneit war, seine Freude zu finden.

»Was ist da viel zu erzählen? Nach der Sache in München war der Name Seckendorff wie ein Fluch... Obwohl ich gar nicht studierte. Ich mache mir nichts aus Büchern. Ich lese hundert Seiten, und dann langweilt es mich. Ich gehöre wohl mehr zum praktischen Zweig der Familie.«

Yates mußte lachen.

»Aber ich wußte genau, was Hans und Clara Seckendorff trieben. Sie versuchten, mich aus der Sache herauszuhalten, wahrscheinlich befürchteten sie längst, wie alles ausgehen würde. Aber ich bin auch stur, wenn ich mir einmal in den Kopf gesetzt habe, daß etwas richtig ist. So bekam ich eben auch ein paar Flugblätter zu verteilen.«

»Das war sehr mutig von Ihnen«, sagte Yates.

Ihre dunklen Augen leuchteten auf. »Ich habe es aber etwas schlauer angestellt als Hans und Clara. Bei mir wurde nichts Belastendes gefunden bei der Verhaftung.«

Yates musterte sie nachdenklich. Er kam zu keinem wirklichen Schluß. Vorhin noch hatte alles zueinander gepaßt, ihre Aussagen, ihr Wesen – bis zu dem Augenblick, da sie behauptete, an der gut gemeinten, aber sonst recht ungeschickten Flugblattaktion der Studenten beteiligt gewesen zu sein.

»Wie hat die Polizei Sie dann geschnappt?«

»Nicht mit dem Flugblatt«, sagte sie selbstbewußt und mit einem schlauen Blinzeln. »Und auch nicht zusammen mit irgendeinem der Beteiligten. Aber sie verfolgten eben die ganze Familie – Sie wissen doch, wie man mit meinem Onkel verfahren ist.«

»Ja. Und wie ist man mit Ihnen verfahren?«

»Darüber möchte ich lieber nicht sprechen.«

Nervös umklammerte sie ihr Knie; dabei verrutschte der Rock, Yates bekam ein Stück ihrer glatten, warmen Haut zu sehen. Anscheinend, fand er, war man einigermaßen glimpflich mit ihr verfahren. Sie zeigte keine physischen Spuren des Erlittenen und machte, abgesehen von ihrer flittchenhaften Manier, einen recht ausgeglichenen Eindruck.

»Mit mir können Sie ruhig reden«, sagte er. »Ich habe das Lager Paula erlebt, als unsere Truppen dort einmarschierten.«

Marianne suchte den Amerikaner einzuschätzen. Sie war an ihn geraten, weil der Zeitungsausschnitt sie ganz natürlich auf die Redaktion verwies, und sie hatte nicht erwartet, schon so bald in diesem Spiel überprüft zu werden; aber eines Tages mußte es ja doch kommen; und wenn es ihr heute schon gelang, sich durchzusetzen, dann hatte sie die Sache hinter sich, ein für allemal. Wenn er nur kein so trockener Fisch wäre! Wenn er wenigstens in irgendeiner Weise reagierte! Sie verließ sich auf ihren Körper, um alle Unklarheiten in ihrer Geschichte auszugleichen. Sie hatte die rasche Wandlung so manches amerikanischen Soldaten gesehen – vom rauhen Besatzer, der ›Hallo, Fräulein, kommen Sie her!‹ kommandierte, zum getreuen Beschützer und Versorger des betreffenden Fräuleins. Sie rechnete nun schon mit dieser Naivität. Aber der Mann, dem sie hier gegenüber saß, war nicht naiv; obwohl sie spürte, daß ihre Anwesenheit seine Drüsentätigkeit beschleunigt hatte.

»Man hat mir keine Knochen gebrochen. Man hat mir nicht einmal einen Kratzer auf die Haut gemacht. Zuerst haben sie es mit Licht versucht. Tag und Nacht das Licht mir ins Gesicht scheinen lassen, bis ich dachte, ich werde blind oder verrückt vor Kopfschmerzen, und ich wünschte, daß ich endlich blind wäre. Ich habe nichts zugegeben. Gott sei Dank. Hans und Clara waren vor mir verhaftet worden, aber sie hatte man mit den Flugblättern geschnappt; ich hätte also nichts verraten können...«

Er brachte es nicht fertig, sich ganz zu konzentrieren. Sie war zweifellos das beste Stück, das ihm seit langem begegnet war. Dennoch blieb ihm bewußt, daß ihm kein Wort entgehen durfte. »Und dann?« fragte er freundlich.

»Sie verhörten mich – einer nach dem anderen kam. Und dann – dann – taten sie's mit mir. Sie dürfen das niemals jemand verraten – ich weiß auch nicht, warum ich es Ihnen erzähle – höchstwahrscheinlich weil – Sie sind so verständnisvoll, so menschlich...«

Ihre Hand lag nun auf dem Tisch vor ihm – eine wohlgeformte, schlanke, geschmeidige Hand. Einen Augenblick lang fühlte er sich versucht, sie zu berühren. Und dann sah er diese Hand, wie sie sich in eine Gefängnispritsche verkrampfte und langsam, ganz allmählich, nachgab und sich löste.

Er ließ ihre Hand liegen. Sie zog sie zurück.

»Die schlimmste Nacht war irgendwann Anfang März. Da kamen sie in meine Zelle und zwangen mich, mich auszuziehen. Vier Mann. Ich dachte, es wäre das Ende. Aber sie rührten mich nicht an. Sie führten mich durch einen Gang in eine andere Zelle. Dort stand ein großer hölzerner Bottich, mit Wasser gefüllt. Eisstücke trieben auf dem Wasser.«

»Eisstücke...«, sagte er.

»Wissen Sie«, sagte sie kläglich, »ich war nicht einmal sicher, ob das Wasser eiskalt oder siedend heiß war. Natürlich sah ich das Eis, aber ich war nicht imstande zu denken. Ich stand in dem Bottich bis hier –«, sie wies auf die Gürtellinie ihres Leibs, »bis hier, ja.«

»Zigarette?«

Er dachte sich, jetzt braucht sie eine. Was auch stimmte. Sie war gepackt und mitgerissenen von ihren eigenen Phantasiebildern. In Buchenwald hatte sie mal mit einer Frau gesprochen, mit der so etwas gemacht worden war – eine ältere, häßliche Person, an der die SS bestimmt kein Vergnügen gehabt hatte.

Er gab ihr Feuer.

»Wie Messer. Tausende von Messern, die in einen hineinstechen und schneiden. Ein schrecklicher, unerträglicher, beinahe süßer Schmerz.«

Daß der Schmerz beinahe süß gewesen sein sollte, prägte sich ihm ein. Er glaubte ihr das Erlebnis, jedes Wort; sie war zu sehr ins einzelne gegangen, als daß sie es sich hätte ausdenken können. Und er konnte sie sich vorstellen, nackt, den vier Rohlingen ausgeliefert – es war leicht, durch ihre Kleidung hindurchzusehen, das Kostüm schien dafür gemacht, und sie trug es eng anliegend. Und dennoch spürte er das Unpersönliche in allem, eine seltsame Unstimmigkeit, als seien die beiden nackten Frauen, die eine, die sich ihm hier anbot, und die andere, die in dem Bottich mit dem Eiswasser stand, nicht identisch, obwohl sie einander bis auf das kleinste Schönheitsfleckchen unter dem Ohr glichen.

»Und dann?« sagte er geduldig.

»Ich muß wohl in Ohnmacht gefallen sein. In meiner Zelle kam ich zu mir. Sie hatten mir die Decke weggenommen, das Fenster stand offen. Ich war mit Eis bedeckt, oder es fühlte sich wie Eis an, ich weiß es nicht. Dann lag ich Wochen hindurch krank im Gefängnislazarett. Ich dachte, ich müßte sterben, aber ich kam durch. Später haben sie mich dann nach Buchenwald geschickt.«

Sie saß ganz still. Sie hatte getan, was sie tun konnte. Der Anfang war das schwerste, den Fuß fest auf die erste Sprosse der Leiter zu kriegen. Später würde es leichter gehen.

»Wozu aber diese seltsame Behandlung?« wollte Yates wissen.

»Ich habe darüber nachgedacht«, antwortete sie.

»Und zu welchem Ergebnis sind Sie gekommen?«

Sie spürte, daß der Bann, in dem sie den Amerikaner mit ihrer Geschichte gehalten hatte, gebrochen war. Alles hing davon ab, wie tief sie ihn damit beeindruckt hatte.

»Ich nehme an«, sagte sie, »jemand hat Anweisung gegeben, daß man mir hinterher nichts ansehen darf...« Und fügte hinzu: »Es ist auch alles glatt und in Ordnung, keine häßlichen Male am Leib, keine Narben.«

Yates nahm das zur Kenntnis. Jetzt brauchte er sich nur noch mit ihr zu verabreden. Es war alles sehr simpel. Darum war sie ja hergekommen. Um sich selbst anzubieten und damit er ihr ein Zimmer, amerikanische Verpflegung und eine anständige Garderobe verschaffte. Es war ein einfaches, geschäftsmäßiges Arrangement. Er kannte mehrere solche Fälle. Und sie war hübsch genug, daß er sich mit ihr nicht zu schämen brauchte.

Nur war es zu einfach. Zu einfach und zu billig.

»Ich freue mich, daß Sie am Körper keine Spuren Ihrer Mißhandlung haben«, sagte er. »Und was kann ich nun für Sie tun?«

Sie wandte sich so, daß er Gelegenheit hatte, sie im Profil zu betrachten. Besonders die Rundung ihrer Brüste. »Sie sind furchtbar nett...«

Natürlich war er furchtbar nett. Angenommen, er ließ sich auf eine Nacht mit ihr ein. Er hatte es schließlich verdient. Und sie verlangte es geradezu. Nein, sie verlangte schon mehr als das. Selbst wenn der Bottich mit Eiswasser nur ein Fiebertraum war oder etwas, womit man sie bedroht hatte, ja, selbst wenn nur die Hälfte von dem, was sie ihm berichtet hatte, stimmte, sie war immerhin im Lager Buchenwald gewesen und hatte ein Recht auf anständige Behandlung.

Da er unfähig schien, sich zu entschließen, machte sie es deutlicher. »Ich habe eine schwere Zeit hinter mir. Ich will es von nun an besser haben. Und ich bin gewillt, dafür sehr viel zu tun.«

Das wußte er bereits.

»Mit meiner Vergangenheit ist das aber sehr schwer«, sagte sie. »Die Naziregierung ist verschwunden – aber...«

Auch das wußte er schon. Das Regime des Herrn Lämmlein machte jede Rehabilitierung zu einem persönlichen Unternehmen. Die einen beschritten diesen Weg – so wie hier das Mädchen; andere, wie Kellermann, weigerten sich. Gut – wenn man ihren Weg ging, wenn man die Welt so nahm, wie sie nun einmal war, so mußte man das Beste daraus machen. Aber dieses Beste war Yates nicht gut genug.

»Die Amerikaner...«, sagte sie hoffnungsvoll.

»Sie verlassen sich also auf die Amerikaner?« Er ging zum Englischen über. »Sprechen Sie Englisch?«

»Ja, etwas. Ich habe es in der Schule gelernt.«

»Können Sie Schreibmaschine schreiben?«

»Schreibmaschine?«

»Ja, Schreibmaschine –«, er bewegte seine Finger wie auf der Tastatur einer Schreibmaschine.

»Ja, o ja. Aber nicht sehr schnell.«

»Hier habe ich keine Stelle für Sie«, sagte er, »aber ich gebe Ihnen einen Brief an Loomis in der Militärregierung mit. Vielleicht haben Sie bei ihm mehr Glück.«

Er war sich dessen ziemlich sicher. In der Militärregierung hatten sie so viele Dienststellen, wo sich ein hübsches, williges Mädchen einschieben ließ. Sollte sie dort ihren Zuckeronkel finden.

»Danke«, flüsterte sie, »danke.«

Während er den Brief schrieb, warf er hin und wieder über das Papier hinweg einen Blick auf sie. Sie hatte ihn offensichtlich aufgegeben; ihre Ausstrahlung war erloschen, und sie wirkte sogar ziemlich fade.

Er händigte ihr den Brief aus und gab ihr das Entlassungsschreiben aus Buchenwald zurück. Sie war bereits an der Tür, da rief er sie noch einmal zurück. »Sie haben etwas vergessen, Marianne!«

Sie blickte ihn verständnislos an.

»Ich dachte, Sie wollten Ihren Onkel im Krankenhaus besuchen?« Er war bereits dabei, die Einführung an Dr. Groß zu schreiben, die er ihr versprochen hatte, und schenkte ihr keine Beachtung mehr. Es war auch nicht mehr nötig. Er hatte sich entschlossen, Loomis anzurufen und ihm vorzuschlagen, sie durch CIC überprüfen zu lassen.

Fünftes Kapitel

Lämmlein hatte mit Willoughby ein Gespräch unter vier Augen.

»Ich habe ihnen viel zuviel durchgehen lassen!« sagte Willoughby. »Und glauben Sie nur nicht, daß ich es nicht weiß.«

»Viel zuviel?« fragte Lämmlein unschuldig.

»Was Sie da dem General vorgesetzt haben!« Willoughby schwang sich hin und her in seinem Drehstuhl. »Der General war so liebenswürdig, Ihnen zu sagen, er würde Sie in bestimmten Fällen empfangen. Ich würde es aber lieber sehen, wenn Sie von diesem Angebot keinen Gebrauch machten.«

Lämmlein erhob die Hände. »Aber das ist ja ganz selbstverständlich, Herr Oberstleutnant.«

»Ich erwarte bedingungslose Zusammenarbeit. Ich habe nichts dagegen, wenn Sie sich Ihren eigenen kleinen Apparat in Kremmen ausbauen, solange ich ihn kontrolliere. Aber ich wünsche keine Quertreibereien hinter meinem Rücken.«

»Keine Quertreibereien«, versicherte ihm Lämmlein. »Ich weiß genau, wo ich hingehöre.«

Willoughby war die genaue Wiederholung von Farrishs Ausspruch nicht entgangen. Er betrachtete Lämmlein und versuchte zu ergründen, was wohl hinter dieser grauen Maske vor sich ging.

»Natürlich ist es sehr schwierig«, sagte Lämmlein langsam, »Ihnen in jedem Punkt gerecht zu werden, Herr Oberstleutnant, wenn man von allen Seiten her immer von neuem unter Druck gesetzt wird. Wir sind die Besiegten, wir haben zu gehorchen – was aber sollen wir tun, wenn wir zwischen die Mühlsteine einander bekämpfender Interessen geraten?«

»Was ich sage, gilt«, sagte Willoughby mürrisch. »Mit wem haben Sie Schwierigkeiten?«

Lämmlein schien sich vor inneren Bedenken zu winden. »Wahrscheinlich sind Sie über alles informiert, Herr Oberstleutnant. Ich kann mir nicht vorstellen, daß er es mir ohne Ihre Genehmigung vorgeschlagen hätte!«

Willoughby warf ihm einen verstohlenen Blick zu. »Wer – hat – was vorgeschlagen?«

»Captain Loomis, Herr Oberstleutnant!« Lämmlein erging sich sofort in Entschuldigungen.

Willoughby kam der Verdacht, Lämmlein könnte versuchen, in der Militärregierung den einen gegen den anderen auszuspielen. »So?« fragte er. »Was ist mit Captain Loomis?«

»Ich erfuhr es durch Herrn Tolberer vom Verband der Kohlenhändler«, sagte Lämmlein. »Tolberer dachte, ich wüßte Bescheid – Sie haben ihn auf der Konferenz sprechen hören, Herr Oberstleutnant; ein großes Licht ist er nicht.«

»Nein, das ist er nicht, nehme ich an. Aber kommen Sie zur Sache.«

»Captain Loomis hat eine Steuer von 10 Prozent auf alle kaufmännischen Unternehmungen gelegt, für die er eine Lizenz genehmigt.«

Willoughby stand von seinem Stuhl auf. Er trat ans Fenster. Er hatte einen perfekten Ausblick auf die Ruinen von Kremmen; es war ein klarer, sonniger Tag. Ruinen täuschen. Überblickt man sie von oben, so sehen sie aus, als sei alles Leben in ihnen erstorben. Geht man aber durch die mit Trümmern bedeckten Straßen, so erkennt man, daß in den weniger zerstörten Räumen noch immer Menschen wohnen und daß kleine Geschäfte in Kellern und Hinterhäusern wiedererstehen, die man nur nach erheblichen Kletterübungen über

Schutthaufen hinweg erreicht. Die zweihunderttausend Menschen, die in Kremmen verblieben waren, mußten ja irgendwo einkaufen können, sie mußten anfangen, auf irgendeine Weise sich ihren Lebensunterhalt zu verdienen und irgend etwas zum Verkauf oder zum Tausch herzustellen. Es war ein so einfacher, logischer Gedanke, diese Lumperei von Loomis – vielleicht zu einfach und zu logisch, als daß Willoughby selber darauf hätte verfallen können.

Willoughby wandte sich überraschend um und sah das erwartungsvolle Lächeln auf Lämmleins Lippen.

»Eine solche Steuer«, konstatierte er sehr sachlich, »ist dem Ermessen der örtlichen Militärregierung überlassen. Sie soll Inflationserscheinungen bekämpfen, indem der Geldüberhang beseitigt wird. Ihr Deutschen solltet dafür Verständnis haben – Sie hatten ja wohl genug Inflation im Jahre 1923.«

»Die Zahlungen sind an Herrn Hauptmann Loomis abzuführen?« erkundigte sich Lämmlein. Sein Lächeln war erstorben.

»Ja!« Willoughby schien ein wenig verärgert. »Captain Loomis ist mir gegenüber verantwortlich!«

Sie nannten es den ›Matador-Club‹ zu Ehren Farrishs und seiner Division und um die amerikanischen Soldaten und Offiziere anzulokken, die in den Ruinen von Kremmen ziellos umherwanderten. Es wurde Wein und Schnaps ausgeschenkt, der ziemlich gut war, da er aus gestohlenen Beständen stammte und über den schwarzen Markt kam; das dünne Bier, daß es außerdem gab, wurde nicht so gut abgesetzt. Die Preise waren unverschämt, selbst für die Verhältnisse der Amerikaner; es mußten ja nicht nur Loomis' Prozente wieder hereinkommen, sondern auch die Steuern von Stadt und Reich, die einem Reparationsfonds zuflossen, sowie die Kosten der Ankäufe auf dem Schwarzmarkt. Außerdem wollte auch Herr Weiner, der Besitzer, Gewinne erzielen – für sich und für das Konsortium, in dessen Auftrag er handelte und in dem auch der Bürgermeister Lämmlein seine Finger hatte.

Trotzdem war das Lokal stets zum Brechen voll.

Man kam durch ein zerstörtes Haus und einen Hof hinein, in dem es von halbwüchsigen Burschen wimmelte, die Kippen suchten oder einem versprachen, einen zu der großen Schwester zu führen, oder beides taten. Im Lokal dann wurde man von einem pompösen Türsteher in dunkelbrauner Uniform mit goldenen Epauletten und einer Garderobiere in kurzen seidenen Höschen, Häubchen und einem winzigen Schürzchen in Empfang genommen. Schon an der Tür hörte man Gelächter und das Gewirr von Stimmen, deutschen und amerikanischen. Dazwischen mischten sich die aufreizenden und schleppenden Rhythmen des Boogie-Woogie.

Die Kapelle war auf einen schmalen Streifen am Ende der winzigen Tanzfläche beschränkt. Hin und wieder stürzte ein Paar, von der Masse der Tänzer abgedrängt, in das Schlagzeug; es folgte eine kleine Pause, und dann begann der Tanz von neuem, ein heißer, von Alkohol getriebener, brünstiger Tanz.

Loomis saß, an Marianne gedrängt, die sich wiederum an Willoughby lehnte, an einem Ecktisch, von zwei deutschen Paaren eingeengt. Die Deutschen verhielten sich zunächst sehr zurückhaltend; nachdem aber der Whisky die Amerikaner zugänglicher gemacht hatte, bot der eine der Deutschen, ein Mann mit einem blassen, hageren Gesicht und langen Haaren, der aussah, als nehme er Rauschgift und es wahrscheinlich auch tat, Willoughby einen Breughel mitsamt Echtheitszertifikat zum Kauf an. Er sprach ein barbarisches Englisch. Der andere Deutsche war dick und umklammerte mit beiden Händen sein Glas. Er starrte Marianne die ganze Zeit an. Sie trug das neue Kleid, das Loomis ihr hatte beschaffen müssen. Die nonnenhafte Strenge, mit der das Kleid ihren Hals völlig bedeckte, hob das sanfte Oval ihres Gesichts vorteilhaft hervor. Ihr breitrandiger Hut, die Krempe mit flaumähnlichen Federn besetzt, zwang einen, ihr tief in die Augen zu blicken. Sie fiel auf. Der dicke Deutsche ließ einmal sein Taschentuch, dann wieder seine Gabel oder irgendeinen anderen Gegenstand fallen. Ächzend bückte er sich, um dann unter dem Tisch einen Blick auf ihre Beine bis hinab zu den Fersenbändern und den schmalen geschwungenen Absätzen ihrer Abendschuhe zu werfen. Er sah Willoughbys Hand mit der Geste des Besitzers ihr das Knie und den Schenkel streicheln. Dem dicken Deutschen machte das nichts aus, die Sache wurde dadurch nur noch aufregender.

Loomis merkte, daß Marianne sich mehr und mehr Willoughby zuwandte. Seine Eifersucht erwachte, Teil jener männlichen Gefühle, die in ihm zur Blüte gekommen waren, seit Marianne mit Yates' Brief in der Hand in sein Dienstzimmer und damit in sein Leben getreten war. Seit jenem Tag hatte er so etwas wie Flitterwochen erlebt, voll ständig neuer Freuden und Entdeckungen; er hatte ja keine Ahnung gehabt, was das Fleisch tun und empfinden konnte; von Mariannes kundiger Hand geleitet, hatte er Gipfelpunkte erreicht, von denen aus er mit Trauer im Herzen erkannte, was alles er bisher versäumt hatte.

Er hatte sie in dem Zimmer, das er für sie beschlagnahmt hatte, vor der Welt verstecken wollen. Aber sie hatte darauf bestanden, ihre Stunden im Büro abzusitzen. Sie liebe ihn, sagte sie, wolle aber nicht von ihm ausgehalten werden. Er fand ihre übertriebene Gewissenhaftigkeit unnötig und bedauerlich, hatte ihr aber ihren Willen gelassen – was sollte er auch anderes tun. Er fürchtete den Augenblick, da jemand seinen Schatz entdeckte.

Der Moment kam, als Willoughby sein Dienstzimmer betrat und sagte: »Sie haben sich ja da eine süße Sekretärin zugelegt! Gibt's von der Sorte noch mehr?« Loomis hatte sich so ungeschickt wie nur möglich benommen; er hatte seine Angst und seine Sorge verraten; er hatte nie zu erfahren bekommen, welch wichtige Angelegenheit Willoughby zu ihm geführt hatte; und diese kleine Party im ›Matador-Club‹ hatte man ihm aufgehalst.

Und sie, die Hure, hatte die Gelegenheit ohne weiteres ergriffen. Man mußte nur sehen, wie sie miteinander tanzten! Wie sie sich an Willoughby drängte! Als habe sie niemals in seinen eigenen Armen gelegen, die so sehr nach ihr verlangten. Und Willoughby! Seine Hängebacken glänzten vor Genuß, seine Finger betasteten ihr den Rücken, seine Hüften preßten gegen sie. Loomis hatte das nie gekannt. Eifersucht und das Gefühl, daß einem die Hände gebunden waren und daß man nichts tun konnte, nicht einfach aufstehen, sie wegreißen von dem andern Mann, ihm die Fresse einschlagen und auch ihr rechts und links eine herunterhauen und ihren ganzen geschmeidigen Leib prügeln.

Sie kamen an den Tisch zurück, atemlos, und hielten sich an der Hand. Loomis zwang sich zu einem schiefen Lächeln.

»Der Herr Oberstleutnant tanzt sehr gut«, sagte sie und sprach Willoughbys Rang in ihrem Englisch als ›Colonel‹ aus.

Willoughby trank den Rest seines Glases aus und bestellte mehr.

Der dicke Deutsche vernachlässigte seine eigene Partnerin, murmelte etwas von seinem Schuh und bückte sich unter den Tisch, um sein Schuhband zu knüpfen. Der Morphinist, oder was er nun war, fing wieder von seinem Breughel an.

Loomis entschloß sich, etwas zu unternehmen. Er stand auf. Bevor der dicke Deutsche sich wieder aufrichten konnte, hatte Loomis ihn am Kragen gepackt und brüllte ihn an. Der Ober eilte herbei mit zwei Männern, die wie Rausschmeißer oder SS-Leute in Zivil aussahen. Mehrere amerikanische Offiziere begannen ihren Kameraden anzufeuern. Herr Weiner, der Besitzer, schlängelte sich in seinem billigen Smoking durch die Menge; seine Entschuldigungsworte zusammen mit Loomis' Geschimpf gegen die verfluchten Krautfresser, die die Damen amerikanischer Offiziere belästigten, wurden zu einem einzigen Sprachengewirr.

Die ganze Zeit hindurch saß Marianne da wie eine Prinzessin, die in ihrem Wagen von einer bettelnden Menge umstellt ist, ein wenig gelangweilt, ein wenig amüsiert, und fächelte sich mit ihrer Serviette Luft zu.

»Rohes Volk – alle miteinander«, sagte Willoughby zu ihr. »Ihrer nicht würdig, meine Liebe.«

Sie lächelte. »Sie sind so verständnisvoll, und so lieb.«

»Bin ich ganz und gar nicht«, sagte er. »Tief im Innern bin ich ebenso roh. Aber ich lasse mich gern zähmen. Das ist ein hübsches Spiel und kann sehr aufregend sein. Möchten Sie es mal versuchen?«

Sie verstand nicht alles, was er sagte. Aber sie verstand genug, um zu wissen, daß dies ein Angebot war.

Herr Weiner, der genau wußte, welche Macht Loomis hatte, regelte die Angelegenheit schließlich, indem er den dicken deutschen Genießer und den Rauschgiftsüchtigen, der seinen Breughel hatte verkaufen wollen, samt ihren Weibern an die Luft setzte.

»Endlich!« sagte Loomis. »Jetzt haben wir Lebensraum.« Er bediente sich dabei des deutschen Ausdrucks. »Die Kerle haben schon eine Unverschämtheit! Ich habe mir den Tisch reservieren lassen, und die pferchen uns so zusammen. Wer, zum Teufel, hat denn hier den Krieg gewonnen?«

Die Musik setzte wieder ein; Willoughby nickte Marianne zu, und sie drängten sich zwischen die Tanzenden. Loomis starrte auf die leeren Gläser, die Teller, auf denen die Sauce erkaltet war, und die blaßrosa Flecken, die der Wein auf dem Tischtuch hinterlassen hatte. Er dachte an Crabtrees, der jetzt zu Hause war, ein Held mit dem Kriegsverwundetenorden, den er sich auch noch ergattert hatte. Loomis dachte an den ganzen Krieg, an all die Schwierigkeiten, in die er dadurch geraten war, immer war er umhergestoßen worden, immer hatte er die zweite Geige spielen müssen, und jetzt wurde ihm auch noch die einzige Siegesbeute, die er sein eigen nennen konnte, aus den Händen gerissen.

Er stand auf und ging schwerfällig zu der Tanzfläche hinüber, stieß sich einen Weg frei bis hin zu Willoughby und klopfte ihm auf die Schulter. Willoughby nahm an, Loomis wollte ihm das Mädchen abklatschen; er sagte: »Das ist hier nicht üblich, wir haben hier doch keinen Wohltätigkeitsball.«

»Ich möchte mit Ihnen sprechen.«

»Jetzt?«

»Jetzt.«

»Entschuldigen Sie mich!« sagte Willoughby. Behutsam, mit der Intimität des Besitzers und Beschützers führte er Marianne zum Tisch zurück.

»Nun – worum geht es?« Willoughby war verärgert und zeigte es ganz offen. Im übrigen konnte er sich wohl denken, worum es hier ging.

Loomis hatte an Willoughbys Gerechtigkeitssinn appellieren, hatte ihn an all die Möglichkeiten, die ihm offenstanden, erinnern und ihm sagen wollen, wie grausam, herzlos und unter seiner Würde es sei, einen armen Mann seines einzigen Lamms zu berauben. Aber Willoughbys Gesicht war verschlossen und zeigte trotz seiner farblosen Schwammigkeit einen harten Ausdruck. Ein Gefahrenzeichen.

So fiel Loomis nichts Besseres ein als: »Sie ist mein Mädchen, verstanden? Ich habe sie entdeckt, ich habe sie ausstaffiert, und ich behalte sie.«

Willoughbys kurze Finger trommelten einen Marsch auf der Tischplatte. »Habe mir doch gleich gedacht, was da in Ihnen vorging, als Sie den Krakeel mit dem Krautfresser vom Zaun brachen. Seien Sie kein Narr, Loomis, beherrschen Sie Ihren Darm und tragen Sie es wie ein Mann. Die Stadt wimmelt von Weibern, und jede können Sie für ein Päckchen Zigaretten haben.«

Loomis stand auf. »Marianne!« befahl er, »wir gehen!«

Willoughby legte ihr seine Hand auf die Schulter. »Es gefällt ihr aber hier. Sie geht, wenn ich meine, daß der Abend zu Ende ist. Und mit mir.« Er sprach ruhig, sachlich, als sei alles bestens geordnet und alle sich einig.

»Das lasse ich mir nicht gefallen!« schrie Loomis.

»Was wollen Sie dagegen tun?«

Loomis vergaß, wo er sich befand, wer er war und was er hier repräsentierte. Er sah nur Marianne, sie lächelte selbstgefällig und schien den Streit nicht zu bemerken. Und er sah sie, wie sie vordem gewesen war, ihre Lippen dicht an seinem Ohr, ihre zärtlichen Hände, die ihn so erregten.

Er lehnte sich über den Tisch, packte Willoughby am Kragen und zerrte.

Willoughby ergriff einen Löffel und schlug ihm auf die Knöchel. »Setzen Sie sich!«

Der harte Schlag schmerzte; Loomis gewann ein wenig Vernunft zurück.

»Ich will keine Unannehmlichkeiten«, sagte Willoughby. »Weder mit Ihnen noch mit sonst jemandem. Wenn Sie allerdings welche haben wollen, bitte sehr. Ich habe eine Menge Geduld gehabt mit einer Menge von Dingen. Wenn ich zum Beispiel die Rechnung hier bezahle, weiß ich, daß ich weit überzahle, weil Sie mit zehn Prozent daran beteiligt sind. Wie ich weiß, sind Sie in der ganzen Stadt mit zehn Prozent beteiligt!«

Loomis' Schultern sackten zusammen.

»Ich habe nichts dagegen, daß Sie die Krautfresser ausquetschen. Aber von heute ab teilen Sie mit mir, und zwar zu gleichen Teilen. Von heute ab wissen Sie auch, wo Ihre Grenzen liegen. Komm, Liebling«, Willoughby wandte sich dem Mädchen zu, »gehen wir wieder tanzen.«

Marianne glitt in seine Arme. Sie warf den Kopf zurück, ihr glänzendes schwarzes Haar schimmerte in der indirekten Beleuchtung, ihr hingebungsvoller Blick ließ ihn schneller atmen. Sie hatte den größten Teil der Auseinandersetzung verfolgen können, sie verstand die englische Sprache besser, als sie sie sprach.

Willoughby war nicht der Mann, der die Erfahrungen seines Vorgängers übersehen hatte. Er hatte keine Lust, sich Marianne von irgendeinem Oberst oder Brigadegeneral ausspannen zu lassen, der mit der guten Absicht hereinspaziert kam, sich für die Tätigkeit der Militärregierung und nebenbei auch für ihr Personal zu interessieren.

Es war nicht schwer, Marianne zu überzeugen, daß ihre Pflichten nun außerhalb der Dienststelle lagen; ihr Arbeitseifer und ihre Abneigung gegen eine Existenz als ausgehaltene Frau, die Loomis so gehemmt hatten, schwanden im Lauf einer einzigen, allerdings ziemlich aufreibenden Nacht. Man sollte sein Glück nicht zu sehr strapazieren; es war schon genug, daß sie in so erstaunlich kurzer Zeit so hoch nach oben gelangt war; besser, man ruhte sich ein wenig auf dem Erreichten aus, genoß das Leben, erwarb eine reichhaltige Garderobe, setzte an den Stellen, wo man's noch brauchen konnte, ein bißchen Fett an und legte sich eine kleine Sammlung von Schmuck und einen bescheidenen Vorrat an Zigaretten, Seife und Parfüm zu.

Willoughby sah sich dem Problem gegenüber, wie er sie in nutzbringender Weise beschäftigen könnte. Selbst wenn sie bis Mittag schlief, so fand er doch, daß ein Mädchen den Rest seines Tages nicht nur mit Nichtstun verbringen sollte. Sich selber überlassen, mochte sie auf Gedanken kommen, was gut für sie sei. Er konnte ihr alles geben, was sie brauchte und wünschte, und mehr dazu. Aber er kannte die menschliche Natur; er kannte das teuflische Jucken, das so leicht selbst unter der gepflegtesten, der zartesten Haut zu brennen beginnt und den Menschen veranlaßt zu glauben, daß gerade um die nächste Ecke etwas Besseres auf einen wartet, etwas Reicheres, Aufregenderes.

Auch war er der Meinung, daß Talent und andere brauchbare Eigenschaften nicht nutzlos verkommen sollten. In der ersten Nacht – er war schnell müde geworden – hatte sie neben ihm gesessen, mit seinen Fingern gespielt und ihm die Geschichte vom Eisbottich erzählt und dabei die Originalversion, wie Yates sie gehört hatte, noch weiter ausgeschmückt. Willoughby hatte gesehen, wie ihre erschreckten Augen sich sogar jetzt noch weiteten; hatte erlebt, wie sie in seine Arme gekrochen kam, armes kleines Ding, noch immer von Furcht geplagt; hatte ihren Leib geliebkost, an dem das Eis damals gehaftet hatte – wie hatte sie es nur aushalten können, man weiß ja überhaupt nicht, was ein Mensch an Ausdauer und Courage aufbringen kann! Und er hatte ihr zugeflüstert: »Es ist ja nun alles vorbei, Liebling. Wir sind hier und schützen dich, und du mußt es vergessen. Fühlst du dich jetzt besser? Fühlst du dich wohl, und ist dir auch warm?« Und seine plumpen Hände waren ihr über die Haut gewandert, in der schönen Absicht, ihr das Gefühl des Wohlbehagens und der Sicherheit zu geben.

Aber er hatte tatsächlich eine Aufgabe für sie, eine eigens für sie geschaffene. Er fuhr zu Frau von Rintelen hinaus und überredete sie, daß sie eine Gesellschafterin brauche. Es mache ihm Sorge, sagte er, daß sie so weit von der Stadt entfernt allein mit ihrer Tochter und dem kranken Major von Dehn lebe. »Ich sähe es gern, wenn die drei Damen gut miteinander auskämen und harmonisch zusammen lebten. Ich selbst möchte gelegentlich hier herauskommen und das Gefühl eines behaglichen Heims genießen – ich bin von meinem eigenen schon so lange fort!« Er appellierte an das Gewissen der Witwe und berichtete ihr von Mariannes Leiden und von dem Bottich und dem Eiswasser. »Jeder anständige Deutsche sollte sich bemühen, für alle Geschehnisse dieser Art Wiedergutmachung zu leisten. Ich glaube, Sie wissen, was ich meine.« Am Ende aber mußte er der Witwe und Pamelas Einwände doch noch mit den Worten beseitigen: »Warum bestehen Sie darauf, mir und sich selber Schwierigkeiten zu machen? Es gibt Amerikaner, die von mir fordern, ich soll Ihren ganzen Besitz requirieren.«

»Requirieren?« piepste die Witwe.

»Requirieren, konfiszieren, beschlagnahmen.« Er fuhr mit der gekrümmten Hand über Maximilian von Rintelens Schreibtisch. »Phht – weg, kaputt! Rintelen, Herrenhaus, alles!«

Und an diesem sonnigen Sonntagmorgen, kein Wölkchen stand am friedlichen, blauen Himmel, fuhr er Marianne in seinem offenen Tourenwagen über die Stadtgrenze hinaus, bog von der Autobahn auf eine Asphaltstraße ab, die durch armselige Felder führte, vorbei an öden Hügeln, bis sie in einen sauber gepflanzten, gepflegten jungen Kiefernwald gelangten, der zum Landsitz der Rintelens gehörte.

»Ach, ist es herrlich hier!«

Von Sonnenlicht überspielt, in dem die wieder instand gesetzten Fenster spiegelten, lag das Herrenhaus wie ein verwunschenes Schloß im Wald vor ihnen, die Lebkuchentürme ragten trotzig in die Luft, und das große, gewölbte Portal versprach die Pracht und die Annehmlichkeit gediegener, luxuriöser Einrichtung.

»Hier ist dein Traumschloß!« verkündete Willoughby und ließ den Wagen auf dem knirschenden Kies halten. »Hier wirst du wohnen.«

Sie schmiegte sich an ihn: »Du bist so verständnisvoll, und so lieb!« Dann kam ihr ein anderer, schrecklicher Gedanke. »Nein! Nicht allein! Nicht ohne dich!«

Er stieg aus und reichte ihr galant die Hand.

»Ich habe für alles gesorgt, mein Liebling. Du hast hier Gesellschaft. Die beiden Frauen, denen das hier gehört, wohnen hier nämlich mit einem Kranken. Sie treten dir ihre netten Räume ab und ziehen selber in die Gastzimmer um oder wohin sie wollen. Und du wirst ihnen gegenüber sehr freundlich sein und erzählst mir, was hier so vorgeht... Ich zeige dir jetzt das Grundstück.«

Er führte sie um das Haus herum, über den weichen Rasen und in den Park. Er zeigte ihr die Bank im Gartenhäuschen, den Lieblingsplatz Hitlers, wenn er in Kremmen bei den Rintelens weilte und sich ausruhen wollte.

»Ich komme oft hier heraus«, versprach er ihr. »Oder ich nehme dich mit in die Stadt, und dann amüsieren wir uns im Grand Hotel oder im Matador-Club – du wirst dich schon nicht langweilen.«

»Man wird mich hier nicht gern sehen«, sagte Marianne plötzlich.

Er nahm sie in seine Arme und küßte sie zärtlich. »Mach dir keine Sorgen, Liebling. Sie werden tanzen, wenn du nur pfeifst. Und werden es sogar noch gern tun.«

Sie lachte, pfiff und tanzte ein paar Schritte über den nadelbedeckten Boden.

Mein Gott, ist sie schön! dachte er. Und war sehr glücklich.

Pettinger, der Marianne durch die Gardinen am Fenster seines Zimmers im oberen Stockwerk beobachtete, fand ebenfalls, daß sie schön war.

Sechstes Kapitel

Die Langeweile begann Pettinger zu zersetzen wie eine Art Fäulnis. Der Krieg und seine Tätigkeit hatten ihn an schnelle Entscheidungen gewöhnt, die sofort in die Tat umzusetzen waren. Rasches und ständiges Handeln hatte seine Lebensweise und seine Haltung geformt. Dadurch wurde ihm die Anpassung an seine neue Lage, an den Luxus des Herrenhauses, in dem er eingesperrt war, an das unstillbare Verlangen Pamelas, dem er ausgeliefert war, zur Plage. Das Netz, an dem er zu arbeiten suchte, spann sich von selber, aber im Schneckentempo, und der Fortschritt, der sehr gelegentlich erzielt wurde, brachte seinem ruhelosen nervösen Wesen keine Erleichterung.

Nur zu selten für Pettingers geringe Geduld brachte Lämmlein Nachrichten von Männern, mit denen nach langen Bemühungen Verbindung hergestellt war. Diese im verborgenen lebenden Flüchtlinge, die nun versuchten, alte Verbindungen wiederanzuknüpfen und Gruppen und Organisationen aufzubauen, ließen Pettinger wissen, daß sie seinem Plan zustimmten. Sie waren sich darüber einig, daß die Unzufriedenheit im besetzten Gebiet allgemein im Zunehmen war. Aber sie waren sich nicht ganz so einig, wenn die Frage auftauchte, wer denn die Führung der Sache übernehmen sollte. Sie rieten zu langsamem Vorgehen, erst sollte Gras über ihre Spuren wachsen, und sie blieben dabei, daß keiner von den wenigen, die von der alten Garde übriggeblieben waren, nun vortreten könne, um die Arbeit in die richtigen Wege zu leiten und ihre Bemühungen an einem Punkt zusammenzufassen. Ihrer Meinung nach, sagten sie, müßten neue Leute herangezogen werden, die als Deckung dienen konnten, am besten solche, die das absolute Vertrauen der Besatzungsmacht genossen; sie klagten, daß die Mehrheit der Bevölkerung viel zu sehr mit persönlichen Schwierigkeiten zu kämpfen habe, um mehr zu tun, als hier und da zu murren. Immerhin taten sie ihr Bestes, um antirussische Gerüchte zu verbreiten und auf die amerikanische Truppe durch Frauen und andere Zivilpersonen Einfluß zu nehmen. Sie hatten, sagten sie, darin ganz guten Erfolg, da die Deutschen mit Haß gegen den Osten erzogen waren und die Amerikaner, die allem, was sie nicht selber probiert hatten, ablehnend gegenüberstanden, selbstverständlich die Russen mit Argwohn betrachteten.

Pettinger studierte jede Zeitung, deren er habhaft werden konnte, englische sowie deutsche. Er machte sich lustig über die Vorankündigungen der Nürnberger Prozesse – auch so ein Schwindel, sagte er. Er begrüßte die Streitigkeiten unter den Alliierten, die nach der Konferenz in San Francisco auftraten. Jeder Konflikt im Alliierten Kontrollrat erfüllte ihn mit neuer Hoffnung – aber alles ging so langsam, so verflucht langsam, und das Gleichmaß der Tage und Nächte versetzte ihn periodisch in große Niedergeschlagenheit, und er suchte Zuflucht und Erleichterung im Alkohol.

Als Pamela ihm mitteilte, daß man ihre Mutter gezwungen habe, die Geliebte von Willoughby ins Haus zu nehmen, geriet er momentan in Panik. Nervös auf und ab gehend, hörte er sich Pamelas verzweifeltes Gerede an: sie wollte ihn nicht verlieren, er müsse aus dem Haus heraus und ins Gärtnerhaus ziehen, er sollte sich als Gartenarbeiter ausgeben – außerdem müßten die Hecken ja auch geschnitten werden.

Dann gewann bei ihm die Vernunft wieder die Oberhand. »Laß die Polacken die Hecken schneiden«, sagte er kurz. »Willoughby weiß, daß ich dein Mann bin und hier lebe. Hübscher Einfall, mich aus deinem Bett hinauszuwerfen und ins Gärtnerhaus zu schicken!«

Er lächelte. Das Gespräch endete damit, daß er sich eine boshafte kleine Idee durch den Kopf gehen ließ.

Kaum war Willoughby wieder gegangen, nachdem er Marianne in der Villa abgesetzt hatte, kam Pamela in Pettingers Zimmer gestürmt, Erregung, Haß, Furcht in allen Zügen.

»Sie soll hier spionieren.«

»Ich verstehe mich ein wenig auf Spione, meine Liebe«, antwortete Pettinger, »die, mit denen ich zu tun hatte, waren nie so hübsch.«

»Hast du sie denn schon gesehen?«

»Aus der Entfernung.«

Er spürte ihre klebrige schweißnasse Hand auf seiner. »Du siehst schon längst nicht mehr wie ein kranker Mann aus. Du mußt in deinem Zimmer bleiben und darfst nicht einmal zu einem Spaziergang hinausgehen. Sie wird dich sonst sehen. Der Amerikaner wird dauernd hier sein, um sein Flittchen zu besuchen. Ach, mein Gott!«

Nachdenklich fragte er: »Was für eine ist sie denn? Deutsche, natürlich?«

»Natürlich. Und direkt aus einem Konzentrationslager, obwohl sie nicht so aussieht. Bei amerikanischer Verpflegung und mit gestohlenen Kleidern ja auch kein Wunder.«

»Sie sind jetzt eben obenauf, und wir sind unten«, sagte Pettinger philosophisch. »Es wird ein besonderes Vergnügen sein, diese Person eines Tages wieder einzusperren.«

»Aber wann?« fragte sie. »Wann?«

Einen genauen Fahrplan konnte er nicht geben, nur ein vages Versprechen. »Vielleicht hast du recht«, sagte er schließlich. »Ich werde sie mir an einem der nächsten Tage mal genauer ansehen und dann entscheiden, was wir mit ihr machen.«

»Wäre sie nur schon tot!« wünschte Pamela von ganzem Herzen.

Pettinger starrte sie stirnrunzelnd an. Der Gedanke kam ihm, daß Pamela eines Mordes durchaus fähig war.

Marianne bestand nicht darauf, die Zimmer der Witwe zu beanspruchen. Sie hatte sich die Räume angesehen und der Witwe erklärt: »Ich möchte Sie Ihrer Annehmlichkeiten lieber nicht berauben.« Natürlich hätte sie darauf bestehen können, daß Willoughbys Anordnung durchgeführt wurde; aber schließlich mußte sie ja mit diesen Frauen zusammenleben und mit ihnen auskommen – je bescheidener und anspruchsloser sie sich also gab, desto eher würden die Witwe und Pamela sich in die Sache fügen; und vielleicht sollte sie den beiden auch ausdrücklich mitteilen, daß ihre Einquartierung hier ausschließlich Willoughbys Idee war.

»Wissen Sie, gnädige Frau, diese Amerikaner werden einfach verrückt, wenn sie jemand gern mögen; in ihrer Art reizende Männer, aber sie haben keinen Begriff von den Rechten anderer Menschen, von Höflichkeit und guten Umgangsformen.«

Auch waren die Zimmer der Witwe das reinste Museum, ein Mischmasch von Scheußlichkeiten; Pastelle, kleine Kissen, Spitzendeckchen, Nippesfiguren. Marianne konnte sich nicht zweimal umdrehen, ohne in Gefahr zu geraten, das eine oder andere gute Stück umzureißen; sie zog mehr das Moderne vor. Sie einigten sich auf die Zimmer im Erdgeschoß, die Dehn bewohnt hatte, wenn sich ein Aufenthalt im Herrenhaus nicht hatte vermeiden lassen.

Ihre erste Nacht in der Villa verbrachte sie ziemlich ruhig. Am Morgen stand sie spät auf und machte einen schwachen Versuch, der Witwe Gesellschaft zu leisten. Sie wurde höflich zurückgewiesen; sie zuckte die Achseln und unternahm einen Spaziergang in der Umgebung.

Am frühen Nachmittag kehrte sie zurück. Leise trat sie in die große Diele ein. Welche Tageszeit es auch sein mochte, in der Halle herrschte immer ein Dämmerlicht, und die Luft war etwas muffig. Auf einem der Tische am Ende der Halle stand eine Vase mit Geißblatt. Sie blieb stehen, pflückte einen Zweig und steckte ihn sich ins Haar. Sie war bester Laune und trällerte eine Melodie vor sich hin.

Plötzlich brach sie ab. Ihrem Blick fast verborgen, saß Pettinger im bequemsten Sessel der Halle.

»Hübsche Melodie«, sagte er. »Hübsche Stimme auch. Sie sind erstaunt, mich hier zu sehen?«

Sie steckte den Zweig in die Vase zurück.

»Ich bin Pamelas Gatte.«

Er trug Dehns hellgraue Flanellhose und eine bequeme Hausjoppe. Er legte die alte Zeitschrift, in der er geblättert hatte, zur Seite, erhob sich und sagte: »Nennen Sie mich Erich. Natürlich hätte ich gestern herunterkommen sollen, um Sie zu begrüßen, aber ich bin krank und lag zu Bett.«

»Sie sehen aber gar nicht krank aus.« Ihre Lippen waren plötzlich wie vertrocknet; verstohlen fuhr sie mit der Zunge über sie hin.

»Ich habe meine guten und meine schlechten Tage«, sagte er.

Sie war froh, daß Willoughby nicht zugegen war und ihn sah. Das Leben hier fing an ihr zu gefallen; und sie wußte, Willoughby war viel zu vorsichtig, sie unter dem gleichen Dach mit einem so gut aussehenden und anscheinend doch ganz gesunden und kräftigen Mann zu belassen.

»Ich hoffe, Sie fühlen sich hier wohl?« erkundigte er sich. »Pamela war zwar dagegen, Sie hier zu haben; aber ich finde, unser Haus kann ein bißchen Belebung vertragen. Ich höre, Sie waren in einem Konzentrationslager? Muß sehr übel gewesen sein. Man hat uns all das sorgfältig verborgen; jetzt erst kommt es heraus. Ich schäme mich, wirklich. Und wir, die wir so stolz auf unsere Musik, auf unsere Theater, auf unsere ganze Kultur waren! Ein wenig habe ich ja auch die Künste gefördert. Ja, das ist nun aus und vorbei. Ohne Geld kein Mäzen.«

Die ganze Zeit ließ er seine Blicke wandern.

Sie spürte, daß sie einer Art Prüfung unterzogen wurde, hatte aber plötzlich nichts dagegen. Der Mann vor ihr gehörte zur oberen Schicht, war ein wirklicher Herr, Klasse; aber auch sie, erinnerte sie sich, war längst nicht mehr die kleine Taschendiebin, sondern stand auf Grund ihrer amerikanischen Verbindungen auf gleich zu gleich mit ihm – falls ihr nicht irgendein dummer Fehler unterlief.

»Das Konzentrationslager war tatsächlich nicht sehr reizvoll«, sagte sie.

»Pamela hat mir erzählt, Sie hätten da furchtbare Erlebnisse gehabt. Eisbäder oder so etwas?«

Trotz des Halblichts in der Halle sah sie das Aufglimmen in seinen Augen. Das Herz schlug ihr im Hals.

»Sie haben mich da hineingesteckt«, sagte sie, »nackt.«

»Nicht möglich!« rief er aus. »Sie müssen mir mal Näheres davon erzählen, wenn wir uns besser kennen. Waren Sie Kommunistin?«

»O mein Gott, nein!« Sie war so erschrocken, daß sie anfing zu schielen. Wenn die Rintelens ihr das Schild Kommunistin umhingen und dies bis zu Willoughby gelangte – dann gute Nacht, Herrenhaus, Garderobe und alles!

Pettinger war die größte Sorge genommen. Offensichtlich sprach sie die Wahrheit. Wenn sie also keine Kommunistin war – und von dem Augenblick an, wo er sie sah, hatte er das nicht für wahrscheinlich gehalten –, konnte sie von ihm aus sein, was ihr Spaß machte.

»Bitte, nehmen Sie doch Platz!«

Sie gehorchte auf der Stelle.

»Wie war das nun mit dem Eisbottich?«

Es fiel ihr nur die alte Antwort ein. »Es muß wohl jemand Anweisung gegeben haben, daß man mir hinterher nichts ansehen darf. Darum haben sie mich auch nicht geschlagen, und ich habe keine Narben am Leib, und alles ist glatt und in Ordnung.«

Er betrachtete ihre Beine, die Brüste unter der Bluse, verglich, wie fest ihr Fleisch war gegenüber Pamelas breit ausladenden sinnlichen Hüften. »Da haben Sie aber Glück gehabt.«

»Ja, nicht wahr?« Sie wollte zuvorkommend lächeln. Immerhin – ihr Glück hielt noch aus. Die Geschichte, die schon Yates, Loomis und Willoughby beeindruckt hatte, schien auf diesen Mann zu wirken. Er war ganz offensichtlich scharf auf sie. Trotzdem gelang ihr das Lächeln nicht ganz; ihm gegenüber verlor sie ihre Selbstsicherheit, ihr Vertrauen zu ihrem Status als Favoritin des Eroberers. Sein salopper Anzug, sein unverbindlicher Gesprächston – alles war höflich und angenehm und dennoch beunruhigend; sie hatte das drohende Bohren in seinen Fragen gespürt. Sie eine Kommunistin! Ausgerechnet sie!

Er hob seine Zeitschrift auf und rollte sie zusammen. Marianne sah, wie er mit der Rolle die Luft peitschte, kurze Bewegungen aus dem Handgelenk heraus, sie konnte den Blick nicht abwenden, die Geste war ihr vertraut, ein Schaudern überlief sie.

Einen Moment lang dachte sie an Flucht, zurück nach Kremmen, zurück zu Willoughby... Aber da redete er schon weiter in seiner lässigen Manier, die sie irgendwie in Bann schlug und festhielt.

»Aus welchem Grund sind Sie denn nun wirklich verhaftet worden, Marianne?«

»Es war nur wegen meines Namens«, sagte sie mit leiser Stimme. »Die Seckendorffs waren in die Münchener Studentenrevolte verwickelt. Ich lebte damals auch in München. Die Polizei holte mich...«

»Wie dumm von der Polizei«, sagte er sanft. »Und Sie waren mit den Verrätern nicht einmal verwandt?«

Sie gab keine Antwort.

»Nun, waren Sie verwandt oder nicht?« Er legte seine Hand auf ihr Haar. Seine Finger umschlossen ihren Hinterkopf.

»Bitte – tun Sie das – nicht!« flüsterte sie.

»Waren Sie?« Seine Finger wie ein Schraubstock.

Der Schmerz steigerte ihre Angst, schuf aber zugleich ein Bedürfnis, sich ihm zu Füßen zu werfen.

»Nein, ich war nicht mit ihnen verwandt.«

Der Schraubgriff verwandelte sich in eine streichelnde Bewegung. Sie spürte die Schwäche in ihren Knien und hörte: »Es geht schon alles in Ordnung, Marianne«, und hörte die eigene Antwort: »Ja, Erich.«

In dieser Nacht kam er zu ihr. Er verschloß die Tür hinter sich und setzte sich zu ihr aufs Bett. Sie zog sich die Decke bis zum Kinn hoch.

Nach einer Weile hörten sie Schritte auf dem Gang, jemand ging mit nackten Füßen vor der Tür auf und ab. Dann entfernten sich die Schritte wieder.

»Das war Pamela«, sagte er. »Ich hasse Frauen, die einen Menschen ganz mit Beschlag belegen. Versuche nie, eifersüchtig auf mich zu sein.«

»Ja«, sagte sie. Und nach einer Weile: »Pamela wird mich hassen.«

»Das tut sie so und so. Frauen reagieren intuitiv. Aber hab keine Angst. Du hast ja deinen amerikanischen Oberstleutnant, der dich beschützt, und ich bin ja auch noch da. Gib mir deine Hand.«

Die Wärme im Bett wurde ihr unerträglich; ihr Körper brannte, als habe sie Fieber.

»Ich muß wohl schon hierbleiben.« Er lachte. »Sie wird die ganze Nacht auf mich warten.«

Nachdem er ihrem Fieber abgeholfen hatte und sie zur Ruhe gekommen war, kehrte er zu seinem Thema zurück. »Intuitiv. Diese Art Intuition habe ich nun nicht. Aber ich bin auch kein Amerikaner, der sich jeden Unsinn vormachen läßt. Also versuch das gar nicht erst bei mir. In Wirklichkeit bist du ein hübsches Mädchen, das im Leben Pech gehabt hat. Einzelheiten will ich gar nicht wissen. Nur spiel dich vor mir nicht als politischer Märtyrer auf. Für Märtyrer habe ich nichts übrig – sie sind alle blöd. Und politische Märtyrer sind die blödesten von allen. Du hast eine wunderbare Haut. Eisbottich! Ich habe nichts dagegen, wenn du dich mit den Amerikanern gut stellen willst. Wir müssen es ja alle, auf die eine oder die andere Weise. Vielleicht werde ich dich eines Tages bitten, mir ein paar kleine Gefälligkeiten zu tun. Wie ist dieser Willoughby? Ich meine – als Mann?«

Als Antwort schmiegte sie sich nur dichter an ihn.

»Ach«, sagte er, »manchmal frage ich mich, wie sie überhaupt jemals diesen Krieg haben gewinnen können...«

Beim Frühstück ging es recht unangenehm zu. Pamela berührte kaum ihr Essen. Sie klimperte mit ihrem Löffel unaufhörlich gegen den Rand der Tasse, ein Geräusch, von dem sie wußte, daß es die anderen störte.

Die anderen störten sie ja auch. Die Witwe schob einen Teekuchen nach dem anderen in den Mund und beklagte sich, daß das Ei zu weich wäre. »Zweieinhalb Minuten!« zwitscherte sie. »Die Köchin braucht doch nichts weiter zu tun, als auf die Uhr zu sehen. Aber diese Leute können nicht einmal die Uhr ablesen, oder es ist ihnen gleich. Und dabei ist es so schwer, Eier zu bekommen.« Dann wechselte sie das Objekt ihres Ärgers und fragte Pamela, was ihr denn über die Leber gelaufen sei – habe sie etwa schlecht geschlafen? »Du hättest dich zum Frühstück auch anziehen können«, sagte sie, »schließlich haben wir Gäste.«

»Gäste!« sagte Pamela. »Sie sind permanent bei uns, oder?«

Marianne blickte auf, schwieg jedoch. Sie löffelte ihr Ei sauber aus, nahm die Krumen von ihrem Teller auf und bewunderte das Muster des Meißener Porzellans. Dann trank sie einen Schluck Kaffee, setzte die Tasse aber schnell wieder ab. »Ich könnte die Amerikaner um ein wenig Bohnenkaffee bitten«, schlug sie freundlich vor.

Pamela starrte sie an. »Bemühen Sie sich nicht!«

»Aber die Amerikaner haben doch genug. Warum sollten sie uns nicht davon abgeben?«

Pamela atmete hastiger. »Wir haben wenigstens noch etwas wie Stolz!«

»Willst du keinen Zucker für den Stolz in deiner Tasse?« sagte Pettinger und reichte Pamela die Zuckerdose.

Pamela stöhnte vor Wut. Sie stieß ihren Stuhl zurück und verließ den Raum, das zerknüllte Nachthemd hing unter ihrem Morgenmantel hervor.

Später kam sie zu Pettinger ins Zimmer. Sie wußte, er würde eine Erklärung für sie parat haben, war aber entschlossen, sich nicht damit abspeisen zu lassen. Sie hatte nicht die Absicht, ihn mit einer anderen Frau zu teilen, und schon gar nicht mit der Hure eines Amerikaners.

Er sah ihr Gesicht, verstört, gedunsen, nach der schlaflosen Nacht fast tragisch, und machte sich daran, ihre Entschlossenheit zu brechen. Er demütigte sie, indem er sie zwang zuzugeben, daß sie ihn im ganzen Haus gesucht, daß sie an Mariannes Tür gelauscht und später auch vor seiner Tür gestanden und ihr Ohr gegen das Holz gepreßt hatte, wahnsinnig vor Wut über die Kränkung und über ihre Machtlosigkeit.

»Warum hast du nicht angeklopft, Pamela? Warum hast du mich nicht gerufen oder bist einfach hereingekommen?«

»Die Tür war verschlossen.«

»Muß ich aus Angewohnheit getan haben. Es geht mir so vieles durch den Kopf, du weißt, wie ich...«

»Du warst ja nicht in deinem Zimmer!«

Er lächelte, sein hartes, maskenähnliches Lächeln. »Ich habe wie ein kleiner Engel geschlafen. Ich habe dich ganz einfach nicht gehört.«

So eine freche Lüge. Ihr wurde ganz schwach. Und dann dachte sie: Wenn es nur wahr wäre! Mein Gott, wie ich wünschte, es wäre wahr!

»Erich«, sagte sie, »ich gehöre zu den Frauen, die ihren Mann lieber überhaupt nicht haben wollen als nur teilweise.«

Er gab sich gelangweilt. »In Anbetracht des Männermangels in Deutschland – ein äußerst veralteter Standpunkt!«

Sie lachte gekrampft, dann sagte sie leise: »Küß mich, Erich!«

Er küßte sie mechanisch.

Sie trat einen Schritt zurück. Ihr Gesicht war fahl geworden, ihre Stimme heiser. »Ich weiß nicht, wer du bist. Aber es gibt Leute, die es gerne wissen würden und die auch gerne wüßten, daß du hier im Haus bist, die Anzüge meines Mannes trägst und in seinem Bett schläfst. Du mußt also schon weitermachen, mußt weiter mit mir schlafen und ein tadelloser Ehemann sein –«

Diese Schlampe, dachte er, diese sexuell überhitzte Brunhilde, die mit jedem Pfund ihres Fleisches beanspruchte! Und er war an sie gebunden – nur durch sie konnte er sich erhalten, was er brauchte: diesen sicheren Zufluchtsort, von wo aus sich Verbindungen durch Lämmlein knüpfen ließen.

Dünnes, sehr dünnes Eis.

Seine Stirn hatte sich geglättet, er zwinkerte Pamela gutmütig an. »Ich dachte, du wärst doch schlauer. Für wen hältst du mich? Sie ist Willoughbys Bettwärmer, er hat sie hergebracht.«

»Das würde die Sache doch für dich nur noch reizvoller machen – dann hättest du zwei, über die du lachen könntest, den Amerikaner und mich.«

»Sie kommt direkt aus einem Konzentrationslager! Wie könnte ich ihr da trauen?«

»Wer behauptet denn, daß du ihr traust?«

»Meine liebe Pamela – du kennst das Mädchen doch gar nicht. Ich habe mich wenigstens mit ihr mal unterhalten.«

»Das nehme ich allerdings an«, sagte sie anzüglich.

Er überhörte die persönliche Spitze. »Sie ist nichts wert. Sie ist durch irgendeinen Behördenirrtum ins Lager gekommen. Sie ist nicht einmal mit den Seckendorffs verwandt, die in die Münchener Studentenrevolte verwickelt waren. Sie ist nur eine kleine Gelegenheitshure ohne irgendwelche Grundsätze, und sie versucht, aus der Lage, in die wir alle geraten sind, etwas für sich herauszuschlagen. Sie würde mich noch schneller als du, mein Liebling, und mit noch geringerer Veranlassung verkaufen.«

»Sie haut also die Amerikaner übers Ohr...«, sagte Pamela langsam.

Er grinste. Aber nicht mich! dachte er. Er war angenehm überrascht von seiner eigenen unverminderten Fähigkeit zu nüchternen Einschätzungen und von seinem Gleichmut seinen Einsichten gegenüber. Dann sah er die plötzlichen Tränen in Pamelas Augen.

»Was ist denn jetzt wieder?«

Sie schluchzte: »Du bist in solcher Gefahr...«

Er war wieder auf sicherem Boden. »Ich denke, wir halten uns weiter an unseren kleinen Familienkreis, du und ich. Und überlaß mir das ganze Sorgen und vertrau ein bißchen auf mein Glück. Du mußt an meinen Glücksstern glauben. Ich glaube sehr an ihn.«

Bei seiner Begegnung mit Marianne nach dem Essen ließ er sie wissen, daß er, sobald es sich nur machen ließe, wieder zu ihr kommen würde und daß Pamela sich inzwischen beruhigt habe.

Siebentes Kapitel

DeWitt kam in aller Stille in Kremmen an. Nachdem er sein Gepäck im Grand Hotel gelassen hatte, wo die Offiziere der Militärregierung wohnten und durchreisende Offiziere einquartiert wurden, fuhr er in die Kaserne der Kremmener Reiter und suchte Farrish in dessen Quartier im obersten Stockwerk des Verwaltungsgebäudes auf. DeWitt war überrascht von dem guten Geschmack und unauffälligen Komfort der Einrichtung.

»Nett«, begrüßte ihn Farrish. »Ich habe einen jungen Lieutenant hier, der früher Innenarchitekt war. Ich mag ihn nicht sehr, ein Windhund, aber für so etwas gut zu gebrauchen.«

»Sie scheinen es jedenfalls hier zu genießen...«

Offenbar hatte DeWitt Sorgen, die Farrish zu vertreiben suchte, indem er ihm auseinandersetzte, daß Deutschland das bestmögliche Land für eine Besatzung durch die bestmögliche Armee der Welt sei, und Kremmen sei der beste Bezirk in Deutschland und werde von der besten Division der amerikanischen Armee gehalten, und außerdem habe Willoughby sich als der beste Mann für die Aufgaben der Militärregierung erwiesen.

»Sie haben einen Fehler gemacht, als Sie ihn aus Ihrer Einheit weggehen ließen«, sagte Farrish.

DeWitt antwortete: »Mein Verlust ist Ihr Gewinn.«

»Haben Sie meine Straßenbahn gesehen?«

»Natürlich.«

»Ich habe festgestellt, daß die meisten von ihnen leer sind«, sagte Farrish. »Wir haben kilometerweise die Schienen in Stadtteilen wieder instand gesetzt, in denen kein Mensch mehr wohnt. Willoughby wird das regeln.«

»Was will er denn dagegen tun?«

»Er will die Rintelen-Werke wieder in Gang setzen, und er spricht von einer neuen Stadtplanung. Das ist etwas, was mich sehr interessiert. Eröffnen sich uns hier nicht große Möglichkeiten? Hier können wir wirklich etwas unternehmen! Hätten wir nur ein Zehntel soviel Macht drüben in den Staaten wie hier. Sehen Sie sich doch das Durcheinander drüben an – ein Streik nach dem anderen! Hier setze ich meinen Finger nur auf die Karte, und morgen fangen sie an aufzuräumen, wo mein Finger hingezeigt hat. Und man sieht Ergebnisse! Jedenfalls finde ich, diese Krauts sind gar nicht so übel. Sie haben guten Willen, und Disziplin sind sie gewöhnt.«

»Sie scheinen ja eine Menge über sie zu wissen.«

»Was ist da viel zu wissen? Ich kenne die Amerikaner, nicht? Wo ist der große Unterschied? Außerdem – ich komme ja auch herum. Nehmen Sie zum Beispiel Lämmlein, den neuen Bürgermeister, den Willoughby ausgesucht hat. Bin neulich mit beiden auf die Jagd gegangen. Nie erkennt man so gut, was an einem Mann dran ist, als wenn man mit ihm jagen geht. Da war dieser Bock, ein prachtvolles Tier. Der Krautfresser schießt – daneben. Dann komme ich zu

Schuß. Ich habe den Bock getroffen. Aber deswegen erzähle ich Ihnen die Geschichte nicht. Ich habe gesehen, wie Willoughbys Bürgermeister gelächelt hat, als er vorbeischoß. Das hat mir gefallen, ich habe etwas für einen guten Verlierer übrig. Ich habe überhaupt viel für sportlichen Geist übrig, im Krieg wie im Frieden, solange einer weiß, wo sein Platz ist. Das trifft hier ebenso zu wie für die guten alten Vereinigten Staaten, oder?«

DeWitt strich sich über das Kinn. »Ja – das hängt aber sehr davon ab, wer die Plätze anweist...«

Farrish, momentan verblüfft, brach in lautes Gelächter aus. »Gut gesagt! Aber was führt Sie eigentlich her, mein Lieber?«

»Ich sehe mich nur ein wenig um. Ich habe einen meiner Leute hier, der die Zeitung am Ort herausgibt. Bekommen Sie das Blatt je zu Gesicht?«

»Willoughby sagt, das Ding wäre ganz nützlich. Ich kann ja das deutsche Zeug nicht lesen. Aber ein organisiertes Gemeinwesen muß eine Zeitung haben. Öffentliche Meinung, wissen Sie; Erziehung der Menschen, Stärkung ihrer Moral. Bin ich ganz dafür... Über mich haben sie auch einen Bericht gebracht. Mit Bildern. Warten Sie eine Minute, ich muß den Ausschnitt irgendwo haben – Carruthers!«

Carruthers erschien.

»Wo ist der Zeitungsausschnitt, Carruthers – der aus der deutschen Zeitung?«

Carruthers holte ihn. DeWitt fingerte in seinen Taschen herum, fand seine Brille, holte sie vorsichtig aus dem Futteral und setzte sie auf seine kräftige Nase.

Farrish hatte ungeduldig gewartet. Nun hielt ihn nichts mehr. »Sehen Sie hier! Farrish, der Panzergeneral!« las er laut auf deutsch. »Das ist die Überschrift. Den Text weiter unten kann ich nicht lesen, nur die Namen und Daten. Alle Schlachten. Ist doch ein schönes Andenken. Sie haben da einen guten Mann in der Zeitung, und die Krautfresser wissen nun wenigstens, mit wem sie es zu tun haben.«

DeWitt beschloß, sich Yates deswegen vorzuknöpfen. Die Staatsgelder waren nicht dazu da, um für irgendwelche Generale persönliche Reklame zu machen, und schon gar nicht für Farrish.

»Und sollten Sie morgen abgelöst werden«, sagte DeWitt langsam, »müßten wir den neuen Mann ebenso groß wieder herausstellen.«

»Warum sollte ich abgelöst werden? Hier bleibe ich. Hier gefällt's mir. Es sei denn, daß – aber das bleibt unter uns – bei mir zu Hause, in meinem Heimatstaat, ist eine Bewegung im Gange, mich in den Senat zu schicken. Aber ich nehme die Kandidatur nur an, wenn man mir die Wahl garantiert. Und was ist schließlich ein Senator? Einer unter sechsundneunzig.«

Ein Fünkchen Ironie leuchtete in DeWitts Augen auf. »Ich dachte immer, Sie hassen die Politiker.«

Farrish kitzelte den glänzenden Schaft seines Stiefels mit der Spitze seiner Reitpeitsche. Dann verzog er den Mund, so daß seine tadellosen Zähne sich zeigten. »Ich wäre der Politiker, den ganzen politischen Betrieb bei uns von Grund auf umzukrempeln. Ich habe schon den strategischen Plan dafür. Es wäre wie bei Avranches. Ein großer Durchbruch, und dann hält mich nichts mehr auf.«

»Weiß Willoughby davon?«

»Er sagt, wenn man mich als Kandidaten aufstellt, ist die Wahl so gut wie gewonnen. Und dann der Ruf, den ich mir hier aufbaue. Unsere Straßenbahnen laufen, und in drei Vierteln der Stadt haben wir Wasser und Elektrizität. Außerdem haben wir eine völlig neue Polizei, sehen ganz wie amerikanische Polizisten aus. Willoughby hat eine Serie von Bildern hinübergeschickt. Sie wurden in allen Zeitungen in meinem Heimatstaat veröffentlicht. Jede Kleinigkeit hilft.«

»Ja.«

»Na – würden Sie nicht für mich stimmen?«

DeWitts Hand zitterte leicht, und er legte sie auf sein Knie. Er hatte Angst vor etwas. Nicht vor Farrish, überhaupt nicht vor einem einzelnen – er wußte nicht, wovor.

»Ich kann nicht für Sie stimmen, ich lebe ja nicht in Ihrem Staat.«

»Stimmt, Sie leben nicht dort. Zu dumm ...«

Ich lebe auch nicht in Farrishs Welt, dachte DeWitt. Er ließ sich auch nicht mit Farrish in eine Diskussion ein, wie er es noch während des Krieges getan hatte. Es schien ihm, als wäre Farrish in der Haltung, in der er sich beim Ende der Feindseligkeiten befand, vereist; und die Zeit, die inzwischen verstrichen war, hatte ihn nicht auftauen können. Man kann Eis nicht biegen oder formen, man bricht es oder setzt eine Flamme an.

DeWitt begegnete Willoughby, als er den Speisesaal im Grand Hotel von Kremmen betrat. Der Saal lag ständig im Halbdunkel: die zerstörten Fenster waren mit Brettern vernagelt; das Tageslicht konnte nur durch die Löcher im Holz und die Fugen scheinen, wo die Bretter nicht ganz aneinander paßten; und die wenigen Birnen des Kronleuchters genügten nicht, um den Riesenraum zu erhellen.

Yates, der ganz hinten im Speisesaal Platz gefunden hatte, stand auf, da er annahm, DeWitt würde sich zu ihm an den Tisch setzen. DeWitt aber blieb an der Tür stehen und fragte Willoughby: »Wie macht sich Yates? Unterstützt er Sie?«

Willoughy wußte, daß DeWitt jede negative Äußerung von ihm zu Yates' Gunsten auslegen würde. »Ich weiß nicht, wie ich ohne sein Blättchen die Stadt in Ordnung halten sollte. Gewiß, er neigt noch immer zu radikalen Ansichten, aber gerade das brauchen wir. Die Militärregierung ist wie ein schweres Arbeitspferd, Colonel; es muß zuweilen die Peitsche spüren.«

Er lächelte bei seinen Worten, und sein Ton war halb scherzhaft gewesen. Seit der Zeit in Luxemburg überkam Willoughby jedesmal, wenn er an DeWitt dachte, eine gewisse Unsicherheit – als wüßte der Alte etwas von ihm oder durchschaute ihn irgendwie. Aber was gab es da viel zu durchschauen? In Anbetracht von Yates' ständigem Querschießen lag Willoughby sehr daran, den Grund für DeWitts plötzlichen Besuch zu erfahren.

»Ich hatte mich mit Captain Troy und Miss Wallace zum Essen hier verabredet – Sie kennen die beiden wahrscheinlich. Wäre ich im voraus von Ihrem Kommen verständigt worden, Colonel, hätte ich mich allerdings für diesen Abend freigehalten...«

»Ich kenne weder Captain Troy noch Miss Wallace – aber essen wir doch alle zusammen!« sagte DeWitt und winkte Yates heran.

Bald darauf trafen Troy und Karen ein.

»Wir vier sind alle im Lager Paula gewesen«, sagte Willoughby zu dem Oberst, »und haben unsere Erfahrungen mit den Deutschen dort gemacht.« Das sollte das Gespräch in Gang bringen; da aber keiner der andern Lust hatte, von dem Erlebnis zu sprechen, wurde die Suppe schweigend eingenommen. Schließlich hielt Willoughby sich nicht länger zurück und erkundigte sich direkt: »Wie lange gedenken Sie in Kremmen zu bleiben, Sir?«

DeWitt wischte sich die Lippen. »Offen gesagt, ich weiß es nicht. Der General wollte mich hier selber herumführen, und es ist sicher viel zu sehen.« Er bemerkte Willoughbys gespannten Ausdruck, die tiefen Säcke unter den Augen, die Schatten unter den schwammigen Kinnbacken. Der Mann arbeitete schwer, das mußte man ihm lassen; und sehr glücklich schien er dabei auch nicht zu sein.

Yates fiel die ausweichende Antwort des Colonels auf. »Es ist auch eine sehr interessante Stadt«, sagte er, und zu Karen gewandt, »stimmt's?«

»Der General ist sehr stolz auf Ihre Erfolge«, sagte DeWitt zu Willoughby.

Dieser antwortete mit gewollter Bescheidenheit: »Wir arbeiten alle zusammen. Troy hat eine glänzende Polizeitruppe zusammengestellt, und ich glaube, daß Yates' Zeitung eine spürbare Wirkung auf die Deutschen ausübt... Und alle zusammen auf das gleiche Ziel hin!«

Yates beugte sich vor. »Ich drucke brav und bieder alle Ihre Verlautbarungen, das meinten Sie doch?«

»Sie sind notwendig!« sagte Willoughby.

»Die Sache mit dem Panzergeneral stammt auch von Ihnen?« fragte DeWitt trocken.

»General Farrish hat es sehr gefallen.«

»Ich weiß«, sagte DeWitt. »Er hat mir davon gesprochen. Er hat mir auch von Ihrem neuen Bürgermeister erzählt. Weiß mit dem Jagdgewehr umzugehen, wie er mir sagte.«

»Lämmlein«, sagte Karen. »Lämmlein hat ein Heim für die politischen Opfer des Nationalsozialismus hier in Kremmen eingerichtet. Dort haben wir ein paar von den Insassen des Lagers Paula wiedergefunden. Das Heim ist bekannt als das ›Totenhaus‹.«

Willoughby befaßte sich eingehend mit dem Zerdrücken seiner Kartoffeln. Er überlegte sich, wie er dem Gespräch eine andere Richtung geben könne. »Lämmlein«, sagte er. »Komischer Name.« Er setzte DeWitt die Bedeutung des Namens auseinander.

»Ist der Kerl wie sein Name?« fragte DeWitt.

»Lämmlein ist zweiter Vorsitzender des Aufsichtsrats der Rintelen-Werke«, sagte Yates. »Stahl. Schwerindustrie. Die meisten der Herren dort haben mit den Nazis unter einer Decke gesteckt. Aber wir haben offensichtlich Glück. Lämmlein war nicht dabei. Er ist niemals Parteigenosse gewesen – behauptet er jedenfalls.«

»Sie brauchen gar nicht so höhnisch zu grinsen!« sagte Willoughby scharf. »Wir haben alles überprüft. Er ist der geeignete Mann für den Posten. Alle anderen haben wir praktisch schon ausprobiert. Sehen Sie, Colonel, Yates' Arbeit ist einfach. Er geht in seine Druckerei und läßt seine kleine Zeitung anlaufen. Wir aber müssen mit den Menschen arbeiten.«

Er wollte, daß DeWitt auf Yates einwirkte; aber der Colonel schnitt lediglich sein Steak in kleine Stücke und schwieg.

Yates legte Messer und Gabel nieder. »Maximilian von Rintelen war einer von Hitlers Geldgebern. Er hat Riesengewinne gemacht mit den Panzern, den Geschützen und der Munition, die er der deutschen Wehrmacht lieferte. Captain Troy, Sie waren doch Frontoffizier – sind Sie der Ansicht, daß man so etwas auch noch belohnen soll?«

»Lassen Sie Troy aus der Sache heraus!« befahl Willoughby. Wieder suchten seine müden, sorgenvollen Augen bei DeWitt Hilfe. Dann wandte er sich zu Yates. »Rintelen ist tot! Ich dachte, wir hätten eine Vereinbarung getroffen, Yates: ich bearbeite die Angelegenheiten der Militärregierung, und Sie schreiben darüber – und zwar positiv, wenn ich bitten darf!«

»Das umreißt ungefähr Ihre Aufgabe«, sagte DeWitt.

»Ich weiß!« Der bittere Zug um Yates' Mund vertiefte sich. »Ich bin meine eigene Zensurbehörde!... Was ich im ›Totenhaus‹ sehe, darf ich nicht drucken, denn es wäre eine Schande für die Armee. Den Bericht, den ich drucken sollte – was nämlich mit den Rintelen-Werken geschehen wird –, kann ich nicht erhalten, obwohl die

Leute gerade das erfahren müßten, weil nämlich ihr tägliches Brot davon abhängt. Werden wir die Werke selber leiten? Werden die noch verbliebenen Anlagen demontiert? Zerstört? Wieder aufgebaut? Das Ganze? Oder nur ein Teil? Und wer wird der Eigentümer sein? Die Familie Rintelen? Die Alliierten? Das deutsche Volk?«

Der Kellner brachte den Nachtisch und Kaffee. Alle verfielen in Schweigen. Dann sagte Willoughby mit einem unangenehmen Lachen: »Sie sind schon eine Type, Yates!«

DeWitt spuckte einen Kirschkern auf seinen Löffel. »Ja, aber was wollen Sie nun wirklich mit den Rintelen-Werken machen?«

Willoughby wechselte den Ton. »Ich freue mich, Sir, daß Sie sich vom Stand der Dinge an Ort und Stelle überzeugen können. Bleiben Sie ein paar Wochen bei uns, und Sie werden sehen, welche Schwierigkeiten wir haben, Verkehr und Kanalisation in Ordnung zu bringen, die Trümmer zu beseitigen, ein halbes Dutzend neue Polizisten aufzutreiben, einen Ingenieur für die Wasserwerke und Kohlen für das Elektrizitätswerk und Dachpappe für die Unterkünfte unserer Truppen und –«

Es war eine lange Liste, und Willoughby machte eine kleine eindrucksvolle Pause nach dem Punkt.

»Wer nun Eigentümer der Rintelen-Werke sein wird?« fuhr er fort, seiner sicherer als während des ganzen vorhergehenden Menüs. »Gerade das liegt völlig außerhalb unserer Einflußnahme! Wir haben es nur mit praktischen Problemen zu tun. Sollen doch die Herren in Washington sich mit grundsätzlichen Fragen dieser Art befassen! Wer sind denn wir?«

Von der Überzeugungskraft der eigenen Worte mitgerissen, blickte er um sich. DeWitt schien ihm beizupflichten. Karen lächelte, aber er wurde sich über die Art ihres Lächelns nicht klar. Troy murmelte irgend etwas. Und Yates...

Yates sagte: »Sie haben schon einmal anders gesprochen, Colonel Willoughby. Sie haben mir sogar einmal sehr genau Ihre Ansicht über die Gründe auseinandergesetzt, die das amerikanische Volk veranlaßten, seine Armee über den Ozean zu schicken...«

»Und was wären diese Gründe?« fragte DeWitt.

Willoughby warf seine Serviette auf den Tisch: »Lieutenant Yates

– ich habe den Verdacht schon lange – und jetzt steht es für mich fest. Sie haben sich bereits damals in Verdun mit den Russen unter eine Decke gesteckt! Kavalov, oder wie der Kerl hieß. Sie sind Kommunist. Und ein gefährlicher dazu! Sie gehören nicht in unsere Armee –«

»Jetzt aber Schluß, Willoughby!« DeWitt setzte seine Tasse nieder. Seine Augenbrauen waren zusammengezogen und wirkten wie ein dicker Strich. »Mit solchen Beschuldigungen wirft man nicht um sich – auch nicht in Gegenwehr. Ein Mann hat ein Recht auf eigene Meinung – sogar in der Armee. Und wenn Ihnen Yates' Fragen auch unangenehm sind, so ist er deswegen noch lange kein Kommunist oder etwas Derartiges.«

Willoughby erhob sich. »Sir, ich bin durchaus bereit, mit Ihnen, aber unter vier Augen, diese Angelegenheit zu besprechen.«

»Ich sehe keine Veranlassung für eine vertrauliche Besprechung.«

»Bitte sehr.« Willoughby nickte langsam. »Ich verstehe Sie vollkommen. Würden Sie mich dann jetzt bitte entschuldigen? Ich habe eine Verabredung.«

»Aber ja! Gehen Sie ruhig... Nein, lassen Sie das. Die Rechnung ist meine Sache.«

Willoughby zögerte; er wartete darauf, daß Karen und Troy ihm folgten. Da sie jedoch keine Anstalten trafen, aufzustehen, ging er allein weg, zwischen den Tischen hindurch, die Schultern im Gehen noch straffend.

Nachdem Willoughby fort war, versuchte Karen die Situation mit ein paar nebensächlichen Bemerkungen zu überbrücken. Sie hatte nicht viel Erfolg damit, und DeWitt beendete die peinliche Lage, indem er Yates aufforderte, mit ihm auf sein Zimmer zu kommen und ihm über die Zeitung zu berichten.

Troy führte Karen in eine kleine Bar und bestellte ›French 75‹ – ein neues Getränk, das nach einem französischen Geschützkaliber benannt war und seinen Ursprung der Tatsache verdankte, daß die Armee große Vorräte deutschen Champagners und deutschen Kognaks beschlagnahmt hatte; beides, miteinander vermischt, hatte seine Wirkung. Er lotste Karen zu einem der kleinen runden Tische und zwängte sich auf das Stühlchen neben ihrem. Eine Weile spielte er stumm mit seinem Glas. Er stak in einem Wirrwarr von Emotionen, ein ganzes Spektrum von Empfindungen überschnitten einander, und er suchte nach dem Punkt, von wo aus das Ganze sich auflösen ließ, so daß er seine Gefühle, eines hübsch säuberlich neben dem anderen, ihr vorlegen und ihr sagen konnte: Das bin ich, und das und das empfinde ich für dich, und das nun bedeutest du für mich – nimm es, wenn du willst, oder wirf es weg.

Er sah die Erwartung auf ihrem Gesicht, das natürliche Rot ihrer Lippen kam unter der abgenutzten Schicht von Lippenstift zum Vorschein; er sah ihre jungenhafte kurze, trotzige Nase, die zarte Haut der Wangen, das kleine, wohlgeformte Ohr mit seinem rosigen Ohrläppchen, halb verdeckt von kurzen, eigenwilligen Locken, und sein Herz schlug ihm bis zum Hals. Wortlos flehte er sie an, ihm doch zu einem Anfang zu verhelfen; aber sie schien es zufrieden zu sein, einfach neben ihm zu sitzen und zu schweigen.

Ich bin ein Tölpel, dachte er. Wie hatte er während des Essens dagesessen, ohne auch nur einmal den Mund aufzumachen! Er hatte Yates ganz allein für eine Sache eintreten lassen, die auch er im Grunde für richtig hielt. Zwar war er nie ein guter Redner gewesen; die richtigen Antworten kamen ihm immer erst lange, nachdem er sie hätte geben sollen, und war gar Karen in der Nähe, so war ihm seine Zunge aus Sorge, er könnte irgendwelchen Unsinn verzapfen, überhaupt wie erstarrt. Er malte sich aus, wie es gewesen wäre, wenn er Willoughby zurechtgewiesen hätte; dann wäre es jetzt leichter gewesen, mit Karen auch über alles andere zu sprechen. Aber es war nun einmal nicht seine Art. Und je mehr er darüber nachdachte, desto mehr verlor er den Mut; und die wenigen Augenblicke, die ihm noch verblieben, um sich zu erklären, waren nun bald verstrichen.

Er hatte sein Glas geleert. Trinken war er nicht gewohnt, hatte sich nie viel daraus gemacht. Nur hin und wieder hatte er, bevor die Truppe zum Einsatz kam, ein oder zwei Whiskys geschluckt, um das dumme Gefühl im Magen loszuwerden.

Der ›French 75‹ begann sich auszuwirken. Das Zeug stieg ihm zu

Kopf, und obwohl das Herz ihm nun nicht mehr im Halse schlug, klopfte es doch an seinem alten Platz noch genauso heftig.

»Karen«, sagte er heiser, »ich weiß nicht, wie lange Sie noch hierbleiben werden. In meinem Schädel geht alles durcheinander. Ich bin ein völlig unbedeutender Mensch. Aber ich muß Sie etwas Bestimmtes fragen...«

Seine Finger bewegten sich nervös.

»Ich stelle die Frage ungern. Wissen Sie, weshalb? Weil ich nämlich, wenn ich gar nicht erst frage, auch keine Antwort kriege. Und wozu will ich eine Antwort... Eine Antwort ist ›ja‹ oder ›nein‹, und Schluß. Aber so kann ich mir wenigstens meine Hoffnung erhalten und habe Momente, wo ich mir einbilde, ich bin glücklich. Aber die Zweifel sind stärker als die Hoffnungen, und diese Zweifel kann ich nicht aushalten. Also muß ich Klarheit haben.«

Karen hatte es gewußt, daß dieser Augenblick kommen würde. Troy war in seiner Lauterkeit leicht zu durchschauen. Er hatte alle Eigenschaften, die man sich bei einem Mann wünschte, mit dem man zusammenbleiben wollte, bis daß der Tod uns scheide. Es hatte Augenblicke gegeben, in denen sie sich danach sehnte, in seinen Armen zu sein. Und dennoch wollte sie dem Endgültigen dieser Antwort jetzt entgehen.

Gott sei Dank füllte sich die Bar um diese Stunde. Mehrere Offiziere, die sie kannte, waren drauf und dran, zu ihr an den Tisch zu kommen; sie verscheuchte sie, indem sie ihr ›Hallo‹ und ›Wie geht es‹ formell und abweisend hielt; trotzdem spürte sie die Wirkung dieser gegenseitigen Begrüßung auf Troy; er zog sich wieder in sich zurück.

»Ober!« rief er. »Noch zwei!«

Der deutsche Kellner huschte zur Bedienung herbei.

Troy hob sein Glas und sagte mit einem gezwungenen Lächeln: »Nun – was haben Sie mir zu sagen, Karen?«

Sie konnte nicht sagen: Ich liebe dich. Sie konnte nicht einmal sagen: Ich mag dich. Ihm gegenüber hieß das, sich festzulegen. Andererseits konnte sie auch nicht sagen: Ich weiß nicht, ich bin mir nicht sicher. Sie war durchaus imstande, sich über die eigenen Gefühle klarzuwerden; und er wußte das auch.

»Ich möchte jetzt weder ja noch nein sagen. Ich möchte noch warten. Sie haben doch nichts dagegen?«

Er stürzte seinen zweiten Champagnercocktail hinunter. »Doch, ich habe etwas dagegen.«

Sie nahm seine heiße, feuchte Hand. »Helfen Sie mir doch!« bat sie. »Warum helfen Sie mir nicht?«

»Ich? Seien Sie nicht albern. Versuchen Sie doch nicht, mir auch noch ein Kissen unter den Hintern zu schieben, wenn ich schon fallen soll. Ich werde es schon überleben. Sie lieben Bing noch immer, was?«

Sie ließ seine Hand los.

»Entschuldigen Sie«, stammelte er. »Ich weiß schon nicht mehr, was ich sage, scheint's. Es ist Yates, nicht wahr? Ich habe schließlich Augen im Kopf...«

»Das ist doch wohl eine ziemlich kindische Art, an die Sache heranzugehen. Warum halten Sie sich nicht an das, was ich gesagt habe?«

»Was haben Sie denn gesagt, woran ich mich halten könnte?«

»Ich habe Sie gebeten zu warten.«

»Karen, ich liebe Sie.«

Er schloß die Augen, als könne er sich dadurch unsichtbar machen. Er war bleich, und die Muskeln an seinen Schläfen zuckten.

Ein paar Offiziere an der Bar wandten sich nach ihnen um.

»Noch zwei!« rief Troy.

Der Kellner brachte die Drinks.

»Was soll ich denn tun?« fragte Troy und umklammerte seinen dritten ›French 75‹.

»Ruhig bleiben«, sagte sie leise. »Mir etwas Zeit lassen.« Sie trank ihren Cocktail aus; er hatte einen scharfen, herben Geschmack.

Troy entdeckte Yates. Yates war gerade gekommen, hatte direkt auf die Bar zugesteuert und sich dort auf einen Hocker gesetzt. Troy konnte große Teile seines Gesprächs mit einem Major der Luftwaffe verstehen, der Yates erklärte, was sie doch für Glück gehabt hätten, daß der Krieg zu Ende gegangen war, bevor die Deutschen genügend von ihren neuen Düsenflugzeugen in der Luft hatten.

»Yates!« rief Troy. »Komm her!« Er wollte irgend etwas herbeiführen, vielleicht sogar einen Skandal, Klarheit schaffen.

Aber Karen kam ihm zuvor. Sie lächelte Yates an, da er sich zu ihnen setzte, und sagte: »Sie haben da bei Tisch ganz schön auf die Pauke gehauen. Sie haben sich da einen Orden verdient oder meinetwegen auch...«

»Ich sollte mich mit dem Klosettdeckel krönen lassen«, antwortete Yates. »Was erreiche ich schon damit, wenn ich Willoughby die Wahrheit sage? Gut – ich selber fühle mich vielleicht erleichtert...« Er zuckte mit den Schultern.

»Mir hat es direkt wohlgetan!« sagte Karen.

Troy warf ihr von der Seite her einen Blick zu. Das war es also, was ihr wohltat und imponierte... »Reden und reden!« sagte er plötzlich. »Aber nichts geschieht!«

»Sie sind ein bißchen verbittert«, sagte Karen.

»Schön, ich bin verbittert. Ich habe ein Recht darauf, verbittert zu sein. Ich habe eine Anzahl anständiger Kerle in den Tod schicken müssen, um das Lager Paula befreien zu können – und was ist? Die Leute, die ich befreit habe, sitzen immer noch im ›Totenhaus‹. Mehrere von ihnen habe ich sogar verhaften müssen.«

Karen fragte: »Wie steht es denn mit dem Landsitz der Rintelens?«

Troy wurde rot. »Ich habe es Willoughby vorgeschlagen. Er sagte, lassen Sie mir Zeit. Alle wollen sie von mir, ich soll ihnen Zeit lassen!«

»Willoughby hält nichts davon, den Reichen was wegzunehmen«, meinte Yates. »Mir hat er gesagt, unsere Armee wäre nicht nach Europa gekommen, um die ungewaschenen Proleten an die Macht zu bringen.«

»Das war ja auch nicht der Zweck der Übung«, sagte Troy. »Aber ich sehe nicht ein, was das mit der Sache zu tun hat?«

Karen erwiderte: »Sie wollen doch die vielen Ungewaschenen in die Villa Rintelen setzen – das ist auch ein Weg, den Reichen etwas zu nehmen.«

»Denken Sie's doch mal durch, Troy!« bohrte Yates weiter. »Seien Sie logisch. Erst geben Sie dem Volk das herrschaftliche

Haus, als nächstes übergeben Sie ihm dann die Herrschaft über die Fabriken.«

»Vielleicht handelt Willoughby auf Anweisung von oben«, sagte Troy deprimiert. »Ober. Noch drei!«

Der Kellner brachte drei ›French 75‹. Troy trank seinen Cocktail gierig aus, ohne auf Karen oder Yates zu warten, machte eine Handbewegung und ließ sich noch einmal nachschenken.

Er hörte Yates' dozierenden Ton: »Anweisung von oben – dazu müßte zunächst einmal eine politische Linie dasein, die aber nicht da ist, und zweitens, wenn sie da wäre, wer kennt sie, und drittens, wenn man sie kennte, wer würde sie befolgen?«

»Politische Linie!« sagte Troy. »Quatsch!«

»Politische Linie, das ist, was einer an Ort und Stelle durchführt. Wahrscheinlich haben die oben sich auch irgend etwas zurechtgelegt. Vielleicht taugt es etwas, vielleicht auch nicht, vielleicht wissen sie aber auch selber nicht, was sie wollen. Jedenfalls, bevor irgend etwas zu dem Mann vor Ort heruntersickert, ist es so verwässert, daß er damit auch nichts anfangen kann.«

»Und was ist mit Willoughby?« fragte Troy aggressiv.

»Willoughby ist der Mann vor Ort sozusagen. Aber wir sind auch noch da. Verstehen Sie, was ich meine?«

»Ich verstehe nur soviel, wie meine Leute verstehen konnten.« Troy senkte plötzlich den Kopf. »Aber man hat mich von meinen Leuten fortgeholt...«

»Ruhig bleiben!« sagte Karen.

»Ich habe ihm doch genug Zeit gelassen, oder!«

»Wem?«

»Willoughby! Er hätte sich längst entscheiden können! Aber ich lasse nicht zu, daß er's vergißt. Ich werde ihn schon noch daran erinnern – dieses Mäusegehirn, diesen Heuchler, diesen Gernegroß...«

Er erhob sich; fast hätte er den kleinen Tisch dabei umgestoßen. »'tschuldigt mich mal!«

Und ging mit langen Schritten hinaus.

»Was hat er jetzt vor?« fragte Karen beunruhigt.

»Ich vermute...«, Yates runzelte die Stirn. »Hoffentlich brockt er sich jetzt nichts ein...«

»Gehen Sie ihm doch nach und kümmern Sie sich...«, bat sie.

Yates schüttelte den Kopf. »Er würde nur wütend werden. Es gibt Dinge, die ein Mann selber in Ordnung bringen muß.«

Karen erschien der Raum nun ohne Troy viel größer, ja leer. Sie zündete sich eine Zigarette an, konnte aber ihre Unruhe nicht verbergen.

»Sie mögen ihn sehr, wie?« sagte Yates.

Sie spürte den Blick seiner dunklen, ernsten Augen; auf seinen Lippen lag nur die Andeutung eines etwas spöttischen Lächelns.

»Ja«, gab sie zu.

»Ich bin sehr froh für Sie.« Die ganze Wärme und Aufrichtigkeit des Mannes lag in seiner tiefen Stimme.

»Froh? Ich glaube nicht, daß etwas daraus wird.«

»Warum lassen Sie nicht das Versteckspielen sein und tun sich mit ihm zusammen?« sagte Yates. »Wenn Sie das nämlich nicht tun, dann mache ich selber Ihnen einen Antrag – Sie sind wirklich beinah der einzige Mensch hier, in dessen Gesellschaft ich mich wohl fühle.«

»Wenn Sie da sind, fühle ich mich ja auch wohl!«

Er lachte überrascht auf. »Das ist der netteste Korb, den ich je erhalten habe. Aber Troy haben Sie doch hoffentlich keinen Korb gegeben?«

»Das nicht gerade...«

»Aber?«

»Ich weiß zu viel von ihm. Deswegen halte ich mich ja zurück. Und er ist der erste Mann, der mir über den Weg gelaufen ist, dem es gegen den Strich geht oder der zu diszipliniert oder konservativ oder vielleicht auch zu bescheiden ist, mir mehr oder weniger direkt anzudeuten, daß ich mit ihm ins Bett gehen soll.«

»Troy ist ein gerader Charakter. Er will entweder alles oder nichts.«

»Ja. Aber will *ich* es? Manchmal kommt er mir ein bißchen wie ein verirrtes Kind vor – das etwas nachläuft, was es irgendwo zu sehen glaubt. Aber ob er es je erreicht?«

»So helfen Sie ihm doch Karen! Wenn Sie ihn lieben...«

»Ich könnte ihn leicht leiten. Das könnte sogar ganz schön sein – vorausgesetzt, daß er nicht merkt, daß ich ihn an der Hand habe.«

Ein Schatten schien über ihr Gesicht hinzugleiten und hinterließ einen Anflug von Trauer.

»Aber vielleicht bin ich jetzt an einem Punkt meines Lebens angelangt, an dem ich selber von jemand an der Hand genommen werden möchte? Ich bin so lange unabhängig gewesen...«

»Ich verstehe.« Yates betrachtete sie: wache Augen, vielleicht ein wenig zynisch; eine Feder, die die Gedanken vieler Menschen notierte und sie für eine noch größere Zahl von Menschen zurechtbog.

»Ich habe meine Männer nach fast dem gleichen Gesichtspunkt ausgesucht wie die Themen für meine Artikel – nach dem Gesichtspunkt nämlich, was dabei für mich herauskam: Spaß an der Sache, ein angenehmes Gefühl, Reiz und Erregung. Ich habe immer nur genommen, nie mehr gegeben, als ich unbedingt mußte, und habe immer etwas von mir, was nur mir gehörte, für mich selbst behalten.«

»Auch im Falle Bing?« fragte Yates leise.

Ihre Augen begannen zu schimmern. »Das ist vorbei, und er ist tot. Es hat mir sehr, sehr weh getan.«

»Also – da sehen Sie!«

»Nein, David Yates, ich sehe es eben nicht; und Sie auch nicht. Ich muß da im Innern einen kleinen Winkel für mich reservieren. Nennen Sie es, wie Sie wollen – Seelenruhe – Selbsterhaltung – das ist für mich wie ein Fetisch. Die Männer, die ich kannte, haben das auch immer empfunden. Es hat sie davon abgehalten, es zu ernst zu meinen. Mir war es nur recht; es war genau das, was ich wollte.«

»Aber mit Troy geht es nicht so?...«

Yates spürte ihre Hand auf der seinen. »Ich liebe ihn zu sehr«, sagte sie. »Und es wäre ganz einfach nicht anständig, einen solchen Mann zu nehmen und dabei nicht auf die eigenen Vorbehalte zu verzichten. Bevor ich die aber aufgebe, muß ich sicher sein, daß er auch der Mann ist, der an ihre Stelle treten kann.«

Yates streichelte ihre Hand. »Früher habe ich auch so gedacht. Doch am Ende fühlt man sich dann nur einsam und elend. Wenn ich nach Hause komme und Ruth noch so ist, wie ich sie in Erinnerung habe, werde ich wissen, was es heißt, seine Frau zu lieben.«

Karen war still. Sie dachte an das junge Mädchen, das auf seiner Suche nach Yates in Paris zu ihr gekommen war.

Nach einer Weile sagte Yates: »Während des Krieges war es anders. Aber jetzt kann ich meine Augen schließen, und ich sehe Ruth. Machen Sie mal Ihre Augen zu! Können Sie Ihren Mann sehen – und wie sehen Sie ihn?«

»Wie ich ihn sehe...? Immer wieder anders – meistens aber wie einen geschlagenen Mann, der seine Haltung bewahrt, der seine Schläge hinnimmt, doch ohne zurückzuschlagen. Aber eine Frau hat das Recht, ihren Mann, verdammt noch eins, als den Helden zu sehen, der er schließlich sein soll. Ich will, daß er zurückschlägt –«

»Nun machen Sie Ihre Augen wieder auf. Karen! Was glauben Sie denn, was Troy in diesem Moment tut?«

»Gegen Willoughby?« fragte sie. Dann blickte sie Yates an. Er grinste übers ganze Gesicht und trank den Rest seines Glases mit dem ›French 75‹.

Troy erwischte Willoughby gerade, als er sein Zimmer verlassen wollte. Willoughby trug seine Ausgehuniform mit Schirmmütze und sämtlichen Ordensbänder. Dort, wo ihm die Pistole unter der Achselhöhle hing, spannte die Feldbluse. Er hatte nie einen Schuß aus dieser Pistole abgegeben; er war nie in so gefährlicher Nähe von Gegenden gewesen, wo er sie hätte abfeuern müssen; aber er fühlte sich sicherer, wenn er sie bei sich trug.

»Sir!« Troy schwankte ein wenig unter der Wirkung des Alkohols. Außerdem war er die Treppe hinaufgejagt, immer drei Stufen auf einmal. »Sir, ich möchte Sie etwas fragen.«

Troy war zu groß und zu schwer, um ihn beiseite zu schieben.

»Muß das gerade jetzt sein? Ich habe eine Verabredung.«

»Das sehe ich«, sagte Troy. Er lehnte sich gegen den Türrahmen und blickte auf seinen dicklichen Vorgesetzten hinab, an dem ihn alles mit Widerwillen erfüllte. Troy besaß nicht einmal eine Ausgehuniform. Während der Kämpfe hatte er keine gebraucht; und jetzt wäre es ihm lächerlich vorgekommen, in den Armeeladen zu gehen und auch noch Geld für den Trödel auszugeben.

»Kommen Sie mit Ihren Fragen bitte während der Dienstzeit«, sagte Willoughby, noch immer von Troys breiten Schultern blokkiert.

»Nur eine kleine Wette, die ich gemacht habe.« Troy legte den Kopf ironisch zur Seite.

»Sie sind betrunken«, sagte Willoughby. »Aber kommen Sie schon, begleiten Sie mich die Treppe hinunter.«

Troy machte kehrt und ließ Willoughby aus dem Zimmer heraus. Dann legte er seinen Arm schwer um Willoughbys Schultern und flüsterte ihm heiser zu: »Wie steht es mit der Villa Rintelen? Ich wollte doch die Leute aus dem Konzentrationslager alle dort unterbringen – erinnern Sie sich?«

»Ja, ich erinnere mich.« Willoughby befand sich gerade auf dem Weg dort hinaus. Er erinnerte sich nur zu gut.

»Wann kann ich anfangen, sie dort hinzutransportieren?«

»Ich werde es Sie rechtzeitig wissen lassen.«

»Wann?«

Willoughby befreite sich aus Troys Griff. »Ich lasse mich nicht drängen, Captain!«

»Ich möchte nur eine klare Antwort«, bat Troy mit trunkener Hartnäckigkeit. »Beschlagnahmen Sie den Besitz?«

»Wer hat Sie hergeschickt?« Willoughby war wütend. Natürlich wieder Yates. Jetzt, wo DeWitt hier war, glaubte der Kerl seine lächerlichen Pläne durchführen und diese Welt zu einem Paradies für den Pöbel machen und dabei ihm, Willoughby, das Leben erschweren zu können. Und zu diesem Zweck hatten sie den armen Idioten hier vorgespannt.

»Wer mich hergeschickt hat?« Troy runzelte angestrengt die Stirn. Er mußte nachdenken.

»So eine Idee wächst doch nicht auf Ihrem eigenen Mist, Troy! Wer hat Ihnen das aufgeschwatzt?«

Mit einer glatten Ablehnung hätte Troy sich wahrscheinlich abgefunden; aber nach dem Mißerfolg bei Karen war diese Anspielung zuviel für ihn.

Die Treppe machte eine Biegung. Er versperrte Willoughby den Weg. »Colonel Willoughby – diese Idee ist aber zufällig auf meinem Mist gewachsen. Denn sie betrifft mich. Ich habe das Lager Paula befreit. Ich habe eine Menge meiner Leute dabei verloren. Und ich will jetzt wissen, wofür ich es eigentlich getan habe – damit Sie und der General sich photographieren lassen konnten?«

Willoughbys Gesicht wurde weiß; selbst im ungewissen Licht des Treppenaufgangs war dieses Weiß erschreckend. Er versuchte Troy zur Seite zu stoßen.

Troy war nicht von der Stelle zu bewegen. »Ich will nur eine Antwort. Eine klare Antwort. Keine Ausflüchte, kein Hin und Her, keine leeren Versprechungen. Davon sind uns zu viele gemacht worden, und wir haben selber zu viele gemacht. Bekomme ich den Landsitz der Rintelens und wann?«

»Sie fliegen morgen aus der Militärregierung hinaus!« sagte Willoughby mit kratzender Stimme.

»Danke Ihnen sehr, Sir«, erwiderte Troy ruhig. »Das ist auch eine Antwort.«

Er ließ Willoughby vorbei und folgte ihm langsam.

Willoughby durchquerte mit raschen, festen Schritten die Halle. Den beeindruckt auch nichts, dachte Troy. Nichts.

Dann kehrte er in die Bar zurück und setzte sich schwerfällig auf das gleiche enge Stühlchen neben Karen, auf dem er vorher gesessen hatte.

»Ober!« rief er. »Noch drei!« Seine Hand zitterte.

Karen und Yates sahen, wie verstört er war. Karen brannte darauf, ihm Fragen zu stellen. Aber sie wartete.

Er wandte sich ein wenig von ihr ab. »Fühle mich großartig. Es geht mir schon viel besser.«

»Was haben Sie gemacht?« fragte Yates.

»Ich habe mir meine Entlassung eingehandelt. Ich habe Willoughby ein Stück Wahrheit gesagt. Ihnen, Yates, schulde ich Dank; die Sache war ein guter Einfall von Ihnen.«

Yates fühlte sich klein und häßlich. Er redete und redete und redete, und hier war einer, der unternahm etwas. Und wie erging es ihm...

»Ich denke, morgen werde ich meinen Posten hier los sein«, sagte Troy und lachte lautlos. »Ich pfeife darauf. Das Wunderbare an der Armee ist, daß man nicht herausfliegen kann; irgendwo muß man wieder hingesetzt werden. Und je unfähiger man ist; desto weniger braucht man zu arbeiten.«

Karens Herz zog sich zusammen. Sie hatte ihn diesen schweren Gang gehen lassen, noch dazu in dem Zustand, in dem er sich befand. Und er war in die Schranken getreten und war natürlich als zweitbester aus der Sache herausgekommen. Was hatte sie eigentlich erwartet? Was hatte er tun sollen? Beweisen, daß er zu kämpfen verstand? Das hatte er hundertmal bewiesen. Und wer war sie, daß sie von ihm verlangen durfte, mit dem Kopf gegen die Wand zu rennen? Ein dummes Weib, das nicht zu schätzen wußte, was sie hatte, solange es ihr gehörte – zu wählerisch, das Beste zu nehmen, was der Mann, der sie liebte, ihr bot, weil er nicht zugleich auch eine Garantie für die Anerkennung ihrer kostbaren privaten Vorbehalte beilegte.

»Machen Sie sich keine Sorgen«, sagte Troy. »Die Villa Rintelen kriege ich noch aus ihm heraus, und wenn es das letzte ist, was ich hier tue. Als ich ihm in sein feistes Gesicht blickte, fiel mir plötzlich ein, warum mir soviel an der Angelegenheit liegt. Die Bilanz muß stimmen, oder? Ein Sieg ist etwas Großartiges, etwas, wofür Menschen ihr Leben gaben – aber das, was wir hier haben, ist alles andere als großartig...«

Jetzt müßte er sie fragen, dachte Karen, ob sie ihn liebte. Jetzt würde sie es ihm sagen.

Aber er war zu sehr mit seinen neuen Gedankengängen beschäftigt. Auf seinem breiten Gesicht ließ sich ablesen, wie es in ihm arbeitete.

Yates war jetzt der einzige, der die Dinge nüchtern und von der praktischen Seite her betrachtete. »Was unternehmen wir aber nun für ihn?« fragte er.

Troy fand sich in die Gegenwart zurück. »Unternehmen? Für mich? Nichts! Lassen wir's laufen!«

»Ich würde es gern mit DeWitt besprechen. Da er nun gerade hier ist, sollten wir den Alten um seine Meinung fragen.«

»Mein Gott, nein!« Troy war angewidert. »Ich bin niemals zu den Herren Vorgesetzten gelaufen, um etwas für mich zu erreichen. Und ich fange damit jetzt auch nicht an. Die ganze Sache ist es nicht wert.«

Yates antwortete unnachgiebig: »Es geht hier nicht um Sie und um Ihren Posten. Können Sie sich das nicht selber sagen? Es geht um den Rintelenbesitz. Es geht darum, ob Willoughby recht hat oder ich und Bing und viele, viele andere, deren Namen ich nicht einmal kenne und die daran geglaubt haben, daß sie für etwas Neues kämpften. Wenn ich in meiner Zeitung in der nächsten Woche drukken kann, daß der Landsitz der Rintelens an ehemalige Gefangene der Konzentrationslager übergeben wurde, so bedeutet das etwas für die Deutschen – es bedeutet, daß wir es ernst meinen mit unserer Demokratie! Zum Teufel mit Ihrem Posten!«

Ohne eine Antwort abzuwarten, ging Yates zum Haustelephon und verband sich mit DeWitts Apparat. Als er zurückkam, sagte er: »Der Alte ist noch auf. Konnte wohl auch nicht schlafen. Wir sollen ihm eine Flasche mitbringen.«

Sie ließen sich vom Kellner eine Flasche Kognak geben und trotteten hinauf. DeWitt saß in einem verknitterten blauen Schlafrock auf dem einzigen Stuhl des elenden Zimmers. Seine Augen waren rot umrändert; sein offenes Hemd ließ das spärliche graue Haar auf seiner Brust sichtbar werden.

»Setzen Sie sich aufs Bett«, forderte er seine Gäste auf.

Decke und die Wände des Zimmers zeigten Risse, die Folge von Bombeneinschlägen; die Risse waren verschmiert, aber nicht gestrichen worden, und die frischen Gipsstreifen sahen aus, als hätte die Wand eine Hautkrankheit. Durch das zur Hälfte mit Brettern vernagelte Fenster drang die feuchte Nachtluft herein.

»Gut für meinen Rheumatismus«, sagte DeWitt. »Gießen wir ein.«

Troy begann sich der Kopf zu drehen. Er lehnte sich gegen den Bettpfosten als Stütze und beschloß, den Mund zu halten, da er befürchtete, seine schwere Zunge könnte ihm einen Streich spielen.

Karen fühlte sich einer Auseinandersetzung gewachsen; Yates war völlig nüchtern.

Er berichtete dem Colonel über die Ereignisse. DeWitt hörte schweigend zu, nippte hin und wieder an seinem Kognak und schmatzte mit den Lippen.

Er sah, mit welcher Erwartung die Frau und die beiden Offiziere sich ihm zuwandten, nachdem Yates geendet hatte. Er sagte: »Ich fürchte, da kann ich nichts tun.«

»Vielleicht sollten Sie den General in dieser Sache ansprechen!« sagte Karen schärfer, als eigentlich ihre Absicht war.

»Welche sachlichen Gründe hätte ich dazu, Miss Wallace? Es gibt keine Dienstvorschrift, in der stünde, daß die Armee die Witwen von Industriellen aus ihren Häusern zu exmittieren hat. Die Fürsorge für ehemalige Häftlinge der Konzentrationslager ist ausschließlich eine Angelgenheit der deutschen Stellen. Für Angehörige alliierter Nationen könnten wir eintreten. Die Leute aber, von denen Sie sprechen, sind deutsche Staatsangehörige.«

»Sir!« sagte Yates. »Wir haben gewisse Verpflichtungen. Wenn wir eines Tages von hier abziehen, wollen wir doch ein Land hinterlassen, in dem die Herren, die diesen Krieg herbeigeführt haben, ein für allemal erledigt und entmachtet sind. Ein Land mit einer neuen Ordnung. Ein amerikanisches Experiment.«

»Wer soll hier experimentieren?« fragte DeWitt. »General Farrish?«

Schweigen. Troys Kopf fiel nach vorn. Troy schrak zusammen, da er bemerkte, daß er eingedöst war. Karen trat zum Waschbecken, ließ Wasser in ein Glas laufen und drückte es Troy in die Hand.

»Geben Sie ihm das Wasser lieber nicht«, sagte DeWitt. »Man hat mir gesagt, das Wasser hier ist nicht trinkbar. In Willoughbys Leitungen staut sich alles mögliche.«

»Dann scheinen Sie ja zu wissen, was hier vor sich geht«, sagte Karen spitz.

DeWitt stand auf und schlurfte in seinen Pantoffeln durchs Zimmer. Schließlich wandte er sich Karen zu. »Was wirklich vor sich geht? Sehen Sie – als Soldat habe ich mit Tausenden von Männern zu tun gehabt, und ich habe festgestellt, daß die meisten von ihnen als einzelne ehrliche, ganz vernünftige und hilfsbereite Menschen waren. Wir haben sogar den Krieg gewonnen. Für dieses Land, das wir nun erobert haben, sind wir verantwortlich – zugegeben. Aber es sieht so aus, als könnten wir nicht einmal für die Menschen die Verantwortung übernehmen, die für die gleichen Ziele kämpften, um derentwillen wir in den Krieg gingen, und die deshalb gepeinigt und ausgehungert wurden. Oder vielleicht waren es nicht die gleichen Ziele, vielleicht war es etwas anderes. Ich weiß nicht. Je länger ich in Deutschland bin, desto weniger verstehe ich.«

Von seinen drei Zuhörern erfaßte nur Yates das Ausmaß der inneren Zerrissenheit des Mannes. Man konnte nicht auf ihn eindringen. Er war einfach noch nicht so weit. Aber Karen, der Troys unmittelbare Zukunft am meisten am Herzen lag, bohrte weiter.

Ermüdet sagte DeWitt: »Verschaffen Sie mir etwas, woran ich mich halten kann! Wieso ist das so ein Problem, Landsitz und Park der Familie Rintelen? Wir haben doch schon ganz andere Gebäude übernommen, die wir haben wollten; eine Unterschrift genügt. Und ich kenne Willoughby! Willoughby ist doch einer, der sich Mühe gibt, seinen Leuten gefällig zu sein, so weit es ihm möglich ist. Er wäre sonst eigentlich der erste, der Troy sagen würde: Nehmen Sie doch die Villa Rintelen! Für welchen Zweck auch immer! Aber er sagt es nicht. Warum?«

Genau das war die Frage. Und Yates sah, daß DeWitt ernsthaft nach einer Antwort suchte – aber weder er noch Karen konnten sie ihm geben. Troy döste wieder vor sich hin.

Troy wurde hellwach, als Karen, entmutigt, ihm und Yates kurz gute Nacht wünschte. Sie waren aus DeWitts Zimmer wieder nach unten gegangen, und Troy hatte mit schwerer Zunge gesagt: »Warum schlagen wir uns nicht die Nacht um die Ohren?«

»Nein, danke. Wir sehen uns morgen.«

Er starrte Karen nach. »Was für eine Frau«, murmelte er. »Unerreichbar für mich. Das ist eben mal so.« Er wandte sich um und sah sich Yates gegenüber. »Sie sind noch immer hier?«

»Trinken wir noch einen, bevor wir ins Bett gehen. Ich schlafe schlecht in der letzten Zeit.«

»Besaufen wir uns!«
»Nein.«
»Warum nicht?«
»Weil es nicht hilft.«
»Doch, es hilft!«
»Nein«, sagte Yates, ergriff Troy beim Arm und führte ihn in die Bar zurück.
Sie ließen sich eine neue Runde ›French 75‹ kommen. Die Bar war nun fast leer, und der deutsche Kellner bediente absichtlich langsam.
»Was für eine Frau!« sagte Troy.
»Verdammt nettes Mädchen!« stimmte Yates ihm zu. »Ich kenne sie schon seit der Normandie.«
»Seit der Normandie...«, sagte Troy, »du Schweinehund.«
»Warum bin ich ein Schweinehund?« fragte Yates trocken.
»Ein Kerl wie ich kann ihr nachlaufen, bis ihm die Zunge heraushängt. Und nichts kommt dabei heraus. Und warum? Weil du so ein Schweinehund bist.« Er schlug Yates auf die Schenkel. »Hast es die ganze Zeit mit ihr getrieben? Natürlich, natürlich! Du hast ja alles – Köpfchen, Aussehen, ein gutes Mundwerk. Ich – ich bin nur ein großer Lümmel.« Er beugte den Arm. »Fühlen Sie mal! Fühlen Sie den Arm! Alles nur Muskeln, kein Gehirn. Kein Talent zu feineren Sachen. Alles, was ich kriege, sind Nackenschläge – von allen Seiten.«
Yates mußte lachen, obwohl Troy im leid tat. »Sie hat mich mal geohrfeigt, hören Sie?«
»Geschieht dir recht, mein Junge. Bist etwas zu früh herangegangen? Nein, dafür ist sie nicht das richtige Mädchen. Bei der muß man langsam vorgehen, langsam und vorsichtig. So wie ich. Aber ich komme trotzdem nicht voran, hier nicht und dort nicht. Und zwar, weil überall schon einer da ist. Und immer der gleiche Kerl – du, mein Junge!«
Yates antwortete ihm nicht. Im Augenblick war Troy ja auch nicht fähig, eine vernünftige Antwort verarbeiten zu können. Yates wäre gern gegangen. Schlafen war besser, als Betrunkene zu betreuen, aber er wollte dem deutschen Kellner, dem Barmixer, dem Liftboy nicht die Genugtuung lassen, einen betrunkenen Amerika-

ner zu Bett bringen zu dürfen. Er mußte bei Troy bleiben, bis er seinen Kummer, seine Verzweiflung und seine Bitterkeit heruntergespült hatte.

Yates wußte, was diesem Anfall von Selbstmitleid folgen würde. Er war froh, daß Karen in ihrem Zimmer war. »Gehen wir jetzt. Sie haben nun Ihren Nachttrunk gehabt. Ober! Die Rechnung!«

»Ich zahle!«

»Gut, Sie zahlen.«

Troy zog einen Packen giftfarbener Geldscheine hervor, die als Besatzungsmark galten. Yates zählte das herausgegebene Geld und legte es in Troys Hände. Er brachte Troy auf die Beine und führte ihn vorsichtig durch die leere Halle zur Treppe.

»Welches Stockwerk?«

»Drittes.«

Doch schon als sie sich dem zweiten Stockwerk näherten, hielt Troy an. »Hier habe ich meinen Krach mit Willoughby gehabt. Genau die Stelle. Habe ich ihm gesagt, daß ich das Lager befreit habe. Daß ich meine Leute verloren habe. Und wofür. Damit er und Farrish ihre Gesichter in den Zeitungen zu sehen bekamen. Oh, mein guter Gott!«

Er setzte sich auf die Stufen und vergrub sein Gesicht in den Händen.

Yates ließ ihn da sitzen. Troy saß ganz still und überließ sich seiner Trauer. Nach einer Weile hob er sein Gesicht; es zeigte Spuren von Tränen. »Ich habe mich wohl nicht sehr gut benommen.«

»Macht nichts.«

»Jetzt geht es schon wieder. Sie brauchen nicht weiter mitzukommen.«

»Lassen Sie mich Ihnen helfen. Ich bringe Sie zu Bett.«

Troy klammerte sich an das Geländer und stieg weiter. Yates nahm den Schlüssel vom Haken am Türpfosten und schloß Troys Zimmer auf. Der Raum war sogar noch unfreundlicher als DeWitts. Auf dem kahlen Tisch stand ein weiß eingerahmtes Bild von Karen, sorgfältig aus einer der Zeitungen ausgeschnitten, in der ihre Artikel erschienen.

Troy warf sich aufs Bett. »Danke, mein Junge«, sagte er. Und nach einer Weile: »Ich habe Sie eigentlich vorhin auf der Treppe verprügeln wollen, wissen Sie – dort, wo ich den Streit mit Willoughby hatte.«

»Warum haben Sie es nicht getan?«

»Ich hatte schließlich doch keine Lust.«

»Es hätte Ihnen auch nichts geholfen.«

»So ist es wohl. Ich bin sehr müde. Sie können jetzt schon gehen.«

»Hören Sie zu, Troy. Hämmern Sie sich das einmal ein: ich liege nicht mit im Rennen.«

»Nicht mit im Rennen...« Troy wiederholte die Worte mechanisch. Er hatte sie nicht verstanden.

»Es gibt nichts zwischen Karen und mir. Sie machen sich da etwas vor. Einmal in der Normandie hab ich's mit ihr versucht, am meisten wohl deshalb, glaube ich, weil es der Anfang der Invasion war und ich Angst hatte. Ich dachte: Greif ganz einfach noch einmal zu! Morgen, dachte ich, kannst du tot sein, und es ist vorbei mit dem Zugreifen. Vielleicht auch, weil sie die einzige Frau dort war. Es liegt alles so weit zurück, ich weiß schon nicht mehr genau.«

»Nichts zwischen euch?« fragte Troy.

»Nichts.«

»Oder sagen Sie das nur, weil Sie wollen, daß ich endlich einschlafe?«

»Nein.«

Troy wälzte sich auf die Seite. Der große Kerl rollte sich zusammen, seufzte ein wenig wie ein Säugling, der seine Milch getrunken hat, und dann stieß er auf. Schließlich murmelte er noch: »Gute Nacht!«

Yates schloß leise die Tür.

Achtes Kapitel

Marianne kniete am Fußende des Bettes; die Schatten der Metallstäbe fielen über ihren Körper. Sie lächelte Willoughby an und sagte: »Bist du fertig? Du mußt mich noch zum Herrenhaus hinausfahren.«

»Noch nicht. Bleib noch etwas.«

»Ich muß ein bißchen schlafen, Clarrie!« schmollte sie.

Sie nannte ihn Clarrie, seitdem sie wußte, daß sein Vorname Clarence war. Willoughby rief sie mit allen Kosenamen, die ihm gerade einfielen; mein kleiner Engel, meine Rosenknospe, mein Schäfchen, meine Tigerin. Er lernte sogar ein paar deutsche Kosenamen wie Liebling oder Mädelchen; er schnurrte die Worte wie ein verliebter Kater, so daß sie lachend sagte: »Ach, was bist du doch für ein komischer Mann, Clarrie!«

»Komisch?« fragte er dann.

Sie tätschelte seine Schulter und ließ ihn aufstehen; dann sah sie ihn an, krümmte sich und schüttelte sich vor Lachen.

»Was ist denn hier so komisch?«

»Ach – du, Clarrie!«

Er zog still seine Hosen an, setzte sich auf seinen Stuhl und rauchte eine Zigarette. Nur seine Augen hingen an ihr mit hungrigem Blick, eifersüchtig und gleichzeitig unterwürfig.

Im Anfang hatte er sich getröstet: Sie gehört mir, und ich kann mit ihr machen, was ich will. Selbst die Vorstellung von dem Eisbottich wurde irgendwie real, manchmal sah er sich als einen der Kerle, die sie im Bottich niederhielten und bewachten. Wenn sie aber so dalag wie jetzt und den Rücken vor Lachen krümmte, wußte er, daß sie ihm überhaupt nicht gehörte.

In solchen Momenten kam ihm heimlich der Gedanke: Gib sie auf, versuch bloß, sie loszuwerden! Und um so schmerzhafter wurde ihm gleich darauf bewußt, daß er sie nicht aufgeben konnte und sie nicht loswerden wollte, auf keinen Fall, solange er sie noch nicht einmal erobert hatte. Sie war wie ein Traumgebilde; er hielt sie in seinen Armen, ja verflucht noch eins, ihren ganzen Leib, und doch schien er gar nichts zu halten. Sie war ein Irrlicht, eine Hexe, die einen anlockte und verführte, ein ständiges Versprechen eines Glückes, das nie erfüllt wurde – und kein Ende war abzusehen.

»Ich muß auch mal ein bißchen schlafen«, wiederholte Marianne. »Mit der Witwe zusammenleben ist eine anstrengende Sache.«

»Macht es dir keinen Spaß, in der Villa Rintelen zu leben?«

»Ja, o ja!« versicherte sie ihm hastig. »Aber es ist doch auch schon spät...«

»Gut, laß mich dich anziehen.«

»Du bist lieb, Clarrie«, sagte sie, »und verständnisvoll.«

Er ächzte.

»Meine Schuhe!« Befehlend streckte sie einen Fuß aus, die Zehen durchgebogen.

Seine Knie schmerzten ihn. Der dünne, abgetretene Teppich des Zimmers – wenn es auch das beste Zimmer im Grand Hotel war – machte den kalten Zementfußboden kaum weicher.

Er schloß die Fersenschnalle und streichelte dabei den Spann ihres geschmeidigen Fußes. Sie zog den Fuß zurück, trat einen Schritt zur Seite und ließ ihn allein da unten knien.

»Nun?« sagte sie und griff nach ihrer Handtasche. »Du mußt mich immer noch nach Hause fahren.«

»Ich komme schon.« Er erhob sich schwerfällig. Die Stunde der Verzauberung war vorbei, diese seltene Stunde, die er sich für sein persönliches Glück und zu seiner Zerstreuung gönnte. Wenn er manchmal all die anderen Männer betrachtete, die das Paschaleben der Sieger führten, und es mit seinem gehetzten Tagesablauf verglich, spürte er den Fluch seines Ehrgeizes. Er war an seine Arbeit gebunden, an seine Pläne und an die Hindernisse, die sich vor ihm auftürmten; und wohin er auch ging und was er auch tat, immer befand er sich in dem gleichen Teufelskreis.

Man sollte denken, daß er ihn mit diesem Mädchen zusammen hätte durchbrechen können – aber nein! Und nun fuhr er sie also zur Villa Rintelen zurück, zu diesem Haus, zu diesem Park, den Troy gerade heute abend von ihm verlangt hatte. Willoughby war von einem beunruhigenden Ärger gegen sich selber erfüllt. Erst diese Blamage vor DeWitt, dann die leere Drohung gegen Troy. Mit

Troy und der Bande, die hinter ihm stand, wurde man nicht fertig, indem man ihn hinauswarf. Das ergab nur noch mehr Gerede und eventuell sogar Anfragen; solche Gerüchte wanderten den Dienstweg hinauf und hinab, wurden unterwegs aufgebläht und verzerrt und erhielten eine Bedeutung, die einem nur schadete; eine Armee, die so auf ihrem Hintern saß, hatte nichts anderes zu tun als zu reden, reden und reden. Nein, er würde Troy nicht versetzen. Er würde ihn warm halten und in Watte packen, bis der Tag kam, wo seine eigenen Hände frei waren, bis das Abkommen zwischen Lämmlein und den Fürsten Yasha ordentlich abgefaßt, unterzeichnet und übergeben war. Danach spielten weder die Villa Rintelen noch Troy, ja nicht einmal Farrish eine Rolle.

Wenn sich nun aber der Druck gegen ihn verstärkte? Wenn Troys frecher Angriff auf ihn nur der Anfang eines Kesseltreibens gegen ihn war? DeWitt war imstande, direkt zu Farrish zu gehen... Aber Farrish würde diese idiotischen Kreuzfahrer aus seinem Hauptquartier hinauslachen, wenn sie ihm mit Beschwerden darüber kamen, daß der Chef der Militärregierung keine Herrenhäuser verteilte.

»Du denkst zuviel nach«, sagte Marianne, die noch immer wartete. »Immer denkst du nach. Es ist nicht gut für dich. Du hast dann so ein komisches Gesicht. Gehen wir?«

»Ja, mein Liebling.«

Pettinger ließ sich in seinen Sessel fallen und starrte in das Buch in seiner Hand. Dann spürte er in seinem Nacken die warme körperliche Berührung wie von einem Tier – Pamelas Brüste. Mit einem Fluch schlug er das Buch zu und warf es zu Boden.

Pamela trat vor ihn hin. »Wieder deine Nerven? Sie scheinen mir besonders schwach an den Abenden zu sein, an denen die Nutte bei Willoughby ist...«

»Nein, wirklich?« sagte er spöttisch.

Den ganzen Abend über hatte er sich mit der Tatsache herumschlagen müssen, daß Marianne wieder Reparationen an den Feind zahlte.

Er hörte, wie die Tür hinter Pamela ins Schloß fiel. Ein jäher Argwohn ergriff ihn. Wohin ging sie? Er lief ihr nach und holte sie im Park wieder ein, in dem Pavillon, von dem aus Hitler einst über die Rasenflächen, die Blumenbeete und die Waldstücke geblickt hatte, die sich nun dunkel gegen den mondhellen Himmel abhoben. Die fünffingerigen Blätter des wilden Weins bewegten sich in der leichten Brise. Heute abend wenigstens war der typische Trümmergeruch, der sonst von Kremmen her herüberdrang, durch den Duft der Nacht verdrängt.

Pamela rückte zur Seite, damit er sich mit auf die Bank setzen konnte. Die richtige Stunde und der richtige Ort, dachte er, nur leider die falsche Frau. Selbst im Dunkel des Pavillons sah er, wie häßlich, schäbig und verbraucht sie war; sein Verlangen nach der schlanken, dunkelhaarigen Marianne wurde dadurch nur noch mehr hochgepeitscht.

Gleich wird sie wieder nach mir grapschen, dachte er, und er begann hastig von dem Mann zu sprechen, der einen so vorzeitigen Tod im Luftschutzbunker in der Berliner Reichskanzlei gestorben war und der – wie lange war es schon her? – hier gesessen hatte, wo Pettinger nun saß. Seine ganze Verärgerung über sich selber, über Hitler, der den dramatischen, aber dafür leichten Ausweg gewählt hatte, über Pamela und das Leben im allgemeinen lag in seinem Ton.

Pamela nahm ihre feuchte schwere Hand von der seinen. »Auch er hatte den Hang, sich selber einzuladen –«

»Bildest du dir etwa ein, daß ich gern hier bin!« parierte Pettinger ihren Hieb. »Meine ganze Vitalität wird mir hier tropfenweise abgezapft…«

»So viele Tropfen sind auf mich nun nicht dabei gekommen!«

Ärgerlich riß er an einer Ranke. Die Ranke war zäh und klammerte sich an die Stäbe. Er gab es auf. »Bildest du dir ein, daß deine ewigen Szenen, deine lächerliche Eifersucht meinen Aufenthalt hier angenehm machen?«

Mit Haß in der Stimme antwortete sie: »Es gefällt dir hier ganz gut, solange sie hier ist…«

Er stand auf und schien gehen zu wollen.

»Bleib!« sagte sie. »Ich habe mit dir zu sprechen. Selten genug habe ich Gelegenheit dazu!... Ich habe ja Augen im Kopf! Warum machst du dir vor, ich wüßte nicht, daß du diese üble Laune nur hast, weil sie gerade in diesem Augenblick mit Willoughby zusammenliegt?«

Stimmt, dachte er. Er war wirklich zu wenig vorsichtig gewesen; auch Pamela hatte Gefühle, Gedanken und Wünsche. Der Teufel sollte sie holen!

»Ich habe dich beobachtet«, sagte sie warnend, »dich und diese Hure. Ich habe jetzt so ziemlich genug.«

Pettinger blickte sie an, sah den gelben Schimmer in ihren Augen, zuckte verächtlich mit den Schultern und dachte: Wann gewöhnt sie sich endlich daran? Ich werde wohl wieder mal mit ihr schlafen müssen. Sie muß ihre Dosis Trost kriegen.

Ihre Stimme klang gequält. »Bitte, Erich – laß mich dich nicht erwischen.«

»Was würdest du dann tun?« fragte er müde.

»Ich könnte den Amerikanern mitteilen: er ist gar nicht Dehn. Er ist nicht mein Mann. Er ist ein Fremder. Fragt Lämmlein, wer er ist. Lämmlein weiß Bescheid... Sie würden dich verhaften.«

Es war ein kläglicher Versuch. »Wahrscheinlich würden sie«, gab er zu, überzeugt, daß sie bluffte. »Sie würden mich verhaften, und du würdest mich für immer verlieren. Wenn du einen Baum abhackst, trägt er keine Früchte mehr.«

»Du hast die Früchte vergiftet!« rief sie.

»Sei nicht töricht, Pamela!« sagte er und fügte gleichgültig hinzu: »Ich liebe dich doch!« Und zwang sich, sie zu küssen.

Der Wind hatte gedreht. Der scharfe Geruch von Kremmen her war wieder zu spüren. Pamela ließ sich von ihm küssen und dachte: Warum glaubt er mir nicht? Es ist immer wieder der gleiche Schlag gegen mich – wie Wassertropfen, die endlos auf den gleichen Fleck fallen. Wie lange hält der Mensch das aus?

Sie hörte einen Wagen in den Kiesweg einbiegen und spürte sofort Pettingers Spannung.

Sie umklammerte seinen Arm. »Nein!« sagte sie. »Du bleibst hier, bei mir...«

Abramovici führte Kellermann und Professor Seckendorff in Yates' kleines Kellerbüro. Er vermied bewußt jede körperliche Berührung mit den beiden, ganz besonders aber mit Kellermann, der noch immer seine gestreifte Sträflingsjacke trug. »Sie brauchen mich wohl jetzt nicht, Lieutenant?« fragte er und zog sich auf Yates' »Nein« hin hastig aus dieser mit Bazillen verseuchten Gesellschaft zurück.

Yates schob den Ukas vom Obersten Hauptquartier, den er gerade zur Veröffentlichung vorbereitete, zur Seite und schüttelte den beiden die Hand. »Lassen Sie sich ansehen, Herr Professor! Nun, Sie können gut und gerne noch ein bißchen Fleisch auf die Knochen packen – die Verpflegung im Krankenhaus war wohl nicht allzu gut? Setzen Sie sich! Machen Sie sich's bequem!«

Der Professor setzte sich vorsichtig, als befürchte er, den alten Anzug, den Dr. Groß ihm gegeben hatte, zu beschädigen. Kellermann blieb stehen.

Yates sah, wie der Anzug dem alten Mann viel zu weit war. Er bemerkte auch den zynischen Zug in Kellermanns Gesicht. »Wie lange sind Sie nun schon aus dem Krankenhaus heraus, Herr Professor?« fragte er und versuchte, aufmunternd zu wirken. »Haben Sie ein Zimmer gefunden? Oder will Kellermann, daß auch Sie im ›Totenhaus‹ wohnen bleiben?...«

»Das wissen wir noch nicht«, sagte Kellermann mit einem Anflug von Sarkasmus. »Der Professor geht heute zum erstenmal aus. Ich habe ihn im Krankenhaus abgeholt, und dann sind wir direkt zu Ihnen gegangen.«

»Das freut mich!« Yates hatte gewußt, daß Kellermann eines Tages kommen würde. Die Geste, mit der der Mann damals im ›Totenhaus‹ alle persönliche Hilfe abgelehnt hatte, war viel zu großartig gewesen, als daß sie in Willoughbys Kremmen hätte Bestand haben können. »Sie hätten viel eher einmal vorbeischauen sollen, Herr Kellermann.«

Der Professor räusperte sich.

Yates wollte es ihm leicht machen. »Wissen Sie, Herr Professor, vielleicht kann ich etwas für Sie tun. Die Hauptsache ist nur, daß Sie wieder gesund sind. Wie Ihre alten Römer sagten: Mens sana in corpore sano! Der Geist! Der Wille zum Leben!«

»Und Insulin!« warf der Professor ein.

»Insulin – gewiß, das brauchen Sie. Ich werde mit einem unserer Militärärzte sprechen. Machen Sie sich aber sonst keine Sorgen. Es muß doch Menschen geben, die sich Ihres akademischen Rufes noch erinnern. Vielleicht finden wir eine Stelle für Sie, in der Sie Ihrer wissenschaftlichen Arbeit nachgehen können, oder eine Lehrtätigkeit – oder könnten Sie für mich einen Artikel für mein kleines Kremmener Blatt schreiben? Und was die Wohnung anbelangt, ich gebe Ihnen meinen Korporal mit, wenn Sie auf Wohnungsjagd gehen. Das wird genügen...« Yates wandte sich nun Kellermann zu und sagte ein wenig ironisch: »Und wenn Sie jetzt bereit sind, eine Stelle anzunehmen, da läßt sich auch was machen –«

»Wir sind nur hier, um Ihnen etwas zu berichten«, sagte Kellermann.

Yates verlor den Wind aus den Segeln. Er konnte sowieso nichts gegen die Ursachen unternehmen, die diese beiden ehemaligen Häftlinge des Lagers Paula zwangen, zu ihm betteln zu kommen; aber er hatte sie ein bißchen ermutigen wollen. Und nun kamen sie noch mit einem Bericht an. Mit Berichten, Denunziationen, Anklagen wurde er jeden Tag überschwemmt, wie alle Amerikaner, die bei der Militärregierung waren. Die meisten solcher Berichte waren unwesentlich, aber um so bösartiger. Die Deutschen schienen eine besondere Freude daran zu finden, einander zu denunzieren und den Behörden, wie sie glaubten, besonders zu Gefallen zu sein. Nur gefiel es Yates nicht, diese Art Behörde zu spielen.

»Es ist eine meiner Pflichten, mir Berichte anzuhören«, sagte er und versuchte nicht einmal, seine Enttäuschung zu verbergen.

Kellermann begann: »Es gibt da ein Mädchen, die heißt Marianne Seckendorff –«

»Marianne Seckendorff? Die hat mich einmal hier aufgesucht. Wollen Sie mir etwa damit sagen, daß man ihr im Krankenhaus nicht erlaubt hat, den Professor zu besuchen?« Yates wandte sich dem alten Mann zu. »Ich habe Ihrer Nichte ein Schreiben an Dr. Groß mitgegeben und ihm ganz klar mitgeteilt, daß sie Ihre einzige Verwandte ist.«

»Sie ist nicht meine Nichte«, sagte Seckendorff.

»Sie ist nicht...« Yates blickte in das gefurchte, verhärmte Gesicht Seckendorffs und dann an ihm vorbei auf die schäbigen Wände. Ein Flöckchen Schönheit, hineingeschneit in dieses Kellerloch – aber auch schon ganz hübsch kaputt. Doch was konnte man denn erwarten, dachte Yates, in diesem Lande.

»Sie ist nicht seine Nichte«, wiederholte Kellermann. »Sie ist überhaupt nicht mit ihm verwandt. Ich bin ihr damals im ›Totenhaus‹ begegnet; da hat sie behauptet, sie hätte in München Flugblätter verteilt. Sie sprach von den Professorskindern, als wären sie ihre besten Freunde gewesen. Dann verschwand sie aus dem ›Totenhaus‹, und ich hörte, sie hat bei der Militärregierung eine Stellung gefunden... Dann habe ich gedacht, es würde dem Professor vielleicht gut tun, sie zu sehen, und habe ihm von ihr erzählt. Nun« – und mit einem Kopfnicken zu dem alten Mann hin – »sehen Sie, sie hat aus seinen Kindern reichlich Nutzen gezogen...«

»Ich weiß nicht einmal, wo sie begraben sind«, sagte Seckendorff tonlos. »Irgendwo – ein paar namenlose Gräber. Die Nummer auf dem Holzbrett werden Regen und Sonne bald ausgelöscht haben.«

»Ob sie wirklich auch Seckendorff heißt, wissen wir nicht«, fuhr Kellermann fort. »Sie ist jedenfalls nicht die Nichte des Professors, und es ist also anzunehmen, daß sie auch mit der Studentensache in München nichts zu tun hatte.« Er lächelte bitter. »Wir dachten, es würde Sie vielleicht interessieren, Herr Oberleutnant...«

Ich habe den Leuten in der Militärregierung doch gesagt, sie sollten sie überprüfen lassen, dachte Yates. Warum haben sie es nicht getan?... Aber sie müssen es doch gemacht haben.

»Das ist eine sehr schwere Beschuldigung, die Sie da erheben, Herr Professor. Bewußte Irreführung der amerikanischen Besatzungsbehörden, das ist kein Spaß. Und Sie sind dessen ganz sicher – sie könnte nicht doch irgendeine entfernte Verwandte von Ihnen sein?«

»Herr Oberleutnant, ich wünschte mir's doch. Wenn doch nur einer von meiner Familie noch am Leben wäre, ich würde die Betreffende sofort zu mir nehmen, ich würde bis ans Ende der Welt laufen, um sie zu finden. Ich würde ihr in meinem Herzen den Platz meiner Kinder einräumen, die ich verloren habe.« Der alte Mann öffnete seine Arme, als wollte er jemanden umarmen; aber da war keiner.

Yates kam sich sehr schäbig vor. Zugleich aber wurde es ihm heiß unterm Kragen. Wenn Willoughby das erfuhr!... »Was möchten Sie nun also von mir?« sagte er fast böse. »Daß ich's in der Zeitung veröffentliche?«

Kellermann warf ein: »Ich habe dem Professor gesagt, er soll großzügig sein!... Soll das Mädchen sein Vergnügen haben. Es gibt einen Haufen Leute, die viel eher herangenommen werden sollten.«

Der Hieb saß. Yates rückte unruhig auf seinem Stuhl hin und her. Er war möglicherweise der erste Amerikaner, bei dem Marianne ihre Geschichte ausprobiert hatte, und er hatte das meiste davon geglaubt. Ihr Name mochte sogar stimmen; er hatte die Entlassungspapiere aus Buchenwald gesehen – aber das war auch das einzige, was zu seinen Gunsten sprach. Wenn er jetzt versuchte, dieser kleinen Gaunerin, ganz gleich, was sie jetzt auch tat, das Handwerk zu legen, so würde er in der Öffentlichkeit als ein ziemlicher Idiot dastehen, und Willoughby würde die Sache nach allen Richtungen hin ausschlachten.

Andererseits konnte niemand ihn dazu zwingen, irgend etwas zu unternehmen. Er konnte den Professor und Kellermann einfach vergessen – ein paar gebrochene Menschen aus einem Konzentrationslager. Das Ganze war eine Kleinigkeit, ohne jede Bedeutung. Genau so eine Kleinigkeit wie damals mit Thorpe, als der in der Normandie zu ihm kam. Eine total unwichtige Sache – die Erinnerung an zwei junge Studenten, die vor etlicher Zeit hingerichtet worden waren und nun in namenlosen Gräbern lagen.

Er griff nach dem Telephon und wählte Loomis' Nummer.

»Hallo, Captain!« sagte er, als er Loomis' nasale Stimme hörte, »hier ist Yates – von der Zeitung.«

Loomis schien nicht allzu erfreut.

»Entsinnen Sie sich des Mädchens, das ich Ihnen vor etwa einem Monat hinüberschickte – Marianne Seckendorff?«

Er glaubte zu hören, wie Loomis am anderen Ende des Drahts überrascht Atem holte.

»Ist sie jemals durch CIC überprüft worden?«

»Woher soll ich das wissen?« war Loomis' gereizte Antwort. »Ich habe es beantragt. Was soll ich denn sonst noch tun?«

»Irgendein Ergebnis?«

»Nicht daß ich wüßte. Warum sollte ich auch davon erfahren?«

»Gut, gut!... Wissen Sie, wo ich das Mädchen finden kann?«

Aus irgendeinem Grund wurde Loomis wütend. Er begann zu fluchen und rief schließlich: »Fragen Sie doch Willoughby!«

Einen Moment lang war Yates verblüfft. Dann sagte er: »Wieso denn Willoughby? Was hat sie denn mit ihm zu tun?«

Er hörte Loomis am anderen Ende der Leitung lachen. Das Lachen endete mit einem höhnischen: »Das möchten Sie wohl gerne wissen!« Worauf in einer scheußlichen Falsettstimme, aber ganz deutlich, der bekannte Schlagertext folgte: »Mein Herz gehört Onkelchen!«

Leise legte Yates den Hörer auf. Eine Weile saß er schweigend und in seine Gedanken versunken da. Erst Kellermanns Räuspern brachte ihn wieder zu sich. »Herr Oberleutnant, brauchen Sie uns noch?«

»Ja«, sagte Yates, plötzlich entschlossen. »Ich brauche Sie.« Wieder wählte er eine Nummer, und nachdem die Verbindung hergestellt war, sagte er in das Telephon hinein: »Troy? – Hier Yates... Ja, geht mir glänzend. Hören Sie, ich möchte, daß Sie mir schnell etwas herausfinden... Streng geheim, nur zwischen Ihnen und mir... Eins von diesen Fräuleins mit Namen Marianne Seckendorff... Soll durch CIC überprüft worden sein... Stellen Sie doch mal fest, wo sie sich aufhält und was sie für unseren gemeinsamen Freund W. bedeutet... Ich bin in etwa zwanzig Minuten bei Ihnen. Können Sie gleich losschießen?... Ja? Wunderbar... Schluß.«

Yates rieb sich die Hände. Er gab Abramovici Anweisung, Seckendorff und Kellermann etwas zu essen zu verschaffen. Dann lief er die Treppe hinauf, blinzelte, als er in den hellen Sonnenschein hinaustrat, warf sich in seinen Jeep und fuhr davon.

Troys Blicke folgten Yates. Yates schritt ärgerlich auf und ab im Zimmer, sein für gewöhnlich beherrschtes Gesicht war in Bewegung, sein Haar war ihm durcheinander geraten, als er hastig seine

Mütze abriß, und er sprach mit heftigen Handbewegungen. Troy empfand ein gewisses Vergnügen an der stotternden Entrüstung dieses Mannes, der, solange sie einander kannten, immer das richtige Wort im richtigen Augenblick gefunden hatte.

Yates fuhr herum, die Falten zwischen Nase und Mundwinkeln durch seinen Ärger noch vertieft. Er blickte Troy ins Gesicht: »Und ich bin der Trottel gewesen, der sie euch hergeschickt hat!«

»Warum haben Sie sie eigentlich auf uns abgeladen?«

»Ich hatte keine Verwendung für sie – und außerdem hat sie mir irgendwie nicht richtig gefallen.«

Troy griff nach dem Aktendeckel, der in großen schwarzen Buchstaben die Inschrift trug: MARIANNE SECKENDORFF – UNTERSUCHUNG. Er setzte ein breites Grinsen auf und sagte: »Sie möchten doch wohl nicht, daß ich diese Aussage hier eintrage?«

»Versuchen Sie bloß nicht, noch komisch zu werden«, sagte Yates finster. »Wir sind alle miteinander ein Haufen Dummköpfe – und ich verstehe nicht, wie Sie das alles so ruhig hinnehmen.«

»Woher sollte ich denn wissen, daß Sie auch mit in die Sache verwickelt sind?« fragte Troy unschuldig.

»Es ist Ihre Pflicht, alles zu wissen!« rächte sich Yates. »Warum ist sie denn nicht durch CIC überprüft worden? Sie befand sich doch auf der Gehaltsliste der Militärregierung oder nicht?«

Troy hob abwehrend die Hände: »Bruder, Anforderungen erhalte ich auf dem Dienstweg, und zwar meistens über Willoughby. Ich habe aber niemals eine Anweisung bekommen, mich mit der Sache zu befassen. Wir sind hier in der Armee! Also regen Sie sich nicht auf!«

»Aber Sie haben doch selber gesagt...«

Troy wischte sich über die breite Stirn. »Hören Sie zu, Yates. Sie haben mich vor einer halben Stunde angerufen.« Seine Hand legte sich schwer auf den Aktendeckel. »Und ich habe mich sofort in den Fall hineingekniet. Ich scheuche alles auf. Und nun haben wir sogar schon etwas, woran wir uns halten können, wir haben von der zivilen Fahrbereitschaft erfahren, daß Ihre Marianne...«

»Nennen Sie sie bitte nicht *meine* Marianne!«

»Na schön. Wir haben also herausgekriegt, daß Marianne Seckendorff zur Zeit draußen in der Villa Rintelen lebt. Wir wissen, daß Willoughby sie dort untergebracht hat. Wir wissen, daß er fast jeden Abend selber dort hinausfährt oder einen Fahrer schickt, sie zu holen. Und wir wissen, daß sie uns allesamt zum Narren hält – am meisten aber Willoughby. Was schlagen Sie nun vor?«

»Sie sind für öffentliche Sicherheit zuständig«, sagte Yates schadenfroh. »Sie müssen das entscheiden.«

Troy sagte: »Ich würde mir am liebsten Mariannchen dort im Herrenhaus abholen, sie hierher bringen, und dann können Sie sie ja verhören.«

»Und was erreichen wir damit?« Yates setzte sich auf die Bank an der gegenüberliegenden Wand des Zimmers, die für deutsche Bittsteller bestimmt war. »Sie arbeitet doch nicht mehr für die Militärregierung? Und seit wann ist politische Aktivität gegen die Nazis normale Voraussetzung für den Posten eines Bettwärmers bei Willoughby?«

»Zumindest ist es eine grobe Nachlässigkeit«, meinte Troy. »Warum hat er die Untersuchung durch CIC einstellen lassen?«

»Weil sie nicht mehr in der Gehaltsliste geführt wird. Weil CIC keine Befugnisse seinen Privatfräuleins gegenüber hat. Das würde er sagen, falls ihn jemand fragen sollte. Falls...«

»Wir könnten immerhin so viel Staub aufwirbeln, daß Farrish davon erfährt. Und Farrish ist ziemlich empfindlich in Sachen, die in seinem Bereich vorgehen.«

Yates stand von seiner Bank auf. Er näherte sich Troys Schreibtisch und betrachtete den Captain argwöhnisch.

»Ihr Vorgehen gefällt mir nicht. Es ist kleinlich. So würde Willoughby handeln, wenn er jemand auf der Abschußliste hat und ihn bei so etwas ertappte.«

»Nun machen Sie aber einen Punkt!« Troy war ernst geworden. »Ich bin überall herausgeflogen, wo man seine sauberen Hände behalten konnte. Ich halte diese Stellung hier von Willoughbys Gnaden. Wie soll ich mich denn um Gottes willen verteidigen – auf ritterliche Art?«

Yates überlegte. »Es tut mir leid«, sagte er schließlich.

»Hören Sie auf, sich alles leid tun zu lassen. Tun wir lieber was.

Wir können das Ding nicht aus den Fingern lassen. Was da drinsteckt, ist viel zu günstig, um es zu verschenken. Fragen wir doch DeWitt.«

Einigermaßen erstaunt über Troys Vorschlag, sagte Yates: »Daran habe ich auch schon gedacht.«

»Und ich tue es nicht, um mich etwa hinter seinem Rücken zu verkriechen!« erklärte Troy in einem ganz ähnlichen Tonfall wie Yates. »Ich glaube einfach, daß er der geeignete Mann ist.«

»Einverstanden«, sagte Yates. Marianne Seckendorff, der Rintelenbesitz, Kremmen überhaupt: es griff alles ineinander; wohin man auch stieß, war etwas faul. Nicht kriminell faul, nein, nichts Gesetzwidriges, nichts, was ein reguläres Verfahren rechtfertigte. Nach außen hin war alles in Ordnung. Vielleicht aber war Mariannes kleine Notlüge der Riß im Ganzen, den man so auseinandertreiben konnte, daß der ganze schiefe Bau zusammenstürzte.

Natürlich, wenn man die Hand in Willoughbys persönliches Wespennest steckte, in dieses Gewirr von Beziehungen, Plänen, Intrigen und Kombinationen, konnte man böse zerstochen werden; an irgendeinem Punkt mochten er und Troy vielleicht sogar mit Farrish aneinandergeraten. Also brauchte man eine gewisse Rückendekkung, zumindest eine moralische.

Bei ein paar Aperitifs vor dem Essen sprachen sie mit DeWitt und weihten ihn ein. DeWitt stellte eine Menge Fragen. Die wichtigste davon war: »Seid ihr beiden euch eigentlich darüber im klaren, worauf ihr euch da einlaßt?«

Yates antwortete für sich und Troy: »Ja.«

Die Krähenfüße rechts und links von DeWitts Augen vertieften sich, während er lächelnd sagte: »Gut – dann auf in den Kampf!«

Neuntes Kapitel

Für Willoughby hatte sich der Tag gut angelassen.

Der General hatte ihn ausnahmsweise nicht behelligt. In den Dienststellen der Militärregierung war alles so gelaufen, wie es laufen sollte, und Willoughby hatte daher um fünf Schluß machen und sich bereit halten können, Lämmlein auf seinem Zimmer im Grand Hotel zu empfangen. Und Marianne sollte die Nacht bei ihm verbringen.

Alles fügte sich ineinander, schön der Reihe nach – Privatgeschäfte nach den dienstlichen und das Vergnügen nach Erledigung der Geschäfte. An solchen seltenen Tagen brauchte der Mensch nur ein paar kleine Vorbereitungen zu treffen, damit alles klappte: einen der Zivilfahrer der Militärregierung zu schicken, um Marianne abzuholen, und Lämmlein wissen zu lassen, es sei höchste Zeit, daß er seine Versprechungen einhielt.

Lämmlein kam pünktlich auf die Minute. Der Bürgermeister trug eine Aktentasche aus braunem Saffianleder mit den Initialen Willoughbys in Gold.

»Die Aktentasche«, sagte Lämmlein, »wollen Sie bitte als ein Zeichen der Dankbarkeit der Bevölkerung Kremmens für ihren Militärgouverneur akzeptieren. Den Inhalt, Sir, betrachten Sie vielleicht als eine Art Wiedergutmachung. Frau von Rintelen, die Familie und ich sind glücklich, dem rechtmäßigen Besitzer die entwendeten Aktienteile der Rintelen-Werke wieder zustellen zu können, zusammen mit allen dazugehörigen Dokumenten. Legen Sie Wert darauf, sie durchzusehen?«

»Aber sicher!« sagte Willoughby jovial. »Es ist ein wunderbarer Sack, den Sie mir da geschenkt haben, aber die Katze möchte ich mir trotzdem anschauen.«

Eine Weile waren die Herren damit beschäftigt, Papiere zu prüfen, steife Bögen von Obligationen zu zählen, Zahlen zu notieren, zu addieren und zu vergleichen. Die schrägen Sonnenstrahlen warfen ihren letzten Schein über Willoughbys verschwitztes Gesicht. Und selbst Lämmleins anspruchsloses Grau erhielt ein wenig Glanz.

Die Dämmerung fiel. Willoughby tat einen tiefen Seufzer, packte den ganzen Haufen zusammen, verschloß die Aktentasche und verstaute sie zwischen den wollenen Unterhosen in seinem Gepäck.

Lämmlein erhob sich mit leeren Händen. »Wir unsererseits haben unsere Verpflichtungen erfüllt«, sagte er feierlich und doch irgendwie unsicher.

»Gut, Lämmlein, alter Junge. Sie haben sich um alle Beteiligten verdient gemacht.«

»Ich bin immer noch nur kommissarischer Bürgermeister.«

Willoughby lachte gutgelaunt. »Also machen wir's endgültig. Hierdurch ernenne ich Sie zum Bürgermeister von Kremmen, bis mal Wahlen abgehalten werden. Ich hoffe, Sie verstehen genug von Demokratie, daß Sie dann an den Wahlurnen für sich selber sorgen können?«

»Ja, Herr Oberstleutnant.« Lämmlein machte keine Anstalten zu gehen. »Es wird mir eine Ehre sein, so lange zur Verfügung zu stehen, wie ich Ihnen und General Farrish eine Hilfe bin...«

Lästig ist der Kerl, dachte Willoughby, wie eine Schmeißfliege. »Nun?« Er bemühte sich nicht, seine Ungeduld zu verbergen.

»Wir hätten aber auch gerne etwas Dauerhaftes, Herr Oberstleutnant, etwas mehr Greifbares!«

»Sie wollen es schriftlich?«

Lämmlein war auf einmal nicht mehr der unterwürfige deutsche Beamte. »Ich bin so weit, daß die Produktion in den Werken anlaufen kann. Jetzt brauche ich Vollmachten von Ihnen. Wir haben Ihnen viel gegeben, Herr Oberstleutnant. Der Rest gehört uns. Einverstanden?«

»Morgen!« sagte Willoughby. »Morgen sorgen wir dann schon für alles.« Und da Lämmlein noch immer zögerte, legte er ihm die Hand fest auf die Schulter und geleitete ihn zur Tür.

Dieser Anfang einer Auflehnung, noch kaum spürbar, vermochte Willoughbys glänzende Stimmung nicht zu beeinflussen. Während er sich rasierte und für den Abend mit Marianne umzog, arbeitete es in seinem Kopf weiter. Er machte Pläne für seine Reise nach Paris zu Yasha. Verschiedene Termine mußten umgelegt, Loomis mußte eingearbeitet werden, der ihn in seiner Abwesenheit vertreten sollte.

Von Farrish war die Genehmigung für die Reise einzuholen. In all dem aber waren keine besonderen Schwierigkeiten zu sehen.

Willoughby sah den Erfolg in greifbarer Nähe. Er zählte die Monate, die er nach seiner Rückkehr aus Paris noch in Deutschland verbringen mußte: höchstens sechs. Dann ging's zurück zu CBR & W. Der Krieg hatte sich schließlich doch gelohnt. Die einen hier warfen sich auf Bilder und Diamanten, andere sammelten Photoapparate oder verkauften Uhren an die Russen oder Seife, Zigaretten und Schokolade an die Deutschen. Kleine Fische, die kleine Beute machten. Deshalb sich gegen das Gesetz vergehen? Überhaupt. Gesetze waren nicht gemacht, um übertreten zu werden, sie waren dazu da, daß man sich genau in ihren Grenzen hielt. Er hatte seit je gesagt, Krieg ist wie Frieden; nur im Krieg war der Einsatz größer, dafür gab es auch ganz andere Gelegenheiten, und die Entscheidungen, die man fällen mußte, konnten ernstere Folgen haben. Abgesehen davon jedoch war die Hauptsache wie immer, Beziehungen zu haben und drei Schritt vorauszudenken und den Verstand zu benutzen, den Gott einem gegeben hatte – ob das nun in Indiana war oder an der Ruhr.

Und der Abend mit Marianne lag vor ihm. Das Souper für zwei sollte auf dem Zimmer serviert werden.

Am Ende ertappte Pamela ihn doch auf frischer Tat.

Sie war zu Mariannes Zimmer gegangen, um ihr auszurichten, daß von Willoughbys Büro angerufen worden sei: ein Zivilfahrer der Militärregierung werde sie um sieben Uhr abholen. Die Tür war unverschlossen. Sie klopfte, wartete aber nicht lange und trat ein. Marianne hatte gerade noch Zeit, die Bettdecke über sich und Pettinger zu werfen.

Pamela, bleich und mit bebender Stimme, richtete Willoughbys Botschaft aus; dann drehte sie sich um, ging hinaus und wartete draußen vor der Tür, gegen die Wand gelehnt, daß sich ihr Herz beruhige, das ihr das Blut in kurzen, unregelmäßigen Stößen durch die Adern jagte.

Endlich trat Pettinger heraus, das Hemd offen, Jacke und Krawatte lässig überm Arm, auf den hageren Wangen der rosige Schimmer gesunder Befriedigung.

»Ach, du bist es, Pamela!« sagte er.

»Ja, ich, Pamela«, antwortete sie.

Und dann lachte er, wie Männer in solchen Augenblicken lachen – etwas verlegen, aber auch auftrumpfend und zugleich entschuldigend, vor allem aber falsch, falsch, falsch.

Dann senkten beide wie auf Vereinbarung ihre Stimme; keiner von ihnen legte Wert darauf, Marianne als Zuhörerin zu haben.

Zwischen den seichten Floskeln und dummen Alibis, die er vorbrachte, dachte Pettinger immer wieder: Wie weit wird sie zu gehen wagen? Und wie kann ich verhindern, daß sie den Kopf vollends verliert und mich verrät?

»Hör endlich auf, mit deinen Hosenträgern zu spielen!« zischte sie.

Schuldbewußt ließ er die Hand fallen. Das wichtigste war zunächst mal, ihr Gelegenheit zu geben, sich abzukühlen; danach würde man sehen, bis zu welchem Grad sie sich beruhigte und wie weit sie sich beschwichtigen ließ.

Pamela versuchte von sich aus, hysterische Anwandlungen zu unterdrücken. Sie wollte sich nicht in Geschrei verausgaben, das ihn doch nicht traf. Und sie sah, daß er Angst davor hatte, sie könnte ihn verraten.

Er lief ihr nach, als sie wegging, nachdem sie ihm gesagt hatte, was sie zu sagen hatte. Für den Rest des Nachmittags ließ er sie nicht mehr aus den Augen. Verschiedentlich unternahm er Versöhnungsversuche, das eine Mal mit ein wenig Humor, das andere Mal mit etwas Sentimentalität, dann wieder griff er auf die alte Nazitheorie zurück, daß es die Pflicht eines Mannes höherer Rasse sei, die Rasse ohne Rücksicht auf veralterte Moralbegriffe fortzupflanzen.

»Erzähl mir nur nicht, daß du die Absicht hattest, Willoughby einen Bastard zu verehren«, antwortete Pamela darauf.

Er geleitete Marianne nicht einmal zum Wagen, was er für gewöhnlich tat. Nach dem Essen saß er in der Diele und brütete verdrossen über der Tatsache, daß Willoughby alle im Hause kannte und daß man Pamela nicht so einfach verschwinden lassen konnte, ohne daß der Amerikaner davon erführe.

Frau von Rintelen, die wohl vage ahnte, daß etwas geschehen sein mußte, sich jedoch nicht aufraffen konnte, um extra zu fragen, ließ das Radio spielen. Pamela tat, als lese sie.

»Wo gehst du hin?« Pettinger sprang auf, als Pamela sich aus ihrem Sessel erhob.

»In mein Zimmer, wenn ich darf!« sagte sie spöttisch. »Ich möchte zu Bett gehen. Hast du etwas dagegen?«

»Ich komme mit.«

Sie verstand ihn absichtlich falsch. »Nicht heute nacht«, sagte sie lächelnd und gab ihm einen leichten Klaps auf die Wange. »Du riechst noch nach ihr.«

Sie verschloß ihm die Tür vor der Nase. Über den Stimmen aus dem Radioapparat, die von der Diele her zu hören waren, vernahm Pettinger die vertrauten Geräusche aus Pamelas Zimmer, Vorbereitungen zur Nacht – da lief das Wasser ins Waschbecken, ein Schuh fiel auf den Fußboden, irgendwelche Toilettenartikel klapperten auf dem Frisiertisch. Er begann sich wieder wohler zu fühlen und gesellte sich zu der Witwe, bot ihr ein Spiel Sechsundsechzig an, das einfach und wenig aufregend war und das die alte Dame daher schätzte. Aber immer noch horchte er angestrengt auf jeden Schritt innerhalb und außerhalb des Hauses.

Pamela, mit den Schuhen in der Hand, schlich barfuß durch ihr Badezimmer in das leere Gästezimmer hinüber, das mit dem Badezimmer verbunden war, eilte von da aus die Hintertreppe hinunter, durch die Anrichte und die Küche, und verließ das Herrenhaus durch den Hinterausgang. Das Auto stand in der Garage; aber sie hatte Angst, es zu benutzen – Pettinger würde das Kreischen der schweren Türen und das Starten des Motors hören. So lief sie die ganze lange Asphaltstraße zu Fuß entlang. Die Bäume zu beiden Seiten schienen auf sie zuzurücken. Zuweilen hielt sie an, um zu hören, ob sie verfolgt würde. Sie befürchtete, jetzt würde er sie umbringen. Hier in dieser Einsamkeit war es leicht. Und wer hätte dann sagen können, daß er es gewesen war, wo das Land hier von Verbrechern und Ausländern und Soldaten nur so wimmelte? Er würde sie umbringen, ohne eine Frage zu stellen, ohne jemals zu erfahren, daß er sie gar nicht zu fürchten brauchte – sie hatte ja gar nicht die Absicht, ihn zu verraten. Wenn du den Baum abhackst, trägt er keine

Früchte mehr. Aber die Hure wollte sie loswerden. Und wenn erst diese dreckige kleine Vettel aus dem Herrenhaus weg war, zurück in ihren alten Schmutz, zurück in die Gosse, aus der das Miststück gekommen war, dann würde sie den Mann an sich ketten und ihn fesseln mit den bittersüßen Banden seiner Bedürfnisse in der Einsamkeit des Hauses.

Ganz außer Atem erreichte Pamela die Hauptstraße nach Kremmen und die Straßenbahn an der Endhaltestelle. Sie blieb auf der Plattform stehen, wo es dunkel war. Die Straßenbahn ratterte stadtwärts. So kurz vor der Sperrstunde waren nur noch wenige Menschen im Wagen.

»Wo ist die Militärregierung?« fragte Pamela die Schaffnerin.

»Die Militärregierung?« Die Schaffnerin in ihrer abgetragenen Uniform betrachtete die stämmige, schwitzende Frau, deren Haar ebenso unordentlich war wie ihre Kleidung, mit ziemlichem Argwohn. »Ich sage Ihnen schon, wo Sie aussteigen müssen.« Sie vergaß es auch nicht, ihr zu sagen, offenbar froh, diesen Passagier los zu sein.

Von der Haltestelle bis zum Hauptquartier der Militärregierung hatte Pamela um mehrere Ecken zu laufen. Überall war es völlig dunkel. Sie stolperte über Schutthaufen, die noch immer unaufgeräumt in den Nebenstraßen lagen, vorbei an großen, geborstenen Zementblöcken, an verbogenen, verrosteten Eisenträgern, Teil der Werke ihres toten Vaters und ihrer eigenen Erbschaft.

Dann erblickte sie das große weiße Schild; der behelmte Posten am Tor trat vor.

»Was wollen Sie, Fräulein?« Der Posten war gelangweilt und nahm ihre behutsamen Schritte für einen jener Annäherungsversuche, die gewöhnlich mit dem Austausch eines Päckchens Zigaretten gegen weniger dauerhafte Vergnügungen endeten.

»Herrn Oberstleutnant Willoughby?« fragte sie. »Wo ist Oberstleutnant Willougbhy?«

»Weiß nicht«, sagte der Posten. »Schon längst weg.«

»Ich muß ihn aber finden.«

»Morgen!«

»Wo ist er?«

»Ach was denn, kommen Sie her, Fräulein!« sagte der Soldat. Sie trat näher an ihn heran. Er war breitschultrig, hatte ein rundes Gesicht und einen Goldzahn, der im trüben Licht der nächsten Straßenlaterne schwach aufschimmerte.

»Sagen Sie mir, wo ist der Oberstleutnant?« fragte sie wieder und lächelte ihn verheißungsvoll an.

Jemand klopfte an seiner Tür, laut und beharrlich. Willoughby sprang auf.

»Verflucht noch eins! Diese elenden Kellner! Sobald man zu diesen Krauts freundlich ist, werden sie unverschämt...«

Er öffnete die Tür. »Troy! Was zum Teufel –«

Hinter Troy hatte er Yates erkannt.

»Was wollen Sie beide? Ich habe keine Zeit!«

»Befindet sich eine Marianne Seckendorff in diesem Zimmer, Sir?« fragte Troy.

Yates sagte: »Sie ist hier drin. Wir wissen es vom Portier. Wir möchten sie gern mal sehen, Sir?«

»Zu welchem Zweck?«

»Um sie zu verhaften, Sir.«

»Was?« Eine Mischung von Zorn und Bestürzung zeigte sich auf Willoughbys Gesicht.

»Wollen Sie uns bitte eintreten lassen, Sir?«

Troy, der unschwer über Willoughbys Schulter hinwegblicken konnte, sah Marianne sich im Zimmer bewegen. Willoughby versperrte ihnen weiterhin den Zugang; Troy und Yates machten keinerlei Anstalten zum Rückzug. Einer mußte nachgeben.

»Treten Sie ein!« sagte Willoughby zwischen den Zähnen hindurch. »Und ich kann Ihnen nur raten, daß Sie für Ihr Verhalten einen guten Grund haben...«

Yates schlenderte ins Zimmer hinein und musterte Marianne.

Willoughby richtete sich entrüstet auf. »Also, worum geht es bitte?« schnarrte er. »Wer von Ihnen beiden hat sich den Spaß hier ausgedacht?«

Marianne lächelte erst Troy zu, dann Yates. »Guten Abend«, sagte sie höflich. *»How do you do?«*

»Danke, ausgezeichnet«, entgegnete Yates. Dann wandte er sich zu Willoughby. »Entschuldigen Sie, daß wir hier in Ihr Privatleben eindringen, Sir. Wir nehmen nur die junge Dame mit, weitere Störungen wird es nicht geben.«

»Ich habe Sie etwas gefragt, Lieutenant!«

»Wir haben Befehl, Fräulein Seckendorff mit uns zu nehmen«, sagte Yates. »Es handelt sich um eine Untersuchung.«

»Es gibt nur zwei Männer, die in Kremmen Befehle erteilen, General Farrish und ich. Und ich gebe Ihnen den Befehl, das Zimmer zu verlassen.«

Ruhig erklärte Yates: »Wir verhaften Fräulein Seckendorff auf mündlichen Befehl von Colonel DeWitt hin.«

Willoughby begann seine Selbstbeherrschung zu verlieren. Was hatten diese Burschen vor? Seinen Namen in den Dreck zu ziehen? Lächerlich. Sie hatten nichts, worauf sie sich stützen konnten, das Ganze war eine künstlich aufgeblähte Geschichte.

»Ihr Colonel DeWitt ist in diesem Abschnitt nur als Gast. Er ist nicht berechtigt, Befehle zu geben!«

Yates mußte lächeln. Er dachte plötzlich an Abramovici und wie der kleine Mann Willoughby ein halbes Dutzend Dienstvorschriften unter die Nase gerieben hätte. Ohne die Stimme zu erheben, sagte er: »Ich kann darüber mit Ihnen nicht streiten, Sir. Für mich ist ein Befehl von Colonel DeWitt jederzeit ein Befehl. Wenn Sie aber wünschen, mit Colonel DeWitt die Frage der Zuständigkeit zu diskutieren, so bin ich sicher, daß Ihnen der Colonel gern zur Verfügung steht.«

Willoughby führte einen raschen Stellungswechsel durch. Er war plötzlich ganz Freundlichkeit und Kameradschaftlichkeit, setzte sich hin, schob die Teller auf dem Tisch zur Seite, zog eine Zigarette hervor, klopfte sie gegen seinen Daumennagel, bis der Tabak fest geworden war, und zündete sie an.

»Nun sagen Sie mir aber endlich, Yates«, fragte er, »was ist hier eigentlich los? Was haben Sie gegen das Mädchen? Was hat sie angestellt?«

Hinter den bedächtigen, väterlichen Worten versteckt, jagten sich Gedanken ganz anderer Art. Diese Kerle waren nicht hinter dem

Mädchen her, sie wollten ihm an den Kragen, versuchten ihm etwas anzuhängen. Aber was? Das Geschäft mit Rintelen war völlig in Ordnung; außerdem wußten nur die Familie und Lämmlein davon. Aber vielleicht wußte es auch Marianne – warum in aller Welt hatte er den Fehler gemacht, sie dort in der Villa unterzubringen! Aber angenommen einmal, sie wußte. Was machte es schon aus? Als Chef der Militärregierung war es seine Pflicht, den rechtmäßigen Eigentümern zu ihrem Eigentum zu verhelfen.

»Was wirft man ihr vor? Was soll sie getan haben?« fragte Willoughby wieder.

»Wir wissen nicht, was sie getan hat«, sagte Yates. »Wir möchten es aber gern feststellen.«

»Sie haben also gar nichts Konkretes gegen sie?« Willoughby wurde um einige Grade schärfer.

»Sie ist Deutsche, wir brauchen keinen formellen Haftbefehl. Verdacht genügt.«

Willoughby wußte das. Und er vermutete, daß Yates es wohl kaum wagen würde, auf einen bloßen Verdacht hin derart vorzugehen, und daß er Rückendeckung vielleicht nicht nur von DeWitt hatte.

Er zerdrückte seine Zigarette. »Also gut, Lieutenant Yates – zwei können bei diesem Spiel ebensogut mittun wie einer. *Ich* verhafte Marianne Seckendorff. Sie befindet sich ab sofort in meinem Gewahrsam. Colonel DeWitt wird mit dieser Lösung doch wohl einverstanden sein?«

Überlistet, dachte Yates. Einen Moment lang verschlug es ihm die Sprache, und der ironische Blick, mit dem Willoughby ihn betrachtete, war ihm physisch unangenehm. Im Grunde blieb ihm und Troy, der verlegen mit dem Fuß scharrte, nur ein hastiger Rückzug.

Willoughby nickte und lächelte. »Zwei können eben auch mittun bei diesem Spiel, wie ich schon sagte, Lieutenant...«

Doch dann lächelte auch Yates: »Colonel DeWitt wird Ihnen für Ihre Mithilfe sehr dankbar sein, Sir. Es ist für uns dadurch alles sehr viel leichter.« Seine Stimme veränderte sich plötzlich. Er sprach deutsch. »Fräulein Seckendorff! Anziehen! Kommen Sie mit!«

»Was! Was sagen Sie da?«

»Sir, ich habe der jungen Dame befohlen, ihren Hut aufzusetzen und mit uns zu kommen. Unten wartet der Wagen. Wir nehmen sie mit in mein Büro; ich habe dort alles für ein Verhör vorbereitet. Sie begleiten uns doch, Sir? Denn schließlich ist sie ja formell in Ihrem Gewahrsam...«

»Nicht so schnell! Warten Sie mal einen Augenblick!«

»Wir möchten noch heute abend mit der Bearbeitung des Falls anfangen, Colonel. Ich habe einige Zeugen da, die ich nicht länger aufhalten kann. Also, mit Ihrer Erlaubnis – kommen Sie, Marianne!«

Der Befehlston wirkte, Marianne parierte. Daß gerade Yates gekommen war – der erste Amerikaner, dem sie ihre Geschichte erzählt hatte –, ließ sie befürchten, daß alles, was sie sich aufgebaut, alles, was sie unter Einsatz von Kopf und Körper errungen hatte, an einem sehr dünnen Faden hing.

Sie hatte jede Bewegung Willoughbys verfolgt. Er hatte für sie gekämpft, soviel war klar. Und kämpfend war er gar nicht so lächerlich wie sonst, war er nicht mehr Clarrie mit den komisch-traurigen, hungrigen Augen – aber dann hatte er doch den Kampf verloren, Schlappschwanz.

Nun hastete er mit gerunzelter Stirn hinter Yates und dem anderen Offizier, dem Captain, her. Yates behandelte sie höflich, öffnete ihr die Türen und ließ sie vorangehen. Beim Portier hielt er an, sie konnte hören, wie er ihm sagte: »Falls Colonel DeWitt nach uns fragen sollte, wir sind in der Zeitung.«

Marianne wunderte sich ein wenig darüber, warum sie gerade zur Zeitung gingen. Dann erschrak sie: gerade dort, in der Redaktion, hatte ihre Laufbahn begonnen, und sie fragte sich, ob sie wohl dort auch enden sollte. Während der Fahrt verlor sich ihr Angstgefühl etwas. Clarries Hand auf der ihren tröstete sie, und sie hatte Zeit, sich alles zurechtzulegen. Sie hatte ja nichts Schlimmes getan, hatte kein Verbrechen begangen, und die kleine Notlüge über ihre Teilnahme an der Münchner Studentensache hatte doch niemandem geschadet. Jeder Deutsche, der es nur irgend konnte, ernannte sich zum Widerstandskämpfer gegen die Nazis. Es gehörte zum guten Ton, es war nützlich – und schließlich war sie ja im Gefängnis gewesen, hatte in einem Konzentrationslager gesessen, hatte echt gelitten. Marianne fühlte sich durchaus im Recht.

Man führte sie auch keineswegs in einen trostlosen Vernehmungsraum, wie sie zunächst erwartet hatte, sondern in Yates' kleines Büro. Mariannes Spannung ließ nach. Yates' erste Fragen waren freundlich und zuvorkommend, er erkundigte sich nach ihrem Namen – Marianne Seckendorff; nach ihrem Geburtsort – Heidelberg. Das alles war für sie noch fester Boden; und Willoughbys ermutigendes Nicken bestärkte sie noch mehr; nur ein Punkt, dieser allerdings gravierend, machte ihr Sorge: was hatte Yates wirklich vor?

Er forschte immer weiter zurück in die Vergangenheit, stellte den Entlassungstermin aus Buchenwald fest, den Zeitpunkt ihrer Überführung aus dem Münchner Gefängnis in das Konzentrationslager, den Tag ihrer Verhaftung. Sie bemerkte, daß Willoughby sich zu langweilen begann; Troy kritzelte auf einem Notizblock, er zeichnete Männekens mit länglichen Gesichtern, länglichen Nasen und länglichen Ohren, riß Bogen nach Bogen aus dem Block, zerknüllte diese und warf sie in den Papierkorb.

»Können Sie mir sagen«, fragte Yates, »was in den Flugblättern stand, die Sie zu verteilen halfen?«

»Oh, das ist schon so lange her…«, sagte sie lächelnd.

»Aber in Anbetracht der Schwierigkeiten, die Sie auf sich nahmen, und der Gefahren, denen Sie sich aussetzten, sollte man doch meinen, daß Sie sich für den Inhalt der von Ihnen verteilten Flugblätter irgendwie interessiert haben müßten?«

Er übersetzte die Frage für Willoughby. Willoughby nickte. Willoughby sah nichts Verfängliches in dieser Sache. Sie war ein nettes Mädchen, sie hatte die Nazis nicht gemocht und hatte etwas gegen die Kerle unternommen; davor konnte man nur Respekt haben.

»Es war gegen die Regierung«, sagte sie zu Yates. Die Antwort war nicht weiter gefährlich, wenn Menschen hingerichtet worden waren, weil sie so ein Flugblatt verfaßt und verteilt hatten, so mußte schon etwas ziemlich Hartes gegen die Regierung drin gestanden haben.

»Ja«, sagte Yates mit einem leichten Lächeln, »gegen die Regierung schon. Aber ich würde gern etwas Genaueres von Ihnen darüber hören.«

»Es ist schon so lange her«, wiederholte sie, »schrecklich lange. Und all das Furchtbare, das ich seitdem erlebt habe... Ich wußte nur, alles, was Hans und Clara in ihren Flugblättern brachten, war bestimmt in Ordnung. Natürlich habe ich den Text auch gelesen, aber nicht sehr gründlich.«

Yates wechselte das Thema: »Erzählen Sie mir von Ihrer Familie.«

»Was wollen Sie denn da wissen?« Sie ahnte schon, worauf Yates hinauswollte. Die Herrschaften planten, sie auf ihrer kleinen Notlüge festzunageln. Wäre ihr Clarrie nicht im Zimmer, sie würde sie wahrscheinlich sogar zugeben und Yates einfach sagen, sie habe damals ein bißchen übertrieben, weil es ihr so dreckig ging und sie was zu essen und anzuziehen brauchte und überhaupt ein paar von den schönen Dingen, die die Amerikaner im Überfluß besaßen. Aber in Clarries Gegenwart mußte sie bei ihrer ersten Version bleiben. Sie mochte ihm nicht weh tun; außerdem würde er ihr später gar nichts mehr glauben, wenn es erst erwiesen war, daß sie ihn einmal belogen hatte. Und es gab Sachen, die sie vor ihm verbergen wollte, Sachen, die ihn nichts angingen – jene wunderbaren, schmerzlichen und erregenden geheimen Stunden zusammen mit Pamelas Mann.

»Was ich da wissen möchte?« sagte Yates. »Alles. Was war der Beruf Ihres Vaters?«

Ihr Vater war Dachdecker gewesen, der jeden Morgen im blauen Arbeitsanzug, sein Frühstück sorgfältig in Zeitungspapier verpackt, zur Arbeit ging. Aber das genügte nun nicht für den Bruder eines Professors. Er mußte doch etwas Besseres sein. »Er hatte ein Unternehmen für Dachdeckerarbeiten«, sagte sie.

»Wie war er mit Professor Seckendorff verwandt?«

»Er war sein Bruder, natürlich.« Sie lächelte.

»Älter? Jünger?«

»Der jüngere Bruder.«

»Marianne – Professor Seckendorff hat keine Brüder!«

Mariannes Augen richteten sich leicht schielend auf die Wand hinter Yates' Kopf. Willoughby erkundigte sich hastig, was Yates denn gesagt hätte.

Yates übersetzte es ihm.

Willoughby wandte sich an sie: »Marianne – stimmt das?«

»Nein.«

»Da sehen Sie es!« sagte Willoughby. »Was wollen Sie eigentlich mit so einer Frage beweisen?«

Troy hörte auf mit seinem Gekritzel. Er machte sich Notizen.

»Wenn der Professor keinen Bruder hatte, Marianne, können Sie auch nicht seine Nichte sein.«

»Aber ich bin es doch!« sagte sie mit halb erstickter Stimme; gleich würde sie in Tränen ausbrechen. Sie holte ein Taschentuch aus ihrer Handtasche. »Jemand hat mich hier bei Ihnen angeschwärzt! Die Menschen sind so neidisch. Sie gönnen einem gar nichts!«

»Was ist los? Was sagt sie?« wollte Willoughby beleidigt wissen.

»Vielleicht behauptet jetzt auch noch einer, ich wäre nie im KZ gewesen und wäre nie von den Nazis gequält worden, bloß weil auf meiner Haut keine Narben sind oder so etwas. Ja, die sind vorsichtig gewesen mit mir, sie haben mich nur in den Bottich voll Eis gesteckt... Ach, ihr Amerikaner, was wißt denn ihr...!«

»Was sagt sie? Zum Teufel, Yates, übersetzen Sie!«

»Sie tischt uns die alte Geschichte vom Eisbottich wieder auf«, sagte Yates.

Willoughby erhob sich verärgert. »In jedem anderen Fall, Yates, reißen Sie sich die Beine aus, wenn einer behauptet, er wäre ein Opfer der Nazis. Und hier, plötzlich, werden Sie skeptisch, weil es mir Spaß macht, diesem Mädchen ein bißchen zu helfen.«

Marianne brach in laute Klagen aus. Willoughbys wegen sprach sie englisch, so gut sie konnte. *»The Gestapo – they ask me – the same way – the same way...«*

»Das ist ja widerlich, Yates«, sagte Willoughby. »Und Sie wollen ein Offizier und ein Gentleman sein!«

»Sie hat uns alle an der Nase herumgeführt, Sie mit inbegriffen, Colonel, und ich werde es Ihnen beweisen!... Sie sagten das richtige Wort, Sir – widerlich ist das!«

»Beweisen Sie es mir!«

»Hören Sie auf zu flennen, Marianne – es ist nicht gut für Ihren Teint. Sagen Sie mir nur: wann haben Sie Ihren Onkel zum letztenmal gesehen?«

Sie schneuzte sich; sie hatte wirklich geweint – aus Angst, aus Mitleid mit sich selber, aus Wut, weil sie so hart angefaßt wurde. Sie puderte sich die Nase.

»Also! Kommen Sie schon! Wann war es?«

»1942 in München. Mein armer Onkel hatte sich schon immer solche Sorgen um Hans und Clara gemacht...«

Yates drückte unter dem Tisch auf einen Klingelknopf. Irgendwo draußen war ein Summerton zu hören.

Der alte Mann trat ein. Er blinzelte, ungewiß, was man von ihm verlangte, verwirrt durch die Anwesenheit so vieler Leute in dem kleinen Raum. Er sah den Hinterkopf des Mädchens, den feinen Schatten in ihrem Nacken; er sah Willoughby, die forschenden Augen über den Tränensäckchen.

»Wer ist denn das?« fragte Willoughby.

Marianne wandte sich um. Der Alte machte keinen bösen Eindruck. Sie bemerkte, wie abgemagert er war; er brauchte Essen und Pflege. Sein Haar war spärlich, seine dicken Lippen hatten einen Stich ins Bläuliche, seine großen Zähne wiesen Lücken auf. Sie blickte Yates an; der Ausdruck auf seinem Gesicht fiel ihr auf. Er beobachtete sie. Dann begriff sie – der alte Mann, und Yates' Erwartung...

Sie sprang auf und warf die Arme um den alten Mann und küßte ihn – er roch nach schlechter Seife, Staub und Desinfektionsmittel. Und sie rief: »Ach, ich bin ja so glücklich! So glücklich! Lieber, lieber Onkel!« Der Rest der Begrüßung kam so schnell, daß sogar Yates den Worten nicht folgen konnte.

Sie schauspielerte und übertrieb dabei. Yates spürte den falschen Ton, aber ein Ton war kein Beweis.

Da bedeutete es wenig, daß der Alte sich losriß, sie von sich stieß und protestierte: »Ich bin nicht Ihr Onkel! Herr Leutnant Yates, was ist das hier für ein Theater?«

Sie war über die Klippe hinweg, und vor ihr lag bereits stilleres Wasser. Jetzt brauchte sie nur noch ihre Rolle zu Ende zu spielen, und sie spielte sie nicht schlecht. Nachdem man sie so grob zurückgestoßen hatte und ihre Wiedersehensfreude verletzt war, brach sie in leises Klagen aus und bemitleidete ihn – »Der arme Mensch, was muß er gelitten haben... Er erinnert sich nicht mehr an mich...«

Professor Seckendorff lachte höhnisch. »Ich bin völlig normal, mein Fräulein. Ich habe ein ausgezeichnetes Gedächtnis. Ich bin wohl etwas heruntergekommen und alt, aber nicht senil.«

»Aber Onkel – erinnerst du dich denn nicht mehr an München? Erinnerst du dich denn nicht mehr an Hans und Clara?«

Daß ausgerechnet die Person, die Namen, Schicksal und Andenken seiner ermordeten Kinder ausbeutete, auf diese Art von ihnen redete, empörte den Professor. »Ich lasse es nicht zu, daß Sie meine toten Kinder ausnutzen! Hat denn keiner mehr einen Funken Ehre im Leib? Herr Yates, wie lange wollen Sie diese Farce hier noch fortsetzen?«

Willoughby hatte trotz des schnellen Wortwechsels auf deutsch erraten, was hier vorging. Er war durchaus nicht mehr sicher, ob nicht doch Unstimmigkeiten in Mariannes Geschichte waren, aber zugleich war er auch überzeugt, daß Yates' feingesponnener Plan fehlgelaufen war; und er freute sich, alter Jurist, der er war, über die Art, wie das Mädchen sich so tüchtig trotz Yates' Arsenal von Tricks gehalten hatte. Sie hatte nicht nur sich selber, sondern auch ihren Clarrie glänzend verteidigt; sie hatte ihm erhebliche Schwierigkeiten erspart; sie hatte die Demütigungen, die sie beide von Yates und Troy hatten hinnehmen müssen, mit gleicher Münze heimgezahlt. Und er war entschlossen, zu ihr zu halten, ob sie nun die Nichte dieses Professors war oder nicht.

»Yates«, sagte er, »finden Sie nicht, daß es an der Zeit wäre, hier Schluß zu machen? Der alte Herr ist Professor Seckendorff, nicht wahr? Nun, Professoren sind ja für ihr schlechtes Gedächtnis berüchtigt – Sie sind ja selber einer, Sie sollten es also wissen. Und die Jahre, die er im Lager Paula zugebracht hat, haben diesen Zustand nicht gebessert. Gewiß – es ist alles sehr traurig.«

»Marianne«, sagte Yates stur. »Sie sind ganz sicher, daß Sie diesen Mann als Ihren Onkel erkennen?«

»Wie lange wollen Sie das hier eigentlich noch hinausziehen, Yates?« unterbrach ihn Willoughby. »Vielleicht liegt es nicht einmal am Gedächtnis des Professors, vielleicht ist es etwas anderes. Sie sind doch immerhin soweit Psychologe, um zu wissen, was Sorgen und Schmerzen um den Verlust der eigenen Kinder in einem Menschen bewirken können. Vielleicht möchte Professor Seckendorff das ganze Leid für sich haben, in seiner eignen Brust...«

Der Gedanke hatte seine Logik, und Willoughby hatte ihn auf sehr menschliche Art formuliert. Yates hatte alles auf der Aussage des alten Mannes aufgebaut. Er hatte sie ohne Einschränkung akzeptiert, weil sie mit seinen Vermutungen übereinstimmte, mit seinen Zielsetzungen, seinem Haß gegen Willkür und gegen Willoughby und gegen alles, was Willoughby repräsentierte. Und Troy war seiner Führung gefolgt. Nun aber betrachtete Yates den Professor nüchterner, und Zweifel kamen ihm. Er sah ein menschliches Wrack, das durch einen Zufall überlebt hatte, körperlich und geistig geschädigt, in die eigene Verbitterung verloren, ein Schatten, der nur mit Hilfe von Injektionen lebte und sich von Träumen und Illusionen nährte.

Darauf also hatte er gebaut. Es war vielleicht typisch für alles, was er in die Hand nahm. Für wen arbeitete er eigentlich? Für einen zerstörten alten Mann, der mit den Toten in der Vergangenheit lebte?

Der Professor wandte sich von einem zum anderen. Sogar Willoughby bat er: »Herr Oberstleutnant – meine Kinder – sie sind einen anständigen Tod gestorben – ihr Andenken, schützen Sie ihr Andenken...«

»Was sagt er da?« fragte Willoughby. »Warum halten Sie die Toten nicht aus der Sache heraus, Yates?«

Vor Yates' Büro wachte Abramovici, damit niemand die Verhandlungen störte. Er hatte einen Besucher.

»Nein!« sagte er. »Fräulein, ich kann Sie nicht zu Colonel Willoughby vorlassen. Er ist in einer Besprechung, Stabsbesprechung. In der amerikanischen Armee kennen wir drei verschiedene Arten von Dokumenten und Besprechungen – und seit dem Krieg vier: Geschlossen, Vertraulich, Geheim und Streng geheim. Dies hier ist Streng geheim. Nichts, was Sie möglicherweise Colonel Willoughby zu sagen haben, kann so wichtig sein wie Streng geheim.«

»Wird er sich aber danach sprechen lassen?«

»Ich weiß nicht. Ich tue Dienst bei Lieutenant Yates. Was er tun wird, kann ich Ihnen sagen, es sei denn in Fällen, die als Vertraulich, Geheim oder Streng Geheim zu gelten haben.«

»Dann lassen Sie mich mit Leutnant Yates sprechen!«

»Auch er nimmt an der Besprechung teil!«

»Ich bitte Sie, Herr Soldat...«

Abramovici betrachtete sie mit seinen fast farblosen Augen. Sie bemerkte seinen Blick und glaubte zu erraten, was in seinen Drüsen vorging. Sie kam näher und setzte sich auf den Rand von Abramovicis Schreibtisch. Der Rock spannte über ihren Schenkeln.

»Ich bitte Sie...«

»Die Schreibtische in diesem Büro«, erklärte er, aber nicht so präzise, daß seine Absicht ganz klar wurde, »sind Eigentum des Staates.« Er ergriff das Lineal und stieß es zögernd gegen ihren Schenkel. Sie quietschte geschmeichelt.

Aber Spaß machte es ihr nicht. Sie hatte einen langen Weg hinter sich – zuerst auf der Asphaltstraße, dann in der ratternden Straßenbahn, dann wieder zu Fuß durch mit Schutt bedeckte Straßen zur Militärregierung; von dort schließlich ins Grand Hotel, wo ihr der Pförtner erklärte, daß Herr Oberstleutnant Willoughby im Zeitungshaus wäre. Die Wasserlache, noch immer knöcheltief in dem Geschoßtrichter vor der Druckerei hatte ihre Schuhe und Strümpfe durchweicht. Nasser Schmutz klebte an ihren Knien. Die Füße taten weh; und in ihr selber war ein nagender, brennender Schmerz, als gäbe ihr Herz eine Säure frei, wie sie sich nach einem reichlichen Mahl im Magen bildet. In gewisser Weise war es ja auch ein allzu reichliches Mahl gewesen – ein Mahl aus Staub und Dreck, und als Sauce der Haß.

»Bestellen Sie Ihrem Leutnant, Pamela von Rintelen wäre hier draußen«, sagte sie eindringlich. »Diesen Namen kennt er.«

Abramovici entgegnete: »Die amerikanische Armee läßt sich nicht von Namen beeindrucken. Der eine Deutsche ist für sie genauso gut wie der andere.«

»Jawohl«, sagte Pamela bissig.

Dann versprach sie Abramovici Geld. Sie versprach ihm sich selber. Abramovici sagte: »Mein liebes Fräulein, dieses Land wird jetzt ohne Terror und ohne Begünstigung regiert. Das ist eine Grundsatzfrage. Ein Gesetz, das einmal gebrochen wird, ist kein Gesetz mehr. Und jetzt habe ich zu tun. Ich habe genug Zeit mit Ihnen vertan, die eigentlich der Armee der Vereinigten Staaten gehört. Also bitte! Gehen Sie! Raus!«

Ihre Augen flehten. Aber sie wagte nichts mehr zu sagen. Sie befolgte den befehlenden Wink seiner Hand und ging.

Bei Abramovici war es nun ganz still. Er machte sich an die Arbeit. Sorgfältig schnitt er den Text aus den Fahnenabzügen, Vorbereitung für die Anfertigung der Musterseite für den Metteur. Doch allmählich verlangsamte sich das Auf und Zu der Schere. Er runzelte die Stirn; die späte Besucherin hatte ihn doch neugierig gemacht. Immer zeigten die Leute, die zu ihm kamen, ein außerordentlich wichtiges Gehabe, als hinge das Wohl der amerikanischen Armee von ihren Worten, ihren Informationen, ihren Berichten ab. Hinterher aber stellte es sich immer als eine Nichtigkeit heraus, um derentwillen es sich nicht lohnte, auch nur den kleinsten Dienstweg zu beschreiten.

Er bemerkte, daß er falsch geschnitten hatte. Mit flinken Fingern durchsuchte er die vielen Papierabschnitte, die langen und die kurzen. Einen Sauhaufen hatte er daraus gemacht und mußte nun von vorn anfangen. Verärgert stand er auf, um in die Druckerei zu gehen und sich neue Fahnenabzüge machen zu lassen.

Als er die Tür öffnete, stand Pamela vor ihm.

»Es ist schon Sperrstunde«, sagte er.

Es war bereits Sperrstunde gewesen, als sie hier ankam.

»Sperrstunde...«, wiederholte er.

»Ich gehe nicht, Herr Soldat, bis ich mit Oberleutnant Yates oder Oberstleutnant Willoughby gesprochen habe.«

»Gut, Fräulein, kommen Sie wieder herein!« Abramovici fegte die Zeitungsausschnitte von seinem Schreibtisch in seinen Papierkorb. »Geduld und nüchternes Urteil sind die Grundlage des Militärischen Nachrichtendienstes. Also sagen Sie mir, was Sie bedrückt.« Die Sprüche, die er dauernd von sich gab, verliehen all seinen Äußerungen ein amtliches Gepräge.

»Es handelt sich um Marianne Seckendorff«, begann sie, »sie ist nicht die, die sie zu sein vorgibt.«

»Wissen wir schon«, unterbrach er sie. »Es ist zweifelhaft, ob Sie zu den Tatsachen, die wir in Händen haben, noch Wesentliches beibringen können.«

Das Absolute an seiner Behauptung verunsicherte Pamela wieder. »Vielleicht wissen Sie aber doch nicht alles?« fragte sie bescheiden.

»Wollen Sie mir nun eine Aussage machen oder nicht, Fräulein?« fragte Abramovici schicksalsergeben.

»Genau das will ich!«

Sie berichtete, vermied aber dabei, den anderen Gast in der Villa Rintelen zu erwähnen. Abramovici machte stenographische Notizen und warf ihr ab und zu einen Blick aus seinen wäßrigen Augen zu. Je mehr er erfuhr, desto weniger sicher war er, ob er sie noch weiter hier im Vorraum halten sollte. Der Militärische Nachrichtendienst beruhte auf Geduld und auf nüchternem Urteil. Geduld hatte er nun gezeigt. Wie aber stand es mit seinem Urteil?

»Sie hat also nie im Leben in einem Bottich mit Eiswasser gesessen«, erklärte Pamela.

Abramovici legte seinen Bleistift hin. »Warten Sie hier auf mich!« In seiner Stimme klang seine Spannung mit. »Ich hole Lieutenant Yates.«

Abramovici öffnete die Tür zu Yates' Büro und winkte ihm heftig zu. Yates kam heraus. Abramovici erkannte an Yates' Gesichtsausdruck, wie angewidert und verärgert er war. Offenbar lief für Yates nicht alles so, wie er gehofft hatte. Abramovici, der einen Rüffel erwartet hatte – Wie kommen Sie dazu, die Besprechung zu unterbrechen, Korporal! –, sah sich sofort wieder als wichtigsten Mann des Ganzen.

»Lieutenant, ich habe hier draußen Pamela von Rintelen, und hier habe ich eine Aussage, die ich aus ihr herausgeholt habe!«

Er begann vorzulesen. Er spürte Yates' wachsende Erregung und ließ sich von ihr anstecken. Als er geendet hatte, glühte sein Gesicht, und er war überzeugt, daß er durch sein schlaues Verhalten gegenüber Pamela die Situation gerettet hatte.

Yates zügelte seine Gefühle und suchte die Frau, die da vor ihm stand, einzuschätzen: »Würden Sie Ihre Aussage vor Zeugen wiederholen? Auch in Gegenwart von Fräulein Seckendorff?«

Pamela richtete sich auf, ganz die Tochter des Gründers eines Industriebereichs. Groß und füllig wie sie war, ähnelte sie in dieser Haltung einer Wagnerschen Walküre. Ihre Stunde war gekommen, sie war bereit, und in diesem einen Flittchen würde sie all die fremden Eindringlinge in ihr Leben strafen – einschließlich der Amerikaner und des Mannes, der sich eheliche Rechte über sie anmaßte.

»Ob ich die Aussage wiederholen würde?« sagte sie. »Mit Vergnügen.«

Yates führte sie in sein Büro. Abramovici kam gleichfalls; er hatte diese Pamela entdeckt und wollte sie nun auch in Aktion sehen.

»Dies ist Pamela von Rintelen«, sagte Yates.

Für den Bruchteil eines Augenblicks verlor Willoughby die Beherrschung, seine Kinnlade fiel ihm herunter. In dieser einzigen Sekunde hatte sich alles für ihn verändert. Pamela wußte alles von dem Rintelen-Handel – war Yates auch dem auf der Spur?... Bevor Willoughby sein Gleichgewicht wiederfand, attackierte Yates bereits.

»Frau von Rintelen ist hier, um uns ein paar zusätzliche Informationen zu dem eben behandelten Fall zu geben.« Er wandte sich an Pamela: »Wollen Sie uns bitte alles berichten, was Sie wissen? Sie können deutsch sprechen, Korporal Abramovici wird dolmetschen.«

Pamela zeigte keine Reaktion auf Willoughbys Anwesenheit. Sie sah nur Marianne an. Marianne versuchte ihrem Blick zu begegnen; es gelang ihr aber nicht; der Ausdruck von Selbstgerechtigkeit in Pamelas Augen, von Triumph, ja von Grausamkeit jagte ihr Angst ein.

»Fräulein Seckendorff«, sagte Pamela, »wurde durch Herrn Oberstleutnant Willoughby als Gesellschafterin für unsere arme Mutter zu uns ins Haus gebracht. Als hätten wir eine Gesellschafterin gebraucht. Sie wurde uns aufgezwungen. Aber etwas an ihr stimmte nicht; das war leicht zu erkennen. Ich habe Menschen gesehen, die für meinen Vater gearbeitet haben. Fremdarbeiter, nach zwei Wochen im Lager waren sie nie mehr die gleichen. Ach Gott, nach einem solchen Leben sieht man nicht mehr so glatt und gepflegt und hübsch aus. Aber der Herr Oberstleutnant erzählte uns, sie habe an irgendeiner Revolte in München teilgenommen, sie sei in einem Konzentrationslager gewesen, sie habe in einem Bottich mit Eiswasser gesessen und was nicht alles noch. Sicher hat er selber es geglaubt. Und weder Mutter noch ich konnten ihm widersprechen, denn wir sind ja Deutsche, und wir haben den Krieg verloren.«

»Clarrie!« rief Marianne, »mach, daß sie aufhört!«

»Fahren Sie fort, Frau von Rintelen«, sagte Yates. »Niemand wird Ihnen hier den Mund verbieten.«

»Man kann aber nicht im gleichen Haus mit anderen Menschen leben und dabei erwarten, daß da alles geheim bleibt. Fräulein Sekkendorff begann zu reden. Sie prahlte sogar damit, wie sie die Amerikaner an der Nase herumführte. Sie hat niemals an der Münchner Studentenrevolte teilgenommen, sie hat nie in ihrem Leben ein Flugblatt gesehen. Sie hat im Gefängnis gesessen, das allerdings, und sie ist auch in einem Konzentrationslager gewesen, aber es gab in diesen Lagern auch ganz gewöhnliche Verbrecher. Sie kann Ihnen ja erzählen, warum man sie eingesperrt hat. Fragen Sie sie doch! Aber dann erkannte sie, daß sie mit einer gewissen politischen Vergangenheit bei euch Amerikanern leichter vorankommen würde. Sie hat sich also eine solche Vergangenheit zugelegt und hat Sie alle übers Ohr gehauen, und es ist ihr glänzend gegangen mit ihren neuen Kleidern und ihren neuen Männern. Soll sie doch alles haben. Soll sie doch … Aber nicht in unserem Haus, nicht in dem Haus, das mein Vater gebaut hat, nicht in einem deutschen Haus!«

Mariannes Welt, die neue, die sie sich geschaffen hatte, brach zusammen.

Es war ihr noch gelungen, den alten Mann abzuwehren, nun aber waren der Hunde zu viele gegen den einen Hasen. Sie stand allein. Die Gesichter um sie herum waren ihr fremd und feindlich. Sie blickte auf ihre Füße und auf den Fußboden; der Boden war weit weg, und ihre Füße waren wie ein Teil von etwas, was nicht mehr zu ihr gehörte. Sie sah ihre Füße, wie sie damals im ›Totenhaus‹ gewesen waren, schmutzig, ohne Schuhe, mit eingerissenen Zehennägeln. Man stand an der untersten Stufe der Leiter, man besaß nichts, und die anderen ließen einen nicht hinauf. Die anderen hatten alles. Man brauchte sich nur Pamela anzusehen, mit ihrem Fett und ihrem Geld! Oder die Amerikaner, gut genährt und gut gekleidet und in jeder Beziehung gesichert. Selbst der Professor hatte wenigstens noch seine toten Kinder; sie hatten die Universität besuchen dürfen und wußten nicht einmal voll zu würdigen, was das bedeutete, und hatten sich mit ihren blöden Flugblättern alles verdorben. Und weil der Professor auch zu denen gehörte, die etwas hatten, war auch er gegen sie eingestellt.

Versuche einer doch mal hinaufzukommen in der Welt! Versuch doch, etwas zu werden, jemand zu sein! Im Augenblick schon, wo man die Hand auf die erste Sprosse der Leiter legte, begannen die anderen zu treten und einem auf die Finger zu schlagen, bis sie blutig waren und zerbrochen und man wieder loslassen mußte.

Sie horchte auf die nüchterne Stimme des kleinen Unteroffiziers, der jetzt dolmetschte. Sogar er war dick. Fremde, nasale Laute. Ihr Schicksal wurde entschieden in dieser fremden Sprache, von fremden Menschen.

Die dort waren gegen sie – nun, so war sie eben auch gegen die dort. Gegen alle, mit Ausnahme vielleicht von Clarrie, der immer nett gewesen war und seine Augen verschlossen hatte vor dem, was er nicht sehen wollte.

Vor allem aber wollte sie den Mann vernichtet sehen, der sie betrogen, der sie an diesem Nachmittag noch geliebt, sie mit seinem harten Händen und seinen harten Küssen geliebt hatte, der ihr ihre Geheimnisse entlockt und sie dann ausgelacht und lachend ihre Geheimnisse Pamela preisgegeben hatte – der Frau, die das schöne Haus hatte und die schönen Kleider und das reichliche Essen und überhaupt alles, für das man, wollte man sich's selber verschaffen, schwer bluten mußte.

»Fräulein Seckendorf«, sagte Yates leise, »haben Sie dagegen irgend etwas vorzubringen?«

Er dachte, sie würde versuchen, Pamelas Bericht zu entkräften. Es würde dann noch eine Viertelstunde dauern, höchstens eine halbe, bis er sie kirre hatte – ein Kreuzverhör, in dem er abwechselnd den Professor und Pamela benutzte, um ihre Abwehr zu brechen.

Aber Marianne sagte: »Es ist alles wahr. Ich wurde in München wegen Taschendiebstahls verhaftet. Ich bin mit Professor Seckendorff nicht verwandt und trage nur zufällig den gleichen Namen; in Deutschland gibt es viele Seckendorffs. Ich habe die Geschichte der Münchner Studentenrevolte in Ihrer Zeitung gelesen und dachte, sie würde mir helfen, Arbeit zu kriegen. Die Geschichte mit dem Eiswasser habe ich in Buchenwald gehört. Ich wurde dorthin geschickt, nachdem ich meine Zeit im Gefängnis abgesessen hatte. Was wollen Sie sonst noch wissen?«

»Das genügt«, sagte Yates.

Es war ihm warm geworden, und er war ein wenig rot im Gesicht, und er fragte sich: Was jetzt? Wie geht es jetzt weiter?

Willoughby, der an Mariannes Ton erkannt hatte, daß sie so etwas wie ein Geständnis abgelegt haben mußte, verlangte aufgeregt eine genaue Übersetzung von Abramovici.

Abramovici erklärte: »Wer so viele Pflichten gleichzeitig zu erfüllen hat wie ich, muß seine Zeit einzuteilen wissen. Erst muß ich meine Notizen umschreiben. Dann gebe ich Ihnen die wörtliche Übersetzung.«

»Also beeilen Sie sich gefälligst!« sagte Willoughby.

Yates verteidigte Abramovici: »Der Corporal tut, was er kann, Sir.«

Inzwischen war Marianne zu einem Entschluß gekommen: sie würde mit dem gleichen Waffe, die Pamela benutzt hatte, zurückschlagen, und zwar so, daß die es gründlich spürte. Wenn sie schon zugrunde gerichtet wurde – die andere sollte nicht triumphieren dürfen.

»Ich war noch nicht fertig«, sagte sie.

»Wie bitte?« sagte Yates. »Halt, Abramovici – wir notieren weiter. Und nun, Marianne, reden Sie sich alles vom Herzen!«

Marianne sagte: »Sie glauben wahrscheinlich, der Fall ist gelaufen und ich bin erledigt. Bin ich vielleicht auch. Ich habe ein bißchen geschwindelt und habe versucht, damit durchzukommen. Ihr Amerikaner wollt anscheinend nur die kleinen Leute abstrafen. Sieht so aus – denn die Rintelens bleiben ungeschoren! Alle Welt weiß, daß sie Nazis waren!«

Yates war der Meinung, daß das Mädchen nun seinem Ärger gegen Pamela und die Rintelens Luft machen wollte. Von ihrem Standpunkt aus gesehen, hatte sie ja auch recht – warum sollte sie allein an die Angel geraten und geschuppt werden, warum nicht auch die größeren Fische? Er wollte aber nicht, daß ihr Geständnis durch persönliche Ausfälle gegen andere an Wert verlöre.

»Keine Gegenbeschuldigungen, bitte, Marianne – die helfen Ihnen nichts. Im übrigen waren die Rintelens keine Parteimitglieder. Leider.«

»Und wie steht es mit dem feinen Herrn Schwiegersohn? Was tut der denn den ganzen Tag allein in seinem Zimmer, und niemand darf zu ihm hinein? Was ist denn mit diesem Major von Dehn?«

Abramovici brach mitten in einem Kurzschriftzeichen ab.

»Major von Dehn!« sagte Yates. »Draußen im Herrenhaus?«

»Pamelas Gatte!« bestätigte Marianne befriedigt und sprach den Titel, den ihr Geliebter sich selber zugelegt hatte, im Ton tiefster Verachtung aus. »Wenn er es wirklich ist... Mir gegenüber hat er sich jedenfalls nicht wie der treue Ehegatte einer anderen Frau benommen.«

Das also war Dehns Verbindung zu den Rintelens gewesen, dachte Yates. Und hatte gerade noch Zeit, Pamela einen Stuhl hinzustellen.

Eine plötzliche Schwäche zwang Pamela, sich hinzusetzen. Was hatte sie bloß getan! Indem sie die andere der Gerechtigkeit übergab, hatte sie den Mann, den sie trotz allem liebte, seinen Feinden ausgeliefert.

Yates fuhr erbarmungslos fort: »Frau Pamela, Ihr Mann, der Major von Dehn, ist tot!«

»Was ist das alles?« fragte Willoughby. »Was geht hier vor? Was wird hier geredet?«

Niemand antwortete ihm, niemand kümmerte sich um ihn.

Pamelas welkes Gesicht wurde grau. Sie hob die Hände zu den Schläfen, schluchzte krampfhaft, rang nach Atem.

»Wasser«, sagte Yates.

Abramovici lief und brachte ein Glas Wasser. Yates leerte es mit einem Ruck Pamela ins Gesicht; das Wasser lief ihr über die Wangen, hinab zu den Schultern und näßte ihr die Bluse.

»Major von Dehn hat sich uns ergeben, nachdem wir den Rhein überschritten. Er hat Selbstmord begangen, ich selber habe seine Leiche gesehen.«

»Ein sensibler Mensch«, fügte Abramovici hinzu, »offensichtlich zu sensibel.«

»Pamela Rintelen-Dehn!« sagte Yates. »Wer ist der Mann in Ihrem Haus, der sich als Ihr Ehegatte ausgibt?«

»Ich weiß nicht«, sagte Pamela kläglich.

»Was meinen Sie damit – Sie wissen so etwas nicht!« Zum erstenmal an diesem Abend erhob Yates die Stimme. »Sie leben mit einem Mann, essen mit ihm, schlafen mit ihm – und wissen nicht, wer er ist?« Er ging ins Englische über. »Colonel Willoughby – Sie waren doch draußen bei den Rintelens. Können Sie mir den Major Dehn beschreiben, der dort im Hause lebt?«

Willoughby war heiser geworden. »Was ist mit Major von Dehn?«

»Er ist kein Major von Dehn! Das echte Stück wurde in Luxemburg begraben. Haben Sie eine Ahnung, Sir, wer dieser Mann in Wirklichkeit sein könnte?«

Willoughby fror plötzlich. »Dehn...«, stammelte er. »Aber nein, das muß ein Irrtum sein... Ein kranker Mann, Invalide...«

Yates ließ sich nicht ablenken. »Wie sieht der Kerl aus?«

»Groß, glattes, knochiges Gesicht –«

Pamela ließ Willoughby nicht ausreden. »Ich schwöre, ich weiß nicht, wer er wirklich ist. Er erschien eines Tages und erklärte, er bleibt. Er sah damals krank aus, ich glaube, er war echt krank. Lämmlein meinte, wir sollten ihn bei uns wohnen lassen.«

»Kennt Lämmlein ihn?«

»Ich denke schon...«

Lämmleins Name, so plötzlich ins Gespräch gebracht, regte Willoughby noch mehr auf. »Der Teufel hole euch alle!« brüllte er. »Warum sagt mir denn keiner, was hier vorgeht! Abramovici! Übersetzen!« Aber er wartete nicht, bis Abramovici seine Notizen durchblättert hatte. Er tobte weiter: »Ich sage Ihnen, ich habe mit der ganzen Sache nichts zu tun!« Dann fiel sein Blick auf Marianne, die Ursache all seiner Schwierigkeiten. »Ich habe mit dem Mädchen geschlafen, na und? Sie hat mich an der Nase herumgeführt, so wie uns alle!«

Marianne näherte sich Willoughby. Er stieß sie zurück. »Komm jetzt bloß nicht zu mir. *Fort! Weg!«* Die beiden letzten Worte auf deutsch; sie gehörten zu dem kleinen Wortschatz, den sie ihm beigebracht hatte.

Ihre Augen wurden schmal. Auch er ließ sie also im Stich. Seine fetten Bäckchen, die sie ihm hatte streicheln müssen, hingen über die Kinnladen herunter. Die Säcke unter seinen Augen ließen ihn gemein, aufgeschwemmt, impotent und anspruchsvoll erscheinen, genauso wie er war. Sie hatte mit Pamela abgerechnet und mit ihrem angeblichen Ehegatten; sie konnte ebensogut auch die Rechnung mit Willoughby noch begleichen.

»Fort! Weg!« ahmte sie ihn nach. »Ich weiß, jetzt wünschst du dir, du wärst mir nie begegnet, aber als du mich noch wolltest, war ich Liebling hier und Mädchen dort!«

»Abramovici! Yates! Was sagt sie?«

Abramovici stenographierte, so rasch er konnte, und Yates dachte gar nicht daran, Marianne zu unterbrechen, jetzt wo sie so schön in Fahrt war.

»Feine Leute, die sich gleich ein Mädel greifen, nur weil sie ein Bett zum Schlafen sucht und Kleider, um was am Leibe zu haben! Aber ich weiß zuviel von dir, Clarrie, mein Liebling – ich weiß zuviel!«

Willoughby hob die Hand und hätte Marianne geschlagen, wenn Yates ihn nicht daran gehindert hätte. »Aber! Aber!« sagte Yates. »Ein Offizier und Gentleman...!«

»Die zehn Prozent, die Loomis und du vom Umsatz eines jeden Geschäfts in Kremmen erhalten! Ich habe euch gehört! Ich habe jedes Wort gehört und sehr wohl verstanden, das ihr beiden im Matador-Club miteinander gesprochen habt! Herr Oberleutnant« – sie wandte sich zu Yates um, und er sah die Tränen in ihren Augen – »ich bedeute nichts, ich habe keinen Einfluß, ich bin arm und allein in der Welt, und alle hacken sie auf mir herum...«

»Schon gut, Marianne – gut, gut«, tröstete Yates, »wir werden uns schon um Sie kümmern, Abramovici, haben Sie alles mitgeschrieben?«

»Jawohl, Lieutenant!« sagte Abramovici. »Und auf einer Armee-Schreibmaschine, falls sie in sauberem Zustand ist, lassen sich leicht sechs Durchschläge machen.«

»Sechs Durchschläge«, sagte Yates, »einer für Colonel Willoughby... Captain Troy, wir müssen die beiden Frauen über Nacht hierbehalten – legen Sie sie aber nicht in die gleiche Zelle. Ich denke, es ist Ihnen recht, Colonel? Sie legen wohl keinen Wert darauf, Fräulein Seckendorff weiter in Ihrem persönlichen Gewahrsam zu halten?«

»Yates, Sie sind ein Idiot.« Willoughbys Hand zitterte, während er ihm eine Zigarette anbot. »Sie tun alles, um sich nur Feinde zu schaffen...«

Yates akzeptierte die Zigarette.

Dann leerte sich das Büro. Als letzter ging der Professor. Er berührte Yates am Ellbogen. »Herr Oberleutnant – Sie haben sehr viel getan für das Andenken meiner Kinder –«

»Wieso denn?« sagte Yates. »Aber wir werden uns irgendwie auch darum bemühen, Herr Professor.« Und legte seinen Arm um die Schulter des alten Mannes.

»Danke«, sagte Seckendorff, »von ganzem Herzen.«

Zehntes Kapitel

Die Krise war eingetreten. Sie erforderte einen kühlen Kopf, eine sorgfältige Analyse und die sofortige Mobilisierung aller seiner Mittel. Willoughby fühlte sich der Lage gewachsen.

Sein Zorn gegen Yates und die jähe Mutlosigkeit, die er empfunden hatte, als die Untersuchung von Marianne über Pamela sich gegen ihn wandte, all das war nur vorübergehende Schwäche gewesen. Diese hatte er überwunden, bevor sein Wagen noch die Strecke zwischen dem Druckereigebäude und dem Grand Hotel zurückgelegt hatte. In Gedanken begann er die Tatsache zu sichten, die an diesem einen Abend in so reichlicher Zahl zutage getreten waren. Und während er der weitsichtigen Planung, die Yates in die Sache gesteckt haben mußte, widerwillig Respekt zollte, stellte er im Geist die Punkte zusammen, die ein geschickter Anwalt gegen ihn selber anführen mochte.

Er hatte sich mit einer kleinen Betrügerin eingelassen. Aber sie hatte ja nicht nur ihn zum Narren gehalten. Natürlich hätte er sie durch CIC überprüfen lassen sollen; hier konnte einer einhaken. Er würde entgegnen, die Überprüfung habe sich als unnötig erwiesen, da Miss Seckendorff ihre Stellung in der Militärregierung aufgab.

Er hatte den Mann in der Villa Rintelen, der sich den Namen von Pamelas verstorbenen Gatten zugelegt hatte, als diesen gelten lassen. Warum aber hätte er Zweifel haben sollen? Die Rintelens waren angesehene Leute. Willoughby verzog das Gesicht. Er mußte sich sofort mit Troy in Verbindung setzen und ihm befehlen, den Unbekannten dort im Herrenhaus zu verhaften, bevor noch Yates ihm zuvorkommen konnte. Die Verhaftung mußte in aller Stille und Eile vor sich gehen, damit der Vorgang Farrish nicht auffiel; denn sollte sich herausstellen, daß der Mann wirklich gefährlich war, würde der General wieder mal toben. Vielleicht konnte man erklären, Marianne sei im Herrenhaus untergebracht worden, damit sie ein wachsames Auge auf die Leute dort hätte – was ja sogar auch der Wahrheit entsprach! Daß das elende Weibsstück just mit dem Mann ins Bett gehen würde, der sich als Major von Dehn ausgab, war nicht vorauszusehen. Von allen Seiten zuviel Vertrauen gegenüber den Krautfressern. Er würde das ganze Nest in der Villa Rintelen ausheben; jetzt, wo Lämmlein Yashas Anteile an den Rintelen-Werken ausgeliefert hatte, hatte er ja die Hände frai.

Lämmlein! Lämmlein war ebenfalls in die Sache verwickelt. Und hier lag die eigentliche Schwierigkeit. Der Mann sah wie ein Bankangestellter aus, harmlos, diensteifrig – ging mit dem General auf die Jagd und überließ ihm den Bock... Aber wie sollte man wissen, was in seinem Kopf vorging? Pamela hatte gesagt, der Bürgermeister kenne die Identität des Mannes in der Villa Rintelen... Mußte die ganze Zeit mit dem Kerl unter einer Decke gesteckt haben. Der Teufel sollte diese Krauts holen, keiner von ihnen taugte etwas. Und das war leider nicht das einzige, was Lämmlein wußte. Der Bürgermeister wußte auch von der Transaktion mit den Rintelen-Aktien und von dem Geschäft mit der Abgabe von zehn Prozent von allen Umsätzen in Kremmen. Diese zehn Prozent, dachte Willoughby, bei denen er noch dazu mit Loomis Halbpart machen mußte, diese lausigen zehn Prozent konnten ihn noch viel kosten. Es bewies nur wieder einmal, daß man sich mit Kleinkram nicht befassen durfte, wenn man zu den Großen gehören wollte.

Willoughbys Ärger kehrte sich gegen Loomis; Loomis hatte ihn in die Gaunerei mit den zehn Prozent hineingezogen. Dann verrauchte auch dies Gefühl, und Willoughby, wieder ganz kühl und nüchtern, überlegte noch einmal, gegen was und gegen wen er seine nächsten Maßnahmen einzuleiten hatte.

Als Willoughby dann in seinem Wagen vor dem Grand Hotel eintraf, hatte er seinen Plan in großen Zügen schon fertig.

Er holte Loomis aus dem Bett.

Loomis, mit einem Gesicht, das ebenso zerknittert war wie sein Schlafanzug, brauchte eine Zeit, um völlig wach zu werden. Noch benebelt von seinem Schlaf, bemerkte er doch irgendwie, daß sich Willoughby anscheinend in Schwierigkeiten befand.

»Wozu kommen Sie zu mir?« sagte er mit schwerer Zunge. »Erst nehmen Sie mir mein Mädchen weg, dann hängen Sie sich in meine Geschäfte – Sie haben keine Freunde, Sie haben niemanden. Und mir sind Sie auch nicht sympathisch. Lassen Sie mich schlafen.«

Willoughby schüttelte ihn und riß ihn hoch.

»Ziehen Sie sich an! Und machen Sie schnell!«

»Warum?«

»Stellen Sie keine dummen Fragen. Ich bin in einer bösen Situation – vielleicht. Aber Sie genauso!«

»Ich bin in durchaus keiner bösen Situation. Was hat sich denn ereignet?«

»Sie wissen von unsern zehn Prozent.«

Mit einem Ruck richtete sich Loomis auf, hellwach, und fand sich mitten in der unangenehmen Wirklichkeit. Dann lief er herum und suchte nach seinen Unterhosen; die mageren Beine, auf denen die spärlichen Haare sich sträubten, wirkten lächerlich.

»Hier!« Willoughby hob die Unterhosen vom Boden auf und warf sie ihm zu. »Sie sind ein verschlampter Bursche. Sind immer einer gewesen. Hier ist Ihr Hemd. Soll ich Sie vielleicht auch noch anziehen?«

»Was tun wir nun? Wer weiß davon? Wer hat es herausgefunden?«

Willoughby zog die Mundwinkel verächtlich herunter. »Wer es herausgefunden hat? Sie selber haben es ausgeplappert! Haben öffentlich davon geredet, in einer öffentlichen Bar, vor Marianne, oder nicht?«

»Aber Sie haben davon angefangen! Sie haben es als erster erwähnt!«

»Mir ist es scheißegal, wer damit angefangen hat. Sie! Ich! Das Mädchen hat es jedenfalls zum besten gegeben. Yates weiß es. Troy weiß es.«

Loomis setzte sich auf sein Bett, mit offenem Hemd und offenem Hosenschlitz. Er starrte auf Willoughby und durch Willoughby hindurch und wiederholte immer nur: »Was tun wir nur? Was tun wir nur?«

»Wenn es Ihnen gelingen sollte, sich zusammenzureißen, dann setzen Sie sich in Ihren Wagen und fahren zu Lämmlein in die Wohnung. Auch wenn er im Nachthemd ist, bringen Sie ihn sofort her – das ist das eine, was Sie tun können. Troy und Yates haben nur Mariannes Aussage, an die sie sich halten können. Die hat sich vielleicht als ein hübscher Vogel herausgestellt! Und Sie, mein Lieber, haben ihr natürlich alles geglaubt – diese blöde Geschichte mit dem Eisbottich. Lächerlich! Daß sie bei der Münchner Studentensache mit dabei war – ein Flittchen wie die! Eher noch in einem Münchner Bierkeller! Man hat sie in ihrem eigenen Netz von Lügen gefangen, und daraufhin wurde sie widerborstig – und da stehen wir nun!«

»Was tun wir nur?«

»Ich habe Ihnen doch schon gesagt, holen Sie Lämmlein! Lämmlein hat von Anfang an von Ihrem Zehn-Prozent-Geschäft gewußt. Er muß selber den Mund halten und auch seine Handelskammer dazu bringen, daß die Kerle den Mund halten. Ich mache ihn dafür verantwortlich. Platzen wir, so platzt auch er; mehr ist darüber nicht zu sagen.«

»Ja«, nickte Loomis, »ja, ja. Wenn Sie glauben, daß das der richtige Weg ist.«

»Der richtige Weg? Der einzige Weg!« Willoughby sah keine Veranlassung, Loomis mitzuteilen, daß es noch eine Reihe anderer Punkte gab, über die Lämmlein Schweigen bewahren mußte. Loomis konnte man eigentlich kaum anvertrauen, was er bereits wußte. Mein Gott, mit was für Menschen hatte man es aber auch zu tun!

Willoughby nahm Loomis' Feldbluse vom Haken und warf sie ihm über die Schulter. »Wir haben nur diese Nacht, um alles klarzukriegen. Ich warte auf Sie in meinem Zimmer.«

Er schob Loomis aus der Tür, drehte das Licht aus und führte ihn den Flur entlang. Loomis stolperte die Treppe hinunter, er war wach und dennoch ganz benommen. Willoughby, der ihm nachblickte, schüttelte den Kopf. Nie hätte er Loomis in die Militärregierung holen dürfen – jedenfalls nicht in seine Abteilung. Loyalität? Freundschaft? Vielleicht Mitleid. Gefühle schön und gut, aber Dienst war Dienst, sonst endete es damit, daß man die Rechnung selber bezahlen mußte.

Loomis suchte sich einen Weg durch die dunklen, feuchtkalten Straßen, in denen leichter Nebel lagerte. Er fluchte, wischte über die Windschutzscheibe, trat abwechselnd auf Gashebel und Bremse und versuchte, so gut es ging, Geschwindigkeiten herauszuholen und die plötzlich im Scheinwerferlicht auftauchenden abgesperrten Granattrichter zu umfahren. Die Straßen wurden besser, je weiter er in die Vorstadt hinauskam; dafür war es dort um so dunkler. Elektrizität war knapp, und Lämmlein hatte nicht mehr als eine Straßenlaterne pro Häuserblock genehmigt.

Schließlich erreichte er die lachsfarbene, unbeschädigte und gutgehaltene Villa, Lämmleins Eigenheim. Er nahm sich nicht einmal die Zeit, seinen Wagen seitlich auf den Bürgersteig zu fahren, sondern sprang hinaus, lief die gestutzte Maulbeerbaumhecke entlang bis zur großen, schweren Tür des Hauses, suchte, fand und drückte den Klingelknopf. Aber weder Schritte noch Stimmen wurden laut. Es ging auch kein Licht an. Der Schweiß brach ihm aus. Er ist nicht zu Hause, dachte Loomis, der Hund ist nicht zu Hause! Was tun wir nur? Was tun wir nur?

Er riß seine Pistole heraus und hämmerte mit dem Griff gegen die Türfüllung. Das Klopfen hallte in der Nacht wider, dumpfes Getrommel, wütend, sinnlos. Endlich wurde es hell in den Fenstern in Lämmleins Haus und in den benachbarten Häusern.

»Ja, was ist denn? Ja! Ja!« rief die ängstliche Stimme einer Frau aus dem oberen Stockwerk herunter.

»Aufmachen! Wo ist Bürgermeister Lämmlein?«

»Ja! Ja!«

Schritte hinter der Tür. Die Tür wurde geöffnet, aber eine Kette versperrte noch den Zugang.

»Amerikanisches Militär!« sagte Loomis. »Los! Aufmachen!«

Die Frau, ein großes, hageres, knochiges Wesen, deren eckigen Körper der orangefarbene, bestickte Morgenmantel nur schlecht verhüllte, löste zitternd die Kette von der Tür.

»Was ist denn?«

Loomis stieß sie zur Seite. »Wo ist Lämmlein?«

Sie deutete nach oben. Loomis jagte die Treppe hinauf, die Pistole noch immer in der Hand. Auf der Galerie des oberen Stockwerks stand im Türrahmen zu seinem Schlafzimmer der Bürgermeister Lämmlein in einem weißen, weiten Nachthemd.

»Ach, Captain Loomis!« sagte er, offensichtlich erleichtert. »Sie haben uns aber erschreckt! Meine arme Frau! Dieses Klopfen kennen wir schon, wissen Sie – so ist immer die Gestapo gekommen, in der Nacht, immer in der Nacht.«

»Sie müssen sofort mitkommen. Colonel Willoughby –«

»Dem Herrn Oberstleutnant ist doch hoffentlich nichts zugestoßen? Kommen Sie bitte in mein Zimmer. Hier draußen ist es kalt. Ich bin plötzlichem Zug gegenüber sehr empfindlich, Herr Hauptmann. Das liegt an dem schlechten Essen, nie ausreichend, geringe Kalorienmenge, Sie wissen schon…«

Loomis folgte dem Bürgermeister in sein Schlafzimmer. Lämmlein versuchte, seinen Morgenrock im Schrank zu finden. »Ach«, sagte er, »meine Frau hält immer meine Sachen in Ordnung. Aber dann kann ich sie nie finden. Na gut, hier sind wenigstens die Pantoffeln«. Er öffnete den kleinen, mit einer Marmorplatte bedeckten Nachttisch.

Loomis sah zu, wie er die Pantoffeln anzog, die blaue Daunendecke vom Bett nahm und sich in sie einhüllte. Lämmleins langsame Bewegungen brachten ihn zur Raserei.

»Ich habe Ihnen doch gesagt, Colonel Willoughby wartet auf Sie, nicht wahr?«

»Aber was ist denn? Was ist denn passiert? Es wird doch nicht so schlimm sein, daß wir nicht warten können, bis ich angezogen bin...«

Die neuere deutsche Geschichte hatte ihn gelehrt, daß man sein Haus in der Nacht nicht freiwillig verließ, ohne genau zu wissen, weshalb.

»Was passiert ist?« sagte Loomis. »Alles ist verraten. Eine Untersuchung ist im Gang, und Sie sind mit hinein verwickelt. Wir alle. Wie lange dauert es denn noch, bis Sie fertig sind? Verdammte Krautfresser, immer so verdammt langweilig!«

Er lief mit großen Schritten auf und ab, von den geblümten Vorhängen vor dem Fenster zur weißen Tür, ein freundliches, ruhiges Zimmer, das ihn gerade deswegen noch nervöser machte.

»Ach Gott!« sagte Lämmlein, »das ist ja furchtbar.«

»Ja, gewiß, furchtbar!« sagte Loomis. Lämmlein zog sich träge und umständlich die langen Unterhosen an. Loomis wäre am liebsten schon wieder bei Willoughby gewesen; Willoughby war seine einzige Stütze. »Warum brauchen Sie nur so ewig!«

Warum! Lämmlein hatte seine Sachen verlegt; seine Socken von gestern waren in die Wäsche gewandert, und wo waren nun seine sauberen? Lämmlein verzögerte absichtlich. Lämmlein versuchte, Loomis loszuwerden. Seitdem Loomis verkündet hatte: alles ist verraten, war Lämmlein bemüht gewesen, den folgenschweren Worten das für seine Person Wichtige zu entnehmen. Was konnte denn möglicherweise verraten worden sein, das ihm schaden konnte? In allem, was er unternommen hatte, hatte er streng darauf geachtet, daß er innerhalb der Buchstaben der zahlreichen Gesetze und Verordnungen der Militärregierung und der noch in Kraft befindlichen Teile des deutschen Strafgesetzbuches blieb. Wo er Gesetze überschritt, hatte er es stets so eingerichtet, daß Angehörige der Besatzungsmacht ihn zu der ungesetzlichen Tat zwangen – ob es sich nun dabei um die Übergabe der Rintelen-Anteile handelte oder um die Zahlungen, die vom Handelsumsatz Kremmener Firmen und Geschäfte abgezweigt wurden. Immer war er nur der kleine Mann, der Befehlen gehorchte. Der einzige wunde Punkt war Pettinger, obwohl er auch da nur als kleiner Mann gehandelt hatte

– Befehlen gehorchend, doch den Befehlen einer anderen, zur Zeit noch im Verborgenen liegenden Macht. Jede Untersuchung gegen Willoughby und Loomis und ihn selber mußte zu irgendeinem Zeitpunkt zur Villa Rintelen und zu den Rintelen-Werken führen – das war das einzige ihn belastende Moment, und das mußte aus der Welt geschafft werden. Jetzt. Noch heute nacht!

Lämmlein suchte und fand schließlich seine hohen Schnürschuhe. Er hatte sie seit langem nicht mehr getragen. Die Senkel waren durchgewetzt. Er bückte sich, um die Schuhe zu schnüren, dabei beobachtete er Loomis von unten her. Er zerriß den Schnürsenkel. Dann band er einen Knoten. Der Knoten ging auf. Nun hatte er den Schnürsenkel wieder durch die Öse zu ziehen.

»Sonofabitch! God damm you to hell!« Loomis hatte die Geduld endgültig verloren.

»Wie bitte?« fragte Lämmlein.

»Warum sind Sie noch nicht fertig?«

»Sie hätten mich vorher anrufen sollen«, sagte Lämmlein, »dann wäre ich bei Ihrer Ankunft fertig gewesen.«

Ja, warum hatte er nicht angerufen? Warum hatte denn Willoughby nicht daran gedacht? Man konnte nicht an alles denken. Oder vielleicht hatte Willoughby Angst gehabt, das Telephon zu benutzen.

»Sie haben doch einen Wagen, nicht?« sagte Loomis.

»Ja. Entsinnen Sie sich denn nicht? Sie selber hatten doch die Freundlichkeit, ihn mir –«

»Gut. Ich fahre vor zum Grand Hotel. Sobald Sie mit dem Anziehen fertig sind, nehmen Sie Ihren Wagen und kommen ins Hotel.«

»Jawohl«, sagte Lämmlein. »Ich komme sofort.«

Loomis stürmte hinaus.

Lämmlein entledigte sich seiner komischen Schnürstiefel und zog ein vernünftiges Paar Schuhe aus dem Schrank. Er horchte auf Loomis' Schritte unten in der Halle, dann draußen auf dem Kies, hörte das Startgeräusch des Motors und das Aufkreischen der Reifen, mit dem der Wagen in die Nacht davonfuhr.

Für den Bruchteil einer Sekunde lächelte er. Dann warf er sich in seinen Anzug, rief seiner grobknochigen Frau zu, daß er wahrscheinlich erst in ein paar Stunden zurück sein würde, lief in die Garage und fuhr seine große, schnelle schwarze Limousine rückwärts hinaus – den ehemaligen Dienstwagen des ehemaligen Gauleiters.

Yates faltete und entfaltete den Durchschlag von Abramovicis Abschrift. Trotz der Eile, in der Abramovici die Arbeit erledigt hatte, waren die Bogen so sauber und zuverlässig getippt wie alles, was dieser unbezahlbare Mensch auf seiner Schreibmaschine produzierte.

DeWitt streckte die Hand aus. »Bitte, geben Sie mir die Papiere zurück, bevor sie zerfasert sind. Warum sind Sie so nervös?«

»Ich habe das noch nie erlebt«, sagte Yates. »Heute nacht ist das erste Mal. Daß sich die Teilstücke des Puzzles zueinander fügen, auch wenn noch ein paar fehlen, daß das Bild sich herausschält, kurz, daß es endlich einmal klappt!«

»Welches Bild?« fragte DeWitt. Seine Handbewegung deutete an, daß er die ihm vorliegenden Ergebnisse als leidlich brauchbar, aber nicht als überwältigend betrachtete. »Ein hübsches Mädchen ist unter Vorspiegelung falscher Tatsachen jemandem ins Bett gekrochen. Das ist das einzige, was Sie bisher bewiesen haben. Alles andere sind Andeutungen, Vermutungen und Behauptungen, die nichts taugen, solange sie nicht anderweitig bestätigt werden.«

»Nun«, sagte Troy, »es ist doch ein wenig mehr als das. Dieses Zehn-Prozent-Geschäft unserer Freunde Loomis und Willoughby – mein Gott, und wir sind hier, um den Deutschen Demokratie beizubringen!«

»Zeuge: Marianne Seckendorff – die als bedenkenlose Schwindlerin entlarvt wurde.«

»Ein Nazi, der sich auf dem Landsitz der Rintelen verbirgt – Willoughbys Stammlokal sozusagen, das wir ihm nicht entreißen können!«

»Woher wissen Sie, daß der Kerl ein Nazi ist?«

Yates sagte: »Jedenfalls ist er nicht Dehn. Dehn ist tot.«

»Aber wer ist er dann? Warum hat man ihn noch nicht festgesetzt?«

Yates zuckte mit den Schultern. »Sir, ich hatte das Gefühl, die Geschichte ist so verwickelt, daß ich nicht ohne weitere Befehle von Ihnen vorgehen kann.«

»Ach, dies alte Spiel bei den Soldaten! Ich bin nun schon zu lange in der Armee, als daß es mir noch Spaß machte.« DeWitt lehnte sich vor, die kräftigen Hände gespreizt. »Es kommt immer der Augenblick, wo man von sich aus losschlagen muß, wenn man weiß, was man will. Wissen Sie, was Sie wollen? Was ist es? Willoughby? Oder der Mann draußen in der Villa Rintelen? Farrish? Oder etwas, was größer ist als all diese Leute?«

Yates überlegte. Dann fuhr er sich mit der Hand durchs Haar und sagte: »Ich weiß nicht, Sir. Es ist heute nacht ziemlich viel auf mich eingestürmt. Ich habe nicht genug Zeit gehabt, mir alles zu durchdenken.«

»Durchdenken Sie's mal! Los!«

»Früher hatte ich Warzen an den Händen. Ich ließ eine ausbrennen – aber sie kam wieder, an derselben Stelle oder an einer anderen. Es handelt sich um Verhaltensmuster. Willoughby hätte nie getan, was er getan hat, hätte er nicht geglaubt, daß er nur einer von vielen ist, die alle so sind wie er, und wenn er nicht das Gefühl gehabt hätte, er kommt damit durch. Er hat so seine Vorstellungen, warum wir in Europa gelandet sind. Wir sind die Vorkämpfer der Freiheit – des freien Unternehmergeistes, der Freiheit, zu tun, was den größten Gewinn abwirft, ganz gleich, wie, solange einem kein Stärkerer auf den Schädel haut. In der ersten Zeit nach der Landung hatte ich das Gefühl, wir hätten kein wirkliches politisches Programm. Aber jetzt, wenn ich an Willoughby denke, dann ist mir, als hätten wir doch eines...«

Yates hatte ganz ruhig gesprochen. Er beobachtete DeWitt, ob der mit dem, was er sagte, einverstanden war oder zumindest seinen Standpunkt gelten ließ.

Nach einer Weile sagte DeWitt: »Zuviel Haß in Ihnen.«

In Yates' Augen leuchtete etwas wie ein Lächeln auf. »Das habe ich im Krieg gelernt, Sir. Nicht für allen Seelenfrieden und alle Annehmlichkeiten der Welt möchte ich diesen Haß wieder aufgeben.«

»Kehren wir auf die Erde zurück!« sagte DeWitt. »Glauben Sie, wir haben genug in der Hand, um – wie Sie vorhin sagten – diesen Burschen eins auf den Schädel zu hauen?«

Yates blieb ernst. »Ich nehme an, wir können wenigstens einen örtlichen Erfolg erringen.«

»Worauf warten Sie dann noch?«

»Ich bin nur ein Lieutenant, Sir – und im Wesen doch eigentlich ein Universitätsdozent. Und wenn morgen der General den Befehl gibt: Hände weg?«

»Bis morgen ist es noch lange hin«, sagte DeWitt. »Morgen gehe ich zu Farrish und noch zu ein paar anderen Leuten. Die Zwischenzeit, die Nacht, gehört Ihnen.«

Er holte eine Flasche Kognak aus seiner Tragetasche, nahm drei kleine Gläser vom Tisch, füllte sie und erhob sein Glas.

»Worauf?«

»Die Heimat!« sagte Troy. Er dachte an Karen.

»Den großen Kreuzzug!« sagte Yates nachdenklich.

DeWitt war sehr nüchtern.

»Die Armee!« sagte er.

Es war gegen ein Uhr am Morgen, als Lämmlein im Herrenhaus der Rintelen ankam. Pettinger war noch wach, er war dabei, die feine, graue Asche verbrannten Papiers im Kamin zu zerteilen.

»Sie wissen also schon...«, waren Lämmleins erste Worte.

Pettinger wies auf die Asche. »In meinem Leben ist das nichts Neues.« Er legte den Schürhaken zur Seite. »Ich hoffte schon, Sie würden kommen, Herr Bürgermeister. Ich brauche heute nacht noch einen ortskundigen Führer. Pamela ist seit acht Uhr abends verschwunden. Die Alte ist seitdem völlig durcheinander – haben Sie sie nicht herumtanzen gehört?«

»Pamela ist verschwunden...?« sagte Lämmlein.

Er lehnte sich gegen Pettingers Bett. Der Mund stand ihm offen, seine Augen quollen heraus – wie bei jemand, der einen zu großen Kloß zu verschlucken sucht. In seinem Hirn stellte sich ein Zusammenhang her zwischen Pamelas plötzlichem Verschwinden und Loomis' mitternächtlicher Warnung. Lämmlein bewegte sich unruhig. Wieso sollte Pamela gerade ihn denunziert haben? Sie wußte doch, er war der einzige Beschützer, den die Rintelens noch hatten!

Pettinger rief: »Gott verdammt! Stehen Sie nicht herum wie vom

Donner gerührt! Tun Sie etwas! Sie kennen doch diese Stadt! Wo gehe ich hin?«

»Hatten Sie Streit?« fragte Lämmlein tonlos.

»Ja, natürlich. Alle fünf Minuten hat sie einem an die Hosen gewollt. Wer hält das aus, Monate und Monate hindurch und für immer?«

»Wo ist diese Marianne?«

»Woher soll ich das wissen? Willoughby hat sie abholen lassen. Gewöhnlich bleibt sie die Nacht über bei ihm.«

»Mit der haben Sie auch etwas angefangen?«

Pettinger lachte. »Eine Erholung braucht der Mensch doch manchmal!«

Lämmleins Hände bewegten sich, als suchten sie etwas an seinem Leib, er wußte nicht, was, ziellos.

»Das ist ja noch schlimmer, als ich dachte«, stöhnte er. Seine vorsichtige Politik, nie in der Nazi-Partei, seine Unterwürfigkeit Willoughby gegenüber, alle Mühen, aller Dreck, den er hatte schlucken müssen – alles war umsonst gewesen. Pettinger war die verfaulte Strebe, die brach und das ganze mühselig errichtete Gerüst zum Wanken brachte.

»Sie taugen zu nichts!« sagte Pettinger. »Nehmen Sie sich zusammen!«

Lämmlein starrte ihn an. Seine Frustration verwandelte sich in Wut. »So, ich tauge zu nichts?!« schrie er. »Habe ich vielleicht Ihre großartige Idee erfunden? Erich Pettinger, Obersturmbannführer, der tut, als wäre er der Führer des neuen Deutschland, der geniale Politiker, der die Großmächte gegeneinander ausspielt – aber er kann nicht einmal mit zwei Frauen klarkommen oder seinen elenden Schwanz beherrschen!«

Einen Moment lang war Pettinger durch den Angriff dieses jämmerlichen kleinen Beamten wie vor den Kopf geschlagen.

»Es ist leicht, wichtig und gescheit zu tun«, schimpfte Lämmlein weiter, »solange man an der Macht ist! Das kann jeder, jeder Postkartenmaler, jeder Demagog, jeder Lump! Wenn man aber keine Macht mehr hat – wenn man Geduld haben und warten und organsieren und planen muß...«

Pettinger schlug Lämmlein ins Gesicht. Unter dem Schlag dröhnte dem Bürgermeister der Schädel. Der Schlag verwies Lämmlein auf den ihm zustehenden Platz und stellte die deutsche Disziplin wieder her. Sein Gesicht war aschgrau, mit Ausanhme der Stelle, wo Pettingers Hand gelandet war.

»Ich habe schon Leute für weniger als das beseitigt«, teilte Pettinger ihm mit. »Und für den Fall, daß Sie irgendwie vorhaben, mich den Amerikanern auszuliefern und meine Leiche, sauber verpackt, dazu benutzen wollen, um bei ihnen wieder in Gnade aufgenommen zu werden, möchte ich Ihnen doch die Lage erläutern, in der Sie sich befinden. Wer hat mich denn Willoughby gegenüber als Major von Dehn ausgegeben? Doch wohl Sie. Wir gehören also zusammen, und werde ich gefaßt, dann hängen auch Sie... Möglich, daß ich schwer in der Scheiße sitze, möglich sogar, daß ich mich selber hineingesetzt habe – doch Sie, Sie werden alles tun, mich wieder herauszuholen. Haben Sie das verstanden?«

Erst jetzt wurde Lämmlein das Ausmaß der Katastrophe klar.

»Ja«, sagte er, »ich habe sehr gut verstanden.«

»Also bringen Sie mich irgendwohin!« befahl Pettinger.

»Wohin denn?«

»Ich habe keine Ahnung.«

Lämmlein verlegte sich aufs Bitten: »Willoughby wartet doch auf mich!«

»Lassen Sie ihn warten! Finden Sie mir irgendwas in Kremmen. Ich muß meine Verbindungen aufrechterhalten. Wir können doch nicht zulassen, daß eine solche Lappalie den Lauf der Geschichte hindert!«

Lämmlein blickte ihn an. Lauf der Geschichte! Dieser Mann wurde durch seine eigene Dummheit aus seinem letzten Schlupfwinkel vertrieben und schwätzte noch von Geschichte! Trotzdem lag etwas Grandioses in Pettingers Haltung. Lämmlein erschauerte. Ein Postkartenmaler hatte ihn und sein Land auf die Höhen des Ruhmes geführt. Es kam nicht darauf an, was einer war oder wie bedrängt er war – was zählte, waren die Ideen, die er in sich trug.

»Ich wüßte schon einen sicheren Ort«, sagte Lämmlein, »den alten Luftschutzbunker unter Herrn von Rintelens ausgebombtem Bürogebäude. Dort werde ich Sie hinfahren. Sie bleiben dort etwa eine Woche – dann bringe ich Sie aus der Stadt hinaus.«

Pettinger verzog das Gesicht.

»Sicher, den Komfort hier im Hause haben Sie dort nicht«, bestätigte ihm Lämmlein mit einem letzten Anflug von Bosheit.

Pettinger riß eine flauschige, rosafarbene Decke vom Fußende des noch unberührten Bettes.

Lämmlein trieb ihn zur Eile: »Seit Kriegsende ist der Bunker nicht mehr benutzt worden. Haben Sie keine Taschenlampe? Ich glaube, ich habe eine im Wagen. Nehmen Sie lieber zwei Decken. Etwas Verpflegung werde ich Ihnen morgen irgendwann hinbringen. Kommen Sie jetzt, es ist höchste Zeit...!«

Aus der Schublade seines kleinen viktorianischen Schreibtischs nahm Pettinger seine Mauserpistole und Munition. »Sie können das Ding auch wie ein Gewehr benutzen«, sagte er und zeigte Lämmlein, wie. »Die Holzkassette dient als Kolben, sehen Sie, so!«

Lämmlein warf einen Blick auf den mattblau schimmernden Lauf. »Ich hoffe, Sie werden Ihre Kanone nicht benutzen müssen«, sagte er bange. Eine Schießerei da unten im Bunker wäre ganz schlimm. Amt, Vermögen und die eigene Haut ließen sich nur retten, wenn Pettinger lautlos und unauffindbar verschwand.

Pettinger äußerte sich nicht weiter. Die Decke überm Arm, die Pistolenkassette unter die Achsel geklemmt, ging er die Treppe hinunter, durch die Diele, vorbei an der Witwe, die breit und schwer hinter dem Schreibtisch ihres Gatten saß und alte Hauptbücher durchsah.

Lämmlein, der hinter seinem Führer hertrippelte, holte ihn ein und meinte: »Vielleicht sollten Sie sich doch von Frau von Rintelen verabschieden; schließlich war sie eine sehr freundliche Gastgeberin.«

Pettinger blieb stehen und wandte sich dem Klumpen bewegungslosen Fleisches zu. Einen Augenblick lang blickte er hinauf zum Porträt des großen Gründers, zu Mäxchen mit den gierigen Händen.

»Los, Lämmlein, kommen Sie!« sagte er.

Er beschleunigte seinen Schritt. Als er die Tür erreichte, rannte er fast.

Lämmlein hatte Schwierigkeiten, ihm zu folgen.

Elftes Kapitel

Um Punkt neun Uhr fuhr DeWitt vor dem Gebäude der Militärregierung vor, warf einen Blick auf die Hinweisschilder neben dem Eingang und stieg daraufhin in den zweiten Stock. Er ging den Flur entlang, der sich bereits mit deutschen Antragstellern füllte, bis er vor die Tür mit dem großen, in auffälligen Buchstaben gezeichneten Schild kam: V. Loomis, Capt., QMC, Economic Affairs – Wirtschaft.

Er ging an dem Sergeanten, der ihn von dem Tisch beim Eingang her grüßte, vorüber in Loomis' Allerheiligstes. Loomis war noch nicht anwesend. DeWitt setzte sich in Loomis' Armsessel hinter dem dunkel glänzenden Schreibtisch. Es war ganz gut, daß er als erster hier eintraf; sollte Loomis nach einer Nacht, die sicherlich nicht sehr ruhig für ihn verlaufen war, seine Morgenüberraschung haben.

Der Hausapparat klingelte. DeWitt hob nicht ab. Er hörte den Sergeanten draußen den Anruf beantworten: »Nein, Colonel Willoughby, Captain Loomis ist noch nicht hier. Danke, Sir. Jawohl, Sir.«

Willoughby war also bereits aus den Federn und irgendwo in der Nähe; auch das war gut. DeWitt fragte sich, was eigentlich in den Köpfen solcher Menschen vorging. Wahrscheinlich nichts Außergewöhnliches. Es war ganz einfach so, daß sie, nachdem der Krieg gewonnen war, neue Verhaltensmaximen für sich schufen, mit wesentlich weniger Einschränkungen und Hemmungen, als sie es von zu Hause oder aus der Zeit, wo noch gekämpft wurde, gewohnt waren. Nein, so völlig neu waren diese Maximen nun auch wieder nicht. Yates hatte recht. Die Menschen formten Regeln und Gesetze auf Grund vorhandener Erfahrungen, Gewohnheiten und Gebräuche. Der Keim zu dem, was hier solche Blüten trieb, lag daheim in Amerika. Wie konnte er von Leuten dieser Art erwarten, sie sollten von sich aus begreifen, daß unbeschränkte Macht nicht unbeschränkte Freiheit bedeutete? Für manche war der Krieg Blut und Schmerz und Trauer gewesen; für viele andere eine Goldgrube. Jetzt, wo kein Blut mehr floß, ließ der Schmerz nach, die Trauer trat zurück. Jetzt, wo der Sieg jedem günstige Gelegenheit bot, war man ein Idiot, wenn man nicht zugriff. Was hatte er für ein Recht, Loomis Vorwürfe zu machen?

Loomis öffnete die Tür, sah seinen Besucher und blieb wie angewurzelt stehen.

»Ich habe mir erlaubt, mich in Ihren Stuhl zu setzen«, sagte DeWitt. »Entschuldigen Sie.«

»Bitte, bleiben Sie sitzen«, sagte Loomis. »Solange es Ihnen bequem ist, Sir.« Er hängte seine Mütze, seine Feldbluse und seine Waffe an einen Haken. Er verwandte so viel Zeit wie nur möglich auf diese Handlung, konnte aber den Augenblick, an dem er sich umwenden und DeWitt ins Gesicht blicken mußte, nicht unendlich hinausziehen.

»Setzen Sie sich doch«, sagte DeWitt.

Immerhin war es seltsam, daß man in seinem eigenen Dienstzimmer aufgefordert wurde, sich zu setzen. Für Loomis war es unter anderem ein Hinweis auf seine Lage – seine Rechte und Privilegien wurden ihm bereits genommen.

DeWitt betrachtete das bleiche, aufgedunsene Gesicht des Captains. Der Mann hatte nicht gut geschlafen, vielleicht überhaupt nicht. Die geschwollenen Lider und die Schatten unter den Augen bewirkten, daß diese kleiner erschienen als sonst.

»Ich habe noch nicht Kaffee getrunken«, sagte Loomis. »Der Sergeant hat einen elektrischen Kocher organisiert. Würden Sie eine Tasse mit mir zusammen trinken?«

»Danke, nein«, sagte DeWitt.

Damit waren die Höflichkeitsfloskeln erschöpft. Loomis wußte, der Colonel würde nun zum Kern der Sache kommen.

DeWitt legte dabei eine außerordentliche Freundlichkeit an den Tag. »Ich möchte Sie nicht erschrecken, Loomis«, sagte er, »ich möchte Sie nicht in irgend etwas hineinstoßen. Wir wissen, daß hier üble Geschäfte getätigt worden sind. Ich meine die zehn Prozent, die Sie da abschöpfen ließen.«

»Das ist nicht wahr!« unterbrach ihn Loomis. ›Leugnen Sie alles‹, hatte Willoughby ihm und Lämmlein in der vergangenen Nacht gesagt. ›Wie man Sie auch befragt und was man Ihnen auch verspricht, leugnen Sie alles. Die anderen haben nicht die geringsten Beweismittel.‹

DeWitt hob milde abwehrend die Hand.

»Aber ich schwöre Ihnen, Colonel...«

›Sie leugnen alles ab, den Rest erledige ich schon‹, hatte Willoughby versprochen.

»Bitte, schwören Sie nicht«, sagte DeWitt.

»Es ist nichts als eine bösartige Verleumdung, Sir, in die Welt gesetzt von diesem Mädchen, dieser Marianne Seckendorff, weil sie glaubte, sich an mir und Willoughby rächen zu müssen.«

»Das haben Sie von Willoughby erfahren?«

»Jawohl, Sir.«

»Was hat er Ihnen in diesem Zusammenhang noch gesagt?«

»Nichts.«

»Nichts?«

Daß DeWitt weder drohte noch die Stimme erhob, noch irgendwelche Vorschriften anführte, machte Loomis nervös. Er begann an seinen Fingernägeln zu kauen.

DeWitt dachte: Die Kerle haben nicht einmal den Mut, zu dem zu stehen, was sie getan haben. Wo ist da der große Unterschied zwischen ihnen und den Deutschen?

»Sir, halten Sie es nicht für richtiger, Colonel Willoughby hinzuzuziehen? Er wird Ihnen alles bestätigen können...«

»Noch nicht, Loomis, noch nicht. Ich möchte zuerst mit Ihnen sprechen, da ich irgendwie das Gefühl habe, daß bei Ihnen mildernde Umstände vorliegen. Würden Sie mir ein paar persönliche Fragen erlauben?«

Loomis nickte.

»Was waren Sie im Zivilleben, Loomis? Sie hatten ein kleines Radiogeschäft, nicht wahr? Sie sind verheiratet, nicht wahr? Sie hatten Ihr Auskommen?«

»So gerade.«

»Und nun ist Ihr Geschäft geschlossen?«

»Meine Frau führt es weiter.«

»Gut, aber es gibt wohl wenig Apparate zu verkaufen?«

»Leider.«

»Und dann kamen Sie nach Europa. Sie hatten Leute unter sich, eine beträchtliche Anzahl. Hatten Sie im Zivilleben jemals Angestellte?«

»Zeitweilig. Einen.«

»Aber hier hatten Sie bereits in der Normandie mehr als hundert Mann unter sich?«

»Ja.«

»Wie gefiel Ihnen das?«

»Eigentlich gut.«

»Die Leute hatten jedem Ihrer Befehle zu gehorchen. Das gefiel Ihnen?«

»Ja, sicher.«

»Da war ein Mann mit Namen Tolachian. Sie haben ihn an der Front eingesetzt. Er kam nicht zurück.«

Loomis' Glieder waren wie Blei, kaltes Blei. Er war froh, daß er wenigstens sitzen durfte. Zögernd sagte er: »Aber einer mußte doch gehen, Sir! Einer mußte doch die Sache machen!«

»Sie haben aber *ihn* ausgesucht. Er war in Ihrer Gewalt. Dann kamen Sie nach Paris. Wie gefiel es Ihnen da?«

»Gut«, gab Loomis argwöhnich zu.

»Es ging Ihnen ja auch gut. Ihnen unterstanden Mannschaften, und Ihnen unterstanden Vorräte – Verpflegung, Brennstoff –, die knapp und daher hoch im Kurs waren. Vielleicht haben Sie dort schon so nebenbei kleine Geschäfte getätigt. So viele sind auf den schwarzen Markt gegangen, warum nicht auch Sie?«

»Das ist nicht wahr, Sir.«

»Es ist doch so lange her, Loomis. Niemand hängt Sie heute deswegen. Es ist darüber nur ein anderer Mensch, nämlich Thorpe, zu

Bruch gegangen. Gut, ich nehme an, es war nicht zu ändern. Und Sie hatten ja immerhin Ihre Machtstellung, die Sie verteidigen mußten.«

»Thorpe war schon vorher durchgedreht«, sagte Loomis.

»Dann kamen Sie nach Luxemburg, und der Feind griff an. Ihre Macht hatten Sie auch da, aber unter Feindbeschuß nützt einem Macht nicht viel. Trotzdem wollten Sie Ihre angenehme Stellung nicht riskieren und Ihr kleines Leben und Ihre kleine Zukunft in dem kleinen Radiogeschäft zu Haus in Amerika. Also setzten Sie sich ab.«

»Befehl von General Farrish«, sagte Loomis. »Und Colonel Willoughby hat mich in Marsch gesetzt.« Aber das klang nicht mehr sehr überzeugend. Das Bild, das DeWitt von ihm gezeichnet hatte, begann das Bild, das Loomis von sich selber in sich trug, zu überlagern. Und das von DeWitt, obwohl es in manchen Punkten mit Loomis' eigenem übereinstimmte, war schärfer und tiefer, mit jenem sicheren Pinselstrich gezogen, der manche gemalten Porträts dem Modell so viel ähnlicher macht als selbst die beste Photographie.

»Und schließlich Deutschland. Statt über ein paar hundert Mann erhalten Sie Macht über ein paar hunderttausend. Dabei wissen Sie natürlich, daß das nicht ewig dauern wird. Andere werden an Ihren Machtbefugnissen teilhaben wollen, und die Menschen, die Sie heute regieren, werden eines Tages wieder eine eigne Verwaltung haben. Dann werden Sie zurück nach Hause gehen, in Ihr Radiogeschäft. Aber Sie werden nicht mehr der gleiche Mann in dem gleichen Laden sein wie früher. Sie sind im Krieg gewesen, Sie sind älter geworden, und was haben Sie vorzuweisen? Also müssen Sie die geringe Zeit, die Sie hier haben, gut nützen. Das ist Ihr Problem. Es ist alles ganz leicht zu verstehen, ganz klar, sogar zu verzeihen. Zu einem Krieg gehören schon sehr verschiedenartige Menschen, und es ist nicht Ihre Schuld, daß man Sie gerade an dieser Stelle einsetzte. Und wenn Sie es jetzt genauer betrachten, nachdem Sie sich selber und das, was Sie getan haben, geprüft haben« – DeWitt lächelte –, »finden Sie dann nicht, daß Sie die meiste Zeit über gestoßen wurden und nicht selber stießen, daß Sie hineingezwungen wurden in Ihr

Verhalten, daß Sie so und nicht anders handelten, weil Sie auf jede andere Weise gegen Ihre eigenen Interessen gehandelt hätten?«

»Ja«, sagte Loomis, »das ist wahr. Ich habe das, was dann passiert ist, nie gewollt. Ich bin immer unglücklich gewesen, wenn jemand leiden mußte. Aber wenn's die anderen nicht getroffen hätte, dann hätte ich eben leiden müssen...«

»Loomis, das ist der Krieg. Er fordert seine Opfer. Tolachian, Thorpe und nun gewissermaßen auch Sie. Nur haben Sie Glück. Sie werden am Leben bleiben. Ich kann Sie nicht einmal so streng verurteilen. Nehmen Sie mich zum Beispiel. Ich bin Ihr Kommandeur gewesen. Auch ich trage ein gerütteltes Maß an Verantwortung für diese Dinge, und zuweilen schlafe ich schlecht. Aber auf das, was mit Ihnen nun geschehen wird, werde ich einen gewissen Einfluß haben. Wollen Sie mir nicht helfen?«

›Sie leugnen alles‹, hatte Willoughby gesagt. Loomis senkte den Kopf. Er sah auf seine Knie, auf seine Hände, die auf seinen Knien lagen, und er fühlte sich müde. Er konnte nicht noch einmal eine Nacht durchmachen wie die, die er soeben durchlebt hatte, ständig auf Achse, um ein Loch zuzustopfen, während an anderer Stelle ein neues aufbrach, nach Hilfe und Mitgefühl suchend bei Leuten, die in ebensolcher Panik waren wie er. Vielleicht hatte DeWitt ihm das alles eingerdet. Aber es war ihm lieber so. Er wollte endlich Ruhe

»Ja«, sagte er mit leiser Stimme, »ich stehe Ihnen zur Verfügung.«

DeWitt zündete sich eine Zigarette an. »Wir wollen den Sergeanten nicht erst hereinrufen. Können Sie Schreibmaschine schreiben? Gut, hier ist die Maschine. Setzen Sie sich hierher. Papier? Ja, und ein Durchschlag. Was ich als Überschrift haben möchte? Nun – das Datum. Und dann – nein, nennen Sie es nicht Geständnis. Einfach: Aussage. Fertig?

Punkt eins: Der Unterzeichnete und Colonel Clarence Willoughby...«

Es machte DeWitt kein Vergnügen, den großen Farrish von seinem selbsterbauten Sockel herunterholen zu müssen. In seiner Art war der General ein hervorragender Soldat; außerdem hatte DeWitt ihn vom Kommandeur eines Panzerbataillons zu dem, was er heute war, aufrücken sehen; dem Sieger von Avranches und Metz, dem Befreier des Lagers Paula und unumschränkten Herrscher über die Kaserne der ehemaligen Kremmener Reiter.

DeWitt wußte, daß Farrish für gewisse Dinge einfach blind war. Seine Leistungen auf dem Schlachtfeld und die Unterwürfigkeit der Menschen, mit denen er sich umgab, wirkten wie Scheuklappen, so daß Farrish immer nur stur geradeaus blickte und keine Möglichkeit hatte, Vergleiche zu ziehen, abzuwägen, zu variieren. In vieler Hinsicht war er sogar liebenswert; ein großes Tier, das vieles zertrampelte, weil es eben so groß war; nur hatte keiner je gewagt, ihm einen Maulkorb umzuhängen und ihn an die Leine zu nehmen; daraus ergab sich die Gefahr für ihn selbst und die übrige Welt.

»Wissen Sie«, sagte Farrish, »irgendwann, zwischen einem, was man tut, und dem anderen, kommt der Moment, wo der Mensch sich mal ausruhen möchte. Atem holen. Ich habe Ordnung geschafft. Alles läuft fast von selbst. Ich wach morgens auf und horche auf die Reveille, und ich weiß, es wird ein wohlgeordneter Tag sein, so wie gestern einer war und morgen einer sein wird.« Er nickte, um seine Worte zu unterstreichen. »System! Ein System muß man haben! Und die richtigen Leute, die für einen arbeiten.«

»Das habe ich genauso empfunden«, bestätigte DeWitt. »Als ich hierher nach Kremmen kam, habe ich mir gesagt: Jetzt gönnst du dir etwas Ruhe. Nimm dir ein bißchen Zeit und sieh dir mal an, was alles so schön abrollt.«

»Sie haben es aber auch verdient, mein Lieber.«

»Leider rollt nur alles nicht so schön ab.«

»Haben Sie Schwierigkeiten? Kann ich etwas für Sie tun?«

»Nein. Es handelt sich nicht um mich. Die Schwierigkeiten haben Sie.«

»Was Sie nicht sagen!« Farrish lachte. Es war sein altes, gewaltiges, dröhnendes Lachen. »Hier sitze ich, an Ort und Stelle, beobachte alles – und ich habe also Schwierigkeiten?«

»Sie sollten Ihren Bürgermeister verhaften lassen«, sagte DeWitt.

»Lämmlein?«

»Ja, ich glaube, so heißt er.«

»Sie mischen sich gern in die Angelegenheiten anderer, nicht? So was ist lästig. Vielleicht kommt es mit dem Alter.«

»Es ist zu Ihrem eigenen Besten«, sagte DeWitt und steckte die beleidigende Bemerkung ein. »Er macht Sie zum Narren, Ihr Lämmlein. Das wäre noch nicht so schlimm. Aber er macht seinen Spott und Hohn auch aus allem, wofür Sie gekämpft haben sollten und wofür Sie Tausende Ihrer Leute in den Tod geschickt haben.«

Farrishs Stimme wurde unangenehm kratzend. »Hören Sie, DeWitt, niemand hat mich zum Narren gemacht. Darauf gebe ich Ihnen mein Wort. Ich habe Ihnen doch gesagt, daß ich mit dem Mann auf Jagd gewesen bin; ich kenne ihn also. Ich habe jeden einzelnen meiner Offiziere vom Major aufwärts selber ausgesucht. Ich verstehe mich auf Menschen.«

»O ja«, sagte DeWitt, »und Ihr Bürgermeister hat seinen Bock verfehlt und freundlich dazu gelächelt. Vielleicht hat er das Tierchen Ihnen überlassen wollen?«

Farrish zupfte zornig an seinem Kinn. »Lämmlein hat alle Anordnungen, die Willoughby ihm gegeben hat, ausgeführt. Sehen Sie sich die Stadt an! Sie hatten doch genug Zeit, um sich umzutun! Die Straßenbahnen fahren, die Hauptstraßen sind aufgeräumt, es gibt Elektrizität, Wasser, Kanalisation, und das Geschäftsleben beginnt auch wieder. Es ist die am besten organisierte Stadt in Westdeutschland. Glauben Sie mir, ich habe andere Städte gesehen. Gehen Sie, vergleichen Sie selbst!«

DeWitt entgegnete ruhig: »Und der Mann, der das Elektrizitätswerk leitet, ist der gleiche, der es immer getan hat. Und der Leiter des Wohlfahrtsamtes ist auch der gleiche wie unter den Nazis. Die gleichen Leute, die Sie aus dem Lager Paula befreit haben, leben in einem Loch, das einem Konzentrationslager verzweifelt ähnlich sieht. Und die Rintelen-Werke befinden sich noch immer in den Händen der gleichen Rintelens, die die Kanonen und die Munition hergestellt haben, mit denen Ihre Männer getötet wurden. Veränderungen haben Sie hier nicht herbeigeführt. Demokratie haben Sie nicht hierhergebracht. Was geht also hier vor? Wer bremst hier alles?«

»Demokratie!...« dröhnte Farrish. »Sie sind seit je versessen auf das Thema! Überhaupt wollen Sie alles von unten nach oben kehren! Welch praktische Erfahrungen haben Sie denn? Ich habe an den Besprechungen in der Handelskammer teilgenommen! Ich kenne die Probleme! Sie glauben, alle Deutschen wären Verbrecher, denen man nicht trauen kann. Aber ich muß diesen Bezirk mit den Leuten verwalten, die ich habe! So ein Kerl muß wissen, wo er hingehört, und Order parieren. Für den Rest sorge schon ich!«

»Also gut!« DeWitt seufzte. »Es scheint, ich muß Ihnen den bitteren Wein voll einschenken.«

Farrish stieß ironisch die Luft durch die Nase.

»General, in Ihrer schönen, sauberen Reiterkaserne, in Ihrem netten, angenehmen Appartement haben Sie über einem Nest von Korruption gethront, das gerade in diesem Augenblick auseinanderfällt – genau vor Ihren Augen, die niemals etwas davon bemerkt haben. In Ihrer Selbstgefälligkeit, auf Ihren Siegen sitzend, sehen Sie überhaupt nichts. Sie vergessen, daß die Siege kein Selbstzweck sind, sondern Mittel zu einem höheren Zweck. Möglich auch, daß Sie es nicht vergaßen; aber der Zweck, den Sie im Sinn haben, ist anderer Art: nach oben kommen, Senator werden oder Gouverneur Ihres Staates, vielleicht sogar Präsident der Vereinigten Staaten – das ist nicht das Ziel, das am Ende zählt.«

»Korruption?« krächzte Farrish.

»Jawohl, Korruption! Erinnern Sie sich noch an die Stadt Metz? Erinnern Sie sich noch an Ihre Leute, die dort fallen mußten, weil Ihr Benzin auf den Straßen von Paris verkauft wurde? Das ist ein Dreck verglichen zu dem, was hier gespielt wird.«

»Dafür bringen Sie mir lieber ein paar Tatsachen!«

Farrish war schwer getroffen. Kritik konnte man sich noch gefallen lassen – aber hier wurde ein Angriff gegen alles, was einem Mann heilig war, geführt. Wenn er es sich überlegte, waren er und DeWitt sich niemals einig gewesen über das, worauf es in dieser Welt ankam. Er hatte seine Schlachten den Ansichten von DeWitt zum Trotz gewonnen. Und seit wann war es ein Verbrechen, sich in die Politik zu begeben? Politik!... Wenn aber DeWitt tatsächlich Beweise für seine Behauptungen besaß?

»Los!« forderte Farrish mit schneidender Stimme. »Tatsachen! Tatsachen!«

DeWitt berichtete über den Verlauf und die Ergebnisse des Verhörs von Marianne Seckendorff. Er beschrieb, nach den Aufzeichnungen von Troy, die Gegenüberstellung des Mädchens mit dem Professor, dann gab er auszugsweise Abramovicis Niederschrift wieder: Pamelas Auftreten, Mariannes Zusammenbruch, die Gegenbeschuldigungen, die belastenden Aussagen –

»Und so liegt die Sache nun, General. Der unbekannte Nazi im Herrenhaus der Rintelens, die ganze Gesellschaft auf dem Landsitz dort draußen ist von Willoughby direkt oder indirekt unterstützt worden. Vergangene Nacht sind mein Lieutenant Yates und Captain Troy hinausgefahren, um den Burschen, der sich dort verborgen hielt, zu verhaften – aber er war schon auf und davon. Wir wissen nicht, wo er sich befindet. Aber wir wissen jetzt, wer in das Schiebergeschäft mit den zehn Prozent verwickelt ist: Ihr Chef der Militärregierung und der Mann, der Ihnen so liebenswürdig seinen Bock überließ und der überall seine Finger mit im Spiel hat, in der Stadtverwaltung von Kremmen, in der Handelskammer, in den Rintelen-Werken – Ihr Lämmlein, Ihr Musterbeispiel eines guten Deutschen.«

»Das sind Beweise? Das ist doch alles Hörensagen!« Farrish war von seinem Stuhl aufgesprungen und umkreiste DeWitt mit langen Schritten, als könne er so die ganze böse Geschichte einkreisen und abdämmen. »Hörensagen! Allerdings geschickt zusammengestellt. Nur leider basierend auf den Aussagen eines hysterischen, verlogenen, eifersüchtigen und im übrigen bereits vorbestraften Weibsstücks. Da kann man ja nur lachen! Ich will Tatsachen, keinen Weiberklatsch. Ich bin Amerikaner. Ich verlange das Zeugnis von Amerikanern, von Offizieren!«

»Lassen Sie Willoughby kommen«, sagte DeWitt.

»Werd ich auch! Werd ich auch!« rief Farrish triumphierend. Er ging zur Tür, riß sie auf und brüllte: »Carruthers!«

Carruthers kam herbeigeeilt.

»Nehmen Sie einen Wagen. Fahren Sie in die Stadt. Schnappen Sie sich Colonel Willoughby in der Militärregierung und bringen Sie ihn her. Sofort!«

Carruthers zwirbelte seinen Schnurrbart. »Colonel Willoughby herbringen«, bestätigte er den Befehl. »Sofort. Jawohl, Sir!«

Carruthers war fort, die beiden waren wieder allein. DeWitt fühlte sich unwohl in seiner Haut, obwohl er doch dem, was er hatte erreichen wollen, nun schon ganz nahe war. Er beobachtete, wie zäh Farrish versuchte, seine Haltung zu wahren; das borstige weiße Haar, das straffe, gut durchblutete Gesicht waren nur eine Maske, hinter der der Mann mit seinen Zweifeln kämpfte.

Farrish nahm den Mund noch immer sehr voll. »Wir werden der Sache rasch genug auf den Grund kommen. Sie werden Ihre Worte zurücknehmen müssen, DeWitt, dafür garantiere ich. Jawohl, Sir! Es geht hier ja auch gar nicht um Willoughby oder um Lämmlein« – er schlug sich unterhalb seiner Ordensschnalle auf die Brust –, »es geht um mich, mich! Wenn das alles wahr sein sollte, quittiere ich den Dienst! Wenn das alles wahr sein sollte, dann tauge ich eben nicht für diesen Posten!«

»Schütten Sie doch nicht das Kind mit dem Bade aus. Sie haben hier eine hervorragende Truppe, und Sie haben sie wunderbar im Zug. Sie haben ja hier Ihre Aufgabe...«

»Aufgabe!« höhnte Farrish. »Jeder Idiot kann seinen Leuten befehlen, weiße und rote Streifen um ihre Helme herum zu pinseln. Ich bin etwas mehr wert als das! Verflucht mehr wert!«

DeWitt schwieg. Er wartete. Nach einer Weile hatte Farrish es satt, auf und ab zu gehen, und setzte sich. Er versuchte immer noch, nach außen hin das Gesicht zu wahren, aber die harte Maske wurde immer durchsichtiger. Er überlegte; er begann die Möglichkeit, daß DeWitts Angaben stimmten, in Betracht zu ziehen – was dann? Was war sein nächster Zug? Sollte er Willoughby vor ein Kriegsgericht stellen? Und wie sollte er ihn ersetzen? Und wie war die ganze Angelegenheit wenigstens so weit in Ordnung zu bringen, daß sie oben beim Korps, bei der Armee und beim Obersten Hauptquartier sich nicht zu sehr aufregten? Mit welchen Vorgesetzten mußte er sich in Verbindung setzen? Wie viele unter ihnen waren seine Freunde? Wer von ihnen würde versuchen, einen Mordsstunk aus der Sache zu machen? Auf wen konnte er rechnen? Vielleicht waren die Dinge doch nicht so schlimm, wie es zunächst den Anschein hatte. Was war schon ein kleiner Skandal in einer einzelnen Stadt, wenn es Dutzende solcher Städte unter amerikanischer Besatzung gab, eine jede wahrscheinlich mit ihren eigenen Schweinereien und mit Tausenden von Soldatenfingern, die sich die Rosinen aus Zehntausenden von Kuchen holten? Es war ein großer Krieg gewesen, ein riesengroßer Krieg. Und Kremmen war vermutlich immer noch die am besten verwaltete Stadt von allen.

Bis zum Zeitpunkt von Willoughbys Ankunft hatte er sich einigermaßen beruhigt. Carruthers hatte sich ein Vergnügen daraus gemacht, Farrishs Befehl wörtlich zu nehmen, und hatte Willoughby behandelt, als befände er sich bereits unter Arrest.

Willoughby erhob auch gegen Carruthers' Vorgehen, sobald er den General begrüßt hatte, sofort Einspruch. Was hatte Carruthers' widerliches und unerhörtes Verhalten eigentlich zu bedeuten? Er, Willoughby, sei sich keiner Handlung bewußt, die ein solches Benehmen rechtfertigen könne. Sie seien hier Soldaten der amerikanischen Armee, und wo sich die amerikanische Armee befinde, sei auch amerikanischer Boden, und in Amerika galt ein Mann nicht als schuldig, solange kein regelrechtes Verfahren gegen ihn durchgeführt war.

Farrish unterbrach ihn: »Was höre ich da von einer zehnprozentigen Gewinnabschöpfung, Willoughby?«

Willoughby, der sich hinter den Verschanzungen, die er in der vergangenen Nacht mit Loomis und Lämmlein aufgeworfen hatte, verhältnismäßig sicher fühlte, warf dem General einen traurigen und enttäuschten Blick zu: »Sir, ich habe Ihnen niemals Veranlassung gegeben, an meiner Loyalität zu zweifeln. Für mich sind Sie der bedeutendste Mann in dieser Armee. Das habe ich schon in der Normandie empfunden. In der Ardennenschlacht habe ich dazu beitragen können, Ihr Leben zu retten, als die Deutschen vom Unternehmen ›Geier‹ hinter unsere Linie drangen. Warum trauen Sie mir jetzt nicht?«

Farrish wurde unsicher. Außerdem verfolgte Willoughby eine Linie, die Farrishs eigenen Hoffnungen entsprach. Der General sah sich bereits als Monument, und dieses Monument durfte nicht beschädigt werden.

»Ich habe hier gewisse Berichte vorliegen«, sagte Farrish, gespaltenen Sinns und nicht sehr glücklich.

Willoughby lächelte bekümmert. »Sir«, sagte er zu Farrish, »ich hatte gehofft, Ihnen dies ersparen zu können. Mein Gott, Sie haben so viele andere, wichtige Aufgaben, so daß es mir besser schien, Ihre Zeit nicht mit derartigen lächerlichen, dummen Gerüchten in Anspruch zu nehmen. Manche Leute, vor allem ein gewisser Lieutenant Yates – er ist der Herausgeber unserer deutschen Zeitung hier in Kremmen –, versuchen schon seit langem, mich aus dem Hinterhalt heraus zu erledigen.«

Farrish runzelte die Stirn. Er wußte, wie das war, wenn von hinten her ein Stoß gegen einen geführt wurde.

»Ich habe versucht, mich nicht auf diese niedrige Ebene zu begeben«, fuhr Willoughby fort. »Ich habe Yates bei verschiedenen Gelegenheiten meine Freundschaft angeboten, habe ihm meine Anschauungen dargelegt und ihn gebeten, sich zu beherrschen. Aber die Sache hier liegt doch wohl tiefer. Yates hat ein Vorurteil gegen die Aufbauarbeit, die Sie, General, und ich in diesem Bezirk durchzuführen suchen. Er ist nur daran interessiert, alles zu untergraben. Er ist ein Radikaler, ein Roter!«

Farrish griff nach seiner Peitsche und klopfte mit dem Knauf sanft gegen die Kante seines Schreibtisches. »Ein Roter, eh? Hat nichts für Aufbauarbeiten übrig, eh?«

Willoughby blickte bedeutungsvoll auf DeWitt. »Leider hat er bei Ihren eigenen Freunden eine gewisse Unterstützung gefunden, General. Ich bin sicher, daß Colonel DeWitt nie beabsichtigte, eine Figur in dieser Verschwörung zu werden, aber er war dafür prädestiniert seit unserer Meinungsverschiedenheit wegen der Betriebseinstellung am Luxemburger Sender.«

Er wartete, in der Annahme, daß DeWitt hier Einspruch erheben würde. Aber DeWitt sagte nichts und blickte nicht einmal auf, so daß Willoughby schon etwas weniger sicher fortfuhr: »Sie werden sich erinnern, General, daß Sie selbst mir den Befehl gaben, während der Ardennenschlacht den Sendebetrieb einzustellen und die unersetzlichen Anlagen des Senders in Sicherheit zu bringen... Nun, es scheint, daß Yates gewisse Gerüchte gesammelt und geschickt redigiert hat, die vor allem auf deutsche Frauenzimmer zurückzuführen sind. General, wenn Sie auf Grund solcher Aussagen mich verhören wollen, so bin ich bereit, Ihre Fragen zu beantworten. Ich möchte allerdings hoffen, daß so etwas nicht nötig sein wird.«

Farrish war dies alles im höchsten Grade unangenehm. Wäre er mit Willoughby allein gewesen, so hätte er nach dieser Rede zu ihm gesagt: Gut, gehen Sie schon zurück in Ihr Büro. Sie haben dort genug Arbeit.

Aber DeWitt saß da wie ein Shylock.

»Auf dem Landsitz der Rintelen befand sich ein Mann...«, sagte Farrish.

»Ich weiß von ihm, Sir. Ich habe Befehl gegeben, ihn zu verhaften.«

Farrish kratzte sich den Kopf mit der Spitze seiner Peitsche. »Aber ich weiß, daß er entkommen ist!«

»Den holen wir uns schon noch, Sir!« sagte Willoughby zuversichtlich.

Farrish räusperte sich. »Also...« Er blickte DeWitt an, um festzustellen, ob er weitermachen müsse.

DeWitt wartete. Er wartete noch immer.

Farrish holte tief Atem und setzte zu einem neuen Versuch an. »Die zehn Prozent, Willoughby, die zehn Prozent!«

Willoughby wurde eisig. »Davon ist auch nicht ein Wort wahr!«

Farrish stand auf, legte seine Peitsche zu seinem Federhalter und den Bleistiften und blickte DeWitt strahlend an: »Was mich betrifft, so traue ich dem Wort eines amerikanischen Offiziers mehr als dem irgendwelcher deutschen Fräuleins.«

»Sie haben gelogen, Willoughby«, sagte DeWitt.

Willoughbys gedunsenes Gesicht rötete sich. »Ich verlange eine Entschuldigung!« rief er. »Ich verlange – General Farrish, Sir...!«

»Hier«, sagte DeWitt und zog ein Papier aus seiner Tasche, »habe ich das Wort eines anderen amerikanischen Offiziers – eine unterschriebene eidesstattliche Aussage von Captain Loomis, der, soviel ich weiß, mit Ihnen in die ganze Angelegenheit verwickelt war. Lassen Sie es mich Ihnen vorlesen, General. Kremmen, heutiges Datum.

Punkt eins: Der Unterzeichnete und Colonel Clarence Willoughby...«

Es war ein langes Schreiben. Es legte die Einzelheiten des Unternehmens dar, das Datum, von dem an die Einkünfte aus dieser Privatsteuer, die auf große und kleine Geschäftsunternehmen in ganz Kremmen gelegt wurde, zwischen Loomis und Willoughby geteilt wurden, die Gründe für diese Teilung, die Art der Eintreibung, alles.

DeWitt verlas den Text mit monotoner Stimme. Er empfand kein Vergnügen, keine Befriedigung daran, daß er Willoughby zu Fall gebracht hatte. Wenn er etwas empfand, dann die eigne Müdigkeit, die eignen Jahre – und Ekel.

Die Worte folgten einander. Willoughby wurde es schwindlig. Er suchte sich zu stützen, griff nach einer Stuhllehne. Nur jetzt den Kopf nicht einziehen, dachte er. Fest bleiben, aufrecht, ruhig. Er sah seine Umgebung wie aus großer Entfernung, scharf und ganz klein. Sehr bald aber registrierte er in seinem Bewußtsein das Gesicht des Generals, es war kurz vor dem Ausbruch: das Blau in Farrishs Augen leuchtete im Kontrast zu der Hummerfarbe der Haut. In Willoughbys Schädel arbeitete es. Farrish wird toben, er wird brüllen, aber was dann? Er kann es sich nicht leisten, viel zu unternehmen; je mehr von dieser Sache bekannt wird, desto lächerlicher steht er da. Und ich habe die Rintelen-Aktien in der Tasche.

Die tonlose, müde Stimme von DeWitt brach ab. Willoughby hörte Farrish sagen: »Ja. Ich verstehe. O ja.« Es war zum Erbarmen. Der große Mann fand keine Worte, konnte nicht einmal brüllen oder drohen.

Dann aber brüllte Farrish doch. Er hatte nur Zeit benötigt zum Atemholen.

»Raus! Raus mit Ihnen! Raus aus Kremmen!«

»Jawohl, Sir!«

Der Atem war aufgebraucht. Die Stimme des Generals war dünn geworden, ein dünnes Schnarren. »Ich könnte Sie vor ein Kriegsgericht stellen. Aber ich will mir die Finger damit nicht beschmutzen! Verflucht noch eins! Ich schmeiße Sie aus Europa hinaus – aus allem! Sie melden sich bei der Leitstelle in Le Havre, Colonel Willoughby!«

»Jawohl, Sir!«

Der Weg nach Le Havre führt über Paris, dachte Willoughby. In Paris befand sich Yasha. Er würde dem Fürsten die Rintelen-Aktien übergeben. Es war eine geschäftliche Transaktion, völlig gesetzlich und über jeden Zweifel erhaben, und keiner konnte da irgendwie einhaken. Da bildeten sie sich nun ein, sie hätten gewonnen – Yates, DeWitt, dieser ganze Verein von frommen Kreuzfahrern. Aber sie hatten nicht gewonnen. Sie konnten gar nicht gewinnen. Nie würden sie gewinnen. Er war ihnen immer weit voraus gewesen, im Krieg wie im Frieden. Jawohl, Sir.

»Raus!« sagte Farrish.

Willoughby grüßte mit Schwung.

Am Tor der Kaserne der Kremmener Reiter ließ er sich von einem Proviantwagen mitnehmen.

»Zigarette?« Er bot dem Fahrer großzügig sein Päckchen an.

»Ja, Sir, danke, Sir«, sagte der Mann.

Zwölftes Kapitel

»Pettinger«, sagte Yates zu Troy. »Erich Pettinger, Oberstleutnant in der SS, Freund des Fürsten Yasha Bereskin, Organisator des Unternehmens ›Geier‹, der Mann, der den Befehl gab, Ihre in der Ardennenschlacht gefangenen Leute zu erschießen, der Mann, der die Absicht hatte, die Ensdorfer im Bergwerk ersticken zu lassen – und da verrät mir doch Lämmlein seinen Namen! Und war dabei ganz kühl und gleichmütig... Es wirkte fast komisch. Nur mir war nicht so komisch zumute. Mir schlug das Herz im Halse.«

Yates kam gerade von der Verhaftung und dem Verhör Lämmleins. Nun, in Troys Zimmer im Kremmener Polizeipräsidium, zeigten sich auf seinem Gesicht noch immer Spuren dessen, was in ihm vorgegangen war, als das letzte fehlende Stückchen in dem Puzzelspiel seinen Platz gefunden hatten; die kräftigen, fein geformten

Lippen zuckten hin und wieder, seine dunklen Augen glänzten fiebrig, und die Furchen auf seiner Stirn wollten sich nicht glätten.

»Wie haben Sie ihn denn zum Sprechen gebracht?« fragte Troy. »Lämmlein mußte doch wissen, was das für ihn bedeuten würde...«

Yates betrachtete seine Hände und rieb die Stelle an seinem Zeigefinger, wo die Warze gesessen hatte.

»Männer auf die Knie zu bringen ist wohl ein Beruf wie jeder andere. Ich wußte, daß er nicht mehr durchhalten würde, sobald ich ihm sagte, daß Willoughby ausgeschieden sei. ›Und wenn der Chef der Militärregierung geht, geht auch der Bürgermeister?‹ fragte er noch. Da ließ ich ihn wissen, daß General Farrish persönlich den Befehl zu seiner Verhaftung gegeben hatte. Plötzlich war er wieder nur ein ganz kleiner Mann, allein auf weiter Flur. So war das.«

»Aber daß es dieser Pettinger ist...« Troy schnallte seinen Pistolengurt um. Ein Ausdruck von Entschlossenheit zeigte sich besonders in der Partie um sein Kinn herum. Er dachte an den Soldaten Sheal, der sich an ihn klammerte, nachdem er ihn aus dem Haufen von Leichen herausgeholt hatte.

Ein Gefühl großer Müdigkeit überkam Yates, als seien seine Energievorräte nahezu erschöpft. »Durch die Aussagen von Loomis und der Witwe waren alle Schritte Lämmleins in der vergangenen Nacht bekannt. Ich konnte ihm die genaue Zeit nennen, zu der er Pettinger versteckt hatte – daraufhin nannte er mir den Ort, nämlich diesen Luftschutzbunker. Und nachdem ich das aus ihm herausgeholt hatte und daß der Bunker zwei Ausgänge hat, hatte es ja auch für ihn keinen Sinn mehr, Pettingers Namen geheimzuhalten. Lämmlein verriet sich, weil er überhaupt nicht ahnte, wie wenig wir in Wirklichkeit wußten. Und das ist die ganze Geschichte.«

»Aus Ihnen werde ich nie ganz klug werden, Yates.« Troy betrachtete ihn eindringlich. »Für mich ist das hier vielleicht der größte Augenblick in diesem Krieg. Während der Ardennenschlacht haben Sie mir mal versprochen, mir zu helfen, den Burschen zu finden, der meine Leute umbringen ließ – jetzt haben Sie Ihr Versprechen erfüllt, wenn es auch lange gedauert hat und wir schwer dafür arbeiten mußten. Empfinden Sie denn gar nichts Besonderes?«

»Wir haben ihn noch nicht«, sagte Yates ausweichend.

»Aber wir kriegen ihn!« Troy erhob sich. »Noch nie in meinem ganzen Leben habe ich etwas so genau gewußt wie das. Hier liegt ein Sinn drin. Irgendwo und irgendwann in diesem Krieg mußte die Rechnung doch aufgehen...«

Yates brachte ein schwaches, müdes Lächeln zustande. »Als dieser farblose Mensch mir plötzlich sagte: ›Pettinger!‹, dachte ich einen Augenblick: Jetzt ist es soweit! Jetzt zeigt sich der Sinn des Ganzen. Aber, Troy, was bedeutet ein einzelner, selbst wenn Sie noch Willoughby als Zugabe auf die Waagschale legen? Es ist doch nur ein Anfang. Als ich damals das Schiff betrat und als wir den Hudson hinabfuhren und dann herüber nach Europa – da hatte ich keine Ahnung, daß ich in etwas hineingeraten war, das immer weiter- und weitergeht...«

Eine kurze Zeit lang blieb Troy in Gedanken versunken. Dann riß er sich zusammen und sagte: »Auf jeden Fall wollen wir uns jetzt den Burschen kaufen.«

»Wollen Sie nicht Karen anrufen und ihr sagen, sie soll mitkommen?«

Troy verstand, was Yates zu dem Vorschlag veranlaßte. Dieses Unternehmen stellte die endgültige Rehabilitierung des Chefs einer Kompanie gepanzerter Infanterie dar, der seines Postens verlustig gegangen war. Aber um Karens willen lehnte er ab: »Die Sache könnte doch sehr blutig werden.«

Sie nahmen ein Dutzend Leute mit, genug, um beide Eingänge zu Rintelens Bunker zu besetzen, dazu den unglückseligen Lämmlein, der in seinem korrekten, jetzt von Angstschweiß getränkten Anzug sich zwischen den bewaffneten Männern im Stahlhelm oben auf dem Wagen seltsam genug ausnahm.

Sie fuhren durch das Haupttor in die Rintelen-Werke ein und folgten einem Weg, der wie hineingehackt schien in einen Dschungel von verrostetem, verbogenem Eisen und zerbrochenem und zerstampftem Beton. Sie kamen an Rotten von Arbeitern vorbei, die mit Aufräumungsarbeiten beschäftigt waren – Lämmlein hatte ernsthaft angefangen, das Rintelen-Reich wieder zu errichten. Früher hatte sich das Verwaltungsgebäude rechts von dieser Werkstraße erhoben; jetzt standen nur noch die Außenmauern: das heißt, drei davon, die vierte war fast völlig eingestürzt.

Der Eingang zum Bunker befand sich um die Ecke herum, zum Teil von Trümmern verdeckt – ein Loch von halber Manneshöhe.

Troy übernahm den Befehl.

»Sie bleiben hier mit fünf Mann«, sagte er zu Yates. »Ich nehme die übrigen zum anderen Ausgang und sperre den.«

Die Männer sprangen von der Plattform des großen Lastwagens herunter. »Macht euch lieber gleich schußfertig«, ordnete Troy an. »Der Mann dort drin ist bewaffnet; ich will keine Unfälle.«

Dann entfernte er sich, von der Hälfte des Trupps begleitet, die die Falle schließen sollte. Yates sah Troy und seine Leute in die Trümmer eindringen – sie tauchten hier auf und verschwanden dort, tauchten dann wieder auf, um schließlich endgültig zu verschwinden – nur die von der Sonne überfluteten, verödeten Ruinen lagen vor ihm. Er unterdrückte ein Schluchzen in der Kehle. Aber die Erregung, die in ihm wühlte, betraf nicht ihn selbst. Er hatte seine eigenen Rechte auf Pettinger an Troy abgetreten und spürte das Walten einer Gerechtigkeit in der Verflechtung der Schicksale: daß hier ein Mann endlich wieder an der Spitze seiner Soldaten antreten durfte zur großen Abrechnung. Der Gedanke ließ Yates nicht los, und ein leichter Schauder überlief ihn wie etwa beim Anhören von Beethovens Fünfter oder bei einem Sonnenuntergang nach einem Gewitter.

Dann kam Troy zurück, allein.

»Haben den Eingang gefunden«, berichtete er. »Alles soweit fertig.«

Yates rief Lämmlein, der unter der Bewachung des Fahrers noch auf dem Weg stand, zu sich.

»Sie gehen dort durch den Eingang in den Bunker«, wies er Lämmlein an, »und sagen Pettinger, das Spiel ist aus. Sagen Sie ihm, er soll herauskommen, unbewaffnet, und keinen Unsinn machen; wir möchten Blutvergießen vermeiden. Aber es kommt uns auch nicht darauf an, ihn wie ein Sieb zu durchlöchern, wenn er bockt. Sagen Sie ihm das.«

Lämmlein schüttelte den Kopf. Er war unfähig zu sprechen, unfähig, sich zu rühren. Yates mußte es doch sehen. Warum verlangte er Unmögliches von ihm?

»Herr Lämmlein«, sagte Yates, »wir schicken keinen unserer Leute dort hinein. Das erwarten Sie doch wohl nicht von uns – nicht wahr? Sie haben Pettinger in den Bunker hineingebracht, Sie holen ihn auch heraus.«

Lämmlein starrte vor sich hin. Er hatte in Yates' Augen die gleiche Härte gesehen, die ihn schon bei dem Verhör so erschreckt hatte. O ja, er hatte versucht durchzuhalten, hatte auf jede Frage eine Antwort parat gehabt, die klar bewies, daß immer jemand anders die Schuld trug. Nur in der Sache Pettinger ging das nicht. Pettinger war verschwunden und hatte ihm die ganze Last zugeschoben. Lämmlein schluckte. Und so hatte er ein Geständnis abgelegt, hatte alles verraten – sich selber auch.

Er hörte Troys gleichmütige Worte: »Gehen Sie mal los. Oder muß ich Ihnen Beine machen?«

Gut, gut – er ging ja schon. Langsam und gequält schritt Lämmlein auf das schwarz gähnende Loch zu und hinein in das Dunkel.

Draußen warteten sie. Die Sonne stach. Die Gestalten der Soldaten, mit den auf den Bunker gerichteten Gewehrläufen, schienen in der flimmernden, trockenen, staubgesättigten Luft zu zittern. Es war, als stiege ein schwach-süßlicher Geruch vom Boden her auf. Yates und Troy lauschten. Aber es drang kein Laut aus dem Bunkereingang. Pettinger mußte sich tief ins Innere zurückgezogen haben; Lämmlein brauchte wohl etwas Zeit, um bis zu dem Tier in seiner Höhle zu gelangen.

»Könnte es sein, daß der Kerl uns überlisten will?« sagte Troy. »Vielleicht gibt es noch einen dritten Ausgang, und die zwei Gauner sind entwischt und lachen sich ins Fäustchen?«

»Nein«, sagte Yates, »ich habe den Bauplan überprüfen lassen.«

»Oder vielleicht behält Pettinger den Lämmlein dort unten, als Geisel oder etwas Ähnliches?«

»Da würde er sich aber verdammt irren«, sagte Yates. »Er würde den Wert, den Lämmlein für uns hat, sehr überschätzen. Und er muß ja schließlich wissen, daß wir irgendwann doch bis zu ihm vorstoßen würden...«

»Oder Pettinger ist schon längst weg; Lämmlein kann ihn nicht finden und hat solche Angst vor uns, daß er nicht herauszukommen wagt?...«

Ein Schuß krachte. Es klang weit weg, und ein leise grollendes Echo folgte.

Die Soldaten wurden unruhig.

Dann zeigte sich am Eingang ein Gesicht, todesbleich, der Mund aufgerissen, verzerrt. Lämmlein war gerade noch imstande sich herauszuarbeiten, bevor er zusammenbrach.

»Sanitäter!« rief Troy.

Blut rieselte Lämmlein aus einer Unterleibswunde. Er wand sich in Schmerzen, blasiger Schaum stand ihm auf den Lippen, seine Augen waren nach oben verdreht, nur das gelbliche Weiß, blicklos, starrte in die Welt.

»Geben Sie ihm eine Spritze!« sagte Troy.

Der Sanitäter schnitt den Anzugärmel auf und stach die Nadel in die Vene, worauf Lämmlein regelmäßiger zu atmen begann. Er versuchte Worte zu formen; Yates hielt sein Ohr dicht vor die schmalen, farblosen Lippen des Sterbenden.

»Kann – seinen elenden Schwanz – nicht – beherrschen...« Es folgte ein wütendes, schmerzhaftes Husten. Vielleicht lachte Lämmlein auch über irgend etwas, aber worüber, blieb Yates unklar.

»Komm heraus! – Schieß zu! – So schieß doch! – Kann sich nicht beherrschen – in nichts...«

»Der kann uns nicht mehr helfen«, sagte Yates. »Können Sie das Bluten nicht stillen, Korporal?«

»Nein, Lieutenant.«

»Holen Sie lieber einen Sanitätswagen«, sagte Troy.

Der Sanitäter entfernte sich.

»Was tun wir jetzt?« Troy schien verärgert zu sein, oder enttäuscht, oder beides.

Yates stand auf. »Zwei Mann!« rief er, und zu Troy gewandt, erklärte er ruhig: »Ich gehe hinein. Es wird mir ein Vergnügen sein, es mit der Waffe zu regeln.«

Zwei Mann waren zu ihm getreten und nahmen dicht neben ihm Aufstellung.

»Lassen Sie mich das auf meine Art machen«, sagte Troy. »Ich habe Ihnen doch gesagt, ich will keine Unfälle. Nicht dieses Mal. Der Kerl ist nicht wert, daß einer von euch sich auch nur eine Schramme am Knie holt!« Er starrte auf das schwarze Loch, das den Eingang zum Bunker darstellte.

Yates folgte seinem Blick, und plötzlich fielen ihm die Leute von Ensdorf ein in ihrem verlassenen Stollen.

Schließlich schien Troy einen Entschluß gefaßt zu haben. Er gab dem Fahrer ein Zeichen, und der Mann kam zu ihm herüber. »Haben Sie zufällig noch Ihre Sprengladungen?«

»Sprengladungen...?« sagte der Fahrer; dann zog sich sein Gesicht in die Breite, er begriff endlich. Sie hatten ihm diese Sprengladungen in der Normandie ausgegeben, vier Beutel mit je achtzehn halbpfündigen Packungen Dynamit, damit er sich seinen Weg durch die Hecken für seinen Lastwagen bahnen konnte. Er hatte das Zeug fast vergessen, da Dynamit ungefährlich ist, solange die Zünder nicht eingesetzt sind; die Beutel waren in Vergessenheit geraten und hatten die ganze Zeit und durch alle Schlaglöcher hindurch unter seinem Sitz gelegen.

»Soll ich sie herbringen, Captain?« fragte er.

»Ich bitte darum.«

Der Fahrer ging zu seinem Wagen und kehrte mit einem Beutel über jedem Arm und Zündkapseln und Zündschnuren in der Tasche zurück. Troy legte einen der Beutel auf die erste Stufe, die in den Bunker hinabführte. Er führte die Zündschnur in die Zündkapsel ein. Der Fahrer zog eine Zange aus seiner Tasche. Troy kniff die Kapsel fest an die Zündschnur an und führte dann die Zündkapsel in die Aussparung in der Sprengpatrone ein, die in der Mitte der ganzen Ladung lag.

»So!« sagte er, maß etwa einen Meter der Zündschnur ab, schnitt sie durch und hielt Yates das Ende hin. »Das reicht. Wie spät ist es genau, Yates?«

Der antwortete, es sei 16.18.

»16 Uhr 18«, sagte Troy und stellte seine Uhr. »Geben Sie mir genau fünfzehn Minuten. Dann zünden Sie Ihre Zündschnur hier an. Sie haben etwa anderthalb Minuten Zeit, um zum Wagen zurückzulaufen!« Er lächelte. »Genügt das?«

»Genügt«, sagte Yates und nahm die Zündschnur von Troy entgegen.

Troy ergriff den zweiten Dynamitbeutel und begann zum anderen Ausgang des Bunkers hinüberzuklettern. Yates wartete. Der Sanitätswagen traf ein. Lämmlein, der bewußtlos war, wurde auf eine Bahre gelegt und weggeschafft. Die Minuten zogen sich hin. Man hat in solchen Minuten zu viel Zeit für seine Gedanken. Yates dachte an den Mann, der dort unten eingeschlossen sein würde und der dann auch zu warten hatte, eine unendlich viel längere Zeit allerdings, in der er den Hunger zu spüren bekommen würde, den er anderen Menschen gebracht hatte; den Durst, der einen zum Irrsinn trieb; die hoffnungslose Kälte; die Kälte der Hoffnungslosigkeit; die erstickende stille Luft, die immer schwerer wurde; den Leib, dessen Kräfte nachließen; Schlaf, lange Stunden im Schlaf, mit Träumen, die ihm auf der Brust saßen und ein Herz umklammert hielten, bis er schweißbedeckt emporfuhr – bis er endlich in den letzten schrecklichen Schlaf verfiel. Aber vielleicht würde er aus Furcht und Verzweiflung wahnsinnig werden und gar nichts merken. Und wie lange würde er brauchen, bis er seine Lage erkannte und wirklich glaubte, daß dies das Ende war, daß der unterirdische Gang, auf beiden Seiten versperrt, für immer versiegelt blieb?

Dennoch, dachte Yates, hat der Mann noch Glück. Er besaß ja eine Waffe. Er konnte ein schnelles Ende herbeiführen. Aber er würde es nicht tun. Denn er würde hoffen und immer wieder hoffen...

Zeit genug auch für Yates, über sich selber nachzudenken. Was er jetzt tun würde, dieses einfache Anzünden eines Streichholzes, war wie eine schwarze Doppellinie unter der Endsumme einer Rechnung. Jetzt ließ sich die Bilanz betrachten. Vieles war mit Rot geschrieben, und vieles war da, was er auszulöschen wünschte und von dem er keinem je erzählen würde, auch nicht Ruth. Das, was er tun würde, konnte er zu Hause nicht berichten – sie würden ihn anstarren: was für ein Mensch war er denn? Noch immer einer der ihren, der Deutsch B für Fortgeschrittene unterrichtete, im Gemeinschaftsraum mit den anderen Dozenten Tee trank und eine Unterhaltung mit Archer Lytell, dem Vorsitzenden der germanistischen Abteilung, führte?

Nein, Ruth würde er es doch irgendwann sagen. Wenn überhaupt einer, würde sie es verstehen. Alles, was er getan hatte, von dem Tag an, an dem er in der Normandie an Land gegangen war, hatte er auch für sie getan – unfreiwillig, murrend und widerstrebend, aber doch – für sie und für sich selber, für sie beide. Er sehnte sich direkt danach, ihr davon zu sprechen – von dem Anzünden dieses Streichholzes, und von allem, das Ganze von Anfang an. Es war zu viel, um es in sich verschließen zu können; es würde ihn zum Wahnsinn treiben, wenn es in ihm verschlossen blieb; man mußte es in Worte fassen, es mußte ausgesprochen werden. Was nützt einem alles, was man gelernt hat, wenn man nur selber davon weiß?

Er blickte auf seine Uhr. Es war Zeit.

Er befahl den Leuten, sich zu entfernen, entzündete das Streichholz, schützte es mit der hohlen Hand, hielt es an die Zündschnur und beobachtete einen Augenblick, wie das Feuer sich in der Schnur seinen Weg fraß. Dann wandte er sich absichtlich langsam um und ging zum Lastwagen zurück.

Die Sekunden...

Dann die Detonation, der Donner, der Staub. Und als Antwort das Echo von Troys Seite her.

Es war vorbei.

Dreizehntes Kapitel

»Hau Ruck!«

»Hau Ruck!«

Sie hievten die Witwe auf den alten Lastwagen.

Anders ließ es sich nicht machen. Zuerst hatte man für sie eine Leiter angelegt. Sie hatte ihre kleinen Füße auf die erste Sprosse gestellt und war dann verzweifelt wieder auf den Boden zurückgetreten. Dort hatte sie gestanden, zitternd an ihrem ganzen enormen Leib, den Kopf gesenkt und die Augen niedergeschlagen. Und nun bemühten sich drei kräftige Soldaten, sie anzuheben, während zwei auf dem Lastwagen sie an den Armen packten und hochzerrten. Der Lastwagen hatte einen Holzvergaser, und die Generatorenanlage war am Ende des Wagens angebracht; es kam also nicht nur darauf an, die alte Frau anzuhieven, sondern sie auch an der Generatorenanlage vorbeizuquetschen.

Sie wehrte sich nicht. Sie starrte ausdruckslos die zwei Soldaten an, die sich über ihr abmühten. Ohne daß sie sich dessen bewußt war, liefen ihr die Tränen über die Fleischmulden ihrer Wangen und verloren sich in dem dreifach gefalteten Fett unter ihrem Kinn. Die Soldaten taten ihr nicht weh, etwas ganz anderes schmerzte. Alles, wofür sie gelebt hatte, der ganze Sinn ihres Lebens lag dort jenseits des grünen Rasens, hinter der schweigenden Menge von Zuschauern, im Innern des Hauses, das Maximilian für sie gebaut hatte und das sie unwiderruflich und endgültig mit jedem ›Hier‹ und ›Ho‹ verlor. Die vogelartigen Schreie, die sich in ihrer Kehle formten, erstarben dort.

Endlich war sie oben auf dem Lastwagen. Die Soldaten halfen ihr in den Stuhl hinter dem Schreibtisch, der ihrem Mann gehört hatte. Ihre gewaltigen Arme fielen auf die Tischplatte, und ihre hilflosen Hände umklammerten die Kanten des Tisches, als versuchte ihr Körper, eins zu werden mit dem Tisch.

Karen, die mit Troy den Vorgang beobachtete, empfand die Tragödie der alten Frau. Die Witwe war nicht mehr das glitzernde Faß, das Symbol alles dessen, was Troy und Yates bekämpft hatten. Sie war ihres Glanzes beraubt, ein Riesenklumpen Verzweiflung. Unbewußt näherte sich Karen dem Lastwagen.

Pamelas Ausbruch, eine Flut obszöner Worte, veranlaßte Karen dann doch stehenzubleiben und erstickte alles in ihr, was sie hatte sagen wollen. Pamela, die jetzt gezwungen wurde, den Wagen zu besteigen, schrie ihre Beschimpfungen in alle Richtungen – gegen die Amerikaner; gegen die Leute aus dem ›Totenhaus‹, die geholfen hatten, den ihr und ihrer Mutter belassenen persönlichen Besitz zu verladen; gegen den verschlagen und verächtlich blickenden Cornelius, der nun nach Holland zurückkehrte und gekommen war, um sich zu verabschieden; gegen den Tag, an dem sie geboren wurde;

gegen den Tag, an dem Pettinger in das Herrenhaus gekommen war; gegen die ganze Welt.

Sie sah Karen vortreten. »Hure!« schimpfte sie.

Troy machte eine Bewegung auf den Wagen zu, aber er blieb stehen. Ohne ein Wort hatten er und Karen einander verstanden. Es war unwesentlich, ob man noch einmal mit der alten Frau sprach – so unwesentlich wie Pamelas Obszönitäten und wie der ganze Vorgang, der Abtransport dieser beiden Weiber in die Anonymität.

»Wohin fahren sie?« fragte Karen.

Troy zuckte die Schultern.

Der Lastwagen setzte sich in Bewegung. Die Umrisse der beiden Frauen verschwanden hinter dem schweren Rauch des Gasgenerators. Das Schweigen, das auf die Abfahrt folgte, dauerte an, bis der Lastwagen außer Sicht war. Dann löste sich die Menge auf. Die früheren Insassen des ›Totenhauses‹ strömten in das Herrenhaus in einer Orgie der Besitzergreifung.

Troy führte Karen an den leeren Ställen und Garagen vorbei, vorbei an den Nebengebäuden mit den Quartieren der Dienerschaft, ein jedes mit eigener Kochgelegenheit, Toilette und Dusche.

»Wir haben nicht viel Zeit«, sagte Karen mit einem Bedauern, in dem auch ihre sämtlichen anderen Gefühle für den Mann neben ihr erkennbar waren. »Farrish ist hier in ganz großer Aufmachung...«

»Ach, wir haben noch ein paar Minuten!« Troy war glücklich und ernst zugleich, und seine Stimme wurde heiser, als er zu Karen sagte: »Sieh dir bloß dies alles an! Und was wir daraus machen werden! Wir bringen die Leute im Herrenhaus und in den Nebengebäuden unter, und wir bauen die Ställe und Garagen zu Wohnungen und Werkstätten um. Falls nötig, setzen wir noch Baracken auf die Rasenflächen.«

Er sprach wie ein Baumeister, ein nüchtern denkender Amerikaner, der vor einer Aufgabe steht, die zu lösen ist, einer Aufgabe, die ihn interessiert. Karen drückte seine Hand.

»Wenn ich dann nach Amerika zurückkomme«, fuhr er fort, »möchte ich mich irgendwo seßhaft machen. Ich werde mir ein Haus bauen. Ich werde an Ort und Stelle bleiben und leben und vergessen.«

»Du wirst nicht vergessen können.«

»Nein. Ich glaube, das geht wohl doch nicht. Aber das Haus werde ich bauen. Ich bin ein harter Arbeiter, Karen. Du hast keine Ahnung, wie ich arbeiten kann, wenn ich sehe, wofür es ist und daß etwas dabei herauskommt.«

Sie sah den Garten, die Wälder in der Ferne, das hügelige Land, den Horizont, gegen den sich die Schornsteine von Kremmen abhoben. Sie sah das Herrenhaus, das wie eine Festung war, die er eingenommen hatte. Und sie blickte zu dem Mann neben ihr auf, zu seinem ruhigen, starken, erwartungsvollen Gesicht. Sie dachte an den Krieg und daran, wie der Krieg geendet hatte.

Und sie fühlte, daß die Zeit gekommen war, in der das Leben nur noch neben einem solchen Mann möglich war.

»Willst du mit mir leben?« fragte er ruhig.

»Ja.«

»Du und ich zusammen?«

»Ja.«

»Bist du dir da ganz sicher, Karen? Denn das muß auf Dauer sein –«

Statt einer Antwort wandte sie sich ihm zu. Sein Kuß war spröde, mit zusammengepreßten Lippen gegeben, und sie fühlte sein hartes Kinn.

»Liebling!« flüsterte sie, »so muß man das machen…«

Dann führte er sie zurück in das Herrenhaus, langsam, mit festem Schritt. Es war Karen, als trüge er sie.

Es war beschlossen worden, daß Professor Seckendorff für die ehemaligen Bewohner des ›Totenhauses‹ sprechen und Abramovici die wesentliche Teile seiner Rede für die in der Diele des Herrenhauses versammelten amerikanischen Militärs dolmetschen sollte.

Daß ein gebrochener alter Mann ohne jede eigene Zukunft gerade im Namen der Zukunft dieses Haus übernehmen sollte, hatte einen traurigen Symbolwert für DeWitt. Er spürte die Würde, die in den langsam gesprochenen Worten lag, die er nicht verstand; er spürte die Leidenschaft, die aus Leiden geboren war und diese Worte durchdrang; aber es war schon die dunkle Glut eines ersterbenden Feuers. DeWitt blickte um sich, von Kellermann, der den Professor bis zu dem Fuß der Treppe begleitet hatte und dort wartete, bis hin zu der dichtgedrängten Menge hohlwangiger Männer und Frauen, die dank den Amerikanern und einer zufälligen Verquickung von Schicksalen die Besitzer dieses Hauses geworden waren. Ihr ehrfürchtiges Verhalten war wahrscheinlich ihrer Furcht vor den Amerikanern eher zuzuschreiben als der Wirkung des Redners auf sie. Waren sie sich bewußt, daß sie in Konzentrationslagern verrottet waren oder die Demütigung im ›Totenhaus‹ hatten erleiden müssen, damit andere hier im Herrenhaus leben konnten? Wohl kaum, dachte DeWitt. Wenn Gegensätze zu groß werden, verlieren sie an Faßlichkeit; der Kleinbauer haßt nicht die Bank, er haßt den Gerichtsvollzieher, der ihn pfändet.

Abramovicis schmetternde Töne durchbrachen DeWitts Stimmung. Die Worte, jetzt ohne das Gefühl, das der Professor ihnen gegeben hatte, hörten sich schrill an, die Gedanken verloren an Glanz, nur die trockenen Fakten blieben.

»Dieses Haus ist der Versuch eines Gemeinwesens«, sagte Abramovici, »so wie auch das Konzentrationslager einer war, wenn auch andersgeartet. Wir haben das Konzentrationslager überlebt, weil wir einander geholfen, weil wir zusammen und nicht gegeneinander gearbeitet haben.«

Abramovici machte eine Pause. DeWitt sah den kleinen Mann seine Notizen durchblättern, um die nächsten wesentlichen Punkte herauszusuchen. DeWitt wünschte, er hätte das Deutsch des Professors verstanden.

»Was haben wir sonst noch im Konzentrationslager gelernt? Wir haben gelernt, daß der Feind nicht notwendigerweise von jenseits irgendwelcher Frontlinien, irgendwelcher Grenzen kommt. Was wollen wir und was haben wir schon immer gewollt? Ein Land, in dem die Menschen frei von Furcht leben können, in dem sie ihres Lebens sicher sind, ihren Gedanken Ausdruck geben können und nicht um den Genuß der Früchte ihrer Arbeit gebracht werden. In Deutschland haben diejenigen, die einer Lebensart, wie wir sie uns denken, feindlich gegenüberstehen, eine Niederlage erlitten; aber der Feind ist keineswegs endgültig vernichtet –«

DeWitts Augen wanderten zurück zu den Menschen aus dem ›Totenhaus‹. Ihre Feinde waren Deutsche wie sie selber gewesen.

»Auch ist dieser Feind nicht nur innerhalb bestimmter Grenzen zu finden«, trompetete Abramovici hinaus, »der Grenzen Deutschlands oder irgendeines anderen Landes. Betrachten wir dieses Haus als eine Schule, in der Kämpfer gegen diesen Feind herangezogen werden, wo immer er sich verbirgt...«

Plötzlich bemerkte DeWitt das ungeduldige Pochen der Stiefelspitzen Farrishs. Er sah, wie Abramovici sein Papier zusammenfaltete und errötet und glücklich in die Reihen der Amerikaner zurücktrat. Dann stieg Farrish mit entschlossenen Schritten die Treppe hinauf. Er baute sich vor der Fahne auf, die die Stelle verdeckte, wo früher Maximilian von Rintelens Porträt gehangen hatte. Er blickte auf seine Zuhörer hinab – die Amerikaner auf der einen Seite, die ärmlichen Deutschen zusammengedrängt auf der anderen. Seine Hände bewegten sich unruhig, er vermißte seine Peitsche.

»Ich habe schon lange mein Auge auf diesem Haus und diesem Besitz gehabt«, sagte Farrish. »Ich habe mir gedacht, hier ist so eine Gelegenheit, wie wir sie für euch Leute gerade brauchen. Ich gehöre nämlich zu denen, die sich seit je um die Wahrung der Interessen des gewöhnlichen Mannes gekümmert haben. Nicht, daß ich etwa ein Mann der Theorie und großer Ideen wäre. Von solchen Sachen habe ich keine Ahnung. Ich bin nur Soldat. Aber ich sehe, was zu tun ist, und ich packe es an und tue es. So habe ich meine Schlachten gewonnen. So haben wir den Krieg gewonnen. Und so habe ich auch jetzt zugegriffen und euch dieses Haus verschafft. Vergeßt aber nicht: dies ist amerikanisches Eigentum. Wo wir auch stehen, ist Amerika, das mächtigste Land der Erde, und wir lassen uns keinen Unsinn bieten. Was der Professor da eben gesagt hat, ist schön und gut, und ich unterschreibe es. Aber trotzdem – wie es auch sei –, jeder Mensch muß wissen, wo sein Platz ist und wo er hingehört...«

DeWitt blickte hinüber zu Yates und machte mit dem Kopf eine leichte Bewegung zur Tür hin. Die zwei gingen leise hinaus, während Farrish weiterredete.

»Es war nicht mehr zu ertragen«, sagte DeWitt.

Sie setzten sich auf eine Steinbank dicht neben dem Eingang des Herrenhauses.

»Ich glaube bestimmt, er hat uns hinausgehen sehen«, sagte Yates.

DeWitt zuckte die Achseln. »Ich kehre sowieso in die Staaten zurück. Ich habe meinen Abschied eingereicht. Das richtige, reife Alter dafür. Und den Krieg haben wir ja gewonnen – in gewissem Sinne.«

»Es bleibt noch immer so viel zu tun«, entgegnete Yates. Er betrachtete den Colonel von der Seite her. DeWitt sah alt aus.

»Ich weiß, daß noch viel zu tun bleibt«, stimmte dieser ihm zu, »aber nun, glaube ich, werden Sie fähig sein, es auch ohne mich zu schaffen, Sie und Troy und alle, die sich ein bißchen Anständigkeit und Ehrlichkeit bewahrt haben und die einen wirklichen Sinn im Leben sehen.«

Yates überlegte. Er wußte, der Alte hatte recht. Er war jetzt fähig, auf eigenen Füßen zu stehen und fertig zu werden mit dem, was ihm begegnen mochte. Er hatte bestanden.

»Sehen Sie«, fuhr DeWitt fort, »als die Frage Willoughby auftauchte, hatte Farrish mir versprochen, abzutreten, falls ich ihm nachweisen könnte, daß im Grunde er die ganze Sache versaut hat. Und wir haben es ihm nachgewiesen. Aber er hatte nicht die Courage, zu seinem Wort zu stehen. Der große, mächtige Farrish! Er hatte nicht den Mut, zuzugeben, daß er unrecht hatte und daß er nicht der richtige Mann war, die Welt aufzubauen, für die wir gekämpft haben. Ich habe ihm gesagt: ›General, es ist für uns beide nicht Platz genug hier.‹ Da hat er nur gelacht. Sie kennen das ja bei ihm. Früher habe ich dieses Lachen gern gemocht, ich hielt es für das Lachen eines starken, tapferen Mannes – aber das eben ist es nicht. Und nachdem er dann aufhörte zu lachen, hat er zu mir gesagt: ›Gut, mein Lieber, dann gehen *Sie*‹...«

Yates sagte: »Sind Sie überzeugt, Sir, daß Sie damit das Richtige tun?«

DeWitt nahm einen Kiesel auf und warf ihn wieder weg.

»Nein«, sagte er, »die Schwierigkeit ist, daß ich gar nicht davon überzeugt bin. Aber es macht heute auch nicht mehr so viel aus, wo man sich befindet. Ihr Professor ist ein gescheiter Zeitgenosse!

Während Abramovici uns seine Worte übersetzte, mußte ich immer daran denken: wenn dieser Feind in unserem Lande siegte, würde ich wahrscheinlich auch in einem Konzentrationslager enden.«

»Es wäre mir eine Ehre, Sie dort wiederzutreffen«, sagte Yates.

Die Feier schien beendet zu sein. Der General trat aus dem Herrenhaus. Er warf einen Blick auf DeWitt und Yates, die auf ihrer Bank saßen. Sein Mund zog sich ärgerlich zusammen. Aber er sagte nichts.

Vorwort der amerikanischen Ausgabe als Nachwort

»Die Kreuzfahrer« ist ein historischer Roman, obwohl für eine beträchtliche Anzahl meiner Zeitgenossen die hier dargestellten Ereignisse nicht Geschichte im Sinne eines Rückblicks, sondern ein Teil ihres eigenen Lebens sind – und möglicherweise ein sehr entscheidender Teil. Bücher werden jedoch nicht nur für das Jahr geschrieben, in dem sie erscheinen; und Bücher, deren Thema der zweite Weltkrieg ist, werden im Laufe der Zeit die Patina der Geschichte annehmen.

Gewisse Ereignisse, die in diesem Buch beschrieben werden, sind der Wirklichkeit entnommen. Es gab tatsächlich ein Flugblatt zum vierten Juli; die amerikanische Armee nahm tatsächlich an der Befreiung von Paris teil und führte den Sendebetrieb an der Radiostation in Luxemburg. Deutsche Soldaten in amerikanischer Uniform sickerten tatsächlich durch die amerikanischen Linien, und einige von ihnen wurden hingerichtet. Das Bergarbeiterstädtchen Ensdorf gibt es, und die Tragödie der Frau von Ensdorf spielte sich im großen und ganzen so ähnlich ab, wie ich sie dargestellt habe. Und ein Mann namens Kavalov hat wirklich existiert. Die Geschichte dieser beiden Menschen habe ich dem Leben entnommen. Ich glaube, sie ist es wert.

Alle anderen Personen in meinem Roman und ihre Verbindung mit wirklichen oder erfundenen Ereignissen sind erdichtet. Sollte irgend jemand glauben, daß er unter Umständen, die den im Buch geschilderten ähnlich sind, etwas getan oder gesagt habe, was der Erzählung in diesem Roman ähnelt – nun, so mag er sich darüber geschmeichelt oder verärgert fühlen, daß er unter die gedruckten Worte geraten ist. Aber er ist es ja gar nicht! Es ist jemand ganz anderes, der aus meiner Schreibmaschine gestiegen ist.

New York, Juli 1948

S. H.

Inhalt

btb

Stefan Heym bei btb:

Ahasver · Roman (73357)

Auf Sand gebaut / Filz · Erzählungen (73454)

Collin · Roman (73358)

Der Fall Glasenapp · Roman (73455)

Der König David Bericht · Roman (73417)

Die Architekten · Roman (72968)

5 Tage im Juni · Roman (73356)

Immer sind die Männer schuld
Erzählungen (73219)

Kreuzfahrer – Der bittere Lorbeer
Roman (73359)

Lassalle · Roman (73456)

Lenz oder die Freiheit · Roman (73457)

Märchen für kluge Kinder · (73452)

Nachruf · (73453)

Offene Worte in eigener Sache
Gespräche, Reden, Essays 1989-2001 (73080)

Pargfrider · Roman (72648)

Radek · Roman (73360)

Schwarzenberg · Roman (73361)

btb

Aus Freude am Lesen